STARCIE KRÓLÓW

Cykl
PIEŚŃ LODU I OGNIA

GRA O TRON

STARCIE KRÓLÓW

NAWAŁNICA MIECZY

Tom I. Stal i śnieg
Tom II. Krew i złoto

UCZTA DLA WRON

Tom I. Cienie śmierci
Tom II. Sieć spisków

TANIEC ZE SMOKAMI
(w przygotowaniu)

George R.R. Martin

STARCIE KRÓLÓW

Tłumaczył
Michał Jakuszewski

Zysk i S-ka
Wydawnictwo

Tytuł oryginału
A Clash of Kings

Redakcja
Wojtek Sedeńko

ISBN 978-83-7506-835-1

Zysk i S-ka Wydawnictwo
ul. Wielka 10, 61-774 Poznań
tel. 61 853 27 51, 853 27 67
dział handlowy, tel./fax 61 855 06 90
sklep@zysk.com.pl
www.zysk.com.pl

Dla Johna i Gail,
którzy dzielili się ze mną mięsem i miodem

Prolog

Ogon komety przecinał blask jutrzenki niczym czerwona szrama krwawiąca ponad turniami Smoczej Skały, rana zadana różowopurpurowemu niebu.

Maester stał na wystawionym na podmuchy wiatru balkonie, z dala od swych komnat. Tu właśnie przybywały po długim locie kruki. Ptaki splamiły swymi odchodami wznoszące się po obu jego stronach kamienne chimery wysokości dwunastu stóp, przedstawiające piekielnego ogara i wiwernę. Dwie z otaczającego starożytną fortecę tysiąca. Gdy przybył na Smoczą Skałę, niepokoił go widok groteskowych, kamiennych posągów, z biegiem lat przyzwyczaił się jednak do nich. Uważał je teraz za starych przyjaciół. Obserwowali we trójkę niebo, pełni złych przeczuć.

Cressen nie wierzył w znaki. Mimo to... choć był już stary, nigdy w życiu nie widział komety, która byłaby choć w połowie tak jasna lub miała taki kolor, straszliwy kolor krwi, płomieni i zmierzchu. Zastanawiał się, czy patrzyły już na taką jego chimery. Były tutaj znacznie dłużej od niego i będą tu nadal stały, gdy jego już od dawna nie będzie. Gdyby kamienne języki umiały mówić...

Cóż za głupota. Stał wsparty o mur, w dole fale uderzały z hukiem o brzeg, a pod palcami czuł szorstki, czarny kamień. *Mówiące chimery i wieszcze znaki na niebie. Jestem stojącym nad grobem, do cna zdziecinniałym starcem.*

Czyżby będąca owocem wieloletnich starań mądrość opuściła go wraz ze zdrowiem i siłą? Był maesterem, uczył się w wielkiej Cytadeli Starego Miasta i tam też otrzymał swój łańcuch. Jak to możliwe, że głowę wypełniały mu przesądy, jakby był ciemnym parobkiem?

A jednak... a jednak... kometę było już widać nawet za dnia, z gorących szczelin Smoczej Góry wznoszącej się za jego plecami buchała jasnoszara para, a wczoraj rankiem biały kruk przyniósł wiadomość z samej Cytadeli. Choć z dawna jej oczekiwano, wzbudziła wielki strach. Lato dobiegło końca. Omeny się mnożyły i nie sposób już było ich ignorować.

Co to wszystko znaczy? — miał ochotę zawołać.

— Maesterze Cressenie, mamy gości. — Pylos mówił cicho, jakby tylko z najwyższą niechęcią przerywał starcowi medytację. Gdyby wiedział, jakie bzdury wypełniają jego myśli, krzyczałby wniebogłosy. — Księżniczka chce zobaczyć białego kruka. — Przestrzegający zawsze form Pylos nazywał ją teraz księżniczką, jako że jej pan ojciec był królem. Królem dymiącej skały otoczonej wielkim, słonym morzem, niemniej jednak królem. — Chce zobaczyć białego kruka. Jest z nią błazen.

Starzec odwrócił twarz od jutrzenki, wspierając się dłonią o wiwernę dla zachowania równowagi.

— Pomóż mi dojść do krzesła, a potem ich wpuść.

Pylos wziął go pod rękę i wprowadził do środka. W młodych latach Cressen był dziarskim piechurem, lecz zbliżał się już osiemdziesiąty dzień jego imienia i nogi miał słabe, a chód niepewny. Przed dwoma laty przewrócił się i złamał sobie biodro, które nie zrosło się prawidłowo. W zeszłym roku, gdy zachorował, ze Starego Miasta przysłano Pylosa, który przybył zaledwie kilka dni przed tym, nim lord Stannis zamknął wyspę... powiedzieli, że ma mu pomagać w pracy, Cressen znał jednak prawdę. Pylos miał go zastąpić, gdy umrze. Nie miał mu tego za złe. Ktoś będzie musiał zająć jego miejsce, i to prędzej niżby tego pragnął...

Pozwolił, by młodszy mężczyzna posadził go za księgami i papierami.

— Przyprowadź ją. Nie uchodzi kazać damie czekać.

Machnął słabo ręką, nakazując Pylosowi się pośpieszyć, choć sam nie był już do tego zdolny. Skórę miał pomarszczoną i usianą plamkami, tak cienką, że dostrzegał pod nią pajęczyny żył i kształt kości. Dłonie strasznie mu się teraz trzęsły, choć kiedyś były tak pewne i zręczne...

Gdy Pylos wrócił, dziewczyna przyszła z nim, nieśmiała jak zawsze. Za nią zdążał błazen, jak zwykle podskakując dziwacznie bokiem i powłócząc nogami. Na głowie miał hełm wykonany ze starego wiadra, zwieńczonego jelenim porożem, z którego zwisały krowie dzwonki. Kiedy skakał, rozbrzmiewały, każdy innym głosem: *klang-a-dang bong-dong ring-a-ling klong klong klong*.

— Kto odwiedza nas tak wcześnie, Pylosie? — zapytał Cressen.

— To ja i Plama, maesterze — odparła, mrugając powiekami niewinnych, niebieskich oczu. Jej twarz nie należała niestety do urodziwych. Po ojcu odziedziczyła wysuniętą, kwadratową szczękę, po matce fatalne uszy, a do tego szpeciła ją pozostałość po szarej łuszczycy, która omal nie zabrała dziewczynki, kiedy była jeszcze niemowlęciem. Dolną połowę jednego policzka i znaczny fragment szyi pokrywała spękana, łuszcząca się skóra. Mięśnie pod nią były sztywne i martwe, a usiane czarnymi i szarymi plamami ciało twarde jak kamień. — Pylos powiedział, że możemy obejrzeć białego kruka.

— Zaiste, możecie — odparł Cressen. Jakby kiedykolwiek jej czegoś odmówił. Odmówiono jej już zbyt wielu rzeczy. Na imię miała Shireen. W następny dzień swego imienia ukończy dziesięć lat i była najsmutniejszym dzieckiem, jakie widział w życiu. *Jej smutek jest dla mnie wstydem* — pomyślał starzec. *To kolejny dowód mojej porażki.*

— Maesterze Pylosie, bądź taki dobry i przynieś go z ptaszarni dla lady Shireen.

— Z przyjemnością. — Pylos był uprzejmym młodzieńcem. Liczył sobie nie więcej niż dwadzieścia pięć lat, lecz zachowywał się z taką powagą, jakby ukończył sześćdziesiąt. Gdyby tylko miał w sobie więcej humoru, więcej życia. Tego właśnie było tu potrzeba. Posępne miejsca wymagały radości, nie powagi, a Smocza Skała z całą pewnością była posępna. Samotną cytadelę otaczało burzliwe morskie pustkowie, a za nią czaił się cień dymiącej góry. Maester musiał się udać tam, dokąd mu kazano, dlatego Cressen przybył tu ze swym panem przed dwunastoma laty. Służył mu dobrze, choć nigdy nie kochał Smoczej Skały i nie czuł się tutaj jak w domu. Ostatnio, gdy budził się z niespokojnych snów, w których zawsze ważną rolę grała kobieta w czerwieni, często nie wiedział, gdzie się znajduje.

Błazen odwrócił wytatuowaną w pstrokaty wzór głowę, patrząc na Pylosa, który wspinał się po stromych, żelaznych schodach wiodących do ptaszarni. Zabrzmiały dzwonki.

— W podmorskiej krainie ptaki mają łuski zamiast piór — rzekł, pobrzękując. — Wiem to, wiem, tra-la-lem.

Nawet jak na błazna Plama wyglądał żałośnie. Być może kiedyś potrafił jednym ciętym żartem wywoływać huragany śmiechu, lecz morze odebrało mu tę umiejętność, wraz z większością rozumu i wszystkimi wspomnieniami. Był miękki i otyły, dręczyły go drgawki oraz tiki i często gadał od rzeczy. Teraz śmiała się z niego tylko księżniczka i ją jedną obchodziło, czy będzie żył, czy też umrze.

Brzydka dziewczynka, żałosny błazen i do towarzystwa maester... nad taką historią można się tylko rozpłakać.

— Usiądź przy mnie, dziecko. — Cressen przywołał ją skinieniem. — Jeszcze za wcześnie na wizyty. Dopiero przed chwilą wzeszło słońce.

— Miałam złe sny — oznajmiła Shireen. — O smokach. Przyszły mnie pożreć.

Odkąd maester Cressen sięgał pamięcią, dziecko prześladowały koszmary.

— Mówiliśmy już o tym — zaczął łagodnym tonem. — Smoki nie mogą wrócić do życia. Wykuto je z kamienia, dziecinko. W dawnych czasach nasza wyspa stanowiła najdalej wysuniętą na zachód placówkę wielkich Włości Valyriańskich. To Valyrianie wznieśli tę cytadelę. Dysponowali dawno już przez nas zapomnianymi umiejętnościami kształtowania kamienia. Wszędzie, gdzie dwa mury stykają się pod kątem, zamek musi mieć wieże. Wymagają tego względy obronne. Valyrianie ukształtowali baszty na podobieństwo smoków, by twierdza budziła przerażenie swoim wyglądem. Z tego samego powodu ukoronowali mury tysiącem chimer zamiast zwykłego blankowania. — Ujął delikatną różową rączkę dziewczynki w słabą, pokrytą plamami dłoń i uścisnął ją lekko. — Widzisz więc, że nie ma czego się bać.

Shireen nie dała się przekonać.

— A co z tym okropieństwem na niebie? Podsłuchałam, jak Dalla i Matrice rozmawiały przy studni. Dalla mówiła, że słyszała, kiedy kobieta w czerwieni powiedziała mamie, iż to smoczy oddech. Jeśli smoki oddychają, to chyba znaczy, że wracają do życia?

Kobieta w czerwieni — pomyślał skwaszony Cressen. *Nie wystarcza jej, że wypełniła swym szaleństwem głowę matki. Musi jeszcze zatruć sny córki.* Skarci ostro Dallę, powie jej, żeby nie powtarzała takich bzdur.

— To tylko kometa, dziecinko. Gwiazda z ogonem, która zgubiła drogę na niebie. Niedługo zniknie i za naszego życia już jej więcej nie zobaczymy. Sama się przekonasz.

Skinęła odważnie głową.

— Matka mówiła, że biały kruk oznacza, że już po lecie.

— To prawda, pani. Białe kruki przylatują tylko z Cytadeli. — Palce Cressena powędrowały ku łańcuchowi, który miał na szyi. Każde jego ogniwo wykonano z innego metalu. Symbolizowały różne opanowane przez niego gałęzie wiedzy i razem tworzyły łańcuch maestera, symbol jego zakonu. Gdy był dumny i młody, nosił go bez wysiłku, teraz jednak wydawał mu się ciężki, a dotyk metalu nieprzyjemnie chłodził jego skórę.

— Są większe i inteligentniejsze od innych kruków. Hoduje się je po to, by przenosiły najważniejsze wiadomości. Ten przyniósł nam pismo mówiące, że zebrało się Konklawe, które rozważyło meldunki napływające od maesterów z całego królestwa oraz dokonane przez nich pomiary, i ogłosiło, iż wielkie lato dobiegło wreszcie końca. Trwało dziesięć lat, dwa księżyce i szesnaście dni. Nikt z żyjących nie pamięta równie długiego.

— Czy zrobi się teraz zimno?

Shireen była dzieckiem urodzonym w lecie i nigdy nie zaznała prawdziwego chłodu.

— Z czasem — wyjaśnił Cressen. — Jeśli bogowie będą łaskawi, ześlą nam ciepłą jesień i dobre żniwa, żebyśmy mogli się przygotować do nadchodzącej zimy.

Prostaczkowie utrzymywali, że długie lato zapowiada jeszcze dłuższą zimę, maester nie widział jednak powodu, by straszyć dziecko podobnymi opowieściami.

Plama poruszył dzwonkami.

— W podmorskiej krainie zawsze trwa lato — zaintonował. — Syreny noszą we włosach nenymony i tkają suknie ze srebrzystych wodorostów. Wiem to, wiem, tra-la-lem.

Shireen zachichotała.

— Chciałabym mieć suknię ze srebrnych wodorostów.

— W podmorskiej krainie śnieg pada do góry — kontynuował błazen — a deszcz jest suchy jak pieprz. Wiem to, wiem, tra-la-lem.

— Naprawdę spadnie śnieg? — zaciekawiło się dziecko.

— Naprawdę — potwierdził Cressen. *Ale modlę się, by zdarzyło się to dopiero za wiele lat i żeby nie utrzymał się długo.* — Ach, wrócił Pylos z ptakiem.

Shireen krzyknęła radośnie. Nawet Cressen musiał przyznać, że kruk wygląda imponująco. Był biały jak śnieg i większy od największego jastrzębia, a lśniące, czarne oczy świadczyły, że to nie zwyczajny albinos, lecz prawdziwy biały kruk z Cytadeli.

— Chodź — zawołał. Ptak rozpostarł skrzydła, wzbił się w powietrze z głośnym furkotem i wylądował na stole obok maestera.

— Przyniosę ci śniadanie — zaproponował Pylos. Cressen skinął głową. — To jest lady Shireen — oznajmił krukowi. Ptak uniósł, a potem opuścił jasny łebek, jakby w pokłonie.

— Lady — zakrakał. — Lady.

Dziewczynka rozdziawiła usta z wrażenia.

— Umie mówić!

— Tylko kilka słów. Mówiłem ci, że to mądre ptaki.

— Mądry ptak, mądry człowiek, bardzo mądry błazen — odezwał się Plama przy akompaniamencie dzwonków. — Oj, bardzo, bardzo mądry błazen. — Zaczął śpiewać. — Cienie przyszły tańczyć, panie, tańczyć, panie, tańczyć, panie — nucił, przeskakując z nogi na nogę. — Cienie tu zostaną, panie, zostaną, panie, zostaną, panie.

Przy każdym słowie podrzucał głowę z głośnym brzękiem zdobiących poroże dzwonków. Biały kruk zerwał się z wrzaskiem do lotu i przysiadł na żelaznej poręczy schodów wiodących do ptaszarni. Shireen skurczyła się nagle.

— W kółko to wyśpiewuje. Mówiłam mu, żeby przestał, ale mnie nie słucha. Boję się tej piosenki. Każ mu przestać.

Jak miałbym to zrobić? — zastanowił się starzec. *Kiedyś mogłem uciszyć go na zawsze, ale teraz...*

Plama trafił do nich jako chłopiec. Wspominany przez wszystkich z miłością lord Steffon odnalazł go w Volantis, za wąskim morzem. Król — dawny król Aerys II Targaryen, który w owych dniach nie był jeszcze tak bardzo szalony — wysłał jego lordowską mość na poszukiwanie żony dla księcia Rhaegara, jako że chłopak nie miał sióstr, które mógłby poślubić.

— *Znaleźliśmy nadzwyczajnego błazna* — pisał Steffon do Cressena na dwa tygodnie przed powrotem z bezowocnej misji. — *To jeszcze chłopiec, ale jest zwinny jak małpka i bystry jak tuzin dworaków. Umie żonglować, opowiadać zagadki, zna sztuczki magiczne i potrafi ładnie śpiewać w czterech językach. Wykupiliśmy go z niewoli i mamy nadzieję przywieźć ze sobą. Robert będzie nim zachwycony, a błazen może z czasem nauczy śmiechu nawet Stannisa.*

Cressen ze smutkiem wspominał ów list. Nikt nie nauczył Stannisa śmiechu, a już zwłaszcza młody Plama. Niespodziewanie rozszalał się sztorm i Zatoka Rozbitków dowiodła, że słusznie nosi tę nazwę. Dwumasztowa galera „Władczyni Wichrów" rozpadła się w zasięgu wzroku od zamku. Dwaj najstarsi synowie lorda, stojący na blankach, ujrzeli, jak statek ojca uderza o skały i znika pod wodą. Razem z lordem Steffonem Baratheonem zginęło stu wioślarzy i marynarzy oraz jego pani żona. Przez długie dni każdy kolejny pływ pokrywał plażę pod Końcem Burzy nowym stosem rozdętych topielców.

Chłopca wyrzuciło na trzeci dzień. Maester Cressen zszedł na dół z całą resztą, by pomóc w rozpoznawaniu zwłok. Gdy znaleźli błazna, był nagi. Skórę miał białą, pomarszczoną i oblepioną mokrym piaskiem. Cressen pomyślał, że to kolejny trup, lecz gdy Jommy złapał nieszczęśnika za kostki, by powlec go do wozu, chłopiec wykaszlnął wodę i usiadł. Jommy aż po kres swych dni przysięgał, że skóra Plamy była zimna i mokra.

Nikt nigdy nie wyjaśnił, jak to się stało, że błazen przeżył w morzu całe dwa dni. Rybacy opowiadali, że syrena nauczyła go oddychać wodą w zamian za jego nasienie. Plama nie mówił nic. Bystry, dowcipny chłopak, o którym pisał lord Steffon, nie dotarł do Końca Burzy. Fale wyrzuciły na brzeg kogoś zupełnie innego — młodzieńca o zniszczonym ciele i umyśle, który ledwie był w stanie mówić, nie wspominając już o opowiadaniu dowcipów. Jego wygląd nie pozwalał jednak na wątpliwości. W Wolnym Mieście Volantis panował zwyczaj tatuowania twarzy niewolników i służących, a oblicze chłopaka od szyi aż po włosy pokrywała charakterystyczna dla błaznów czerwono-zielona szachownica.

— Ten nieszczęśnik jest obłąkany i cierpi ból. Nie przyniesie pożytku nikomu, a już najmniej sobie — zawyrokował stary ser Harbert, który był wówczas kasztelanem Końca Burzy. — Najlepiej by było podać mu kubek makowego mleka. Bezboleśnie zapadnie w sen i koniec. Pobłogosławiłby was za to, gdyby miał rozum.

Cressen nie chciał się jednak na to zgodzić i jego zdanie przeważyło. Nawet dziś, po tak wielu latach, nie potrafił powiedzieć, czy jego sprzeciw wyszedł Plamie na dobre.

— Cienie przyszły tańczyć, panie, tańczyć, panie, tańczyć, panie — śpiewał błazen, kołysząc głową. Dzwonki dźwięczały. *Bong dong, ring-a-ling, bong dong.*

— Panie — zaskrzeczał biały kruk. — Panie, panie, panie.

— Błazen śpiewa, co mu się spodoba — powiedział maester zaniepokojonej księżniczce. — Nie powinnaś przejmować się jego słowami. Jutro może sobie przypomnieć inną pieśń i tej już nigdy nie usłyszymy.

Lord Steffon napisał: *ładnie śpiewa w czterech językach.*

Do komnaty wszedł Pylos.

— Maesterze, wybacz.

— Zapomniałeś o owsiance — zauważył rozbawiony Cressen. To było zupełnie niepodobne do młodzieńca.

— Maesterze, nocą wrócił ser Davos. Mówili o tym w kuchni. Pomyślałem sobie, że zechcesz natychmiast się o tym dowiedzieć.

— Davos... mówisz nocą? Gdzie jest?

— U króla. Spędzili razem większą część nocy.

Były czasy, gdy lord Stannis obudziłby go bez względu na porę, by wysłuchać jego rady.

— Powinien był mnie zawiadomić — poskarżył się Cressen. — Powinien mnie obudzić. — Puścił dłoń Shireen. — Wybacz, pani. Muszę porozmawiać z twym panem ojcem. Pylosie, posłuż mi ramieniem. W tym zamku jest stanowczo zbyt wiele schodów. Mam wrażenie, że co noc dodają kilka nowych, po to tylko, żeby mi zrobić na złość.

Shireen i Plama ruszyli za nimi, lecz dziewczynka szybko się znużyła żółwim tempem starca i pomknęła naprzód. Błazen potruchtał chwiejnym krokiem za nią. Jego krowie dzwonki dźwięczały jak opętane.

Schodząc po spiralnych schodach Wieży Morskiego Smoka, Cressen przypomniał sobie po raz kolejny, że zamek to nie miejsce dla ludzi wątłego zdrowia. Lord Stannis przebywał w Komnacie Malowanego Stołu, na szczycie Kamiennego Bębna, centralnego donżonu Smoczej Skały. Nadano mu tę nazwę dlatego, że podczas burz jego starożytne mury głośno dudniły. Aby tam dotrzeć, musieli minąć galerię, potem środkowy i wewnętrzny mur, których strzegły chimery, oraz czarne, żelazne bramy, a wreszcie wdrapać się na schody tak długie, że Cressen nie chciał nawet o nich myśleć. Młodzieńcy pokonywali jednym krokiem po dwa stopnie, lecz dla starca o chorym biodrze każdy stopień stanowił udrękę. Niemniej lord Stannis z pewnością do niego nie zejdzie, maester pogodził się więc z losem. Cieszył się z tego, że miał chociaż Pylosa do pomocy.

Wlokąc się galerią, minęli szereg wysokich, łukowatych okien, za którymi rozciągał się widok na dziedziniec zamkowy, mur kurtynowy oraz leżącą dalej wioskę rybacką. Stojący na dziedzińcu łucznicy ćwiczyli strzelanie do beczek w rytm okrzyków: nałożyć, naciągnąć, strzał. Strzały furkotały niczym stado zrywających się do lotu ptaków. Po murach chodzili strażnicy, którzy spoglądali pomiędzy chimerami na obozujące na zewnątrz wojska. Poranne powietrze wypełniał dym z ognisk. Trzy tysiące zbrojnych zasiadło do śniadania pod chorągwiami swych lordów. Za rozległym obozem widać było pełne statków kotwicowisko. Żadnej jednostce, która przez ostatnie pół roku zbliżyła się na odległość wzroku do Smoczej Skały, nie pozwolono odpłynąć. Okręt lorda Stannisa, trójpokładowa, trzystuwiosłowa wojenna galera „Furia" wydawała się niemal mała w porównaniu z niektórymi opasłymi karakami i kogami, które kotwiczyły wokół niej.

Pełniący straż pod Kamiennym Bębnem żołnierze znali maesterów z widzenia i pozwolili im wejść.

— Zaczekaj tu — polecił Cressen Pylosowi, gdy już znaleźli się wewnątrz. — Lepiej będzie, jeśli pomówię z nim sam.

— To długa wspinaczka, maesterze.

Cressen uśmiechnął się.

— Myślisz, że o tym zapomniałem? Wspinałem się na te schody tak często, że znam z nazwy każdy stopień.

W połowie drogi pożałował swej decyzji. Zatrzymał się, by odetchnąć i choć na chwilę złagodzić ból biodra. Wtem usłyszał odgłos szurających po kamieniu butów i stanął twarzą w twarz z ser Davosem Seaworthem, który schodził na dół.

Był to niewysoki mężczyzna o plebejskim pochodzeniu wyraźnie wypisanym na pospolitej twarzy. Miał na sobie wyświechtany, zielony płaszcz pokryty plamami z soli i morskiej piany oraz wyblakły od słońca, pod nim zaś brązowy wams i spodnie, harmonizujące kolorem z oczyma i włosami. Z szyi zwisał mu na rzemyku mieszek z wytartej skóry. Krótką brodę upstrzyły liczne plamki siwizny, a na okaleczonej lewej dłoni miał skórzaną rękawicę. Ujrzawszy Cressena, zatrzymał się natychmiast.

— Ser Davosie — odezwał się maester. — Kiedy wróciłeś?

— Przed świtem. To moja ulubiona pora.

Opowiadano, że nikt nie potrafi kierować statkiem po ciemku

nawet w połowie tak dobrze, jak Davos Krótkoręki. Nim lord Stannis pasował go na rycerza, był najbardziej osławionym i nieuchwytnym przemytnikiem w całych Siedmiu Królestwach.

— I?

Mężczyzna potrząsnął głową.

— Twe ostrzeżenia okazały się słuszne. Nie powstaną, maesterze. Nie dla niego. Nie darzą go miłością.

Nie — pomyślał Cressen. *I nigdy go nie pokochają. Jest silny, utalentowany, sprawiedliwy... zaiste, aż nierozsądnie sprawiedliwy... ale to nie wystarczy. I tak było zawsze.*

— Rozmawiałeś ze wszystkimi?

— Ze wszystkimi? Nie. Tylko z tymi, którzy zechcieli mnie przyjąć. Również szlachetnie urodzeni mnie nie miłują. Zawsze pozostanę dla nich cebulowym rycerzem. — Zacisnął w pięść okaleczone palce lewej dłoni. Stannis odrąbał mu niegdyś końcówki wszystkich palców poza kciukiem. — Dzieliłem się chlebem z Gulianem Swannem i starym Penrose'em, a Tarthowie zgodzili się spotkać ze mną w gaju o północy. Pozostali... no cóż, Beric Dondarrion zaginął, niektórzy mówią, że nie żyje, a lord Caron jest z Renlym. Zwie się teraz Bryce'em Pomarańczowym z Tęczowej Gwardii.

— Tęczowej Gwardii?

— Renly powołał własną Gwardię Królewską — wyjaśnił były przemytnik — ale tych siedmiu nie nosi bieli. Każdy ma własny kolor. Ich lordem dowódcą został Loras Tyrell.

To właśnie był pomysł, jaki mógł przyjść do głowy Renly'emu Baratheonowi. Nowy, wspaniały zakon rycerski, noszący nowe, przepyszne szaty. Już jako chłopiec uwielbiał jaskrawe kolory i kosztowne tkaniny, a także zabawy.

— Patrzcie na mnie! — krzyczał, biegnąc ze śmiechem przez korytarze Końca Burzy. — Patrzcie na mnie, jestem smokiem. Patrzcie na mnie, jestem czarodziejem. Patrzcie na mnie, jestem bogiem deszczu.

Łobuziak z rozczochranymi, czarnymi włosami i roześmianymi oczyma był teraz dwudziestojednoletnim mężczyzną, lecz nadal uwielbiał zabawy. Patrzcie na mnie, jestem królem. Cressen westchnął ze smutkiem. *Och, Renly, Renly, kochany dzieciaku, czy ty wiesz, co robisz? I czy obeszłoby cię to, gdybyś wiedział? Czy poza mną jest ktoś, komu zależy na Stannisie?*

— Jaki powód odmowy podali owi lordowie? — zapytał Davosa.

— No cóż, niektórzy powtarzali gładkie słówka, inni mówili prosto z mostu, jedni oferowali usprawiedliwienia, drudzy obietnice, a byli też tacy, którzy po prostu kłamali. — Wzruszył ramionami. — W ostatecznym rozrachunku słowa to tylko wiatr.

— Nie mogłeś dać mu nadziei?

— Tylko fałszywą, a tego bym nigdy nie uczynił — odparł Davos. — Usłyszał ode mnie prawdę.

Maester Cressen wspomniał dzień, gdy po zakończeniu oblężenia Końca Burzy Davosa pasowano na rycerza. Lord Stannis utrzymał zamek przez niemal rok, choć miał nieliczny garnizon, a przeciw sobie potężne zastępy lordów Tyrella i Redwyne'a. Odcięto nawet drogę morską. Dzień i noc strzegły jej galery Redwyne'a, pływające pod burgundową banderą Arbor. W Końcu Burzy dawno już zjedzono wszystkie konie, zniknęły psy i koty, a obrońcom zostały jedynie rzodkiew i szczury. Wreszcie nadeszła noc, gdy księżyc był w nowiu, a czarne chmury przesłoniły gwiazdy. Pod osłoną ciemności przemytnik Davos przemknął się przez kordon Redwyne'a i ominął skały Zatoki Rozbitków. Jego stateczek miał czarne żagle, czarny kadłub, czarne wiosła oraz ładownię pełną cebuli i solonych ryb. Nie było to wiele, pozwoliło jednak obrońcom dotrwać do chwili, gdy Eddard Stark dotarł do twierdzy i położył kres oblężeniu.

Lord Stannis nagrodził Davosa wspaniałymi ziemiami na Przylądku Gniewu, małą twierdzą oraz tytułem rycerskim... rozkazał też jednak, by obcięto mu końcówki wszystkich palców lewej dłoni, aby ukarać go za długoletnie paranie się rzemiosłem przemytnika. Davos wyraził na to zgodę pod warunkiem, że Stannis sam będzie trzymał nóż, twierdząc, że nie zgodzi się przyjąć kary z rąk sługi. Lord użył rzeźnickiego tasaka, by ciąć szybko i pewnie. Davos wybrał dla swego nowo założonego rodu nazwisko Seaworth, a na jego chorągwi widniał czarny statek na jasnoszarym tle — z cebulą na żaglach. Były przemytnik lubił mawiać, że lord Stannis wyświadczył mu przysługę, gdyż miał dzięki niemu mniej paznokci do czyszczenia i przycinania.

Nie — pomyślał Cressen. *Taki człowiek nie dałby nikomu fałszywej nadziei ani nie złagodziłby trudnej prawdy.*

— Ser Davosie, prawda bywa gorzkim napojem, nawet dla kogoś takiego jak lord Stannis. On myśli tylko o powrocie na czele armii do

Królewskiej Przystani, o zmiażdżeniu wrogów i o odzyskaniu tego, co słusznie mu się należy. A teraz…

— Jeśli wyruszy z tak szczupłymi siłami na Królewską Przystań, z całą pewnością zginie. Ma za mało żołnierzy. Powiedziałem mu to, ale wiesz, jaki jest dumny. — Davos uniósł skrytą w rękawicy dłoń. — Prędzej mi palce odrosną, niż ten człowiek usłucha rozsądnej rady.

— Zrobiłeś wszystko, co mogłeś — odparł z westchnieniem starzec. — Muszę teraz dodać mój głos do twojego.

Wznowił powolną wspinaczkę.

Azyl lorda Stannisa Baratheona był wielką, okrągłą komnatą o ścianach z nagiego, czarnego kamienia. Były tam cztery wysokie, wąskie okna, skierowane na cztery strony świata. Pośrodku stał wielki stół, któremu komnata zawdzięczała swą nazwę — masywna bryła malowanego drewna, wyrzeźbiona na rozkaz Aegona Targaryena w dniach przed Podbojem. Malowany Stół miał ponad pięćdziesiąt stóp długości, a szerokości w najszerszym miejscu chyba ze dwadzieścia pięć, w najwęższym zaś niespełna cztery. Cieśle Aegona ukształtowali go na podobieństwo krainy Westeros, wycinając starannie wszystkie zatoki i półwyspy, aż wreszcie żaden z brzegów stołu nie był prosty. Na powierzchni, pociemniałej po trzystu latach pokostowania, wymalowano Siedem Królestw, tak jak wyglądały w czasach Aegona: rzeki i góry, zamki i miasta, jeziora i lasy.

W komnacie było tylko jedno krzesło, ustawione dokładnie w tym miejscu, w którym przy wybrzeżu Westeros znajdowała się Smocza Skała. Umieszczono je na podwyższeniu, by ten, kto na nim siedział, lepiej widział blat. Na krześle zasiadał człowiek odziany w obcisły skórzany kaftan oraz spodnie z brązowej wełny. Gdy maester Cressen wszedł do komnaty, mężczyzna podniósł wzrok.

— Wiedziałem, że przyjdziesz, starcze, bez względu na to, czy cię wezwę, czy nie.

W jego głosie nie było śladu ciepła. Rzadko je w nim słyszano.

Stannis Baratheon, lord Smoczej Skały i z łaski bogów prawowity dziedzic Żelaznego Tronu Siedmiu Królestw Westeros, był barczysty i żylasty. Jego twarz przywodziła na myśl garbowaną skórę, suszoną na słońcu tak długo, aż stała się mocna jak stal. Mówiąc o nim, ludzie używali słowa „twardy". Mieli rację. Choć nie ukończył jeszcze trzydziestego piątego roku życia, na głowie pozostał mu tylko wąski pasek czarnych włosów, który biegł za uszami niczym cień korony.

Jego brat, zmarły król Robert, w ostatnich latach życia zapuścił brodę. Maester Cressen nigdy go z nią nie widział, opowiadano jednak, że była dzika, gęsta i splątana. Jakby na przekór, Stannis przyciął zarost bardzo krótko. Jego kwadratową szczękę i kościste, zapadnięte policzki pokrywał tylko niebieskoczarny cień. Brwi miał gęste, a oczy wyglądały jak otwarte rany, ciemnobłękitne niby morska toń nocą. Usta mogłyby doprowadzić do rozpaczy nawet najzabawniejszego z błaznów. Były stworzone do gniewnych grymasów i ostro wypowiadanych rozkazów. Składały się tylko z wąskich, bladych warg oraz zaciśniętych mięśni. Zapomniały, jak się uśmiechać, a nigdy nie umiały się śmiać. Czasami, gdy noc była wyjątkowo cicha i spokojna, maester Cressen wyobrażał sobie, że słyszy, jak lord Stannis na drugim końcu zamku zgrzyta zębami.

— Kiedyś kazałbyś mnie obudzić — poskarżył się starzec.

— Kiedyś byłeś młody. Teraz jesteś stary i schorowany. Potrzebujesz więcej snu. — Stannis nigdy się nie nauczył łagodzić swych wypowiedzi, ukrywać uczuć ani schlebiać ludziom. Mówił to, co myślał, a ci, którym to się nie podobało, mogli sobie iść precz. — Wiedziałem, że wkrótce i tak się dowiesz, co miał do powiedzenia Davos. Zawsze tak się dzieje, prawda?

— W przeciwnym razie na nic bym ci się nie przydał — odparł Cressen. — Spotkałem Davosa na schodach.

— Pewnie wygadał ci wszystko? Szkoda, że nie uciąłem mu języka razem z palcami.

— Byłby wtedy kiepskim posłem.

— I tak spisał się marnie. Lordowie burzy nie ruszą palcem w mojej sprawie. Podobno mnie nie lubią, a fakt, że słuszność jest po mojej stronie, nic ich nie obchodzi. Tchórzliwi będą siedzieli za swymi murami, żeby się przekonać, w którą stronę wieje wiatr i kto najpewniej zatriumfuje. Odważni opowiedzieli się już za Renlym. Za Renlym! — warknął, jakby to imię było dla niego trucizną.

— Twój brat jest lordem Końca Burzy już od trzynastu lat. Ci ludzie są jego zaprzysiężonymi chorążymi...

— Jego chorążymi — przerwał mu Stannis — choć powinni należeć do mnie. Nie prosiłem o Smoczą Skałę. Nie chciałem jej. Zgodziłem się przybyć na wyspę tylko dlatego, że tu czaili się wrogowie Roberta, a on rozkazał mi się z nimi rozprawić. Zbudowałem dla niego flotę i wykonałem czarną robotę, spełniłem obowiązek młodszego brata wobec starszego. Renly powinien to samo uczynić dla mnie! I jak podziękował mi Robert? Mianował mnie lordem Smoczej Skały, a Koniec Burzy wraz z płynącymi z niego dochodami oddał Renly'emu. Koniec Burzy, który jest własnością rodu Baratheonów już od trzystu lat. Zgodnie z prawem, gdy Robert zasiadł na Żelaznym Tronie, zamek powinien przypaść mnie.

Żal wżarł się głęboko w duszę Stannisa, który nigdy nie czuł go tak mocno, jak w tej chwili. To właśnie było przyczyną jego słabości. Smocza Skała, choć stara i potężna, miała tylko garstkę niewiele znaczących lenników, których kamienne, wyspiarskie posiadłości liczyły sobie zbyt mało ludności, by dostarczyć Stannisowi potrzebnej mu armii. Nawet przy wsparciu najemników, których sprowadził zza wąskiego morza, z wolnych miast Myr i Lys, armia obozująca pod murami była zbyt słaba, by zgnieść potęgę rodu Lannisterów.

— Robert cię skrzywdził — zaczął ostrożnie maester Cressen — miał jednak swoje powody. Smocza Skała od dawna była siedzibą Targaryenów. Potrzebował tu silnego mężczyzny, a Renly był tylko dzieckiem.

— I nadal pozostaje dzieckiem — oznajmił Stannis. Głośne echa jego gniewu wypełniły pustą komnatę. — Złodziejskim dzieckiem, które chce ukraść mi koronę. Co takiego uczynił, by zasłużyć na tron? Siedzi sobie na radzie i żartuje z Littlefingerem, a na turniejach przywdziewa wspaniałą zbroję i pozwala, by lepsi od niego strącali go z konia. Oto cały mój brat Renly, który uważa, że powinien zostać królem. Pytam cię, za co bogowie pokarali mnie braćmi?

— Nie wiem, jakie są intencje bogów.

— Mam wrażenie, że ostatnio w ogóle mało wiesz. Kto jest maesterem Renly'ego? Być może powinienem posłać po niego. Jego rady mogłyby przynieść mi więcej pożytku. Jak sądzisz, co rzekł ów maester, kiedy mój brat postanowił skraść mi koronę? Jakiej rady udzielił temu zdradzieckiemu pomiotowi naszego rodu?

— Zdziwiłbym się, gdyby lord Renly pytał kogokolwiek o radę, Wasza Miłość.

Najmłodszy z trzech synów lorda Steffona wyrósł na mężczyznę śmiałego, lecz nieostrożnego, którym kierował bardziej impuls niż rozsądek. Pod tym względem, tak jak pod wieloma innymi, Renly był podobny do swego brata Roberta, a zupełnie niepodobny do Stannisa.

— Wasza Miłość — powtórzył z goryczą władca Smoczej Skały.

— Drwisz ze mnie, tytułując mnie jak króla, a czego królem jestem? Smocza Skała i kilka wysepek na wąskim morzu, oto całe moje królestwo. — Zszedł z podwyższenia i stanął obok stołu. Jego cień padał na ujście Czarnego Nurtu oraz las, w którym wznosiła się obecnie Królewska Przystań. Zamarł w bezruchu, rozmyślając o królestwie, które pragnął zdobyć. Było tuż obok, lecz jednocześnie bardzo daleko. — Mam dziś spożyć kolację z moimi lordami chorążymi, ilu ich tam mam. Z Celtigarem, Velaryonem, Bar Emmonem i całą tą garstką. Prawdę mówiąc, to żałosna banda, ale tylko tyle zostawili mi bracia. Ten lyseński pirat Salladhor Saan przedstawi mi listę długów, które muszę mu spłacić, Morosh Myrijczyk będzie mnie ostrzegał przed pływami i jesiennymi wichrami, a lord Sunglass mamrotał pobożne bzdury o woli Siedmiu. Celtigar zechce się dowiedzieć, którzy z lordów burzy przyłączą się do nas. Velaryon zagrozi, że zabierze swe pospolite ruszenie do domu, jeśli natychmiast nie ruszymy do ataku. Co mam im powiedzieć? Co winienem teraz uczynić?

— Twoimi prawdziwymi wrogami są Lannisterowie, panie — odparł maester Cressen. — Gdybyś połączył siły z bratem…

— Nie będę pertraktował z Renlym, dopóki każe się tytułować królem — odparł Stannis nie dopuszczającym sprzeciwu tonem.

— W takim razie nie z Renlym — ustąpił maester. Jego pan był uparty i dumny. Gdy raz podjął decyzję, nic nie mogło jej zmienić. — Możesz się też sprzymierzyć z innymi. Syna Eddarda Starka ogłoszono królem północy. Stoi za nim cała potęga Winterfell i Riverrun.

— To nieopierzony chłopak i kolejny fałszywy król — skontrował Stannis. — Czy mam się pogodzić z rozbiciem królestwa?

— Z pewnością lepsze jest pół królestwa niż nic — przekonywał go Cressen. — Jeśli pomożesz mu pomścić śmierć ojca…

— Dlaczego miałbym mścić Eddarda Starka? Nic dla mnie nie znaczył. Och, Robert z pewnością go kochał. Kochał go jak brata. Ile razy to od niego słyszałem? To ja byłem jego bratem, nie Ned Stark, ale nikt by się tego nie domyślił, biorąc pod uwagę, jak mnie traktował. Obroniłem dla niego Koniec Burzy. Dzielni ludzie marli z głodu na moich oczach, podczas gdy Mace Tyrell i Paxter Redwyne ucztowali w zasięgu wzroku od murów. I czy Robert mi podziękował? Nie. Podziękował Starkowi, który przegnał oblegających, gdy nam zostały już tylko szczury i rzodkiew. Na rozkaz Roberta zbudowałem flotę i w jego imieniu zdobyłem Smoczą Skałę. Czy uścisnął mi dłoń i powiedział: „Dzielnie się spisałeś, bracie. Cóż bym uczynił bez ciebie?" Nie. Oskarżył mnie o to, że pozwoliłem Willemowi Darry'emu wykraść Viserysa i dziewczynkę, jakbym mógł temu zapobiec. Przez piętnaście lat zasiadałem w jego radzie, pomagając Jonowi Arrynowi zarządzać królestwem, podczas gdy Robert pił i chędożył dziwki, ale czy po śmierci Jona brat mianował mnie swym namiestnikiem? Nie, natychmiast pogalopował do swego drogiego przyjaciela Neda Starka i jemu zaoferował ten zaszczyt. Co prawda, marnie na tym obaj wyszli.

— Co się stało, to się nie odstanie, Wasza Miłość — rzekł maester Cressen łagodnym tonem. — Wielce cię skrzywdzono, lecz przeszłość to proch, a jeśli połączysz siły ze Starkami, przyszłość może jeszcze należeć do ciebie. Są też inni, z którymi możesz poszukać porozumienia. Co z lady Arryn? Z pewnością pragnie sprawiedliwości, jeśli to królowa zamordowała jej męża. Ma młodego syna, dziedzica Jona Arryna. Gdybyś zaręczył z nim Shireen…

— Chłopak jest słaby i chorowity — sprzeciwił się Stannis. — Nawet jego ojciec to widział. Prosił mnie, bym wziął go pod opiekę na Smoczej Skale. Służba w charakterze pazia mogłaby mu pomóc, ale ta przeklęta lannisterska wiedźma otruła lorda Arryna, nim zdążyliśmy zawrzeć umowę, a teraz Lysa ukrywa chłopaka w Orlim Gnieździe. Zapewniam cię, że nigdy już się z nim nie rozstanie.

— W takim razie musisz wysłać Shireen do Orlego Gniazda — nalegał maester. — Smocza Skała jest zbyt ponura dla dziecka. Błazen niech popłynie z nią, żeby miała przy sobie jakąś znajomą twarz.

— Znajomą i ohydną. — Stannis zmarszczył czoło z namysłem. — Niemniej… może warto by spróbować…

— Czy prawowity pan Siedmiu Królestw musi błagać o pomoc wdów i uzurpatorów? — zabrzmiał ostry kobiecy głos.

Maester Cressen odwrócił się i pochylił głowę w ukłonie.

— Pani — przywitał ją, zły, że nie usłyszał, kiedy wchodziła.

Lord Stannis skrzywił się.

— Nigdy nikogo o nic nie błagam. Nie zapominaj o tym, kobieto.

— Słyszę to z przyjemnością, panie. — Lady Selyse dorównywała wzrostem mężowi. Była chuda, miała wąską twarz, odstające uszy, ostry nos i cień wąsów na górnej wardze. Co dzień je sobie wyskubywała i regularnie przeklinała, lecz zawsze odrastały z powrotem. Oczy miała jasne, a usta zastygłe w grymasie surowości. Jej głos ciął ostro jak bicz i teraz zrobiła z niego użytek.

— Lady Arryn jest ci winna wierność, podobnie jak Starkowie, twój brat Renly i cała reszta. Jesteś ich prawowitym królem. Nie godzi się, byś ich błagał i targował się z nimi o to, co słusznie ci się należy z łaski boga.

Powiedziała „boga" nie „bogów". Kobieta w czerwieni zawładnęła jej sercem i duszą, sprawiła, że odwróciła się od bogów Siedmiu Królestw, tak starych, jak i nowych, i czciła tylko tego, którego zwano Panem Światła.

— Twój bóg może sobie zatrzymać swą łaskę — rzucił lord Stannis, który nie podzielał żarliwej wiary żony. — Potrzebuję mieczy, nie błogosławieństw. Czy masz gdzieś ukrytą armię, o której nic mi nie mówiłaś?

W jego głosie nie było czułości. Stannis zawsze czuł się skrępowany w obecności kobiet, nawet własnej żony. Gdy wyruszył do Królewskiej Przystani, by zasiadać w radzie Roberta, zostawił Selyse na Smoczej Skale, razem z ich córką. Pisał rzadko, a odwiedzał ją jeszcze rzadziej. Raz czy dwa razy do roku spełniał swój obowiązek w małżeńskim łożu, lecz nie sprawiało mu to satysfakcji, a synowie, których ongiś pragnął, nigdy się nie narodzili.

— Moi bracia, stryjowie i kuzyni mają wojska — oznajmiła Selyse. — Ród Florentów stanie pod twymi sztandarami.

— Ród Florentów może zgromadzić w najlepszym razie dwa tysiące mieczy. — Powiadano, że Stannis zna siłę każdego rodu w Siedmiu Królestwach. — Poza tym, pokładasz w tych swoich braciach i stryjach znacznie więcej wiary niż ja, pani. Ziemie Florentów leżą za blisko Wysogrodu, by twój pan stryj zechciał się narazić na gniew Mace'a Tyrella.

— Jest inny sposób. — Lady Selyse podeszła bliżej. — Wyjrzyj przez okna, panie. Oto znak, na który czekałeś, pojawił się na niebie. Jest czerwony, a czerwień to barwa ognia, barwa gorejącego serca prawdziwego boga. To jego sztandar. Jego i twój! Spójrz jak łopocze na niebie niczym gorący smoczy oddech. Ty jesteś panem Smoczej Skały. To znaczy, że twój czas nadszedł, Wasza Miłość. Nie ma nic pewniejszego. Jest ci pisane odpłynąć z tej skały, jak ongiś uczynił to Aegon Zdobywca, by rozbić w puch wszystkich wrogów, tak jak on. Powiedz tylko słowo i uznaj moc Pana Światła.

— A ile mieczy on mi da? — zapytał Stannis.

— Ile tylko będziesz potrzebował — obiecała jego żona. — Na początek miecze Końca Burzy i Wysogrodu oraz wszystkich ich lordów chorążych.

— Davos mówił co innego — sprzeciwił się Stannis. — Wszyscy oni poprzysięgli wierność Renly'emu. Miłują mego uroczego młodszego brata, tak jak ongiś kochali Roberta… a mnie nigdy nie darzyli miłością.

— To prawda — zgodziła się. — Ale gdyby Renly umarł…

Stannis zmrużył oczy, wpatrując się w swą żonę. Wreszcie Cressen poczuł się zmuszony odezwać.

— Nie wolno o tym nawet myśleć, Wasza Miłość. Bez względu na to, jakie głupstwa popełnił Renly…

— Głupstwa? Ja nazywam to zdradą. — Stannis ponownie zwrócił się ku żonie. — Mój brat jest młody i silny, a do tego otaczają go liczne zastępy i ci jego tęczowi rycerze.

— Melisandre zajrzała w płomienie i zobaczyła tam jego śmierć.

Cressena poraziła groza.

— Bratobójstwo… panie, to niewyobrażalne zło… proszę cię, wysłuchaj mnie.

Lady Selyse przyjrzała mu się uważnie.

— A co ty mu powiesz, maesterze? Że może zdobyć pół królestwa, jeśli padnie na kolana przed Starkami i sprzeda córkę Lysie Arryn?

— Wysłuchałem już twej rady, Cressenie — oznajmił lord Stannis. — Teraz posłucham, co ona ma do powiedzenia. Możesz odejść.

Maester Cressen ugiął sztywne kolano. Oddalając się powoli, czuł na plecach spojrzenie lady Selyse. Kiedy zszedł na dół, ledwie trzymał się na nogach.

— Pomóż mi — poprosił Pylosa.

Po powrocie do swych komnat Cressen odesłał młodzieńca, wyszedł, utykając, na balkon, stanął między chimerami i wpatrzył się w morze. Jeden z okrętów Salladhora Saana mknął po szarozielonych wodach, poruszając wiosłami. Śledził galerę wzrokiem, aż skryła się za przylądkiem.

Gdyby tylko moje obawy mogły zniknąć równie łatwo. Czy żył tak długo po to tylko, by doczekać się czegoś podobnego?

Przyjmując łańcuch, maester wyrzekał się nadziei na dzieci, Cressen jednak często czuł się jak ojciec. Robert, Stannis, Renly… gdy gniewne morze zabrało lorda Steffona, wychował trzech synów. Czy sprawił się aż tak źle, że teraz pozabijają się nawzajem na jego oczach? Nie wolno mu do tego dopuścić.

W sercu całej tej sprawy kryła się kobieta. Nie lady Selyse, lecz ta druga. Słudzy zwali ją kobietą w czerwieni, bojąc się wypowiadać jej imię.

— Ja nazwę ją po imieniu — powiedział Cressen piekielnemu ogarowi z kamienia. — Melisandre.

Melisandre z Asshai, czarodziejka, władczyni cieni i kapłanka R'hllora, Pana Światła, Serca Ognia, Boga Płomieni i Cienia. Nie można pozwolić, by jej szaleństwo wydostało się poza Smoczą Skałę.

Po jasności poranka własne komnaty wydawały mu się mroczne i ponure. Starzec drżącymi dłońmi zapalił świecę, po czym zaniósł ją do umieszczonej pod schodami do ptaszarni pracowni, gdzie na półkach stały w równych szeregach maści, lekarstwa i eliksiry. Na najniższej półce, za szeregiem pękatych słoiczków z balsamami, znalazł szklaną fiolkę barwy indygo, nie większą niż jego mały palec. Gdy nią potrząsnął, coś w niej zagrzechotało. Cressen zdmuchnął warstewkę kurzu, po czym wrócił do stołu. Osunął się na krzesło, wyciągnął zatyczkę i wysypał z naczynka jego zawartość. Tuzin kryształków, nie większych od nasion, upadł na pergamin, który czytał. Lśniły w blasku świec niczym klejnoty. Były tak intensywnie fioletowe, że maesterowi przemknęła przez głowę myśl, iż nigdy dotąd nie widział, jak naprawdę wygląda ten kolor.

Łańcuch, który miał zawieszony na szyi, wydał mu się nagle bardzo ciężki. Dotknął lekko jednego z kryształków koniuszkiem małego palca. *Taki drobiazg, a sprawuje władzę nad życiem i śmiercią.* Sporządzano je z pewnej rośliny, która rosła na wyspach Morza Nefrytowego, na drugim końcu świata. Jej liście suszyło się, a potem namaczało w miksturze złożonej z wapna, słodzonej wody oraz pewnych rzadkich korzeni z Wysp Letnich. Potem można je było wyrzucić, eliksir zaś należało zagęścić popiołem i zaczekać, aż się skrystalizuje. Proces był powolny i trudny, a składniki kosztowne i niełatwe do zdobycia. Alchemicy z Lys potrafili jednak produkować tę substancję, podobnie jak Ludzie Bez Twarzy z Braavos… a także maesterzy jego zakonu, choć poza murami Cytadeli o tym nie wspominano. Cały świat wiedział, że maester wykuwał srebrne ogniwo swego łańcucha, gdy poznał sztukę uzdrawiania, świat wolał jednak nie pamiętać, że ci, którzy umieją leczyć, potrafią również zabijać.

Cressen nie pamiętał już jaką nazwę nadali liściowi Asshai'i, ani jak lyseńscy truciciele zwali kryształ. W Cytadeli nazywano go po prostu dusicielem. Jeśli rozpuszczono go w winie, sprawiał, że mięśnie ludzkiego gardła zaciskały się mocniej niż pięść, zamykając światło tchawicy. Twarz ofiary podobno robiła się fioletowa jak kryształki, które stały się przyczyną jej śmierci, lecz tak samo przecież wyglądało oblicze człowieka, który zadławił się przy jedzeniu.

Dzisiejszej nocy lord Stannis wydawał ucztę dla swych chorążych, pani żony… i kobiety w czerwieni, Melisandre z Asshai.

Muszę odpocząć — nakazał sobie maester Cressen. *Po zmierzchu będę potrzebował siły. Dłonie nie mogą mi zadrżeć, a moja odwaga musi być niezachwiana. To straszliwy uczynek, trzeba go jednak popełnić. Jeśli bogowie istnieją, z pewnością mi wybaczą.* Ostatnio sypiał bardzo źle. Drzemka pozwoli mu wypocząć przed czekającą go próbą. Powlókł się znużonym krokiem ku łożu. Nawet gdy zamknął powieki, widział blask komety, który rozjaśniał mrok jego snów, czerwony, gorejący i pełen jaskrawego życia.

Być może to moja kometa — pomyślał ospale na chwilę przed zapadnięciem w drzemkę. *Krwawy omen, zapowiedź morderstwa… tak jest…*

Gdy się obudził, było już zupełnie ciemno. Komnatę wypełniał mrok, a jego rwało we wszystkich stawach. Usiadł z wysiłkiem, dręczony bólem głowy, ścisnął w dłoniach laskę i podniósł się chwiejnie. *Jest bardzo późno* — pomyślał. *Nie wezwali mnie.*

Zawsze wzywano go na uczty. Siadywał na honorowym miejscu, blisko lorda Stannisa. Ujrzał przed oczyma twarz swego pana, nie mężczyzny, lecz chłopca, który stał w zimnym cieniu, gdy na jego starszego brata padały promienie słońca. Cokolwiek by uczynił, Robert zrobił to już przed nim i to lepiej. Biedny chłopak… to dla niego musi się teraz pośpieszyć.

Maester znalazł kryształy tam, gdzie je zostawił. Zsypał je z pergaminu. Nie miał wydrążonego pierścienia, jakich podobno używali truciciele z Lys, lecz w luźne rękawy jego szaty wszyto niezliczone kieszenie, wielkie i małe. Ukrył w jednej z nich kryształki dusiciela i otworzył drzwi.

— Pylosie? Gdzie jesteś? — zawołał.

— Pylosie, potrzebuję twej pomocy — powtórzył, nie usłyszawszy odpowiedzi. Znowu cisza. Bardzo dziwne. Cela młodego maestera znajdowała się tuż za zakrętem schodów i Pylos powinien z łatwością go usłyszeć.

W końcu Cressen musiał zawołać służących.

— Szybciej — ponaglał ich. — Spałem za długo. Na pewno już ucztują... piją... ktoś powinien mnie obudzić.

Co się stało z maesterem Pylosem? Doprawdy tego nie pojmował.

Znowu musiał przejść przez długą galerię. Przez wielkie okna wpadał z szeptem nocny wiatr, niosący ostrą woń morza. Na murach Smoczej Skały i w położonym pod nimi obozie płonęły migotliwe pochodnie. Widział też setki ognisk, zupełnie jakby na ziemię spadł fragment rozgwieżdżonego firmamentu. Nad tym wszystkim lśniła kometa, czerwona i złowróżbna. *Jestem za stary i zbyt mądry, żeby bać się takich rzeczy* — przekonywał sam siebie maester.

Drzwi Wielkiej Komnaty wprawiono w paszczę kamiennego smoka. Cressen polecił sługom, by zostawili go u wejścia. Lepiej będzie, jeśli wejdzie sam. Nie może wydać się słaby. Wsparty ciężko na lasce maester wdrapał się na kilka ostatnich stopni i wszedł, utykając, między zębiska. Dwóch wartowników otworzyło przed nim ciężkie, czerwone drzwi, wypuszczając na zewnątrz nagły strumień hałasu i światła. Cressen zagłębił się w smoczej paszczy.

I natychmiast usłyszał przebijający się przez klekot noży i talerzy śpiew Plamy:

— ...tańczyć, panie, tańczyć, panie.

Towarzyszył mu brzęk dzwonków. To była ta sama straszliwa pieśń, którą śpiewał rano.

— Cienie tu zostaną, panie, zostaną, panie, zostaną, panie.

Za niżej ustawionymi stołami tłoczyli się rycerze, łucznicy i kapitanowie najemników, którzy odrywali kawały czarnego chleba i maczali je w duszonej rybie. Nie słyszało się tu głośnego śmiechu ani ochrypłych krzyków, które ujmowały godności ucztom wydawanym przez innych ludzi. Lord Stannis nie pozwalał na podobne ekscesy.

Cressen ruszył ku podniesieniu, na którym zasiadali lordowie i król. Musiał ominąć Plamę szerokim łukiem. Błazen tańczył, pobrzękując krowimi dzwonkami, i nie widział ani nie słyszał maestera. Przeskakując z nogi na nogę, Plama wpadł nagle na starca, wytrącając mu z rąk laskę. Obaj runęli na sitowie. Komnatę wypełnił nagły huragan śmiechu. Z pewnością wyglądało to komicznie.

Plama leżał na nim, przyciskając malowaną, błazeńską gębę do jego twarzy. Zgubił gdzieś swój hełm z cynowanej blachy z porożem i krowimi dzwonkami.

— W podmorskiej krainie ludzie przewracają się do góry — oznajmił. — Wiem to, wiem, tra-la-lem.

Zachichotał, stoczył się z Cressena, zerwał na nogi i odtańczył krótki taniec.

Maester postanowił zrobić dobrą minę do złej gry. Uśmiechnął się słabo i spróbował wstać, lecz biodro bolało go tak bardzo, że przez chwilę bał się, iż znowu je sobie złamał. Poczuł, że czyjeś mocne dłonie ujęły go pod ramiona i postawiły na nogi.

— Dziękuję, ser — wyszeptał, odwracając się, by zobaczyć, który z rycerzy pośpieszył mu z pomocą.

— Maesterze — rzekła lady Melisandre. W jej niskim głosie pobrzmiewała muzyka Morza Nefrytowego. — Powinieneś na siebie uważać.

Jak zwykle była od stóp do głów odziana w czerwień. Miała na sobie długą, luźną suknię z jedwabiu jaskrawego jak ogień. Rozcięte rękawy i głębokie wycięcia w gorseciku ukazywały ukrytą pod spodem ciemniejszą tkaninę o barwie krwi. Złotoczerwony kołnierz był ciaśniejszy niż łańcuch maestera i zdobił go jeden wielki rubin. Jej włosy nie były pomarańczowe czy rudoblond, jak zwykle u rudych ludzi. Miały intensywny kolor miedzi i lśniły w blasku pochodni. Nawet oczy miała czerwone… lecz skórę białą i gładką, nieskazitelną i jasną jak śmietana. Była szczupła i pełna gracji, wyższa niż większość rycerzy. Piersi miała pełne, talię wąską, a twarz o kształcie serca. Mężczyzna, którzy raz ją ujrzał, nie odwracał szybko wzroku. Nawet maester. Wielu utrzymywało, że jest piękna. Nie była piękna, lecz czerwona. Straszliwa i czerwona.

— Dzię… dziękuję, pani.

Duszę Cressena wypełnił szept strachu. *Ona wie, co zapowiada kometa. Jest mądrzejsza od ciebie, starcze.*

— Człowiek tak wiekowy musi patrzeć pod nogi — powiedziała uprzejmie. — Noc jest ciemna i pełna strachów.

Znał te słowa. Pochodziły z jednej z modlitw jej religii. *To nieważne. Mam własną wiarę.*

— Tylko dzieci boją się ciemności — odpowiedział. W tej samej chwili jednak usłyszał, że Plama znowu zaczął śpiewać.

— Cienie przyszły tańczyć, panie, tańczyć, panie, tańczyć, panie.

— Oto jest zagadka — ciągnęła. — Mądry błazen i głupi mędrzec.

Schyliła się, podniosła z podłogi hełm Plamy i nałożyła go Cressenowi. Kubeł z cynowanej blachy opadł mu aż na uszy. Zabrzęczały krowie dzwonki.

— Ta korona pasuje do twego łańcucha, lordzie maesterze — oznajmiła. Wszędzie wokół mężczyźni wybuchnęli śmiechem.

Cressen zacisnął usta, ze wszystkich sił starając się powstrzymać wściekłość. Uważała go za słabego, bezradnego starca. Nim noc dobiegnie końca, przekona się, że była w błędzie. Może i był stary, lecz nadal pozostawał maesterem z Cytadeli.

— Nie potrzebuję żadnej korony poza prawdą — odpowiedział, zdejmując błazeński hełm.

— Są na świecie prawdy, których nie uczą w Starym Mieście.

Odwróciła się od niego, zamiatając czerwonym jedwabiem, i ruszyła ku stołowi na podwyższeniu, gdzie zasiadał król Stannis z królową. Cressen wręczył Plamie ozdobiony jelenimi rogami hełm i podążył za nią.

Na jego miejscu siedział maester Pylos.

Starzec mógł tylko zatrzymać się i wbić w niego wzrok.

— Maesterze Pylosie — odezwał się wreszcie. — Nie... nie obudziłeś mnie.

— Jego Miłość rozkazał, bym pozwolił ci odpocząć. — Pylos miał przynajmniej tyle przyzwoitości, by się zaczerwienić. — Powiedział mi, że jesteś tu zbyteczny.

Cressen przesunął spojrzenie po rycerzach, kapitanach i lordach, którzy siedzieli w milczeniu. Lord Celtigar, postarzały i skwaszony, miał na sobie płaszcz, który zdobiły kraby z czerwonych granatów. Przystojny lord Velaryon wybrał jedwab koloru morskiej zieleni. U gardła miał konika morskiego z białego złota, który harmonizował barwą z jego długimi, jasnymi włosami. Lord Bar Emmon, tłusty, czternastoletni chłopak, miał na sobie fioletowy aksamitny strój, obszyty białym foczym futrem. Ser Axell Florent wyglądał pospolicie nawet w rdzawym odzieniu i lisim futrze. W naszyjniku, bransolecie i pierścieniu pobożnego lorda Sunglassa pyszniły się kamienie księżycowe, a lyseński kapitan Salladhor Saan lśnił niczym słońce, spowity w szkarłatne atłasy, złoto i klejnoty. Tylko ser Davos wolał prosty strój — brązowy wams i zielony wełniany płaszcz — i tylko on spojrzał mu w oczy z litością.

— Jesteś chory i miesza ci się w głowie. Na nic mi się nie przydasz, starcze. — Wydawało się, że to głos lorda Stannisa, ale to było niemożliwe, niemożliwe. — Od tej pory mym doradcą będzie Pylos. Już teraz zajmuje się krukami, jako że nie możesz wspiąć się do ptaszarni. Nie chcę, żebyś przypłacił życiem służbę dla mnie.

Maester Cressen zamrugał powiekami. *Stannis, mój panie, mój smutny, markotny chłopcze, synu, którego nigdy nie miałem, nie możesz mi tego zrobić, czy nie wiesz, jak bardzo o ciebie dbałem? Żyłem dla ciebie i miłowałem cię bez względu na wszystko? Tak jest, miłowałem cię, bardziej nawet niż Roberta czy Renly'ego, bo to ty byłeś niekochany i najbardziej mnie potrzebowałeś.*

— Jak rozkażesz, panie — rzekł jednak tylko. — Ale... ale jestem głodny. Czy nie ma dla mnie miejsca przy twym stole?

U twego boku, powinienem zasiadać u twego boku...

Ser Davos dźwignął się z ławy.

— Poczuję się zaszczycony, jeśli maester spocznie obok mnie, Wasza Miłość.

— Jak sobie życzysz.

Lord Stannis odwrócił się i powiedział coś do Melisandre, która zasiadała na honorowym miejscu po jego prawej stronie. Po lewej siedziała lady Selyse, która rozciągała usta w uśmiechu jasnym i kruchym jak jej klejnoty.

Za daleko — pomyślał otępiały Cressen, patrząc na miejsce, w którym siedział ser Davos. Przemytnika dzieliła od stołu na podwyższeniu połowa lordów chorążych. *Żeby wrzucić jej dusiciela do kielicha, muszę podejść bliżej. Ale jak to zrobić?*

Gdy maester ruszył powoli wokół stołu do Davosa Seawortha, Plama znowu się rozbrykał.

— Tutaj my jemy ryby — oznajmił radosnym tonem, wywijając dorszem niczym berłem. — A w podmorskiej krainie ryby jedzą nas. Wiem to, wiem, tra-la-lem.

Ser Davos przesunął się na bok, żeby zrobić Cressenowi miejsce na ławie.

— Wszyscy powinniśmy dziś przywdziać błazeńskie stroje —

stwierdził przygnębiony, gdy starzec usiadł. — Bo całe to przedsięwzięcie jest godne błaznów. Kobieta w czerwieni zobaczyła w swych płomieniach zwycięstwo i Stannis zamierza zgłosić pretensje do tronu, nie zważając na brak żołnierzy. Obawiam się, że nim się od niej uwolnimy, każdy z nas zobaczy to, co widział Plama. Dno morza.

Cressen wsunął dłonie w rękawy, jakby chciał je ogrzać. Jego palce wyczuły pod wełną twarde kryształki.

— Lordzie Stannisie.

Stannis odwrócił się od kobiety w czerwieni, lecz to lady Selyse udzieliła mu odpowiedzi.

— Królu Stannisie. Zapominasz się, maesterze.

— Jest stary i pamięć mu nie dopisuje — burknął król. — O co chodzi, Cressenie? Słucham cię.

— Jeśli twa flota ma wyruszyć do boju, bezwzględnie musisz zawrzeć sojusz z lordem Starkiem i lady Arryn...

— Z nikim nie zawrę sojuszu — odparł Stannis Baratheon.

— Światło nie może być sprzymierzeńcem ciemności — dodała lady Selyse, ujmując jego dłoń.

Stannis skinął głową.

— Starkowie chcą ukraść połowę mego królestwa, tak samo jak Lannisterowie skradli mi tron, a mój słodki brat miecze i grody, które prawnie należą się mnie. Wszyscy są uzurpatorami i moimi nieprzyjaciółmi.

Utraciłem go, pomyślał zrozpaczony Cressen. Gdyby tylko mógł w jakiś sposób podejść niezauważony do Melisandre... musiał tylko na chwilę dostać się w pobliże jej pucharu.

— Jesteś prawowitym dziedzicem swego brata Roberta, prawdziwego władcy Siedmiu Królestw, króla Andalów, Rhoynarów i Pierwszych Ludzi — mówił zdesperowany — lecz mimo to nie możesz liczyć na to, że odniesiesz triumf bez pomocy sojuszników.

— Ma sojusznika — oznajmiła lady Selyse. — R'hllora, Pana Światła, Serce Ognia, Boga Płomieni i Cienia.

— Bogowie to w najlepszym razie niepewni sprzymierzeńcy — nie ustępował starzec. — A moc tego boga tu nie sięga.

— Tak sądzisz? — Melisandre odwróciła głowę. Rubin na jej szyi zalśnił w blasku ognia i przez chwilę wydawał się jasny jak kometa. — Jeśli opowiadasz takie głupstwa, maesterze, może powinniśmy znowu nałożyć ci koronę.

— Tak — zgodziła się lady Selyse. — Hełm Plamy. To odpowiednie nakrycie głowy dla ciebie, starcze. Rozkazuję ci go przywdziać.

— W podmorskiej krainie nikt nie nosi kapeluszy — odezwał się Plama. — Wiem to, wiem, tra-la-lem.

Oczy lorda Stannisa niknęły w cieniu krzaczastych brwi. Poruszył bezgłośnie szczęką, zaciskając usta. Kiedy się gniewał, zawsze zgrzytał zębami.

— Błaźnie — warknął wreszcie. — Moja pani żona wydała ci rozkaz. Daj Cressenowi swój hełm.

Nie — pomyślał stary maester. *To nie jesteś ty. Ty tak nie postępujesz. Zawsze byłeś sprawiedliwy, zawsze twardy, lecz nigdy okrutny. Nigdy. Nie wiedziałeś, co to drwina, tak samo jak nie wiesz, co to śmiech.*

Plama zbliżył się tanecznym krokiem przy akompaniamencie dzwonków. Maester siedział bez słowa, gdy błazen wsuwał mu na głowę ceber ozdobiony jelenimi rogami. Pochylił głowę pod jego ciężarem. Zadźwięczały dzwonki.

— Być może powinien od dziś wyśpiewywać swe rady — zaproponowała lady Selyse.

— Posuwasz się za daleko, kobieto — skarcił ją lord Stannis. — To stary człowiek, który dobrze mi służył.

I będę ci służył aż do końca, mój słodki panie, mój nieszczęsny, samotny synu — pomyślał Cressen, który nagle ujrzał przed sobą szansę. Stał przed nim puchar ser Davosa, nadal do połowy wypełniony kwaśnym, czerwonym winem. Znalazł w rękawie twardy kryształek i — ściskając go między kciukiem a palcem wskazującym — sięgnął po kielich.

Muszę to zrobić gładko i zręcznie. Nie mogę się teraz pomylić — modlił się. Bogowie okazali mu przychylność. Już po chwili palce miał puste. Jego dłonie od lat nie były tak pewne, ich ruchy nawet w połowie tak płynne. Davos dostrzegł, co zrobił, ale poza nim nikt. Cressen był tego pewien. Ściskając puchar w ręku, podniósł się z ławy.

— Być może rzeczywiście zachowałem się jak błazen. Lady Melisandre, czy zechcesz wychylić ze mną kielich wina ku czci twego boga, Pana Światła? Wznieść toast za jego moc?

Kobieta w czerwieni przyjrzała mu się uważnie.

— Jak sobie życzysz.

Czuł, że wszyscy patrzą na niego. Davos wyciągnął rękę i złapał go za rękaw palcami skróconymi przez lorda Stannisa.

— Co chcesz zrobić? — wyszeptał.

— Coś, co trzeba uczynić — odparł maester Cressen. — Dla królestwa i dla duszy mego pana.

Odtrącił dłoń Davosa. Kropelka wina spadła na sitowie.

Melisandre spotkała go obok stołu na podwyższeniu. Oczy wszystkich gości skierowały się na nich, Cressen jednak widział tylko ją. Czerwony jedwab, czerwone oczy, czerwony rubin u gardła, czerwone wargi rozciągnięte w lekkim uśmieszku. Położyła rękę na jego dłoni i otoczyła nią kielich. Skórę miała bardzo ciepłą w dotyku, jakby trawiła ją gorączka.

— Nie jest jeszcze za późno, by wylać to wino, maesterze.

— Nie — wyszeptał ochryple. — Nie.

— Jak sobie życzysz. — Melisandre z Asshai wzięła puchar z jego rąk i wychyliła go niemal do dna. Gdy zwróciła kielich Cressenowi, w środku pozostało tylko pół łyku wina. — Teraz ty.

Dłonie mu drżały, lecz nakazał sobie być silnym. Maester z Cytadeli nie może się bać. Wino było kwaśne. Wypuścił z palców pusty puchar, który roztrzaskał się na podłodze.

— Jego moc tu sięga, mój panie — rzekła kobieta. — A ogień oczyszcza.

Rubin u jej gardła zamigotał czerwonym blaskiem.

Cressen próbował jej odpowiedzieć, lecz słowa uwięzły mu w gardle. Gdy rozpaczliwie usiłował zaczerpnąć tchu, jego kaszel przeszedł w przerażający, słaby świst. Na szyi zacisnęły mu się żelazne palce. Padł na kolana. Nie przestawał potrząsać głową, odrzucając Melisandre, jej moc, jej magię i jej boga. Dzwonki na porożu zabrzmiały: błazen, błazen, błazen, a kobieta w czerwieni obrzuciła go spojrzeniem pełnym litości. W jej szkarłatnych oczach tańczyły płomienie.

Arya

W Winterfell wołali na nią „Arya Końska Gęba" i myślała wówczas, że nic nie mogłoby być gorsze. Teraz jednak jedna z sierot, Lommy Zielona Łapka, przezwał ją „Kostropatym Łbem".

Jej głowa faktycznie wydawała się w dotyku kostropata. Gdy Yoren zawlókł ją do zaułka, myślała, że chce ją zabić, lecz ponury starzec przytrzymał ją tylko mocno, ścinając sztyletem skołtunione włosy. Pamiętała całe garście brudnych, brązowych kłaków niesionych wiatrem po brukowcach w stronę septu, pod którym zginął jej ojciec.

— Zabieram z miasta mężczyzn i chłopców — warknął Yoren, gdy ostra stal zadrapała jej głowę. — Siedź spokojnie, chłopcze.

Kiedy skończył, jej czaszkę pokrywały tylko szczecina i nieliczne kępki włosów.

Potem oznajmił jej, że nim dotrą do Winterfell będzie chłopcem, sierotą o imieniu Arry.

— Przy bramie nie powinniśmy mieć kłopotów, ale trakt to coś całkiem innego. Czeka cię długa podróż w nieciekawym towarzystwie. Tym razem wiozę na Mur trzydziestu mężczyzn i chłopców, i niech ci się nie zdaje, że są tacy, jak ten twój bękarci brat. — Potrząsnął nią. — Lord Eddard kazał mi wyszukać ich sobie w lochach, a tam nie znalazłem małych paniątek. Połowa tej bandy w mgnieniu oka wydałaby cię królowej w zamian za ułaskawienie i może jeszcze kilka srebrników. Pozostali zrobiliby to samo, tylko najpierw by cię zgwałcili. Dlatego lepiej trzymaj się od nich z dala i chodź odlewać się do lasu, tak żeby nikt nie widział. Sikanie będzie najtrudniejsze, więc nie pij więcej, niż musisz.

Tak jak zapowiadał, opuścić Królewską Przystań było łatwo. Lannisterscy strażnicy przy bramach zatrzymywali wszystkich, lecz Yoren zawołał jednego z nich po imieniu i żołnierz przepuścił ich wozy skinieniem dłoni. Nikt nawet nie spojrzał na Aryę. Szukali wysoko urodzonej dziewczynki, córki królewskiego namiestnika, a nie chuderlawego chłopaka z obciętymi włosami. Odjeżdżała stamtąd bez żalu. Chciałaby, żeby Czarny Nurt wystąpił z brzegów i zalał całe miasto, Zapchlony Tyłek, Czerwoną Twierdzę, Wielki Sept i tak dalej, a także wszystkich mieszkańców, zwłaszcza księcia Joffreya i jego matkę. Wiedziała jednak, że tak się nie stanie. Zresztą w mieście była teraz Sansa i ona również by się utopiła. Przypomniawszy sobie o tym, Arya doszła do wniosku, że lepiej modlić się o powrót do Winterfell.

Yoren mylił się jednak co do sikania. To nie ono przysparzało jej najwięcej kłopotów, lecz Lommy Zielona Łapka i Gorąca Bułka.

Sieroty. Yoren zwabił garstkę uliczników obietnicą jedzenia i butów. Resztę znalazł w łańcuchach.

— W Straży potrzebują dobrych ludzi — oznajmił im, gdy ruszali w drogę — ale będą musieli zadowolić się wami.

Wygarnął z lochów również garstkę dorosłych — złodziei, kłusowników, gwałcicieli i im podobnych. Najgorsi byli trzej mężczyźni, których znalazł w najgłębszej ciemnicy. Nawet on z pewnością się ich bał, gdyż trzymał ich skutych w wozie i przysięgał, że całą drogę na Mur spędzą w kajdanach. Jeden z nich nie miał nosa, a tylko ziejącą dziurę w miejscu, gdzie go ucięto, a drugi był obrzydliwie tłusty i łysy, miał zaostrzone zęby, ropiejące wrzody na policzkach i oczy o wyrazie pozbawionym śladu człowieczeństwa.

Wyjechali z Królewskiej Przystani pięcioma wozami wyładowanymi towarami, które wieźli na Mur. Były wśród nich skóry i bele materiału, surówka w gąskach, klatka z krukami, księgi, papier i inkaust, bela kwaśnego liścia, dzbany oliwy oraz skrzynie z lekarstwami i korzeniami. Każdy z wozów ciągnięty był przez cały zaprzęg koni pociągowych. Yoren kupił też dwa rumaki pod wierzch oraz pół tuzina osłów dla chłopców. Arya wolałaby prawdziwego konia, lecz lepszy był osioł niż jazda w wozie.

Mężczyźni nie zwracali na nią uwagi, lecz z chłopcami miała mniej szczęścia. Była dwa lata młodsza od najmłodszego z nich, a do tego znacznie od nich niższa i chudsza. Lommy i Gorąca Bułka uznali, że milczy dlatego, iż się boi, jest głupkowata albo głucha.

— Popatrz no na ten miecz, który nosi Kostropaty Łeb — odezwał się pewnego ranka Lommy, gdy wlekli się traktem, mijając sady i pola pszenicy. Nim przyłapano go na kradzieży, był uczniem farbiarza i ręce aż po łokcie miał pokryte zielonymi cętkami. Jego śmiech przypominał porykiwanie osłów, na których jechali. — Skąd taki śmieć ma miecz?

Arya przygryzła wargę zasępiona. Widziała tył wyblakłego, czarnego płaszcza Yorena. Stary jechał przed wozami, była jednak zdecydowana nie błagać go o pomoc.

— Może to mały giermek — wtrącił Gorąca Bułka. Jego matka przed śmiercią zajmowała się piekarstwem. Całymi dniami pchała po ulicach swój wózek, wołając: „Gorące bułki, gorące bułki!" — Maciupci giermek jakiegoś ważnego lorda.

— A gdzie tam. Popatrz tylko na niego. Założę się, że to wcale nie prawdziwy miecz tylko blaszana zabawka.

Arya wściekała się, gdy żartowali sobie z Igły.

— To wykuta w zamku stal, ty głupku — warknęła, odwracając się w siodle, by łypnąć na nich spode łba. — Lepiej trzymajcie gęby zamknięte na kłódkę.

Obaj chłopcy zabuczeli drwiąco.

— A skąd masz taki oręż, Kostropata Gębo? — zainteresował się Gorąca Bułka.

— To jest Kostropaty Łeb — poprawił go Lommy. — Pewnie go ukradł.

— Nieprawda! — krzyknęła. Igłę dał jej Jon Snow. Może i musiała tolerować to, że nazywali ją Kostropatym Łbem, ale nikomu nie pozwoli mówić, iż Jon jest złodziejem.

— Jeśli jest kradziony, moglibyśmy mu go zabrać — ciągnął Gorąca Bułka. — W końcu i tak nie jest jego własnością. Przydałby mi się taki miecz.

— No to zrób to — podpuścił go Lommy. — Pokaż, co potrafisz.

Gorąca Bułka kopnął osła i podjechał do Aryi.

— Hej, Kostropaty Łbie, dawaj ten miecz. — Włosy miał jasne jak słoma, a ze spalonej słońcem twarzy złaziła mu skóra. — I tak nie umiesz się nim posługiwać.

Umiem — mogłaby powiedzieć Arya. *Zabiłam już kiedyś chłopca, takiego grubasa jak ty. Dźgnęłam go w brzuch i umarł. Ciebie też zabiję, jeśli nie dasz mi spokoju.* Zabrakło jej jednak odwagi. Yoren nic nie wiedział o chłopcu stajennym i bała się tego, co mógłby jej zrobić, gdyby o nim usłyszał. Była przekonana, że niektórzy z mężczyzn w karawanie również mieli na sumieniu zabójstwa, a już z pewnością ci trzej, którzy jechali skuci kajdanami, ich jednak nie poszukiwała królowa, trudno więc było to porównywać.

— Popatrz na niego — ryczał Lommy Zielona Łapka. — Założę się, że znowu się rozbeczy. Będziesz beczeć, Kostropaty Łbie?

Ostatniej nocy płakała przez sen. Śnił jej się ojciec. Rankiem oczy miała czerwone i suche. Nie mogłaby przelać ani jednej łzy więcej, nawet gdyby zależało od tego jej życie.

— Raczej zleje się w portki — zasugerował Gorąca Bułka.

— Dajcie mu spokój — odezwał się chłopak o potarganych, czarnych włosach, który jechał za nimi. Lommy nazywał go Bykiem z uwagi na jego ozdobiony rogami hełm, który cały czas polerował, lecz nigdy go nie zakładał. Zielona Łapka bał się szydzić z Byka, który był od niego starszy i wysoki jak na swój wiek. Miał też szeroką pierś i silnie umięśnione ramiona.

— Lepiej oddaj Gorącej Bułce miecz, Arry — ciągnął Lommy. — Bardzo chce go dostać. Kiedyś skopał chłopaka na śmierć. Założę się, że z tobą zrobi to samo.

— Zwaliłem go na ziemię i kopnąłem w jaja. Kopałem go tak długo, aż umarł — przechwalał się Gorąca Bułka. — Wykończyłem go w trymiga. Jaja mu pękły, a kutas zrobił się czarny. Lepiej daj mi ten miecz.

Arya wyjęła zza pasa miecz ćwiczebny.

— Możesz dostać ten — zaproponowała, chcąc uniknąć bójki.

— To zwykły patyk.

Podjechał bliżej i spróbował złapać rękojeść Igły.

Kij Aryi przeciął ze świstem powietrze, uderzając w ośli zad. Zwierzę wierzgnęło z głośnym rykiem i Gorąca Bułka zleciał z jego grzbietu. Dziewczynka zeskoczyła ze swego osła i dźgnęła w brzuch grubasa, który właśnie próbował się podnieść. Chłopak chrząknął i klapnął ciężko na ziemię. Potem smagnęła go w twarz. Nos trzasnął głośno jak złamana gałąź. Z nozdrzy popłynęła krew. Gorąca Bułka zawył. Arya odwróciła się błyskawicznie ku Lommy'emu Zielonej Łapce, który siedział na ośle, rozdziawiając usta.

— Ty też chcesz dostać miecz? — wrzasnęła. Nie chciał. Zasłonił twarz zielonymi dłońmi i pisnął głośno, błagając, by go zostawiła.

— Za tobą! — krzyknął Byk. Arya znowu się odwróciła. Gorąca Bułka dźwignął się na kolana. W dłoni ściskał duży, kanciasty kamień. Pozwoliła mu nim cisnąć i uchyliła się przed pociskiem. Potem rzuciła się na przeciwnika. Uniósł dłoń, lecz odtrąciła ją. Zdzieliła go w policzek, a potem w kolano. Spróbował ją złapać, ale wymknęła się tanecznym krokiem, uderzając go drewnianym mieczem w tył głowy. Padł na ziemię, po czym podniósł się i zatoczył w jej kierunku. Opaloną na czerwono twarz miał usmarowaną ziemią i krwią. Arya płynnym ruchem przyjęła postawę wodnego tancerza i czekała na atak. Gdy grubas się zbliżył, skoczyła naprzód i trafiła go prosto między nogi, tak mocno, że gdyby drewniany oręż był ostro zakończony, wyszedłby z jego ciała między pośladkami.

Kiedy Yoren odciągnął ją od niego, Gorąca Bułka leżał na ziemi, a portki miał brązowe i cuchnące. Płakał głośno, gdy miecz Aryi spadał na niego raz za razem.

— Dość tego — ryknął czarny brat, wyrywając jej z rąk drewno. — Chcesz zabić tego głupka? — Gdy Lommy i niektórzy z pozostałych zaczęli piszczeć, stary nakrzyczał również i na nich. — Zamknijcie gęby albo ja wam je zamknę. Jeśli to się powtórzy, przywiążę was za wozami i powlokę na Mur. — Splunął. — Ciebie dotyczy to szczególnie, Arry. Chodź ze mną, chłopcze. I to już.

Wszyscy gapili się na nią, nawet trzech zakutych w kajdany mężczyzn siedzących w głębi wozu. Ten gruby zgrzytnął zaostrzonymi zębiskami i zasyczał, lecz Arya go zignorowała.

Stary zaciągnął ją do rosnącego z dala od gościńca gąszczu, ani na chwilę nie przestając mamrotać.

— Gdybym miał choć krztynę rozsądku, zostawiłbym cię w Królewskiej Przystani. Słyszysz mnie, chłopcze? — To ostatnie słowo zawsze wywarkiwał szczególnie gwałtownym tonem, by mieć pewność, że je usłyszy. — Ściągaj portki. No jazda, nikt cię tu nie zobaczy. Szybko. — Arya wykonała polecenie z naburmuszoną miną. — Chodź tu, pod dąb. O, tak. — Objęła pień ramionami i przycisnęła twarz do szorstkiej kory. — A teraz krzycz. I to głośno.

Nie zrobię tego, pomyślała nieustępliwie, lecz gdy Yoren uderzył ją kijem po nagich udach, krzyk wyrwał się z jej ust mimo woli.

— Myślisz, że to bolało? — zapytał stary. — To co powiesz na to?

Pręt przeszył ze świstem powietrze i Arya wrzasnęła po raz drugi, czepiając się drzewa, żeby nie upaść.

— Jeszcze raz.

Trzymała się mocno, przygryzając wargi. Gdy usłyszała świst, wzdrygnęła się, a po ciosie zawyła głośno i podskoczyła w górę. *Nie będę płakać* — pomyślała. *Nie będę. Jestem Starkiem z Winterfell. Naszym znakiem jest wilkor, a wilkory nie płaczą.* Poczuła spływającą po lewej nodze cienką strużkę krwi. Uda i pośladki płonęły jej od bólu.

— Może to przyciągnie twoją uwagę — oznajmił Yoren. — Jeśli jeszcze raz użyjesz kija przeciw któremuś ze swych braci, otrzymasz dwa razy więcej ciosów niż mu zadasz. Jasne? A teraz się ubieraj.

To nie są moi bracia — pomyślała Arya, podciągając spodnie. Wiedziała jednak, że lepiej nie mówić tego na głos. Drżącymi dłońmi zapięła pas i zawiązała sznurówki.

Yoren przyjrzał się jej.

— Boli cię?

Spokojna jak stojąca woda — powiedziała sobie, tak jak uczył ją Syrio Forel.

— Trochę.

Splunął.

— Tego piekarczyka boli bardziej. To nie on zabił twojego ojca, dziewczynko, ani nie ten złodziej Lommy. Bijąc ich, nie przywrócisz mu życia.

— Wiem — mruknęła naburmuszona Arya.

— Jest jednak coś, czego nie wiesz. To nie tak miało być. Kiedy już kupiłem i załadowałem wozy i byłem gotowy do odjazdu, przyszedł do mnie mężczyzna, który przyprowadził mi chłopca. Dostałem od niego też wypchaną sakiewkę i wiadomość, mniejsza o to, od kogo. Powiedział, że lord Eddard ma przywdziać czerń. Jak ci się wydaje, skąd się tam wziąłem? Tylko coś poszło nie tak.

— Joffrey — wydyszała Arya. — Ktoś powinien go zabić!

— I ktoś to uczyni, ale z pewnością nie ja ani nie ty. — Yoren rzucił jej drewniany miecz. — Znajdź w wozie kwaśny liść — powiedział, gdy wrócili na trakt. — Jak go chwilę pożujesz, ból złagodnieje.

Rzeczywiście nieco jej pomógł, choć smakował obrzydliwie, a ślina wyglądała po nim jak krew. Mimo to cały dzień — a także dwa następne — Arya musiała iść na piechotę. Ciało zbyt ją bolało, by mogła dosiadać osła. Gorąca Bułka był jednak w gorszym stanie. Yoren musiał przestawić kilka beczek, żeby chłopak mógł się położyć z tyłu wozu na workach z jęczmieniem. Gdy tylko koła podskakiwały na kamieniach, jęczał głośno. Lommy Zielona Łapka nie oberwał ani razu, lecz mimo to omijał Aryę szerokim łukiem.

— Gdy tylko na niego spojrzysz, zawsze się kuli — poinformował ją Byk, kiedy szła obok jego osła.

Nie odpowiedziała mu. Bezpieczniej będzie z nikim nie rozmawiać.

Nocą leżała na cienkim kocu rozciągniętym na twardej ziemi, wpatrzona w wielką, krwawą kometę. Była wspaniała i przerażająca zarazem. Byk nazywał ją Czerwonym Mieczem. Twierdził, że wygląda jak świeżo wykuty, rozgrzany do czerwoności oręż. Gdy Arya spojrzała na nią pod odpowiednim kątem, również dostrzegała to podobieństwo. Kometa nie była jednak nowym mieczem, lecz Lodem, orężem jej ojca, wykutym z falistej valyriańskiej stali. Natomiast czerwień była jego krwią, która zbroczyła ostrze, gdy ser Ilyn, królewski kat, uciął mu głowę. Yoren kazał jej w owej chwili odwrócić wzrok, dziewczynka była jednak przekonana, że Lód z pewnością wyglądał wówczas tak, jak ta kometa.

Gdy w końcu zasnęła, śniła o domu. Królewski trakt po drodze do Muru przebiegał obok Winterfell. Yoren obiecał, że ją tam zostawi i nikt się nie zorientuje, kim była. Gorąco pragnęła zobaczyć się z matką, Robbem, Branem i Rickonem... ale najczęściej myślała o Jonie Snow. Żałowała, że nie mogą dotrzeć do Muru przed Winterfell, by mógł zmierzwić jej włosy i nazwać „siostrzyczką". Powiedziałaby mu: „Tęskniłam za tobą", a on w tej samej chwili rzekłby jej to samo. Zawsze wpadali sobie w słowo. To uszczęśliwiłoby ją bardziej niż cokolwiek na świecie.

Sansa

Poranek dnia imienia króla Joffreya był pogodny i wietrzny. Wysoko na niebie przemykały chmury, przez które prześwitywał długi ogon wielkiej komety. Sansa spoglądała właśnie na nią z okna swej wieży, gdy przyszedł ser Arys Oakheart, który miał zaprowadzić ją na turniej.

— Jak sądzisz, co ona zwiastuje? — zapytała go.

— Chwałę twego narzeczonego — odparł bez chwili wahania ser Arys. — Widzisz, jak jasno goreje na niebie w dzień imienia Jego Miłości, jakby sami bogowie rozwinęli sztandar na jego cześć? Prostaczkowie zwą ją Kometą Króla Joffreya.

Z pewnością tak właśnie mówili Joffreyowi. Sansa nie była jednak przekonana.

— Słyszałam, jak słudzy nazywali ją Smoczym Ogonem.

— Król Joffrey zasiada na tronie Aegona Smoka, w zamku wzniesionym przez jego syna — odparł ser Arys. — To on jest smoczym dziedzicem. A karmazynowy to kolor rodu Lannisterów. To kolejny znak. Kometę zesłano po to, by obwieściła wstąpienie na tron króla Joffreya. Nie wątpię, że oznacza to, iż rozbije swych wrogów.

Czy to prawda? — zastanowiła się. *Czy bogowie mogliby być tak okrutni?* Jednym z wrogów Joffreya była teraz jej matka, a drugim jej brat Robb. Jej ojca stracono z rozkazu króla. Czy Robb i pani matka też będą musieli zginąć? Kometa rzeczywiście miała czerwoną barwę, lecz Joffrey był nie tylko Lannisterem, lecz również Baratheonem, a herbem tego rodu był czarny jeleń na złotym tle. Czy bogowie nie powinni zesłać Joffreyowi złotej komety?

Sansa zamknęła okiennicę i odwróciła się gwałtownie od okna.

— Wyglądasz dziś bardzo pięknie, pani — pochwalił ją ser Arys.

— Dziękuję, ser.

Wiedząc, że Joffrey zażąda, by stawiła się na urządzany na jego cześć turniej, poświęciła swej twarzy i strojowi bardzo wiele starań. Przywdziała suknię z jasnofioletowego jedwabiu, a na włosy założyła siatkę ozdobioną kamieniami księżycowymi, którą dostała od Joffreya. Suknia miała długie rękawy i pozwoli jej ukryć sińce na ramionach. To również zawdzięczała Joffreyowi. Gdy się dowiedział, że Robba ogłoszono królem północy, wpadł w przerażający szał i kazał ser Borosowi ją zbić.

— Idziemy?

Ser Arys posłużył jej ramieniem i pozwoliła, by wyprowadził ją z komnaty. Jeśli już musiał jej towarzyszyć któryś z królewskich gwardzistów, wolała, żeby to był ten. Ser Boros był wybuchowy, ser Meryn zimny, bała się dziwnych, martwych oczu ser Mandona, a ser Preston traktował ją jak nierozgarnięte dziecko. Arys Oakheart był uprzejmy i rozmawiał z nią serdecznie. Kiedyś nawet sprzeciwił się, gdy Joffrey rozkazał mu ją uderzyć. Zrobił to w końcu, lecz cios był znacznie słabszy niż zadawane przez ser Meryna czy ser Borosa, a do tego chociaż spróbował jej bronić. Pozostali bili ją bez zmrużenia oka... poza Ogarem, lecz jemu Joffrey nigdy nie kazał jej karać. Miał od tego pozostałych pięciu.

Włosy ser Arysa były jasnobrązowe, a twarz całkiem niebrzydka. Dziś wyglądał naprawdę olśniewająco. Przywdział biały jedwabny płaszcz, umocowany na barku zapinką o kształcie złotego liścia, a na tunice miał z przodu wyszyty lśniącą, złotą nicią rozłożysty dąb.

— Jak sądzisz, kto dziś zdobędzie nagrodę? — zapytała go, gdy schodzili ze schodów.

— Ja — odparł z uśmiechem ser Arys. — Boję się jednak, że ten triumf nie przyniesie mi radości. Turniej będzie mały i nędzny. W szranki stanie nie więcej niż czterdziestu zbrojnych, wliczając w to giermków i wolnych. Niewielki to zaszczyt wysadzać z siodeł gołowąsów.

Sansie przemknęło przez głowę, że poprzedni turniej wyglądał zupełnie inaczej. Król Robert urządził go na cześć jej ojca. Z całego królestwa ściągnęli wielcy lordowie i sławni rycerze. Wszyscy w mieście zeszli się ich oglądać. Pamiętała splendor tego widowiska: nadrzeczne pole wypełniły namioty, przed wejściem do każdego z nich wisiała tarcza rycerza, długie szeregi jedwabnych proporców powiewały na wietrze, a w stalowych mieczach i pozłacanych ostrogach odbijało się słońce. Całymi dniami rozbrzmiewał dźwięk trąb i tętent kopyt, a noce wypełniały uczty i pieśni. To były najniezwyklejsze dni w jej życiu, teraz jednak wydawały się Sansie wspomnieniem z innej epoki. Robert Baratheon nie żył, podobnie jak jej ojciec, którego ścięto jako zdrajcę na schodach Wielkiego Septu Baelora. W krainie było teraz trzech królów, za Tridentem szalała wojna, a gród pełen był zdesperowanych ludzi. Nic dziwnego, że turniej Joffa musieli urządzić za potężnymi kamiennymi murami Czerwonej Twierdzy.

— Jak myślisz, czy przyjdzie królowa?

Sansa zawsze czuła się bezpieczniej w obecności Cersei, która trzymała syna w cuglach.

— Obawiam się, że nie, pani. Rada musi omówić pilne sprawy. — Ser Arys ściszył głos. — Lord Tywin zamknął się ze swą armią w Harrenhal, zamiast przyprowadzić ją do miasta, tak jak rozkazała królowa. Jej Miłość jest wściekła.

Umilkł na widok kolumny lannisterskich gwardzistów, która przemaszerowała obok. Żołnierze mieli karmazynowe płaszcze i hełmy ozdobione podobiznami lwów. Ser Arys lubił plotkować, ale wyłącznie wtedy, gdy był pewien, że nikt go nie usłyszy.

Na międzymurzu cieśle wznieśli galerię i szranki, lecz prezentowały się bardzo mizernie, a do tego szczupły tłumek gapiów wypełniał zaledwie połowę miejsc. Większość widzów stanowili zbrojni w złotych płaszczach Straży Miejskiej albo karmazynowych płaszczach Lannisterów. Lordów i dam została na dworze tylko garstka. Lord Gyles Rosby o poszarzałej twarzy kasłał w różową, jedwabną chustkę. Po obu bokach lady Tandy zasiadły jej córki — spokojna, nudna Lollys oraz pyskata, złośliwa Falyse. Jalabhar Xho o skórze czarnej jak heban był wygnańcem, który nigdzie indziej nie znalazł azylu, a lady Ermesande niemowlęciem siedzącym na kolanach mamki. Krążyły plotki, że wkrótce wydadzą ją za jednego z kuzynów królowej, by Lannisterowie mogli zagarnąć jej ziemie.

Król siedział pod karmazynowym baldachimem z jedną nogą przerzuconą niedbale przez rzeźbione, drewniane ramię fotela. Za nim miejsca zajęli księżniczka Myrcella i książę Tommen. W głębi królewskiego pawilonu straż pełnił Sandor Clegane. Dłonie wsparł na pasie do miecza. Na szerokich ramionach miał biały płaszcz Gwardii Królewskiej, spięty wysadzaną klejnotami broszą. Śnieżnobiała szata wyglądała nieco nienaturalnie na tle brązowej wełnianej bluzy oraz nabijanego ćwiekami skórzanego kubraka.

— Lady Sansa — oznajmił krótko Ogar na jej widok. Jego głos brzmiał szorstko jak dźwięk tnącej drewno piły. Blizny po oparzeniach na twarzy i szyi sprawiały, że kącik ust drgał mu podczas mówienia.

Księżniczka Myrcella skinęła tylko nieśmiało głową na dźwięk jej imienia, lecz mały, tłuściutki książę Tommen zerwał się natychmiast z miejsca.

— Sanso, słyszałaś? Mam dziś wziąć udział w turnieju. Matka powiedziała, że mogę.

Miał dopiero osiem lat. Przypominał Sansie jej brata, Brana. Byli w tym samym wieku. Bran został w Winterfell. Choć był kaleką, nic mu nie groziło.

Oddałaby wszystko za to, by być teraz z nim.

— Boję się o życie twojego przeciwnika — oznajmiła z powagą Tommenowi.

— Jego przeciwnik będzie wypchany słomą — rzekł Joff, wstając z fotela. Król przywdział pozłacany napierśnik, na którym wyryto ryczącego lwa, jakby spodziewał się, że w każdej chwili może ich wciągnąć wir wojny. Ukończył dziś trzynaście lat. Był wysoki jak na swój wiek i miał zielone oczy oraz złote włosy Lannisterów.

— Wasza Miłość — powiedziała, dygając uprzejmie.

Ser Arys pokłonił się nisko.

— Wybacz mi, Wasza Miłość — rzekł. — Muszę się przygotować do wstąpienia w szranki.

Joffrey skinął od niechcenia dłonią, pozwalając mu odejść. Obejrzał uważnie Sansę od stóp do głów.

— Cieszę się, że założyłaś moje kamienie.

A więc król postanowił grać dziś galanta. Sansa poczuła ulgę.

— Dziękuję ci za nie… i za twe czułe słowa. Życzę ci szczęśliwego dnia imienia, Wasza Miłość.

— Siadaj — rozkazał Joff, wskazując jej puste miejsce obok siebie. — Słyszałaś? Żebraczy Król nie żyje.

— Kto?

Sansa przez chwilę przestraszyła się, że chodzi mu o Robba.

— Viserys. Ostatni syn obłąkanego króla Aerysa. Już od czasów poprzedzających moje narodziny wałęsał się po Wolnych Miastach, każąc się tytułować królem. Matka mówi, że Dothrakowie w końcu go ukoronowali. Płynnym złotem. — Parsknął śmiechem. — Nie sądzisz, że to bardzo zabawne? W herbie miał smoka. To prawie tak, jakby tego twojego zdradzieckiego brata zabił jakiś wilk. Jak już go złapię, może rzucę go na pożarcie wilkom. Czy mówiłem ci, że mam zamiar wyzwać go na pojedynek?

— Chciałabym to zobaczyć, Wasza Miłość. — *Nie masz pojęcia, jak bardzo.* Powiedziała to chłodnym, uprzejmym tonem, lecz Joffrey zmrużył powieki, próbując zdecydować, czy miała to być drwina. — Wstąpisz dzisiaj w szranki? — zapytała pośpiesznie.

Król zmarszczył brwi.

— Pani matka powiedziała, że to mi nie uchodzi, jako że turniej urządza się na moją cześć. W przeciwnym razie z pewnością bym zwyciężył. Prawda, psie?

Usta Ogara zadrżały gwałtownie.

— Z tą bandą? Czemu by nie?

Sansa przypomniała sobie, że to on odniósł triumf w turnieju ku czci jej ojca.

— A ty będziesz dziś walczył, panie? — zapytała go.

— Nie warto nawet brać w rękę miecza — odparł Clegane ociekającym pogardą głosem. — To turniej komarów.

Król parsknął śmiechem.

— Mój pies głośno szczeka. Być może powinienem rozkazać mu stanąć do walki z dzisiejszym zwycięzcą. Na śmierć i życie.

Joffrey bardzo lubił zmuszać ludzi do walki na śmierć i życie.

— Miałbyś o jednego rycerza mniej.

Ogar nigdy nie złożył ślubów rycerskich. Jego brat był rycerzem, a on go nienawidził.

Zabrzmiały trąby. Król rozsiadł się wygodnie na fotelu i ujął dłoń

Sansy. Ongiś serce zabiłoby jej mocno z tego powodu, lecz było to jeszcze przed dniem, w którym w odpowiedzi na prośbę o łaskę sprezentował jej głowę ojca. Jego dotyk budził w niej teraz odrazę, wiedziała jednak, że nie może jej okazać. Znieruchomiała.

— Ser Meryn Trant z Gwardii Królewskiej — obwieścił herold.

Ser Meryn wyjechał na pole z zachodniej strony. Był odziany w lśniącą, białą zbroję i dosiadał białego jak mleko rumaka o długiej, siwej grzywie. Jego płaszcz ciągnął się z tyłu niczym połać śniegu, a kopia miała dwanaście stóp długości.

— Ser Hobber z rodu Redwyne'ów z Arbor — zaśpiewał herold. Przez wschodnią bramę przebiegł kłusem kary ogier w burgundowo-błękitnym rzędzie. Siedzący na nim rycerz dzierżył kopię pomalowaną w pasy tych samych kolorów, na tarczy zaś miał kiść winogron — herb swego rodu. Bliźniacy Redwyne byli przymusowymi gośćmi królowej, podobnie jak Sansa. Zastanawiała się, komu przyszło do głowy, by kazać im wystąpić w turnieju. Z pewnością nie zgłosili się sami — pomyślała.

Na znak mistrza ceremonii przeciwnicy pochylili kopie i spięli konie ostrogami. Przyglądający się im zbrojni oraz siedzący na galerii lordowie i damy wznieśli kilka okrzyków. Rycerze starli się na środku placu z głośnym trzaskiem drewna i stali. Obie kopie, biała i pasiasta, rozpadły się w drzazgi jedna po drugiej. Hobber Redwyne zachwiał się pod wpływem wstrząsu, lecz jakoś zdołał utrzymać się w siodle. Obaj zawrócili wierzchowce pod szrankami, odrzucili złamane kopie i wzięli z rąk giermków następne. Ser Horas Redwyne, bliźniak ser Hobbera, krzyknął coś do brata, by dodać mu odwagi.

Przy drugim przejeździe ser Meryn trafił jednak kopią w sam środek piersi ser Hobbera, który spadł z siodła i runął z łoskotem na ziemię. Ser Horas zaklął szpetnie i popędził do sponiewieranego brata, by pomóc mu opuścić pole walki.

— Marni z nich rycerze — orzekł król Joffrey.

— Ser Balon Swann ze Stonehelm w Czerwonej Strażnicy — rozległ się głos herolda. Hełm ser Balona zdobiły szeroko rozpostarte białe skrzydła, a na jego tarczy walczyły dwa łabędzie, czarny i biały. — Morros z rodu Slyntów, dziedzic lorda Janosa z Harrenhal.

— Ach, jaki hardy prostak — wrzasnął Joff tak głośno, że usłyszano go na połowie dziedzińca. Morros był zaledwie giermkiem i to od niedawna. Trudno mu było utrzymać kopię i tarczę. Sansa wiedziała, że kopia jest bronią rycerzy, a Slyntowie są nisko urodzeni. Lord Janos był jedynie komendantem Straży Miejskiej i dopiero Joffrey uczynił go lordem Harrenhal i członkiem rady.

Mam nadzieję, że spadnie z konia i okryje się wstydem — pomyślała z goryczą. Że ser Balon go zabije. Gdy Joffrey skazał jej ojca na śmierć, to ser Janos uniósł za włosy uciętą głowę lorda Eddarda, by pokazać ją tłumowi i królowi, podczas gdy Sansa krzyczała, zalewając się łzami.

Morros miał na sobie płaszcz w czarno-złotą szachownicę, narzucony na czarną zbroję, inkrustowaną złotym wzorem o kształcie spirali. Tarczę zdobiła okrwawiona włócznia, którą jego ojciec wybrał na herb ich nowo powstałego rodu. Młodzieniec sprawiał jednak wrażenie, że nie bardzo wie, do czego służy tarcza. Gdy ruszył naprzód, kopia ser Balona trafiła prosto w jego godło. Morros wypuścił broń z rąk, bez powodzenia usiłując zachować równowagę w siodle. Spadając, zaplątał jedną nogę w strzemię i spłoszony wierzchowiec powlókł go aż pod szranki, tłukąc mocno jego głową o ziemię. Joff zabuczał pogardliwie. Przerażona Sansa zadała sobie pytanie, czy bogowie wysłuchali jej mściwej modlitwy. Gdy jednak słudzy uwolnili nogę Morrosa Slynta, okazało się, że młodzieniec jest zlany krwią, ale żyje.

— Tommenie, wybraliśmy ci niewłaściwego przeciwnika — powiedział król do swego brata. — Słomiany rycerz walczy lepiej od tego.

Potem przyszła kolej na ser Horasa Redwyne'a. Sprawił się lepiej od brata, pokonując podstarzałego rycerza, którego rumak miał rząd wyszywany w srebrne gryfy na tle niebiesko-białych pasków. Choć staruszek prezentował się wspaniale, walczył raczej kiepsko. Joffrey wykrzywił usta.

— To marne widowisko.

— Ostrzegałem cię — zgodził się Ogar. — Komary.

Król zaczynał się nudzić. Zaniepokoiło to Sansę. Spuściła wzrok. Postanowiła, że bez względu na wszystko zachowa spokój. Gdy Joffrey Baratheon popadał w zły nastrój, każde nieopatrzne słowo mogło sprowokować u niego atak szału.

— Lothor Brune, wolny w służbie lorda Baelisha — krzyknął herold. — Ser Dontos Czerwony, z rodu Hollardów.

Wolny — niski, nienoszący herbu mężczyzna w powgniatanej zbroi — natychmiast pojawił się u zachodniej bramy, lecz jego przeciwnika nigdzie nie było widać. Wreszcie na arenę wybiegł truchtem kasztanowaty ogier spowity w karmazynowe i szkarłatne jedwabie, ser Dontos jednak na nim nie siedział. Przyszedł dopiero po chwili. Przeklinał i zataczał się. Miał na sobie napierśnik, hełm z pióropuszem i nic poza tym. Jego nogi były blade i chude. Gdy pognał za koniem, męskość podskakiwała mu obscenicznie. Gapie ryczeli i wykrzykiwali obelgi. Ser Dontos złapał wreszcie wierzchowca za uzdę i spróbował go dosiąść, lecz zwierzę nie chciało stać spokojnie, a rycerz był tak pijany, że jego stopa nie mogła trafić w strzemię.

Tłum wręcz wył ze śmiechu... ale król nie. W oczach Joffreya pojawił się wyraz, który Sansa świetnie pamiętała, taki sam, jak w Wielkim Sepcie Baelora, w dzień, gdy skazał na śmierć lorda Eddarda Starka. Wreszcie ser Dontos Czerwony dał za wygraną, usiadł na ziemi i ściągnął ozdobiony pióropuszem hełm.

— Przegrałem — krzyknął. — Przynieście mi trochę wina.

Król wstał.

— Całą beczkę z piwnic! Rozkazuję go w niej utopić.

Sansa wciągnęła głośno powietrze.

— Nie. Nie możesz tego zrobić.

Joffrey odwrócił głowę.

— Co powiedziałaś?

Nie mogła uwierzyć własnym uszom. Czyżby oszalała? Sprzeciwiła mu się w obecności połowy dworu? Nie chciała nic mówić, ale... ser Dontos był pijany, głupi i niezdarny, lecz nie chciał zrobić nic złego.

— Powiedziałaś, że nie mogę tego zrobić? Dobrze słyszałem?

— Błagam — mówiła. — Chodziło mi tylko o to... to przynosi pecha, Wasza Miłość... zabić człowieka w dzień imienia.

— Łżesz — rzucił Joffrey. — Jeśli tak ci na nim zależy, powinienem cię utopić razem z nim.

— Wcale mi na nim nie zależy, Wasza Miłość. — Słowa wylewały się z niej rozpaczliwym strumieniem. — Możesz go sobie utopić albo ściąć mu głowę, tylko... zabij go jutro, jeśli chcesz, ale proszę... nie dzisiaj, nie w dzień swego imienia. Nie mogłabym znieść myśli, że ściągniesz na siebie pecha... to okropny pech, nawet dla królów, wszyscy bardowie tak twierdzą.

Joffrey skrzywił się. Wiedziała, że przejrzał jej kłamstwa. Drogo mu za to zapłaci.

— Dziewczyna ma rację — wychrypiał Ogar. — To, co człowiek zasieje w dzień imienia, zbiera przez cały rok.

Jego głos brzmiał zupełnie bezbarwnie, jakby Clegane'owi było obojętne, czy król mu uwierzy. Czy z tym pechem to mogła być prawda? Sansa nie miała pojęcia. Powiedziała to, co przyszło jej do głowy, rozpaczliwie pragnąc uniknąć kary.

Przygnębiony Joffrey przesunął się na fotelu i wskazał niedbałym gestem na ser Dontosa.

— Zabrać tego błazna. Każę go zabić jutro.

— To rzeczywiście błazen — zgodziła się Sansa. — A dostrzegając to, dowiodłeś własnej mądrości. Lepiej się nadaje na trefnisia niż na rycerza. Powinieneś przebrać go w pstrokaty strój i uczynić z niego swego błazna. Nie zasługuje na łaskę szybkiej śmierci.

Król przyglądał się jej przez chwilę.

— Może nie jesteś taka głupia, jak mówi matka. Słyszałeś moją panią, Dontosie? — zawołał, podnosząc głos. — Od dzisiaj jesteś moim nowym trefnisiem. Masz spać z Księżycowym Chłopcem i przywdziać błazeński strój.

Ser Dontos, który otarłszy się o śmierć wytrzeźwiał natychmiast, padł na kolana.

— Dziękuję, Wasza Miłość. I tobie, pani. Dziękuję.

Odprowadziło go dwóch lannisterskich strażników. Mistrz ceremonii zbliżył się do królewskiego pawilonu.

— Wasza Miłość — zapytał — czy mam wezwać nowego przeciwnika dla Brune'a, czy też zapowiedzieć następną walkę?

— Ani jedno, ani drugie. To komary, nie rycerze. Skazałbym ich wszystkich na śmierć, ale dzisiaj jest dzień mojego imienia. Turniej skończony. Niech wszyscy znikną mi z oczu.

Mistrz ceremonii pokłonił się, lecz książę Tommen nie był tak posłuszny.

— Miałem walczyć z człowiekiem ze słomy.

— Nie dzisiaj.

— Ale ja chcę walczyć!

— Nic mnie to nie obchodzi.

— Matka mi pozwoliła.

— To prawda — poparła go księżniczka Myrcella.

— Matka mu pozwoliła — zadrwił król. — Nie bądźcie dziecinni.

— Jesteśmy dziećmi — oznajmiła wyniosłym tonem Myrcella. — Mamy prawo być dziecinni.

Ogar ryknął śmiechem.

— Święta prawda.

Joffrey był pokonany.

— Proszę bardzo. Nawet mój brat nie mógłby sprawić się gorzej niż ci rycerze. Mistrzu, przynieś manekin, Tommen chce zostać komarem.

Chłopiec krzyknął radośnie i pobiegł się przygotować, przebierając tłustymi nóżkami.

— Życzę ci szczęścia — krzyknęła za nim Sansa.

Osiodłano kucyka księcia, a na drugim końcu areny, pod szrankami, ustawiono manekin. Przeciwnik Tommena był wykonanym ze skóry wojownikiem wielkości dziecka. Wypchano go słomą i umieszczono na obrotowym czopie. W jednej ręce trzymał tarczę, a w drugiej obity skórą buzdygan. Ktoś ozdobił jego głowę parą jelenich rogów. Sansa przypomniała sobie, że takie same nosił na hełmie ojciec Joffreya, król Robert... ale również jego stryj, lord Renly, brat Roberta, który wstąpił na ścieżkę zdrady i ogłosił się królem.

Dwóch giermków nałożyło księciu zdobną, srebrno-karmazynową zbroję. Hełm miał zwieńczony wysokim, czerwonym pióropuszem, a na tarczy baraszkowały lew Lannisterów i jeleń w koronie, herb Baratheonów. Giermkowie pomogli chłopcu dosiąść kucyka, a ser Aron Santagar, dowódca zbrojnych Czerwonej Twierdzy, wręczył mu srebrny miecz o stępionym czubku i klindze w kształcie liścia, wykonany tak, by pasował do dłoni ośmiolatka.

Tommen uniósł wysoko oręż.

— Casterly Rock! — krzyknął wysokim, chłopięcym głosem, kopnął kucyka piętami i popędził po ubitej ziemi w stronę manekina. Lady Tanda i lord Gyles dodawali mu odwagi ochrypłymi okrzykami. Sansa wsparła ich własnym głosem. Król pogrążył się w ponurym milczeniu.

Tommen zmusił kucyka do szybkiego truchtu, zamachnął się z wigorem mieczem i uderzył dziarsko w tarczę przeciwnika. Manekin zakręcił się i książę oberwał zdrowo w tył głowy obitym skórą buzdyganem. Spadł z siodła. Gdy uderzył o ziemię, jego nowa zbroja zaklekotała jak stare garnki. Miecz wypadł chłopcu z dłoni, a kucyk pocwałował przed siebie. Widownia ryknęła wzgardliwym śmiechem. Najgłośniej i najdłużej śmiał się król Joffrey.

— Ojej — krzyknęła księżniczka Myrcella. Wypadła z pawilonu i pobiegła do brata.

Sansa poczuła, że ogarnia ją dziwna, uderzająca do głowy odwaga.

— Powinieneś pójść z nią — powiedziała królowi. — Twój brat mógł zostać ranny.

Joffrey wzruszył ramionami.

— No i co z tego?

— Powinieneś pomóc mu wstać i powiedzieć, że świetnie się sprawił.

Nie mogła się dziś powstrzymać.

— Spadł z siodła i runął na ziemię — wskazał król. — To znaczy, że sprawił się kiepsko.

— Popatrz — przerwał mu Ogar. — Chłopcu nie brak odwagi. Spróbuje jeszcze raz.

Giermkowie pomagali księciu Tommenowi dosiąść kucyka.

Gdyby to Tommen był starszym bratem, nie Joffrey — pomyślała Sansa. *Nie miałabym nic przeciwko temu, żeby wyjść za niego.*

Dźwięki, które rozległy się przy bramie, zaskoczyły wszystkich. Zgrzytnęły łańcuchy i uniesiono kratę, po czym wielka brama uchyliła się z piskiem żelaznych zawiasów.

— Kto im kazał ją otwierać? — warknął Joffrey. W mieście panowały niepokoje i bram Czerwonej Twierdzy nie otwierano od wielu dni.

Spod unoszonej kraty wyłoniła się kolumna jeźdźców. Towarzyszył im brzęk stali i stukot kopyt. Clegane zbliżył się do króla, wspierając jedną dłoń na rękojeści miecza. Goście mieli poobijane zbroje, byli brudni i wynędzniali, lecz powiewał nad nimi sztandar Lannisterów — złoty lew na karmazynowym tle. Kilku z nich nosiło czerwone płaszcze i kolczugi lannisterskich zbrojnych, więcej jednak było wolnych i najemników, zakutych w najróżniejsze fragmenty zbroi i najeżonych ostrą stalą… byli tam też inni, monstrualne dzikusy rodem z opowieści Starej Niani, tych najstraszniejszych, które uwielbiał Bran. Byli odziani w wyświechtane futra i utwardzane skóry, włosy mieli długie, a brody zmierzwione. Niektórym głowy lub ręce spowijały okrwawione bandaże, innym zaś brakowało oczu, uszu bądź palców.

Pośrodku grupy, na wielkim, rdzawokasztanowatym wierzchowcu siedział w nietypowym, wysokim, obejmującym go z przodu i z tyłu siodle brat królowej, karzeł Tyrion Lannister, którego zwano Krasnalem. Zapuścił brodę, by ukryć cofnięty podbródek. Twarz porastała mu teraz nastroszona plątanina żółto-czarnych, twardych jak druty włosów. Na plecach miał cieniokocie futro, czarne w białe pasy. Wodze trzymał w lewej dłoni, gdyż prawą rękę miał w białym, jedwabnym temblaku. Wyglądał równie groteskowo, jak podczas ich poprzedniego spotkania w Winterfell. Wypukłe czoło i oczy różnej barwy czyniły go najbrzydszym człowiekiem, jakiego Sansa w życiu widziała.

Mimo to Tommen spiął kucyka ostrogami i pogalopował ku niemu, krzycząc z radości. Jeden z dzikusów, wielki niezgrabny mężczyzna, tak zarośnięty, że prawie nie było widać jego twarzy, porwał chłopca z siodła razem ze zbroją i postawił na ziemi przed jego wujem. Tyrion klepnął go w naplecznik i Tommen zaniósł się śmiechem, który odbijał się echem od murów. Sansa ze zdumieniem zauważyła, że obaj są tego samego wzrostu. Myrcella pobiegła za bratem. Karzeł objął ją w talii i zakręcił nią wokół siebie, aż zapiszczała głośno.

Postawił ją na ziemi, pocałował lekko w czoło i powlókł się ku Joffreyowi. Tuż za nim szli dwaj jego ludzie: najemnik o czarnych włosach i oczach, który poruszał się jak skradający się kot, oraz wychudły młodzieniec o pustym, pozbawionym gałki ocznej oczodole. Grupę zamykali Tommen i Myrcella.

Karzeł opadł przed królem na jedno kolano.

— Wasza Miłość.

— To ty — rzucił Joffrey.

— To ja — zgodził się Krasnal. — Choć jako wujowi i starszemu wiekiem należałoby mi się grzeczniejsze powitanie .

— Mówili, że nie żyjesz — odezwał się Ogar.

Niski mężczyzna obrzucił rosłego uważnym spojrzeniem. Karzeł jedno oko miał zielone, drugie czarne, a z obu wiało chłodem.

— Rozmawiam z królem, nie z jego kundlem.

— Cieszę się, że nie zginąłeś — odezwała się księżniczka Myrcella.

— Podzielam twoją opinię, dziecinko. — Tyrion zwrócił się w stronę Sansy. — Pani, przykro mi z powodu ciosów, które cię spotkały. Bogowie doprawdy są okrutni.

Sansa nie miała pojęcia, co na to odpowiedzieć. Jak mogło mu być przykro? Czy z niej drwił? To nie bogowie byli okrutni, lecz Joffrey.

— Tobie również składam wyrazy współczucia z powodu twej straty, Joffreyu — ciągnął karzeł.

— Jakiej straty?

— Twojego królewskiego ojca. No wiesz, taki duży, gwałtowny mężczyzna z czarną brodą. Na pewno go sobie przypomnisz, jeśli się postarasz. Był królem przed tobą.

— Ach, jego. Tak, to bardzo smutne. Zabił go dzik.

— Tak ci powiedzieli, Wasza Miłość?

Joffrey zmarszczył brwi. Sansa poczuła, że powinna coś powiedzieć. Jak zwykła mawiać septa Mordane? „Uprzejmość jest zbroją damy". Tak jest.

— Przykro mi, że moja pani matka wzięła cię do niewoli, panie — rzekła, przywdziawszy ową zbroję.

— Bardzo wielu ludziom jest przykro z tego powodu — odparł Tyrion. — A niektórym zrobi się znacznie bardziej przykro, nim z nimi skończę... mimo to dziękuję ci. Joffreyu, gdzie mogę znaleźć twoją matkę?

— Jest na spotkaniu mojej rady — odpowiedział król. — Twój brat Jaime ciągle przegrywa bitwy. — Obrzucił Sansę gniewnym spojrzeniem, jakby to ona była temu winna. — Starkowie wzięli go do niewoli, straciliśmy Riverrun, a teraz jej głupi brat każe się tytułować królem.

Karzeł uśmiechnął się szelmowsko.

— Ostatnio bardzo wielu ludzi każe się tytułować królami.

Joffrey nie wiedział, co na to odrzec. Wyraźnie zbity z pantałyku, obrzucił Tyriona podejrzliwym spojrzeniem.

— Tak. No cóż, cieszę się, że nie zginąłeś, wuju. Czy przywiozłeś mi jakiś dar na dzień imienia?

— Przywiozłem. Swój rozum.

— Wolałbym głowę Robba Starka — zauważył Joff, spoglądając chytrze na Sansę. — Tommen, Myrcella, idziemy.

Sandor Clegane ociągał się jeszcze chwilę.

— Na twoim miejscu uważałbym na język, człowieczku — ostrzegł go, nim ruszył za swym suwerenem. Sansa została z karłem i jego potworami. Zastanawiała się gorączkowo, co jeszcze mogłaby powiedzieć.

— Masz ranną rękę — wykrztusiła wreszcie.

— Jeden z twych przyjaciół z północy zdzielił mnie morgensternem podczas bitwy nad Zielonymi Widłami. Uratowałem się w ten sposób, że spadłem z konia. — Gdy spoglądał na jej twarz, jego uśmiech przerodził się w coś delikatniejszego. — Czy to żałoba po panu ojcu czyni cię tak smutną?

— Mój ojciec był zdrajcą — odparła natychmiast. — Mój brat i pani matka też są zdrajcami. — Tego odruchu nauczyła się szybko. — Jestem wierna memu umiłowanemu Joffreyowi.

— Nie wątpię. Tak samo wierna, jak jeleń otoczony przez wilki.

— Lwy — wyszeptała bez zastanowienia. Rozejrzała się wokół nerwowo, lecz w pobliżu nie było nikogo, kto mógłby ją usłyszeć.

Lannister ujął jej dłoń i uścisnął ją lekko.

— Jestem tylko małym lewkiem, dziecko, i przysięgam, że cię nie rozszarpię. — Pokłonił się. — Musisz mi już jednak wybaczyć — dodał. — Mam do załatwienia pilne sprawy z królową i radą.

Sansa śledziła go wzrokiem. Jego ciało przy każdym kroku kołysało się ciężko z boku na bok, jakby był dziwolągiem pokazywanym w gabinecie osobliwości. *Przemawia łagodniej niż Joffrey, ale królowa też używała pięknych słówek. To Lannister, jej brat i wuj Joffa. Nie jest mi przyjacielem.* Kiedyś kochała księcia Joffreya z całego serca, a jego matkę, królową, podziwiała i ufała jej. Tę miłość i zaufanie odpłacili głową jej ojca. Sansa nigdy już nie popełni podobnego błędu.

Tyrion

Odziany w chłodną, białą szatę Gwardii Królewskiej ser Mandon Moore wyglądał jak spowity w całun trup.

— Jej Miłość rozkazała, żebym nikomu nie pozwolił zakłócać obrad rady.

— To będzie tylko drobne zakłócenie, ser. — Tyrion wysunął z rękawa pergamin. — To list od mego ojca, lorda Tywina Lannistera, królewskiego namiestnika. Oto jego pieczęć.

— Jej Miłość nie chce, żeby jej przeszkadzano — powtórzył powoli ser Mandon, jakby Tyrion był głupkiem, który nie zrozumiał go za pierwszym razem.

Jaime mówił mu kiedyś, że Moore jest najgroźniejszym z królewskich gwardzistów — rzecz jasna, poza nim samym — ponieważ z jego twarzy nie sposób wyczytać, co za chwilę zrobi. Tyrionowi przydałaby się jakaś wskazówka. Gdyby doszło do walki, Bronn i Timett zdołaliby zapewne zabić rycerza, ale nie wróżyłoby mu to dobrze, gdyby zaczął swą działalność od pozbawienia życia jednego z obrońców Joffreya. Gdyby jednak pozwolił, by Moore go odesłał, co by się stało z jego autorytetem? Rozciągnął usta w uśmiechu.

— Ser Mandonie, poznaj moich towarzyszy. To jest Timett, syn Timetta, czerwona ręka Spalonych. A ten drugi to Bronn. Być może przypominasz sobie ser Vardisa Egena, który był kapitanem straży domowej lorda Arryna?

— Znam go.

Oczy ser Mandona były jasnoszare, dziwnie bezbarwne i pozbawione życia.

— Znałeś — poprawił go Bronn, uśmiechając się półgębkiem.

Ser Mandon nie raczył okazać po sobie, że to usłyszał.

— Tak czy inaczej, muszę zobaczyć się z siostrą i doręczyć jej list, ser — rzucił lekkim tonem Tyrion. — Czy będziesz tak uprzejmy i otworzysz te drzwi?

Biały rycerz nie odpowiadał. Tyrion miał już zamiar wedrzeć się do środka siłą, gdy ser Mandon usunął mu się nagle z drogi.

— Możesz wejść. Ale oni tu zostaną.

To drobne zwycięstwo — pomyślał Tyrion. *Ale smakuje słodko.* Przeszedł przez pierwszą próbę. Gdy wchodził do komnaty, czuł się niemal wysoki. Pięciu członków małej rady królewskiej przerwało nagle dyskusję.

— To ty — oznajmiła jego siostra Cersei tonem pełnym niedowierzania i niesmaku.

— Widzę teraz, od kogo Joffrey nauczył się uprzejmości.

Tyrion przystanął na chwilę, by popatrzeć na parę valyriańskich sfinksów, które strzegły drzwi. Starał się wywołać wrażenie niedbałej pewności siebie. Cersei potrafiła zwęszyć słabość, tak jak pies czuje strach.

— Skąd się tu wziąłeś?

Piękne zielone oczy siostry przyglądały mu się bez najmniejszego śladu miłości.

— Przywiozłem list od pana ojca.

Podszedł nieśpiesznie do stołu i położył na nim ciasno zwinięty zwój.

Eunuch Varys podniósł list i obrócił go w delikatnych, upudrowanych dłoniach.

— To bardzo uprzejme ze strony lorda Tywina. Jego lak ma wyjątkowo piękną, złotą barwę. — Varys przyjrzał się uważnie pieczęci. — Wygląda na autentyczną.

— Oczywiście, że jest autentyczna.

Cersei wyrwała mu list z rąk, złamała pieczęć i rozwinęła pergamin. Tyrion przyglądał się, kiedy czytała. Zasiadała na królewskim miejscu — najwyraźniej Joffreyowi, podobnie jak Robertowi, rzadko chciało się przychodzić na spotkania rady — wdrapał się więc na fotel namiestnika. W końcu było to teraz jego miejsce.

— To jakiś nonsens — rzekła wreszcie królowa. — Mój pan ojciec przysłał mego brata, by zajął w radzie jego miejsce. Prosi nas, żebyśmy aż do chwili jego powrotu uważali Tyriona za królewskiego namiestnika.

Wielki maester Pycelle pogłaskał się po białej, fałdzistej brodzie i skinął z namaszczeniem głową.

— Chyba powinniśmy należycie go przywitać.

— Zaiste. — Pucołowaty, łysiejący Janos Slynt wyglądał jak żaba. Bardzo zadowolona z siebie żaba, która wdrapała się stanowczo zbyt wysoko. — Jesteś tu bardzo potrzebny, panie. Wszędzie szaleją bunty, na niebie widać ten straszliwy omen, na ulicach dochodzi do zamieszek…

— A czyja to wina, lordzie Janosie? — wybuchła Cersei. — To twoim złotym płaszczom zlecono utrzymanie porządku. A jeśli chodzi o ciebie, Tyrionie, lepiej byś się nam przysłużył na polu bitwy.

Krasnal parsknął śmiechem.

— Dziękuję bardzo, ale mam już dosyć bitew. Na fotelu siedzi mi się wygodniej niż na koniu, wolę też trzymać w dłoni puchar z winem niż topór. A jeśli chodzi o całe to gadanie o huku bębnów, blasku słońca odbijającym się w zbrojach i o wspaniałych rumakach, które tańczą i parskają, to od bębnów boli mnie głowa, słońce ogrzało moją zbroję tak, że upiekłem się w niej jak gęś na święto plonów, a te sławetne rumaki wszystko obsrywają. Co prawda, nie mam prawa się uskarżać. W porównaniu z gościnnością, jakiej zaznałem w Dolinie Arrynów, bębny, końskie łajno i gryzące pchły to czysta rozkosz.

Littlefinger parsknął śmiechem.

— Dobrze powiedziane, Lannister. To mi się podoba.

Tyrion uśmiechnął się do niego, przypominając sobie pewien sztylet o rękojeści ze smoczej kości i ostrzu z valyriańskiej stali. *Muszę z nim o tym pomówić i to niezwłocznie.* Zadał sobie pytanie, czy ten temat lord Petyr również uzna za zabawny.

— Pozwólcie proszę, bym wspomógł was na miarę swych możliwości, choćby nawet były małe.

Cersei raz jeszcze przeczytała list.

— Ilu ludzi przyprowadziłeś?

— Kilkuset. Głównie własnych. Ojciec nie chciał się rozstawać ze swoimi. Ostatecznie ma na głowie wojnę.

— Na co nam się przyda taka garstka, jeśli Renly pomaszeruje na Królewską Przystań albo Stannis przypłynie tu ze Smoczej Skały? Prosiłam o armię, a ojciec przysłał mi karła. To król wyznacza namiestnika, za zgodą rady. Joffrey mianował nim naszego pana ojca.

— A on przekazał tę godność mnie.

— Nie wolno mu tego uczynić bez zgody Joffa.

— Lord Tywin stacjonuje ze swą armią w Harrenhal. Możesz z nim omówić tę sprawę — poradził jej uprzejmie Tyrion. — Panowie, czy zechcielibyście umożliwić mi rozmowę z siostrą na osobności?

Varys podniósł się z krzesła, uśmiechając się w charakterystyczny dla siebie, obłudny sposób.

— Z pewnością bardzo się stęskniłeś za słodkim brzmieniem jej głosu. Panowie, pozwólmy im proszę na chwilę rozmowy w cztery oczy. Kłopoty naszego królestwa mogą zaczekać.

Janos Slynt wstał z fotela z niepewną miną, a wielki maester Pycelle dźwignął się z niego ciężko, obaj jednak usłuchali eunucha. Ostatni był Littlefinger.

— Czy mam zlecić zarządcy, żeby przygotował komnaty w Warowni Maegora?

— Dziękuję, lordzie Petyrze, ale zajmę dawne pokoje lorda Starka w Wieży Namiestnika.

Littlefinger ryknął śmiechem.

— Masz więcej odwagi ode mnie, Lannister. Czy wiesz, jaki los spotkał dwóch ostatnich namiestników?

— Dwóch? Jeśli chcesz mnie przestraszyć, czemu nie powiesz czterech?

— Czterech? — Littlefinger uniósł brwi. — Czy namiestników, którzy sprawowali ten urząd przed lordem Arrynem, również spotkał fatalny koniec? Przyznaję, że byłem wówczas zbyt młody, by interesować się takimi sprawami.

— Ostatni namiestnik Aerysa Targaryena zginął, gdy zdobyto Królewską Przystań, choć wątpię, by zdążył się wprowadzić do wieży. Pełnił tę funkcję tylko przez dwa tygodnie. Tego, który był przed nim, spalono żywcem. Dwaj poprzedni zmarli na wygnaniu bez grosza przy duszy, a ich posiadłości skonfiskowano. Mimo to uważali, że mieli szczęście. Mam wrażenie, że mój pan ojciec był ostatnim namiestnikiem, który opuścił Królewską Przystań cały, zdrowy i bez żadnych strat.

— Fascynujące — rzucił Littlefinger. — To kolejne powody, dla których wolałbym nocować w lochu.

Twoje życzenie może się jeszcze spełnić — pomyślał Tyrion. Na głos powiedział jednak:

— Słyszałem, że odwaga i szaleństwo są kuzynami. Jeśli nad Wieżą Namiestnika wisi jakaś klątwa, modlę się o to, bym okazał się zbyt mały, żeby przyciągnąć jej uwagę.

Janos Slynt ryknął śmiechem, Littlefinger uśmiechnął się, a wielki maester Pycelle również docenił dowcip, kiwając z powagą głową.

— Mam nadzieję, że ojciec nie przysłał cię tu po to, byś zanudzał nas lekcjami historii — powiedziała Cersei, gdy już zostali sami.

— Jakże pragnąłem wreszcie usłyszeć twój słodki głos — odparł z westchnieniem Tyrion.

— A jak bardzo ja pragnęłam wyrwać temu eunuchowi język rozżarzonymi szczypcami — warknęła Cersei. — Czy ojciec postradał rozum? A może rzeczywiście sfałszowałeś ten list? — Przeczytała go jeszcze raz, z coraz większą irytacją. — Dlaczego przysłał mi ciebie? — Zmięła pismo w palcach. — Jestem regentką Joffreya i wydałam mu rozkaz!

— A on go zignorował — wskazał Tyrion. — Może sobie na to pozwolić, bo ma wielką armię. Zresztą nie jest pierwszy, prawda?

Cersei zacisnęła usta. Na jej policzki wypełzł rumieniec.

— Jeśli ogłoszę, że ten list jest sfałszowany i każę im zamknąć cię w lochu, to tego rozkazu nikt nie zignoruje, obiecuję ci.

Tyrion zdawał sobie sprawę, że stąpa po cienkim lodzie.

— Nikt — zgodził się uprzejmie. — A już szczególnie nasz

ojciec. No wiesz, to ten człowiek, który ma armię. Ale czemuż to chcesz mnie zamykać w lochu, kochana siostro? Przecież przybyłem z bardzo daleka tylko po to, by ci pomóc.

— Niepotrzebna mi twoja pomoc. Rozkazałam, by przybył tu nasz ojciec.

— Tak — przyznał cicho. — Ale tak naprawdę chodzi ci o Jaime'a. Jego siostra lubiła się uważać za chytrą, on jednak dorastał razem z nią i czytał z jej twarzy z taką łatwością, jakby była to jedna z jego ulubionych książek. W tej chwili wyczytał tam wściekłość, strach i rozpacz.

— Jaime…

— …jest również i moim bratem — przerwał jej Tyrion. — Jeśli mnie poprzesz, obiecuję, że uwolnimy Jaime'a i sprowadzimy go tu bezpiecznie.

— Niby jak? — zapytała Cersei. — Młody Stark i jego matka raczej nie zapomną, że ścięliśmy lorda Eddarda.

— To prawda — potwierdził Tyrion. — Ale masz jeszcze jego córki, prawda? Starszą widziałem na turnieju, razem z Joffreyem.

— Sansę mamy — przyznała królowa. — Rozpuściłam pogłoski, że więzimy też młodszego bachora, ale to kłamstwo. Po śmierci Roberta kazałam Merynowi Trentowi ją pojmać, ale przeszkodził mu jej przeklęty nauczyciel tańca i dziewczynka uciekła. Od tej pory nikt jej nie widział. Zapewne nie żyje. Tego dnia zginęło bardzo wielu ludzi.

Tyrion liczył na to, że mają obie córki, uznał jednak, że będzie im musiała wystarczyć jedna.

— Opowiedz mi o naszych przyjaciołach z rady.

Cersei zerknęła w stronę drzwi.

— O co ci chodzi?

— Ojciec poczuł do nich nagłą niechęć. Kiedy odjeżdżałem, zastanawiał się, jak ich głowy wyglądałyby na murze obok głowy lorda Starka. — Pochylił się nad blatem. — Jesteś pewna, że są nam wierni? Ufasz im?

— Nikomu nie ufam — warknęła. — Są mi potrzebni. Czy ojciec sądzi, że nas oszukują?

— Tylko podejrzewa.

— Dlaczego? Czy wie o czymś?

Tyrion wzruszył ramionami.

— Wie, że krótkie panowanie twego syna okazało się jak dotąd długą serią błędów i katastrof. To sugeruje, że ktoś udziela Joffreyowi bardzo złych rad.

Cersei przyjrzała mu się uważnie.

— Joffowi nie brakowało dobrych rad. Zawsze miał silną wolę. A teraz został królem i jest przekonany, że ma prawo robić to, co mu się spodoba, a nie to, co mu każą.

— Korony dziwnie wpływają na głowy, na które je włożono — zgodził się Tyrion. — Ten cały interes z Eddardem Starkiem... to pomysł Joffreya?

Królowa skrzywiła się.

— Powiedziano mu, żeby ułaskawił Starka i pozwolił mu przywdziać czerń. Uwolnilibyśmy się od niego raz na zawsze i moglibyśmy zawrzeć pokój z tym jego synem, ale Joffowi zachciało się urządzić widowisko dla tłumu. Co miałam zrobić? Zażądał głowy lorda Eddarda w obecności połowy miasta. A Janos Slynt i ser Ilyn z radością spełnili jego rozkaz i ścięli Starka, nie pytając mnie o zdanie! — Zacisnęła dłoń w pięść. — Wielki septon twierdzi, że sprofanowaliśmy jego krwią Sept Baelora, a do tego okłamaliśmy go, utrzymując, że zamierzamy ułaskawić skazańca.

— Ma trochę racji — zauważył Tyrion. — A więc maczał w tym palce ten cały lord Slynt? Powiedz mi, kto wpadł na ten wspaniały pomysł, by przyznać mu Harrenhal i miejsce w radzie?

— Wszystko załatwił Littlefinger. Potrzebowaliśmy złotych płaszczy Slynta. Eddard Stark spiskował z Renlym i pisał do lorda Stannisa, proponując mu tron. Mogliśmy stracić wszystko. Niewiele brakowało. Gdyby Sansa nie opowiedziała mi o planach ojca...

— Naprawdę? — zapytał zdumiony Tyrion. — Jego własna córka?

Sansa zawsze wydawała się słodkim dzieciakiem, delikatnym i uprzejmym.

— Była ogłupiała z miłości. Dla Joffreya zrobiłaby wszystko. Ale później ściął jej ojcu głowę i nazwał to łaską. To położyło kres uczuciu.

— Jego Miłość posiada niezrównany dar zjednywania sobie poddanych — stwierdził Tyrion, uśmiechając się szelmowsko. — Czy wyrzucenie ser Barristana Selmy'ego z Gwardii Królewskiej to również był jego pomysł?

— Chciał obciążyć kogoś winą za śmierć Roberta — odrzekła z westchnieniem Cersei. — Varys zasugerował ser Barristana. Dlaczego by nie? W ten sposób Jaime został dowódcą gwardii i członkiem małej rady, a Joff mógł rzucić kość swemu psu. Bardzo lubi Sandora Clegane'a. Byliśmy gotowi dać Selmy'emu trochę ziemi i jakąś wieżę. To więcej niż się temu staremu, nieudolnemu durniowi należało.

— Słyszałem, że ten stary, nieudolny dureń zabił dwa złote płaszcze Slynta, gdy próbowano go pojmać przy Błotnistej Bramie.

Jego siostra miała bardzo niezadowoloną minę.

— Janos powinien był wysłać więcej ludzi. Nie jest taki kompetentny, jak byśmy tego chcieli.

— Ser Barristan był lordem dowódcą Gwardii Królewskiej Roberta Baratheona — przypomniał jej z naciskiem Tyrion. — Z siedmiu gwardzistów Aerysa Targaryena żyją jeszcze tylko on i Jaime. Prostaczkowie uważają go za kogoś takiego, jak Serwyn od Zwierciadlanej Tarczy albo książę Aemon Smoczy Rycerz. Jak sądzisz, co się stanie, jeśli zobaczą ser Barristana Śmiałego u boku Robba Starka albo Stannisa Baratheona?

Cersei odwróciła wzrok.

— O tym nie pomyślałam.

— Ale ojciec pomyślał — stwierdził Tyrion. — Dlatego właśnie mnie tu przysłał. Mam położyć kres tym szaleństwom i zmusić twego syna do posłuchu.

— Nie ulegnie ci łatwiej niż mnie.

— Może i ulegnie.

— A niby dlaczego?

— Dlatego, że wie, iż ty nigdy nie zrobisz mu krzywdy.

Cersei zmrużyła oczy.

— Jeśli wydaje ci się, że pozwolę ci skrzywdzić mego syna, to chyba masz gorączkę.

Tyrion westchnął. Cersei go nie zrozumiała, co zdarzało się jej zbyt często.

— Joffrey jest ze mną równie bezpieczny jak z tobą — zapewnił ją. — Ale jeśli poczuje się niepewnie, może być bardziej skłonny do posłuchu. — Ujął jej dłoń. — W końcu jestem twoim bratem. Potrzebujesz mnie, nawet jeśli nie chcesz tego przyznać. Twój syn również mnie potrzebuje, o ile ma się utrzymać na tym brzydkim, żelaznym krześle.

Jego siostra była wyraźnie wstrząśnięta tym, że ośmielił się jej dotknąć.

— Zawsze byłeś sprytny.

— Na swój mały sposób — przyznał z uśmiechem.

— Może i warto by było spróbować... ale pamiętaj o jednym, Tyrionie. Jeśli zgodzę się uznać twój tytuł, z nazwy będziesz namiestnikiem królewskim, ale w rzeczywistości moim. Nim cokolwiek uczynisz, będziesz mnie wtajemniczał we wszystkie swe plany i niczego nie przedsięweźmiesz bez mej zgody. Zrozumiałeś?

— Och, tak.

— Zgadzasz się?

— Oczywiście — skłamał. — Jestem twój, siostro. — *Dopóki będzie to dla mnie korzystne.* — Ponieważ łączy nas teraz wspólny cel, nie powinniśmy mieć przed sobą tajemnic. Mówisz, że lorda Eddarda kazał zabić Joffrey, ser Barristana odesłał Varys, a lordem Slyntem uszczęśliwił nas Littlefinger. A kto zamordował Jona Arryna?

Cersei poderwała gwałtownie głowę.

— Skąd mam wiedzieć?

— Pogrążona w żałobie wdowa z Orlego Gniazda zdaje się sądzić, że winny jestem ja. Ciekawe, kto jej podsunął ten pomysł?

— Nie mam pojęcia. Ten dureń Eddard Stark oskarżył mnie o to samo. Dał mi do zrozumienia, że lord Arryn podejrzewał albo... hmm, był przekonany...

— Że pieprzysz się z naszym słodkim Jaime'em?

Spoliczkowała go.

— Myślałaś, że jestem tak samo ślepy, jak ojciec? — Tyrion potarł twarz. — Nie obchodzi mnie, z kim się zabawiasz... choć wydaje mi się trochę niesprawiedliwe, że rozkładasz nogi tylko dla jednego z dwóch braci.

Spoliczkowała go.

— Spokojnie, Cersei, żartowałem. Prawdę mówiąc, wolałbym ładną kurwę. Nigdy nie potrafiłem zrozumieć, co widzi w tobie Jaime, chyba że chodzi mu o własne odbicie.

Spoliczkowała go.

Uśmiechnął się, choć policzki mu poczerwieniały i piekły mocno.

— Jeśli nie przestaniesz, mogę się na ciebie rozgniewać.

To powstrzymało jej rękę.

— No i co z tego?

— Mam trochę nowych przyjaciół — wyznał Tyrion. — Nie spodobają ci się w najmniejszym stopniu. Jak zabiłaś Roberta?

— Zrobił to sam. My tylko mu pomogliśmy. Kiedy Lancel się zorientował, że Robert chce ścigać tego dzika, podał mu wzmocnione wino. Jego ulubiony gatunek, kwaśne czerwone, ale trzy razy mocniejsze niż zwykle. Ten wielki, śmierdzący dureń był zachwycony. Gdyby zechciał, mógł w każdej chwili przestać je żłopać, ale osuszył cały bukłak i kazał Lancelowi podać sobie następny. Resztę załatwił odyniec. Szkoda, że nie byłeś na uczcie, Tyrionie. Nigdy w życiu nie jadłam tak pysznego dzika. Upiekli go z grzybami i jabłkami. Miał smak triumfu.

— Siostro, doprawdy narodziłaś się po to, by zostać wdową. — Tyrion raczej lubił Roberta Baratheona, choć był on wielkim, zarozumiałym prostakiem… z pewnością między innymi dlatego, że jego siostra tak bardzo go nienawidziła. — Jeśli już skończyłaś mnie policzkować, to chyba sobie pójdę.

Zgramolił się niezgrabnie z fotela.

Cersei zmarszczyła brwi.

— Nie pozwoliłam ci odejść. Chcę się dowiedzieć, w jaki sposób zamierzasz uwolnić Jaime'a.

— Powiem ci, jak coś wymyślę. Intrygi są jak owoce. Potrzebują czasu, by dojrzeć. W tej chwili chciałbym przejechać się ulicami, żeby zobaczyć, jak stoją sprawy w mieście. — Wsparł dłoń na głowie strzegącego drzwi sfinksa. — Na pożegnanie chciałbym cię o coś poprosić. Zechciej dopilnować, by Sansie Stark nie stało się nic złego. Nie byłoby dobrze, gdybyśmy stracili obie córki.

Po wyjściu z komnaty obrad Tyrion pożegnał skinieniem głowy ser Mandona i ruszył długim korytarzem o łukowatym sklepieniu. Bronn podążył za nim, lecz Timetta, syna Timetta nigdzie nie było widać.

— Gdzie się podziała nasza czerwona ręka? — zapytał Tyrion.

— Timett poczuł potrzebę zbadania okolicy. Ci ludzie nie są stworzeni do czekania w korytarzach.

— Mam nadzieję, że nie zabije nikogo ważnego. — Barbarzyńcy sprowadzeni przez Tyriona z twierdz w Górach Księżycowych byli wierni na swój gwałtowny sposób, lecz jednocześnie dumni i skorzy do zwady. Chętnie odpowiadali stalą na zniewagi, rzeczywiste czy wyimaginowane. — Postaraj się go znaleźć. Dopilnuj też, by pozostałych zakwaterowano i dano im jeść. Umieść ich w koszarach za Wieżą Namiestnika, ale nie pozwól, żeby zarządca ulokował Kamienne Wrony obok Księżycowych Braci. Powiedz mu też, że Spaleni muszą mieć oddzielną salę.

— A dokąd ty się wybierasz?

— Wracam „Pod Pęknięte Kowadło".

Bronn uśmiechnął się bezczelnie.

— Potrzebujesz eskorty? Podobno na ulicach jest niebezpiecznie.

— Zwrócę się do kapitana straży domowej mojej siostry. Przypomnę mu, że jestem takim samym Lannisterem, jak ona. Pora mu uzmysłowić, że składał przysięgę Casterly Rock, nie Cersei czy Joffreyowi.

Po godzinie Tyrion opuścił Czerwoną Twierdzę w towarzystwie dwunastu lannisterskich gwardzistów w karmazynowych płaszczach i ozdobionych lwami półhełmach. Gdy przejeżdżali pod unoszoną kratą, zauważył zatknięte na murze głowy. Poczerniały już od starej smoły i rozkładu, nie sposób więc było ich rozpoznać.

— Kapitanie Vylarr — zawołał. — Rano ma już ich tu nie być. Oddajcie je do oczyszczenia milczącym siostrom.

Podejrzewał, że dopasować czerepy do ciał będzie piekielnie trudno, trzeba jednak było to zrobić. Nawet podczas wojny należy przestrzegać pewnych form.

Vylarr się zawahał.

— Jego Miłość powiedział, że życzy sobie, by głowy zdrajców pozostały na murze, dopóki nie zajmie trzech ostatnich wolnych pali.

— Pozwól mi zgadnąć. Jeden jest przeznaczony dla Robba Starka, a dwa pozostałe dla lordów Stannisa i Renly'ego. Mam rację?

— Tak, panie.

— Mój siostrzeniec ukończył dziś trzynaście lat, Vylarr. Postaraj się o tym nie zapominać. Jeśli do rana te głowy nie znikną, jeden z pustych pali może mieć innego lokatora. Jasne, kapitanie?

— Dopilnuję tego osobiście, panie.

— Świetnie. — Tyrion wpił pięty w końskie boki i ruszył przed siebie kłusem, zmuszając czerwone płaszcze do podążenia za nim.

Powiedział Cersei, że chce się zorientować, jak stoją sprawy w mieście. Nie było to do końca kłamstwem. To, co ujrzał, bynajmniej go nie zachwyciło. Na ulicach Królewskiej Przystani zawsze było tłoczno i hałaśliwie, teraz jednak zawisła nad nimi aura niebezpieczeństwa, której nie pamiętał z poprzednich wizyt. Nieopodal

Krosnowej leżał w rynsztoku nagi trup, którego ogryzały zdziczałe psy. Nikt nie przejmował się tym widokiem. Wszędzie widać było straże. Odziani w złote płaszcze i czarne kolczugi zbrojni chodzili dwójkami, a dłonie zawsze trzymali blisko uchwytów żelaznych pałek. Na targowiskach roiło się od obdartych mężczyzn, którzy wyzbywali się za bezcen swego dobytku... bardzo mało zaś było sprzedających płody rolne wieśniaków. Żywność — gdy już się ją znalazło — była trzykrotnie droższa niż przed rokiem. Jeden z handlarzy oferował pieczone na patyku szczury.

— Świeże szczury — krzyczał głośno. — Świeże szczury.

Z pewnością świeże gryzonie były lepsze od starych, zgniłych i cuchnących. Przerażające było jednak to, że wyglądały bardziej apetycznie od tego, co oferowała na sprzedaż większość rzeźników. Na Mącznej Tyrion przekonał się, że przed co drugim sklepem stoją zbrojni strażnicy. Przemknęło mu przez głowę, że w chudych czasach nawet dla piekarzy najemnicy są tańsi od chleba.

— Widzę, że są kłopoty z dostawami żywności — zagadnął Vylarra.

— To fakt — przyznał kapitan. — W dorzeczu trwa wojna, a w Wysogrodzie lord Renly gromadzi buntowników. Dlatego południowe i zachodnie trakty są zamknięte.

— A co uczyniła w tej sprawie moja kochana siostra?

— Podjęła kroki mające doprowadzić do odbudowania królewskiego pokoju — zapewnił go Vylarr. — Lord Slynt trzykrotnie zwiększył liczebność Straży Miejskiej, a królowa oddelegowała tysiąc rzemieślników do pracy nad umocnieniami. Kamieniarze wzmacniają mury, cieśle budują setki skorpionów i katapult, wytwórcy strzał produkują strzały, kowale kują miecze, a Cech Alchemików obiecał dziesięć tysięcy dzbanów dzikiego ognia.

Tyrion poruszył się nerwowo w siodle. Cieszył się, że jego siostra nie jest bezczynna, lecz dziki ogień był zdradziecką substancją, a dziesięć tysięcy dzbanów wystarczyłoby, żeby puścić z dymem całą Królewską Przystań.

— A skąd Cersei wzięła pieniądze na to wszystko?

Nie było tajemnicą, że król Robert wpędził koronę w straszliwe długi, a alchemicy raczej nie uchodzili za altruistów.

— Lord Littlefinger zawsze znajdzie jakiś sposób, panie. Nałożył podatek na tych, którzy chcą wjechać do miasta.

— Tak, to z pewnością poskutkowało — ocenił Tyrion.

Sprytne — pomyślał. *Sprytne i okrutne.* Dziesiątki tysięcy ludzi uciekały przed wojną, licząc na to, że znajdą bezpieczeństwo w Królewskiej Przystani. Widział ich na królewskim trakcie — matki z dziećmi i niespokojnych ojców, którzy kierowali pożądliwe spojrzenia ku jego koniom i wozom. Kiedy dotrą do miasta, z pewnością chętnie zapłacą podatek, by znaleźć się za jego bezpiecznymi murami... choć mogliby zmienić zdanie, gdyby usłyszeli o dzikim ogniu.

Gospoda „Pod Pękniętym Kowadłem" znajdowała się w zasięgu wzroku od murów, niedaleko Bramy Bogów, przez którą wjechali rankiem do miasta. Gdy znaleźli się na jej dziedzińcu, ze środka wybiegł chłopiec, który pomógł Tyrionowi zsiąść z konia.

— Zabierz swych ludzi do zamku — rozkazał karzeł Vylarrowi. — Ja spędzę noc tutaj.

Kapitan miał niepewną minę.

— Czy będziesz tu bezpieczny, panie?

— Jeśli tym się martwisz, kapitanie, dowiedz się, że gdy rankiem opuszczałem gospodę, pełno w niej było Czarnych Uszu. Nikt nie jest bezpieczny w obecności Chelli, córki Cheyka. — Tyrion ruszył kaczkowatym krokiem ku drzwiom. Niech Vylarr sam się głowi nad sensem jego słów.

Gdy wszedł do gospody, przywitał go huragan wesołości. Rozpoznał gardłowy chichot Chelli i delikatniejszą muzykę śmiechu Shae. Dziewczyna siedziała za okrągłym stołem ustawionym obok kominka, popijając wino w towarzystwie trzech Czarnych Uszu, którym kazał jej pilnować, oraz tłustego mężczyzny, zwróconego do niego plecami. Tyrion z początku sądził, że to oberżysta... lecz gdy Shae zawołała go po imieniu, intruz podniósł się ze stołka.

— Panie, tak się cieszę, że cię tu widzę — rzekł z miękkim uśmiechem eunucha na upudrowanej twarzy.

Tyrion aż się potknął z wrażenia.

— Lordzie Varysie, nie spodziewałem się cię spotkać w tym miejscu.

Niech go Inni porwą, jak zdołał tu trafić tak szybko?

— Wybacz mi to najście — poprosił Varys. — Poczułem nagłą potrzebę poznania twej młodej damy.

— Młodej damy — powtórzyła Shae, radując się tymi słowami. — To w połowie prawda, panie. Rzeczywiście jestem młoda.

Ma osiemnaście lat — pomyślał Tyrion. *I jest kurwą. Jest jednak bystra, a w łożu zwinna jak kotka, ma wielkie, ciemne oczy, piękne, czarne włosy i słodkie, miękkie, głodne usteczka... i jest moja! Niech cię szlag, eunuchu.*

— Mam wrażenie, że to ja dopuściłem się najścia, lordzie Varysie — odpowiedział, zmuszając się do uprzejmości. — Kiedy tu wszedłem, świetnie się bawiłeś.

— Lord Varys podziwiał zbiór uszu Chelli. Mówił, że musiała zabić wielu ludzi, by zdobyć taki naszyjnik — wyjaśniła Shae. Drażniło go, gdy dziewczyna tytułowała Varysa lordem tym samym tonem, jakim wypowiadała to słowo podczas ich miłosnych igraszek. — A ona odpowiedziała mu, że tylko tchórze zabijają pokonanych.

— Odważni darują przeciwnikowi życie, by miał szansę zmazać swój wstyd i odzyskać ucho — dodała Chella, niska, ciemnowłosa kobieta, której makabryczny naszyjnik składał się aż z czterdziestu sześciu skurczonych, suszonych uszu. Tyrion sam je kiedyś policzył. — Tylko w ten sposób wojownik może dowieść, że nie boi się swych wrogów.

Shae parsknęła śmiechem.

— I wtedy lord Varys wyznał, że gdyby był Czarnym Uchem, nie mógłby spać ze strachu przed jednouchymi ludźmi.

— Ja nigdy nie będę miał takiego problemu — wtrącił Tyrion. — Boję się swych nieprzyjaciół tak bardzo, że zabijam wszystkich.

Varys zachichotał.

— Napijesz się z nami wina, panie?

— Napiję się. — Tyrion usiadł przy Shae. Zrozumiał, co tu się przed chwilą stało, nawet jeśli Chella i dziewczyna nie potrafiły tego pojąć. Varys powiedział: „Poczułem nagłą potrzebę poznania twej młodej damy", znaczyło to jednak: „Próbowałeś ją ukryć, ale dowiedziałem się, gdzie przebywa i kim jest. Sam widzisz, że trafiłem tu bez trudu". Tyrion zastanawiał się, kto go zdradził. Oberżysta, chłopiec stajenny, strażnik przy bramie... czy któryś z jego ludzi?

— Zawsze staram się wracać do miasta przez Bramę Bogów — mówił Varys do Shae, nalewając wino do kielichów. — Płaskorzeźby na wieży bramnej są doprawdy przepiękne. Ich widok niezawodnie zmusza mnie do płaczu. Oczy... robią wrażenie, czyż nie? Kiedy człowiek przejeżdża pod unoszoną kratą, ma wrażenie, że ich spojrzenie podąża za nim.

— Nie zauważyłam tego, panie — odparła Shae. — Jeśli sobie życzysz, jutro przyjrzę się im uważniej.

Nie zadawaj sobie trudu, słodziutka — pomyślał Tyrion, obracając w dłoni pełny kielich. — *Nic go nie obchodzą płaskorzeźby. Przechwalał się własnymi oczami. Chciał mi powiedzieć, że jego ludzie zawsze obserwują bramy i natychmiast dowiedział się o naszym przybyciu.*

— Uważaj na siebie, dziecko — ostrzegł ją Varys. — W Królewskiej Przystani nie jest ostatnio zbyt bezpiecznie. Choć świetnie znam te ulice, trochę się bałem tu przyjść. W końcu jestem sam i nie mam broni. W tych mrocznych czasach wszędzie pełno jest wyjętych spod prawa ludzi, którzy noszą zimną stal, a serca mają jeszcze zimniejsze.

Miało to znaczyć: „Ja zjawiłem się tu sam i bez broni, lecz inni mogą przyjść z mieczami w dłoniach".

Shae roześmiała się głośno.

— Jeśli spróbują mnie zaczepiać, Chella poobcina im uszy.

Varys ryknął śmiechem, jakby nigdy w życiu nie słyszał nic zabawniejszego. Gdy jednak spojrzał na Tyriona, w jego oczach nie było wesołości.

— Ta młoda dama jest bardzo miła. Na twoim miejscu strzegłbym jej z wielką uwagą.

— Mam taki zamiar. Jeśli ktoś spróbuje ją skrzywdzić... no cóż, jestem za mały, żeby być Czarnym Uchem, i nie twierdzę też, że jestem odważny. *Widzisz? Potrafię mówić tym samym językiem, co ty. Jeśli uczynisz jej coś złego, skrócę cię o głowę.*

— Pójdę już. — Varys wstał ze stołka. — Z pewnością czujesz się zmęczony. Chciałem cię tylko powitać w mieście, panie, powiedzieć ci, jak się cieszę z twego przybycia. Twój głos jest bardzo potrzebny w radzie. Widziałeś kometę?

— Jestem niski, nie ślepy — odparł Tyrion. Gdy jechał królewskim traktem, jej ogon zajmował pół nieba, a lśniła jaśniej niż sierp księżyca.

— Na ulicach zwą ją Czerwonym Wysłannikiem — ciągnął Varys. — Mówią, że jest heroldem króla, zapowiada ogień i krew. — Kastrat potarł upudrowane dłonie. — Czy mogę ci na pożegnanie zadać zagadkę, lordzie Tyrionie? — Nie czekał na odpowiedź. — W komnacie siedzi trzech wielkich ludzi, król, kapłan i bogacz, który ma złoto, a między nimi stoi najemnik, pozbawiony znaczenia człowieczek o podłym pochodzeniu i niewielkim rozumie. Każdy z możnowładców rozkazuje mu zabić pozostałych dwóch. Król mówi: „Zrób to, albowiem jestem twym prawowitym władcą", kapłan: „Zrób to, gdyż rozkazuję ci w imieniu bogów", a bogacz: „Zrób to, a całe to złoto będzie należało do ciebie". Powiedz mi, kto ocali życie, a kto zginie?

Pokłonił się nisko i opuścił gospodę z cichym tupotem odzianych w miękkie pantofle stóp. Kiedy wyszedł, Chella prychnęła głośno, a Shae zmarszczyła ładną buzię, zamyślona.

— Ocaleje bogacz, prawda?

Tyrion pociągnął łyk wina, pogrążony w zadumie.

— Może tak, a może nie. To zależy od najemnika. — Odstawił puchar. — Chodźmy na górę.

Musiała poczekać na niego na piętrze, gdyż nogi miała szczupłe i gibkie, Tyrion zaś krótkie, krzywe i obolałe. Gdy jednak wreszcie wlazł na schody, przywitała go uśmiechem.

— Stęskniłeś się za mną? — zapytała prowokującym tonem, ściskając mu dłoń.

— Straszliwie — przyznał. Miała tylko trochę ponad pięć stóp wzrostu, a mimo to musiał zadzierać głowę, by na nią patrzeć... lecz w jej przypadku to mu nie przeszkadzało. Wyglądała pięknie.

— W tej swojej Czerwonej Twierdzy cały czas będziesz za mną tęsknić — powiedziała, prowadząc go do swego pokoju. — Będziesz sobie leżał zupełnie sam w zimnym łożu w Wieży Namiestnika.

— To prawda. — Z chęcią zatrzymałby ją przy sobie, lecz zabronił mu tego ojciec. Rzekł: „Nie zabierzesz tej dziwki na dwór". Odważył się jedynie sprowadzić ją do miasta. Musiała zrozumieć, że swą władzę zawdzięczał wyłącznie lordowi Tywinowi.

— Nie będziesz daleko — obiecał. — Dostaniesz dom, ze strażnikami i sługami, a ja będę cię często odwiedzał.

Zamknęła kopniakiem drzwi. Za brudnymi, wąskimi oknami widać było Wielki Sept Baelora wznoszący się na wzgórzu Visenyi, uwagę Tyriona pochłaniał jednak inny widok. Shae pochyliła się, złapała obrąbek sukni, zdjęła ją nad głową i odrzuciła na bok. Nie uznawała bielizny.

— Nie zaznasz wytchnienia — ostrzegła, stojąc obok niego, różowa, naga i piękna, z jedną ręką wspartą na biodrze. — Gdy tylko się położysz, będziesz myślał o mnie. Potem ci stanie, nie będziesz miał nikogo, kto by ci pomógł i nie zaśniesz, chyba że... — rozciągnęła wargi w łobuzerskim uśmiechu, który Tyrion tak bardzo lubił — ...sam sobie pomożesz.

— Nic już nie mów. Pocałuj mnie — rozkazał.

Czuł smak wina na jej wargach, małe, jędrne piersi przyciśnięte do jego ciała i palce sięgające do sznurówek spodni.

— Mój lwie — wyszeptała, gdy odsunął się od niej, by się rozebrać. — Mój słodki lordzie, lannisterski olbrzymie.

Pchnął ją na łoże. Kiedy w nią wszedł, krzyknęła tak głośno, że mogłaby obudzić nawet Baelora Błogosławionego w jego grobowcu. Jej paznokcie wyżłobiły mu na plecach krwawiące ślady. Ten rodzaj bólu sprawiał mu wielką przyjemność.

Ty głupcze — pomyślał potem, gdy leżeli na zapadającym się materacu pośród zmiętoszonej pościeli. *Czy nigdy nie zmądrzejesz, karle? Jest kurwą, do licha. Kocha twoją sakiewkę, a nie twego kutasa. Pamiętasz Tyshę?*

Gdy jednak przebiegł lekko palcami po jej sutce, zesztywniała pod jego dotykiem. Widział też na piersi Shae ślad w miejscu, gdzie ugryzł ją z namiętności.

— Co więc uczynisz, panie, teraz, gdy zostałeś królewskim namiestnikiem? — zapytała go, gdy objął dłońmi ciepłą, miękką pierś.

— Coś, czego Cersei z pewnością się nie spodziewa — wyszeptał, wtulając twarz w jej szczupłą szyję. — Zaprowadzę... sprawiedliwość.

Bran

Bran wolał twardy kamień ławeczki w oknie wykuszowym od wygodnego piernata i koców. Gdy leżał, ściany otaczały go z bliska, a nad nim wisiał ciężki sufit. Komnata stawała się celą, a Winterfell więzieniem. Natomiast za oknem rozciągał się szeroki świat.

Nie mógł chodzić, wspinać się, polować ani walczyć drewnianym mieczem tak jak kiedyś, nadal jednak mógł patrzeć. Lubił obserwować, jak w całym Winterfell okna rozjarzają się łagodnym blaskiem, gdy za rombowymi szybkami w wieży i zamku zapalano świece oraz ognie w kominkach. Uwielbiał też słuchać muzyki wyjących do gwiazd wilkorów.

Ostatnio często mu się śniły. Mówią coś do mnie jak do brata — powtarzał sobie, wsłuchując się w ich wycie. Prawie je rozumiał... nie do końca, ale prawie... jakby śpiewały w języku, który kiedyś znał, lecz teraz zapomniał. Walderowie mogli się ich bać, lecz w żyłach Starków płynęła wilcza krew. Tak mówiła Stara Niania.

— Ale u niektórych jest silniejsza niż u innych — ostrzegała.

Wycie Laty było przeciągłe i smutne, pełne żalu i tęsknoty. Kudłacz miał gwałtowniejszy głos. Ich zawodzenie niosło się echem po dziedzińcach i korytarzach, aż cały zamek zaczynał wibrować i wydawało się, że w Winterfell żyje cała wataha wilkorów zamiast tylko dwóch... dwóch, choć kiedyś było ich sześć.

Czy one też tęsknią za braćmi i siostrami? — pomyślał Bran. — *Czy wołają Szarego Wichra, Ducha, Nymerię i cień Damy? Czy chcą, żeby wróciły do domu i znowu żyły razem z nimi?*

— Któż wie, co myśli wilk? — odparł ser Rodrik Cassel, gdy Bran go zapytał, dlaczego wyją. Pani matka kazała ser Rodrikowi pełnić pod jej nieobecność funkcję kasztelana Winterfell i obowiązki nie pozostawiały mu czasu na jałowe rozważania.

— Pragną wolności — orzekł Farlen, który był głównym psiarczykiem i nie darzył wilkorów miłością, podobnie jak jego psy. — Nie lubią przebywać w zamknięciu i trudno im się dziwić. Dzikie zwierzęta powinny żyć na swobodzie, nie w zamku.

— Chcą polować — zgodził się kucharz Gage, wrzucając kostki łoju do wielkiego kotła, w którym gotował gulasz. — Wilk ma lepszy węch niż człowiek. Pewnikiem zwietrzyły woń zwierzyny.

Maester Luwin był innego zdania.

— Wilki często wyją do księżyca, a one wyją do komety. Widzisz, jak jasno świeci, Bran? Może zdaje im się, że to księżyc?

Gdy chłopiec powtórzył te słowa Oshy, roześmiała się tylko w głos.

— Te wilki mają więcej rozumu niż ten wasz cały maester — zauważyła dzika kobieta. — Znają prawdy, o których szarzy zapomnieli. — Ton, którym to powiedziała, przeszył Brana dreszczem. Kiedy zapytał ją, co zapowiada kometa, rzekła mu: — Krew i ogień, chłopcze. Nic przyjemnego.

Septona Chayle'a Bran zapytał o kometę, gdy przerzucali uratowane z pożaru biblioteki zwoje.

— To miecz, który zabija pory roku — padła odpowiedź. Niedługo później z Cytadeli przyleciał biały kruk, który przyniósł wiadomość o początku jesieni, z pewnością więc septon miał rację.

Stara Niania była jednak odmiennego zdania, a to ona żyła z nich wszystkich najdłużej.

— Smoki — stwierdziła, unosząc głowę i węsząc intensywnie. Była prawie ślepa i nie widziała komety, twierdziła jednak, że czuje jej zapach. — To smoki, chłopcze.

Ona nie tytułowała Brana księciem.

Hodor powiedział mu tylko: — Hodor.

Nigdy nie mówił nic więcej.

Wilkory nie przestawały wyć. Strażnicy na murach mamrotali przekleństwa, psy w psiarniach szczekały wściekle, konie kopały wierzeje stajen, Walderowie dygotali przy swym kominku i nawet maester Luwin uskarżał się na bezsenność. Tylko Branowi to nie przeszkadzało. Po tym, jak Kudłacz pogryzł Małego Waldera, ser Rodrik wygnał wilkory do bożego gaju, lecz dźwięk odbijał się od kamiennych murów Winterfell i czasami wydawało się, że są na dziedzińcu tuż pod oknem Brana. Innymi razy mógłby przysiąc, że weszły na mur kurtynowy i biegają po nim niczym wartownicy. Żałował, że nie może ich zobaczyć.

Widział jednak kometę, która wisiała wysoko nad Komnatą Strażników i Wieżą Dzwonną, i dalej, nad Pierwszą Wieżą. Zdobiące ową okrągłą, przysadzistą budowlę chimery były czarnymi sylwetkami na tle fioletowego nieba. Bran znał ongiś wszystkie kamienie tych zabudowań, wdrapywał się na ich ściany z taką łatwością, z jaką inni chłopcy wbiegali na schody. Ich dachy służyły mu jako kryjówki, a przysiadające na zburzonej wieży wrony były jego przyjaciółkami.

A potem spadł.

Nie pamiętał tego, powiedzieli mu jednak, że tak się stało, pewnie więc rzeczywiście tak było. Omal nie zginął. Gdy spoglądał na noszące ślady niezliczonych burz chimery na szczycie Pierwszej Wieży, gdzie to się stało, ściskało go dziwnie w brzuchu. Nie mógł już się wspinać, chodzić ani walczyć na miecze, a dawne marzenia o pasowaniu na rycerza nabrały posmaku goryczy.

Po wypadku Lato wył przez cały dzień i jeszcze długo później, gdy chłopiec leżał nieprzytomny w łożu. Robb opowiedział mu o tym, nim wyruszył na wojnę. Wilkor lamentował nad nim, a Kudłacz i Szary Wicher przyłączyły się do jego żałoby. Nocą, gdy krwawy kruk przyniósł wiadomość o śmierci ojca, wilkory również o tym wiedziały. Bran przebywał z Rickonem w wieżyczce maestera. Mówili o dzieciach lasu, gdy Lato i Kudłacz zagłuszyły słowa Luwina swym wyciem.

Nad kim płaczą teraz? Czy jakiś wróg zabił króla północy, który kiedyś był jego bratem Robbem? Czy jego bękarci brat Jon spadł z Muru? Albo umarła matka bądź jedna z jego sióstr? A może chodziło o coś zupełnie innego, jak wydawali się sądzić maester, septon i Stara Niania?

Gdybym naprawdę był wilkorem, rozumiałbym ich pieśń — pomyślał z żalem. W swych wilczych snach wbiegał po górskich stokach na skute lodem turnie, wyższe od najwyższych wież, i stawał na ich szczycie pod księżycem w pełni, a cały świat rozciągał się pod nim tak jak niegdyś.

— Uuuu — krzyknął na próbę. Otoczył dłońmi usta i uniósł głowę ku komecie. — *Uuuuuu, ahuuuuuu* — wył. Brzmiało to głupio. Wysoki, drżący, chłopięcy głos nie przypominał wycia wilka. Lato odpowiedział mu jednak. Jego niski zew zagłuszył pisk Brana. Kudłacz przyłączył się do chóru. Bran odezwał się znowu. Wyli razem, ostatni z watahy.

Hałas ściągnął strażnika. Był to Hayhead, który miał kaszak na nosie. Mężczyzna wsadził głowę do komnaty.

— Co się stało, książę? — zapytał, ujrzawszy, że Bran siedzi przy oknie i wyje.

Chłopiec czuł się dziwnie, gdy tytułowano go księciem, choć przecież był dziedzicem Robba, a Robb był teraz królem północy. Odwrócił się i zawył do strażnika.

— *Uuuuuuu, Uu-uu-uuuuuu.*

Hayhead wykrzywił wściekle twarz.

— Przestań natychmiast.

— *Uuu-uuu-uuuuuu. Uuu-uuu-uuuuuuuu.*

Żołnierz wycofał się. Kiedy wrócił, towarzyszył mu spowity w szary strój maester Luwin z mocno zaciśniętym na szyi łańcuchem.

— Bran, te bestie i bez twojej pomocy robią wystarczająco wiele hałasu. — Podszedł do chłopca i położył dłoń na jego czole. — Jest już późno. Powinieneś spać.

— Rozmawiam z wilkami.

Bran odtrącił jego dłoń.

— Czy mam rozkazać Hayheadowi, żeby cię zaniósł do łóżka?

— Sam potrafię tam dojść. — Mikken wbił w ścianę szereg żelaznych prętów, dzięki którym chłopiec mógł się poruszać po komnacie, pomagając sobie rękami. Było to trudne i ciągnęło się długo, a do tego bolały go potem barki, ale nie znosił, kiedy go noszono. — Zresztą nie muszę spać, jeśli nie chcę.

— Wszyscy muszą spać, Bran. Nawet książęta.

— We śnie zmieniam się w wilka. — Bran odwrócił twarz, wpatrując się w noc. — Czy wilki śnią?

— Chyba wszystkie stworzenia śnią, choć ich sny są inne od ludzkich.

— A umarli? — zapytał Bran, myśląc o ojcu. W mrocznych kryptach pod Winterfell kamieniarz rzeźbił już jego podobiznę w granicie.

— Niektórzy mówią, że tak, inni, że nie — odparł maester. — Sami umarli milczą na ten temat.

— A drzewa?

— Drzewa? Nie...

— Śnią — sprzeciwił się Bran z nagłą pewnością. — Mają swoje drzewne sny. Czasami śni mi się drzewo. Czardrzewo, takie jak te w bożym gaju. Wzywa mnie. Lepsze są wilcze sny. Czuję w nich różne zapachy i czasami smak krwi.

Maester Luwin pociągnął łańcuch, który ocierał mu szyję.

— Powinieneś spędzać więcej czasu z innymi dziećmi.

— Nienawidzę innych dzieci — zaprotestował Bran, mając na myśli Walderów. — Rozkazałem ci ich odesłać.

Luwin spoważniał nagle.

— Freyowie są podopiecznymi twej pani matki. Przysłano ich tu na jej wyraźny rozkaz. Nie masz prawa ich wygnać. Poza tym byłoby to okrutne. Dokąd mogliby się udać?

— Do domu. To przez nich nie pozwalasz mi trzymać tu Laty.

— Młody Frey go nie zaczepiał — zauważył maester. — Ja też nie.

— To był Kudłacz. — Wielki czarny wilk Rickona był tak dziki, że nawet Bran czasami się go bał. — Lato nigdy nikogo nie ugryzł.

— W tej komnacie rozszarpał człowiekowi gardło. Zapomniałeś o tym? Prawda wygląda tak, że słodkie szczeniaczki, które znaleźliście z braćmi w śniegu, wyrosły na niebezpieczne bestie. Młodzi Freyowie mają rację, że się ich boją.

— To Walderów powinniśmy wygnać do bożego gaju. Tam mogliby do woli bawić się w lorda przeprawy, a Lato mógłby znowu spać ze mną. Jeśli jestem księciem, to dlaczego nikt mnie nie słucha? Chciałem pojeździć na Tancerce, lecz Alebelly nie wypuścił mnie przez bramę.

— Miał rację. Wilczy las jest pełen niebezpieczeństw. Poprzednia wycieczka powinna cię tego nauczyć. Chcesz, żeby jakiś zbójca porwał cię i sprzedał Lannisterom?

— Lato by mnie obronił — upierał się Bran. — Książętom powinno być wolno żeglować po morzu, polować na dziki w wilczym lesie i brać udział w turniejach.

— Bran, dziecko, czemu tak się dręczysz? Może kiedyś będziesz mógł robić niektóre z tych rzeczy, ale na razie jesteś tylko ośmioletnim chłopcem.

— Wolałbym być wilkiem. Mógłbym mieszkać sobie w lesie i spać, kiedy bym chciał. Mógłbym odnaleźć Aryę i Sansę. Węch zaprowadziłby mnie do nich. Uratowałbym je, a kiedy Robb wyruszyłby na bitwę, walczyłbym u jego boku, jak Szary Wicher. Rozszarpałbym gardło Królobójcy, *trrach*, a potem wojna by się skończyła i wszyscy wróciliby do Winterfell. Gdybym był wilkiem… — Zaczął wyć. — *Uuu-uuu-uuuuuuuuuu.*

— Prawdziwy książę przywitałby… — zaczął Luwin, podnosząc głos.

— *AAHUUUUUUU* — zawył Bran, tym razem głośniej. — *UUUU-UUUU-UUUU.*

Maester dał za wygraną.

— Jak sobie życzysz, dziecko.

Opuścił sypialnię z twarzą pełną żalu i niesmaku.

Gdy chłopiec został sam, wycie utraciło dla niego sens. Po chwili umilkł. *Przywitałem ich* — pomyślał z goryczą. *Byłem lordem Winterfell. Prawdziwym lordem. Nie może twierdzić, że tak nie było.* Gdy Walderowie przybyli z Bliźniaków, to Rickon pragnął, by sobie pojechali. Miał dopiero cztery lata. Darł się głośno, że chce zobaczyć mamę, tatę i Robba, a nie tych nieznajomych. Bran musiał go uspokoić i zająć się Freyami. Przywitał ich mięsem i miodem, dał miejsce przy ogniu i nawet maester Luwin mówił, że spisał się świetnie.

Ale później urządzili zabawę.

Potrzeba do niej było kłody, laski, otwartej wody i mnóstwa krzyku. Walder i Walder zapewniali Brana, że najważniejsza jest woda. Można było użyć deski albo nawet szeregu kamieni, a laskę zastąpić gałęzią. Krzyki nie były niezbędne. Bez wody jednak nie było zabawy. Ponieważ maester Luwin i ser Rodrik nie zamierzali pozwolić dzieciom pójść do wilczego lasu w poszukiwaniu strumienia, musieli się zadowolić jednym z błotnistych stawów w bożym gaju. Walder i Walder nigdy jeszcze nie widzieli wypływającej z ziemi gorącej wody, zgodzili się jednak, że dzięki temu zabawa będzie jeszcze lepsza.

Obaj nazywali się Walder Frey. Duży Walder mówił, że w Bliźniakach mieszka mnóstwo chłopców o tym imieniu. Nadawano je na cześć ich dziadka, Waldera Freya.

— W Winterfell każdy ma własne imię — oznajmił wyniośle Rickon, gdy o tym usłyszał.

Zabawa polegała na tym, że rzucało się kłodę na wodę i jeden z grających stawał na niej z laską. Był lordem przeprawy i gdy zbliżały się inne dzieci, musiał powiedzieć: „Jestem lordem przeprawy. Kto idzie?" Wtedy drugi z grających wygłaszał przemowę wyjaśniającą, kim jest i dlaczego powinno się go przepuścić. Lord kazał mu składać przysięgi i odpowiadać na pytania. Nie musiał mówić prawdy, ale przysięgi były wiążące, chyba że użył słów „być może". Sztuka polegała na tym, by wypowiedzieć je tak, żeby lord przeprawy tego nie zauważył. Można było wtedy spróbować strącić go z kłody i zająć jego miejsce. Najpierw jednak trzeba było powiedzieć „być może". Ten, któremu się to nie udało, odpadał. Lord mógł strącić każdego do wody, kiedy tylko zechciał, i tylko jemu wolno było używać kija.

W praktyce zabawa sprowadzała się do bijatyki, popychania, wpadania do wody i mnóstwa głośnych kłótni o to, czy grający powiedział „być może". Najczęściej lordem był Mały Walder.

Nazywano go tak, choć był wysoki i krzepki, miał czerwoną twarz i wielki, wydatny brzuch. Duży Walder miał ostre rysy, był chudy i o pół stopy niższy od niego.

— Jest ode mnie pięćdziesiąt dwa dni starszy — wyjaśnił Mały Walder. — Dlatego kiedyś był większy, tylko że ja szybciej rosłem.

— Jesteśmy kuzynami, nie braćmi — dodał Duży Walder, ten

niższy. — Ja jestem Walder, syn Jammosa. Matką mojego ojca była czwarta żona lorda Waldera. On to Walder, syn Merretta. Jego babcia była trzecią żoną lorda Waldera, z rodu Crakehallów. Wyprzedza mnie w linii sukcesji, chociaż to ja jestem starszy.

— Tylko o pięćdziesiąt dwa dni — sprzeciwił się Mały Walder. — Zresztą i tak żaden z nas nie zostanie lordem Bliźniaków, głupku.

— Ja zostanę — zapowiedział Duży Walder. — Mamy też więcej Walderów. Ser Stevron ma wnuka, Czarnego Waldera, który jest czwarty w linii sukcesji. Jest też Czerwony Walder, syn ser Emmona, oraz Walder Bękart, który w ogóle nie ma praw do tytułu. Nazywa się Walder Rivers, nie Walder Frey. Są jeszcze dziewczyny o imieniu Walda.

— I Tyr. Zawsze zapominasz o Tyrze.

— On się nazywa Waltyr, nie Walder — poprawił go Duży Walder wyniosłym tonem. — Jest po nas, więc się nie liczy. Zresztą nigdy go nie lubiłem.

Ser Rodrik zarządził, że obaj chłopcy mają spać w dawnej sypialni Jona Snow, ponieważ Jon wstąpił do Nocnej Straży i nigdy już nie wróci. Bran był wściekły. Miał wrażenie, że Freyowie próbują ukraść miejsce jego bratu.

Przyglądał się tęsknie, jak Walderowie bawią się z Rzepą, chłopakiem kucharza, oraz Bandy i Shyrą, córkami Josetha. Oznajmili, że Bran ma być sędzią i rozstrzygać kto powiedział, a kto nie powiedział „być może", gdy jednak zabawa już się zaczęła, wszyscy o nim zapomnieli.

Krzyki i pluski wkrótce przyciągnęły inne dzieci: Pallę, dziewczynę od psów, Calona, syna Cayna, oraz Drugiego Toma, którego ojciec Gruby Tom zginął razem z ojcem Brana w Królewskiej Przystani. Po chwili wszyscy byli mokrzy i ubłoceni. Palla, brązowa od stóp do głów, we włosach miała mech i wpadła w bezdech ze śmiechu. Od nocy, gdy przyleciał krwawy kruk, Bran nie słyszał w Winterfell takiego mnóstwa śmiechów. *Gdybym miał władzę w nogach, powrzucałbym do wody wszystkich* — pomyślał z goryczą. — *Nie pozwoliłbym nikomu zostać lordem przeprawy.*

Wreszcie do bożego gaju wbiegł Rickon. Kudłacz deptał mu po piętach. Chłopiec patrzył, jak Rzepa i Mały Walder wyrywają sobie kij, aż wreszcie chłopak kucharza stracił równowagę i wpadł z głośnym pluskiem do wody, wymachując rękami.

— Ja też chcę się bawić! — zawołał Rickon. Mały Walder wezwał go skinieniem. Wilkor ruszył za nim.

— Nie, Kudłaczek — powstrzymał go chłopiec. — Wilki się nie bawią. Zostań z Branem.

Zwierzę go posłuchało…

…lecz nagle Mały Walder zdzielił Rickona kijem prosto w brzuch. Bran nie zdążył nawet mrugnąć, nim czarny wilk skoczył na deskę, woda zrobiła się czerwona od krwi, a Walderowie zaczęli wrzeszczeć, że ich mordują. Rickon siedział w błocie, zanosząc się śmiechem, a Hodor wypadł spomiędzy drzew, wrzeszcząc: — Hodor! Hodor! Hodor!

Co dziwne, Rickon polubił potem Walderów. Nigdy już nie bawili się w lorda przeprawy, znali jednak wiele innych zabaw: potwory i dziewice, szczury i koty, zdobądź mój zamek i tak dalej. Przeciągnąwszy Rickona na swoją stronę, Walderowie kradli z kuchni bułki i plastry miodu, biegali po murach, rzucali kości szczeniakom w psiarni i ćwiczyli walkę na drewniane miecze pod czujnym nadzorem ser Rodrika. Rickon pokazał im nawet ukryte głęboko pod ziemią krypty, w których kamieniarz rzeźbił grobowiec ich ojca.

— Nie miałeś prawa! — krzyknął Bran na brata, gdy o tym usłyszał. — To nasze krypty! Krypty Starków!

Rickona nic to jednak nie obchodziło.

Drzwi sypialni otworzyły się i do środka wszedł maester Luwin, który trzymał w dłoni zielony dzbanek. Tym razem towarzyszyli mu Osha i Hayhead.

— Przyrządziłem dla ciebie napój nasenny, Bran.

Osha wzięła go w kościste ramiona. Była bardzo wysoka i silna jak na kobietę. Bez wysiłku zaniosła go do łóżka.

— Nic ci się po nim nie przyśni — obiecał maester Luwin, wyciągając zatyczkę. — Zaśniesz słodko, bez żadnych snów.

— Naprawdę? — zapytał Bran, chcąc w to uwierzyć.

— Tak. Wypij go.

Chłopiec go usłuchał. Eliksir był gęsty i smakował kredą, lecz zawierał też domieszkę miodu, mógł więc przełknąć go bez trudu.

— Rankiem poczujesz się lepiej.

Luwin uśmiechnął się do Brana, pogłaskał go po głowie i wyszedł z pokoju.

Osha została jeszcze chwilę.

— Czy to był znowu wilczy sen?

Bran skinął głową.

— Nie powinieneś opierać się tak mocno, chłopcze. Widzę, że mówisz do drzewa serca. Może bogowie próbują ci odpowiedzieć.

— Bogowie? — wyszeptał, zapadając już w sen. Twarz Oshy zrobiła się szara i niewyraźna. *Słodko, bez żadnych snów* — pomyślał. Gdy jednak zamknęła się nad nim ciemność, znowu znalazł się w bożym gaju. Szedł bezszelestnie między zielonoszarymi drzewami strażniczymi i sękatymi dębami starymi jak czas.

Idę — pomyślał uradowany. Jakaś część jego jaźni wiedziała, że to tylko sen, lecz nawet sen o chodzeniu był lepszy niż prawda sypialni, ścian, sufitu i drzwi.

Między drzewami było ciemno, lecz kometa oświetlała mu drogę. Stąpał pewnie na czterech zdrowych łapach, silnych i szybkich. Czuł grunt pod nimi, cichy chrzęst zeschłych liści, potężne korzenie, twarde kamienie i grube warstwy gleby. Było to wspaniałe uczucie.

Jego głowę wypełniały wonie, oszałamiające i pełne życia. Odór roślinności i błota bijący od gorących stawów, aromat gęstej, pełnej rozkładu gleby pod jego łapami, wiewiórki na dębach. Zapach tych zwierząt przypomniał mu smak gorącej krwi i trzask gruchotanych zębami kości. Pysk wypełniła mu ślina. Jadł przed nie więcej niż pół dobą, lecz padlina, nawet jelenia, nie sprawiała mu radości. Z góry dobiegało go skrzeczenie wiewiórek i tupot ich łapek. Pośród liści były bezpieczne i wiedziały, że lepiej nie schodzić na ziemię, gdzie polował on i jego brat.

Czuł również znajomą woń brata, mocną i zdrową, zapach czarny jak jego sierść. Jego brat biegał wokół murów, pełen wściekłości. Krążył tam niestrudzenie, noc za nocą. Szukał... zwierzyny, drogi wyjścia, matki, rodzeństwa z miotu, watahy... szukał i szukał, ale nigdy nie mógł nic znaleźć.

Za zasłoną drzew wznosiły się mury, stosy martwej ludzkiej skały, otaczające ze wszystkich stron ten mały skrawek żyjącej puszczy. Były szare, nakrapiane i omszałe, lecz grube, silne i tak wysokie, że żaden wilk nie zdołałby ich przeskoczyć. Jedyne dziury w otaczającej ich kamiennej barierze zamykało zimne żelazo i rozszczepiające się drewno. Jego brat zatrzymywał się przed każdym otworem i szczerzył kły z wściekłości, lecz droga wciąż była zamknięta.

On pierwszej nocy robił to samo, przekonał się jednak, że to na nic. Warczeniem niczego się tu nie zwojuje. Krążenie wokół murów nie ruszy ich z miejsca. Unoszenie nogi, by zaznaczyć drzewa, nie powstrzyma ludzi. Świat zacisnął wokół nich obręcz. Za otoczonym murami lasem znajdowały się wielkie, szare jaskinie z ludzkiej skały. Winterfell — przypomniał sobie nagle. Zza tych sięgających nieba ludzkich klifów przyzywał go prawdziwy świat i wiedział, że musi odpowiedzieć na jego zew albo zginąć.

Arya

Jechali od świtu do zmierzchu, przez lasy, sady i równo zaorane pola, przez małe wioski, zatłoczone miasteczka targowe i warowne grody. Z nadejściem zmierzchu rozbijali obóz i spożywali posiłek w blasku Czerwonego Miecza. Mężczyźni po kolei stali na warcie. Arya między drzewami dostrzegała blask ognisk innych wędrowców. Miała wrażenie, że co noc widzą więcej obozowisk, a ruch na królewskim trakcie nasila się z dnia na dzień.

Czy to ranek, południe, czy noc szli po nim starcy i dzieci, wysocy i niscy mężczyźni, bose dziewczyny i kobiety z dziećmi u piersi. Niektórzy podróżowali zaprzężonymi w konie lub woły wozami, więcej jednak było takich, którzy jechali wierzchem na koniach pociągowych, kucykach, mułach lub osłach. Wykorzystywali wszystko, co mogło iść, biec lub się toczyć. Pewna kobieta prowadziła mleczną krowę, której dosiadała mała dziewczynka. Arya widziała też kowala pchającego taczkę, w której wiózł narzędzia swej pracy: młoty, cęgi, a nawet kowadło. Po chwili minął ich inny mężczyzna, który też pchał taczkę. Jechało w niej dwoje dzieci, przykrytych kocem. Większość wędrowała pieszo, dźwigając dobytek na plecach. Twarze mieli znużone i nieufne. Szli na południe, w stronę miasta, Królewskiej Przystani. Najwyżej co setny poświęcał chwilę czasu na rozmowę z Yorenem i jego podopiecznymi, którzy zmierzali na północ. Arya zadawała sobie pytanie, dlaczego nikt nie wybiera się w tym samym kierunku, co oni.

Wielu wędrowców było uzbrojonych. Widziała rozmaite sztylety, kosy i topory, a od czasu do czasu również miecz. Niektórzy zrobili sobie maczugi z konarów drzew albo przynajmniej dzierżyli sękate kije. Dotykając swej broni, obrzucali ich wozy przeciągłymi spojrzeniami, w końcu jednak zawsze przepuszczali kolumnę. Trzydziestu ludzi stanowiło zbyt wielką siłę, bez względu na to, co mogli wieźć. *Patrz oczyma* — uczył ją Syrio. *Słuchaj uszami.*

Pewnego dnia idąca skrajem gościńca obłąkana kobieta krzyknęła do nich:

— Głupcy! Zabiją was, głupcy!

Była chuda jak szczapa, oczy miała zapadnięte, a stopy zbroczone krwią.

Następnego ranka do Yorena podjechał ugrzeczniony kupiec na szarej kobyle, który zaproponował, że kupi jego wozy i cały ładunek za jedną czwartą ich wartości.

— Jest wojna i jeśli zechcą, zabiorą ci wszystko. Lepiej dla ciebie będzie, jeśli mi je sprzedasz, przyjacielu.

Yoren odwrócił się od kupca z gwałtownym ruchem przygarbionych barków i splunął na ziemię.

Tego samego dnia Arya zobaczyła pierwszy grób — mały kopczyk nieopodal traktu, usypany dla dziecka. W miękką ziemię wepchnięto kryształ. Lommy chciał go zabrać, ale Byk ostrzegł go, że zmarłych lepiej zostawić w spokoju. Kilka mil dalej Praed wskazał im cały szereg świeżych grobów. Potem widywali je niemal codziennie.

Pewnego razu Arya obudziła się w ciemności, porażona niewytłumaczalnym strachem. Na górze Czerwony Miecz dzielił niebo z pół tysiącem gwiazd. Noc wydawała się jej dziwnie spokojna, choć słyszała ciche pochrapywanie Yorena, buzowanie ogniska, a nawet lekkie poruszenia osłów. Mimo to, z jakiegoś powodu odnosiła wrażenie, że cały świat wstrzymał oddech. Zadrżała, przestraszona ciszą. Znowu zapadła w sen, ściskając w dłoniach Igłę.

Rankiem Praed się nie obudził i Arya zrozumiała, że to jego kaszlu było jej brak. Tym razem na nich przyszła kolej wykopać grób. Pochowali najemnika w miejscu, w którym spał. Nim nakryli go ziemią, Yoren zabrał mu wszystko, co miało jakąkolwiek wartość. Jeden z mężczyzn dostał jego buty, a drugi sztylet. Pozostali podzielili między siebie kolczugę i hełm. Miecz Yoren wręczył Bykowi.

— Z takimi mięśniami równie dobrze możesz się nauczyć nim machać — oznajmił. Chłopak imieniem Tarber rzucił na ciało Praeda garść żołędzi, żeby w miejscu jego pochówku wyrósł dąb.

Wieczorem zatrzymali się w wiosce, w obrośniętej bluszczem

gospodzie. Yoren policzył monety, które miał w sakiewce, i doszedł do wniosku, że mogą sobie pozwolić na gorący posiłek.

— Będziemy spać pod gołym niebem, tak jak zawsze, ale mają tutaj łaźnię. Może któryś z was uważa, że przydałaby mu się gorąca woda i odrobina mydła.

Arya nie odważyła się skorzystać z łaźni, choć śmierdziała już tak samo jak Yoren — kwaśno i obrzydliwie. Niektóre z żyjących w jej ubraniu stworzonek wędrowały z nią już od Zapchlonego Tyłka i miała wrażenie, że topiąc je, postąpiłaby nieprzyzwoicie. Tarber, Gorąca Bułka i Byk ustawili się w kolejce pragnących się wykąpać mężczyzn. Inni usiedli przed łaźnią, a reszta tłoczyła się w gospodzie. Yoren wysłał nawet Lommy'ego z kuflami do trzech zakutych w łańcuchy więźniów, których zostawili w wozie.

Zarówno umyci, jak i nieumyci posilili się później gorącymi pasztecikami z wieprzowiną i pieczonymi jabłkami. Oberżysta postawił wszystkim po kuflu piwa.

— Mój brat też przywdział czerń, wiele lat temu. Służył u ser Malcolma. Był z niego bystry chłopak, ale pewnego dnia przyłapali go, jak zwędził pieprz z pańskiego stołu. Polubił jego smak, to wszystko. Tylko szczyptę pieprzu, ale ser Malcolm był twardym panem. Macie pieprz na Murze? — Gdy Yoren potrząsnął głową, oberżysta westchnął. — Szkoda. Lync bardzo go lubił.

Arya popijała ostrożnie piwo, w przerwach między kęsami gorącego, świeżo wyjętego z pieca pasztecika. Przypomniała sobie, że ojciec czasem pozwalał im wypić trochę piwa. Sansa krzywiła się na jego smak i utrzymywała, że wino jest znacznie lepsze, Aryi jednak smakowało. Zasmuciła się na myśl o Sansie i ojcu.

W gospodzie pełno było uciekających na południe ludzi i sala eksplodowała wzgardą, gdy Yoren oznajmił, że wybierają się w przeciwną stronę

— Niedługo wrócicie — zapowiedział oberżysta. — Nikt nie przedostanie się na północ. Połowę pól spalono, a ci, którzy jeszcze żyją, pozamykali się w warowniach. Jedna banda odjeżdża o świcie, a o zmierzchu pokazuje się następna.

— To nas nie dotyczy — upierał się Yoren. — Tully czy Lannister to dla nas jedno. Straż się do tego nie miesza.

Lord Tully to mój dziadek — pomyślała Arya. Jej nie było wszystko jedno. Przygryzła jednak wargę i słuchała uważnie.

— Nie chodzi tylko o Lannisterów i Tullych — ostrzegł go karczmarz. — Z Gór Księżycowych zjechali dzicy ludzie. Spróbuj ich przekonać, że się do tego nie mieszasz. A są jeszcze Starkowie. Młody lord, syn nieżyjącego namiestnika…

Arya wyprostowała się nagle, wytężając słuch. Czy mówił o Robbie?

— Słyszałem, że chłopak rusza w bój na wilku — odezwał się żółtowłosy mężczyzna trzymający w ręku kufel.

— Głupie gadanie — burknął Yoren.

— Człowiek, który mi o tym opowiadał, widział to na własne oczy. Przysięgał, że ten wilk jest wielki jak koń.

— To, że ktoś przysięga, wcale nie znaczy, że mówi prawdę, Hod — wtrącił oberżysta. — Ciągle przysięgasz, że spłacisz mi dług, a nie zobaczyłem jeszcze od ciebie ani miedziaka.

Sala ryknęła śmiechem, a żółtowłosy mężczyzna spłonił się wściekle.

— W tym roku jest pierońsko dużo wilków — zauważył wędrowiec o pożółkłej cerze, odziany w poplamiony, zielony płaszcz. — Jak daleko sięgnąć pamięcią, stada wokół Oka Boga nigdy nie były tak zuchwałe. Zabijają, co chcą, owce, krowy, psy. Nie boją się ludzi. Ten, kto wejdzie do tego lasu po zmierzchu, niechybnie straci życie.

— To takie same bajania, jak i tamte.

— Słyszałam to samo od mojej kuzynki, a ona nie kłamie — sprzeciwiła się jakaś staruszka. — Mówi, że grasuje tam wielka wataha, setki wilków, które mordują ludzi. Prowadzi je wielka wilczyca, suka rodem z siódmego piekła.

Wilczyca. Arya rozlała nagle piwo. Czy Oko Boga leżało blisko Tridentu? Żałowała, że nie ma mapy. Zostawiła Nymerię nad Tridentem. Nie chciała tego robić, ale Jory powiedział, że nie ma wyboru, bo jeśli wilczyca wróci z nimi, zabiją ją za to, że pogryzła Joffreya, mimo że na to zasłużył. Musieli na nią krzyczeć i rzucać kamieniami. Przestała leźć za nimi dopiero wtedy, gdy oberwała kilkoma pociskami ciśniętymi przez Aryę. *Pewnie dawno już o mnie zapomniała* — pomyślała dziewczynka. *A jeśli pamięta, to mnie nienawidzi.*

— Słyszałem, że pewnego dnia ta piekielna suka weszła sobie do wioski… to był dzień targowy i wszędzie kręciło się pełno ludzi, a ona spokojnie wyrwała niemowlę z rąk matki. Kiedy usłyszał o tym lord Mooton, on i jego synowie poprzysięgli, że się z nią policzą.

Wzięli sforę wilczarzy i wytropili ją w jej legowisku, ale ledwie ocalili skórę. Ani jeden pies nie wrócił. Ani jeden.

— Głupie gadanie — palnęła Arya, nim zdążyła się powstrzymać. — Wilki nie jedzą niemowląt.

— A co ty o tym możesz wiedzieć, chłopcze? — zapytał człowiek w zielonym płaszczu.

Yoren złapał dziewczynkę za ramię, nim przyszła jej do głowy jakaś odpowiedź.

— Chłopak nażłopał się piwska i wygaduje głupoty.

— Nieprawda. Nie jedzą niemowląt...

— Zmiataj stąd, chłopcze... i nie wracaj, dopóki nie nauczysz się trzymać języka za zębami, kiedy rozmawiają mężczyźni. — Pchnął ją mocno w stronę bocznych drzwi, które prowadziły do stajni. — No jazda. Sprawdź, czy chłopiec stajenny napoił nasze konie.

Arya wyszła z gospody, aż sztywna z wściekłości.

— Nie jedzą niemowląt — mruknęła. Kopnęła ze złością kamień, który potoczył się pod jeden z wozów.

— Chłopcze — zawołał ją przyjazny głos. — Piękny chłopcze.

Mówiącym był jeden z zakutych w kajdany mężczyzn. Arya podeszła ostrożnie do wozu, trzymając dłoń na rękojeści Igły. Więzień uniósł pusty kufel. Łańcuchy zagrzechotały.

— Mężczyzna chętnie by się jeszcze napił. Mężczyzna jest spragniony, bo musi dźwigać ciężkie bransolety. — Był najmłodszy z trzech skazańców. Miał szczupłą sylwetkę, przystojną twarz i zawsze się uśmiechał. Włosy miał po jednej stronie rude, a po drugiej białe, zmierzwione i brudne wskutek podróży w klatce. — Mężczyzna chętnie by się też wykąpał — ciągnął, zauważyszy, jak spogląda na niego Arya. — Chłopiec mógłby zdobyć przyjaciela.

— Mam przyjaciół — odpowiedziała.

— Coś ich tu nie widzę — wtrącił beznosy więzień. Był tęgi i przysadzisty, a dłonie miał wielkie. Jego ramiona, nogi i pierś, a nawet plecy, porastały czarne włosy. Przypominał Aryi małpę z Wysp Letnich, którą kiedyś widziała na obrazku w książce. Dziura, którą miał pośrodku twarzy, nie pozwalała jej patrzeć na niego zbyt długo.

Łysy skazaniec otworzył usta i zasyczał jak ogromna, biała jaszczurka. Gdy Arya odskoczyła wystraszona, rozdziawił szeroko gębę i pokazał jej język. Tyle, że został mu z niego tylko kikut.

— Przestań — palnęła.

— Mężczyzna nie wybiera sobie towarzystwa w ciemnicy — odezwał się przystojny więzień o rudo-białych włosach. Coś w jego mowie przypominało jej Syria. Brzmiała podobnie, lecz zarazem trochę inaczej. — Ci dwaj nic nie wiedzą o uprzejmości. Mężczyzna musi prosić o wybaczenie. Nazywasz się Arry, nieprawdaż?

— Kostropaty Łeb — poprawił go beznosy. — Kostropaty Łeb Pryszczaty Ryj Kijaszek. Uważaj, Lorathijczyku, bo zdzieli cię swoim kijkiem.

— Mężczyzna musi się wstydzić za swych towarzyszy, Arry — rzekł przystojny skazaniec. — Mężczyzna ma zaszczyt nosić nazwisko Jaqen H'ghar i pochodzić z Wolnego Miasta Lorath. Gdyby tylko mógł wrócić do domu. Jego niewychowani towarzysze niedoli nazywają się Rorge... — wskazał kuflem na beznosego — i Kąsacz. — Kąsacz znowu zasyczał na Aryę, odsłaniając szereg pożółkłych, ostro spiłowanych zębów. — Człowiek potrzebuje imienia, nieprawdaż? Kąsacz nie może mówić i nie umie pisać, ale zęby ma bardzo ostre, a kiedy mężczyzna zwie go Kąsaczem, uśmiecha się. Czy ciebie też zauroczył?

Arya odsunęła się od wozu.

— Nie.

Nie mogą mi nic zrobić — tłumaczyła sobie. *Są zakuci w łańcuchy*. Więzień odwrócił kufel do góry dnem.

— Mężczyzna musi płakać.

Rorge, beznosy, rzucił w nią kuflem, przeklinając głośno. Choć okowy krępowały jego ruchy, gdyby Arya w porę nie uskoczyła, oberwałaby ciężkim, cynowym naczyniem w głowę.

— Pryszczaty, jazda po piwo. I to już.

— Zamknij gębę!

Arya zastanawiała się, co w tej sytuacji zrobiłby Syrio. Wyciągnęła drewniany miecz ćwiczebny.

— Podejdź tylko bliżej, a wsadzę ci ten kijek w dupę i będę cię nim ruchał aż krew popłynie — ostrzegł Rorge.

„Strach tnie głębiej niż miecze". Arya nakazała sobie podejść bliżej. Każdy krok był trudniejszy od poprzedniego. „Dzika jak rosomak, spokojna jak stojąca woda". Słowa nauczyciela wypełniały jej głowę swym śpiewem. Syrio by się nie bał. Gdy była już tak blisko, że niemal mogła dotknąć koła, Kąsacz zerwał się z miejsca i spróbował ją złapać. Łańcuchy brzęknęły i zagrzechotały, zatrzymując jego ręce pół stopy od twarzy dziewczynki. Znowu syknął.

I wtedy go uderzyła. Mocno, prosto między małe oczka.

Zatoczył się z wrzaskiem do tyłu, a potem rzucił się naprzód całym ciężarem. Ogniwa napięły się gwałtownie. Gdy wielkie, żelazne pierścienie szarpnęły deski podłogowe wozu, Arya usłyszała skrzypnięcie starego drewna. Potężne, białe dłonie sięgnęły w jej stronę, a na ramionach Kąsacza uwydatniły się żyły, okowy jednak wytrzymały. Po chwili skazaniec osunął się na podłogę. Z wrzodów na jego policzkach sączyła się krew.

— Chłopiec ma więcej odwagi niż rozsądku — zauważył skazaniec, który zwał się Jaqenem H'gharem.

Arya cofnęła się od wozu. Nagle poczuła, że na jej bark opadła czyjaś dłoń. Odwróciła się błyskawicznie, znów wyciągając drewniany miecz, ale okazało się, że to tylko Byk.

— Co to ma znaczyć? — warknęła.

Uniósł ręce w obronnym geście.

— Yoren mówił, że nie wolno nam zbliżać się do tych trzech.

— Nie boję się ich — burknęła Arya.

— To jesteś głupi. Ja się boję. — Byk opuścił dłoń na rękojeść miecza. Rorge ryknął śmiechem. — Chodźmy stąd.

Dziewczynka kopnęła gniewnie ziemię, pozwoliła jednak, żeby Byk zaprowadził ją pod wejście do gospody. Ścigał ich śmiech Rorge'a i syczenie Kąsacza.

— Chcesz ze mną powalczyć? — zapytała Byka. Miała wielką ochotę w coś walnąć.

Zamrugał powiekami z zaskoczenia. Na ciemnoniebieskie oczy opadały mu kosmyki gęstych, czarnych włosów, które jeszcze nie wyschły po kąpieli.

— Mógłbym ci zrobić krzywdę.

— Nie.

— Nie wiesz, jaki jestem silny.

— A ty nie wiesz, jaki jestem szybki.

— Sam się o to prosiłeś, Arry. — Wydobył oręż Praeda. — To tania stal, ale miecz jest prawdziwy.

Arya wyciągnęła Igłę.

— Mój jest prawdziwszy, bo zrobiono go z dobrej stali.

Byk potrząsnął głową.

— Obiecujesz, że nie będziesz płakał, jeśli cię zranię?

— Jeśli ty obiecasz, to ja też. — Odwróciła się, przyjmując postawę wodnego tancerza, ale Byk nie ruszył się z miejsca. Spoglądał na coś, co działo się za jej plecami. — Co jest?

— Złote płaszcze. — Zacisnął mocno szczęki.

To niemożliwe — pomyślała Arya, gdy jednak zerknęła za siebie, ujrzała sześciu zbliżających się królewskim traktem mężczyzn. Mieli na sobie czarne kolczugi i złote płaszcze Straży Miejskiej. Jeden z nich był oficerem i miał pokryty czarną emalią napierśnik ozdobiony czterema złotymi dyskami. Zatrzymali się przed gospodą. W jej głowie zabrzmiał szept Syria: „Patrz oczyma". Oczy Aryi wypatrzyły pod siodłami białe plamy piany. Jechali szybko i to od dawna. Spokojna jak stojąca woda, ujęła Byka za rękę i zaciągnęła go za wysoki, kwitnący żywopłot.

— Co się stało? — zapytał. — Co ty robisz? Puść mnie.

— Cichy jak cień — wyszeptała, pociągając go na ziemię.

Niektórzy z podopiecznych Yorena siedzieli przed łaźnią, czekając na swą kolej.

— Hej, wy — krzyknął jeden ze złotych płaszczy. — To wy macie przywdziać czerń?

— Możliwe — padła ostrożna odpowiedź.

— Wolelibyśmy przyłączyć się do was, chłopaki — rzucił stary Reysen. — Na tym murze podobno jest pierońsko zimno.

Oficer zsunął się z konia.

— Mam nakaz zatrzymania pewnego chłopca...

Yoren wyszedł z gospody, dotykając czarnej, splątanej brody.

— A kto wydał ten rozkaz?

Pozostałe złote płaszcze również zsiadały z wierzchowców.

— Dlaczego się ukrywamy? — wyszeptał Byk.

— To mnie szukają — odpowiedziała Arya, również szeptem. Ucho chłopaka pachniało mydłem. — Siedź cicho.

— Królowa, staruchu. Zresztą to nie twój interes — odparł oficer, wyciągając zza pasa wstążkę. — Proszę, oto nakaz z pieczęcią Jej Miłości.

Ukryty za żywopłotem Byk potrząsnął z niedowierzaniem głową.

— Czemu królowa miałaby cię szukać, Arry?

Zdzieliła go w bark.

— Siedź cicho!

Yoren dotknął ozdobionej plamą złotego laku wstążki.

— Ładny. — Splunął. — Kłopot w tym, że chłopak jest teraz w Nocnej Straży i to, co przeskrobał w mieście, gówno znaczy.

— Królowej nie interesuje twoje zdanie, staruchu. I mnie też nie — dodał oficer. — Zabiorę chłopaka i już.

Arya zastanawiała się, czy nie uciec, wiedziała jednak, że na ośle nie umknie daleko. Złote płaszcze miały konie. Zresztą miała już dość uciekania. Ratowała się ucieczką, gdy przyszedł po nią ser Meryn, i potem, kiedy zabili ojca. Gdyby była prawdziwym wodnym tancerzem, wzięłaby Igłę, pozabijała wszystkich, i nigdy już przed nikim nie uciekała.

— Nikogo nie zabierzesz — powtórzył z uporem Yoren. — Tak mówi prawo.

Złoty płaszcz wydobył krótki miecz.

— Oto twoje prawo.

Yoren spojrzał na broń.

— To nie prawo, tylko miecz. Tak się składa, że też taki mam.

Oficer uśmiechnął się.

— Stary dureń. Mam pięciu ludzi.

Yoren splunął.

— Tak się składa, że ja mam trzydziestu.

Złote płaszcze ryknęły śmiechem.

— Tę zgraję? — zapytał wielki drab ze złamanym nosem. — Który pierwszy? — zawołał i wyciągnął oręż.

— Ja — zawołał Tarber, wydobywając widły ze stogu siana.

— Nie, ja — sprzeciwił się Cutjack, tłusty kamieniarz, wysuwając młot spod skórzanego fartucha, który zawsze nosił.

— Ja.

Kurz podniósł się z ziemi z myśliwskim nożem w ręce.

— Ja i on.

Koss naciągnął cięciwę długiego łuku.

— My wszyscy — rzucił Reysen, chwytając długą laskę podróżną z twardego drewna, z którą nigdy się nie rozstawał.

Z łaźni wypadł nagi Dobber, który trzymał przed sobą zwinięte ubranie. Kiedy zobaczył, co się dzieje, upuścił wszystko oprócz sztyletu.

— Będziemy się bić? — zapytał.

— Chyba tak — odparł Gorąca Bułka, łażący po ziemi na czworakach w poszukiwaniu dużego kamienia, którym mógłby rzucić.

Arya nie wierzyła własnym oczom. Nienawidziła Gorącej Bułki! Dlaczego miałby się dla niej narażać?

Żołnierz ze złamanym nosem nadal uważał to za zabawne.

— Zostawcie te kamienie i kijki, panienki, bo dostaniecie klapsa. Żaden z was nie wie, za który koniec trzyma się miecz.

— Ja wiem! — zawołała Arya. Nie pozwoli, żeby zginęli za nią jak Syrio. Nie pozwoli! Przedarła się przez żywopłot z Igłą w dłoni, po czym przyjęła postawę wodnego tancerza.

Złamany nos ryknął głośnym śmiechem. Oficer przyjrzał się jej od stóp do głów.

— Odłóż ten miecz, panienko. Nikt nie chce cię skrzywdzić.

— Nie jestem panienką! — wrzasnęła rozwścieczona. Co to miało znaczyć? Ścigali ją taki kawał drogi, a kiedy wreszcie ją zobaczyli, tylko się do niej uśmiechnęli. — To mnie szukacie.

— Szukamy jego.

Oficer wskazał mieczem na Byka, który wyszedł z chaszczy i stanął obok niej, ściskając w dłoni tani miecz Praeda.

Złoty płaszcz popełnił jednak błąd, odrywając choć na chwilę spojrzenie od Yorena. Ruchem szybkim jak błyskawica czarny brat przycisnął oręż do jego grdyki.

— Nie dostaniesz żadnego z nich, chyba że chcesz, bym sprawdził, czy twoje jabłko już dojrzało. Jeśli nadal mi nie wierzysz, w tej gospodzie siedzi jeszcze dziesięciu, piętnastu braci. Na twoim miejscu rzuciłbym to żelastwo, wsadził dupsko na tego twojego tłustego konika i pogalopował z powrotem do miasta. — Splunął, naciskając mocniej. — I to zaraz.

Oficer rozluźnił palce i miecz upadł na ziemię.

— Chętnie go sobie zatrzymamy — oznajmił Yoren. — Na Murze dobra stal zawsze się przyda.

— Niech będzie i tak. Na razie. Na koń. — Żołnierze schowali broń i dosiedli wierzchowców. — Lepiej szybko zwiewaj na ten swój Mur, staruchu, bo jak cię znowu capnę, zetnę twoją głowę razem z łbem bękarta.

— Lepsi od ciebie próbowali.

Yoren uderzył płazem miecza po zadzie oficerskiego konia. Zwierzę pomknęło królewskim traktem. Żołnierze podążyli za swym dowódcą.

Kiedy zniknęli im z oczu, Gorąca Bułka krzyknął radośnie, Yoren jednak spojrzał na niego gniewniej niż kiedykolwiek.

— Ty durniu! Myślisz, że dał za wygraną? Następnym razem nie będzie się pysznił ani pokazywał mi żadnych cholernych wstążek. Każ reszcie wychodzić z łaźni. Musimy stąd zmiatać. Jeśli będziemy jechać całą noc, może uda się nam im wymknąć. — Podniósł porzucony przez oficera miecz. — Kto chce to dostać?

— Ja! — wrzasnął Gorąca Bułka.

— Tylko nie bij się z Arrym. — Wręczył chłopakowi broń, trzymając ją rękojeścią naprzód, po czym podszedł do Aryi. Odezwał się jednak do Byka.

— Królowa bardzo chce cię złapać, chłopcze.

Arya nic z tego nie rozumiała.

— Ale dlaczego jego?

Byk spojrzał na nią spode łba.

— A dlaczego miałaby ścigać ciebie? Jesteś tylko małym ulicznikiem!

— A ty jesteś tylko bękartem! — A może udawał, że jest tylko bękartem? — Jak się naprawdę nazywasz?

— Gendry — odpowiedział z wahaniem, jakby sam nie był tego pewien.

— Nie mam pojęcia, po co ktoś miałby ścigać któregoś z was — wtrącił Yoren — ale tak czy owak was nie dostaną. Obaj pojedziecie na rumakach. Jak tylko zobaczycie złoty płaszcz, zmiatajcie w stronę Muru, jakby ścigał was smok. Reszta grupy nic ich nie obchodzi.

— Oprócz ciebie — wskazała Arya. — Powiedział, że chce dostać i twoją głowę.

— Jeśli potrafi mi ją ściąć, to proszę bardzo — odparł Yoren.

Jon

— Sam? — zawołał cicho Jon.

Powietrze wypełniała woń papieru, kurzu i przeszłości. Wysokie, drewniane regały, wypchane oprawnymi w skórę tomami oraz skrzynkami pełnymi starożytnych zwojów, ciągnęły się przed nim, znikając w ciemności. Biła zza nich żółtawa łuna, pochodząca z ukrytej gdzieś lampy. Jon zdmuchnął świecę. Wolał nie zbliżać się z otwartym płomieniem do tak wielkiej ilości starego, suchego papieru. Ruszył w stronę światła, klucząc wąskimi przejściami pod beczkowym sklepieniem. Spowity w czerń, był cieniem pośród cieni, ciemnowłosym, szarookim cieniem o pociągłej twarzy. Założył rękawiczki z kreciej skórki — na prawą dłoń z powodu oparzenia, a na lewą dlatego, że w jednej rękawiczce czuł się głupio.

Samwell Tarly siedział za ustawionym w niszy stołem. Łuna pochodziła z lampy wiszącej nad jego głową. Słysząc kroki Jona, podniósł wzrok.

— Siedzisz tu całą noc?

— Naprawdę? — zapytał zdziwiony Sam.

— Nie zjadłeś z nami śniadania, a w twoim łóżku nikt nie spał.

Rast wyraził przypuszczenie, że Sam zdezerterował, lecz Jon nie chciał w to uwierzyć. Dezercja również wymagała odwagi, a grubas był jej pozbawiony.

— Jest już ranek? Tutaj, na dole, trudno się zorientować.

— Sam, jesteś kompletnym durniem — stwierdził Jon. — Uwierz mi, kiedy będziemy spać na zimnej, twardej ziemi, jeszcze zatęsknisz za łóżkiem.

Grubas ziewnął szeroko.

— Maester Aemon wysłał mnie tutaj, żebym znalazł mapy dla lorda dowódcy. Nie myślałem… Jon, widziałeś kiedyś tyle ksiąg? Są ich tysiące!

Rozejrzał się wokół.

— W bibliotece Winterfell jest przeszło sto. Znalazłeś mapy?

— Znalazłem. — Przesunął dłonią nad stołem, wskazując grubymi jak kiełbasy palcami leżącą przed nim stertę ksiąg i zwojów. — Przynajmniej tuzin. — Rozwinął kwadratowy arkusz pergaminu. — Farba wyblakła, ale widać, gdzie autor zaznaczył wioski dzikich. Jest też inna księga… gdzie się podziała? Przed chwilą ją czytałem. — Odsunął na bok kilka rulonów, odsłaniając zakurzony wolumin, oprawny w zbutwiałą skórę. — To — oznajmił z czcią — jest relacja z podróży z Wieży Cieni aż na Zapomniany Przylądek na Mroźnym Brzegu. Spisał ją zwiadowca imieniem Redwyn. Nie jest zaopatrzona w datę, ale wspomina, że królem północy jest Dorren Stark, musi więc pochodzić z czasów przed Podbojem. Jon, oni walczyli z olbrzymami! Redwyn handlował nawet z dziećmi lasu. Wszystko jest tu spisane. — Bardzo ostrożnie przerzucił stronice palcem. — Zobacz, narysował też mapy…

— A może napisałbyś sprawozdanie z naszego wypadu, Sam?

Chciał dodać mu odwagi, lecz wybrał niewłaściwe słowa. Sam nie miał najmniejszej ochoty słyszeć o tym, co czeka ich jutro. Grubas przełożył z miejsca na miejsce kilka zwojów.

— Jest tu też więcej map. Gdybym miał czas poszukać... straszny tu bałagan. Mógłbym to wszystko uporządkować, wiem, że mógłbym, ale to wymaga czasu... szczerze mówiąc, lat.

— Mormont chciałby dostać te mapy trochę szybciej. — Jon wyciągnął zwój ze skrzynki i zdmuchnął z niego najgorszy kurz. Podczas rozwijania ułamał róg. — Popatrz, kruszy się — rzekł, wpatrując się w wyblakłe pismo.

— Uważaj. — Sam podszedł do stołu i wyjął pergamin z rąk przyjaciela, trzymając go ostrożnie jak martwe zwierzę. — Najważniejsze księgi kiedyś kopiowano. Niektóre z tych najstarszych przepisywano pewnie z pięćdziesiąt razy.

— No, tej to nie warto przepisywać. Dwadzieścia trzy baryłki wędzonych dorszy, osiemnaście dzbanów rybiego oleju, beczka soli...

— To spis — orzekł Sam. — Albo rachunek.

— Kogo obchodzi, ile wędzonego dorsza jedli sześćset lat temu? — zdziwił się Jon.

— Mnie obchodzi. — Sam z uwagą wsunął zwój na miejsce. — Z takich rachunków można się dowiedzieć bardzo dużo. Naprawdę. Ilu ludzi służyło wtedy w Nocnej Straży, jak żyli, co jedli...

— Jedli żywność — odparł Jon. — I żyli tak samo jak my.

— Zdziwiłbyś się. To podziemie to skarb, Jon.

— Jeśli tak sądzisz — zgodził się młodzieniec z powątpiewaniem. Skarb to było złoto, srebro i klejnoty, nie kurz, pająki i butwiejąca skóra.

— Sądzę — palnął gruby chłopiec. Był starszy od Jona i prawo uznawało go już za mężczyznę, trudno jednak było uważać go za kogoś innego niż za chłopca. — Znalazłem rysunki wyrytych w pniach drzew twarzy i księgę o języku dzieci lasu... dzieła, których nie ma nawet w Cytadeli, zwoje z dawnej Valyrii, spisy pór roku sporządzone przez maesterów, którzy zmarli tysiąc lat temu...

— Kiedy wrócimy, księgi nadal tu będą.

— Jeśli wrócimy...

— Stary Niedźwiedź zabiera ze sobą dwustu doświadczonych ludzi. Trzy czwarte z nich to zwiadowcy. Qhorin Półręki przyprowadzi jeszcze stu braci z Wieży Cieni. Będziesz bezpieczny jak w zamku pana ojca w Horn Hill.

Samwell Tarly rozciągnął wargi w smutnym uśmieszku.

— Tam też nigdy nie byłem zbyt bezpieczny.

Żarty bogów są okrutne — pomyślał Jon. Pyp i Ropucha palą się do wyjazdu na wielką wyprawę, a będą musieli zostać w Czarnym Zamku. Za to Samwell Tarly, który nie krył, że jest tchórzem, był obrzydliwie tłusty i bojaźliwy, a do tego jeździł prawie tak samo źle, jak władał mieczem, musiał wyruszyć do nawiedzanego lasu. Stary Niedźwiedź zabierał ze sobą dwie klatki z krukami, żeby mogli po drodze wysyłać wiadomości. Maester Aemon był ślepy i stanowczo zbyt słaby, żeby z nimi jechać, musiał go więc zastąpić jego zarządca.

— Ktoś musi pilnować kruków, Sam. I ktoś musi mi pomagać trzymać Grenna w ryzach.

Podwójny podbródek Sama zadygotał.

— Ty mógłbyś się zająć krukami. Albo Grenn, albo ktokolwiek — ciągnął z lekką desperacją w głosie. — Też jesteś piśmienny, więc poradziłbyś sobie z pisaniem listów dla lorda Mormonta.

— Jestem zarządcą Starego Niedźwiedzia. Muszę służyć mu jako giermek, dbać o jego konia i rozbijać namiot. Nie mam czasu zajmować się jeszcze ptakami. Sam, wypowiedziałeś słowa przysięgi. Jesteś teraz bratem z Nocnej Straży.

— Brat z Nocnej Straży nie powinien się tak bać.

— Wszyscy się boimy. Tylko głupiec mógłby się nie bać. — W ciągu ostatnich dwóch lat stracili zbyt wielu zwiadowców, w tym również Benjena Starka, stryja Jona. Znaleźli w lesie zwłoki dwóch jego ludzi, ale mroźną nocą trupy przebudziły się do życia. Poparzone palce Jona zadrżały na to wspomnienie. W snach wciąż widywał upiora — martwego Othora o płonących, błękitnych oczach i lodowatych, czarnych dłoniach. O tym jednak z pewnością nie należało w tej chwili wspominać. — Ojciec mówił mi, że to nie wstyd się bać. Ważne jest, jak sobie radzimy ze strachem. Chodź, pomogę ci zebrać mapy.

Sam skinął głową z nieszczęśliwą miną. Półki były ustawione tak ciasno, że musieli przechodzić między nimi jeden za drugim. Loch zaczynał się od jednego z tuneli, które bracia zwali robaczymi korytarzami, krętych podziemnych przejść łączących ze sobą donżony i wieże Czarnego Zamku. Latem nie korzystał z nich prawie nikt oprócz szczurów i innych szkodników, zimą jednak sprawy miały się inaczej. Gdy ziemię pokrywało czterdzieści, pięćdziesiąt stóp śniegu, a z północy dął lodowaty wicher, tylko tunele mogły złączyć Czarny Zamek w całość.

Już niedługo — pomyślał Jon, gdy wspinali się na górę. Widział posłańca, który przyniósł maesterowi Aemonowi wiadomość o końcu lata, wielkiego kruka z Cytadeli, białego i cichego jak Duch. Przeżył już jedną zimę, kiedy był bardzo mały, ale wszyscy zgadzali się, że była ona wyjątkowo krótka i łagodna. Ta będzie inna. Czuł to w kościach.

Schody były strome i gdy wyszli na powierzchnię, Sam sapał już niczym kowalski miech. Przywitał ich ostry wiatr, który szarpał gwałtownie płaszczem Jona. Duch spał wyciągnięty pod oblepioną błotem, wiklinową ścianą spichrza, lecz gdy tylko zjawił się Jon, obudził się, uniósł sztywno biały, kudłaty ogon i przytruchtał do nich.

Sam spojrzał na Mur, który majaczył nad nimi niczym oblodzone urwisko, wysokie na siedemset stóp. Jon był niekiedy niemal skłonny sądzić, że potężna budowla jest żywym stworzeniem, zdolnym ulegać nastrojom. Przy każdej zmianie oświetlenia lód nabierał innego koloru. W jednej chwili miał głębokoniebieski odcień zamarzniętych rzek, w następnej brudnobiałą barwę starego śniegu, a gdy słońce przesłoniła chmura, stawał się jasnoszary jak zmurszały kamień. Mur ciągnął się na wschód i ku zachodowi tak daleko, jak okiem sięgnąć, tak ogromny, że drewniane donżony i kamienne wieże zamku wyglądały przy nim jak zabawki. Stanowił kres świata.

A my wybieramy się za niego.

Poranne niebo przeszywały smugi rzadkich, szarych chmur, bladoczerwona linia była jednak wyraźnie widoczna. Czarni bracia przezwali wędrowca Pochodnią Mormonta, utrzymując (tylko pół żartem), że bogowie z pewnością zesłali go po to, by oświetlał staremu drogę przez nawiedzany las.

— Kometa jest tak jasna, że widać ją nawet za dnia — zauważył Sam, osłaniając oczy księgami, które trzymał w dłoni.

— Nie przejmuj się kometami. Stary Niedźwiedź prosił cię o mapy.

Duch skakał przed nimi. Dziedziniec był dziś opustoszały. Bardzo wielu zwiadowców wybrało się do burdelu w Mole's Town, by odnaleźć zakopane skarby i upić się do nieprzytomności. Grenn poszedł z nimi. Pyp, Halder i Ropucha zaproponowali, że zafundują mu pierwszą kobietę, żeby uczcić pierwszą wyprawę. Chcieli, by Jon i Sam również im towarzyszyli, lecz Sam bał się kurew prawie tak samo, jak nawiedzonego lasu, a Jon nie chciał brać w tym udziału.

— Ty rób, co chcesz — oznajmił Ropusze. — Ja złożyłem przysięgę.

Gdy mijali sept, usłyszał śpiewający chór.

Przed bitwą niektórzy mężczyźni szukają pociechy u dziwek, a inni u bogów. Jon zastanawiał się, którzy z nich czują się później lepiej. Sept nie kusił go bardziej niż burdel. Jego bogowie mieli świątynie w dzikich ostępach, gdzie czardrzewa rozpościerały swe białe jak kość konary. *Siedmiu nie ma za Murem żadnej władzy* — pomyślał. *Ale moi bogowie będą na mnie czekać.*

Pod zbrojownią ser Endrew Tarth szkolił świeżych rekrutów. Przybyli ostatniej nocy z Conwym, jedną z wędrownych wron, które kręciły się po Siedmiu Królestwach, poszukując ludzi na Mur. Nowa grupa składała się z wspierającego się na lasce staruszka o posiwiałej brodzie, dwóch jasnowłosych chłopaków, którzy wyglądali na braci, młodego elegancika w brudnych atłasach, odzianego w łachmany mężczyzny ze szpotawą stopą oraz jakiegoś uśmiechniętego pomyleńca, który z pewnością uważał się za wojownika. Ser Endrew właśnie mu udowadniał, że się mylił. Był bardziej wyrozumiałym nauczycielem niż ser Alliser Thorne, lecz po jego lekcjach również zostawały siniaki. Sam krzywił się przy każdym ciosie, lecz Jon Snow z uwagą przypatrywał się ćwiczeniom.

— I co o nich sądzisz, Snow? — Donal Noye przystanął w drzwiach zbrojowni. Pod skórzanym fartuchem miał tylko nagą pierś i — co u niego niezwykłe — odsłonił kikut lewej ręki. Ze swym wielkim brzuszyskiem, beczkowatą klatką piersiową, płaskim nosem i porośniętą czarną szczeciną szczęką nie prezentował się zbyt pięknie, Jon jednak ucieszył się na jego widok. Płatnerz był jego dobrym przyjacielem.

— Pachną latem — odparł Jon, gdy ser Endrew gwałtowną szarżą obalił przeciwnika na ziemię. — Gdzie Conwy ich wygrzebał?

— W lochu jakiegoś lorda w pobliżu Gulltown — odpowiedział kowal. — Zbój, golibroda, żebrak, dwie sieroty i męska kurwa. Oto, z kim musimy bronić ludzkich królestw.

— Dadzą sobie radę. — Jon uśmiechnął się porozumiewawczo do Sama. — My sobie daliśmy.

Noye przyciągnął go do siebie.

— Słyszałeś wieści o swoim bracie?

— Dziś w nocy. — Conwy i jego podopieczni przywieźli na północ wiadomości i we wspólnej sali nie mówiono prawie o niczym innym. Jon nadal nie był pewien, co o tym sądzić. Robb królem? Brat, z którym się bawił, walczył i pierwszy raz pił wino? *Ale nie mleko matki, co to, to nie. Teraz Robb będzie popijał letnie wino z wysadzanych klejnotami pucharów, a ja będę klęczał przy jakimś strumieniu, ssąc trzymany w dłoniach śnieg.* — Robb będzie dobrym królem — stwierdził lojalnie.

— Na pewno? — Kowal obrzucił go szczerym spojrzeniem. — Mam nadzieję, że tak się stanie, chłopcze, ale to samo powiedziałbym niegdyś o Robercie.

— Powiadają, że to ty wykułeś jego młot — przypomniał sobie Jon.

— Tak jest. Nim straciłem rękę, byłem jednym z jego ludzi, ludzi Baratheonów, kowalem i płatnerzem w Końcu Burzy. Pamiętam nawet lorda Steffona, którego zabrało morze, a tych trzech jego synów znałem, odkąd nadano im imiona. Coś ci powiem. Kiedy Robert założył koronę, stał się innym człowiekiem. Niektórzy ludzie są jak miecze, stworzeni do walki. Jeśli zawiesić je na ścianie, rdzewieją.

— A jego bracia? — zapytał Jon.

— Robert był wykuty z prawdziwej stali — odparł płatnerz po chwili zastanowienia. — Stannis przypomina czyste żelazo, czarne, twarde i mocne, ale kruche. Prędzej się złamie niż ugnie. A Renly to miedź, ładna, błyszcząca i przyjemna dla oka, ale w sumie niewiele warta.

A z jakiego metalu jest Robb? Jon nie zadał tego pytania. Noye był człowiekiem Baratheonów. Zapewne uważał Joffreya za prawowitego monarchę, a Robba za zdrajcę. Wśród braci z Nocnej Straży obowiązywała niepisana umowa, zakazująca dyskusji na podobne tematy. Na Mur przybywali ludzie ze wszystkich stron Siedmiu Królestw i bez względu na to, ile złożyli przysiąg, o starych miłościach i zobowiązaniach trudno było zapomnieć. Jon świetnie o tym wiedział. Dotyczyło to nawet Sama — ród jego ojca przysiągł wierność Wysogrodowi, a lord Tyrell popierał króla Renly'ego. Lepiej nie mówić o takich rzeczach. Nocna Straż nie opowiadała się po niczyjej stronie.

— Czeka na nas lord Mormont — usprawiedliwił się Jon.

— Starego Niedźwiedzia nie wolno drażnić. — Noye klepnął go w bark z uśmiechem na twarzy. — Niech bogowie jutro cię prowadzą, Snow. Przyprowadź z powrotem tego swojego stryja, słyszysz?

— Przyprowadzimy go — obiecał Jon.

Gdy pożar strawił jego kwatery, lord dowódca Mormont przeniósł się do Wieży Królewskiej. Jon zostawił Ducha pod drzwiami, w towarzystwie strażników.

— Znowu schody — poskarżył się z przygnębieniem w głosie Sam, gdy ruszyli pod górę. — Nie cierpię schodów.

— No, w lesie ich nie spotkamy.

Kruk zauważył ich, gdy tylko weszli do samotni.

— Snow! — zakrakał. Mormont natychmiast przerwał prowadzoną rozmowę.

— Coś długo szukałeś tych map. — Odsunął resztki śniadania, żeby zrobić miejsce na stole. — Połóż je tam, później się im przyjrzę.

Thoren Smallwood, żylasty zwiadowca o słabo zarysowanym podbródku i jeszcze mniej wyraźnych ustach ukrytych pod rzadką brodą, obrzucił Jona i Sama chłodnym spojrzeniem. Był jednym z popleczników Allisera Thorne'a i nie darzył miłością obu młodzieńców.

— Miejsce lorda dowódcy jest w Czarnym Zamku. Powinien panować i dowodzić — oznajmił Mormontowi, ignorując przybyszy. — Tak właśnie sądzę.

Kruk zatrzepotał czarnymi skrzydłami.

— Sądzę, sądzę, sądzę.

— Jeśli kiedyś zostaniesz lordem dowódcą, będziesz robił to, co uznasz za stosowne — odpowiedział mu Mormont. — Ale mam wrażenie, że jeszcze nie umarłem, a tym bardziej bracia nie wybrali cię na moje miejsce.

— Jestem teraz pierwszym zwiadowcą — upierał się Smallwood. — Ben Stark i ser Jaremy zginęli. To ja powinienem poprowadzić ludzi.

Mormont nie chciał o tym słyszeć.

— Wysłałem tam Bena Starka, a przed nim ser Waymara. Nie mam zamiaru wysłać teraz ciebie, a potem się zastanawiać, ile czasu musi minąć, nim ciebie również uznam za straconego. — Wskazał palcem na rozmówcę. — A Stark pozostaje pierwszym zwiadowcą, dopóki nie dowiemy się z całą pewnością, że zginął. Ponadto gdyby taki dzień nadszedł, to ja wybiorę jego następcę, nie ty. Przestań już marnować mój czas. Czyżbyś zapomniał, że z pierwszym brzaskiem odjeżdżamy?

Smallwood wstał zza stołu.

— Wedle rozkazu.

Idąc ku drzwiom, obrzucił Jona złowrogim spojrzeniem, jakby z jakiegoś powodu wszystko to było jego winą.

— Pierwszym zwiadowcą! — Stary Niedźwiedź spojrzał na Sama. — Prędzej bym zrobił pierwszym zwiadowcą ciebie. Ma czelność powiedzieć mi prosto w oczy, że jestem za stary, żeby mu towarzyszyć. Wyglądam na starego, chłopcze? — Włosy, które wycofały się z cętkowanej łysiny Mormonta, przegrupowały się poniżej podbródka, tworząc szarą, kudłatą gęstwinę, która pokrywała również większą część piersi. Lord dowódca walnął pięścią w stół. — Na zniedołężniałego?

Sam otworzył usta, z których wydobył się cichy pisk. Panicznie bał się Starego Niedźwiedzia.

— Nie, panie — odezwał się pośpiesznie Jon. — Jesteś silny jak... jak...

— Nie próbuj mnie okłamywać, Snow. Wiesz, że tego nie toleruję. Pokaż mi te mapy. — Mormont przerzucił je od niechcenia, przypatrując im się tylko przelotnie. — Nie znalazłeś nic lepszego?

— P... p... p... panie — wyjąkał Sam — jest... jest ich tam więcej, a... a... ale bał... bałagan...

— Są stare — poskarżył się Mormont.

— Stare, stare — powtórzył ostrym głosem kruk.

— Wioski mogą się pojawiać i znikać, ale wzgórza i rzeki zostaną w tych samych miejscach — wskazał Jon.

— To prawda. Wybrałeś już kruki, Tarly?

— M... m... maester Aemon ch...chce je w... wybrać o zmierzchu po k... k... karmieniu.

— Chcę dostać najlepsze ptaki. Bystre i silne.

— Silne — poparł go kruk, strosząc dumnie pióra. — Silne, silne.

— Jeśli wyrżną nas wszystkich, chcę, żeby mój następca wiedział, gdzie i w jaki sposób zginęliśmy.

Na wzmiankę o wyrzynaniu Samwell Tarly zaniemówił. Mormont pochylił się nad stołem.

— Tarly, kiedy miałem połowę twoich lat, pani matka powiedziała mi, że jeśli będę trzymał usta otwarte, łasica pomyśli, że to jej nora, i wlezie mi do gardła. Jeśli masz coś do powiedzenia, powiedz to. W przeciwnym razie, strzeż się łasicy. — Odesłał grubasa obcesowym gestem. — Idź już. Nie mam czasu na głupoty. Maester na pewno znajdzie dla ciebie jakąś robotę, z którą potrafisz sobie poradzić.

Sam przełknął ślinę, cofnął się i wybiegł z komnaty tak szybko, że omal nie potknął się o sitowie.

— Czy ten chłopak rzeczywiście jest taki głupi, na jakiego wygląda? — zapytał lord dowódca po wyjściu grubasa.

— Głupi — poskarżył się kruk. Mormont nie czekał na odpowiedź Jona.

— Jego pan ojciec ma wysoką pozycję w radzie króla Renly'ego. Pomyślałem, że mógłbym go wysłać... ale lepiej nie. Renly na pewno nie posłucha tłustego, trzęsącego się chłopaka. Wyślę ser Arnella. Jest znacznie spokojniejszy, a jego matka była jedną z Fossowayów pieczętujących się zielonym jabłkiem.

— Jeśli można zapytać, panie, czego chcesz od króla Renly'ego?

— Tego samego, co od nich wszystkich, chłopcze. Ludzi, koni, mieczy, zbroi, zboża, sera, wina, wełny, gwoździ... Nocna Straż nie jest dumna. Przyjmujemy wszystko, co nam dadzą. — Zabębnił palcami o nieheblowane deski blatu. — Jeśli wiatry będą mu sprzyjać, ser Alliser powinien pod koniec księżyca dotrzeć do Królewskiej Przystani, ale nie mam pojęcia, czy ten mały Joffrey zechce go wysłuchać. Ród Lannisterów nigdy nie był przyjacielem Straży.

— Thorne pokaże im rękę upiora.

Była biała i przerażająca, a jej poczerniałe palce poruszały się w słoju, jakby jeszcze żyły.

— Szkoda, że nie mamy drugiej. Wysłalibyśmy ją Renly'emu.

— Dywen mówi, że za Murem można znaleźć wszystko.

— Ehe, Dywen tak mówi. A kiedy ostatnio wrócił zza Muru, opowiadał, że widział niedźwiedzia wysokiego na piętnaście stóp. — Mormont prychnął pogardliwie. — A moja siostra podobno wzięła sobie niedźwiedzia za kochanka. Prędzej uwierzę w to niż w te piętnaście stóp. Chociaż na świecie, w którym zmarli wstają z grobów... ach, tak czy inaczej, trzeba wierzyć własnym oczom. Ożywionych zmarłych widziałem, a olbrzymich niedźwiedzi nie. — Obrzucił Jona przeciągłym, dociekliwym spojrzeniem. — Ale jeśli już mowa o rękach, to jak tam twoja?

— Lepiej. — Jon zdjął rękawiczkę z kreciej skórki i pokazał zranioną kończynę lordowi dowódcy. Połowę długości przedramienia pokrywały blizny, a różowa skóra wciąż go bolała, poprawa była jednak widoczna. — Tyle że mnie swędzi. Maester Aemon mówi, że to dobrze. Dał mi na drogę balsam.

— Ból nie przeszkodzi ci władać Długim Pazurem?

— Dam sobie radę. — Jon poruszył palcami, otwierając i zaciskając pięść, tak jak nauczył go maester. — Muszę codziennie rozćwiczać palce, żeby nie utraciły giętkości. Tak powiedział maester Aemon.

— Chociaż jest ślepy, zna się na swojej robocie. Modlę się do bogów, żeby pozwolili nam go zachować jeszcze ze dwadzieścia lat. Czy wiesz, że mógł zostać królem?

Jona to zaskoczyło.

— Wspominał mi, że jest królewskim synem, ale nie... myślałem, że może był młodszym bratem.

— Tak było. Ojcem jego ojca był Daeron Targaryen, Drugi Tego Imienia, który przyłączył Dorne do królestwa. Jeden z warunków paktu głosił, że musi poślubić dornijską księżniczkę. Dała mu czterech synów. Najmłodszym z nich był ojciec Aemona, Maekar, a Aemon był z kolei jego trzecim synem. No wiesz, Smallwood może mnie uważać za starca, ale to wszystko wydarzyło się na długo przed moimi narodzinami.

— Maesterowi Aemonowi nadano imię na cześć Smoczego Rycerza.

— Zgadza się. Niektórzy mówią, że to książę Aemon był prawdziwym ojcem króla Daerona, a nie Aegon Niegodny. Tak czy inaczej, nasz Aemon nie miał wojowniczej natury Smoczego Rycerza. Lubi powtarzać, że był słaby w mieczu, ale silny w głowie. Nic dziwnego, że dziadek odesłał go do Cytadeli. Miał wtedy chyba dziewięć albo dziesięć lat... i był też dziewiąty albo dziesiąty w linii sukcesji.

Jon wiedział, że maester Aemon ma już za sobą więcej niż sto dni imienia. Był słaby, przygarbiony, pomarszczony i ślepy. Trudno go było sobie wyobrazić jako małego chłopca w wieku Aryi.

— Kiedy Aemon zajmował się księgami, najstarszy z jego stryjów, dziedzic tronu, zginął przez przypadek podczas turnieju — ciągnął Mormont. — Zostawił dwóch synów, ale obaj wkrótce podążyli za nim do grobu podczas wielkiej wiosennej zarazy. Król Daeron również padł jej ofiarą i korona przypadła jego drugiemu synowi, Aerysowi.

— Obłąkanemu Królowi? — zapytał zdziwiony Jon. Aerys był królem przed Robertem, czyli całkiem niedawno.

— Nie, to był Aerys Pierwszy. Ten, którego obalił Robert, był drugim tego imienia.

— Jak dawno temu to się działo?

— Pewnie z osiemdziesiąt lat — odpowiedział Stary Niedźwiedź. — Nadal się nie urodziłem, chociaż Aemon miał już w swym łańcuchu maestera pół tuzina ogniw. Aerys poślubił własną siostrę, zgodnie ze zwyczajami Targaryenów, i panował dziesięć, a może dwanaście lat. Aemon złożył przysięgę i opuścił Cytadelę, by służyć na dworze jakiegoś paniątka... aż do chwili, gdy jego królewski stryj zmarł bezpotomnie. Żelazny Tron przypadł ostatniemu z czterech synów króla Daerona. Był nim Maekar, ojciec Aemona. Nowy król wezwał na dwór wszystkich swych synów. Chciał, by Aemon zasiadał w jego radzie, ten jednak odmówił, twierdząc, że byłoby to uzurpacją miejsca, które prawowicie należało się wielkiemu maesterowi. Wolał służyć w twierdzy swego najstarszego brata, który również zwał się Daeron. No cóż, ten także zmarł, zostawiając po sobie tylko słabą na umyśle córkę. Zdaje mi się, że zaraził się jakąś francą w burdelu. Następnym bratem był Aerion.

— Aerion Potworny?

Jon znał to imię. „O księciu, który myślał, że jest smokiem" była jedną z najbardziej makabrycznych opowieści Starej Niani. Mały Bran ją uwielbiał.

— Nie kto inny. On jednak kazał na siebie mówić Aerion Jasny Płomień. Pewnej nocy, kiedy się zalał, wypił cały dzbanek dzikiego ognia. Powiedział przyjaciołom, że zamieni się w ten sposób w smoka, ale bogowie okazali się łaskawi i zamienił się w trupa. Niespełna rok później król Maekar zginął w walce z wyjętym spod prawa lordem.

Jon wiedział co nieco o historii królestwa. Zadbał o to jego maester.

— To był rok Wielkiej Rady — wtrącił. — Lordowie postanowili pominąć nowo narodzonego syna księcia Aeriona oraz córkę księcia Daerona i dali koronę Aegonowi.

— Tak i nie. Najpierw zaoferowali ją po cichu Aemonowi, a on, równie dyskretnie, odmówił. Powiedział, że bogowie chcieli, by był sługą, nie władcą. Złożył przysięgę i nie zamierzał jej złamać, choć sam wielki septon chciał mu udzielić dyspensy. Ponieważ nikt zdrowy na umyśle nie chciałby, żeby na tronie zasiadł potomek Aeriona, a dziecko Daerona było kobietą, a do tego mało rozgarniętą, nie mieli innego wyboru, jak zwrócić się do młodszego brata Aemona, którym był Aegon, Piąty Tego Imienia. Mówiono na niego Aegon Niespodziewany, jako że był czwartym synem czwartego syna. Aemon świetnie zdawał sobie sprawę, że jeśli pozostanie na dworze, ci, którzy będą niezadowoleni z rządów jego brata, spróbują się nim posłużyć. Dlatego wyjechał na Mur i pozostał tu, gdy jego brat, syn jego brata, a potem jego syn wstępowali na tron i umierali, aż wreszcie Jaime Lannister położył kres dynastii smoczych królów.

— Król — zakrakał kruk. Przeleciał przez samotnię i wylądował na barku Mormonta. — Król — powtórzył, moszcząc się dumnie.

— Lubi to słowo — zauważył z uśmiechem Jon.

— Łatwo je wymówić. I łatwo polubić.

— Król — powtórzył raz jeszcze ptak.

— Chyba chce, żebyś ty przywdział koronę, panie.

— W królestwie jest już trzech monarchów, a to o dwóch za dużo, jak na mój gust.

Mormont pogłaskał ptaka palcem pod dziobem, lecz ani na chwilę nie spuszczał spojrzenia z Jona Snow.

Chłopak poczuł się z tego powodu dziwnie.

— Panie, dlaczego mi o tym opowiadasz?

— Czy muszę mieć jakiś powód? — Mormont przesunął się na krześle, marszcząc brwi. — Twojego brata, Robba, ukoronowano na króla północy. Ty i Aemon macie ze sobą coś wspólnego. Brata na tronie.

— A także przysięgę — zauważył Jon.

Stary Niedźwiedź prychnął głośno. Kruk poderwał się przestraszony i zaczął fruwać w kółko po pokoju.

— Daj mi jednego człowieka za każdą przysięgę, którą tu złamano, a Murowi nigdy nie zabraknie obrońców.

— Zawsze wiedziałem, że Robb będzie lordem Winterfell.

Mormont zagwizdał. Kruk podleciał do niego i usiadł mu na ramieniu.

— Lord to jedno, a król to coś całkiem innego. — Dał ptakowi garść wyjętego z kieszeni ziarna. — Twój brat Robb będzie nosił jedwabie, atłasy i aksamity w stu różnych kolorach, podczas gdy ty masz żyć i umrzeć w czarnej kolczudze. On poślubi jakąś piękną księżniczkę i spłodzi z nią synów, a ty się nie ożenisz i nigdy nie będziesz trzymał w ramionach dziecka z własnej krwi. Robb będzie rządził, a ty służył. Ciebie będą zwać wroną, a na niego mówić „Wasza Miłość". Bardowie będą wysławiali każdy jego najdrobniejszy uczynek, a twoje największe czyny zostaną zapomniane. Powiedz mi, że się tym nie gryziesz, Jon… a nazwę cię kłamcą i wiesz, że będę miał rację.

Jon poderwał się z krzesła, napięty jak cięciwa.

— A nawet jeśli się tym gryzę, to co mogę na to poradzić jako bękart?

— I co uczynisz? — zapytał Mormont. — Jako bękart?

— Będę się tym gryzł i dotrzymam przysięgi.

Catelyn

Korona jej syna dopiero niedawno opuściła kuźnię i Catelyn Stark miała wrażenie, że trudno mu jest udźwignąć jej ciężar.

Starożytną koronę królów zimy utracono przed trzema stuleciami. Torrhen Stark oddał ją Aegonowi Zdobywcy, gdy ukląknął przed nim, składając mu hołd. Nikt nie miał pojęcia, co uczynił z nią Aegon, kowal lorda Hostera wykonał jednak znakomitą robotę i korona zrobiona przez niego wyglądała bardzo podobnie do tej, którą opiewano w opowieściach o dawnych królach Starków: otwarty diadem z kutego brązu, na którym wyryto runy Pierwszych Ludzi, otoczony dziewięcioma szpikulcami z czarnego żelaza, ukształtowanymi na podobieństwo długich mieczy. Nie było w niej złota, srebra ani klejnotów. Metalami zimy były brąz i żelazo — ciemne, mocne i zdolne oprzeć się mrozowi.

Gdy czekali w Wielkiej Komnacie Riverrun, aż przyprowadzą więźnia, Robb przesunął koronę do tyłu, opierając ją na gęstej, kasztanowatej czuprynie. Po chwili znowu przesunął ją do przodu, a potem obrócił o dziewięćdziesiąt stopni, żeby wygodniej spoczywała na głowie. *Niełatwo jest nosić koronę* — pomyślała Catelyn, obserwując go uważnie. *Zwłaszcza piętnastoletniemu chłopcu.* Kiedy strażnicy wprowadzili jeńca, Robb kazał podać sobie miecz. Olyvar Frey podsunął mu go rękojeścią do przodu. Jej syn wyciągnął oręż z pochwy i położył go sobie na kolanach jako niczym niezamaskowaną groźbę.

— Wasza Miłość, oto człowiek, którego chciałeś widzieć — oznajmił ser Robin Ryger, kapitan straży domowej Tullych.

— Na kolana przed królem, Lannisterze! — krzyknął Theon Greyjoy. Ser Robin obalił więźnia na klęczki.

Wcale nie przypomina lwa — pomyślała Catelyn. Ser Cleos Frey był synem lady Genny, siostry Tywina Lannistera, lecz nie odziedziczył po niej legendarnej lannisterskiej urody, blond czupryny i zielonych oczu. Przypadły mu w udziale przetłuszczone brązowe włosy, słaby podbródek i wąska twarz ojca, ser Emmona Freya, drugiego syna starego lorda Waldera. Oczy miał jasne i wiecznie załzawione, a do tego bez przerwy mrugał powiekami. Możliwe jednak, że po prostu raziło go światło. W lochach Riverrun panowały mrok i wilgoć... a ostatnio również tłok.

— Wstań, ser Cleosie.

Jej syn nie przemawiał lodowatym tonem, jakiego użyłby w tej sytuacji jego ojciec, lecz głos Robba nie przypominał też głosu piętnastolatka. Wojna przedwcześnie zrobiła z niego mężczyznę. W mieczu, który trzymał na kolanach, odbijał się słabo blask poranka.

Ser Cleos Frey nie obawiał się jednak oręża, lecz wilka. Jej syn nazwał zwierzę Szarym Wichrem. Wilkor był wielki jak pies na łosie, chudy i ciemnobury, a jego oczy miały barwę płynnego złota. Gdy bestia podeszła do wziętego w niewolę rycerza, by go obwąchać, wszyscy obecni w komnacie poczuli smród strachu. Ser Cleosa pojmano podczas bitwy w Szepczącym Lesie, gdzie Szary Wicher przegryzł gardła sześciu ludziom.

Rycerz podniósł się i odsunął tak szybko, że niektórzy z gapiów ryknęli głośnym śmiechem.

— Dziękuję, wasza lordowska mość.

— Wasza Miłość — warknął lord Umber, Greatjon, który zawsze był najhałaśliwszym z północnych chorążych Robba... a także najwierniejszym i najodważniejszym. Tak przynajmniej twierdził. To on pierwszy ogłosił jej syna królem północy i nie zamierzał tolerować nawet najdrobniejszej ujmy na honorze świeżo upieczonego suwerena.

— Wasza Miłość — poprawił się pośpiesznie ser Cleos. — Proszę o wybaczenie.

Nie grzeszy odwagą — pomyślała Catelyn. Więcej w nim było z Freya niż z Lannistera. Z jego kuzynem Królobójcą sprawy miałyby się całkiem inaczej. Nigdy nie wydusiliby tego tytułu zza jego idealnie równych zębów.

— Kazałem cię przyprowadzić z celi po to, byś zaniósł wiadomość swej kuzynce Cersei Lannister, która przebywa w Królewskiej Przystani. Będziesz podróżował pod sztandarem pokoju i dam ci jako eskortę trzydziestu moich najlepszych ludzi.

Ser Cleos poczuł wyraźną ulgę.

— W takim razie z radością przekażę królowej słowa Waszej Miłości.

— Nie zrozum mnie źle — ciągnął Robb. — Nie zwracam ci wolności. Twój dziadek, lord Walder, poprzysiągł służyć mi razem z całym rodem Freyów. Wielu twych kuzynów i stryjów walczyło w Szepczącym Lesie po naszej stronie, ty jednak wybrałeś chorągiew z lwem. Znaczy to, że jesteś Lannisterem, nie Freyem. Chcę, byś dał mi rycerskie słowo honoru, że po przekazaniu wiadomości wrócisz tu z odpowiedzią królowej i ponownie oddasz się w moje ręce.

— Przysięgam, że tak uczynię — powiedział natychmiast ser Cleos.

— Słyszeli cię wszyscy obecni w tej komnacie — ostrzegł go brat Catelyn, ser Edmure Tully, który w zastępstwie jej umierającego ojca reprezentował tu Riverrun i lordów Tridentu. — Jeśli nie wrócisz, całe królestwo dowie się, że złamałeś przysięgę.

— Nie złamię jej — zapewnił sztywno ser Cleos. — Jak brzmi ta wiadomość?

— To propozycja zawarcia pokoju. — Robb wstał, trzymając miecz w rękach. Szary Wicher podszedł do niego. W komnacie zapadła cisza. — Powiedz królowej regentce, że jeśli spełni moje warunki, schowam miecz do pochwy i położę kres wojnie między nami.

Catelyn zauważyła w głębi komnaty wysoką, chudą postać lorda Rickarda Karstarka, który przepchnął się przez szereg strażników i ruszył ku drzwiom. Nikt inny nawet nie drgnął. Robb nie poświęcił temu incydentowi najmniejszej uwagi.

— Olyvarze, podaj mi zwój — rozkazał. Giermek wziął jego miecz i wręczył mu w zamian zwinięty pergamin.

Robb go rozpostarł.

— Po pierwsze, królowa musi uwolnić moje siostry i zapewnić im przewóz drogą morską z Królewskiej Przystani do Białego Portu. Nie ulega przy tym wątpliwości, że zaręczyny Sansy z Joffreyem Baratheonem zostają unieważnione. Gdy tylko kasztelan Winterfell przekaże mi wiadomość, że moje siostry wróciły bez szkody do domu, uwolnię kuzynów królowej, giermka Willema Lannistera i twego brata Tiona Freya, i również zapewnię im eskortę do Casterly Rock albo w inne uzgodnione miejsce.

Catelyn Stark żałowała, że nie potrafi odczytać myśli skrytych za wszystkimi twarzami, zmarszczonymi czołami i zaciśniętymi wargami.

— Po drugie, kości mego pana ojca muszą wrócić do nas, by mógł spocząć obok swego brata i siostry w kryptach pod Winterfell, tak jak sam by tego pragnął. Szczątki ludzi z jego straży domowej, którzy zginęli w jego służbie w Królewskiej Przystani, także muszą zostać zwrócone.

Na południe odjechali żywi ludzie, a wrócą tylko zimne kości. Ned miał rację — pomyślała. *Mówił, że jego miejsce jest w Winterfell. Ale czy chciałam go wysłuchać? Nie. Powiedziałam mu: „jedź, musisz zostać namiestnikiem Roberta dla dobra naszego rodu i dzieci”... wszystko to moja wina, moja, niczyja inna...*

— Po trzecie, miecz mojego ojca, Lód, musi być przekazany mnie, tutaj, w Riverrun.

Spojrzała na swego brata, ser Edmure'a Tully'ego. Stał z kciukami wsuniętymi za pas, a jego twarz była nieruchoma jak kamień.

— Po czwarte, królowa rozkaże swemu ojcu, lordowi Tywinowi, uwolnić moich rycerzy i lordów chorążych, których wziął do niewoli podczas bitwy nad Zielonymi Widłami. Gdy tylko to uczyni, ja również zwrócę wolność jeńcom pojmanym w Szepczącym Lesie i podczas Bitwy Obozów, poza Jaime'em Lannisterem, który pozostanie moim zakładnikiem.

Przeniosła wzrok na Theona Greyjoya, zastanawiając się, co może znaczyć jego chytry uśmieszek. Ten młodzieniec zawsze sprawiał wrażenie, że śmieje się z jakiegoś sobie tylko znanego żartu. Catelyn nigdy się to nie podobało.

— Na koniec, król Joffrey i królowa regentka muszą wyrzec się wszelkich pretensji do władzy nad północą. Od tej pory nie jesteśmy częścią ich państwa, lecz wolnym, niezależnym królestwem, jak w dawnych czasach. Nasze terytorium będzie obejmowało wszystkie ziemie Starków położone na północ od Przesmyku, a także obszary, które zaopatruje w wodę rzeka Trident i jej dopływy aż po Złoty Ząb na zachodzie i Góry Księżycowe na wschodzie.

— KRÓL PÓŁNOCY! — zagrzmiał Greatjon Umber, wymachując nad głową wielką jak szynka pięścią. — Stark! Stark! Król północy!

Robb zwinął pergamin.

— Maester Vyman narysował mapę, na której zaznaczył granice, jakich żądamy. Dostaniesz kopię, którą przekażesz królowej. Lord Tywin musi się wycofać za te granice i zaprzestać napadów, palenia oraz grabieży. Królowa regentka i jej syn wyrzekną się wszelkich pretensji do podatków i wpływów z tych terytoriów oraz do usług moich ludzi. Zwolnią też moich lordów i rycerzy z przysiąg lennych, przyrzeczeń, ślubów, a także długów i zobowiązań wobec Żelaznego Tronu oraz rodów Baratheonów i Lannisterów. Na dodatek Lannisterowie dadzą mi dziesięciu szlachetnie urodzonych zakładników, których imiona uzgodnimy, jako gwarancję pokoju. Będą traktowani jak honorowi goście, stosownie do swej pozycji. O ile warunki tego traktatu będą przestrzegane, będę co rok zwalniał dwóch zakładników, by mogli bezpiecznie wrócić do swych rodzin. — Robb cisnął zwinięty pergamin do stóp rycerza. — Oto moje warunki. Jeśli zgodzi się je spełnić, dam jej pokój. W przeciwnym razie... — zagwizdał i Szary Wicher zerwał się na nogi, warcząc głośno — ...dostanie drugi Szepczący Las.

— Stark! — ryknął raz jeszcze Greatjon. Tym razem jego okrzyk podjęły też inne głosy. — Stark, Stark, król północy!

Wilkor uniósł łeb i zawył.

Twarz ser Cleosa przybrała kolor zsiadłego mleka.

— Królowa usłyszy twe słowa, wasza lor... Wasza Miłość.

— Znakomicie — odparł Robb. — Ser Robinie, dopilnuj, żeby ser Cleos dostał dobry posiłek i czyste szaty. Ma wyruszyć z pierwszym brzaskiem.

— Wedle rozkazu, Wasza Miłość — rzekł ser Robin Ryger.

— To wszystko.

Zebrani rycerze i lordowie chorążowie padli na kolana przed Robbem, który ruszył ku wyjściu. Szary Wicher szedł tuż za nim. Olyvar Frey otworzył przed nimi drzwi. Catelyn podążyła za wychodzącymi. Brat zmierzał u jej boku.

— Dobrze się spisałeś — pochwaliła syna, gdy już znaleźli się w galerii, która wychodziła z tylnej części komnaty — choć strasząc go wilkiem, zachowałeś się jak mały chłopiec, nie jak król.

Robb podrapał Szarego Wichra za uchem.

— Widziałaś jaką zrobił minę, matko? — zapytał z uśmiechem.

— Widziałam, jak wyszedł lord Karstark.

— Ja też. — Robb zdjął obiema rękami koronę i wręczył ją Olyvarowi. — Zanieś to do mojej sypialni.

— Natychmiast, Wasza Miłość. — Giermek oddalił się pośpiesznie.

— Idę o zakład, że wielu obecnych zgadzało się z lordem Karstarkiem — stwierdził jej brat Edmure. — Jak możemy mówić o pokoju, kiedy Lannisterowie obleźli ziemie mego ojca niczym robactwo, grabiąc plony i mordując ludzi? Powtarzam, że powinniśmy pomaszerować na Harrenhal.

— Brakuje nam sił — sprzeciwił się Robb, choć z niezadowoleniem w głosie.

— Czy siedząc tu stajemy się silniejsi? — nie ustępował Edmure. — Z dnia na dzień ubywa nam ludzi.

— A czyja to wina? — warknęła na niego Catelyn. To Edmure nalegał, by Robb po koronacji pozwolił lordom dorzecza odejść, żeby mogli bronić swych ziem. Jako pierwsi porzucili ich ser Marq Piper i lord Karyl Vance. Wkrótce podążył za nimi lord Jonos Bracken, który przysiągł, że odzyska zgliszcza zamku i pochowa swych zmarłych. Teraz z kolei lord Jason Mallister ogłosił, że chce wrócić do swej siedziby w Seagardzie, gdzie działania wojenne szczęśliwie jeszcze nie dotarły.

— Nie możesz wymagać od lordów dorzecza, by siedzieli bezczynnie, gdy wróg plądruje ich pola i morduje ludzi — zaprotestował ser Edmure. — Lord Karstark pochodzi z północy. Byłoby bardzo niedobrze, gdyby nas opuścił.

— Porozmawiam z nim — zapewnił Robb. — Stracił dwóch synów w Szepczącym Lesie. Któż mógłby go winić za to, że nie chce pokoju z tymi, którzy ich zabili… zabili mojego ojca…

— Dalszy rozlew krwi nie wróci nam twego ojca ani synów lorda Rickarda — zauważyła Catelyn. — Trzeba było złożyć tę propozycję, choć ktoś rozsądniejszy mógłby zaoferować warunki łatwiejsze do przełknięcia.

— Łatwiejszych sam bym nie przełknął.

Broda, którą zapuścił jej syn, wyrosła bardziej ruda niż jego kasztanowate włosy. Robb zdawał się sądzić, że wygląda z nią groźnie, po królewsku… i doroślej. Z brodą czy bez brody pozostawał jednak piętnastoletnim chłopcem i pragnął zemsty nie mniej niż Rickard Karstark. Niełatwo było go skłonić nawet do zgłoszenia tej mało przekonującej propozycji.

— Cersei Lannister nigdy nie odda twoich sióstr za paru kuzynów. Sam doskonale wiesz, że będzie chciała, byś uwolnił jej brata.

Raz już mu o tym wspominała, przekonała się jednak, że królowie nie słuchają nawet w połowie tak uważnie jak synowie.

— Królobójcy nie mogę uwolnić, nawet gdybym chciał. Moi lordowie nigdy na to nie pozwolą.

— Twoi lordowie obwołali cię swym królem.

— I równie łatwo mogą mnie odwołać.

— Jeśli ceną, jaką musimy zapłacić za powrót Aryi i Sansy, jest korona, powinniśmy wyrzec się jej bez wahania. Co drugi z twoich lordów z chęcią zamordowałby Lannistera w jego celi. Gdyby zginął, będąc twoim więźniem, ludzie powiedzieliby…

— …że na to zasłużył — dokończył Robb.

— A twoje siostry? — zapytała ostrym tonem Catelyn. — Czy one również zasługują na śmierć? Zapewniam cię, że jeśli jej brata spotka coś złego, Cersei zapłaci nam krwią za krew…

— Lannister będzie żył — uspokoił ją Robb. — Bez mojej zgody nikomu nie wolno nawet z nim rozmawiać. Ma jedzenie, wodę i czystą słomę, więcej wygód niż mu się należy. Ale nie uwolnię go, nawet w zamian za Aryę i Sansę.

Catelyn zdała sobie nagle sprawę, że syn spogląda na nią z góry. *Czy to wojna sprawiła, że wyrósł tak szybko, czy może korona, którą włożyli mu na głowę?* — zastanowiła się.

— To znaczy, że boisz się po raz drugi zmierzyć z Jaime'em Lannisterem na polu bitwy?

Szary Wicher warknął, jakby wyczuł gniew Robba. Edmure Tully położył dłoń na jej ramieniu w braterskim geście.

— Cat, przestań. Chłopak ma słuszność.

— Nie nazywaj mnie chłopakiem — naskoczył na wuja Robb. Postanowił wyładować gniew na biednym Edmurze, który chciał tylko udzielić mu poparcia. — Jestem już prawie dorosłym mężczyzną i królem. Twoim królem, ser. Nie boję się Jaime'a Lannistera.

Pokonałem go już raz i jeśli będą musiał, zwyciężę go znowu, tyle że… — Odsunął kosmyk z oczu i potrząsnął głową. — Mógłbym wymienić Królobójcę na ojca, ale…

— …ale nie na dziewczynki? — Jej głos był lodowato spokojny. — Dziewczynki znaczą zbyt mało, prawda?

Robb milczał, lecz w jego oczach pojawił się wyraz bólu. W niebieskich oczach, oczach Tullych, oczach, które miał po niej. Zraniła go, lecz jako syn swego ojca nie chciał się do tego przyznać.

To było podłe — skarciła się w myśli. *Dobrzy bogowie, co się ze mną dzieje? Robi, co może. Tak bardzo się stara. Wiem to. Widzę to, ale… utraciłam Neda, opokę, na której wspierało się moje życie, i nie mogę znieść myśli, że stracę też dziewczynki…*

— Zrobię dla moich sióstr wszystko, co tylko będzie leżało w mej mocy — zapewnił Robb. — Jeśli królowa ma choć odrobinę rozsądku, przyjmie moje warunki. W przeciwnym razie pożałuje dnia, gdy je odrzuciła. — Wyraźnie miał już dosyć tego tematu. — Matko, czy jesteś pewna, że nie chcesz wyjechać do Bliźniaków? Byłabyś dalej od terenów objętych wojną i poznałabyś córki lorda Freya. Mogłabyś doradzić mi, którą wybrać, gdy już wojna się skończy.

Chce się mnie stąd pozbyć — pomyślała znużona Catelyn. *Wygląda na to, że królowie nie powinni mieć matek, a ja wciąż mówię mu rzeczy, których wolałby nie słyszeć.*

— Jesteś już wystarczająco dorosły, by bez pomocy matki zdecydować, którą z córek lorda Waldera wolisz mieć za żonę, Robb.

— W takim razie pojedź z Theonem. Pomoże Mallisterom odprowadzić jeńców do Seagardu, a potem wsiądzie na statek płynący na Żelazne Wyspy. Ty też mogłabyś znaleźć tam jakiś transport. Gdyby wiatry ci sprzyjały, pod koniec księżyca wróciłabyś do Winterfell. Bran i Rickon cię potrzebują.

A ty nie? Czy to właśnie chcesz mi dać do zrozumienia?

— Mojemu panu ojcu pozostało już niewiele czasu. Dopóki twój dziadek będzie żył, moje miejsce jest w Riverrun, u jego boku.

— Mógłbym ci rozkazać wyjechać. Jestem królem.

Zignorowała jego słowa.

— Powtarzam, że wolałabym, żebyś wysłał na Pyke kogoś innego i zostawił Theona przy sobie.

— Kto byłby lepszym posłem do Balona Greyjoya niż jego syn?

— Jason Mallister — zaproponowała Catelyn. — Tytos Blackwood. Stevron Frey. Każdy… byle nie Theon.

Jej syn przykucnął przy Szarym Wichrze, by zmierzwić wilczą sierść i przy okazji uniknąć spojrzenia matki.

— Theon bił się za nas dzielnie. Opowiadałem ci, jak uratował Brana przed dzikimi w wilczym lesie. Jeśli Lannisterowie nie zechcą zawrzeć pokoju, będę potrzebował drakkarów lorda Greyjoya.

— Łatwiej je uzyskasz, jeśli zatrzymasz jego syna jako zakładnika.

— Był zakładnikiem połowę życia.

— I nie bez powodu — zauważyła Catelyn. — Balonowi Greyjoyowi nie można ufać. Nie zapominaj, że sam niegdyś nosił koronę, choć krótko. Może zapragnąć ją odzyskać.

Robb zatrzymał się.

— Nie mam nic przeciwko temu. Jeśli ja jestem królem północy, on może zostać królem Żelaznych Wysp, jeśli tego właśnie pragnie. Z chęcią zaoferuję mu koronę, jeśli pomoże nam obalić Lannisterów.

— Robb…

— Wyślę Theona. Do widzenia, matko. Szary Wicher, do nogi. — Robb oddalił się dziarskim krokiem. Wilkor szedł u jego boku.

Catelyn mogła jedynie śledzić go wzrokiem. Jej syn został królem. Czuła się bardzo dziwnie. W Fosie Cailin powiedziała mu: „Rozkazuj". Usłuchał jej rady.

— Idę odwiedzić ojca — zdecydowała nagle. — Chodź ze mną, Edmure.

— Muszę zamienić słówko z tymi nowymi łucznikami, których szkoli ser Desmond. Zajrzę do niego później.

Jeśli będzie jeszcze żył — pomyślała. Nie powiedziała jednak tego głośno. Jej brat mniej się bał pola bitwy niż pokoju chorego lorda Hostera.

Najkrótsza droga do centralnego donżonu, w którym leżał jej umierający ojciec, wiodła przez boży gaj z jego trawą, dziko rosnącymi kwiatami oraz gęstymi zagajnikami wiązów i sekwoi. Na gałęziach pełno było szumiących liści, nieświadomych wieści, które przed dwoma tygodniami przyniósł do Riverrun biały kruk. Konklawe obwieściło, że nadeszła jesień, lecz bogowie nie uznali jeszcze za stosowne podzielić się tą informacją z wiatrem i lasem. Catelyn bardzo to cieszyło. Jesień zawsze była porą strachu. Niosła ze sobą widmo zimy. Nawet najmędrsi nie wiedzieli, czy następne żniwa nie okażą się ostatnimi.

Hoster Tully, lord Riverrun, leżał w łożu w swej samotni, z której rozciągał się widok na wschód, gdzie pod murami jego zamku łączyły swe wody rzeki, Kamienny Nurt i Czerwone Widły. Gdy Catelyn weszła do środka, był pogrążony we śnie. Włosy i brodę miał białe jak puchowa pościel, w której spoczywał, a tęgie ongiś ciało rosnąca w nim śmierć uczyniła małym i kruchym.

Obok łoża siedział brat jej ojca, Blackfish, który wciąż miał na sobie kolczugę i brudny płaszcz podróżny, a zakurzone buty pokryte były plamkami zaschniętego błota.

— Czy Robb wie, że wróciłeś, stryju?

Ser Brynden Tully był oczyma i uszami Robba, dowódcą jego zwiadowców.

— Nie. Przyszedłem tu prosto ze stajni, bo powiedzieli mi, że król ma gości. Jego Miłość z pewnością wolałby, bym przekazał mu swe wieści w cztery oczy. — Blackfish był wysokim, szczupłym mężczyzną o siwych włosach i oszczędnych ruchach. Jego gładko wygoloną, ogorzałą twarz pokrywały liczne bruzdy. — Jak z nim? — zapytał. Wiedziała, że nie ma na myśli Robba.

— Bez zmian. Maester daje mu senne wino i makowe mleko, żeby złagodzić ból. Dlatego prawie cały czas śpi i za mało je. Z każdym dniem wydaje się słabszy.

— Czy coś mówi?

— Tak... ale jest w tym coraz mniej sensu. Opowiada o tym, czego żałuje, o niedokończonych dziełach, zmarłych przed laty ludziach i dawno minionych czasach. Czasem nie wie nawet, jaką mamy porę roku albo mnie nie poznaje. Raz nazwał mnie imieniem matki.

— Wciąż nie może o niej zapomnieć — zauważył ser Brynden. — Masz jej twarz. Widzę to w twoich policzkach i linii szczęki...

— Pamiętasz ją lepiej ode mnie. To było już tak dawno.

Przysiadła na łożu, by odgarnąć kosmyk białych włosów, który opadł jej ojcu na twarz.

— Kiedy wyruszam w pole, za każdym razem zadaję sobie pytanie, czy po powrocie zastanę go jeszcze żywego. — Bez względu na dzielące ich spory, istniała silna więź między jej ojcem a jego bratem, którego ongiś się wyrzekł.

— Ale przynajmniej pogodziłeś się z nim.

Przez chwilę siedzieli w milczeniu, aż wreszcie Catelyn uniosła głowę.

— Mówiłeś, że musisz przekazać Robbowi jakieś wieści?

Lord Hoster jęknął głośno i przetoczył się na bok, jakby ją usłyszał. Brynden wstał.

— Wyjdźmy na zewnątrz. Lepiej go nie budzić.

Wyszła za nim na kamienny balkon, który otaczał samotnię z trzech stron, stercząc z muru niczym dziób okrętu. Jej stryj spojrzał na niebo, marszcząc brwi.

— Widać ją już za dnia. Moi ludzie zwą ją Czerwonym Posłańcem... ale co nam zwiastuje?

Catelyn podniosła wzrok ku bladoczerwonej linii komety, która przecinała ciemnoniebieski firmament niczym długie zadrapanie na twarzy boga.

— Greatjon powiedział Robbowi, że dawni bogowie rozwinęli czerwoną flagę na znak zemsty za Neda. Edmure twierdzi, że to omen zwycięstwa dla Riverrun. Uważa, że to ryba z długim ogonem, w barwach Tullych, czerwona na niebieskim tle. — Westchnęła. — Szkoda, że brak mi ich wiary. Karmazynowy to kolor Lannisterów.

— Ona nie jest karmazynowa — sprzeciwił się ser Brynden. — Nie jest to też kolor Tullych, czerwonawa barwa rzecznego mułu. To jest krew, dziecko, krwawa plama na niebie.

— Nasza krew czy ich?

— Czy słyszano kiedyś o wojnie, w której przelewano by krew tylko jednej ze stron? — Jej stryj potrząsnął głową. — Wszędzie wokół Oka Boga dorzecze wydano na pastwę pożarów i rzezi. Walki toczą się na południu aż po Czarny Nurt, a na północy na całym Tridencie, prawie do Bliźniaków. Marq Piper i Karyl Vance odnieśli parę drobnych zwycięstw, a to paniątko z południa, Beric Dondarrion, łupi grabieżców, napada na bandy wysłane przez lorda Tywina, a potem znika w lesie. Powiadają, że ser Burton Crakehall przechwalał się, iż zabił Dondarriona, ale pewnego dnia wpadł ze swą kolumną w jedną z zastawionych przez niego pułapek i wszyscy jego ludzie zginęli.

— Niektórzy z żołnierzy, których Ned zabrał do Królewskiej Przystani, są z lordem Berikiem — przypomniała sobie Catelyn. — Niech bogowie mają ich w swojej opiece.

— Jeśli wierzyć opowieściom, Dondarrion i ten czerwony kapłan, który mu towarzyszy, są wystarczająco sprytni, by wymknąć się niebezpieczeństwu — pocieszył ją stryj. — Ale z chorążymi twego ojca sprawy mają się gorzej. Robb nie powinien był ich zwalniać. Rozpierzchli się niby przepiórki. Każdy broni tylko swego. To szaleństwo, Cat, szaleństwo. Jonosa Brackena raniono podczas walki o ruiny jego zamku. Jego bratanek, Hendry, poległ. Tytos Blackwood przegnał Lannisterów ze swych ziem, ale wróg zabrał ze sobą każdą krowę, świnię i ziarnko zboża. Została mu do obrony tylko Raventree Hall i wypalona pustynia. Ludzie Darry'ego odzyskali twierdzę swego lorda, ale nie utrzymali jej nawet przez dwa tygodnie. Gregor Clegane kazał wytracić cały garnizon, łącznie z lordem.

— Darry był jeszcze dzieckiem — zawołała przerażona Catelyn.

— Tak jest, i ostatnim ze swego rodu. Można by za niego wziąć wspaniały okup, ale co znaczy złoto dla wściekłego psa, takiego jak Gregor Clegane? Przysięgam, że głowa tej bestii byłaby wspaniałym darem dla wszystkich ludzi w królestwie.

Catelyn słyszała o otaczającej ser Gregora złej sławie, ale coś takiego...

— Nie mów mi o głowach, stryju. Cersei nadziała głowę Neda na pal na murach Czerwonej Twierdzy i zostawiła ją na żer wronom i muchom. — Wciąż trudno jej było uwierzyć, że naprawdę go utraciła. Bywały noce, gdy budziła się w ciemnościach i na wpół śpiąca myślała przez chwilę, że znajdzie go obok siebie. — Clegane jest tylko narzędziem w ręku lorda Tywina.

Catelyn była przekonana, że prawdziwym zagrożeniem jest Tywin Lannister — lord Casterly Rock, namiestnik zachodu, ojciec królowej Cersei, ser Jaime'a Królobójcy i Krasnala Tyriona oraz dziadek Joffreya Baratheona, niedawno ukoronowanego młodocianego króla.

— To prawda — przyznał ser Brynden. — A Tywin Lannister to nie głupiec. Siedzi bezpiecznie za murami Harrenhal, karmi swych żołnierzy naszymi plonami, a to, czego nie może zabrać, pali. Gregor nie jest jedynym psem, którego spuścił ze smyczy. W pole wyruszył również ser Amory Lorch, a także jakiś najemnik z Qohoru, który woli okaleczyć człowieka niż go zabić. Widziałem, co zostaje po ich przejściu. Całe wioski puszczone z dymem, zgwałcone i okaleczone kobiety, trupy pomordowanych dzieci, które zostawiono niepochowane, żeby przyciągnąć wilki i dzikie psy. Nawet umarłemu zrobiłoby się niedobrze na ten widok.

— Kiedy Edmure o tym usłyszy, wpadnie w szał.

— O to właśnie chodzi lordowi Tywinowi. Nawet terror czemuś służy, Cat. Lannister chce nas sprowokować do bitwy.

— Robb zapewne spełni jego życzenie — stwierdziła przygnębiona Catelyn. — Czuje się tu niespokojnie jak kot w klatce, a Edmure, Greatjon i reszta z pewnością będą go skłaniali do działania.

Jej syn odniósł dwa wspaniałe zwycięstwa. Rozbił Jaime'a Lannistera w Szepczącym Lesie, a potem rozgromił jego pozbawione wodza wojska pod murami Riverrun w Bitwie Obozów. Niektórzy z jego chorążych zdawali się już w tej chwili uważać go za nowe wcielenie Aegona Zdobywcy.

Brynden Blackfish uniósł szare, krzaczaste brwi.

— Co za durnie. Powtarzam ci, Cat, pierwsza zasada sztuki wojennej brzmi: nigdy nie rób tego, czego chce nieprzyjaciel. Lord Tywin wolałby sam wybrać pole bitwy. Pragnie, żebyśmy pomaszerowali na Harrenhal.

— Harrenhal.

Każde dziecko w Tridencie znało opowieści o tej olbrzymiej fortecy. Przed trzystu laty, gdy Siedem Królestw rzeczywiście było siedmioma odrębnymi królestwami, postawił ją nad wodami Oka Boga król Harren Czarny. Dorzeczem w owym czasie władali żelaźni ludzie z wysp. W swej dumie Harren zapragnął mieć największy zamek i najwyższe wieże w całym Westeros. Budowa gmachu, który wznosił się na brzegu jeziora niczym olbrzymi cień, trwała czterdzieści lat. Cały ten czas armie Harrena nękały sąsiadów, łupiąc kamień, drewno, złoto i robotników. Tysiące jeńców postradały życie w kamieniołomach, gdzie musieli ciągnąć sanie, albo przy budowie pięciu kolosalnych wież. Zimą ludzie zamarzali, a latem dręczył ich upał. Czardrzewa, które rosły trzy tysiące lat, ścięto na belki i krokwie. By ozdobić swe marzenie, Harren wpędził w ruinę zarówno dorzecze, jak i Żelazne Wyspy. A gdy Harrenhal wreszcie ukończono, tego samego dnia, gdy zamieszkał w nim król Harren, w Królewskiej Przystani wylądował Aegon Zdobywca.

Catelyn pamiętała, jak Stara Niania opowiadała tę historię jej dzieciom w Winterfell. — „I wtedy król Harren przekonał się, że grube mury i wysokie wieże nie przydają się na wiele przeciw smokom" — kończyła zawsze swą opowieść — „bo smoki potrafią latać". W pożarze, który strawił monstrualną fortecę, zginął Harren i całe jego potomstwo. Od tego czasu każdy ród, który władał Harrenhal, doświadczał pecha. Zamek mógł być potężny, lecz ciążyła nad nim złowieszcza klątwa.

— Nie chciałabym, żeby Robb toczył bitwę w cieniu tej twierdzy — przyznała Catelyn. — Coś jednak musimy zrobić, stryju.

— I to szybko — zgodził się. — Nie powiedziałem ci jeszcze najgorszego, dziecko. Ludzie, których wysłałem na zachód, przynieśli wiadomość, że w Casterly Rock zbiera się nowa armia.

Jeszcze jedna armia Lannisterów. Zrobiło się jej niedobrze na tę myśl.

— Trzeba natychmiast powiadomić o tym Robba. Kto będzie jej dowódcą?

— Powiadają, że ser Stafford Lannister.

Ser Brynden zwrócił wzrok ku rzekom. Jego czerwono-niebieski płaszcz łopotał na wietrze.

— Jeszcze jeden bratanek?

Lannisterowie z Casterly Rock byli diabelnie licznym i płodnym rodem.

— Kuzyn — poprawił ją ser Brynden. — Jest bratem zmarłej żony lorda Tywina, więc łączą go z nim podwójne więzy pokrewieństwa. Jest stary i niezbyt bystry, ale ma syna, ser Davena, który jest znacznie groźniejszy.

— W takim razie miejmy nadzieję, że to ojciec, a nie syn, poprowadzi wojska.

— Zostało nam jeszcze trochę czasu, nim będziemy musieli się z nimi zetrzeć. To będzie zgraja najemników, wolnych i zielonych chłopaków z ruder Lannisportu. Ser Stafford będzie ich musiał uzbroić i wyszkolić, nim odważy się ruszyć z nimi w bój… i nie łudź się, lord Tywin to nie Królobójca. Nie rzuci się na oślep do ataku. Nim wyjdzie zza murów Harrenhal, cierpliwie zaczeka, aż ser Stafford wyruszy w pole.

— Chyba że… — zaczęła Catelyn.

— Słucham — zachęcił ją ser Brynden.

— Chyba że będzie musiał opuścić Harrenhal, by stawić czoło innemu zagrożeniu.

Stryj spojrzał na nią w zamyśleniu.

— Lordowi Renly'emu.

— Królowi Renly'emu.

Jeśli chciała od niego pomocy, będzie musiała zwracać się do niego tytułem, który sam sobie nadał.

— Być może. — Blackfish rozciągnął usta w groźnym uśmiechu. — Ale on z pewnością czegoś w zamian zażąda.

— Tego, czego zawsze żądają królowie — odparła. — Hołdów.

Tyrion

Janos Slynt był synem rzeźnika i śmiał się jak człowiek rozbierający tusze.

— Jeszcze wina? — zapytał Tyrion.

— Nie mam nic przeciwko temu — zgodził się lord Janos, unosząc puchar. Wyglądem przypominał beczkę i miał też podobną pojemność. — Absolutnie nic. To czerwone wino jest naprawdę znakomite. Arborskie?

— Dornijskie. — Na znak karła służący napełnił kielichy. Dwóm wielmożom towarzyszyła w Małej Komnacie jedynie służba. Siedzieli za oświetlonym blaskiem świec stołem, który otaczała ciemność. — To prawdziwe odkrycie. Dornijskie wina rzadko mają tak bogaty aromat.

— Bogaty — zgodził się tęgi mężczyzna o żabiej twarzy, pociągając potężny łyk. Janos Slynt nie zwykł popijać wina małymi łyczkami. Tyrion natychmiast zauważył ten szczegół. — Tak jest, bogaty, tego właśnie słowa szukałem. Masz dar do słów, lordzie Tyrionie, jeśli wolno mi tak to ująć. I umiesz opowiadać komiczne historie. Tak jest, komiczne.

— Cieszę się, że tak sądzisz… ale nie jestem lordem, tak jak ty. Wystarczy mi zwykły Tyrion, lordzie Janosie.

— Jak sobie życzysz.

Pociągnął kolejny łyk, plamiąc winem czarny, aksamitny wams. Miał na sobie krótką pelerynę ze złotogłowiu, spiętą miniaturową włócznią, której grot pociągnięto ciemnoczerwoną emalią. Był już zdrowo pijany.

Tyrion zakrył usta i beknął uprzejmie. W przeciwieństwie do lorda Janosa nie przesadzał z winem, brzuch miał jednak wypełniony. Gdy tylko wprowadził się do Wieży Namiestnika, dowiedział się, kto jest najlepszą kucharką w mieście, i natychmiast przyjął tę kobietę na służbę. Dziś wieczór jedli zupę ogonową, letnie jarzyny posypane pekanami, winogrona, czerwony koper, kruszony ser, gorący placek z krabami, dynię na ostro i przepiórki zapiekane w maśle. Do każdego dania podano inne wino. Lord Janos wyznał, że nigdy w życiu nie jadł nawet w połowie tak dobrze.

— To z pewnością się zmieni, gdy zamieszkasz w Harrenhal — zauważył Tyrion.

— Niewątpliwie. Może powinienem poprosić tę twoją kucharkę, by przeszła na służbę do mnie. Co o tym sądzisz?

— Wojny wybuchały już z mniej ważnych powodów — odrzekł Tyrion. Obaj wybuchnęli długim, radosnym rechotem. — Jesteś odważnym człowiekiem, jeśli postanowiłeś zamieszkać w Harrenhal. To ponure zamczysko i strasznie wielkie... jego utrzymanie będzie kosztowało fortunę. Niektórzy utrzymują też, że wisi nad nim klątwa.

— Czy mam się bać kupy kamieni? — Ryknął śmiechem na ten pomysł. — Mówisz, że jestem odważny. Żeby wspiąć się w górę, tak jak ja, potrzeba odwagi. Aż do Harrenhal, tak jest! Dlaczego by nie? Ty to rozumiesz. W tobie również wyczuwam śmiałość. Może i jesteś niski, ale śmiałości ci nie brakuje.

— Jesteś zbyt uprzejmy. Jeszcze wina?

— Nie. Naprawdę już starczy, bo... niech szlag trafi bogów, tak. Dlaczego by nie? Odważni ludzie piją do dna!

— To prawda. — Tyrion napełnił puchar lorda Slynta aż po brzegi. — Dostałem twoją listę kandydatów na nowego dowódcę Straży Miejskiej.

— To dobrzy ludzie. Znakomici. Każdy z nich mógłby mnie zastąpić, ale ja wybrałbym Allara Deema. To moja prawa ręka. Bardzo dobry człowiek. Lojalny. Jeśli go wybierzesz, nie pożałujesz. O ile spodoba się królowi.

— Szczerze mówiąc — Tyrion wysączył odrobinę wina — rozważałem kandydaturę ser Jacelyna Bywatera. Przez trzy lata był kapitanem na Błotnistej Bramie i wyróżnił się podczas buntu Balona Greyjoya. Król Robert pasował go na Pyke na rycerza. A mimo to jego nazwiska nie ma na twojej liście.

Lord Janos Slynt pociągnął łyk wina i przepłukał usta, nim je przełknął.

— Bywater. No cóż. Z pewnością jest odważny, ale brak mu...

giętkości. To dziwadło. Ludzie go nie lubią. Do tego jest kaleką. Stracił rękę na Pyke. Temu zawdzięcza tytuł rycerski. Jeśli mnie o to pytasz, zrobił kiepski interes. Poświęcił dłoń po to, by tytułowano go „ser". — Wybuchnął śmiechem. — W mojej opinii ser Jacelyn ma zbyt wysokie mniemanie o sobie i swym honorze. Lepiej zostaw go tam, gdzie jest teraz, lor... Tyrionie. Najlepszy na to stanowisko będzie Allar Deem.

— Podobno na ulicach go nie kochają.

— Za to się go boją. To lepiej.

— Słyszałem też o jakiejś awanturze w burdelu.

— Ach, to. To nie jego wina, lo... Tyrionie. Nie. On nie chciał zabić tej kobiety. Sama go do tego zmusiła. Wyraźnie jej powiedział, żeby się odsunęła i pozwoliła mu wykonać obowiązek.

— No, ale sam wiesz, jak to jest z kobietami i dziećmi. Mógł się spodziewać, że będzie próbowała uratować niemowlę. — Tyrion uśmiechnął się szeroko. — Popróbuj tego sera. Znakomicie komponuje się z winem. Powiedz mi, dlaczego wybrałeś Deema do tego przygnębiającego zadania?

— Dobry dowódca zna swoich ludzi, Tyrionie. Do pewnych zadań lepsi są jedni, a do innych drudzy. Żeby załatwić dziecko przy piersi matki potrzeba kogoś szczególnego, nawet jeśli to była tylko zwykła kurwa i jej bękart.

— Pewnie masz rację — zgodził się Tyrion, który usłyszał jedynie słowa „tylko zwykła kurwa" i natychmiast pomyślał o Shae, Tyshy i wszystkich innych kobietach, które w ciągu lat przyjmowały od niego pieniądze i brały w siebie jego nasienie.

— Deem to twardy człowiek do twardej roboty — ciągnął Slynt, nie zważając na minę rozmówcy. — Robi to, co mu się każe, a potem trzyma gębę na kłódkę. — Odkroił sobie kawałek sera. — Znakomity. Ostry. Do szczęścia potrzebny mi tylko dobry, ostry nóż i dobry, ostry ser.

Tyrion wzruszył ramionami.

— Ciesz się nimi, póki możesz. Dorzecze stanęło w płomieniach, a w Wysogrodzie królem ogłosił się Renly. Niedługo trudno będzie o dobry ser. A kto ci kazał załatwić tego bękarta?

Lord Janos obrzucił Tyriona nieufnym spojrzeniem, po czym roześmiał się i pogroził mu trójkątem sera.

— Spryciarz z ciebie, Tyrionie. Myślałeś, że uda ci się mnie nabrać, co? Żeby skłonić do gadania Janosa Slynta trzeba czegoś więcej niż wino i ser. Szczycę się tym, że nigdy nie zadaję pytań, a potem milczę jak grób.

— Tak samo jak Deem.

— Tak jest. Jeśli po moim odjeździe do Harrenhal zrobisz go dowódcą, na pewno tego nie pożałujesz.

Tyrion skubnął odrobinę sera. Rzeczywiście był ostry i zawierał dodatek wina. Naprawdę wyborny.

— Bez względu na to, kogo wybierze król, nie wątpię, że trudno mu będzie nosić twą zbroję. Lord Mormont ma podobny problem.

— Myślałem, że to lady — odezwał się lord Janos ze zdziwioną miną. — Mormont. Ta, która sypia z niedźwiedziami.

— Mówiłem o jej bracie, Jeorze Mormoncie, lordzie dowódcy Nocnej Straży. Kiedy byłem na Murze, wspomniał, że bardzo się martwi o to, gdzie znajdzie godnego następcę. Straż dostaje teraz bardzo mało dobrych ludzi. — Tyrion wyszczerzył zęby w uśmiechu. — Myślę, że spałby lepiej, gdyby miał kogoś takiego jak ty. Albo nasz dzielny Allar Deem.

— Marne szanse! — ryknął lord Janos.

— Tak by się mogło zdawać — przyznał Krasnal — ale życie pełne jest niespodzianek. Na przykład Eddard Stark. Nie przypuszczam, by wyobrażał sobie, że jego życie skończy się na schodach septu Baelora.

— Bardzo niewielu to sobie wyobrażało — przyznał z chichotem lord Janos.

Tyrion również zachichotał.

— Szkoda, że tego nie widziałem. Podobno nawet Varys był zaskoczony.

Lord Janos wybuchnął śmiechem tak donośnym, że aż brzuch mu się zatrząsł.

— Pająk — rzucił. — Powiadają, że wie wszystko. No, o tym na pewno nie wiedział.

— A skąd miał wiedzieć? — W głosie Tyriona po raz pierwszy pojawiła się lodowata nuta. — Pomógł przekonać moją siostrę, że powinno się ułaskawić Starka pod warunkiem, że zgodzi się przywdziać czerń.

— Hę?

Janos Slynt zamrugał niepewnie powiekami.

— Moją siostrę Cersei — powtórzył karzeł odrobinę głośniejszym tonem, na wypadek, gdyby ten dureń nie był do końca pewien, o kogo mu chodziło. — Królową regentkę.

— Tak. — Slynt przełknął łyk wina. — Jeśli o to chodzi, to… to był rozkaz króla, panie. Samego króla.

— Król ma trzynaście lat — przypomniał mu Tyrion.

— Ale jest królem. — Slynt zmarszczył brwi. Policzki mu się zatrzęsły. — Władcą Siedmiu Królestw.

— No, przynajmniej jednego czy dwóch z nich — skontrował Tyrion, uśmiechając się kwaśno. — Czy mogę obejrzeć twoją włócznię?

— Moją włócznię?

Zdezorientowany grubas zamrugał powiekami.

— Tę zapinkę na pelerynie — wyjaśnił Tyrion, wskazując ozdobę palcem.

Po chwili wahania lord Janos odpiął ją i wręczył Tyrionowi.

— W Lannisporcie mamy lepszych jubilerów — orzekł ten. — Wybacz mi, ale barwa tej emalii jest odrobinę zbyt krwawa. Powiedz mi, wasza lordowska mość, czy osobiście wbiłeś mu włócznię w plecy, czy tylko wydałeś taki rozkaz?

— Wydałem rozkaz i drugi raz uczyniłbym to samo. Lord Stark był zdrajcą. — Łysinka pośrodku głowy lorda Slynta zrobiła się czerwona jak burak, a peleryna ze złotogłowiu zsunęła się na podłogę. — Próbował mnie przekupić.

— I nawet mu się nie śniło, że przed nim uczynił to ktoś inny.

Slynt walnął kielichem o blat.

— Upiłeś się czy co? Wydaje ci się, że będę cierpliwie znosił, jak kalasz mój honor…

— I kto tu mówi o honorze? Przyznaję, że zrobiłeś lepszy interes niż ser Jacelyn. Tytuł lorda i zamek w zamian za włócznię wbitą w plecy. I nawet nie musiałeś uczynić tego osobiście.

Cisnął w Slynta złotą ozdobą, która odbiła się od jego piersi i spadła z grzechotem na podłogę. Grubas wstał z krzesła.

— Nie podoba mi się twój ton, lo… Krasnalu. Jestem lordem Harrenhal i członkiem królewskiej rady. Kim jesteś ty, że masz prawo mnie ganić?

Tyrion przechylił głowę na bok.

— Sądzę, że doskonale wiesz, kim jestem. Ilu masz synów?

— A co cię obchodzą moi synowie, karle?

— Karle? — Gniew Tyriona rozgorzał nagle. — Trzeba było poprzestać na Krasnalu. Jestem Tyrion z rodu Lannisterów i pewnego dnia, jeśli bogowie dali ci choć tyle rozumu co morskiemu ślimakowi, padniesz na kolana, by podziękować im za to, że odpowiadałeś przede mną, a nie przed moim panem ojcem. Gadaj, ilu masz synów?

W oczach Janosa Slynta nagle pojawił się strach.

— T... trzech, panie. I córkę. Proszę cię, panie...

— Nie musisz błagać. — Tyrion zsunął się z krzesła. — Masz moje słowo, że nic im się nie stanie. Młodsi chłopcy zostaną oddani pod opiekę jako giermkowie. Jeśli będą służyli dobrze i wiernie, mogą w swoim czasie zostać rycerzami. Niech nikt nie mówi, że ród Lannisterów nie nagradza tych, którzy mu służą. Twój najstarszy syn odziedziczy tytuł lorda Slynta i ten okropny herb. — Kopnął małą, złotą włócznię, która pomknęła po podłodze. — Znajdziemy dla niego ziemie i będzie mógł wybudować sobie siedzibę. Nie będzie to Harrenhal, ale wystarczy na jego potrzeby. Małżeństwo dla dziewczyny będzie musiał załatwić sam.

Czerwona dotąd twarz Janosa Slynta zbielała.

— C... co zamierzasz...

Policzki drżały mu niczym kupki łoju.

— Co zamierzam zrobić z tobą? — Tyrion pozwolił prostakowi trochę podygotać, nim mu odpowiedział. — Karaka „Letni Sen" wychodzi w morze z porannym odpływem. Kapitan powiedział mi, że zawinie do portu w Gulltown, na Trzech Siostrach, na wyspie Skagos i we Wschodniej Strażnicy. Kiedy spotkasz lorda dowódcę Mormonta przekaż mu moje pozdrowienia i zapewnij go, że nie zapominam o potrzebach Nocnej Straży. Życzę długiego życia i owocnej służby, wasza lordowska mość.

Gdy tylko Janos Slynt zdał sobie sprawę, że nie czeka go natychmiastowa egzekucja, jego twarz odzyskała rumiany kolor. Wysunął szczękę.

— Jeszcze zobaczymy, Krasnalu. Karle. Może to ty odpłyniesz na tym statku. Przyszło ci to do głowy? Może to ty wylądujesz na Murze. — Parsknął nerwowym śmiechem. — Przekonamy się, ile są warte twoje groźby. No wiesz, jestem przyjacielem króla. Zobaczymy, co ma na ten temat do powiedzenia Joffrey. I Littlefinger, i królowa. Tak, tak, Janos Slynt ma wielu przyjaciół. Obiecuję ci, że jeszcze się przekonamy, kto popłynie na Mur. Z całą pewnością się przekonamy.

Slynt odwrócił się na pięcie jak żołnierz Straży Miejskiej, którym kiedyś był, i ruszył przed siebie ze stukotem uderzających w kamienną posadzkę obcasów. Wspiął się na schody, otworzył drzwi… i stanął twarzą w twarz z wysokim mężczyzną o opadającej szczęce, który miał na sobie czarny napierśnik i złoty płaszcz. Do kikuta jego prawej ręki przytwierdzona była żelazna dłoń.

— Janosie — powiedział z błyskiem w głęboko osadzonych oczach, skrytych w cieniu wydatnych łuków brwiowych i czarnej, upstrzonej siwizną czupryny. W ślad za nim do Małej Komnaty weszło bezszelestnie sześć złotych płaszczy. Janos Slynt cofnął się przed nimi.

— Lordzie Slynt — zawołał do niego Tyrion. — Mam wrażenie, że znasz ser Jacelyna Bywatera, nowego dowódcę Straży Miejskiej.

— Lektyka czeka, wasza lordowska mość — poinformował Slynta ser Jacelyn. — Zapadł już zmrok, a droga do portu jest daleka. Po zmierzchu na ulicach nie jest bezpiecznie. Bierzcie go.

Gdy złote płaszcze wyprowadzały swego niedawnego dowódcę, Tyrion przywołał do siebie ser Jacelyna i wręczył mu zwój pergaminu.

— To długi rejs i lordowi Slyntowi przyda się towarzystwo. Dopilnuj, żeby tych sześciu ludzi popłynęło z nim „Letnim Snem".

Bywater spojrzał na listę nazwisk i uśmiechnął się.

— Wedle rozkazu.

— Jeden z nich nazywa się Deem — ciągnął cicho Tyrion. — Powiedz kapitanowi, że nikt nie będzie miał mu za złe, gdyby ten człowiek wypadł za burtę, nim dotrą do Wschodniej Strażnicy.

— Słyszałem, że północne wody są bardzo burzliwe, panie. — Ser Jacelyn pokłonił się i opuścił komnatę. Płaszcz powiewał za nim. Po drodze nadepnął na porzuconą przez Slynta pelerynę ze złotogłowiu.

Tyrion zasiadł sam za stołem, popijając resztki słodkiego dornijskiego wina. Słudzy zaczęli sprzątać naczynia ze stołu, powiedział im jednak, żeby zostawili wino. Kiedy skończyli, do komnaty wśliznął się Varys. Miał na sobie powłóczyste lawendowe szaty, które harmonizowały z roztaczaną przez niego wonią.

— Och, świetnie to załatwiłeś, mój dobry panie.

— To dlaczego została mi w ustach taka gorycz? — Nacisnął palcami skronie. — Kazałem im wrzucić Allara Deema do morza. Z tobą mam wielką ochotę postąpić tak samo.

— Mogłoby cię spotkać rozczarowanie — odparł Varys. — Sztormy przychodzą i odchodzą, fale rozbijają się na brzegu, wielkie ryby pożerają małe, a ja ciągle utrzymuję się na powierzchni. Czy mógłbym skosztować wina, które tak bardzo przypadło do gustu lordowi Slyntowi?

Tyrion wskazał na butlę, marszcząc brwi. Varys napełnił sobie kielich.

— Ach. Słodkie jak lato. — Pociągnął kolejny łyk. — Słyszę na języku śpiew winogron.

— Właśnie się zastanawiałem, co to za hałas. Powiedz im, żeby siedziały cicho, bo głowa mi pęka. To była moja siostra. Tego właśnie nie chciał mi wyznać wierny lord Janos. To Cersei wysłała złote płaszcze do tego burdelu.

Varys zachichotał nerwowo. A więc wiedział o tym od początku.

— Nic mi nie powiedziałeś — oskarżył go Tyrion.

— Twoja własna, słodka siostra — wyjaśnił Varys z miną tak smutną, że wydawało się, iż zaraz się rozpłacze. — Trudno jest wyznać człowiekowi coś takiego, panie. Bałem się, jak zareagujesz. Czy potrafisz mi wybaczyć?

— Nie — warknął Tyrion. — Niech cię szlag trafi. I ją też. — Wiedział, że na razie nie może tknąć Cersei, nawet gdyby tego chciał, a nie był bynajmniej pewien, czy ma takie zamiary. Bolała go jednak myśl, że odgrywa farsę sprawiedliwości, karząc ludzi takich jak Janos Slynt i Allar Deem, podczas gdy jego siostra nadal dopuszcza się okrucieństw. — Na przyszłość mów mi wszystko, co wiesz, lordzie Varysie. Wszystko.

Eunuch uśmiechnął się chytrze.

— To mogłoby zająć wiele czasu, mój dobry panie. Wiem bardzo dużo.

— Ale za mało, żeby uratować to nieszczęsne dziecko.

— Niestety, to prawda. Był też starszy bękart, chłopak. Kazałem przenieść go w bezpieczne miejsce… ale przyznaję, iż nawet mi się nie śniło, że coś może grozić niemowlęciu. To była nisko urodzona dziewczynka, nawet nie roczna, a za matkę miała dziwkę. Cóż to za zagrożenie?

— Była córką Roberta — wskazał z goryczą w głosie Tyrion. — Cersei to widać wystarczyło.

— Tak jest. To bardzo smutne. Muszę oskarżać siebie o śmierć tego biednego dzieciątka i jego matki, która była bardzo młoda i kochała króla.

— Czyżby? — Tyrion nigdy w życiu nie widział zabitej dziewczyny, lecz dla niego była Shae i Tyshą zarazem. — Zastanawiam się, czy dziwka potrafi kogoś kochać. Nie, nie odpowiadaj mi. Pewnych rzeczy wolę nie wiedzieć.

Kupił dla Shae wielką, zbudowaną z drewna i kamienia rezydencję, w której była studnia, stajnia i ogród, dał jej służących, którzy zaspokajali wszelkie jej potrzeby, białego ptaka z Wysp Letnich, który dotrzymywał jej towarzystwa, jedwabie, srebra i klejnoty dla ozdoby oraz strażników, którzy dbali o jej bezpieczeństwo. Mimo to wydawała się niespokojna. Mówiła, że chce spędzać z nim więcej czasu, służyć mu i pomagać.

— Najbardziej pomagasz mi w pościeli — rzekł jej pewnej nocy, gdy skończyli się kochać i leżał z głową wspartą na jej piersiach, a w kroku czuł słodkie przemęczenie. Odpowiedziały mu jedynie jej oczy. Wyczytał w nich, że nie to chciała usłyszeć.

Tyrion sięgnął z westchnieniem po wino, lecz przypomniał sobie lorda Janosa i odsunął butlę.

— Wygląda na to, że moja siostra mówiła prawdę o śmierci Starka. Musimy za ten obłęd podziękować mojemu siostrzeńcowi.

— Król Joffrey wydał rozkaz, a Janos Slynt i ser Ilyn Payne wykonali go szybko i bez wahania…

— …prawie jakby tego właśnie się spodziewali. Tak, zastanawialiśmy się już nad tym, ale do niczego nie doszliśmy. To szaleństwo.

— Skoro masz już w garści Straż Miejską, panie, będziesz mógł dopilnować, by Jego Miłość nie popełnił kolejnych… szaleństw? Co prawda, nie można też zapominać o straży domowej królowej…

— O czerwonych płaszczach? — Tyrion wzruszył ramionami. — Vylarr służy Casterly Rock. Wie, że jestem tu na polecenie ojca. Cersei trudno by było użyć jego ludzi przeciwko mnie… a zresztą jest ich tylko stu. Mam o połowę więcej własnych, a do tego sześć tysięcy złotych płaszczy, o ile Bywater rzeczywiście jest takim człowiekiem, za jakiego go uważasz.

— Przekonasz się, że ser Jacelyn jest odważny, honorowy, posłuszny… i wie, co to wdzięczność.

— Ale komu będzie wdzięczny? — Tyrion nie ufał Varysowi, choć nie sposób było zaprzeczyć, że eunuch jest bardzo użyteczny. Nie ulegało wątpliwości, że wie bardzo dużo. — Dlaczego mi pomagasz, lordzie Varysie? — zapytał, przyglądając się jego delikatnym dłoniom, pozbawionej zarostu, upudrowanej twarzy i obleśnemu uśmieszkowi.

— Jesteś namiestnikiem. Służę królestwu, królowi i tobie.

— Tak jak służyłeś Jonowi Arrynowi i Eddardowi Starkowi?

— Służyłem lordowi Arrynowi i lordowi Starkowi najlepiej jak potrafiłem. Ich przedwczesna śmierć zasmuciła mnie i przeraziła.

— Pomyśl, jak ja się czuję. Jestem następny na liście.

— Och, nie sądzę — odparł Varys, kręcąc winem w kielichu. — Władza to bardzo ciekawa rzecz, panie. Myślałeś może nad tą zagadką, którą zadałem ci w gospodzie?

— Zastanawiałem się nad nią raz czy dwa — przyznał Tyrion. — Król, kapłan i bogacz. Który z nich ocali życie, a który zginie? Kogo usłucha najemnik? Ta zagadka nie ma odpowiedzi, czy raczej ma ich zbyt wiele. Wszystko zależy od człowieka, który trzyma miecz.

— A przecież jest nikim — zauważył Varys. — Nie nosi korony, nie ma złota, ani bogowie nie wspierają go swą łaską. Jego jedyną siłą jest kawałek zaostrzonej stali.

— Ten kawałek stali to władza nad życiem lub śmiercią.

— To prawda... ale jeśli naprawdę rządzą nami żołnierze, to czemu udajemy, że władza spoczywa w rękach królów? Dlaczego silny, uzbrojony mężczyzna miałby słuchać dzieciaka, takiego jak Joffrey albo zapijaczonego prostaka, takiego jak jego ojciec?

— Dlatego, że ten dzieciak albo pijany prostak może wezwać innych silnych, uzbrojonych ludzi.

— W takim razie to ci inni wojownicy sprawują rządy. Czy jednak na pewno? Skąd biorą miecze? Dlaczego wykonują rozkazy? — Varys uśmiechnął się. — Niektórzy mówią, że władzę daje wiedza. Inni twierdzą, że pochodzi ona od bogów. Jeszcze inni utrzymują, że jej źródłem jest prawo. Ale owego dnia na schodach septu Baelora nasz pobożny wielki septon, prawowita królowa regentka i twój bardzo wiele wiedzący sługa byli tak samo bezsilni, jak każdy szewc czy bednarz w tłumie. Jak ci się zdaje, kto naprawdę zabił Eddarda Starka? Joffrey, który wydał rozkaz? Ser Ilyn Payne, który zadał cios? Czy... ktoś inny?

Tyrion przekrzywił głowę.

— Powiesz mi, jak brzmi ta cholerna odpowiedź, czy chcesz, żeby łeb rozbolał mnie jeszcze bardziej?

— Proszę bardzo — odparł z uśmiechem Varys. — Władzę ma

ten, kogo ludzie uważają za sprawującego władzę. Nie więcej ani nie mniej.

— A więc władza to tylko komediancka sztuczka?

— Cień na ścianie — wyszeptał Varys. — Ale cienie potrafią zabijać. A często zdarza się tak, że maleńki człowieczek rzuca olbrzymi cień.

Tyrion również się uśmiechnął.

— Lordzie Varysie, czuję, że dziwnie cię lubię. Niewykluczone, że jeszcze każę cię zabić, ale bardzo mnie to zasmuci.

— Czuję się tym wielce zaszczycony.

— Kim jesteś, Varysie? — Tyrion przekonał się, że naprawdę chce to wiedzieć. — Zwą cię Pająkiem.

— Szpiegów i donosicieli rzadko darzy się miłością, panie. Jestem tylko wiernym sługą królestwa.

— I eunuchem. Nie zapominajmy o tym.

— Rzadko o tym zapominam.

— Mnie również często zwą Półmężczyzną, sądzę jednak, że bogowie potraktowali mnie lepiej niż ciebie. Jestem niski, mam krzywe nogi, a kobiety nie patrzą na mnie zbyt pożądliwie… ale nadal jestem mężczyzną. Shae nie jest pierwszą, która dzieli ze mną łoże, a pewnego dnia mogę się ożenić i spłodzić syna. Jeśli bogowie okażą się łaskawi, będzie miał urodę stryja, ale rozum ojca. Ty nie masz podobnej nadziei. Karły są żartem bogów… ale eunuchów tworzą ludzie. Kto cię okaleczył, Varysie? Kiedy i dlaczego? Kim naprawdę jesteś?

Z twarzy eunucha ani na moment nie znikał uśmiech, lecz w jego oczach zalśniło coś, co nie miało nic wspólnego z wesołością.

— To bardzo uprzejmie, że o to pytasz, panie, ale moja historia jest długa i smutna, a my musimy porozmawiać o zdrajcach. — Wyciągnął z rękawa pergaminowy zwój. — Kapitan królewskiej galery „Biała Łania” zamierza za trzy dni podnieść kotwicę i zaoferować swe usługi lordowi Stannisowi.

— Przypuszczam, że będzie musiał posłużyć jako krwawy przykład? — zapytał z westchnieniem Tyrion.

— Ser Jacelyn mógłby spowodować jego zniknięcie, ale jeśli osądzi go król, utwierdzi to wierność innych kapitanów — odparł eunuch.

I dostarczy zajęcia mojemu królewskiemu siostrzeńcowi.

— Jak sobie życzysz. Wydajmy go sprawiedliwości Joffreya.

Varys zrobił znak na pergaminie.

— Ser Horas i ser Hobber Redwyne przekupili strażnika, który pojutrze nocą miał ich wypuścić tylną bramą. Zamierzali popłynąć na pentoshijskiej galerze „Księżycowy Biegacz", przebrani za wioślarzy.

— Czy nie moglibyśmy zostawić ich na kilka lat przy tych wiosłach, żeby sprawdzić, jak im się spodoba ta robota? — zapytał z uśmiechem Tyrion. — Nie, moja siostra byłaby zdruzgotana, gdyby straciła tak cennych gości. Poinformuj o tym ser Jacelyna. Niech zatrzyma człowieka, którego przekupili, i wyjaśni mu, jaki to zaszczyt służyć w charakterze brata Nocnej Straży. I niech rozstawi ludzi wokół tej galery, na wypadek, gdyby Redwyne'owie znaleźli drugiego strażnika cierpiącego na brak gotówki.

— Wedle rozkazu. — Na pergaminie pojawił się drugi znak. — Twój człowiek, Timett, zabił dziś wieczorem syna handlarza win, w jaskini gry na Srebrnej. Oskarżył go o to, że oszukiwał przy grze w płytki.

— A czy słusznie?

— Och, z pewnością.

— W takim razie wszyscy uczciwi ludzie w mieście mają u Timetta dług wdzięczności. Dopilnuję, żeby król mu podziękował.

Eunuch zachichotał nerwowo i postawił kolejny znak.

— Dotknęła nas też gwałtowna plaga świętych mężów. Wygląda na to, że kometa wywabiła z ukrycia najróżniejszego rodzaju dziwacznych kapłanów, kaznodziejów i proroków. Żebrzą w winiarniach i garkuchniach, przepowiadając śmierć i zniszczenie, a niektórzy ich słuchają.

Tyrion wzruszył ramionami.

— Zbliża się trzechsetny rok od lądowania Aegona. Tego właśnie należało się spodziewać. Niech sobie gadają.

— Sieją strach, panie.

— Myślałem, że to twoje zadanie.

Varys zakrył usta dłonią.

— To bardzo okrutne słowa. Jeszcze jedno. Lady Tanda wydała ostatniej nocy niewielką kolację. Mam jadłospis i listę gości, jeśli chcesz, możesz je obejrzeć. Kiedy nalano wina, lord Gyles wstał z krzesła, by wznieść toast za króla, a ser Balon Swann odparł: „musielibyśmy mieć po trzy kielichy". Wielu się śmiało...

Tyrion uniósł dłoń.

— Starczy tego. Ser Balon żartował. Nie obchodzi mnie, co wygadują ludzie na ucztach, lordzie Varysie.

— Jesteś równie mądry, jak wyrozumiały, panie. — Pergamin zniknął w rękawie eunucha. — Obaj mamy wiele roboty. Muszę już iść.

Po odejściu Varysa Tyrion siedział przez długi czas wpatrzony w płowień świecy, zastanawiając się nad tym, jak jego siostra przyjmie wiadomość o upadku Janosa Slynta. Jeśli dobrze ją oceniał, z pewnością będzie niezadowolona, nie przypuszczał jednak, by mogła w tej sprawie zrobić cokolwiek poza wysłaniem gniewnego protestu do Harrenhal, do lorda Tywina. Tyrion miał w ręku Straż Miejską, a do tego stu pięćdziesięciu okrutnych klanowych wojowników i wciąż rosnącą grupę najemników, których rekrutował Bronn. Można by sądzić, że jest bezpieczny.

Eddard Stark z pewnością również był o tym przekonany.

Gdy Tyrion opuścił Małą Komnatę, w Czerwonej Twierdzy panowała ciemność i cisza. Bronn czekał na niego w samotni.

— Slynt? — zapytał.

— Lord Janos z porannym odpływem pożegluje na Mur. Varys chciałby mnie przekonać, że zastąpiłem człowieka Joffreya własnym. Podejrzewam, że raczej zastąpiłem człowieka Littlefingera człowiekiem Varysa, ale niech będzie i tak.

— Lepiej, żebyś się dowiedział. Timett zabił człowieka…

— Varys już mi o tym mówił.

Najemnika to nie zaskoczyło.

— Temu durniowi wydawało się, że jednookiego mężczyznę łatwiej będzie oszukać. Timett przyszpilił mu sztyletem dłoń do blatu, a potem rozszarpał gardło gołą ręką. Potrafi tak usztywnić palce…

— Oszczędź mi makabrycznych szczegółów. Kolacja i tak już ciąży mi w żołądku — przerwał mu Tyrion. — Jak ci idzie nabór?

— Nienajgorzej. Dziś przyjąłem trzech nowych ludzi.

— Skąd wiesz, których wybrać?

— Przyglądam się im. Wypytuję ich, żeby się dowiedzieć, gdzie walczyli i jak dobrze potrafią kłamać. — Bronn uśmiechnął się. — A potem daję im szansę mnie zabić, ze swojej strony próbując zrobić to samo z nimi.

— Czy już jakichś wykończyłeś?

— Nie takich, którzy by ci się przydali.

— A jeśli któryś z nich załatwi ciebie?

— To właśnie będzie człowiek, którego powinieneś zaangażować.

Tyrion czuł się lekko pijany i bardzo zmęczony.

— Powiedz mi, Bronn, gdybym kazał ci zabić niemowlę... powiedzmy dziewczynkę u matczynej piersi, to czy zrobiłbyś to, nie zadając pytań?

— Nie zadając pytań? Nie. — Najemnik potarł kciukiem o palec wskazujący. — Zapytałbym, za ile.

I po co mi twój Allar Deem, lordzie Slyncie? — pomyślał Tyrion. Mam stu własnych.

Chciało mu się śmiać, chciało mu się płakać, a przede wszystkim chciało mu się Shae.

Arya

Droga była już tylko dwiema biegnącymi przez zielsko koleinami. Dobre w tym było to, iż ruch na niej był tak niewielki, że ścigający nie spotkają nikogo, kto mógłby wskazać, w którą stronę odjechali. Płynąca królewskim traktem ludzka rzeka przeradzała się tu w cieniutki strumyczek.

Złe było jednak to, że droga wiła się niczym wąż, przecinając jeszcze mniejsze ścieżki, a niekiedy wręcz niknęła bez śladu, po to tylko, by po półtorej mili, gdy niemal utracili już nadzieję, pojawić się znowu. Aryę doprowadzało to do szału. Okolica im za to sprzyjała — faliste wzgórza i tarasowate pola, gdzieniegdzie urozmaicone łąkami, zagajnikami i małymi dolinkami, w których nad płytkimi strumykami pochylały się wierzby. Droga była jednak tak wąska i kręta, że posuwali się naprzód bardzo powoli.

Ich wędrówkę opóźniały wozy, które wlokły się ociężale, skrzypiąc przeciążonymi osiami. Codziennie musieli się zatrzymywać z tuzin razy, by uwolnić koło, które ugrzęzło w koleinie, albo zaprzęgać kolejno do każdego wozu po dwa zestawy zwierząt, żeby wspiąć się na błotnisty stok. Pewnego razu, w samym środku gęstego dębowego gaju, natknęli się na zaprzężony w wołu wóz, na którym trzech mężczyzn wiozło drewno na opał. Brak miejsca nie pozwalał nikomu ustąpić drogi i pozostało im jedynie zaczekać, aż mężczyźni wyprzęgną wołu, przeprowadzą go między drzewami, przełożą dyszel, znowu zaprzęgną zwierzę i ruszą w tę samą stronę, z której przyjechali. Wół poruszał się jeszcze wolniej niż ich wozy i tego dnia nie posunęli się naprzód prawie wcale.

Arya wciąż oglądała się za siebie, zastanawiając się, kiedy dopadną ich złote płaszcze. Nocą budziła się na każdy hałas, łapiąc za rękojeść Igły. Gdy rozbijali obóz, zawsze wystawiali strażników, lecz dziewczynka im nie ufała, zwłaszcza sierotom. W zaułkach Królewskiej Przystani mogli sobie radzić zupełnie nieźle, tu jednak byli całkowicie bezradni. Kiedy była cicha jak cień, przemykała się obok nich bez trudu, żeby załatwić się w oświetlonym blaskiem gwiazd lesie, gdzie nikt jej nie mógł zobaczyć. Pewnego razu, gdy na straży stał Lommy Zielona Łapka, wspięła się na dąb i przechodziła z drzewa na drzewo, aż znalazła się wprost nad nim, a on nadal jej nie widział. Mogłaby skoczyć mu na głowę, ale wiedziała, że swym krzykiem postawiłby na nogi cały obóz i Yoren mógłby znowu ją zbić.

Gdy Lommy i reszta sierot usłyszeli, że królowa żąda głowy Byka, zaczęli go traktować jak kogoś szczególnego. On jednak nie chciał nawet o tym słyszeć.

— Nic nie zawiniłem żadnej królowej — powtarzał gniewnie. — Robiłem tylko to, co do mnie należało. Miechy i szczypce, przynieś i zanieś. Miałem zostać płatnerzem, ale pewnego dnia mistrz Mott powiedział, że muszę wstąpić do Nocnej Straży. To wszystko, co wiem.

Potem odchodził na bok i brał się do polerowania hełmu. Hełm był piękny, pełen krzywizn, z wąską szczeliną wizury i dwoma wielkimi metalowymi byczymi rogami. Arya obserwowała, jak Byk czyści go naoliwioną szmatką, aż stal zrobiła się tak lśniąca, że odbijał się w niej blask ogniska. Nigdy jednak nie wkładał go na głowę.

— Założę się, że to bękart tego zdrajcy — odezwał się pewnego dnia Lommy, mówiąc cicho, żeby Gendry go nie słyszał. — Wilczego lorda, tego, któremu ucięli głowę na schodach Baelora.

— Nieprawda — zaprzeczyła Arya. *Mój ojciec miał tylko jednego bękarta i był nim Jon.*

Odeszła dumnym krokiem między drzewa, żałując, że nie może osiodłać konia i pojechać do domu. To był dobry wierzchowiec, kasztanka z białą gwiazdką na czole. A ona zawsze świetnie jeździła. Mogłaby pogalopować przed siebie i nigdy już nie spotkać nikogo z nich, chyba żeby tego chciała. Tyle że wtedy nie miałaby nikogo, kto służyłby jako przednia i tylna straż, czy stał na warcie, kiedy ona śpi, a gdy wreszcie dopadłyby ją złote płaszcze, byłaby zupełnie sama. Bezpieczniej jest zostać z Yorenem i resztą.

— Jesteśmy już niedaleko Oka Boga — oznajmił pewnego dnia czarny brat. — Wędrówka królewskim traktem byłaby ryzykowna, dopóki nie zostawimy za sobą Tridentu. Dlatego pojedziemy zachodnim brzegiem jeziora. Tam nikt nie będzie nas szukał.

Na następnym przecięciu kolein zawrócił wozy na zachód.

Pola uprawne ustąpiły miejsca lasom, wioski i grody były tu mniejsze i dalej od siebie położone, wzgórza wyższe, a doliny głębsze. Trudniej też było znaleźć coś do jedzenia. Yoren wyładował wozy solonymi rybami, twardym chlebem, smalcem, rzepą, workami fasoli i jęczmienia oraz kręgami żółtego sera, lecz zdążyli już to wszystko zjeść, byli więc zmuszeni szukać żywności po drodze. Yoren zwrócił się o pomoc do Kossa i Kurza, których skazano za kłusownictwo. Wysyłał ich przodem i gdy wracali o zmierzchu, zawsze przynosili zwisającego z tyki jelenia albo parę dyndających u pasów przepiórek. Młodsi chłopcy zaczęli zbierać rosnące przy szlaku jeżyny, a gdy natknęli się na sad, przechodzili przez płot, żeby nazbierać jabłek.

Arya wspinała się zręcznie i zbierała szybko. Lubiła samotne wypady. Pewnego dnia, zupełnie przypadkowo, natknęła się na królika. Był brązowy i tłusty, miał długie uszy i ruchliwy nos. Króliki biegały szybciej od kotów, lecz z włażeniem na drzewa radziły sobie znacznie gorzej. Zdzieliła go kijem i złapała za uszy. Yoren ugotował go w potrawce z grzybami i dziką cebulą. Aryi przypadła w udziale cała noga, jako że był to jej królik. Podzieliła się swoją porcją z Gendrym. Cała reszta dostała po łyżce, nawet trzech zakutych w kajdany zbirów. Jaqen H'ghar podziękował jej uprzejmie za poczęstunek, a Kąsacz z radością w oczach zlizał tłuszcz z brudnych paluchów, lecz Rorge, ten beznosy, roześmiał się tylko i zawołał:

— To ci dopiero łowca. Pryszczaty Ryj Kostropaty Łeb Królikobójca.

Pod grodem zwanym Briarwhite na polu kukurydzy otoczyła ich banda parobków, którzy domagali się zapłaty za zjedzone przez nich kaczany. Yoren popatrzył na ich kosy i rzucił im kilka miedziaków.

— Były czasy, że człowieka w czerni fetowano od Dorne aż po Winterfell i nawet wielcy lordowie uważali za zaszczyt gościć go pod swym dachem — skwitował z goryczą. — A teraz tacy tchórze jak wy, domagają się zapłaty za kęs robaczywego jabłka.

Splunął.

— To słodka kukurydza. Za dobra dla takiego starego, śmierdzącego, czarnego ptaka jak ty — warknął jeden z nich. — Złaź z naszego pola i zabieraj ze sobą tych oprychów i złodziei albo zrobimy z ciebie stracha na następne wrony.

Nocą upiekli kaczany w całości, obracając je w ognisku długimi, rozwidlonymi patykami. Potem zjedli je jeszcze gorące. Arya uważała, że są pyszne, lecz Yoren był zbyt rozgniewany, żeby jeść. Wydawało się, że zawisła nad nim chmura, czarna i postrzępiona jak jego płaszcz. Miotał się niespokojnie po obozie, mamrocząc do siebie.

Następnego dnia Koss wrócił ze zwiadów biegiem, by ostrzec Yorena, że przed nimi znajduje się jakiś obóz.

— Dwudziestu, może trzydziestu ludzi w kolczugach i półhełmach — oznajmił. — Niektórzy są zdrowo poharatani, a jeden charczy tak, jakby miał zaraz wyciągnąć kopyta. Robił tyle hałasu, że udało mi się podkraść bliżej. Mają włócznie i tarcze, ale tylko jednego konia i to okulawionego. Sądząc po smrodzie, siedzą tam już od dłuższego czasu.

— Widziałeś chorągiew?

— Cętkowany drzewny kot, żółto-czarny na brudnobrązowym tle.

Yoren wsunął do ust kwaśny liść i zaczął go żuć.

— Nie mam pojęcia — przyznał. — Może to jedna strona, a może druga. Ale jeśli oberwali tak mocno, to pewnie tak czy inaczej zabiorą nam konie. Mogą też zabrać więcej. Lepiej ominąć ich szerokim łukiem. — Musieli nadłożyć wiele mil i kosztowało ich to przynajmniej dwa dni, ale stary powiedział, że im się opłaciło. — Spędzicie na Murze jeszcze dużo czasu. Najpewniej resztę życia. Moim zdaniem nie macie powodu się śpieszyć.

Gdy znowu zawrócili na północ, Arya coraz częściej widywała pilnujących pól ludzi. Często stali w milczeniu przy drodze, spoglądając chłodnym okiem na wszystkich wędrowców. W innych miejscach patrolowali konno granice pól z toporami przytroczonymi do siodeł. Pewnego razu wypatrzyła mężczyznę, który wlazł na uschnięte drzewo. W ręku trzymał łuk, a z gałęzi obok niego zwisał kołczan. Gdy tylko ich zauważył, nałożył strzałę na cięciwę. Nie odwracał od nich wzroku, dopóki za horyzontem nie zniknął ostatni wóz. Yoren ani przez chwilę nie przestawał przeklinać.

— Ten tam na drzewie, zobaczymy, jak się poczuje, kiedy przyjdą po niego Inni. Wtedy dopiero będzie głośno wzywał Nocną Straż.

Następnego dnia Dobber zauważył na wieczornym niebie czerwoną łunę.

— Albo ta droga znowu zakręciła, albo słońce zachodzi na północy.

Yoren wspiął się na wzniesienie, żeby lepiej się temu przyjrzeć.

— Pożar — orzekł. Polizał kciuk i uniósł go nad głową. — Wiatr powinien ponieść ogień w przeciwną stronę. Ale lepiej mieć oczy otwarte.

Skorzystali z jego rady. W miarę, jak świat ciemniał, łuna stawała się coraz jaśniejsza. Wreszcie ogarnęła całą północ. Od czasu do czasu czuli nawet zapach dymu, mimo że wiatr nie zmieniał kierunku i płomienie wcale się nie zbliżały. Do świtu pożar się wypalił, lecz tej nocy nikt z nich nie spał zbyt dobrze.

W południe dotarli tam, gdzie jeszcze niedawno była wioska. Wypalone pola ciągnęły się na przestrzeni wielu mil, a domostwa przerodziły się w poczerniałe zgliszcza. Na ziemi walały się spalone i zarżnięte zwierzęta, pokryte żyjącym dywanem wron, które spłoszone zrywały się do lotu, kracząc wściekle. Z wnętrza warowni wciąż dobywał się dym. Drewniana palisada z daleka wyglądała na mocną, okazała się jednak za słaba.

Jadąca konno przed wozami Arya widziała spalone ciała, które nabito na zaostrzone pale nad częstokołem. Skrywały twarze w dłoniach, jakby chciały zasłonić się przed ogniem, który je strawił. Gdy byli jeszcze dość daleko, Yoren zarządził postój i rozkazał Aryi oraz pozostałym chłopcom pilnować wozów, a potem ruszył na zwiad na piechotę, w towarzystwie Murcha i Cutjacka. Gdy wchodzili do środka przez strzaskaną bramę, zza palisady wyleciało stado kruków. Ich pobratymcy, których wieźli w klatkach, przywitali je ochrypłym wrzaskiem i okrzykami: *quork*.

— Czy nie powinniśmy pójść za nimi? — zapytała Arya Gendry'ego, gdy Yorena i pozostałych nie było już przez dłuższy czas.

— Yoren kazał nam czekać.

Głos chłopaka brzmiał głucho. Gdy Arya odwróciła się, by spojrzeć na niego, zobaczyła, że ma na głowie swój błyszczący stalowy hełm z wielkimi, zakrzywionymi rogami.

Kiedy wreszcie wrócili, Yoren tulił w ramionach małą dziewczynkę, a Murch i Cutjack dźwigali kobietę na noszach zrobionych ze starej, podartej kołdry. Dziecko miało nie więcej niż dwa lata i cały czas płakało kwilącym głosikiem, jakby coś uwięzło mu w gardle. Albo jeszcze nie nauczyło się mówić, albo zapomniało, jak to się robi. Prawa ręka kobiety kończyła się okrwawionym kikutem na wysokości łokcia, a jej oczy zdawały się nic nie widzieć, nawet gdy spoglądała prosto na swoją ranę. Ona mogła mówić, lecz powtarzała bez przerwy tylko jedno słowo.

— Proszę — krzyczała raz za razem. — Proszę. Proszę.

Rorge uważał, że to zabawne. Śmiał się przez dziurę po nosie. Kąsacz również zaczął się śmiać, aż wreszcie Murch zaklął szpetnie i kazał im się zamknąć.

Yoren polecił pozostałym zrobić z tyłu wozu miejsce dla rannej.

— Tylko szybko — ponaglał. — O zmierzchu zjawią się tu wilki i nie tylko one.

— Boję się — wyszeptał Gorąca Bułka, kiedy zobaczył, jak jednoręka kobieta miota się po wozie.

— Ja też — wyznała Arya.

Uścisnął jej bark.

— Wcale nie zabiłem żadnego chłopaka, Arry. Sprzedawałem tylko bułki mamy i tyle.

Arya jechała przed wozami, tak daleko, jak tylko się odważyła, nie chcąc słyszeć płaczu dziewczynki i głosu kobiety szepczącej: „Proszę". Przypomniała sobie opowieść Starej Niani mówiącą o człowieku, którego złe olbrzymy uwięziły w mrocznym zamczysku. Był bardzo mądry i odważny, udało mu się więc oszukać olbrzymy i uciec… ale gdy tylko znalazł się na zewnątrz, złapali go Inni, którzy wychłeptali jego gorącą, czerwoną krew. Teraz rozumiała, jak musiał się czuć.

Jednoręka kobieta umarła o zmierzchu. Gendry i Cutjack pochowali ją na stoku wzgórza, pod płaczącą wierzbą. Gdy nadszedł wiatr, Aryi wydawało się, że słyszy, jak długie wierzbowe gałązki szepczą:

„Proszę. Proszę. Proszę". Włoski na karku zjeżyły się jej gwałtownie. Omal nie uciekła od grobu.

— Dzisiaj nie rozpalimy ogniska — oznajmił im Yoren. Na kolację dostała garść dzikich rzodkwi, które znalazł Koss, kubek zimnej fasoli oraz wodę z pobliskiego strumienia, która smakowała osobliwie. Lommy powiedział im, że to od gnijących gdzieś w górze strumienia trupów. Gorąca Bułka chciał mu za to przyłożyć, ale rozdzielił ich stary Reyser.

Arya wypiła za dużo wody po to tylko, żeby wypełnić czymś brzuch. Nie sądziła, że uda się jej zasnąć, jakoś jednak zdołała tego dokonać. Kiedy się obudziła, wokół panowała nieprzenikniona ciemność. Miała wrażenie, że pęcherz zaraz jej pęknie. Wszędzie leżeli śpiący, przykryci kocami i płaszczami. Znalazła Igłę, wstała i zaczęła nasłuchiwać. Usłyszała ciche kroki strażnika, przewracających się niespokojnie z boku na bok ludzi, grzechoczące chrapanie Rorge'a i dziwaczny syk, który wydawał przez sen Kąsacz. Z drugiego wozu dobiegał rytmiczny zgrzyt stali o kamień. To Yoren ostrzył sztylet, żując kwaśny liść.

Jednym ze stojących na straży chłopców był Gorąca Bułka.

— Gdzie idziesz? — zapytał, zobaczywszy zmierzającą ku drzwiom Aryę.

Dziewczynka wskazała dłonią na drzewa.

— Nie ma mowy — sprzeciwił się Gorąca Bułka. Odkąd miał u pasa broń, zrobił się śmielszy, choć był to tylko krótki miecz i chłopak władał nim niczym tasakiem. — Stary mówił, że dzisiaj nikomu nie wolno się oddalać.

— Muszę się odlać — wyjaśniła.

— To idź pod tamto drzewo. — Wyciągnął rękę. — Nie wiadomo, na co się tam nadziejesz, Arry. Słyszałem wilki.

Gdyby się z nim pobiła, Yoren nie byłby zadowolony. Spróbowała okazać strach.

— Wilki? Naprawdę?

— Słyszałem — zapewnił.

— To może lepiej się wstrzymam.

Wróciła pod koc i udawała, że śpi, dopóki nie usłyszała, że Gorąca Bułka się oddalił. Potem przetoczyła się na bok i wymknęła do lasu po drugiej stronie obozu, cicha jak cień. Tam też byli wartownicy, lecz ominęła ich bez trudu. Na wszelki wypadek odeszła dwa razy dalej niż zwykle. Kiedy się upewniła, że w pobliżu nie ma nikogo, ściągnęła portki i przykucnęła, żeby się załatwić.

Kiedy się odlewała i spodnie opadły jej do kostek, usłyszała między drzewami jakiś szelest.

Gorąca Bułka — pomyślała ogarnięta paniką. Śledził mnie. Wtem zobaczyła wśród drzew lśniące ślepia, w których odbijał się blask księżyca. Ściskając mięśnie brzucha, złapała za Igłę, nie dbając już o to, czy zmoczy spodnie. Policzyła oczy: dwa, cztery, osiem, dwanaście, cała wataha...

Jeden z wilków wyszedł spomiędzy drzew i spojrzał na nią, obnażając kły. Mogła pomyśleć tylko o tym, jak głupio się zachowała i o tym, że Gorąca Bułka będzie triumfował, kiedy rankiem znajdą jej na wpół zjedzone ciało. Zwierzę jednak zawróciło i przepadło w ciemności. Ślepia natychmiast zniknęły. Arya podtarła się z drżeniem, zawiązała spodnie, po czym — kierując się odgłosem zgrzytania — wróciła do obozu i do Yorena. Wdrapała się wstrząśnięta do wozu i usiadła obok czarnego brata.

— Wilki — wyszeptała ochryple. — W lesie.

— Ehe. To nic dziwnego.

Nawet na nią nie spojrzał.

— Przestraszyłam się.

— Naprawdę? — Splunął. — Myślałem, że je lubicie.

— Nymeria była wilkorem. — Arya oplotła się ramionami. — To co innego. Zresztą i tak już jej nie mam. Rzucaliśmy w nią z Jorym kamieniami, aż uciekła, bo inaczej królowa kazałaby ją zabić. — Kiedy o tym opowiadała, zrobiło się jej smutno. — Założę się, że gdyby była w mieście, nie pozwoliłaby im uciąć ojcu głowy.

— Sieroty nie mają ojców — skarcił ją Yoren. — Nie zapominaj o tym. — Jego plwocina zrobiła się czerwona od kwaśnego liścia. Mogłoby się wydawać, że usta mu krwawią. — Bać się trzeba tylko wilków w ludzkiej skórze, takich jak ci, którzy spalili tamtą wieś.

— Chcę wrócić do domu — powiedziała przygnębiona. Bardzo starała się być odważna, dzika jak rosomak i tak dalej, ale czasami miała wrażenie, że i tak pozostaje tylko małą dziewczynką.

Czarny brat oderwał od leżącej w wozie beli świeży kwaśny liść i wepchnął go sobie do ust.

— Może trzeba cię było zostawić tam, gdzie cię znalazłem, chłopcze. Coś mi się zdaje, że w mieście jest bezpieczniej.

— Wszystko mi jedno. Chcę wrócić do domu.

— Wożę ludzi na Mur już prawie trzydzieści lat. — Ślina lśniła na jego wargach niczym pęcherzyki krwi. — I przez cały ten czas straciłem tylko trzech. Jeden staruszek umarł na gorączkę, jednego chłopaka z miasta ugryzł wąż, kiedy srał, i jeden dureń próbował mnie zabić podczas snu i dostał w nagrodę czerwony uśmiech. — Przesunął sobie sztyletem po gardle, by jej to zademonstrować. — Trzech przez trzydzieści lat. — Wypluł przeżuty kwaśny liść. — Może mądrzej było popłynąć statkiem. W ten sposób nie znalazłbym po drodze więcej ludzi, ale... ktoś rozsądny wybrałby statek, ale ja... od trzydziestu lat jeżdżę królewskim traktem. — Schował sztylet do pochwy. — Kładź się spać, chłopcze. Słyszysz?

Próbowała zasnąć, lecz leżąc pod cienkim kocem słyszała wycie wilków... i inny, słabszy, przypominający niesiony wiatrem szept dźwięk, który mógł być ludzkim krzykiem.

Davos

Ranek był ciemny od dymu. Palono bogów.

Wszyscy stanęli w płomieniach: Dziewica i Matka, Wojownik i Kowal, Starucha o oczach z pereł i Ojciec z pozłacaną brodą, a nawet Nieznajomy, któremu nadano kształt raczej zwierzęcy niż ludzki. Stare, wysuszone drewno, pokryte niezliczonymi warstwami farby i werniksu, płonęło z gwałtowną jasnością. Chłodne powietrze wypełnił migotliwy żar. Kamienne chimery i smoki na murach zamku wydawały się zamazane, jakby Davos patrzył na nie przez łzy.

Albo jakby się ruszały, budziły...

— Niedobrze się stało — oznajmił Allard, choć on miał przynajmniej tyle rozsądku, by mówić cicho. Dale wymamrotał coś na znak zgody.

— Cisza — rozkazał Davos. — Nie zapominajcie, gdzie jesteśmy.

Mógł być zadowolony ze swych synów, byli jednak młodzi, a Allard był do tego wyjątkowo porywczy. *Gdybym nadal był przemytnikiem, wylądowałby na Murze. Stannis oszczędził mu tego losu. Za to również jestem mu winien wdzięczność...*

Pod zamkowymi bramami zgromadziły się setki ludzi, chcących

obejrzeć palenie Siedmiu. Smród był paskudny. Nawet żołnierzom trudno było opanować niepokój na widok podobnego afrontu wobec bogów, których większość z nich czciła przez całe życie.

Kobieta w czerwieni trzykrotnie okrążyła ogień, odmawiając kolejno modlitwy w mowie Asshai, klasycznym valyriańskim i w języku powszechnym. Davos zrozumiał tylko tę ostatnią.

— R'hllorze, przybądź do nas w naszej ciemności — wołała. — Panie Światła, ofiarujemy ci fałszywych bogów, tych siedmiu, którzy są jednym. Twym wrogiem. Przyjmij ich i oświeć nas swym blaskiem, albowiem noc jest ciemna i pełna strachów.

Królowa Selyse powtórzyła te słowa. Siedzący obok niej Stannis przypatrywał się temu wszystkiemu obojętnie, zaciskając mocno szczęki. Policzki porastała mu krótko przycięta, czarnogranatowa broda. Ubrał się szykowniej niż miał to w zwyczaju, jakby wybierał się do septu.

W sepcie Smoczej Skały uklęknął Aegon Zdobywca, nim wyruszył na wojnę. Nie uratowało to świętego miejsca przed ludźmi królowej. Poprzewracali ołtarze, zwalili posągi i potłukli witraże młotami bojowymi. Septon Barre mógł tylko ich przeklinać, lecz ser Hubard Rambton i jego trzej synowie stanęli w obronie swych bogów. Nim ich pokonano, zabili czterech ludzi królowej. Po tym wydarzeniu Guncer Sunglass, najłagodniejszy i najbardziej pobożny z lordów, oznajmił Stannisowi, że nie może już popierać jego pretensji do tronu. Siedział teraz w gorącej celi razem z septonem i dwoma ocalałymi synami ser Hubarda. Pozostali lordowie szybko pojęli tę nauczkę.

Bogowie nigdy nie znaczyli wiele dla przemytnika Davosa, choć jak większość mężczyzn przed bitwą składał ofiarę Wojownikowi, wypływając w rejs Kowalowi, a gdy jego żona była brzemienna Matce. Kiedy ich palono, poczuł się źle i to nie tylko z powodu dymu.

Maester Cressen nie dopuściłby do tego. Starzec rzucił wyzwanie Panu Światła, który ukarał go za bluźnierstwo. Tak przynajmniej głosiły plotki. Davos znał prawdę. Widział, jak maester wrzucił coś do pucharu. *Truciznę. Cóż innego mogłoby to być? Wypił kielich śmierci, by uwolnić Stannisa od Melisandre, lecz jej bóg w jakiś sposób zdołał ją ocalić.*

Chętnie zabiłby za to kobietę w czerwieni, jakie miał jednak szanse, jeśli nie udało się to maesterowi z Cytadeli? Był tylko wysoko wyniesionym przemytnikiem, Davosem z Zapchlonego Tyłka, cebulowym rycerzem.

Bogowie palili się ładnie, odziani w szaty z migotliwych płomieni: czerwone, pomarańczowe i żółte. Septon Barre mówił kiedyś Davosowi, że posągi wyrzeźbiono z masztów okrętów, które przywiozły z Valyrii pierwszych Targaryenów. W ciągu stuleci wielokrotnie je malowano, przemalowywano, złocono, srebrzono i ozdabiano klejnotami.

— R'hllor będzie szczególnie zadowolony z tak pięknego daru — oznajmiła Melisandre, gdy przekonywała Stannisa, żeby ich obalił i wywlókł za zamkowe bramy.

Dziewica leżała na Wojowniku. Rozpostarła szeroko ramiona, jakby chciała go objąć. Gdy płomienie dotknęły twarzy Matki, figura niemal zadrżała. W serce wbito jej długi miecz, którego skórzaną rękojeść również ogarnęły teraz płomienie. Ojciec leżał na samym spodzie, gdyż jego obalono jako pierwszego. Davos zauważył, że ręka Nieznajomego skurczyła się nagle, a palce sczerniały i poodpadały, przeradzając się w rozżarzony węgiel. Stojący obok lord Celtigar zakasłał nierówno, zakrywając pomarszczoną twarz lnianą chusteczką haftowaną w czerwone kraby. Myrijczycy przerzucali się żartami, jakby przyjemnie im było stać przy buzującym ogniu, lecz młody lord Bar Emmon miał twarz pokrytą szarymi plamami, a lord Velaryon patrzył na króla, nie na ogień.

Davos wiele by dał za to, by poznać jego myśli, lecz człowiek w rodzaju Velaryona nigdy by mu się nie zwierzył. W żyłach Lorda Pływów płynęła krew starożytnych Valyrian i jego ród trzykrotnie dostarczał żon dla targaryeńskich książąt, a Davos Seaworth śmierdział rybą i cebulami. Z innymi paniątkami sprawy miały się podobnie. Nie mógł zaufać żadnemu z nich i nie uczestniczył w ich naradach. Jego synami również gardzili.

Ale moje wnuki będą się mierzyć w turniejach z ich wnukami i pewnego dnia ich krew może się połączyć małżeństwem z moją. Z czasem mój czarny stateczek będzie powiewał równie wysoko jak koń morski Velaryona czy czerwone kraby Celtigara.

O ile Stannis zdobędzie tron. Jeśli przegra...

Wszystko, co mam, zawdzięczam jemu. To Stannis uczynił go rycerzem, dał mu zaszczytne miejsce za swym stołem i galerę zamiast przemytniczego stateczku. Dale i Allard również byli kapitanami galer, Maric pływał jako wiosłomistrz na „Furii", Matthos służył pod swoim ojcem na „Czarnej Bethie", a Devana król wziął na giermka. W swoim czasie zostanie pasowany na rycerza i dwaj najmłodsi chłopcy też. Marya władała małą twierdzą na Przylądku Gniewu i słudzy tytułowali ją „lady", a Davos mógł polować na czerwone jelenie we własnym lesie. Wszystko to otrzymał od Stannisa Baratheona w zamian za kilka palców. *Potraktował mnie sprawiedliwie. Całe życie łamałem królewskie prawa. Zasłużył na moją wierność.* Dotknął woreczka, który zwisał mu z szyi na rzemieniu. Palce przynosiły mu szczęście, a w tej chwili bardzo go potrzebował. *Tak samo, jak my wszyscy. A najbardziej lord Stannis.*

Blade płomienie sięgały ku szaremu niebu. W górę buchały kłęby ciemnego dymu. Gdy wiatr znosił je ku stojącym, mrugali, płakali i pocierali oczy. Allard odwrócił głowę, kaszląc i przeklinając. *A to dopiero przedsmak tego, co nadejdzie* — pomyślał Davos. Nim wojna się skończy, ogień strawi znacznie więcej.

Melisandre spowijał szkarłatny atłas i krwawoczerwony aksamit, a oczy miała tak samo czerwone, jak wielki rubin, który lśnił pod jej szyją. Mogło się wydawać, że klejnot również płonie.

— W starożytnych księgach Asshai napisane jest, że po długim lecie nadejdzie dzień, gdy gwiazdy spłyną krwią, a na świat spadnie ciężkie, zimne tchnienie ciemności. W owej straszliwej godzinie wojownik wyciągnie z ognia płonący miecz. A oręż ów będzie Światłonoścą, Czerwonym Mieczem Bohaterów, ten zaś, kto ujmie go w dłonie, będzie Azorem Ahai narodzonym na nowo i ciemność przed nim pierzchnie. — Podniosła głos, żeby wszyscy zebrani ją słyszeli. — Azorze Ahai, umiłowany R'hllora! Wojowniku Światła, Synu Ognia! Przybądź, twój miecz czeka na ciebie! Przybądź i ujmij go w dłoń!

Stannis Baratheon podszedł do niej krokiem żołnierza wyruszającego na bitwę. Towarzyszyli mu giermkowie. Syn Davosa, Devan, nałożył na prawą dłoń króla długą rękawicę z wyściółką. Chłopak miał na sobie kremowy wams z wyszytym na piersi gorejącym sercem. Bryen Farring, który zawiązał Jego Miłości na plecach sztywną skórzaną pelerynę, był odziany w podobny strój. Gdzieś z tyłu, za Davosem zadźwięczały nagle dzwoneczki.

— W podmorskiej krainie dym unosi się w pęcherzykach, a płomienie są zielone, niebieskie i czarne — zaśpiewał Plama. — Wiem to, wiem, tra-la-lem.

Król wszedł w ogień, zaciskając zęby. Skórzany strój unosił przed sobą dla osłony przed płomieniami. Podszedł prosto do Matki, złapał miecz w urękawicznioną dłoń i jednym silnym szarpnięciem wyrwał go z płonącego drewna. Potem wycofał się, unosząc oręż nad głowę. Wokół lśniącej wiśniowym blaskiem stali tańczyły płomienie barwy nefrytu. Strażnicy podbiegli do króla, by strącić węgielki, które przylgnęły do jego stroju.

— Ognisty miecz! — krzyknęła królowa Selyse. Ser Axell Florent i pozostali jej ludzie podjęli ten okrzyk. — Ognisty miecz! Płonie! Płonie! Ognisty miecz!

Melisandre wzniosła ręce nad głowę.

— Spójrzcie! Obiecano nam znak i obietnica się wypełniła! Oto Światłonośca! Azor Ahai powrócił! Pozdrówcie wszyscy Wojownika Światła! Pozdrówcie Syna Ognia!

Odpowiedziały jej ochrypłe okrzyki. Rękawica Stannisa zaczęła się tlić. Król z przekleństwem na ustach wepchnął ostrze w wilgotną ziemię i zaczął uderzać dłonią o udo, by ugasić płomienie.

— Panie, oświeć nas swym blaskiem! — zawołała Melisandre.

— Albowiem noc jest ciemna i pełna strachów — odpowiedziała królowa Selyse i jej ludzie. *Czy ja również powinienem wypowiedzieć te słowa?* — zastanowił się Davos. *Czy jestem winien Stannisowi aż tyle? Czy ten gorejący bóg naprawdę jest jego bogiem?* Skrócone palce podkurczyły mu się gwałtownie.

Stannis zdjął rękawicę, która upadła na ziemię. Płonących na stosie bogów niemal nie sposób już było rozpoznać. Głowa Kowala runęła w ogień, wzbijając fontannę popiołu i węgielków. Melisandre zaczęła śpiewać w języku Asshai. Jej głos to się wznosił, to opadał niczym morskie pływy. Stannis rozwiązał nadpaloną pelerynę i słuchał w milczeniu. Wbity w ziemię Światłonośca lśnił jeszcze czerwonawym blaskiem, lecz pełgające po nim płomienie przygasały stopniowo.

Gdy pieśń dobiegła końca, z bogów pozostał jedynie węgiel drzewny, a królowi zabrakło wreszcie cierpliwości. Ujął żonę za łokieć i odprowadził ją do Smoczej Skały, porzucając miecz. Kobieta w czerwieni zaczekała jeszcze chwilę, patrząc jak Devan i Bryen Farring przyklęknęli obok nadpalonego, poczerniałego oręża i zawinęli go w królewską pelerynę. *Ten cały Czerwony Miecz Bohaterów wygląda beznadziejnie* — pomyślał Davos.

Kilku lordów przystanęło pod wiatr od ognia, rozmawiając ze sobą przyciszonymi głosami. Kiedy zobaczyli, że Davos im się przygląda, wszyscy umilkli.

Jeśli Stannis upadnie, natychmiast się ze mną rozprawią. Nie był też jednym z ludzi królowej, ambitnych rycerzy i pomniejszych lordów, którzy przyjęli tego całego Pana Światła i w ten sposób zasłużyli na względy i patronat lady — *nie, królowej, nie możesz o tym zapominać!* — Selyse.

Gdy Melisandre i giermkowie oddalili się z drogocennym mieczem, ogień zaczynał już przygasać. Davos przyłączył się wraz z synami do tłumu, który zmierzał ku czekającym przy brzegu statkom.

— Devan dobrze się spisał — stwierdził po drodze.

— Ehe, przyniósł rękawicę i nie upuścił jej — zgodził się Dale. Allard skinął głową. — Co to za godło miał na kubraku? Gorejące serce? Herbem Baratheonów jest jeleń w koronie.

— Można sobie wybrać więcej niż jeden herb — wyjaśnił Davos.

— Czarny statek i cebulę, ojcze? — zapytał z uśmiechem Dale.

Allard kopnął kamień.

— Niech Inni porwą naszą cebulę… i to ogniste serce też. Niedobrze, że spalili Siedmiu.

— Odkąd to zrobiłeś się taki pobożny? — skarcił go ojciec. — Co syn przemytnika może wiedzieć o bogach?

— Jestem synem rycerza, ojcze. Jeśli nie chcesz o tym pamiętać, oni też nie zechcą.

— Synem rycerza, ale nie rycerzem — odparł Davos. — I jeśli będziesz wścibiał nos w sprawy, które cię nie dotyczą, nigdy nim nie zostaniesz. Stannis jest naszym prawowitym królem i nie wolno nam kwestionować jego decyzji. Żeglujemy jego statkami i wykonujemy jego rozkazy. To wszystko.

— Jeśli już o tym mowa, ojcze — wtrącił Dale. — Nie podobają mi się te beczki na wodę, które mam na „Widmie". Są ze świeżej sośniny. Jeśli rejs potrwa dłużej, woda się popsuje.

— Na „Lady Maryi" jest tak samo — dodał Allard. — Całe wysuszone drewno zabrali ludzie królowej.

— Pomówię o tym z królem — obiecał Davos. Lepiej, żeby dowiedział się od niego niż od Allarda. Jego synowie byli dobrymi żołnierzami i jeszcze lepszymi żeglarzami, ale nie nauczyli się jeszcze rozmawiać z wielkimi tego świata. *Są nisko urodzeni, tak samo jak ja, ale wolą o tym nie pamiętać. Gdy patrzą na naszą chorągiew, widzą wspaniały czarny statek płynący pod pełnymi żaglami. Na cebulę przymykają oczy.*

W porcie nigdy jeszcze nie było takiego tłoku. Na wszystkich nabrzeżach roiło się od ładujących zapasy marynarzy, a w każdej gospodzie gęsto było od żołnierzy, którzy pili, grali w kości albo rozglądali się za dziwkami... na próżno, gdyż Stannis zabraniał im wstępu na wyspę. Wzdłuż brzegu cumowały wojenne galery i kutry rybackie, solidne karaki i opasłe kogi. Najlepsze miejsca zajęły największe jednostki: flagowy okręt Stannisa „Furia", kołyszący się między „Lordem Steffonem" a „Morskim Jeleniem"; należąca do lorda Velaryona „Duma Driftmarku" o srebrzystym kadłubie oraz jej trzy siostry: bogato zdobione „Czerwone Szczypce", okręt lorda Celtigara; ociężały „Miecznik" o długim, żelaznym dziobie. Dalej od brzegu kotwiczył wielki „Valyrianin" Salladhora Saana oraz dwa tuziny mniejszych lyseńskich galer o pasiastych kadłubach.

U końca kamiennego mola, przy którym stały „Czarna Betha", „Widmo" i „Lady Marya", wraz z sześcioma innymi co najwyżej stuwiosłowymi galerami, wznosiła się niewielka, nadgryziona zębem czasu gospoda. Davos był spragniony. Zostawił synów i ruszył w stronę karczmy, przed którą przycupnęła sięgająca pasa kamienna chimera, tak zniszczona przez deszcz i sól, że jej oblicze uległo niemal całkowitemu zatarciu. Była jednak starą przyjaciółką Davosa, który po drodze poklepał ją po kamiennym łbie.

— Życzę szczęścia — wyszeptał.

W głębi pełnej hałasu sali siedział Salladhor Saan, który jadł winogrona z drewnianej miski. Kiedy zobaczył Davosa, przywołał go skinieniem.

— Dobry rycerzu, usiądź proszę przy mnie. Poczęstuj się winogronem. Albo dwoma. Są przepyszne i słodkie.

Lyseńczyk był wygadanym, uśmiechniętym mężczyzną, który słynął z ekstrawagancji na obu brzegach wąskiego morza. Dziś miał na sobie strój z błyszczącego srebrnogłowiu z rozciętymi rękawami tak długimi, że ich końce utworzyły na podłodze niewielkie sterty materiału. Nefrytowe guziki wyrzeźbiono na kształt małp, a na rzadkich, białych włosach spoczywała zielona czapeczka ozdobiona pawimi piórami.

Davos przepchnął się do niego i usiadł za stolikiem. Nim został rycerzem, często kupował towary od Salladhora Saana. Lyseńczyk również był przemytnikiem, podobnie jak kupcem, bankierem, osławionym piratem i samozwańczym księciem wąskiego morza. *Kiedy pirat zgromadzi wystarczająco wielki majątek, robią go księciem.* To Davos popłynął do Lys, żeby przeciągnąć starego łotra na stronę Stannisa.

— Nie widziałeś jak palili bogów, panie?

— Czerwoni kapłani mają w Lys wielką świątynię. Ciągle coś w niej palą i wzywają wielkim krzykiem swego R'hllora. Nudzą mnie ich ognie. Mam nadzieję, że wkrótce znudzą też króla Stannisa. — Zupełnie nie przejmował się tym, że ktoś może go usłyszeć. Jadł winogrona, wysuwał pestki na dolną wargę i strącał je palcem. — Mój „Tysiącbarwny Ptak" przypłynął wczoraj, dobry rycerzu. To nie okręt wojenny, ale statek handlowy i niedawno złożył wizytę w Królewskiej Przystani. Jesteś pewien, że nie chcesz winogrona? Podobno w mieście dzieci głodują.

Uśmiechnął się, kiwając przed Davosem kiścią owoców.

— Przyszedłem tu po *ale* i wieści.

— Ludzie z Westeros ciągle gdzieś gnają — poskarżył się Salladhor Saan. — Pytam, jaki z tego za pożytek? Ten, kto przechodzi przez życie pośpiesznie, szybciej dociera do grobu. — Beknął. — Lord Casterly Rock wysłał do Królewskiej Przystani swojego karła. Może liczy na to, że jego paskudna gęba odstraszy napastników, co? Albo może na to, że umrzemy ze śmiechu na widok pląsającego na murach Krasnala? Kto to wie? Karzeł przepędził prostaka, który dowodził złotymi płaszczami, i postawił na jego miejscu rycerza o żelaznej ręce.

Salladhor Saan złapał winogrono i ścisnął je między kciukiem a palcem wskazującym, aż pękła skórka. Sok trysnął mu na palce.

Dziewka karczemna dopchała się do nich, waląc po drodze po łapach tych, którzy próbowali ją obłapić. Davos zamówił *ale*.

— Czy miasto jest dobrze bronione? — zapytał, zwracając się do Saana.

Ten wzruszył ramionami.

— Mury są wysokie i mocne, ale kim je obsadzą? Budują skorpiony i ogniomioty, tak jest, ale ludzie w złotych płaszczach są nieliczni i zupełnie zieloni, a innych nie mają. Jeśli uderzymy szybko, jak jastrząb spadający na zająca, wielkie miasto wpadnie nam w ręce.

O ile tylko wiatry będą pomyślne, król mógłby zasiąść na Żelaznym Tronie już jutro wieczorem. Moglibyśmy przebrać karła w błazeński strój i kłuć mu dupkę włóczniami, żeby dla nas zatańczył, i może nasz dobry król podarowałby mi piękną królową Cersei, żeby ogrzała mi łoże przez jedną noc. Zbyt długo już przebywam z dala od żon i wszystko to w służbie dla niego.

— Piracie, ty nie masz żon, tylko konkubiny — zauważył Davos. — Zresztą otrzymałeś sowitą zapłatę za każdy dzień i każdy statek.

— Niestety tylko w formie obietnic — poskarżył się ze smutkiem w głosie Salladhor Saan. — Dobry rycerzu, chcę dostać złoto, nie słowa na papierze.

Wsunął winogrono do ust.

— Dostaniesz swoje złoto, gdy tylko zdobędziemy skarbiec Królewskiej Przystani. W całych Siedmiu Królestwach nie ma człowieka bardziej honorowego niż Stannis Baratheon. Dotrzyma słowa.

Przez głowę przemknęła mu myśl, że ten świat jest beznadziejnie zwichrowany, jeśli za honor królów muszą ręczyć nisko urodzeni przemytnicy.

— Powtarzał to już wiele razy. A ja mówię: zróbmy to. Nawet te winogrona nie są bardziej gotowe do zerwania niż Królewska Przystań, stary druhu.

Dziewka wróciła z *ale*. Davos dał jej miedziaka.

— Może i zdobylibyśmy Królewską Przystań, tak jak mówisz — przyznał, unosząc kufel — lecz jak długo moglibyśmy ją utrzymać? Tywin Lannister stoi w Harrenhal z wielką armią, a lord Renly…

— Ach tak, młodszy brat — przyznał mu rację Salladhor Saan. — Stamtąd dochodzą gorsze wieści, druhu. Król Renly się ruszył. Nie, wybacz, tutaj mówi się na niego „lord Renly". Mamy tylu królów, że mój język zmęczył się już tym słowem. Renly opuścił Wysogród ze swą piękną młodą królową, przyozdobionymi kwiatami lordami i rycerzami w lśniących zbrojach, a także z licznymi zastępami piechoty. Maszeruje różanym traktem ku temu samemu wielkiemu miastu, o którym mówiliśmy.

— Zabrał ze sobą żonę?

Lyseńczyk wzruszył ramionami.

— Nie mówił mi dlaczego. Być może nie chciał się rozstać z ciepłą dziurką między jej udami nawet na jedną noc. A może jest aż tak pewien zwycięstwa.

— Trzeba o tym powiedzieć królowi.

— Już to uczyniłem, dobry rycerzu, aczkolwiek Jego Miłość zawsze marszczy brwi na mój widok i aż się boję stawać przed jego obliczem. Sądzisz, że lubiłby mnie bardziej, gdybym nosił włosienicę i nigdy się nie uśmiechał? No cóż, nie zdobędę się na to. Jestem szczerym człowiekiem i będzie musiał mnie ścierpieć w jedwabiach i brokatach, bo w przeciwnym razie zabiorę statki tam, gdzie mnie bardziej kochają. Ten miecz nie był Światłonoścą, druhu.

— Miecz? — zapytał Davos, zaniepokojony nagłą zmianą tematu.

— No, ten miecz wyciągnięty z ognia. Ludzie opowiadają mi różne rzeczy. To dlatego, że mam taki ujmujący uśmiech. Na co Stannisowi spalony miecz?

— Płonący miecz — poprawił go Davos.

— Spalony — powtórzył Salladhor Saan. — I ciesz się z tego, druhu. Czy znasz opowieść o wykuciu Światłonoścy? Powtórzę ci ją. Były to czasy, gdy na świat zstąpiła straszliwa ciemność. By stawić jej czoło, bohater potrzebował godnego siebie miecza, takiego, jakiego nigdy jeszcze nie widziano. Dlatego Azor Ahai przez trzydzieści dni i trzydzieści nocy trudził się w świątyni bez chwili snu, wykuwając miecz w świętym ogniu. Rozżarzał, kuł i rozklepywał, rozżarzał, kuł i rozklepywał, właśnie tak, dopóki robota nie była wykonana. Niestety, gdy zanurzył oręż w wodzie, by go zahartować, stal pękła. Był jednak bohaterem i nawet mu nie przyszło do głowy, żeby wzruszyć ramionami i wybrać się na poszukiwania pysznych winogron, takich jak te. Zaczął od nowa. Za drugim razem praca zajęła mu pięćdziesiąt dni i pięćdziesiąt nocy, a miecz wyglądał jeszcze piękniej od pierwszego. Azor Ahai schwytał lwa, by zahartować oręż, wbijając go w czerwone serce bestii, lecz stal znowu się skruszyła i popękała. Ogarnął go wielki smutek i żałość, zrozumiał bowiem, co musi uczynić. Nad trzecim mieczem trudził się sto dni i sto nocy, aż broń rozżarzyła się w świętym ogniu do białości. Potem wezwał żonę. Rzekł do niej: „Nisso Nisso", bo miała na imię Nissa Nissa, „obnaż pierś i wiedz, że kocham cię najbardziej na świecie". Zrobiła to, nie mam pojęcia dlaczego, i Azor Ahai wbił dymiący miecz w jej bijące serce. Powiadają, że od jej krzyku bólu i ekstazy na twarzy księżyca pojawiła się rysa, lecz jej krew i dusza, jej siła i odwaga, w całości przeszły w stal. Tak brzmi opowieść o wykuciu Światłonoścy, Czerwonego Miecza Bohaterów. Rozumiesz, co mam na myśli?

Ciesz się, że Jego Miłość wyciągnął z tego ognia tylko spalony miecz. Nadmiar światła może uszkodzić oczy, druhu, a ogień parzy. — Salladhor Saan zjadł ostatnie winogrono i mlasnął głośno. — Jak sądzisz, kiedy król rozkaże nam pożeglować, dobry rycerzu?

— Myślę, że wkrótce — odparł Davos. — Jeśli taka będzie wola jego boga.

— Jego boga, dobry rycerzu? Nie twojego? A gdzie jest bóg ser Davosa Seawortha, rycerza cebulowego statku?

Davos pociągnął łyk *ale*, chcąc dać sobie czas na zastanowienie. *W gospodzie jest tłoczno, a ty nie jesteś Salladhorem Saanem* — pomyślał. *Uważaj, co powiesz.*

— Moim bogiem jest król Stannis. Uczynił mnie tym, kim jestem, i pobłogosławił swym zaufaniem.

— Będę o tym pamiętał. — Salladhor Saan wstał z krzesła. — Wybacz mi. Od tych winogron zrobiłem się głodny, a na pokładzie „Valyrianina" czeka na mnie kolacja. Siekana jagnięcina z pieprzem oraz pieczona mewa nadziewana grzybami, koprem i cebulą. Wkrótce będziemy razem ucztować w Królewskiej Przystani. Czyż nie? Zasiądziemy za stołem w Czerwonej Twierdzy, a karzeł zaśpiewa nam rubaszną piosenkę. Kiedy będziesz się widział z królem Stannisem, wspomnij mu proszę, że z nadejściem nowiu będzie mi winien dodatkowe trzydzieści tysięcy smoków. Powinien był oddać tych bogów mnie. Byli zbyt piękni, żeby ich spalić, a w Pentos albo w Myr można by za nich wziąć niezłą cenę. Wybaczę mu to jednak, jeśli odda mi na noc królową Cersei.

Lyseńczyk klepnął Davosa w plecy i wyszedł z gospody dumnym krokiem, jakby był jej właścicielem.

Ser Davos Seaworth siedział nad kuflem jeszcze przez dłuższy czas, pogrążony w myślach. Półtora roku temu był ze Stannisem w Królewskiej Przystani, gdy król Robert urządził turniej na dzień imienia księcia Joffreya. Pamiętał czerwonego kapłana Thorosa z Myr i ognisty miecz, którym władał podczas walki wręcz. Wyglądał bardzo efektownie. Jego jaskrawe szaty powiewały na wietrze, a po ostrzu pełgały jasnozielone płomienie, wszyscy jednak wiedzieli, że nie ma w tym prawdziwej magii, a w końcu jego płomienie zgasły i Spiżowy Yohn Royce ogłuszył go zwykłym buzdyganem.

Prawdziwy ognisty miecz to byłoby coś wspaniałego. Ale za taką cenę... Gdy myślał o Nissie Nissie, miał przed oczyma swą Maryę, dobroduszną, pulchną niewiastę o obwisłych piersiach i miłym uśmiechu, najlepszą kobietę na świecie. Spróbował sobie wyobrazić, jak przeszywa ją mieczem. Zadrżał na tę myśl. *Nie nadaję się na bohatera* — zdecydował. Jeśli taka była cena za magiczny miecz, nie był skłonny jej zapłacić.

Dopił *ale*, odsunął kufel i wyszedł z gospody. Po drodze pogłaskał po głowie chimerę.

— Życzę szczęścia — mruknął do niej. Wszyscy będą go potrzebowali.

Gdy Devan wrócił na „Czarną Bethę", prowadząc śnieżnobiałego konika, było już zupełnie ciemno.

— Panie ojcze — oznajmił. — Jego Miłość rozkazuje, byś odwiedził go w Komnacie Malowanego Stołu. Masz dosiąść konia i udać się tam natychmiast.

Davos uradował się widokiem Devana we wspaniałym stroju giermka, wezwanie go jednak zaniepokoiło.

Czy rozkaże nam pożeglować? — zastanowił się. Salladhor Saan nie był jedynym kapitanem, który uważał, że Królewska Przystań jest wystawiona na atak, zawód przemytnika nauczył go jednak cierpliwości. *Nie mamy nadziei na zwycięstwo. Powiedziałem to maesterowi Cressenowi dnia, gdy wróciłem do Smoczej Skały. Nic się od tego czasu nie zmieniło. Jest nas za mało, a naszych wrogów zbyt wielu. Jeśli złapiemy za wiosła, zginiemy*. Mimo to wdrapał się na konia.

Gdy Davos dotarł do Kamiennego Bębna, właśnie opuszczało go około tuzina wysoko urodzonych rycerzy i wielkich chorążych. Lordowie Celtigar i Velaryon pozdrowili go krótkimi skinieniami głów, pozostali zaś zignorowali go całkowicie, poza jednym ser Axellem Florentem, który zatrzymał się na słówko.

Stryj królowej Selyse był gruby jak beka, miał masywne ramiona i krzywe nogi, a także odstające uszy Florentów, jeszcze większe niż jego bratanica. Choć sterczały z nich gęste kępy włosów, nie przeszkadzało mu to słyszeć o prawie wszystkim, co działo się w zamku. Przez dziesięć lat, gdy Stannis zasiadał w radzie Roberta w Królewskiej Przystani, był kasztelanem Smoczej Skały, ostatnio jednak wypłynął jako najważniejszy z ludzi królowej.

— Ser Davosie, jak zwykle bardzo się cieszę na twój widok — oznajmił.

— Tak jak i ja, panie.

— Widziałem cię też dziś rano. Fałszywi bogowie palili się radosnym płomieniem, nieprawdaż?

— Płonęli jasno.

Mimo jego uprzejmości Davos nie ufał temu człowiekowi. Ród Florentów opowiedział się za Renlym.

— Lady Melisandre mówi nam, że R'hllor pozwala niekiedy swym wiernym sługom ujrzeć przyszłość w płomieniach. Kiedy dziś rano patrzyłem w ogień, wydawało mi się, że widzę dwanaście pięknych tancerek, dziewcząt odzianych w żółte jedwabie, które pląsają przed wielkim królem. Sądzę, że to była prawdziwa wizja, ser. Zapowiedź chwały, która czeka Jego Miłość, gdy już zdobędziemy Królewską Przystań i tron, który mu się prawnie należy.

Stannis nie lubi takich tańców — pomyślał Davos, nie odważył się jednak obrazić stryja królowej.

— Widziałem tylko ogień — stwierdził — ale od dymu oczy zaszły mi łzami. Wybacz, ser, czeka na mnie król.

Odszedł, głowiąc się nad tym, dlaczego ser Axell zadał sobie trud rozmowy z nim. *On jest człowiekiem królowej, a ja człowiekiem króla.*

Stannis siedział za Malowanym Stołem z maesterem Pylosem u boku. Przed nimi leżała sterta papierów.

— Ser — odezwał się król na widok Davosa — spójrz proszę na ten list.

Wybrał posłusznie na oślep jedną z kart.

— Wygląda ładnie, Wasza Miłość, ale obawiam się, że nie potrafię odczytać słów.

Davos znał się na mapach, ale listy i w ogóle słowo pisane wykraczały poza jego możliwości. *Ale mój Devan nauczył się czytać i pisać. Mały Steffon i Stannis też.*

— Zapomniałem o tym. — Między brwiami króla pojawiła się bruzda irytacji. — Pylosie, przeczytaj mu to.

— Wasza Miłość. — Maester wziął w rękę jedną z kart i odchrząknął. — *Wszystkim wiadomo, że jestem synem z prawego łoża Steffona Baratheona, lorda Końca Burzy i jego pani żony Cassany z rodu Estermontów. Przysięgam na honor mego rodu, że mój umiłowany brat Robert, nasz zmarły król, nie zostawił prawowitego potomstwa, a chłopiec Joffrey, chłopiec Tommen i dziewczynka Myrcella są ohydnym owocem kazirodztwa Cersei Lannister i jej brata Jaime'a*

Królobójcy. Obwieszczam, że tytułem krwi i urodzenia mam prawa do Żelaznego Tronu Siedmiu Królestw Westeros. Niech wszyscy uczciwi ludzie opowiedzą się po mojej stronie. Napisane w imię Światła Pana i opatrzone podpisem oraz pieczęcią Stannisa z rodu Baratheonów, Pierwszego Tego Imienia, króla Andalów, Rhoynarów i Pierwszych Ludzi, władcy Siedmiu Królestw.

Pylos odłożył z szelestem kartę.

— Pisz odtąd ser Jaime'a Królobójcy — polecił Stannis, marszcząc brwi. — Kimkolwiek by nie był, nadal pozostaje rycerzem. Nie jestem też pewien, czy powinniśmy zwać Roberta moim umiłowanym bratem. Nie kochaliśmy się nawzajem bardziej niż było to konieczne.

— To nieszkodliwa uprzejmość, Wasza Miłość — uspokajał go Pylos.

— To kłamstwo. Wykreśl to. — Stannis zwrócił się w stronę Davosa. — Maester mówi mi, że mamy sto siedemnaście kruków. Zamierzam wykorzystać wszystkie. Sto siedemnaście ptaków zaniesie sto siedemnaście kopii mojego listu do wszystkich zakątków królestwa, od Arbor aż po Mur. Być może około stu zdoła umknąć burzom, jastrzębiom i strzałom. Jeśli tak się stanie, stu maesterów przeczyta moje słowa stu lordom w ich samotniach bądź sypialniach... a potem moje pisma zapewne pochłonie ogień, a wszyscy obecni zaprzysięgną milczenie. Ci wielcy lordowie kochają Joffreya, Renly'ego albo Robba Starka. Jestem ich prawowitym monarchą, ale odrzucą mnie, jeśli tylko zdołają. Dlatego cię potrzebuję.

— Jestem na twe rozkazy, mój królu. Jak zawsze.

Stannis skinął głową.

— Chcę, żebyś popłynął „Czarną Bethą" na północ, do Gulltown, Paluchów, Trzech Sióstr, a nawet Białego Portu. Twój syn Dale wyruszy „Widmem" na południe, za Przylądek Gniewu i Złamane Ramię, a potem wzdłuż dornijskiego wybrzeża aż po Arbor. Obaj zabierzecie skrzynkę z listami i będziecie je zostawiali w każdym porcie, grodzie i wiosce rybackiej. Przybijajcie je do drzwi septów i gospód, żeby mogli je przeczytać wszyscy, którzy to potrafią.

— Takich jest niewielu — zauważył Davos.

— Ser Davos ma słuszność, Wasza Miłość — rzekł maester Pylos. — Lepiej by było, gdyby odczytano te listy na głos.

— Lepiej, ale niebezpieczniej — sprzeciwił się Stannis. — Nie spotkają się z ciepłym przyjęciem.

— Daj mi rycerzy, żeby je czytali — zaproponował Davos. — Ich słowa będą miały większą wagę niż moje.

Stannis był wyraźnie zadowolony z tego pomysłu.

— Tak jest, mogę ci dać takich ludzi. Mam pewnie ze stu rycerzy, którzy woleliby czytać niż walczyć. Kiedy będziesz mógł, występuj otwarcie, a gdy okaże się to konieczne, działaj po kryjomu. Wykorzystaj wszystkie przemytnicze sztuczki, które znasz, czarne żagle, ukryte zatoczki i co tam jeszcze ci się przyda. Jeśli zabraknie ci listów, porwij kilku septonów i każ im napisać więcej. Będzie mi też potrzebny twój drugi syn. Popłynie „Lady Maryą" za wąskie morze, do Braavos i pozostałych Wolnych Miast, żeby przekazać tamtejszym władcom kolejne listy. Cały świat dowie się o moich prawach i o hańbie Cersei.

Możesz im o tym mówić, ale kto ci uwierzy? — pomyślał Davos. Zerknął znacząco na maestera Pylosa. Król zauważył jego spojrzenie.

— Maesterze, być może powinieneś się wziąć do pisania. Będziemy potrzebowali całego mnóstwa listów, i to niedługo.

— Wedle rozkazu.

Pylos pokłonił się i wyszedł.

— Czego nie chciałeś mi rzec w obecności mojego maestera, Davosie? — zapytał król, gdy młodzieniec opuścił komnatę.

— Panie, Pylos jest sympatyczny, ale gdy widzę łańcuch na jego szyi, czuję żałobę po maesterze Cressenie.

— Czy to moja wina, że stary umarł? — Stannis wpatrzył się w ogień. — Nie chciałem, żeby Cressen przychodził na tę ucztę. To prawda, że mnie rozgniewał i uparcie udzielał mi złych rad, ale nie pragnąłem jego śmierci. Miałem nadzieję, że będzie mu dane kilka lat spokoju i wygody. Zasłużył sobie przynajmniej na to, ale... — zazgrzytał zębami — ...ale umarł. A Pylos służy mi dobrze.

— Mniejsza o Pylosa. Ten list... ciekawe, co o nim sądzą twoi lordowie?

Stannis żachnął się.

— Celtigar stwierdził, że jest wspaniały. Gdybym pokazał mu zawartość mojego wychodka, oceniłby ją tak samo. Pozostali pokiwali tylko głowami jak stado gęsi, wszyscy poza Velaryonem, który rzekł, że sprawę rozstrzygnie stal, nie słowa na pergaminie. Jakbym się tego nie domyślał. Niech Inni porwą moich lordów. Chcę usłyszeć, co ty sądzisz.

— Twe słowa są mocne i jednoznaczne.

— I prawdziwe.

— I prawdziwe. Ale nie masz dowodów na to kazirodztwo. Nie więcej, niż miałeś ich rok temu.

— Swego rodzaju dowód można znaleźć w Końcu Burzy. To bękart Roberta. Spłodzony w noc mojego ślubu, na łożu, które przygotowano dla mnie i mojej żony. Delena pochodziła z rodu Florentów i kiedy mój brat ją wziął, była dziewicą. Dlatego uznał chłopaka. Zwą go Edrikiem Stormem. Mówią, że jest podobny do Roberta jak dwie krople wody. Jeśli ludzie go zobaczą, a potem przyjrzą się Joffreyowi i Tommenowi, zaczną się zastanawiać.

— Ale jak mogą go zobaczyć, jeśli przebywa w Końcu Burzy?

Stannis zabębnił palcami o blat Malowanego Stołu.

— Na tym polega trudność. Jedna z wielu. — Uniósł wzrok. — Masz więcej do powiedzenia na temat tego listu. Gadaj śmiało. Nie zrobiłem cię rycerzem po to, żebyś nauczył się powtarzać uprzejme banały. Od tego mam swoich lordów. Mów, co ci leży na sercu, Davosie.

Przemytnik pochylił głowę w ukłonie.

— Przy końcu było takie zdanie. Jak to szło? „Napisane w imię Światła Pana..."

— Tak.

Król zacisnął zęby.

— Twym ludziom to się nie spodoba.

— I tobie też? — zapytał ostro Stannis.

— Gdybyś zamiast tego użył słów „Napisane w obecności bogów i ludzi" albo „Z łaski bogów, starych i nowych..."

— Zrobiłeś się nagle pobożny, przemytniku?

— Właśnie chciałem cię zapytać o to samo, mój suwerenie.

— Czyżby? Mam wrażenie, że masz dla mojego nowego boga nie więcej miłości niż dla mojego nowego maestera.

— Nie znam tego Pana Światła — przyznał Davos. — Znałem jednak bogów, których spaliliśmy dziś rano. Kowal dbał o bezpieczeństwo moich statków, a Matka dała mi siedmiu zdrowych synów.

— To twoja żona ci ich dała. Czy się do niej modlisz? Dziś rano spaliliśmy tylko drewno.

— Może to i prawda — zgodził się Davos — ale gdy w dzieciństwie żebrałem o miedziaka w Zapchlonym Tyłku, septonowie czasami mnie karmili.

— Teraz ja to robię.

— Dałeś mi zaszczytne miejsce za swym stołem. A ja odwdzięczam ci się prawdą. Twoi ludzie nie będą cię kochać, jeśli odbierzesz im bogów, których zawsze czcili, dając im w zamian takiego, którego samo miano brzmi dla nich dziwacznie.

Stannis zerwał się nagle.

— R'hllor. Dlaczego tak trudno to wymówić? Mówisz, że nie będą mnie kochać? A kiedy to mnie kochali? Jak mogę utracić coś, czego nigdy nie miałem? — Podszedł do południowego okna i wpatrzył się w skąpane w księżycowym blasku niebo. — Przestałem wierzyć w bogów tego dnia, gdy „Władczyni Wichrów" zatonęła w zatoce. Poprzysiągłem wówczas, iż bogowie tak monstrualni, że utopili moją matkę i ojca, nigdy nie doczekają się ode mnie czci. W Królewskiej Przystani wielki septon truł mi, że sprawiedliwość i dobroć płyną od Siedmiu, lecz na własne oczy widziałem, że pochodzą wyłącznie od ludzi.

— Jeśli nie wierzysz w bogów…

— …to po co zawracam sobie głowę tym nowym? — wtrącił Stannis. — Sam sobie zadawałem to pytanie. Mało wiem o bogach i wcale o nich nie dbam, lecz czerwona kapłanka ma moc.

Tak, ale co to za moc?

— Cressen miał mądrość.

— Wierzyłem w jego mądrość i twój spryt, i co mi z tego przyszło przemytniku? Lordowie burzy odesłali cię z kwitkiem. Udałem się do nich jako żebrak i wyśmiali mnie. Koniec z żebraniem i koniec ze śmiechem. Żelazny Tron prawnie mi się należy, jak jednak mam go zdobyć? W królestwie jest czterech monarchów, a trzech z nich ma więcej ludzi i złota ode mnie. Ja mam tylko okręty… i ją. Kobietę w czerwieni. Czy wiesz, że połowa moich rycerzy boi się nawet wymówić jej imię? Czarodziejką, która budzi w dorosłych ludziach podobny strach, nie należy gardzić, nawet jeśli nie potrafi dokonać nic więcej. Człowiek wystraszony to człowiek pokonany. Możliwe też, że jej talenty na tym się nie kończą. Zamierzam to sprawdzić. Kiedy byłem chłopcem, znalazłem ranną samicę gołębiarza i opiekowałem się nią, dopóki nie wyzdrowiała. Nazwałem ją Dumnoskrzydła. Siadała mi na ramieniu i jadła z ręki, ale nie potrafiła poszybować wysoko. Zabierałem ją na polowanie wiele razy, lecz nigdy nie wzbiła się wyżej niż wierzchołki drzew. Robert mówił na nią Słaboskrzydła. Sam miał białozora imieniem Gromowładna. Jego sokół nigdy nie chybiał celu. Pewnego dnia mój stryjeczny dziadek ser Harbert poradził mi, żebym wypróbował innego ptaka. Mówił, że z Dumnoskrzydłą robię z siebie głupca. Miał rację. — Stannis Baratheon odwrócił się od okna i straszących nad morzem na południu duchów. — Siedmiu nigdy mi nie przyniosło nawet wróbla. Już najwyższy czas wypróbować innego sokoła, Davosie. Czerwonego.

Theon

W Pyke nie było bezpiecznego kotwicowiska, Theon Greyjoy chciał jednak ujrzeć zamek ojca z morza, tak jak widział go po raz ostatni, gdy odpływał wojenną galerą Roberta Baratheona, by zostać podopiecznym Eddarda Starka. Stał wówczas wsparty o reling, wsłuchując się w rytm wioseł i łoskot bębna, podczas gdy Pyke niknęła w oddali. Chciał teraz zobaczyć, jak będzie rosła, jak wyłoni się przed nim z morza.

Załoga „Myraham" spełniła jego życzenie. Gdy statek z furkotem żagli opływał przylądek, kapitan przeklinał wiatr, marynarzy i kaprysy szlachetnie urodzonych paniczyków. Theon podniósł kaptur płaszcza, by osłonić się przed bryzgami morskiej wody, i poszukał wzrokiem swego domu.

Brzeg składał się z ostrych skał i wyniosłych klifów, a zamek zdawał się tworzyć z nimi całość. Jego wieże, mury i mosty wzniesiono z tego samego szaroczarnego kamienia, zmoczyły je te same słone fale, porastały plamy tych samych ciemnozielonych porostów i upstrzyły odchody tych samych morskich ptaków. Przylądek, na którym Greyjoyowie wznieśli swą fortecę, wbijał się ongiś w trzewia oceanu niczym miecz, ale tłukące weń dzień i noc fale już przed tysiącleciami rozkruszyły go na drobne odłamki. Pozostały jedynie trzy nagie, jałowe wyspy oraz tuzin wyniosłych stert kamieni, które wynurzały się z wód niczym kolumny świątyni jakiegoś morskiego boga, nie zważając na szalejące wokół gniewne, spienione fale.

Straszliwa, mroczna, odpychająca Pyke wznosiła się ponad tymi wyspami i kolumnami jakby była ich częścią. Jej mur kurtynowy odgradzał cypel od podstawy wielkiego kamiennego mostu prowadzącego ze szczytu urwiska na największą wysepkę, nad którą dominował potężny masyw Wielkiego Donżonu. Dalej leżały Kuchenny Donżon i Krwawy Donżon, każdy zbudowany na odrębnej wysepce. Do znajdujących się z tyłu stert kamienia przytulały się wieże i przybudówki, połączone ze sobą zadaszonymi przejściami tam, gdzie kolumny stały blisko siebie, tam zaś, gdzie były daleko, długimi, chwiejnymi mostkami z drewna i sznurów.

Na najdalszej wyspie, na samym końcu złamanego miecza stała wysoka i okrągła Morska Wieża, najstarsza część zamku. Stromą kolumnę, na której stała, na wpół przeżarły już nieuspokajające się ani na chwilę fale. Podstawa budowli była biała od odkładającej się od stuleci soli, górna część zielona od porostów, które porastały ją gęstym dywanem, a wyszczerbione zwieńczenie czarne od sadzy pochodzącej z palonego co noc strażniczego ognia.

Nad Morską Wieżą powiewała chorągiew jego ojca. „Myraham" była jeszcze zbyt daleko, by Theon mógł zobaczyć cokolwiek poza samą tkaniną, wiedział jednak, jakie godło na niej widnieje: złoty kraken rodu Greyjoyów, rozpościerający na czarnym polu wijące się ramiona. Sztandar umocowano na żelaznym maszcie, który drżał i dygotał na porywistym wietrze niczym próbujący zerwać się do lotu ptak. Tutaj przynajmniej nie wisiał nad nim wilkor Starków. Kraken Greyjoyów był wolny od jego cienia.

Theon nigdy w życiu nie widział nic bardziej ekscytującego. Na niebie nad zamkiem, za rzadkimi, niesionymi silnym wiatrem chmurami widać było piękny czerwony ogon komety. Przez całą drogę z Riverrun do Seagardu Mallisterowie spierali się, co ona oznacza. *To moja kometa* — pomyślał Theon, wsuwając dłoń pod obszyty futrem płaszcz, by poczuć mieszek z impregnowanej tkaniny, który spoczywał bezpiecznie w kieszeni. W środku był list, który dał mu Robb Stark, papier wart koronę.

— Czy zamek wygląda tak, jak go zapamiętałeś, panie? — zapytała córka kapitana, przytulając się do jego ramienia.

— Wydaje się mniejszy — przyznał Theon. — Ale może po prostu jest zbyt daleko.

„Myraham" była opasłym południowym statkiem kupieckim ze Starego Miasta. Wiozła wino, tkaniny i zboże, które miano zamienić na rudę żelaza. Jej kapitan również był opasłym południowym kupcem i jego pulchne wargi drżały na widok spienionego, pełnego skał morza u stóp zamku. Dlatego trzymał się daleko od brzegu, dalej niż chciałby tego Theon. Kapitan z żelaznego rodu, dowodzący drakkarem, popłynąłby wzdłuż klifów, a potem pod wysokim mostem, który wznosił się nad cieśniną dzielącą wieżę bramną od Wielkiego Donżonu, ale ten grubas ze Starego Miasta nie miał umiejętności, ludzi ani odwagi potrzebnych, by podjąć się takiego zadania. Dlatego trzymali się na bezpieczną odległość i Theon musiał się zadowolić widokiem Pyke z oddali. Zresztą i tak załoga „Myraham" bardzo się trudziła, by nie wpaść na skały.

— Na pewno jest tu bardzo wietrznie — zauważyła córka kapitana.

Ryknął śmiechem.

— Wietrznie, zimno i wilgotno. Szczerze mówiąc, piekielnie ciężko tu żyć... ale pan ojciec powiedział mi kiedyś, że ciężkie życie rodzi twardych ludzi, a twardzi ludzie władają światem.

— Czy możemy już zawracać w stronę portu, panie? — zapytał kapitan, kłaniając się mu nisko. Twarz miał zieloną jak morze.

— Możecie — odparł Theon z bladym uśmieszkiem na wargach. Obietnica złota zrobiła z człowieka ze Starego Miasta bezwstydnego lizusa. Rejs wyglądałby zupełnie inaczej, gdyby — tak jak na to liczył — w Seagardzie czekał na niego drakkar z wysp. Kapitanowie z żelaznego rodu byli dumni, krnąbrni, i nie zachwycało ich niczyje pochodzenie. Wyspy były za małe na podobny zachwyt, a drakkar jeszcze mniejszy. Jeśli — jak często powiadano — każdy kapitan jest królem na swym statku, nic dziwnego, że wyspy zwano krainą dziesięciu tysięcy królów. A gdy człowiek widzi, jak jego król sra przez reling i robi się zielony podczas sztormu, trudno mu padać przed nim na kolana i udawać, że ma do czynienia z bogiem.

— Utopiony Bóg tworzy ludzi — rzekł kiedyś, tysiące lat temu, stary król Urron Czerwonoręki — ale to ludzie tworzą królów.

Ponadto drakkar pokonałby tę trasę dwa razy szybciej. Szczerze mówiąc, „Myraham" była ociężałą balią i płynąc nią, wolałby nie natknąć się na sztorm. Mimo to Theon nie czuł się zbyt przygnębiony. Dotarł na miejsce, nie utonął, a podczas rejsu nie brakowało mu rozrywek. Objął ramieniem córkę kapitana.

— Wezwij mnie, gdy dopłyniemy do Lordsportu — polecił jej ojcu. — Będziemy na dole, w mojej kajucie.

Zaprowadził dziewczynę na rufę. Kapitan przyglądał się im z posępną miną.

W rzeczywistości była to kajuta kapitana, lecz po wypłynięciu z Seagardu właściciel oddał ją Theonowi. Swej córki mu nie oddał. Przyszła do jego łoża z własnej woli. Wystarczył kielich wina i kilka szeptów. Dziewczyna była trochę za gruba jak na jego gust, a cerę miała plamistą niczym owsianka, lecz jej piersi miło pasowały do jego dłoni, a gdy wziął ją po raz pierwszy, była dziewicą. W jej wieku było to zaskakujące, Theon uznał jednak, że to miłe urozmaicenie. Nie sądził, by kapitan był zadowolony z takiego obrotu rzeczy. To również było zabawne. Theon obserwował, jak grubas usiłuje przełknąć oburzenie i oddawać należne honory szlachetnie urodzonemu lordowi, ani na moment nie zapominając o wypchanej złotem sakiewce, którą mu obiecano.

Zrzucił z siebie mokry płaszcz.

— Z pewnością cieszysz się, że wreszcie ujrzałeś dom, panie — powiedziała dziewczyna. — Jak długo cię tu nie było?

— Dziesięć lat. No, prawie dziesięć — uściślił. — Gdy byłem dziesięcioletnim chłopcem, zabrano mnie do Winterfell i oddano na wychowanie Eddardowi Starkowi. — Z nazwy był podopiecznym, lecz w rzeczywistości zakładnikiem. Zakładnikiem przez połowę swych dni... ale z tym już koniec. Znowu był panem własnego życia i nigdzie w pobliżu nie było widać żadnego Starka. Przyciągnął do siebie córkę kapitana i pocałował ją w ucho. — Zdejmij płaszcz.

Spuściła wzrok, nagle onieśmielona, posłuchała go jednak. Gdy ciężki, nasiąknięty morską wodą ubiór zsunął się z jej ramion na deski pokładu, pokłoniła się lekko z niepewnym uśmiechem na ustach. Szczerze mówiąc, gdy się uśmiechała, wyglądała dość głupio, nie wymagał jednak od kobiet rozumu.

— Chodź tutaj — rozkazał.

Wykonała polecenie.

— Nigdy nie widziałam Żelaznych Wysp.

— Masz szczęście. — Pogłaskał jej włosy. Były ciemne i gładkie, choć wiatr je poplątał. — Są surowe i kamieniste. Wygody są na nich nieliczne, a perspektywy marne. Śmierć zawsze jest tu blisko, a życie jest trudne i ubogie. Mężczyźni spędzają noce na piciu *ale* i kłótniach o to, komu jest trudniej, rybakom, którzy walczą z morzem, czy rolnikom, którzy usiłują wydusić plony z cienkiej warstewki jałowej gleby. Szczerze mówiąc, najgorzej mają górnicy, którzy muszą giąć plecy w ciemności. I co z tego mają? Żelazo, ołów, cyna — oto nasze skarby. Nic dziwnego, że w dawnych dniach żelaźni ludzie parali się piractwem.

Głupia dziewczyna wyraźnie go nie słuchała.

— Mogłabym zejść z tobą na brzeg — zaproponowała. — Zrobiłabym to, gdybyś zechciał...

— Możesz zejść na brzeg — zgodził się Theon, uciskając jej pierś — ale obawiam się, że nie ze mną.

— Będę pracowała w twym zamku, panie. Mogę czyścić ryby, piec chleb i ubijać masło. Umiem robić świetny gulasz z pieprzowych krabów. Ojciec mówi, że nigdy w życiu nie jadł lepszego. Mógłbyś znaleźć dla mnie miejsce w kuchni i gotowałabym dla ciebie taki gulasz.

— A nocą grzała mi łoże? — Zaczął rozwiązywać sznurówki jej gorsecika szybkimi ruchami wprawnych palców. — Kiedyś mógłbym zabrać cię do domu jako łup i zatrzymać jako żonę, czy byś tego chciała, czy nie. W dawnych czasach żelaźni ludzie zwykli robić takie rzeczy. Mężczyzna miał skalną żonę, prawdziwą małżonkę pochodzącą z żelaznego rodu, tak jak on, ale miał też morskie żony, kobiety pojmane podczas napadów.

Dziewczyna wybałuszyła oczy i to nie dlatego, że obnażył jej piersi.

— Chciałabym zostać twoją morską żoną, panie.

— Obawiam się, że tamte dni już minęły. — Przesuwał palcem po jej ciężkiej piersi, zacieśniając spiralę wokół dużej, brązowej sutki. — Nie możemy już mknąć na skrzydłach wiatru, niosąc ogień i miecz, i brać sobie wszystkiego, czego zapragniemy. Musimy teraz orać ziemię i zarzucać w morze sieci, tak jak inni, i mamy szczęście, jeśli zimą wystarczy nam solonego dorsza i owsianki.

Wziął sutkę w usta i przygryzał ją, aż dziewczyna westchnęła głośno.

— Możesz mi go znowu włożyć, jeśli chcesz — wyszeptała mu do ucha.

Gdy uniósł głowę znad jej piersi, zobaczył ciemnoczerwony ślad, który pozostawiły jego usta.

— Mam ochotę nauczyć cię czegoś nowego. Rozwiąż mi spodnie i zadowól mnie ustami.

— Ustami?

Musnął delikatnie kciukiem jej pełne wargi.

— Do tego właśnie są stworzone, słodziutka. Gdybyś była moją morską żoną, musiałabyś robić wszystko, co ci każę.

Z początku trochę się bała, lecz jak na tak głupią dziewczynę uczyła się szybko. Czuł się usatysfakcjonowany. Usta miała wilgotne i słodkie, tak samo jak cipkę, a gdy robili to w ten sposób, nie musiał słuchać jej bezmyślnego trajkotania. *Niegdyś rzeczywiście zatrzymałbym ją sobie jako morską żonę* — pomyślał, przesuwając palcami po jej splątanych włosach. *Niegdyś. Gdy jeszcze przestrzegaliśmy dawnych zwyczajów, żyliśmy z topora, nie z oskarda i sami sobie braliśmy to, czego pragnęliśmy: bogactwa, kobiety i chwałę*. W owych czasach ludzie z żelaznego rodu nie trudzili się w kopalniach. Zajmowali się tym przywiezieni z lądu jeńcy, podobnie jak godną pogardy pracą, jaką była uprawa roli czy pasanie kóz i owiec. Dla żelaznych ludzi odpowiednim zajęciem była wojna. Utopiony Bóg stworzył ich po to, by grabili i gwałcili, tworzyli królestwa i zapisywali swe imiona ogniem, krwią i pieśnią.

Dawnym zwyczajom położył jednak kres Aegon Smok, który spalił Harrena Czarnego, oddał jego królestwo słabym ludziom z dorzecza, a z Żelaznych Wysp uczynił pozbawiony znaczenia zaścianek znacznie większego państwa. Mimo to wszędzie na wyspach, wokół ognisk, w których płonęło wyrzucone przez morze na brzeg drewno, przy dymiących paleniskach, a nawet za wysokimi, kamiennymi murami Pyke nadal opowiadano sobie stare, krwawe legendy, ojciec Theona nosił między innymi tytuł Lorda Kosiarza, a dewizą Greyjoyów były chełpliwe słowa „My Nie Siejemy".

Lord Balon wszczął wielki bunt nie tyle po to, by zdobyć bezużyteczną, schlebiającą tylko próżności koronę, lecz po to, żeby wskrzesić dawne zwyczaje. Robert Baratheon utopił tę nadzieję we krwi przy pomocy swego przyjaciela Eddarda Starka. Obaj już jednak nie żyli, a zamiast nich władali mali chłopcy. Królestwo, które stworzył Aegon Zdobywca, rozpadło się na kawałki.

To jest odpowiednia chwila — myślał Theon, gdy córka kapitana przesuwała wargi w górę i w dół — *odpowiednia chwila, rok i dzień, a ja jestem odpowiednim człowiekiem*. Uśmiechnął się z przekąsem, zastanawiając się, co powie ojciec, kiedy usłyszy, że on, ostatni syn, niedorostek i zakładnik, zdołał osiągnąć to, co nie udało się samemu lordowi Balonowi.

Wytrysk przyszedł równie nagle jak sztorm i Theon wypełnił usta dziewczyny swym nasieniem. Zaskoczona, próbowała się odsunąć, ale przytrzymał ją za włosy. Potem położyła się obok niego.

— Czy cię zadowoliłam, panie?

— Tak — odparł.

— Było słone — wyszeptała.

— Jak morze?

Skinęła głową.

— Zawsze kochałam morze, panie.

— Ja też — rzekł, ściskając machinalnie jej sutkę palcami. Była to prawda. Dla ludzi z Żelaznych Wysp morze oznaczało wolność. Zapomniał o tym aż do chwili, gdy „Myraham" wypłynęła z Seagardu. To dźwięki przywołały dawne wspomnienia: skrzypienie drewna i lin, krzyki kapitana, łopoczące na wietrze żagle. Były znajome i uspokajające niczym bicie serca. *Muszę o tym pamiętać* — poprzysiągł sobie. *Nigdy już nie wolno mi się oddalić od morza.*

— Zabierz mnie ze sobą, panie — błagała córka kapitana. — Nie muszę mieszkać w twoim zamku. Mogę zatrzymać się w jakimś miasteczku i być twoją morską żoną.

Wyciągnęła rękę, by pogłaskać go po policzku.

Theon Greyjoy odtrącił jej dłoń i wstał z koi.

— Moje miejsce jest w Pyke, a twoje na tym statku.

— Nie mogę tu zostać.

Zasznurował spodnie.

— Dlaczego?

— Mój ojciec, panie — wyjaśniła. — Kiedy tylko odejdziesz, ukarze mnie. Będzie mnie bił i wyzywał.

Theon zdjął płaszcz z kołka i zarzucił go sobie na ramiona.

— Ojcowie już tacy są — przyznał, wtykając w tkaninę srebrną zapinkę. — Powiedz mu, że powinien się cieszyć. Pieprzyłem się z tobą tyle razy, że pewnie będziesz miała dzieciaka. Nie każdemu przypada zaszczyt wychowywania królewskiego bękarta.

Popatrzyła na niego głupio, zostawił ją więc w kajucie.

„Myraham" mijała właśnie lesisty przylądek. Pod porośniętymi sosnowym laskiem urwiskami widać było z tuzin zwijających sieci łodzi rybackich. W bezpiecznej odległości od nich halsowała wielka koga. Theon przeszedł na dziób, skąd rozciągał się lepszy widok. Najpierw zobaczył zamek, twierdzę Botleyów. Kiedy był chłopcem, stała tam budowla z drewna i wikliny, lecz Robert Baratheon puścił ją z dymem. Lord Sawane odbudował zamek z kamienia i na wzgórzu wznosiła się teraz niewielka, kwadratowa warownia. Na jej przysadzistych basztach narożnych powiewały jasnozielone chorągwie, każda ozdobiona ławicą srebrzystych ryb.

Pod niepewną osłoną ozdobionego flagami z rybami zameczku wznosiła się wioska Lordsport. W jej porcie roiło się od statków. Gdy ostatnio widział tę osadę, była tylko dymiącym pustkowiem. Szkielety spalonych drakkarów i roztrzaskanych galer leżały na kamienistym brzegu niczym kości martwych lewiatanów, a z domów zostały jedynie zburzone mury i wystygłe popioły. Po dziesięciu latach nie było już widać wielu śladów wojny. Prostaczkowie postawili nowe chaty, używając kamieni ze starych, a na dachy nacięli świeżej darni. Nieopodal przystani pojawiła się nowa gospoda, dwukrotnie większa od starej. Jej parter zbudowano z kamienia, a dwa piętra były drewniane. Stojącego dalej septu jednak nie odbudowano. Tam, gdzie kiedyś stał, zostały jedynie siedmioboczne fundamenty. Najwyraźniej wściekłość Roberta Baratheona skutecznie zniechęciła żelaznych ludzi do nowych bogów.

Theona bardziej od bogów interesowały statki. Pośród masztów niezliczonych łodzi rybackich wypatrzył tyroshijską galerę handlową, z której wyładowywano towar, tuż obok ociężałej ibbeńskiej kogi o czarnym, smołowanym kadłubie. Całe mnóstwo drakkarów, co najmniej pięćdziesiąt albo sześćdziesiąt, kotwiczyło dalej od brzegu albo leżało wyciągnięte na żwirową plażę na północ od portu. Na niektórych żaglach widniały herby rodów z innych wysp: krwawy księżyc Wyncha, czarny róg wojenny lorda Goodbrothera, srebrna kosa Harlawa. Theon szukał „Ciszy" swego stryja Eurona, ale nigdzie nie dostrzegł tego straszliwego, smukłego, czerwonego statku. „Wielki Kraken" jego ojca był na miejscu. Dziób wieńczył mu szary, żelazny taran ukształtowany na podobieństwo bestii, na cześć której go nazwano.

Czy lord Balon spodziewał się jego przybycia i kazał wywiesić sztandary Greyjoyów? Theon ponownie wsunął rękę pod płaszcz, by dotknąć impregnowanej tkaniny. O liście nie wiedział nikt poza nim i Robbem Starkiem. Nie byli głupcami, by powierzać swe sekrety ptakom. Niemniej lord Balon również nie był głupi. Mógł się domyślić, czemu jego syn wraca wreszcie do domu, i przedsięwziąć odpowiednie kroki.

Ta myśl nie przypadła mu do gustu. Wojna jego ojca dawno już się skończyła. Skończyła porażką. To była godzina Theona — jego plan, jego chwała i z czasem jego korona. *Ale jeśli drakkary wróciły do portu...*

Po zastanowieniu doszedł do wniosku, że mógł to być jedynie przejaw ostrożności, obronne posunięcie, mające nie dopuścić, by wojna dotarła do nich zza morza. Starcy są z natury ostrożni. Jego ojciec był już stary, podobnie jak jego stryj Victarion, który dowodził Żelazną Flotą. Co prawda, o jego drugim stryju Euronie nie można było tego powiedzieć, lecz „Ciszy" nie widział w porcie. *I bardzo dobrze* — pomyślał Theon. *Dzięki temu będę mógł uderzyć szybciej.*

Gdy „Myraham" zbliżała się do lądu, Theon spacerował niespokojnie po pokładzie, rzucając spojrzenia na brzeg. Nie spodziewał się, że zobaczy tam samego lorda Balona, lecz ojciec z pewnością wyśle kogoś na spotkanie. Swego zarządcę Sylasa Kwasa, lorda Botleya, a może nawet Dagmera Rozciętą Gębę. Dobrze byłoby znowu ujrzeć jego stary, ohydny pysk. Niemożliwe przecież, żeby nie słyszeli o jego przybyciu. Robb wysłał kruki z Riverrun, a gdy w Seagardzie nie znaleźli drakkaru, Jason Mallister wysłał do Pyke własne ptaki, sądząc, że te, które należały do Robba, zaginęły.

Mimo to nie dostrzegał żadnej znajomej twarzy, nie zjawiła się honorowa straż, która odprowadziłaby go z Lordsportu do Pyke. W porcie byli jedynie prostaczkowie, zajęci swymi prostymi sprawami. Robotnicy portowi staczali z tyroshijskiego statku beczułki wina, rybacy przechwalali się głośno swymi połowami, a dzieci biegały, zajęte zabawą. Kapłan Utopionego Boga, odziany w szaty koloru morskiej wody, prowadził po żwirowym brzegu parę koni, a wyżej jakiś kocmołuch wyglądał przez okno gospody, nawołując przechodzących obok ibbeńskich marynarzy.

Statek wyszła przywitać garstka kupców z Lordsportu. Gdy „Myraham" cumowała, zasypywali załogę pytaniami.

— Płyniemy ze Starego Miasta — zawołał do nich kapitan. — Wieziemy jabłka i pomarańcze, wino z Arbor i pióra z Wysp Letnich. Mam też pieprz, plecione, skórzane ubiory, belę myrijskiej koronki, zwierciadła dla dam i parę drewnianych harf staromiejskiej roboty. Nigdy nie słyszeliście słodszego dźwięku. — Trap opuścił się ze skrzypnięciem i łoskotem. — Przywiozłem też waszego dziedzica.

Ludzie z Lordsportu gapili się na Theona jak głupie krowy. Zdał sobie sprawę, że nie wiedzą, kim jest. Rozgniewało go to. Wsunął w dłoń kapitana złotego smoka.

— Każ ludziom przynieść moje rzeczy. — Zszedł po trapie, nie czekając na odpowiedź. — Oberżysto — warknął. — Potrzebny mi koń.

— Jak sobie życzysz, panie — odparł mężczyzna, nawet się mu nie kłaniając. Theon zapomniał już, jak śmiali potrafią być żelaźni ludzie. — Tak się składa, że mam takiego, który może się nadać. A dokąd chcesz jechać, panie?

— Do Pyke.

Ten dureń wciąż go nie poznawał. Trzeba było przywdziać lepszy wams, ten z wyszytym na piersi krakenem.

— W takim razie powinieneś wyruszyć jak najszybciej, jeśli chcesz zdążyć przed zmierzchem — zauważył oberżysta. — Mój chłopak pojedzie z tobą, żeby wskazać ci drogę.

— Nie będziemy go potrzebować — odezwał się czyjś niski głos — ani twojego konia. Sam odprowadzę bratanka do domu jego ojca.

Mówiącym był kapłan, który wcześniej wiódł konie wzdłuż brzegu. Kiedy się zbliżył, prostaczkowie przyklęknęli.

— Mokra Czupryna — mruknął oberżysta.

Przybysz był wysoki i chudy, miał dzikie, czarne oczy i orli nos. Szaty, które przywdział, pokrywały zielone, szare i niebieskie cętki — wir kolorów Utopionego Boga. Z ramienia zwisał mu zawieszony na rzemieniu bukłak z wodą, a w sięgające pasa czarne włosy i niestrzyżoną brodę powplatał sobie sznury suszonych wodorostów.

Theonowi coś się nagle przypomniało. Lord Balon pisał do niego rzadko i zwięźle, lecz w jednym ze swych listów wspominał, że jego najmłodszy brat wypadł za burtę podczas sztormu, a gdy morze wyrzuciło go bezpiecznie na brzeg, stał się świętoszkiem.

— Stryj Aeron? — zapytał niepewnie.

— Theonie, mój bratanku — odparł kapłan — twój pan ojciec kazał mi cię przyprowadzić. Chodźmy.

— Za chwilę, stryju. — Zwrócił się w stronę „Myraham". — Moje rzeczy — rozkazał kapitanowi.

Wysoki cisowy łuk i kołczan pełen strzał podał mu jeden z marynarzy, lecz to córka kapitana przyniosła paczkę z dobrym ubraniem.

— Panie.

Oczy miała zaczerwienione. Podając mu paczkę, spróbowała go objąć, na oczach własnego ojca i stryja Theona, który był kapłanem połowy wyspy.

Uchylił się zręcznie.

— Dziękuję ci.

— Proszę — odparła. — Naprawdę cię kocham, panie.

— Muszę już iść. — Popędził za stryjem, który oddalał się wzdłuż mola, i dogonił go po dwunastu długich krokach. — Nie spodziewałem się zobaczyć ciebie, stryju. Myślałem, że po dziesięciu latach pan ojciec i pani matka zechcą może przyjść osobiście albo wyślą Dagmera ze strażą honorową.

— Nie masz prawa kwestionować rozkazów Lorda Kosiarza Pyke. — Kapłan zachowywał się chłodno, w ogóle nie przypominał człowieka, którego pamiętał Theon. Aeron Greyjoy był najsympatyczniejszym z jego stryjów, lekkomyślnym i skorym do śmiechu. Kochał pieśni, *ale* oraz kobiety. — A jeśli chodzi o Dagmera, Rozcięta Gęba popłynął na Starą Wyk na polecenie twego ojca. Ma zwołać Stonehouse'ów i Drummów.

— A po co? Dlaczego drakkary stoją u brzegu?

— A jak ci się zdaje?

Konie czekały na nich przywiązane przed nadbrzeżną gospodą. Gdy do nich dotarli, Aeron zwrócił się w stronę Theona.

— Mów prawdę, bratanku. Czy modlisz się teraz do wilczych bogów?

Theon w ogóle rzadko się modlił, lecz nie mógł przecież powiedzieć tego kapłanowi, nawet jeśli był on bratem jego ojca.

— Ned Stark modlił się do drzewa. Nie, bogowie Starków nic dla mnie nie znaczą.

— Świetnie. Uklęknij.

Grunt był błotnisty i usiany kamieniami.

— Stryju…

— Klękaj. A może zrobiłeś się na to zbyt dumny? Czyżby wróciło do nas paniątko z zielonych krain?

Theon uklęknął. Miał przed sobą cel i żeby go osiągnąć mógł potrzebować pomocy Aerona. Korona była warta odrobiny błota i końskiego łajna na spodniach.

— Pochyl głowę. — Jego stryj uniósł bukłak, wyciągnął zatyczkę i wylał na głowę Theona strumyczek morskiej wody, która zmoczyła mu włosy i czoło, dostając się do oczu. Po policzkach spłynęły szerokie strugi, a pod płaszcz i wams przedostał się zimny dreszcz, który przebiegł wzdłuż kręgosłupa. Od soli piekły go oczy. Tylko najwyższym wysiłkiem powstrzymał się od krzyku. Czuł na wargach smak oceanu. — Niech twój sługa Theon narodzi się z morza na nowo, tak jak ty — zaintonował Aeron Greyjoy. — Pobłogosław go solą, pobłogosław go kamieniem, pobłogosław go stalą. Bratanku, czy pamiętasz słowa?

— To, co jest martwe, nie może umrzeć — rzekł Theon, który pamiętał.

— To, co jest martwe, nie może umrzeć — powtórzył jego stryj — lecz odradza się, twardsze i silniejsze. Wstań.

Theon wykonał polecenie. Mruganiem usunął z oczu morską wodę. Jego stryj bez słowa zakorkował bukłak, odwiązał konia i dosiadł go. Theon podążył w jego ślady. Ruszyli razem w drogę, zostawiając za sobą port i gospodę, minęli zamek lorda Botleya i zagłębili się między kamieniste wzgórza. Kapłan nic więcej nie mówił.

— Połowę życia spędziłem poza domem — odezwał się wreszcie Theon. — Czy wyspy się zmieniły?

— Mężczyźni łowią ryby, orzą ziemię i umierają. Kobiety w bólu i krwi rodzą dzieci i umierają. Po dniu nastaje noc. Wiatry i pływy nie znają zmian. Wyspy są takie, jakimi stworzył je nasz bóg.

Bogowie, alez się zrobił ponury — pomyślał Theon.

— Czy znajdę w Pyke siostrę i panią matkę?

— Nie znajdziesz. Twoja matka mieszka na Harlaw ze swą siostrą. Klimat jest tam łagodniejszy, a jej bardzo dokucza kaszel. Twoja siostra popłynęła „Czarnym Wichrem" na Wielką Wyk z wiadomością od waszego pana ojca. Możesz być pewien, że niedługo wróci.

Theonowi nie trzeba było mówić, że „Czarny Wicher" to drakkar Ashy. Nie widział siostry od dziesięciu lat, wiedział jednak o niej przynajmniej tyle. Dziwne, że tak właśnie nazwała swój statek. Robb Stark miał wilka, który zwał się Szary Wicher.

— Starkowie są szarzy, a Greyjoyowie czarni — wyszeptał z uśmiechem — ale wygląda na to, że oba rody są wietrzne.

Kapłan nic na to nie powiedział.

— A co u ciebie, stryju? — zapytał go Theon. — Kiedy zabrano mnie z Pyke, nie byłeś kapłanem. Pamiętam, jak śpiewałeś stare zbójeckie pieśni, stojąc na stole z rogiem pełnym *ale* w ręku.

— Byłem młody i próżny — stwierdził Aeron Greyjoy — lecz morze zmyło ze mnie głupstwa i pychę. Tamten człowiek utonął, bratanku. Jego płuca wypełniła morska woda, a ryby pożarły zasłaniające mu oczy łuski. Kiedy wróciłem do życia, widziałem jasno.

Jest nie tylko zgorzkniały, ale i obłąkany — pomyślał Theon, który lubił dawnego Aerona Greyjoya.

— Stryju, dlaczego mój ojciec zgromadził tu swe statki i ludzi?

— Z pewnością powie ci to w Pyke.

— Chciałbym poznać jego plany teraz.

— Ode mnie nic się nie dowiesz. Zabroniono nam mówić o tym komukolwiek.

— Nawet mnie? — W Theonie rozgorzał nagły gniew. Prowadził ludzi do walki, polował z królem, zdobył na turnieju nagrodę w walce wręcz, towarzyszył w walce Bryndenowi Blackfishowi i Greatjonowi Umberowi, walczył w Szepczącym Lesie, spał z tyloma dziewkami, że nie potrafił spamiętać ich imion, a mimo to jego stryj traktował go tak, jakby ciągle był dziesięcioletnim chłopcem. — Jeśli mój ojciec planuje wojnę, muszę o tym wiedzieć. Nie jestem „kimkolwiek". Jestem dziedzicem Pyke i Żelaznych Wysp.

— To się dopiero okaże — odparł jego stryj.

Te słowa zabolały go jak policzek.

— Okaże się? Obaj moi bracia zginęli. Jestem jedynym żyjącym synem pana ojca.

— Jest jeszcze twoja siostra.

Asha — pomyślał zbity z tropu. Była trzy lata starsza od niego, ale przecież…

— Kobieta może dziedziczyć tylko wtedy, gdy nie ma męskiego dziedzica w prostej linii — oznajmił głośno. — Ostrzegam cię, że nie pozwolę sobie wydrzeć swych praw.

— Ostrzegasz sługę Utopionego Boga, chłopcze? — zapytał z chrząknięciem stary. — Zapomniałeś więcej niż ci się wydaje. Jesteś wielkim głupcem, jeśli sądzisz, że twój pan ojciec odda te święte wyspy Starkowi. Siedź cicho. Jazda jest długa i bez twojego głupiego trajkotania.

Theon utrzymał język za zębami, choć wiele go to kosztowało. *A więc tak to wygląda* — pomyślał. Jakby dziesięć lat spędzonych w Winterfell zrobiło z niego Starka. Lord Eddard wychowywał go razem z własnymi dziećmi, lecz Theon nigdy nie był jednym z nich. Cały zamek, od lady Stark aż po najnędzniejszą kuchenną pomywaczkę, wiedział, iż jest zakładnikiem mającym zagwarantować, że jego ojciec nie zrobi nic nieoczekiwanego, i traktowano go stosownie do tego. Nawet bękarta, Jona Snow, otaczano większym szacunkiem.

Lord Eddard próbował od czasu do czasu grać rolę ojca, lecz dla Theona zawsze pozostawał człowiekiem, który sprowadził do Pyke krew i ogień, a potem zabrał go z domu. Jako chłopiec żył w strachu przed jego surową twarzą i wielkim, ciemnym mieczem, a jego pani żona była jeszcze bardziej nieprzystępna i podejrzliwa.

Jeśli zaś chodzi o ich dzieci, młodsze były podczas jego pobytu w Winterfell niegodnymi uwagi szczeniakami. Tylko Robb i jego nisko urodzony przyrodni brat byli na tyle dorośli, by warto było zwrócić na nich uwagę. Bękart był ponurym, skłonnym do urazy chłopakiem. Zazdrościł Theonowi szlachetnego pochodzenia i przyjaźni Robba. Jeśli chodzi o tego ostatniego, Theon nawet go polubił, jak młodszego brata... ale lepiej będzie o tym nie wspominać. Wyglądało na to, że w Pyke stare wojny jeszcze się nie skończyły. Nie powinno go to dziwić. Żelazne Wyspy żyły przeszłością, teraźniejszość była bowiem zbyt trudna i gorzka, by ją znieść. Poza tym jego ojciec i stryjowie byli starzy, a starzy władcy zwykli zabierać swe wojny do grobu. Niczego nie zapominali, a wybaczali jeszcze mniej.

Z Mallisterami, którzy towarzyszyli mu w drodze z Riverrun do Seagardu, sprawy miały się tak samo. Patrek Mallister nie był taki zły. Łączyło ich upodobanie do dziewek, wina i polowania z sokołami. Gdy jednak stary lord Jason zauważył, że jego dziedzic zanadto polubił towarzystwo Theona, przypomniał Patrekowi, że Seagard wybudowano dla obrony wybrzeża przed łupieżcami z Żelaznych Wysp, z których najgroźniejszymi byli Greyjoyowie z Pyke, a Grzmiącą Wieżę nazwano tak z uwagi na jej ogromny, odlany z brązu dzwon, który ongiś zwoływał do zamku mieszczan i wieśniaków, gdy tylko na zachodnim horyzoncie zauważono drakkary.

— To nieważne, że w ciągu trzech ostatnich stuleci w ten dzwon uderzono tylko raz — opowiadał następnego dnia Patrek Theonowi przy dzbanku wina z zielonych jabłek.

— Kiedy mój brat szturmował Seagard — zgodził się Theon. Lord Jason zabił Rodrika Greyjoya pod murami zamku i zepchnął żelaznych ludzi do zatoki. — Jeśli twój ojciec sądzi, że uważam go z tego powodu za wroga, to tylko dlatego, że nie znał Rodrika.

Obaj wybuchnęli śmiechem na te słowa, po czym na wyścigi pobiegli do młodej, skłonnej do amorów żony młynarza, którą znał Patrek. *Gdyby tylko był teraz ze mną*. Chociaż był Mallisterem, jako towarzysz podróży znacznie przewyższał starego, skwaszonego kapłana, którym stał się jego stryj.

Droga, którą jechali, wiła się wciąż pod górę, prowadząc między nagie, kamieniste wzgórza. Choć byli coraz wyżej, wilgotne powietrze nadal przesycał ostry zapach soli. Wlekli się naprzód miarowym tempem, mijając po drodze pasterską zagrodę i opuszczoną kopalnię. Ten nowy, święty Aeron Greyjoy nie był zbyt rozmowny. Jechali w ponurym milczeniu. Wreszcie Theon nie mógł już tego wytrzymać.

— Lordem Winterfell jest teraz Robb Stark — odezwał się.

— Jeden wilk niczym się nie różni od drugiego — odparł Aeron, nawet nie zwalniając.

— Robb wypowiedział posłuszeństwo Żelaznemu Tronowi i ukoronował się na króla północy. Wybuchła wojna.

— Kruki maesterów latają nad morzem, tak jak i nad lądem. To stare wieści.

— Ale oznaczają nowy dzień, stryju.

— Co rano jest nowy dzień, a każdy taki sam jak poprzedni.

— W Riverrun powiedzieliby ci co innego. Mówią, że czerwona kometa jest zwiastunem nowej ery. Wysłannikiem bogów.

— Rzeczywiście jest znakiem — przyznał kapłan — ale od naszego boga. To płonąca żagiew, taka, jakie nosili nasi przodkowie. Płomień, który przyniósł z morza Utopiony Bóg. Zapowiada nadejście przypływu. Pora rozwinąć żagle i ruszyć w świat z ogniem i mieczem, tak jak uczynił to on.

Theon uśmiechnął się.

— Zgadzam się w zupełności.

— Człowiek zgadza się z bogiem tak, jak kropla deszczu z burzą.

Ta kropla pewnego dnia będzie królem, starcze. Theon miał już dość ponurych nastrojów stryja. Spiął konia ostrogami i popędził przed siebie z uśmiechem na twarzy.

Gdy wreszcie dotarli do Pyke, nadciągał już zmierzch. Ciemny sierp kamiennych murów łączył ze sobą dwa urwiska. W samym jego środku znajdowała się brama, a po obu jej stronach po trzy kwadratowe baszty. Widać jeszcze było blizny pozostawione przez kamienne pociski katapult Roberta Baratheona. Na ruinach starej południowej wieży postawiono nową. Jej szare kamienie były odrobinę jaśniejsze i nie pokryły ich jeszcze plamy porostów. Tam właśnie Robert zrobił wyłom w murach i wdarł się do środka po gruzach i trupach z młotem w dłoni i Nedem Starkiem u boku. Theon przyglądał się temu z bezpiecznej Morskiej Wieży. Do dziś widywał czasem w snach pochodnie i słyszał głuchy łoskot walących się murów.

Bramy otworzyły się przed nim, a zardzewiała krata uniosła w górę. Stojący na murach strażnicy przypatrywali się wracającemu do domu Theonowi Greyjoyowi jakby był obcym.

Za murem kurtynowym znajdowało się pięćdziesiąt akrów twardej ziemi przylądka, niczym nie osłoniętej przed niebem i morzem. Stały tam stajnie i psiarnie, a także garstka innych przybudówek. Owce i świnie tłoczyły się w zagrodach, podczas gdy zamkowe psy biegały swobodnie. Od południa widać było klify oraz szeroki kamienny most prowadzący do Wielkiego Donżonu. Theon zeskoczył z siodła, słysząc łoskot fal. Stajenny przyszedł zabrać konia. Para wychudłych dzieci i kilku niewolników przypatrywało się tępo przybyszowi, nigdzie jednak nie było widać jego pana ojca ani nikogo, kogo by pamiętał z dzieciństwa.

Ponure i gorzkie powitanie — pomyślał.

Kapłan nie zsiadał z konia.

— Czy nie zostaniesz na noc, żeby podzielić się z nami mięsem i miodem, stryju?

— Kazano mi cię odprowadzić i tak też uczyniłem. Teraz muszę się zająć sprawami naszego boga. — Aeron Greyjoy zawrócił konia i przejechał powoli pod zabłoconymi kolcami kraty.

Do Theona ostrożnie zbliżyła się zgarbiona starucha w szarej, workowatej sukni.

— Panie, mam cię zaprowadzić do komnat.

— Na czyj rozkaz?

— Twego pana ojca, panie.

Theon ściągnął rękawiczki.

— A więc wiesz, kim jestem. Dlaczego ojciec nie przyszedł mnie przywitać?

— Czeka na ciebie w Morskiej Wieży, panie. Pójdziesz do niego, kiedy wypoczniesz po podróży.

A ja myślałem, że Ned Stark jest zimny.

— A kim ty jesteś?

— Nazywam się Helya i zarządzam zamkiem twego pana ojca.

— Zarządcą był Sylas. Mówili na niego Kwas.

Theon do dziś pamiętał jego cuchnący winem oddech.

— Umarł już przed pięcioma laty, panie.

— A gdzie jest maester Qalen?

— Śpi w morzu. Krukami opiekuje się teraz Wendamyr.

Czuję się tak, jakbym był tu obcy — pomyślał Theon. *Nic się nie zmieniło, ale wszystko wygląda inaczej.*

— Zaprowadź mnie do moich komnat, kobieto — rozkazał. Staruszka ukłoniła się sztywno i ruszyła w stronę mostu. Ten przynajmniej wyglądał tak, jak pamiętał go Theon. Prastare, śliskie od morskiej wody kamienie pokrywały plamy porostów, szumiące pod stopami morze przypominało wielką, dziką bestię, a szatami ich obojga targał słony wiatr.

Kiedy wyobrażał sobie powrót do domu, zawsze sądził, że zaprowadzą go do przytulnej sypialni w Morskiej Wieży, gdzie spał jako dziecko. Staruszka powiodła go jednak do Krwawego Donżonu. Komnaty były tu większe i bogaciej umeblowane, choć tak samo wilgotne i zimne. Otrzymał apartament złożony z wychłodzonych pokojów, których sufity ginęły wysoko w półmroku. Byłby pod wrażeniem, gdyby nie wiedział, że to tym właśnie komnatom Krwawy Donżon zawdzięcza swą nazwę. Przed tysiącem lat zaszlachtowano tu synów króla rzeki. Porąbano ich w łożach na kawałki, które następnie wysłano ojcu na kontynent.

Greyjoyów jednak w Pyke nie mordowano. Czasem tylko, bardzo rzadko, dochodziło do bratobójstwa, ale obaj jego bracia nie żyli. To nie strach przed duchami sprawiał, że z niesmakiem spoglądał na przydzielone mu pomieszczenia. Draperie były porozciągane i pozieleniałe od pleśni, a stare sitowie kruszyło się pod stopami. Od wielu lat nikt tu nie zaglądał. Wilgoć przenikała aż do kości.

— Przynieś mi miskę z gorącą wodą i rozpal ogień w kominku — rozkazał kobiecie. — Dopilnuj też, żeby do innych komnat przynieśli piecyki. Trzeba trochę przegnać ten ziąb. I, bogowie bądźcie łaskawi, niech ktoś natychmiast zmieni sitowie.

— Tak, panie. Wedle rozkazu.

Staruszka uciekła.

Po pewnym czasie przyniosła miskę, o którą prosił. Woda była zaledwie letnia, a wkrótce zrobiła się zimna. Do tego była morska. Mimo to wystarczyła, by mógł zmyć z twarzy, włosów i dłoni kurz pozostały po długiej podróży. Gdy dwaj niewolnicy rozpalili piecyki, Theon zdjął brudne ubranie i włożył nowe, by udać się na spotkanie z ojcem. Wybrał buty z elastycznej, czarnej skóry, srebrnoczarne spodnie z miękkiej owczej wełny oraz czarny, aksamitny wams z wyhaftowanym na piersi złotym krakenem Greyjoyów. Na szyi zawiesił cienki, złoty łańcuch i przepasał się pasem z bielonej skóry. U jednego biodra miał sztylet, a u drugiego miecz, oba w pochwach w czarno-złote pasy. Wyciągnął nóż i sprawdził na kciuku jego ostrość, po czym wydobył z przytroczonego do pasa mieszka osełkę i przejechał po niej ostrzem kilka razy. Szczycił się tym, że jego broń zawsze jest naostrzona.

— Kiedy wrócę, ma na mnie czekać ciepły pokój i świeże sitowie — ostrzegł niewolników, naciągając czarne, jedwabne rękawiczki, haftowane złotą nicią w delikatne, spiralne wzory.

Wrócił do Wielkiego Donżonu przez zadaszone kamienne przejście. Echo jego kroków mieszało się z niemilknącym nawet na chwilę łoskotem fal na dole. By dotrzeć do wzniesionej na krzywej kolumnie Morskiej Wieży, musiał pokonać jeszcze trzy mosty, każdy węższy od poprzedniego. Ostatni składał się tylko ze sznurów oraz desek i kołysał się pod jego nogami na wilgotnym, słonym wietrze niczym żywe stworzenie. Gdy Theon dotarł do połowy jego długości, serce podeszło mu do gardła. Daleko w dole fale rozbijały się o skały, a w górę tryskały wysokie pióropusze piany. W dzieciństwie biegał po tym moście, nawet ciemną nocą. *Chłopcy sądzą, że nic się im nie może stać* — usłyszał szept własnych wątpliwości. *Dorośli mężczyźni wiedzą, że to nieprawda.*

Drzwi były wykonane z szarego drewna, nabijanego żelaznymi ćwiekami. Zamknięto je od środka. Theon zaczął walić w nie pięścią i zaklął, gdy w rękawiczkę wbiła mu się drzazga. Drewno było wilgotne, a ćwieki zardzewiałe.

Po chwili drzwi otworzył strażnik, który miał czarny, żelazny napierśnik, a na głowie półhełm.

— Jesteś synem?

— Z drogi albo na własnej skórze przekonasz się, kim jestem.

Mężczyzna usunął się na bok i Theon ruszył krętymi schodami do samotni. Ojciec siedział przy piecyku, skryty pod zbutwiałym foczym futrem, które zakrywało go od stóp aż po podbródek. Usłyszawszy odgłos kroków, władca Żelaznych Wysp podniósł wzrok i spojrzał na swego ostatniego żyjącego syna. Był niższy niż Theon go pamiętał i bardzo wychudzony. Balon Greyjoy zawsze był szczupły, teraz jednak wyglądał tak, jakby bogowie wsadzili go do kotła i wygotowali każdą zbędną uncję ciała, aż wreszcie zostały tylko włosy i skóra. Był chudy i twardy jak kość, a jego twarz sprawiała wrażenie wyżłobionej w krzemieniu. Oczy również lśniły jak krzemień, czarne i bystre, włosom jednak upływające lata i słone wichry nadały siwy kolor zimowego morza upstrzonego białymi bałwanami. Nie były związane i opadały na plecy.

— To już dziewięć lat, prawda? — zapytał wreszcie lord Balon.

— Dziesięć — poprawił go Theon, ściągając podarte rękawiczki.

— Zabrali stąd chłopca — ciągnął jego ojciec. — Kim jesteś teraz?

— Mężczyzną — odparł Theon. — Dziedzicem twej krwi.

— Przekonamy się — mruknął lord Balon.

— Przekonacie — obiecał Theon.

— Mówisz, dziesięć lat. Stark miał cię tak samo długo jak ja. A teraz przybywasz jako jego poseł.

— Nie jego — poprawił go Theon. — Lord Eddard nie żyje. Ścięła go lannisterska królowa.

— Obaj nie żyją, Stark i ten Robert, który zburzył moje mury swymi kamieniami. Poprzysiągłem, że dożyję ich śmierci i tak też się stało. — Wykrzywił twarz. — Ale stawy ciągle mnie bolą od zimna i wilgoci, tak samo jak za ich życia. I co mi z tego przyszło?

— Niemało — zapewnił Theon. — Przywiozłem list…

— Czy to Ned Stark tak cię ubrał? — przerwał mu ojciec, spoglądając na niego spod futra. — Czy dla swej przyjemności przebrał cię w aksamity i jedwabie, żeby zrobić z ciebie swą słodką córeczkę?

Theon poczuł, że do twarzy napływa mu krew.

— Nie jestem niczyją córeczką. Jeśli nie podoba ci się moje ubranie, zmienię je.

— Zmienisz. — Lord Balon zrzucił futro i dźwignął się z fotela. Był niższy, niż Theon go pamiętał. — A ta błyskotka, którą masz na szyi? Czy zapłaciłeś za nią złotem, czy żelazem?

Theon dotknął złotego łańcucha. Zapomniał o tym. To już tyle czasu… Według dawnych zwyczajów kobiety mogły nosić klejnoty nabyte za pieniądze, lecz wojownik wyłącznie biżuterię zabraną wrogom, których zabił własnoręcznie. Mówiono wtedy, że zapłacił za nią żelazem.

— Rumienisz się jak dziewica, Theonie. Zadałem ci pytanie. Złotem czy żelazem?

— Złotem — przyznał Theon.

Jego ojciec złapał za naszyjnik i szarpnął go tak mocno, że Theonowi wydawało się, iż urwałby mu głowę, gdyby łańcuch nie pękł pierwszy.

— Moja córka wzięła sobie topór za kochanka — stwierdził lord Balon. — Nie pozwolę, żeby mój syn stroił się jak kurwa. — Wrzucił zerwany łańcuch do piecyka, między węgle. — Tego właśnie się bałem. W zielonych krainach stałeś się miękki, a Starkowie zrobili z ciebie swego człowieka.

— Mylisz się. Ned Stark mnie więził, ale we krwi nadal mam sól i żelazo.

Lord Balon odwrócił się, by ogrzać nad piecykiem kościste dłonie.

— Ale szczeniak Starków wysłał cię do mnie ze swym małym liścikiem jak wytresowanego kruka.

— W liście, który ci przynoszę, nie ma nic małego — zapewnił Theon. — To ja zasugerowałem Robbowi jego treść.

— A więc wilczy król słucha twoich rad, co?

Ta myśl wyraźnie rozbawiła lorda Balona.

— Tak jest, liczy się z mym zdaniem. Razem polowaliśmy i szkoliliśmy się w walce, dzieliliśmy się mięsem i miodem, a także walczyliśmy na wojnie. Zdobyłem jego zaufanie. Traktuje mnie jak starszego brata…

— Nie. — Ojciec podsunął mu palec pod twarz. — Nie będziesz tutaj, w Pyke, przy mnie, nazywał bratem syna człowieka, który pozbawił życia twoich prawdziwych braci. A może zapomniałeś już o Rodriku i Maronie, którzy byli krwią z twojej krwi?

— O niczym nie zapomniałem. — Ned Stark wcale nie zabił jego braci. Rodrik zginął w Seagardzie, z ręki lorda Jasona Mallistera, a Maron pod gruzami starej południowej wieży… ale Stark z pewnością by to zrobił, gdyby zetknęli się na polu bitwy. — Świetnie pamiętam braci — upierał się Theon. Przede wszystkim zapamiętał kuksańce, które wymierzał mu Rodrik po pijanemu, oraz okrutne drwiny i niekończące się kłamstwa Marona. — Nie zapomniałem też, że mój ojciec był królem. — Wydobył list od Robba i podsunął go staremu. — Proszę. Przeczytaj to… Wasza Miłość.

Lord Balon złamał pieczęć, rozwinął pergamin i przebiegł po tekście spojrzeniem czarnych oczu.

— A więc chłopiec chce mi dać koronę — stwierdził. — Muszę tylko zniszczyć jego wrogów.

Wykrzywił wąskie wargi w uśmiechu.

— Robb jest już pod Złotym Zębem — zauważył Theon. — Kiedy twierdza padnie, w mgnieniu oka przejdzie wzgórza. Armia lorda Tywina stoi w Harrenhal, odcięta od zachodu. Królobójca jest więźniem w Riverrun. Na zachodzie Robbowi mogą stawić czoło tylko ser Stafford i zieloni żołnierze, których zgromadził w Lannisporcie. Ser Stafford zajmie pozycję między Robbem a Lannisportem, a to znaczy, że od strony morza miasto będzie pozbawione obrony. Jeśli bogowie będą nam sprzyjać, Casterly Rock może wpaść w nasze ręce, nim Lannisterowie zorientują się, co się dzieje.

— Nikt nigdy nie zdobył Casterly Rock — mruknął lord Balon.

— Do tej pory.

Och, jakie to będzie słodkie — pomyślał z uśmiechem Theon. Jego ojciec nie odwzajemnił uśmiechu.

— A więc to po to Robb Stark odesłał cię do mnie po tak długim czasie? Żebyś uzyskał moją zgodę na ten jego plan?

— To jest mój plan, nie Robba — odparł z dumą Theon. *Zwycięstwo też będzie moje, a z czasem i korona.* — Jeśli pozwolisz, osobiście poprowadzę atak. Jako nagrodę chciałbym otrzymać Casterly Rock, gdy już odbierzemy je Lannisterom.

Mając Casterly Rock, mógłby utrzymać Lannisport i bogate ziemie zachodu. Zdobyłby bogactwa i władzę, jakich nigdy nie znał ród Greyjoyów.

— Domagasz się sowitej zapłaty za pomysł i kilka linijek wyskrobanych na pergaminie. — Jego ojciec przeczytał list po raz drugi. — Szczeniak nic nie mówi o nagrodzie. Wspomina tylko, że przemawiasz w jego imieniu, mam cię wysłuchać i oddać mu swoje żagle i miecze, a on w zamian da mi koronę. — Wbił w syna spojrzenie połyskliwych oczu. — Da mi koronę — powtórzył ostrym głosem.

— To tylko nieszczęśliwy dobór słów. Chciał powiedzieć, że…

— Powiedział to, co chciał powiedzieć. Niedorostek da mi koronę. A to, co da, może potem odebrać.

Lord Balon cisnął list do piecyka w ślad za naszyjnikiem. Pergamin skurczył się, poczerniał i stanął w płomieniach.

— Oszalałeś? — zapytał przerażony Theon.

Ojciec spoliczkował go z całej siły.

— Uważaj, co mówisz. Nie jesteś w Winterfell i nie rozmawiasz z niedorostkiem Robbem. Do mnie nie będziesz tak się zwracał. Jestem Greyjoyem, Lordem Kosiarzem Pyke, Królem Morza i Skały, Synem Morskiego Wichru. Nikt nie będzie mi dawał korony. Zapłacę za nią żelazem. Sam ją sobie wezmę, jak Urron Czerwonoręki przed pięcioma tysiącami lat.

Theon cofnął się przerażony furią brzmiącą w głosie ojca.

— To bierz ją — warknął, czując szczypanie policzka. — Nazwij się królem Żelaznych Wysp. Nikogo to nie obejdzie... aż wreszcie pewnego dnia wojny się skończą, zwycięzca rozejrzy się wokół i zauważy starego głupca, który przycupnął nieopodal jego brzegu z żelazną koroną na głowie.

Lord Balon ryknął śmiechem.

— No, przynajmniej nie jesteś tchórzem. Ani ja nie jestem głupcem. Myślisz, że przywołałem tu okręty po to, żeby patrzeć, jak się kołyszą na falach? Zamierzam zdobyć królestwo ogniem i mieczem... ale nie na zachodzie i nie na polecenie króla Robba Niedorostka. Casterly Rock ma za mocne mury, a lord Tywin jest stanowczo zbyt sprytny. To prawda, że moglibyśmy zdobyć Lannisport, ale nigdy nie zdołalibyśmy go utrzymać. Nie, sięgnę po inną śliwkę... która nie jest tak słodka i soczysta, ale za to wisi niebroniona w zasięgu ręki.

Gdzie? — chciał zapytać Theon, nagle jednak zrozumiał.

Daenerys

Dothrakowie zwali kometę *shierak qiya*, Krwawiącą Gwiazdą. Starcy mamrotali, że to zły omen, lecz Daenerys Targaryen ujrzała ją po raz pierwszy nocą, gdy spaliła khala Drogo, kiedy obudziły się jej smoki. *To zwiastun mojego nadejścia* — powtarzała sobie, wpatrując się w nocne niebo z sercem przepełnionym zachwytem. *Bogowie przysłali ją, by wskazać mi drogę.*

Gdy jednak ubrała tę myśl w słowa, jej służąca Doreah skuliła się ze strachu.

— Tam leżą czerwone krainy, *khaleesi*. Jeźdźcy powiadają, że są straszne i bezlitosne.

— Musimy powędrować tam, dokąd prowadzi nas kometa — upierała się Dany... choć, szczerze mówiąc, nie została jej żadna inna droga.

Nie mogła się udać na północ, na olbrzymi ocean trawy, który zwano morzem Dothraków. Pierwszy napotkany *khalasar* pochłonąłby jej garstkę obszarpańców. Wojowników by pozabijano, a resztę obrócono w niewolników. Krainy Owczarzy, które leżały na południe od rzeki, również były przed nią zamknięte. Byli zbyt nieliczni, by obronić się nawet przed tym niewojowniczym ludem, a Lhazareńczycy nie mieli powodu darzyć ich miłością. Mogłaby ruszyć w dół rzeki, ku portom Meereen, Yunkai i Astapor, ale Rakharo ostrzegł ją, że w tamtą stronę zmierza *khalasar* Pona, gnając przed sobą tysiące jeńców, których Pono zamierzał sprzedać na ludzkich targach — otwartych wrzodach ropiejących na brzegu Zatoki Niewolniczej.

— Dlaczego miałabym się bać Pona? — zaprotestowała Dany. — Był *ko* Droga i zawsze przemawiał do mnie łagodnie.

— Ko Pono przemawiał do ciebie łagodnie — wyjaśnił ser Jorah Mormont — ale khal Pono cię zabije. To on pierwszy opuścił Droga. Poszło z nim dziesięć tysięcy wojowników. Ty masz stu.

Nieprawda — pomyślała. *Mam czterech. Reszta to kobiety, chorzy starcy i chłopcy, którzy nigdy jeszcze nie wiązali sobie warkocza.*

— Mam smoki — wskazała.

— Pisklęta — odparował ser Jorah. — Żeby się z nimi załatwić, wystarczy jeden cios *arakha*, choć bardziej prawdopodobne jest, że Pono zatrzyma je dla siebie. Twoje smocze jaja były cenniejsze od rubinów. Żywy smok jest bezcenny. Na całym świecie są tylko trzy. Każdy, kto je zobaczy, zapragnie je zdobyć, moja królowo.

— Należą do mnie — odparła gwałtownie. Zrodziły się z jej wiary i jej potrzeby. Życie dała im śmierć jej męża, nienarodzonego syna i *maegi* Mirri Maz Duur. Kiedy się wykluły, weszła w płomienie i dała im pić mleko ze swych nabrzmiałych piersi. — Dopóki żyję, nikt mi ich nie odbierze.

— Jeśli spotkasz khala Pono, nie pożyjesz długo. Albo khala Jhaqo czy któregoś z pozostałych. Musisz powędrować tam, gdzie się na nich nie natkniesz.

Nazwała go pierwszym rycerzem Gwardii Królowej... a ponieważ jego dobroduszne rady zgadzały się z omenami, decyzja była oczywista. Zwołała swych ludzi i dosiadła srebrzystej. Włosy Dany spłonęły na stosie pogrzebowym Droga, służące ubrały ją więc w skórę zabitego przez jej męża hrakkara, białego lwa z morza Dothraków. Jego straszliwa głowa służyła jako kaptur osłaniający łysą czaszkę, a skóra tworzyła opadający na ramiona i plecy płaszcz. Kremowy smok wbił w lwią grzywę ostre, czarne pazurki i owinął ogon wokół jej ramienia, a ser Jorah jak zwykle ruszył u jej boku.

— Pojedziemy za kometą — oznajmiła *khalasarowi*. Gdy już wydała rozkaz, nikt się nie sprzeciwiał. Kiedyś byli ludźmi Droga, lecz teraz należeli do niej. Zwali ją Niespaloną i Matką Smoków. Jej słowo było dla nich prawem.

Podróżowali nocą, za dnia kryjąc się przed słońcem w namiotach. Wkrótce Dany przekonała się, że słowa Doreah były prawdą. Okolica nie była gościnna. Zostawiali za sobą ślad złożony z martwych i dogorywających koni. Pono, Jhaqo i pozostali zabrali najlepsze stada, zostawiając jej jedynie stare, wychudzone, chore, kulawe i złośliwe zwierzęta. To samo dotyczyło ludzi. *Nie są silni* — powiedziała sobie. *Ja muszę być ich siłą. Nie wolno mi okazywać strachu, słabości ani zwątpienia. Choć me serce pełne jest lęku, gdy patrzą w moją twarz, muszą zobaczyć tylko królową Droga.* Czuła się starzej niż na czternaście lat. Jeśli kiedykolwiek naprawdę była młodą dziewczyną, te czasy już minęły.

Po trzech dniach drogi zmarł pierwszy człowiek. Bezzębny staruszek o zmętniałych niebieskich oczach spadł wyczerpany z siodła i nie mógł się już podnieść. Po godzinie było po nim. Do ciała zleciały się krwiuchy, które przenosiły jego pecha na żywych.

— Jego czas minął — oznajmiła jej służąca Irri. — Żaden człowiek nie powinien żyć dłużej niż jego zęby.

Reszta ludzi zgodziła się z tą opinią. Dany kazała im zabić najsłabszego z ledwie żywych koni, by zmarły mógł pojechać wierzchem do krainy nocy.

Po dwóch dobach umarło niemowlę. Dziewczynka. Jej matka zawodziła rozpaczliwie przez cały dzień, nic jednak nie można było poradzić. Biedne dzieciątko było za małe na taką podróż. Nie dla niego były bezkresne czarne trawy krainy nocy. Będzie musiało narodzić się raz jeszcze.

Na czerwonym pustkowiu mogli znaleźć tylko niewiele żywności i jeszcze mniej wody. Tę posępną, wypaloną słońcem krainę pokrywały niskie wzgórza i jałowe, wietrzne równiny. Koryta rzek, które mijali, były wyschnięte jak stare kości. Wierzchowce żywiły się twardą, brązową diabelską trawą, która rosła w kępach u stóp skał i uschniętych drzew. Dany wysyłała przed kolumnę zwiadowców, lecz nigdzie nie znaleźli oni studni ani źródeł, a jedynie gorzkie sadzawki, płytkie i pełne stojącej wody, które kurczyły się w gorących promieniach słońca. Im dalej się zapuszczali, tym mniejsze stawały się jeziorka, a dzielący je od siebie dystans wciąż rósł. Jeśli na tym pełnym kamienia, piasku i czerwonej gliny pustkowiu istnieli jacyś bogowie, byli oni twardzi i wyschnięci, i nie docierały do nich modlitwy o deszcz.

Najpierw zabrakło im wina, a potem kwaśnego kobylego mleka, które władcy koni woleli od miodu. Następnie skończyły się zapasy podpłomyków i suszonego mięsa. Myśliwi nie mogli znaleźć zwierzyny i wszyscy wypełniali brzuchy jedynie mięsem padłych koni. Ludzie umierali jeden po drugim. Słabe dzieci, pomarszczone staruszki, chorzy, głupi i nieostrożni — okrutne pustkowie pochłaniało ich wszystkich. Doreah wychudła, oczy miała zapadnięte, a jej miękkie, złociste włosy stały się łamliwe jak słoma.

Dany cierpiała głód i pragnienie na równi z pozostałymi. Mleko w jej piersiach wyschło, a spękane sutki krwawiły. Z dnia na dzień ubywało jej ciała, aż zrobiła się chuda i twarda jak patyk. Bała się jednak tylko o smoki. Jej ojca zabito, nim jeszcze się narodziła, podobnie jak jej wspaniałego brata Rhaegara. Matka umarła, wydając ją na świat, gdy za oknami szalała burza. Dobry ser Willem Darry, który musiał ją kochać na swój sposób, zmarł na wyniszczającą chorobę, kiedy była jeszcze bardzo mała. Bogowie zabrali jej wszystkich: brata Viserysa, khala Drogo, który był jej Słońcem i Gwiazdami, a nawet nienarodzonego syna. *Smoków nie dostaną* — poprzysięgła. *Nie dostaną.*

Były nie większe od zagłodzonych kotów, które widziała wałęsające się pod ścianami rezydencji magistra Illyria w Pentos… chyba, że rozwinęły skrzydła, delikatne wachlarze z półprzezroczystej, pięknie ubarwionej skóry, rozpiętej między długimi, cienkimi kosteczkami. Jeśli przyjrzeć im się uważnie, łatwo było zauważyć, że składają się głównie z szyj, ogonów i skrzydeł. *Takie maleństwa* — pomyślała, karmiąc je z ręki, czy raczej próbując karmić, bo nie chciały jeść. Syczały i pluły na każdy krwawy kawałek koniny, a z nozdrzy buchała im para, nic jednak nie jadły... aż wreszcie Dany przypomniała sobie coś, co powiedział jej Viserys, gdy byli jeszcze dziećmi.

„Tylko smoki i ludzie jedzą gotowane mięso".

Gdy jej służące przypiekły koninę nad ogniskiem, aż zrobiła się czarna, smoki rzuciły się na nią chciwie, miotając główkami jak węże. Jeśli tylko mięso było przypalone nad ogniem, pożerały dziennie kilkakrotnie więcej niż same ważyły i wreszcie zaczęły rosnąć oraz nabierać sił. Dany zdumiewała gładkość ich łusek oraz bijące od nich ciepło, tak namacalne, że w zimne noce odnosiła wrażenie, iż z całej powierzchni ich ciał bucha para.

Co wieczór, gdy *khalasar* ruszał w drogę, wybierała smoka, który miał podróżować na jej ramieniu. Pozostałe dwa Irri i Jhiqui wiozły w wiklinowej klatce zawieszonej między ich wierzchowcami. Jechały tuż za Dany, by pisklęta ani na moment nie traciły jej z oczu. Tylko wtedy zachowywały się spokojnie.

— Smokom Aegona nadano imiona na cześć bogów dawnej Valyrii — oznajmiła swym braciom krwi pewnego ranka po długiej drodze. — Smok Visenyi nazywał się Vhagar, Rhaenys miała Meraxesa, a Aegon dosiadał Baleriona, Czarnego Strachu. Powiadają, że oddech Vhagara był tak gorący, iż mógł stopić rycerską zbroję i upiec ukrytego wewnątrz człowieka, Meraxes połykał konie w całości, a Balerion... jego ogień był tak samo czarny, jak jego łuski, a skrzydła tak ogromne, że gdy przelatywał, ich cień ogarniał całe miasteczka.

Dothrakowie spoglądali z niepokojem na jej pisklęta. Największy z trzech smoków miał lśniące, czarne łuski, przecięte pręgami jaskrawego szkarłatu, tej samej barwy, co jego skrzydła i rogi.

— *Khaleesi* — wyszeptał Aggo. — Oto powtórnie narodzony Balerion.

— Może to i prawda, krwi mojej krwi — odparła z powagą Dany — ale w tym nowym życiu otrzyma nowe imię. Wszystkie trzy nazwę na pamiątkę tych, których zabrali bogowie. Zielony będzie się zwał Rhaegal, na cześć mego dzielnego brata, który zginął na zielonych brzegach Tridentu. Kremowozłotemu nadam imię Viserion.

Viserys był okrutny, słaby i pełen strachu, był jednak moim bratem. Jego smok dokona tego, czego on nie potrafił.

— A czarny? — zapytał ser Jorah Mormont.

— Czarny to Drogon.

Choć smoki miały się dobrze, jej *khalasar* wiądł i wymierał. Otaczająca ich okolica stawała się coraz bardziej jałowa. Zaczynało brakować nawet diabelskiej trawy. Konie padały po drodze i zostało ich tak mało, że niektórzy z jej ludzi musieli wędrować na piechotę. Doreah zapadła na gorączkę i z każdą przebytą milą jej stan się pogarszał. Wargi i dłonie dziewczyny pokryły krwawiące pęcherze, a włosy wyłaziły jej garściami. Wreszcie pewnego wieczoru zabrakło jej sił, by dosiąść konia. Jhogo mówił, że muszą ją zostawić albo przywiązać do siodła, Dany jednak przypomniała sobie, jak pewnej nocy na morzu Dothraków Lysenka uczyła jej sekretów, które miały wzmóc miłość Droga. Dała Doreah wody ze swego bukłaka, ochłodziła jej czoło wilgotną szmatką i trzymała ją za rękę, aż dygocząca dziewczyna zmarła. Dopiero potem pozwoliła *khalasarowi* ruszyć w dalszą drogę.

Nie natknęli się na żaden znak obecności innych wędrowców. Wystraszeni Dothrakowie zaczęli mamrotać, że kometa z pewnością zaprowadziła ich do jakiegoś piekła. Pewnego ranka, gdy rozbili obóz na wietrznym rumowisku czarnych głazów, Dany podeszła do ser Joraha.

— Czy zgubiliśmy drogę? — zapytała. — A może to pustkowie nie ma końca?

— Ma koniec — odparł ze znużeniem w głosie. — Widziałem mapy rysowane przez kupców, moja królowo. To prawda, że wędruje tędy niewiele karawan, ale na wschodzie leżą wielkie królestwa i miasta pełne cudów. Yi Ti, Qarth, Asshai przy Cieniu…

— Ale czy dotrzemy tam żywi?

— Nie będę cię okłamywał. Nawet mi się nie śniło, że droga będzie aż tak trudna. — Twarz rycerza była poszarzała i zmęczona. Podczas walki z braćmi krwi khala Drogo został ranny w biodro i rana nigdy się w pełni nie zagoiła. Dany widziała, jak rycerz krzywi się, dosiadając konia. Podczas jazdy siedział bezwładnie w siodle. — Jeśli będziemy jechać dalej, być może nie unikniemy śmierci… jeżeli jednak zawrócimy, zginiemy z całą pewnością.

Pocałowała go lekko w policzek. Jego uśmiech dodał jej odwagi.

Muszę być silna również i dla niego — pomyślała z zawziętością. *Może i jest rycerzem, ale ja jestem krwią smoka.*

Następne jeziorko było tak gorące, że woda parzyła w dotyku, a do tego cuchnęło siarką. Ich bukłaki były już jednak prawie puste. Dothrakowie chłodzili wodę w dzbanach i garnkach, a potem pili letnią. Smakowała obrzydliwie, lecz woda to zawsze woda, a wszyscy byli spragnieni. Dany wpatrywała się w horyzont z rozpaczą. Stracili już jedną trzecią ludzi, a przed nimi nadal ciągnęły się pustkowia, jałowe, czerwone i bezkresne. *Kometa drwi z moich nadziei* — pomyślała, wznosząc wzrok ku niebu. *Czy przemierzyłam połowę świata i widziałam narodziny smoków tylko po to, by umrzeć razem z nimi na tej rozprażonej, bezlitosnej pustyni?* Nie chciała w to uwierzyć. Gdy wstał kolejny świt, jechali po twardej, spękanej, czerwonej ziemi równiny. Kiedy miała już zamiar zarządzić postój, wrócili galopem zwiadowcy.

— Miasto, *khaleesi* — wołali. — Jasne jak księżyc i piękne jak dziewczyna. Najwyżej godzinę jazdy stąd.

— Pokażcie mi je — rozkazała.

Gdy ujrzała je przed sobą, jego białe wieże i mury przesłaniała migotliwa zasłona rozgrzanego powietrza. Wyglądało tak pięknie, że Dany była przekonana, iż to z pewnością miraż.

— Wiesz, co to może być za miasto? — zapytała ser Joraha.

Wygnany rycerz potrząsnął ze znużeniem głową.

— Nie, moja królowo. Nigdy nie zawędrowałem tak daleko na wschód.

Odległe białe mury obiecywały odpoczynek i bezpieczeństwo, szansę powrotu do zdrowia i odzyskania sił. Dany miała ochotę rzucić się ku nim biegiem, lecz zamiast tego zwróciła się ku swym braciom krwi.

— Krwi mojej krwi, udajcie się tam, by sprawdzić, jak nazywa się to miasto i jakiego powitania możemy w nim oczekiwać.

— *Ai, khaleesi* — odparł Aggo.

Nie musiała czekać na nich długo. Rakharo zeskoczył z siodła. U jego medalionowego pasa wisiał wielki, krzywy *arakh*, który otrzymał od niej, gdy uczyniła go bratem krwi.

— Miasto jest martwe, *khaleesi*. Nie znaleźliśmy jego nazwy ani bogów. Bramy są strzaskane, a na ulicach można spotkać jedynie wiatr i muchy.

Jhiqui zadrżała.

— Tam, skąd odeszli bogowie, nocą ucztują złe duchy. Takich miejsc lepiej unikać. Wszyscy to wiedzą.

— Wszyscy to wiedzą — zgodziła się z nią Irri.

— Ja nie wiem.

Dany wbiła pięty w końskie boki i wskazała drogę pozostałym, przemykając kłusem pod skruszonym łukiem starożytnej bramy i ruszając dalej pogrążoną w ciszy ulicą. Ser Jorah i jej bracia krwi podążyli za nią. Potem, wolniej, zrobiła to również reszta Dothraków.

Dany nie miała pojęcia, od jak dawna miasto jest opuszczone. Białe mury z oddali wydawały się piękne, z bliska było jednak widać, że są spękane i sypią się w gruzy. Za nimi ciągnął się labirynt wąskich, krętych zaułków. Fasady gęsto stłoczonych budynków były pozbawione okien i miały barwę kredy. Wszystko było tu białe, jakby ludzie, którzy tu niegdyś mieszkali, nic nie wiedzieli o kolorach. Mijali zawalone domy, po których pozostały jedynie sterty wyblakłego na słońcu gruzu. Wszędzie widziała stare ślady po ogniu. W miejscu, gdzie zbiegało się sześć uliczek, ujrzała pusty marmurowy cokół. Wyglądało na to, że Dothrakowie odwiedzali już kiedyś to miasto. Być może zaginiony posąg po dziś dzień stał wśród ukradzionych bogów w Vaes Dothrak. Niewykluczone, że przejeżdżała obok niego sto razy, nie wiedząc, co widzi. Siedzący na jej ramieniu Viserion zasyczał.

Rozbili obóz pod gruzami zburzonego pałacu, na wietrznym placu, gdzie spośród kamieni wyrastały kępy diabelskiej trawy. Dany kazała ludziom przeszukać ruiny. Niektórzy mieli opory, wykonali jednak jej rozkaz... i pewien stary mężczyzna z blizną wrócił po chwili z uśmiechem na twarzy, podskakując z radości. Dłonie miał pełne fig. Owoce były małe i suche, lecz ludzie rzucili się na nie chciwie. Tłoczyli się i przepychali, wpychali sobie owoce do ust i przeżuwali je radośnie.

Inni zwiadowcy przynieśli opowieści o następnych drzewach owocowych, ukrytych za zamkniętymi drzwiami w sekretnych ogrodach. Aggo pokazał jej dziedziniec gęsto zarośnięty pnączami, na których rosły maleńkie, zielone winogrona, a Jhogo odkrył studnię, w której woda była czysta i zimna. Znaleźli też jednak kości, czaszki nie pochowanych ludzi, zbielałe i roztrzaskane.

— Duchy — mruknęła Irri. — Straszliwe duchy. Nie możemy tu zostać, *khaleesi*. To miejsce należy do nich.

— Nie boję się duchów. Smoki są od nich potężniejsze. — *A figi ważniejsze.* — Pójdź z Jhiqui poszukać dla mnie czystego piasku do kąpieli i nie zawracaj mi więcej głowy takim głupim gadaniem.

W chłodnym namiocie Dany osmaliła kawałki koniny nad piecykiem, zastanawiając się, co robić dalej. W mieście była żywność i woda, a także wystarczająco wiele trawy, by konie mogły odzyskać siły. Bardzo miło byłoby budzić się co dzień w tym samym miejscu, siedzieć sobie w cienistych ogrodach, jeść figi i do woli pić chłodną wodę.

Gdy Irri i Jhiqui wróciły z garnkami białego piasku, Dany rozebrała się i kazała wyszorować do czysta.

— Włosy ci odrastają, *khaleesi* — zauważyła Jhiqui, zdrapując piasek z jej pleców. Dany przebiegła dłonią po głowie, wyczuwając pojawiającą się szczecinę. Dothraccy mężczyźni splatali sobie włosy w długie, smarowane oliwą warkocze, które ścinali jedynie wtedy, gdy przegrali walkę. *Może powinnam zrobić to samo* — pomyślała. *Żeby przypomnieć im, że siła Droga żyje teraz we mnie.* Khal Drogo umarł z nieobciętymi włosami, czym mogło się pochwalić tylko niewielu.

Po drugiej stronie namiotu Rhaegal rozpostarł zielone skrzydła i przefrunął jakieś pół stopy, nim zwalił się z łoskotem na dywan. Uderzył z wściekłością ogonem, uniósł głowę i wydał z siebie głośny wrzask.

Gdybym miała skrzydła, też bym chciała latać — pomyślała Dany. W dawnych czasach Targaryenowie wyruszali na wojnę na grzbietach smoków. Próbowała sobie wyobrazić, jak by się czuła, siedząc okrakiem na smoczym karku i szybując wysoko w przestworzach. *Tak, jakbym stała na szczycie góry, tylko lepiej. Rozpostarłby się przede mną cały świat. Gdybym wzbiła się wystarczająco wysoko, mogłabym nawet zobaczyć Siedem Królestw i dotknąć komety.* Z rozmarzenia wyrwała ją Irri, która oznajmiła, że pod namiotem czeka ser Jorah Mormont.

— Wpuść go — rozkazała Dany. Jej wyszorowane ciało ogarnęło teraz mrowienie. Owinęła się lwią skórą. *Hrakkar* był znacznie większy od niej, jego skóra zakryła więc wszystko, co wymagało zakrycia.

— Przyniosłem ci brzoskwinię — oświadczył ser Jorah, przyklękając. Owoc był tak mały, iż prawie mogła ukryć go w dłoni, a do tego przejrzały, gdy jednak go ugryzła, okazał się tak słodki, że omal się nie rozpłakała. Zjadła brzoskwinię powoli, radując się każdym kęsem. Ser Jorah opowiedział jej o drzewie, z którego zerwano owoc. Rosło w ogrodzie pod zachodnim murem.

— Owoce, woda i cień — powiedziała Dany. Policzki miała lepkie od soku. — Bogowie okazali łaskę, sprowadzając nas tutaj.

— Powinniśmy wypocząć, dopóki nie odzyskamy sił — nalegał rycerz. — Czerwone krainy nie sprzyjają słabym.

— Moje służące sądzą, że tu są duchy.

— Duchy są wszędzie — zauważył cicho ser Jorah. — Nosimy je ze sobą.

To prawda — pomyślała. *Viserys, khal Drogo i mój syn Rhaego zawsze mi towarzyszą.*

— Powiedz mi, jak się nazywa twój duch, Jorahu. Moje znasz.

Jego twarz nagle stężała.

— Miała na imię Lynesse.

— Twoja żona?

— Druga.

Mówienie o niej sprawia mu ból — pomyślała Dany. Chciała jednak poznać prawdę.

— To wszystko, co masz do powiedzenia na jej temat? — Lwia skóra ześliznęła się z jej ramienia. Dziewczyna ją poprawiła. — Czy była piękna?

— Bardzo piękna. — Ser Jorah przeniósł spojrzenie z jej ramienia na twarz. — Kiedy ujrzałem ją po raz pierwszy, myślałem, że jest boginią, samą Dziewicą, która stała się ciałem. Była znacznie lepiej urodzona ode mnie. Najmłodsza córka lorda Leytona Hightowera ze Starego Miasta. Biały Byk, który dowodził Gwardią Królewską twego ojca, był jej stryjecznym dziadkiem. Hightowerowie to stary ród, bardzo bogaty i dumny.

— I wierny — wtrąciła Dany. — Pamiętam, że Viserys wspominał, iż Hightowerowie byli wśród tych, którzy dochowali wierności memu ojcu.

— To prawda — przyznał Jorah.

— Czy małżeństwo zaaranżowali wasi ojcowie?

— Nie — odparł. — Nasze małżeństwo… to długa i nudna opowieść, Wasza Miłość. Nie chciałbym zawracać ci nią głowy.

— Nigdzie się nie wybieram — zauważyła. — Proszę.

— Wedle rozkazu, królowo. — Ser Jorah zmarszczył brwi. — Moja ojczyzna… musisz to zrozumieć, jeśli chcesz pojąć całą resztę. Wyspa Niedźwiedzia jest piękna, ale zewsząd jest tam daleko. Wyobraź sobie stare, sękate dęby i wysokie sosny, kwitnące cierniowe krzewy, szare, omszałe głazy i małe, lodowate strumyczki ściekające z wysokich stoków. Dwór Mormontów jest zbudowany z wielkich kłód i otacza go ziemny wał. Pomijając garstkę zagrodników, wszyscy moi ludzie mieszkali na wybrzeżu i utrzymywali się z łowienia ryb. Wyspa leży daleko na północy i nawet nie potrafisz sobie wyobrazić, jak straszliwe są nasze zimy, *khaleesi*. Mimo to czułem się tam dobrze i nigdy nie uskarżałem się na brak powodzenia u kobiet. Tak przed ślubem, jak i później, miałem sporo córek rybaków i zagrodników. Ożeniłem się młodo, z kobietą, którą wybrał mi ojciec, córką Gloverów z Deepwood Motte. Przeżyliśmy wspólnie blisko dziesięć lat. Nie była urodziwa, ale miała dobre serce. Pewnie z czasem pokochałbym ją na swój sposób, choć żyliśmy ze sobą raczej z obowiązku niż z namiętności. Trzykrotnie poroniła, próbując dać mi syna. Po trzecim razie nie wróciła już do zdrowia. Wkrótce potem zmarła.

Dany dotknęła jego dłoni i uścisnęła mu palce.

— Bardzo mi przykro z tego powodu. Naprawdę.

Ser Jorah skinął głową.

— Mój ojciec przywdział już wówczas czerń, byłem więc lordem Wyspy Niedźwiedziej. Nie brakowało mi propozycji małżeństwa, lecz nim zdążyłem się zdecydować, lord Balon Greyjoy zbuntował się przeciw uzurpatorowi i Ned Stark zwołał chorągwie, by wesprzeć swego przyjaciela Roberta. Ostatnią bitwę stoczono na Pyke. Gdy machiny oblężnicze Roberta zrobiły wyłom w murze króla Balona, jako pierwszy do środka wdarł się kapłan z Myr, ale ja zdążałem tuż za nim. Wtedy właśnie pasowano mnie na rycerza. Chcąc uczcić zwycięstwo, Robert urządził turniej w pobliżu Lannisportu. Tam po raz pierwszy ujrzałem Lynesse, dziewczynę o połowę młodszą ode mnie. Przybyła z ojcem ze Starego Miasta, żeby obejrzeć walki swych braci. Nie mogłem oderwać od niej wzroku. W przypływie szaleństwa poprosiłem ją, by pozwoliła mi nosić na turnieju swą wstążkę. Nawet mi się nie śniło, że się zgodzi, uczyniła to jednak. Umiem niezgorzej walczyć, *khaleesi*, ale nigdy nie byłem turniejowym rycerzem. Gdy jednak owiązałem sobie wokół ramienia wstążkę Lynesse, stałem się innym człowiekiem. Wygrywałem walkę za walką. Pod moimi ciosami padł lord Jason Mallister i Spiżowy Yohn Royce, ser Ryman Frey, jego brat ser Hosteen, lord Whent, Silny Dzik, a nawet ser Boros Blount z Gwardii Królewskiej. Wszystkich ich wysadziłem z siodła. W ostatnim pojedynku z ser Jai me'em Lannisterem złamałem dziewięć kopii, ale walka nie przyniosła rozstrzygnięcia. Król Robert przyznał mi laur triumfatora i ukoronowałem Lynesse na królową miłości i piękna, po czym tej samej nocy poszedłem do ojca dziewczyny, by poprosić o jej rękę. Byłem pijany, nie tylko winem, lecz również chwałą. W zasadzie powinienem się spotkać ze wzgardliwą odmową, ale lord Leyton wyraził zgodę. Pobraliśmy się na miejscu, w Lannisporcie, i przez dwa tygodnie byłem najszczęśliwszym człowiekiem na całym szerokim świecie.

— Tylko przez dwa tygodnie? — zapytała Dany. *Nawet ja zaznałam dłuższego szczęścia z Drogiem, który był moim Słońcem i Gwiazdami.*

— Tyle czasu trwał rejs z Lannisportu na Wyspę Niedźwiedzią. Moja ojczyzna bardzo rozczarowała Lynesse. Była za zimna, zbyt wilgotna i zanadto odległa, a mój zamek okazał się jedynie drewnianym dworem. Nie było tam maskarad, wędrownych trup komediantów, balów ani jarmarków. Zdarzało się, że przez całą porę roku nie odwiedzał nas żaden bard, a złotników na wyspie nie było w ogóle. Nawet posiłki stały się ciężką próbą. Mój kucharz nie umiał przyrządzać wiele poza pieczenią i gulaszem, a Lynesse szybko straciła apetyt na ryby i dziczyznę. Ponieważ żyłem tylko dla jej uśmiechów, wysłałem do Starego Miasta po nowego kucharza. Sprowadziłem też harfiarza z Lannisportu. Dawałem jej wszystko, czego zechciała: złotników, jubilerów, krawców, lecz ciągle była niezadowolona. Wyspa Niedźwiedzia obfituje w niedźwiedzie i drzewa, lecz wszystkiego innego jest tam mało. Zbudowałem dla niej piękny statek, którym żeglowaliśmy do Starego Miasta i Lannisportu na święta i jarmarki. Dotarliśmy nawet do Braavos, gdzie zapożyczyłem się straszliwie u lichwiarzy. Zdobyłem jej rękę i serce jako triumfator turnieju i dlatego uczestniczyłem w następnych, lecz magia mnie opuściła. Nigdy już się nie wyróżniłem, a każda porażka oznaczała utratę kolejnego rumaka i zbroi, które trzeba było wykupić lub zastąpić nowymi. Wszystkie te koszty przekraczały moje możliwości. W końcu zażądałem, żebyśmy wrócili do domu, lecz wkrótce sytuacja jeszcze się pogorszyła. Nie mogłem już płacić kucharzowi i harfiarzowi, a Lynesse dostawała szału, gdy wspominałem o zastawieniu jej klejnotów. Później... robiłem rzeczy, o których wstydzę się opowiadać. Dla złota. Żeby Lynesse mogła zachować swe klejnoty, harfiarza i kucharza. Na koniec straciłem wszystko. Gdy usłyszałem, że na Wyspę Niedźwiedzią płynie Eddard Stark, zapomniałem o honorze do tego stopnia, że zamiast zdać się na jego sprawiedliwość, zabrałem ze sobą Lynesse na wygnanie. Powtarzałem sobie, że nie liczy się nic oprócz naszej miłości. Uciekliśmy do Lys, gdzie sprzedałem mój statek, żebyśmy mieli z czego żyć.

Głos miał ochrypły z żalu i Dany nie chciała go dalej wypytywać, musiała się jednak dowiedzieć, jak to się skończyło.

— Czy tam umarła? — zapytała z delikatnością w głosie.

— Tylko dla mnie — odparł. — Pół roku później wydałem już całe złoto i byłem zmuszony wstąpić na służbę jako najemnik. Gdy walczyłem z Braavosami na Rhoyne, Lynesse przeniosła się do rezydencji magnata handlowego nazwiskiem Tregar Ormollen. Opowiadają, że jest teraz jego naczelną konkubiną i nawet jego żona żyje w strachu przed nią.

Dany była przerażona.

— Czy jej nienawidzisz?

— Prawie tak mocno, jak ją kocham — przyznał ser Jorah. — Wybacz mi proszę, moja królowo, jestem już bardzo znużony.

Pozwoliła mu odejść, lecz gdy unosił połę namiotu, nie potrafiła się powstrzymać przed zadaniem mu jeszcze jednego pytania.

— A jak wyglądała ta twoja lady Lynesse?

Ser Jorah uśmiechnął się ze smutkiem.

— Była trochę podobna do ciebie, Daenerys. — Pokłonił się nisko. — Śpij dobrze, moja królowo.

Dany zadrżała, otulając się ciaśniej lwią skórą. *Była podobna do mnie*. To tłumaczyło wiele spraw, których do tej pory nie rozumiała. *On mnie pragnie* — zdała sobie sprawę. *Kocha mnie tak, jak ją. Nie jak rycerz królową, ale jak mężczyzna kobietę*. Spróbowała sobie wyobrazić, że jest w objęciach ser Joraha, całuje go, sprawia mu przyjemność, pozwala, by w nią wszedł. Nic z tego. Gdy tylko zamykała oczy, jego twarz przeradzała się w oblicze Droga.

Khal Drogo był jej Słońcem i Gwiazdami, jej pierwszym mężczyzną i być może musiał też być ostatnim. *Maegi* Mirri Maz Duur poprzysięgła, że Dany nigdy już nie urodzi żywego dziecka, a jakiż mężczyzna chciałby mieć bezpłodną żonę? I jakiż mężczyzna mógłby się równać z Drogiem, który umarł z nieobciętymi włosami i jeździł teraz konno po krainie nocy, mając gwiazdy za swój *khalasar*?

Słyszała też jednak tęsknotę, z jaką ser Jorah opowiadał o swej Wyspie Niedźwiedziej. *Mnie nigdy nie będzie miał, ale pewnego dnia zwrócę mu dom i honor. Tyle przynajmniej mogę dla niego uczynić.*

Tej nocy jej snu nie zakłócały duchy. Śniła o Drogu i ich pierwszej wspólnej jeździe, w noc ślubu. W jej śnie nie dosiadali jednak koni, lecz smoków.

Rankiem zwołała swych braci krwi.

— Krwi mojej krwi — oznajmiła wszystkim trzem. — Potrzebuję was. Każdy z was musi wybrać trzy konie, najsilniejsze i najzdrowsze z tych, które nam pozostały. Załadujcie na nie tyle żywności i wody, ile tylko udźwigną, i wyruszcie na zwiady. Aggo uda się na południowy zachód, a Rakharo na południe. Jhogo, ty skierujesz się na południowy wschód, szlakiem *shierak qiya*.

— Czego mamy szukać, *khaleesi*? — zapytał Jhogo.

— Czegokolwiek — odpowiedziała. — Innych miast, żywych bądź wymarłych. Karawan i tubylców. Rzek, jezior i wielkiego, słonego morza. Dowiedzcie się, jak daleko przed nami ciągnie się jeszcze to pustkowie i co leży po jego drugiej stronie. Kiedy opuszczę to miasto, nie zamierzam już wędrować na oślep. Chcę wiedzieć, dokąd zmierzam i jak najłatwiej będzie tam dotrzeć.

Wszyscy trzej ruszyli w drogę z cichym brzękiem wplecionych we włosy dzwoneczków. Dany i garstka jej ocalałych ludzi czekali na ich powrót w grodzie, który nazwali Vaes Tolorro, Miastem Kości. Mijały dni i noce. Kobiety zbierały owoce z ogrodów zmarłych. Mężczyźni oporządzali konie i naprawiali siodła, ostrogi oraz buty. Dzieci włóczyły się po krętych zaułkach, znajdując stare monety z brązu, kawałki fioletowego szkła czy kamienne dzbany o uchwytach ukształtowanych na podobieństwo węży. Jedną z kobiet użądlił czerwony skorpion, lecz poza nią nikt nie umarł. Konie nabierały powoli ciała. Dany osobiście opatrzyła ranę ser Joraha, która wreszcie zaczęła się goić.

Pierwszy wrócił Rakharo. Zameldował, że na południe od miasta czerwone pustkowie ciągnie się aż po posępny brzeg trującej wody.

Po drodze do niej leżały tylko niesione wiatrem piaski, smagane wiatrem skały i najeżone ostrymi cierniami rośliny. Przysięgał, że natrafił na smocze kości, tak olbrzymie, iż przejechał konno przez czarną paszczę. Poza tym nie widział nic ciekawego.

Dany poleciła mu wziąć dwunastu najsilniejszych mężczyzn i zabrać się do kucia kamiennej nawierzchni placu, by odsłonić kryjącą się pod nią ziemię. Jeśli diabelska trawa mogła wyrastać spomiędzy kamieni, gdy je usuną, będą jej mieli pod dostatkiem. Studni było tu sporo i wody im nie zabraknie. Jeśli tylko będą mieli co siać, uczynią z placu kwitnący ogród.

Drugi wrócił Aggo. Przysięgał, że na południowym zachodzie ziemia jest jałowa i wypalona słońcem. Odnalazł ruiny dwóch kolejnych miast, które były mniejsze od Vaes Tolorro, lecz poza tym niczym się od niego nie różniły. Jednego z nich strzegł pierścień czaszek nabitych na przerdzewiałe żelazne włócznie i dlatego nie odważył się do niego zapuścić, drugie jednak zbadał dokładnie. Pokazał Dany żelazną bransoletę, którą tam znalazł. Osadzono w niej nieszlifowany ognisty opal wielkości jej kciuka. Natrafił też na zwoje, lecz były wyschnięte i rozpadały się przy dotknięciu, zostawił je więc na miejscu.

Dany podziękowała mu i poleciła zająć się naprawą bram. Jeśli w starożytnych czasach wrogowie zdołali przebyć pustkowia, by zniszczyć te miasta, teraz mogło się zdarzyć to samo.

— Musimy być przygotowani — oznajmiła.

Jhogo nie wracał tak długo, że Dany bała się, iż zginął. Wreszcie jednak, gdy już właściwie przestali na niego czekać, pojawił się na południowo-wschodnim horyzoncie. Pierwszy dostrzegł go jeden z wystawionych przez Agga wartowników, który krzyknął głośno. Dany pobiegła do murów, chcąc się upewnić. Jhogo rzeczywiście wracał, nie był jednak sam. Za nim podążała trójka dziwacznie ubranych cudzoziemców dosiadających brzydkich, garbatych zwierząt znacznie większych od koni.

Zatrzymali się przed miejskimi bramami i podnieśli wzrok ku stojącej na murze Dany.

— Krwi mojej krwi — zawołał Jhogo. — Byłem w wielkim mieście Qarth i przywiodłem tu tych troje, którzy chcą cię ujrzeć na własne oczy.

Dany spojrzała na nich z góry.

— Tu jestem. Patrzcie sobie do woli… ale najpierw mi się przedstawcie.

— Jestem Pyat Pree, wielki czarnoksiężnik — odparł w gardłowym dothrackim blady mężczyzna o sinych wargach.

— Jestem Xaro Xhoan Daxos z Trzynastu, magnat handlowy z Qarthu — rzekł w valyriańskim języku Wolnych Miast łysy mężczyzna z nosem ozdobionym klejnotami.

— Jestem Quaithe od Cienia — oznajmiła w języku powszechnym Siedmiu Królestw kobieta nosząca lakierowaną, drewnianą maskę. — Szukamy smoków.

— Nie musicie już więcej szukać — odpowiedziała Daenerys Targaryen. — Znaleźliście je.

Jon

Na starych mapach Sama wioska zwała się Białedrzewo. Na Jonie nie wywarła zbyt korzystnego wrażenia. Wokół pustej zagrody dla owiec i studni stały cztery walące się, jednoizbowe domostwa zbudowane z niespojonych zaprawą kamieni. Dachy miały z darni, a okna przesłaniały postrzępione płaty skóry. Nad nimi majaczyły jasne konary i ciemnoczerwone liście monstrualnie wielkiego czardrzewa.

Jon nigdy w życiu nie widział większego drzewa. Jego pień miał prawie osiem stóp grubości, a gałęzie rozpościerały się tak szeroko, że ich cień padał na całą wioskę. Zaniepokoił go jednak nie tyle jego ogrom, co twarz… a zwłaszcza usta, które nie były prostą, wyrżniętą w drzewie szczeliną, lecz jamą o wyszczerbionych brzegach, wystarczająco wielką, by pochłonąć owcę. *Ale to nie są owcze kości. I czaszka w popiołach też nie jest owcza.*

— To stare drzewo — zauważył z zasępioną miną Mormont, osadzając konia.

— Stare — zgodził się siedzący na jego ramieniu kruk. — Stare, stare, stare.

— I potężne. — Jon czuł jego moc.

Thoren Smallwood zsunął się z siodła tuż obok pnia. Jego zbroja i kolczuga wydawały się zupełnie ciemne.

— Spójrzcie na tę twarz. Nic dziwnego, że ludzie się ich bali po przybyciu na Westeros. Mam ochotę zrąbać to cholerstwo osobiście.

— Mój pan ojciec wierzył, że pod drzewem sercem nikt nie może kłamać — odezwał się Jon. — Że starzy bogowie wiedzą, kiedy człowiek łże.

— Mój ojciec też w to wierzył — poparł go Stary Niedźwiedź. — Pokaż mi tę czaszkę.

Jon zsiadł z konia. Na plecach miał skryty w czarnej, skórzanej pochwie Długi Pazur, półtoraręczny bastardowy miecz, który podarował mu Stary Niedźwiedź w zamian za uratowanie życia. „Bastardowy miecz dla bastarda" — żartowali ludzie. Zrobiono dla niego nową rękojeść z wyrzeźbioną z jasnego kamienia gałką uformowaną na kształt wilczej głowy, ale sam miecz wykonany był z valyriańskiej stali — stary, lekki i śmiertelnie ostry.

Ukląkł i wsunął w drzewną paszczę skrytą w rękawicy dłoń. Wnętrze było czerwone od wyschniętej żywicy i osmalone ogniem. Pod czaszką znalazł drugą, mniejszą. Jej żuchwa była ułamana, a całość na wpół zagrzebana w popiele i odłamkach kości.

Kiedy przyniósł czaszkę Mormontowi, Stary Niedźwiedź uniósł ją w obu dłoniach i spojrzał w puste oczodoły.

— Dzicy palą swych zmarłych. Zawsze o tym wiedzieliśmy. Żałuję teraz, że kiedy jeszcze trochę ich tu mieszkało, nie zapytaliśmy ich, dlaczego to robią.

Jon Snow przypomniał sobie powstałego z grobu upiora, lśniące niebieskie oczy w bladym, trupim obliczu. Był pewien, że zna odpowiedź na to pytanie.

— Gdyby tylko kości umiały mówić — utyskiwał Stary Niedźwiedź. — Ten człowiek mógłby nam wiele wyjaśnić. W jaki sposób umarł. Kto go spalił i dlaczego. Gdzie odeszli dzicy. — Westchnął. — Podobno dzieci lasu potrafiły rozmawiać z umarłymi. Ja nie opanowałem tej sztuki. — Cisnął czaszkę z powrotem do ust drzewa. Spadła na popiół, wzbijając w górę delikatne obłoczki. — Przeszukajcie wszystkie te chaty. Gigancie, właź na drzewo i rozejrzyj się. Każę też sprowadzić psy. Być może tym razem ślad będzie świeższy.

Z jego tonu nie wynikało, by zbytnio na to liczył.

Każde z domostw sprawdzało dwoje ludzi, by mieć pewność, że niczego nie przeoczą. Jonowi jako partnera przydzielono ponurego

Eddisona Tolletta, chudego jak szczapa giermka o siwych włosach. Inni bracia zwali go Eddem Cierpiętnikiem.

— Staremu Niedźwiedziowi nie starcza, że zmarli chodzą — skarżył się Jonowi, gdy szli w stronę chaty. — Chce, żeby jeszcze mówili. Powiadam ci, nie wyniknie z tego nic dobrego. Skąd zresztą wiadomo, że kości nie mogą kłamać? Dlaczego śmierć miałaby uczynić człowieka prawdomównym albo nawet bystrym? Zmarli są na pewno nudni i ciągle utyskują. Ziemia jest za zimna, mój nagrobek powinien być większy, dlaczego on ma więcej robaków ode mnie…

Jon musiał się schylić, by przejść przez niskie odrzwia. Wewnątrz znalazł ubite klepisko. Nie było tu żadnych mebli ani innych śladów bytności ludzi, poza odrobiną popiołu pod otworem w dachu.

— Okropnie byłoby tu mieszkać — stwierdził.

— Urodziłem się w bardzo podobnym domu — odparł Edd Cierpiętnik. — I spędziłem w nim swe złote lata. Ciężkie czasy przyszły na mnie później. — W jednym z rogów chaty leżało wyschnięte, słomiane posłanie. Edd spojrzał na nie tęsknym wzrokiem. — Oddałbym całe złoto Casterly Rock, żeby znowu przespać się w łóżku.

— Nazywasz to łóżkiem?

— Jeśli jest miększe niż ziemia i ma nad sobą dach, to dla mnie jest to łóżko. — Edd Cierpiętnik powęszył. — Czuję gnój.

Smród był ledwie wyczuwalny.

— Ale stary — zauważył Jon.

Chata sprawiała wrażenie opuszczonej od dość dawna. Chłopak klęknął i przerzucił słomę, by sprawdzić, czy czegoś pod nią nie schowano. Potem sprawdzili ściany. Nie trwało to zbyt długo.

— Nic tu nie ma.

Nic nie wyglądało tak, jak oczekiwał. Białedrzewo było czwartą wioską, na którą się natknęli. We wszystkich znaleźli to samo. Ludzie zniknęli, zabierając ze sobą skromny dobytek i nieliczne zwierzęta. W żadnej z osad nie widziało się śladów napaści. Były po prostu… puste.

— Jak sądzisz, co się tu stało? — zapytał.

— Coś gorszego niż sobie wyobrażamy — zasugerował Edd Cierpiętnik. — No, może i potrafiłbym to sobie wyobrazić, ale wolę tego nie robić. Wystarczy, że człowiek wie, iż czeka go straszliwy koniec. Lepiej nie myśleć o tym z góry.

Gdy wyszli na zewnątrz, wejście do chaty obwąchiwały dwa psy.

Inne biegały po wiosce. Chett przeklinał je donośnie głosem ochrypłym z gniewu, który nigdy go nie opuszczał. W przesączającym się przez czerwoną koronę czardrzewa świetle czyraki na jego twarzy wydawały się jeszcze jaskrawsze niż zwykle. Na widok Jona przymrużył nagle oczy. Nie darzyli się nawzajem sympatią.

W innych domach również nic nie znaleźli.

— Odeszli — zakrakał kruk Mormonta. Wzbił się w górę i usiadł na konarze czardrzewa, by popatrywać na nich z góry. — Odeszli, odeszli, odeszli.

— Dzicy mieszkali w Białymdrzewie nie dalej niż przed rokiem.

Thoren Smallwood, który przywdział lśniącą, czarną kolczugę ser Jaremy'ego Rykkera oraz ozdobiony płaskorzeźbą napierśnik, wyglądał na lorda znacznie bardziej niż Mormont. Jego gruby płaszcz był bogato podszyty sobolami, a zapinkę w kształcie skrzyżowanych młotów Rykkerów wykuto ze srebra. Kiedyś płaszcz należał do ser Jaremy'ego... lecz jego właściciela zabrał upiór, a w Nocnej Straży niczego nie marnowano.

— Przed rokiem królem był Robert, a w królestwie panował pokój — zauważył Jarman Buckwell, spokojny, barczysty mężczyzna, który dowodził zwiadowcami. — Przez rok wiele może się zmienić.

— Ale jedno nie zmienia się nigdy — wtrącił ser Mallador Locke. — Mniej dzikich to mniej kłopotów. Co by się z nimi nie stało, nie będę ich żałował. Wszystko to zbóje i mordercy.

Jon usłyszał szelest czerwonych liści. Dwie gałęzie rozsunęły się i ujrzał małego człowieczka, który przechodził z konaru na konar swobodnie jak wiewiórka. Bedwyck liczył sobie nie więcej niż pięć stóp wzrostu, lecz kosmyki siwizny w jego włosach świadczyły, że nie jest już młody. Inni zwiadowcy zwali go Gigantem.

— Na północy widać wodę — zawołał, siedząc w rozwidleniu gałęzi nad ich głowami. — Może to jezioro. Na zachodzie wznosi się kilka krzemiennych wzgórz, ale niezbyt wysokich. Nic więcej tam nie ma, panowie.

— Moglibyśmy zatrzymać się tu na noc — zaproponował Smallwood. Stary Niedźwiedź podniósł wzrok, chcąc dostrzec za jasnymi gałęziami i czerwonymi liśćmi skrawek nieba. — Nie — sprzeciwił się. — Gigancie, ile jeszcze dnia nam zostało?

— Trzy godziny, panie.

— Ruszymy na północ — zdecydował Mormont. — Jeśli dotrzemy do jeziora, rozbijemy obóz na brzegu. Może nałapiemy trochę ryb. Jon, przynieś mi papier. Już najwyższy czas, żebym napisał kilka słów do maestera Aemona.

Jon wydobył z juków pergamin, gęsie pióro oraz inkaust i zaniósł to wszystko lordowi dowódcy.

W Białymdrzewie — nabazgrał Mormont. *Czwartej wiosce. Wszystkie puste. Dzicy odeszli.*

— Znajdź Tarly'ego i powiedz mu, żeby to wysłał — rozkazał, wręczając list Jonowi. Potem zagwizdał i kruk sfrunął w dół, lądując na łbie jego konia.

— Ziarno — zasugerował ptak, unosząc głowę. Wierzchowiec zarżał.

Jon dosiadł swej szkapiny, zawrócił i oddalił się kłusem. Poza obszarem cienia rzucanego przez olbrzymie czardrzewo pod mniejszymi drzewami stali ludzie z Nocnej Straży; oporządzali konie, żuli paski solonej wołowiny, odlewali się, drapali i gadali ze sobą. Gdy padł rozkaz odjazdu, rozmowy ucichły i wszyscy wspięli się na siodła. Przodem ruszyli zwiadowcy Jarmana Buckwella, natomiast właściwą kolumnę prowadziła przednia straż pod dowództwem Thorena Smallwooda. Za nią podążał Stary Niedźwiedź z głównymi siłami, ser Mallador Locke z taborem i koniami jucznymi, a wreszcie ser Ottyn Wythers i tylna straż. W sumie dwustu ludzi i trzysta wierzchowców.

Za dnia jechali ścieżkami wydeptanymi przez zwierzynę oraz korytami strumieni, drogami zwiadowców, które wiodły coraz głębiej w pełną liści i korzeni głuszę. Nocami obozowali pod gwiaździstym niebem i obserwowali kometę. Bracia opuścili Czarny Zamek w dobrym nastroju, przerzucając się żartami i wymieniając opowieści, lecz posępne milczenie puszczy wpłynęło na wszystkich. Ludzie zrobili się wybuchowi i wesołość ich opuściła. Nikt nie przyznawał, że się boi — ostatecznie byli ludźmi z Nocnej Straży — Jon jednak wyczuwał ich niepokój. Cztery opustoszałe wioski i ani śladu dzikich. Nawet zwierzyna uciekła. Doświadczeni zwiadowcy przyznawali, że nawiedzany las nigdy nie wydawał się bardziej nawiedzany.

Po drodze ściągnął rękawicę, żeby ochłodzić poparzone palce. Wyglądały paskudnie. Przypomniał sobie nagle, jak muskał nimi włosy Aryi. Swej małej, chudej siostrzyczki. Zastanowił się, co się z nią teraz dzieje. Zasmuciła go nieco myśl, że może już nigdy nie dotknie jej włosów. Zaczął zginać dłoń, zaciskać i rozprostowywać palce. Wiedział, że jeśli dłoń, w której trzyma miecz, zrobi się sztywna i niezgrabna, będzie to dla niego oznaczało koniec. Za Murem miecz był niezbędny do życia.

Znalazł Samwella Tarly'ego w towarzystwie innych zarządców. Grubas poił właśnie konie. Opiekował się trzema: własnym wierzchowcem i dwoma zwierzętami jucznymi, z których każde dźwigało wykonaną z drutu i wikliny klatkę z krukami. Zobaczywszy Jona, ptaki zatrzepotały skrzydłami, wrzeszcząc do niego zza krat. Niektóre z ich krzyków podejrzanie przypominały słowa.

— Uczyłeś je mówić? — zapytał Sama.

— Tylko kilka słów. Trzy z nich umieją powiedzieć „Snow".

— Wystarczało mi, jak jeden kruk powtarza moje nazwisko — poskarżył się Jon. — A poza tym czarni bracia nie lubią słuchać o śniegu.

Na północy śnieg często oznaczał śmierć.

— Znaleźliście coś w Białymdrzewie?

— Kości, popioły i puste domy. — Jon wręczył Samowi zwój pergaminu. — Stary Niedźwiedź chce wysłać wiadomość do Aemona.

Sam wydobył z klatki kruka, pogłaskał go po piórach i przytwierdził list do jego nogi.

— Leć do domu, dzielny ptaku — powiedział. — Do domu.

Kruk zakrakał coś niezrozumiałego i Sam rzucił go w powietrze. Ptaszysko załopotało skrzydłami, wzbijając się ku niebu.

— Szkoda, że nie może zabrać i mnie — pożalił się grubas.

— Ciągle chcesz wracać?

— No więc — odparł Sam — tak, ale... nie boję się już tak bardzo. Naprawdę. Pierwszej nocy, kiedy tylko usłyszałem, że ktoś wstaje się odlać, zaraz mi się wydawało, że to dzicy podkradają się do obozu, żeby poderżnąć mi gardło. Bałem się, że jeśli zamknę oczy, to już ich więcej nie otworzę, tyle, że... hmm... świt w końcu nadszedł. — Rozciągnął usta w bladym uśmieszku. — Może i jestem tchórzliwy, lecz nie głupi. Wszystko mnie boli od jazdy i spania na ziemi, ale już się prawie nie boję. Popatrz. — Uniósł dłoń, by pokazać Jonowi, że nie drży. — Wziąłem się za rysowanie map.

Świat jest dziwny — pomyślał Jon. Mur opuściło dwustu odważnych mężczyzn i jedynym, który nie bał się coraz bardziej, był Sam, który nie krył, że jest tchórzem.

— Jeszcze zrobimy z ciebie zwiadowcę — zażartował. — Niedługo zapragniesz pojechać przodem, jak Grenn. Czy mam pogadać ze Starym Niedźwiedziem?

— Ani mi się waż! — Sam uniósł kaptur olbrzymiego, czarnego płaszcza i wdrapał się niezdarnie na siodło. Jechał na koniu od pługa, wielkim, powolnym i ociężałym, który jednak lepiej sobie radził z dźwiganiem jego ciężaru niż małe koniki używane przez zwiadowców. — Miałem nadzieję, że zostaniemy na noc w wiosce — ciągnął tęsknym głosem. — Dobrze by było znowu przespać się pod dachem.

— Dachów nie starczyłoby dla wszystkich.

Jon wskoczył na siodło, uśmiechnął się na pożegnanie do przyjaciela i odjechał. Kolumna ruszyła już w drogę, ominął więc wioskę szerokim łukiem, chcąc uniknąć największego zamieszania. Miał dosyć Białegodrzewa.

Duch wyskoczył z chaszczy tak niespodziewanie, że konik spłoszył się i stanął dęba. Biały wilk polował daleko od oddziału, lecz nie miał więcej szczęścia niż myśliwi Smallwooda. Pewnej nocy, przy ognisku, Dywen powiedział Jonowi, że las jest tak samo opustoszały jak wioski.

— Jesteśmy wielkim oddziałem — uspokajał go młodzieniec. — I robimy tyle hałasu, że na pewno spłoszyliśmy całą zwierzynę.

— Coś ją z pewnością spłoszyło — przyznał Dywen.

Gdy koń już się uspokoił, Duch pomknął obok niego swobodnymi susami. Jon doścignął Mormonta, który właśnie wymijał gęstą kępę głogu.

— Czy kruk poleciał? — zapytał Stary Niedźwiedź.

— Tak, panie. Sam uczy ptaki mówić.

Mormont prychnął pogardliwie.

— Jeszcze tego pożałuje. Te skurczybyki robią mnóstwo hałasu, ale nigdy nie powiedziały nic godnego zapamiętania.

Przez pewien czas jechali w milczeniu.

— Jeśli mój stryj znalazł puste wioski… — odezwał się wreszcie Jon.

— …z pewnością zapragnął się dowiedzieć, dlaczego ludzie uciekli — dokończył za niego lord Mormont. — A możliwe, że ktoś chciał zachować to w tajemnicy. No cóż, gdy dołączy do nas Qhorin, będziemy mieli trzystu ludzi. Jeśli czeka tam na nas wróg, będziemy dla niego twardym orzechem do zgryzienia. Znajdziemy ich, Jon. Daję ci słowo.

Albo oni znajdą nas — pomyślał młodzieniec.

Arya

Rzeka była niebieskozieloną wstążką, która lśniła w porannym słońcu. Przybrzeżne płycizny porastała gęsta trzcina. Arya wypatrzyła wodnego węża, który ślizgał się po powierzchni, wywołując na niej lekkie zmarszczki. W górze kołował leniwie jastrząb.

Wydawało się, że jest tu bardzo spokojnie... dopóki Koss nie zauważył trupa.

— Tam, w trzcinach.

Kiedy wyciągnął rękę, Arya również zobaczyła ciało żołnierza, bezkształtne i nabrzmiałe. Nasiąknięty wodą zielony płaszcz zahaczył o zbutwiałą kłodę, a twarz ogryzały maleńkie rybki.

— Mówiłem, że tu będą trupy — odezwał się Lommy. — Czułem w wodzie ich smak.

Yoren splunął na widok nieboszczyka.

— Dobber, sprawdź, czy ma coś, co warto by zabrać. Kolczugę, nóż, trochę monet, czy co tam jeszcze. — Spiął wałacha i wjechał do rzeki, koń jednak grzązł w miękkim mule, a za obszarem porośniętym trzciną dno szybko opadało. Yoren zawrócił w gniewie. Konia aż po kolana pokrywało brązowe błoto. — Tędy się nie przeprawimy. Koss, pojedziesz ze mną w górę rzeki poszukać brodu. Woth, Geren, wy ruszycie w dół. Reszta zaczeka tutaj. Wystawcie straże.

Dobber znalazł za pasem zabitego skórzaną sakiewkę. W środku były cztery miedziaki i maleńki kosmyk blond włosów przewiązany czerwoną wstążką. Lommy i Tarber rozebrali się do naga i weźli do wody. Ten pierwszy zaczął nabierać całe garście śliskiego błocka i rzucać nim w Gorącą Bułkę, krzycząc: — Błotna Bułka! Błotna Bułka!

Siedzący z tyłu wozu Rorge obrzucał ich przekleństwami i groźbami, żądając, by go rozkuli, nim zdąży wrócić Yoren, nikt jednak nie zwracał na niego uwagi. Kurz złapał rybę gołymi rękami. Arya widziała, jak to zrobił. Stał nad płycizną, spokojny jak stojąca woda, a gdy tylko zbliżyła się ryba, jego ręce uderzyły, szybkie jak wąż. Miała wrażenie, że to łatwiejsze od łapania kotów. Ryby nie miały pazurów.

Gdy wrócili zwiadowcy, było już południe. Woth zameldował, że w odległości pół mili był kiedyś drewniany most, ale ktoś go spalił.

— Konie pewnie by mogły przepłynąć rzekę — odezwał się Yoren, odrywając od beli kwaśny liść. — I osły może też, ale nie ma mowy, żebyśmy się przeprawili wozami. A na północy i zachodzie widać dymy pożarów, więc może lepiej będzie zostać na tym brzegu. — Wziął w rękę długi patyk i nakreślił w błocie krąg, a potem odchodzącą od niego linię. — To jest Oko Boga. Rzeka płynie na południe, a my jesteśmy tutaj. — Zrobił dziurę w ziemi poniżej kręgu, obok linii symbolizującej rzekę. — Nie możemy okrążyć jeziora od zachodu, tak jak na to liczyłem. A jeśli pojedziemy na wschód, wrócimy na królewski trakt. — Przesunął patyk w miejsce, gdzie linia stykała się z kręgiem. — O ile dobrze pamiętam, tutaj jest miasteczko. Kamienna warownia, a także siedziba jakiegoś paniątka. To tylko wieża, ale będą tam straże i może też rycerz albo nawet dwóch. Jeśli udamy się na północ wzdłuż rzeki, powinniśmy dotrzeć na miejsce przed zmierzchem. Będą tam mieli łodzie. Zamierzam sprzedać wszystko, co mamy, i wynająć jedną z nich. — Przeciął krąg patykiem, posuwając się z dołu do góry. — Jeśli bogowie będą łaskawi, pożeglujemy Okiem Boga do Harrentown. — Wbił kijek w błoto u szczytu kręgu. — Kupimy tam nowe wierzchowce albo schronimy się w Harrenhal. To siedziba lady Whent, a ona zawsze sprzyjała Straży.

Gorąca Bułka wybałuszył nagle oczy.

— W Harrenhal są duchy.

Yoren splunął.

— Tyle mnie obchodzą twoje duchy. — Cisnął patyk w błoto. — Ruszamy.

Arya przypomniała sobie opowieści o Harrenhal, które słyszała od Starej Niani. Zły król Harren zamknął się wewnątrz twierdzy, ale Aegon poszczuł na niego smoki i obrócił zamczysko w stos. Niania opowiadała, że w poczerniałych wieżach po dziś dzień straszą płonące duchy. Zdarzało się, że ludzie zasypiali spokojnie w łożach, a rankiem znajdowano ich martwych i spalonych. Arya właściwie w to nie wierzyła, a zresztą wszystko to wydarzyło się bardzo dawno temu. Gorąca Bułka był głupi. W Harrenhal nie znajdą duchów, lecz rycerzy. Będzie mogła ujawnić lady Whent swą tożsamość, a potem rycerze odwiozą ją bezpiecznie do domu. Tym właśnie się zajmowali. Dbali o bezpieczeństwo ludzi, a szczególnie kobiet. Być może lady Whent potrafi nawet pomóc płaczącej dziewczynce.

Nadrzeczny szlak nie był królewskim traktem, lecz mimo to jechało się po nim nie najgorzej. Choć raz wozy gładko toczyły się naprzód. Pierwszy dom zobaczyli godzinę przed zmierzchem. Była to mała, przytulna, kryta strzechą chatka, stojąca pośrodku pola pszenicy. Yoren pogalopował ku niej z głośnym krzykiem, lecz nikt mu nie odpowiedział.

— Może ich zabito. Albo się ukrywają. Dobber, Rey, chodźcie ze mną. — Trzej mężczyźni weszli do chaty. — Garnki zniknęły i nie widać też żadnych pieniędzy — mruknął Yoren, kiedy wrócili. — Ani zwierząt. Najpewniej uciekli. Może spotkaliśmy ich na królewskim trakcie.

Przynajmniej jednak chaty ani pola nie spalono i w pobliżu nie było trupów. Tarber znalazł za chatą ogród i wszyscy wykopali sobie trochę cebuli oraz rzodkiewek, a przed odjazdem wypełnili worek kapustą.

Nieco dalej natknęli się na chatkę drwala, otoczoną starymi drzewami i stosami czekających na porąbanie kłód, jeszcze dalej zaś na rozsypujący się dom, którego część wychodziła nad rzekę, osadzona na palach wysokości dziesięciu stóp. Oba domostwa były opustoszałe. Mijali coraz więcej pól. Pszenica, kukurydza i jęczmień dojrzewały w słońcu, nie widzieli tu jednak ludzi siedzących na drzewach, czy chodzących wzdłuż miedz z kosami. Wreszcie ujrzeli przed sobą miasteczko: skupisko białych domów otaczające mury warowni, duży sept z drewnianym, pokrytym gontem dachem oraz wieżę lorda, wznoszącą się na małym wzgórzu na zachodzie. Nigdzie jednak nie było nawet śladu ludzi.

Yoren siedział na koniu, zaciskając skryte pod gęstą brodą wargi.

— To mi się nie podoba — orzekł wreszcie. — Ale nic na to nie poradzę. Rozejrzyjmy się. Tylko ostrożnie. Może ktoś się gdzieś ukrywa. Może zostawili jakąś łódź albo broń.

Czarny brat zostawił dziesięciu ludzi, którzy mieli strzec wozów oraz bez przerwy płaczącej dziewczynki. Resztę podzielił na cztery pięcioosobowe grupy i nakazał im przeszukać miasto.

— Miejcie oczy i uszy otwarte — ostrzegł ich, po czym pojechał do wieży, żeby sprawdzić, co się stało z paniczykiem i jego zbrojnymi.

Arya znalazła się w jednej grupie z Gendrym, Gorącą Bułką i Lommym. Przysadzisty, brzuchaty Woth wiosłował kiedyś na galerze, co czyniło go najlepszym marynarzem z nich wszystkich. Dlatego Yoren kazał mu iść z całą grupą nad jezioro i poszukać łodzi. Gdy ich wierzchowce mijały milczące, białe budynki, ramiona Aryi pokryła gęsia skórka. Bała się tej opustoszałej osady prawie tak samo jak spalonej warowni, w której znaleźli płaczącą dziewczynkę i jednoręką kobietę. Dlaczego ludzie stąd uciekli, porzucając domy i cały dobytek? Co mogło ich aż tak przestraszyć?

Słońce wisiało już nisko na zachodzie i domy rzucały długie, mroczne cienie. Słysząc nagły łoskot, Arya złapała za Igłę, okazało się jednak, że to tylko stukająca na wietrze okiennica. Dziewczynka przez długi czas przebywała pod otwartym niebem i niepokoiła ją bliskość otaczających ich ze wszystkich stron budynków.

Gdy tylko zobaczyła za domami i drzewami błysk tafli jeziora, wbiła kolana w końskie boki i pogalopowała w tamtą stronę, wyprzedzając Wotha i Gendry'ego. Po chwili wypadła na zieloną murawę, tuż obok żwirowego brzegu. Nieruchoma tafla wody lśniła w blasku zachodzącego słońca niczym kuta miedź. Arya nigdy jeszcze nie widziała tak wielkiego jeziora. Drugi brzeg był całkowicie niewidoczny. Po jej lewej stronie wznosiła się zbudowana bez jednolitego planu gospoda, wychodząca nad wodę na grubych, drewnianych palach. Po prawej widziała długie molo. Dalej na wschodzie dostrzegała też następne, jakby miasto wyciągało ku jezioru drewniane palce. Wypatrzyła jednak tylko jedną łódź wiosłową, która leżała do góry dnem, porzucona na skałach pod gospodą. Jej deski całkowicie zbutwiały.

— Odpłynęli — powiedziała przygnębiona. I co teraz mieli począć?

— Tam jest gospoda — odezwał się Lommy, gdy dogonili ją pozostali. — Myślisz, że zostawili coś do jedzenia? Albo *ale*?

— Chodźmy sprawdzić — zaproponował Gorąca Bułka.

— Mniejsza o gospodę — warknął Woth. — Yoren kazał nam znaleźć łódź.

— Wszystkie zabrali.

Arya wiedziała skądś, że to prawda. Nawet jeśli przeszukają całe miasteczko, nie znajdą nic lepszego niż ta leżąca do góry dnem łódka. Zrozpaczona zsunęła się z siodła i uklękła przy brzegu. Fale oblewały jej nogi z cichym chlupotem. Pojawiła się garstka świetlików, które to się zapalały, to gasły. Zielona woda była ciepła jak łzy, lecz nie wyczuwało się w niej soli. Smakowała latem, błotem i wszystkim, co rośnie. Arya zanurzyła w niej twarz, chcąc zmyć kurz, brud i pył, które zbierały się na skórze przez cały dzień. Gdy uniosła głowę, strużki wilgoci spłynęły jej po szyi, docierając za kołnierz. Było to przyjemne wrażenie. Żałowała, że nie może zdjąć ubrania i popływać w ciepłej wodzie niczym chuda, różowa wydra. Może udałoby się jej dopłynąć aż do Winterfell.

Woth krzyknął do niej, żeby pomogła w poszukiwaniach. Usłuchała go. Zaglądała do zbudowanych nad jeziorem domków i szop, podczas gdy jej koń pasł się przy brzegu. Znaleźli trochę żagli, gwoździ i wiader stwardniałej smoły oraz kotkę z nowo narodzonymi kociętami. Łodzi jednak nigdzie nie było.

Gdy wrócił Yoren z resztą ludzi, w miasteczku było już ciemno jak w lesie.

— Wieża jest pusta — oznajmił czarny brat. — Lord pewnie wyruszył na wojnę albo pojechał odprowadzić prostaczków w bezpieczne miejsce. Nie wiadomo. Nigdzie nie ma koni ani świń, ale będziemy mieli co jeść. Widziałem biegającą na swobodzie gęś i trochę kur. W Oku Boga jest też mnóstwo ryb.

— Łodzie zniknęły — zameldowała Arya.

— Moglibyśmy załatać dno tej uszkodzonej — zaproponował Koss.

— Wystarczy tylko dla czterech — wskazał Yoren.

— Gwoździe tu są — wtrącił Lommy. — I wszędzie rośnie pełno drzew. Moglibyśmy wybudować łodzie.

Yoren splunął.

— A co ty wiesz o budowie łodzi, uczniu farbiarza?

Chłopak spojrzał tylko na niego z głupią miną.

— A może tratwę? — zasugerował Gendry. — Tratwę każdy potrafi sklecić. Pchalibyśmy ją tyczkami.

Yoren zamyślił się głęboko.

— Jezioro jest za głębokie, żeby je pokonać w taki sposób, ale gdybyśmy się trzymali przybrzeżnych płycizn… musielibyśmy jednak zostawić wozy. A może tak by było lepiej. Prześpię się z tym pomysłem.

— Czy moglibyśmy zanocować w gospodzie? — zainteresował się Lommy.

— Będziemy spali w warowni, przy zamkniętych bramach — oznajmił stary. — Lubię, kiedy w nocy otaczają mnie kamienne mury.

Arya nie mogła już dłużej milczeć.

— Nie powinniśmy się tu zatrzymywać — palnęła. — Wszyscy stąd uciekli, nawet ich lord.

— Arry się boi — oznajmił Lommy z głośnym rechotem.

— Nieprawda — odwarknęła. — Ale oni się bali.

— Bystry chłopiec — pochwalił ją Yoren. — Rzecz w tym, że ci, którzy tu mieszkali, prowadzili wojnę, czy tego chcieli, czy nie. My z nikim nie walczymy. Nocna Straż nie opowiada się po niczyjej stronie i nikt nie jest naszym wrogiem.

Ani przyjacielem — pomyślała. Tym razem jednak trzymała język za zębami. Patrzył na nią Lommy i cała reszta, a nie chciała, żeby uznali ją za tchórza.

Bramy warowni zabito żelaznymi gwoździami. Wewnątrz znaleźli parę żelaznych sztab wielkości małych drzewek, osadzonych w wykopanych w ziemi otworach. Gdy sztaby przeciągnięto przez przytwierdzone do bramy metalowe okucia, tworzyły potężną barierę o kształcie litery X. Kiedy zbadali już warownię od piwnic aż po dach, Yoren orzekł, że nie jest to Czerwona Twierdza, ale przewyższa większość podobnych fortów i na tę jedną noc powinna im wystarczyć. Wysokie na dziesięć stóp mury wzniesiono z nieociosanych, postawionych bez zaprawy kamieni, a za blankami biegła wokół nich drewniana kładka. Na północy znajdowała się tylna brama, a Gerren odkrył w starej stajni ukrytą pod słomą zapadnię, która prowadziła do wąskiego, krętego tunelu. Pokonawszy długą drogę pod ziemią, wyszedł na powierzchnię w pobliżu brzegu jeziora. Yoren kazał podjechać nad zapadnię wozem, żeby się upewnić, że nikt nie wtargnie tamtędy do środka. Podzielił wszystkich na trzy wachty i wysłał Tarbera, Kurza oraz Cutjacka do opuszczonej wieży, żeby wypatrywali, czy nikt się nie zbliża. Kurz miał róg myśliwski, w który rozkazano mu zadąć, gdyby zauważył jakieś zagrożenie.

Wprowadzili wozy i zwierzęta do środka, po czym zamknęli za sobą bramy. Waląca się stajnia była tak wielka, że mogłaby pomieścić połowę koni w miasteczku. Azyl, w którym w razie niebezpieczeństwa chronili się mieszczanie, był jeszcze większy. Niski i długi budynek wzniesiono z kamienia, a jego dach pokryto strzechą. Koss wyszedł przez boczną bramę i przyniósł gęś oraz dwie kury. Yoren pozwolił rozpalić ognisko. W warowni była wielka kuchnia, lecz zabrano z niej wszystkie garnki i kotły. Losowanie wyznaczyło na kucharzy Gendry'ego, Dobbera i Aryę. Dobber kazał Aryi oskubać drób, Gendry zaś miał narąbać drewna .

— Dlaczego ja nie mogę rąbać? — poskarżyła się, nikt jej jednak nie słuchał. Naburmuszona, wzięła się do oskubywania kurczaka, podczas gdy Yoren siedział na ławie, ostrząc sztylet o osełkę.

Gdy kolacja była już gotowa, Arya zjadła kurzą nogę i trochę cebuli. Nikt nie był zbyt rozmowny, nawet Lommy. Gendry odszedł potem na bok i zaczął polerować hełm z kompletnie nieobecną miną. Dziewczynka kwiliła i płakała, lecz gdy Gorąca Bułka podał jej kawałek gęsi, pożarła go i popatrzyła na chłopaka, prosząc o więcej.

Arya wylosowała drugą wartę. Znalazła sobie w azylu siennik, nie mogła jednak zasnąć, pożyczyła więc od Yorena osełkę i wzięła się za ostrzenie Igły. Syrio Forel mówił, że tępy miecz jest jak okulawiony koń. Przyglądał się jej Gorąca Bułka, który przykucnął na sąsiednim sienniku.

— Skąd masz taki dobry miecz? — zapytał. Uniósł ręce w obronnym geście na widok spojrzenia, którym go obrzuciła. — Nie powiedziałem, że go ukradłeś. Chciałem się tylko dowiedzieć, skąd go masz.

— Od brata — wymamrotała.

— Nie wiedziałem, że masz brata.

Przerwała pracę, by podrapać się pod koszulą. W słomie były pchły. Co prawda, nie rozumiała, dlaczego kilka insektów więcej miałoby jej sprawiać jakąś różnicę.

— Mam kupę braci.

— Naprawdę? Starszych czy młodszych?

Nie powinnam mu tego mówić. Yoren kazał mi trzymać gębę na kłódkę.

— Starszych — skłamała. — Oni też mają miecze, wielkie i długie. Pokazali mi, jak zabijać ludzi, którzy zawracają mi głowę.

— Wcale nie zawracam ci głowy. Chciałem tylko pogadać.

Gorąca Bułka odszedł, zostawiając ją samą. Zwinęła się w kłębek na sienniku. Na drugim końcu azylu słychać było płacz dziewczynki. *Mogłaby się wreszcie uspokoić. Dlaczego musi cały czas beczeć?* Na pewno zasnęła, choć nie pamiętała, by zamykała oczy. Śniło się jej, że słyszy wycie wilka, tak okropne, iż natychmiast się obudziła i usiadła na sienniku. Serce waliło jej mocno.

— Gorąca Bułka, wstawaj. — Wstała. — Woth, Gendry, nie słyszeliście?

Wciągnęła jeden but.

Wszędzie wokół mężczyźni i chłopcy budzili się, złażąc z sienników.

— Co się stało? — zapytał Gorąca Bułka.

— A co mieliśmy słyszeć? — zainteresował się Gendry.

— Arry miał zły sen — rzucił ktoś inny.

— Nie, słyszałem wyraźnie — upierała się. — To był wilk.

— Arry ma w głowie wilki — zadrwił Lommy.

— Niech sobie wyją — wtrącił Gerren. — One są za murami, a my w środku.

— Nigdy jeszcze nie widziałem wilka, który potrafiłby zdobyć warownię — przyznał mu rację Woth.

— Ja nic nie słyszałem — zapewnił Gorąca Bułka.

— To był wilk — krzyknęła do nich, zakładając drugi but. — Coś się dzieje, ktoś się zbliża, wstawajcie!

Nim zdążyli zakrzyczeć ją po raz drugi, noc wypełnił donośny dźwięk. Tym razem nie był to jednak wilk, lecz Kurz, który dął w róg na znak niebezpieczeństwa. W mgnieniu oka wszyscy zaczęli wciągać ubranie, łapiąc za posiadaną broń. Gdy róg zabrzmiał po raz drugi, Arya popędziła do bramy. Kiedy przebiegała obok stajni, Kąsacz szarpnął wściekle łańcuchy, a Jaqen H'ghar zawołał do niej:

— Chłopcze! Słodki chłopcze! Czy to wojna, krwawa wojna? Chłopcze, uwolnij nas. Mężczyzna umie walczyć. Chłopcze!

Pobiegła dalej, ignorując go. Za murem słychać już było tętent kopyt i krzyki.

Wdrapała się na kładkę. Blanki były odrobinę zbyt wysokie, a ona trochę za niska. Żeby coś zobaczyć, musiała wciskać palce nóg w szczeliny między kamieniami. Przez chwilę wydawało jej się, że w miasteczku jest pełno świetlików. Potem zrozumiała, że to jeźdźcy z pochodniami galopujący między domami. Widziała, jak płomienie ogarnęły strzechę, liżąc brzuch nocy gorącymi, pomarańczowymi jęzorami. Potem zapłonął drugi dach, a po nim trzeci. Wkrótce pożary były już wszędzie.

Dołączył do niej Gendry, który włożył swój hełm.

— Ilu ich jest?

Próbowała policzyć napastników, lecz poruszali się zbyt szybko, a ciskane przez nich pochodnie wirowały w powietrzu.

— Stu — odpowiedziała. — Dwustu. Nie wiem. — Przez ryk płomieni przebijały się krzyki. — Za chwilę wezmą się za nas.

— Tam — odezwał się Gendry, wyciągając rękę.

Kolumna jeźdźców mknęła między płonącymi budynkami, zmierzając ku warowni. Metalowe hełmy lśniły w blasku ognia, który odbijał się też w kolczugach i zbrojach, tworząc pomarańczowe albo żółte plamy. Jeden z mężczyzn niósł osadzoną na wysokiej pice chorągiew. Aryi zdawało się, że sztandar jest czerwony, lecz trudno to było określić, gdyż noc wypełniła łuna szalejących wokół pożarów i wszystko wydawało się czerwone, czarne lub pomarańczowe.

Ogień przenosił się z jednego domu na drugi. Widziała, jak pochłonął drzewo. Płomienie przebiegły wzdłuż gałęzi, rysując się na tle nocy niczym szaty o barwie jaskrawego oranżu. Wszyscy już wstali. Wyszli na kładkę albo szarpali się z przerażonymi zwierzętami na dole. Słyszała głos wykrzykującego rozkazy Yorena. Wtem coś trąciło ją w nogę. Spuściła wzrok i zobaczyła, że uczepiła się jej płacząca dziewczynka.

— Zjeżdżaj! — Wyszarpnęła nogę. — Skąd się tu wzięłaś? Schowaj się gdzieś, głupia.

Odepchnęła ją.

Jeźdźcy osadzili konie pod bramą.

— Hej wy, w warowni! — krzyknął rycerz w wysokim hełmie z kolczastym grzebieniem. — Otwierać w imieniu króla!

— A którego? — zawołał stary Reysen, nim Woth zdążył zatkać mu gębę.

Yoren wdrapał się na blanki tuż obok bramy. Spłowiały, czarny płaszcz przywiązał do drewnianej laski, by zrobić z niego chorągiew.

— Hej wy, na dole! — wrzasnął. — Mieszczanie uciekli.

— Kim jesteś, starcze? Jednym z tchórzy lorda Berica? — wołał rycerz. — Jeśli jest tam ten durny grubas Thoros, zapytaj go, jak mu się podobają te pożary.

— Nikogo takiego tu nie ma — odkrzyknął Yoren. — Tylko garstka chłopaków ze Straży. Nic nas nie obchodzi wasza wojna. — Uniósł laskę, żeby wszyscy zobaczyli kolor sztandaru. — Przyjrzyjcie się. To czerń Nocnej Straży.

— Albo rodu Dondarrionów — zawołał człowiek trzymający nieprzyjacielską chorągiew, wyraźnie teraz widoczną w blasku pożarów. Widniał na niej złoty lew na czerwonym tle. — Herb lorda Berica to fioletowa błyskawica na czarnym polu.

Arya przypomniała sobie nagle, jak pewnego ranka rzuciła w twarz Sansy pomarańczą i pobrudziła jej sokiem tę głupią jedwabną suknię barwy kości słoniowej. Na turniej przybył wówczas jakiś paniczyk z południa i głupkowata przyjaciółka jej siostry, Jeyne, była w nim zakochana. Na tarczy nosił błyskawicę. Jej ojciec wysłał go, żeby ściął brata Ogara. Wydawało jej się, że to było tysiąc lat temu, spotkało inną osobę w innym życiu... Aryę Stark, córkę namiestnika, nie chłopca Arry'ego. Skąd Arry mógłby znać lordów i im podobnych ludzi?

— Jesteś ślepy czy co? — Yoren pomachał żerdzią, aż tkanina załopotała. — Widzisz tu jakąś cholerną błyskawicę?

— W nocy wszystkie chorągwie są czarne — zauważył rycerz w spiczastym hełmie. — Otwieraj albo uznamy was za bandytów, którzy są w zmowie z wrogami króla.

Yoren splunął.

— Kto wami dowodzi?

— Ja. — Zbrojni rozstąpili się, by przepuścić swego dowódcę. Zbroja jego rumaka połyskiwała matowo w blasku ognia. Był tęgim mężczyzną. Na tarczy miał mantykorę, a stalowy napierśnik otaczał zdobny grawerunek. Spod uniesionej zasłony hełmu wyjrzała blada, świńska twarz. — Jestem ser Amory Lorch, chorąży lorda Tywina Lannistera z Casterly Rock, namiestnika króla. Prawdziwego króla, Joffreya. — Miał wysoki, piskliwy głos. — W jego imieniu rozkazuję ci otworzyć bramę.

Płomienie ogarnęły już całe miasteczko. W powietrzu unosiły się gęste kłęby dymu i czerwone węgielki, liczniejsze od gwiazd. Yoren skrzywił się wściekle.

— Nie widzę potrzeby. Z miastem róbcie sobie co chcecie, nic mnie to nie obchodzi. Ale nas zostawcie w spokoju. Nie jesteśmy waszymi wrogami.

Patrzcie oczyma — chciała krzyknąć do ludzi na dole.

— Czy oni nie widzą, że nie jesteśmy lordami ani rycerzami? — wyszeptała.

— Chyba jest im wszystko jedno, Arry — odpowiedział Gendry, również szeptem.

Gdy spojrzała w twarz ser Amory'ego, tak jak uczył ją patrzeć Syrio, dostrzegła, że Gendry ma rację.

— Jeśli nie jesteście zdrajcami, otwórzcie bramy — wołał ser

Amory. — Upewnimy się, czy to prawda, i ruszymy w dalszą drogę.

— Mówię ci, że nie ma tu nikogo oprócz nas — rzucił Yoren, żując kwaśny liść. — Masz na to moje słowo.

Rycerz w spiczastym hełmie ryknął śmiechem.

— Wrona daje nam słowo.

— Chyba zabłądziłeś, starcze — zadrwił jeden z włóczników. — Mur jest daleko na północ.

— Po raz kolejny rozkazuję ci w imieniu króla Joffreya, byś dowiódł swej wierności i otworzył bramę — powiedział ser Amory.

Yoren zastanawiał się przez dłuższą chwilę, nie przestając żuć. Nagle splunął.

— Nie, chyba tego nie zrobię — oznajmił.

— Niech będzie i tak. Wszyscy, którzy sprzeciwiają się królewskim rozkazom, są buntownikami, nawet czarne płaszcze.

— Mam tu małych chłopców — krzyknął Yoren.

— Chłopcy i starcy umierają tak samo. — Ser Amory uniósł ospałym gestem pięść i z rozjaśnionego ogniem cienia wyleciała włócznia. Rzucający z pewnością mierzył w Yorena, trafił jednak Wotha, który stał obok. Grot wbił mu się w gardło i wyszedł z tyłu na zewnątrz, ciemny i wilgotny. Woth spróbował złapać włócznię, po czym opadł bezwładnie na kładkę.

— Wedrzeć się na mury i zabić wszystkich — rozkazał znudzonym tonem ser Amory. Poleciały kolejne włócznie. Arya obaliła Gorącą Bułkę, łapiąc go za tył bluzy. Na zewnątrz słychać było grzechot zbroi, zgrzyt wyciąganych z pochew mieczy, łoskot walących w tarcze włóczni, przekleństwa oraz tętent pędzących koni. Nad głowami obrońców przeleciała ciągnąca za sobą płomienne jęzory pochodnia, która upadła z łoskotem na ziemię dziedzińca.

— Do broni! — krzyknął Yoren. — Rozstawić się i bronić muru na całej długości. Koss i Urreg do tylnej bramy. Lommy, wyciągnij włócznię z Wotha i zajmij jego miejsce.

Gorącej Bułce wypadł z rąk krótki miecz, który próbował wydobyć z pochwy. Arya wsunęła mu rękojeść w dłoń.

— Nie umiem się bić na miecze — zaprotestował, wytrzeszczając oczy.

— To łatwe — odpowiedziała Arya, lecz kłamstwo uwięzło jej w gardle, gdy za szczyt muru złapała czyjaś dłoń. Widziała ją w blasku pożarów tak wyraźnie, jakby czas się zatrzymał. Palce były tępo zakończone i pokryte stwardnieniami, wyrastały między nimi czarne, poskręcane włosy, a pod paznokciem kciuka pełno było brudu.

„Strach tnie głębiej niż miecze." Przypomniała sobie słowa Syria, gdy za dłonią zamajaczył szczyt półhełmu.

Uderzyła Igłą z całej siły i wykuta w zamku stal wbiła się w dłoń między palcami.

— Winterfell! — krzyknęła. Trysnęła krew, palce straciły uchwyt i twarz zniknęła tak samo szybko, jak się pojawiła.

— Za tobą! — wrzasnął Gorąca Bułka. Arya odwróciła się błyskawicznie. Drugi napastnik był brodaty i nie nosił hełmu. Sztylet trzymał w zębach, żeby wolne ręce wykorzystać do wspinaczki. Gdy przerzucił nogę przez blanki, zamachnęła się na niego mieczem, celując w oczy. Choć Igła nawet go nie dotknęła, stracił równowagę i zwalił się z muru. *Mam nadzieję, że spadnie na twarz i utnie sobie język.*

— Patrz na nich, nie na mnie! — krzyknęła do Gorącej Bułki. Gdy następnym razem ktoś próbował wspiąć się na mur na ich odcinku, chłopak rąbał jego dłonie mieczem tak długo, aż napastnik zleciał na dół.

Ser Amory nie miał drabin, lecz po zbudowanym z nieociosanych kamieni murze warowni łatwo się było wspinać, a wrogom nie było końca. Każdego napastnika, którego Arya zraniła mieczem lub zepchnęła z muru, zastępował kolejny. Rycerz w spiczastym hełmie wdarł się na szaniec, ale Yoren owinął wokół jego szpica swój czarny sztandar, a gdy przeciwnik próbował go zerwać, wbił mu w pierś sztylet. Gdy tylko Arya podnosiła wzrok, za każdym razem widziała więcej pochodni. Widok ciągnących się za nimi języków ognia długo utrzymywał się pod jej powiekami. Ujrzawszy czerwony sztandar ze złotym lwem, pomyślała o Joffreyu. Gdyby tu był, mogłaby ciąć Igłą w jego uśmiechniętą szyderczo gębę.

Czterech mężczyzn zaatakowało bramę toporami, lecz Koss powystrzelał ich po kolei z łuku. Dobber zepchnął kolejnego napastnika z kładki, a Lommy rozwalił mu głowę kamieniem, nim zdążył się podnieść. Krzyknął z radości, lecz nagle zauważył, że z brzucha Dobbera sterczy nóż, i zdał sobie sprawę, że jego przyjaciel też już nie wstanie. Arya przeskoczyła nad ciałem chłopaka w wieku Jona, któremu ucięto rękę. Nie sądziła, by ona to zrobiła, nie była jednak tego pewna. Słyszała, jak Qyle błagał o litość, nim rycerz z osą na tarczy zmiażdżył mu twarz kolczastym buzdyganem. Wszystko przenikał smród krwi, dymu, żelaza i moczu. Po chwili zaczęło się jej wydawać, że to jeden zapach. Nawet nie zauważyła, jak przez mur przedostał się jakiś chudzielec, gdy jednak znalazł się po ich stronie, rzuciła się na niego razem z Gendrym i Gorącą Bułką. Miecz Gendry'ego roztrzaskał mu hełm i zrzucił go z głowy, odsłaniając łysinę i przerażoną twarz. Mężczyzna był szczerbaty i miał upstrzoną siwizną brodę, lecz choć Arya litowała się nad nim, zabiła go, krzycząc: — Winterfell! Winterfell! — podczas gdy stojący obok grubas ciął go w chudą szyję, wrzeszcząc: — Gorąca Bułka!

Kiedy chudzielec padł martwy, Gendry podniósł jego miecz i zeskoczył na dziedziniec, by poszukać nowych przeciwników. Spojrzawszy w tamtą stronę, ujrzała przemykające przez warownię stalowe cienie i zrozumiała, że wrogowie przedostali się jakoś przez mur bądź też sforsowali tylną bramę. Skoczyła na dół i wylądowała obok Gendry'ego, tak jak uczył ją Syrio. Noc wypełniał szczęk stali oraz krzyki rannych i konających. Zatrzymała się na chwilę niezdecydowana, nie wiedząc, dokąd pójść. Zewsząd otaczała ją śmierć.

Nagle obok niej znalazł się Yoren, który potrząsnął nią gwałtownie, krzycząc jej prosto w twarz.

— Chłopcze! — wrzasnął na nią, tak jak robił to zawsze. — Uciekaj stąd. Już po nas. Przegraliśmy. Zbierz tylu, ilu zdołasz i zwiewajcie. Ty, on i reszta. Wyprowadź ich. Natychmiast!

— Którędy? — zapytała.

— Przez zapadnię — krzyknął. — Pod stajnią.

Rzucił się z powrotem w wir walki, ściskając w dłoni miecz.

Arya złapała Gendry'ego za ramię.

— Kazał nam uciekać — krzyknęła. — Tunelem pod stajnią.

Przez szczelinę wizury widać było lśniące w blasku ognia oczy Byka. Chłopak skinął głową. Zawołali stojącego jeszcze na murze Gorącą Bułkę i znaleźli Lommy'ego Zieloną Łapkę, który leżał na ziemi, krwawiąc z rany w łydce. Oberwał włócznią. Odszukali też Gerrena, lecz ten był zbyt ciężko ranny, żeby się ruszyć. Biegnąc ku stajni, Arya zauważyła płaczącą dziewczynkę, która siedziała pośrodku chaosu, otoczona dymem i rzezią. Złapała ją za rączkę i podniosła z ziemi, lecz dziecko nie chciało iść, nawet gdy dostało klapsa. Arya powlokła je za sobą, w lewej ręce ściskając Igłę. Pozostali pobiegli już naprzód. Noc przed nimi miała posępną, czerwoną barwę. *Stajnia płonie* — pomyślała. Pochodnia padła na słomę i płomienie ogarnęły ściany budynku. Słyszała kwiki uwięzionych wewnątrz zwierząt. Ze stajni wypadł Gorąca Bułka.

— Arry, chodź! Lommy już poszedł! Jak nie chce iść, to ją zostaw!

Arya pociągnęła płaczącą dziewczynkę jeszcze mocniej, wlokąc ją uparcie za sobą. Gorąca Bułka wbiegł do środka, zostawiając je... ale na jego miejsce pojawił się Gendry. Jego wypolerowany hełm lśnił w blasku ognia tak jasno, że wydawało się, iż rogi jarzą się pomarańczowym światłem. Podbiegł do nich i przerzucił sobie płaczącą dziewczynkę przez ramię.

— Uciekaj!

Gdy wbiegła do stodoły, poczuła się tak, jakby znalazła się w piecu. Powietrze wypełniały kłęby dymu, a tylną ścianę od gruntu aż po dach spowiły płomienie. Konie i osły wierzgały, kwiczały i stawały dęba. *Biedne zwierzaki* — pomyślała. Nagle zobaczyła wóz i trzech przykutych do niego mężczyzn. Kąsacz szarpał gwałtownie łańcuchy. Spod okowów na jego nadgarstkach ciekły strużki krwi. Rorge wyrzucał z siebie strumień przekleństw, kopiąc zawzięcie w drewno.

— Chłopcze! — zawołał Jaqen H'ghar. — Słodki chłopcze!

Otwarta zapadnia była już tylko kilka stóp przed nią, lecz ogień szerzył się szybko, pochłaniając stare drewno i suchą słomę z niewiarygodną prędkością. Arya przypomniała sobie okropnie poparzoną twarz Ogara.

— Tunel jest wąski! — krzyczał Gendry. — Jak ją przeniesiemy na drugą stronę?

— Przeciągniemy — odparła. — Albo przepchniemy.

— Dobrzy chłopcy, mili chłopcy — wołał, kaszląc Jaqen H'ghar.

— Zdejmijcie mi te pierdolone łańcuchy! — wrzasnął Rorge.

Gendry zignorował ich.

— Ty idź pierwszy, potem ona, a na końcu ja. Szybko, droga jest długa.

— Gdzie zostawiłeś tę siekierę, którą rąbałeś drewno? — przypomniała sobie Arya.

— Obok azylu. — Spojrzał przelotnie na skutych mężczyzn. — Wolałbym uratować osły. Nie mamy czasu.

— Bierz ją! — wrzasnęła. — Wyprowadź ją sam! Dasz sobie radę!

Gdy wypadła ze stajni, za jej plecami łopotały gorące, czerwone skrzydła ognia. Na zewnątrz spotkała cudowny chłód, lecz wszędzie wokół ginęli ludzie. Zobaczyła, jak Koss odrzucił miecz, by się poddać, lecz zabito go na miejscu. Wszędzie było pełno dymu. Po Yorenie ślad zaginął, ale siekiera tkwiła tam, gdzie zostawił ją Gendry — obok stosu drewna pod azylem. Gdy wyszarpnęła ją z pniaka, na jej ramię opadła zakuta w stalową rękawicę dłoń. Arya odwróciła się błyskawicznie i wbiła siekierę między nogi napastnika. Nie zdążyła zobaczyć jego twarzy, a jedynie ciemną krew, wypływającą między ogniwami kolczugi. Powrót do stajni był najtrudniejszą rzeczą, jakiej w życiu dokonała. Dym buchał z otwartych drzwi niczym wijący się, czarny wąż. Słyszała głosy nieszczęsnych osłów, koni i ludzi. Przygryzła wargę, pochyliła się nisko i wbiegła do środka, wybierając miejsce, gdzie dym był trochę mniej gęsty.

Otoczony kręgiem ognia osioł kwiczał z bólu i przerażenia. Jej nozdrza wypełnił smród palącej się sierści. Dach również już płonął. Sypały się z niego kawałki płonącego drewna, a także słoma i siano. Arya zasłoniła dłonią usta i nos. Nie widziała wozu, który przesłoniły kłęby dymu, słyszała jednak krzyki Kąsacza. Poczołgała się w tamtą stronę.

I nagle ujrzała nad sobą koło. Cały wóz podskoczył w górę i przesunął się o pół stopy, gdy Kąsacz znowu szarpnął łańcuchy. Jaqen ją zauważył, lecz było zbyt gorąco, żeby oddychać, a co dopiero mówić. Cisnęła siekierę do środka. Rorge złapał ją i uniósł nad głowę. Po jego beznosej twarzy spływały strużki brudnego od sadzy potu. Arya kaszląc, rzuciła się do ucieczki. Usłyszała, jak stalowe ostrze przecina stare drewno, najpierw raz, a potem drugi i trzeci. Po chwili rozległ się łoskot głośny jak uderzenie pioruna. Dno wozu odpadło. W powietrze posypały się drzazgi.

Arya rzuciła się do tunelu głową naprzód i runęła pięć stóp w dół. Usta wypełniła jej ziemia, nie przejmowała się tym jednak. Wrażenie było przyjemne. Gleba smakowała błotem i wodą, robakami i życiem. W podziemiach było chłodno i ciemno, a na górze nie zostawiła nic oprócz krwi, huczącej czerwieni, duszącego dymu i kwików ginących koni. Poprawiła pas, żeby Igła jej nie przeszkadzała, i zaczęła się czołgać. Gdy już pokonała jakieś dwanaście stóp, usłyszała huk, który brzmiał jak ryk monstrualnej bestii. Za jej plecami pojawił się obłok gorącego dymu i czarnego kurzu, niosący ze sobą woń piekła. Wstrzymała oddech, pocałowała błoto przed sobą i rozpłakała się, nie wiedząc, nad kim roni łzy.

Tyrion

Królowa nie miała ochoty czekać na Varysa.

— Już sama zdrada jest ohydna — oznajmiła z furią — ale to jest czyste, bezczelne łotrostwo. Nie potrzebuję tego afektowanego eunucha, żeby wiedzieć, jak się postępuje z łotrami.

Tyrion wziął listy z rąk siostry i położył jeden obok drugiego, by porównać ich treść. Słowa były identyczne, choć napisały je inne dłonie.

— Pierwsze pismo otrzymał maester Frenken w zamku Stokeworth — wyjaśnił wielki maester Pycelle. — Drugie pochodzi od lorda Gylesa.

Littlefinger dotknął palcami brody.

— Jeśli Stannis napisał nawet do nich, nie ulega wątpliwości, że każdy lord w Siedmiu Królestwach otrzymał taki sam list.

— Chcę, żeby wszystkie te pisma spalono — oznajmiła Cersei. — Nie mogą o tym usłyszeć ani mój syn, ani ojciec.

— Przypuszczam, że ojciec już o tym wie — zauważył z przekąsem Tyrion. — Stannis z pewnością wysłał też ptaki do Casterly Rock i do Harrenhal. A co do listów, to po co je palić? Pieśń już zaśpiewana, wino rozlane, a dziewka w ciąży. Zresztą sprawa wcale nie wygląda tak źle.

— Czy do cna straciłeś rozum? — naskoczyła na niego Cersei z furią w zielonych oczach. — Nie czytałeś, co napisał? Nazywa go „chłopcem Joffreyem". Ośmielił się oskarżyć mnie o kazirodztwo, cudzołóstwo i zdradę!

Tylko dlatego, że jesteś winna. To zdumiewające, jak Cersei potrafiła się oburzać z powodu oskarżeń, o których świetnie wiedziała, że są prawdziwe. *Jeśli przegramy wojnę, powinna wstąpić do wędrownej trupy komediantów. Ma do tego talent.* Tyrion zaczekał, aż jego siostra skończy mówić.

— Stannis musi mieć jakiś pretekst, by podnieść bunt — odezwał się wreszcie. — Co twoim zdaniem miał napisać? „Joffrey jest prawowitym synem i dziedzicem mojego brata, ale ja i tak zamierzam zagarnąć tron?"

— Nie ścierpię, żeby nazywał mnie kurwą!

Ależ siostro, przecież nie twierdzi, że Jaime ci płacił. Tyrion demonstracyjnie spojrzał na list. W jego pamięć zapadło jedno zdanie...

— Napisane w imię Światła Pana — odczytał. — To dziwny dobór słów.

Pycelle odchrząknął.

— Takie sformułowanie często pojawia się w listach i dokumentach pochodzących z Wolnych Miast. Znaczy tyle samo, co na przykład, „bierzemy boga na świadka". Chodzi o boga czerwonych kapłanów. To chyba oni używają tych słów.

— Varys wspominał przed kilkoma laty, że lady Selyse przyjęła na dwór czerwoną kapłankę — przypomniał im Littlefinger.

Tyrion zastukał palcami w papier.

— A teraz wygląda na to, że jej pan mąż podążył za jej przykładem. Możemy to wykorzystać przeciwko niemu. Wpłyń na wielkiego septona, żeby ogłosił, iż Stannis obrócił się nie tylko przeciw prawowitemu królowi, lecz również przeciw bogom...

— Tak, tak — przerwała mu niecierpliwie królowa. — Ale najpierw trzeba położyć kres tym plugawym pomówieniom. Rada musi wydać edykt mówiący, że każdy, kto wspomni o kazirodztwie lub nazwie Joffa bękartem, straci język.

— Bardzo rozsądnie — pochwalił ją maester Pycelle, pochylając głowę z brzękiem łańcucha, który był symbolem jego godności.

— To szaleństwo — sprzeciwił się z westchnieniem Tyrion. — Jeśli wyrwiemy komuś język, nie dowiedziemy w ten sposób, że kłamie, a tylko obwieścimy całemu światu, że boimy się tego, co ma do powiedzenia.

— To co twoim zdaniem powinniśmy zrobić? — zapytała jego siostra.

— Bardzo niewiele. Niech sobie szepczą. Wkrótce się znudzą tą opowieścią. Każdy, kto ma choć za grosz rozsądku, zorientuje się, że to tylko prymitywne kłamstwo mające usprawiedliwić zagarnięcie korony. Czy Stannis ma jakieś dowody? Jak może je mieć, jeśli nic takiego nigdy się nie wydarzyło?

Tyrion obdarzył siostrę wyjątkowo słodkim uśmiechem.

— To prawda — musiała przyznać. — Ale…

— Wasza Miłość, twój brat ma rację. — Petyr Baelish złożył palce w piramidkę. — Jeśli spróbujemy uciszyć tę plotkę, dodamy jej tylko wiarygodności. Lepiej potraktować ją ze wzgardą. W końcu jest tylko żałosnym kłamstwem. A tymczasem będziemy zwalczać ogień ogniem.

Cersei przyjrzała się mu uważnie.

— A jakim ogniem?

— Jakąś opowieścią tego samego rodzaju, ale bardziej wiarygodną. Lord Stannis spędza większość czasu z dala od żony. Osobiście nie mam o to do niego pretensji. Gdybym był ożeniony z lady Selyse, postępowałbym tak samo. Niemniej jednak, jeśli rozpuścimy plotkę, że jej córka jest nisko urodzona, a Stannis to rogacz, no cóż… prostaczkowie zawsze chętnie wierzą w najgorsze opowieści o swych lordach, zwłaszcza tych, którzy są tak surowi, ponurzy i pyszni jak Stannis Baratheon.

— To prawda, że nigdy go nie kochano. — Cersei zastanawiała się przez chwilę. — A więc odpłacimy mu tą samą monetą. Tak, to mi się podoba. Ale kogo uczynimy kochankiem lady Selyse? Mam wrażenie, że ma dwóch braci. A na Smoczej Skale cały czas towarzyszył jej jeden ze stryjów…

— Ser Axell Florent jest jej kasztelanem. — Choć Tyrion przyznawał to z wielką niechęcią, plan Littlefingera był obiecujący. Stannis nigdy nie kochał żony, lecz gdy chodziło o jego honor, stroszył się jak jeż, a do tego był z natury nieufny. Jeśli zdołają zasiać niezgodę między nim a jego zwolennikami, z pewnością im to nie zaszkodzi. — Słyszałem, że dziecko ma uszy Florentów.

Littlefinger poruszył ospale ręką.

— Wysłannik handlowy z Lys wspominał mi kiedyś, że lord Stannis z pewnością bardzo kocha swą córkę, bo przecież przystroił mury Smoczej Skały setkami jej posągów. Musiałem mu rzec: „mój panie, to są chimery". — Zachichotał. — Ser Axell mógłby się nadać na ojca Shireen, ale doświadczenie uczy mnie, że im bardziej dziwaczna i szokująca jest opowieść, tym chętniej ludzie ją powtarzają. Stannis trzyma na dworze szczególnie groteskowego błazna, przygłupa z wytatuowaną twarzą.

Wielki maester Pycelle wybałuszył oczy z przerażeniem na twarzy.

— Z pewnością nie chcesz zasugerować, że lady Selyse wzięła do łoża błazna?

— Tylko błazen miałby ochotę spać z Selyse Florent — odparł Littlefinger. — Plama z pewnością przypomina jej Stannisa. Najlepsze kłamstwa zawsze zawierają w sobie ziarno prawdy. To zmusza słuchacza do zastanowienia. Tak się składa, że ten błazen jest bezgranicznie oddany dziewczynce i łazi za nią wszędzie. Są nawet trochę do siebie podobni. Shireen również ma cętkowaną, nieruchomą twarz.

— W niemowlęctwie chorowała na szarą łuszczycę — zaprotestował zdezorientowany Pycelle. — Biedactwo omal wtedy nie umarło.

— Moja wersja bardziej mi odpowiada — odparł Littlefinger. — Prostaczkowie będą takiego samego zdania. Większość z nich wierzy, że jeśli ciężarna kobieta zje pieczeń z królika, dziecko urodzi się z długimi uszami.

Cersei uśmiechnęła się w sposób, który zwykle rezerwowała dla Jaime'a.

— Lordzie Petyrze, jesteś wielkim niegodziwcem.

— Dziękuję, Wasza Miłość.

— I bardzo zdolnym kłamcą — dorzucił Tyrion, mniej ciepłym tonem. *Jest bardziej niebezpieczny, niż mi się zdawało* — przemknęło mu przez myśl.

Szarozielone oczy Littlefingera bez śladu niepokoju spojrzały w różnobarwne oczy karła.

— Każdy z nas ma jakiś dar, panie.

Królowa była zbyt zaprzątnięta perspektywą zemsty, by zauważyć tę rozmowę.

— Przygłupi błazen przyprawił mu rogi! Stannis będzie pośmiewiskiem we wszystkich winiarniach po tej stronie wąskiego morza.

— Ta opowieść nie powinna wyjść od nas — wtrącił Tyrion — bo inaczej ludzie zaraz się zorientują, że to kłamstwo, które rozpuszczamy we własnym interesie. *W końcu tak właśnie jest.*

Littlefinger po raz kolejny miał odpowiedź na podorędziu.

— Kurwy uwielbiają plotkować, a tak się składa, że jestem właścicielem paru burdeli. Natomiast Varys z pewnością mógłby zasiać ziarno w piwiarniach i garkuchniach.

— Varys — odezwała się Cersei, marszcząc brwi. — Gdzie on się podziewa?

— Sam się nad tym zastanawiałem, Wasza Miłość.

— Pająk dzień i noc przędzie swą sieć tajemnic — odezwał się złowieszczym tonem wielki maester Pycelle. — Nie ufam temu człowiekowi.

— A on mówi o tobie tak dobrze. — Tyrion wstał z krzesła. Tak się składało, że wiedział, co robi eunuch. Lepiej jednak, żeby inni członkowie rady nie byli tego świadomi. — Wybaczcie mi, proszę. Wzywają mnie inne sprawy.

Cersei natychmiast stała się podejrzliwa.

— Sprawy króla?

— Nic, czym musiałabyś się kłopotać.

— Sama to ocenię.

— Chcesz mi zepsuć niespodziankę? — zapytał. — Kazałem zrobić podarunek dla Joffreya. To taki mały łańcuch.

— A po co mu jeszcze jeden łańcuch? Ma ich więcej, niż może założyć. I złotych, i srebrnych. Jeśli ci się zdaje, że zdołasz podarkami zdobyć miłość Joffa…

— Ależ z pewnością król już mnie kocha, tak samo jak ja jego. A ten łańcuch może pewnego dnia okazać się znacznie cenniejszy od pozostałych.

Mały człowieczek pokłonił się i ruszył kaczkowatym krokiem ku drzwiom. Pod komnatą obrad czekał na niego Bronn, który odprowadził go do Wieży Namiestnika.

— Kowale czekają w twej komnacie audiencyjnej, aż raczysz się zjawić — powiedział, gdy szli przez dziedziniec.

— Aż raczę się zjawić. To mi się podoba, Bronn. Wysławiasz się prawie jak prawdziwy dworzanin. Niedługo zaczniesz klękać.

— Pierdolę cię, karle.

— Wolę to robić z Shae. — Tyrion usłyszał wesoły głos lady Tandy, która wołała go ze szczytu spiralnych schodów. Udając, że jej nie zauważył, przyśpieszył nieco kroku. — Każ przygotować moją lektykę. Gdy tylko skończę, zamierzam opuścić zamek.

Przy drzwiach straż pełnili dwaj Księżycowi Bracia. Tyrion pozdrowił ich uprzejmie i skrzywił się, nim ruszył w górę po schodach. Od wspinaczki do sypialni zawsze bolały go nogi.

Wewnątrz znalazł dwunastoletniego chłopaka, który ścielił łoże.

Był to jego nieszczęsny giermek. Podrick Payne był tak nieśmiały, że trzeba go było nazwać skrytym. Tyrion nie potrafił się uwolnić od podejrzenia, że ojciec przydzielił mu tego chłopca po to, by z niego zadrwić.

— Twój strój, panie — wymamrotał Pod, gdy Tyrion wszedł do środka. Chłopak wpatrywał się w podłogę. Nawet gdy odważył się odezwać, nigdy jakoś nie potrafił spojrzeć na rozmówcę. — Na audiencję. I łańcuch. Łańcuch namiestnika.

— Świetnie. Pomóż mi się ubrać.

Czarny, aksamitny wams zdobiły złote ćwieki w kształcie lwich głów, a łańcuch był pętlą składającą się z dłoni ze szczerego złota. Palce każdej z nich zaciskały się na nadgarstku następnej. Pod przyniósł mu też karmazynowy płaszcz ze złotymi frędzlami, który skrócono, by pasował na niego. Na normalnym mężczyźnie byłby co najwyżej półpeleryną.

Komnata audiencyjna namiestnika była mniejsza od królewskiej, a w porównaniu z ogromną salą tronową wydawała się klitką, Tyrion jednak lubił jej myrijskie dywany, draperie i poczucie intymności, które zapewniała.

— Tyrion Lannister, królewski namiestnik — krzyknął jego zarządca, gdy wchodził do środka. To również mu się podobało. Grupka kowali, płatnerzy i kupców żelaznych, których przyprowadził Bronn, padła na kolana.

Tyrion wdrapał się na wysokie krzesło ustawione pod okrągłym, złocistym oknem i kazał wszystkim się podnieść.

— Dobrzy ludzie, wiem, że macie dużo pracy. Dlatego będę się streszczał. Pod, proszę. — Chłopak podał mu płócienny worek. Tyrion odwiązał go i obrócił otworem do dołu. Jego zawartość wysypała się na dywan z głuchym stukotem uderzającego o drewno metalu. — Kazałem je zrobić w zamkowej kuźni. Potrzebny mi jeszcze tysiąc takich samych.

Jeden z kowali uklęknął, by zbadać obiekt: trzy olbrzymie stalowe ogniwa, połączone ze sobą.

— To potężny łańcuch.

— Potężny, ale krótki — odparł karzeł. — Całkiem jak ja. Chciałbym mieć znacznie dłuższy. Jak się nazywasz?

— Mówią na mnie Ironbelly, panie.

Kowal był przysadzisty i szeroki w barach, a na sobie miał prosty strój z wełny i skóry. Jego ramiona przypominały grubością byczy kark.

— Chcę, aby wszystkie kuźnie w Królewskiej Przystani zajęły się produkcją i łączeniem tych ogniw. Wszelkie inne zadania należy odłożyć na bok. Niech każdy, kto umie pracować w metalu, czy to mistrz, czeladnik czy uczeń, bierze się do roboty. Kiedy przyjadę na Stalową, życzę sobie usłyszeć łoskot młotów, w dzień lub w nocy. Potrzebny mi też mężczyzna, silny mężczyzna, który będzie tym wszystkim kierował. Czy jesteś takim mężczyzną, mój dobry Ironbelly?

— Może i jestem, panie. Ale co ze zbrojami i mieczami, które zamówiła królowa?

— Jej Miłość rozkazała nam produkować kolczugi i zbroje, miecze, sztylety i topory, wszystko to w wielkiej ilości — wtrącił inny kowal. — To dla jej nowych złotych płaszczy, panie.

— To może zaczekać — oznajmił Tyrion. — Najpierw łańcuch.

— Panie, wybacz mi proszę, ale Jej Miłość zagroziła, że tym, którzy nie wykonają jej rozkazów, każe zmiażdżyć dłonie — upierał się zaniepokojony kowal. — Zmiażdżyć na ich własnych kowadłach. Tak powiedziała.

Słodka Cersei zawsze robi wszystko, żeby prostaczkowie nas kochali.

— Nikomu z was nie zmiażdżą dłoni. Daję słowo.

— Żelazo robi się drogie — zauważył Ironbelly. — A na ten łańcuch pójdzie cała masa żelaza. A także koksu do palenia w piecach.

— Lord Baelish dopilnuje, żeby nie zabrakło wam pieniędzy — obiecał Tyrion. Miał nadzieję, że przynajmniej pod tym względem może liczyć na Littlefingera. — Rozkażę Straży Miejskiej pomóc wam w zdobyciu żelaza. Jeśli okaże się to konieczne, przetopcie wszystkie podkowy w mieście.

Podszedł do niego starszy mężczyzna, bogato odziany w bluzę z adamaszku ze srebrnymi sprzączkami oraz płaszcz obszyty lisim futrem. Ukląkł przy wielkich stalowych ogniwach, które Tyrion cisnął na podłogę.

— Panie — oznajmił z powagą w głosie — to w najlepszym razie prostacka robota. Nie wymaga żadnych umiejętności. Nie wątpię, że to odpowiednie zadanie dla zwykłych kowali, którzy kują podkowy i kotły, ale ja jestem mistrzem płatnerskim, jeśli łaska. To nie jest praca dla mnie ani dla mych kolegów, mistrzów. Robimy miecze ostre jak pieśń i zbroje godne bogów. Nie coś takiego.

Tyrion przechylił głowę na bok, kierując na rzemieślnika spojrzenie różnobarwnych oczu.

— Jak masz na imię, mistrzu płatnerski?

— Salloreon, jeśli łaska. Gdyby królewski namiestnik się zgodził, poczułbym się wielce zaszczycony, mogąc dla niego wykonać zbroję odpowiednią dla jego rodu i wysokiego urzędu. — Dwaj inni rzemieślnicy zachichotali, lecz Salloreon mówił dalej, nie zważając na nic. — Najlepsza chyba byłaby zbroja płytowo-łuskowa. Pozłacane łuski koloru słońca, a napierśnik pociągnięty emalią głębokokarmazynowej barwy Lannisterów. Sugerowałbym hełm w kształcie głowy demona, ukoronowany wysokimi, złotymi rogami. Kiedy wyruszysz do boju, ludzie ścierpną ze strachu.

Głowa demona — pomyślał ze smutkiem Tyrion. *I co to o mnie mówi?*

— Mistrzu Salloreonie, wszystkie bitwy, jakie mnie jeszcze czekają, zamierzam toczyć z tego fotela. Potrzebne mi ogniwa, nie rogi demona. Powiem ci to tak: możesz robić łańcuchy albo je nosić. Wybór należy do ciebie.

Wstał i opuścił komnatę, niemal nie oglądając się za siebie.

Przy bramie czekał Bronn z lektyką i eskortą konnych Czarnych Uszu.

— Wiesz, dokąd mamy jechać — rzucił Tyrion, gdy najemnik pomagał mu wsiąść do lektyki. Zrobił wszystko, co mógł, by nakarmić głodujące miasto. Rozkazał kilkuset cieślom budować łodzie rybackie zamiast katapult, otworzył królewski las dla wszystkich myśliwych, którzy odważyli się przekroczyć rzekę, a nawet wysłał złote płaszcze na zachód i południe, każąc im zarekwirować trochę żywności. Mimo to na ulicach spotykał się z oskarżycielskimi spojrzeniami. Zasłony lektyki osłaniały go przed nimi, pozwalając mu spokojnie pomyśleć.

Gdy posuwali się powoli krętą Aleją Czarnego Cienia ku podstawie Wielkiego Wzgórza Aegona, Tyrion zastanawiał się nad tym, co zaszło dziś rano. Gniew nie pozwolił jego siostrze dostrzec prawdziwego znaczenia listu Stannisa Baratheona. Bez dowodów jego oskarżenia nie miały znaczenia. Ważne było to, że ogłosił się królem. Jak zareaguje na to Renly? Nie mogli obaj zasiąść na Żelaznym Tronie.

Odsunął machinalnie zasłonę o kilka cali, by wyjrzeć na ulicę. Po obu stronach lektyki jechały Czarne Uszy, ozdobione swymi makabrycznymi naszyjnikami. Bronn podążał z przodu, by torować im drogę. Tyrion przyglądał się obserwującym lektykę gapiom, próbując dla zabawy wyszukać pośród nich szpicli. *Ci, którzy wydają się najbardziej podejrzani, są zapewne niewinni* — uznał. *Muszę się strzec tych, którzy wyglądają na niewiniątka.*

Miejsce ku któremu zmierzał, znajdowało się za wzgórzem Rhaenys, a na ulicach panował tłok. Nim lektyka wreszcie się zatrzymała, minęła prawie godzina. Tyrion drzemał, lecz gdy ruch ustał, ocknął się nagle, potarł rozespane oczy i pozwolił, by Bronn pomógł mu wysiąść.

Parter budynku wybudowano z kamienia, a piętro z drewna. Nad jednym z jego narożników górowała okrągła wieżyczka. W wiele okien wprawiono witraże. Nad drzwiami kołysała się ozdobna lampa — kula z pozłacanego metalu i szkarłatnego szkła.

— To burdel — zorientował się Bronn. — Co zamierzasz tu robić?

— A co zwykle robi się w burdelu?

Najemnik wybuchnął śmiechem.

— Shae ci nie wystarcza?

— Jest całkiem ładna jak na markietankę, ale ja wróciłem już z wojny. Mali mężczyźni mają wielkie apetyty, a słyszałem, że tutejsze dziewczyny są godne króla.

— Ale czy on nie jest jeszcze na to za młody?

— Nie Joffreya. Roberta. To był jego ulubiony przybytek. — *Chociaż niewykluczone, że Joffrey już do tego dorósł. To ciekawa myśl.* — Jeśli ty albo Czarne Uszy chcecie się zabawić, nie krępujcie się, ale ostrzegam, że dziewczyny Chatayi są drogie. Dalej w głąb ulicy znajdziecie tańsze domy. Zostawcie tu jednego człowieka, który będzie wiedział, gdzie szukać pozostałych, gdy będę chciał wrócić.

Bronn skinął głową.

— Jak sobie życzysz.

Czarne Uszy uśmiechały się szeroko.

Za drzwiami czekała na niego wysoka kobieta w powłóczystej jedwabnej szacie. Miała czarną jak mahoń skórę i oczy koloru drewna sandałowego.

— Jestem Chataya — oznajmiła, kłaniając się nisko. — A ty…

— Lepiej uważajmy z imionami. Imiona są niebezpieczne. — Powietrze przesycała woń jakiejś egzotycznej przyprawy, a podłogę pod jego stopami zdobiła mozaika przedstawiająca dwie kobiety splecione w akcie miłosnym. — Masz ładny lokal.

— Długo pracowałam nad tym, by uczynić go tym, czym jest. Cieszę się, że przypadł namiestnikowi do gustu.

Jej głos brzmiał jak płynny bursztyn. Pobrzmiewał w nim akcent dalekich Wysp Letnich.

— Tytuły mogą być tak samo niebezpieczne jak imiona — ostrzegł ją Tyrion. — Pokaż mi kilka swych dziewcząt.

— Uczynię to z najwyższą rozkoszą. Przekonasz się, że wszystkie są słodkie i piękne, a także znają wszelkie tajniki sztuki miłosnej.

Odwróciła się z wdziękiem i ruszyła przed siebie. Tyrion, który miał nogi dwukrotnie krótsze od niej, musiał przebierać nimi z wysiłkiem, żeby za nią nadążyć.

Ukryci za zdobnym myrijskim parawanem, rzeźbionym w kwiaty, egzotyczne zwierzęta i śpiące dziewczyny, zajrzeli do głównej sali, gdzie jakiś staruszek grał na kobzie wesołą melodyjkę. W wyłożonej poduszkami alkowie pijany Tyroshijczyk o ufarbowanej na fioletowo brodzie kołysał na kolanie młodą, piersiastą dziewkę. Rozpiął jej gorsecik i przechylił puchar, wylewając na jej biust cienką strużkę wina, by później je zlizać. Dwie inne dziewczyny grały w płytki przy oknie z barwionego szkła. Jedna była piegowata i miała we włosach barwy miodu wieniec z niebieskich kwiatów. Skóra drugiej była gładka i czarna jak szlifowany gagat, oczy wielkie i ciemne, a piersi małe i spiczaste. Obie odziane były w powłóczyste jedwabne szaty, przewiązane w talii wysadzanymi paciorkami pasami. Ich skryte pod cienką tkaniną ciała rysowały się wyraźnie we wpadającym przez kolorowe szyby blasku słońca i Tyrion poczuł drgnięcie w kroku.

— Z całym szacunkiem polecam tę ciemnoskórą — odezwała się Chataya.

— Nie jest za młoda?

— Ma szesnaście lat, panie.

Odpowiednia wiekiem dla Joffreya — pomyślał, przypominając sobie słowa Bronna. Jego pierwsza dziewczyna była jeszcze młodsza. Tyrion przypomniał sobie, jak bardzo zawstydzona się wydawała, gdy po raz pierwszy zarzucił jej suknię na głowę. Miała długie, ciemne włosy i niebieskie oczy, w których można było utonąć. On przynajmniej utonął. To było tak dawno... *Ależ z ciebie dureń, karle.*

— Czy pochodzi z twej ojczyzny?

— Jej krew jest krwią lata, panie, ale moja córka urodziła się tutaj, w Królewskiej Przystani. — Z pewnością dostrzegła wyraz zaskoczenia na jego twarzy, gdyż mówiła dalej. — Moi rodacy uważają, że praca w domu rozkoszy nie przynosi wstydu. Na Wyspach Letnich tych, którzy są biegli w dawaniu przyjemności, darzy się wielkim szacunkiem. Wielu wysoko urodzonych chłopców i dziewcząt służy w nich przez kilka lat po osiągnięciu dojrzałości, by w ten sposób oddać cześć bogom.

— A co mają z tym wspólnego bogowie?

— Czyż nie stworzyli naszych ciał tak samo jak dusz? Dali nam głosy, byśmy mogli czcić ich pieśnią. Dali nam ręce, byśmy mogli wznosić im świątynie. I dali nam pożądanie, byśmy mogli łączyć się w pary i oddawać im cześć w ten sposób.

— Przypomnij mi, żebym powiedział o tym wielkiemu septonowi — rzucił Tyrion. — Gdybym mógł się modlić kutasem, byłbym znacznie bardziej religijny. — Skinął dłonią. — Chętnie skorzystam z twej propozycji.

— W takim razie wezwę córkę. Chodź.

Dziewczyna czekała na niego u podstawy schodów. Była wyższa od Shae, choć niższa od matki. By Tyrion mógł ją pocałować, musiała uklęknąć.

— Mam na imię Alayaya — oznajmiła z niewielkim tylko śladem akcentu, z jakim mówiła jej matka. — Chodź ze mną, panie.

Ujęła go za rękę i powiodła w górę po schodach, a potem długim korytarzem. Zza jednych z zamkniętych drzwi dobiegały westchnienia i krzyki rozkoszy, a zza drugich chichoty i szepty. Kutas Tyriona naciskał mocno na sznurówki spodni. *To może się okazać upokarzające* — pomyślał karzeł, podążając za Alayayą po kolejnej kondygnacji schodów do pokoju znajdującego się w wieżyczce. Były tam tylko jedne drzwi. Dziewczyna wprowadziła go do środka i zamknęła je za sobą. W pomieszczeniu stało wielkie łoże z baldachimem oraz wysoka szafa zdobiona erotycznymi płaskorzeźbami. W wąskie okno wprawiono szybki z barwionego szkła o kształcie czerwonych i żółtych rombów.

— Jesteś bardzo piękna, Alayayo — powiedział jej Tyrion, gdy zostali sami. — Od stóp aż do głowy, każdy twój fragmencik jest śliczny. Ze wszystkich części twego ciała najbardziej jednak interesuje mnie język.

— Panie, przekonasz się, że mój język jest świetnie wyćwiczony. Już jako mała dziewczynka nauczyłam się, kiedy go używać, a kiedy nie.

— To mnie cieszy. — Tyrion uśmiechnął się. — I co zrobimy teraz? Masz może jakieś sugestie?

— Mam — odparła. — Zechciej, panie, otworzyć szafę, a znajdziesz w niej to, czego szukasz.

Tyrion ucałował jej rękę i wlazł do pustej szafy. Alayaya zamknęła za nim drzwi. Wymacał tylną deskę, poczuł, jak przesuwa się pod jego palcami i odepchnął ją na bok. W pustej przestrzeni za ścianą było zupełnie ciemno, lecz gdy poruszył po omacku rękami, poczuł dotknięcie metalu. Jego dłoń zacisnęła się na szczeblu drabiny. Znalazł stopą niżej położony szczebel i ruszył w dół. Znacznie poniżej poziomu ulicy szyb wychodził do pochyłego tunelu o ścianach z ziemi. Czekał tam na niego Varys ze świecą w dłoni.

Eunuch był przebrany nie do poznania. Pod spiczastym stalowym hełmem widniała twarz z blizną, porośnięta krótką, czarną szczeciną. Miał też założoną na strój z utwardzanej skóry kolczugę, a u pasa sztylet i krótki miecz.

— Czy Chataya przypadła ci do gustu, panie?

— Chyba nawet za bardzo — przyznał Tyrion. — Jesteś pewien, że można jej ufać?

— Nie jestem pewien niczego na tym niestałym i pełnym zdrady świecie, panie. Chataya nie ma jednak powodów kochać królowej i wie, że to dzięki tobie uwolniła się od Allara Deema. Pójdziemy już?

Ruszył w głąb tunelu.

Nawet chód ma teraz inny — pomyślał Tyrion. Zamiast woni lawendy eunucha otaczał odór czosnku i kwaśnego wina.

— Podoba mi się twój nowy ubiór — rzucił po drodze.

— Moja praca nie pozwala mi chodzić po ulicach w towarzystwie oddziału uzbrojonych rycerzy. Dlatego gdy opuszczam zamek, zakładam odpowiednie przebranie. W ten sposób mogę zachować życie, by służyć ci dłużej.

— Do twarzy ci w skórze. Powinieneś przyjść w takim stroju na następne posiedzenie rady.

— Twej siostrze by się to nie spodobało, panie.

— Narobiłaby z wrażenia w bieliznę. — Uśmiechnął się w ciemności. — Nie zauważyłem, by śledził mnie któryś z jej szpiegów.

— Słyszę to z zadowoleniem, panie. Niektórzy z jej sługusów pracują również dla mnie, choć ona o tym nie wie. Nie chciałbym się dowiedzieć, iż zrobili się tak nieudolni, że można ich rozpoznać.

— A ja nie chciałbym się dowiedzieć, że właziłem do szaf i cierpiałem katusze niezaspokojonej żądzy, a wszystko to na próżno.

— Z pewnością nie na próżno — uspokoił go Varys. — Wiedzą, że tu jesteś. Nie mam pojęcia, czy któryś z nich będzie na tyle śmiały, by wejść do lokalu Chatayi, udając klienta, uważam jednak, że nadmiar ostrożności nigdy nie zawadzi.

— Skąd w burdelu wzięło się tajne przejście?

— Ten tunel wykopano dla innego królewskiego namiestnika, któremu honor nie pozwalał otwarcie odwiedzać podobnych przybytków. Chataya zazdrośnie strzeże informacji o jego istnieniu.

— Ty jednak o nim wiedziałeś.

— Małe ptaszki potrafią odkryć wiele ukrytych przejść. Ostrożnie, schody są strome.

Wyszli przez klapę w podłodze stajni w odległości mniej więcej trzech przecznic od wzgórza Rhaenys. Gdy Tyrion zatrzasnął drzwi w podłodze, stojący w boksie koń zarżał. Varys zdmuchnął świecę i postawił ją na belce. Karzeł rozejrzał się. Był tu jeden muł i trzy konie. Tyrion poczłapał do srokatego wałacha i zajrzał mu w zęby.

— Jest stary — orzekł. — I wątpię, by był wytrzymały.

— To prawda. Nie jest to wierzchowiec, na którym mógłbyś wyruszyć do boju — przyznał Varys. — Do tego zadania jednak wystarczy. Najważniejsze, że nie przyciąga uwagi, podobnie jak pozostałe. A chłopcy stajenni widzą i słyszą tylko zwierzęta. — Eunuch zdjął wiszący na kołku płaszcz. Okrycie z szorstkiej wełny było spłowiałe i wytarte, lecz za to bardzo obszerne. — Jeśli pozwolisz. — Gdy założył go Tyrionowi, strój pokrył go od stóp do głów. Miał też kaptur, który po włożeniu ukrywał twarz. — Ludzie widzą to, co spodziewają się ujrzeć — stwierdził Varys, poprawiając ubranie. — Karły widuje się rzadziej niż dzieci i dlatego zobaczą dziecko. Chłopca w starym płaszczu, któremu ojciec dał konia i kazał pojechać coś załatwić. Chociaż najlepiej by było, gdybyś jeździł tam nocą.

— Mam taki zamiar… po dzisiejszym dniu. Na razie jednak czeka na mnie Shae.

Ulokował ją w otoczonej murem rezydencji na północno-wschodnich peryferiach Królewskiej Przystani, niedaleko od morza, dotąd jednak nie odważył się jej odwiedzić w obawie, że ktoś może go śledzić.

— Którego konia weźmiesz?

Tyrion wzruszył ramionami.

— Może być ten.

— Osiodłam ci go.

Varys zdjął z kołka uzdę i siodło.

Tyrion poprawił ciężki płaszcz, chodząc niespokojnie w kółko.

— Ominęły cię ciekawe obrady. Wygląda na to, że Stannis ogłosił się królem.

— Wiem.

— Oskarża mojego brata i siostrę o kazirodztwo. Ciekawe, skąd przyszło mu do głowy takie podejrzenie.

— Być może przeczytał książkę i przyjrzał się kolorowi bękarcich włosów, tak jak Ned Stark, a przed nim Jon Arryn. A może ktoś szepnął mu to do ucha.

Śmiech eunucha nie był zwykłym dla niego chichotem. Był niższy i bardziej gardłowy.

— Na przykład ktoś taki, jak ty?

— Czy mnie podejrzewasz? Nie zrobiłem tego.

— A gdybyś zrobił, to czy byś się przyznał?

— Nie. Ale dlaczego miałbym zdradzać tajemnicę, której strzegłem tak długo? Oszukać króla to jedno, a ukryć sekret przed świerszczem w sitowiu i ptaszkiem w kominie to coś całkiem innego. Poza tym, każdy mógł sobie obejrzeć tych bękartów.

— Bękartów Roberta? A co w nich było takiego?

— Spłodził ośmioro, o ile mi wiadomo — odpowiedział Varys, mocując się z siodłem. — Ich matki miały włosy barwy miedzi i miodu, kasztanów i masła, ale wszystkim dzieciom wyrosły czupryny czarne jak kruki... wygląda na to, że to był zły omen. Dlatego gdy Joffrey, Myrcella i Tommen wypadli spomiędzy ud twej siostry i cała trójka miała włosy złociste jak słońce, nietrudno było dostrzec prawdę.

Tyrion potrząsnął głową. *Gdyby urodziła mężowi choć jedno dziecko, to by wystarczyło, żeby rozproszyć podejrzenia... no, ale wtedy nie byłaby Cersei.*

— Jeśli nie ty szepnąłeś, to kto?

— Z pewnością jakiś zdrajca.

Varys zacisnął popręg.

— Littlefinger?

— Nikogo nie oskarżam.

Eunuch pomógł Tyrionowi dosiąść konia.

— Lordzie Varysie — odezwał się karzeł z siodła — czasem odnoszę wrażenie, że jesteś najlepszym przyjacielem, jakiego mam w Królewskiej Przystani, w innych zaś chwilach wydajesz mi się najgorszym wrogiem.

— Jakie to dziwne. Ja to samo myślę o tobie.

Bran

Bran otworzył oczy na długo przed tym, nim pierwsze blade palce jutrzenki przecisnęły się przez okiennice jego komnaty.

W Winterfell przebywali goście, którzy przybyli tu na święto plonów. Rankiem na dziedzińcu będą ćwiczyć z manekinami. Kiedyś czułby się tym podekscytowany, to jednak było kiedyś.

Nie teraz. Walderowie będą kruszyć kopie z giermkami rycerzy stanowiących eskortę lorda Manderly'ego, lecz Bran nie weźmie w tym udziału. Będzie siedział w samotni ojca i odgrywał księcia.

— Słuchaj uważnie, a może dowiesz się czegoś na temat sprawowania władzy — poradził mu maester Luwin.

Bran nigdy nie chciał być księciem. Zawsze marzył o tym, że zostanie rycerzem, śnił o błyszczącej zbroi i powiewających chorągwiach, kopii, mieczu i szkolonym do walki wierzchowcu między udami. Dlaczego musiał marnować swe dni, słuchając, jak starcy rozprawiają o sprawach, które ledwie rozumiał? *Dlatego, że jesteś kaleką* — przypomniał mu wewnętrzny głos. Lord zasiadający na wyściełanym tronie mógł być inwalidą — Walderowie mówili, że ich dziadek jest tak słabowity, iż trzeba go wszędzie nosić w lektyce — ale dosiadający rumaka rycerz musiał być zdrowy. Poza tym, to był jego obowiązek.

— Jesteś dziedzicem swego brata i Starkiem z Winterfell — stwierdził ser Rodrik, przypominając mu, że Robb zwykł towarzyszyć ich panu ojcu, gdy ten przyjmował swych chorążych.

Lord Wyman Manderly przybył przed dwoma dniami z Białej Przystani. Podróżował barką, a potem lektyką, był bowiem za gruby, żeby wsiąść na konia. Towarzyszyła mu liczna świta: rycerze, giermkowie, pomniejsi lordowie i damy, heroldzi, muzykanci, a nawet żongler. Orszak mienił się barwami chorągwi i płaszczy w chyba pięćdziesięciu różnych kolorach. Bran przywitał ich w Winterfell, siedząc na wysokim, kamiennym tronie ojca o poręczach rzeźbionych na kształt wilkorów. Ser Rodrik ocenił później, że spisał się dobrze. Gdyby był to już koniec, nie miałby nic przeciwko temu. Był to jednak dopiero początek.

— Święto to znakomity pretekst — tłumaczył mu ser Rodrik — ale nikt nie jedzie trzystu mil po to, żeby zjeść kawałek kaczki i wypić łyk wina. Zjawią się tylko ci, którzy mają nam do przekazania coś ważnego.

Bran podniósł wzrok, spoglądając w sufit z nieociosanych kamieni. Wiedział, że Robb powiedziałby mu, żeby nie udawał dziecka. Słyszał niemal jego głos, podobnie jak głos ich pana ojca. N*adchodzi zima, a ty jesteś już prawie dorosłym mężczyzną, Bran. Masz obowiązki*. Gdy do komnaty wpadł Hodor, który uśmiechał się, nucąc fałszywie, chłopiec pogodził się już z losem. Chłopiec stajenny umył go i uczesał, kierując się jego wskazówkami.

— Dzisiaj założę kubrak z białej wełny — rozkazał Bran. — I srebrną broszę. Ser Rodrik chciałby, żebym wyglądał jak lord. — Gdy tylko było to możliwe, Bran wolał ubierać się sam, lecz pewne zadania, jak wciąganie spodni i zawiązywanie butów, sprawiały mu trudności. Z pomocą Hodora szło to szybciej. Gdy już sługę nauczono coś robić, radził sobie z tym zręcznie. Choć był zdumiewająco silny, jego dotyk zawsze był delikatny. — Założę się, że ty też mógłbyś zostać rycerzem — powiedział mu chłopiec. — Byłbyś wielkim rycerzem, gdyby tylko bogowie nie odebrali ci rozumu.

— Hodor?

Olbrzym zamrugał powiekami niewinnych, brązowych oczu, w których nie było śladu zrozumienia.

— Tak — potwierdził Bran, wskazując na niego. — Hodor.

Na ścianie tuż obok drzwi wisiał mocny kosz z wikliny i skóry, w którym wycięto otwory na nogi Brana. Hodor wsunął ręce w rzemienie, zacisnął sobie mocno na piersi szeroki pas i ukląkł przy łożu. Bran wetknął bezwładne nogi w otwory, przytrzymując się wmontowanych w ścianę prętów.

— Hodor — powtórzył olbrzymi sługa, wstając. Miał blisko

siedem stóp wzrostu i gdy Bran siedział mu na plecach, prawie dotykał głową sufitu. Kiedy wychodzili przez drzwi, chłopiec pochylił się nisko. Pewnego razu Hodor poczuł woń piekącego się chleba i natychmiast pobiegł do kuchni, przez co Bran uderzył się w głowę tak mocno, że maester Luwin musiał zakładać mu szwy. Mikken znalazł mu później w zbrojowni stary, zardzewiały hełm bez zasłony, lecz chłopcu rzadko chciało się go zakładać. Kiedy Walderowie widzieli go w tym hełmie, zawsze się z niego wyśmiewali.

Gdy schodzili po krętych schodach, Bran wsparł dłonie na barkach Hodora. Z dziedzińca dobiegał już szczęk mieczy i tarcz oraz tętent koni. Dla uszu chłopca była to słodka muzyka. *Tylko się im przyjrzę* — pomyślał. *Jedną chwileczkę.*

Panicze z Białego Portu mieli się zjawić dopiero później, razem z towarzyszącymi im rycerzami i zbrojnymi. Do tej chwili dziedziniec należał do ich giermków, których wiek wahał się od dziesięciu do czterdziestu lat. Bran pragnął być jednym z nich tak gorąco, że aż rozbolał go od tego żołądek.

Na dziedzińcu ustawiono dwa manekiny. Każdy z nich był mocnym słupkiem, na którym zamocowano wirującą belkę z tarczą na jednym końcu i poduszką na drugim. Tarcze pomalowano na czerwono i złoto, choć lannisterskie lwy wyszły koślawo i pokracznie, a do tego porysowali je już pierwsi ćwiczący dziś chłopcy.

Ci, którzy nigdy jeszcze nie widzieli noszonego w koszu Brana, gapili się na niego bez żenady, nauczył się już jednak ignorować podobne spojrzenia. Przynajmniej dobrze wszystko widział. Siedząc na plecach Hodora, był najwyższy z obecnych. Zauważył, że Walderowie dosiadają już koni. Sprowadzili sobie z Bliźniaków piękne zbroje o lśniących srebrzystych płytach, niellowane na niebiesko. Duży Walder miał na hełmie grzebień w kształcie zamku, podczas gdy Mały Walder wybrał wstążki z błękitnego i szarego jedwabiu. Różnili się od siebie również tarczami i opończami. Tarcza Małego Waldera była podzielona między bliźniacze wieże Freyów, moręgowatego dzika jego babci, która pochodziła z Crakehallów oraz oracza matki z rodu Darrych. Duży Walder miał drzewo i kruki rodu Blackwoodów i splecione ze sobą węże Paege'ów. *Muszą być złaknieni zaszczytów* — pomyślał Bran, gdy łapali za kopie. *Starkom wystarczy wilkor.*

Ich jabłkowite rumaki były szybkie, silne i świetnie wyszkolone.

Obaj chłopcy jednocześnie zaatakowali manekiny, obaj trafili pewnie w tarcze i umknęli, nim zdążyły ich uderzyć zakończone poduszkami końce tyczek. Mały Walder zadał silniejszy cios, Bran jednak uważał, że Duży Walder pewniej siedzi w siodle. Oddałby obie swe bezużyteczne nogi za szansę zmierzenia się z którymś z nich.

Mały Walder odrzucił pękniętą kopię, zauważył Brana i ściągnął wodze.

— To ci dopiero brzydki koń — rzucił, wskazując na Hodora.

— Hodor nie jest koniem — zaprotestował Bran.

— Hodor — powiedział Hodor.

Duży Walder podjechał do kuzyna.

— No, na pewno jest głupszy od konia — zauważył.

Kilku chłopaków z Białego Portu wymieniło z głośnym śmiechem kuksańce.

— Hodor. — Olbrzym rozpromienił się radośnie. Przenosił wzrok z jednego Freya na drugiego, nieświadomy, że z niego drwią. — Hodor hodor?

Wierzchowiec Małego Waldera zarżał.

— Patrzcie, gadają ze sobą. Może „hodor" znaczy po końsku „kocham cię"?

— Zamknij się, Frey.

Bran poczuł, że jego policzki nabierają rumieńców.

Mały Walder spiął konia, który potrącił Hodora, tak że sługa zatoczył się do tyłu.

— Bo co mi zrobisz?

— Poszczuje cię tym swoim wilkiem, kuzynie — ostrzegł go Duży Walder.

— Proszę bardzo. Zawsze chciałem mieć wilcze futro.

— Lato odgryzłby ci ten tłusty łeb — rzucił Bran.

Mały Walder uderzył się w napierśnik zakutą w stalową rękawicę dłonią.

— Czy twój wilk ma stalowe zęby, że potrafi przegryźć zbroję?

— Dość tego! — Głośny jak uderzenie pioruna głos maestera Luwina z łatwością przebił się przez panujący na dziedzińcu rwetes. Bran nie wiedział, ile stary podsłuchał... lecz najwyraźniej wystarczyło to, by go rozgniewać. — Te groźby są nie na miejscu. Nie chcę więcej nic takiego słyszeć. Czy tak zachowujesz się w Bliźniakach, Walderze Frey?

— Jeśli mam ochotę.

Siedzący na wysokim rumaku Mały Walder popatrzył spode łba na Luwina, jakby chciał mu powiedzieć: „jesteś tylko maesterem i nie masz prawa czynić wyrzutów Freyowi z Przeprawy".

— No, ale podopieczni lady Stark nie będą się tak zachowywać w Winterfell. O co poszło? — Maester popatrzył na każdego z chłopców po kolei. — Któryś z was wszystko mi powie albo przysięgam, że...

— Nabijaliśmy się z Hodora — wyznał Duży Walder. — Przykro mi, że obraziliśmy księcia Brana. To były tylko żarty.

Miał przynajmniej tyle przyzwoitości, że wyglądał na zawstydzonego.

Mały Walder był jedynie poirytowany.

— Ja też tylko żartowałem — rzucił.

Bran zauważył, że łysina na czubku głowy maestera nagle poczerwieniała. Luwin rozgniewał się jeszcze bardziej.

— Dobry lord pociesza i chroni słabych oraz bezbronnych — oznajmił Freyom. — Nie pozwolę, żebyście zrobili sobie z Hodora przedmiot okrutnych żartów. Jasne? Ten chłopak ma dobre serce, jest posłuszny i obowiązkowy, a to więcej niż można powiedzieć o was. — Pogroził palcem Małemu Walderowi. — A ty trzymaj się z dala od bożego gaju i tych wilków, bo inaczej mi za to odpowiesz. — Maester odwrócił się na pięcie i oddalił o kilka kroków. Rękawy jego szaty łopotały na wietrze. Potem zerknął z powrotem na chłopców. — Bran. Chodź ze mną. Czeka na ciebie lord Wyman.

— Hodor, idź za maesterem — rozkazał chłopak.

— Hodor — powtórzył chłopiec stajenny. Posuwał się naprzód długimi krokami i już na schodach Wielkiej Wieży dopędził przebierającego wściekle nogami Luwina. Gdy Maester otworzył drzwi, Bran przytulił się do szyi olbrzyma i pochylił pod framugą.

— Walderowie... — zaczął.

— Nie chcę już więcej o tym słyszeć. Sprawa zamknięta. — Maester Luwin wydawał się znużony i wyczerpany. — Postąpiłeś słusznie, broniąc Hodora, ale w ogóle nie powinno cię tam być. Ser Rodrik i lord Wyman, czekając na ciebie, zdążyli już spożyć śniadanie. Czy muszę cię sam odprowadzać, jakbyś był małym dzieckiem?

— Nie — odparł zawstydzony Bran. — Przepraszam. Chciałem tylko...

— Wiem, czego chciałeś — rzekł maester Luwin delikatniejszym tonem. — Gdyby tylko było to możliwe, Bran. Czy masz jakieś pytania, nim zaczniemy tę audiencję?

— Czy będziemy mówić o wojnie?

— Ty masz się nie odzywać. — Głos Luwina odzyskał ostre brzmienie. — Masz dopiero osiem lat...

— Prawie dziewięć!

— Osiem — powtórzył stanowczo maester. — Powtarzaj tylko same uprzejmości, chyba że ser Rodrik albo lord Wyman o coś cię zapytają.

Bran skinął głową.

— Zapamiętam to.

— Nic nie powiem ser Rodrikowi o tym, co zaszło między tobą a Freyami.

— Dziękuję.

Posadzili Brana na dębowym fotelu wyściełanym szarymi, aksamitnymi poduszkami, który ongiś należał do jego ojca. Stał on za długim, ustawionym na kozłach stołem z desek. Po prawej stronie chłopca zasiadał ser Rodrik, a po lewej maester Luwin, uzbrojony w gęsie pióra, kałamarze oraz kartę czystego pergaminu, na której miał zapisać wszystko, co się wydarzy. Bran przesunął dłonią po szorstkiej powierzchni stołu i poprosił lorda Wymana, by wybaczył mu spóźnienie.

— Ależ książęta nigdy się nie spóźniają — odpowiedział uprzejmie lord Białego Portu. — Po prostu ci, którzy przybyli przed nimi, przychodzą za wcześnie.

Wyman Manderly miał gromki, basowy śmiech. Nic dziwnego, że nie mógł jeździć konno. Sprawiał wrażenie, że waży więcej niż większość koni. Był tak samo gadatliwy jak ogromny. Zaczął od tego, że poprosił Winterfell o zatwierdzenie nowych inspektorów celnych, których wyznaczył w Białym Porcie. Poprzedni zachowywali srebro dla Królewskiej Przystani, zamiast przekazywać je nowemu królowi północy.

— Król Robb musi mieć własną monetę — oznajmił — a bić powinien ją właśnie w Białym Porcie.

Zaproponował, że jeśli król raczy wyrazić zgodę, zajmie się tą sprawą, po czym zaczął opowiadać o tym, jak wzmocnił obronę portu, wyliczając koszt każdego z udoskonaleń. Oprócz mennicy lord Manderly chciał też zbudować dla Robba flotę wojenną.

— Nie mieliśmy własnych sił morskich już od stuleci, od czasów, gdy Brandon Podpalacz puścił z dymem okręty swego ojca. Jeśli dacie mi złoto, w ciągu roku zwoduję tyle galer, że będziemy mogli zdobyć i Smoczą Skałę, i Królewską Przystań.

Bran słuchał o okrętach z wielkim zainteresowaniem. Nikt go nie pytał o zdanie, ale uważał pomysł lorda Wymana za znakomity. Oczyma wyobraźni widział już tę flotę. Zastanawiał się, czy zdarzyło się kiedyś, by kaleka dowodził okrętem. Ser Rodrik obiecał jednak tylko, że prześle tę propozycję Robbowi do rozważenia, podczas gdy maester Luwin skrzętnie notował wszystko na pergaminie.

Nadeszło, a potem minęło, południe. Maester Luwin wysłał do kuchni Francowatego Tyma i zjedli w samotni ser, kapłony oraz ciemny chleb z owsianej mąki. Rozdzierając ptaka tłustymi paluchami, lord Wyman zapytał uprzejmie o lady Hornwood, która była jego kuzynką.

— No wiecie, urodziła się z nazwiskiem Manderly. Być może, gdy jej żałoba dobiegnie końca, zapragnie znowu je nosić, hę? — Odgryzł kawałek mięsa ze skrzydła, uśmiechając się szeroko. — Tak się składa, że jestem wdowcem już od ośmiu lat. Najwyższy czas, bym wziął sobie następną żonę, mam rację, panowie? Mężczyźnie trudno jest znieść samotność. — Odrzucił kości i sięgnął po nóżkę. — A gdyby lady Hornwood wolała młodszego chłopaka, mój syn Wendel również jest nieżonaty. Przebywa na południu, strzegąc lady Catelyn, ale kiedy wróci, z pewnością zapragnie się ożenić. To dzielny chłopak i do tego wesoły. Przy nim znowu nauczyłaby się śmiać, hę? — Starł rękawem bluzy kapkę tłuszczu, która zwisała mu z podbródka.

Daleko za oknem Bran słyszał szczęk broni. Nic go nie obchodziły żadne śluby. *Chciałbym być teraz na dziedzińcu.*

Jego lordowska mość zaczekał, aż uprzątną ze stołu, po czym poruszył kwestię listu przysłanego przez lorda Tywina Lannistera, który wziął jego starszego syna, ser Wylisa, do niewoli nad Zielonymi Widłami.

— Zaproponował, że zwolni go bez okupu pod warunkiem, że wycofam swe oddziały z armii Jego Miłości i przysięgnę, że nie będę już walczył.

— Odmówisz mu, oczywiście — rzekł ser Rodrik.

— Nie obawiajcie się — uspokoił ich gruby wielmoża. — Król Robb nie ma sługi wierniejszego niż Wyman Manderly. Nie chciałbym jednak, by mój syn siedział w Harrenhal dłużej niż to konieczne. To złe miejsce. Podobno wisi nad nim klątwa. Co prawda, nie jestem skłonny do wiary w takie opowieści, ale coś w tym jest. Popatrzcie tylko, co się stało z tym Janosem Slyntem. Królowa uczyniła go lordem Harrenhal, a jej brat go obalił. Mówią, że wysłał go na Mur. Modlę się, by jak najprędzej dało się zaaranżować odpowiednią wymianę jeńców. Wiem, że Wylis nie chciałby przesiedzieć reszty wojny w niewoli. Ten mój syn jest rycerski i waleczny jak mastyf.

Nim audiencja dobiegła końca, barki Brana zesztywniały od długiego siedzenia na tym samym krześle. Po zmierzchu, gdy zasiadał do kolacji, zabrzmiał róg, który obwieścił przybycie kolejnego gościa. Lady Donelli Hornwood nie towarzyszył orszak rycerzy i służby, a jedynie sześciu znużonych zbrojnych w brudnopomarańczowej liberii z wyszytą głową łosia.

— Bardzo nam przykro z powodu tego, co musiałaś wycierpieć, pani — oznajmił Bran, gdy stanęła przed nim, by wypowiedzieć słowa powitania. Lord Hornwood poległ w bitwie nad Zielonymi Widłami, a ich jedyny syn padł w Szepczącym Lesie. — Winterfell o tym nie zapomni.

— Cieszę się, że to słyszę. — Była blada i wychudzona, a każda bruzda na jej twarzy świadczyła o żałobie. — Czuję się bardzo znużona, panie. Byłabym wdzięczna, gdybyś pozwolił mi udać się na spoczynek.

— Oczywiście — zgodził się ser Rodrik. — Porozmawiamy jutro.

Nazajutrz większą część poranka poświęcili na dyskusje o zbożu, jarzynach i solonym mięsie. Odkąd maesterzy z Cytadeli ogłosili nadejście pierwszego dnia jesieni, mądrzy ludzie odkładali część każdych plonów... choć kwestia, jak wielka ma to być część najwyraźniej budziła spory. Lady Hornwood magazynowała jedną piątą, lecz na sugestię maestera Luwina przysięgła oszczędzać jedną czwartą.

— Bękart Boltona gromadzi ludzi w Dreadfort — ostrzegła ich. — Mam nadzieję, że zamierza zabrać ich na południe, żeby dołączyć do ojca w Bliźniakach, ale kiedy wysłałam do niego list z pytaniem, co planuje, odpowiedział mi, że żaden Bolton nie będzie się tłumaczył kobiecie. Zupełnie jakby pochodził z prawego łoża i miał prawo do tego nazwiska.

— O ile mi wiadomo, lord Bolton nigdy nie uznał tego chłopaka — stwierdził ser Rodrik. — Przyznaję, że go nie znam.

— Tylko niewielu go zna — odparła. — Zawsze mieszkał z matką, lecz przed dwoma laty zmarł młody Domeric i Bolton został bez dziedzica. Wtedy właśnie sprowadził bękarta do Dreadfort. Wszyscy utrzymują, że chłopak jest bardzo podstępny. Ma też sługę, który jest prawie tak samo okrutny jak on. Mówią na niego Fetor, bo podobno nigdy się nie kąpie. Ci dwaj, bękart i ten Fetor, polują razem i to nie na jelenie. Słyszałam opowieści, w które aż trudno mi uwierzyć, nawet jeśli chodzi o Boltonów. A teraz, gdy mój pan mąż i mój słodki syn odeszli do bogów, bękart spogląda chciwie na moje ziemie.

Bran miał ochotę dać lady Hornwood stu ludzi, którzy broniliby jej praw, lecz ser Rodrik stwierdził tylko:

— Może sobie spoglądać, ale obiecuję ci, że jeśli spróbuje uczynić coś więcej, spotka go sroga kara. Nic ci nie grozi, pani... choć być może rozsądnie by było, gdybyś z czasem, gdy skończy się żałoba, rozważyła ponowne zamążpójście.

— Jestem za stara, by mieć dzieci, a moja uroda dawno już przeminęła — odparła z bladym, znużonym uśmiechem — a mimo to mężczyźni obwąchują mnie znacznie dokładniej niż wtedy, gdy byłam panną.

— Nie patrzysz na tych zalotników przychylnym okiem? — zapytał Luwin.

— Wyjdę ponownie za mąż, jeśli tak rozkaże Jego Miłość — odparła lady Hornwood — ale Mors Wronojad to zapijaczone bydlę, a do tego jest starszy niż mój ojciec. Jeśli zaś chodzi o mego szlachetnego kuzyna Manderly'ego, moje łoże jest za małe, by go pomieścić, a ja z pewnością jestem zbyt drobna i krucha, by leżeć pod nim.

Bran wiedział, że mężczyźni śpią na kobietach, gdy dzielą z nimi łoże. Pomyślał, że spanie pod lordem Manderlym z pewnością niczym by się nie różniło od spania pod zdechłym koniem. Ser Rodrik pokiwał głową ze zrozumieniem.

— Będziesz miała też innych zalotników, pani. Spróbujemy znaleźć kogoś, kto bardziej przypadnie ci do gustu.

— Być może nie będziesz musiał szukać zbyt daleko, ser.

Gdy kobieta wyszła, maester Luwin uśmiechnął się.

— Ser Rodriku, mam wrażenie, że pani miała na myśli ciebie.

Stary rycerz odchrząknął ze skrępowaną miną.

— Była bardzo smutna — wtrącił Bran.

Ser Rodrik skinął głową.

— Smutna i łagodna, a do tego całkiem niebrzydka jak na kobietę w tym wieku, bez względu na jej skromność. Mimo to stanowi zagrożenie dla pokoju w królestwie twego brata.

— Ona? — zapytał zdumiony Bran.

— Nie ma bezpośredniego dziedzica i z pewnością wielu zgłosi pretensje do ziem Hornwoodów — wyjaśnił maester Luwin. — Tallhartowie, Flintowie i Karstarkowie są spokrewnieni z rodem Hornwoodów po kądzieli, a Gloverowie wychowują w Deepwood Motte bękarta lorda Harysa. O ile mi wiadomo, Dreadfort nie ma żadnego prawnego tytułu, ale ich ziemie graniczą ze sobą, a Roose Bolton z pewnością nie przepuści takiej okazji.

Stary rycerz pociągnął się za bokobrody.

— W takim przypadku senior musi jej znaleźć odpowiedniego małżonka.

— A dlaczego ty nie możesz się z nią ożenić? — zapytał Bran. — Mówiłeś przecież, że jest ładna. Do tego Beth miałaby matkę.

Ser Rodrik położył dłoń na ramieniu Brana.

— To szlachetne z twej strony, mój książę, ale jestem tylko rycerzem, a do tego zbyt starym. Mógłbym utrzymać jej ziemie przez kilka lat, lecz po mojej śmierci lady Hornwood wpadłaby z powrotem w tę samą kabałę, a perspektywy Beth również mogłyby być zagrożone.

— W takim razie niech odziedziczy bękart lorda Hornwooda — zaproponował Bran, myśląc o swym przyrodnim bracie Jonie.

— To uradowałoby Gloverów i być może również cień lorda Hornwooda, ale lady Hornwood raczej by nas za to nie pokochała — zauważył ser Rodrik. — Chłopak nie jest z jej krwi.

— Musimy jednak rozważyć tę możliwość — stwierdził maester Luwin. — Lady Donella sama przyznaje, że ma już za sobą płodne lata. Jeśli nie bękart, to kto?

— Czy mogę już odejść? — zapytał Bran. Słyszał na dziedzińcu ćwiczących giermków. Stal uderzała z brzękiem o stal.

— Jak sobie życzysz, mój książę — zgodził się ser Rodrik. — Dobrze się spisałeś.

Bran poczerwieniał z zadowolenia. Zajęcie lorda nie było tak nudne, jak się tego obawiał, a ponieważ lady Hornwood zajęła mu znacznie mniej czasu niż lord Manderly, zostało jeszcze kilka godzin dnia i będzie mógł odwiedzić Latę. Lubił codziennie spotykać się z wilkiem, jeśli tylko pozwalali mu na to ser Rodrik i maester.

Gdy tylko Hodor dotarł do bożego gaju, zza dębu wyłonił się Lato, zupełnie jakby wiedział, że się zbliżają. Bran zauważył też chudą, czarną sylwetkę drugiego zwierzęcia, które przyglądało się im z chaszczy.

— Kudłaczek — zawołał. — Chodź, Kudłacz. Do mnie.

Wilk Rickona zniknął jednak tak samo szybko, jak się pojawił.

Hodor pamiętał, gdzie jest ulubione miejsce Brana. Zaniósł go na brzeg stawu, w cień gałęzi potężnego drzewa serca, gdzie lord Eddard zwykł klękać do modlitwy. Taflę wody pokrywały delikatne zmarszczki, od których odbicie czardrzewa migotało i tańczyło. Wiatru jednak nie było. Bran poczuł przelotne zdziwienie.

Wtem z wody wynurzyła się z głośnym pluskiem Osha, tak gwałtownie, że nawet Lato odskoczył do tyłu, warcząc głośno. Hodor również się wzdrygnął.

— Hodor, hodor — zawodził zatrwożony, aż wreszcie Bran poklepał go po ramieniu, by go uspokoić. — Jak możesz tu pływać? — zapytał dziewczynę. — Czy woda nie jest za zimna?

— Jako niemowlę ssałam sople, chłopcze. Lubię zimno. — Osha podpłynęła do skalistego brzegu i weszła nań, ociekając wodą. Była naga, a skórę pokrywała jej gęsia skórka. Lato podczołgał się blisko i obwąchał ją. — Chciałam dotknąć dna.

— Nie wiedziałem, że ten staw ma dno.

— Może i nie ma. — Uśmiechnęła się. — Na co się gapisz, chłopcze? Nigdy nie widziałeś kobiety?

— Widziałem. — Bran setki razy kąpał się z siostrami. Widywał też służące w gorących sadzawkach. Osha wyglądała jednak inaczej. Była twarda i kanciasta, a nie miękka i zaokrąglona. Jej nogi zdawały się składać jedynie ze ścięgien, a piersi były płaskie jak puste sakiewki. — Masz mnóstwo blizn.

— I za wszystkie drogo zapłaciłam.

Podniosła z ziemi brązowe giezło, strząsnęła z niego liście i założyła je przez głowę.

— Walczyłaś z olbrzymami?

Dziewczyna twierdziła, że za Murem żyją jeszcze olbrzymy.

Może któregoś dnia też jakiegoś zobaczę.

— Z ludźmi. — Przepasała się kawałkiem powroza. — Najczęściej z czarnymi wronami. Nawet jedną zabiłam — pochwaliła się, potrząsając włosami, które odrosły jej od przybycia do Winterfell i sięgały już za uszy. Wydawała się teraz mniej twarda od kobiety, która próbowała go obrabować i zabić w wilczym lesie. — Słyszałam, jak w kuchni pytlowali o tobie i o tych Freyach.

— Kto? Co mówili?

Uśmiechnęła się kwaśno.

— Że chłopiec, który drwi z olbrzyma jest głupi, a jeśli olbrzyma musi bronić kaleka, to świat oszalał.

— Hodor nie wiedział, że z niego drwią — odparł Bran. — Zresztą on nigdy się nie bije. — Przypomniał sobie, jak pewnego dnia, gdy jeszcze był mały, wybrał się na targ z matką i septą Mordane. Zabrali ze sobą Hodora, żeby nosił zakupy, ale olbrzym gdzieś im się zgubił. Kiedy go znaleźli, garstka chłopców zagnała nieszczęśnika do zaułka, dźgając go patykami. Krzyczał raz za razem: „Hodor!", kuląc się ze strachu, ale nie podniósł ręki na swych prześladowców. — Septon Chayle mówi, że on jest łagodnego ducha.

— Ehe — rzuciła. — A ręce ma tak silne, że mógłby zerwać człowiekowi głowę z karku. Tak czy inaczej, lepiej niech uważa na siebie przy tym Walderze. I ty też. Przy tym dużym, którego nazywają Małym. Jeśli mnie pytasz, to bardzo trafnie. Jest duży na zewnątrz, a mały w środku i do tego piekielnie złośliwy.

— Nie odważy się nic mi zrobić. Boi się Laty, chociaż się do tego nie przyznaje.

— To może nie jest aż tak głupi, jak by się zdawało. — Osha zawsze odnosiła się do wilkorów z dużym respektem. Tego dnia, gdy ją pojmano, Lato i Szary Wicher rozszarpały trzech dzikich na krwawe strzępy. — Ale może i jest. A to też oznacza kłopoty. — Związała włosy. — Miałeś więcej tych wilczych snów?

— Nie.

Nie lubił o nich rozmawiać.

— Książę powinien umieć lepiej kłamać. — Osha parsknęła śmiechem. — No, ale twoje sny to twój interes. Mój interes to kuchnia. Lepiej, żebym tam wróciła, nim Gage zacznie wrzeszczeć i wymachiwać tą swoją wielką drewnianą łychą. Zechciej mi wybaczyć, książę.

Nie powinna była wspominać o wilczych snach — pomyślał Bran, gdy Hodor niósł go po schodach do sypialni. Walczył ze snem tak długo, jak tylko zdołał, lecz w końcu, jak zwykle, musiał ulec. Tej nocy śniło mu się czardrzewo. Przyglądało się mu swymi ciemnoczerwonymi oczyma, wołało go wykrzywionymi, drewnianymi ustami, a z jasnych gałęzi sfrunęła do niego trójoka wrona, która próbowała dziobnąć go w twarz, wykrzykując jego imię głosem ostrym jak klinga miecza.

Obudził go dźwięk rogów. Dźwignął się na bok, ciesząc się, że mógł chwilę wypocząć. Słyszał konie i głośne krzyki.

Zjawili się nowi goście i to najwyraźniej pijani.

Złapał się prętów i dotarł do ławeczki w oknie. Na chorągwi mieli olbrzyma, z którego kończyn zwisały skruszone łańcuchy, co świadczyło, że są to ludzie Umberów, przybyli z krain położonych na północ od Ostatniej Rzeki.

Następnego dnia na audiencji stawili się wspólnie obaj stryjowie Greatjona, chełpliwi mężczyźni, którzy osiągnęli już zimę swego żywota. Ich brody były tak samo białe jak niedźwiedzie futra, które nosili. Wrona wzięła kiedyś Morsa za zabitego i wydziobała mu oko, zamiast którego nosił teraz wyszlifowany kawałek smoczego szkła. Według Starej Niani, Mors złapał ptaka w rękę i odgryzł mu głowę. Dlatego mówili na niego Wronojad. Niania nie chciała jednak wyjaśnić Branowi, dlaczego chudy brat Morsa Hother nosi przydomek Kurwistrach.

Gdy tylko zajęli miejsca, Mors poprosił o pozwolenie na ślub z lady Hornwood.

— Greatjon jest prawą ręką Młodego Wilka. Wszyscy wiedzą, że to prawda. Kto lepiej obroni ziemie wdowy niż Umber, a który Umber jest lepszy ode mnie?

— Lady Donella nosi jeszcze żałobę — zauważył maester Luwin.

— Mam pod futrem świetne lekarstwo na jej żal.

Mors ryknął śmiechem. Ser Rodrik podziękował mu uprzejmie i obiecał, że wspomni o tej propozycji lady Hornwood i królowi.

Hother zażądał okrętów.

— Z północy zakradają się dzicy. Nigdy jeszcze tylu nie widziałem. Przepływają Zatokę Fok w małych łódeczkach i lądują na naszych brzegach. Wron we Wschodniej Strażnicy jest za mało, żeby ich powstrzymać, a do tego dzicy ukrywają się szybko jak łasice. Potrzebujemy drakkarów i silnych mężczyzn, którzy nimi pożeglują. Greatjon zabrał nam zbyt wielu ludzi. Połowa naszych plonów marnuje się na polach, bo nie ma komu zbierać.

Ser Rodrik szarpnął za bokobrody.

— Macie lasy pełne wysokich sosen i starych dębów, a lordowi Manderly'emu nie brak marynarzy i cieśli okrętowych. Wspólnie moglibyście wystawić wystarczająco wiele drakkarów, by obronić swe brzegi.

— Manderly? — Mors Umber prychnął pogardliwie. — Ta wielka chodząca kupa łoju? Słyszałem, że nawet jego ludzie mówią na niego lord Minóg. Ledwie może chodzić. Gdyby pchnąć go mieczem w brzuch, wypełzłoby z niego dziesięć tysięcy węgorzy.

— Jest tłusty — przyznał ser Rodrik — ale nie jest głupi. Będziecie z nim współpracować albo król dowie się, dlaczego nie chcecie tego robić.

Ku zdumieniu Brana zadziorni Umberowie zgodzili się, choć nie bez narzekań.

Podczas audiencji przybyli ludzie Gloverów z Deepwood Motte oraz wielka grupa Tallhartów z Torrhen's Square. Galbart i Robett Glover zostawili Deepwood w rękach żony Robetta, lecz do Winterfell przybył ich zarządca.

— Moja pani błaga o wybaczenie, że nie mogła się zjawić, ale dzieci są jeszcze za małe na taką podróż, a nie chciała ich zostawiać.

Bran szybko zdał sobie sprawę, że to zarządca, nie lady Glover sprawuje rzeczywiste rządy w Deepwood Motte. Przybysz wyznał, że magazynuje tylko jedną dziesiątą swych zbiorów. Utrzymywał, że dowiedział się od wędrownego czarodzieja, iż przed nastaniem chłodów nadejdzie ciepłe lato duchów. Maester Luwin wygłosił kilka dosadnych opinii o wędrownych czarodziejach. Ser Rodrik rozkazał zarządcy odkładać jedną piątą i wypytał go dokładnie o bękarta lorda Hornwooda, który zwał się Larence Snow. Na północy wszystkim szlacheckim bastardom nadawano to właśnie nazwisko. Chłopak miał już prawie dwanaście lat i zarządca wychwalał jego bystrość oraz odwagę.

— Ten twój pomysł z bękartem nie był taki zły, Bran — stwierdził później maester Luwin. — Myślę, że pewnego dnia możesz zostać dobrym lordem Winterfell.

— To niemożliwe. — Bran wiedział, że nigdy nie będzie lordem, tak samo jak rycerzem. — Robb ożeni się z jakąś dziewczyną Freyów. Sam mi tak powiedziałeś, a Walderowie mówią to samo. Będzie miał synów i to oni zostaną po nim lordami Winterfell, nie ja.

— Może i tak, Bran — wtrącił ser Rodrik — ale ja miałem trzy żony i wszystkie dały mi tylko córki, a teraz została mi jedynie Beth. Mój brat Martyn spłodził czterech silnych synów, ale tylko Jory dożył wieku męskiego. Kiedy poległ, linia Martyna wygasła. Gdy mowa o jutrze, nie ma nic pewnego.

Następnego dnia przyszła kolej na Leobalda Tallharta. Mówił o znakach na niebie i o tępych umysłach prostaczków. Wspomniał też, że jego bratanek pali się do walki.

— Benfred zebrał własną kompanię zbrojnych. To jeszcze chłopcy, żaden nie ma więcej niż dziewiętnaście lat, ale każdy uważa się za drugiego Młodego Wilka. Kiedy im powiedziałem, że są tylko młodymi królikami, wyśmiali mnie. A teraz przezwali się Dzikimi Zającami i galopują po okolicy z króliczymi skórkami przywiązanymi do kopii, śpiewając rycerskie pieśni.

Bran uznał, że to brzmi wspaniale. Przypomniał sobie Benfreda Tallharta, dużego, rubasznego, hałaśliwego chłopaka, który często odwiedzał Winterfell wraz ze swym ojcem ser Helmanem i przyjaźnił się z Robbem oraz Theonem Greyjoyem. Ser Rodrik był jednak wyraźnie niezadowolony z tego, co usłyszał.

— Jeśli król będzie potrzebował więcej ludzi, sam po nich przyśle — stwierdził. — Powiedz swemu bratankowi, że ma zostać w Torrhen's Square, tak jak kazał mu pan ojciec.

— Tak jest, ser — odparł Leobald i dopiero wtedy poruszył temat lady Hornwood. Biedactwo nie miało męża, który broniłby jej ziem, ani syna, który mógłby je odziedziczyć. Jego pani żona również pochodziła z rodu Hornwoodów. Była siostrą zmarłego lorda Harysa. Z pewnością o tym pamiętali. — Pusty dwór to smutny widok. Myślałem o tym, by wysłać lady Donelli młodszego syna na wychowanie. Beren ma już prawie dziesięć lat. To świetny chłopak i do tego jej siostrzeniec. Z pewnością by ją rozweselił. Być może mógłby nawet przybrać nazwisko Hornwood…

— Gdyby został dziedzicem? — zasugerował maester Luwin.

— …żeby ród nie wygasł — dokończył Leobald.

Bran wiedział już, co powiedzieć.

— Dziękuję za tę propozycję, panie — palnął, nim ser Rodrik zdążył się odezwać. — Przekażemy ją do rozważenia mojemu bratu Robbowi. Och, i lady Hornwood też.

— Dziękuję, mój książę — rzekł Leobald, wyraźnie zaskoczony, że chłopiec się odezwał. Bran dostrzegał jednak w jego oczach litość, pomieszaną być może z odrobiną zadowolenia z tego, że to nie jego syn jest kaleką. Znienawidził na moment tego człowieka.

Maester Luwin miał jednak dla niego więcej sympatii.

— Beren Tallhart może się okazać najlepszym rozwiązaniem — stwierdził, gdy Leobald już wyszedł. — W jego żyłach płynie krew Hornwoodów. Jeśli przybierze nazwisko wuja…

— …nadal pozostanie małym chłopcem — wtrącił ser Rodrik. — I trudno mu będzie bronić swych włości przed ludźmi takimi jak Mors Umber albo ten bękart Roose'a Boltona. Musimy dokładnie rozważyć tę sprawę. Robb będzie potrzebował dobrych rad, nim podejmie decyzję.

— O wszystkim mogą rozstrzygnąć kwestie praktyczne — zauważył maester Luwin. — Zależy, który lord jest mu najbardziej potrzebny. W skład jego królestwa wchodzi również dorzecze. Niewykluczone, że zechce wzmocnić ten sojusz, wydając lady Hornwood za któregoś z lordów Tridentu. Może jakiegoś Blackwooda albo Freya…

— Lady Hornwood może sobie wziąć jednego z naszych Freyów — wtrącił Bran. — A jeśli chce, to nawet obu.

— Jesteś nieuprzejmy, mój książę — skarcił go łagodnie ser Rodrik.

Walderowie też — pomyślał Bran. Skrzywił się i wpatrzył bez słowa w stół.

W następnych dniach przybyły kruki wysłane przez innych lordów, którzy wyrażali żal, że nie mogą się zjawić. Bękart z Dreadfort poinformował ich, że nie przybędzie, wszyscy Mormontowie i Karstarkowie wyruszyli z Robbem na południe, lord Locke był za stary, by podróżować, lady Flint spodziewała się dziecka, a we Wdowiej Strażnicy panowała choroba. W końcu odezwali się wszyscy ważniejsi wasale rodu Starków poza Howlandem Reedem z wysp, który od lat nie wystawiał nosa za swoje błota, oraz Cerwynami, których zamek leżał pół dnia jazdy od Winterfell. Lord Cerwyn był w niewoli u Lannisterów, lecz pewnego pogodnego, wietrznego poranka zjawił się tu jego syn, czternastoletni chłopak, który przyprowadził ze sobą dwa tuziny jeźdźców. Gdy wpadli przez bramę, Bran jeździł po dziedzińcu na Tancerce. Zbliżył się kłusem do gości, by ich przywitać. Cley Cerwyn zawsze przyjaźnił się z nim i jego braćmi.

— Dzień dobry, Bran — odezwał się radośnie. — A może muszę cię teraz zwać księciem Branem?

— Tylko jeśli tego chcesz.

Cley wybuchnął śmiechem.

— Czemu by nie? Ostatnio wszyscy są królami albo książętami! Czy Stannis napisał też do Winterfell?

— Stannis? Nic o tym nie wiem.

— On też jest teraz królem — uświadomił go Cley. — Utrzymuje, że królowa Cersei spała z własnym bratem, a Joffrey jest bękartem.

— Joffrey Nieprawy — warknął jeden z rycerzy Cerwyna. — Nic dziwnego, że jest taki zdradliwy, skoro ma Królobójcę za ojca.

— To prawda — zgodził się drugi. — Bogowie nienawidzą kazirodztwa. Spójrzcie tylko, jak ukarali Targaryenów.

Bran stracił na chwilę zdolność oddychania. Jego pierś ścisnęła potężna dłoń. Miał wrażenie, że spada. Złapał się rozpaczliwie wodzy Tancerki.

— Bran? — odezwał się zaniepokojony Cley Cerwyn, widząc przerażenie, które z pewnością uwidoczniło się na jego twarzy. — Źle się czujesz? To tylko kolejny król.

— Robb pobije i jego.

Chłopiec skierował łeb Tancerki w stronę stajni, nie zważając na zdziwione spojrzenia gości. Krew szumiała mu w uszach. Gdyby nie był przywiązany do siodła, mógłby z niego zlecieć.

Tej nocy modlił się do bogów ojca o noc bez snów. Jeśli nawet go usłyszeli, postanowili zadrwić z jego nadziei, gdyż koszmar, jaki mu zesłali, był znacznie gorszy od wilczych snów.

— Lataj albo giń! — zakrakała trójoka wrona, uderzając go dziobem. Płakał i błagał o zmiłowanie, lecz ptak nie znał litości. Wydziobał mu najpierw lewe oko, a potem prawe, a gdy już otoczyła go ciemność, rąbnął w czoło, wbijając straszliwy, ostry dziób w głąb czaszki. Bran krzyczał tak głośno, że był pewien, iż płuca zaraz mu pękną. Ból rozszczepiał mu głowę niczym topór, lecz gdy wrona wyrwała dziób, śliski od kawałków kości i mózgu, chłopiec odzyskał wzrok. Westchnął głośno ze strachu. Wisiał za oknem wieży wysokiej na wiele mil. Jego palce traciły uchwyt, paznokcie drapały kamień, a nogi ściągały go w dół. Głupie, bezużyteczne, martwe nogi.

— Ratunku! — krzyknął. Na niebie nad nim pojawił się złotowłosy mężczyzna, który podniósł go w górę.

— Czego się nie robi z miłości — wyszeptał i cisnął go w pustkę.

Tyrion

— Nie sypiam już tak dobrze, jak za młodych lat — wyznał wielki maester Pycelle, przepraszając go w ten sposób za to, że spotkali się o świcie. — Wolę wstać wcześniej, nawet jeśli jest jeszcze ciemno, niż leżeć w łożu, zamartwiając się tym, czego zaniedbałem zrobić — ciągnął, choć opadające powieki wywoływały wrażenie, że za chwilę zaśnie.

Siedzieli w przewiewnych komnatach pod ptaszarnią. Służąca maestera przyniosła im jaja na twardo, kompot ze śliwek i owsiankę. Pycelle odprawił należne obrządki.

— W tych smutnych czasach, gdy tak wielu głoduje, uważam, że powinienem odżywiać się skromnie.

— To godne pochwały — przyznał Tyrion, rozbijając skorupkę wielkiego, brązowego jaja, które w nieprzystojny sposób przypominało mu łysą, nakrapianą głowę wielkiego maestera. — Ja jednak jestem innego zdania. Jeśli mam co jeść, to jem, bo jutro mogę już nie mieć nic. — Uśmiechnął się. — Powiedz mi, czy twoje kruki też budzą się tak wcześnie?

Pycelle pogłaskał białą, opadającą na pierś brodę.

— Ależ oczywiście. Czy kiedy zjemy, mam wysłać po pióro i inkaust?

— Nie ma potrzeby. — Tyrion położył listy na stole obok owsianki. Dwa ciasno zwinięte zwoje pergaminu zaopatrzono po obu końcach w lakowe pieczęcie. — Odeślij tę dziewczynę, żebyśmy mogli porozmawiać.

— Zostaw nas, dziecko — rozkazał Pycelle. Służąca pośpiesznie opuściła komnatę. — Te listy...

— Mają dotrzeć do rąk Dorana Martella, księcia Dorne. — Tyrion zerwał rozbitą skorupkę i nadgryzł jajo. Przydałaby się sól. — To jeden list w dwóch egzemplarzach. Wyślij najszybsze ptaki. Sprawa jest nadzwyczaj ważna.

— Zrobię to zaraz po śniadaniu.

— Zrób to teraz. Kompot może zaczekać. Królestwo nie. Lord Renly maszeruje już ze swą armią różanym traktem, a nikt nie wie, kiedy lord Stannis pożegluje ze Smoczej Skały.

Pycelle zamrugał.

— Jeśli sobie tego życzysz, panie.

— Życzę.

— Moim zadaniem jest służyć.

Maester podniósł się z trudem z krzesła z cichym brzękiem masywnego łańcucha: tuzina pierścieni przewleczonych przez siebie i ozdobionych klejnotami. Tyrion odnosił przy tym wrażenie, że złotych, srebrnych i platynowych ogniw jest znacznie więcej niż tych, które wykonano z mniej szlachetnych metali.

Pycelle poruszał się tak powoli, że Tyrion zdążył zjeść jajko i skosztować kompotu, który, jak na jego gust, był zbyt długo gotowany i wodnisty. Wreszcie rozległ się łopot skrzydeł i namiestnik wstał z krzesła. Zauważył kruka, ciemną plamkę na porannym niebie, po czym ruszył pośpiesznie ku licznym półkom, stojącym w głębi pomieszczenia.

Zestaw medykamentów maestera wywierał imponujące wrażenie. Stały tam tuziny zapieczętowanych lakiem słoiczków, setki zamkniętych zatyczkami fiolek i równie wielka liczba buteleczek z mlecznego szkła, a także niezliczone słoiki suszonych ziół. Wszystko to zaopatrzono pieczołowicie w nalepki, opisane wyraźnym pismem Pycelle'a.

Lubi porządek — pomyślał Tyrion. Rzeczywiście, gdy już poznało się zasady, według których ustawiono leki, łatwo było zauważyć, że każdy specyfik stoi na swoim miejscu. *I ma tu bardzo ciekawe rzeczy.* Zauważył senniczkę i wilczą jagodę, makowe mleko, lyseńskie łzy, suszony szary liść, tojad i taniec demona, jad bazyliszka, ślepotkę, wdowią krew...

Wspinając się na palce i wyciągając rękę w górę, zdołał ściągnąć z najwyższej półki małą, zakurzoną buteleczkę. Odczytawszy etykietę, uśmiechnął się i schował zdobycz do rękawa.

Gdy wielki maester Pycelle zlazł z powrotem ze schodów, Tyrion siedział już za stołem, obierając kolejne jajo.

— Zrobione, panie — oznajmił starzec, sadowiąc się za stołem. — Takie sprawy... rzeczywiście lepiej załatwiać jak najszybciej... mówiłeś, że to bardzo ważne?

— Tak, tak.

Tyrion miał wrażenie, że owsianka jest za gęsta i należałoby do niej dodać masła i miodu. Co prawda, ostatnio w Królewskiej Przystani było dość trudno o te produkty, lecz dzięki staraniom lorda

Gylesa zamek był dobrze zaopatrzony. Połowa spożywanej przez nich żywności pochodziła teraz z włości lorda Gylesa lub lady Tandy. Rosby i Stokeworth leżały niedaleko na północ od miasta i wojna jeszcze ich nie tknęła.

— Do samego księcia Dorne. Czy mogę zapytać...

— Lepiej nie pytaj.

— Jak sobie życzysz. — Dręcząca Pycelle'a ciekawość była tak wyraźna, że Tyrion czuł niemal jej smak. — Ale może... rada królewska...

Tyrion zastukał drewnianą łyżką w brzeg miski.

— Rada ma za zadanie doradzać królowi, maesterze.

— Tak jest — zgodził się Pycelle. — A król...

— ...jest trzynastoletnim chłopcem. Ja przemawiam w jego imieniu.

— To prawda. Wszak jesteś królewskim namiestnikiem. Ale... twa wielce szlachetna siostra, nasza królowa regentka...

— ...dźwiga na swych ślicznych białych barkach brzemię wielkiej odpowiedzialności. Nie mam zamiaru obciążać jej dodatkowymi kłopotami. A ty?

Tyrion uniósł głowę, wpatrując się dociekliwie w wielkiego maestera.

Pycelle spuścił wzrok, gapiąc się na jedzenie. Oczy karła — jedno zielone, a drugie czarne — zawsze zbijały ludzi z pantałyku, a Tyrion o tym wiedział i potrafił wykorzystać.

— Ach — mruknął starzec, nie odrywając wzroku od śliwek. — Z pewnością masz rację, panie. Okazujesz wielką troskliwość, chcąc... oszczędzić jej... tego ciężaru.

— Taki już jestem. — Tyrion ponownie zajął się niesmaczną owsianką. — Troskliwy. Ostatecznie Cersei to moja słodka siostra.

— W dodatku jest kobietą — ciągnął wielki maester Pycelle. — Co prawda, bardzo niezwykłą, ale mimo to... niełatwo jest dbać o wszystkie troski królestwa komuś, kto należy do delikatnej płci...

Tak, to delikatna gołąbeczka. Zapytaj o to Eddarda Starka.

— Cieszę się, że podzielasz moją opinię i dziękuję, iż zechciałeś dzielić ze mną stół. Niestety, przede mną długi dzień. — Przesunął nogi na bok i zgramolił się z krzesła. — Czy poinformujesz mnie, gdy tylko otrzymamy odpowiedź z Dorne?

— Jak sobie życzysz, panie.

— I tylko mnie?

— Ach... oczywiście.

Pycelle złapał się pokrytą wątrobowymi plamami dłonią za brodę, tak jak tonący chwyta za sznur. Ten widok uradował serce Tyriona. *Pierwszy* — pomyślał.

Zlazł po schodach na dziedziniec, choć jego krótkim nogom nie służyły wysokie stopnie. Słońce stało już wysoko, a zamek przebudził się do życia. Po murach chodziły straże, a rycerze i zbrojni ćwiczyli tępą bronią. Nieopodal, na krawędzi studni, przysiadł Bronn. Obok przeszła nieśpiesznie para urodziwych służących, które niosły wiklinowy kosz wypełniony sitowiem, lecz najemnik nawet na nie nie spojrzał.

— Bronn, chyba już nie ma dla ciebie nadziei — stwierdził Tyrion, wskazując na dziewczyny. — Masz przed oczyma takie słodkie widoki, a gapisz się tylko na bandę hałaśliwych prostaków.

— W tym mieście jest setka burdeli, w których za oszukanego miedziaka zawsze mogę sobie kupić pizdę, jeśli zechcę — odparł najemnik — a pewnego dnia moje życie może zależeć od tego, jak uważnie przyjrzałem się tym prostakom. — Wstał. — Kim jest ten chłopak w opończy w niebieską kratę, który ma na tarczy troje oczu?

— To jakiś wędrowny rycerz. Na imię ma Tallad. Dlaczego pytasz?

Bronn odgarnął opadające na oczy włosy.

— On jest z nich najlepszy. Ale przyjrzyj się mu. Wpada w rytm i kiedy atakuje, za każdym razem wyprowadza te same ciosy w takiej samej kolejności. — Uśmiechnął się. — W dniu, gdy stanie do walki ze mną, przyniesie mu to zgubę.

— Poprzysiągł wierność Joffreyowi. To mało prawdopodobne, byś miał kiedyś z nim walczyć. — Ruszyli razem przez zamkowy dziedziniec. Bronn dopasował rytm swych długich kroków do chodu przebierającego krótkimi nóżkami Tyriona. Najemnik prezentował się teraz niemal przyzwoicie. Umył i uczesał ciemne włosy, był świeżo ogolony i nałożył czarny napierśnik oficera Straży Miejskiej. Z ramion spływał mu płaszcz w karmazynowym kolorze Lannisterów, wyszywany w złote dłonie. Tyrion podarował mu tę szatę, gdy uczynił go kapitanem swej osobistej straży.

— Ilu mamy dziś suplikantów? — zapytał.

— Trzydziestu paru — odparł Bronn. — Większość jak zwykle

przyszła z jakąś skargą albo czegoś chce. Znowu odezwała się twoja pieszczoszka.

Namiestnik jęknął głośno.

— Lady Tanda?

— Jej paź. Znowu zaprasza cię na wieczerzę. Zamierza ci zaserwować pieczoną dziczyznę, parę nadziewanych gęsi w sosie morwowym i…

— …własną córkę — dokończył skwaszonym tonem Tyrion. Odkąd zjawił się w Czerwonej Twierdzy, wciąż prześladowała go lady Tanda, uzbrojona w nieprzebrany arsenał placków z minogiem, dzikich świń i smakowitych gulaszów. Przyszło jej skądś do głowy, że karłowaty lord byłby idealnym małżonkiem dla jej córki Lollys, wielkiej, pulchnej, głupkowatej kobiety, o której plotkowano, że w wieku trzydziestu trzech lat nadal pozostaje dziewicą. — Prześlij jej moje przeprosiny.

— Nie masz ochoty na nadziewaną gęś? — zapytał Bronn, uśmiechając się złośliwie.

— A może to ty powinieneś zjeść gęś i ożenić się z panną. Albo, jeszcze lepiej, wyślijmy Shaggę.

— On prędzej zjadłby pannę i ożenił się z gęsią — zauważył Bronn. — Zresztą Lollys waży więcej od niego.

— To prawda — przyznał Tyrion, gdy przechodzili w cieniu zadaszonego przejścia łączącego dwie wieże. — Kto jeszcze chce się ze mną widzieć?

Najemnik nagle spoważniał.

— Jakiś lichwiarz z Braavos z całą kupą różnych papierów i takich tam rzeczy. Chce się spotkać z królem, żeby zażądać od niego spłaty długu.

— Zupełnie jakby Joff umiał zliczyć do dwudziestu. Wyślij go do Littlefingera. On wymyśli jakiś sposób, żeby go spławić. Następny?

— Jakieś paniątko z Tridentu skarży się, że ludzie twojego ojca spalili mu zamek, zgwałcili żonę i wybili wszystkich chłopów.

— Mam wrażenie, że to się nazywa wojna. — Tyrion wyczuwał w tym rękę Gregora Clegane'a albo Amory'ego Lorcha, czy innego ulubionego piekielnego ogara swego ojca, na przykład Qohorika. — A czego chce od Joffreya?

— Nowych chłopów — wyjaśnił Bronn. — Przyszedł tu z tak daleka, żeby się pochwalić swą wiernością i zażądać odszkodowania.

— Jutro znajdę dla niego trochę czasu. — Bez względu na to, czy naprawdę był wierny, czy tylko zdesperowany, uległy lord z dorzecza mógł się okazać użyteczny. — Dopilnuj, żeby dano mu wygodną komnatę i gorący posiłek. Wyślij mu też nową parę butów i to dobrych, jako prezent od króla Joffreya. *Nigdy nie zaszkodzi okazać szczodrość.*

Bronn skinął krótko głową.

— Przyszła też zgraja piekarzy, rzeźników i zieleniarzy, którzy głośno domagają się posłuchania.

— Mówiłem im już, że nic ode mnie nie dostaną.

Do Królewskiej Przystani żywność napływała tylko cienką strużką i większość była przeznaczona dla zamku i garnizonu. Ceny warzyw, mąki i owoców wzrosły skandalicznie. Tyrion wolał nie myśleć o tym, skąd bierze się mięso, które trafiało do kotłów garkuchni w Zapchlonym Tyłku. Miał nadzieję, że to ryby. Zostały im jeszcze rzeki i morze... przynajmniej dopóki lord Stannis nie wypłynie ze Smoczej Skały.

— Domagają się ochrony. Ostatniej nocy pewnego piekarza upieczono w jego własnym piecu. Tłuszcza twierdziła, że brał za drogo za chleb.

— A rzeczywiście brał?

— Teraz już temu nie zaprzeczy.

— Ale go nie zjedli, prawda?

— Nic o tym nie słyszałem.

— Następnym razem zjedzą — zapowiedział Tyrion ponurym głosem. — Dam im tylu ludzi, ilu będę mógł. Złote płaszcze...

— Utrzymują, że wśród napastników były też złote płaszcze — wtrącił Bronn. — Domagają się rozmowy z królem.

— Głupcy. — Tyrion pożegnałby ich z wyrazami ubolewania, a jego siostrzeniec kazał przepędzić za pomocą biczów i włóczni. Ogarnęła go pokusa, by na to pozwolić... ale nie, to byłoby zbyt ryzykowne. Prędzej czy później na Królewską Przystań pomaszeruje jakiś nieprzyjaciel i z pewnością nie chciałby wtedy mieć za miejskimi murami ludzi czekających tylko na okazję, by dopuścić się zdrady. — Powiedz im, że król Joffrey podziela ich obawy i uczyni dla nich, co tylko będzie mógł.

— Chcą chleba, nie obietnic.

— Jeśli dziś dam im chleba, jutro pod bramy przyjdzie ich dwa razy więcej. Kto jeszcze?

— Czarny brat z Muru. Zarządca mówi, że przywiózł jakąś zgniłą rękę w słoju.

Tyrion uśmiechnął się blado.

— Dziwię się, że nikt jej nie zjadł. Chyba powinienem się z nim zobaczyć. Czy to przypadkiem nie Yoren?

— Nie. Jakiś rycerz. Thorne.

— Ser Alliser Thorne? — Ze wszystkich czarnych braci, których Tyrion Lannister spotkał na Murze, ser Alliser Thorne wydał mu się najmniej sympatyczny. Był zgorzkniały i małoduszny, a do tego miał przesadnie wysokie mniemanie o sobie. — Jeśli się nad tym zastanowić, nie mam w tej chwili ochoty spotykać się z ser Alliserem. Znajdź mu jakąś przytulną celę, w której od roku nikt nie zmieniał sitowia, i niech ta ręka jeszcze trochę sobie pognije.

Bronn parsknął śmiechem i oddalił się, a Tyrion zaczął się wspinać na spiralne schody. Gdy kuśtykał przez zewnętrzny dziedziniec, usłyszał łoskot podnoszonej kraty. Pod bramą czekała jego siostra z liczną eskortą.

Dosiadająca białego wierzchowca Cersei spojrzała na niego z góry niczym obleczona w zieleń bogini.

— Bracie — zawołała bez śladu ciepła w głosie. Królowa nie była zadowolona z tego, jak potraktował Janosa Slynta.

— Wasza Miłość. — Tyrion ukłonił się uprzejmie. — Pięknie dziś wyglądasz.

Założyła złotą koronę i gronostajowe futro. Za nią jechali członkowie jej świty: ser Boros Blount z Gwardii Królewskiej zakuty w białą płytową zbroję i jak zwykle spoglądający na wszystkich spode łba; ser Balon Swann, z którego inkrustowanego srebrem siodła zwisał łuk; lord Gyles Rosby, któremu dychawiczny kaszel dokuczał dziś bardziej niż kiedykolwiek; Hallyne, piromanta z Cechu Alchemików; i wreszcie najnowszy ulubieniec królowej, ich kuzyn ser Lancel Lannister, giermek jej nieżyjącego męża, którego na żądanie wdowy pasowano na rycerza. Eskortę stanowił Vylarr z dwudziestką ludzi ze Straży.

— Dokąd to się dziś wybierasz, siostro? — zapytał Tyrion.

— Na objazd bram. Muszę sprawdzić te nowe skorpiony i ogniomioty. Nie chciałabym, żeby uznano, że wszyscy lekceważymy potrzeby obronne miasta w takim samym stopniu jak ty. — Cersei przeszyła go spojrzeniem swych zielonych oczu, pięknych nawet wtedy, gdy wyrażały pogardę. — Doniesiono mi, że Renly Baratheon wymaszerował z Wysogrodu. Zmierza ku nam różanym traktem na czele wszystkich swych sił.

— Varys powiedział mi to samo.

— Może tu dotrzeć już z pełnią księżyca.

— Jeśli nadal będzie się posuwał tak powoli, to nie — uspokoił ją Tyrion. — Co noc ucztuje w innym zamku, a na każdych rozstajach dróg urządza zabawę.

— I każdego dnia pod jego sztandary przybywają nowi żołnierze. Podobno jego zastęp liczy już sto tysięcy ludzi.

— To chyba przesada.

— Ma za sobą całą moc Końca Burzy i Wysogrodu, ty mały durniu — warknęła Cersei. — A także wszystkich chorążych Tyrellów oprócz Redwyne'ów, a za to musisz podziękować mnie. Dopóki trzymam tu tych jego francowatych bliźniaków, lord Paxter będzie siedział spokojnie w Arbor i cieszył się, że nie musi w nic się mieszać.

— Szkoda tylko, że pozwoliłaś Rycerzowi Kwiatów wymknąć się z tych twoich ślicznych paluszków. Tak czy inaczej, Renly ma jeszcze inne zmartwienia oprócz nas. Nasz ojciec w Harrenhal, Robb Stark w Riverrun… na jego miejscu postępowałbym tak samo. Posuwałbym się powoli naprzód, popisując się swą siłą, czekał i obserwował. Niech moi rywale walczą ze sobą, podczas gdy ja będę spokojnie wyczekiwał odpowiedniej chwili. Jeśli Stark nas pokona, południe wpadnie Renly'emu w ręce niczym dar od bogów. Nie straci ani jednego człowieka. A jeśli to my wygramy, będzie mógł nas zaatakować, gdy będziemy osłabieni.

Cersei to nie uspokoiło.

— Chcę, żebyś kazał ojcu przyprowadzić armię do Królewskiej Przystani.

Gdzie nie będzie z niej żadnego pożytku poza tym, że ty poczujesz się bezpieczniej.

— Odkąd to mogę cokolwiek kazać naszemu ojcu?

Zignorowała jego pytanie.

— Kiedy zamierzasz uwolnić Jaime'a? Jest wart stu takich jak ty.

Tyrion uśmiechnął się z przekąsem.

— Błagam cię, nie mów o tym lady Stark. Nie mamy stu takich jak ja na wymianę.

— Ojciec chyba oszalał, że cię tu przysłał. Jesteś gorzej niż bezużyteczny.

Królowa szarpnęła wodze, zawróciła konia i opuściła szybkim truchtem dziedziniec. Jej gronostajowe futro powiewało na wietrze. Świta podążyła pośpiesznie za nią.

Szczerze mówiąc, Tyrion bał się Renly'ego Baratheona znacznie mniej niż jego brata Stannisa. Renly był ulubieńcem ludu, lecz nigdy nie dowodził armią. Stannis był zupełnie inny: twardy, zimny i nieubłagany. Gdyby tylko mogli się dowiedzieć, co słychać na Smoczej Skale... ale nikt z rybaków, którym zapłacił za to, by wyszpiegowali, co się dzieje na wyspie, dotąd nie wrócił. Nawet informatorzy, których eunuch jakoby miał wśród domowników Stannisa, milczeli, co nie wróżyło nic dobrego. W pobliżu brzegu widziano jednak pasiaste lyseńskie galery, a Varys otrzymał z Myr raporty o tym, że kapitanowie-najemnicy zaciągają się na służbę na Smoczej Skale. *Jeśli Stannis zaatakuje od morza, a Renly uderzy na miejskie bramy, wkrótce zatkną głowę Joffreya na pice. Co gorsza, moja znajdzie się obok niej.* Była to przygnębiająca myśl. Powinien wymyślić jakiś sposób na to, by wyprowadzić Shae bezpiecznie z miasta, gdyby zanosiło się na najgorsze.

Przed drzwiami jego samotni stał Podrick Payne, który wpatrywał się w podłogę.

— Jest w środku — oznajmił, patrząc na sprzączkę pasa Tyriona. — W twej samotni, panie. Przykro mi.

Tyrion westchnął.

— Patrz na mnie, Pod. Denerwuje mnie, kiedy gapisz się na mojego kutasa, zwłaszcza że go nie widać. Spójrz mi w twarz. Nie staniesz się od tego karłem, to nie jest zaraźliwe. Kto jest w mojej samotni?

— Lord Littlefinger. — Podrick zdołał spojrzeć przelotnie w twarz rozmówcy, po czym spuścił pośpiesznie wzrok. — To znaczy lord Petyr. Lord Baelish. Królewski skarbnik.

— Sądząc z twoich słów, siedzi tam straszna kupa ludzi.

Chłopak skulił się jak uderzony. Tyriona ogarnęło absurdalne poczucie winy.

Lord Petyr siedział na ławeczce w oknie wykuszowym. Rozleniwiony i elegancki, miał na sobie szykowny śliwkowy wams i żółtą atłasową pelerynę. Jedną obleczoną w rękawiczkę dłoń wsparł na kolanie.

— Król uzbroił się w kuszę i walczy z zającami — rzucił. — Zające wygrywają. Chodź to obejrzeć.

Tyrion musiał stanąć na palcach, by móc wyjrzeć przez okno. Na ziemi leżał martwy zając. Drugi, trafiony w bok, właśnie konał. Jego długie uszy drżały. Niezliczone bełty pokrywały ubitą ziemię niczym rozrzucona przez burzę słoma.

— Teraz! — krzyknął Joff. Łowczy puścił kolejnego zająca i uciekł w pośpiechu. Joffrey nacisnął spust kuszy. Chybił o dwie stopy. Zwierzę stanęło słupka i zmarszczyło nos, spoglądając na króla. Joff z przekleństwem na ustach zakręcił korbą, by naciągnąć cięciwę, lecz nim zdążył załadować kuszę, ofiara umknęła. — Następny!

Łowczy sięgnął do klatki. Tym razem zając przemknął po dziedzińcu niczym brązowa błyskawica, a pośpiesznie wystrzelony bełt omal nie trafił ser Prestona w krocze.

Littlefinger odwrócił wzrok.

— Chłopcze, lubisz zające? — zapytał Podricka Payne'a.

Pod wbił wzrok w buty gościa, które były naprawdę piękne, wykonane z czerwonej skóry ozdobionej czarnym grawerunkiem.

— Do jedzenia, panie?

— Inwestuj w rondle — poradził mu Littlefinger. — Wkrótce zające zawojują zamek. Będziemy je jedli trzy razy dziennie.

— Lepsze to niż szczury na patyku — zauważył Tyrion. — Pod, zostaw nas samych. Chyba że lord Petyr ma ochotę na drobny poczęstunek?

— Dziękuję bardzo. — Littlefinger rozciągnął usta w drwiącym uśmieszku. — Powiadają, że ten kto pije z karłem, budzi się na Murze. Czarny kolor nieprzyjemnie podkreśla niezdrową bladość mojej cery.

Nie obawiaj się, panie — pomyślał Tyrion. *Dla ciebie zaplanowałem coś innego niż Mur.*

— Wyglądasz dziś bardzo elegancko, panie — zauważył, rozsiadając się wygodnie na wysokim, wyściełanym krześle.

— To mnie zabolało. Staram się wyglądać elegancko każdego dnia.

— Czy to nowy wams?

— Nowy. Jesteś nadzwyczaj spostrzegawczy.

— Śliwkowy i żółty. Czy to barwy twojego rodu?

— Nie. Ale uważam, że nudno jest codziennie nosić ten sam kolor.

— Nóż też jest niebrzydki.

— Naprawdę? — W oczach Littlefingera pojawił się figlarny błysk. Wyciągnął sztylet i przyjrzał mu się od niechcenia, jakby widział go po raz pierwszy. — Valyriańska stal i rękojeść z kości słoniowej. Ale jest trochę zbyt niewyszukany. Jeśli go chcesz, jest twój.

— Mój? — Tyrion spojrzał z uwagą na rozmówcę. — Nie. Nie sądzę. Na pewno nie.

Ten bezczelny nędznik wie. Wie, wie, że ja wiem i myśli, że nie mogę go tknąć.

Jeśli kiedykolwiek istniał człowiek, którego chroniła złota zbroja, nie był nim Jaime Lannister, lecz Petyr Baelish. Sławna zbroja Jaime'a była wykonana z pozłacanej stali, ale Littlefinger, ach... Tyrion dowiedział się o słodkim Petyrze kilku rzeczy, które budziły w nim narastający niepokój.

Przed dziesięcioma laty Jon Arryn oferował mu niewielką synekurę na cle i lord Petyr wkrótce wyróżnił się, wyciągając z niej trzy razy więcej niż którykolwiek z królewskich celników. Król Robert był bardzo rozrzutny. Dlatego człowiek taki jak Petyr Baelish, który potrafił potrzeć o siebie dwa złote smoki i w ten sposób spłodzić trzeciego, był dla jego namiestnika bezcenny. Wznosił się w górę szybko jak strzała. Trzy lata po przybyciu na dwór był już królewskim skarbnikiem i członkiem małej rady. Dochody korony były dziś dziesięciokrotnie wyższe niż za czasów jego borykającego się z licznymi trudnościami poprzednika... choć jej długi również były ogromne. Petyr Baelish był mistrzem żonglerki.

Och, był bardzo bystry. Nie gromadził po prostu złota w skarbcu, co to, to nie. Spłacał królewskie długi obietnicami, a królewskiemu złotu kazał pracować. Kupował wozy, sklepy, statki i domy. Skupował zboże, gdy plony były obfite, i sprzedawał chleb, kiedy były kiepskie. Sprowadzał wełnę z północy, płótno z południa i koronki z Lys, magazynował wszystkie te materiały, przewoził je, barwił i sprzedawał. Złote smoki mnożyły się coraz bardziej, a Littlefinger pożyczał je innym, by wracały do domu z pisklętami.

W tym samym czasie wszędzie lokował swych ludzi. Wszyscy czterej klucznicy należeli do niego. Królewski rachmistrz i królewski wagowy byli mianowani przez niego, podobnie jak mincmistrze wszystkich trzech mennic. Komendanci portów, poborcy podatków, urzędnicy celni, wełniani faktorzy, poborcy myta, płatnicy, kupcy winni — dziewięciu na dziesięciu z nich siedziało w kieszeni u Littlefingera. Byli to z reguły ludzie średniego stanu, synowie kupców i pomniejszych lordów, a czasem nawet cudzoziemcy, sądząc jednak po osiąganych przez nich rezultatach, byli znacznie zdolniejsi od swych szlachetnie urodzonych poprzedników.

Nikomu nawet nie zaświtała myśl, by kwestionować te nominacje. Nie było powodu. Littlefinger nikomu nie zagrażał. Bystry, uśmiechnięty, miły człowiek, przyjaciel wszystkich, zawsze umiejący znaleźć złoto, gdy potrzebowali go król lub jego namiestnik, choć przecież wywodził się z nieszczególnego rodu, tylko o jeden szczebel lepszego od wędrownych rycerzy. Ktoś taki nie budził strachu. Nie miał chorążych, świty zbrojnych, potężnej twierdzy, właściwie żadnych włości ani perspektyw na korzystne małżeństwo.

Ale czy ośmielę się go tknąć? — zastanawiał się Tyrion. *Nawet jeśli jest zdrajcą?* Nie był bynajmniej pewien, czy może to zrobić, zwłaszcza teraz, gdy szalała wojna. Z czasem będzie mógł zastąpić na kluczowych pozycjach ludzi Littlefingera własnymi, ale obecnie…

Na dziedzińcu rozległ się krzyk.

— Ach, Jego Miłość zabił zająca — zauważył lord Baelish.

— To musiała być wyjątkowo powolna sztuka — odrzekł Tyrion. — Panie, wychowywałeś się w Riverrun. Słyszałem, że byłeś blisko z Tully'ami.

— Można by tak powiedzieć. Zwłaszcza z córkami.

— Jak blisko?

— Zabrałem im dziewictwo. Czy to wystarczy?

Baelish wypowiedział to kłamstwo — Tyrion był niemal pewien, że to kłamstwo — z taką nonszalancją, że niemal można mu było uwierzyć. Czy to możliwe, że to Catelyn Stark kłamała, mówiąc o swym dziewictwie, a również o sztylecie? Im dłużej żył, tym lepiej zdawał sobie sprawę, że nic nie jest proste, a prawie nic nie jest prawdą.

— Córki lorda Hostera nie darzą mnie miłością — wyznał. — Wątpię, by chciały wysłuchać moich propozycji. Jeśli jednak te same słowa padną z twoich ust, mogą odnieść się do nich łaskawiej.

— Zależy, jakie to będą słowa. Jeśli chcesz wymienić Sansę na swego brata, lepiej marnuj czas komuś innemu. Joffrey za nic w świecie nie odda swej zabaweczki, a lady Catelyn nie jest aż taka głupia, żeby wymienić Królobójcę na małe dziewczątko.

— Zamierzam pojmać też Aryę. Kazałem moim ludziom jej szukać.

— Szukać nie znaczy jeszcze znaleźć.

— Będę o tym pamiętał, panie. Tak czy inaczej, chodziło mi o lady Lysę. Dla niej mam atrakcyjniejszą ofertę.

— To prawda, że Lysa łatwiej ulega wpływom niż Catelyn... ale jest też bardziej bojaźliwa, a do tego słyszałem, że cię nienawidzi.

— Jest przekonana, że ma powód. Gdy gościłem u niej w Orlim Gnieździe, utrzymywała, że zamordowałem jej męża i nie chciała słuchać mych zaprzeczeń. — Pochylił się. — Jeśli dam jej prawdziwego zabójcę Jona Arryna, może spojrzy na mnie łaskawszym okiem.

Littlefinger wyprostował się nagle.

— Prawdziwego zabójcę? Przyznaję, że mnie zaciekawiłeś. To znaczy kogo?

Tym razem to Tyrion się uśmiechnął.

— Podarunki daję tylko przyjaciołom. Lysa Arryn będzie musiała to zrozumieć.

— Potrzebujesz jej przyjaźni czy jej mieczy?

— Tego i tego.

Littlefinger pogłaskał ostro zakończoną brodę.

— Lysa ma własne zmartwienia. Jej ziemie nękają klany z Gór Księżycowych, liczniejsze niż kiedykolwiek... i lepiej uzbrojone.

— To smutne — rzucił Tyrion Lannister, który je uzbroił. — W tej sprawie mógłbym jej pomóc. Wystarczy, że szepnę słówko...

— A ile to słówko będzie ją kosztowało?

— Chcę, żeby lady Lysa uznała Joffreya za króla, poprzysięgła mu wierność i...

— Wypowiedziała wojnę Starkom i Tullym? — Littlefinger potrząsnął głową. — W twoim ciastku jest karaluch, Lannister. Lysa nigdy nie wyśle swych rycerzy przeciw Riverrun.

— Nie będę jej o to prosił. Nie brak nam wrogów. Skieruję jej oddziały przeciw lordowi Renly'emu albo lordowi Stannisowi, jeśli ruszy się ze Smoczej Skały. W zamian za to wymierzę sprawiedliwość winnym śmierci Jona Arryna i zapewnię pokój w Dolinie, a nawet dam temu jej okropnemu synowi tytuł namiestnika wschodu, który nosił jego ojciec. — W jego pamięci rozległ się chłopięcy szept: „Chcę, żeby poleciał". — A żeby dobić targu, dołożę jeszcze moją siostrzenicę.

Z przyjemnością ujrzał w szarozielonych oczach Petyra Baelisha wyraz autentycznego zaskoczenia.

— Myrcellę?

— Gdy osiągnie odpowiedni wiek, będzie mogła poślubić małego lorda Roberta. Do tego czasu będzie podopieczną lady Lysy w Orlim Gnieździe.

— A co sądzi o tym planie Jej Miłość królowa? — Gdy Tyrion wzruszył ramionami, Littlefinger wybuchnął śmiechem. — Tak też sądziłem. Jest z ciebie niebezpieczny, mały człowieczek, Lannister. Tak jest, tę pieśń mógłbym zaśpiewać Lysie. — Znowu uśmiechnął się chytrze, a jego spojrzenie nabrało figlarnego wyrazu. — Gdybym zechciał.

Tyrion skinął głową. Czekał cierpliwie, wiedząc, że Littlefinger nigdy nie potrafił znieść długiego milczenia.

— To co masz dla mnie w swoim garnku? — zapytał po chwili lord Petyr bez śladu zażenowania.

— Harrenhal.

Ciekawie było patrzeć na jego twarz. Ojciec Baelisha był najdrobniejszym z drobnych lordów, a jego dziadek nie mającym ziemi wędrownym rycerzem. Po przodkach odziedziczył tylko kilka akrów kamienistych gruntów na wietrznym wybrzeżu Paluchów, natomiast Harrenhal był jednym z najwartościowszych majątków w Siedmiu Królestwach. Jego ziemie były rozległe, bogate i żyzne, a zamek nie ustępował żadnemu w kraju… i przerastał Riverrun, gdzie Petyr Baelish był podopiecznym rodu Tullych, którego bezceremonialnie wygnano, gdy ośmielił się podnieść wzrok na córkę lorda Hostera.

Littlefinger poświęcił chwilę na poprawienie peleryny, Tyrion dostrzegł jednak w jego chytrych, kocich oczach błysk chciwości.

Jest mój — pomyślał.

— Harrenhal jest przeklęty — oznajmił po pewnym czasie lord Petyr, starając się nadać swemu głosowi znudzone brzmienie.

— W takim razie zrównaj go z ziemią i zbuduj nowy zamek, który będzie ci odpowiadał. Pieniędzy ci nie zabraknie. Zamierzam uczynić cię seniorem Tridentu. Okazało się, że lordom dorzecza nie można ufać. Niech wszyscy złożą ci przysięgę lenną.

— Nawet Tully'owie?

— Jeśli po wojnie zostaną jeszcze jacyś Tully'owie.

Littlefinger miał minę chłopca, który przed chwilą ugryzł ukradkiem kęs plastra miodu. Starał się uważać na pszczoły, ale miód był zbyt słodki.

— Harrenhal ze wszystkimi jego ziemiami i dochodami — zastanawiał się głośno. — Tym pociągnięciem uczyniłbyś mnie jednym z największych lordów w królestwie. Nie chodzi o to, że jestem niewdzięczny, panie, ale... dlaczego?

— Dobrze się przysłużyłeś mojej siostrze w sprawie następstwa tronu.

— Podobnie jak Janos Slynt, który całkiem niedawno otrzymał ten sam zamek Harrenhal, lecz gdy przestał już być potrzebny, nieoczekiwanie mu go odebrano.

Tyrion ryknął śmiechem.

— Masz rację, panie. Cóż mogę powiedzieć? Potrzebuję cię z uwagi na lady Lysę, a Janosa Slynta nie potrzebowałem. — Wzruszył zdeformowanymi ramionami. — Wolę zobaczyć ciebie w Harrenhal niż Renly'ego na Żelaznym Tronie. Trudno wyrazić się jaśniej.

— Faktycznie, trudno. Czy zdajesz sobie sprawę, że mogę być zmuszony znowu wziąć Lysę Arryn do łoża, by uzyskać od niej zgodę na to małżeństwo?

— Nie wątpię, że poradzisz sobie z tym zadaniem.

— Mówiłem kiedyś Nedowi Starkowi, że jeśli człowiek stanie nago przed brzydką kobietą, może tylko zamknąć oczy i brać się do roboty. — Littlefinger złożył palce w piramidkę, spoglądając w różnobarwne oczy Tyriona. — Daj mi dwa tygodnie, żebym mógł zamknąć wszystkie bieżące sprawy i znaleźć jakiś statek, który zabierze mnie do Gulltown.

— Proszę bardzo.

Lord Petyr wstał z krzesła.

— To był wyjątkowo przyjemny ranek, Lannister. I zyskowny... mam nadzieję, że dla nas obu. — Pokłonił się, zamiatając żółtą peleryną, i ruszył ku drzwiom.

Drugi — pomyślał Tyrion.

Wszedł na górę do sypialni, by tam zaczekać na Varysa, który miał wkrótce się zjawić. Przypuszczał, że eunuch przyjdzie z nastaniem zmierzchu, a być może nawet dopiero o wschodzie księżyca, choć miał nadzieję, że nie będzie musiał czekać tak długo. Chciał dziś w nocy odwiedzić Shae.

Był mile zaskoczony, gdy w niespełna godzinę później Galt z Kamiennych Wron poinformował go, że Upudrowany stoi u drzwi.

— Jesteś okrutnikiem. Jak mogłeś tak skrzywdzić wielkiego maestera? — zganił go eunuch. — Ten człowiek nie znosi tajemnic.

— Co ja słyszę? Przygania wrona krukowi? A może nie chcesz się dowiedzieć, jaką propozycję złożyłem Doranowi Martellowi?

Varys zachichotał.

— Może moje ptaszki już mi o wszystkim powiedziały.

— Doprawdy? — To właśnie chciał usłyszeć. — Mów dalej.

— Dornijczycy jak dotąd nie biorą udziału w wojnie. Doran Martell zwołał swych chorążych, ale na tym poprzestał. Powszechnie wiadomo, że nienawidzi rodu Lannisterów. Wszyscy sądzą, że przyłączy się do lorda Renly'ego. Chcesz go przed tym powstrzymać.

— To jest oczywiste — zauważył Tyrion.

— Pytanie tylko, co zamierzasz mu zaoferować w zamian za poparcie. Książę jest sentymentalny i do dziś opłakuje swą siostrę Elię oraz jej słodkie maleństwa.

— Ojciec mówił mi kiedyś, że lord nigdy nie pozwala, by sentymenty stanęły na drodze jego ambicji... a tak się składa, że zwolniło się miejsce w małej radzie, jako że lord Janos przywdział czerń.

— Miejsce w radzie to gratka nie do pogardzenia — przyznał Varys — ale czy to wystarczy, by dumny książę zapomniał o zamordowanej siostrze?

— Czemu miałby o niej zapominać? — zapytał z uśmiechem Tyrion. — Obiecałem, że wydam mu jej morderców, żywych albo martwych, jak będzie wolał. Rzecz jasna, po wojnie.

Varys obrzucił go chytrym spojrzeniem.

— Moje ptaszki mówiły mi, że księżna Elia krzyknęła... pewne imię... kiedy po nią przyszli.

— Czy tajemnica, którą wszyscy znają, nadal jest tajemnicą?

W Casterly Rock powszechnie było wiadomo, że to Gregor Clegane zabił Elię i jej dziecko. Opowiadano, że gdy gwałcił księżną, miał jeszcze na dłoniach krew i mózg jej syna.

— Ale ta tajemnica to zaprzysiężony lennik twego ojca.

— Lord Tywin pierwszy by ci powiedział, że pięćdziesiąt tysięcy Dornijczyków jest warte jednego wściekłego psa.

Varys pogłaskał się po upudrowanym policzku.

— A jeśli książę Doran zażąda nie tylko krwi rycerza, który dokonał tego czynu, lecz również lorda, który wydał taki rozkaz...

— Przywódcą buntu był Robert Baratheon. Wszystkie rozkazy pochodziły w ostatecznym rozrachunku od niego.

— Roberta nie było w Królewskiej Przystani.

— Dorana Martella też nie.

— A więc to tak. Krew dla zaspokojenia dumy, miejsce w radzie dla zaspokojenia ambicji. Słodka propozycja... ale słodycze bywają zatrute. Na miejscu księcia zażądałbym czegoś więcej, nim odważyłbym się sięgnąć po ten plaster miodu. Jakiegoś dowodu uczciwych zamiarów, zabezpieczenia przed możliwością zdrady. — Varys zademonstrował swój najpodstępniejszy uśmiech. — Ciekawe, które dziecko mu zaoferujesz?

— Przecież wiesz, prawda? — zapytał z westchnieniem Tyrion.

— Jeśli tak to ujmujesz, to wiem. Tommena. Nie możesz przecież dać Myrcelli jednocześnie Doranowi Martellowi i Lysie Arryn.

— Przypomnij mi, żebym nigdy nie bawił się z tobą w zagadki. Oszukujesz.

— Książę Tommen to dobry chłopak.

— Jeśli zabiorę go od Cersei i Joffreya, dopóki jest jeszcze mały, może nawet wyrosnąć na dobrego człowieka.

— I dobrego króla?

— Królem jest Joffrey.

— A gdyby Jego Miłość spotkało jakieś nieszczęście, tron odziedziczy Tommen, który z natury jest bardzo miły i... uległy.

— Jesteś podejrzliwym człowiekiem, Varysie.

— Uznam to za komplement, panie. Tak czy inaczej, książę Doran z pewnością doceni tak wielki zaszczyt. Muszę przyznać, że to bardzo zręczny plan... ale jest w nim pewna luka.

Karzeł parsknął śmiechem.

— Ma na imię Cersei?

— Cóż znaczy sztuka dyplomacji wobec miłości matki do słodkiego owocu jej macicy? Być może królowa dałaby się przekonać, że dla chwały rodu i bezpieczeństwa królestwa powinna się rozstać z Tommenem lub Myrcellą. Ale z obojgiem? Z pewnością nie.

— To, o czym Cersei nie wie, nie może mi zaszkodzić.

— A jeśli Jej Miłość dowie się przedwcześnie o twych planach?

— No cóż, wtedy będę wiedział, że człowiek, który ją o nich poinformował, z pewnością jest moim wrogiem.

Trzeci — pomyślał Tyrion, słysząc chichot Varysa.

Sansa

Jeśli chcesz wrócić do domu, przyjdź dziś w nocy do bożego gaju.

Po setnym przeczytaniu słowa brzmiały tak samo, jak za pierwszym razem. Sansa znalazła złożoną kartę pergaminu pod poduszką. Nie wiedziała, jak się tam ona znalazła ani od kogo pochodzi. Listu nie podpisano ani nie zapieczętowano, a charakter pisma nie był jej znany. Przycisnęła pergamin do piersi i powtórzyła szeptem zapisane na nim słowa.

— Jeśli chcesz wrócić do domu, przyjdź dziś w nocy do bożego gaju — wydyszała cichutko.

Co to mogło oznaczać? Czy powinna pokazać list królowej, by dowieść, że jest grzeczna? Potarła się nerwowo po brzuchu. Jaskrawofioletowy siniak, który zawdzięczała ser Merynowi, wyblakł już, nabierając brzydkiego, żółtawego koloru, nadal jednak ją tam bolało. Kiedy ją uderzył, miał na ręce żelazną rękawicę. To była jej wina. Musi się nauczyć lepiej ukrywać uczucia, żeby nie gniewać Joffreya. Gdy usłyszała, że Krasnal wysłał lorda Slynta na Mur, zapomniała się i powiedziała: — Mam nadzieję, że dopadną go Inni.

Król nie był zadowolony.

Jeśli chcesz wrócić do domu, przyjdź dziś w nocy do bożego gaju.

Modliła się tak gorliwie. Czy to możliwe, że jej modlitwy wreszcie spotkały się z odpowiedzią, że przybył jej na ratunek prawdziwy rycerz? Może był to jeden z braci Redwyne'ów, śmiały ser Balon Swann… albo nawet Beric Dondarrion, młody, odziany w czarny, wyszywany gwiazdami płaszcz lord o rudozłotych włosach, w którym kochała się jej przyjaciółka Jeyne Poole.

Jeśli chcesz wrócić do domu, przyjdź dziś w nocy do bożego gaju.

A co, jeśli to był jakiś okrutny żart Joffreya, tak jak wtedy, gdy zaprowadził ją na mury, żeby pokazać jej głowę ojca? Albo jakiś subtelny podstęp, który miał dowieść, że nie jest wierna. Jeśli pójdzie we wskazane miejsce, to czy spotka tam ser Ilyna Payne'a, który będzie siedział bez słowa z Lodem w dłoni, wpatrując się jasnymi oczyma w mrok, żeby zobaczyć, czy nadchodzi?

Jeśli chcesz wrócić do domu, przyjdź dziś w nocy do bożego gaju.

Gdy drzwi się otworzyły, schowała pośpiesznie list pod kołdrę i usiadła na niej. To była jej pościelowa, niepozorna dziewczyna o brązowych, zwisających w strąkach włosach.

— Czego chcesz? — zapytała Sansa.

— Czy pragniesz się dziś wykąpać, pani?

— Przydałoby się rozpalić tu ogień... zimno mi.

Dygotała, choć dzień był upalny.

— Jak sobie życzysz.

Sansa przyglądała się jej nieufnie. Czy dziewczyna zauważyła list? Czy to ona wsunęła go pod poduszkę? Nie wydawało się to prawdopodobne. Wyglądała na głupią i nikt chyba nie zleciłby jej przekazania sekretnego pisma. Z drugiej strony, Sansa prawie jej nie znała. Królowa zmieniała jej służące co dwa tygodnie, by mieć pewność, że żadna z nich się z nią nie zaprzyjaźni.

Gdy ogień w kominku rozgorzał już jasno, Sansa podziękowała krótko służącej i odprawiła ją. Dziewczyna jak zwykle szybko wykonała polecenie, Sansa doszła jednak do wniosku, że jej oczy mają chytry wyraz. Z pewnością śpieszyła się złożyć meldunek królowej albo może Varysowi. Była pewna, że wszystkie służące ją szpiegują.

Gdy wreszcie została sama, wrzuciła list w płomienie. Pergamin skurczył się i poczerniał. *Jeśli chcesz wrócić do domu, przyjdź dziś w nocy do bożego gaju.* Podeszła nieśpiesznie do okna. Na dole widać było niskiego rycerza w jasnej jak księżyc zbroi, i grubym białym płaszczu, który spacerował po moście zwodzonym. Sądząc po jego wzroście, mógł to być tylko ser Preston Greenfield. Królowa przyznała jej wolność w granicach zamku, lecz mimo to, jeśli spróbuje tak późną nocą opuścić Warownię Maegora, rycerz z pewnością zechce się dowiedzieć, dokąd idzie. Co miała mu powiedzieć? Nagle ucieszyła się, że spaliła pergamin.

Rozwiązała sznurówki sukni i położyła się na łożu, ale nie zasnęła. *Czy jeszcze tam jest?* — zadała sobie pytanie. *Jak długo będzie czekał?* Wysłać jej taki, nic nie mówiący list było prawdziwym okrucieństwem. Myśli kłębiły się w jej głowie jak szalone.

Gdyby tylko miała kogoś, kto poradziłby jej co robić. Brak jej było septy Mordane, a jeszcze bardziej Jeyne Poole, najlepszej przyjaciółki. Septę ścięto razem z pozostałymi za zbrodnię służenia rodowi Starków. Sansa nie wiedziała, co się stało z Jeyne, która zniknęła później z jej komnat i nigdy już o niej nie wspomniano. Starała się nie myśleć zbyt często o nich obu, lecz czasami wspomnienia zjawiały się nieproszone i wtedy trudno było powstrzymać łzy. Od czasu do czasu tęskniła nawet za siostrą. Arya jednak siedziała już bezpiecznie w Winterfell. Mogła tańczyć i szyć, bawić się z Branem i małym Rickonem, a jeśli miała na to ochotę, nawet jeździć konno po zimowym mieście. Sansie również pozwalano jeździć, ale tylko po dziedzińcu, a kręcenie się w kółko przez cały dzień było nudne.

Leżąc bezsennie w łożu, usłyszała krzyk. Z początku był odległy, potem stawał się coraz głośniejszy. Wielu ludzi wrzeszczało jednocześnie. Nie potrafiła rozróżnić słów. Słychać też było konie, tupot nóg i wykrzykiwane rozkazy. Podkradła się do okna i zobaczyła na murach biegnących mężczyzn, którzy trzymali w rękach włócznie i pochodnie. *Wracaj do łóżka* — powiedziała sobie. *To ciebie nie dotyczy. Po prostu w mieście znowu są kłopoty.* Ostatnio przy studniach rozmawiano tylko o kłopotach w mieście. Napływało do niego coraz więcej ludzi, którzy uciekali przed wojną. Wielu z nich nie miało z czego żyć i musiało się uciekać do morderstw i rabunków. *Wracaj do łóżka.*

Gdy jednak wyjrzała przez okno, okazało się, że rycerz w bieli zniknął i most nad suchą fosą nie jest już strzeżony.

Odwróciła się bez chwili zastanowienia i podbiegła do szafy.

Och, co ja wyrabiam? — zapytała samą siebie, szybko się ubierając. *To szaleństwo.* Widziała blask licznych pochodni na murach kurtynowych. Czy Stannis i Renly przybyli wreszcie zabić Joffreya i odzyskać tron, który należał do ich brata? Gdyby tak się stało, strażnicy z pewnością podnieśliby most zwodzony, by odciąć Warownię Maegora od zewnętrznego zamku. Zarzuciła sobie na ramiona prosty, szary płaszcz, a w rękę wzięła nóż, którego używała do krajania mięsa.

Jeśli to jakaś pułapka, lepiej będzie zginąć niż pozwolić, żeby znowu mnie skrzywdzili — powiedziała sobie. Schowała nóż pod szarą tkaniną.

Gdy wymknęła się w noc, obok niej przebiegła kolumna uzbrojonych w miecze żołnierzy w czerwonych płaszczach. Zaczekała, aż się oddalą, po czym przebiegła przez opuszczony most. Na dziedzińcu mężczyźni przypasywali miecze i zaciągali popręgi siodeł. Widziała przez chwilę ser Prestona, który stał obok stajni razem z trzema innymi ludźmi z Gwardii Królewskiej. Pomagali Joffreyowi przywdziać zbroję, a ich białe płaszcze lśniły jasno jak księżyc. Na widok króla oddech zamarł jej w gardle. On na szczęście jej nie zauważył. Krzyczał głośno, domagając się, by podano mu miecz i kuszę.

Gdy skierowała się w głąb zamku, hałasy przycichły. Nie odważyła się oglądać za siebie, bojąc się, że Joffrey może patrzeć… albo, co gorsza, ją śledzić. Spiralne schody wiły się przed nią, poprzecinane smugami migotliwego światła, które wpadało do środka przez wąskie okna na górze. Gdy dotarła na szczyt, dyszała ciężko. Przebiegła kawałek cienistą kolumnadą i przycisnęła się do muru, by zaczerpnąć tchu. Gdy coś otarło się jej o nogę, omal nie wyskoczyła z siebie, był to jednak tylko kot, czarny, obszarpany kocur z odgryzionym kawałkiem ucha. Zwierzę prychnęło na nią i uciekło.

Kiedy znalazła się w bożym gaju, słyszała już tylko słaby szczęk metalu i odległe krzyki. Otuliła się ciaśniej płaszczem. Powietrze przesycała woń ziemi i liści. *Damie by się tu spodobało* — pomyślała. Boży gaj zawsze miał w sobie coś dzikiego. Nawet tutaj, w sercu zamku położonego pośrodku miasta, czuła, że spogląda na nią tysiąc niewidzialnych oczu dawnych bogów.

Sansa wolała bogów matki od tych, których czcił ojciec. Kochała posągi, witraże z barwionego szkła, woń palonego kadzidła, septonów z ich szatami i kryształami, magiczne, migotliwe tęcze na ołtarzach inkrustowanych macicą perłową, onyksem i lazurytem. Nie mogła jednak zaprzeczyć, że boży gaj również ma pewną moc. Zwłaszcza nocą. *Pomóżcie mi* — modliła się. *Ześlijcie mi przyjaciela, prawdziwego rycerza, który mnie obroni…*

Przemykała od drzewa do drzewa, czując pod palcami szorstką korę. Liście muskały jej policzki. Czy zjawiła się za późno? Przecież chyba nie odszedłby tak wcześnie? A może w ogóle się nie zjawił? Czy odważy się zawołać? Było tu tak cicho i spokojnie…

— Bałem się, że nie przyjdziesz, dziecko.

Sansa odwróciła się błyskawicznie. Z cienia wynurzył się ciężko zbudowany, powłóczący nogami mężczyzna o grubym karku. Miał na sobie ciemnoszarą szatę z uniesionym kapturem, lecz gdy cienki promień księżyca dotknął jego policzka, poznała go natychmiast po krostowatej cerze i sieci sinych żyłek pod skórą.

— Ser Dontosie — wydyszała zrozpaczona. — Czy to ty?

— Ja, pani. — Kiedy podszedł bliżej, wyczuła w jego oddechu kwaśną woń wina. — Ja.

Wyciągnął rękę, lecz Sansa odsunęła się gwałtownie.

— Nie dotykaj mnie! — Wsunęła dłoń pod płaszcz, sięgając po ukryty tam nóż. — Czego… czego ode mnie chcesz?

— Pomóc ci — odparł Dontos. — Tak jak ty pomogłaś mnie.

— Jesteś pijany, prawda?

— Tylko jeden kielich wina, dla odwagi. Jeśli mnie teraz złapią, zrobią mi z pleców krwawą masę.

A co zrobią ze mną? Sansa znowu pomyślała o Damie. Wilczyca potrafiła wywęszyć kłamstwo, naprawdę potrafiła, ale nie żyła, ojciec zabił ją ze względu na Aryę. Wyciągnęła nóż i wysunęła go przed siebie, trzymając go w obu dłoniach.

— Chcesz mnie nim pchnąć? — zapytał ser Dontos.

— Zrobię to — zagroziła. — Powiedz, kto cię przysłał.

— Nikt, słodka pani. Przysięgam na honor rycerza.

— Rycerza? — Joffrey ogłosił, że ser Dontos nie jest już rycerzem, a jedynie trefnisiem, stojącym niżej nawet od Księżycowego Chłopca. — Modliłam się do bogów o rycerza, który by mnie uratował — mówiła. — Modliłam się i modliłam. Dlaczego musieli mi zesłać starego, zapijaczonego błazna?

— Zasługuję na to, choć… wiem, że to dziwne, ale… przez wszystkie te lata, gdy byłem rycerzem, byłem też błaznem, a teraz, gdy zostałem błaznem, sądzę… sądzę, że potrafię znowu stać się rycerzem, słodka pani. A wszystko to dzięki tobie… twej łaskawości i odwadze. Uratowałaś mnie nie tylko przed Joffreyem, lecz również przede mną samym. — Ściszył głos. — Bardowie opowiadają, że kiedyś istniał błazen, który był największym ze wszystkich rycerzy…

— Florian — wyszeptała Sansa. Przeszył ją dreszcz.

— Słodka pani, chcę być twym Florianem — rzekł pokornie Dontos, padając przed nią na kolana.

Opuściła powoli nóż. Jej głowa stała się nagle straszliwie lekka, jakby unosiła się na wodzie. *To obłęd zaufać takiemu pijakowi, ale jeśli się od niego odwrócę, to czy nadarzy mi się druga szansa?*

— Jak… jak chcesz mnie stąd wydostać?

Ser Dontos uniósł głowę, spoglądając jej w twarz.

— Najtrudniej będzie wyprowadzić cię z zamku. Gdy już tego dokonam, z łatwością znajdę statek, który zabierze cię do domu. Będę musiał tylko zdobyć pieniądze i wszystko załatwić.

— Czy moglibyśmy uciec już teraz? — zapytała, nie ważąc się mieć nadziei.

— Tej nocy? Nie, pani. Obawiam się, że nie. Najpierw muszę znaleźć sposób na to, by w odpowiedniej chwili bezpiecznie wydostać cię z zamku. Nie będzie to łatwe i nie zdołam zrobić tego szybko. Mnie również obserwują. — Oblizał nerwowo wargi. — Zechcesz odłożyć ten nóż?

Sansa schowała broń pod płaszcz.

— Wstań, ser.

— Dziękuję, słodka pani. — Ser Dontos dźwignął się niezgrabnie, strzepując z kolan ziemię i liście. — Twój pan ojciec był najuczciwszym człowiekiem w królestwie, a ja pozwoliłem, żeby go zgładzili. Nic nie powiedziałem i nic nie uczyniłem... a mimo to, gdy Joffrey chciał mnie zabić, stanęłaś w mojej obronie. Pani, nigdy nie byłem bohaterem, jak Ryam Redwyne czy Barristan Śmiały. Nie zwyciężałem w turniejach ani nie okryłem się chwałą na wojnie... ale byłem kiedyś rycerzem i dzięki tobie przypomniałem sobie, co to znaczy. Moje życie jest nędzne, ale należy do ciebie. — Ser Dontos położył dłoń na sękatym pniu drzewa serca. Sansa zauważyła, że mężczyzna drży. — Przysięgam przed bogami twego ojca, że odeślę cię do domu.

Przysiągł. Szczerze, przed bogami.

— W takim razie... oddaję się w twe ręce, ser. Skąd jednak będę wiedziała, kiedy nadejdzie czas? Czy wyślesz mi kolejny list?

Ser Dontos rozejrzał się niespokojnie.

— To zbyt ryzykowne. Musisz przychodzić tutaj, do bożego gaju. Tak często, jak tylko będziesz mogła. To najbezpieczniejsze miejsce. Jedyne bezpieczne miejsce. Innego nie ma. Nie w twoich komnatach i nie w moich, nie na schodach i nie na dziedzińcu, nawet jeśli wydaje się, że jesteśmy sami. W Czerwonej Twierdzy kamienie mają uszy. Tylko tutaj możemy rozmawiać swobodnie.

— Tylko tutaj — powtórzyła Sansa. — Zapamiętam to.

— A jeśli przy innych będę ci się wydawał okrutny lub obojętny, albo będę z ciebie drwił, wybacz mi dziecko. Muszę grać swoją rolę, tak samo jak i ty. Jeden błąd i nasze głowy ozdobią mury, tak jak głowa twego ojca.

Skinęła głową.

— Rozumiem.

— Będziesz musiała być odważna i silna... a także cierpliwa, przede wszystkim cierpliwa.

— Będę cierpliwa — obiecała. — Ale… proszę… pośpiesz się. Boję się.

— Ja też — wyznał ser Dontos, uśmiechając się blado. — A teraz musisz już wracać, nim ktoś zauważy twoją nieobecność.

— Nie pójdziesz ze mną?

— Lepiej, żeby nie widziano nas razem.

Skinęła głową i postąpiła krok naprzód… po czym odwróciła się, pełna niepokoju, i pocałowała go delikatnie w policzek, zamykając oczy.

— Mój Florianie — wyszeptała. — Bogowie wysłuchali mej modlitwy.

Przebiegła przez kładkę, minęła małą kuchnię i świński dziedziniec, gdzie chrząkanie trzymanej w chlewach trzody zagłuszało odgłos jej pośpiesznych kroków. *Do domu* — myślała. *Do domu, zabierze mnie do domu, uratuje mnie, mój Florian.* Pieśni o Florianie i Jonquil należały do jej ulubionych. *Florian też był nieładny, choć nie taki stary.*

Gdy zbiegała po spiralnych schodach, z ukrytych drzwi wyszedł chwiejnym krokiem jakiś mężczyzna. Grzmotnęła w niego i straciła równowagę. Nim zdążyła upaść, na jej nadgarstku zacisnęły się żelazne palce. Usłyszała niski, chrapliwy głos.

— Upadek z tych schodów byłby długi, ptaszyno. Chcesz zabić nas oboje? — Jego śmiech brzmiał szorstko jak dźwięk piły tnącej kamień. — Może i chcesz.

Ogar.

— Nie, panie, wybacz mi, nie chciałam. — Sansa odwróciła wzrok, lecz było już za późno. Zobaczył jej twarz. — Proszę, to mnie boli — mówiła, próbując się wyswobodzić.

— A co ptaszyna Joffa porabia sama późną nocą na krętych schodach? — Gdy nie odpowiadała, potrząsnął nią. — Gdzie byłaś?

— W b… b… bożym gaju, panie — odpowiedziała, nie śmiąc kłamać. — Modliłam się… modliłam się za ojca i… za króla, za to, żeby nic mu się nie stało.

— Myślisz, że jestem tak pijany, że w to uwierzę? — Puścił jej ramię, chwiejąc się lekko na nogach. Na jego straszliwą, poparzoną twarz padały smugi światła i ciemności. — Wyglądasz już prawie jak kobieta… twarz, cycki i urosłaś, prawie… ale nadal jesteś głupiutką ptaszyną, prawda? Śpiewasz tylko te pieśni, których cię nauczyli…

czemu nie zaśpiewasz jakiejś dla mnie? No jazda. Śpiewaj. Jakąś piosnkę o rycerzach i pięknych dziewicach. Lubisz rycerzy, prawda?

Bała się go.

— P... prawdziwych rycerzy, panie.

— Prawdziwych rycerzy — zadrwił. — Ale ja nie jestem żadnym panem ani rycerzem. Czy muszę cię zbić, żebyś to zrozumiała? — Clegane zatoczył się i omal nie upadł. — Bogowie — zaklął. — Za dużo wina. Lubisz wino, ptaszyno? Prawdziwe wino? Dzban kwaśnego, czerwonego wina, ciemnego jak krew, to wszystko, czego potrzeba mężczyźnie. Albo kobiecie. — Roześmiał się, potrząsając głową. — Schlałem się jak pies, niech mnie licho. Chodź już. Wracaj do klatki, ptaszyno. Zabiorę cię tam. Trzeba cię zachować dla króla.

Ogar pchnął ją, dziwnie delikatnie, i ruszył za nią w dół. Gdy dotarli do podstawy schodów, zapadł w ponure milczenie, jakby zapomniał o jej obecności.

Kiedy doszli do Warowni Maegora, zauważyła z niepokojem, że na moście straż pełni teraz ser Boros Blount. Jego wysoki, biały hełm odwrócił się błyskawicznie na dźwięk ich kroków. Sansa wzdrygnęła się pod spojrzeniem rycerza. Ser Boros był najgorszy w całej Gwardii Królewskiej — brzydki mężczyzna o wybuchowym charakterze, rumianych policzkach i ponurym spojrzeniu.

— Jego nie musisz się bać, dziewczynko. — Ogar położył na jej ramieniu ciężką dłoń. — Można pomalować ropuchę w paski, ale nie stanie się od tego tygrysem.

Ser Boros uniósł zasłonę hełmu.

— Ser, dokąd...

— W dupę wsadź sobie sera, Boros. Ty jesteś rycerzem, nie ja. Ja jestem królewskim psem, pamiętasz?

— Król szukał wcześniej swego psa.

— Pies dzisiaj pił. Tej nocy ty go strzegłeś, ser. Ty i inni moi bracia.

Ser Boros zwrócił się w stronę Sansy.

— Dlaczego nie jesteś o tej porze w swych komnatach, pani?

— Poszłam do bożego gaju pomodlić się o bezpieczeństwo króla.

Tym razem kłamstwo zabrzmiało lepiej, przypominało niemal prawdę.

— Jak miała spać przy takim hałasie? — zapytał Clegane. — Co się tu działo?

— Pod bramę przyszła banda głupców — wyjaśnił ser Boros. — Jakieś gaduły opowiedziały o przygotowaniach do uczty weselnej Tyreka i ci nędznicy wbili sobie do łbów, że powinniśmy nakarmić i ich. Jego Miłość poprowadził wycieczkę i przegnaliśmy ich.

— Odważny chłopiec — zauważył Clegane, wykrzywiając usta.

Zobaczymy, jaki będzie odważny, kiedy zmierzy się z moim bratem — pomyślała Sansa. Ogar przeprowadził ją na koniec mostu zwodzonego. Gdy wchodzili w górę po krętych schodach, zapytała:

— Dlaczego zgadzasz się, żeby ludzie zwali cię psem, a nie pozwalasz, by ktoś nazwał cię rycerzem?

— Wolę psy od rycerzy. Ojciec mojego ojca był naczelnym psiarczykiem w Casterly Rock. Pewnego jesiennego roku lord Tytos znalazł się między lwicą a jej zdobyczą. Zwierzę gówno obchodziło, że Lannisterowie noszą je na chorągwiach. Rzuciło się na lordowskiego konia i załatwiłoby też jeźdźca, gdyby nie zjawił się mój dziadek z ogarami. Trzy psy zginęły, nim przepędziły bestię, a dziadek stracił nogę. Lannister przyznał mu w nagrodę włości i wieżę, a jego syna uczynił swym giermkiem. Trzy psy na naszej chorągwi, to właśnie te trzy zabite ogary, na żółtym tle symbolizującym jesienną trawę. Pies za ciebie zginie, ale nigdy cię nie okłamie. I spojrzy ci prosto w oczy. — Ujął ją obiema dłońmi pod brodą i uniósł jej twarz, wpijając boleśnie palce w ciało dziewczyny. — A to więcej niż potrafią uczynić ptaszyny, prawda? Nie usłyszałem pieśni.

— Znam… znam pieśń o Florianie i Jonquil.

— Florian i Jonquil? Błazen i jego cipa. Oszczędź mi tego. Ale pewnego dnia zaśpiewasz dla mnie, czy będziesz tego chciała, czy nie.

— Uczynię to z chęcią.

Sandor Clegane żachnął się.

— Taka ładna dziewczynka, a zupełnie nie umie kłamać. Wiesz przecież, że pies potrafi zwęszyć fałsz. Rozejrzyj się wokół i poniuchaj uważnie. Wszyscy tu są łgarzami… i każdy z nich kłamie bieglej od ciebie.

Arya

Gdy wdrapała się już na najwyższą gałąź, zobaczyła sterczące zza drzew kominy. Kryte strzechą chaty tłoczyły się przy brzegu jeziora i nad wpadającym do niego strumyczkiem. Na jezioro wybiegało drewniane molo, obok którego stał długi, niski budynek o dachu krytym łupkową dachówką.

Poczołgała się dalej, aż wreszcie konar zaczął się uginać pod jej ciężarem. Przy molu nie było żadnych łodzi, dostrzegała jednak cienkie smużki dymu wzbijające się z niektórych kominów oraz wystający zza stajni fragment wozu.

Ktoś tu jest — pomyślała Arya, przygryzając wargę. Wszystkie osady, na które się dotąd natknęli, były puste i zniszczone. Gospodarstwa rolne, wioski, zamki, septy, stodoły — jeśli coś mogło się spalić, Lannisterowie puszczali to z dymem, a jeśli mogło umrzeć, zabijali. Tam, gdzie zdołali, podpalali nawet las, ale liście były jeszcze zielone i wilgotne po niedawnych deszczach i pożary się nie rozszerzyły.

— Gdyby mogli, spaliliby też jezioro — zauważył Gendry. Arya wiedziała, że miał rację. W noc ich ucieczki płomienie odbijały się w wodzie tak jasno, że odnosili wrażenie, iż jej tafla faktycznie płonie.

Gdy następnej nocy zdobyli się wreszcie na odwagę, by zakraść się do ruin, nie zastali tam nic oprócz okopconych kamieni, wypalonych budynków i trupów. Gdzieniegdzie z popiołów biły jeszcze smużki jasnego dymu. Gorąca Bułka błagał ich, żeby tam nie szli, a Lommy powiedział, że są głupi i przysięgał, że ser Amory złapie ich i zabije, gdy jednak dotarli do warowni, Lorcha i jego ludzi dawno już nie było. Znaleźli tam rozbitą bramę i częściowo zburzone mury, a w środku leżało mnóstwo niepogrzebanych ofiar. Gendry'emu wystarczyło jedno spojrzenie.

— Wszyscy nie żyją — orzekł. — I dobrały się do nich psy, popatrz.

— Albo wilki.

— Psy, wilki, wszystko jedno. Już po nich.

Arya nie chciała jednak odejść, dopóki nie znaleźli Yorena. Powtarzała sobie, że nie mogli go zabić. Był przecież twardy i silny, a do tego był bratem z Nocnej Straży. Powiedziała to Gendry'emu, gdy szukali go wśród trupów.

Cios topora, który pozbawił go życia, rozpłatał mu czaszkę, lecz długa, splątana broda nie mogła należeć do nikogo innego, podobnie jak szata, pełna łat, nieprana i tak wyblakła, że była bardziej szara niż czarna. Zamiast zatroszczyć się choć o pogrzebanie własnych ludzi, ser Amory Lorch zostawił ich z ciałami tych, których zamordował, i obok Yorena leżały trupy czterech lannisterskich zbrojnych. Arya zastanawiała się, ilu ich było trzeba, by go powalić.

Miał zabrać mnie do domu — pomyślała, gdy kopali staremu grób. Zabitych było zbyt wielu, by byli w stanie pochować wszystkich, jego jednak nie mogli tak zostawić. Arya nie chciała ustąpić. *Miał mnie bezpiecznie odprowadzić do Winterfell.* Obiecał. Jedna część jej jaźni chciała się rozpłakać. Inna miała ochotę go kopnąć.

To Gendry pomyślał o wieży lorda i trzech ludziach, których wysłał tam Yoren. Ich również zaatakowano, lecz do okrągłej budowli było tylko jedno wejście, z drzwiami na piętrze, do których docierało się po drabinie. Gdy oblegani wciągnęli ją na górę, ludzie ser Amory'ego nie mogli się do nich dostać. Lannisterowie zgromadzili pod wieżą mnóstwo drewna i podpalili je, ale kamień nie chciał się palić, a Lorch nie miał cierpliwości, by brać wieżę głodem. Na krzyk Gendry'ego, Cutjack otworzył drzwi, a gdy Kurz powiedział, że lepiej będzie iść dalej na północ, zamiast zawracać, uczepiła się nadziei, że może mimo wszystko trafi do domu.

Wioska, którą obserwowała, nie była Winterfell, lecz kryte strzechą dachy obiecywały ciepło, schronienie, a może nawet żywność, o ile odważą się zaryzykować. *Chyba, że jest tam Lorch. Miał konie i mógł się posuwać szybciej od nas.*

Obserwowała osadę z drzewa przez długi czas w nadziei, że wypatrzy człowieka, konia, chorągiew, cokolwiek, co pomoże jej zorientować się w sytuacji. Kilkakrotnie zauważyła jakiś ruch, lecz zabudowania były zbyt daleko, by mogła mieć pewność. Raz, bardzo wyraźnie, usłyszała rżenie konia.

W powietrzu krążyło mnóstwo ptaków, głównie wron. Z daleka wydawały się nie większe od much. Latały wokół krytych strzechą dachów, machając skrzydłami. Na wschodzie Oko Boga było taflą rozświetlanego promieniami słońca błękitu, która zajmowała połowę świata. Wędrowali błotnistym brzegiem bardzo powoli, jako że Gendry nie chciał mieć nic do czynienia z żadnymi drogami i nawet Gorąca Bułka oraz Lommy okazali wystarczająco wiele rozsądku, by się z nim zgodzić. W niektóre dni Arya odnosiła wrażenie, że jezioro ją wzywa. Miała ochotę wskoczyć w spokojne, błękitne wody, znowu poczuć się czysta, pływać, pluskać się i wygrzewać w słońcu. Nie odważyła się jednak zdjąć ubrania, tam gdzie inni mogli ją zobaczyć, ani nawet go wyprać. Pod koniec dnia często siadała na kamieniu, zanurzając stopy w zimnej wodzie. W końcu zrzuciła zniszczone, rozpadające się buty. Z początku trudno jej było chodzić boso, lecz pęcherze w końcu popękały, skaleczenia się zagoiły, a skóra stwardniała. Przyjemnie było czuć błoto między palcami stóp, lubiła też dotykać nimi ziemi.

Z góry dostrzegła również małą lesistą wysepkę, która leżała na północnym wschodzie. Trzydzieści jardów od brzegu po wodzie sunęły trzy czarne łabędzie. Wyglądały bardzo pogodnie… nikt im nie powiedział, że trwa wojna, nic ich nie obchodziły płonące miasta i mordowani ludzie. Patrzyła na nie z tęsknotą. Częścią jaźni pragnęła zostać łabędziem. Drugą częścią chciała go zjeść. Na śniadanie przełknęła papkę z żołędzi i garstkę owadów. Owady nie były takie złe, jeśli się do nich przyzwyczaić. Gorsze były robaki, ale i one były lepsze niż ból brzucha po kilku dniach głodowania. Owady łatwo też było znaleźć. Wystarczyło kopnąć kamień. Arya zjadła kiedyś owada, kiedy była mała, chcąc usłyszeć krzyk Sansy. Dlatego nie bała się zrobić tego ponownie. Łasica też się nie bała, ale Gorąca Bułka zwymiotował chrząszcza, którego połknął, a Lommy i Gendry nie chcieli nawet próbować. Wczoraj Gendry złapał żabę i podzielił się nią z Lommym, a kilka dni temu Gorąca Bułka znalazł jeżyny i dokładnie oskubał z nich krzaki, żywili się jednak głównie wodą i żołędziami. Kurz nauczył ich miażdżyć żołędzie między kamieniami, żeby zrobić z nich papkę. Smakowała okropnie.

Arya żałowała, że kłusownik umarł. Z pewnością wiedział o życiu w lesie więcej niż oni wszyscy razem, lecz, niestety, oberwał strzałą w bark, gdy wciągał drabinę do wieży. Tarber zrobił mu okład z błota oraz mchu z jeziora i przez dzień albo dwa Kurz przysięgał, że rana się zagoi, choć skóra szyi mu sczerniała, a pod brodą i na piersi pojawiły się jaskrawoczerwone pręgi. Pewnego ranka nie miał jednak siły się podnieść, a następnego już nie żył.

Pochowali go pod kopcem kamieni. Cutjack wziął sobie jego miecz i róg myśliwski, a Tarber łuk, buty oraz nóż.

Kiedy odeszli, zabrali to wszystko ze sobą. Z początku myślała, że obaj mężczyźni wybrali się po prostu na łowy i wkrótce wrócą ze zdobyczą, żeby nakarmić ich wszystkich. Czekali jednak bardzo długo i w końcu Gendry kazał im ruszyć w dalszą drogę. Być może Tarber i Cutjack doszli do wniosku, że bez grupki sierot będą mieli większe szanse. Zapewne rzeczywiście tak było, lecz Arya i tak nienawidziła ich za tę ucieczkę.

Siedzący pod drzewem Gorąca Bułka zaszczekał jak pies. Kurz poradził im, żeby porozumiewali się ze sobą, naśladując odgłosy wydawane przez zwierzęta. Mówił, że to stara sztuczka kłusowników, lecz skonał, nim zdążył ich nauczyć, jak mają to robić, by brzmiały prawidłowo. Głosy ptaków w wykonaniu Gorącej Bułki brzmiały beznadziejnie. Pies wychodził mu lepiej, ale i tak kiepsko.

Arya zeskoczyła na niżej położoną gałąź, rozkładając szeroko ręce dla zachowania równowagi. Wodny tancerz nigdy nie spada. Zacisnęła na konarze palce stóp i przeszła lekko kilka kroków, po czym przemknęła przez gęste listowie, przekładając ręce, aż wreszcie dotarła do pnia. Kora była szorstka w dotyku. Dziewczynka zeszła szybko w dół, zeskoczyła na ziemię z wysokości sześciu stóp i przetoczyła się przy lądowaniu.

Gendry wyciągnął rękę, by pomóc jej wstać.

— Długo tam siedziałeś. Co zobaczyłeś?

— Wioskę rybacką, bardzo małą, tuż przy brzegu. Naliczyłem dwadzieścia sześć dachów krytych strzechą i jeden dachówkami. Widziałem też fragment wozu. Ktoś tam jest.

Na dźwięk jej głosu z krzaków wylazła Łasica. To imię nadał jej Lommy. Mówił, że mała wygląda jak łasica, co nie było prawdą, nie mogli jednak dalej nazywać ją płaczącą dziewczynką, bo w końcu przestała płakać. Usta miała brudne. Arya miała nadzieję, że nie najadła się znowu błota.

— Widziałeś ludzi? — dopytywał się Gendry.

— Przede wszystkim dachy — przyznała — ale z niektórych kominów buchał dym i słyszałem też konia.

Łasica złapała Aryę za nogę, obejmując ją mocno. Robiła to teraz często.

— Tam gdzie są ludzie, jest też jedzenie — powiedział za głośno Gorąca Bułka. Gendry zawsze mówił mu, żeby był cicho, lecz nic to nie dawało. — Może nam trochę dadzą.

— A może nas zabiją — zauważył Gendry.

— Jeśli się poddamy, to nie zabiją — dał wyraz swej nadziei Gorąca Bułka.

— Gadasz jak Lommy.

Lommy Zielona Łapka siedział między dwoma grubymi korzeniami, wsparty o pień drzewa. Podczas walki w warowni włócznia przebiła mu lewe udo. Pod koniec następnego dnia musiał podskakiwać na jednej nodze, obejmując ręką Gendry'ego. Teraz nie mógł już robić nawet tego. Odrąbali z drzewa kilka konarów, by zrobić dla niego nosze, lecz dźwigać rannego było ciężko i posuwali się naprzód powoli, a do tego chłopiec jęczał głośno przy każdym wstrząsie.

— Musimy się poddać — powtarzał. — To właśnie powinien zrobić Yoren. Dlaczego nie otworzył bram, tak jak mu kazali?

Kiedy go nieśli, gadał tylko o tym, o swej bolącej nodze i o pustym brzuchu. Gorąca Bułka był tego samego zdania.

— Powiedzieli Yorenowi, żeby otworzył bramę. Powiedzieli mu w imieniu króla. Jeśli każą coś zrobić w imieniu króla, to znaczy, że trzeba ich słuchać. To wszystko wina tego starego śmierdziela. Gdyby się poddał, nic by nam nie zrobili.

Gendry zmarszczył brwi.

— Rycerze i lordowie ciągle biorą się nawzajem do niewoli i wypłacają sobie okupy, ale nic ich nie obchodzi, czy ktoś taki jak ty się poddał czy nie. — Zwrócił się w stronę Aryi. — Co jeszcze widziałeś?

— Jeśli to rybacka wioska, to założę się, że sprzedadzą nam ryby — nie ustępował Gorąca Bułka. W jeziorze roiło się od ryb, lecz nie mieli czym ich złapać. Arya próbowała robić to rękami tak jak Koss, ale ryby były szybsze od gołębi, a do tego pod wodą nie widziała ich dokładnie.

— Nie wiem, czy mają tam ryby — odezwała się, przeczesując dłońmi skołtunione włosy Łasicy. Przemknęło jej przez głowę, że może lepiej byłoby je ściąć. — Nad wodą krążą wrony. Leży tam coś martwego.

— Na pewno ryby wyrzucone na brzeg — ucieszył się Gorąca Bułka. — Jeśli wrony mogą je jeść, to założę się, że my też byśmy mogli.

— Jakbyśmy capnęli parę wron, to moglibyśmy zjeść je — wtrącił Lommy. — Rozpalilibyśmy ognisko i upiekli je jak kurczaki.

Kiedy Gendry marszczył brwi, miał strasznie groźną minę. Wyrosła mu broda, czarna i gęsta jak krzaki głogu.

— Mówiłem, że nie możemy palić ognia.

— Lommy jest głodny — jęczał Gorąca Bułka. — I ja też.

— Wszyscy jesteśmy głodni — zauważyła Arya.

— Ty nie. — Siedzący na ziemi Lommy splunął. — Żresz robaki.

Miała ochotę kopnąć go w ranę.

— Przecież ci mówiłem, że tobie też ich nakopię, jeśli tylko zechcesz.

Lommy skrzywił się z niesmakiem.

— Gdyby nie ta noga, upolowałbym parę dzików.

— Parę dzików — powtórzyła szyderczym tonem. — Do polowania na dziki trzeba mieć specjalną włócznię, konie, psy i ludzi, którzy wypłoszą zwierzynę z kryjówki.

Jej ojciec polował na dziki w wilczym lesie, z Robbem i Jonem. Raz nawet wzięli ze sobą Brana, ale jej nigdy nie zabierali, chociaż była starsza. Septa Mordane mówiła, że polowanie nie jest dla dam, a matka obiecała tylko, że kiedy będzie większa może dostanie sokoła. Była już większa, ale gdyby miała teraz sokoła, natychmiast by go zjadła.

— A co ty wiesz o polowaniu na dziki? — zapytał Gorąca Bułka.

— Więcej od ciebie.

Gendry nie miał ochoty tego słuchać.

— Uciszcie się obaj. Muszę się zastanowić, co robić dalej.

Gdy próbował myśleć, zawsze miał zbolałą minę, jakby sprawiało mu to okrutne cierpienia.

— Poddajmy się — zażądał Lommy.

— Mówiłem ci, żebyś przestał ględzić o poddaniu. Nawet nie wiemy, kto tam jest. Może uda nam się ukraść coś do jedzenia.

— Lommy mógłby to zrobić, gdyby nie jego noga — wtrącił Gorąca Bułka. — W mieście był złodziejem.

— Ale kiepskim — zauważyła Arya. — Inaczej by go nie złapali.

Gendry spojrzał na słońce, mrużąc oczy.

— Najlepiej będzie się tam zakraść wieczorem. Po zmierzchu pójdę na zwiady.

— Nie, ja pójdę — zaprotestowała Arya. — Ty jesteś zbyt hałaśliwy.

Gendry znowu zrobił tę dziwną minę.

— Pójdziemy obaj.

— Powinien pójść Arry — sprzeciwił się Lommy. — On się lepiej skrada.

— Powiedziałem, że pójdziemy obaj.

— A co będzie, jeśli nie wrócicie? Gorąca Bułka nie da rady nieść mnie sam, wiesz, że nie da…

— Do tego kręcą się tu wilki — wtrącił Gorąca Bułka. — Słyszałem je nocą, kiedy stałem na warcie. Były blisko.

Arya również je słyszała. Spała na wiązie, ale obudziło ją wycie. Nie mogła zasnąć przez dobrą godzinę. Nasłuchiwała, a po plecach chodziły jej ciarki.

— Nie pozwolisz nam nawet rozpalić ogniska, żeby je odstraszyć — ciągnął Gorąca Bułka. — Nie możesz zostawić nas na pastwę wilków.

— Wcale was nie zostawiam — odparł z niesmakiem Gendry. — Jeśli przyjdą wilki, to przecież Lommy ma włócznię, a ty będziesz z nim. Idziemy tylko się rozejrzeć. Wrócimy.

— Nieważne, kim są ci ludzie. Powinniśmy się im poddać — użalał się Lommy. — Potrzebny mi jakiś balsam na nogę. Bardzo mnie boli.

— Jeśli znajdziemy balsam, na pewno ci go przyniesiemy — zapewnił Gendry. — Arry, idziemy. Chcę się zbliżyć do wioski przed zachodem słońca. Gorąca Bułka, zatrzymaj tu Łasicę. Nie chcę, żeby za nami poszła.

— Poprzednim razem mnie kopnęła.

— Jeśli jej nie zatrzymasz, to tym razem ja cię kopnę.

Nie czekając na odpowiedź, Gendry włożył na głowę stalowy hełm i oddalił się.

Arya musiała zdrowo pędzić, by go dogonić. Gendry był pięć lat starszy i stopę wyższy od niej, a do tego miał długie nogi. Przez chwilę nic nie mówił, brnął tylko z gniewną miną między drzewami, robiąc za dużo hałasu. Wreszcie jednak się zatrzymał.

— Myślę, że Lommy umrze — stwierdził.

Nie zaskoczyło jej to. Kurz umarł od swojej rany, chociaż był znacznie silniejszy od Lommy'ego. Gdy przychodziła na nią kolej, by go dźwigać, czuła ciepło jego rozgrzanej skóry i bijący od nogi smród…

— Może gdybyśmy znaleźli maestera…

— Maesterzy są tylko w zamkach, a nawet gdybyśmy jakiegoś znaleźli, nie chciałby sobie brudzić rąk dla kogoś takiego jak Lommy.

Gendry pochylił się pod nisko zwisającym konarem.

— Nieprawda. — Była pewna, że maester Luwin pomógłby każdemu, kto by go o to prosił.

— On umrze i im wcześniej to się stanie, tym lepiej dla nas. Powinniśmy go zostawić, tak jak mówi. Przecież wiesz, że gdybym to ja był ranny albo ty, na pewno by nas zostawił. — Zeszli do stromej rozpadliny, a potem wyszli z niej po drugiej stronie, łapiąc się rękami korzeni. — Mam już dość dźwigania go i tej gadaniny o poddaniu się. Gdyby mógł stanąć na nogi, dałbym mu w zęby. Z Lommy'ego nie będzie już żadnego pożytku. I z płaczącej dziewczynki też nie.

— Łasicy daj spokój. Jest tylko głodna i wystraszona.

Arya obejrzała się za siebie, lecz tym razem dziewczynka za nimi nie poszła. Na pewno Gorąca Bułka ją przytrzymał, tak jak kazał mu Gendry.

— Nie ma z niej pożytku — powtórzył uparcie chłopak. — Ona, Gorąca Bułka i Lommy tylko nam przeszkadzają. Zginiemy przez nich. W tej bandzie tylko ty się do czegoś nadajesz, chociaż jesteś dziewczyną.

Arya zamarła w bezruchu.

— Nie jestem dziewczyną!

— Jesteś, jesteś. Wydaje ci się, że jestem taki głupi jak oni?

— Nie, jesteś głupszy. Wszyscy wiedzą, że do Nocnej Straży nie przyjmują dziewczyn.

— To prawda. Nie wiem, dlaczego Yoren cię zabrał, ale musiał mieć jakiś powód. Jesteś dziewczyną i tyle.

— Nieprawda!

— To wyjmij kutasa i odlej się. No jazda.

— Nie chce mi się lać. Gdybym chciał, to bym mógł.

— Nie kłam. Nie możesz wyjąć kutasa, bo go nie masz. Kiedy było nas trzydziestu, nic nie zauważyłem, ale ty zawsze idziesz do lasu, żeby się odlać. Gorąca Bułka tego nie robi i ja też nie. Jeśli nie jesteś dziewczyną, to na pewno jesteś eunuchem.

— Sam jesteś eunuchem.

— Wiesz, że to nieprawda. — Gendry uśmiechnął się. — Chcesz, żebym ci pokazał kutasa? Nie mam nic do ukrycia.

— Masz — palnęła Arya, rozpaczliwie próbując uciec przed tematem kutasa, którego nie miała. — Wtedy w gospodzie złote płaszcze chciały cię zabrać, a ty nie powiedziałeś nam dlaczego.

— Sam chciałbym to wiedzieć. Myślę, że Yoren wiedział, ale nic mi nie mówił. Ale dlaczego myślałaś, że to ciebie ścigają?

Przygryzła wargę. Pamiętała, co powiedział Yoren tego dnia, gdy ścinał jej włosy. „Połowa tej bandy w mgnieniu oka wydałaby cię królowej w zamian za ułaskawienie i może jeszcze kilka srebrników. Pozostali zrobiliby to samo, tylko najpierw by cię zgwałcili." Z Gendrym jednak było inaczej. Królowa poszukiwała również jego.

— Powiem ci, jeśli ty też mi powiesz — rzekła ostrożnie.

— Powiedziałbym ci, gdybym wiedział, Arry... naprawdę się tak nazywasz, czy masz jakieś dziewczyńskie imię?

Arya spojrzała na sękaty korzeń u swoich stóp. Zdała sobie sprawę, że to już koniec udawania. Gendry domyślił się prawdy, a nie miała w spodniach nic, co by go przekonało, że się myli. Mogła wyciągnąć Igłę i go zabić albo mu zaufać. Nie była pewna, czy zdołałaby go pokonać, nawet gdyby spróbowała. On też miał miecz i był znacznie silniejszy od niej. Została jej tylko prawda.

— Lommy i Gorąca Bułka nie mogą się dowiedzieć — ostrzegła go.

— Nie dowiedzą się — przyrzekł. — Nie ode mnie.

— Arya. — Spojrzała mu prosto w oczy. — Jestem Arya. Z rodu Starków.

— Z rodu... — minęła chwila, nim powiedział: — Królewski namiestnik nazywał się Stark. Ten, którego stracili jako zdrajcę.

— Nie był żadnym zdrajcą. Był moim ojcem.

Gendry wybałuszył oczy.

— To dlatego myślałaś...

Skinęła głową.

— Yoren miał mnie zabrać do domu, do Winterfell.

— To... znaczy, że jesteś wysoko urodzona... będziesz damą...

Arya spojrzała na swe łachmany i bose stopy, popękane i pełne stwardnień. Zobaczyła brud pod paznokciami, strupy na łokciach i podrapane dłonie. *Założę się, że septa Mordane by mnie nie poznała. Sansa mogłaby poznać, ale udawałaby, że nie poznaje.*

— Moja matka i siostra to damy, ale ja nigdy nią nie byłam.

— Nieprawda. Byłaś przecież córką lorda i mieszkałaś w zamku, prawda? I... dobrzy bogowie, ja przecież... — Gendry nagle zrobił się zakłopotany, niemal wystraszony. — Po co gadałem o kutasach? I odlewałem się przy tobie, i wszystko... Wybacz mi, pani.

— Przestań! — wysyczała Arya. Czy się z niej nabijał?

— Uczono mnie uprzejmości, pani — zapewnił Gendry ze zwykłym dla siebie uporem. — Kiedy wysoko urodzone dziewczyny przychodziły z ojcami do sklepu, mistrz kazał mi padać na jedno kolano, odzywać się tylko wtedy, gdy mnie o coś spytają, i mówić do nich „pani".

— Jeśli będziesz tak do mnie mówił, nawet Gorąca Bułka to zauważy. Lepiej też lej tak samo, jak przedtem.

— Wedle rozkazu, pani.

Arya walnęła go w pierś obiema pięściami. Potknął się o kamień i gruchnął ciężko na ziemię.

— Czy tak się zachowuje córka lorda? — zapytał ze śmiechem.

— I tak też. — Kopnęła go w bok, ale roześmiał się tylko jeszcze głośniej. — Możesz się śmiać, ile chcesz. Zobaczymy, kto pierwszy dojdzie do wioski. — Słońce skryło się już za drzewami i niedługo miało się zrobić ciemno. Tym razem to Gendry musiał ją gonić. — Czujesz ten smród? — zapytała.

Powęszył.

— Zgniłe ryby?

— Wiesz, że nie.

— Lepiej bądźmy ostrożni. Ja pójdę na zachód poszukać drogi. Musi tu gdzieś być, no bo przecież widziałaś wóz. Ty idź brzegiem. Jeśli będziesz potrzebowała pomocy, zaszczekaj jak pies.

— To głupie. Jeśli będę potrzebowała pomocy, zawołam „ratunku".

Zerwała się do biegu. Jej bose stopy uderzały bezgłośnie o trawę. Gdy obejrzała się za siebie, zobaczyła, że spogląda na nią ze zbolałym wyrazem twarzy, który świadczył, że nad czymś się zastanawia. *Pewnie doszedł do wniosku, że nie powinien pozwalać, by dama kradła żywność.* Nie miała wątpliwości, że Gendry zacznie teraz zachowywać się głupio.

Gdy zbliżała się do wioski, smród robił się coraz silniejszy. Nie przypominał odoru zepsutych ryb. Był ostrzejszy i obrzydliwszy. Zmarszczyła nos.

Drzewa rosły tu rzadziej, kryła się więc w chaszczach, przeskakując od kępy do kępy, cicha jak cień. Co kilka jardów zatrzymywała się, by nasłuchiwać. Za trzecim razem usłyszała konie, a także głos mężczyzny. Smród był coraz paskudniejszy. *To trupy tak śmierdzą.* Czuła już kiedyś ten fetor, gdy była z Yorenem i pozostałymi.

Na południe od wioski rosły gęste, cierniste krzewy. Kiedy do nich dotarła, długie cienie zmierzchu zaczęły już zanikać i pokazały się świetliki. Tuż za żywopłotem widziała strzechy. Podczołgała się bliżej, aż wreszcie znalazła lukę i wsunęła się w nią na brzuchu, dobrze ukryta. Stąd wreszcie dostrzegła źródło smrodu.

Przy brzegu pluskającego łagodnie Oka Boga wzniesiono długą szubienicę ze świeżego drewna. Wisiały na niej szczątki ludzi. Stopy miały zakute w łańcuchy. Wrony dziobały je zawzięcie, przelatując z trupa na trupa, a na każdego ptaka przypadało sto much. Gdy znad jeziora powiał wiatr, najbliższe zwłoki zakołysały się leciutko. Wrony pożarły większość ich twarzy. Dobrało się też do nich coś innego, coś znacznie większego. Wisielec miał rozerwane gardło i pierś, a z rozprutego brzucha zwisały połyskujące zielono trzewia oraz pasma mięsa. Jedna ręka była oderwana w stawie barkowym. Arya zauważyła, że kości leżą w odległości kilku stóp, poogryzane i połamane. Nie zostało na nich ani kawałka mięsa.

Zmusiła się do spojrzenia na drugiego wisielca, a potem trzeciego i czwartego, powtarzając sobie, że jest twarda jak kamień. Wszystkie trupy były tak zmasakrowane i zgniłe, że minęła chwila, nim zdała sobie sprawę, że ofiary przed powieszeniem rozebrano do naga. Nie wyglądały jak nadzy ludzie. Właściwie w ogóle nie przypominały ludzi. Wrony wydziobały im oczy, a czasem nawet twarze. Po szóstym z długiego szeregu wisielców została tylko jedna noga, która kołysała się przy każdym podmuchu, zaplątana w łańcuchy.

„Strach tnie głębiej niż miecze".

Martwi nic jej nie mogli zrobić, lecz ci, którzy ich zabili, z pewnością byli niebezpieczni. Daleko za szubienicą dwóch mężczyzn w kolczugach opierało się o włócznie przed długim, niskim budynkiem, stojącym tuż nad wodą. Był to jedyny w wiosce dom kryty dachówką. W błotnisty grunt przed nim wbito dwie długie tyczki, na których wisiały chorągwie. Jedna była czerwona, a druga jaśniejsza, może biała albo żółta. Obie płachty zwisały bezwładnie, a do tego było już ciemno, nie miała więc nawet pewności, czy czerwona chorągiew rzeczywiście jest karmazynowym sztandarem Lannisterów. *Nie muszę widzieć lwa. Wystarczą mi te wszystkie trupy. Kto mógłby to zrobić, jeśli nie Lannisterowie?*

Wtem rozległ się krzyk.

Dwaj włócznicy odwrócili się nagle. Pojawił się trzeci mężczyzna, który pchał przed sobą więźnia. Było już za ciemno, żeby dostrzec twarze, lecz Arya zauważyła rogi i natychmiast poznała Gendry'ego.

Co za głupek, głupek, głupek, GŁUPEK! — pomyślała. Gdyby była blisko, kopnęłaby go znowu.

Strażnicy rozmawiali głośno, leżała jednak zbyt daleko, żeby rozróżnić słowa, zwłaszcza, że bliżej były kraczące i łopoczące skrzydłami wrony. Jeden z włóczników zerwał hełm z głowy Gendry'ego i zadał mu jakieś pytanie, lecz odpowiedź wyraźnie mu się nie spodobała, gdyż zdzielił chłopaka w twarz tępym końcem włóczni, przewracając go na ziemię. Żołnierz, który go pojmał, dał mu kopniaka, a drugi z włóczników przymierzył hełm. Wreszcie podnieśli jeńca i zaprowadzili go do magazynu. Kiedy otworzyli masywne, drewniane drzwi, na zewnątrz wypadł mały chłopiec. Jeden ze strażników złapał go za rękę i cisnął z powrotem do środka. Arya usłyszała dobiegający z budynku płacz, a potem krzyk, tak głośny i pełen bólu, że aż przygryzła wargę.

Żołnierze wepchnęli Gendry'ego do budynku i zamknęli drzwi. Znad jeziora nadeszło nagłe tchnienie wiatru. Chorągwie poruszyły się i rozwinęły. Na tej, którą zawieszono na wyższej tyczce, widniał złoty lew, zgodnie z jej obawami. Na drugiej wyobrażono trzy smukłe, czarne kształty, mknące po polu żółtym jak masło. *Psy* — pomyślała. *Już je gdzieś widziałam, ale gdzie?*

Nieważne. Liczyło się tylko to, że złapali Gendry'ego. Musiała go uwolnić, nawet jeśli był uparty i głupi. Zadała sobie pytanie, czy ci ludzie wiedzą, że poszukuje go królowa.

Jeden ze strażników ściągnął z głowy swój hełm i założył ten, który zabrał Gendry'emu. Aryę rozgniewał ten widok, wiedziała jednak, że nie może nic na to poradzić. Zdawało się jej, że w pozbawionym okien magazynie słychać kolejne krzyki, stłumione przez mury, nie miała jednak pewności.

Czekała tak długo, aż zobaczyła zmianę warty, a także wiele innych rzeczy. Przechodzili tamtędy liczni ludzie, którzy poili konie w strumieniu. Z lasu wróciła grupa myśliwych, którzy nieśli zwisającego z tyczki jelenia. Przyglądała się, jak go obdzierają ze skóry i patroszą, a potem rozpalają na drugim brzegu strumienia ognisko. Woń pieczonego mięsa mieszała się z odorem rozkładu, tworząc dziwne połączenie. Zaburczało jej w pustym brzuchu. Miała wrażenie, że zaraz zwymiotuje. Perspektywa kolacji wywabiła z budynków kolejnych mężczyzn. Prawie wszyscy mieli na sobie kolczugi albo kurty z utwardzanej skóry. Gdy jeleń został już upieczony, najapetyczniejsze kąski zaniesiono do jednej z chat.

Miała nadzieję, że po ciemku zdoła podczołgać się bliżej i uwolnić Gendry'ego, lecz strażnicy zapalili od ogniska pochodnie. Giermek przyniósł dwóm żołnierzom pilnującym magazynu mięso i chleb. Potem dołączyło do nich dwóch innych mężczyzn i wszyscy zajęli się bukłakiem wina. Gdy już go osuszyli, przybysze odeszli, ale dwaj wartownicy zostali na miejscu, wsparci na włóczniach.

Gdy Arya wyczołgała się wreszcie z kępy głogu i zniknęła w lesie, ręce i nogi miała zupełnie zesztywniałe. Noc była ciemna. Wąski sierp księżyca to się pojawiał, to znikał za gnanymi wiatrem chmurami. *Cicha jak cień* — powiedziała sobie, idąc między drzewami. Nie odważyła się biec w mroku, w obawie, że potknie się o korzeń albo zabłądzi. Po lewej słyszała spokojne pluskanie Oka Boga, po prawej poruszający gałęziami wiatr i szelest liści, a w oddali wycie wilków.

Lommy i Gorąca Bułka omal się nie zesrali, gdy wypadła spomiędzy drzew tuż obok nich.

— Cisza — rozkazała, obejmując jedną ręką Łasicę, gdy dziewczynka do niej podbiegła.

Gorąca Bułka wybałuszył oczy.

— Myśleliśmy, że nas zostawiliście. — Ściskał w ręku krótki miecz, ten sam, który Yoren zabrał złotemu płaszczowi. — Przestraszyłeś mnie. Myślałem, że to wilk.

— Gdzie Byk? — zapytał Lommy.

— Złapali go — wyszeptała Arya. — Musimy go uwolnić. Gorąca Bułka, pomożesz mi. Podkradniemy się do strażników i zabijemy ich, a potem otworzę drzwi.

Gorąca Bułka i Lommy wymienili spojrzenia.

— Ilu ich jest?

— Nie dałem rady policzyć — przyznała Arya. — Co najmniej dwudziestu, ale przy drzwiach stoi tylko dwóch.

Gorąca Bułka wyglądał tak, jakby zaraz miał się rozpłakać.

— Nie możemy walczyć z dwudziestoma ludźmi.

— Masz załatwić tylko jednego. Ja zajmę się drugim. Potem uwolnimy Gendry'ego i uciekniemy.

— Powinniśmy się poddać — oznajmił Lommy. — Pójść tam i się poddać.

Arya potrząsnęła z uporem głową.

— W takim razie zostawmy go, Arry — błagał Lommy. — Nic o nas nie wiedzą. Jeśli się ukryjemy, pójdą sobie, wiesz, że pójdą. To nie nasza wina, że Gendry dał się złapać.

— Jesteś głupi, Lommy — burknęła gniewnie. — Jeśli nie uwolnimy Gendry'ego, umrzesz. Kto będzie cię niósł?

— Ty i Gorąca Bułka.

— Cały czas bez niczyjej pomocy? Nie damy rady. Gendry był z nas najsilniejszy. Zresztą nie obchodzi mnie twoje gadanie. Wracam po niego. — Zerknęła na Gorącą Bułkę. — Idziesz ze mną?

Gorąca Bułka spojrzał na Lommy'ego, na Aryę, i znowu na Lommy'ego.

— Idę — zgodził się z niechęcią.

— Lommy, zatrzymaj tu Łasicę.

Złapał dziewczynkę za rękę i przyciągnął ją do siebie.

— A co, jeśli przyjdą wilki?

— Poddaj się — poradziła Arya.

Wydawało się, że wędrówka do wioski ciągnie się godzinami. Gorąca Bułka ciągle potykał się w ciemności i gubił drogę. Musiała na niego czekać i zawracać. W końcu wzięła go za rękę i zaczęła prowadzić.

— Bądź cicho i idź za mną — rozkazała. Po chwili dostrzegli w oddali słaby blask ognia. — Po drugiej stronie żywopłotu wiszą wisielcy, ale ich nie ma się co bać. Pamiętaj, że strach tnie głębiej niż miecze. Musimy poruszać się cicho i powoli. — Gorąca Bułka skinął głową. Pierwsza przeczołgała się przez głogowe chaszcze i czekała na niego skulona po drugiej stronie. Po chwili zjawił się, blady i zdyszany. Twarz i ramiona pokrywały mu długie, krwawiące zadrapania. Chciał coś powiedzieć, lecz Arya przyłożyła palec do ust. Poczołgali się wzdłuż szubienicy na rękach i kolanach, tuż pod kołyszącymi się wisielcami. Gorąca Bułka ani razu nie podniósł wzroku i nie wydał z siebie żadnego dźwięku.

Aż do chwili, gdy na jego plecach wylądowała wrona. Wtedy westchnął głośno.

— Kto idzie? — zagrzmiał nagle w mroku głos wartownika.

Gorąca Bułka zerwał się błyskawicznie.

— Poddaję się! — Gdy odrzucił miecz, tuziny wron zerwały się do lotu, z głośnym protestem okrążając trupy. Arya złapała chłopaka za nogę, próbując obalić go na ziemię, ale wyrwał się jej i pobiegł naprzód, wymachując rękami. — Poddaję się, poddaję.

Podniosła się szybko, wyciągając Igłę, lecz ze wszystkich stron otoczyli ją już ludzie. Spróbowała ciąć najbliższego z nich, ale zablokował cios zakutym w zbroję ramieniem. Drugi mężczyzna uderzył w nią całym ciałem, obalając ją na ziemię, a trzeci wyrwał jej miecz. Chciała go ugryźć, lecz zęby ześliznęły się po zimnej, brudnej kolczudze.

— Oho, to prawdziwy wojownik — rzucił ze śmiechem żołnierz. Zdzielił ją zakutą w żelazo pięścią tak mocno, że omal nie odpadła jej głowa.

Gdy leżała na ziemi, coś o niej mówili, lecz nie była w stanie zrozumieć słów. W uszach jej dzwoniło. Spróbowała się odczołgać, ale miała wrażenie, że ziemia pod nią faluje. Zabrali Igłę. Ogarnął ją wstyd, który był gorszy od bólu. Ten miecz podarował jej Jon, a Syrio nauczył ją nim władać.

Wreszcie ktoś złapał ją za kaftan i podniósł na kolana. Gorąca Bułka również klęczał, przed najwyższym mężczyzną, jakiego w życiu widziała, potworem z opowieści Starej Niani. Nie zauważyła, skąd się wziął. Na wyblakłej żółtej opończy miał przedstawione trzy czarne, biegnące psy, a jego twarz była twarda jak wykuta z kamienia. Nagle przypomniała sobie, gdzie widziała ten znak. Podczas turnieju w Królewskiej Przystani wszyscy rycerze wywiesili tarcze przed namiotami.

— Ta należy do brata Ogara — wyjaśniła jej Sansa, gdy mijały czarne psy na żółtym tle. — Zobaczysz, jest jeszcze większy niż Hodor. Mówią na niego Góra, Która Jeździ.

Arya opuściła głowę, tylko na wpół świadoma tego, co się wokół niej dzieje. Gorąca Bułka poddał się jeszcze kilka razy.

— Zaprowadzicie nas do swych towarzyszy — oznajmił Góra i oddalił się. Po chwili Arya przechodziła już obok wisielców, podczas gdy Gorąca Bułka obiecywał żołnierzom, że jeśli go oszczędzą, napiecze im bułek i ciastek. Poszło z nimi czterech ludzi. Jeden miał pochodnię, drugi miecz, a pozostali włócznie.

Znaleźli Lommy'ego tam, gdzie go zostawili, pod dębem.

— Poddaję się — zawołał, gdy tylko ich zobaczył. Odrzucił włócznię i uniósł ręce do góry, ukazując zielone od starego barwnika dłonie. — Poddaję się. Proszę.

Żołnierz z pochodnią zbadał okolicę.

— Jesteś ostatni? Piekarczyk mówił, że jest jeszcze dziewczynka.

— Uciekła, kiedy was usłyszała — odparł Lommy. — Robicie kupę hałasu.

Zmykaj, Łasico — pomyślała Arya. *Zmykaj jak najdalej, ukryj się i nigdy nie wracaj.*

— Powiedz nam, gdzie możemy znaleźć tego skurwysyna Dondarriona, a dostaniesz gorący posiłek.

— Kogo? — zapytał zdziwiony Lommy.

— Mówiłem ci, że ta banda nic nie wie, tak samo, jak te pizdy w wiosce. To tylko cholerna strata czasu.

Jeden z włóczników podszedł do Lommy'ego.

— Coś ci się stało w nogę, chłopcze?

— Jestem ranny.

— Możesz chodzić? — zapytał z troską w głosie.

— Nie — odparł Lommy. — Będziecie musieli mnie nieść.

— Tak ci się zdaje? — Uniósł od niechcenia włócznię i przebił nią miękkie gardło chłopca. Lommy nawet nie zdążył znowu się poddać. Szarpnął się raz, to wszystko. Kiedy żołnierz wyciągnął włócznię, trysnęła ciemna fontanna krwi. — Nieść go, też coś — mruknął, chichocząc.

Tyrion

Ostrzegli go, żeby odział się ciepło. Tyrion Lannister poważnie potraktował ich słowa. Miał na sobie grube, watowane portki i wełniany wams, a na wierzch narzucił cieniokocie futro, które zdobył w Górach Księżycowych. Było niedorzecznie długie, uszyte dla mężczyzny dwukrotnie wyższego niż on. Kiedy nie siedział na koniu, musiał owijać je kilka razy wokół ciała, wskutek czego wyglądał jak pasiasta, futrzana kula.

Mimo to cieszył się, że usłuchał ich rady. Ziąb w długiej, wilgotnej krypcie przenikał aż do kości. Gdy tylko Timett poczuł panujące na dole zimno, natychmiast wrócił do piwnicy. Byli gdzieś pod wzgórzem Visenyi, za domem cechowym alchemików. Wilgotne, kamienne ściany pokrywały plamy saletry. Jedynym źródłem światła była zamknięta lampa z żelaza i szkła, którą piromanta Hallyne trzymał bardzo ostrożnie.

Z tymi dzbanami ostrożności nigdy za wiele — pomyślał Tyrion, unosząc jeden z nich, by się mu przyjrzeć z bliska. Był okrągły i czerwonawy. Opasły, gliniany grejpfrut, trochę za duży jak na jego dłonie, Tyrion wiedział jednak, że normalnie zbudowany mężczyzna ująłby naczynie swobodnie. Skorupa była cienka, tak delikatna, że ostrzegano go, by nie naciskał zbyt mocno, bo mogłaby skruszyć się pod jego palcami. Glina wydawała się szorstka, pokryta drobnymi grudkami. Hallyne powiedział mu, że to celowe.

— Gładkie naczynie łatwiej wyślizguje się z rąk.

Gdy Tyrion przechylił dzban, by zajrzeć do środka, dziki ogień przelał się powoli ku wylotowi. Wiedział, że ciecz ma ciemnozielony kolor, lecz w słabym świetle nie było tego widać.

— Jest gęsty — zauważył.

— To od zimna, panie — odparł Hallyne, blady, uniżony mężczyzna o miękkich, spoconych dłoniach. Miał na sobie szaty w czarno-szkarłatne pasy obszyte sobolowym futrem, które jednak wyglądało na wystrzępione i nadgryzione przez mole. — Po ogrzaniu substancja staje się znacznie bardziej płynna, przypomina naftę do lamp.

Piromanci nazywali dziki ogień substancją, natomiast mówiąc o swych towarzyszach używali tytułu „mądrość", co irytowało Tyriona prawie w tym samym stopniu, jak ich zwyczaj nieustannego sugerowania, że zgromadzili olbrzymie zasoby tajemnej wiedzy. Ich cech był ongiś bardzo potężny, lecz w ostatnich stuleciach maesterzy z Cytadeli wyparli alchemików niemal na każdym polu. Zostało tylko niewielu członków dawnego zakonu i nawet już nie udawali, że potrafią dokonać transmutacji metali... umieli jednak produkować dziki ogień.

— Słyszałem, że woda go nie gasi.

— To prawda. Kiedy substancja się zapali, będzie płonąć, dopóki jej nie zabraknie. Ponadto wsiąka w tkaninę, drewno, skórę, a nawet w stal i również je podpala.

Tyrion pamiętał czerwonego kapłana Thorosa z Myr i jego ognisty miecz. Nawet cienka warstewka dzikiego ognia płonęła całą godzinę. Thoros po każdym turnieju potrzebował nowego oręża, Robert jednak go lubił i zawsze z chęcią dawał mu broń.

— A dlaczego nie wsiąka w glinę?

— Och, ależ wsiąka — zauważył Hallyne. — Pod nami jest

krypta, w której przechowujemy stare naczynia. Pochodzą jeszcze z czasów króla Aerysa. Przyszedł mu do głowy pomysł, by produkować dzbany w kształcie owoców. To bardzo niebezpieczne owoce, lordzie namiestniku, a teraz są dojrzalsze niż kiedykolwiek, jeśli rozumiesz, co mam na myśli. Zapieczętowaliśmy je lakiem i zalaliśmy dolną kryptę wodą, ale i tak... w zasadzie powinno się je zniszczyć, lecz podczas plądrowania Królewskiej Przystani zamordowano bardzo wielu mistrzów naszego cechu i nieliczni akolici, którzy ocaleli, nie potrafili sobie poradzić z tym zadaniem. Ponadto większość dzbanów, które wyprodukowaliśmy dla Aerysa, zaginęła. Nie dalej jak w zeszłym roku odkryto dwieście sztuk w magazynie pod Wielkim Septem Baelora. Nikt nie pamięta, jak się tam znalazły, ale z pewnością nie muszę ci mówić, że wielki septon ogromnie się przeraził. Osobiście dopilnowałem, by przeniesiono dzbany w bezpieczne miejsce. Wyładowałem wóz piaskiem i wysłałem najzdolniejszych akolitów. Pracowaliśmy tylko nocą i...

— ...nie wątpię, że wykonaliście świetną robotę. — Tyrion odstawił na miejsce dzban, który trzymał w rękach. Naczynia zajmowały cały stół, ustawione w czterech równych rzędach, które niknęły w mroku podziemia. Były tu też inne stoły, wiele stołów. — Czy te, hmm, owoce zmarłego króla Aerysa nadają się jeszcze do użytku?

— Ależ oczywiście... ale trzeba je traktować ostrożnie, panie, wyjątkowo ostrożnie. Gdy substancja się starzeje, robi się bardziej, hmm, nieobliczalna. Może ją podpalić każdy płomyk. Każda iskra. Jeśli będzie za ciepło, zawartość dzbanów zapali się sama z siebie. Nie jest rozsądnie wystawiać je na słońce, nawet na krótki czas. Gdy wewnątrz zapłonie ogień, substancja rozszerza się gwałtownie pod wpływem ciepła i po krótkiej chwili dzban eksploduje. Jeśli w pobliżu są inne naczynia, je również ogarniają płomienie i w ten sposób...

— Ile dzbanów macie obecnie?

— Dziś rano mądrość Munciter powiedział mi, że jest ich siedem tysięcy osiemset czterdzieści, wliczając w to cztery tysiące dzbanów z czasów króla Aerysa.

— Tych przejrzałych owoców?

Hallyne pokiwał głową.

— Mądrość Malliard jest przekonany, że będziemy mogli dostarczyć wam dziesięć tysięcy dzbanów, tak jak obiecaliśmy królowej. Zgadzam się z nim.

Piromanta wydawał się nieprzyzwoicie zadowolony z tej perspektywy.

Pod warunkiem, że nasi wrogowie dadzą wam czas. Piromanci pilnie strzegli tajemnicy produkcji dzikiego ognia, Tyrion jednak wiedział, że procedura jest długa, niebezpieczna i czasochłonna. Uważał dotąd, że obiecując wyprodukować dziesięć tysięcy dzbanów, cech chełpił się tylko, tak jak chorąży, który zapewnia swego lorda, że wystawi dziesięć tysięcy zbrojnych, a w dzień bitwy przyprowadza ze sobą stu dwóch. *Jeśli naprawdę dadzą nam dziesięć tysięcy*... Nie wiedział, czy powinien czuć zachwyt, czy przerażenie. Może trochę tego i trochę tego.

— Mam nadzieję, że wasz cech nie pracuje z nierozsądnym pośpiechem, mądrości. Nie chcemy dziesięciu tysięcy dzbanów wadliwego dzikiego ognia. Nie chcemy nawet jednego... a już z pewnością nie chcemy żadnych wypadków.

— Nie będzie wypadków, lordzie namiestniku. Wyszkoleni akolici przygotowują substancję w szeregu nagich, kamiennych cel. Gdy tylko dzban jest gotowy, uczeń natychmiast przynosi go tutaj. Nad każdą celą znajduje się pomieszczenie całkowicie wypełnione piaskiem. Na podłogi rzucono ochronne zaklęcie, które, hmmm, jest bardzo potężne. Gdy w celi zapłonie ogień, podłoga natychmiast się zapada i piasek likwiduje pożar.

— Nie wspominając już o nieostrożnym akolicie.

Tyrion przypuszczał, że mówiąc „zaklęcie", Hallyne miał na myśli jedynie jakąś sprytną sztuczkę. Z chęcią zbadałby jedną z tych cel z fałszywym sufitem, żeby przekonać się, jak funkcjonuje to urządzenie. To jednak nie była odpowiednia chwila. Być może, gdy wygrają wojnę.

— Moi bracia nigdy nie są nieostrożni — zapewniał Hallyne. — Czy mogę mówić, hmm, szczerze...

— Och, oczywiście.

— Substancja wypełnia me żyły i żyje w sercu każdego piromanty. Szanujemy jej moc. Ale zwykli żołnierze, hmmmm, powiedzmy załoga jednego z ogniomiotów, które zbudowała królowa... nawet najdrobniejszy błąd może skończyć się katastrofą. Trzeba ciągle o tym przypominać. Mój ojciec zawsze mówił to samo królowi Aerysowi, a jego ojciec staremu królowi Jaehaerysowi.

— Na pewno słuchali go uważnie — zauważył Tyrion. — Gdyby

spalili miasto, ktoś by mi o tym powiedział. Doradzasz mi więc ostrożność?

— Wielką ostrożność — potwierdził Hallyne. — Bardzo wielką ostrożność.

— A te gliniane dzbany… czy macie ich wystarczająco dużo?

— Tak, panie. Dziękuję, że o to zapytałeś.

— W takim razie, nie będziesz miał nic przeciwko temu, jeśli trochę ich zabiorę? Kilka tysięcy.

— Kilka tysięcy?

— Och, tylko tyle, ile cech może oddać, nie spowalniając produkcji. Rozumiesz, chodzi mi o puste dzbany. Każ je wysłać kapitanom przy wszystkich miejskich bramach.

— Zrobię to, panie, ale po co…

Tyrion uśmiechnął się do niego.

— Kiedy mówisz mi, żebym ubrał się ciepło, ubieram się ciepło. Gdy zalecasz mi ostrożność, no cóż… — Wzruszył ramionami. — Zobaczyłem już wystarczająco wiele. Czy zechcesz odprowadzić mnie do lektyki?

— Uczynię to z wielką, hmmm, przyjemnością, panie. — Hallyne uniósł lampę i ruszył ku schodom. — Dobrze, że raczyłeś nas odwiedzić. To wielkie wyróżnienie, hmmm. Minęło bardzo wiele lat, odkąd królewski namiestnik zaszczycił nas swą obecnością. Nie zdarzyło się to od czasów lorda Rossarta, który był członkiem naszego zakonu. To było za panowania króla Aerysa, który bardzo się interesował naszą pracą. *Byliście mu potrzebni po to, żeby mógł żywcem palić wrogów.*

Jego brat Jaime opowiedział mu kilka historii o obłąkanym królu i jego ukochanych piromantach.

— Nie wątpię, że Joffrey również się nią zainteresuje.

I dlatego postaram się trzymać go jak najdalej od was.

— Bardzo liczymy na to, że król raczy osobiście odwiedzić nasz dom cechowy. Rozmawiałem o tym z twą królewską siostrą. Wyprawimy wspaniałą ucztę…

W miarę, jak szli w górę, robiło się coraz cieplej.

— Jego Miłość zabronił urządzania uczt, dopóki nie zwyciężymy. — *Na moje naleganie.* — Król nie uważa za stosowne opychać się wybornym jadłem, gdy jego ludowi brakuje chleba.

— To bardzo, hmmm, szlachetny gest, panie. W takim razie może kilku z nas mogłoby odwiedzić króla w Czerwonej Twierdzy.

Drobna demonstracja naszych mocy pozwoliłaby Jego Miłości zapomnieć na jeden wieczór o jego licznych troskach. Dziki ogień to tylko jedna ze straszliwych tajemnic naszego starożytnego zakonu. Moglibyśmy wam pokazać wiele prawdziwych cudów.

— Pomówię o tym z siostrą.

Tyrion nie miał nic przeciwko kilku magicznym sztuczkom, lecz upodobanie Joffa do zmuszania ludzi do pojedynków na śmierć i życie było wystarczająco kłopotliwe i nie miał zamiaru podsuwać mu myśli o paleniu ich żywcem.

Gdy wreszcie dotarli na górę, Tyrion zrzucił z siebie futro i przerzucił je sobie przez ramię. Dom cechowy alchemików był rozległym labiryntem zbudowanym z czarnego kamienia, lecz Hallyne poprowadził go krętymi korytarzami do Galerii Żelaznych Pochodni, długiej, pełnej ech komnaty, w której słupy zielonego ognia tańczyły wokół czarnych, metalowych kolumn o wysokości dwudziestu stóp. W gładzonym czarnym marmurze ścian i podłogi odbijały się widmowe płomienie, które wypełniały salę szmaragdowym lśnieniem. Tyrionowi zaimponowałoby to bardziej, gdyby nie wiedział, że wielkie pochodnie zapalono dopiero dziś rano na jego cześć i że alchemicy je zgaszą, gdy tylko zamkną się za nim drzwi. Dziki ogień był za drogi, by go marnować.

W końcu dotarli na szczyt szerokich, krętych schodów, które wychodziły na ulicę Sióstr, nieopodal podstawy wzgórza Visenyi. Pożegnał się z Hallyne'em i poczłapał ku miejscu, w którym czekał na niego Timett, syn Timetta z eskortą Spalonych. Biorąc pod uwagę, gdzie składał dziś wizytę, dobór strażników wydawał się wyjątkowo trafny. Poza tym ich blizny budziły trwogę w sercach miejskiego motłochu, co w dzisiejszych dniach było bardzo użyteczne. Nie dalej jak trzy noce temu tłuszcza zebrała się u bram Czerwonej Twierdzy, domagając się głośno jedzenia. Joff zasypał zgromadzonych gradem strzał, zabijając czterech ludzi, a potem wykrzyczał, że mogą sobie zjeść trupy. *Zdobył nam w ten sposób kolejnych przyjaciół.*

Tyrion ze zdziwieniem zauważył, że obok lektyki czeka również Bronn.

— Co tu robisz?

— Mam ci coś do przekazania — wyjaśnił najemnik. — Żelazna Ręka czeka na ciebie niecierpliwie przy Bramie Bogów. Nie mówił, o co mu chodzi. Wezwano cię też do Maegora.

— Wezwano? — Tyrion znał tylko jedną osobę, która ośmieliłaby się użyć tego słowa. — A czegóż chce ode mnie Cersei?

Bronn wzruszył ramionami.

— Królowa rozkazuje ci natychmiast wrócić do zamku i stawić się w jej komnatach. Wiadomość przekazał ten jej kuzyn niedorostek. Cztery włoski na wardze i myśli, że już jest mężczyzną.

— Cztery włoski i tytuł rycerski. Nie zapominaj, że jest teraz ser Lancelem. — Tyrion wiedział, że ser Jacelyn nie posyłałby po niego, gdyby sprawa nie była ważna. — Lepiej się przekonam, czego chce ode mnie Bywater. Poinformuj moją siostrę, że zjawię się u niej po powrocie.

— To jej się nie spodoba — ostrzegł go Bronn.

— Świetnie. Im dłużej będzie czekała, tym bardziej się rozzłości, a gniew ją ogłupia. Zdecydowanie wolę wściekłą i głupią Cersei od spokojnej i sprytnej.

Tyrion wrzucił do lektyki złożone futro i Timett pomógł mu wejść do środka.

W normalnych czasach na placu targowym pod Bramą Bogów pełno było sprzedających warzywa wieśniaków, dziś jednak był on niemal pusty. Ser Jacelyn czekał na Tyriona pod bramą. Gdy go zobaczył, uniósł żelazną rękę w krótkim salucie.

— Panie, czeka na ciebie twój kuzyn Cleos Frey. Przybył z Riverrun pod sztandarem pokoju. Przynosi list od Robba Starka.

— Warunki zawarcia pokoju?

— Tak mówi.

— Słodki kuzyn. Zaprowadź mnie do niego.

Złote płaszcze zamknęły ser Cleosa w pozbawionej okien wartowni. Gdy weszli do środka, podniósł się z ławy.

— Tyrionie, bardzo się cieszę na twój widok.

— Nieczęsto to słyszę, kuzynie.

— Czy towarzyszy ci Cersei?

— Moja siostra jest zajęta. Czy to jest list od Starka? — Podniósł go ze stołu. — Ser Jacelynie, możesz nas opuścić.

Bywater pokłonił się i wyszedł

— Proszono mnie, bym przekazał pismo królowej regentce — oznajmił ser Cleos, gdy drzwi się zamknęły.

— Zrobię to. — Tyrion zerknął na mapę, którą Robb Stark dołączył do listu. — Wszystko w swoim czasie, kuzynie. Usiądź i odpocznij. Wyglądasz na zabiedzonego.

Szczerze mówiąc, wyglądał gorzej.

— Tak. — Ser Cleos spoczął na ławie. — W dorzeczu sprawy mają się paskudnie, Tyrionie. Wokół Oka Boga, a zwłaszcza wzdłuż królewskiego traktu. Lordowie dorzecza palą własne plony, by wziąć nas głodem, a ludzie twego ojca puszczają z dymem każdą zdobytą wieś i wyrzynają prostaczków.

Tak to już było na wojnie. Chłopów mordowano, a szlachetnie urodzonych zwalniano za okupem. Muszę pamiętać, że mam podziękować bogom za to, iż urodziłem się Lannisterem.

Ser Cleos przesunął dłonią po rzadkich, brązowych włosach.

— Mimo że jechaliśmy pod sztandarem pokoju, dwukrotnie atakowały nas wilki w zbrojach, żądne krwi wszystkich, którzy są słabsi od nich. Tylko bogowie wiedzą, po czyjej stronie walczyły na początku. Teraz są tylko po własnej. Straciliśmy trzech ludzi, a dwa razy więcej odniosło rany.

— A jakie przynosisz nam wieści o naszych wrogach?

Tyrion ponownie skierował uwagę na list od Starka. *Chłopak nie żąda zbyt wiele. Tylko połowy królestwa, uwolnienia jeńców, zakładników, miecza swego ojca... och, i jeszcze swoich sióstr.*

— Chłopak siedzi bezczynnie w Riverrun — zaczął ser Cleos. — Myślę, że boi się zmierzyć z twym ojcem na polu bitwy. Jego siły z dnia na dzień topnieją. Lordowie dorzecza odeszli, by bronić swych ziem.

Czy tego właśnie chciał ojciec?

— Te warunki są nie do przyjęcia — oznajmił Tyrion, zwijając mapę.

— Czy zgodzisz się przynajmniej wymienić córki Starków na Tiona i Willema? — zapytał płaczliwym tonem ser Cleos.

Tyrion przypomniał sobie, że Tion Frey jest młodszym bratem posła.

— Nie — odparł z łagodnością w głosie. — Ale zaproponujemy inną wymianę. Zaczekaj, aż skonsultuję się z Cersei i radą. Odeślemy cię do Riverrun z naszymi propozycjami.

Cleos był wyraźnie niezadowolony z tej perspektywy.

— Panie, nie wierzę, by Robb Stark poddał się łatwo. To lady Catelyn chce pokoju, nie chłopak.

— Lady Catelyn pragnie odzyskać córki. — Tyrion zeskoczył z ławy, ściskając w dłoni list i mapę. — Ser Jacelyn dopilnuje, żeby przyniesiono ci jakiś posiłek i rozpalono tu ogień. Mam wrażenie, że rozpaczliwie potrzebujesz snu, kuzynie. Poślę po ciebie, kiedy będziemy już wiedzieli coś więcej.

Znalazł ser Jacelyna na murach, gdzie dowódca złotych płaszczy przyglądał się kilkuset nowym rekrutom, których szkolono na dole. W Królewskiej Przystani schronienia szukało bardzo wielu ludzi, nie brakowało więc ochotników, którzy byli gotowi wstąpić do Straży Miejskiej w zamian za pełen brzuch i siennik w koszarach. Tyrion nie miał jednak złudzeń co do tego, jak ci obdarci obrońcy miasta sprawdzą się w bitwie.

— Dobrze zrobiłeś, wysyłając po mnie — oznajmił Tyrion. — Zostawię ser Cleosa w twoich rękach. Traktuj go z należytą gościnnością.

— A jego eskorta? — zapytał Bywater.

— Nakarm ich i daj im czyste ubrania, a potem znajdź maestera, który opatrzy ich rany. Nie mogą wejść do miasta. Czy to jasne?

Nie można było pozwolić, by Robb Stark poznał prawdę o warunkach panujących w Królewskiej Przystani.

— Absolutnie jasne, panie.

— Aha, jeszcze jedno. Alchemicy wyślą do każdej z miejskich bram wielki zapas glinianych dzbanów. Masz je wykorzystać do szkolenia ludzi, którzy będą obsługiwać twe ogniomioty. Wypełnij je zieloną farbą i każ żołnierzom wprawiać się w ładowaniu i miotaniu. Każdego, kto rozleje choć kroplę, trzeba zastąpić innym. Gdy już nauczą się radzić sobie z farbą, zastąp ją oliwą do lamp. Niech zapalają dzbany i ciskają płonące. Kiedy będą umieli robić to tak, żeby się nie poparzyć, może będą gotowi poradzić sobie z dzikim ogniem.

Ser Jacelyn podrapał się po policzku żelazną dłonią.

— To mądry plan, chociaż nie darzę miłością tych szczyn alchemików.

— Ja też nie, ale wykorzystam je, jeśli mi je dadzą.

Gdy Tyrion Lannister wrócił do lektyki, zasunął kotary i wsparł się łokciem na poduszce. Cersei nie będzie zadowolona, kiedy się dowie, że przechwycił list od Starka, ojciec jednak wysłał go tu po to, by rządził, a nie po to, żeby przypodobał się swej siostrze.

Miał wrażenie, że Robb Stark ofiarował im niepowtarzalną szansę. Niech chłopak siedzi sobie w Riverrun, marząc o łatwym pokoju.

Tyrion w odpowiedzi da królowi północy tylko tyle, by pozwolić mu zachować nadzieję. Ser Cleos obije sobie do cna swój freyowski tyłek, jeżdżąc w tę i z powrotem z propozycjami i kontrpropozycjami, a tymczasem ich kuzyn ser Stafford będzie szkolił i dozbrajał nową armię, którą zgromadził w Casterly Rock. Kiedy będzie gotowy, wspólnie z lordem Tywinem zmiażdżą między sobą Tullych i Starków.

Gdyby tylko bracia Roberta zechcieli pójść nam na rękę. Choć Renly Baratheon posuwał się naprzód z prędkością żółwia, jego potężna armia południowców wciąż maszerowała na północny wschód. Tyrion każdej nocy obawiał się, że obudzą go, by mu oznajmić, że lord Stannis pożeglował ze swą flotą w górę Czarnego Nurtu. *No cóż, wygląda na to, że mamy spory zapas dzikiego ognia, ale mimo to...*

Nagły zgiełk na ulicy wyrwał go z zamyślenia. Tyrion wyjrzał ostrożnie zza zasłony. Mijali właśnie Plac Szewski, gdzie pod skórzanymi markizami zebrał się spory tłumek słuchający bredzenia proroka. Szata z niebarwionej wełny przewiązana konopnym sznurem świadczyła, że jest to jeden z braci żebrzących.

— Zepsucie! — wrzeszczał przenikliwym głosem. — Oto ostrzeżenie! Spójrzcie na bicz Ojca! — wołał, wskazując na zamazaną, czerwoną ranę na niebie. Odległy zamek na Wielkim Wzgórzu Aegona znajdował się prosto za jego plecami i kometa wisiała złowróżbnie nad wieżami budowli.

Sprytnie wybrał miejsce — pomyślał Tyrion.

— Staliśmy się tłuści, obżarci i ohydni. Brat spółkuje z siostrą w królewskim łożu, a owoc ich kazirodztwa tańczy w zamku do muzyki małego, pokracznego, podobnego do małpy demona. Wysoko urodzone damy cudzołożą z błaznami i wydają na świat potwory! Nawet wielki septon zapomniał o bogach! Kąpie się w wonnościach i obżera skowronkami i minogami, podczas gdy jego lud głoduje! Pycha stała się ważniejsza od modlitwy, naszymi zamkami władają czerwie, a złoto jest wszystkim... ale dość już tego! Zgniłe Lato się skończyło i Król Kurwiarz zginął! Gdy dzik rozpruł mu brzuch, potężny smród wzniósł się aż pod niebiosa, a ze środka wypełzło tysiąc węży, które syczały i kąsały! — Raz jeszcze wskazał kościstym palcem kometę i zamek. — Oto zwiastun! Bogowie krzyczą do was: oczyśćcie się albo będziecie oczyszczeni! Wykąpcie się w winie prawości albo wykąpie was ogień! Ogień!

— Ogień! — powtórzyły inne głosy, które jednak utonęły w pogardliwym buczeniu. Pocieszyło to Tyriona, który rozkazał ruszać dalej. Gdy Spaleni torowali mu drogę, lektyka kołysała się jak statek na wzburzonym morzu. *Mały, pokraczny, podobny do małpy demon, też coś*. Nędznik miał jednak trochę racji z tym wielkim septonem. Jak to mówił o nim parę dni temu Księżycowy Chłopiec? „Pobożny mąż, który czci Siedmiu tak gorliwie, że gdy tylko zasiada do stołu, spożywa po jednym daniu na cześć każdego z nich". Tyrion uśmiechnął się na wspomnienie złośliwych słów błazna.

Na szczęście dotarł do Czerwonej Twierdzy bez dalszych incydentów. Gdy wdrapywał się po schodach do swych komnat, miał znacznie więcej nadziei niż o świcie. *Potrzebuję tylko czasu, żeby wszystko złożyło się w całość. Gdy łańcuch będzie gotowy...*

Otworzył drzwi swej samotni.

Cersei odwróciła się od okna, zamiatając spódnicami wokół szczupłych bioder.

— Jak śmiesz ignorować moje wezwania?

— Kto wpuścił cię do mojej wieży?

— Twojej wieży? To jest królewski zamek mego syna.

— Tak słyszałem. — Tyrion nie był zadowolony, lecz Crawnowi będzie znacznie mniej przyjemnie. Straż pełnili dziś jego Księżycowi Bracia. — Tak się składa, że właśnie się do ciebie wybierałem.

— Czyżby?

Zatrzasnął za sobą drzwi.

— Wątpisz w moje słowa?

— Zawsze, i to nie bez powodu.

— Czuję się dotknięty. — Tyrion podszedł do kredensu, żeby nalać sobie kielich wina. Nic nie budziło w nim pragnienia skuteczniej niż rozmowa z Cersei. — Jeśli cię uraziłem, to chciałbym wiedzieć, w jaki sposób.

— Jesteś małym, obrzydliwym robakiem. Myrcella to moja jedyna córka. Wydaje ci się, że pozwolę ją przehandlować jak worek owsa?

Myrcella — pomyślał. *No, z jaja coś się wykluło. Zobaczmy, jaki kolor ma pisklę.*

— Jaki worek owsa? Myrcella jest księżniczką. Niektórzy powiedzieliby, że po to właśnie się narodziła. Czyżbyś zamierzała wydać ją za Tommena?

Spoliczkowała go błyskawicznym uderzeniem, wytrącając mu puchar z dłoni. Wino rozlało się na podłogę.

— Powinnam ci wyrwać za to język, chociaż jesteś moim bratem. To ja jestem regentką Joffreya, nie ty, i powiadam, że nie wyślesz Myrcelli temu Dornijczykowi, tak jak mnie wysłano Robertowi Baratheonowi.

Tyrion strzepnął z westchnieniem wino z palców.

— A to dlaczego? W Dorne będzie znacznie bezpieczniejsza niż tutaj.

— Jesteś kompletnym głupcem, czy po prostu chcesz być przekorny? Wiesz równie dobrze jak ja, że Martellowie nie mają powodu nas kochać.

— Martellowie mają wszelkie powody, by nas nienawidzić. Jestem jednak przekonany, że się zgodzą. Pretensje księcia Dorana do rodu Lannisterów sięgają wstecz tylko jedno pokolenie, a z Końcem Burzy i Wysogrodem Dornijczycy toczą wojny od tysiąclecia. A mimo to Renly uznał poparcie Dorne za pewne. Myrcella ma dziewięć lat, Trystane Martell jedenaście. Proponuję, żeby zawarli małżeństwo, kiedy dziewczyna ukończy czternaście. Do tego czasu będzie honorowym gościem w Słonecznej Włóczni, pod opieką księcia Dorana.

— Będzie zakładniczką — syknęła Cersei, zaciskając usta.

— Honorowym gościem — powtórzył Tyrion. — Podejrzewam też, że Martell będzie ją traktował znacznie lepiej niż Joffrey Sansę Stark. Planowałem wysłać z nią ser Arysa Oakhearta. Gdy jej zaprzysiężonym obrońcą będzie rycerz z Gwardii Królewskiej, nikt nie zapomni, kim jest.

— Dużo jej pomoże ser Arys, jeśli Doran Martell dojdzie do wniosku, że krew mojej córki zmyje krew jego siostry.

— Martell jest zbyt honorowy, żeby zamordować dziewięcioletnią dziewczynkę, zwłaszcza tak słodką i niewinną jak Myrcella. Dopóki będzie ją miał, może być w miarę pewny, że dochowamy mu wiary, a moja propozycja jest zbyt korzystna, by mógł ją odrzucić. Myrcella to drobiazg. Zaoferowałem mu też zabójcę jego siostry, miejsce w radzie, kilka zamków na Pograniczu...

— Za dużo. — Cersei oddaliła się od niego, zamiatając spódnicami, niespokojna jak lwica. — Zaoferowałeś mu za dużo i to bez mojej zgody i upoważnienia.

— Mówimy o księciu Dorne. Gdybym zaproponował mu mniej, zapewne splunąłby mi w twarz.

— Za dużo! — powtórzyła Cersei, odwracając się gwałtownie.

— A co ty byś mu dała, dziurę między swoimi nogami? — warknął nagle rozgniewany Tyrion.

Tym razem widział nadchodzące uderzenie. Jego głowa zakołysała się z głośnym plaśnięciem.

— Moja słodka siostro — powiedział. — Oświadczam ci, że uderzyłaś mnie po raz ostatni.

Cersei wybuchnęła śmiechem.

— Nie strasz mnie, karzełku. Myślisz, że list ojca zapewnia ci bezpieczeństwo? To tylko skrawek papieru. Eddard Stark też taki otrzymał i co mu z tego przyszło?

Eddard Stark nie miał Straży Miejskiej — pomyślał Tyrion. *Ani ludzi z Gór Księżycowych i najemników Bronna. Ja ich mam.* Tak przynajmniej sądził. Ufał Varysowi, ser Jacelynowi Bywaterowi, Bronnowi. Lord Stark zapewne również ulegał różnym złudzeniom. Nie powiedział jednak nic. Mądrzy ludzie nie polewają rozpalonego piecyka dzikim ogniem. Nalał sobie nowy kielich wina.

— Sądzisz, że Myrcella będzie bezpieczna, jeśli Królewska Przystań padnie? Renly i Stannis zatkną jej głowę na murach obok twojej.

Cersei nagle się rozpłakała.

Tyrion Lannister nie byłby bardziej zdziwiony, gdyby do komnaty wpadł Aegon Zdobywca na smoku, żonglując cytrynowymi ciastkami. Postąpił niepewnie krok w jej kierunku. Kiedy siostra płacze, brat powinien ją pocieszyć… ale to była Cersei! Wyciągnął ku niej ostrożnie rękę.

— Nie dotykaj mnie — warknęła, odsuwając się. Nie powinno go to zaboleć, a jednak zabolało, znacznie bardziej niż wcześniejsze policzki. Jego siostra zaczerpnęła tchu z poczerwieniałą twarzą, w równym stopniu wściekła, jak i zrozpaczona. — Nie patrz na mnie… nie w ten sposób… nie ty.

Tyrion odwrócił się uprzejmie plecami.

— Nie chciałem cię przestraszyć. Zapewniam cię, że Myrcelli nic się nie stanie.

— Kłamiesz — odpowiedziała. — Nie jestem dzieckiem, które mami się próżnymi obietnicami. Powiedziałeś mi, że uwolnisz Jaime'a. I gdzie on teraz jest?

— Przypuszczam, że w Riverrun. Siedzi tam bezpiecznie pod strażą, dopóki nie wymyślę jakiegoś sposobu, by go uwolnić.

Pociągnęła nosem.

— Powinnam była urodzić się mężczyzną. Wtedy nie potrzebowałabym żadnego z was. Nic z tego by się nie wydarzyło. Jak Jaime mógł pozwolić, żeby ten chłopak wziął go do niewoli? A ojciec? Ufałam mu jak głupia i gdzie jest teraz, kiedy go potrzebuję? Co robi?

— Prowadzi wojnę.

— Zza murów Harrenhal? — rzuciła wzgardliwie. — To ciekawy sposób walki. Podejrzanie przypomina ukrywanie się.

— Przyjrzyj się uważniej.

— A jak chciałbyś to nazwać? Ojciec czai się w jednym zamku, a Robb Stark w drugim i obaj nic nie robią.

— Kiedy dwóch czyni to samo, to nie zawsze jest to samo — zasugerował Tyrion. — Obaj czekają, aż drugi ruszy się pierwszy, ale lew siedzi sobie spokojnie, poruszając ogonem, a jelonek zamarł ze strachu, a jego flaki zamieniły się w galaretę. Bez względu na to, w którą stronę ucieknie, lew go dopadnie i on o tym wie.

— Jesteś pewien, że to ojciec jest lwem?

Tyrion wyszczerzył zęby w uśmiechu.

— A co mamy na sztandarach?

Zignorowała jego żart.

— Mogę cię zapewnić, że gdyby ojca wzięto do niewoli, Jaime nie siedziałby bezczynnie.

Nie, wykrwawiałby swą armię, tłukąc o mury Riverrun i niech Inni porwą szanse. Nigdy nie miał za grosz cierpliwości, tak samo jak ty, słodka siostro.

— Nie każdy z nas może być tak śmiały jak Jaime. Istnieją też inne sposoby wygrywania wojen. Harrenhal jest potężną, korzystnie usytuowaną twierdzą.

— Ale Królewska Przystań nią nie jest i oboje doskonale o tym wiemy. Podczas gdy ojciec bawi się z młodym Starkiem w lwa i jelonka, Renly maszeruje różanym traktem. Lada chwila może stanąć u naszych bram!

— Miasto nie padnie pierwszego dnia, a z Harrenhal wojska mogą tu przybyć bardzo szybko królewskim traktem. Ledwie Renly zdąży zmontować swe machiny oblężnicze, ojciec uderzy na niego od tyłu. Jego armia będzie młotem, a mury miejskie kowadłem. To piękna wizja.

Cersei przeszyła go spojrzeniem zielonych oczu, nieufna, lecz złakniona pocieszenia, które jej oferował.

— A jeśli Robb Stark wymaszeruje?

— Harrenhal leży bardzo blisko brodów Tridentu i Roose Bolton nie zdoła przeprowadzić przez nie północnej piechoty, żeby połączyć się z konnicą Młodego Wilka. Stark nie może pomaszerować na Królewską Przystań, jeśli nie zdobędzie najpierw Harrenhal, a nawet razem z Boltonem jest na to za słaby. — Tyrion zademonstrował swój najbardziej ujmujący uśmiech. — A tymczasem ojciec żyje z bogactw dorzecza, a nasz wujek Stafford gromadzi w Casterly Rock nową armię.

Cersei popatrzyła na niego podejrzliwie.

— A skąd ty wiesz to wszystko? Czy ojciec wtajemniczył cię w swe plany, kiedy cię tu wysyłał?

— Nie. Spojrzałem na mapę.

W jej oczach pojawiła się pogarda.

— Wszystko to wydumałeś sobie w tym swoim groteskowym łbie, prawda, Krasnalu?

Tyrion psyknął.

— Słodka siostro, powiedz mi, czy gdybyśmy nie wygrywali, Starkowie prosiliby nas o pokój? — Wydobył list, który dostarczył ser Cleos Frey. — Młody Wilk przysłał nam swoje warunki. Co prawda, są nie do przyjęcia, ale zawsze to jakiś początek. Chcesz to przeczytać?

— Tak. — W jednej chwili znowu stała się królową. — A skąd masz ten list? Powinni byli dostarczyć go mnie.

— Od tego jestem namiestnikiem, żeby załatwiać podobne sprawy. — Tyrion wręczył jej list. Policzek bolał go jeszcze w miejscu, gdzie paznokcie Cersei skaleczyły skórę, ale kilka zadrapań nie zaszkodzi jego urodzie.

Niech mi nawet zedrze skórę z połowy twarzy. Warto zapłacić taką cenę za jej zgodę na dornijskie małżeństwo.

Czuł, że teraz Cersei się zgodzi.

A ponadto dowiedział się, kto jest szpiclem… no cóż, to była dodatkowa korzyść.

Bran

Tancerce założono czaprak ze śnieżnobiałej wełny, ozdobiony szarym wilkorem rodu Starków, Bran natomiast miał na sobie szare spodnie i biały wams o rękawach i kołnierzu obszytych futrem popielic. Na wysokości serca miał broszę ze srebra i gładzonego gagatu, przedstawiającą wilczą głowę. Wolałby Latę od srebrnego wilka na piersi, ale ser Rodrik był nieustępliwy.

Niskie kamienne stopnie powstrzymały Tancerkę tylko na moment. Gdy Bran kazał jej iść naprzód, klacz z łatwością sforsowała schody. Za potężnymi dębowymi drzwiami o żelaznych okuciach znajdowała się Wielka Komnata Winterfell. Stało w niej osiem długich rzędów ustawionych na kozłach stołów, po cztery po obu stronach wejścia. Na ławach siedzieli stłoczeni ludzie.

— Stark! — krzyczeli, podrywając się z miejsc, gdy wierzchowiec Brana mijał ich truchtem. — Winterfell! Winterfell!

Był już wystarczająco duży, by wiedzieć, że chcą w ten sposób uhonorować nie tyle jego, co żniwa, Robba i jego zwycięstwa, pana ojca i dziadka oraz cały, liczący sobie osiem tysięcy lat, ród Starków. Mimo to zalała go duma. Przejeżdżając przez komnatę na krótką chwilę zapomniał, że jest kaleką. Gdy jednak dotarł na podwyższenie, Osha i Hodor na oczach wszystkich rozpięli mu pasy, zdjęli z grzbietu Tancerki i zanieśli na tron ojców.

Po jego lewej stronie zasiadał ser Rodrik, a obok niego jego córka Beth. Po prawej miał Rickona. Gęsta, kasztanowata czupryna malca zrobiła się tak długa, że opadała na gronostajowe futro. Pod nieobecność matki nie pozwalał nikomu ściąć sobie włosów. Dziewczynę, która ostatnio próbowała to zrobić, pogryzł.

— Ja też chciałem tak wjechać — oznajmił, gdy Hodor odprowadzał Tancerkę. — Jeżdżę lepiej od ciebie.

— Nieprawda. Siedź cicho — burknął do brata. Ser Rodrik uciszył zebranych głośnym krzykiem, po czym przemówił Bran, który przywitał ich w imieniu swego brata, króla północy, i poprosił ich, by podziękowali bogom, starym i nowym, za zwycięstwa Robba oraz dobre żniwa.

— Niech będzie ich jeszcze sto — zakończył, unosząc srebrny puchar ojca.

— Jeszcze sto!

Cynowe kufle, gliniane kubki i rogi z żelaznymi okuciami stuknęły o siebie z głośnym brzękiem. Branowi osłodzono wino miodem i dodano cynamonu oraz goździków, lecz mimo to trunek był mocniejszy niż ten, do którego przywykł. Gdy przełknął płyn, poczuł, jak jego gorące, wężowe palce przenikają mu klatkę piersiową. Kiedy odstawił puchar, kręciło mu się w głowie.

— Dobrze się spisałeś, Bran — pochwalił go ser Rodrik. — Lord Eddard byłby z ciebie bardzo dumny.

Siedzący za stołem maester Luwin skinął głową na znak potwierdzenia. Służba zaczęła roznosić jadło.

Bran nigdy w życiu nie widział podobnych dań. Przynoszono jedno za drugim i było ich tak wiele, że mógł z każdego skosztować zaledwie kąsek czy dwa. Były tam olbrzymie udźce żubrów pieczone z porami, pasztety z dziczyzny ze znacznym dodatkiem marchewki, boczek i grzyby, baranie kotlety w miodowo-goździkowym sosie, pyszne kaczki, pieczeń z dzika posypana pieprzem, gęsi, całe szpikulce gołębi i kapłonów, gulasz wołowy z kaszą jęczmienną i zimna zupa owocowa. Lord Wyman przywiózł z Białego Portu dwadzieścia beczek ryb zakonserwowanych solą i wodorostami, sieje i pobrzeżki, kraby i małże, śledzie, dorsze, łososie, homary i minogi. Był tam też razowy chleb, pierniki i suchary z owsianej mąki, rzepy, groch i buraki, fasola, dynie i wielkie, czerwone cebule, pieczone jabłka, placki z jagodami i gruszki konserwowane we wzmocnionym winie. Przy każdym stole, na zaszczytnych miejscach i na szarym końcu, leżały kręgi białego sera, a z rąk do rąk wędrowały dzbany grzanego wina oraz chłodzonego jesiennego *ale*.

Muzycy lorda Wymana grali dziarsko i dobrze, lecz rozmowy i śmiechy, brzęk naczyń oraz sztućców, a także warczenie walczących o resztki ze stołów psów szybko zagłuszyły dźwięki harfy, skrzypiec i rogu. Śpiewak wykonywał dobre pieśni, takie jak *Żelazne kopie*, *Spalenie statków* czy *Niedźwiedź i piękna dziewica*, lecz słuchał go chyba tylko Hodor, który stał przy fleciście, przeskakując z nogi na nogę.

Hałas stawał się coraz głośniejszy, aż wreszcie przeszedł w miarowy, basowy ryk, przyprawiający o zawrót głowy chaos dźwięków. Ser Rodrik rozmawiał z maesterem Luwinem nad kudłatą głową Beth, a Rickon wrzeszczał coś radośnie do Walderów. Bran nie chciał, by Freyowie zasiadali na podwyższeniu, ale maester przypomniał mu, że wkrótce się z nim spowinowacą. Robb miał poślubić jedną z ich ciotek, a Arya jednego ze stryjów.

— Nie zrobi tego — zapowiedział Bran. — Nie Arya.

Maester Luwin nie chciał jednak ustąpić i Walderowie siedzieli obok Rickona.

Służący każde danie przynosili najpierw Branowi, by mógł — jeśli zechce — wziąć sobie lordowską część. Gdy dotarli do kaczek, nie był już w stanie zjeść ani kawałka. Na widok następnych potraw kiwał tylko głową na znak aprobaty i odsyłał służących skinieniem dłoni. Jeśli danie pachniało szczególnie apetycznie, kazał je najpierw zanieść któremuś z siedzących na podwyższeniu gości. Maester Luwin powiedział, że musi uczynić taki gest na znak przyjaźni i uznania. Łososia wysłał biednej, smutnej lady Hornwood, dzika krzykliwym Umberom, gęś z borówkami Cleyowi Cerwynowi, a wielkiego homara koniuszemu Josethowi. Co prawda nie był on lordem ani gościem, ale za to wytresował Tancerkę, tak by Bran mógł na niej jeździć. Wysłał także słodycze Hodorowi i Starej Niani, dlatego że ich kochał. Ser Rodrik przypomniał mu, żeby kazał też coś zanieść przybranym braciom; Mały Walder dostał więc gotowane buraki, a Duży Walder rzepy w maśle.

Poniżej ludzie z Winterfell siedzieli na ławach obok prostaczków z zimowego miasta, przyjaciół z pobliskich grodów i żołnierzy, którzy eskortowali jego lordowskich gości. Niektórych twarzy Bran nigdy dotąd nie widział, inne znał równie dobrze, jak własną, lecz wszystkie wydawały mu się równie obce. Miał wrażenie, że obserwuje je z oddali, jakby siedział w oknie swej sypialni i wyglądał na dziedziniec, widząc wszystko, lecz nie biorąc udziału w niczym.

Osha chodziła między stołami, nalewając *ale*. Gdy jeden z ludzi Leobalda Tallharta wsadził jej rękę pod spódnice, rozbiła mu dzban na głowie, wywołując gromkie śmiechy. Mikken jednak wsunął jakiejś kobiecie dłoń pod gorsecik, a ona nie miała nic przeciwko temu. Bran przyglądał się, jak Farlen każe swej rudej suce żebrać o kości, i uśmiechnął się, widząc, jak Stara Niania zeskubuje pomarszczonymi palcami kruszonkę z ciasta. Siedzący na podwyższeniu lord Wyman zaatakował talerz pełen gorących minogów, jakby były zastępem nieprzyjacielskich żołnierzy. Był taki gruby, że ser Rodrik rozkazał zrobić dla niego specjalne szerokie krzesło, śmiał się jednak często i głośno, Bran pomyślał więc, że chyba go polubi. Obok niego posadzono nieszczęsną, bladą lady Hornwood, która grzebała apatycznie w talerzu. Jej twarz przypominała kamienną maskę. Na drugim końcu stołu na podwyższeniu Hothen i Mors urządzili sobie pijackie zawody, uderzając jednym pełnym rogiem o drugi tak silnie, jak rycerze na turnieju.

Jest tu za głośno i zbyt gorąco, a wszyscy są coraz bardziej pijani. Brana swędziała skóra, podrażniona wełanianym strojem. Chłopiec zapragnął nagle znaleźć się gdzie indziej. *W bożym gaju jest teraz chłodno. Z gorących sadzawek bije para i szumią czerwone liście czardrzew. Wonie są tam bardziej intensywne, a niedługo wzejdzie księżyc i mój brat do niego zaśpiewa.*

— Bran? — odezwał się ser Rodrik. — Nic nie jesz.

Sen na jawie był tak wyrazisty, że chłopiec na chwilę zapomniał, gdzie się znajduje.

— Może trochę później — odparł. — Brzuch mi zaraz pęknie.

Stary rycerz miał na białych wąsach różowe plamy wina.

— Dobrze się spisałeś, Bran. I tutaj, i podczas audiencji. Myślę, że pewnego dnia będziesz naprawdę wspaniałym lordem.

Chcę zostać rycerzem. Chłopiec pociągnął kolejny łyczek doprawionego miodem i korzeniami wina z pucharu swego ojca, ciesząc się, że ma się czego uczepić. Na naczyniu wyobrażona była głowa warczącego wilkora, który wyglądał zupełnie jak żywy. Bran czuł wciskający mu się dłoń srebrny pysk. Przypomniał sobie, kiedy ostatnio widział pana ojca pijącego z tego pucharu.

Było to podczas uczty powitalnej, gdy król Robert odwiedził Winterfell z całym swym dworem. Lato jeszcze się wówczas nie skończyło. Jego rodzice dzielili podwyższenie z Robertem, jego królową i jej braćmi. Był tam też stryj Benjen, cały obleczony w czerń. Bran, jego bracia i siostry siedzieli z dziećmi króla: Joffreyem, Tommenem i księżniczką Myrcellą, która przez cały posiłek gapiła się na Robba pełnymi podziwu oczyma. Arya robiła miny, kiedy nikt na nią nie patrzył, Sansa słuchała w uniesieniu królewskiego harfiarza, który śpiewał rycerskie pieśni, a Rickon wciąż pytał, czemu nie ma z nimi Jona.

— Dlatego, że jest bękartem — musiał w końcu wyjaśnić mu szeptem Bran.

A teraz wszyscy odeszli. Było to tak, jakby jakiś okrutny bóg wyciągnął olbrzymią dłoń i porozrzucał ich na wszystkie strony: dziewczynki w niewolę, Jona na Mur, Robba i matkę na wojnę, a króla Roberta, ojca i być może również stryja Benjena do grobu...

Nawet na dole, na ławach, zasiadało sporo nowych ludzi. Jory nie żył, tak samo jak Gruby Tom, Porther, Alyn, Desmond, Hullen, który był koniuszym, jego syn Harwin... wszyscy, którzy pojechali z ojcem na południe, nawet septa Mordane i Vayon Poole. Reszta wyruszyła na wojnę z Robbem i Bran pomyślał, że oni również mogą wkrótce zginąć. Lubił Hayheada, Francowatego Tyma i Skittricka, a także innych nowych ludzi, lecz mimo to tęsknił za starymi przyjaciółmi.

Przesunął wzrokiem po wszystkich ławach, spoglądając na wesołe i smutne twarze. Zastanawiał się, kogo z nich zabraknie za rok i za dwa lata. Omal się nie rozpłakał, powstrzymał się jednak. Był Starkiem z Winterfell, synem swego ojca, dziedzicem brata i prawie dorosłym mężczyzną.

Na przeciwległym końcu sali otworzyły się drzwi. Do środka wpadł powiew zimnego powietrza i pochodnie rozjarzyły się na chwilę jaśniej. Alebelly przyprowadził na ucztę dwoje nowych gości.

— Lady Meera z rodu Reedów — zapowiedział otyły strażnik, przekrzykując hałas. — I jej brat Jojen ze Strażnicy nad Szarą Wodą.

Mężczyźni podnieśli wzrok znad kufli i misek.

— Żabole — mruknął Mały Walder do siedzącego obok Dużego Waldera. Ser Rodrik podniósł się z miejsca.

— Witajcie przyjaciele, na święcie plonów.

Służący pośpiesznie przedłużyli stół na podwyższeniu, rozstawiając dodatkowe kozły i krzesła.

— Co to za ludzie? — zapytał Rickon.

— Błotniacy — odparł z pogardą Mały Walder. — To złodzieje i tchórze, a od jedzenia żab mają zielone zęby.

Maester Luwin przykucnął przy fotelu Brana, by wyszeptać mu rady do ucha.

— Musisz przywitać ich ciepło. Nie spodziewałem się ich tu ujrzeć, ale... wiesz kim są?

Bran skinął głową.

— To wyspiarze. Z Przesmyku.

— Howland Reed był bliskim przyjacielem twego ojca — powiedział ser Rodrik. — Wygląda na to, że tych dwoje to jego dzieci.

Gdy nowi goście zmierzali ku niemu, Bran zauważył, że jeden

z nich rzeczywiście jest dziewczyną, choć nigdy by się tego nie domyślił po ubraniu. Miała na sobie spodnie z jagnięcej skóry, miękkie od długiego używania, oraz kaftan bez rękawów pokryty łuskami z brązu. Choć wiekiem dorównywała niemal Robbowi, była szczupła jak chłopiec. Długie, brązowe włosy związała sobie z tyłu głowy, a pod kaftanem rysował się tylko drobniutki ślad piersi. Z jednego chudego biodra zwisała tkana sieć, a z drugiego długi nóż z brązu. Pod pachą dziewczyna niosła stary, żelazny hełm usiany plamami rdzy, a do pleców przytroczyła sobie trójząb na żaby i okrągłą, skórzaną tarczę.

Jej brat był kilka lat młodszy i nie nosił broni. Cały strój miał zielony, nawet skórzane buty, a gdy podszedł bliżej, Bran zauważył, że jego oczy mają kolor mchu, choć zęby są tak samo białe jak u wszystkich. Oboje Reedowie byli drobni i szczupli, niewiele wyżsi od Brana. Padli przed podwyższeniem na jedno kolano.

— Lordowie Starków — przemówiła dziewczyna. — Minęły już setki i tysiące lat, odkąd mój lud poprzysiągł wierność królowi północy. Mój pan ojciec przysłał nas tu, byśmy wypowiedzieli te słowa raz jeszcze, w imieniu nas wszystkich.

Patrzy na mnie — zdał sobie sprawę Bran. Musiał jej jakoś odpowiedzieć.

— Mój brat Robb toczy wojnę na południu — zaczął — ale jeśli chcesz, możesz powiedzieć te słowa mnie.

— Przysięgamy wierność Winterfell w imieniu Szarej Wody — rzekli oboje. — Nasze domy, serca i żniwa oddajemy tobie, panie. Nasze miecze, włócznie i strzały są na twe rozkazy. Okaż miłosierdzie naszym słabym, wspomóż naszych bezradnych i wymierz sprawiedliwość wszystkim, a nigdy cię nie zawiedziemy.

— Przysięgam na ziemię i wodę — oznajmił chłopiec w zieleni.

— Przysięgam na brąz i żelazo — dodała jego siostra.

— Przysięgamy na lód i ogień — dokończyli razem.

Bran szukał odpowiednich słów. Czy on też powinien im złożyć jakąś przysięgę? Nie uczono go tej, którą od nich usłyszał.

— Niech wasze zimy będą krótkie, a lata urodzajne — rzekł. To zawsze dobrze było powiedzieć. — Wstańcie. Jestem Brandon Stark.

Dziewczyna, Meera, podniosła się i pomogła wstać bratu, który cały czas gapił się na Brana.

— Przynosimy ci w darze ryby, żaby i ptaki — oznajmił.

— Dziękuję. — Bran zastanawiał się, czy będzie musiał zjeść

żabę, żeby okazać uprzejmość. — Witam was w Winterfell mięsem i miodem.

Próbował sobie przypomnieć wszystko, czego go uczono o wyspiarzach, którzy zamieszkiwali mokradła Przesmyku i rzadko wystawiali poza nie nos. Byli to ubodzy ludzie, rybacy i łowcy żab, którzy mieszkali w krytych strzechą trzcinowych chatach na pływających wyspach ukrytych w głębi bagien. Opowiadano, że są tchórzliwi, używają zatrutej broni i wolą się ukrywać, zamiast stawić czoło przeciwnikowi w otwartej walce. Mimo to Howland Reed był jednym z najwierniejszych towarzyszy ojca podczas wojny o koronę króla Roberta, kiedy Brana nie było jeszcze na świecie.

Chłopiec, Jojen, zajmując miejsce, rozejrzał się z ciekawością po sali.

— A gdzie są wilkory?

— W bożym gaju — wyjaśnił Rickon. — Kudłaczek był niegrzeczny.

— Mój brat chciałby je zobaczyć — oznajmiła dziewczyna.

— Lepiej niech uważa, żeby one nie zobaczyły jego — odezwał się głośno Mały Walder. — Bo zaraz go pogryzą.

— Nie pogryzą, jeśli ja tam będę. — Bran ucieszył się, że gości interesowały wilki. — Zresztą Lato nie gryzie. On powstrzyma Kudłacza.

Zaciekawili go ci błotniacy. Nie przypominał sobie, żeby kiedyś widział któregoś z nich. Jego ojciec słał listy do lorda Szarej Wody, lecz żaden z wyspiarzy nigdy nie odwiedził Winterfell. Chętnie porozmawiałby z nimi dłużej, lecz w Wielkiej Komnacie panował straszliwy hałas i trudno mu było usłyszeć kogoś, kto nie siedział obok niego. A obok niego siedział ser Rodrik.

— Czy oni naprawdę jedzą żaby? — zapytał chłopiec starego rycerza.

— Tak jest — potwierdził ten. — Żaby, ryby, jaszczurolwy i wszelakie ptactwo.

Może nie mają owiec i bydła — pomyślał Bran. Kazał służącym podać nowym gościom baranie kotlety i kawałki pieczeni z żubra oraz wypełnić im wydrążone bochny chleba gulaszem. Te potrawy wyraźnie przypadły im do gustu. Dziewczyna zauważyła, że Bran się na nią gapi, i uśmiechnęła się do niego. Zaczerwienił się i odwrócił wzrok.

Znacznie później, gdy podano już wszystkie słodycze, które popito galonami letniego wina, służba zabrała resztki jedzenia, złożyła stoły i ustawiła je pod ścianami, żeby zrobić miejsce dla tańczących.

Muzyka nabrała szalonego rytmu. Do instrumentów dołączyły bębny, a Hother Umber wydobył wielki zakrzywiony róg wojenny o srebrnych okuciach. Gdy śpiewak dotarł w „Nocy, która się skończyła" do chwili, gdy Nocna Straż wyrusza w pole, by zmierzyć się z Innymi w Bitwie Świtu, Umber zadął w instrument tak głośno, że wszystkie psy się rozszczekały.

Dwaj Gloverowie zaczęli grać piskliwą, skoczną melodię na kobzie i drewnianej harfie. Pierwszy z miejsca zerwał się Mors Umber. Złapał za ramię przechodzącą obok służącą, wytrącając jej z rąk dzban wina, który rozbił się na podłodze, po czym zaczął nią kręcić, wirować i wyrzucać ją w powietrze pośród sitowia, kości i kawałków chleba zaśmiecających kamienną posadzkę. Dziewczyna piszczała i zanosiła się śmiechem, a także rumieniła się, gdy jej wirujące spódnice unosiły się wysoko.

Wkrótce do zabawy przyłączyli się też inni. Hodor tańczył sam, a lord Wyman poprosił do tańca małą Beth Cassel. Mimo swego ciężaru poruszał się z gracją. Kiedy się zmęczył, dziecko przejął od niego Cley Cerwyn. Ser Rodrik podszedł do lady Hornwood, przeprosiła go jednak i opuściła salę. Bran zaczekał dłuższą chwilę, by okazać uprzejmość, po czym kazał wezwać Hodora. Był zgrzany, zmęczony i rumiany od wina, a widok tańców napełniał go smutkiem. Tego również nigdy już nie będzie mógł robić.

— Chcę już iść.

— Hodor — krzyknął w odpowiedzi Hodor, klękając. Maester Luwin i Hayhead wsadzili chłopca do kosza. Mieszkańcy Winterfell widzieli już to z pół setki razy, lecz gościom ten widok z pewnością wydał się dziwaczny. U niektórych z nich ciekawość wzięła górę nad uprzejmością. Bran czuł na sobie ich spojrzenia.

Zamiast przechodzić przez całą komnatę, opuścili ją tylnym wejściem. Kiedy mijali lordowskie drzwi, Bran schylił głowę. W ciemnej galerii za wielką komnatą natknęli się na koniuszego Josetha, który był zajęty innym rodzajem jazdy. Oparł o ścianę jakąś kobietę, której Bran nie znał, unosząc jej spódnice wokół talii. Chichotała, dopóki Hodor nie zatrzymał się, by się temu przyjrzeć. Wtedy krzyknęła.

— Daj im spokój, Hodor — musiał mu powiedzieć Bran. — Zanieś mnie do sypialni.

Olbrzym ruszył po spiralnych schodach do jego wieży. Kiedy dotarł na miejsce, ukląkł przy jednym z żelaznych prętów, które wbił w ścianę Mikken. Bran, łapiąc się ich, przeszedł na łoże, a Hodor zdjął mu buty i spodnie.

— Możesz teraz wrócić na ucztę, ale nie przeszkadzaj Josethowi i tej kobiecie — rzekł mu chłopiec.

— Hodor — zgodził się Hodor, kiwając głową.

Kiedy Bran zdmuchnął stojącą przy łożu świecę, ciemność nakryła go niczym dobrze znany, miękki koc. Zza zamkniętej okiennicy dobiegały słabe dźwięki muzyki.

Nagle przypomniał sobie coś, co usłyszał od ojca, kiedy był jeszcze mały. Zapytał wtedy lorda Eddarda czy Królewska Gwardia rzeczywiście składa się z najlepszych rycerzy w Siedmiu Królestwach.

— Już nie — padła odpowiedź. — Ale kiedyś była prawdziwym cudem, przykładem dla całego świata.

— A czy był rycerz, który był najlepszy z nich?

— Najwspanialszym rycerzem, jakiego w życiu widziałem, był ser Arthur Dayne, który posługiwał się orężem o nazwie Świt, wykutym z serca spadającej gwiazdy. Zwano go Mieczem Poranka i zabiłby mnie, gdyby nie Howland Reed.

Ojciec posmutniał nagle i nie chciał już dodać nic więcej. Bran żałował teraz, że nie zapytał go, co właściwie miał na myśli.

Zasnął z głową wypełnioną rycerzami w błyszczących zbrojach, którzy walczyli na miecze lśniące niczym gwiazdy, gdy jednak nadeszły sny, znowu znalazł się w bożym gaju. Zapachy dobiegające z kuchni i z Wielkiej Komnaty były tak silne, że czuł się niemal tak, jakby wcale nie opuścił uczty. Krążył pod drzewami, a jego brat podążał tuż za nim. Noc tętniła szalonym życiem. Wypełniało ją wycie ludzkiego stada zajętego swą zabawą. Niepokoiły go te dźwięki. Chciał uciec, polować, miał ochotę...

Postawił uszy, słysząc nagły grzechot żelaza. Jego brat również to usłyszał. Pobiegli przez chaszcze ku źródłu dźwięku. Przeskakując przez stojącą wodę u stóp starego, białego drzewa, poczuł obcą woń, zapach ludzi pomieszany z odorem skóry, ziemi i żelaza.

Gdy intruzi weszli kilka jardów w głąb lasu, dobiegł już do nich. Samica i młody samiec byli wolni od skazy strachu, nawet gdy odsłonił białe zęby. Jego brat wydał z siebie niski, gardłowy warkot, lecz obcy nadal nie uciekali.

— Tutaj są — powiedziała samica. Meera, podszepnęła jakaś część jego umysłu, cień śpiącego chłopca zagubionego w wilczym śnie. — Wiedziałeś, że będą takie wielkie?

— Kiedy dorosną, zrobią się jeszcze większe — odparł młody samiec, wpatrując się w nich wielkimi, zielonymi oczyma, w których nie było śladu lęku. — Ten czarny jest pełen strachu i gniewu, ale szary jest silny… sam nie wie, jak bardzo… czujesz to, siostro?

— Nie — odpowiedziała, zbliżając dłoń ku rękojeści długiego, brązowego noża. — Uważaj na siebie, Jojen.

— Nic mi nie zrobi. To nie jest dzień mojej śmierci.

Samiec podszedł do nich bez obaw i dotknął jego pyska, delikatnie jak letni wietrzyk. Gdy jednak musnął go palcami, las się rozpłynął, ziemia pod jego stopami zamieniła się w dym, który rozwiał się ze śmiechem, a on zaczął spadać, spadać, spadać…

Catelyn

Zasnęła pośrodku falistego stepu i śniło jej się, że Bran znowu jest zdrowy, Arya i Sansa trzymają się za ręce, a Rickon jest jeszcze niemowlęciem u jej piersi. Robb nie nosił korony i bawił się drewnianym mieczem, a gdy wszystkie dzieci bezpiecznie zasnęły, w łożu czekał na nią uśmiechnięty Ned.

Sen był słodki, bardzo słodki, lecz skończył się za szybko. Nadszedł okrutny świt, sztylet światła. Obudziła się obolała, samotna i zmęczona. Zmęczona jazdą, bólem i obowiązkami. *Chciałabym się rozpłakać* — pomyślała. *Chciałabym, żeby ktoś mnie pocieszył. Nie chcę już dłużej być silna. Choć raz pragnę poczuć się głupia i wystraszona. Tylko na chwilkę, to wszystko… na dzień… na godzinę…*

Mężczyźni już się obudzili. Słyszała rżenie koni, Shadda, który uskarżał się na sztywność pleców oraz ser Wendela, który domagał się, by dano mu łuk. Wolałaby, żeby wszyscy sobie poszli. To byli dobrzy, wierni ludzie, ale miała ich już dość. Tęskniła za dziećmi. Leżąc na pryczy, obiecała sobie, że pewnego dnia pozwoli sobie zapomnieć o sile.

Ale nie dzisiaj. To nie mogło stać się dzisiaj.

Kiedy się ubierała, jej palce wydawały się bardziej niezgrabne niż zwykle. Pomyślała, że powinna się cieszyć, iż nie straciła władzy w rękach. Sztylet zrobiono z valyriańskiej stali, a ten metal był ostry i ciął głęboko. Wystarczyło spojrzeć na blizny.

Gdy wyszła z namiotu, zobaczyła, że Shadd miesza owsiankę w kotle, a ser Wendel Manderly siedzi na ziemi, zakładając cięciwę.

— Pani — rzekł na jej widok. — W tej trawie kryje się wiele ptaków. Czy chciałabyś spożyć dziś na śniadanie pieczoną przepiórkę?

— Wszystkim nam wystarczą chleb i owsianka. Mamy jeszcze do przejechania wiele mil, ser Wendelu.

— Jak sobie życzysz, pani. — Na przypominającej księżyc w pełni twarzy rycerza pojawił się wyraz przygnębienia. Końce jego sumiastych wąsów zadrżały z rozczarowania. — Chleb i owsianka. Cóż mogłoby być lepsze?

Był jednym z najgrubszych mężczyzn, jakich Catelyn w życiu widziała, lecz choć kochał jedzenie, honor znaczył dla niego więcej.

— Znalazłem trochę pokrzyw i nagotowałem herbaty — oznajmił Shadd. — Zechcesz wypić kubek, pani?

— Tak, chętnie.

Ujęła kubek w pokryte bliznami dłonie i zaczęła dmuchać na płyn, by go ostudzić. Shadd był jednym z ludzi z Winterfell. Robb przydzielił jej dwudziestu swych najlepszych żołnierzy, którzy mieli odprowadzić ją bezpiecznie do Renly'ego. Wysłał też z nią pięć paniątek, których imiona i szlachetne urodzenie miały dodać znaczenia i honoru jej poselstwu. Kiedy wędrowali na południe, unikając miasteczek i warowni, kilkakrotnie natknęli się na bandy zakutych w zbroje ludzi, a na wschodnim horyzoncie widzieli dymy. Nikt jednak nie odważył się ich zaczepiać. Byli zbyt słabi, by stanowić zagrożenie, ale za silni, żeby stać się łatwym łupem. Gdy już minęli Czarny Nurt, najgorsze zostało za nimi. Od czterech dni nie widzieli żadnych znaków wojny.

Catelyn nie chciała wyjeżdżać z tą misją. Powiedziała o tym Robbowi w Riverrun.

— Kiedy ostatnio widziałam Renly'ego, był chłopcem w wieku Brana. Nie znam go. Wyślij kogoś innego. Moje miejsce jest tutaj, u boku ojca, przez ten krótki czas, jaki jeszcze mu został.

Syn spojrzał na nią zakłopotany.

— Nie mamy nikogo innego. Nie mogę pojechać osobiście. Twój ojciec jest chory. Blackfish to moje oczy i uszy i nie mogę go stracić, a twój brat będzie bronił Riverrun, gdy wymaszerujemy...

— Wymaszerujecie?

Nikt nie wspominał jej o tym ani słowem.

— Nie mogę siedzieć w Riverrun i biernie czekać na nadejście pokoju. Uznano by wtedy, że boję się stanąć do walki. Kiedy nie ma bitew, ludzie zaczynają myśleć o domach i żniwach. Tak mnie uczył ojciec. Nawet moi żołnierze z północy robią się niespokojni.

Moi żołnierze — pomyślała. *Nawet już mówi jak król.*

— Nikt jeszcze nie umarł z niepokoju, ale lekkomyślność to coś całkiem innego. Zasialiśmy ziarno. Pozwólmy mu teraz wyrosnąć.

Robb potrząsnął uparcie głową.

— Rzuciliśmy garść nasion na wiatr, to wszystko. Gdyby twoja siostra Lysa zamierzała nas wspomóc, już byśmy o tym usłyszeli. Ile ptaków wysłaliśmy do Orlego Gniazda, cztery? Ja również pragnę pokoju, ale dlaczego Lannisterowie mieliby cokolwiek mi dać, jeśli moja armia topnieje tak szybko jak śnieg latem?

— I dlatego zamiast wyglądać na tchórza, zatańczysz do muzyki lorda Tywina? — warknęła. — On tylko czeka, aż pomaszerujesz na Harrenhal, zapytaj Bryndena, jeśli…

— Nic nie mówiłem o Harrenhal — odparł Robb. — Pojedziesz do Renly'ego, czy muszę wysłać Greatjona?

Uśmiechnęła się blado na to wspomnienie. Sztuczka była łatwa do przejrzenia, lecz bardzo sprytna jak na piętnastoletniego chłopca. Robb wiedział, że ktoś taki jak Greatjon Umber zupełnie się nie nadaje do pertraktowania z człowiekiem w rodzaju Renly'ego Baratheona i świetnie zdawał sobie sprawę, że ona również jest tego świadoma. Mogła jedynie się zgodzić, modląc się o to, by ojciec dożył chwili jej powrotu. Wiedziała, że gdyby lord Hoster był zdrowy, pojechałby sam. Mimo to bardzo trudno jej było go opuścić. Kiedy przyszła się pożegnać, nawet jej nie poznał.

— Miniso — zawołał do niej. — Gdzie są dzieci? Mała Cat i słodka Lysa…

Pocałowała go w czoło i zapewniła, że dzieci są zdrowe.

— Zaczekaj na mnie, panie — rzekła, gdy zamknął oczy. — Ja czekałam na ciebie bardzo często. Teraz musisz mi się odwdzięczyć.

Los gna mnie coraz dalej na południe — pomyślała Catelyn, popijając cierpką herbatę. *A przecież powinnam pojechać na północ, do domu.* Tuż przed wyjazdem z Riverrun napisała list do Brana i Rickona.

Nie zapomniałam o was, kochani. Musicie mi uwierzyć. Po prostu wasz brat potrzebuje mnie bardziej.

— Powinniśmy dziś dotrzeć do górnego Manderu, pani — oznajmił ser Wendel, gdy Shadd nalewał wszystkim owsiankę. — Jeśli to, co słyszeliśmy, jest prawdą, lord Renly nie jest już daleko.

A co mam mu powiedzieć, kiedy go zobaczę? Że mój syn nie uważa go za prawowitego króla? Nie cieszyła jej myśl o tym spotkaniu. Potrzebowali przyjaciół, nie kolejnych wrogów, a Robb nigdy nie klęknie przed człowiekiem, który jego zdaniem nie miał żadnych praw do tronu.

Jej miska była już pusta, choć niemal nie pamiętała smaku owsianki. Odłożyła naczynie.

— Pora ruszać w drogę.

Im wcześniej rozmówią się z Renlym, tym prędzej będzie mogła wrócić do domu. Pierwsza dosiadła konia i narzuciła tempo całej kolumnie. Obok niej jechał Hal Mollen, który niósł chorągiew rodu Starków, szarego wilkora na białym jak lód polu.

Zatrzymano ich w odległości połowy dnia jazdy od obozu Renly'ego. Robin Flint, który wyjechał naprzód na zwiady, wrócił galopem, by poinformować ich, że na dachu odległego wiatraka wypatrzył obserwatora. Kiedy drużyna Catelyn dotarła do tego miejsca, już go tam nie było, ruszyli więc w dalszą drogę. Nie zdążyli pokonać nawet mili, gdy otoczyli ich ludzie Renly'ego, dwudziestu zakutych w zbroje mężczyzn pod dowództwem siwowłosego i siwobrodego rycerza z sójkami wyszytymi na opończy.

Zobaczywszy ich sztandary, zbliżył się do nich kłusem.

— Pani — zawołał. — Jestem ser Colen z Zielonych Stawów, jeśli łaska. Zapuściłaś się na niebezpieczne ziemie.

— Nasza misja nie cierpi zwłoki — odparła. — Przybywam z poselstwem od mego syna Robba Starka, króla północy, do Renly'ego Baratheona, króla południa.

— Król Renly został ukoronowany i namaszczony na monarchę całych Siedmiu Królestw, pani — odparł uprzejmie ser Colen. — Jego Miłość obozuje ze swą armią nieopodal Gorzkiego Mostu, gdzie różany trakt przecina Mander. Będzie dla mnie wielkim zaszczytem służyć ci jako eskorta.

Rycerz uniósł zakutą w stalową rękawicę dłoń i jego żołnierze ustawili się w dwie kolumny, otaczając Catelyn i jej ludzi. *Eskorta czy straż?* — zastanowiła się. Nie miała innego wyjścia jak zaufać honorowi ser Colena i lorda Renly'ego.

Gdy zobaczyli dym wzbijający się z obozowych ognisk, od rzeki dzieliła ich jeszcze godzina jazdy. Potem dobiegł ich unoszący się nad gospodarstwami rolnymi, polami i pofałdowaną równiną dźwięk przypominający szum odległego morza, który przybierał na sile w miarę, jak się zbliżali. Kiedy ujrzeli połyskujące w słońcu muliste wody Manderu, mogli już rozróżnić głosy ludzi, brzęk stali i rżenie koni. Ani te dźwięki, ani dymy nie przygotowały ich jednak na widok samej armii.

Żar tysięcy ognisk wypełniał powietrze jasną mgiełką. Liny do przywiązywania koni ciągnęły się milami, a żeby zrobić wysokie tyczki, na których powiewały chorągwie, z pewnością zrąbano cały las. Na trawiastym poboczu różanego traktu stały potężne machiny oblężnicze, katapulty i trebusze oraz tarany osadzone na kołach wyższych niż dosiadający konia mężczyzna. Stalowe groty kopii lśniły czerwono w blasku słońca, jakby już zbroczyła je krew, a namioty rycerzy i wielkich lordów wyrastały z trawy niczym jedwabne grzyby. Widziała ludzi uzbrojonych we włócznie i miecze, noszących kolczugi i stalowe hełmy, markietanki obnoszące się ze swymi wdziękami, łuczników przygotowujących strzały, woźniców powożących zaprzęgami, świniopasów poganiających świnie, paziów przekazujących wiadomości, giermków ostrzących miecze, rycerzy dosiadających koni, stajennych prowadzących narowiste rumaki.

— Straszna masa ludzi — zauważył ser Wendel Manderly, gdy przejeżdżali przez starożytny kamienny most, od którego wywodziła się nazwa osady.

— W istocie — zgodziła się Catelyn.

Wyglądało na to, że na wezwanie Renly'ego stawiło się niemal całe rycerstwo południa. Wszędzie widziało się złotą różę Wysogrodu: zbrojni i pachołkowie nosili ją wyszytą na piersi po prawej stronie, powiewała na zielonych, jedwabnych proporcach zwisających z kopii i pik, zdobiła tarcze zawieszone przed namiotami synów, braci, kuzynów i stryjów Tyrellów. Catelyn dostrzegała też otoczonego kwiatami lisa Florentów, czerwone i zielone jabłka Fossowayów, kroczącego myśliwego lorda Tarly'ego, dębowe liście Oakheartów, żurawie Crane'ów oraz chmurę czarno-pomarańczowych motyli Mullendore'ów.

Na drugim brzegu Manderu rozwinęli swe sztandary lordowie burzy — chorążowie Renly'ego, którzy poprzysięgli wierność rodowi Baratheonów i Końcowi Burzy. Catelyn rozpoznała słowiki Bryce'a Carona, gęsie pióra Penrose'ów oraz morskiego żółwia lorda Estermonta, zielonego na zielonym tle. Na każdą tarczę, którą znała, przypadał jednak tuzin nieznanych. Należały one do pomniejszych lordów — lenników chorążych — oraz do wędrownych rycerzy i wolnych, którzy zjawili się tłumnie, by uczynić Renly'ego Baratheona królem nie tylko z nazwy, lecz również w rzeczywistości.

Chorągiew Renly'ego powiewała wysoko nad pozostałymi. Na szczycie najwyższej z wież oblężniczych, olbrzymiej drewnianej machiny na kołach, którą pokrywały niewyprawione skóry zatknięto największy sztandar, jaki Catelyn w życiu widziała. Złocista, połyskliwa płachta była tak ogromna, że mogłaby w niejednej komnacie służyć jako dywan. Widniał na niej herb Baratheonów — czarny jeleń w koronie, dumny i potężny.

— Pani, słyszysz ten hałas? — zapytał Hallis Mollen, podjeżdżając do niej truchtem. — Co to jest?

Wsłuchała się. Wrzaski, kwik koni, brzęk stali i…

— Wiwaty — stwierdziła.

Wjeżdżali na niskie wzgórze, na którym ustawiono szereg jaskrawych namiotów. Gdy znaleźli się między nimi, ciżba zgęstniała, a krzyki stały się głośniejsze. Potem zobaczyła to na własne oczy.

Poniżej, pod zbudowanymi z kamienia i drewna murami małego zameczku, trwała walka wręcz.

Oczyszczono pole, a wokół niego ustawiono płoty, galerie i pochyłe barierki. Ziemia była zdeptana, błotnista i usiana kawałkami zbroi oraz fragmentami kopii, co świadczyło, że zawody trwają przynajmniej od wczoraj. Miały się już jednak ku końcowi. W siodłach utrzymywało się jeszcze niespełna dwudziestu rycerzy, którzy walczyli ze sobą zaciekle przy akompaniamencie okrzyków gapiów oraz pokonanych towarzyszy. Na jej oczach dwa zakute w pełne zbroje rumaki zderzyły się ze sobą i runęły na ziemię, tworząc plątaninę żelastwa i końskich ciał.

— Turniej — stwierdził Hal Mollen, który miał zwyczaj głośnego oznajmiania tego co oczywiste.

— Znakomicie — powiedział ser Wendel Manderly, gdy rycerz w tęczowym płaszczu odwrócił się błyskawicznie w siodle i uderzył toporem o długim ostrzu ścigającego go przeciwnika. Tarcza pękła na kawałki, a mężczyzna zachwiał się w strzemionach.

Gęsty tłum utrudniał im dalsze posuwanie się naprzód.

— Lady Stark — zaproponował ser Colen — jeśli twoi ludzie zechcieliby zaczekać tutaj, zaprowadzę cię do króla.

— Jak sobie życzysz.

Wydała rozkaz, choć musiała podnieść głos, żeby przekrzyczeć panujący wokół zgiełk. Ser Colen przedzierał się stępa przez ciżbę, a Catelyn podążała za nim. W tłumie rozległ się ryk, gdy rudobrody mężczyzna bez hełmu, który na tarczy miał gryfa, padł na ziemię pod ciosami rosłego rycerza w błękitnej zbroi. Stal, w którą był zakuty ten ostatni, miała ciemnokobaltowy odcień, podobnie jak morgensztern, którym władał z tak morderczą skutecznością. Na czapraku wierzchowca widniało słońce i księżyc, herb rodu Tarthów.

— Rudy Ronnet padł, niech szlag trafi bogów — zaklął ktoś.

— Loras załatwi się z niebie…

Ryk tłumu zagłuszył resztę odpowiedzi.

Runął kolejny mężczyzna, przygnieciony rannym koniem. I człowiek, i zwierzę dawali głośno wyraz swemu bólowi. Giermkowie pobiegli im na pomoc.

To szaleństwo — pomyślała Catelyn. *Ze wszystkich stron otaczają go prawdziwi wrogowie, pół królestwa stoi w płomieniach, a Renly bawi się w wojnę, jak chłopczyk, który dostał w prezencie pierwszy drewniany miecz.* Lordowie i damy na galerii byli tak samo pochłonięci turniejem, jak ci, którzy brali w nim udział. Catelyn uważnie się im przyjrzała. Jej ojciec często spotykał się z południowymi lordami i wielu z nich bywało gośćmi w Riverrun. Poznała lorda Mathisa Rowana, który był tęższy i bardziej rumiany niż kiedykolwiek. Na białym kubraku wyszyte miał złote drzewo swego rodu. Poniżej siedziała lady Oakheart, drobniutka i delikatna, a po jej lewej stronie lord Randyll Tarly z Horn Hill. Swój wielki miecz, Jad Serca, wsparł od tyłu o krzesło. Innych poznawała tylko po godłach, a niektórych w ogóle.

Pośrodku, roześmiany i wpatrzony w walczących, siedział duch w złotej koronie ze swą młodą królową u boku.

Nic dziwnego, że lordowie gromadzą się wokół niego z takim zapałem — pomyślała. *Wygląda jak Robert narodzony po raz wtóry.* Renly był przystojny tak jak zmarły król, miał długie kończyny i szerokie bary, te same czarne niczym węgiel włosy, piękne i proste, te same ciemnoniebieskie oczy i ujmujący uśmiech. Do twarzy było mu w delikatnym diademie na głowie, wykutym z miękkiego złota. Pierścień z precyzyjnie cyzelowanych róż od przodu zdobiła głowa jelenia z ciemnozielonego nefrytu, o złotych oczach i porożu.

Również na zielonej, aksamitnej bluzie króla widniał jeleń w koronie, wyszyty na piersi złotą nicią — herb Baratheonów w barwach Wysogrodu. Dziewczyna, która dzieliła z nim honorowe miejsce, także pochodziła z tego miasta. Była to młoda królowa Margaery, córka lorda Mace'a Tyrella. Catelyn wiedziała, że to ich małżeństwo scementowało wielki południowy sojusz. Renly miał dwadzieścia jeden lat, a dziewczyna była w wieku Robba — bardzo ładna, o łagodnym spojrzeniu łani i długich, falujących, brązowych włosach, które opadały na ramiona układając się w swobodne loki. Uśmiechała się słodko i nieśmiało.

Rycerz w tęczowym płaszczu wysadził z siodła kolejnego przeciwnika. Król nagrodził go gromkimi okrzykami, podobnie jak reszta widzów.

— Loras! — słyszała jego głos. — Loras! Wysogród!

Podekscytowana królowa zaczęła bić brawo.

Catelyn odwróciła się, by obejrzeć koniec turnieju. W szrankach zostało tylko czterech ludzi i nie ulegało wątpliwości, kto jest faworytem króla i gminu. Nigdy w życiu nie widziała Lorasa Tyrella, lecz opowieści o nadzwyczajnej dzielności młodego Rycerza Kwiatów docierały nawet na daleką północ. Ser Loras dosiadał wielkiego białego ogiera zakutego w srebrną zbroję, a w walce używał topora o długiej rękojeści. Hełm wieńczył mu grzebień w kształcie złotych róż.

Dwaj pozostali w szrankach zawodnicy postanowili połączyć siły. Spięli wierzchowce i wspólnie runęli na rycerza w kobaltowej zbroi. Gdy zbliżyli się do niego z obu stron, ściągnął gwałtownie wodze i zdzielił jednego z przeciwników z całej siły w twarz szczątkami tarczy w tej samej chwili, gdy jego rumak uderzył podkutym stalą kopytem drugiego. W mgnieniu oka jeden z jego rywali został wysadzony z siodła, a drugi zachwiał się w strzemionach. Błękitny rycerz wypuścił z rąk rozbitą tarczę, żeby uwolnić lewą rękę i nagle do ataku rzucił się Rycerz Kwiatów. Ciężka stalowa zbroja tylko w niewielkim stopniu zmniejszała gracje i szybkość ruchów ser Lorasa. Tęczowy płaszcz powiewał za nim na wietrze.

Dwa rumaki, biały i czarny, tańczyły wokół siebie niczym kochankowie podczas żniwnego tańca, ale jeźdźcy zamiast pocałunków wymieniali ciosy. Topór śmigał, a morgensztern wirował. Ostrza broni stępiono, lecz mimo to łoskot był straszliwy. Błękitny rycerz nie miał tarczy, co znacznie utrudniało mu zadanie. Ser Loras kierował na jego głowę i ramiona serię ciosów przy akompaniamencie okrzyków: „Wysogród!" Jego przeciwnik odgryzał się morgenszternem, lecz ser Loras zasłaniał się przed uderzeniami kuli poobijaną zieloną tarczą ozdobioną trzema złotymi różami. Gdy topór zahaczył o rękawicę błękitnego rycerza, wyrywając mu morgensztern, tłuszcza ryknęła jak zwierzę podczas rui. Rycerz Kwiatów uniósł broń, by zadać decydujący cios.

Błękitny rycerz spiął konia do szarży. Ogiery zderzyły się ze sobą, stępiony topór uderzył w porysowany niebieski napierśnik... ale błękitny rycerz w jakiś sposób zdołał pochwycić rękojeść oręża zakutymi w stal palcami. Wyszarpnął topór z dłoni ser Lorasa. Obaj przeciwnicy zaczęli się mocować, a po chwili wypadli z siodeł. Ich wierzchowce oddaliły się od siebie, a oni grzmotnęli na ziemię ze straszliwym impetem. Loras Tyrell znalazł się pod spodem i wskutek tego ucierpiał bardziej. Błękitny rycerz wyszarpnął długi sztylet i uniósł zasłonę hełmu rywala. Tłum ryczał tak głośno, że Catelyn nie słyszała, co powiedział ser Loras, odczytała jednak słowa z ruchu jego rozciętych, krwawiących warg. „Poddaję się".

Błękitny rycerz podniósł się niepewnie i uniósł sztylet ku Renly'emu Baratheonowi w geście zwycięzcy pozdrawiającego swego króla. Giermkowie wbiegli na pole, by pomóc wstać pokonanemu. Kiedy zdjęli mu hełm, Catelyn zdziwiła się, że jest taki młody. Był najwyżej dwa lata starszy od Robba. Chłopak mógł być równie urodziwy jak jego siostra, ale spuchnięta warga, zamglone spojrzenie i krew, która splamiła skołtunione włosy sprawiały, że nie była tego pewna.

— Zbliż się — rozkazał zwycięzcy król Renly.

Rycerz pokuśtykał w stronę galerii. Z bliska błyszcząca błękitna zbroja nie wydawała się już tak wspaniała. Pełno na niej było blizn. Powgniatały ją młoty i buzdygany, miecze pozostawiły na niej długie wyżłobienia, a emalia na napierśniku i hełmie poodpryskiwała. Płaszcz zwisał w strzępach. Sądząc z tego, jak się poruszał, zakuty w pancerz człowiek ucierpiał równie mocno. Nieliczni widzowie krzyczeli: — Tarth! — i co dziwne — Ślicznotka! Ślicznotka! — większość jednak milczała. Błękitny rycerz ukląkł przed królem.

— Wasza Miłość — rzekł głosem zniekształconym przez poobijany hełm.

— Pochwały twego pana ojca nie były przesadne. — Głos Renly'ego słychać było na całym polu. — Widziałem już raz czy dwa, jak ser Lorasa wysadzono z siodła... ale nigdy w taki sposób.

— To nieuczciwe zwycięstwo — poskarżył się stojący obok pijany łucznik, który miał wyszytą na kurtce różę Tyrellów. — Oszustwo i tyle.

Ciżba zaczęła się rozpraszać.

— Ser Colenie — zwróciła się Catelyn do eskortującego ją rycerza — kim jest ten mężczyzna i dlaczego tak go nie lubią?

Ser Colen zmarszczył brwi.

— Dlatego, że to nie jest mężczyzna, pani. To Brienne z Tarthu, córka lorda Selwyna Gwiazdy Wieczornej.

— Córka?

Catelyn była przerażona.

— Mówią na nią Brienne Ślicznotka... choć nigdy prosto w oczy, bo mogliby być zmuszeni czynem odpowiedzieć za swe słowa.

Usłyszała, jak król Renly ogłasza, że lady Brienne z Tarthu zwyciężyła w wielkim turnieju w Gorzkim Moście, gdyż utrzymała się w siodle najdłużej ze stu szesnastu konnych rycerzy.

— Zwyciężyłaś i możesz mnie prosić, o co tylko zapragniesz. Dam ci to, jeśli tylko będzie to w mej mocy.

— Wasza Miłość — odpowiedziała Brienne — proszę cię, byś raczył przyjąć mnie do swej Tęczowej Gwardii. Chcę zostać jednym z twych siedmiu i przysiąc ci wierność na życie, iść tam, dokąd ty pójdziesz, jechać u twego boku i chronić cię przed wszelką szkodą.

— Tak się stanie — odparł. — Wstań i zdejmij hełm.

Wykonała jego polecenie. Gdy odsłoniła głowę, Catelyn zrozumiała sens słów ser Colena.

Zwali ją Ślicznotką... żeby z niej zadrwić. Włosy pod hełmem przypominały stertę brudnej słomy, a twarz... oczy Brienne były duże i bardzo niebieskie, oczy młodej dziewczyny, szczere i ufne, ale rysy miała grube i ordynarne, zęby wystające i krzywe, usta zbyt szerokie, a wargi tak pulchne, że sprawiały wrażenie obrzmiałych.

Policzki i czoło pokrywało chyba z tysiąc piegów, a nos nieraz już złamano. Serce Catelyn wypełniła litość. *Czy jest na świecie ktoś bardziej nieszczęśliwy niż brzydka kobieta?*

Gdy jednak Renly uwolnił ją od postrzępionego płaszcza, zastępując go tęczowym, Brienne z Tarthu nie wyglądała bynajmniej na nieszczęśliwą. Jej twarz rozpromienił uśmiech, a głos był silny i pełen dumy.

— Moje życie dla ciebie, Wasza Miłość — mówiła. — Od tego dnia jestem twoją tarczą. Przysięgam na bogów starych i nowych.

Catelyn poczuła ból, widząc, jak dziewczyna wpatruje się w króla. Robiła to z góry, jako że była o dobrą dłoń od niego wyższa, choć Renly niemal dorównywał wzrostem swemu bratu.

— Wasza Miłość! — Ser Colen z Zielonych Stawów zeskoczył z konia i ruszył w stronę galerii. — Za pozwoleniem. — Opadł na jedno kolano. — Mam zaszczyt przyprowadzić do ciebie lady Catelyn Stark, która przybyła tu jako poseł swego syna Robba, lorda Winterfell.

— Lorda Winterfell i króla północy, ser — poprawiła rycerza, po czym zsunęła się z siodła i podeszła do jego boku.

Król Renly miał wyraźnie zdziwioną minę.

— Lady Catelyn? Jesteśmy nadzwyczaj uradowani. — Zwrócił się w stronę młodej królowej. — Margaery, moja słodka, to jest lady Catelyn Stark z Winterfell.

— Witam cię bardzo serdecznie, lady Stark — odezwała się dziewczyna łagodnym, uprzejmym tonem. — Przykro mi z powodu twej straty.

— Jesteś nadzwyczaj łaskawa — odrzekła Catelyn.

— Pani, przysięgam, że dopilnuję, by Lannisterowie odpowiedzieli za zamordowanie twego męża — oznajmił król. — Po zdobyciu Królewskiej Przystani przyślę ci głowę Cersei.

Ale czy to przywróci Nedowi życie? — pomyślała.

— Wystarczy mi, jeśli dowiem się, że wymierzono sprawiedliwość, wasza lordowska mość.

— Wasza Miłość — poprawiła ją ostrym tonem Brienne Błękitna. — Gdy mówisz do króla, powinnaś też uklęknąć.

— Różnica między lordowską mością a Miłością jest niewielka, pani — odparła Catelyn. — Lord Renly nosi koronę i mój syn też. Jeśli sobie życzysz, możemy stać tu w błocie i debatować o tym, jakie tytuły należą się któremu z nich, wydaje mi się jednak, że mamy pilniejsze sprawy.

Niektórzy z lordów Renly'ego najeżyli się na te słowa, król jednak wybuchnął śmiechem.

— Słusznie rzeczesz, pani. Gdy wojny się skończą, będzie pod dostatkiem czasu na rozmowy o tytułach. Powiedz mi, kiedy twój syn ruszy na Harrenhal?

Catelyn nie miała najmniejszego zamiaru wtajemniczać tego króla w zamiary Robba, dopóki się nie przekona, czy jest on jego wrogiem, czy przyjacielem.

— Nie zasiadam w radzie wojennej mego syna, panie.

— Jeśli tylko zostawi dla mnie trochę Lannisterów, nie będę się uskarżał. Co zrobił z Królobójcą?

— Jaime Lannister jest więźniem w Riverrun.

— Jeszcze żyje? — zapytał zatrwożony lord Mathis Rowan.

— Wygląda na to, że wilkor jest łaskawszy od lwa — zauważył zamyślony Renly.

— Łaskawszy od Lannisterów znaczy tyle, co suchszy niż morze — wyszeptała lady Oakheart z gorzkim uśmiechem.

— Uważam, że to świadczy o słabości. — Lord Randyll Tarly miał krótką, szczeciniastą, siwą brodę i słynął z tego, że zawsze mówi prosto z mostu. — Uchodziłoby, żeby lord Robb osobiście przybył złożyć hołd królowi, zamiast chować się za spódnicą matki.

— Król Robb toczy wojnę, panie — odpowiedziała z lodowatą uprzejmością. — A nie bawi się w urządzanie turniejów.

Renly wyszczerzył zęby w uśmiechu.

— Ostrożnie, lordzie Randyllu, obawiam się, że trafiła kosa na kamień. — Wezwał zarządcę w liberii Końca Burzy. — Znajdź jakieś miejsce dla towarzyszy pani. Dopilnuj, by mieli wszelkie wygody. Lady Catelyn zatrzyma się w moim namiocie. Ja go nie potrzebuję, ponieważ lord Caswell był tak uprzejmy, że zaprosił mnie do swego zamku. Pani, kiedy już wypoczniesz, będę zaszczycony, jeśli zechcesz spożyć z nami mięso i miód na uczcie, którą dzisiejszej nocy wyprawia lord Caswell. To będzie uczta pożegnalna. Obawiam się, że jego lordowska mość niecierpliwie czeka chwili, gdy uwolni się od mojej wygłodniałej hordy.

— Nieprawda, Wasza Miłość — zaprotestował młody mężczyzna drobnej budowy, który z pewnością był Caswellem. — Wszystko, co moje, jest i twoje.

— Kiedy ludzie mówili to mojemu bratu Robertowi, zwykł ich łapać za słowo — zauważył Renly. — Masz córki?

— Tak, Wasza Miłość. Dwie.

— W takim razie dziękuj bogom, że nie jestem Robertem i nie pragnę żadnej innej kobiety niż moja słodka królowa. — Wyciągnął rękę, by pomóc Margaery wstać. — Pomówimy później, teraz będziesz miała czas wypocząć, lady Catelyn.

Ruszył ze swą małżonką do zamku, a zarządca zaprowadził Catelyn do zielonego jedwabnego namiotu, który należał do króla.

— Jeśli będziesz czegoś potrzebowała, wystarczy, że o to poprosisz, pani.

Catelyn trudno było sobie wyobrazić, by mogła potrzebować czegokolwiek, czego już tu nie było. Namiot był większy niż główna sala niejednej gospody i wyposażono go we wszelkie wygody: puchowy materac i futrzane narzuty, drewnianą balię z miedzianymi okuciami, wystarczająco wielką dla dwóch osób, piecyki pozwalające odegnać nocny chłód, składane krzesła obozowe z drewna i skóry, biurko z gęsimi piórami i kałamarzem, patery z brzoskwiniami, śliwkami i gruszkami, dzban wina z kompletem srebrnych kubków, cedrowe kufry wypchane strojami Renly'ego, książki, mapy, plansze do rozmaitych gier, harfę, wysoki łuk z kołczanem pełnym strzał, parę sokołów o czerwonych ogonach i cały arsenał pięknej broni.

Ten Renly niczego sobie nie żałuje — pomyślała, rozglądając się wokół. *Nic dziwnego, że jego armia posuwa się naprzód tak powoli.*

U wejścia stała na straży królewska zbroja. Wykonano ją z płyt barwy leśnej zieleni inkrustowanych złotem, a hełm zdobiło potężne złote poroże. Stal wygładzono tak starannie, że widziała w napierśniku własne odbicie, spoglądające na nią z dna głębokiego, zielonego stawu. *Twarz topielicy* — pomyślała. *Czy można utonąć w żałobie?* Odwróciła się gwałtownie, rozgniewana własną słabością. Użalanie się nad sobą było luksusem, na który nie miała czasu. Musi spłukać pył z włosów i przebrać się w suknię bardziej odpowiednią na królewską ucztę.

Do zamku poszli z nią ser Wendel Manderly, Lucas Blackwood, ser Perwyn Frey i pozostali jej wysoko urodzeni towarzysze. Wielką komnatę twierdzy lorda Caswella zwano wielką jedynie z uprzejmości, lecz na zatłoczonych ławach znalazło się miejsce dla ludzi Catelyn, którzy zasiedli wśród rycerzy Renly'ego. Jej samej przypadło miejsce na podwyższeniu, naprzeciw lorda Mathisa Rowana o czerwonej twarzy i dobrodusznego ser Jona Fossowaya z Fossowayów pieczętujących się zielonym jabłkiem. Ser Jon ciągle żartował, a lord Mathis wypytywał uprzejmie o zdrowie jej ojca, brata i dzieci.

Brienne z Tarthu siedziała przy końcu stołu na podwyższeniu. Nie przywdziała sukni jak dama, lecz wybrała strój rycerza — aksamitny wams podzielony na lazurowe i różowe ćwiartki, spodnie, wysokie buty, pięknie wykonany pas do miecza oraz nowy tęczowy płaszcz. Żaden strój nie mógłby jednak zamaskować niedostatków urody: wielkich, piegowatych dłoni; płaskiej, szerokiej twarzy; wystających zębów. Gdy nie nosiła zbroi, jej ciało wydawało się niezgrabne. Miała szerokie biodra, grube kończyny i przygarbione, muskularne barki, a jej piersi w ogóle się nie zaznaczały. Każdy ruch Brienne świadczył, że dziewczyna zdaje sobie sprawę, jak wygląda i cierpi z tego powodu. Nie odzywała się niepytana i rzadko podnosiła wzrok znad talerza.

Jedzenia było pod dostatkiem. Wojna nie uszczupliła legendarnego dostatku Wysogrodu. Bardowie śpiewali, a żonglerzy żonglowali. Goście zaczęli od gruszek konserwowanych w winie, po czym przeszli do maleńkich, pysznych rybek obtaczanych w soli i smażonych na krucho oraz kapłonów nadziewanych cebulą z grzybami. Były tam też wielkie bochny ciemnego chleba, góry rzep, słodkiej kukurydzy i grochu, olbrzymie szynki, pieczone gęsi oraz wydrążone bochny chleba ociekające sosem i wypełnione dziczyzną gotowaną w piwie z kaszą jęczmienną. Jeśli chodzi o słodycze, służący lorda Caswella przynosili z kuchni tace pełne ciast, łabędzie z kremu, jednorożce z cukru, ciastka cytrynowe w kształcie róż, suche pierniczki, placki z jeżynami, racuchy z jabłkami oraz kręgi żółtego sera.

Catelyn zrobiło się odrobinę niedobrze od sycących potraw, nie mogła jednak okazać słabości w chwili, gdy tak wiele zależało od jej siły. Jadła niewiele, uważnie obserwując człowieka, który chciał być królem. Po lewej stronie Renly'ego siedziała jego młoda żona, a po prawej jej brat. Choć ser Loras miał na głowie biały lniany bandaż, nie wydawało się, by zbytnio ucierpiał. Rzeczywiście był tak przystojny, jak się przedtem zdawało Catelyn. Gdy jego oczy nie miały szklistego wyrazu, błyszczała w nich żywa inteligencja, a rozczochranych, brązowych loków mogłaby mu pozazdrościć niejedna dziewczyna. Zastąpił podarty podczas turnieju płaszcz nowym jedwabnym ubiorem, na którym również lśniły jaskrawe pasy Tęczowej Gwardii Renly'ego. Zapinka miała kształt złotej róży Wysogrodu.

Od czasu do czasu król Renly podawał Margaery jakiś smakołyk nadziany na sztylet albo pochylał się, by musnąć wargami jej policzek, lecz to ser Loras był adresatem większości jego żartów i uwag. Było widoczne, że król je i pije z przyjemnością, nie sprawiał jednak wrażenia żarłoka ani pijaka. Śmiał się często, a jego śmiech miał miłe brzmienie. Rozmawiał uprzejmie tak ze szlachetnie urodzonymi lordami, jak i z dziewkami służebnymi.

Niektórzy z jego gości byli mniej umiarkowani. Catelyn uważała, że piją za dużo i przechwalają się zbyt głośno. Synowie lorda Willuma, Josua i Elyas, spierali się zawzięcie o to, który z nich pierwszy wedrze się na mury Królewskiej Przystani. Lord Varner kołysał na kolanach służącą. Jedną ręką głaskał jej szyję, a drugą wsadził pod gorsecik. Guyard Zielony, który uważał się za barda, złapał za harfę i uszczęśliwił gości wierszem o wiązaniu lwich ogonów w supły. Niektóre wersy nawet się rymowały. Ser Mark Mullendore przyniósł ze sobą czarno-białą małpę i dawał jej kąski z własnego talerza, a ser Tanton z Fossowayów pieczętujących się czerwonym jabłkiem wlazł na stół i poprzysiągł, że zabije Sandora Clegane'a w pojedynku. Możliwe, że jego przysięgę potraktowano by poważniej, gdyby składając ją, nie stał jedną nogą w półmisku z sosem.

Wygłupy sięgnęły szczytu, gdy do sali wpadł tłusty błazen w pomalowanej na złoto blaszanej zbroi z uszytą z płótna lwią głową, który ścigał między stołami karła, okładając go po głowie rybim pęcherzem. Po chwili król Renly zapytał go, dlaczego bije własnego brata.

— Ależ, Wasza Miłość, jestem przecież Bratobójcą — odparł trefniś.

— Królobójcą, ty durny błaźnie — poprawił go Renly. Goście ryknęli śmiechem.

Siedzący obok Catelyn lord Rowan zachował spokój.

— Są jeszcze bardzo młodzi — zauważył.

Była to prawda. Gdy Robert zabił nad Tridentem księcia Rhaegara, Rycerz Kwiatów nie osiągnął jeszcze drugiego dnia imienia. Tylko nieliczni z obecnych byli dużo starsi od niego. Kiedy splądrowano Królewską Przystań byli dziećmi, a gdy Balon Greyjoy podniósł bunt na Żelaznych Wyspach — młodymi chłopcami.

Nie znają jeszcze smaku krwi — pomyślała Catelyn, przyglądając się, jak lord Bryce namówił ser Robara do próby żonglowania parą sztyletów. *Wciąż myślą, że to zabawa, taki większy turniej. Widzą jedynie szansę zdobycia chwały, zaszczytów i łupów. To chłopcy pijani pieśniami i legendami, i jak wszystkim chłopcom wydaje im się, że są nieśmiertelni.*

— Na wojnie się postarzeją — odparła. — Tak jak my wszyscy. — Gdy Robert, Ned i Jon Arryn podnieśli swe sztandary przeciw Aerysowi Targaryenowi, była jeszcze dziewczyną, a gdy wojna się skończyła, stała się kobietą. — Żal mi ich.

— Dlaczego? — zapytał lord Rowan. Spójrz na nich. — Są młodzi i silni, roześmiani i pełni życia. A także żądzy. Tak, jest w nich tyle żądzy, że nie wiedzą, co z nią zrobić. Zapewniam cię, że dzisiejszej nocy zostanie spłodzony niejeden bękart. Czemu ich żałujesz?

— Dlatego, że to nie potrwa długo — odparła ze smutkiem. — Dlatego, że są rycerzami lata, a nadchodzi zima.

— Lady Catelyn, nie masz racji. — Brienne skierowała na nią spojrzenie oczu błękitnych jak jej zbroja. — Dla takich jak my zima nigdy nie nadchodzi. Jeśli padniemy w bitwie, z pewnością zaśpiewają o nas pieśni, a w pieśniach wiecznie trwa lato, wszyscy rycerze są dzielni, dziewczęta piękne, a słońce nigdy nie przestaje świecić.

Zima nadchodzi dla wszystkich — pomyślała Catelyn. *Dla mnie nadeszła z chwilą śmierci Neda. Nadejdzie i dla ciebie, dziecko, prędzej, niż byś tego chciała.* Nie miała jednak serca jej tego powiedzieć.

Z kłopotu wybawił ją król.

— Lady Catelyn — zawołał do niej. — Mam ochotę odetchnąć świeżym powietrzem. Zechcesz mi towarzyszyć?

Natychmiast wstała z krzesła.

— Czuję się zaszczycona.

Brienne również się podniosła.

— Wasza Miłość, daj mi chwilę na przywdzianie kolczugi. Nie powinieneś wychodzić bez ochrony.

Król Renly uśmiechnął się.

— Jeśli nie jestem bezpieczny w sercu zamku lorda Caswella, otoczony własną armią, jeden miecz w niczym mi nie pomoże. Nawet twój miecz, Brienne. Jedz spokojnie. Jeśli będziesz mi potrzebna, przyślę po ciebie.

Wydawało się, że słowa te zabolały dziewczynę bardziej niż wszystkie ciosy, jakie otrzymała podczas turnieju.

— Jak sobie życzysz, Wasza Miłość — rzekła, spuszczając wzrok. Renly ujął Catelyn pod ramię i wyprowadził ją z komnaty, przechodząc obok przygarbionego wartownika, który wyprostował się tak gwałtownie, że omal nie wypuścił włóczni. Renly klepnął go w bark, by obrócić to w żart.

— Tędy, pani. — Wyprowadził ją przez wąskie drzwi na prowadzące na szczyt wieży schody. — Czy ser Barristan Selmy jest może z twym synem w Riverrun?

— Nie — odpowiedziała zdziwiona. — Czyżby porzucił Joffreya? Był przecież lordem dowódcą Gwardii Królewskiej.

Renly potrząsnął głową.

— Lannisterowie oznajmili mu, że jest już za stary, i oddali jego płaszcz Ogarowi. Słyszałem, że opuścił Królewską Przystań, przysięgając wstąpić na służbę u prawdziwego króla. Płaszcz, który dałem dziś Brienne, zatrzymałem dla niego, w nadziei, że zechce zaoferować mi swój miecz. Kiedy nie zjawił się w Wysogrodzie, pomyślałem, że może pojechał do Riverrun.

— U nas go nie było.

— To prawda, że jest stary, ale to nadal świetny rycerz. Mam nadzieję, że nie stało mu się nic złego. Lannisterowie to wielcy głupcy. — Wszedł kilka stopni do góry. — W noc śmierci Roberta zaoferowałem twemu mężowi stu zbrojnych. Przekonywałem go, by pojmał Joffreya. Gdyby mnie wysłuchał, mógłby być teraz regentem, a ja nie musiałbym sięgać po tron.

— Ned ci odmówił.

Nie musiała o to pytać.

— Przysiągł chronić dzieci Roberta — odparł Renly. — Miałem za mało sił, bym mógł działać sam, gdy więc lord Eddard odrzucił moją propozycję, pozostała mi jedynie ucieczka. Gdybym został w Królewskiej Przystani, królowa z pewnością dopilnowałaby, bym nie przeżył brata zbyt długo.

Gdybyś został i poparł Neda, mógłby jeszcze żyć — pomyślała z goryczą Catelyn.

— Lubiłem twego męża, pani. Wiem, że był wiernym przyjacielem Roberta... ale nie chciał nikogo słuchać ani nie chciał się ugiąć. Chodź, coś ci pokażę.

Gdy dotarli na szczyt schodów, Renly pchnął drewniane drzwi i wyszli na dach.

Donżon zamku lorda Caswella nie był wysoki i ledwie zasługiwał na nazwę wieży, ale okolica była płaska i widok rozpościerał się na wiele mil we wszystkich kierunkach. Dokąd okiem sięgnąć, Catelyn widziała ogniska, które pokrywały ziemię bezkresnym dywanem niczym spadłe z nieba gwiazdy.

— Możesz je policzyć, jeśli pragniesz, pani — rzekł cicho Renly. — Nie zdołasz tego dokonać przed świtem. Ciekawe, ile ognisk płonie dziś wokół Riverrun?

Catelyn słyszała dobiegającą z wielkiej komnaty cichą muzykę. Jej dźwięki sączyły się w noc. Nie odważyła się liczyć gwiazd.

— Słyszałem, że twój syn przekroczył Przesmyk z dwudziestoma tysiącami ludzi. Teraz, gdy są z nim lordowie Tridentu, ma może czterdzieści tysięcy.

Nie — pomyślała. *Nie mamy tylu. Jednych ludzi zabrała nam wojna, a innych żniwa.*

— Tu jest dwukrotnie więcej ludzi — poinformował ją Renly. — A to tylko część mych sił. Mace Tyrell czeka w Wysogrodzie z dziesięcioma tysiącami żołnierzy. Mam też silny garnizon w Końcu Burzy, a wkrótce dołączą do mnie Dornijczycy z całą swą potęgą. Nie można też zapominać o moim bracie Stannisie, który włada Smoczą Skałą i ma na swe rozkazy lordów wąskiego morza.

— Mam wrażenie, że to ty zapomniałeś o Stannisie — odparła Catelyn, ostrzej niż było to jej zamiarem.

— Masz na myśli jego pretensje? — Renly wybuchnął śmiechem. — Mówiąc szczerze, pani, Stannis byłby fatalnym królem. Nie jest też prawdopodobne, by nim został. Ludzie szanują Stannisa, a nawet się go boją, lecz bardzo niewielu było takich, którzy go pokochali.

— Niemniej jest twoim starszym bratem. Jeśli któryś z was ma prawa do Żelaznego Tronu, to z pewnością lord Stannis.

Renly wzruszył ramionami,

— Powiedz mi, jakie prawa do Żelaznego Tronu miał mój brat Robert? — Nie czekał na odpowiedź. — Och, mówiło się coś o więzach krwi między Baratheonami a Targaryenami, o ślubach sprzed stu lat, drugich synach i starszych córkach. Takie sprawy nie obchodzą nikogo poza maesterami. Robert zdobył tron z młotem w dłoni. — Zatoczył ręką krąg, wskazując na płonące od horyzontu po horyzont ogniska. — Oto moje prawa, tak samo dobre jak te, które miał

Robert. Jeśli twój syn wesprze mnie, tak jak jego ojciec wsparł Roberta, przekona się, że potrafię być szczodry. Z chęcią uznam jego prawa do wszystkich ziem, tytułów i zaszczytów. Może rządzić w Winterfell tak, jak uzna to za stosowne. Może nawet nadal zwać się królem północy, jeśli tego pragnie, pod warunkiem, że klęknie przede mną i złoży mi hołd jako seniorowi. „Król" to tylko słowo, ale przysięga, wierność, służba… wszystko to muszę otrzymać.

— A jeśli nie zechce ci tego dać, panie?

— Zamierzam być królem, pani, i nie zgodzę się na rozbicie królestwa. Nie mogę wyrazić tego jaśniej. Przed trzystu laty król z rodu Starków ukląkł przed Aegonem Smokiem, gdy zrozumiał, że nie ma szans na zwycięstwo. Postąpił mądrze. Twój syn również musi być mądry. Gdy połączy ze mną siły, wojna będzie praktycznie skończona. Wspólnie… — Renly przerwał nagle. Coś przyciągnęło jego uwagę. — Co to?

Szczęknęły łańcuchy, uniesiono kratę i na dziedziniec wjechał rycerz w skrzydlatym hełmie, dosiadający toczącego pianę rumaka.

— Zawiadomcie króla! — zawołał.

Renly skoczył na blanki.

— Jestem tutaj, ser.

— Wasza Miłość. — Jeździec spiął konia i podjechał bliżej. — Przybyłem najszybciej, jak tylko można. Z Końca Burzy. Oblegają nas, Wasza Miłość. Ser Cortnay stawia opór, ale…

— Przecież… to niemożliwe. Gdyby lord Tywin opuścił Harrenhal, coś bym o tym usłyszał.

— To nie Lannisterowie, panie. U twych bram stoi lord Stannis. Król Stannis, jak każe się teraz tytułować.

Jon

Ulewa siekła twarz Jona, który spiął konia, chcąc przedostać się przez wzburzony strumień. Obok niego lord dowódca Mormont poprawił kaptur płaszcza, przeklinając pod nosem pogodę. Kruk przysiadł mu na ramieniu, strosząc pióra, tak samo przemoczony i zrzędliwy jak sam Stary Niedźwiedź. Mokre liście przemknęły obok nich na wietrze niczym stado martwych ptaków.

Nawiedzany las — pomyślał ze smutkiem Jon. *Wygląda raczej na zatopiony.* Miał nadzieję, że jadący z tyłu kolumny Sam jakoś się trzyma. Był kiepskim jeźdźcem nawet przy dobrej pogodzie, a po sześciu dniach lejącego nieustannie deszczu grunt zrobił się zdradziecki. W miękkim błocie kryły się kamienie. Gdy wiał wiatr, strugi wody zalewały jeźdźcom oczy. Mur z pewnością ogarnęła powódź. Topniejący lód połączył się z ciepłym deszczem, tworząc strugi i rzeki. Pyp i Ropucha siedzieli pewnie przy kominku we wspólnej sali, popijając przed kolacją grzane wino. Jon im zazdrościł. Mokry wełniany strój przylegał mu do ciała, powodując swędzenie. Szyja i ramiona bolały go straszliwie od ciężaru kolczugi i miecza. Miał już też serdecznie dość solonego dorsza, solonej wołowiny i twardego sera.

Gdzieś przed nimi rozległ się drżący dźwięk myśliwskiego rogu, na wpół zagłuszony przez nieustanny stukot deszczu.

— To róg Buckwella — oznajmił Stary Niedźwiedź. — Bogowie są łaskawi. Craster nigdzie nie wyjechał.

— Ziarno — zakrakał jego kruk, po czym zatrzepotał skrzydłami i ponownie nastroszył pióra.

Jon często słyszał z ust czarnych braci opowieści o Crasterze i jego twierdzy. Teraz miał ją zobaczyć na własne oczy. Natknęli się już na siedem opustoszałych wiosek i bali się, że osada Crastera będzie wyglądała tak samo jak pozostałe. Najwyraźniej jednak tym razem sprzyjało im szczęście.

Może Stary Niedźwiedź wreszcie czegoś się dowie — pomyślał. *A przynajmniej schowamy się przed deszczem.* Thoren Smallwood przysięgał, że bez względu na jego podejrzaną opinię Craster jest przyjacielem Straży.

— Nie przeczę, że jest na wpół obłąkany — powiedział Staremu Niedźwiedziowi — ale gdybyś ty spędził życie w tej przeklętej puszczy, byłbyś taki sam jak on. Nigdy nie odmówił zwiadowcy miejsca przy ogniu i nie darzy miłością Mance'a Raydera. Warto wysłuchać jego rad.

Wystarczy mi, jeśli dostaniemy gorący posiłek i będziemy mogli wysuszyć ubrania. Dywen opowiadał, że Craster to zabójca krewnych, kłamca, gwałciciel i tchórz. Dawał też do zrozumienia, że ma konszachty z demonami i handlarzami niewolników.

— A nawet gorszymi od nich — dodawał stary z trzaskiem drewnianych zębów. — Cuchnie od niego chłodem.

— Jon — rozkazał lord Mormont — przejedź wzdłuż kolumny i zawiadom wszystkich. Przypomnij też oficerom, że nie życzę sobie żadnych kłopotów z żonami Crastera. Ludzie mają trzymać łapy przy sobie i unikać rozmów z tymi kobietami.

— Tak jest.

Zawrócił konia i pojechał w stronę, z której przybyli, ciesząc się, że choć przez chwilę deszcz nie zalewa mu twarzy. Wszyscy mijani przez niego ludzie wyglądali tak, jakby płakali. Kolumna rozciągnęła się na przestrzeni pół mili. Jon zauważył jadącego w środku taboru Samwella Tarly'ego. Grubas oklapł w siodle, a na głowie miał kapelusz z szerokim, opadającym rondem. Jechał na jednym z koni pociągowych, prowadząc resztę. Stukot tłukącego o dachy klatek deszczu denerwował kruki, które skrzeczały i trzepotały skrzydłami.

— Wieziesz tam z nimi lisa? — zapytał Jon.

Gdy Sam uniósł głowę, z ronda jego kapelusza polały się strugi wody.

— O, cześć, Jon. Nie, po prostu nie znoszą deszczu, tak samo jak my.

— Jak się masz, Sam?

— Moknę. — Grubas zdołał się uśmiechnąć. — Ale nic mnie dotąd nie zabiło.

— To dobrze. Tuż przed nami jest Twierdza Crastera. Jeśli bogowie będą łaskawi, pozwoli nam się przespać przy ogniu.

Sam nie bardzo w to wierzył.

— Edd Cierpiętnik mówi, że Craster to okropny dzikus. Żeni się z własnymi córkami i nie uznaje żadnych praw poza tymi, które sam ustanowi. A Dywen powiedział Grennowi, że w jego żyłach płynie czarna krew. Jego matką była dzika, która spała ze zwiadowcą, jest więc bę...

Zdał sobie nagle sprawę, z kim rozmawia.

— Bękartem. — Jon parsknął śmiechem. — Możesz to powiedzieć, Sam. Słyszałem już to słowo. — Spiął małego konika, który pewnie stąpał po rozmiękłym gruncie. — Muszę złapać ser Ottyna. Bądź ostrożny z kobietami Crastera. — Jakby Samwell Tarly potrzebował ostrzeżeń w tej sprawie. — Pogadamy później, jak już rozbijemy obóz.

Jon przekazał wiadomość ser Ottynowi Wythersowi, który wlókł się z tylną strażą. Był to niski mężczyzna o zasuszonej twarzy, mniej więcej w wieku Mormonta. Zawsze wydawał się zmęczony, nawet w Czarnym Zamku, a deszcz udręczył go niemiłosiernie.

— Bardzo mnie to cieszy — stwierdził. — Przemokłem do suchej nitki i mam już od tej jazdy odciski nie tylko na tyłku, ale i na siodle.

Wracając, Jon odłączył się od kolumny i pojechał na skróty przez gęstwinę. Odgłosy wydawane przez ludzi i konie wkrótce ucichły, pochłonęła je wilgotna, zielona knieja. Po chwili słyszał już tylko regularny szum wody spływającej po liściach, drzewach i skałach. Było wczesne popołudnie, lecz w lesie panowała ciemność jak o zmierzchu. Jon kluczył między skałami i kałużami, mijał wielkie dęby, szarozielone drzewa strażnicze i drzewa żelazne o czarnej korze. Gdzieniegdzie splątane gałęzie tworzyły gęsty baldachim i mógł przez chwilę odpocząć od zalewającego mu głowę deszczu. Kiedy przejeżdżał obok rozszczepionego przez piorun kasztana opleconego pędami dzikiej róży o białych kwiatach, usłyszał w chaszczach jakiś szelest.

— Duch — zawołał. — Duch, do mnie.

Spomiędzy liści wynurzył się jednak Dywen, dosiadający okrakiem kudłatej, siwej szkapiny. Obok niego jechał Grenn. Stary Niedźwiedź rozesłał na boki zwiadowców, którzy mieli osłaniać kolumnę i uprzedzić ich, gdyby pokazali się wrogowie. Dla większego bezpieczeństwa kazał im jeździć parami.

— Ach, to lord Snow. — Dywen uśmiechnął się, odsłaniając źle dopasowane zęby z dębiny. — A już myślałem, że będziemy z chłopakiem musieli porachować się z Innym. Zgubiłeś wilka?

— Poszedł polować.

Duch nie lubił wędrować z kolumną, nie oddalał się jednak zbytnio. Gdy rozbiją obóz na noc, znajdzie Jona w namiocie lorda dowódcy.

— Przy tej pogodzie to chyba raczej łowić ryby — zauważył Dywen.

— Matka zawsze mi mówiła, że deszcz przynosi urodzaj — wtrącił Grenn z nadzieją w głosie.

— Ehe, urodzaj na pleśń — skontrował Dywen. — Najlepsze w deszczu jest to, że nie trzeba się po nim kąpać.

Kłapnął drewnianymi zębami.

— Buckwell znalazł Crastera — oznajmił im Jon.

— Czyżby go zgubił? — Dywen zachichotał. — Wy, młodzieniaszki, lepiej nic nie kombinujcie z jego żonami. Słyszałeś?

— Chcesz wszystkie zachować dla siebie, Dywen? — zapytał z uśmiechem Jon.

Stary ponownie kłapnął zębami.

— Może i tak. Craster ma dziesięć palców i jednego kutasa, a to znaczy, że potrafi zliczyć tylko do jedenastu. Nawet nie zauważy, jak parę mu zginie.

— A ile właściwie ma tych żon? — zainteresował się Grenn.

— Więcej niż ty się w życiu dorobisz, bracie. To nie takie trudne, jeśli płodzi się je samemu. Tu jest twój zwierz, Snow.

Duch truchtał obok konia Jona, unosząc wysoko ogon. Białą sierść miał skołtunioną od deszczu. Poruszał się tak cicho, że Jon nie miał pojęcia, w której chwili się zjawił. Wierzchowiec Grenna spłoszył się, czując jego woń. Choć minął już z górą rok, konie nadal nie czuły się pewnie w bliskości wilkora.

— Za mną, Duchu.

Spiął konika i pojechał w stronę Twierdzy Crastera.

Nie liczył na to, że znajdzie za Murem kamienny zamek, wyobrażał sobie jednak coś w rodzaju strażnicy z otoczonym palisadą dziedzińcem oraz drewnianą wieżą. Zamiast tego zobaczył gnojowisko, chlew, pustą zagrodę dla owiec oraz pozbawiony okien dwór, oblepioną błotem lepiankę, która ledwie zasługiwała na tę szlachetną nazwę. Był długi i niski, zbudowany z kłód i kryty darnią. Otoczone usypanym z ziemi wałem obronnym domostwo stało na wzniesieniu zbyt niskim, by można je było nazwać wzgórzem. W miejscach, gdzie deszcz utworzył w otaczającym je nasypie wyżłobienia, spływały z niego brązowe rzeczułki, wpadające następnie do wartkiego potoku, który toczył na północ swe wody, zamienione przez deszcz w mętną, porywistą strugę.

Od południowego zachodu w wale znajdowała się otwarta brama. Po obu jej stronach stały wysokie tyczki, na które zatknięto zwierzęce czaszki — na jednej niedźwiedzią, a na drugiej baranią. Gdy Jon dołączył do szeregu wjeżdżających przez bramę mężczyzn, zauważył, że na niedźwiedziej czaszce tkwią jeszcze kawałki mięsa. Wewnątrz zwiadowcy Jarmena Buckwella i ludzie ze straży przedniej Thorena Smallwooda rozciągali już liny do przywiązywania koni i zaczynali stawiać namioty. W chlewie trzymano trzy wielkie maciory, wokół których kręciło się stadko prosiąt. W pobliżu mała dziewczynka wyrywała marchewki z grządki, naga na deszczu, a dwie kobiety pętały przeznaczoną do uboju świnię. Zwierzę wydawało z siebie wysokie, przeraźliwe kwiki, brzmiące niemal jak głos zrozpaczonego człowieka. Ogary Chetta zaszczekały głośno w odpowiedzi. Warczały i szczerzyły zęby, nie zważając na jego przekleństwa. Dwa z psów Crastera zareagowały na to głośnym ujadaniem. Na widok Ducha niektóre z nich rzuciły się do ucieczki, inne zaś zaczęły szczekać i warczeć. Wilkor zignorował je, podobnie jak Jon. *No cóż, trzydziestu z nas będzie miało sucho i ciepło* — pomyślał Jon, gdy już przyjrzał się dokładniej budynkowi. *Może nawet pięćdziesięciu.*

Dom był stanowczo za mały, by pomieścić dwustu ludzi. Większość będzie musiała nocować na zewnątrz. Gdzie ich rozlokować? Połowę podwórka pokrywały sięgające kostek kałuże, a drugą połowę lepkie błoto. Czekała ich kolejna okropna noc.

Lord dowódca powierzył swego wierzchowca Eddowi Cierpiętnikowi, który zajął się usuwaniem błota z jego kopyt.

— Lord Mormont jest w środku — oznajmił Jonowi, kiedy ten zsiadł z konia. — Powiedział, że masz do niego przyjść. Wilka lepiej zostaw na zewnątrz. Wygląda na tak wygłodniałego, że mógłby zjeść jedno z dzieci Crastera. Szczerze mówiąc, ja też mógłbym, pod warunkiem, że podaliby je na gorąco. No, idź. Zajmę się twoim koniem. Jeśli w środku jest ciepło i sucho, to lepiej mi o tym nie mów, bo mnie tam nie zaprosili. — Wyciągnął błyskawicznym ruchem spod podkowy grudkę mokrego błota. — Czy to nie wygląda jak gówno? Czy to możliwe, że całe to wzgórze składa się z gówna Crastera?

Jon uśmiechnął się.

— Hmm, słyszałem, że mieszka tu już od dawna.

— Nie pocieszyłeś mnie. Idź pogadać ze Starym Niedźwiedziem.

— Duch, zostań — rozkazał młodzieniec. Drzwi do Twierdzy Crastera składały się z dwóch jelenich skór. Jon przeszedł między nimi, pochylając się pod niskim nadprożem. Wewnątrz były już ze dwa tuziny zwiadowców, którzy stali wokół dołu na ogień umieszczonego pośrodku klepiska. Wokół ich butów gromadziły się kałuże wody. W pomieszczeniu cuchnęło sadzą, gnojem i mokrym psem. Choć powietrze pełne było gęstego dymu, w jakiś sposób pozostawało wilgotne. Dym wydostawał się na zewnątrz przez dziurę w dachu, przez którą do środka wpadał deszcz. Wnętrze domu było jednym wielkim pomieszczeniem z sypialnym stryszkiem, na który prowadziły dwie najeżone drzazgami drabinki.

Jon pamiętał, jak się czuł tego dnia, gdy opuszczali Mur: nerwowy jak dziewica, lecz spragniony widoku cudów i tajemnic, które czekały na niego za horyzontem. *To właśnie jeden z tych cudów* — pomyślał, rozglądając się po nędznym, cuchnącym domostwie. Oczy zaszły mu łzami od gryzącego dymu. *Szkoda, że Pyp i Ropucha nie widzą, co ich ominęło.*

Craster siedział przy ogniu. Tylko on miał tu krzesło. Nawet lord dowódca Mormont musiał zasiąść ze wszystkimi na ławie. Na jego ramieniu przycupnął skrzeczący cicho kruk. Za nim stali Jarman Buckwell, z którego połatanej kolczugi i lśniącej skórzanej kurtki skapywała woda, i Thoren Smallwood w ciężkim napierśniku nieżyjącego ser Jaremy'ego oraz obszytym sobolowym futrem płaszczu.

W porównaniu z ich strojami baranica i płaszcz ze zszytych kawałków skóry, które miał na grzbiecie Craster, wyglądały ubogo, na jednym z grubych nadgarstków pan domu miał jednak bransoletę, która połyskiwała jak złoto. Był potężnie zbudowanym mężczyzną, choć nadeszła już zima jego żywota i długie, gęste włosy całkiem mu posiwiały, a gdzieniegdzie zrobiły się zupełnie białe. Płaski nos i opadające ku dołowi kąciki ust nadawały jego twarzy okrutny wyraz. Nie miał też jednego ucha.

A więc tak wygląda dziki. Jon przypomniał sobie powiastki Starej Niani o okrutnych barbarzyńcach, którzy pili krew z ludzkich czaszek. Craster sączył tylko cienkie, żółte piwo z poobtłukiwanego kamiennego kubka. Być może nie słyszał tych opowieści.

— Nie widziałem Benjena Starka od trzech lat — mówił Mormontowi. — I, szczerze mówiąc, wcale za nim nie tęsknię. — Między ławami kręciło się pół tuzina czarnych szczeniąt i parę świń, a odziane w wystrzępione jelenie skóry kobiety podawały gościom pełne piwa rogi, poruszały patykami ogień oraz kroiły na kawałki marchewki i cebule, które potem wrzucały do kotła.

— Powinien tędy przejeżdżać w zeszłym roku — stwierdził Thoren Smallwood. Jeden z psów zaczął obwąchiwać jego nogę. Kopnął szczeniaka, który czmychnął z jazgotem.

— Ben szukał ser Waymara Royce'a, który zniknął razem z Garedem i młodym Willem — wyjaśnił lord Mormont.

— Ehe, tych trzech pamiętam. Paniczyk nie starszy od tych szczeniąt. Zbyt dumny, żeby spać pod moim dachem, cały w sobolach i czarnej stali. Ale moje żony i tak gapiły się na niego jak krowy.

— Przyjrzał się uważnie najbliższej z kobiet. — Gared mówił, że ścigają bandytów. Powiedziałem mu, że przy tak zielonym dowódcy lepiej będzie, jak ich nie dogonią. Gared nie był taki zły, jak na wronę. Miał jeszcze mniej uszu ode mnie. Odmroził je sobie, tak samo jak ja. — Craster ryknął śmiechem. — A teraz słyszę, że nie ma też głowy. Czy to również od odmrożenia?

Jon przypomniał sobie plamę czerwonej krwi na białym śniegu i Theona Greyjoya, który kopnął głowę zabitego. *To był dezerter*. Wracając do Winterfell, Jon i Robb ścigali się ze sobą i znaleźli w śniegu sześć wilkorowych szczeniąt. Tysiąc lat temu.

— A gdy ser Waymar stąd odjeżdżał, w którą stronę podążył?

Craster wzruszył ramionami.

— Tak się składa, że mam na głowie ważniejsze sprawy niż śledzenie wron. — Pociągnął potężny łyk piwa i odstawił kubek. — Za żadne skarby nie można tu dostać dobrego południowego wina. Przydałoby mi się trochę wina i nowy topór. Mój już się stępił, a tak nie może być. Muszę czymś bronić swych żon.

Spojrzał na krzątające się gorączkowo kobiety.

— Jest was tu tylko garstka i żyjecie w odosobnieniu — zauważył Mormont. — Jeśli chcesz, przydzielę ci trochę ludzi, żeby odprowadzili was na Mur.

Krukowi ten pomysł wyraźnie przypadł do gustu.

— Mur — wrzasnął, rozpościerając czarne skrzydła za głową lorda dowódcy niczym postawiony kołnierz.

Ich gospodarz uśmiechnął się złośliwie, odsłaniając pełen zestaw połamanych, brązowych zębów.

— A co byśmy tam robili? Usługiwali wam przy kolacji? Jesteśmy wolnymi ludźmi. Craster nie będzie niczyim sługą.

— Czasy są niebezpieczne i lepiej nie mieszkać samotnie w głuszy. Nadchodzą zimne wichry.

— Niech sobie nadchodzą. Moje korzenie sięgają głęboko. — Złapał za nadgarstek przechodzącą obok kobietę. — Powiedz mu, żono. Powiedz lordowi wronie, czy czujemy się zadowoleni.

Kobieta oblizała wąskie wargi.

— Tu jest nasze miejsce. Craster dba o nasze bezpieczeństwo. Lepiej zginąć wolnym niż żyć jako niewolnik.

— Niewolnik — powtórzył cicho kruk.

Mormont pochylił się na ławie.

— Wszystkie wioski, które mijaliśmy, porzucono. Jesteście pierwszymi żywymi ludźmi, których spotkaliśmy po odjeździe z Muru. Pozostali zniknęli… nie żyją, uciekli, wzięto ich do niewoli, nie mam pojęcia. Zwierząt też nie ma. Nie zostało tam nic. A wcześniej, zaledwie kilka mil od Muru, natknęliśmy się na ciała dwóch zwiadowców Bena Starka. Trupy były zimne i blade. Miały czarne ręce i stopy oraz rany, które nie krwawiły. Gdy jednak zabraliśmy je do Czarnego Zamku, wstały w nocy, by nieść śmierć. Jeden zabił ser Jaremy'ego Rykkera, a drugi próbował załatwić mnie. Wnoszę z tego, że pamiętały coś z tego, co wiedziały za życia, ale nie przetrwał w nich żaden ślad ludzkiej litości.

Kobieta rozdziawiła usta, odsłaniając wilgotną, różową jaskinię, ale Craster prychnął tylko pogardliwie.

— Tu nie mieliśmy podobnych kłopotów… i byłbym wdzięczny, gdybyście nie powtarzali pod moim dachem takich złowróżbnych opowieści. Jestem bogobojnym człowiekiem i bogowie dbają o moje bezpieczeństwo. Jeśli upiory zaczną chodzić, potrafię je wysłać z powrotem do grobu. Ale nowy, ostry topór by mi się przydał. — Odpędził kobietę, dając jej klapsa w nogę. — Więcej piwa, i to szybko! — zawołał.

— Nie mieliście kłopotów z umarłymi — odezwał się Jarmen Buckwell. — Ale co z żywymi, panie? Co z waszym królem?

— Królem! — zawołał kruk Mormonta. — Królem, królem, królem.

— Tym całym Mance'em Rayderem? — Craster splunął w ogień. — Król za Murem. Po co wolnym ludziom królowie? — Przeniósł spojrzenie na Mormonta. — Gdybym zechciał, mógłbym ci bardzo wiele opowiedzieć o Rayderze i jego poczynaniach. Te porzucone wioski to wszystko jego robota. Ten dwór też stałby pusty, gdybym słuchał takich jak on. Przysłał jeźdźca i powiedział, że muszę opuścić moją twierdzę i paść mu do nóg. Odesłałem mu posła, ale zatrzymałem sobie jego język. Jest przybity do tej ściany. — Wyciągnął rękę. — Może i mógłbym wam powiedzieć, gdzie szukać Mance'a Raydera. Gdybym zechciał. — Znowu odsłonił brązowe zęby. — Ale na to przyjdzie jeszcze czas. Pewnie zechcecie przespać się pod moim dachem i zeżreć moje świnie.

— Schronienie bardzo by się nam przydało, panie — przyznał Mormont. — Podróż była ciężka i straszliwie padało.

— W takim razie możecie tu zostać na noc. Ale nie dłużej. Nie kocham wron aż tak bardzo. Stryszek należy do mnie i mojej rodziny, ale klepisko mogę wam odstąpić. Mięsa i piwa starczy tylko dla dwudziestu ludzi. Reszta czarnych wron może sobie sama poszukać ziarna.

— Mamy pod dostatkiem zapasów, panie — oznajmił Stary Niedźwiedź. — Chętnie podzielimy się z tobą żywnością i winem.

Craster otarł zaślinione usta owłosionym grzbietem dłoni.

— Skosztuję waszego wina, lordzie wrono, możesz być tego pewien. Jeszcze jedno. Jeśli ktoś dotknie którejś z moich żon, straci rękę.

— Twój dach, twoje prawo — zgodził się Thoren Smallwood. Lord Mormont skinął sztywno głową, choć nie wyglądał na zbyt zadowolonego.

— A więc ta sprawa załatwiona. — Craster stęknął z niesmakiem. — Czy ktoś z was umie narysować mapę?

— Sam Tarly — odezwał się Jon. — On uwielbia mapy.

Mormont przywołał go ruchem ręki.

— Przyślij go tu, jak już zje kolację. Niech weźmie ze sobą gęsie pióro i pergamin. Znajdź też Tolletta i każ mu przynieść mój topór. Musimy się czymś odwdzięczyć gospodarzowi.

— A kto to taki? — zapytał Craster, nim Jon zdążył odejść. — Wygląda mi na Starka.

— Mój zarządca i giermek, Jon Snow.

— Bękart, co? — Craster obejrzał sobie Jona od stóp do głów. — Jeśli mężczyzna chce iść z kobietą do łóżka, to powinien się z nią ożenić. Tak przynajmniej ja robię. — Odesłał Jona machnięciem dłoni. — Rób, co ci kazano, bękarcie. Tylko pamiętaj, że topór ma być nowy i ostry. Niepotrzebna mi tępa stal.

Jon Snow pokłonił się sztywno i odszedł. Gdy opuszczał budynek, do środka wchodził właśnie ser Ottyn Wythers i omal nie zderzyli się w wejściu. Wydawało się, że deszcz nieco osłabł. Całe podwórko zajmowały teraz namioty. Widział też szczyty innych, które rozbito między drzewami.

Edd Cierpiętnik karmił właśnie konie.

— Dać dzikiemu topór, czemu by nie? — Wskazał na broń Mormonta, oręż o krótkiej rękojeści i ostrzu z czarnej stali inkrustowanej złotym grawerunkiem. — Mogę przysiąc, że nam go odda.

Najpewniej wbije go Staremu Niedźwiedziowi w czaszkę. A czemu by mu nie oddać wszystkich mieczy i toporów? Nie podoba mi się, jak pobrzękują podczas jazdy. Bez nich będziemy mogli jechać szybciej, prosto pod same drzwi piekła. Ciekawe, czy w piekle pada deszcz? A może Craster wolałby ładny kapelusz?

Jon uśmiechnął się.

— Chce dostać topór. I wino.

— Widzisz, Stary Niedźwiedź jest sprytny. Jeśli dziki schleje się na umór, może zamiast zabić któregoś z nas tym toporem, tylko utnie mu ucho. Mam dwoje uszu, ale tylko jedną głowę.

— Smallwood mówi, że Craster jest przyjacielem Straży.

— Wiesz czym się różni dziki, który jest przyjacielem Straży, od takiego, który nim nie jest? — zapytał ponury giermek. — Wrogowie zostawiają nasze ciała wronom i wilkom, a przyjaciele chowają nas w ukrytych grobach. Ciekawe, od kiedy przy bramie sterczy ten niedźwiedzi łeb i co Craster tam trzymał, nim nadciągnęliśmy tu z łoskotem? — Edd popatrzył z powątpiewaniem na topór. Po jego pociągłej twarzy spływały strugi deszczu. — Czy w środku jest sucho?

— Mniej mokro niż tutaj.

— Jeśli potem się tam wśliznę i przycupnę daleko od ognia, to może do rana mnie nie zauważą. Tych, którzy schronili się pod jego dachem, Craster zamorduje najpierw, ale przynajmniej nie zginiemy mokrzy.

Jon musiał się roześmiać.

— Craster to tylko jeden człowiek. Nas jest dwustu. Wątpię, żeby kogoś zamordował.

— Pocieszyłeś mnie — odparł Edd grobowym tonem. — Zresztą dobry, ostry topór ma swoje zalety. Bardzo bym nie chciał, żeby mnie zamordowano drewnianym młotem. Widziałem kiedyś faceta, który oberwał takim w czoło. Prawie nie rozcięło mu skóry, ale łeb mu spuchł i zrobił się wielki jak dynia, tylko fioletowoczerwony. Chociaż był przystojny, umarł brzydki. Całe szczęście, że nie dajemy im drewnianych młotów.

Edd oddalił się, potrząsając głową. Z jego przemoczonego czarnego płaszcza ściekała woda.

Jon nakarmił konie i dopiero później pomyślał o własnej kolacji. Gdy zastanawiał się, gdzie znajdzie Sama, usłyszał czyjś pełen strachu krzyk.

— Wilk!

Okrążając budynek, popędził jak szalony w stronę, z której dobiegał głos. Mokra ziemia wsysała jego buty. Jedna z kobiet Crastera opierała się o ubłoconą ścianę twierdzy.

— A kysz — krzyczała do Ducha. — A kysz!

Wilkor trzymał w pysku królika. Drugi leżał przed nim na ziemi, martwy i zakrwawiony.

— Zabierz go, panie — poprosiła kobieta, gdy tylko zobaczyła Jona.

— Nic ci nie zrobi. — Natychmiast zauważył, co się stało. Drewniana klatka była rozwalona, a deski walały się na mokrej trawie. — Na pewno był głodny. Nie napotkaliśmy po drodze zbyt wiele zwierzyny.

Jon zagwizdał. Wilkor połknął szybko zdobycz, miażdżąc zębami drobne kosteczki, po czym podszedł do niego.

Kobieta przyglądała się im niespokojnie. Była młodsza niż mu się z początku zdawało. Pomyślał, że ma piętnaście, może szesnaście lat. Ciemne, mokre od deszczu włosy przylepiały się do wychudłej twarzy, a bose stopy aż po kostki pokrywało błoto. Ciało pod ubiorem z pozszywanych skór wykazywało oznaki wczesnej ciąży. — Jesteś córką Crastera? — zapytał.

Dotknęła dłonią brzucha.

— Teraz już żoną. — Odsunęła się ostrożnie od wilka i uklękła z przygnębioną miną przed roztrzaskaną klatką. — Chciałam rozmnożyć te króliki. Owiec już nie mamy.

— Straż wynagrodzi ci tę stratę. — Jon nie miał własnych pieniędzy. Gdyby było inaczej, sam zapłaciłby za szkodę... choć nie wiedział, na co dziewczynie mogłoby się za Murem przydać kilka miedziaków czy nawet srebrnik. — Jutro pomówię o tym z lordem Mormontem.

Wytarła dłonie o spódnicę.

— Szlachetny panie...

— Nie jestem szlachetnie urodzony.

Wokół zgromadzili się już jednak inni ludzie ze Straży, przyciągnięci tu jej krzykiem i łoskotem rozwalanej klatki.

— Nie wierz mu, dziewczyno — krzyknął Lark Siostrzanin, zwiadowca złośliwy jak pies. — To lord Snow we własnej osobie.

— Bękart z Winterfell, brat królów — drwił z niego Chett, który porzucił swe psy, by zobaczyć, co spowodowało zamieszanie.

— Ten wilk patrzy na ciebie głodnym okiem, dziewczyno — dorzucił Lark. — Może ma chętkę na ten smakowity kąsek, który nosisz w brzuchu.

Jona to nie śmieszyło.

— Nie straszcie jej.

— My ją tylko ostrzegamy.

Uśmiech Chetta był równie paskudny jak czyraki, które pokrywały większą część jego twarzy.

— Nie wolno nam z wami rozmawiać — przypomniała sobie nagle dziewczyna.

— Zaczekaj — zawołał Jon, ale było już za późno. Uciekła.

Lark spróbował porwać drugiego królika, ale Duch okazał się szybszy. Kiedy obnażył zęby, Siostrzanin pośliznął się na błocie i upadł na kościsty tyłek. Ludzie ryknęli śmiechem. Wilkor podniósł zdobycz z ziemi i przyniósł ją Jonowi.

— Nie trzeba było jej straszyć — powiedział zebranym.

— Nie będziesz nam robił wymówek, bękarcie. — Chett uważał, że to przez Jona utracił wygodną pozycję u boku maestera Aemona. Miał sporo racji. Gdyby Jon nie powiedział Aemonowi o Samie Tarlym, Chett nadal opiekowałby się starym ślepcem, a nie sforą kąśliwych ogarów. — Możesz być ulubieńcem lorda dowódcy, ale nie jesteś lordem dowódcą i nie byłbyś taki cholernie odważny, gdybyś nie miał ze sobą tego potwora.

— Nie będę się bił z bratem, kiedy jesteśmy za Murem — odparł Jon tonem chłodniejszym niż jego uczucia.

Lark podniósł się na jedno kolano.

— Boi się ciebie, Chett. Na Siostrach mamy specjalne słowo na określenia takich jak on.

— Znam wszystkie obelgi. Nie masz co strzępić gęby.

Oddalił się z Duchem u boku. Kiedy doszedł do bramy, deszcz przeszedł już w mżawkę. Wkrótce zapadnie zmierzch, a potem nastanie kolejna noc, mokra i przygnębiająca. Chmury przesłonią księżyc, gwiazdy i Pochodnię Mormonta. W lesie zrobi się zupełnie ciemno i każde wyjście w krzaki, żeby się odlać, stanie się przygodą, choć nie taką, o jakich niegdyś marzył Jon Snow.

Zwiadowcy znaleźli pod drzewami trochę szyszek i suchego drewna, dzięki czemu mogli pod łupkową skałką rozpalić ognisko. Inni rozbili namioty bądź też przygotowali sobie proste schronienia, rozciągając płaszcze na nisko wiszących gałęziach. Gigant wcisnął się w dziuplę uschniętego dębu.

— Jak ci się podoba mój zamek, lordzie Snow?

— Wygląda przytulnie. Wiesz, gdzie jest Sam?

— Idź dalej w tę samą stronę. Jeśli znajdziesz namiot ser Ottyna, to będzie znaczyło, że zaszedłeś za daleko. — Gigant rozciągnął usta w uśmiechu. — Chyba że Sam też znalazł sobie drzewo. Musiałoby być bardzo wielkie.

W końcu Sama wytropił Duch. W pewnej chwili wilkor pomknął nagle przed siebie niczym bełt wystrzelony z kuszy. Grubas karmił kruki u stóp skalnej wyniosłości, która choć trochę osłaniała go przed deszczem. Gdy się ruszał, jego buty mlaskały głośno.

— Nogi mi do cna przemokły — przyznał przygnębiony. — Kiedy zlazłem z konia, wpadłem po kolana w jakąś dziurę.

— Ściągnij buty i wysusz rajtuzy. Poszukam trochę suchego drewna. Jeśli pod tą skałą nie jest mokro, może uda się nam rozpalić ognisko. — Jon pokazał Samowi królika. — I wtedy urządzimy sobie ucztę.

— To nie będziesz w środku z lordem Mormontem?

— Nie, ale ty będziesz. Stary Niedźwiedź chce, żebyś narysował mu mapę. Craster mówi, że pomoże nam znaleźć Mance'a Raydera.

— Och.

Sam wyraźnie nie miał ochoty na spotkanie z Crasterem, nawet jeśli wiązało się z tym miejsce przy ciepłym ogniu.

— Stary Niedźwiedź powiedział, że najpierw masz się najeść. Wysusz też nogi.

Jon poszedł nazbierać chrustu. Rozrzucał spadłe z drzew gałęzie w poszukiwaniu suchszego drewna pod spodem, i odgarniał grube warstwy mokrych sosnowych igieł, aż wreszcie znalazł coś, co nadawało się na rozpałkę. I tak jednak trwało wieczność, nim drewno się zajęło. Rozwiesił na skale płaszcz, by osłonić przed deszczem małe, kopcące ognisko, tworząc w ten sposób dla nich niewielką, przytulną niszę.

Kiedy przyklęknął, by obedrzeć królika ze skóry, Sam ściągnął buty.

— Coś mi się zdaje, że między palcami stóp rośnie mi mech — oznajmił ponurym tonem, poruszając żywo rzeczonymi palcami. — Królik na pewno będzie pyszny. Nawet mi nie przeszkadza krew i wszystko. — Odwrócił wzrok. — No, tylko trochę.

Jon nadział królika na patyk, ustawił z obu stron ogniska wielkie kamienie i wsparł na nich ich kolację. Zwierzę było chude, lecz mimo to pachniało niczym królewska uczta. Inni zwiadowcy spoglądali ku nim zazdrośnie. Nawet Duch podniósł głodne spojrzenie i zaczął węszyć. W jego czerwonych ślepiach odbijały się płomienie.

— Ty już swojego zjadłeś — przypomniał mu Jon.

— Czy Craster rzeczywiście jest taki dziki, jak opowiadają zwiadowcy? — Królik był odrobinę niedopieczony, lecz smakował wspaniale. — Jak wygląda jego zamek?

— Jak gnojowisko z dachem i dołem na ogień.

Jon opowiedział Samowi, co widział i słyszał w Twierdzy Crastera.

Gdy skończył relację, zrobiło się już ciemno i Sam oblizywał palce.

— Królik był dobry, ale chętnie zjadłbym jagnięcy udziec. Cały udziec tylko dla mnie, doprawiony miętą, miodem i goździkami. Widziałeś gdzieś jagnięta?

— Jest tu zagroda, ale nie ma w niej owiec.

— To czym karmi swoich wojowników?

— Nie widziałem żadnych wojowników. Tylko Crastera, jego kobiety i małe dziewczynki. Zastanawiam się, jak broni tej swojej twierdzy. O jego fortyfikacjach nawet nie warto wspominać. To jedynie ziemny nasyp. Lepiej idź już do dworu i narysuj tę mapę. Trafisz?

— Jeśli się nie wywalę w błocie.

Sam wcisnął nogi w buty, zabrał gęsie pióro i pergamin, a potem wyszedł w noc. Deszcz bębnił głośno o jego płaszcz i kapelusz.

Duch położył łeb na łapach i zasnął przy ognisku. Jon wyciągnął się obok niego, zadowolony, że może się ogrzać. Zimno i wilgoć nadal mu doskwierały, choć już nie tak bardzo jak przed chwilą. *Może Stary Niedźwiedź dowie się dziś czegoś, co zaprowadzi nas do stryja Benjena.*

Kiedy się obudził, jego oddech zamieniał się w mgłę w zimnym powietrzu poranka. Gdy się poruszył, poczuł, że bolą go kości. Duch gdzieś zniknął, a ognisko zgasło. Gdy młodzieniec ściągnął płaszcz z kamieni, na których go rozwiesił, przekonał się że ubiór zesztywniał na mrozie. Owinął się w niego i spojrzał na las, który obrócił się w kryształ.

Na gałęzie, liście i kamienie padało bladoróżowe światło jutrzenki. Każde źdźbło trawy było wyrzeźbione ze szmaragdu, a każda kropla wody stała się diamentem. Kwiaty i grzyby spowiły szklane płaszcze. Nawet błotniste kałuże pokryła połyskliwa brązowa warstewka. Czarne, otoczone migotliwą zielenią namioty jego braci skuło delikatne lodowe szkliwo.

A więc za Murem jednak jest magia. Pomyślał o siostrach, być może dlatego, że śniły mu się w nocy. Sansa powiedziałaby, że to czary i oczy zaszłyby jej łzami z zachwytu, ale Arya biegałaby w kółko ze śmiechem i krzykiem, chcąc dotknąć wszystkiego.

— Lordzie Snow? — usłyszał czyjś głos, cichy i łagodny. Odwrócił się.

Na szczycie skały, która dała mu w nocy osłonę, przykucnęła dziewczyna od królików, owinięta w czarny płaszcz tak wielki, że niemal w nim utonęła.

To płaszcz Sama — zrozumiał natychmiast. Dlaczego jej go dał?

— Grubas powiedział, że tu cię znajdę, szlachetny panie — powiedziała.

— Jeśli szukasz królika, to go zjedliśmy — wyznał, nagle dotknięty absurdalnym poczuciem winy.

— Stary lord wrona, ten z mówiącym ptakiem, dał Crasterowi kuszę wartą sto królików. — Oplotła ramionami uwypuklający się brzuch. — Czy to prawda, że jesteś bratem króla, szlachetny panie?

— Przyrodnim — przyznał. — Jestem bękartem Neda Starka. Mój brat Robb jest królem północy. Czemu tu przyszłaś?

— Ten grubas, Sam, powiedział, że powinnam pomówić z tobą. Dał mi płaszcz, żeby nikt nie zauważył, że tu nie pasuję.

— A czy Craster nie będzie na ciebie zły?

— Mój ojciec wypił wczoraj za dużo wina lorda wrony. Będzie spał prawie cały dzień. — Jej szybkie, nerwowe oddechy zamarzały w powietrzu. — Słyszałam, że król wymierza sprawiedliwość i chroni słabych. — Zaczęła niezgrabnie złazić ze skałki, lecz poślizgnęła się na lodzie i noga się jej omsknęła. Jon złapał ją, nim zdążyła zlecieć, i pomógł bezpiecznie zejść. Kobieta uklękła na pokrytej lodem ziemi. — Szlachetny panie, błagam cię…

— O nic mnie nie błagaj. Wracaj do dworu. Nie powinno cię tu być. Zabroniono nam rozmawiać z kobietami Crastera.

— Nie musisz ze mną rozmawiać, szlachetny panie. Zabierz mnie tylko ze sobą, kiedy będziecie odjeżdżać. Nie proszę o nic więcej.

Nie prosi o nic więcej — pomyślał. *Jakby to był drobiazg.*

— Jeśli chcesz, zostanę twoją żoną. Mój ojciec ma już dziewiętnaście żon i jedna mniej nie zrobi mu różnicy.

— Czarni bracia składają przysięgę, że nigdy się nie ożenią. Nie słyszałaś o tym? Poza tym jesteśmy gośćmi twojego ojca.

— Ty nie jesteś — wskazała. — Przyglądałam ci się. Nie jadłeś u jego stołu ani nie spałeś przy jego ogniu. Nie przyznał ci praw gościa i nie jesteś do niczego zobowiązany. Muszę uciec. Chodzi o dziecko.

— Nawet nie wiem, jak masz na imię.

— Nazwał mnie Goździk. To od kwiatu.

— Ładnie. — Sansa mu kiedyś tłumaczyła, że zawsze powinien tak odpowiadać, jeśli dama mu się przedstawi. Nie mógł pomóc tej dziewczynie, ale może ucieszy ją jego uprzejmość. — Czy to Crastera się boisz, Goździk?

— Chodzi mi o dziecko, nie o mnie. Jeśli to będzie dziewczynka, to nie tak źle. Dorośnie, a on za kilka lat się z nią ożeni. Ale Nella mówi, że będzie chłopiec, a ona urodziła sześcioro i zna się na tych sprawach. Chłopców oddaje bogom. Robi to, kiedy nadchodzi białe zimno, a ostatnio nadchodzi coraz częściej. Dlatego zaczął dawać im owce, chociaż lubi baraninę. Ale owiec też już zabrakło. Potem pójdą psy, aż do chwili…

Spuściła wzrok i pogłaskała się po brzuchu.

— Jakim bogom? — Jon przypomniał sobie, że nie widział w Twierdzy Crastera żadnych chłopców ani mężczyzn poza samym Crasterem.

— Zimnym — wyjaśniła. — Tym, którzy przychodzą nocą. Białym cieniom.

Jon nagle wrócił myślami do wieży lorda dowódcy. Odrąbana ręka wpełzała po jego łydce, a gdy oderwał ją sztychem miecza, spadła na podłogę i wiła się, rozwierając i zaciskając palce. Trup podniósł się z podłogi. W jego obrzmiałej, przeciętej blizną twarzy lśniły niebieskie oczy. Z wielkiej rany w brzuchu zwisały strzępy rozszarpanych trzewi, a mimo to nie krwawił.

— Jaki kolor mają ich oczy? — zapytał.

— Niebieski. Jaskrawy jak gwiazdy i równie zimny.

Widziała ich — pomyślał. *Craster kłamał.*

— Zabierzesz mnie? Tylko na Mur…

— Nie jedziemy w stronę Muru. Zmierzamy na północ, poszukać

Mance'a Raydera i tych Innych, tych białych cieni i ich upiorów. Ruszamy im na spotkanie, Goździk. Twoje dziecko nie będzie z nami bezpieczne.

Na jej twarzy wyraźnie rysował się strach.

— Ale przecież wrócicie. Kiedy wojny się skończą, będziecie tędy przejeżdżać.

— To możliwe. — *Jeśli ktoś z nas przeżyje.* — To zależy od Starego Niedźwiedzia, tego, którego zwiecie lordem wroną. Jestem tylko jego giermkiem i nie ja wybieram dla nas drogę.

— Nie. — Słyszał w jej głosie świadomość przegranej. — Przepraszam, że zawracałam ci głowę, szlachetny panie. Ja tylko... powiadają, że król daje ludziom bezpieczeństwo i myślałam...

Uciekła, ogarnięta rozpaczą. Płaszcz Sama powiewał za jej plecami niczym wielkie, czarne skrzydła. Jon śledził ją wzrokiem. Opuściła go radość z kruchego piękna poranka. *Niech ją licho porwie* — pomyślał ze złością. *A Sama jeszcze prędzej za to, że ją tu przysłał. Co niby mogłem dla niej zrobić? Przybyliśmy tu walczyć z dzikimi, a nie ich ratować.*

Ze schronień wyłazili już inni mężczyźni, którzy ziewali i przeciągali się. Magia przygasła. Jej blask zamienił się w świetle wschodzącego słońca w zwyczajną rosę. Ktoś rozniecił ognisko. Jon czuł dobiegającą spomiędzy drzew woń dymu i pieczonego boczku. Zdjął płaszcz i uderzył nim mocno o skałę, rozbijając cienką warstewkę lodu, który utworzyła się w nocy. Potem wziął do ręki Długi Pazur i wsunął go w pętlę na ramieniu. Kilka jardów dalej odlał się pod skutym lodem krzakiem. Jego mocz parował w zimnym powietrzu i topił lód, na który spływał. Potem młodzieniec zawiązał rzemienie czarnych, wełnianych spodni i ruszył w stronę, z której dobiegał zapach.

Wśród braci, którzy zebrali się przy ognisku, byli Grenn i Dywen. Hake wręczył Jonowi wydrążoną piętkę chleba wypełnioną przypalonym boczkiem oraz kawałkami solonej ryby, które ogrzały się w ciepłym tłuszczu. Chłopak pożarł to wszystko, słuchając słów Dywena, który przechwalał się, że miał w nocy trzy kobiety Crastera.

— Nieprawda — zaprzeczył Grenn, krzywiąc się. — Coś bym zauważył.

Dywen palnął go grzbietem dłoni w ucho.

— Ty? Chciałbyś coś zauważyć? Jesteś ślepy jak maester Aemon. Nie widziałeś nawet niedźwiedzia.

— Jakiego niedźwiedzia? Był tu jakiś niedźwiedź?

— Niedźwiedzie są wszędzie — oznajmił Edd Cierpiętnik typowym dla siebie tonem posępnej rezygnacji. — Jeden z nich zabił mojego brata, kiedy byłem jeszcze mały. Potem nosił jego zęby na rzemieniu na szyi. A to były dobre zęby, lepsze od moich. Ze swoimi mam tylko kłopoty.

— Czy Sam spał we dworze? — zapytał go Jon.

— Trudno to nazwać snem. Ziemia była twarda, sitowie cuchnęło, a moi bracia okropnie chrapali. Jeśli już mowa o niedźwiedziach, to żaden nigdy nie ryczał tak donośnie jak Brązowy Bernarr. Ale przynajmniej było mi ciepło, bo nocą uwaliło się na mnie parę psów. Kiedy płaszcz już prawie mi wysechł, jeden z nich mnie oszczał. A może to był Brązowy Bernarr. Zauważyłeś, że przestało padać, gdy tylko znalazłem się pod dachem? Teraz, kiedy wyszedłem na dwór, zaraz znowu się rozpada. Bogowie i psy szczają na mnie z równym zapałem.

— Lepiej pójdę do lorda Mormonta — odrzekł Jon.

Co prawda przestało padać, lecz podwórko nadal pokrywały płytkie kałuże i śliskie błoto. Czarni bracia zwijali namioty, karmili konie i przeżuwali paski suszonej wołowiny. Zwiadowcy Jarmana Buckwella zaciągali popręgi siodeł, przygotowując się do odjazdu.

— Jon — przywitał go siedzący już na koniu Buckwell. — Pamiętaj dobrze naostrzyć ten swój bastardowy miecz. Niedługo będzie nam potrzebny.

Za dnia wewnątrz domu Crastera panował półmrok. Pochodnie się dopalały i trudno było się zorientować, że słońce już wstało. Jako pierwszy Jona zauważył kruk lorda Mormonta. Trzy leniwe poruszenia skrzydłami i już siedział na rękojeści Długiego Pazura.

— Ziarno?

Złapał w dziób kosmyk włosów chłopaka.

— Nie zwracaj uwagi na tego wstrętnego żebraka, Jon. Przed chwilą zeżarł połowę mojego boczku. — Stary Niedźwiedź siedział za stołem Crastera, posilając się z innymi oficerami smażonym chlebem, boczkiem oraz kiełbasą w owczych flakach. Na blacie spoczywał nowy topór gospodarza. Złota inkrustacja połyskiwała blado w świetle pochodni. Właściciel oręża leżał niczego nieświadomy na stryszku, ale kobiety wstały już i usługiwały gościom. — Jaką mamy dziś pogodę?

— Jest zimno, ale przestało padać.

— Świetnie. Dopilnuj, żeby mój koń był osiodłany i gotowy do drogi. Chcę wyruszyć za godzinę. Jadłeś już? Potrawy są tu niewyszukane, ale sycące.

Nie będę jadł u stołu Crastera — zdecydował nagle.

— Zjadłem śniadanie z ludźmi, panie. — Jon spłoszył ptaka z rękojeści miecza. Kruk przeskoczył na ramię Mormonta, na które natychmiast narobił.

— Mogłeś napaskudzić na Snowa zamiast na mnie — poskarżył się Stary Niedźwiedź.

— Quork — zgodził się ptak.

Jon znalazł Sama za budynkiem. Stali razem z Goździk przy rozbitej klatce dla królików. Pomagała mu przywdziać płaszcz, lecz na widok Jona umknęła pośpiesznie. Sam obrzucił go pełnym wyrzutu spojrzeniem.

— Myślałem, że jej pomożesz.

— A jak niby miałem to zrobić? — zapytał ostrym tonem Jon. — Zabrać ją z nami opatuloną w twój płaszcz? Zabroniono nam...

— Wiem — przyznał Sam głosem pełnym poczucia winy. — Ale ona się bała. Wiem, co to strach. Powiedziałem jej...

Przełknął ślinę.

— Co? Że ją ze sobą zabierzemy?

Pyzata twarz Sama poczerwieniała niczym burak.

— Jak będziemy wracali. — Nie potrafił spojrzeć Jonowi w oczy. — Ona będzie miała dziecko.

— Sam, czy odebrało ci rozum? Możemy nawet tędy nie wracać. A nawet jeśli tu wrócimy, to czy zdaje ci się, że Stary Niedźwiedź pozwoli ci zabrać jedną z żon Crastera?

— Myślałem, że może do tego czasu coś wykombinuję...

— Nie mam na to czasu. Muszę przygotować konie.

Jon oddalił się, rozgniewany i zbity z tropu. Sam miał serce równie wielkie jak resztę ciała, lecz chociaż tyle czytał, czasem potrafił być tępy jak Grenn. To, czego chciał, było niemożliwe, a do tego sprzeczne z wymogami honoru.

To dlaczego tak się wstydzę?

Gdy Nocna Straż przejeżdżała między czaszkami zatkniętymi przy bramie Crastera, Jon zajął swe zwykłe miejsce u boku Mormonta. Ruszyli na północny zachód krętą ścieżką wydeptaną przez zwierzynę. Zewsząd dobiegało kapanie pochodzącej z topniejącego lodu wody, łagodniejszy rodzaj deszczu, który miał własną, kojącą muzykę. Na północ od podwórka niosący liście i kawałki drewna potok wezbrał aż po brzegi, zwiadowcy jednak znaleźli bród, który kolumna zdołała jakoś sforsować, choć woda sięgała koniom aż po brzuchy. Duch przepłynął strumień. Kiedy wylazł na brzeg, biała sierść ociekała mu brązowymi kroplami. Otrzepał się, pryskając błotem i wodą na wszystkie strony. Mormont nie skomentował tego ani słowem, lecz siedzący na jego ramieniu kruk zaskrzeczał głośno.

— Panie — odezwał się cicho Jon, gdy znowu ze wszystkich stron otoczył ich las. — Craster nie ma ani jednej owcy. Ani syna.

Mormont nie odpowiadał.

— W Winterfell jedna ze służących opowiadała nam różne historie — ciągnął Jon. — Mówiła, że niektórzy dzicy pokładają się z Innymi, żeby spłodzić półludzkie dzieci.

— Głupie bajania. Czy Craster wydawał ci się nieludzki?

Na pięćdziesiąt różnych sposobów.

— Oddaje synów lasowi.

Zapadła długa cisza.

— Tak — rzekł wreszcie Mormont.

— Tak — wymamrotał kruk, pusząc się dumnie. — Tak, tak, tak.

— Wiedziałeś o tym?

— Smallwood mi mówił. Dawno temu. Wszyscy zwiadowcy o tym wiedzą, chociaż niewielu to przyzna.

— Mój stryj też wiedział?

— Wszyscy zwiadowcy — powtórzył Mormont. — Uważasz, że powinienem go powstrzymać. Zabić, jeśli okaże się to potrzebne. — Stary Niedźwiedź westchnął. — Gdyby chodziło tylko o to, że chce mieć mniej gąb do wyżywienia, z chęcią wysyłałbym po chłopaków Yorena albo Conwysa. Moglibyśmy wychować ich w czerni i Straż urosłaby w ten sposób w siłę. Ale dzicy czczą okrutniejszych bogów niż ty czy ja. Craster składa tych chłopców w ofierze. Można powiedzieć, że to jego modlitwy.

Jego żony na pewno odmawiają inne — pomyślał Jon.

— A skąd się o tym dowiedziałeś? — zapytał Stary Niedźwiedź. — Od jednej z żon Crastera?

— Tak, panie — wyznał Jon. — Ale wolałbym ci nie mówić, od której. Bała się i prosiła o pomoc.

— Szeroki świat pełen jest ludzi, którzy potrzebują pomocy, Jon. Dobrze by było, gdyby niektórzy z nich zdobyli się na odwagę, by pomóc sobie sami. Craster leży teraz na stryszku, nieprzytomny i cuchnący winem. A na dole czeka nowy, ostry topór. Na miejscu tej kobiety nazwałbym go „Wysłuchana Modlitwa" i położył temu kres.

Tak. Jon pomyślał o Goździk. O niej i jej siostrach. Było ich dziewiętnaście, a Craster był tylko jeden, ale…

— Niemniej gdyby Craster zginął, byłby to zły dzień dla Straży. Twój stryj mógłby ci opowiedzieć o chwilach, gdy Twierdza Crastera była jedynym, co stało między naszymi zwiadowcami a śmiercią.

— Ojciec…

Zawahał się.

— Słucham, Jon. Powiedz, co masz do powiedzenia.

— Ojciec mówił mi kiedyś, że niektórych ludzi nie warto zatrzymywać — dokończył młodzieniec. — Chorąży, który jest brutalny i niesprawiedliwy, okrywa hańbą nie tylko siebie, lecz również swego seniora.

— Craster należy tylko do siebie. Nic nam nie przysięgał. Nie podlega też naszym prawom. Masz szlachetne serce, Jon, ale musisz nauczyć się jednego. Nie możemy naprawić całego świata. Nie to jest naszym zadaniem. Nocna Straż toczy inne wojny.

Inne wojny. Tak jest. Nie mogę o tym zapominać.

— Jarman Buckwell mówił, że miecz może mi się niedługo przydać.

— Naprawdę? — Mormont nie miał zadowolonej miny. — Craster powiedział mi nocą znacznie więcej. Potwierdził moje najgorsze obawy. Przez niego całą noc nie mogłem zasnąć. Mance Rayder zbiera ludzi w Mroźnych Kłach. Dlatego wioski są puste. Ser Denys Mallister usłyszał to samo od dzikiego, którego jego ludzie złapali w Jarze, ale Craster poinformował mnie, gdzie ich gromadzi, a to zupełnie zmienia postać rzeczy.

— Chce wybudować miasto czy stworzyć armię?

— Oto jest pytanie. Ilu właściwie jest dzikich i jak wielu z nich to zdolni do walki mężczyźni? Nikt nie wie tego na pewno. Mroźne Kły to okrutne, niegościnne pustkowie. Jest tam tylko lód i skały. Wielkiej liczbie ludzi szybko zabraknie w tych górach jedzenia. To zgromadzenie może mieć tylko jeden cel. Mance Rayder chce uderzyć na południe, na Siedem Królestw.

— Dzicy najeżdżali już kiedyś królestwo. — Jon słyszał w Winterfell opowieści Starej Niani i maestera Luwina. — W czasach dziadka mojego dziadka powiódł ich na południe Raymun Rudobrody, a przed nim był jeszcze król zwany Baelem Bardem.

— A jeszcze dawniej Rogaty Lord i królowie-bracia Gendel i Gorne, natomiast w starożytnych czasach Joramun, który zadął w Róg Zimy i przebudził śpiących w ziemi olbrzymów. Każdy z nich połamał sobie zęby na Murze albo rozbiła go potęga Winterfell... ale Nocna Straż jest zaledwie cieniem tego, czym była ongiś, a kto poza nami może stawić czoło dzikim? Lord Winterfell nie żyje, a jego dziedzic pomaszerował ze wszystkimi siłami na południe, żeby walczyć z Lannisterami. Dzicy mogą nigdy już nie mieć takiej szansy. Znam Mance'a Raydera, Jon. To wiarołomca, ale ma oczy otwarte i nikt nigdy nie odważył się nazwać go tchórzem.

— I co zrobimy? — zapytał Jon.

— Znajdziemy go — odpowiedział Mormont. — Zmierzymy się z nim w walce i powstrzymamy go.

Trzystu ludzi przeciw wściekłości głuszy — pomyślał Jon. Jego palce rozwarły się i znowu zacisnęły.

Theon

Była z niej prawdziwa piękność. *Ale pierwsza w życiu każdemu wydaje się piękna* — pomyślał Theon Greyjoy.

— To ci dopiero ładny uśmiech — odezwał się kobiecy głos za jego plecami. — Paniczykowi podoba się nowa łódź, co?

Theon odwrócił się, by przyjrzeć się nieznajomej. Spodobało mu się to, co zobaczył. Natychmiast zauważył, że dziewczyna pochodzi z żelaznego rodu. Była szczupła i długonoga, miała czarne, krótko obcięte włosy, ogorzałą od wiatru skórę, silne pewne dłonie i sztylet za pasem. Nos był za duży i zbyt ostry jak na tak wąską twarz, lecz uśmiech wynagradzał to z nawiązką. Pomyślał, że jest trochę starsza od niego, lecz nie ma więcej niż dwadzieścia pięć lat. Poruszała się tak, jakby była przyzwyczajona czuć pokład pod stopami.

— Tak, wygląda wspaniale — odpowiedział — ale z tobą się nie równa.

— Oho. — Uśmiechnęła się. — Muszę uważać. Paniczyk ma słodki języczek.

— Sama popróbuj jego smaku.

— Ach, więc tak to ma być? — odparła, zerkając na niego śmiało. Na Żelaznych Wyspach zdarzały się kobiety — nie było ich wiele, lecz nie stanowiły też wyjątku — które pływały na drakkarach razem z mężczyznami, i powiadano, że sól i fale zmieniały je, dawały im męskie apetyty. — Byłeś długo na morzu, paniczyku? A może tam, skąd przypłynąłeś, nie mają kobiet?

— Mają, ale żadna z nich nie jest taka jak ty.

— A skąd wiesz, jaka jestem?

— Moje oczy widzą twoją twarz. Moje uszy słyszą twój śmiech. A mój kutas zrobił się na twój widok twardy jak maszt.

Podeszła bliżej i dotknęła przodu jego spodni.

— No, przynajmniej nie jesteś kłamcą — orzekła, ściskając go mocno przez materiał. — Bardzo cię boli?

— Okropnie.

— Biedny paniczyk — Puściła go i odsunęła się. — Tak się składa, że jestem mężatką i to od niedawna brzemienną.

— Bogowie są łaskawi — zauważył Theon. — W ten sposób nie ma ryzyka, że zrobię ci bękarta.

— Mój mąż i tak by ci nie podziękował.

— Ale ty może tak.

— A to dlaczego? Miałam już przedtem lordów. Są zbudowani tak samo jak inni mężczyźni.

— A czy miałaś kiedyś księcia? Kiedy będziesz już siwa i pomarszczona, a cycki będą ci zwisały poniżej brzucha, będziesz się mogła chwalić wnukom, że kiedyś kochałaś się z królem.

— Ach, więc mówimy o miłości? Myślałam, że tylko o kutasach i cipach.

— Marzy ci się miłość? — Doszedł do wniosku, że lubi tę dziewkę, kimkolwiek mogła być. Jej bystry dowcip mile kontrastował z posępną wilgocią Pyke. — Czy mam nadać drakkarowi twoje imię, grać ci na harfie i trzymać cię w wieży swego zamku odzianą tylko w klejnoty, jak księżniczkę z pieśni?

— Powinieneś nadać statkowi moje imię — zgodziła się, ignorując resztę jego słów. — W końcu to ja go zbudowałam.

— Zbudował go Sigrin. Cieśla okrętowy mojego ojca.

— Jestem Esgred, córka Ambrode'a i żona Sigrina.

Nawet nie wiedział, że Ambrode ma córkę, a Sigrin żonę… ale młodszego z rzemieślników spotkał tylko raz, a starszego prawie nie pamiętał.

— Szkoda cię dla niego.

— Oho. A Sigrin mi mówił, że to dla ciebie szkoda tego pięknego statku.

— Wiesz, kim jestem? — oburzył się Theon.

— Księciem Theonem z rodu Greyjoyów. Kimże by innym? Powiedz mi panie, czy naprawdę miłujesz tę swą nową pannę? Sigrin będzie chciał to wiedzieć.

Drakkar był zupełnie nowy. Pachniał jeszcze smołą i żywicą. Stryj Aeron miał go pobłogosławić jutro, ale Theon wybrał się tu z Pyke, żeby przyjrzeć się mu jeszcze przed zwodowaniem. Był mniejszy niż „Wielki Kraken" lorda Balona, czy „Żelazne Zwycięstwo" stryja Victariona, wydawał się jednak szybki i piękny, nawet teraz, gdy spoczywał w drewnianej kołysce na plaży: smukły, czarny kadłub długości stu stóp, jeden wysoki maszt, pięćdziesiąt długich wioseł, pokład zdolny pomieścić stu ludzi… a na dziobie wielki, żelazny taran w kształcie grotu strzały.

— Sigrin dobrze mi się przysłużył — przyznał. — Czy ten statek jest taki szybki, jak na to wygląda?

— Szybszy. Pod warunkiem, że będzie miał dobrego kapitana.

— Minęło kilka lat, odkąd ostatnio stałem u steru. — *A szczerze mówiąc, nigdy nie dowodziłem statkiem.* — Jestem jednak Greyjoyem i żelaznym człowiekiem. Morze jest w mojej krwi.

— A twoja krew znajdzie się w morzu, jeśli z żeglowaniem idzie ci tak samo kiepsko jak z gadaniem.

— Nigdy w życiu nie skrzywdziłbym tak pięknej dziewicy.

— Pięknej dziewicy? — Parsknęła śmiechem. — To raczej morska dziwka.

— Proszę. Ty wybrałaś jej nazwę. „Morska Dziwka".

Rozśmieszyło ją to. Dostrzegł błysk w jej ciemnych oczach.

— A mówiłeś, że nadasz jej moje imię — rzekła głosem pełnym urazy i wyrzutu.

— Przecież to zrobiłem. — Złapał ją za rękę. — Pomóż mi, pani. W zielonych krainach wierzą, że kobieta w ciąży przynosi szczęście mężczyźnie, który się z nią prześpi.

— A co oni mogą wiedzieć o statkach? Albo i o kobietach? Poza tym, podejrzewam, że to sobie wymyśliłeś.

— Czy jeśli się do tego przyznam, będziesz mnie jeszcze kochała?

— Jeszcze? A odkąd to cię kocham?

— Nie kochasz — przyznał — ale postaram się zaradzić temu niedostatkowi, moja słodka Esgred. Wiatr jest zimny. Wejdź na pokład mojego statku i pozwól, bym cię ogrzał. Jutro mój stryj Aeron poleje jego dziób morską wodą, mamrocząc modlitwę do Utopionego Boga, ale wolałbym pobłogosławić go mlekiem naszych lędźwi.

— Utopiony Bóg może nie być zadowolony.

— Pieprzyć Utopionego Boga. Jeśli będzie nam przeszkadzał, utopię go po raz drugi. Za dwa tygodnie odpływamy na wojnę. Czy chcesz, żebym wyruszył do boju niewyspany z tęsknoty?

— Czemu nie.

— Okrutna z ciebie dziewczyna. Trafnie nazwałem swój statek. Jeśli w roztargnieniu skieruję go na skały, to ty będziesz temu winna.

— Chcesz sterować tym?

Esgred ponownie dotknęła jego spodni, uśmiechając się gdy jej palec przebiegł po żelaznym zarysie męskości.

— Wróć ze mną do Pyke — zaproponował nagle.

Co powie na to lord Balon? — myślał. *A co mnie to obchodzi? Jestem już dorosły i jeśli chcę wziąć sobie dziewkę do łoża, to tylko mój interes.*

— A co bym tam miała robić? — zapytała, nie cofając ręki.

— Ojciec urządza dziś ucztę na cześć swych kapitanów.

Ucztowali z nim co noc, czekając aż zjawią się ostatni spóźnialscy, Theon nie widział jednak potrzeby o tym wspominać.

— Chciałbyś uczynić mnie swym kapitanem na jedną noc, mości książę?

Nigdy, u żadnej kobiety, nie widział równie łobuzerskiego uśmiechu.

— Może i tak. Jeśli będę pewien, że doprowadzisz mnie bezpiecznie do portu.

— No cóż, wiem, który koniec wiosła zanurza się w morzu. Nie znajdziesz też nikogo, kto lepiej radziłby sobie ze sznurami i węzłami. — Jedną ręką rozwiązała mu sznurówki spodni, po czym odsunęła się nieco od niego. — Szkoda, że jestem mężatką i to od niedawna brzemienną.

Podniecony Theon zawiązał pośpiesznie spodnie.

— Muszę już wracać do zamku. Jeśli nie pojedziesz ze mną, mogę z żalu zgubić drogę, a to byłoby wielką stratą dla wszystkich wysp.

— Nie możemy do tego dopuścić... ale nie mam konia, panie.

— Mogłabyś pojechać na wierzchowcu mojego giermka.

— I kazać biedakowi wracać taki kawał na piechotę?

— To pojedź na moim.

— To by ci odpowiadało. — Znowu ten sam uśmiech. — Miałabym siedzieć z przodu czy z tyłu?

— A gdzie lubisz być?

— Na wierzchu.

Gdzie ta dziewka podziewała się przez całe moje życie?

— Zamek mego ojca jest ciemny i wilgotny. Żeby go ogrzać, potrzeba by Esgred.

— Paniczyk ma słodki języczek.

— Czy nie od tego zaczęliśmy rozmowę?

Uniosła ręce do góry.

— I na tym ją zakończymy. Esgred jest twoja, słodki książę. Zabierz mnie do swego zamku. Niech ujrzę twe dumne wieże wznoszące się z morza.

— Zostawiłem konia w gospodzie. Chodź.

Ruszyli razem plażą, a gdy ujął ją pod rękę, nie odsunęła się. Podobał mu się jej chód. Była w nim śmiałość, nieśpieszny, rozkołysany rytm, który sugerował, że w pościeli może być równie odważna.

W Lordsporcie było tłoczno jak nigdy. Roiło się tu od ludzi z drakkarów, które leżały na żwirowej plaży albo stały na kotwicy za falochronem. Żelaźni ludzie uginali kolana rzadko i niechętnie, Theon zauważył jednak, że wioślarze i ludzie z miasteczka cichną, gdy przechodzi, i pozdrawiają go pełnymi szacunku ukłonami. *Wreszcie dowiedzieli się, kim jestem* — pomyślał. *Najwyższy czas.*

Poprzedniej nocy przybył lord Goodbrother z Wielkiej Wyk, który przyprowadził ze sobą większą część swych sił, prawie czterdzieści drakkarów. Wszędzie pełno było jego ludzi, którzy rzucali się w oczy w swych pasiastych szarfach z koziej sierści. W gospodzie opowiadano, że wszystkie dziwki Ottera Gimpknee zostały przeruchane na wylot przez gołowąsów w szarfach. Theon nie zazdrościł chłopakom tej przyjemności. Nigdy w życiu nie widział bardziej francowatego domu rozpusty. Jego obecna towarzyszka bardziej przypadła mu do gustu. Fakt, że była żoną cieśli okrętowego jego ojca i to w dodatku ciężarną, zwiększał tylko jej atrakcyjność.

— Czy jego książęca mość zaczął już kompletować załogę? — zapytała Esgred, gdy szli ku stajni. — Ho, Bluetooth — krzyknęła do przechodzącego obok żeglarza, wysokiego mężczyzny w kamizelce z niedźwiedziej skóry i hełmie ozdobionym skrzydłami kruka. — Jak tam twoja nowa żona?

— Brzuch jej rośnie. Mówi o bliźniakach.

— Tak szybko? — Esgred znowu uśmiechnęła się łobuzersko. — Prędko umoczyłeś wiosło w wodzie.

— Ehe. A potem wiosłowałem, wiosłowałem i wiosłowałem — ryknął mężczyzna.

— Wielki z niego chłop — zauważył Theon. — Bluetooth, tak? Może jemu powinienem zaproponować miejsce na „Morskiej Dziwce"?

— Tylko jeśli chcesz go obrazić. Ma już własny piękny statek.

— Za długo mnie tu nie było i nikogo nie znam — przyznał Theon. Próbował odszukać kilku przyjaciół z dzieciństwa, ale poumierali albo wyrośli na obcych. — Stryj Victarion pożyczył mi sternika.

— Rymolfa Sztormowego Pijaka? Jest dobry, pod warunkiem, że się nie urżnie. — Dostrzegła kolejne znajome twarze. — Uller, Qarl — krzyknęła do przechodzącej obok trójki. — Gdzie wasz brat, Skyte?

— Obawiam się, że Utopiony Bóg potrzebował silnego wioślarza — odparł krępy mężczyzna z kosmykiem bieli w brodzie.

— Chciałeś powiedzieć, że Eldiss wyżłopał za dużo wińska i pękł mu brzuchal — zauważył idący obok niego młodzieniec o różowych policzkach.

— To, co jest martwe, nie może umrzeć — rzekła Esgred.

— To, co jest martwe, nie może umrzeć.

Theon wymamrotał te słowa razem z nimi.

— Wydaje się, że wszyscy cię tu znają — powiedział do niej, gdy mężczyźni już odeszli.

— Każdy kocha żonę cieśli okrętowego, chyba że chce, żeby jego statek zatonął. Jeśli potrzebujesz ludzi do wioseł, tych trzech nada się nienajgorzej.

— W Lordsporcie nie brak silnych ramion.

Theon dokładnie rozważał tę sprawę. Potrzebował wojowników, ludzi, którzy będą wierni jemu, a nie jego panu ojcu czy stryjom. Na razie grał rolę młodego, posłusznego księcia, czekając aż lord Balon w pełni ujawni swe plany. Jeśli mu się nie spodobają albo dojdzie do wniosku, że otrzymał w nich zbyt mało znaczące miejsce, to, cóż…

— Siła nie wystarczy. Żeby drakkar osiągnął maksymalną prędkość, wszystkie wiosła muszą się ruszać jak jedno. Jeśli masz swój rozum, wybierz ludzi, którzy już ze sobą wiosłowali.

— Rozsądna rada. A może ty mi pomożesz ich wybrać?

Niech sobie myśli, że pragnę jej dla jej mądrości. Kobiety to lubią.

— Może i tak. Jeśli będziesz dla mnie dobry.

— A jak mógłbym nie być?

Gdy zbliżyli się do „Myraham", Theon przyśpieszył kroku. Pusty statek kołysał się u nabrzeża. Kapitan chciał odpłynąć już przed dwoma tygodniami, lecz lord Balon na to nie pozwolił. Nie wypuszczał żadnego z kupców, którzy zawinęli do Lordsportu, nie chcąc, by wiadomości o jego przygotowaniach dotarły na kontynent, nim będzie gotów uderzyć.

— Panie. — Płaczliwy głos dobiegał z pokładu dziobowego. Córka kapitana wychyliła się przez reling, spoglądając na niego. Ojciec zabronił jej schodzić na brzeg, lecz gdy tylko Theon przybywał do Lordsportu, widział, że dziewczyna pałęta się przygnębiona po pokładzie. — Panie, zaczekaj chwilę — wołała. — Panie, bądź łaskawy…

— A czy ona była dla ciebie łaskawa? — zapytała Esgred, gdy prowadził ją pośpiesznie obok kogi.

Przed tą kobietą nie miało sensu nic ukrywać.

— Przez pewien czas. A teraz pragnie zostać moją morską żoną.

— Oho. No, na pewno przydałoby się ją zamarynować w morskiej wodzie. Jest stanowczo zbyt miękka i mdła. Mam rację?

— Masz.

Miękka i mdła. Wszystko się zgadza. Skąd o tym wiedziała?

Kazał Wexowi zaczekać w gospodzie. W środku było tak tłoczno, że Theon musiał się przepychać przez drzwi. Na ławie ani przy stołach nie było ani jednego wolnego miejsca. Nigdzie nie widział też swego giermka.

— Wex — wrzasnął, przekrzykując panujący w karczmie gwar.

Jeśli jest z jedną z tych francowatych kurew, zedrę z niego skórę — pomyślał. Po chwili jednak zauważył chłopca, który grał w kości przy kominku... i w dodatku wygrywał, sądząc po leżącym przed nim stosie monet.

— Musimy już iść — oznajmił Theon. Gdy chłopiec nie zwracał na niego uwagi, złapał go za ucho i odciągnął od gry. Wex chwycił garść miedziaków i odszedł bez słowa. To między innymi Theon u niego lubił. Większość giermków była okropnie pyskata, ale Wex urodził się niemy... co nie znaczy, że nie był bystry jak na dwunastolatka. Był nisko urodzonym synem jednego z przyrodnich braci lorda Botleya. Theon zgodził się przyjąć go na służbę. Była to część ceny, którą musiał zapłacić za konia.

Na widok Esgred Wex wybałuszył nagle oczy. *Zupełnie jakby nigdy nie widział kobiety* — pomyślał Theon.

— Esgred pojedzie z nami do Pyke. Siodłaj konie i to szybko.

Chłopiec jechał na małej, chudej szkapie ze stajni lorda Balona, lecz wierzchowiec Theona prezentował się zupełnie inaczej.

— Skąd wziąłeś tego piekielnego rumaka? — zapytała Esgred, gdy go ujrzała. Z jej śmiechu wnosił jednak, że jest pod wrażeniem.

— Lord Botley kupił go w zeszłym roku w Lannisporcie, ale okazało się, że nie potrafi sobie z nim poradzić, i z chęcią mi go sprzedał.

Żelazne Wyspy były zbyt jałowe i skaliste, by można było na nich hodować dobre konie. Większość ich mieszkańców była w najlepszym razie nieszczególnymi jeźdźcami. Lepiej czuli się na pokładzie drakkaru niż w siodle. Nawet lordowie jeździli na marnych chabetach albo kudłatych harlawskich kucykach, a wozy częściej zaprzęgano w woły niż w konie. Prostaczkowie zbyt ubodzy, by pozwolić sobie na zwierzęta pociągowe, sami zaprzęgali się do pługa, żeby orać wąską warstewkę kamienistej gleby.

Theon jednak spędził dziesięć lat w Winterfell i nie zamierzał ruszać na wojnę bez dobrego wierzchowca. Nieudany zakup lorda Botleya okazał się dla niego uśmiechem losu. Kary ogier, o charakterze równie czarnym, jak jego maść, był większy od rumaków używanych przez lekką jazdę, choć mniejszy niż większość koni rycerskich. Ponieważ Theon ustępował wzrostem większości rycerzy, bardzo mu to odpowiadało. Oczy zwierzęcia gorzały ogniem. Gdy ujrzało nowego właściciela, odsłoniło zęby i spróbowało ugryźć go w twarz.

— Jak ma na imię? — zapytała Esgred, gdy Theon dosiadał ogiera.

— Śmieszek. — Podał jej rękę i wciągnął ją na konia przed siebie, otaczając ją ramionami. — Znałem kiedyś człowieka, który powiedział mi, że śmieję się z niewłaściwych rzeczy.

— A czy to prawda?

— Tylko zdaniem tych, którzy nie śmieją się z niczego — odparł, myśląc o ojcu i stryju Aeronie.

— A czy teraz masz powód do śmiechu, mości książę?

— O tak.

Theon wysunął rękę przed nią, łapiąc za wodze. Niemal dorównywała mu wzrostem. Jej włosy wymagały umycia, a na ładnej szyi miała różową bliznę, podobał mu się jednak jej zapach. Pachniała solą, potem i kobietą. Powrót do Pyke zapowiadał się znacznie ciekawiej niż jazda do Lordsportu.

Gdy już oddalili się od osady, Theon położył dłoń na piersi Esgred. Kobieta strąciła ją.

— Na twoim miejscu trzymałabym obie łapy na wodzach, bo inaczej to czarne bydlę zrzuci nas z grzbietu i zabije dwoma kopnięciami.

— Tego go oduczyłem.

Rozbawiony jej słowami Theon trzymał przez pewien czas ręce przy sobie, rozmawiając o pogodzie (od chwili jego przyjazdu było szaro i pochmurno, a często również deszczowo) i opowiadając jej o ludziach, których zabił w Szepczącym Lesie. Gdy dotarł do chwili, w której zbliżył się na wyciągnięcie ręki do samego Królobójcy, położył dłoń w tym samym miejscu co poprzednio. Piersi Esgred były małe, ale podobała mu się ich jędrność.

— Lepiej tego nie rób, mości książę.

— A to czemu?

Theon ścisnął mocniej.

— Twój giermek patrzy.

— Niech sobie patrzy. Przyrzekam, że nikomu nie powie ani słowa.

Esgred oderwała jego palce od swej piersi i tym razem unieruchomiła je pewnie. Miała silne dłonie.

— Lubię kobiety, które mają mocny uścisk.

Prychnęła pogardliwie.

— Nigdy bym tego nie pomyślała, widząc tę dziewkę z portu.

— Nie sądź mnie po niej. Była jedyną kobietą na statku.

— Opowiedz mi o swym ojcu. Czy gościnnie przywita mnie w zamku?

— Nie przypuszczam. Nie powitał mnie zbyt miło, choć jestem krwią z jego krwi, dziedzicem Pyke i Żelaznych Wysp.

— Na pewno? — zapytała łagodnym tonem. — Słyszałam, że masz stryjów, braci i siostrę.

— Moi bracia od dawna nie żyją, a siostra... no cóż, powiadają, że ulubioną suknią Ashy jest kolczuga, która zwisa jej poniżej kolan, a pod nią nosi bieliznę z utwardzanej skóry. Męski ubiór nie zrobi z niej jednak mężczyzny. Kiedy wygramy wojnę, wydam ją za mąż, żeby zawrzeć jakiś korzystny sojusz. Pod warunkiem, że znajdę mężczyznę, który będzie ją chciał. O ile dobrze sobie przypominam, miała nos jak sępi dziób, kupę pryszczy i pierś płaską jak chłopak.

— Możesz wydać za mąż swą siostrę, ale nie stryjów — zauważyła Esgred.

— Stryjowie... — Theon miał pierwszeństwo przed trzema braćmi swego ojca, lecz mimo to kobieta poruszyła drażliwą kwestię. Na wyspach nierzadko się zdarzało, że silny i ambitny stryj wydziedziczał słabego bratanka, na ogół go przy tym mordując. *Ale ja nie jestem słaby* — pomyślał Theon. *A gdy mój ojciec umrze, zamierzam być jeszcze silniejszy.* — Stryjowie mi nie zagrożą — oznajmił. — Aeron jest pijany wodą morską i świętością. Obchodzi go tylko jego bóg.

— Jego bóg? A twój nie?

— Mój też. To, co jest martwe, nie może umrzeć. — Uśmiechnął się półgębkiem. — Dopóki będę klepał wymagane pobożne frazesy, Mokra Czupryna nie sprawi mi kłopotów. A stryj Victarion...

— Lord kapitan Żelaznej Floty i wielki wojownik. Słyszałam, jak śpiewają o nim w piwiarniach.

— Podczas buntu mojego ojca wpłynął z moim drugim stryjem do Lannisportu i spalił stojącą na kotwicy flotę Lannisterów — przypomniał sobie Theon. — Ale to Euron ułożył ten plan. Victarion jest jak wielki, siwy wół. Silny, niestrudzony i obowiązkowy, ale w wyścigach to raczej nie wygra. Z pewnością będzie służył mi wiernie, tak jak służy mojemu ojcu. Ma za mało sprytu i ambicji, żeby uknuć zdradę.

— Ale Euronowi Wroniemu Oku nie brakuje przebiegłości. Słyszałam, jak ludzie opowiadali o nim straszne rzeczy.

Theon przesunął się nieco.

— Stryja Eurona nie widziano na wyspach już blisko dwa lata. Może nie żyje.

Tak by było najlepiej. Najstarszy z braci lorda Balona nigdy nie wyrzekł się dawnych zwyczajów, nawet na jeden dzień. Jego „Ciszę", drakkar o czarnych żaglach i ciemnoczerwonym kadłubie, okrywała ponoć zła sława we wszystkich portach od Ibben aż po Asshai.

— To możliwe — zgodziła się Esgred. — A jeśli nawet żyje, spędził na morzu tyle czasu, że właściwie jest już tu obcy. Żelaźni ludzie nigdy by nie pozwolili obcemu zasiąść na Tronie z Morskiego Kamienia.

— Pewnie masz rację — przyznał Theon, nim przyszło mu do głowy, że niektórzy jego również nazwaliby obcym. Zmarszczył brwi na tę myśl. *Dziesięć lat to spory szmat czasu, ale teraz wróciłem, a ojcu wcale się nie śpieszy umierać. Zdążę jeszcze dowieść swej wartości.* Miał ochotę znowu popieścić pierś Esgred, lecz zapewne odsunęłaby tylko jego dłoń, a poza tym rozmowa o stryjach stłumiła nieco jego żądze. Będzie miał na to czas w zamku, w swej komnacie.

— Kiedy dojedziemy do Pyke, pomówię z Helyą, żeby dała ci honorowe miejsce na uczcie — powiedział. — Ja będę musiał zasiąść na podwyższeniu, po prawej ręce ojca, ale gdy tylko opuści komnatę, zejdę do ciebie. Rzadko zostaje długo. Nie może już pomieścić zbyt wiele trunku.

— To smutne, gdy wielki człowiek się starzeje.

— Lord Balon jest tylko ojcem wielkiego człowieka.

— Skromny z ciebie paniczyk.

— Tylko głupiec sam się poniża, gdy na świecie pełno jest ludzi gotowych uczynić to za niego.

Pocałował ją lekko w kark.

— A co mam założyć na tę wielką ucztę?

Sięgnęła ręką za siebie i odepchnęła go.

— Poproszę Helyę, żeby coś dla ciebie znalazła. Jedna z sukien pani matki będzie w sam raz. No wiesz, ona odpłynęła na Harlaw i nie wybiera się z powrotem.

— Słyszałam, że zimne wichry odebrały jej zdrowie. Czy jej nie odwiedzisz? Harlaw leży tylko o dzień żeglugi stąd, a lady Greyjoy z pewnością pragnęłaby ujrzeć syna po raz ostatni.

— Gdybym tylko miał czas. Mam tu zbyt wiele roboty. Jestem potrzebny ojcu. Może gdy nadejdzie pokój…

— Twój widok mógłby jej przynieść pokój.

— Teraz mówisz jak kobieta — poskarżył się Theon.

— Przyznaję, że nią jestem... i to od niedawna brzemienną.

Ta myśl ekscytowała go z jakiegoś powodu.

— Tak twierdzisz, ale twoje ciało nie wykazuje żadnych oznak ciąży. Jak potrafisz tego dowieść? Nim ci uwierzę, będę musiał zobaczyć, jak rosną ci piersi i skosztować twojego mleka.

— A co na to powie mój mąż? Zaprzysiężony sługa twego ojca?

— Damy mu tyle statków do wybudowania, że nawet nie zauważy twojego odejścia.

Parsknęła śmiechem.

— Porwał mnie okrutny paniczyk. Jeśli ci obiecam, że pewnego dnia pokażę ci, jak karmię swe dzieciątko, to czy opowiesz mi o swojej wojnie Theonie z rodu Greyjoyów? Przed nami jeszcze całe mile gór i chciałabym coś usłyszeć o tym wilczym królu, któremu służyłeś i o jego wrogach, złotych lwach.

Theon spełnił tę prośbę, pragnąc przypodobać się dziewczynie. Reszta drogi minęła mu szybko. Zajął się wypełnianiem jej ładnej główki opowieściami o Winterfell i o wojnie. Zdumiewało go, jakie rzeczy jej wyznał.

Niech bogowie mają ją w opiece, ależ łatwo się z nią rozmawia — pomyślał. *Mogłoby się zdawać, że znam ją od lat. Jeśli jest choć w połowie tak zręczna w łożu, jak wygadana, będę musiał ją sobie zatrzymać...* Przypomniał sobie cieślę okrętowego Sigrina, masywnego, mało rozgarniętego mężczyznę, którego płowe włosy rzedniały już, a czoło pokrywały krosty. Potrząsnął głową. *Marnotrawstwo. Tragiczne marnotrawstwo.*

Gdy pojawił się przed nimi potężny mur kurtynowy Pyke, wydawało się, że minęła zaledwie chwila.

Bramy były otwarte. Theon wpił pięty w boki Śmieszka, który ruszył naprzód szybkim truchtem. Gdy pomagał Esgred zsiąść, psy rozszczekały się jak szalone. Kilka z nich pomknęło ku nim, merdając ogonami. Przemknęły obok niego i omal nie zwaliły kobiety z nóg. Skakały na nią, jazgocząc i liżąc ją zawzięcie.

— A kysz — krzyknął Theon, wymierzając wielkiej, brązowej suce niezgrabnego kopniaka, Esgred jednak siłowała się z psami, śmiejąc się głośno.

Stajenny przybiegł w ślad za zwierzętami.

— Zabierz konia — rozkazał mu Theon — i weź stąd te cholerne psy...

Ten prostak w ogóle nie zwrócił na niego uwagi. Rozciągnął gębę w uśmiechu, odsłaniając liczne szczerby.

— Lady Asho. Wróciłaś.

— Dzisiejszej nocy — wyjaśniła. — Przypłynęłam z Wielkiej Wyk z lordem Goodbrotherem i zatrzymałam się na nocleg w gospodzie. Mój młodszy brat był tak uprzejmy, że podwiózł mnie z Lordsportu.

Ucałowała jednego z psów w nos i uśmiechnęła się do Theona.

Mógł jedynie gapić się na nią z rozdziawioną gębą. *Asha. Nie. To nie może być Asha.* Zdał sobie nagle sprawę, że w jego głowie istniały dwie wizje siostry. Jedna z nich była małą dziewczynką, którą znał. Drugi, mniej wyrazisty obraz przypominał nieco ich matkę. Żaden z nich nie był jednak podobny do tej… tej… tej…

— Pryszcze zniknęły, gdy pojawiły się piersi — wyjaśniła, nie przestając tarmosić psa. — Ale sępi dziób został.

Theon wreszcie odzyskał głos.

— Dlaczego mi nie powiedziałaś?

Asha puściła ogara i wyprostowała się.

— Chciałam się najpierw przekonać, kim jesteś. Teraz już to wiem — rzekła z płytkim, drwiącym ukłonem. — Na razie cię przeproszę, braciszku. Muszę się wykąpać i przebrać na ucztę. Ciekawe, czy mam jeszcze gdzieś tę kolczugę, którą zawsze zakładam na skórzaną bieliznę?

Obdarzyła go swym łobuzerskim uśmiechem i ruszyła przez most rozkołysanym, nieśpiesznym krokiem, który tak mu się podobał.

Gdy Theon się odwrócił, zobaczył, że Wex uśmiecha się głupkowato. Zdzielił chłopaka w ucho.

— To za to, że za bardzo się cieszysz. — Walnął go po raz drugi, mocniej. — A to za to, że mnie nie ostrzegłeś. Na drugi raz wyhoduj sobie język.

Komnaty w Krwawym Donżonie nigdy nie wydawały mu się równie zimne, choć niewolnicy rozpalili ogień w piecyku. Theon zrzucił buty z nóg, pozwolił, by płaszcz zsunął się na podłogę i nalał sobie kielich wina, wspominając gamoniowatą, pryszczatą dziewczynę o sterczących kolanach. *Rozwiązała mi spodnie* — myślał oburzony. *I powiedziała… o bogowie, a ja powiedziałem…* Jęknął. W żaden sposób nie mógłby z siebie zrobić większego durnia. *Nie* — poprawił się. *To ona zrobiła ze mnie durnia. Ta złośliwa dziwka na pewno cieszyła się każdą chwilą. Ciągle próbowała mnie złapać za kutasa…*

Wziął w rękę kielich i podszedł do ławeczki w oknie wykuszowym spoglądając na morze, podczas gdy niebo nad Pyke stawało się coraz ciemniejsze.

Nie ma tu dla mnie miejsca — pomyślał. *I to Asha jest tego powodem, niech ją Inni porwą!*

Woda na dole zmieniła kolor z zielonego na szary, a potem czarny. Wreszcie usłyszał dobiegającą z dali muzykę i pojął, że pora przebrać się na ucztę.

Wybrał zwyczajne buty i jeszcze bardziej niewyszukane ubranie, w posępnych czarno-szarych barwach, które harmonizowały z jego nastrojem. Nie mógł nosić ozdób, nie miał bowiem nic, za co zapłaciłby żelazem. *Mogłem coś zabrać temu dzikiemu, którego zabiłem żeby uratować Brana Starka, ale nie miał nic, co warto by było sobie wziąć. To moje przeklęte szczęście. Zabijam tylko biedaków.*

W długiej, pełnej dymu komnacie roiło się od lordów i kapitanów jego ojca. Było ich prawie czterystu. Dagmer Rozcięta Gęba nie wrócił jeszcze ze Starej Wyk ze Stonehouse'ami i Drummami, lecz wszyscy pozostali byli na miejscu: Harlawowie z Harlaw, Blacktyde'owie z Blacktyde, Sparrowie, Merlynowie i Goodbrotherowie z Wielkiej Wyk, Saltcliffe'owie i Sunderly'owie z Saltcliffe oraz Botleyowie i Wynchowie z drugiej strony Pyke. Niewolnicy nalewali wszystkim *ale*. Była też muzyka: skrzypki, dudy i bębny. Trzej krzepcy mężczyźni podrygiwali w rytm tańca palców, rzucając w siebie toporkami o krótkich rękojeściach. Sztuka polegała na tym, by złapać toporek albo przeskoczyć nad nim, nie wypadając z rytmu. Nazwa taniec palców brała się stąd, że zabawa kończyła się zwykle wtedy, gdy któryś z uczestników stracił palec… albo dwa czy pięć.

Ani tańczący, ani pijący nie poświęcali zbytniej uwagi zmierzającemu ku podwyższeniu Theonowi Greyjoyowi. Lord Balon zasiadał na Tronie z Morskiego Kamienia, który wyrzeźbiono z ogromnego kamiennego bloku o barwie oleistej czerni, nadając mu kształt wielkiego krakena. Legendy mówiły, że gdy Pierwsi Ludzie przybyli na Żelazne Wyspy, znaleźli monolit na brzegu Starej Wyk. Po lewej stronie tronu siedzieli stryjowie Theona, a po prawej, na honorowym miejscu, Asha.

— Spóźniłeś się, Theonie — zauważył lord Balon.

— Wybacz mi, proszę — odparł, siadając na pustym krześle obok Ashy. — Zajęłaś moje miejsce — syknął jej do ucha.

Obrzuciła go niewinnym spojrzeniem.

— Bracie, z pewnością się mylisz. Twoje miejsce jest w Winterfell. — Jej uśmiech ranił go głęboko. — A gdzie się podziały twoje piękne szaty? Słyszałam, że lubisz się stroić w jedwab i aksamit.

Sama miała na sobie prosto skrojoną suknię z miękkiej zielonej wełny, która przylegała do jej smukłego ciała.

— Widzę, że twoja kolczuga zardzewiała, siostro — odgryzł się. — Wielka szkoda. Miałem nadzieję, że zobaczę cię zakutą w żelazo.

Roześmiała się głośno.

— Może jeszcze zobaczysz, braciszku... jeśli twoja „Morska Dziwka" zdoła dotrzymać kroku mojemu „Czarnemu Wichrowi". — Jeden z niewolników ich ojca podszedł do nich z dzbanem wina w ręku. — Pijesz dziś *ale* czy wino, Theonie? — Pochyliła się bliżej. — A może wciąż masz ochotę na moje mleko?

Zaczerwienił się.

— Wino — powiedział niewolnikowi. Asha odwróciła się i grzmotnęła pięścią w stół, domagając się *ale*.

Theon przeciął na pół bochen chleba, wydrążył go i zawołał kucharza, każąc wypełnić go duszoną rybą. Woń gęstej śmietany przyprawiła go o lekkie mdłości, nakazał sobie jednak trochę zjeść. Wypił tyle wina, że wystarczyłoby mu na dwa posiłki. *Jeśli się porzygam, to na nią.*

— Czy ojciec wie, że wyszłaś za jego cieślę okrętowego? — zapytał.

— Sigrin też o tym nie wie. — Wzruszyła ramionami. — Esgred była pierwszym statkiem, jaki zbudował. Nadał jej imię swej matki. Trudno by mi było powiedzieć, którą z nich kocha bardziej.

— Wszystko co mi powiedziałaś, było kłamstwem.

— Nie wszystko. Pamiętasz, jak mówiłam, że lubię być na wierzchu?

Asha wyszczerzyła zęby w uśmiechu. Rozgniewała go tym jeszcze bardziej.

— Mówiłaś też, że jesteś mężatką i to od niedawna brzemienną...

— Och, to również była prawda. — Asha zerwała się na nogi. — Rolfe, tutaj — krzyknęła do jednego z tańczących, unosząc rękę. Kiedy ją zobaczył, odwrócił się i nagle z jego ręki pofrunął toporek, który wirował, lśniąc ostrzem w blasku pochodni. Theon zdążył tylko westchnąć cicho, nim Asha złapała go w locie i wbiła w blat, rozcinając na pół jego wydrążony bochen. Płaszcz splamiły mu kropelki sosu.

— Oto mój pan mąż. — Jego siostra sięgnęła pod suknię i wydobyła spomiędzy piersi sztylet. — A to jest moje słodkie dzieciątko.

Nie potrafił sobie wyobrazić, jak w owej chwili wygląda, nagle jednak dotarło do niego, że wszyscy zebrani w wielkiej komnacie goście ryczą głośno ze śmiechu i że to on jest przyczyną ich wesołości. Nawet ojciec się uśmiechał, niech szlag trafi bogów, a stryj Victarion chichotał głośno. Uśmiechnął się półgębkiem. To była najlepsza odpowiedź, na jaką potrafił się zdobyć. *Jeszcze zobaczymy, kto się będzie śmiał, kiedy to wszystko się skończy, ty zdziro.*

Asha wyrwała topór z blatu i rzuciła go z powrotem tancerzom przy akompaniamencie gwizdów i głośnych okrzyków.

— Lepiej, żebyś posłuchał mojej rady, jeśli chodzi o dobór załogi. — Niewolnik podsunął im talerz. Nadziała na sztylet soloną rybę i zjadła ją. — Gdybyś zadał sobie trud dowiedzieć się czegoś o Sigrinie, nie udałoby mi się cię oszukać. Dziesięć lat byłeś wilkiem i chcesz, żeby na wyspach uznano cię za księcia, chociaż nikogo nie znasz i nic nie wiesz. Dlaczego ludzie mieliby za ciebie walczyć i ginąć?

— Jestem ich prawowitym księciem — odparł sztywnym tonem Theon.

— Może według praw zielonych krain. My sami ustalamy swe prawa. Czyżbyś o tym zapomniał?

Theon skrzywił się, spoglądając na dziurawe naczynie z chleba. Za chwilę sos spłynie mu na kolana. Wezwał krzykiem niewolnika, każąc mu zabrać resztki potrawy. *Połowę życia czekałem na powrót do domu i co tu zastałem? Drwiny i lekceważenie.* Nie tak pamiętał Pyke. Czy jednak rzeczywiście je pamiętał? Kiedy zabrano go stąd jako zakładnika, był jeszcze bardzo młody.

Uczta była wyjątkowo skromna. Podano rozmaite duszone ryby, czarny chleb i kozią pieczeń bez przypraw. Najsmaczniejszą potrawą, jaką znalazł Theon, był placek z cebulą. *Ale* i wino lały się jeszcze długo po tym, gdy ze stołów zabrano ostatnie dania.

Wreszcie lord Balon Greyjoy podniósł się z Tronu z Morskiego Kamienia.

— Skończcie pić i chodźcie do mojej samotni — rozkazał wszystkim, którzy siedzieli z nim na podwyższeniu. — Musimy przygotować plany.

Wyszedł, nie mówiąc już ani słowa, eskortowany przez dwóch strażników. Po chwili ruszyli za nim jego bracia. Theon podniósł się, by pójść za nimi.

— Mojemu braciszkowi się śpieszy.

Asha uniosła róg, żądając więcej *ale*.

— Pan ojciec czeka.

— Czekał wiele lat i nie zaszkodzi mu, jak zaczeka jeszcze chwilę... ale jeśli boisz się jego gniewu, to pędź, oczywiście. Nie powinieneś mieć trudności z dogonieniem stryjów. — Uśmiechnęła się. — W końcu jeden jest pijany wodą morską, a drugi to wielki, siwy wół, taki tępy, że pewnie zabłądzi.

Theon usiadł poirytowany.

— Nie biegam za żadnym mężczyzną.

— Ale za każdą kobietą?

— To nie ja złapałem cię za kutasa.

— Bo ja go nie mam, pamiętasz? Za inne części ciała łapałeś mnie bardzo chętnie.

Czuł, że jego policzki pokrywa rumieniec.

— Jestem mężczyzną i mam męskie potrzeby. A jakim nienaturalnym stworzeniem ty jesteś?

— Tylko nieśmiałą dziewicą. — Asha wyciągnęła błyskawicznie rękę pod stołem i znowu chwyciła go za kutasa. Omal nie podskoczył.

— Co to, nie chcesz, żebym zaprowadziła cię do portu, braciszku?

— Małżeństwo nie jest dla ciebie — orzekł Theon. — Kiedy obejmę rządy, chyba odeślę cię do milczących sióstr.

Podniósł się i ruszył niepewnym krokiem za ojcem.

Gdy dotarł do chybotliwego mostku wiodącego do Morskiej Wieży, zaczął padać deszcz. Żołądkiem Theona targały wstrząsy równie gwałtowne jak fale na dole, a do tego chód miał chwiejny od wina, zacisnął jednak zęby, złapał mocno sznur i ruszył naprzód, wyobrażając sobie, że ściska szyję Ashy.

Samotnia jak zwykle była wilgotna i wietrzna. Owinięty w focze futro ojciec siedział przy piecyku, a po obu jego stronach zasiedli bracia. Gdy Theon wszedł do środka, Victarion mówił o wiatrach i pływach, lecz lord Balon uciszył go skinieniem dłoni.

— Przygotowałem już plany. Pora byście ich wysłuchali.

— Mam pewne sugestie... — zaczął jego syn.

— Kiedy będę potrzebował twej rady, sam o nią poproszę — przerwał mu stary. — Właśnie przyleciał ptak ze Starej Wyk. Dagmer przyprowadzi Drummów i Stonehouse'ów. Jeśli bóg ześle przychylne wiatry, gdy tylko się zjawią, wyruszymy... czy raczej, wy wyruszycie. Chcę, żebyś ty zadał pierwszy cios Theonie. Popłyniesz na północ z ośmioma drakkarami...

— Ośmioma? — Twarz mu poczerwieniała. — Co mogę osiągnąć z tak niewielką liczbą?

— Będziesz nękał Kamienny Brzeg, łupił rybackie wioski i zatapiał każdy statek, na który się natkniesz. Może uda ci się wywabić niektórych północnych lordów zza ich kamiennych murów. Będą ci towarzyszyli Aeron i Dagmer Rozcięta Gęba.

— Niech Utopiony Bóg pobłogosławi nasze miecze — odezwał się kapłan.

Theon czuł się tak, jakby go spoliczkowano. Miał wykonywać robotę pirata, palić chaty rybaków i gwałcić ich brzydkie córki. Wyglądało też na to, że lord Balon nie jest przekonany, czy jego syn poradzi sobie nawet i z takim zadaniem. Nie koniec na tym — będzie musiał znosić krzywe spojrzenia i połajanki Mokrej Czupryny. Jeśli miał mu towarzyszyć również Dagmer Rozcięta Gęba, będzie dowódcą jedynie z nazwy.

— Moja córko Asho — ciągnął lord Balon. Theon odwrócił się i zobaczył, że jego siostra wśliznęła się bezszelestnie do pomieszczenia. — Popłyniesz trzydziestoma drakkarami z dobranymi załogami za Przylądek Morskiego Smoka i wylądujesz na zalewanych przez przypływ równinach na północ od Deepwood Motte. Jeśli pomaszerujesz szybko, zamek padnie, nim zdążą się zorientować, że ktoś ich atakuje.

Asha uśmiechnęła się jak kot umazany śmietanką.

— Zawsze chciałam mieć zamek — rzekła słodko.

— To go sobie zdobądź.

Theon musiał przygryźć język. Deepwood Motte było twierdzą Gloverów. Robett i Galbart wojowali na południu i w zamku z pewnością został tylko nieliczny garnizon. Gdy twierdza padnie, żelaźni ludzie zdobędą bezpieczną bazę w samym sercu północy. *To ja powinienem pomaszerować na Deepwood Motte.*

Znał ten zamek. Kilkakrotnie odwiedzał tam Gloverów razem z Eddardem Starkiem.

— Victarionie — zwrócił się lord Balon do swego brata — główny cios zadasz ty. Gdy moje dzieci uderzą, Winterfell będzie musiało zareagować. Żeglując w górę Słonej Włóczni i Rzeki Gorączki, nie powinieneś napotkać na większy opór. Rzeką dotrzesz na odległość niespełna dwudziestu mil od Fosy Cailin. Przesmyk to klucz do królestwa. Już w tej chwili panujemy nad zachodnimi morzami. Gdy zdobędziemy Fosę Cailin, szczeniak nie będzie mógł wrócić na północ... a jeśli będzie na tyle głupi, by spróbować, jego wrogowie zamkną przed nim południowy koniec grobli i chłopczyk Robb zostanie uwięziony jak szczur w butelce.

Theon nie mógł już dłużej milczeć.

— To śmiały plan, ojcze, ale lordowie w zamkach...

— Ruszyli na południe ze szczeniakiem — przerwał mu lord Balon. — A ci, którzy zostali, to tchórze, starcy bądź niedoświadczeni chłopcy. Poddadzą się albo upadną, jeden po drugim. Winterfell może się bronić jeszcze z rok, ale co z tego? Lasy, pola i dwory będą należały do nas, a ich mieszkańców uczynimy swymi niewolnikami i morskimi żonami.

Aeron Mokra Czupryna uniósł ręce.

— A wody gniewu wzniosą się wysoko i Utopiony Bóg rozciągnie swe panowanie na zielone krainy!

— To, co jest martwe, nie może umrzeć — zaintonował Victarion. Lord Balon i Asha powtórzyli jego słowa, a Theon nie miał innego wyboru, jak mamrotać razem z nimi. Narada się skończyła.

Na dworze padało jeszcze silniej niż przedtem. Wiszący most wił się i kołysał pod jego stopami. Theon Greyjoy zatrzymał się w połowie jego długości, kontemplując skały na dole. Ryk fal nie milkł ani na chwilę. Theon czuł na wargach słony smak morskiej piany. Nagły podmuch wiatru obalił go na kolana. Asha pomogła mu się podnieść.

— Ty też nie możesz pomieścić wiele wina, braciszku.

Wsparł się na jej ramieniu i pozwolił, by poprowadziła go po śliskich od deszczu deskach.

— Bardziej cię lubiłem jako Esgred — mruknął oskarżycielskim tonem.

Roześmiała się.

— To nawet sprawiedliwe. Ja lubiłam cię bardziej, kiedy miałeś dziewięć lat.

Tyrion

Zza drzwi dobiegał cichy dźwięk harfy, mieszający się z muzyką fletów. Głos śpiewaka tłumiły grube mury, Tyrion znał jednak słowa. „Kochałem dziewczę piękne jak lato, co miało słońce we włosach..." — przypomniał sobie.

Dzisiejszej nocy drzwi królowej strzegł ser Meryn Trant.

— Panie — mruknął tonem, który Tyrion uznał za odrobinę niechętny, otworzył jednak przed nim drzwi. Gdy królewski namiestnik wszedł do sypialni swej siostry, pieśń umilkła gwałtownie.

Cersei leżała na stosie poduszek. Stopy miała bose, a złote włosy artystycznie rozczochrane. Gdy podniosła wzrok, szata z zielono-złotego brokatu zamigotała w blasku świec.

— Słodka siostro, wyglądasz dziś nadzwyczaj pięknie — przywitał ją Tyrion. — I ty również, kuzynie — dodał, zwracając się w stronę śpiewaka. — Nie wiedziałem, że masz taki wspaniały głos.

Ser Lancel naburmuszył się, być może, uznając komplement za drwinę. Tyrion miał wrażenie, że odkąd chłopaka pasowano na rycerza, przybyły mu przynajmniej ze trzy cale wzrostu. Lancel miał gęste rudawoblond włosy, zielone oczy Lannisterów oraz delikatny, jasny meszek na górnej wardze. Skończył już szesnaście lat i był dotknięty przekleństwem młodzieńczej pewności siebie, niezmąconej zwątpieniem ani poczuciem humoru, a za to połączonej z arogancją naturalną dla tych, którzy z urodzenia są wysocy, przystojni i jasnowłosi. Niedawne wywyższenie tylko mu zaszkodziło.

— Czy Jej Miłość cię wzywała? — zapytał chłopak.

— O ile mi wiadomo, to nie — przyznał Tyrion. — Z wielkim żalem przerywam ci zabawę, Lancelu, ale tak się składa, że muszę omówić z siostrą pewne ważne sprawy.

Cersei przypatrywała mu się podejrzliwie.

— Jeśli chodzi ci o tych żebrzących braci, Tyrionie, to nie pozwolę, żeby szerzyli po ulicach swe ohydne, zdradzieckie oszczerstwa. Niech nawracają się nawzajem w lochach.

— Mają szczęście, że królowa jest tak wyrozumiała — dodał Lancel. — Ja kazałbym im wyrwać języki.

— Jeden ośmielił się nawet powiedzieć, że bogowie karzą nas za to, że Jaime zamordował prawowitego króla — wyjawiła Cersei. —

Nie będę tego tolerować, Tyrionie. Miałeś okazję załatwić się z tymi gnidami, ale ty i ten twój ser Jacelyn nic nie zrobiliście, rozkazałam więc Vylarrowi zająć się tą sprawą.

— Co też zrobił. — Tyrion faktycznie był poirytowany, gdy dowiedział się, że czerwone płaszcze zawlokły pół tuzina parszywych proroków do lochów, nie pytając go przedtem o zdanie, lecz sprawa była zbyt mało ważna, by kruszyć o nią kopie. — Odrobina spokoju na ulicach z pewnością nam nie zaszkodzi. Nie to mnie sprowadza. Przynoszę wieści, które z pewnością zechcesz usłyszeć, słodka siostro, ale lepiej, żebym przekazał ci je na osobności.

— Proszę bardzo. — Harfiarz i flecista pokłonili się i opuścili w pośpiechu komnatę. Cersei złożyła na policzku kuzyna niewinny pocałunek. — Zostaw nas, Lancelu. Mój brat jest niegroźny, gdy jest sam, a gdyby przyprowadził swych pieszczochów, poczulibyśmy ich zapach.

Młody rycerz obrzucił kuzyna złowróżbnym spojrzeniem i zatrzasnął za sobą drzwi.

— Muszę cię ostrzec, że kazałem Shagdze kąpać się co dwa tygodnie — oznajmił Tyrion po wyjściu chłopaka.

— Jesteś coś bardzo z siebie zadowolony. Ciekawe dlaczego?

— A dlaczego by nie? — odparł Tyrion. Na Stalowej dzień i noc uderzały młoty i wielki łańcuch stawał się coraz dłuższy. Krasnal wskoczył na łoże z baldachimem. — Czy to w tym łóżku zmarł Robert? Dziwię się, że je zatrzymałaś.

— Mam w nim słodkie sny — odparła. — Gadaj, co masz do powiedzenia, i zmiataj, Krasnalu.

Tyrion uśmiechnął się.

— Lord Stannis pożeglował ze Smoczej Skały.

Cersei zerwała się z łoża.

— A ty tu sobie siedzisz uśmiechnięty jak dynia w święto plonów? Czy Bywater zwołał Straż Miejską? Musimy natychmiast wysłać ptaka do Harrenhal. — Tyrion parsknął śmiechem. Złapała go za ramiona i potrząsnęła nim. — Przestań. Oszalałeś, czy się upiłeś? Przestań!

Ledwie mógł wykrztusić z siebie słowa.

— Nie mogę — wydyszał. — To zbyt… bogowie, zbyt zabawne… Stannis…

— Co?

— Nie wyruszył na nas — wydusił wreszcie z siebie Tyrion. — Oblega Koniec Burzy. Renly maszeruje mu na spotkanie.

Siostra wpiła boleśnie paznokcie w jego ramiona. Przez chwilę wytrzeszczała oczy z niedowierzania, jakby jej brat zaczął bełkotać w nieznanym języku.

— Stannis i Renly walczą ze sobą? — Kiedy skinął głową, Cersei zaczęła chichotać. — Dobrzy bogowie — wydyszała. — Zaczynam podejrzewać, że Robert był z nich najmądrzejszy.

Tyrion odrzucił głowę do tyłu i ryknął głośnym śmiechem. Śmiali się we dwoje. Cersei uniosła go z łoża i zakręciła nim wokół, a nawet go objęła. Na chwilę stała się młodą, podekscytowaną dziewczyną. Kiedy puściła brata, dyszał ciężko i kręciło mu się w głowie. Powlókł się chwiejnym krokiem do jej kredensu i oparł się o niego ręką, by odzyskać równowagę.

— Myślisz, że naprawdę dojdzie między nimi do bitwy? Jeśli jakoś się dogadają...

— Nie dogadają się — uspokoił ją Tyrion. — Są zbyt różni, a zarazem nazbyt do siebie podobni. Żaden z nich nie może znieść drugiego.

— A Stannis zawsze uważał, że go oszukano, nie dając mu Końca Burzy — dodała Cersei po chwili namysłu. — To rodowa siedziba Baratheonów i należała się jemu... gdybyś tylko wiedział, ile razy wyśpiewywał Robertowi tę samą nudną piosenkę swym ponurym, pełnym urazy głosem. Kiedy Robert dał zamek Renly'emu, Stannis zacisnął zęby tak mocno, że myślałam, iż mu popękają.

— Uznał to za zniewagę.

— Bo to miała być zniewaga — odparła Cersei.

— Czy wychylimy kielich za braterską miłość?

— Tak — zgodziła się zdyszana. — O bogowie, tak.

Odwrócił się do niej plecami, by napełnić dwa puchary słodkim czerwonym winem z Arbor. Nie mogło być nic łatwiejszego niż wsypać do jej trunku szczypty proszku.

— Za Stannisa! — zawołał, wręczając jej kielich.

Niegroźny, gdy jestem sam, co?

— Za Renly'ego! — dodała ze śmiechem. — Niech ich bój będzie długi i krwawy, i niech Inni porwą ich obu.

Czy to jest Cersei, którą widzi Jaime? Kiedy się uśmiechała, widać było, jaka jest piękna. „Kochałem dziewczę piękne jak lato, co miało słońce we włosach". Było mu niemal przykro, że podał jej truciznę.

Następnego ranka, gdy zjadł już śniadanie, przybył posłaniec, który poinformował go, że królowa jest niedysponowana i nie będzie dziś mogła opuścić swych komnat. *Chciałeś powiedzieć, że nie będzie mogła opuścić wychodka* — pomyślał Tyrion. Wygłosił wymagane wyrazy współczucia i przesłał jej wiadomość, że może odpoczywać w spokoju, a on załatwi wszystko z ser Cleosem, tak jak zaplanowali.

Żelazny Tron Aegona Zdobywcy był plątaniną ostrych kolców i wyszczerbionych metalowych zębów, czyhających na każdego głupca, który rozsiadłby się na nim zbyt swobodnie. Gdy Tyrion wdrapywał się na podwyższenie, mięśnie jego krótkich nóg ogarnęły kurcze. Świetnie zdawał sobie sprawę z tego, że wygląda absurdalnie. Tron miał jednak pewną zaletę. Był wysoki.

Stali pod nim milczący lannisterscy gwardziści w karmazynowych płaszczach i półhełmach z lwimi grzebieniami. Naprzeciwko nich, po drugiej stronie sali, miejsca zajęły złote płaszcze ser Jacelyna, z obu boków tronu stali Bronn i ser Preston z Gwardii Królewskiej. Galerię wypełniali dworzanie, podczas gdy suplikanci tłoczyli się pod wysokimi dębowymi drzwiami z okuciami z brązu. Sansa Stark wyglądała dziś rano szczególnie pięknie, choć jej twarz była biała jak mleko. Lord Gyles kasłał głośno, a biedny kuzyn Tyrek miał na sobie aksamitny ślubny płaszcz obszyty gronostajami. Trzy dni temu poślubił małą lady Ermesande i od tego czasu inni giermkowie wołali na niego „Mamka" i dopytywali się, jakie pieluchy założyła panna młoda na noc poślubną.

Tyrion spoglądał na wszystkich z góry i przekonał się, że podoba mu się to wrażenie.

— Wezwijcie ser Cleosa Freya.

Jego głos odbijał się od kamiennych murów i niósł echem po komnacie. To również przypadło mu do gustu. *Szkoda, że Shae nie może tego zobaczyć* — pomyślał. *Prosiła, bym pozwolił jej przyjść, było to jednak niemożliwe.*

Ser Cleos pokonał długą drogę między złotymi a karmazynowymi płaszczami, nie spoglądając w żadną ze stron. Kiedy uklęknął, Tyrion zauważył, że jego kuzyn traci włosy.

— Ser Cleosie — odezwał się siedzący za stołem rady Littlefinger — dziękujemy ci za dostarczenie propozycji pokojowych lorda Starka.

Wielki maester Pycelle odchrząknął.

— Królowa regentka, królewski namiestnik i mała rada rozważyli warunki postawione przez samozwańczego króla północy. Z przykrością stwierdzam, że są one nie do przyjęcia i musisz mu to przekazać, ser.

— A oto są nasze warunki — zaczął Tyrion. — Robb Stark ma zaprzestać wojny, złożyć przysięgę wierności i wrócić do Winterfell. Musi też uwolnić mojego brata całego i zdrowego oraz oddać swą armię pod jego rozkazy, by pomaszerowała przeciw buntownikom Renly'emu i Stannisowi Baratheonom. Każdy z chorążych Starków przyśle nam syna jako zakładnika. Jeśli nie mają synów, wystarczą córki. Zakładnicy będą dobrze traktowani i otrzymają honorowe miejsce na dworze, pod warunkiem, że ich ojcowie nie dopuszczą się już więcej zdrady.

Cleos Frey miał zbolałą minę.

— Lordzie namiestniku — rzekł — lord Stark nigdy nie przystanie na takie warunki.

Wcale na to nie liczymy, Cleosie.

— Poinformuj go, że w Casterly Rock zgromadziliśmy drugą wielką armię, która wkrótce ruszy na niego z zachodu, podczas gdy mój pan ojciec uderzy ze wschodu. Powiedz mu, że został sam i nie może liczyć na żadnych sojuszników. Stannis i Renly Baratheon walczą ze sobą, a książę Dorne wyraził zgodę na ślub swego syna Trystane'a z księżniczką Myrcellą. — Na galerii, a także w głębi komnaty, rozległy się szepty zachwytu i konsternacji. — Jeśli zaś chodzi o moich kuzynów — ciągnął Tyrion — za Willema Lannistera oferujemy Harriona Karstarka i ser Wylisa Manderly'ego, a za twego brata Tiona lorda Cerwyna i ser Donnela Locke'a. Powiedz Starkowi, że bez względu na porę roku dwóch Lannisterów wartych jest czterech ludzi z północy. — Zaczekał, aż śmiechy ucichną. — Kości ojca dostanie, na znak dobrej woli Joffreya.

— Lord Stark prosił też o siostry i o miecz ojca — przypomniał mu ser Cleos.

Ser Ilyn Payne stał bez słowa. Nad jego ramieniem sterczała rękojeść miecza Eddarda Starka.

— Lód — odezwał się Tyrion. — Otrzyma go, gdy zawrze z nami pokój. Nie wcześniej.

— Skoro tak mówisz. A siostry?

Tyrion zerknął na Sansę, czując nagłe ukłucie litości.

— Dopóki nie uwolni bez szkody mego brata Jaime'a, pozostaną tu jako zakładniczki. To, jak będą traktowane, zależy od niego. — *A jeśli bogowie będą łaskawi, Bywater znajdzie Aryę żywą nim Robb dowie się, że ją zgubiliśmy.*

— Przekażę mu twe słowa, panie.

Tyrion pociągnął za jedną z wykręconych kling sterczących z poręczy tronu. *Pora zadać cios.*

— Vylarr — zawołał.

— Słucham, panie.

— Zbrojni, których przysłał Stark, wystarczą, by chronić kości lorda Eddarda, ale Lannistera powinni eskortować jego ludzie — oznajmił Tyrion. — Ser Cleos jest kuzynem królowej i moim. Będziemy spali spokojniej, jeśli odprowadzisz go bezpiecznie do Riverrun.

— Wedle rozkazu. Ilu ludzi mam zabrać?

— Ależ wszystkich.

Vylarr stał nieruchomo niczym kamienny posąg, lecz wielki maester Pycelle zerwał się z miejsca, wciągając głośno powietrze.

— Lordzie namiestniku, nie można... twój ojciec, sam lord Tywin, przysłał tych dobrych ludzi do naszego miasta, by chronili królową Cersei i jej potomstwo...

— Gwardia Królewska i Straż Miejska potrafią sobie poradzić z tym zadaniem. Niech bogowie mają cię w opiece, Vylarr.

Siedzący za stołem rady Varys uśmiechał się mądrze, Littlefinger udawał znudzonego, a Pycelle rozdziawiał usta jak ryba, blady i zbity z tropu. Przed tron wystąpił herold.

— Jeśli ktoś ma jeszcze coś do powiedzenia królewskiemu namiestnikowi, niech przemówi teraz albo odejdzie i zachowa milczenie.

— Wysłuchacie mnie.

Szczupły mężczyzna w czerni przepchnął się między bliźniakami Redwyne.

— Ser Alliser! — zawołał Tyrion. — Nie miałem pojęcia, że przybyłeś na dwór. Powinieneś był wysłać mi słówko.

— Uczyniłem to i doskonale o tym wiesz. — Thorne'a łatwo było obrazić. Był chudym, pięćdziesięcioletnim mężczyzną o ostrych rysach twarzy, twardym spojrzeniu i mocnych rękach. Jego czarne włosy upstrzyły smużki siwizny. — Ignorowano mnie tu, jakbym był jakimś sługą podłego pochodzenia.

— Doprawdy? Bronn, jestem tobą rozczarowany. Ser Alliser i ja to starzy druhowie. Razem chodziliśmy po Murze.

— Słodki ser Alliserze — wyszeptał Varys — nie traktuj nas zbyt surowo. W tych trudnych i pełnych zamętu czasach bardzo wielu ludzi szuka posłuchania u naszego Joffreya.

— Jest w nich więcej zamętu niż ci się zdaje, eunuchu.

— W oczy zwykle nazywamy go lordem eunuchem — zadrwił Littlefinger.

— W czym możemy ci pomóc, szlachetny bracie? — zapytał maester Pycelle uspokajającym tonem.

— Lord dowódca wysłał mnie do Jego Miłości króla — odparł Thorne. — Sprawa jest zbyt poważna, by powierzyć ją sługom.

— Król bawi się nową kuszą — poinformował go Tyrion. Żeby pozbyć się Joffreya, wystarczyło sprezentować mu nieporęczną myrijską kuszę, strzelającą trzema bełtami naraz. Bez względu na wszystko, musiał ją natychmiast wypróbować. — Możesz pomówić z jego sługami albo zachować milczenie.

— Jak sobie życzysz — zgodził się ser Alliser głosem ociekającym niezadowoleniem. — Przysłano mnie, bym was powiadomił, że znaleźliśmy dwóch dawno zaginionych zwiadowców. Byli martwi, lecz gdy sprowadziliśmy zwłoki na Mur, wstali w nocy. Jeden zabił ser Jaremy'ego Rykkera, a drugi próbował zamordować lorda dowódcę.

Tyrion usłyszał w oddali czyjś chichot.

Co to za bzdury? Czy chce ze mnie zadrwić? Przesunął się niespokojnie na tronie i spojrzał na Varysa, Littlefingera i Pycelle'a, zastanawiając się, czy któryś z nich miał z tym coś wspólnego. Karłu nawet w sprzyjającej sytuacji trudno było zachować godność. Gdy dwór i całe królestwo zaczną się z niego śmiać, będzie zgubiony. A jednak… a jednak…

Przypomniał sobie, jak w zimną, rozgwieżdżoną noc stał razem z młodym Jonem Snow i wielkim białym wilkiem na Murze na końcu świata, wpatrując się w leżące dalej ciemne bezdroże. Poczuł wtedy… co?… na pewno coś, lęk, który kąsał tak mocno, jak lodowaty północny wicher. Gdzieś w mroku zawył wilk i na ten dźwięk przeszył go dreszcz.

Nie bądź głupcem — powiedział sobie. *Wilk, wiatr, mroczna puszcza, wszystko to nic nie znaczy. A jednak…* Podczas swej wizyty w Czarnym Zamku polubił starego Jeora Mormonta.

— Mam nadzieję, że Stary Niedźwiedź uszedł z tego ataku z życiem.

— Uszedł.

— A wasi bracia zabili tych, hmm, nieboszczyków?

— Zrobiliśmy to.

— Jesteście pewni, że tym razem nie żyją? — zapytał niewinnym głosem. Gdy Bronn zdusił śmiech, zrozumiał, że musi mówić dalej. — Naprawdę, nieodwołalnie, nie żyją?

— Nie żyli już za pierwszym razem — warknął ser Alliser. — Byli bladzi i zimni, a dłonie i stopy mieli czarne. Przywiozłem rękę Jareda, którą urwał trupowi wilk bękarta.

Littlefinger poruszył się lekko.

— I gdzież jest ten uroczy prezent?

Ser Alliser zmarszczył z zakłopotaniem brwi.

— Hmm... zgnił doszczętnie, gdy czekałem na posłuchanie. Nie zostało do pokazania nic oprócz kości.

Komnatę wypełnił chichot.

— Lordzie Baelish — zawołał Tyrion do Littlefingera. — Kup naszemu dzielnemu ser Alliserowi sto łopat. Niech zabierze je ze sobą na Mur.

— Łopat?

Ser Alliser zmrużył podejrzliwie oczy.

— Jeśli będziecie grzebać swych zmarłych, na pewno nie wstaną — wyjaśnił mu Tyrion. Cały dwór śmiał się otwarcie. — Łopaty położą kres waszym kłopotom, pod warunkiem, że nie zabraknie wam silnych mężczyzn, by nimi władać. Ser Jacelynie, pomóż naszemu szlachetnemu bratu wyszukać w lochach odpowiednich ludzi.

— Jak sobie życzysz, panie, ale cele są prawie puste — odparł ser Jacelyn Bywater. — Wszystkich więźniów, którzy się nadawali, zabrał Yoren.

— To aresztuj nowych — polecił Tyrion. — Albo rozpuść wieści, że na Murze dają chleb i rzepy, a chętni sami się znajdą.

W mieście było za dużo gąb do wykarmienia, a Nocna Straż ciągle potrzebowała ludzi. Na znak Tyriona herold obwieścił koniec audiencji i komnata zaczęła się opróżniać.

Ser Alliser Thorne nie dał się zbyć tak łatwo. Czekał na Tyriona u stóp Żelaznego Tronu.

— Myślisz, że przypłynąłem tu ze Wschodniej Strażnicy tylko

po to, żeby drwili ze mnie tacy jak ty? — krzyknął, blokując mu drogę. — To nie są żarty. Widziałem ich na własne oczy. Powiadam ci, że zmarli chodzą.

— Musicie się postarać zabijać ich dokładniej. — Tyrion przepchnął się obok niego. Ser Alliser próbował złapać go za rękaw, lecz Preston Greenfield odepchnął go na bok.

— Nie zbliżaj się, ser.

Thorne zdawał sobie sprawę, że z rycerzem z Gwardii Królewskiej lepiej nie zaczynać.

— Jesteś głupcem, Krasnalu — krzyknął do oddalającego się Tyriona.

Karzeł zwrócił się w jego stronę.

— Ja? Naprawdę? To dlaczego wszyscy śmiali się z ciebie? — Uśmiechnął się blado. — Chciałeś dostać ludzi, prawda?

— Nadciągają zimne wichry. Trzeba bronić Muru.

— A żeby go bronić, potrzebujesz ludzi, których ci dałem... co z pewnością byś zauważył, gdyby obchodziło cię cokolwiek poza obelgami. Weź ich, podziękuj mi i znikaj, nim będę zmuszony znowu dziabnąć cię widelcem do krabów. Przekaż moje najserdeczniejsze pozdrowienia lordowi Mormontowi... i Jonowi Snow też.

Bronn ujął ser Allisera za łokieć i wyprowadził go siłą z sali.

Wielki maester Pycelle już umknął, ale Varys i Littlefinger widzieli wszystko, od początku do końca.

— Czuję do ciebie coraz większy podziw, panie — wyznał eunuch. — Ugłaskałeś młodego Starka kośćmi jego ojca i jednym szybkim ruchem pozbawiłeś swą siostrę ochrony. Dałeś czarnemu bratu ludzi, których potrzebował, uwolniłeś miasto od części głodnych gąb, a jednocześnie uczyniłeś z tego wszystkiego drwinę, żeby nikt nie mógł powiedzieć, że karzeł boi się snarków i grumkinów. Och, to było zręczne.

Littlefinger pogłaskał brodę.

— Czy naprawdę zamierzasz odesłać wszystkich swoich strażników, Lannister?

— Nie. Zamierzam odesłać wszystkich strażników mojej siostry.

— Królowa nigdy się na to nie zgodzi.

— Och, myślę, że może się zgodzić. W końcu jestem jej bratem, a gdy będziesz znał mnie dłużej, przekonasz się, że moje słowa zawsze należy traktować poważnie.

— Nawet jeśli kłamiesz?

— Zwłaszcza wtedy. Lordzie Petyrze, odnoszę wrażenie, że jesteś ze mnie niezadowolony.

— Miłuję cię równie mocno, jak zawsze, panie, ale nie lubię, gdy robi się ze mnie głupca. Jeśli Myrcella poślubi Trystane'a Martella, nie będzie mogła jednocześnie wyjść za Roberta Arryna. Mam rację?

— To spowodowałoby wielki skandal — przyznał Tyrion. — Przepraszam cię za ten drobny podstęp, lordzie Petyrze, ale gdy ze sobą rozmawialiśmy, nie wiedziałem jeszcze, czy Dornijczycy przyjmą moją ofertę.

Te słowa nie udobruchały Littlefingera.

— Nie lubię, gdy mnie się okłamuje, panie. Nigdy już nie próbuj mnie oszukiwać.

Pod warunkiem, że ty odwdzięczysz mi się tym samym — pomyślał Tyrion, spoglądając na sztylet, który Littlefinger nosił u biodra.

— Bardzo mi przykro, jeśli cię uraziłem. Wszystkim wiadomo, jak wielką miłością cię darzymy, panie. I jak bardzo cię potrzebujemy.

— Postaraj się o tym nie zapominać.

Littlefinger odszedł.

— Zechciej mi potowarzyszyć jeszcze chwilę, Varysie — poprosił Tyrion. Wyszli przez królewskie drzwi usytuowane za tronem. Pantofle eunucha szurały lekko o kamienną posadzkę.

— Lord Baelish miał rację. Królowa nie pozwoli ci odesłać swej straży.

— Pozwoli. Ty się tym zajmiesz.

Pulchne wargi Varysa rozciągnęły się w przelotnym uśmiechu.

— Naprawdę?

— Och, z pewnością. Powiesz jej, że to element mojego planu uwolnienia Jaime'a.

Varys pogłaskał się po upudrowanym policzku.

— Z pewnością ma to coś wspólnego z owymi czterema mężczyznami, których twój człowiek Bronn tak gorliwie poszukiwał w podejrzanych zakątkach Królewskiej Przystani. Złodziejem, trucicielem, komediantem i mordercą.

— Jeśli dać im karmazynowe płaszcze i lwie hełmy, nie będą się niczym różnili od innych gwardzistów. Już od pewnego czasu szukałem fortelu, który pozwoliłby mi przemycić ich do Riverrun. Wreszcie wpadłem na to, że najlepiej będzie ukryć ich w widocznym miejscu. Wjadą przez główną bramę pod sztandarem Lannisterów, jako eskorta dla kości lorda Eddarda. — Uśmiechnął się krzywo. — Czterech ludzi, którzy przybyliby sami, obserwowano by z uwagą, lecz czterech pośród stu zgubi się z łatwością. Dlatego muszę wysłać prawdziwych gwardzistów razem z fałszywymi... i to właśnie powiesz mej siostrze.

— A ona ze względu na umiłowanego brata zapomni o swych obawach. — Szli opustoszałą kolumnadą. — Niemniej utrata czerwonych płaszczy z pewnością bardzo ją zaniepokoi.

— Lubię, kiedy jest niespokojna — odparł Tyrion.

Ser Cleos Frey odjechał jeszcze tego popołudnia, eskortowany przez Vylarra i stu lannisterskich gwardzistów w czerwonych płaszczach. Ludzie, których przysłał Robb Stark dołączyli do nich u Bramy Bogów, by razem ruszyć w długą drogę na zachód.

Tyrion znalazł Timetta w koszarach, gdzie ten grał w kości ze swymi Spalonymi.

— Przyjdź o północy do mojej samotni.

Timett przeszył go ostrym spojrzeniem jednego oka, po czym skinął krótko głową. Nie lubił długich przemów.

Nocą Tyrion zasiadł do uczty w Małej Komnacie w towarzystwie Kamiennych Wron i Księżycowych Braci, choć tym razem unikał wina. Chciał zachować jasność myślenia.

— Shagga, jaki dziś mamy księżyc?

Wojownik zmarszczył wściekle brwi.

— Chyba nów.

— Na zachodzie zwą go księżycem zdrajcy. Postaraj się nie upić za mocno. Pamiętaj też, że twój topór ma być ostry.

— Topór Kamiennej Wrony zawsze jest ostry, a topory Shaggi są najostrzejsze ze wszystkich. Pewnego razu ściąłem człowiekowi głowę, a on nawet tego nie zauważył, dopóki nie spróbował się uczesać. Wtedy mu odpadła.

— I dlatego ty nigdy się nie czeszesz?

Kamienne Wrony ryknęły śmiechem, tupiąc nogami. Shagga ryczał najgłośniej ze wszystkich.

O północy w zamku było ciemno i cicho. Z pewnością kilka stojących na murach złotych płaszczy zauważyło, jak wychodzili z Wieży Namiestnika, nikt jednak nie podniósł alarmu. Był królewskim namiestnikiem i mógł sobie chodzić, dokąd tylko zechciał.

Cienkie drewniane drzwi rozszczepiły się z głośnym trzaskiem, kopnięte przez Shaggę. Ich kawałki powpadały do środka. Tyrion usłyszał kobiece westchnienie strachu. Shagga trzema potężnymi uderzeniami topora rozwalił drzwi i wpadł do środka, rozrzucając kopniakiem fragmenty desek. Za nim podążył Timett, a potem Tyrion, który przechodził ostrożnie nad odłamkami. Ogień na kominku wypalił się, zostawiając tylko kilka żarzących się węgielków i w komnacie zalegały głębokie cienie. Gdy Timett uchylił ciężkie zasłony łoża, spojrzały na niego wybałuszone ze strachu oczy gołej służącej.

— Proszę was, panowie — błagała — nie róbcie mi krzywdy.

Odsuwała się od Shaggi, zaczerwieniona i pełna strachu. Próbowała zakryć swe wdzięki, lecz miała o jedną dłoń za mało.

— Uciekaj — rozkazał Tyrion. — Nie chodzi nam o ciebie.

— Shagga chce mieć tę kobietę.

— Shagga chce mieć każdą kurwę w tym mieście pełnym kurew — poskarżył się Timett, syn Timetta.

— Tak — przyznał wojownik bez cienia wstydu. — Shagga da jej silne dziecko.

— Jeśli zapragnie silnego dziecka, będzie wiedziała, do kogo się zgłosić — oznajmił Tyrion. — Timett, wyprowadź ją... delikatnie, jeśli łaska.

Spalony wyciągnął dziewczynę z łoża i na wpół poprowadził, na wpół powlókł za sobą. Shagga śledził ich wzrokiem, smutny jak małe szczenię. Dziewczyna wypadła przez roztrzaskane drzwi, popchnięta mocno przez Timetta. Na górze skrzeczały kruki.

Tyrion ściągnął z łoża miękki koc, odsłaniając leżącego pod nim wielkiego maestera Pycelle'a.

— Powiedz mi, czy Cytadela pochwala to, że sypiasz z dziewkami służebnymi, maesterze?

Starzec był równie nagi jak dziewczyna, lecz wyglądał znacznie mniej atrakcyjnie. Choć raz szeroko otworzył wiecznie skryte za opadającymi powiekami oczy.

— C... co to ma znaczyć? Jestem starym człowiekiem i twoim wiernym sługą...

Tyrion wlazł na łoże.

— Tak bardzo wiernym, że tylko jeden z moich listów wysłałeś Doranowi Martellowi. Drugi przekazałeś mej siostrze.

— N... nie — pisnął Pycelle. — To fałsz. Przysięgam, że to nie ja. Varys, to był Varys, Pająk, ostrzegałem cię...

— Czy wszyscy maesterzy kłamią tak kiepsko? Varysowi powiedziałem, że oddaję mojego siostrzeńca Tommena pod opiekę księciu Doranowi, a Littlefingerowi, że zamierzam wydać Myrcellę za lorda Roberta z Orlego Gniazda. Nikomu nie wspominałem, że zaoferowałem Myrcellę Dornijczykom… ta prawda znajdowała się tylko w liście, który powierzyłem tobie.

Pycelle złapał za róg koca.

— Ptaki często giną, a listy kradnie się lub sprzedaje… to był Varys, mógłbym ci o tym eunuchu opowiedzieć rzeczy, które zmroziłyby ci krew w żyłach…

— Moja pani woli, gdy krew mam gorącą.

— Nie łudź się. Na każdą tajemnicę, którą eunuch wyszeptuje ci do ucha, przypada siedem, które zachowuje dla siebie. A Littlefinger z kolei…

— Wiem wszystko o lordzie Petyrze. Jest prawie tak samo niegodny zaufania, jak ty. Shagga, utnij mu męskość i nakarm nią kozice.

Shagga uniósł wielki, obusieczny topór.

— Tu nie ma żadnych kozic, Półmężczyzno.

— Coś wykombinujesz.

Shagga rzucił się z rykiem naprzód. Pycelle wrzasnął głośno i zlał się w łóżko. Starzec próbował uciekać, tryskając moczem we wszystkie strony. Dziki złapał go za koniec lekko kręconej, białej brody i odrąbał trzy czwarte jej długości jednym uderzeniem topora.

— Timett, czy sądzisz, że gdy nasz przyjaciel nie będzie się już mógł schować za zarostem, stanie się bardziej rozmowny?

Tyrion wziął w rękę prześcieradło i wytarł sobie szczyny z butów.

— Wkrótce powie prawdę. — W pustej jamie wypalonego oka Timetta gromadziła się ciemność. — Czuję smród strachu.

Shagga cisnął odcięte włosy na sitowie i złapał za resztę brody.

— Nie ruszaj się, maesterze — ostrzegł go Tyrion. — Kiedy Shagga jest zły, ręce mu się trzęsą.

— Ręce Shaggi nigdy się nie trzęsą — oburzył się potężny mężczyzna. Podsunął wielkie ostrze w kształcie półksiężyca pod drżący podbródek Pycelle'a i zaczął odcinać kolejny kosmyk brody.

— Od jak dawna szpiegujesz dla mojej siostry? — zapytał Tyrion.

Pycelle oddychał szybko i płytko.

— Wszystko, co uczyniłem, robiłem dla rodu Lannisterów. —

Szeroką kopułę czoła starca pokryła cienka warstewka potu . Kosmyki białych włosów przylepiały się do pomarszczonej skóry. — Zawsze... od lat... twój pan ojciec, zapytaj go, zawsze byłem jego wiernym sługą... to ja przekonałem Aerysa, żeby otworzył bramy...

To zaskoczyło Tyriona. Gdy miasto padło, był tylko brzydkim chłopcem, który mieszkał w Casterly Rock.

— A więc splądrowanie Królewskiej Przystani to również twoja robota?

— Dla królestwa! Po śmierci Rhaegara wojna była skończona. Aerys był obłąkany, Viserys za młody, książę Aegon był jeszcze niemowlęciem, a królestwo potrzebowało monarchy... modliłem się o to, by został nim twój dobry ojciec, ale Robert był zbyt silny, a lord Stark działał za szybko...

— Ciekawe, ilu jeszcze zdradziłeś? Aerysa, lorda Starka, mnie... a króla Roberta? Lorda Arryna, księcia Rhaegara? Jaki był tego początek, Pycelle? — Wiedział, jaki będzie tego koniec.

Topór drasnął grdykę Pycelle'a i dotknął miękkiej, zwisającej skóry pod szczęką, ścinając ostatnie włosy.

— Nie... widziałeś... tego — wydyszał starzec, gdy ostrze przesunęło się ku policzkom. — Robert... jego rany... gdybyś je zobaczył, poczuł ich smród, nie miałbyś wątpliwości...

— Och, wiem, że dzik wykonał robotę za was... ale gdyby jej nie dokończył, z pewnością byś go wyręczył.

— Był złym królem... próżnym, zapijaczonym rozpustnikiem... odesłałby twą siostrę, swą królową... błagam... Renly uknuł spisek, by sprowadzić na dwór tę pannę z Wysogrodu i skusić swego brata... to boża prawda...

— A co knuł lord Arryn?

— On wiedział — odparł Pycelle. — O... o...

— Wiem, o czym wiedział — warknął Tyrion, który nie chciał, by Shagga i Timett również się o tym dowiedzieli.

— Odesłał żonę do Orlego Gniazda, a syna chciał oddać pod opiekę na Smoczą Skałę... zamierzał podjąć działanie...

— I dlatego go otrułeś.

— Nie.

Pycelle szarpnął się słabo. Shagga złapał go za głowę z głośnym warknięciem. Jego dłoń była tak wielka, że gdyby ją zacisnął, mógłby zmiażdżyć maesterowi czaszkę niczym skorupkę jajka.

Tyrion cmoknął na niego.

— Widziałem wśród twych medykamentów lyseńskie łzy. Odesłałeś też maestera lorda Arryna i opiekowałeś się nim osobiście, by mieć pewność, że umrze.

— To fałsz!

— Ogól go dokładniej — zasugerował Tyrion. — Znowu na szyi.

Topór zjechał na dół, drapiąc skórę. Usta Pycelle'a zadrżały. Pojawiły się w nich drobne bąbelki śliny.

— Przysięgam, że próbowałem uratować lorda Arryna...

— Ostrożniej, Shagga, Skaleczyłeś go.

— Dolf płodził wojowników, nie balwierzy — warknął rosły mężczyzna.

Starzec zadrżał, czując strużkę krwi, która spłynęła mu po szyi na pierś. Opuściły go resztki sił. Zapadł się w sobie. Wydawał się teraz mniejszy i słabszy niż w chwili, gdy wpadli do jego komnaty.

— Tak — zaskomlał. — Tak, Colemon podawał mu mikstury przeczyszczające, więc go odesłałem. Królowa pragnęła śmierci lorda Arryna. Nie powiedziała tego, nie mogła powiedzieć, Varys słuchał, zawsze słuchał, ale gdy na nią spojrzałem, wiedziałem wszystko. Ale to nie ja podałem mu truciznę. Przysięgam. — Starzec rozpłakał się. — Varys ci to powie. To był ten chłopak, jego giermek. Nazywał się Hugh. Na pewno on to zrobił. Zapytaj siostry, zapytaj jej.

Tyriona ogarnął niesmak.

— Związać go i zabrać — rozkazał. — Zamknijcie go w ciemnicy.

Wywlekli maestera przez rozbite drzwi.

— Lannisterowie — jęczał. — Wszystko co uczyniłem, zrobiłem dla Lannisterów...

Gdy go wyprowadzono, Tyrion przeszukał nieśpiesznie komnatę i zabrał z półek jeszcze kilka słoiczków. Kruki skrzeczały nad jego głową, lecz ich głosy brzmiały dziwnie uspokajająco. Będzie musiał znaleźć kogoś, kto się nimi zaopiekuje, dopóki z Cytadeli nie przyślą następcy Pycelle'a.

To jemu miałem nadzieję zaufać.

Podejrzewał, że Varys i Littlefinger nie są bardziej wierni... a tylko sprytniejsi i w związku z tym bardziej niebezpieczni. Być może najlepszy byłby sposób ojca: wezwać Ilyna Payne'a, zatknąć nad bramą trzy głowy i spokój.

To by był dopiero piękny widok — pomyślał.

Arya

Strach tnie głębiej niż miecze — powtarzała sobie, lecz nie pomagało jej to uwolnić się od niego. Stał się nieodłączną częścią jej życia, tak samo jak czerstwy chleb i pęcherze na stopach po całodziennej wędrówce po twardej, zrytej koleinami drodze.

Myślała, że wie, co to strach, ale w magazynie stojącym u brzegów Oka Boga przekonała się, że była w błędzie. Siedziała tam osiem dni, nim Góra dał rozkaz wymarszu i każdego dnia była świadkiem czyjejś śmierci.

Góra przychodził do magazynu po śniadaniu i wybierał więźnia, którego miano przesłuchać. Wieśniacy nigdy na niego nie patrzyli. Być może sądzili, że jeśli nie będą go zauważać, on również ich nie zauważy… ale i tak ich widział i wybierał sobie, kogo chciał. Nie było gdzie się skryć, nie pomagały żadne sztuczki, nic nie mogło zapewnić bezpieczeństwa.

Jedna dziewczyna przez trzy noce dzieliła posłanie z żołnierzem, a czwartego dnia Góra ją wybrał i żołnierz nie odezwał się ani słowem.

Wiecznie uśmiechnięty staruszek łatał wszystkim ubrania i ciągle bełkotał o swym synu, który służył w złotych płaszczach, w Królewskiej Przystani,

— To człowiek króla — zapewniał. — Prawdziwy człowiek króla, tak jak ja, jest całym sercem za Joffreyem.

Powtarzał to tak często, że inni więźniowie zaczęli go nazywać „Całym Sercem Za Joffreyem", gdy tylko strażnicy nie słyszeli. Wybrano go piątego dnia.

Młoda matka ze śladami po francy na twarzy zaproponowała, że powie im wszystko, co wie, jeśli tylko obiecają nie skrzywdzić jej córki. Usłyszał to Góra i następnego dnia wybrał jej córkę, żeby się upewnić, że niczego nie opuściła.

Tych, których wybrano, przesłuchiwano na oczach innych więźniów, żeby mogli się przekonać, jaki los czeka buntowników i zdrajców. Pytania zadawał mężczyzna, którego pozostali zwali Łaskotkiem. Jego twarz i ubiór wyglądały tak zwyczajnie, że gdyby Arya nie widziała go przy robocie, mogłaby go wziąć za jednego z wieśniaków.

— Jak Łaskotek się za nich weźmie, wyją tak głośno, że aż leją po nogach — powiedział im stary, przygarbiony Chiswyck, ten sam żołnierz, którego próbowała ugryźć. Nazwał ją wtedy „prawdziwym wojownikiem" i zdzielił w głowę zakutą w stal pięścią. Czasem pomagał Łaskotkowi, a niekiedy robili to inni. Ser Gregor Clegane stał nieruchomo, patrząc i słuchając, aż do chwili, gdy ofiara wyzionęła ducha.

Pytania były zawsze te same. Czy w wiosce jest ukryte złoto? Srebro, klejnoty? Czy jest tu więcej żywności? Gdzie się podział lord Beric Dondarrion? Kto z mieszkańców wioski mu pomagał? W którą stronę się udał, odjeżdżając? Ilu ludzi ma ze sobą? Ilu żołnierzy, ilu łuczników, a ilu zbrojnych? Ilu miało konie? Ilu było rannych? Jakich innych wrogów tu widziano? Ilu ich było? Kiedy? Co mieli na chorągwiach? Dokąd pojechali? Czy w wiosce jest ukryte złoto? Srebro, klejnoty? Czy jest tu więcej żywności? Gdzie się podział lord Beric Dondarrion? Ilu ludzi ma ze sobą? Trzeciego dnia Arya mogłaby już sama zadawać te pytania.

Znaleźli odrobinę złota i srebra, wielki worek miedziaków oraz wgnieciony puchar wysadzany granatami, o który dwaj żołnierze omal się nie pobili. Dowiedzieli się, że lord Beric ma dziesięciu konających z głodu ludzi albo stu konnych rycerzy. Że pojechał na zachód, na północ albo na południe. Że przepłynął jezioro łodzią. Że jest silny jak żubr albo że osłabiła go dyzenteria. Nikt nie przeżył przesłuchania Łaskotka. Żaden mężczyzna, kobieta ani dziecko. Najsilniejsi wytrzymywali do zapadnięcia zmroku. Ich ciała wieszano za ogniskami jako żer dla wilków.

Gdy wyruszyli w drogę, Arya wiedziała już, że nie jest wodnym tancerzem. Syrio Forel nigdy by nie pozwolił, by zwalili go z nóg i zabrali mu miecz. Nie przyglądałby się obojętnie, jak zabijają Lommy'ego Zieloną Łapkę. Nie siedziałby cicho w magazynie ani nie wlókł się posłusznie naprzód razem z innymi jeńcami. Herbem Starków był wilkor, lecz Arya czuła się raczej jak jagnię otoczone całym stadem owiec. Nienawidziła wieśniaków za ich potulność, prawie tak mocno jak samą siebie.

Lannisterowie odebrali jej wszystko: ojca, przyjaciół, dom, nadzieję, odwagę. Jeden z nich zabrał Igłę, a drugi złamał na kolanie drewniany miecz. Odarli ją nawet z jej głupiej tajemnicy. Magazyn był wystarczająco duży, by mogła się odlewać w kąciku, gdzie nikt jej nie widział, ale w drodze sprawy miały się inaczej. Wstrzymywała mocz tak długo, jak tylko mogła, wreszcie jednak musiała przykucnąć przy krzaku i ściągnąć spodnie na oczach wszystkich. Inaczej by się zlała. Gorąca Bułka wybałuszył oczy ze zdumienia, lecz nikt inny nawet na nią nie spojrzał. Ser Gregorowi i jego ludziom było wszystko jedno, czy ich owce to chłopcy, czy dziewczynki.

Nie pozwalano im na rozmowy. Rozcięta warga nauczyła Aryę trzymać język za zębami. Inni jednak nie potrafili opanować tej lekcji. Jeden trzyletni chłopiec ciągle wołał ojca, aż wreszcie rozwalili mu twarz kolczastym buzdyganem. Potem zaczęła krzyczeć jego matka i Raff Słodyczek zabił również ją.

Arya patrzyła jak ginęli i nic nie uczyniła. Po co komu odwaga? Jedna z kobiet wybranych do przesłuchania próbowała być odważna, ale umarła krzycząc, tak samo jak reszta. Podczas marszu nie było dzielnych ludzi, byli tylko przerażeni i głodni. Większość stanowiły kobiety i dzieci. Nieliczni mężczyźni byli albo bardzo starzy, albo bardzo młodzi. Resztę zostawiono na szubienicy dla wilków i wron. Ocalał jedynie Gendry, dlatego że przyznał, iż sam zrobił rogaty hełm. Kowale, nawet uczniowie kowalscy, byli zbyt cenni, by ich zabijać.

Góra powiedział im, że będą służyć lordowi Tywinowi Lannisterowi w Harrenhal.

— Jesteście zdrajcami i buntownikami, dziękujcie więc swym bogom, że lord Tywin da wam szansę. Od bandytów jej nie otrzymacie. Jeśli będziecie posłusznymi sługami, ocalicie życie.

— To po prostu niesprawiedliwe — poskarżyła się jedna zasuszona staruszka drugiej, gdy układali się do snu. — Nie jesteśmy zdrajcami. Tamci przyszli i wzięli sobie wszystko, co chcieli, tak samo jak ci.

— Ale lord Beric nie zrobił nam żadnej krzywdy — wyszeptała jej przyjaciółka. — A ten czerwony kapłan, który z nim był, zapłacił za wszystko, co zabrali.

— Zapłacił? Zabrał mi dwie kury i dał skrawek papieru z namalowanym znakiem. Czy stary wystrzępiony papier da się zjeść? Czy zniesie mi jajka? Odpowiedz mi. — Rozejrzała się, żeby sprawdzić, czy w pobliżu nie ma strażników, po czym splunęła trzy razy. — Za Tullych, za Lannisterów i za Starków.

— To grzech i wstyd — wysyczał jakiś staruszek. — Gdyby stary król jeszcze żył, nigdy by na coś takiego nie pozwolił.

— Król Robert? — zapytała Arya, zapominając się na chwilę.

— Król Aerys, niech bogowie błogosławią jego imię — odparł zbyt głośno mężczyzna. Jeden ze strażników podszedł nieśpiesznie do więźniów, by ich uciszyć. Staruszek stracił oba zęby i tej nocy już nie rozmawiano.

Poza jeńcami ser Gregor zdobył też tuzin świń, klatkę z kurami, chudą krowę mleczną i dziewięć wozów solonych ryb. Góra i jego ludzie mieli konie, lecz więźniowie szli na piechotę, a tych, którzy nie mogli nadążyć za kolumną natychmiast zabijano, podobnie jak tych, którzy byli na tyle głupi, że próbowali ucieczki. Nocą żołnierze zabierali kobiety w krzaki. Większość z nich wyraźnie się tego spodziewała i nie stawiała oporu. Jedną dziewczynę, ładniejszą od pozostałych, co noc brało sobie czterech albo pięciu różnych mężczyzn. Wreszcie uderzyła jednego z nich kamieniem. Ser Gregor kazał wszystkim patrzeć, jak ścina jej głowę jednym uderzeniem masywnego, dwuręcznego miecza.

— Zostawcie ciało wilkom — rozkazał, dokonawszy tego czynu, po czym wręczył miecz giermkowi, by go wyczyścił. Arya zerknęła z ukosa na Igłę, która wisiała u biodra czarnobrodego, łysiejącego żołnierza imieniem Polliver.

Dobrze, że ją mi zabrali — pomyślała. W przeciwnym razie spróbowałaby pchnąć mieczem ser Gregora, a on przeciąłby ją wpół i również oddał wilkom.

Mimo że Polliver ukradł jej Igłę, nie był taki zły, jak niektórzy z pozostałych. Nocą, gdy ją pojmano, ludzie Lannisterów byli dla niej bezimiennymi nieznajomymi, a ich twarze wyglądały identycznie, zupełnie jak hełmy z nosalami. Zdążyła już jednak poznać wszystkich. Musiała wiedzieć, który z nich jest leniwy, a który okrutny, który bystry, a który głupi. Zorientować się, że choć żołnierz zwany Gębosrajem przeklina ohydniej niż ktokolwiek, kogo dotąd znała, da jej dodatkowy kawałek chleba, jeśli go poprosi, a wesoły, stary Chiswyck i łagodnie przemawiający Raff zdzielą ją tylko w głowę.

Arya patrzyła, słuchała i pielęgnowała swą nienawiść, tak jak kiedyś Gendry pielęgnował rogaty hełm. Nosił go teraz Dunsen i nienawidziła go za to. Nienawidziła też Pollivera za Igłę i starego Chiswycka, któremu zdawało się, że jest zabawny. A Raffa Słodyczka, który przebił włócznią gardło Lommy'ego, nienawidziła jeszcze bardziej. Nienawidziła ser Amory'ego Lorcha za Yorena, ser Meryna

Tranta za Syria, Ogara za to, że zabił ucznia rzeźnika Mycaha, a ser Ilyna, księcia Joffreya i królową za ojca, Grubego Toma, Desmonda i resztę, a nawet za Damę, wilczycę Sansy. Łaskotek wydawał się niemal zbyt straszny, żeby go nienawidzić. Chwilami zapominała, że wciąż im towarzyszy. Kiedy nie zadawał pytań, był tylko jednym z żołnierzy, spokojniejszym niż większość, z twarzą jak twarz tysiąca innych ludzi.

Co noc powtarzała sobie ich imiona.

— Ser Gregor — szeptała do zastępującego jej poduszkę kamienia. — Dunsen, Polliver, Chiswyck, Raff Słodyczek. Łaskotek i Ogar. Ser Amory, ser Ilyn, ser Meryn, król Joffrey, królowa Cersei.

W Winterfell modliła się zawsze z matką w sepcie i z ojcem w bożym gaju, lecz na drodze do Harrenhal nie było bogów, a te imiona były jedyną modlitwą, jaką chciała pamiętać.

Codziennie szli naprzód, a każdej nocy recytowała swą litanię, aż wreszcie drzewa przerzedziły się, ustępując miejsca pofałdowanym wzgórzom, krętym strumieniom oraz rozświetlonym blaskiem słońca polom, z których niczym zepsute zęby sterczały gruzy wypalonych warowni. Po kolejnym dniu marszu ujrzeli w oddali wieże Harrenhal, ostro rysujące się na tle błękitnych wód jeziora.

Jeńcy pocieszali się, że gdy już dotrą na miejsce, ich dola się poprawi, Arya jednak nie była tego taka pewna. Pamiętała opowieści Starej Niani o zamku zbudowanym na strachu. Ściszając głos, by dzieci musiały przysunąć się bliżej, żeby ją usłyszeć, staruszka mówiła, że Harren Czarny dodawał do zaprawy ludzkiej krwi, a smoki Aegona i tak upiekły go razem z wszystkimi jego synami wewnątrz potężnych kamiennych murów. Arya przygryzała wargę, stąpając wciąż przed siebie na całkiem już stwardniałych stopach. *To już niedaleko* — powtarzała sobie. *Te wieże nie mogą być dalej niż kilka mil stąd.*

Szli jednak cały dzień i większą część następnego, nim wreszcie dotarli na skraj obozowiska armii lorda Tywina, która stacjonowała na zachód od zamku, w wypalonych ruinach miasteczka. Tego, kto widział go z oddali, Harrenhal mógł łatwo wprowadzić w błąd. Zamczysko było ogromne. Jego kolosalne mury kurtynowe wznosiły się nad samym jeziorem, strome niczym ściana urwiska, a ustawione w rzędzie na górze skorpiony z drewna i żelaza wydawały się maleńkie jak robale, którym zawdzięczały swą nazwę.

Arya poczuła smród armii Lannisterów, nim jeszcze zdołała rozpoznać herby przedstawione na chorągwiach, które łopotały nad brzegiem jeziora, zdobiąc namioty ludzi z zachodu. Z fetoru wnosiła, że lord Tywin stacjonuje tu już od dłuższego czasu. Otaczające obóz latryny przelewały się i pełno w nich było much, a na wielu zaostrzonych kołach palisady dostrzegała warstewkę zielonkawej pleśni.

Wieża bramna Harrenhal, dorównująca rozmiarami Wielkiej Wieży Winterfell, była nie tylko masywna, lecz również podrapana, a jej poprzeszywane szczelinami kamienie wyblakły. Zza murów widać było jedynie szczyty pięciu ogromnych wież. Najniższa z nich była o połowę wyższa od najwyższej baszty Winterfell, lecz mimo to nie wydawały się wzlatywać w powietrze, tak jak powinna to robić porządna wieża. Arya pomyślała, że wyglądają jak sękate, wykrzywione palce starca, próbujące pochwycić przelatującą chmurę. Przypomniała sobie, że Stara Niania opowiadała, iż kamień stopił się i płynął schodami i oknami niczym wosk, jarząc się posępną, ognistą czerwienią. Szukał ponoć kryjówki Harrena. Arya potrafiła uwierzyć w każde słowo. Wieże były bez wyjątku pokraczne, groteskowe i bryłowate, a ich ściany pokrywało mnóstwo wyżłobień i szczelin.

— Nie chcę tam iść — pisnął Gorąca Bułka, gdy Harrenhal otworzył przed nimi swe bramy. — Tam są duchy.

Chiswyck usłyszał go, lecz tym razem tylko się uśmiechnął.

— Piekarczyku, wybór jest prosty. Pójdziesz do duchów albo sam zostaniesz duchem.

Gorąca Bułka wszedł do środka razem z pozostałymi.

W pełnej ech łaźni o ścianach z drewna i kamienia jeńcom kazano się rozebrać i wyszorować do czysta w baliach wypełnionych wodą tak gorącą, że aż parzyła. Nad procedurą tą nadzór sprawowały dwie złośliwe, stare jędze, które omawiały ich wady i zalety tak otwarcie, jakby mówiły o nowo zakupionych osłach. Gdy przyszła kolej na Aryę, gospodyni Amabel cmoknęła zatrwożona na widok jej stóp, a gospodyni Harra wymacała stwardnienie na palcach, którego Arya dorobiła się od wielu godzin ćwiczeń z Igłą.

— Założę się, że to od ubijania masła — zawyrokowała. — Jesteś córką wieśniaka, co? No, dziewczyno, otrzymasz szansę zdobycia wyższej pozycji na świecie, pod warunkiem, że będziesz ciężko pracować. Ale jeśli spróbujesz się lenić, czekają cię baty. Jak się nazywasz?

Arya nie odważyła się podać prawdziwego imienia, ale imię Arry również się nie nadawało. Było chłopięce, a przecież widziały, że nie jest chłopcem.

— Łasica — powiedziała, wymieniając imię pierwszej dziewczynki, jaka przyszła jej do głowy. — Lommy mówił na mnie Łasica.

— Nie dziwi mnie to. — Gospodyni Amabel pociągnęła nosem. — Te włosy wyglądają okropnie i na pewno jest w nich siedlisko wszy. Obetniemy je, a potem pójdziesz do kuchni.

— Wolałabym zająć się końmi.

Arya lubiła konie, a poza tym w stajni będzie mogła znaleźć szansę ucieczki.

Gospodyni Harra spoliczkowała ją tak mocno, że rana na wardze znowu się otworzyła.

— Trzymaj język za zębami albo oberwiesz mocniej. Nikt cię nie pytał o zdanie.

Krew w jej ustach miała słony, metaliczny posmak. Arya spuściła wzrok, nie mówiąc nic. *Gdybym miała jeszcze Igłę, nie odważyłaby się mnie uderzyć* — pomyślała wściekła.

— Lord Tywin i jego rycerze mają giermków i chłopców stajennych, którzy dbają o ich konie. Nie potrzebują do tego takich jak ty — oznajmiła gospodyni Amabel. — W kuchniach jest przytulnie i czysto, zawsze można znaleźć miejsce przy ciepłym ogniu do spania i mnóstwo jedzenia. Byłoby ci tam dobrze, ale widzę, że nie jesteś bystrą dziewczynką. Harra, myślę, że powinniśmy ją oddać Weese'owi.

— Skoro tak uważasz, Amabel.

Dały jej strój z szarej, szorstkiej wełny i parę niedopasowanych butów, a potem ją odesłały.

Weese był zastępcą zarządcy w Jęczącej Wieży, przysadzistym mężczyzną, który na mięsistym nosie i obok kącika pulchnych ust miał mnóstwo czyraków o gniewnej, czerwonej barwie. Arya była jedną z sześciorga wysłanych do niego jeńców. Przeszył wszystkich świdrującym spojrzeniem.

— Lannisterowie są szczodrzy dla tych, którzy dobrze im służą. Tacy jak wy nie zasługują na podobny zaszczyt, ale jest wojna i musimy się zadowolić tym, co mamy. Pracujcie ciężko i znajcie swoje miejsce, a pewnego dnia możecie zajść nawet tak wysoko jak ja. Ale jeśli spróbujecie wykorzystać dobroć jego lordowskiej mości, przekonacie się, że gdy on sobie pójdzie, ja będę na was czekał. —

Chodził dumnym krokiem przed szeregiem, mówiąc im, że nie mogą patrzeć szlachetnie urodzonym w oczy, odzywać się nie pytani, ani wchodzić w drogę jego lordowskiej mości. — Mój nos nigdy nie kłamie — przechwalał się. — Potrafię wywęszyć bunt, dumę i nieposłuszeństwo. Jeśli tylko poczuję któryś z tych smrodów, to pożałujecie. Chcę czuć od was jedynie strach.

Daenerys

Stojący na murach Qarthu ludzie uderzali w gongi, by ogłosić jej nadejście, inni zaś dęli w niezwykłe rogi, które otaczały ich ciała niby wielkie węże z brązu. Z miasta wyjechała kolumna wielbłądziej jazdy, która miała jej służyć jako straż honorowa. Jeźdźcy mieli na sobie łuskowe zbroje z miedzi oraz zakończone długimi pyskami hełmy ozdobione słoniowymi kłami z miedzi oraz długimi, czarnymi kitami z jedwabiu. Siodła ich wierzchowców wysadzane były rubinami i granatami, a wielbłądy nosiły narzuty w stu różnych odcieniach.

— Qarth jest największym miastem, jakie kiedykolwiek istniało lub będzie istniało — oznajmił Pyat Pree pośród kości Vaes Tolorro. — Jest środkiem świata, bramą między północą a południem, mostem wiodącym ze wschodu na zachód, grodem starszym niż ludzka pamięć i tak wspaniałym, że gdy Saathos Mądry ujrzał go po raz pierwszy, wyłupił sobie oczy, albowiem wiedział, że wszystko, co zobaczy potem, będzie mu się wydawało nędzne i brzydkie.

Dany traktowała słowa czarnoksiężnika z dużą rezerwą, nie dało się jednak zaprzeczyć, że wielkie miasto rzeczywiście wygląda wspaniale. Qarth otaczały trzy linie grubych murów, pokrytych pięknymi płaskorzeźbami. Zewnętrzny zbudowano z czerwonego piaskowca. Miał trzydzieści stóp wysokości i wyobrażono na nim podobizny zwierząt: pełzających węży, fruwających kań, pływających ryb, a także wilków z czerwonego pustkowia, pasiastych zorsów i monstrualnych słoni. Środkowy mur, wysoki na czterdzieści stóp, wzniesiono z szarego granitu i zdobiły go sceny przedstawiające wojnę: uderzające o siebie miecze, tarcze i włócznie, latające strzały, bohaterowie w walce, mordowane niemowlęta, stosy pogrzebowe dla poległych. Wewnętrzny mur miał pięćdziesiąt stóp wysokości i zbudowano go z czarnego marmuru. Dany zaczerwieniła się na widok przedstawionych na nim scen, powiedziała sobie jednak, że to głupota. Nie była już dziewicą i jeśli mogła patrzeć na obrazy rzezi przedstawione na powierzchni szarego muru, dlaczego miałaby odwracać wzrok od widoku mężczyzn i kobiet dających sobie nawzajem przyjemność?

Zewnętrzna brama miała okucia z miedzi, środkowa z żelaza, a wewnętrzna była nabijana złotymi ćwiekami. Wszystkie trzy otworzyły się przed nią. Gdy wjeżdżała do miasta na srebrzystej, małe dzieci rzucały przed nią kwiaty. Miały na sobie jedynie złote sandały i jaskrawą farbę.

Wszystkie kolory, których brakowało w Vaes Tolorro, trafiły do Qarthu. Z każdej strony otaczały ją budynki o kształtach fantastycznych jak majaczenia w gorączce, pomalowane na najróżniejsze odcienie różu, fioletu i umbry. Przeszła pod łukiem z brązu ukształtowanym na podobieństwo dwóch parzących się węży, których łuski wykonano z cienkich płatków nefrytu, obsydianu i lazurytu. Smukłe wieże były wyższe od wszystkich budynków, jakie w życiu widziała, a na każdym placu stały zdobne fontanny wykute na podobieństwo gryfów, smoków i mantykor.

Qartheńczycy zgromadzili się na ulicach i przyglądali się jej z delikatnych balkonów, które wydawały się zbyt kruche, by utrzymać ich ciężar. Byli wysokimi, jasnoskórymi ludźmi odzianymi w płótno, brokaty i tygrysie futra. Każdy z nich wydawał się jej lordem lub damą. Kobiety nosiły suknie odsłaniające jedną pierś, mężczyźni natomiast woleli jedwabne spódniczki ozdobione paciorkami. Dany, która była ubrana w szatę z lwiej skóry, a na jednym jej ramieniu przysiadł czarny Drogon, czuła się przy nich jak obdarta dzikuska. Jej Dothrakowie zwali Qartheńczyków „Mleczarzami" z uwagi na ich bladą skórę, a khal Drogo marzył o dniu, w którym wreszcie złupi ich wielkie miasta na wschodzie. Zerknęła na swych braci krwi. Ich ciemne oczy o kształcie migdałów niczego nie zdradzały. *Czy widzą tu tylko łupy?* — zastanawiała się. *Ci Qartheńczycy z pewnością uważają nas za straszliwych barbarzyńców*.

Pyat Pree poprowadził jej maleńki *khalasar* środkiem wielkiej arkady, gdzie na postumentach z białego i zielonego marmuru stały posągi starożytnych bohaterów miasta, wielkości trzykrotnie przewyższającej naturalną. Potem przejechali przez mieszczący się w ogromnym budynku bazar. W kratownicy dachu gnieździły się tysiące różnobarwnych ptaków, a wiszące nad straganami tarasy zdobiły drzewa i kwiaty. Wydawało się, że można tu kupić wszystko, co stworzyli bogowie.

Srebrzysta spłoszyła się, gdy podjechał do niej magnat handlowy Xaro Xhoan Daxos. Dany zdążyła już się zorientować, że jej klacz nie toleruje bliskości wielbłądów.

— Jeśli zobaczysz tu coś, czego byś pragnęła, o najpiękniejsza z kobiet, wystarczy, że rzekniesz słowo, a będzie to należało do ciebie — zawołał siedzący na bogato zdobionym, rogatym siodle Xaro.

— Należy do niej cały Qarth i niepotrzebne jej błyskotki — zaśpiewał jadący z drugiej strony sinowargi Pyat Pree. — Będzie tak, jak obiecałem, *khaleesi*. Pójdź ze mną do Domu Nieśmiertelnych, a wypijesz napój prawdy i mądrości.

— A na cóż jej twój Pałac Pyłu, jeśli mogę jej dać słońce, słodką wodę i jedwabną pościel? — odpowiedział czarnoksiężnikowi Xaro. — Trzynastu założy na jej piękną głowę koronę z czarnego nefrytu i ognistych opali.

— Jedynym pałacem, jakiego pragnę, jest czerwony zamek w Królewskiej Przystani, mości Pyacie. — Dany obawiała się czarnoksiężnika. *Maegi* Mirri Maz Duur nauczyła ją nie ufać nikomu, kto para się czarami. — A jeśli wielcy Qarthu chcą oferować mi jakieś dary, to niech będą to okręty i miecze, które pozwolą mi odzyskać to, co prawnie należy do mnie.

Sine wargi Pyata rozciągnęły się w łaskawym uśmiechu.

— Stanie się tak, jak rozkażesz, *khaleesi*.

Oddalił się, kołysząc się na grzbiecie wielbłąda. Za nim ciągnęły się długie, wyszywane paciorkami szaty.

— Młoda królowa jest mądra ponad swoje lata — wyszeptał siedzący w wysokim siodle Xaro Xhoan Daxos. — Qartheńskie przysłowie mówi, że dom czarnoksiężnika zbudowany jest z kości i kłamstw.

— To dlaczego ludzie ściszają głosy, gdy mówią o czarnoksiężnikach z Qarthu? Na całym wschodzie ich moc i mądrość otacza się szacunkiem.

— Ongiś byli potężni — przyznał Xaro — ale teraz są tylko śmieszni, jak zwiędli ze starości żołnierze, którzy przechwalają się swą dzielnością, choć dawno już opuściły ich siły i umiejętności. Czytają swe rozsypujące się zwoje, piją cień wieczoru, aż wargi im sinieją, i napomykają coś o straszliwych mocach, lecz są jedynie bladym odbiciem tych, którzy żyli przed nimi. Ostrzegam cię, że dary Pyata Pree obrócą się w twych rękach w pył.

Uderzył wielbłąda biczem i pomknął przed siebie.

— Przyganiała wrona krukowi — mruknął ser Jorah w języku powszechnym Westeros. Wygnany rycerz jak zwykle jechał u jej prawego boku. Przed wjazdem do Qarthu zdjął dothrackie odzienie, zastępując je zbroją, kolczugą i wełnianym strojem, jakie noszono w Siedmiu Królestwach, na drugim końcu świata. — Lepiej unikaj obu tych ludzi, Wasza Miłość.

— Ci ludzie pomogą mi odzyskać koronę — sprzeciwiła się. — Xaro posiada wielkie bogactwa, a Pyat Pree…

— …udaje, że ma moc — przerwał jej obcesowo rycerz. Na jego ciemnozielonej opończy widniał stojący na tylnych łapach niedźwiedź rodu Mormontów, czarny i zadzierzysty. Gdy Jorah spojrzał spode łba na kłębiący się na bazarze tłum, wyglądał równie groźnie jak jego herb. — Wolałbym nie zatrzymywać się tu dłużej, królowo. Nie podoba mi się nawet sam zapach tego miasta.

— Chyba chodzi ci o fetor wielbłądów — stwierdziła z uśmiechem Dany. — Sami Qartheńczycy pachną bardzo przyjemnie.

— Przyjemne wonie często wykorzystuje się po to, by ukryć ohydne smrody.

Mój wielki niedźwiedź — pomyślała Dany. *Jestem jego królową, ale zawsze pozostanę też jego niedźwiedziątkiem i zawsze będzie mnie strzegł.* Poczuła się bezpieczniej, lecz jednocześnie ogarnął ją smutek. Żałowała, że nie może go obdarzyć pełniejszą miłością.

Xaro Xhoan Daxos zaproponował Dany, żeby na czas pobytu w mieście zatrzymała się w jego domu. Spodziewała się, że będzie on wspaniały, lecz nie oczekiwała, że ujrzy pałac większy niż niejedno miasto targowe. *W porównaniu z nim pentoska rezydencja magistra Illyria wygląda jak chlew* — pomyślała. Xaro przysięgał, że w jego domu wygodnie pomieszczą się wszyscy jej ludzie wraz z końmi. Szczerze mówiąc, zniknęli w nim bez śladu. Dany otrzymała całe skrzydło. Miała mieć własne ogrody, marmurowy basen, wieżę obserwacyjną i labirynt czarnoksiężnika, a także niewolników, gotowych spełnić wszelkie jej rozkazy. W jej prywatnych komnatach podłoga była z zielonego marmuru, a ściany zdobiły barwne jedwabne draperie, które przy każdym powiewie mieniły się w blasku słońca.

— Jesteś zbyt szczodry — oświadczyła Xaro Xhoanowi Daxosowi.

— Dla Matki Smoków żaden dar nie jest zbyt kosztowny. — Xaro był ospałym, eleganckim mężczyzną o łysej głowie i wielkim orlim nosie, gęsto oblepionym rubinami, opalami i płatkami nefrytu. — Jutro będziesz jeść pawie i języczki skowronków, słuchając muzyki godnej najpiękniejszej z kobiet. Hołd złoży ci Trzynastu i wszyscy wielcy Qarthu. *Wszyscy wielcy Qarthu przyjdą obejrzeć moje smoki* — pomyślała Dany, podziękowała jednak Xarowi za jego uprzejmość, nim go pożegnała. Pyat Pree również ją opuścił, przyrzekając, że zwróci się do Nieśmiertelnych z prośbą o audiencję.

— To zaszczyt tak rzadki, jak śnieg padający latem.

Przed odejściem ucałował jej bose stopy bladosinymi wargami i wcisnął jej dar, słoiczek maści, która zgodnie z jego zapewnieniami miała jej pozwolić zobaczyć duchy powietrza. Jako ostatnia z poszukiwaczy rozstała się z nią Quaithe, władczyni cieni. Od niej Dany otrzymała jedynie ostrzeżenie.

— Strzeż się — powiedziała kobieta w powleczonej czerwonym lakierem masce.

— Kogo?

— Wszystkich. Będą tu przychodzić za dnia i w nocy, aby zobaczyć cud, który powrócił na świat, a tego, co ujrzą, zaczną pożądać. Albowiem smoki to wcielony ogień, a ogień to moc.

— Mówi prawdę, królowo... choć jej ufam nie bardziej niż pozostałym — rzekł ser Jorah, gdy wyszła.

— Nie rozumiem jej. — Odkąd Pyat i Xaro ujrzeli smoki, zasypywali ją obietnicami, zapewniając, że są we wszystkim jej lojalnymi sługami, od Quaithe jednak usłyszała tylko kilka niejednoznacznych słów. Niepokoiło ją też to, że nigdy nie widziała jej twarzy. *Pamiętaj o Mirri Maz Duur* — powiedziała sobie. *Pamiętaj o zdradzie.* Zwróciła się w stronę swych braci krwi. — Dopóki tu pozostaniemy, miejcie oczy szeroko otwarte. Nikt nie może wejść do tego skrzydła pałacu bez mojego pozwolenia, a smoki muszą być zawsze pilnie strzeżone.

— Wedle rozkazu, *khaleesi* — odparł Aggo.

— Widzieliśmy tylko te części Qarthu, które chciał nam pokazać Pyat Pree — ciągnęła. — Rakharo, pójdź obejrzeć resztę i powiedz mi, co zobaczysz. Weź ze sobą bystrych mężczyzn, a także kobiety, które będą mogły wejść tam, gdzie mężczyzn nie wpuszczają.

— Zrobię, co mi nakazujesz, krwi mojej krwi — zapewnił Rakharo.

— Ser Jorahu, znajdź port i przekonaj się, jakie statki w nim kotwiczą. Minęło już pół roku, odkąd słyszałam ostatnie wieści z Siedmiu Królestw. Być może bogowie sprowadzili tu jakiegoś dobrego kapitana z Westeros, który mógłby nas zabrać do domu.

Rycerz zmarszczył brwi.

— To nie byłaby przysługa. Uzurpator zabiłby cię równie niechybnie, jak słońce wstaje co rano. — Mormont zatknął kciuki za pas do miecza. — Moje miejsce jest u twego boku.

— Jhogo też może mnie strzec. Znasz więcej języków niż moi bracia krwi, a do tego Dothrakowie nie ufają morzu i tym, którzy po nim żeglują. Tylko ty możesz wykonać to zadanie. Idź między statki i porozmawiaj z ich załogami. Dowiedz się, skąd przybywają, dokąd płyną i jacy ludzie nimi dowodzą.

Wygnaniec niechętnie skinął głową.

— Jak sobie życzysz, królowo.

Gdy wszyscy mężczyźni już odeszli, służące zdjęły z niej brudne po podróży jedwabie i Dany udała się do marmurowego basenu, skrytego w cieniu portyku. Woda była rozkosznie chłodna i roiło się w niej od maleńkich złotych rybek, które zaciekawione skubały skórę dziewczyny. Rozchichotała się od tego. Dobrze było unosić się na wodzie z zamkniętymi oczyma, wiedząc, że może odpoczywać, jak długo zechce. Zastanawiała się, czy w Czerwonej Twierdzy Aegona jest podobny basen albo wonne ogrody, pełne lawendy i mięty. *Z pewnością to wszystko tam jest. Viserys zawsze mówił, że Siedem Królestw to najpiękniejsza z krain świata.*

Myśl o domu napełniła ją niepokojem. Gdyby żył jej Słońce i Gwiazdy, poprowadziłby swój *khalasar* za trującą wodę i rozgromił jej wrogów, lecz jego siła opuściła już świat. Zostali jej jedynie bracia krwi, którzy poprzysięgli służyć jej swym życiem. Byli biegli w zadawaniu śmierci, lecz tylko na sposób władców koni. Dothrakowie plądrowali miasta i królestwa, ale nimi nie władali. Dany nie chciała obrócić Królewskiej Przystani w poczerniałe ruiny pełne niespokojnych duchów. Przełknęła już wystarczająco wiele łez.

Pragnę, by moje królestwo było piękne, pełne tłustych mężczyzn, ładnych dziewcząt i roześmianych dzieci. Chcę, żeby ludzie uśmiechali się, widząc jak przejeżdżam, tak jak według Viserysa uśmiechali się na widok mego ojca.

By jednak to osiągnąć, musiała najpierw zwyciężyć.

„Uzurpator zabiłby cię równie niechybnie, jak słońce wstaje co rano.” Tak powiedział jej Mormont. Robert pozbawił życia jej dzielnego brata Rhaegara, a jeden z jego ludzi pokonał Morze Dothraków, by otruć ją i jej nienarodzonego syna. Opowiadano, że Robert Baratheon jest silny jak byk, nieustraszony w walce i ponad wszystko na świecie kocha wojnę. A u jego boku stali wielcy lordowie, których jej brat zwał psami uzurpatora: Eddard Stark o zimnym spojrzeniu i skutym lodem sercu oraz złociści Lannisterowie, ojciec i syn, tak bardzo bogaci, potężni i zdradzieccy.

Jak mogła liczyć na to, że obali takich ludzi? Gdy żył khal Drogo, wszyscy drżeli przed nim i słali mu dary, by uśmierzyć jego gniew. Jeśli tego nie uczynili, zdobywał ich miasta, odbierał im bogactwa, żony i wszystko. Jego *khalasar* był jednak ogromny, a ona miała jedynie garstkę. Jej ludzie poszli za nią, gdy przemierzała czerwone pustkowie w pościgu za kometą i podążą za nią również za trującą wodę, było ich jednak zbyt mało. Nawet smoki mogą nie wystarczyć. Viserys był przekonany, że gdy tylko ludzie usłyszą o powrocie prawowitego króla, w kraju wybuchnie powstanie… ale jej brat był głupcem, a głupcy wierzą w głupoty.

Owe wątpliwości przeszyły ją dreszczem. Woda nagle wydała się jej zimna, a skubiące skórę rybki irytujące. Wyszła z basenu.

— Irri — zawołała. — Jhiqui.

Gdy służące wytarły ją do sucha i owinęły w szatę z piaskowego jedwabiu, Dany wróciła myślami do trojga ludzi, którzy odnaleźli ją w Mieście Kości. *Krwawiąca Gwiazda nie bez powodu zaprowadziła mnie do Qarthu. Znajdę tu to, czego potrzebuję, o ile wystarczy mi siły, by wziąć to, co będzie mi dane oraz mądrości, żeby uniknąć pułapek. Jeśli bogowie chcą, bym zwyciężyła, pomogą mi, ześlą mi znak, a jeśli nie… jeśli nie…*

Gdy nadchodził już zmierzch i Dany karmiła smoki, zza jedwabnych zasłon wyszła Irri, która powiedziała jej, że ser Jorah wrócił z portu… i to nie sam.

— Przyślij go tu zaraz, razem z tym, kogo przyprowadził — poleciła zaciekawiona.

Kiedy weszli do środka, siedziała na górze poduszek, otoczona smokami. Towarzyszący Mormontowi mężczyzna miał na sobie płaszcz z zielonych i żółtych piór, a jego skóra była czarna jak gładzony gagat.

— Wasza Miłość — oznajmił rycerz — przedstawiam ci Quhuru Mo, kapitana „Cynamonowego Wichru" z Miasta Wysokich Drzew.

Czarny mężczyzna ukląkł.

— To dla mnie wielki zaszczyt, królowo — powiedział, nie w języku Wysp Letnich, którego Dany nie znała, lecz w płynnym valyriańskim Dziewięciu Wolnych Miast.

— To ja czuję się zaszczycona, Quhuru Mo — odparła Dany w tej samej mowie. — Czy przybywasz z Wysp Letnich?

— Tak, Wasza Miłość, ale przedtem, niespełna pół roku temu, zawinęliśmy do Starego Miasta. Przywożę ci stamtąd cudowny dar.

— Dar?

— Dar wieści. Matko Smoków, Zrodzona w Burzy, powiadam ci, że Robert Baratheon nie żyje.

Na zewnątrz, nad Qarthem zapadał już zmierzch, lecz w sercu Dany zaświeciło słońce.

— Nie żyje? — powtórzyła. Siedzący na jej kolanach czarny Drogon zasyczał. Jasny dym przesłonił jej twarz niby welon. — Jesteś pewien? Uzurpator nie żyje?

— Tak mówią w Starym Mieście, Dorne, Lys i wszystkich portach, do których zawijaliśmy.

Przysłał mi zatrute wino, a mimo to ja żyję, a on umarł.

— W jaki sposób zginął?

Siedzący na jej ramieniu jasny Viserion załopotał kremowymi skrzydłami, wywołując lekki powiew.

— Podczas polowania w królewskim lesie rozszarpał go monstrualny dzik. Tak przynajmniej słyszałem w Starym Mieście. Inni mówią, że zdradziła go królowa albo brat, albo lord Stark, który był jego namiestnikiem. Wszystkie opowieści zgadzają się jednak co do tego, że król Robert nie żyje i spoczywa w grobie.

Dany nigdy w życiu nie widziała twarzy uzurpatora, lecz mimo to nie było niemal dnia, by o nim nie myślała. Jego olbrzymi cień padał na nią od chwili jej narodzin, gdy pośród krwi i burzy przyszła na świat, na którym nie było już dla niej miejsca. Nieznajomy o hebanowej skórze uwolnił ją od tej zmory.

— Na Żelaznym Tronie zasiada teraz chłopiec — wtrącił ser Jorah.

— Królem jest Joffrey — zgodził się Quhuru Mo — ale władzę sprawują Lannisterowie. Bracia Roberta uciekli z Królewskiej Przystani. Podobno zamierzają zażądać korony dla siebie. A namiestnik upadł. Lord Stark, który był przyjacielem króla Roberta. Oskarżono go o zdradę.

— Ned Stark zdrajcą? — żachnął się ser Jorah. — Bardzo wątpliwe. Prędzej można by się spodziewać powrotu długiego lata niż tego, że ten człowiek zgodzi się splamić swój drogocenny honor.

— Co on mógł wiedzieć o honorze? — oburzyła się Dany. — Zdradził swego prawowitego króla tak samo jak ci Lannisterowie. — Z radością usłyszała, że psy uzurpatora walczą między sobą, choć wcale jej to nie zaskoczyło. To samo wydarzyło się po śmierci jej Droga, gdy jego wielki *khalasar* sam się rozerwał na strzępy. — Mój brat również nie żyje — poinformowała żeglarza. — Viserys, który był prawdziwym królem. Mój pan mąż, khal Drogo, zabił go, dając mu koronę z płynnego złota.

Czy jej brat byłby trochę mądrzejszy, gdyby wiedział, że zemsta, o którą się modlił, jest już tak blisko?

— Współczuję ci, Matko Smoków, i krwawiącemu Westeros, które utraciło prawowitego króla.

Głaskany delikatnymi palcami Dany zielony Rhaegal wbił w nieznajomego spojrzenie oczu barwy płynnego złota. Gdy otworzył paszczę, ząbki zalśniły w niej niczym czarne igły.

— Czy twój statek wraca do Westeros, kapitanie?

— Obawiam się, że nie wcześniej niż za rok. „Cynamonowy Wicher" żegluje teraz na wschód, na szlak handlowy prowadzący wokół Morza Nefrytowego.

— Rozumiem — rzekła rozczarowana Dany. — Życzę ci pomyślnych wiatrów i korzystnych interesów. Przyniosłeś mi drogocenny dar.

— Otrzymałem w zamian coś bardzo cennego, wielka królowo.

— A co? — zapytała zdziwiona.

— Widziałem smoki — wyjaśnił z błyskiem w oczach.

Roześmiała się.

— Mam nadzieję, że będziesz jeszcze miał okazję je ujrzeć. Odwiedź mnie w Królewskiej Przystani, gdy będę zasiadała na tronie ojca, a nagrodzę cię hojnie.

Żeglarz z Wysp Letnich obiecał, że to zrobi, ucałował ją delikatnie w palce i odszedł. Do drzwi odprowadziła go Jhiqui, a ser Jorah Mormont pozostał na miejscu.

— *Khaleesi* — zaczął rycerz, gdy byli już sami. — Na twoim miejscu nie mówiłbym tak otwarcie o swych planach. Ten człowiek wszędzie to teraz rozpowie.

— I bardzo dobrze — odparła. — Niech cały świat dowie się o moich zamiarach. Co to ma za znaczenie? Uzurpator nie żyje.

— Nie wszystko co opowiadają marynarze, jest prawdą — ostrzegł ser Jorah. — A nawet jeśli Robert rzeczywiście nie żyje, jego miejsce zajął syn. Nic się tak naprawdę nie zmieniło.

— Wszystko się zmieniło. — Dany zerwała się z miejsca. Smoki rozwinęły się, skrzecząc głośno i rozpościerając skrzydła. Drogon przefrunął na belkę nad drzwiami, wpijając w nią pazury. Pozostałe dwa pierzchły po podłodze, drapiąc marmur koniuszkami skrzydeł. — Przedtem Siedem Królestw przypominało *khalasar* mojego Drogi, sto tysięcy ludzi zjednoczonych jego siłą. Teraz kraj rozpadł się na kawałki, tak jak *khalasar* po śmierci mojego khala.

— Wielcy lordowie zawsze ze sobą walczyli. Powiedz mi, kto zwyciężył, a ja ci powiem, co to oznacza. *Khaleesi*, Siedem Królestw nie wpadnie ci w ręce jak dojrzałe brzoskwinie. Będziesz potrzebowała floty, złota, armii, sojuszy…

— Wiem to wszystko. — Ujęła jego dłonie i spojrzała w ciemne, podejrzliwe oczy. *Czasami uważa mnie za dziecko, które musi chronić, a czasami patrzy na mnie jak na kobietę, z którą chciałby iść do łoża, ale czy kiedykolwiek widzi we mnie swą królową?* — Nie jestem przerażoną dziewczynką, którą spotkałeś w Pentos. To prawda, że widziałam dopiero piętnaście dni imienia… ale jestem stara jak kobiety w *dosh khaleen* i młoda jak moje smoki, Jorahu. Urodziłam dziecko, spaliłam *khala*, przekroczyłam czerwone pustkowie i Morze Dothraków. W moich żyłach płynie krew smoka.

— Tak jak w żyłach twego brata — nie ustępował.

— Nie jestem Viserysem.

— Nie — przyznał. — Jest w tobie więcej z Rhaegara, ale nawet jego można było zabić. Robert dowiódł tego nad Tridentem, zwykłym młotem bojowym. Nawet smoki są śmiertelne.

— Smoki są śmiertelne. — Wspięła się na palce, by ucałować go lekko w nieogolony policzek. — Ale smokobójcy też.

Bran

Meera kręciła się ostrożnie w kółko. W lewej dłoni trzymała zwisającą luźno sieć, a w prawej dzierżyła smukły trójząb na żaby. Lato śledził ją złotymi ślepiami. Ogon miał sztywno uniesiony. Patrzył i patrzył...

— Yai! — krzyknęła dziewczyna, uderzając trójzębem. Wilk odsunął się w lewo i skoczył do ataku, nim zdążyła cofnąć broń. Meera zarzuciła sieć, która rozwinęła się w powietrzu przed nią. Zaplątany w nią Lato uderzył dziewczynę w pierś i zwalił ją z nóg. Trójząb wypadł jej z rąk. Mokra trawa złagodziła upadek, lecz impet uderzenia odebrał Meerze dech w piersiach. Wilk przysiadł na niej.

Bran krzyknął radośnie.

— Przegrałaś.

— Wygrała — sprzeciwił się jej brat Jojen. — Lato się zaplątał.

Bran zobaczył, że chłopak ma rację. Wilkor miotał się i warczał, próbując się uwolnić, lecz jego wysiłki pogarszały tylko sytuację. Nie mógł też przegryźć sieci.

— Wypuść go.

Dziewczyna ze śmiechem zarzuciła ramiona na zaplątanego wilka, przetaczając się razem z nim na bok. Lato zaskomlił żałośnie, wierzgając spętanymi łapami. Meera uklękła, rozwiązała supeł, pociągnęła za sznur, szarpnęła zręcznie to tu, to tam i nagle wilkor był wolny.

— Lato, do mnie. — Bran rozpostarł ramiona. — Uwaga — zawołał na chwilę przed tym, nim zwierzę uderzyło w niego. Uczepił się sierści z całej siły i wilk powlókł go po trawie. Siłowali się i przetaczali w ciasnym uścisku. Jeden warczał i poszczekiwał, a drugi zanosił się śmiechem. Na koniec to Bran wylądował na wierzchu, przyciskając całym ciałem ubłoconego wilkora.

— Dobry wilk — wydyszał. Lato polizał go po uchu.

Meera pokręciła głową.

— Czy on nigdy nie wpada w złość?

— Nie na mnie. — Bran złapał wilka za uszy. Lato kłapnął gwałtownie paszczą, było jednak widać, że to tylko zabawa. — Czasem podrze mi ubranie, ale nigdy nie ugryzł mnie do krwi.

— Ciebie nie. Ale gdybym nie zaplątała go w sieć...

— Nic by ci nie zrobił. Wie, że cię lubię.

Cała reszta lordów i rycerzy wyjechała dzień albo dwa po święcie plonów, Reedowie jednak zostali i byli teraz stałymi towarzyszami Brana. Jojen był tak poważny, że Stara Niania zwała go „małym dziadkiem", natomiast Meera przypominała Branowi jego siostrę Aryę. Nie bała się pobrudzić i potrafiła biegać, bić się oraz rzucać sprawnie jak chłopak. Była jednak starsza od Aryi. Miała prawie szesnaście lat i była dorosłą kobietą. Oboje byli starsi od Brana, choć wreszcie minął dziewiąty dzień jego imienia. Mimo to nigdy nie traktowali go jak dziecka.

— Wolałbym, żebyście to wy byli naszymi podopiecznymi, a nie Walderowie. — Zaczął się czołgać ku najbliższemu drzewu. Jego wysiłki wyglądały okropnie, lecz gdy Meera chciała go podnieść, nie pozwolił jej na to. — Nie, nie pomagaj mi. — Przetaczał się niezgrabnie, pełzł naprzód i wił się, posługując się wyłącznie siłą ramion, aż wreszcie usiadł wsparty plecami o wysoki jesion. — A nie mówiłem. — Lato położył mu łeb na kolanach. — Nigdy nie widziałem nikogo, kto walczyłby siecią — przyznał się Meerze, drapiąc wilkora za uszami. — Czy to wasz dowódca zbrojnych cię tego nauczył?

— Ojciec. W Szarej Wodzie nie mamy rycerzy, dowódcy zbrojnych ani maestera.

— To kto opiekuje się waszymi krukami?

Uśmiechnęła się.

— Kruki nie potrafią znaleźć Strażnicy nad Szarą Wodą, tak samo jak wrogowie.

— A to dlaczego?

— Dlatego, że ona się porusza — wyjaśniła.

Bran nigdy nie słyszał o ruchomym zamku. Popatrzył na nią niepewnie, nie wiedząc, czy z niego żartuje.

— Chciałbym ją kiedyś zobaczyć. Myślisz, że wasz pan ojciec pozwoli mi przybyć tam z wizytą, kiedy już będzie po wojnie?

— Będziesz tam mile widzianym gościem, mój książę, czy to wtedy, czy teraz.

— Teraz? — Bran całe życie spędził w Winterfell i gorąco pragnął ujrzeć odległe miejsca. — Mógłbym zapytać o to ser Rodrika, kiedy tylko wróci.

Stary rycerz wybrał się na wschód, by położyć kres kłopotom, do których tam doszło. Wywołał je bękart Roose'a Boltona, który porwał wracającą ze święta plonów lady Hornwood i tej samej nocy zmusił ją, by go poślubiła, choć był tak młody, że mógłby być jej synem. Potem lord Manderly zajął jej zamek. Pisał w liście, że uczynił to po to, by obronić posiadłości Hornwoodów przed Boltonami, ale ser Rodrik był na niego zły prawie tak samo jak na bękarta.

— Ser Rodrik mógłby mi pozwolić pojechać, ale maester Luwin nigdy się nie zgodzi.

Jojen Reed, który siedział ze skrzyżowanymi nogami pod czardrzewem, popatrzył na niego poważnie.

— Lepiej by było, gdybyś opuścił Winterfell, Bran.

— Naprawdę?

— Tak. I to jak najszybciej.

— Mój brat ma zielony wzrok — wyjaśniła Meera. — Śni o rzeczach, które się jeszcze nie wydarzyły, i to się czasem spełnia.

— Nie ma w tym żadnego „czasem", Meero.

Wymienili spojrzenia, on smutne, a ona wyzywające.

— Powiedz mi, co się wydarzy — poprosił Bran.

— Zrobię to, jeśli ty opowiesz mi o swoich snach — odparł Jojen.

W bożym gaju zapadła cisza. Bran słyszał szelest liści oraz odległe pluskanie kąpiącego się w gorącej sadzawce Hodora. Pomyślał o złocistym mężczyźnie i trójokiej wronie, przypomniał sobie trzask łamanych jego zębami kości i miedziany smak krwi.

— Nie mam żadnych snów. Maester Luwin daje mi nasenne wywary.

— I pomagają ci?

— Czasami.

— Całe Winterfell wie, że często nocą krzyczysz i budzisz się zlany potem — wtrąciła Meera. — Mówią o tym kobiety przy studni i strażnicy w swej komnacie.

— Powiedz nam, czego tak bardzo się boisz — zażądał Jojen.

— Nie chcę. Zresztą to tylko sny. Maester Luwin mówi, że sny mogą znaczyć cokolwiek albo w ogóle nic.

— Mój brat śni też tak jak inni chłopcy i te sny mogą znaczyć cokolwiek — zgodziła się Meera. — Ale zielone sny są inne.

Oczy Jojena miały kolor mchu i czasem, gdy spoglądał na Brana, wydawało się, że patrzy na coś innego. Na przykład teraz.

— Śnił mi się skrzydlaty wilk przykuty do ziemi łańcuchami

z szarego kamienia — zaczął. — To był zielony sen i wiem, że to prawda. Wrona próbowała rozdziobać te łańcuchy, ale kamień był zbyt twardy i jej dziób nie potrafił go skruszyć.

— A czy miała troje oczu?

Jojen skinął głową.

Lato podniósł łeb z kolan Brana i skierował na chłopca z bagien spojrzenie ciemnozłotych ślepiów.

— Kiedy byłem dzieckiem, o mało co bym umarł na szarowodną gorączkę. Wtedy właśnie przyszła do mnie wrona.

— Do mnie przyszła po upadku — wyznał Bran. — Przez długi czas nie mogłem się obudzić. Powiedziała, że muszę się nauczyć latać albo zginę, ale kiedy się przebudziłem, byłem kaleką i wcale nie potrafiłem latać.

— Możesz się tego nauczyć, jeśli tylko zechcesz — zapewniła Meera. Podniosła sieć, potrząsnęła nią, by ją rozplątać, a potem zaczęła ją układać w luźne fałdy.

— Ty jesteś skrzydlatym wilkiem, Bran — ciągnął Jojen. — Z początku nie byłem tego pewien, ale teraz nie mam już wątpliwości. Wrona przysłała nas tu po to, byśmy zerwali twoje łańcuchy.

— Czy ona jest w Szarej Wodzie?

— Nie. Na północy.

— Na Murze?

Bran zawsze pragnął zobaczyć Mur. Był teraz na nim Jon, jego brat bękart, człowiek z Nocnej Straży.

— Za Murem. — Meera Reed zawiesiła sobie sieć u pasa. — Kiedy Jojen opowiedział swój sen panu ojcu, ten natychmiast wysłał nas do Winterfell.

— Jak mam skruszyć łańcuchy, Jojen? — zapytał Bran.

— Otwórz oko.

— Przecież mam oczy otwarte. Nie widzisz?

— Tylko dwoje. — Jojen wskazał na nie placem. — Pierwsze. Drugie.

— Mam tylko dwoje.

— Masz troje. Wrona dała ci trzecie, ale nie chcesz go otworzyć. — Zawsze mówił bardzo powoli i cicho. — Dwojgiem oczu możesz zobaczyć moją twarz. Trojgiem ujrzałbyś moje serce. Dwojgiem widzisz ten dąb. Trojgiem dostrzegłbyś żołądź, z którego wyrósł, i pniak, którym kiedyś się stanie. Dwojgiem nie sięgniesz za swe mury. Troje pokazałoby ci Morze Letnie i ziemie położone na północ od Muru.

Lato zerwał się nagle na łapy.

— Nie muszę widzieć aż tak daleko. — Bran uśmiechnął się nerwowo. — Dość już mam tego gadania o wronach. Pomówmy o wilkach. Albo o jaszczurolwach. Polowałaś kiedyś na jaszczurolwy, Meero? Tutaj ich nie mamy.

Dziewczyna wyciągnęła trójząb z krzaków.

— One żyją w wodzie. W wolno płynących strumieniach i głębokich bagnach...

— Śnił ci się jaszczurolew? — przerwał jej brat.

— Nie — odparł Bran. — Mówiłem ci już, że nie chcę...

— A czy śnił ci się wilk?

Rozgniewało to Brana.

— Nie muszę opowiadać ci swoich snów. Jestem księciem. Starkiem z Winterfell.

— Czy to był Lato?

— Bądź cicho.

— W noc święta plonów śnił ci się Lato w bożym gaju. Mam rację?

— Przestań! — krzyknął Bran. Lato ruszył w stronę czardrzewa, szczerząc białe zęby.

Jojen Reed nie zwracał na to uwagi.

— Kiedy dotknąłem Laty, poczułem cię w nim. Teraz też w nim jesteś.

— Nic nie czułeś. Byłem w łóżku. Spałem.

— Byłeś w bożym gaju, cały w szarości.

— To był tylko zły sen...

Jojen wstał.

— Czułem cię. Czułem, jak spadasz. Czy to upadku tak się boisz?

Upadku i złotego mężczyzny, brata królowej — pomyślał Bran. *Jego też się boję, ale przede wszystkim upadku.* Nie powiedział jednak tego na głos. Jak mógłby? Nie potrafił wyznać tego ser Rodrikowi ani maesterowi Luwinowi. Reedom też nic nie powie. Jeśli nie będzie o tym mówił, może uda mu się zapomnieć. Nigdy nie chciał o tym pamiętać. Może to nawet nie było prawdziwe wspomnienie.

— Czy spadasz co noc, Bran? — zapytał cicho Jojen.

Z gardła Laty wyrwał się niski warkot. Tym razem nie była to zabawa. Wilkor ruszył naprzód. Wyszczerzył kły, a ślepia mu gorzały. Meera stanęła między nim a bratem, unosząc trójząb.

— Powstrzymaj go, Bran.

— Jojen go drażni.

Potrząsnęła siecią.

— To twój gniew, Bran — powiedział jej brat. — Twój strach.

— Nieprawda. Nie jestem wilkiem.

Wył jednak w nocy razem z nimi, a w wilczych snach pokosztował krwi.

— Część ciebie jest Latą, a jego część to ty. Przecież o tym wiesz, Bran.

Lato rzucił się do ataku, lecz Meera zagrodziła mu drogę, uderzając trójzębem. Wilk skręcił gwałtownie i zaczął krążyć wokół niej, szukając sposobności. Dziewczyna śledziła go wzrokiem.

— Odwołaj go, Bran.

— Lato! — krzyknął chłopiec. — Do mnie, Lato!

Walnął się w udo otwartą dłonią tak mocno, że aż ogarnęło ją mrowienie, choć w sparaliżowanej nodze nie poczuł nic.

Wilkor skoczył raz jeszcze i trójząb Meery uderzył po raz drugi. Lato uskoczył i zatoczył kolejny krąg. Krzaki zaszeleściły i zza czardrzewa wylazła chuda, czarna, szczerząca zęby postać. Woń była silna i jego brat poczuł zapach gniewu. Bran poczuł, że jeżą mu się włosy na karku. Meera stała obok Jojena. Po obu stronach mieli wilki.

— Bran, odwołaj je.

— Nie potrafię!

— Jojen, właź na drzewo.

— Nie ma potrzeby. To nie jest dzień mojej śmierci.

— Rób, co ci mówię! — krzyknęła. Jej brat wspiął się na pień czardrzewa, chwytając się elementów drewnianej twarzy. Wilkory podeszły bliżej. Meera porzuciła trójząb i sieć, podskoczyła w górę i złapała za gałąź. Gdy wdrapywała się na konar, szczęki Kudłacza kłapnęły tuż poniżej jej kostki. Lato usiadł i zaczął wyć, podczas gdy czarny wilkor tarmosił sieć, potrząsając nią zawzięcie.

Dopiero wtedy Bran przypomniał sobie, że nie są sami. Otoczył usta dłońmi.

— Hodor! — krzyknął. — Hodor! Hodor! — Bardzo się bał

i z jakiegoś powodu również wstydził. — Hodorowi nic nie zrobią — zapewnił siedzących na drzewie przyjaciół. Minęło parę chwil, nim usłyszeli niemelodyjne nucenie i pojawił się chłopiec stajenny. Był na wpół ubrany i pokrywało go błoto z gorącej sadzawki, lecz Brana nigdy dotąd jego widok nie ucieszył tak bardzo. — Hodor, pomóż mi. Przegnaj wilki. Przegnaj je.

Sługa z zapałem wziął się do dzieła. Wymachiwał rękami i tupał potężnymi nogami krzycząc: — Hodor! Hodor!

Najpierw podbiegł do jednego wilka, a potem do drugiego. Pierwszy czmychnął Kudłacz, który warknął jeszcze na pożegnanie i zniknął wśród listowia. Kiedy Lato miał już dość, podszedł do Brana i położył się obok niego.

Gdy tylko Meera dotknęła stopami ziemi, złapała w ręce trójząb i sieć. Jojen ani na moment nie spuszczał wzroku z Laty.

— Jeszcze porozmawiamy — obiecał Branowi.

To były wilki, nie ja.

Nie rozumiał, dlaczego nagle wpadły w szał. Może maester Luwin miał rację, że zamknął je w bożym gaju.

— Hodor, zanieś mnie do maestera Luwina — rozkazał.

Wieżyczka maestera, nad którą znajdowała się ptaszarnia, była jednym z ulubionych miejsc Brana. Luwin był beznadziejnym bałaganiarzem, lecz stosy jego ksiąg, zwojów i butelek były dla Brana czymś znajomym i uspokajającym, podobnie jak łysinka i trzepoczące rękawy luźnych, szarych szat maestera. Kruki też lubił.

Luwin siedział na wysokim zydlu, zajęty pisaniem. Pod nieobecność ser Rodrika na jego barki spadł cały ciężar zarządzania zamkiem.

— Książę — odezwał się, gdy do izby wszedł Hodor — jeszcze za wcześnie na lekcje.

Maester każdego popołudnia poświęcał kilka godzin na uczenie Brana, Rickona i Walderów Freyów.

— Hodor, stój spokojnie. — Bran złapał obiema rękami za uchwyt pochodni i wyciągnął się z kosza. Wisiał przez chwilę na rękach, po czym Hodor zaniósł go na krzesło. — Meera mówi, że jej brat ma zielony wzrok.

Maester Luwin podrapał się w nos gęsim piórem.

— Naprawdę?

Bran skinął głową.

— Mówiłeś mi, że dzieci lasu miały zielony wzrok. Pamiętam.

— Niektórzy z nich twierdzili, że dysponują taką mocą. Ich mędrców zwano zielonymi oczami.

— Czy to była magia?

— Jeśli koniecznie chcesz, możesz tak to zwać z braku lepszego słowa. W istocie była to tylko inna postać wiedzy.

— A na czym polegała?

Luwin odłożył pióro.

— Nikt naprawdę tego nie wie, Bran. Dzieci lasu odeszły ze świata, a ich mądrość zniknęła razem z nimi. Sądzimy, że miało to coś wspólnego z twarzami drzew. Pierwsi Ludzie wierzyli, że zielone oczy widzą oczyma czardrzew. Dlatego właśnie, gdy tylko toczyli wojnę z dziećmi lasu, wycinali drzewa. Podobno zielone oczy miały też władzę nad leśnymi zwierzętami i ptakami, a nawet rybami. Czy młody Reed twierdzi, że posiada taką moc?

— Nie. Chyba nie. Ale Meera mówi, że jego sny czasem się sprawdzają.

— Wszystkim nam się to niekiedy zdarza. Tobie śnił się twój pan ojciec w kryptach, nim jeszcze dowiedzieliśmy się o jego śmierci. Pamiętasz?

— Rickonowi też. Mieliśmy ten sam sen.

— Możesz to nazwać zielonym wzrokiem, jeśli chcesz... ale nie zapominaj o tym, że mieliście z Rickonem dziesiątki tysięcy snów, które się nie sprawdziły. Przypominasz sobie może, czego uczyłem cię o naszyjniku, który nosi każdy maester?

Bran zastanawiał się chwilę, próbując sobie przypomnieć.

— Maester wykuwa swój łańcuch w Cytadeli w Starym Mieście. Nadaje mu się ten kształt dlatego, że przysięgacie służyć, a składa się on z różnych metali dlatego, że służycie królestwu, a w królestwie żyją najrozmaitsi ludzie. Gdy opanujecie nową umiejętność, dodajecie do niego kolejne ogniwo. Czarne żelazo symbolizuje krukarstwo, srebro uzdrawianie, a złoto umiejętność rachowania. Nie pamiętam wszystkich.

Luwin wsunął palec pod łańcuch i zaczął nim obracać, cal za calem. Miał grubą szyję, jak na tak drobnego mężczyznę, i łańcuch otaczał ją ciasno, lecz po kilku pociągnięciach zdołał pokazać cały.

— To jest valyriańska stal — oznajmił, gdy na jego grdyce zatrzymało się ogniwo z ciemnoszarego metalu. — Tylko jeden maester na stu nosi podobne ogniwo. Oznacza ono, że studiowałem to, co w Cytadeli zwie się wyższymi tajemnicami. Z braku lepszego określenia, magię. To fascynująca dziedzina, lecz nie ma z niej wielkiego pożytku. Dlatego tak niewielu maesterów zaprząta nią sobie głowę. Wszyscy ci, którzy próbują zgłębić wyższe tajemnice, prędzej czy później próbują swych sił w rzucaniu zaklęć. Muszę przyznać, że ja również uległem tej pokusie. Rozumiesz, byłem chłopcem, a który chłopiec nie marzy potajemnie, że odkryje w sobie niezwykłe moce? Moje wysiłki nie przyniosły mi jednak więcej niż tysiącowi uczniów przedtem i tysiącowi tych, którzy przyszli po mnie. Muszę ze smutkiem stwierdzić, że magia nie jest skuteczna.

— Czasami jednak jest — sprzeciwił się Bran. — Miałem przecież ten sen i Rickon też. A na wschodzie są magowie i czarnoksiężnicy…

— Są tam ludzie, którzy podają się za magów i czarnoksiężników — poprawił go maester Luwin. — Miałem w Cytadeli przyjaciela, który potrafił wyciągnąć człowiekowi z ucha różę, ale nie wiedział o magii więcej ode mnie. Och, nie ulega wątpliwości, że istnieje wiele rzeczy, których nie rozumiemy. Mijają stulecia i tysiąclecia, a człowiek za swego życia widzi zaledwie kilka zim. Patrzymy na góry i zwiemy je wiecznymi… a przecież z biegiem czasu góry wznoszą się i upadają, rzeki zmieniają bieg, gwiazdy spadają z nieba, a wielkie miasta zatapia morze. Sądzimy, że nawet bogowie są śmiertelni. Wszystko się zmienia. Być może magia była ongiś na świecie potężną siłą, ale to już przeszłość. Została po niej jedynie smużka dymu, który utrzymuje się jeszcze w powietrzu, choć wielki pożar już wygasł. A nawet tę pozostałość rozwiewa wiatr. Ostatnim węgielkiem była Valyria, a ona uległa zagładzie. Smoków już nie ma, olbrzymy wyginęły, a o dzieciach lasu i całej ich wiedzy zapomniano. Nie, książę, Jojen Reed może mieć czasem sny, które jego zdaniem się sprawdzają, ale to nie znaczy, że ma zielony wzrok. Nikt z żyjących nie dysponuje tą mocą.

Bran powtórzył to wszystko Meerze Reed, gdy przyszła do niego o zmierzchu. Siedział w ławeczce w oknie wykuszowym, patrząc, jak zapalają się światła.

— Przykro mi z powodu tego, co stało się z wilkami. Lato nie powinien był atakować Jojena, ale Jojen też nie powinien mówić takich rzeczy o moich snach. Wrona kłamała, kiedy powiedziała, że umiem latać, i twój brat też kłamał.

— A może to twój maester się myli.

— Nie myli się. Nawet ojciec polegał na jego radach.

— Nie wątpię, że ich słuchał, ale koniec końców sam podejmował decyzję. Bran, czy mogę ci opowiedzieć sen o tobie i twoich przybranych braciach, który przyśnił się Jojenowi?

— Walderowie nie są moimi braćmi.

Nie zwróciła uwagi na jego słowa.

— Siedzieliście przy kolacji, ale jedzenie przyniósł wam nie sługa, a maester Luwin. Tobie dał królewską porcję pieczeni, mięso niedopieczone i krwiste, lecz pachnące tak smakowicie, że wszystkim do ust podeszła ślinka. Mięso, które dał Freyom, było stare, szare i martwe. A mimo to im kolacja smakowała bardziej niż tobie.

— Nic z tego nie rozumiem.

— Mój brat mówi, że zrozumiesz. I wtedy porozmawiamy znowu.

Bran niemal bał się tego wieczoru zasiąść do kolacji, lecz, gdy już to zrobił, podano mu pasztet z gołębia, tak jak wszystkim obecnym. Nie widział niczego osobliwego w porcjach, które dostali Walderowie.

Maester Luwin ma rację — pomyślał. Bez względu na słowa Jojena, do Winterfell nie zbliżało się żadne niebezpieczeństwo. Bran poczuł ulgę... lecz również rozczarowanie. Gdyby magia istniała, wszystko byłoby możliwe. Duchy mogłyby straszyć, drzewa mówić, a kalecy chłopcy zostać rycerzami.

— Ale tak nie jest — powiedział, leżąc po ciemku w łóżku. — Nie ma żadnej magii, a opowieści nie mówią prawdy.

A on nigdy nie będzie chodził ani latał. I nie zostanie rycerzem.

Tyrion

Sitowie drapało podeszwy jego bosych stóp.

— Mój kuzyn wybrał sobie dziwaczną porę na wizytę — oznajmił Tyrion rozespanemu Podrickowi Payne'owi, który z pewnością oczekiwał, że namiestnik upiecze go żywcem za to, że obudził go o takiej godzinie. — Zaprowadź go do mojej samotni i powiedz mu, że wkrótce przyjdę.

Sądząc po panującej za oknem ciemności, było już dobrze po północy. *Czy Lancel myśli, że o tak późnej porze będę senny i otumaniony?* — zadał sobie pytanie Tyrion. *Nie, on prawie w ogóle nie myśli. To robota Cersei.* Jego siostrę czekało rozczarowanie. Nawet leżąc w łożu, pracował aż do rana, czytając przy migotliwym świetle świecy raporty donosicieli Varysa bądź też przerzucając księgi rachunkowe Littlefingera, aż wreszcie oczy zaczynały go boleć i nie widział już wyraźnie kolumn cyfr.

Spryskał sobie twarz odrobiną letniej wody ze stojącej obok łóżka miski, po czym przykucnął na chwilę w toalecie, gdzie jego nagą skórę muskało zimne, nocne powietrze. Ser Lancel miał szesnaście lat i nie słynął z cierpliwości. Niech sobie zaczeka. To z pewnością wyprowadzi go z równowagi. Opróżniwszy kiszki, Tyrion wsunął się w szlafrok i przygładził palcami rzadkie, płowe włosy, chcąc wyglądać jak świeżo obudzony.

Ser Lancel spacerował w kółko przed wygasłym kominkiem. Miał na sobie rozciętą, czerwoną szatę z aksamitu, z czarną, jedwabną podpinką pod rękawami. U jego pasa wisiał wysadzany klejnotami sztylet oraz miecz w pozłacanej pochwie.

— Kuzynie — przywitał go Tyrion. — Odwiedzasz mnie zbyt rzadko. Czemu zawdzięczam tę nieoczekiwaną przyjemność?

— Jej Miłość królowa regentka przysłała mnie tu, bym rozkazał ci uwolnić wielkiego maestera Pycelle'a. — Ser Lancel pokazał Tyrionowi karmazynową wstążkę z lwią pieczęcią Cersei odciśniętą w złotym laku. — Oto nakaz.

— Rzeczywiście. — Tyrion zbył go skinieniem dłoni. — Mam nadzieję, że moja siostra nie przeciąża się zbytnio. Wyzdrowiała dopiero niedawno i szkoda by było, gdyby doszło do nawrotu choroby.

— Jej Miłość jest już zdrowa — odparł zwięźle ser Lancel.

— To muzyka dla moich uszu. — *Ale wolałbym usłyszeć inną melodię. Trzeba było podać jej większą dawkę.* Miał nadzieję, że będzie miał jeszcze kilka dni spokoju od Cersei, lecz wiadomość o jej powrocie do zdrowia nie zaskoczyła go zbytnio. Ostatecznie była bliźniaczą siostrą Jaime'a. Rozciągnął usta w uprzejmym uśmiechu. — Pod, rozpal ogień na kominku. Tu jest stanowczo za zimno. Wychylisz ze mną kielich, Lancelu? Grzane wino pomaga mi zasnąć.

— Sypiam dobrze — odparł ser Lancel. — Przybyłem tu na rozkaz Jej Miłości, a nie po to, żeby z tobą pić, Krasnalu.

Tyrionowi przemknęła przez głowę myśl, że pasowanie na rycerza dodało chłopakowi śmiałości — podobnie jak haniebna rola, jaką odegrał w zamordowaniu króla Roberta.

— Wino to niebezpieczny napój. — Napełnił z uśmiechem kielich. — A co do wielkiego maestera Pycelle'a... to jeśli moja siostra tak się o niego niepokoi, to można by się spodziewać, że przyjdzie tu osobiście. A ona przysłała ciebie. Co mam o tym sądzić?

— Sądź sobie, co chcesz, pod warunkiem, że uwolnisz więźnia. Wielki maester jest wiernym przyjacielem królowej regentki, która otacza go swą opieką. — Na ustach chłopaka pojawił się cień szyderczego uśmiechu. Rozmowa sprawiała mu wyraźną przyjemność. Uczy się od Cersei. — Jej Miłość nigdy się nie pogodzi z podobnym gwałtem. Przypomina ci, że jest regentką Joffreya.

— A ja jestem jego namiestnikiem.

— Namiestnik służy — poinformował go młody rycerz wyniosłym tonem. — A regent sprawuje rządy, dopóki król nie osiągnie pełnoletności.

— Powinieneś mi to wszystko spisać, żebym łatwiej to zapamiętał. — Ogień buzował już wesoło. — Możesz już odejść, Pod — zakomunikował Tyrion giermkowi. Dopiero gdy chłopiec wyszedł, zwrócił się w stronę Lancela. — Jest coś jeszcze?

— Tak. Jej Miłość poleciła mi poinformować cię, że ser Jacelyn Bywater odmówił wykonania rozkazu wydanego w imieniu króla.

To znaczy, że Cersei rozkazała mu już uwolnić Pycelle'a, a on jej nie posłuchał.

— Rozumiem.

— Jej Miłość nalega, by tego człowieka usunięto z urzędu i aresztowano za zdradę. Ostrzegam cię...

Tyrion odstawił puchar.

— Nie będę słuchał twoich ostrzeżeń, chłopcze.

— Ser — poprawił go sztywnym tonem Lancel, dotykając miecza, być może po to, by przypomnieć Tyrionowi, że ma go u pasa. — Uważaj, jak się do mnie zwracasz, Krasnalu.

Z pewnością chciał, by jego słowa zabrzmiały groźnie, lecz śmieszny meszek na górnej wardze zniweczył cały efekt.

— Och, zostaw ten miecz. Wystarczy, że krzyknę, a Shagga wpadnie do środka i cię zabije. Toporem, nie bukłakiem wina.

Lancel zaczerwienił się. Czyżby był aż tak głupi, że sądził, iż rola, jaką odegrał w zamordowaniu Roberta, pozostanie niezauważona?

— Jestem rycerzem...

— Zauważyłem to. Powiedz mi, czy Cersei kazała cię pasować, zanim wzięła cię do swego łoża, czy dopiero potem?

Błysk w zielonych oczach Lancela stanowił wystarczający dowód winy.

A więc Varys mówił prawdę. *No cóż, nikt nie może twierdzić, że moja siostra nie kocha rodziny.*

— Cóż to, nie masz nic do powiedzenia? Żadnych nowych ostrzeżeń, ser?

— Odwołasz te obrzydliwe kalumnie albo…

— Daj spokój. Czy zastanawiałeś się, co zrobi Joffrey, jeśli mu powiem, że zamordowałeś jego ojca po to, by spać z jego matką?

— To nie było tak! — zaprotestował przerażony Lancel.

— Nie? A właściwie jak?

— To królowa dała mi wzmocnione wino! Twój ojciec, lord Tywin, kiedy uczyniono mnie królewskim giermkiem, rozkazał mi spełniać wszystkie jej rozkazy.

— Czy kazał ci też się z nią pieprzyć? — *Spójrz tylko na niego. Nie jest taki wysoki ani nie ma tak pięknej twarzy, a jego włosy nie są złote, lecz rudawoblond, ale… przypuszczam, że nawet marna kopia Jaime'a jest lepsza niż puste łoże.* — Nie? Tak też sądziłem.

— Nie chciałem… robiłem tylko to, co mi kazano…

— Chcesz mnie przekonać, że szczerze tego wszystkiego nienawidziłeś? Otrzymałeś zaszczytną pozycję na dworze, pasowano cię na rycerza, a nocą moja siostra rozkładała dla ciebie nogi, tak, to musiało być naprawdę okropne. — Tyrion wstał. — Zaczekaj tutaj. Jego Miłość zechce to wszystko usłyszeć.

Odwaga natychmiast opuściła ser Lancela. Młody rycerz padł na kolana, przemieniony w przerażonego chłopaka.

— Zmiłuj się, panie. Błagam cię.

— Zostaw to dla Joffreya. On lubi, gdy go błagają.

— Panie, wypełniałem rozkazy twej siostry, królowej, sam tak powiedziałeś, ale Jego Miłość… on tego nie zrozumie…

— Chcesz, żebym ukrył prawdę przed królem?

— Dla mojego ojca! Opuszczę miasto i wszystko zostanie zapomniane! Przyrzekam, że położę temu kres…

Tyrionowi trudno było powstrzymać śmiech.

— Nie sądzę.

Chłopak był zupełnie zagubiony.

— Panie?

— Dobrze mnie słyszysz. Mój ojciec rozkazał ci słuchać mej

siostry? No to jej słuchaj. Bądź blisko niej, zdobądź jej zaufanie i zaspokajaj ją tak często, jak tego zażąda. Nikt się o niczym nie dowie... pod warunkiem, że dochowasz wiary mnie. Chcę wiedzieć, co robi Cersei. Dokąd chodzi, z kim i o czym rozmawia, jakie snuje plany. Wszystko. A ty będziesz tym, który mi to powie, prawda?

— Tak, panie — zgodził się Lancel bez chwili wahania. — Uczynię to. Przysięgam. Co tylko rozkażesz.

— Wstań. — Tyrion napełnił drugi kielich i wcisnął go chłopakowi w dłonie. — Wypijmy za nasze porozumienie. Zapewniam cię, że o ile mi wiadomo, w zamku nie ma ani jednego dzika. — Lancel uniósł puchar i przełknął trunek, choć ruchy miał sztywne. — Uśmiechnij się, kuzynie. Moja siostra to piękna kobieta, a wszystko to robisz dla dobra królestwa. Możesz też na tym bardzo dobrze wyjść. Tytuł rycerza to drobiazg. Jeśli okażesz się bystry, uczynię cię lordem. — Tyrion zakręcił winem w kielichu. — Chcemy, żeby Cersei darzyła cię zaufaniem. Wróć do niej i powiadom ją, że błagam o wybaczenie. Powiedz, że mnie przestraszyłeś, że nie chcę konfliktu i od tej pory nic nie uczynię bez jej zgody.

— Ale... jej żądania...

— Och, dostanie Pycelle'a.

— Naprawdę? — zapytał zdumiony Lancel.

Tyrion uśmiechnął się.

— Uwolnię go jutro. Mógłbym przysiąc, że nie spadł mu włos z głowy, ale nie byłaby to prawda. Tak czy inaczej, nic wielkiego mu się nie stało, chociaż nie ręczę za jego wigor. Ciemnica to niezdrowe miejsce dla kogoś w jego wieku. Cersei może go sobie zatrzymać jako zabaweczkę albo odesłać na Mur. Nie obchodzi mnie, co z nim zrobi, ale nie pozwolę, żeby zasiadał w radzie.

— A ser Jacelyn?

— Powiedz mojej siostrze, że jesteś przekonany, iż z czasem wydusisz ze mnie zgodę w tej sprawie. To powinno ją na jakiś czas uspokoić.

— Jak sobie życzysz.

Lancel dopił wino.

— Jeszcze jedno. Król Robert nie żyje i byłoby bardzo kłopotliwe, gdyby pogrążona w żałobie wdowa stała się nagle brzemienna.

— Panie, ja... my... królowa zabroniła mi... — Jego uszy przybrały karmazynową barwę Lannisterów. — Spuszczam się na jej brzuch, panie.

— Nie wątpię, że jest bardzo piękny. Możesz go zwilżać, kiedy tylko zechcesz, ale uważaj, by twoja rosa nie spadła w niepożądane miejsce. Nie chcę już nowych siostrzeńców. Czy to jasne?

Ser Lancel pokłonił się sztywno i wyszedł.

Tyrion pozwolił sobie na chwilę współczucia dla chłopaka. *To kolejny głupiec i mięczak, ale nie zasługuje na to, co mu zrobiliśmy z Cersei.*

Całe szczęście, że stryj Kevan miał jeszcze dwóch innych synów, bo nie wydawało się prawdopodobne, by ten miał pożyć jeszcze rok. Gdy Cersei dowie się, że ją zdradził, natychmiast każe go zgładzić, a jeśli z łaski bogów niczego się nie domyśli, Lancel nie przeżyje dnia, w którym Jaime Lannister wróci do Królewskiej Przystani. Pytanie tylko, czy Jaime zamorduje go w szale zazdrości, czy też Cersei zrobi to pierwsza, żeby jej brat o niczym się nie dowiedział. Tyrion stawiał na Cersei.

Ogarnął go niepokój. Wiedział, że dzisiejszej nocy już nie zaśnie. W każdym razie nie tutaj. Podrick Payne spał na krześle pod drzwiami samotni. Tyrion potrząsnął chłopakiem.

— Wezwij Bronna, a potem zbiegnij do stajni i osiodłaj dwa konie.

Oczy giermka były mętne i rozespane.

— Konie.

— Takie wielkie brązowe zwierzaki, które lubią jabłka. Na pewno je kiedyś widziałeś. Mają cztery nogi i ogon. Ale najpierw idź po Bronna.

Najemnik zjawił się szybko.

— Kto ci naszczał do zupy? — zapytał.

— Jak zwykle Cersei. Powinienem się już przyzwyczaić do tego smaku, no ale trudno. Moja słodka siostra chyba uważa mnie za Neda Starka.

— Słyszałem, że on był wyższy.

— Ale nie po tym, jak Joff ściął mu głowę. Powinieneś ubrać się cieplej. Noc jest zimna.

— Wybieramy się gdzieś?

— Czy wszyscy najemnicy są tacy domyślni?

Na ulicach było niebezpiecznie, lecz z Bronnem u boku Tyrion nie obawiał się niczego. Wartownicy wypuścili ich przez tylną bramę w północnym murze. Potem obaj ruszyli Aleją Czarnych Cieni aż do stóp Wielkiego Wzgórza Aegona, gdzie skręcili w Świński Zaułek, mijając szeregi zamkniętych okiennic oraz wysokie budynki z drewna i kamienia, których górne piętra wznosiły się tak wysoko nad ulicą, że można było odnieść wrażenie, iż się stykają. Księżyc zdawał się ich śledzić, wyglądając znienacka zza kominów. Nie spotkali nikogo poza samotną staruszką, która niosła zdechłego kota, trzymając go za ogon. Obrzuciła ich pełnym strachu spojrzeniem, jakby się bała, że ukradną jej obiad, po czym bez słowa skryła się w mroku.

Tyrion myślał o ludziach, którzy pełnili przed nim funkcję namiestnika i przegrali w walce z jego podstępną siostrą. *Nie mieli szans. Ludzie tacy, jak oni... zbyt honorowi, żeby żyć, zanadto szlachetni, by srać gównem. Cersei codziennie pożera podobnych głupców na śniadanie. Żeby pokonać moją siostrę, trzeba podjąć grę na jej warunkach, a tego lordowie Arryn i Stark nie byliby w stanie zrobić.* Nic dziwnego, że obaj zeszli z tego świata, podczas gdy Tyrion Lannister nigdy nie czuł się bardziej pełen życia. Na balu w dniu święta plonów mógł wyglądać komicznie i groteskowo, lecz z tym tańcem radził sobie świetnie.

Mimo późnej pory w burdelu było pełno ludzi. Chataya przywitała ich uprzejmie i zaprowadziła do głównej sali. Bronn poszedł na górę z ciemnooką dziewczyną z Dorne, ale Alayaya była akurat zajęta.

— Bardzo się ucieszy na twój widok — zapewniła Chataya. — Każę przygotować dla ciebie pokój w wieżyczce. Czy zechcesz osłodzić sobie oczekiwanie kielichem wina, panie?

— Zechcę — odparł.

Wino było marne w porównaniu z trunkami z Arbor, które zwykle tu podawano.

— Musisz nam wybaczyć, panie. Ostatnio za żadną cenę nie mogę dostać dobrego wina — wyjaśniła Chataya.

— Obawiam się, że nie ty jedna.

Poużalała się jeszcze chwilę, po czym przeprosiła go i wymknęła się na zewnątrz.

Przystojna kobieta — pomyślał Tyrion, śledząc ją wzrokiem. Rzadko widywał tak eleganckie i pełne godności dziwki, choć szczerze mówiąc, Chataya uważała się raczej za kapłankę. *Może na tym właśnie polega tajemnica. Nie chodzi o to, co robimy, ale jakimi motywami się kierujemy.* Z jakiegoś powodu ta myśl go pocieszyła.

Kilku klientów spoglądało na niego z ukosa. Kiedy ostatnio pokazał się publicznie, jakiś mężczyzna splunął na niego... a właściwie spróbował splunąć. Trafił w Bronna, a w przyszłości będzie musiał spluwać z bezzębnych ust.

— Czy wasza lordowska mość czuje się niekochany? — Dancy usiadła mu na kolanach i skubnęła jego ucho. — Potrafię temu zaradzić.

Tyrion potrząsnął z uśmiechem głową.

— Jesteś nad wyraz piękna, słodziutka, ale ostatnio polubiłem lekarstwo Alayayi.

— To dlatego, że nigdy nie próbowałeś mojego. Wasza lordowska mość zawsze wybiera Yayę. Jest dobra, ale ja jestem lepsza. Nie zechcesz się przekonać?

— Może następnym razem.

Tyrion nie wątpił, że Dancy to smakowity kąsek. Miała zadarty nosek, mnóstwo werwy, piegi i gęste, rude włosy opadające poniżej talii. W rezydencji jednak czekała na niego Shae. Dziewczyna zachichotała, wsunęła mu rękę między uda i ścisnęła go przez spodnie.

— On chyba nie chce czekać na następny raz — orzekła. — Wolałby policzyć wszystkie moje piegi.

— Dancy. — Alayaya stała w drzwiach, czarna i spokojna, spowita w przejrzysty, zielony jedwab. — Jego lordowska mość przyszedł do mnie.

Tyrion uwolnił się delikatnie z objęć dziewczyny i wstał z fotela. Dancy nie przejęła się tym zbytnio.

— Następnym razem — przypomniała mu, po czym włożyła sobie palec w usta i zaczęła go ssać.

— Biedna Dancy — odezwała się czarnoskóra dziewczyna, prowadząc go po schodach. — Zostały jej jeszcze dwa tygodnie. Jeśli do tego czasu jej nie wybierzesz, przegra swe czarne perły do Marei.

Marei była spokojną, delikatną, jasnoskórą dziewczyną, którą Tyrion zauważył raz czy dwa. Miałe zielone oczy, porcelanową cerę i długie, proste, srebrzyste włosy. Była niezwykle piękna, lecz stanowczo zbyt poważna.

— Bardzo bym nie chciał, żeby biedactwo straciło przeze mnie perły.

— To następnym razem zabierz ją na górę.

— Może i tak zrobię.

— Nie sądzę, panie — rzekła z uśmiechem.

Ma rację — pomyślał. Nie uczynię tego. Shae może być zwyczajną dziwką, ale na swój sposób jestem jej wierny. Gdy dotarli na miejsce, otworzył drzwi szafy i przyjrzał się dziewczynie z zainteresowaniem.

— Co robisz, kiedy mnie nie ma?

Uniosła ramiona i przeciągnęła się jak czarna, gładkoskóra kotka.

— Śpię. Odkąd zacząłeś nas odwiedzać, panie, jestem znacznie bardziej wypoczęta. A Marei uczy nas czytać i może wkrótce będę mogła spędzać czas nad książką.

— Sen jest dobry — stwierdził. — Ale książki są lepsze.

Pocałował ją lekko w policzek, zszedł na dół i ruszył tunelem.

Gdy wyjeżdżał ze stajni na srokatym wałachu, usłyszał unoszące się nad dachami dźwięki muzyki. Miło było pomyśleć, że mimo wojny i głodu ludziom chce się jeszcze śpiewać. Głowę wypełniły mu znane nuty. Przez chwilę miał niemal wrażenie, że słyszy Tyshę, która śpiewała mu pół życia temu. Ściągnął wodze, żeby się wsłuchać. Melodia się nie zgadzała, a śpiew był za cichy, by mógł zrozumieć słowa. A więc to inna piosenka. Dlaczego by nie? Ostatecznie jego słodka, niewinna Tysha była od początku do końca oszustką, zwykłą kurwą, którą opłacił jego brat Jaime, by zrobić z niego mężczyznę.

Uwolniłem się od jej widma — pomyślał. *Prześladowało mnie przez pół życia, ale już jej nie potrzebuję, tak jak nie potrzebuję Alayayi, Dancy, Marei ani setek innych im podobnych, z którymi spałem przez wszystkie te lata. Mam teraz Shae. Shae.* Brama rezydencji były zamknięta i zaryglowana. Tyrion walił w nią tak długo, aż wreszcie zdobna, brązowa klapa judasza otworzyła się z trzaskiem.

— To ja.

Człowiek, który wpuścił go do środka, był jednym z najurodziwszych znalezisk Varysa, braavoskim nożownikiem, który miał zajęczą wargę i niedowidział. Tyrion nie chciał, żeby wokół Shae codziennie kręcili się młodzi, przystojni strażnicy.

— Znajdź mi starych, brzydkich mężczyzn z bliznami, najlepiej impotentów — powiedział eunuchowi. — Mężczyzn, którzy wolą chłopców. Albo takich, którzy wolą owce, jeśli już o tym mowa.

Varys nie natrafił na żadnego miłośnika owiec, znalazł jednak eunucha dusiciela oraz parę obrzydliwie cuchnących Ibbeńczyków, którzy kochali swe topory równie mocno, co siebie nawzajem. Reszta stanowiła zestaw najemników godnych najciemniejszego lochu, a każdy z nich był brzydszy od poprzedniego. Gdy Varys mu ich zademonstrował, Tyrion bał się, że posunął się za daleko, Shae jednak nie poskarżyła się ani słowem. *A dlaczego miałaby to robić? Nigdy nie skarżyła się na mnie, a jestem brzydszy niż wszyscy ci strażnicy razem wzięci. Może w ogóle nie dostrzega brzydoty.*

Mimo to Tyrion chętniej wykorzystałby do pilnowania rezydencji niektórych ze swych ludzi z gór, być może Czarne Uszy Chelli albo Księżycowych Braci. Wierzył w ich żelazną wierność oraz poczucie honoru mocniej niż w chciwość najemników. Ryzyko było jednak zbyt wielkie. Cała Królewska Przystań wiedziała, że dzicy należą do niego. Gdyby przysłał tu Czarne Uszy, byłoby tylko kwestią czasu, nim wszyscy w mieście usłyszeliby, że królewski namiestnik utrzymuje konkubinę.

Jeden z Ibbeńczyków odprowadził konia do stajni.

— Obudziłeś ją? — zapytał Tyrion.

— Nie, panie.

— Świetnie.

Ogień na kominku w sypialni dopalał się już, lecz w pokoju było nadal ciepło i Shae zrzuciła z siebie koce. Spała nago na puchowym posłaniu. Miękkie krzywizny jej młodego ciała majaczyły w bladym blasku ognia. Tyrion stanął w drzwiach, napawając się jej widokiem. *Młodsza niż Marei, słodsza niż Dancy, piękniejsza niż Alayaya. Jest wszystkim, czego mi trzeba, a nawet czymś więcej.* Zadał sobie pytanie, jak dziwka może wyglądać tak czysto, słodko i niewinnie.

Nie chciał jej niepokoić, ale stanął mu na sam jej widok. Pozwolił, by jego szaty opadły na podłogę, po czym wczołgał się do łóżka, rozsunął delikatnie jej nogi i pocałował ją między udami. Wyszeptała coś przez sen. Pocałował ją raz jeszcze i zaczął lizać jej sekretną słodycz, aż jego broda i jej cipka zrobiły się zupełnie wilgotne. Gdy jęknęła cicho i zadrżała, wspiął się wyżej, wszedł w nią i niemal natychmiast eksplodował.

Oczy miała otwarte. Uśmiechała się i głaskała go po głowie.

— Właśnie miałam cudowny sen, panie — wyszeptała.

Przygryzł jej małą, twardą sutkę, po czym wsparł głowę na jej ramieniu. Nie wyszedł z niej. Wolałby nigdy z niej nie wychodzić.

— To nie sen — obiecał.

Wszystko to dzieje się naprawdę — pomyślał. *Wojny, intrygi, wielka, krwawa rozgrywka i ja w jej środku... ja, karzeł, potwór, ten, którym gardzili i z którego się śmiali, a teraz mam wszystko, władzę, miasto i dziewczynę. Po to właśnie zostałem stworzony i, niech bogowie mi wybaczą, kocham to…*

I ją. I ją.

Arya

Dawno już zapomniano, jakie nazwy nadał swym wieżom Harren Czarny. Teraz zwano je Wieżą Strachu, Wieżą Wdowy, Jęczącą Wieżą, Wieżą Duchów i Królewskim Stosem. Arya spała w płytkiej wnęce w olbrzymich piwnicach pod Jęczącą Wieżą. Dali jej siennik. Miała też wodę, w której w każdej chwili mogła się umyć, oraz kawałek mydła. Praca była ciężka, nie cięższa jednak niż pokonywanie codziennie wielu mil. Łasica nie musiała żywić się robakami i owadami, tak jak Arry. Codziennie dostawała chleb, kaszę jęczmienną z kawałkami marchewki i rzepy, a raz na dwa tygodnie nawet trochę mięsa.

Gorąca Bułka jadał jeszcze lepiej. Trafił w odpowiednie dla siebie miejsce, do kuchni — okrągłego kamiennego budynku z kopulastym dachem, który stanowił odrębny świat. Arya spożywała posiłki za ustawionym na koźle stołem w piwnicach, razem z Weese'em i resztą jego podopiecznych, czasem jednak wysyłano ją po jedzenie i mogła chwilę pogadać z Gorącą Bułką, który nie potrafił zapamiętać, że jest teraz Łasicą, i wciąż mówił do niej „Arry", mimo że wiedział, iż jest dziewczyną. Raz próbował dać jej ukradkiem gorący placek z jabłkami, ale zrobił to tak nieudolnie, że dwaj kucharze to zauważyli. Zabrali placek i zbili chłopaka wielką, drewnianą chochlą.

Gendry'ego odesłano do kuźni. Arya rzadko go widywała. Jeśli zaś chodzi o tych, z którymi służyła, nie chciała nawet znać ich imion. Gdyby je poznała, to kiedy umrą, zaboli ją to bardziej. Większość była starsza od niej i z ochotą zostawiała ją w spokoju.

Harrenhal był olbrzymi i większa część zamku popadła już w ruinę. Jego panią była lady Whent, która była chorążym rodu Tullych, lecz wykorzystywała jedynie dolną trzecią część dwóch z pięciu wież, a resztę zaniedbała. A teraz uciekła i garstka służby, którą zostawiła, nie była w stanie zaspokoić potrzeb wszystkich rycerzy, lordów i szlachetnie urodzonych więźniów sprowadzonych tu przez lorda Tywina. Dlatego Lannisterowie musieli grabić nie tylko kosztowności i prowiant, lecz również służących. Opowiadano, że lord Tywin zamierza przywrócić Harrenhal dawną chwałę i uczynić z niego po wojnie swą siedzibę.

Weese wykorzystywał Aryę jako gońca, kazał jej przynosić jedzenie z kuchni i wodę ze studni, a czasem usługiwać przy stole w Komnacie Koszarowej nad zbrojownią, gdzie stołowali się żołnierze. Najczęściej jednak musiała myć podłogi. Parter Jęczącej Wieży zajmowały spichrze i magazyny, a na dwóch następnych piętrach stacjonowała część garnizonu, lecz górne kondygnacje stały puste od osiemdziesięciu lat. Lord Tywin rozkazał przywrócić je do stanu używalności. Trzeba było wymyć podłogi, usunąć z okien warstwę brudu, wynieść na zewnątrz połamane krzesła i zbutwiałe łóżka. Na najwyższym piętrze pełno było gniazd wielkich, czarnych nietoperzy, które ród Whentów miał w herbie, a w piwnicach kryły się szczury… a niektórzy twierdzili, że także duchy Harrena Czarnego i jego synów.

Arya uważała, że gadają głupoty. Król Harren i jego synowie zginęli w Królewskim Stosie. Stąd właśnie wzięła się nazwa tej wieży. Dlaczego mieliby przechodzić przez dziedziniec po to, by ją straszyć? Jęcząca Wieża jęczała tylko wtedy, gdy wiał północny wiatr. Źródłem dźwięku było powietrze przenikające przez szczeliny w spękanym od upału kamieniu. Jeśli w Harrenhal były duchy, jej nigdy nie niepokoiły. Bała się żywych ludzi, Weese'a i ser Gregora Clegane'a, a także samego lorda Tywina Lannistera. Miał on swe apartamenty w Królewskim Stosie, który nadal był najwyższy i najpotężniejszy ze wszystkich wież, choć przekrzywił się pod ciężarem stopionego kamienia, co nadało mu wygląd olbrzymiej, na wpół wypalonej, czarnej świecy.

Zastanawiała się, co zrobiłby lord Tywin, gdyby podeszła do niego i wyznała, że jest Aryą Stark. Wiedziała jednak, że nigdy nie udałoby się jej zbliżyć do niego na tyle, by mogła z nim porozmawiać, a zresztą i tak by jej nie uwierzył, a potem Weese zbiłby ją do krwi.

Na swój drobny, pyszałkowaty sposób, Weese był prawie tak samo straszny, jak ser Gregor Clegane. Góra zabijał ludzi jak muchy, lecz przez większość czasu nawet nie zdawał sobie sprawy z ich obecności. Weese zawsze wiedział, gdzie są i co robią jego podkomendni. Czasem znał nawet ich myśli. Bił ich za każdy drobiazg. Miał brzydką, łaciatą sukę, która była prawie tak samo zła jak on. Arya nigdy w życiu nie spotkała psa, który śmierdziałby tak paskudnie. Raz poszczuł zwierzę na chłopca latrynowego, który mu podpadł. Suka wygryzła nieszczęśnikowi kawał mięsa z łydki, a Weese śmiał się głośno.

Potrzebował tylko trzech dni, by zdobyć wysokie miejsce w jej conocnych modlitwach.

— Weese — szeptała na samym początku. — Dunsen, Chiswyck, Polliver, Raff Słodyczek, Łaskotek i Ogar. Ser Gregor, ser Amory, ser Ilyn, ser Meryn, król Joffrey, królowa Cersei.

Jeśli pozwoli sobie zapomnieć choć jednego z nich, to jak go potem odnajdzie, żeby go zabić?

Na drodze czuła się jak owca, a Harrenhal zamienił ją w mysz. W gryzącej, wełnianej szacie przypominała szarą myszkę i jak myszka kryła się w zagłębieniach, szczelinach i ciemnych zakamarkach zamku, pierzchając z drogi potężnym.

Czasem odnosiła wrażenie, że wszyscy, którzy mieszkają za tymi grubymi murami są myszami — również rycerze i wielcy lordowie. Na tle olbrzymiego zamczyska nawet Gregor Clegane wydawał się mały. Harrenhal zajmował obszar trzykrotnie rozleglejszy niż Winterfell, a jego zabudowania były większe tyle razy, że nawet nie sposób było ich porównywać. W jego stajniach mieściło się tysiąc koni, boży gaj zajmował dwadzieścia akrów, kuchnie dorównywały rozmiarami Wielkiej Komnacie Winterfell, a wielka komnata, nosząca górnolotną nazwę Komnaty Stu Palenisk, choć było ich tylko trzydzieści kilka (Arya dwukrotnie próbowała je policzyć, lecz za pierwszym razem wyszło jej trzydzieści trzy, a za drugim trzydzieści pięć), była tak ogromna, że lord Tywin mógłby w niej wyprawić ucztę dla całej swej armii (ale nigdy tego nie zrobił). Mury, drzwi, komnaty, schody, wszystko to zbudowano na nieludzką skalę, która przywodziła Aryi na myśl opowieści Starej Niani, mówiące o mieszkających za Murem olbrzymach.

Lordowie i damy nie zauważali szarych myszek pod swymi stopami, Arya mogła więc poznać najróżniejsze tajemnice tylko dzięki temu, że podczas pracy miała uszy otwarte. Ładna Pia ze spiżarni była dziwką, która zamierzała przespać się ze wszystkimi rycerzami w zamku. Żona strażnika więziennego była w ciąży, ale prawdziwym ojcem dziecka był albo ser Alyn Stackspear, albo bard o przydomku Białozęby Wat. Lord Lefford za stołem żartował sobie z duchów, lecz przy łożu zawsze zostawiał zapaloną świecę. Giermek ser Dunavera, Jodge, nie potrafił nocą zatrzymać moczu. Kucharze nienawidzili ser Harysa Swyfta i pluli mu do jedzenia. Raz nawet podsłuchała, jak służąca maestera Tothmure'a opowiada swemu bratu o jakimś liście, w którym napisano, że Joffrey jest bękartem i nie ma żadnych praw do tronu.

— Lord Tywin rozkazał spalić pismo i nigdy już nie powtarzać takich plugastw — wyszeptała dziewczyna.

Dowiedziała się też, że do wojny przyłączyli się bracia króla Roberta, Stannis i Renly.

— Obaj są teraz królami — oznajmił Weese. — Mamy w kraju więcej królów niż szczurów w tym zamku.

Nawet ludzie Lannisterów zastanawiali się, jak długo Joffrey utrzyma się na Żelaznym Tronie.

— Chłopak nie ma żadnej armii poza tymi złotymi płaszczami, a rządzą nim eunuch, karzeł i kobieta — wyszeptało nad winem jakieś paniątko. — Na co zdadzą się w bitwie tacy jak oni?

Zawsze też mówiono o Bericu Dondarrionie. Jakiś tłusty łucznik utrzymywał, że zabili go Krwawi Komedianci, lecz inni go wyśmiali.

— Lorch załatwił go pod Rwącym Wodospadem, a Góra ułukł go już dwa razy. Stawiam srebrnego jelenia, że tym razem też nie umarł na dobre.

Arya dopiero dwa tygodnie później dowiedziała się, kim są Krwawi Komedianci. Do Harrenhal przybyła wówczas najdziwniejsza grupa zbrojnych, jaką w życiu widziała. Pod sztandarem z czarnym kozłem o zakrwawionych rogach jechali ludzie o skórze barwy miedzi, którzy mieli wplecione w warkocze dzwoneczki, lansjerzy dosiadający koni w czarno-białe paski, łucznicy o upudrowanych policzkach, przysadziści, kudłaci mężczyźni dzierżący pokryte futrem tarcze, brązowoskórzy ludzie w płaszczach ozdobionych piórami, wiotki błazen w zielono-różowym stroju, uzbrojeni w miecze żołnierze z fantastycznymi, rozwidlonymi brodami barwionymi na zielono, fioletowo i srebrno, włócznicy z kolorowymi bliznami na policzkach, szczupły mężczyzna w szacie septona, drugi, o ojcowskim wyglądzie, odziany w szary strój maestera, i trzeci, który sprawiał wrażenie chorego, a skórzany płaszcz miał obszyty długimi splotami blond włosów.

Na czele jechał chudy jak tyka, bardzo wysoki człowiek, którego zapadniętą, wynędzniałą twarz wydłużała jeszcze czarna, pozlepiana broda, spływająca z wydatnego podbródka niemal do pasa. Zawieszony u łęku siodła hełm z czarnej stali był ukształtowany na podobieństwo koziego łba. Na szyi miał łańcuch złożony z ogniw o najróżniejszych kształtach i rozmiarach, zrobionych z różnych metali. Dosiadał jednego z niezwykłych czarno-białych koni.

— Lepiej trzymaj się z dala od tej bandy, Łasico — ostrzegł ją Weese, gdy zauważył, że przygląda się człowiekowi z kozim hełmem. Towarzyszyli mu dwaj kumple od kielicha, zbrojni na służbie u lorda Lefforda.

— Co to za ludzie? — zapytała.

Jeden z żołnierzy wybuchnął śmiechem.

— Łowcy stóp, dziewczynko. Paluchy Kozła. Krwawi Komedianci lorda Tywina.

— Masz groch zamiast rozumu. Jeśli przez ciebie obedrą ją ze skóry, sam będziesz szorował te cholerne schody — warknął Weese. — To najemnicy, Łasico. Zwą się Dzielnymi Kompanionami. Nie używaj innych nazw tam, gdzie mogą cię usłyszeć, bo gorzko pożałujesz. Ten z kozim hełmem to ich kapitan, lord Vargo Hoat.

— To nie żaden pierdolony lord — sprzeciwił się jeden z żołnierzy. — Tak powiedział ser Amory. Jest tylko zwykłym najemnikiem z zaślinioną gębą, który ma zbyt wysokie mniemanie o sobie.

— To prawda — zgodził się Weese. — Ale ona niech lepiej nazywa go lordem, jeśli chce zachować wszystkie części ciała.

Arya ponownie przyjrzała się Vargo Hoatowi. Ile potworów służy lordowi Tywinowi? Dzielni Kompanioni stacjonowali w Wieży Wdowy, Arya nie musiała więc im usługiwać. Cieszyła się z tego. Nocą, której najemnicy przybyli do zamku, doszło do burdy między nimi a kilkoma ludźmi Lannisterów. Giermek ser Harysa Swyfta otrzymał śmiertelne pchnięcie nożem, a dwóch Krwawych Komediantów odniosło rany. Następnego ranka lord Tywin kazał powiesić obu na wieży bramnej, razem z jednym z łuczników lorda Lyddena. Weese utrzymywał, że to łucznik sprowokował awanturę, drwiąc z najemników z powodu Berica Dondarriona. Gdy wisielcy przestali wierzgać nogami, Vargo Hoat i ser Harys objęli się, pocałowali i przysięgli, że odtąd będą się miłować. Lord Tywin przyglądał im się uważnie. Aryę śmieszył śliniący się i sepleniący Vargo Hoat, wiedziała jednak, że lepiej nie śmiać się głośno.

Krwawi Komedianci nie zatrzymali się w Harrenhal zbyt długo, lecz przed ich odjazdem Arya usłyszała, jak jeden z najemników wspomniał, iż północna armia pod dowództwem Roose'a Boltona zajęła rubinowy bród Tridentu.

— Jeśli ośmieli się przejść na drugą stronę, lord Tywin znowu go zmiażdży, tak jak nad Zielonymi Widłami — oznajmił jakiś lannisterski łucznik, lecz jego towarzysze go zakrzyczeli. — Bolton nigdzie się nie ruszy, dopóki Młody Wilk nie wymaszeruje z Riverrun ze swymi wilkami i dzikusami z północy.

Arya nie wiedziała, że jej brat jest tak niedaleko. Riverrun było znacznie bliżej niż Winterfell, choć nie była pewna, w którą stronę od Harrenhal leży. *Jakoś bym tam trafiła. Jestem tego pewna. Gdybym tylko zdołała stąd uciec.* Na myśl, że znowu ujrzy twarz Robba, musiała przygryźć wargę. *Chcę też zobaczyć Jona, Brana, Rickona i matkę, a nawet Sansę... ucałuję ją i poproszę o wybaczenie, jak prawdziwa dama.* To się jej spodoba.

Słuchając tego, co mówiono na dziedzińcu, dowiedziała się, że w górnych komnatach Wieży Strachu przebywają trzy tuziny więźniów wziętych do niewoli podczas jakiejś bitwy nad Zielonymi Widłami Tridentu. Większości z nich przyznano wolność w granicach zamku w zamian za przysięgę, że nie będą próbowali ucieczki. *Przysięgli, że nie uciekną, ale nie przysięgali, że nie pomogą mi w ucieczce* — pomyślała.

Jeńcy jedli za własnym stołem w Komnacie Stu Palenisk i często widywało się ich na zewnątrz. Czterej bracia codziennie ćwiczyli razem na Dziedzińcu Stopionego Kamienia, używając drewnianych tarcz i kijów. Trzech z nich było Freyami z Przeprawy, a czwarty bękartem. Nie zostali jednak w zamku długo. Pewnego dnia dwaj ich bracia przybyli pod sztandarem pokoju, przywieźli skrzynkę złota i zapłacili okup rycerzom, którzy ich pojmali. Szóstka Freyów razem opuściła zamek.

Nikt jednak nie przywiózł okupu za ludzi z północy. Gorąca Bułka powiedział jej, że jedno tłuste paniątko ciągle się kręci po kuchniach w poszukiwaniu jakiegoś smacznego kąska. Wąsy mężczyzny były tak gęste, że zakrywały mu usta, a zapinka jego płaszcza miała kształt srebrnego trójzęba ozdobionego szafirami. Był więźniem nie lorda Tywina, lecz wybuchowego, brodatego młodzieńca, który — odziany w czarny płaszcz wyszywany w białe słońca — lubił chodzić sam po murach, pojmał jakiś wędrowny rycerz, zamierzający wzbogacić się na okupie. Sansa wiedziałaby, kim są obaj jeńcy, lecz Aryi nigdy zbytnio nie obchodziły tytuły i herby. Gdy tylko septa Mordane zaczynała opowiadać o historii tego czy tamtego rodu, dziewczynka pogrążała się w marzeniach, czekając niecierpliwie na koniec lekcji.

Pamiętała jednak lorda Cerwyna. Jego ziemie leżały niedaleko od Winterfell i zarówno on, jak i jego syn Cley często ich odwiedzali. Zrządzeniem losu był on jednak jedynym jeńcem, którego nigdy nie widziała. Leżał w łożu w swej celi, wracając do zdrowia po odniesionej ranie. Przez wiele dni zastanawiała się, w jaki sposób mogłaby się przemknąć obok strażników, by się z nim zobaczyć. Gdyby ją poznał, honor nakazałby mu jej pomóc. Lord z pewnością miał złoto, może więc zapłaciłby kilku najemnikom lorda Tywina za to, żeby zabrali ją do Riverrun. Ojciec zawsze mawiał, że większość najemników za wystarczającą ilość złota jest gotowa zdradzić każdego.

Pewnego ranka zauważyła jednak, jak trzy zakapturzone kobiety w szarych szatach milczących sióstr ładują na wóz zwłoki. Ciało zaszyto w płaszcz z najwspanialszego jedwabiu, ozdobiony wyszytym toporem. Gdy Arya zapytała kto umarł, jeden z wartowników odpowiedział jej, że lord Cerwyn. Te słowa były dla niej jak kopnięcie w brzuch. *I tak by ci nie pomógł* — pomyślała, gdy siostry wyjeżdżały wozem przez bramę. *Nie potrafił pomóc nawet samemu sobie, ty głupia myszko.*

Wróciła do mycia podłóg, biegania na posyłki i podsłuchiwania pod drzwiami. Dowiedziała się, że lord Tywin wkrótce pomaszeruje na Riverrun. Albo ruszy na południe, na Wysogród, gdzie nikt się go nie spodziewa. Nie, musi bronić Królewskiej Przystani, największą groźbą jest Stannis. Kazał Gregorowi Clegane'owi i Vargo Hoatowi rozbić Roose'a Boltona, który jest sztyletem wbitym w jego plecy. Wysłał kruki do Orlego Gniazda, chcąc poślubić lady Lysę Arryn i zdobyć Dolinę. Kupił tonę srebra, by wykuć magiczne miecze, które zabiją wargów Starków. Napisał do lady Stark, proponując pokój i Królobójca wkrótce będzie wolny.

Choć kruki codziennie przylatywały i odlatywały, lord Tywin

większość dni spędzał za zamkniętymi drzwiami w towarzystwie swej rady wojennej. Arya widywała go niekiedy, lecz jedynie z daleka. Raz chodził po murze w towarzystwie trzech maesterów i grubego jeńca z gęstymi wąsami, a innym razem jechał do obozu ze swymi lordami chorążymi, najczęściej jednak stał w zadaszonej galerii, obserwując szkolonych na dziedzińcu ludzi. Obie dłonie zaciskał na złotej gałce miecza. Opowiadano, że lord Tywin najbardziej ze wszystkiego kocha złoto. Słyszała, jak jeden z giermków żartował, że nawet sra złotem. Lord Lannister wyglądał krzepko jak na starego człowieka. Miał sztywne, złociste wąsy i łysą głowę. Coś w jego twarzy przypominało Aryi ojca, mimo że wcale nie byli do siebie podobni. *To po prostu lordowska mina* — pomyślała. Pamiętała, jak pani matka mówiła kiedyś ojcu, żeby zrobił lordowską minę i załatwił jakąś sprawę. Ojciec roześmiał się na te słowa. Nie potrafiła sobie wyobrazić, by lord Tywin kiedykolwiek się śmiał.

Pewnego popołudnia, gdy czekała z wiadrem pod studnią, zaskrzypiały zawiasy wschodniej bramy. Pod unoszoną kratą przejechała stępa grupa ludzi. Gdy zauważyła na tarczy ich wodza mantykorę, przeszyło ją ukłucie nienawiści.

W świetle dnia ser Amory Lorch wyglądał mniej przerażająco niż w blasku pochodni, nadal jednak miał świńskie oczka. Jedna z kobiet powiedziała, że jego ludzie okrążyli całe jezioro, ścigając Berica Dondarriona i zabijając buntowników. *Nie byliśmy buntownikami* — pomyślała Arya. *Byliśmy Nocną Strażą, a Nocna Straż nie opowiada się po niczyjej stronie.* Ser Amory miał jednak teraz mniej ludzi, a wielu z nich było rannych.

Mam nadzieję, że rany im zropieją. Mam nadzieję, że wszyscy umrą.

Potem ujrzała trzech jeźdźców podążających na końcu kolumny.

Rorge miał na głowie czarny półhełm z szerokim żelaznym nosalem, pod którym trudno było dostrzec, że nie ma nosa. Kąsacz wlókł się obok niego na wierzchowcu, który sprawiał wrażenie, że zaraz załamie się pod jego ciężarem. Ciało pokrywały mu na wpół zagojone oparzenia, nadające mu wygląd jeszcze obrzydliwszy niż przedtem.

Za to Jaqen H'ghar nadal się uśmiechał. Strój wciąż miał brudny i obdarty, znalazł jednak czas, by się umyć i uczesać. Lśniące rudobiałe włosy opadały mu na ramiona. Słyszała, jak dziewczęta chichoczą do siebie z podziwu.

Trzeba było zostawić ich na pastwę ognia. Tak mówił Gendry. Szkoda, że go nie posłuchałam. Gdyby nie rzuciła im siekiery, wszyscy trzej by zginęli. Na chwilę ogarnął ją strach, przejechali jednak obok niej, nie okazując zainteresowania. Tylko Jaqen H'ghar spojrzał w jej stronę, a i on nie zatrzymał na niej wzroku. *Nie poznał mnie* — pomyślała. *Arry był małym, wojowniczym chłopcem z mieczem, a ja jestem szarą jak myszka dziewczynką z wiadrem.*

Resztę dnia spędziła na myciu schodów w Jęczącej Wieży. Wieczorem dłonie jej krwawiły, a ramiona drżały z wyczerpania, gdy dźwigała wiadro do piwnicy. Zbyt zmęczona by jeść, przeprosiła Weese'a i położyła się na sienniku, żeby zasnąć.

— Weese — zaczęła ziewając. — Dunsen, Chiswyck, Polliver, Raff Słodyczek. Łaskotek i Ogar. Ser Gregor, ser Amory, ser Ilyn, ser Meryn, król Joffrey, królowa Cersei.

Przemknęło jej przez głowę, że może powinna dodać do swej modlitwy jeszcze trzy imiona, lecz była zbyt zmęczona, by rozstrzygnąć tę kwestię już dziś.

Śniły się jej wilki biegające swobodnie po lesie, gdy nagle czyjaś silna dłoń zatkała jej usta niczym gładki, ciepły kamień, twarda i nieustępliwa. Arya obudziła się natychmiast, szarpiąc się gwałtownie.

— Dziewczynka nic nie mówi — usłyszała szept tuż obok ucha. — Dziewczynka trzyma usta zamknięte, nikt nic nie słyszy i przyjaciele mogą porozmawiać potajemnie. Zgoda?

Zdołała skinąć leciutko głową. Serce waliło jej jak szalone.

Jaqen H'ghar cofnął dłoń. W piwnicy było ciemno choć oko wykol i nie widziała jego twarzy, mimo że dzieliło ich zaledwie kilka cali. Czuła jednak jego woń. Skóra pachniała czystością i mydłem, a we włosy wtarł sobie wonności.

— Chłopiec zamienił się w dziewczynkę — wyszeptał.

— Zawsze byłam dziewczynką. Myślałam, że mnie nie zauważyłeś.

— Mężczyzna widzi. Mężczyzna wie.

Przypomniała sobie, że go nienawidzi.

— Przestraszyłam się ciebie. Jesteś teraz jednym z nich. Powinnam była pozwolić, żebyś spłonął. Po co tu przyszedłeś? Uciekaj albo zawołam Weese'a.

— Mężczyzna spłaca długi. Jest winien trzech.

— Trzech?

— Czerwony Bóg musi dostać to, co mu się należy, słodka dziewczynko. Za życie można zapłacić tylko śmiercią. Dziewczynka uratowała trzech, którzy należeli do niego. Musi teraz dać trzech na ich miejsce. Wymień imiona, a mężczyzna zrobi resztę.

Chce mi pomóc — zdała sobie sprawę. Zakręciło się jej w głowie od nagłego przypływu nadziei.

— Zabierz mnie do Riverrun. To niedaleko. Gdybyśmy ukradli kilka koni, moglibyśmy…

Położył palec na jej wargach.

— Dostaniesz ode mnie trzy życia. Nie więcej ani nie mniej. Trzy życia i dług będzie spłacony. Dziewczynka musi się zastanowić. — Ucałował delikatnie jej włosy. — Ale czasu nie ma wiele.

Gdy Arya zapaliła ogarek, po gościu został jedynie unoszący się w powietrzu zapach imbiru i goździków. Kobieta śpiąca w sąsiedniej niszy przetoczyła się na drugi bok, skarżąc się na światło. Arya zdmuchnęła świecę. Kiedy zamknęła oczy, pojawiły się przed nią twarze. Joffrey i jego matka, Ilyn Payne, Meryn Trant i Sandor Clegane… ale wszyscy oni przebywali w Królewskiej Przystani, setki mil stąd, a ser Gregor zatrzymał się w zamku tylko na kilka nocy, nim ruszył na kolejną wyprawę łupieżczą, zabierając ze sobą Raffa, Chiswycka i Łaskotka. Był tu jednak ser Amory Lorch, a jego nienawidziła niemal równie mocno. Ale czy na pewno? Nie była do końca przekonana. Zawsze zostawał jeszcze Weese.

Rankiem znów o nim pomyślała.

— Łasico — wymruczał, gdy ziewnęła z niewyspania. — Jak jeszcze raz zobaczę, że rozdziawiasz gębę, wyrwę ci język i dam go suce.

Uszczypnął ją mocno w ucho, żeby mieć pewność, iż go zrozumiała, a potem kazał jej znowu brać się za te schody. Powiedział, że chce, by do zmierzchu były wyszorowane aż do trzeciego pomostu.

Podczas pracy Arya myślała o ludziach, którym życzyła śmierci. Wyobrażała sobie, że widzi na stopniach ich twarze, i szorowała zawzięcie schody, by je stamtąd wymazać. Starkowie prowadzili wojnę z Lannisterami, a ona pochodziła z rodu Starków, powinna więc zabić tylu Lannisterów, ilu tylko zdoła. Na tym właśnie polegały wojny. Nie sądziła jednak, by mogła zaufać Jaqenowi. Powinnam sama się z nimi policzyć. Kiedy jej ojciec skazywał kogoś na śmierć, sam wykonywał wyrok swym wielkim mieczem, Lodem.

— Jeśli odbieracie komuś życie, jesteście winni to, by spojrzeć mu w twarz i wysłuchać jego ostatnich słów — powiedział kiedyś Robbowi i Jonowi.

Przez dwa następne dni unikała Jaqena H'ghara. Nie sprawiło jej to trudności. Była maleńka, a Harrenhal ogromny i nie brakowało w nim miejsc, w których mogła się ukryć myszka.

Potem wrócił ser Gregor, szybciej niż oczekiwano. Tym razem zamiast stada więźniów przygnał stado kóz. Słyszała, że stracił czterech ludzi w jednym z nocnych ataków lorda Berica, ale ci, których nienawidziła, wrócili bez szkody i zatrzymali się na pierwszym piętrze Jęczącej Wieży. Weese dbał o to, by nie zabrakło im trunków.

— Wiecznie chce im się pić — narzekał. — Łasico, idź na górę i zapytaj, czy mają jakieś łachy do załatania. Każę kobietom się tym zająć.

Arya wbiegła na piętro po wyszorowanych schodach. Gdy weszła do komnaty, nikt nie zwrócił na nią uwagi. Chiswyck siedział przy kominku, trzymając w ręku róg pełen *ale*. Opowiadał jedną ze swych zabawnych historii. Nie odważyła się mu przerywać w obawie, że rozkwasi jej wargę.

— To było po turnieju namiestnika, ale jeszcze przed wojną — mówił Chiswyck. — Wracaliśmy właśnie w siedmiu na zachód z ser Gregorem. Był ze mną Raff i młody Joss Stilwood, który podczas turnieju służył serowi jako giermek. No więc dojeżdżamy do tej pełnej szczyn rzeki. Jest w niej kupa wody, no bo niedawno lało. Nie ma mowy, żebyśmy mogli przejść brodem, ale niedaleko jest piwiarnia, więc zapychamy do niej. Ser budzi piwowara i mówi mu, że ma zadbać, by w naszych rogach nie zabrakło *ale*, dopóki wody nie opadną. Szkoda, że nie widzieliście, jak jego świńskie oczka zalśniły na widok srebra. Przynoszą nam piwo, on i jego córka, lecz od tych cienkich, brązowych szczyn wcale nie czuję się lepiej i ser też nie. I cały ten czas piwowar gada, że bardzo się cieszy, że się zjawiliśmy, bo przez te całe deszcze w ogóle nie ma klientów. Dureń ani na moment nie zamyka gęby, co to, to nie, chociaż ser nie odzywa się ani słowem, wściekły na Rycerza Kwiatuszków i tę pedalską sztuczkę, którą go załatwił. Widać, że ma zaciśnięte usta, więc ja i reszta chłopaków wiemy, że lepiej siedzieć cicho, ale ten piwowar musi sobie pogadać i nawet pyta sera, jak mu się poszczęściło w turnieju. Ser tylko spojrzał na niego po swojemu. — Chiswyck zachichotał, zakrztusił się *ale* i otarł pianę z ust grzbietem dłoni. — A cały ten czas ta jego córka leje wszystkim piwo, mała grubaska, może z osiemnaście lat…

— Raczej trzynaście — wycedził Raff Słodyczek.

— Tak czy inaczej, nie ma na czym zatrzymać oka, ale Eggon trochę sobie podpił i zaczyna ją obmacywać, no może ja też trochę ją macam, a Raff mówi młodemu Stillwoodowi, że powinien zaciągnąć dziewczynę na górę i wreszcie zostać mężczyzną. To dodaje chłopakowi odwagi. Joss sięga dziewczynie pod spódnicę, a ta wrzeszczy, upuszcza dzban i ucieka do kuchni. No i na tym byłby koniec, ale ten stary dureń idzie do sera i prosi go, żeby kazał nam zostawić dziewczynę w spokoju, no bo przecież jest namaszczonym rycerzem i tak dalej. Ser Gregor nie zwracał dotąd uwagi na nasze zabawy, ale teraz patrzy, no znacie to jego spojrzenie, i rozkazuje przyprowadzić dziewczynę. Stary musi wyciągnąć ją z kuchni i może mieć pretensję tylko do siebie. Ser przygląda się jej uważnie i mówi: „To jest ta kurwa, o którą tak się boisz", a ten stary, zapijaczony przygłup odpowiada mu w oczy: „Moja Layna nie jest kurwą, ser". Ser nawet nie mrugnie, tylko mówi: „Teraz już jest", rzuca mu następnego srebrnika, zdziera z dziewki suknię i bierze ją na stole, na oczach taty, a ona miota się jak królik i w ogóle robi mnóstwo hałasu. Jak zobaczyłem minę starego, to tak się roześmiałem, że aż *ale* trysnęło mi nosem. Potem krzyki słyszy jakiś chłopak, pewnikiem syn, i wybiega z piwnicy, przez co Raff musi mu wetknąć sztylet w brzuch. Ser już wtedy kończy i wraca do picia, a my wszyscy ustawiamy się w kolejce. Tobbot, wiecie jaki on jest, przewraca ją na brzuch i zabiera się do niej z drugiej strony. Kiedy ja ją miałem, dziewczynie odechciało się już walczyć. Może uznała, że jednak to lubi, chociaż szczerze mówiąc, nie miałbym nic przeciwko temu, żeby trochę się poszarpała. A teraz będzie najlepsze… kiedy już jest po wszystkim, ser oznajmia staremu, że chce dostać resztę. Mówi, że dziewczyna nie była warta srebrnika… i niech mnie szlag, jeśli staruszek nie przynosi garści miedziaków, nie błaga szlachetnego pana o wybaczenie i nie dziękuje mu za to, że zechciał skorzystać z jego gościny!

Wszyscy mężczyźni ryknęli śmiechem, jeszcze głośniej niż Chiswyck, który rechotał z własnej opowieści tak gwałtownie, że aż smarki skapnęły mu na wystrzępioną, siwą brodę. Arya stała w mrocznym wejściu, przyglądając się mu. Potem bez słowa zakradła się z powrotem do piwnic. Gdy Weese dowiedział się, że nie zapytała o ubrania do zacerowania, ściągnął jej spodnie i zbił ją trzciną tak mocno, że aż krew spłynęła jej po udach. Arya zamknęła jednak oczy i powtarzała sobie w myślach wszystkie powiedzenia, których nauczył jej Syrio, nie poczuła więc prawie nic.

Dwa dni później wysłał ją do Komnaty Koszarowej, żeby usługiwała przy stole. Gdy nalewała wszystkim wina z dzbana, zauważyła Jaqena H'ghara, który siedział naprzeciwko wejścia nad wypełnionym farszem bochnem chleba. Przygryzła wargę i rozejrzała się nerwowo, by się upewnić, że nigdzie nie widać Weese'a. *Strach tnie głębiej niż miecze* — pomyślała.

Postąpiła krok naprzód, a potem drugi. Z każdym kolejnym krokiem coraz mniej przypominała w swych oczach myszkę. Posuwała się wokół ławy, napełniając wszystkim kielichy. Po prawej stronie Jaqena siedział kompletnie pijany Rorge, który nie zwracał na nią uwagi. Arya pochyliła się i prosto do ucha Lorathijczyka wyszeptała:

— Chiswyck.

Niczym nie okazał, że ją usłyszał.

Gdy dzban był już pusty, pomknęła do piwnicy, żeby napełnić go winem z beczki, i szybko wróciła na górę. Nikt nie umarł z pragnienia ani nawet nie zauważył jej chwilowej nieobecności.

Przez następne dwa dni nic się nie wydarzyło, lecz gdy trzeciego dnia Arya zeszła z Weese'em do kuchni po kolację, usłyszała, że jej towarzysz oznajmił kucharce:

— Jeden z ludzi Góry spadł nocą z murów i złamał sobie swój głupi kark.

— Był pijany? — zapytała kobieta.

— Nie bardziej niż zwykle. Niektórzy powiadają, że zrzucił go duch Harrena. — Prychnął pogardliwie, by zademonstrować, co sądzi o takich opiniach.

To nie był Harren — chciała powiedzieć Arya. *To byłam ja.* Zabiła Chiswycka jednym szeptem i uśmierci w ten sposób jeszcze dwóch ludzi. *To ja jestem duchem Harrenhal.* A nocą jej litania nienawiści stała się krótsza o jedno imię.

Catelyn

Spotkanie wyznaczono na zielonej murawie usianej jasnoszarymi kapeluszami grzybów oraz pniakami świeżo ściętych drzew.

— Przybyliśmy pierwsi, pani — stwierdził Hallis Mollen, gdy osadzili konie na wyrębie pomiędzy armiami. Na jego kopii powiewał proporzec z wilkorem, herbem rodu Starków. Catelyn nie widziała stąd morza, czuła jednak jego bliskość. Wiejąca ze wschodu bryza niosła ze sobą intensywny zapach soli.

Oddział furażerów Stannisa Baratheona wyciął drzewa, by zbudować z nich katapulty i wieże oblężnicze. Catelyn zadała sobie pytanie, jak długo rósł ten lasek i czy Ned zatrzymał się tutaj, gdy powiódł swe wojska na południe, by położyć kres poprzedniemu oblężeniu Końca Burzy. Odniósł wówczas wielkie zwycięstwo, któremu chwały dodawał fakt, że było bezkrwawe. *Niech bogowie pozwolą, bym zdołała dokonać tego samego* — modliła się Catelyn. Jej lennicy sądzili, że przyjazd tu był szaleństwem.

— To nie nasza walka, pani — upierał się ser Wendel Manderly. — Wiem, że król nie chciałby, żeby jego matka narażała się na niebezpieczeństwo.

— Wszyscy się na nie narażamy — odpowiedziała mu, być może zbyt ostro. — Myślisz, że przybyłam tu dla przyjemności, ser? — *Moje miejsce jest w Riverrun u boku umierającego ojca albo z synami w Winterfell.* — Robb wysłał mnie na południe po to, bym przemawiała w jego imieniu i to właśnie zamierzam uczynić.

Wiedziała, że trudno będzie doprowadzić do zawarcia pokoju między tymi braćmi, dla dobra królestwa musiała jednak spróbować osiągnąć ten cel. Za zlanymi deszczem polami i kamienistymi graniami dostrzegała potężny zamek Koniec Burzy, który wznosił się ku niebu, odwrócony plecami od niewidocznego morza. Na tle tej masy jasnoszarego kamienia oblegająca armia lorda Stannisa Baratheona wydawała się mała i pozbawiona znaczenia niczym powiewające chorągwiami myszy.

Pieśni opowiadały, że Koniec Burzy zbudował w starożytnych czasach Durran, pierwszy król burzy, który zdobył miłość pięknej Elenei, córki boga morza i bogini wiatru. W noc poślubną Elenei oddała dziewictwo śmiertelnemu człowiekowi i dlatego sama musiała podzielić los śmiertelników. Jej pogrążeni w żalu rodzice dali wyraz swemu gniewowi, wysyłając wiatr i wodę, które zburzyły twierdzę Durrana. Jego przyjaciele, bracia i goście weselni zginęli pod zwalonymi ścianami albo zostali uniesieni na morze, jego samego Elenei jednak osłoniła swymi ramionami i nic mu się nie stało, a gdy wreszcie nastał świt, wypowiedział wojnę bogom i poprzysiągł odbudować rodzinny dom.

Zbudował jeszcze pięć zamków, każdy większy i silniejszy od poprzedniego, lecz wszystkie z nich zburzyły potężne huragany, które nadciągały znad Zatoki Rozbitków, gnając przed sobą potężne ściany wody. Jego lordowie przekonywali go, by następną twierdzę wzniósł w głębi lądu, kapłani twierdzili, że — by przebłagać bogów — musi oddać Elenei morzu, nawet prostaczkowie błagali go, żeby ustąpił. Durran nie chciał nawet o tym słyszeć. Wzniósł siódmy zamek, najpotężniejszy ze wszystkich. Niektórzy powiadali, że podczas budowy pomagały mu dzieci lasu, które kształtowały kamienie za pomocą magii, inni zaś utrzymywali, że wskazówek udzielił mu mały chłopiec, który potem został Branem Budowniczym. Bez względu jednak na szczegóły, opowieść zawsze kończyła się tak samo. Choć rozgniewani bogowie rzucali przeciw budowli kolejne burze, siódmy zamek oparł się im wszystkim, a Durran Smutek Bogów i piękna Elenei mieszkali w nim aż po kres swych dni.

Bogowie nigdy nie zapominają i nad wąskim morzem po dziś dzień szalały huragany, lecz Koniec Burzy stał niewzruszony przez stulecia i dziesiątki stuleci. Ten zamek był inny od wszystkich. Jego potężny mur kurtynowy miał sto stóp wysokości i nie było w nim furt ani strzelnic, a jedynie okrągły, gładki łuk, którego kamienie były tak idealnie dopasowane, że nie pozostała żadna szczelina, załamanie ani luka, przez które do środka mógłby się wedrzeć wiatr. Mur ów miał podobno czterdzieści stóp grubości w najwęższym miejscu, a w części zwróconej ku morzu prawie osiemdziesiąt. Odstęp między dwiema warstwami skalnych bloków wypełniono tam piaskiem i gruzem. Ten kolosalny wał chronił kuchnie, stajnie i dziedzińce przed wiatrem i falami. Wieża była tu tylko jedna — gigantyczna baszta od strony morza pozbawiona okien, tak ogromna, że służyła jako spichlerz, koszary, komnata jadalna i kwatera lorda. Wieńczyły ją potężne blanki, które nadawały jej z oddali wygląd kolczastej pięści sterczącej z uniesionej ku górze ręki.

— Pani — zawołał Hal Mollen. Z małego, schludnego obozowiska pod murami wyłoniło się dwóch jeźdźców, którzy ruszyli ku nim stępa. — To chyba będzie król Stannis.

— Bez wątpienia.

Catelyn przyglądała się im. *To z pewnością Stannis, ale nie jedzie pod sztandarem Baratheonów.* Chorągiew nie miała intensywnie złotej barwy flagi Renly'ego, lecz była jasnożółta, a zdobiący ją herb był czerwony, choć nie potrafiła z oddali dostrzec jego kształtu.

Renly miał przybyć ostatni. Zakomunikował jej to, gdy wyruszała w drogę. Zamierzał dosiąść konia dopiero wtedy, gdy zobaczy, że jego brat się zbliża. Ten, kto zjawia się pierwszy, musi czekać na pozostałych, a Renly nie zamierzał tego robić. *To typowe zabawy królów* — tłumaczyła sobie. No cóż, ona nie była królem i nie musiała podążać za ich przykładem. Przywykła do czekania.

Gdy Stannis się zbliżył, zobaczyła, że ma na głowie koronę z czerwonego złota o kolcach ukształtowanych na podobieństwo płomieni. Pas miał wysadzany granatami i żółtymi topazami, a w rękojeść jego miecza wprawiono wielki, prostokątny rubin. Poza tym jego ubiór był prosty: nabijany ćwiekami skórzany kaftan narzucony na pikowany wams, znoszone buty i spodnie z brązowej wełny. Herb na żółtej jak słońce chorągwi wyobrażał czerwone serce otoczone pomarańczowym płomieniem. Był tam też jeleń w koronie... ale zmniejszony i umieszczony na tle serca. Jeszcze dziwniej wyglądała niosąca sztandar osoba — spowita od stóp do głów w czerwień kobieta o twarzy skrytej pod kapturem szkarłatnego płaszcza. *Czerwona kapłanka* — pomyślała zdumiona Catelyn. Ta sekta była liczna i potężna w leżących daleko na wschodzie Wolnych Miastach, lecz w Siedmiu Królestwach jej wyznawców było niewielu.

— Lady Stark — odezwał się Stannis Baratheon z lodowatą uprzejmością, ściągając wodze. Pochylił głowę. Odkąd ostatnio go widziała, wyłysiał jeszcze bardziej.

— Lordzie Stannisie — odpowiedziała.

Zacisnął masywne szczęki porośnięte krótko przystrzyżoną brodą, nie zażądał jednak, by tytułowała go królem, za co była mu wdzięczna.

— Nie spodziewałem się, że spotkam cię pod Końcem Burzy.

— A ja nie spodziewałam się tu trafić.

Skierował na nią zakłopotane spojrzenie głęboko osadzonych oczu. Nie był człowiekiem stworzonym do uprzejmych pogawędek.

— Przykro mi z powodu śmierci twego męża — oznajmił. — Choć Eddard Stark nie był mi przyjacielem.

— Nigdy nie był twym wrogiem, panie. Gdy lordowie Tyrell

i Redwyne chcieli wziąć cię głodem w tym zamku, to Eddard Stark przybył ci z odsieczą.

— Na rozkaz mego brata, a nie z miłości do mnie — odparł Stannis. — Nie zaprzeczam, że lord Eddard spełnił swój obowiązek. Ale czy ja kiedykolwiek uczyniłem mniej? To ja powinienem być namiestnikiem Roberta.

— Taka była wola twego brata. Ned nie chciał tego tytułu.

— A jednak go przyjął. Aczkolwiek należał się on mnie. Mimo to masz moje słowo, że wymierzę sprawiedliwość jego mordercom.

Obaj ci ludzie, którzy chcą być królami, bardzo lubią obiecywać głowy.

— Twój brat złożył mi taką samą obietnicę. Szczerze mówiąc, wolałabym odzyskać córki, a sprawiedliwość zostawić bogom.

— Jeśli po zdobyciu miasta odnajdę twe dzieci, natychmiast ci je odeślę.

Żywe lub martwe, sugerował jego ton.

— A kiedy to się stanie, lordzie Stannisie? Królewska Przystań leży niedaleko od twej Smoczej Skały, a mimo to widzę cię tutaj.

— Jesteś szczera, lady Stark. No cóż, ja też odpowiem ci szczerze. Żeby zdobyć miasto, potrzebne mi siły tych południowych lordów, których widzę po drugiej stronie pola. Służą teraz mojemu bratu i muszę mu ich odebrać.

— Ludzie sami decydują, komu chcą służyć, panie. Ci lordowie przysięgli wierność Robertowi i rodowi Baratheonów. Gdybyście z bratem zapomnieli o dzielącym was sporze…

— Nie byłoby między nami żadnego sporu, gdyby Renly zechciał spełnić swój obowiązek. Jestem starszym bratem i jego królem. Domagam się tylko tego, do czego mam prawo. Renly jest mi winien wierność i posłuszeństwo. Zamierzam je na nim wymusić. Na nim i na całej reszcie. — Stannis spojrzał jej w twarz. — A co sprowadza cię na pole bitwy, pani? Czyżby ród Starków postanowił wesprzeć mojego brata? Czy tak mają się teraz sprawy?

Nigdy się nie ugnie — pomyślała. Musiała jednak spróbować. Zbyt wiele od tego zależało.

— Mój syn został z woli lordów i ludu królem północy. Nie klęka przed nikim, ale do wszystkich wyciąga rękę w geście przyjaźni.

— Królowie nie mają przyjaciół — stwierdził bez ogródek Stannis. — Tylko poddanych i wrogów.

— I braci — odezwał się wesoły głos za jej plecami. Zerknęła za siebie i ujrzała lorda Renly'ego, który jechał między pniakami na zgrabnym koniku. Młodszy z Baratheonów prezentował się wspaniale. Miał na sobie zielony aksamitny wams oraz atłasowy płaszcz obszyty futrem popielic. Na skroniach nosił koronę ze złotych róż, ozdobioną lśniącą nad czołem nefrytową głową jelenia, a długie, ciemne włosy opadały mu na ramiona. Pas wysadzany był okruchami czarnego diamentu, a na szyi wisiał złoty łańcuch ozdobiony szmaragdami.

Chorągiew Renly'ego również niosła kobieta, choć Brienne skrywała twarz i ciało za płytową zbroją, która nie pozwalała określić jej płci. Na szczycie jej długiej na dwanaście stóp kopii powiewał proporzec z czarnym jeleniem w koronie na złotym tle. Tkanina łopotała na wiejącej od morza bryzie.

— Lordzie Renly — przywitał go krótko brat.

— Królu Renly. Czy to naprawdę ty, Stannisie?

Starszy z braci zmarszczył brwi.

— A któż inny mógłby to być?

Renly wzruszył od niechcenia ramionami.

— Kiedy zobaczyłem tę chorągiew, ogarnęło mnie zwątpienie. Czyj to sztandar?

— Mój własny.

— Król wziął sobie za herb gorejące serce Pana Światła — odezwała się spowita w czerwień kapłanka.

Renly'ego wyraźnie to ubawiło.

— To i lepiej. Gdybyśmy obaj walczyli pod tymi samymi chorągwiami, bitwa zrobiłaby się okropnie chaotyczna.

— Miejmy nadzieję, że nie dojdzie do bitwy — wtrąciła Catelyn. — Wszyscy troje mamy wspólnego wroga, który chce nas zniszczyć.

Stannis spojrzał na nią bez uśmiechu.

— Żelazny Tron z prawa należy się mnie. Wszyscy, którzy temu przeczą, są moimi wrogami.

— Przeczy temu całe królestwo, bracie — zauważył Renly. — Starcy przeczą temu w swym ostatnim tchnieniu, a nienarodzone dzieci w macicach swych matek. Przeczą temu w Dorne i na Murze. Nikt nie chce cię na króla. Przykro mi.

Stannis zacisnął szczęki. Twarz mu stężała.

— Poprzysiągłem, że nie będę z tobą pertraktował, dopóki nosisz tę zdradziecką koronę. Szkoda, że nie dotrzymałem słowa.

— To szaleństwo — odezwała się ostrym tonem Catelyn. — Lord Tywin siedzi w Harrenhal z dwudziestoma tysiącami żołnierzy. Resztki wojsk Królobójcy przegrupowały się pod Złotym Zębem, kolejna armia Lannisterów zbiera się w Casterly Rock, a Cersei i jej syn trzymają w ręku Królewską Przystań i wasz sławetny Żelazny Tron. Każdy z was tytułuje się królem, a przecież królestwo krwawi i nikt poza moim synem nie podnosi miecza w jego obronie.

— Twój syn wygrał kilka bitew. Ja wygram wojnę. Lannisterowie mogą zaczekać.

— Jeśli masz jakieś propozycje, to mów — rzucił obcesowo Stannis — albo sobie pójdę.

— Proszę bardzo — zgodził się Renly. — Proponuję, żebyś zsiadł z konia, padł na kolana i przysiągł mi wierność.

Stannis stłumił wściekłość.

— Na to nigdy nie przystanę.

— Służyłeś Robertowi. Dlaczego nie mnie?

— On był moim starszym bratem. Ty jesteś młodszy.

— Młodszy, śmielszy i znacznie przystojniejszy…

— …a do tego jesteś złodziejem i uzurpatorem.

— Targaryenowie zwali uzurpatorem Roberta, a on jakoś zniósł ten wstyd. Ja też go zniosę.

Nie mogę do tego dopuścić.

— Posłuchajcie własnych słów! Gdybyście byli moimi synami, wzięłabym was za łby, walnęła nimi o siebie i zamknęła razem w sypialni, dopóki byście sobie nie przypomnieli, że jesteście braćmi.

Stannis zmarszczył brwi.

— Nie posuwaj się za daleko, lady Stark. Jestem prawowitym królem, a twój syn jest takim samym zdrajcą jak mój brat. Jego dzień również nadejdzie.

Ta niczym nie osłonięta groźba rozpaliła jej wściekłość.

— Łatwo nazywasz innych zdrajcami i uzurpatorami, panie, ale czym różnisz się od nas? Utrzymujesz, że tylko ty jesteś prawowitym królem, ale wydaje mi się, że Robert miał dwóch synów. Zgodnie z wszystkimi prawami Siedmiu Królestw prawowitym dziedzicem jest książę Joffrey, a po nim Tommen… a my wszyscy jesteśmy zdrajcami, nawet jeśli mamy po temu ważne powody.

Renly wybuchnął śmiechem.

— Musisz wybaczyć lady Catelyn, Stannisie. Przybyła tu aż

z Riverrun. Spędziła długi czas na końskim grzbiecie i obawiam się, że nie czytała twojego liściku.

— Joffrey nie jest dzieckiem mego brata — oznajmił bez ogródek Stannis. — Tommen również nie. Obaj są bękartami. Dziewczynka również. Wszyscy troje to plugawy owoc kazirodztwa.

Czy nawet Cersei mogłaby być aż tak szalona? — pomyślała Catelyn, której z wrażenia odebrało mowę.

— Czyż to nie słodka opowieść, pani? — zapytał Renly. — Obozowałem właśnie pod Horn Hill, gdy list dotarł do lorda Tarly'ego i muszę przyznać, że odebrało mi dech w piersiach. — Uśmiechnął się do brata. — Nie podejrzewałem, że jesteś taki sprytny, Stannisie. Gdyby to było prawdą, rzeczywiście byłbyś dziedzicem Roberta.

— Gdyby to było prawdą? Twierdzisz, że jestem kłamcą?

— Potrafisz dowieść choć jednego słowa tej bajki?

Stannis zazgrzytał zębami. *Robert z pewnością o niczym nie wiedział, bo inaczej Cersei w mgnieniu oka straciłaby głowę* — pomyślała Catelyn.

— Lordzie Stannisie — zapytała — jeśli wiedziałeś, że królowa jest winna tak monstrualnych zbrodni, to dlaczego milczałeś?

— Nie milczałem — oznajmił Stannis. — Podzieliłem się swymi podejrzeniami z lordem Jonem Arrynem.

— A nie z własnym bratem?

— Brat nigdy nie traktował mnie zbyt serdecznie — wyjaśnił Stannis. — I gdyby usłyszał te oskarżenia z moich ust, uznałby tylko, że jestem małostkowy i interesowny. Że chodzi mi o pozycję jego następcy. Sądziłem, że Robert będzie bardziej skłonny uwierzyć lordowi Arrynowi, którego miłował.

— Ach — wtrącił Renly. — Mamy więc słowo nieboszczyka.

— Myślisz, że umarł przypadkiem, ty ślepy głupcze? Cersei kazała go otruć z obawy, że ją zdemaskuje. Lord Jon gromadził pewne dowody...

— ...które z pewnością zginęły razem z nim. To wielki pech.

Catelyn przypomniała sobie różne szczegóły, dopasowując je do siebie.

— Moja siostra Lysa oskarżyła królową o zamordowanie jej męża w liście, który przesłała mi do Winterfell — przyznała. — Później, w Orlim Gnieździe, oskarżyła o ten czyn brata królowej, Tyriona.

Stannis żachnął się.

— Jeśli ktoś wdepnie w gniazdo żmij, jakie ma znaczenie, która z nich ugryzie go pierwsza?

— Całe to gadanie o żmijach i o kazirodztwie jest bardzo zabawne, ale niczego nie zmienia. Może i masz lepsze prawa do tronu, Stannisie, ale to ja mam większą armię. — Renly wsunął dłoń pod płaszcz. Widząc to, Stannis natychmiast chwycił za rękojeść miecza, lecz nim zdążył go wyciągnąć, jego brat wydobył zza pazuchy… brzoskwinię. — Poczęstujesz się, bracie? — zapytał z uśmiechem. — To owoc z Wysogrodu. Zapewniam cię, że nigdy w życiu nie jadłeś nic równie słodkiego.

Nadgryzł brzoskwinię i z kącika ust spłynął mu sok.

— Nie przyszedłem tu jeść owoców — odparł wściekły Stannis.

— Panowie! — zaprotestowała Catelyn. — Mieliśmy omawiać warunki zawarcia sojuszu, a nie obrzucać się obelgami.

— Człowiek nigdy nie powinien odmawiać skosztowania brzoskwini — stwierdził Renly, odrzucając pestkę. — Bo może już więcej nie mieć okazji. Życie jest krótkie, Stannisie. Pamiętaj, co mawiają Starkowie. Nadchodzi zima.

Otarł usta grzbietem dłoni.

— Nie przyszedłem tu też wysłuchiwać gróźb.

— I nie słyszałeś ich — odwarknął Renly. — Kiedy będę ci groził, wyrażę się jasno. Szczerze mówiąc, nigdy cię nie lubiłem, Stannisie, ale w naszych żyłach płynie ta sama krew i nie chciałbym cię zabić. Jeśli pragniesz Końca Burzy, dostaniesz go… jako dar od brata. Dam ci go, tak jak Robert kiedyś podarował go mnie.

— Nie możesz nikomu dać tego, co nie należy do ciebie. Zamek jest mój.

Renly odwrócił się z westchnieniem w siodle.

— I co mam począć z tym moim bratem, Brienne? Nie chce mojej brzoskwini, nie chce mojego zamku i nawet nie przybył na mój ślub…

— Obaj wiemy, że cały ten twój ślub był farsą. Jeszcze przed rokiem planowałeś uczynić tę dziewczynę jedną z dziwek Roberta.

— Planowałem uczynić ją jego królową — sprzeciwił się Renly — ale co to ma teraz za znaczenie? Roberta dopadł dzik, a Margaery przypadła mnie. Z pewnością z radością usłyszysz, że przyszła do mnie jako dziewica.

— W twoim łożu zapewne zostanie nią aż do śmierci.

— Och, spodziewam się, że nim minie rok, powije mi syna. A ilu synów ty masz, Stannisie? Och, prawda, żadnego. — Renly uśmiechnął się niewinnie. — A jeśli chodzi o twoją córkę, to świetnie cię rozumiem. Gdyby moja żona wyglądała tak jak twoja, też wysyłałbym swego błazna, żeby ją zaspokoił.

— Dość tego! — ryknął Stannis. — Nie pozwolę, byś drwił ze mnie w żywe oczy. Rozumiesz? Nie pozwolę!

Wyszarpnął miecz z pochwy. Stal zalśniła dziwnie jasno w bladym blasku słońca. Najpierw świeciła czerwono, potem żółto, aż wreszcie rozgorzała białą łuną. Powietrze wokół oręża zamigotało jak od żaru.

Koń Catelyn zarżał i cofnął się o krok, lecz Brienne stanęła między braćmi, wyciągając własny miecz.

— Schowaj broń! — krzyknęła do Stannisa.

Cersei Lannister umiera ze śmiechu — pomyślała znużona Catelyn.

Stannis wymierzył gorejącą klingę w brata.

— Wiem, co to litość — zagrzmiał, choć słynął z tego, że jest bezlitosny. — Nie chcę też plamić Światłonoścy krwią brata. Z uwagi na pamięć matki, która wydała na świat nas obu, daję ci całą noc, byś miał czas rozważyć swe szaleństwo, Renly. Zwiń sztandary i przyjdź do mnie przed świtem, a ofiaruję ci Koniec Burzy i przywrócę miejsce w radzie, a nawet uznam za swego dziedzica, dopóki nie narodzi mi się syn. W przeciwnym razie nie ujdziesz śmierci.

Renly wybuchnął śmiechem.

— Stannisie, przyznaję, że to bardzo ładny miecz, ale wydaje mi się, że jego blask pozbawił cię wzroku. Spójrz na drugą stronę pola, bracie. Widzisz te wszystkie chorągwie?

— Myślisz, że kilka sztuk płótna uczyni cię królem?

— Miecze Tyrellów uczynią mnie królem. Rowan, Tarly i Caron uczynią mnie królem. Toporem, buzdyganem i młotem. Strzały Tarthów i kopie Penrose'ów. Fossowayowie, Cuyowie, Mullendore'owie, Estermontowie, Selmy'owie, Hightowerowie, Oakheartowie, Crane'owie, Caswellowie, Blackbarowie, Morrigenowie, Beesbury'owie, Shermerowie, Dunnowie, Footly'owie... nawet ród Florentów, bracia i stryjowie twej żony. Wszyscy oni uczynią mnie królem. Całe rycerstwo południa zebrało się pod moimi sztandarami, a to jedynie drobna część mej potęgi. Z tyłu podąża piechota, sto tysięcy ludzi uzbrojonych w miecze, włócznie i piki. Grozisz mi śmiercią? A co za tobą stoi? Ta garstka hołoty, którą widzę pod murami? Będę szczodry i powiem, że masz pięć tysięcy ludzi. Dorszowych lordów, cebulowych rycerzy i najemników. Połowa z nich zapewne przejdzie na moją stronę jeszcze przed bitwą. Moi zwiadowcy poinformowali mnie, że masz mniej niż czterystu konnych, wolnych, w utwardzanych skórach, którzy nie będą mieli żadnych szans przeciw zbrojom i kopiom. Możesz się uważać za doświadczonego wojownika, Stannisie, ale ta twoja armia nie wytrzyma pierwszej szarży mej przedniej straży.

— Zobaczymy, bracie. — Gdy Stannis schował miecz, na świecie zrobiło się trochę ciemniej. — Przekonamy się o świcie.

— Mam nadzieję, że ten twój nowy bóg jest miłosierny, bracie.

Stannis żachnął się wzgardliwie i odjechał galopem. Czerwona kapłanka zatrzymała się jeszcze na chwilę.

— Myśl raczej o własnych grzechach, lordzie Renly — rzuciła, zawracając wierzchowca.

Catelyn i lord Renly wrócili wspólnie do obozu, gdzie na jego powrót czekały tysiące, a na nią garstka.

— Rozmowa była zabawna, choć nic z niej nie wynikło — zauważył. — Ciekawe, skąd wziął taki miecz? No cóż, po bitwie Loras z pewnością mi go podaruje. Bardzo żałuję, że musi do tego dojść.

— Okazujesz żal w wyjątkowo radosny sposób — zauważyła Catelyn, której przygnębienie nie było udawane.

— Naprawdę? — Renly wzruszył ramionami. — Może i tak. Przyznaję, że nigdy nie darzyłem Stannisa braterską miłością. Myślisz, że ta jego historia jest prawdziwa? Jeśli Joffrey to pomiot Królobójcy…

— …twój brat jest prawowitym dziedzicem tronu.

— Dopóki żyje — przyznał Renly. — Ale czy nie sądzisz, że to głupie prawo? Dlaczego najstarszy syn, a nie najlepszy? Nadaję się do noszenia korony, w przeciwieństwie do Roberta, a także Stannisa. Potrafię zostać wielkim królem, silnym, ale szczodrym, inteligentnym, sprawiedliwym, pracowitym, lojalnym wobec przyjaciół i straszliwym dla wrogów, a mimo to potrafiącym wybaczać, cierpliwym…

— …skromnym? — podpowiedziała Catelyn.

Parsknął śmiechem.

— Musisz pozwolić monarsze na parę wad, pani.

Catelyn czuła się bardzo zmęczona. Wszystkie jej wysiłki spełzły na niczym. Bracia Baratheonowie utopią się nawzajem we krwi, podczas gdy jej syn samotnie stawia czoło Lannisterom i nie była w stanie w żaden sposób tego powstrzymać. *Najwyższy czas, bym wróciła do Riverrun, żeby zamknąć ojcu oczy* — pomyślała. *Tyle przynajmniej mogę zrobić. Z posłowaniem idzie mi kiepsko, ale w żałobie jestem dobra, niech bogowie mają mnie w opiece.*

Obóz rozbito w dogodnym miejscu, na niskim, skalistym grzbiecie biegnącym z północy na południe. Był znacznie lepiej zorganizowany niż chaotyczne obozowisko nad brzegami Manderu, lecz czterokrotnie od niego mniejszy. Gdy Renly dowiedział się, że jego brat oblega Koniec Burzy, podzielił swe siły, podobnie jak Robb pod Bliźniakami. Tłumy piechoty zostawił pod Gorzkim Mostem wraz z młodą królową, taborami, zwierzętami pociągowymi i ciężkimi machinami oblężniczymi, a na wschód poprowadził tylko rycerzy i wolnych.

Nawet pod tym względem bardzo przypominał swego brata Roberta… tyle że Robert zawsze miał u boku Eddarda Starka, który temperował jego śmiałość swą rozwagą. Ned z pewnością przekonałby Roberta, żeby zabrał całą armię i otoczył Stannisa, oblegając oblegających. Renly pozbawił się tej opcji, gnając jak szaleniec, by zetrzeć się z bratem. Zostawił z tyłu tabory z zaopatrzeniem. Zaprzężone w muły i woły wozy wlokły się wiele dni za nim. Musiał jak najszybciej stanąć do bitwy, bo inaczej jego żołnierzom zagrozi głód.

Catelyn rozkazała Halowi Mollenowi zająć się końmi, a następnie udała się z Renlym do królewskiego namiotu, który stał w samym środku obozu. Za ścianami z zielonego jedwabiu kapitanowie i lordowie chorążowie czekali na wieści o wyniku rokowań.

— Mój brat się nie zmienił — oznajmił im młody król. Brienne rozpięła mu płaszcz i zdjęła z czoła złotą koronę ozdobioną nefrytem. — Nie przejednają go zamki ani uprzejmości. Żąda krwi. No cóż, jestem skłonny spełnić jego życzenie.

— Wasza Miłość, nie widzę potrzeby stawać do bitwy — odezwał się lord Mathis Rowan. — Zamek ma silną załogę i pod dostatkiem zapasów, ser Cortnay Penrose to doświadczony dowódca, a nie zbudowano jeszcze trebusza, który potrafiłby zrobić wyłom w murach Końca Burzy. Niech lord Stannis oblega zamek do woli. Nic mu to nie da. Podczas gdy będzie tu siedział głodny i zmarznięty, nie mogąc nic zwojować, my zdobędziemy Królewską Przystań.

— Chcesz, żeby mówiono, że boję się Stannisa?

— Tylko głupcy mogliby tak twierdzić — sprzeciwił się lord Mathis.

Renly spojrzał na pozostałych.

— A co wy na to?

— Uważam, że Stannis jest dla ciebie zagrożeniem — oznajmił lord Randyll Tarly. — Jeśli nie stawisz mu czoła, będzie obrastał w potęgę, podczas gdy twe siły zostaną uszczuplone w bitwie. Lannisterów nie sposób pokonać w jeden dzień. Gdy z nimi skończysz, lord Stannis może stać się równie silny jak ty… albo silniejszy.

Inni poparli chórem tę opinię. Król miał zadowoloną minę.

— W takim razie będziemy walczyć.

Zawiodłam Robba, tak samo jak Neda — pomyślała Catelyn.

— Panie — odezwała się. — Jeśli zdecydowałeś się stanąć do bitwy, nie mam tu już nic do roboty. Proszę o pozwolenie na powrót do Riverrun.

— Nie zgadzam się. — Renly usiadł na składanym krześle.

Zesztywniała.

— Chciałam pomóc ci zawrzeć pokój, panie. Nie mam zamiaru pomagać ci w prowadzeniu wojny.

Renly wzruszył ramionami.

— Śmiem twierdzić, że poradzimy sobie bez wsparcia twych dwudziestu pięciu ludzi, pani. Nie chodzi mi o to, żebyś brała udział w bitwie. Masz ją jedynie obserwować.

— Byłam w Szepczącym Lesie, panie. Naoglądałam się aż za wiele krwi. Przybyłam tu jako poseł…

— I jako poseł odjedziesz — uspokoił ją Renly. — Ale mądrzejsza niż przyjechałaś. Na własne oczy zobaczysz, jaki los czeka buntowników, żeby twój syn mógł o tym usłyszeć z twych ust. Nie obawiaj się, zadbamy o twe bezpieczeństwo. — Odwrócił się, by wydać rozkazy. — Lordzie Mathisie, ty poprowadzisz środek moich głównych sił. Bryce, ty weźmiesz lewe skrzydło. Prawym będę dowodził osobiście. Lordzie Estermont, tobie przypadną odwody.

— Nie zawiodę cię, Wasza Miłość — zapewnił lord Estermont.

— A kto poprowadzi przednią straż? — zapytał lord Mathis Rowan.

— Wasza Miłość — odezwał się ser Jon Fossoway — błagam, byś mi przyznał ten zaszczyt.

— Błagaj sobie, ile chcesz — zaprotestował ser Guyard Zielony. — Przywilej zadania pierwszego ciosu powinien przypaść jednemu z siedmiu.

— Do szarży na ścianę tarcz potrzeba czegoś więcej niż ładny płaszcz — wtrącił Randyll Tarly. — Prowadziłem już straż przednią Mace'a Tyrella, gdy ty ssałeś jeszcze matczynego cyca, Guyardzie.

Namiot wypełnił rwetes. Inni mężczyźni również domagali się głośno tego zaszczytu. *Rycerze lata* — pomyślała Catelyn. Renly uniósł rękę.

— Dość tego, panowie. Gdybym miał dwanaście straży przednich, każdy z was otrzymałby jedną z nich, ale największa chwała powinna przypaść największemu z rycerzy. Pierwszy cios zada ser Loras.

— Z wielką radością, Wasza Miłość. — Rycerz Kwiatów ukląkł obok króla. — Udziel mi swego błogosławieństwa i wyznacz rycerza, który pojedzie u mego boku z twym sztandarem. Niech jeleń i róża razem staną do bitwy.

Renly rozejrzał się wokół.

— Brienne.

— Wasza Miłość? — Dziewczyna wciąż miała na sobie błękitną zbroję, chociaż zdjęła hełm. W zatłoczonym namiocie było gorąco i mokre od potu, zwisające w strąkach żółte włosy przylepiały się do jej szerokiej, nieładnej twarzy. — Moje miejsce jest u twego boku. Jestem twym zaprzysiężonym obrońcą...

— Jednym z siedmiu — przypomniał jej król. — Nie obawiaj się, w walce będzie obok mnie czterech twoich towarzyszy.

Padła na kolana.

— Jeśli muszę się rozstać z Waszą Miłością, pozwól przynajmniej, bym pomogła ci przed bitwą nałożyć zbroję.

Catelyn usłyszała za plecami czyjś chichot.

Biedactwo kocha się w nim — pomyślała ze smutkiem. *Zgodzi się grać rolę jego giermka, po to tylko, by móc go dotknąć, i nie dba o to, że jest dla wszystkich pośmiewiskiem.*

— Zgadzam się — rzekł Renly. — A teraz odejdźcie wszyscy. Nawet królowie muszą przed bitwą wypocząć.

— Panie — odezwała się Catelyn — w ostatniej wiosce, którą mijaliśmy, był mały sept. Jeśli nie pozwolisz mi wyjechać do Riverrun, daj mi chociaż tam się pomodlić.

— Jak sobie życzysz. Ser Robarze, zapewnij lady Stark bezpieczną eskortę do tego septu… ale dopilnuj, żeby wróciła przed świtem.

— Ty też powinieneś się pomodlić — dodała Catelyn.

— O zwycięstwo?

— O mądrość.

Renly roześmiał się głośno.

— Lorasie, zostań tu i pomóż mi się modlić. Nie zdarzyło mi się to już tak dawno, że zapomniałem, jak to się robi. Co do reszty z was, chcę, żeby z pierwszym brzaskiem każdy stawił się na miejscu z bronią, koniem i zbroją. Damy Stannisowi jutrzenkę, której tak łatwo nie zapomni.

Gdy Catelyn wychodziła z namiotu, zapadał już zmierzch. Towarzyszył jej ser Robar Royce. Znała go, choć niezbyt blisko. Był jednym z synów Spiżowego Yohna, mężczyzną przystojnym mimo grubo ciosanych rysów, wojownikiem, który okrył się sławą w turniejach. Renly dał mu tęczowy płaszcz i krwawoczerwoną zbroję oraz mianował go jednym ze swych siedmiu.

— Jesteś daleko od Doliny, ser — zauważyła.

— A ty daleko od Winterfell, pani.

— Ja wiem, po co tu przyjechałam, ale co sprowadziło tu ciebie? To nie twoja bitwa, tak samo jak i nie moja.

— Jest moja, odkąd Renly został moim królem.

— Royce'owie są chorążymi rodu Arrynów.

— Mój pan ojciec i jego dziedzic są winni wierność lady Lysie. Drugi syn musi szukać chwały gdzie indziej. — Ser Robar wzruszył ramionami. — Turnieje mogą w końcu spowszednieć.

Ma najwyżej dwadzieścia jeden lat — pomyślała. *Tyle samo, co jego król…* ale jej król, jej Robb, miał w wieku piętnastu lat więcej rozumu od tego młodzieńca. O to przynajmniej się modliła.

W przydzielonym im małym kąciku obozu Shadd kroił marchewki i wrzucał je do kociołka, Hal Mollen grał w kości z trzema ludźmi, których przyprowadził ze sobą z Winterfell, a Lucas Blackwood ostrzył sztylet.

— Lady Stark — odezwał się ten ostatni na jej widok. — Mollen mówi, że o świcie dojdzie do bitwy.

— Ma rację — przyznała. *I za długi język.*

— Walczymy czy uciekamy?

— Modlimy się, Lucas — odpowiedziała. — Modlimy się.

Sansa

— Im dłużej każesz mu czekać, tym gorzej dla ciebie — ostrzegł ją Sandor Clegane.

Sansa próbowała się śpieszyć, lecz jej palce nie mogły sobie poradzić z guzikami i węzłami. Ogar zawsze miał niewyparzoną gębę, lecz dzisiaj coś w jego spojrzeniu napełniło ją lękiem. Czyżby Joffrey dowiedział się o jej spotkaniach z ser Dontosem? *Tylko nie to* — myślała, rozczesując włosy. Ser Dontos był jej jedyną nadzieją. *Muszę ładnie wyglądać. Joffrey to lubi. Zawsze podobałam mu się w tej sukni, w tym kolorze.*

Wygładziła tkaninę, która ciasno opinała jej pierś.

Wyszła z komnaty i ruszyła po lewej stronie Ogara, żeby nie patrzeć na poparzoną połowę jego twarzy.

— Powiedz mi, co zrobiłam.

— Nie ty. Twój królewski brat.

— Robb jest zdrajcą — powtórzyła wyuczone na pamięć słowa. — Cokolwiek uczynił, nie miałam z tym nic wspólnego.

Bogowie, bądźcie łaskawi. Tylko niech to nie będzie Królobójca.

Jeśli Robb skrzywdził Jaime'a Lannistera, będzie ją to kosztowało życie. Pomyślała o ser Ilynie, jego straszliwych jasnych oczach, które jarzyły się bezlitosnym blaskiem w wychudłej, pokrytej dziobami twarzy.

Ogar prychnął pogardliwie.

— Dobrze cię wytresowali, ptaszyno.

Sprowadził ją na dolny dziedziniec, gdzie wokół toru łuczniczego zebrał się spory tłum. Ludzie rozstępowali się na boki, by ich przepuścić. Słyszała kaszel lorda Gylesa. Wałęsający się w pobliżu stajenni gapili się na nią bezczelnie, lecz ser Horas Redwyne odwrócił wzrok, gdy przechodziła, a jego brat Hobber udawał, że jej nie widzi. Na ziemi konał żółty kot, który miauczał przeraźliwie. Spomiędzy żeber sterczał mu bełt. Sansa ominęła go, dręczona nagłymi mdłościami.

Zbliżył się do nich ser Dontos, który dosiadał zastępującego mu konia kija od miotły. Ponieważ podczas turnieju był zbyt pijany, by wspiąć się na swego rumaka, król zarządził, że od tej pory wszędzie musi jeździć konno.

— Bądź dzielna — wyszeptał, ściskając ją za ramię.

Pośrodku ciżby stał Joffrey, który kręcił korbą zdobnej kuszy. Towarzyszyli mu ser Boros i ser Meryn. Ich widok wystarczył, by poczuła w brzuchu ucisk strachu.

— Wasza Miłość.

Padła na kolana.

— Klękanie w niczym ci nie pomoże — rzucił król. — Wstawaj. Jesteś tu po to, by odpowiedzieć za ostatnie zdrady swego brata.

— Wasza Miłość, cokolwiek uczynił mój zdradziecki brat, ja nie mam z tym nic wspólnego. Wiesz o tym, błagam cię, proszę…

— Podnieś ją!

Ogar podźwignął ją z klęczek, bez zbytniej brutalności.

— Ser Lancelu — rozkazał Joff. — Opowiedz jej o tej zbrodni.

Sansa zawsze uważała, że Lancel Lannister jest przystojny i uprzejmy, lecz w spojrzeniu, którym ją teraz obrzucił, nie było współczucia ani dobroci.

— Posiłkując się jakimiś ohydnymi czarami, twój brat rzucił na ser Stafforda Lannistera armię demonicznych wargów. Stało się to niespełna trzy dni drogi od Lannisportu. Tysiące dzielnych ludzi pomordowano podczas snu. Nie mieli nawet szansy wydobyć mieczy. Po rzezi ludzie z północy raczyli się mięsem poległych.

Sansa poczuła w gardle zimny uścisk grozy.

— Nie masz nic do powiedzenia? — zapytał Joffrey.

— Wasza Miłość, szok odebrał biednemu dziecku mowę — wyszeptał ser Dontos.

— Cisza, błaźnie. — Joffrey uniósł kuszę i wycelował w jej twarz. — Wy, Starkowie, jesteście tak samo nienaturalni, jak wasze wilki. Nie zapomniałem, jak twój potwór omal mnie nie pożarł.

— To był wilk Aryi — zaprzeczyła. — Dama nie zrobiła ci nic złego, ale i tak ją zabiłeś.

— Nie, to twój ojciec to zrobił — zaprzeczył Joff. — Ale ja z kolei kazałem stracić jego. Szkoda, że nie uczyniłem tego własnoręcznie. Ostatniej nocy zabiłem człowieka, który był roślejszy od twojego ojca. Przyszli pod bramę i wykrzykiwali moje imię, domagając się chleba, jakbym był jakimś piekarzem. Dałem im nauczkę. Tego, który wrzeszczał najgłośniej, trafiłem prosto w gardło.

— I umarł?

W twarz Sansy mierzył brzydki, żelazny grot bełtu i nie przychodziły jej do głowy żadne inne słowa.

— Oczywiście, że umarł. Miał w gardle moją strzałę. Trafiłem też kobietę, która rzucała kamieniami, ale tylko w ramię. — Zmarszczył brwi i opuścił kuszę. — Ciebie też bym zastrzelił, ale matka mówi, że jeśli to zrobię, zabiją wujka Jaime'a. Dlatego tylko cię ukarzę i zawiadomię twojego brata, co się z tobą stanie, jeśli się nie podda. Psie, uderz ją.

— Ja ją uderzę!

Ser Dontos przepchnął się bliżej, pobrzękując blaszaną zbroją. Był uzbrojony w „morgensztern", którego kulę stanowił melon.

Mój Florian. Miała ochotę go pocałować, nie zważając na jego krostowatą skórę i popękane żyłki. Truchtał wokół niej na kiju od miotły i walił ją w głowę melonem, krzycząc: — Zdrada, zdrada.

Sansa osłoniła się dłońmi, chwiejąc się na nogach po każdym uderzeniu. Już po drugim ciosie włosy miała lepkie od soku. Ludzie parsknęli śmiechem. Melon rozleciał się na kawałki. *Śmiej się, Joffrey* — modliła się, gdy sok spływał jej po twarzy i niebieskiej jedwabnej sukni. *Śmiej się i daj mi już spokój.*

Król nawet nie zachichotał.

— Boros, Meryn.

Ser Meryn Trant złapał Dontosa za ramię i odepchnął go brutalnie na bok. Rumiany trefniś runął na ziemię razem z miotłą i resztkami melona. Ser Boros pochwycił Sansę.

— Twarz zostawcie — rozkazał Joffrey. — Chcę, żeby była ładna.

Boros zdzielił ją pięścią w brzuch tak mocno, że aż odebrało jej dech w piersiach. Gdy zgięła się wpół, rycerz złapał ją za włosy i wyciągnął miecz. Przez krótką, straszną chwilę była pewna, że chce poderżnąć jej gardło. Kiedy uderzył ją płazem po udach, wydawało się jej, że cios złamał jej nogi. Krzyknęła. W oczach wezbrały jej łzy. *To nie potrwa długo.* Wkrótce straciła rachubę uderzeń.

— Starczy — wychrypiał Ogar.

— Nie — sprzeciwił się król. — Borosie, rozbierz ją.

Rycerz wsadził mięsiste łapsko za gorsecik Sansy i szarpnął mocno. Jedwab rozdarł się, obnażając ją aż do talii. Zakryła piersi dłońmi, słysząc odległe, okrutne chichoty.

— Stłuczcie ją do krwi — rozkazał Joffrey. — Zobaczymy, jak jej bratu spodoba się…

— Co to ma znaczyć?

Sansa odzyskała nagle swobodę. Padła na kolana z rękami skrzyżowanymi na piersiach. Dyszała ciężko.

— Czy tak pojmujesz rycerskość, ser Borosie? — zapytał gniewnie Tyrion Lannister. Towarzyszył mu jego ulubiony najemnik i jeden z dzikich, ten z wypalonym okiem. — Jakiż to rycerz bije bezbronne dziewczęta?

— Taki, który służy swemu królowi, Krasnalu.

Ser Boros uniósł miecz. Ser Meryn stanął obok niego, wyciągając ze zgrzytem oręż z pochwy.

— Tylko ostrożnie — ostrzegł ich najemnik karła. — Chyba nie chcecie poplamić sobie krwią tych pięknych białych płaszczyków?

— Niech ktoś da jej jakieś okrycie — rozkazał Krasnal. Sandor Clegane zdjął płaszcz i rzucił go jej. Sansa przycisnęła go sobie do piersi, zaciskając mocno dłonie na białej wełnie. Szorstka tkanina drażniła jej skórę, lecz jej dotyk sprawił dziewczynie więcej radości niż jakikolwiek aksamit.

— Ona ma zostać twoją królową — powiedział Joffreyowi Krasnal. — Czy nic cię nie obchodzi jej honor?

— Muszę ją ukarać.

— Za jaką zbrodnię? Nie walczyła w bitwie swego brata.

— Ma w żyłach krew wilka.

— A ty masz w głowie rozum gęsi.

— Nie wolno ci tak do mnie mówić. Król może robić, co tylko chce.

— Aerys Targaryen robił, co tylko chciał. Czy matka ci kiedyś opowiadała, co się z nim stało?

Ser Boros Blount odchrząknął głośno.

— Nikt nie będzie groził Jego Miłości w obecności Gwardii Królewskiej.

Tyrion Lannister uniósł brwi.

— Nie grożę królowi, ser. Wychowuję siostrzeńca. Bronn, Timett, jeśli ser Boros powie jeszcze choć słowo, zabijcie go. — Karzeł uśmiechnął się. — To była groźba, ser. Dostrzegasz różnicę?

Twarz ser Borosa nabrała ciemnoczerwonego odcienia.

— Królowa o tym usłyszy!

— Nie wątpię w to. Po co czekać? Joffreyu, czy poślemy po twoją matkę?

Król zaczerwienił się.

— Nie masz nic do powiedzenia, Wasza Miłość? — ciągnął jego wuj. — Świetnie. Naucz się częściej używać uszu, a rzadziej ust, bo inaczej twoje panowanie będzie tak krótkie, jak ja jestem niski. Ślepą brutalnością nie zdobędziesz miłości ludu… ani królowej.

— Matka mówi, że strach jest lepszy od miłości. — Joffrey wskazał na Sansę. — Ona się mnie boi.

Krasnal westchnął.

— Tak. Widzę to. Szkoda, że Stannis i Renly nie są dwunastoletnimi dziewczynkami. Bronn, Timett, zabierzcie ją stąd.

Sansa ruszała się jak we śnie. Sądziła, że ludzie Krasnala zaprowadzą ją z powrotem do jej sypialni w Warowni Maegora, powiedli ją jednak do Wieży Namiestnika. Nie postawiła w niej nogi od dnia, gdy jej ojciec wypadł z łask. Kiedy znowu wstąpiła na te schody, poczuła się słabo.

Zajęło się nią kilka służących, które szeptały pozbawione znaczenia, uspokajające słowa, chcąc powstrzymać jej dygotanie. Jedna ściągnęła z niej resztki sukni i bieliznę, a druga wykąpała ją oraz zmyła z jej twarzy i włosów lepki sok. Kiedy szorowały ją mydłem i polewały jej głowę ciepłą wodą, miała przed oczyma tylko twarze z dziedzińca.

Rycerze przysięgają bronić słabych, opiekować się kobietami i walczyć o słuszne sprawy, a żaden z nich nawet nie kiwnął palcem. Tylko ser Dontos próbował jej pomóc, ale on nie był już rycerzem, tak samo jak Krasnal i Ogar… Ogar nienawidził rycerzy… *Ja też ich nienawidzę* — pomyślała. *Żaden z nich nie jest prawdziwym rycerzem.*

Kiedy była już czysta, przyszedł ją obejrzeć tłusty, rudy maester Frenken. Kazał jej położyć się na brzuchu na materacu i posmarował balsamem czerwone pręgi, które miała na udach. Potem przygotował jej napój z sennego wina z domieszką miodu, żeby łatwiej było go przełknąć.

— Pośpij chwilę, dziecko. Po przebudzeniu będzie ci się wydawało, że to był tylko zły sen.

Nieprawda, ty durniu — pomyślała Sansa, lecz i tak wypiła napój, a potem zasnęła.

Kiedy się obudziła, było ciemno. Nie do końca wiedziała, gdzie się znajduje. Pokój wydawał się jej obcy, a zarazem dziwnie znajomy. Kiedy wstała, jej nogi przeszyło ukłucie bólu, które przywołało wspomnienia. Oczy zaszły jej łzami. Ktoś zostawił przy łożu szatę.

Sansa wsunęła się w nią i otworzyła drzwi. Za nimi stała kobieta o ostrych rysach twarzy i brązowej, ogorzałej skórze. Na chudej szyi miała trzy naszyjniki: jeden ze złota, jeden ze srebra i jeden z ludzkich uszu.

— Dokąd się wybiera? — zapytała, wspierając się na długiej włóczni.

— Do bożego gaju.

Musi znaleźć ser Dontosa i ubłagać go, żeby zabrał ją do domu, zanim będzie za późno.

— Półmężczyzna powiedział, że nie możesz nigdzie wychodzić — oznajmiła kobieta. — Pomódl się tutaj, bogowie cię usłyszą.

Sansa spuściła potulnie wzrok i wycofała się do środka. Zorientowała się nagle, skąd zna to pomieszczenie. *Umieścili mnie w dawnej sypialni Aryi, z czasów, gdy ojciec był królewskim namiestnikiem. Zabrano stąd jej rzeczy i przestawiono meble, ale to ten sam pokój*... Po jakimś czasie przyniesiono półmisek z serem, chlebem i oliwkami oraz dzban zimnej wody.

— Zabierz to — rozkazała, lecz służąca postawiła posiłek na stole. Sansa zdała sobie sprawę, że rzeczywiście jest spragniona. Choć przy każdym kroku jej uda przeszywały dziesiątki noży, nakazała sobie podejść do stołu. Gdy już wypiła dwa kubki wody i zaczęła skubać oliwkę, ktoś zapukał do drzwi.

Zwróciła się niespokojnie w tamtą stronę, wygładzając fałdy szaty.

— Proszę?

Drzwi otworzyły się i do środka wszedł Tyrion Lannister.

— Pani, mam nadzieję, że nie przeszkadzam?

— Czy jestem twoim więźniem?

— Gościem. — Miał na szyi symbolizujący jego godność łańcuch ze złączonych ze sobą złotych dłoni. — Pomyślałem, że moglibyśmy porozmawiać.

— Jak rozkażesz, panie.

Sansie trudno było nie gapić się na karła. Jego twarz była tak brzydka, że budziła w niej dziwaczną fascynację.

— Czy posiłek i strój są zadowalające? — zapytał. — Jeśli czegoś potrzebujesz, musisz tylko o to poprosić.

— Jesteś nadzwyczaj uprzejmy. A dziś rano... zachowałeś się bardzo szlachetnie, pomagając mi.

— Masz prawo wiedzieć, dlaczego Joffrey był taki wściekły.

Przed sześcioma nocami twój brat uderzył na mojego wujka Stafforda, który obozował ze swą armią w pobliżu wioski zwanej Oxcross, niespełna trzy dni jazdy od Casterly Rock. Ludzie z północy odnieśli druzgocące zwycięstwo. Wieści dotarły do nas dopiero dziś rano.

Robb zabije was wszystkich — pomyślała uradowana.

— To... straszne, panie. Mój brat to ohydny zdrajca.

Karzeł uśmiechnął się blado.

— No, udowodnił mi, że nie jest bezbronnym jelonkiem.

— Ser Lancel powiedział, że Robb dowodził armią wargów...

Krasnal prychnął pogardliwym śmiechem.

— Ser Lancel to bukłakowy wojownik, który nie potrafi odróżnić warga od wargi. Twój brat miał ze sobą swojego wilkora i podejrzewam, że na tym koniec. Jego ludzie zakradli się do obozu mojego wujka i poprzecinali liny do przywiązywania koni, a lord Stark wpuścił między nie wilka. Nawet szkolone do boju rumaki wpadły w szał. Stratowały na śmierć śpiących w namiotach rycerzy, a hołota obudziła się przerażona i uciekła, porzucając broń, żeby szybciej biec. Ser Stafforda zabito, gdy ścigał własnego konia. Lord Rickard Karstark wbił mu w pierś kopię. Zginęli też ser Rubert Brax, ser Lymond Vikary, lord Crakehall i lord Jast. Pół setki innych wzięto do niewoli, w tym również synów Jasta i mojego kuzyna Martyna Lannistera. Ci, którzy ocaleli, wygadują bzdury, przysięgając, że u boku twego brata maszerują starzy bogowie północy.

— To znaczy... że nie było w tym czarów?

Lannister żachnął się.

— Czary to sos, którym głupcy polewają klęskę, chcąc ukryć smak własnej nieudolności. Wygląda na to, że mojemu głupkowatemu wujkowi nie chciało się nawet wystawić straży. Jego armia była zupełnie surowa. Czeladnicy, górnicy, parobkowie, rybacy, hołota z Lannisportu. Tajemnicą jest tylko, w jaki sposób twój brat do niego dotarł. Twierdza w Złotym Zębie pozostaje w naszych rękach i jej załoga przysięga, że tamtędy nie przechodził. — Karzeł wzruszył z irytacją ramionami. — Ale Robb Stark to przekleństwo mego ojca. Moim jest Joffrey. Powiedz mi, co czujesz do mego królewskiego siostrzeńca?

— Kocham go z całego serca — odpowiedziała natychmiast Sansa.

— Naprawdę? — zapytał bez przekonania. — Nawet teraz?

— Uczucia, jakimi darzę Jego Miłość, są gorętsze niż kiedykolwiek.

Krasnal roześmiał się w głos.

— No cóż, ktoś nauczył cię dobrze kłamać. Pewnego dnia możesz być mu za to wdzięczna, dziecko. No bo jesteś jeszcze dzieckiem, prawda? A może już zakwitłaś?

Sansa zaczerwieniła się. Pytanie było nieuprzejme, ale po wstydzie, jakim było rozebranie na oczach połowy zamku, był to zupełny drobiazg.

— Nie, panie.

— I całe szczęście. Jeśli cię to pocieszy, nie zamierzam dopuścić do tego, byś wyszła za Joffreya. Obawiam się, że po tym wszystkim, co się wydarzyło, żaden ślub nie pogodzi ze sobą Starków i Lannisterów. Wielka szkoda. To małżeństwo było jednym z lepszych pomysłów króla Roberta, ale niestety Joffrey wszystko zepsuł.

Wiedziała, że powinna coś powiedzieć, lecz słowa uwięzły jej w gardle.

— Coś nagle umilkłaś — zauważył Tyrion Lannister. — Czy tego właśnie chcesz? Zerwania zaręczyn?

— Chcę… — Nie wiedziała co powiedzieć. Czy to podstęp? Czy ukarze mnie, jeśli powiem prawdę? Wbiła wzrok w straszliwe, wypukłe czoło karła, jego oczy, jedno czarne i okrutne, a drugie zielone i sprytne, krzywe zęby i twardą brodę. — …chcę tylko być wierna.

— Być wierna — powtórzył karzeł — i znaleźć się jak najdalej od wszystkich Lannisterów. Nie mogę cię o to winić. Kiedy byłem w twoim wieku, pragnąłem tego samego. — Uśmiechnął się. — Słyszałem, że codziennie odwiedzasz boży gaj. O co się modlisz, Sanso?

O zwycięstwo Robba i śmierć Joffreya… i o dom. O Winterfell.

— O koniec walk.

— Tego doczekamy się już niedługo. Dojdzie do następnej bitwy, między twoim bratem Robbem a moim panem ojcem, i ona wszystko rozstrzygnie.

Robb go pokona — pomyślała Sansa. *Pobił twojego wuja i twojego brata Jaime'a. Z twoim ojcem też sobie poradzi.*

Karzeł natychmiast dostrzegł nadzieje Sansy, zupełnie jakby jej twarz była otwartą księgą.

— Nie bierz sobie zbytnio do serca Oxcross, pani — rzekł jej bez złości. — Bitwa to nie wojna, a mój pan ojciec to z całą pewnością nie mój wujek Stafford. Kiedy następnym razem odwiedzisz boży gaj, módl się o to, by twój brat okazał mądrość i ugiął kolano. Gdy tylko na północ wróci królewski pokój, zamierzam odesłać cię do domu. Możesz dziś spać tutaj — dodał, zeskakując z ławeczki w oknie wykuszowym. — Dam ci dla ochrony moich ludzi, może Kamienne Wrony...

— Nie — palnęła przerażona Sansa. Jeśli zamkną ją w Wieży Namiestnika, pod strażą ludzi karła, ser Dontos nigdy nie zdoła jej wykraść.

— Wolisz Czarne Uszy? Dam ci Chellę, jeśli przy kobiecie będziesz się czuła bezpieczniej.

— Proszę, nie, panie. Boję się dzikich.

Uśmiechnął się.

— Ja też. Ale ważniejsze jest, że boi się ich Joffrey i ta banda chytrych żmij i lizusowskich psów, którą zwie Gwardią Królewską. Jeśli będzie cię strzegła Chella albo Timett, nikt się nie odważy cię skrzywdzić.

— Wolałabym wrócić do własnego łoża. — Nagle przyszło jej do głowy kłamstwo, które wydawało się tak odpowiednie, że wygłosiła je bez chwili zwłoki. — W tej wieży zabito ludzi mojego ojca. Ich duchy ześlą na mnie okropne sny, a gdzie tylko spojrzę, będę widziała ich krew.

Tyrion Lannister przyjrzał się jej twarzy.

— Koszmary nie są mi obce, Sanso. Być może jesteś mądrzejsza niż mi się zdawało. Pozwól przynajmniej, bym odprowadził cię bezpiecznie do twych komnat.

Catelyn

Nim dotarli do wioski, zapadła głęboka ciemność. Catelyn zastanawiała się, czy osada ma jakąś nazwę. Jeśli tak, mieszkańcy zabrali ją ze sobą, gdy uciekali razem z całym dobytkiem. Wynieśli nawet świece z septu. Ser Wendel zapalił pochodnię i wprowadził kobietę do środka przez niskie drzwi.

Wewnątrz ujrzała siedem krzywych, spękanych ścian. *Bóg jest jeden* — uczył ją septon Osmynd, gdy była dziewczynką — *ale ma siedem aspektów, tak jak sept jest jednym budynkiem o siedmiu ścianach.* Bogate septy w miastach miały posągi i ołtarze wszystkich Siedmiu. W Winterfell septon Chayle zawiesił na każdej ze ścian rzeźbione maski. Tutaj znalazła jedynie proste rysunki, nakreślone węglem drzewnym. Ser Wendel umieścił pochodnię w uchwycie obok drzwi, po czym wyszedł, by wraz z Robarem Royce'em zaczekać przed drzwiami.

Catelyn przyjrzała się twarzom. Ojciec jak zwykle miał brodę. Matka uśmiechała się, kochająca i opiekuńcza. Wojownikowi poniżej twarzy wyrysowano miecz, a Kowalowi młot. Dziewica była piękna, a Starucha mądra i zasuszona.

A siódma twarz... Nieznajomy nie był ani mężczyzną, ani kobietą, lecz jednym i drugim zarazem, wiecznym wygnańcem, przybyszem z dalekich stron, czymś mniej i czymś więcej niż człowiek, czymś nieznanym i niepoznawalnym. Tutaj jego twarz była czarnym owalem, cieniem z gwiazdami zamiast oczu. Catelyn zaniepokoił ten widok. U niego nie znajdzie pocieszenia.

Uklękła przed Matką.

— Pani, spójrz na nadchodzącą bitwę matczynymi oczyma. Wszyscy oni są synami. Oszczędź ich, jeśli możesz, i oszczędź też moich synów. Czuwaj nad Robbem, Branem i Rickonem. Gdybym tylko mogła być z nimi.

Przez lewe oko Matki przebiegała szczelina i wydawało się, że bogini płacze. Catelyn słyszała grzmiący głos ser Wendela, a od czasu do czasu ciche odpowiedzi ser Robara. Mówili o jutrzejszej bitwie. Poza tym noc była cicha. Nie było słychać nawet świerszczy, a bogowie również milczeli. *Czy twoi starzy bogowie kiedykolwiek ci odpowiedzieli, Ned?* — zadała sobie pytanie. *Czy cię słyszeli, gdy klęczałeś przed drzewem sercem?*

Na ścianach tańczył migotliwy blask pochodni, który zniekształcał twarze, nadając im wygląd na wpół żywych. Posągi w wielkich miejskich septach miały oblicza, które uformowali kamieniarze, lecz te rysunki były tak prymitywne, że mogły wyobrażać kogokolwiek. Ojciec przywodził Catelyn na myśl jej ojca, który leżał na łożu śmierci w Riverrun. Wojownik był Renlym i Stannisem, Robbem i Robertem, Jaime'em Lannisterem i Jonem Snow. Przez chwilę dostrzegła nawet w tych liniach Aryę. Potem przez drzwi wpadł podmuch, pochodnia rozpaliła się jaśniej i jej pomarańczowy blask wymazał wszelkie podobieństwo.

Oczy szczypały ją od dymu. Potarła je kłębami pokaleczonych dłoni. Gdy ponownie spojrzała na Matkę, ujrzała w niej własną rodzicielkę. Lady Minisa Tully umarła przy porodzie, próbując dać lordowi Hosterowi drugiego syna. Dziecko skonało razem z nią i od tego czasu z ojca uszła część życia.

Zawsze była bardzo spokojna — myślała Catelyn, wspominając delikatne dłonie matki i jej ciepły uśmiech. Gdyby nie umarła, nasze życie mogłoby się potoczyć zupełnie inaczej. Zastanowiła się, co lady Minisa sądziłaby o swej najstarszej córce, która klęczała tu przed nią. *Pokonałam tyle tysięcy mil i co z tego przyszło? Komu pomogłam? Straciłam córki, Robb mnie nie potrzebuje, a Bran i Rickon z pewnością myślą, że jestem zimną, nieczułą matką. Nie byłam nawet z Nedem, kiedy zginął...*

Zakręciło się jej w głowie. Miała wrażenie, że sept wiruje wokół niej. Cienie poruszały się niczym zwierzęta przemykające ukradkiem po spękanych ścianach. Catelyn nic dziś nie jadła. Być może zachowała się nierozsądnie. Mówiła sobie, że nie ma czasu, ale prawda wyglądała tak, że gdy na świecie zabrakło Neda, potrawy straciły dla niej wszelki smak. *Kiedy go ścięli, zabili również i mnie.*

Pochodnia zaskwierczała za jej plecami i nagle Catelyn wydało się, że rozpoznaje na ścianie twarz siostry. Jej spojrzenie było jednak twardsze niż zwykle, nie spojrzenie Lysy, lecz Cersei. *Cersei również jest matką. Bez względu na to, kto spłodził te dzieci, czuła w brzuchu ich kopnięcia, wydała je na świat w bólu i krwi, a potem karmiła piersią. Jeśli ich ojcem naprawdę jest Jaime...*

— Czy Cersei też się modli do ciebie, pani? — zapytała Matki Catelyn. Ujrzała na ścianie zimną, dumną i piękną twarz lannisterskiej królowej. Rysa nie zniknęła. Nawet Cersei potrafiła płakać nad swymi dziećmi.

— Każdy z bogów ucieleśnia wszystkich Siedmiu — powiedział jej kiedyś septon Osmynd. Starucha miała w sobie tyle samo piękna, co Dziewica, a Matka potrafiła być gwałtowniejsza od Wojownika, jeśli jej dzieci znalazły się w niebezpieczeństwie. To prawda...

Poznała Roberta Baratheona w Winterfell i wiedziała, że król nie darzył Joffreya ciepłym uczuciem. Jeśli chłopak rzeczywiście był synem Jaime'a, Robert skazałby go na śmierć wraz z jego matką i niewielu byłoby takich, którzy by go za to potępili. Bękarty rodziły się często, ale kazirodztwo było monstrualnym grzechem tak w oczach starych, jak i nowych bogów, a zrodzone z takich związków dzieci zarówno w sepcie, jak i w bożym gaju zwano plugastwem. Smoczy królowie żenili się ze swymi siostrami, lecz w ich żyłach płynęła krew dawnej Valyrii, gdzie podobne praktyki były powszechne, a Targaryenowie, podobnie jak ich smoki, nie uznawali praw boskich ani ludzkich.

Ned z pewnością o wszystkim wiedział, a wcześniej Jon Arryn. Nic dziwnego, że królowa kazała zabić ich obu. *Czy dla swych dzieci nie uczyniłabym tego samego?* Catelyn zacisnęła dłonie, czując twardość pokrytych bliznami palców, które stal skrytobójcy przecięła aż do kości, gdy broniła życia syna. *Bogowie bądźcie łaskawi, na pewno coś zobaczył albo usłyszał. Dlatego próbowali go zgładzić w jego własnym łożu.*

Znużona i zagubiona, Catelyn Stark otworzyła się na swych bogów. Uklękła przed Kowalem, który naprawiał to, co złamane, i poprosiła go o opiekę nad słodkim Branem. Podeszła do Dziewicy i błagała ją, by obdarzyła swą odwagą Aryę oraz Sansę i strzegła jej córek w ich niewinności. Do Ojca modliła się o sprawiedliwość, siłę potrzebną, by o nią walczyć, oraz mądrość, która pozwoli ją rozpoznać, a Wojownika poprosiła o to, by uczynił Robba potężnym i osłaniał go podczas bitew. Na koniec zwróciła się do Staruchy, której posągi często przedstawiały ją z lampą w dłoni.

— Prowadź mnie, mądra pani — modliła się. — Ukaż mi ścieżkę, jaką muszę stąpać, i nie pozwól, bym potknęła się w ciemności, która leży przede mną.

Wreszcie za jej plecami rozległy się kroki i stukot otwieranych drzwi.

— Pani — odezwał się łagodnym tonem ser Robar. — Wybacz, ale nie mamy już czasu. Musimy wrócić przed świtaniem.

Podniosła się zesztywniała. Kolana ją bolały. Oddałaby w tej chwili bardzo wiele za puchowe łoże i miękką poduszkę.

— Dziękuję, ser. Jestem gotowa.

Jechali bez słowa przez rzadki lasek, w którym wszystkie drzewa przekrzywiały się jak pijane w jedną stronę, odchylając się od morza. Nerwowe rżenie koni i brzęk stali zaprowadziły ich do obozu Renly'ego. Długie szyki ludzi i wierzchowców spowijała ciemność tak nieprzenikniona, jakby Kowal wykuł tę noc ze stali. Chorągwie powiewały po prawej i po lewej stronie, a przed sobą Catelyn widziała całe ich szeregi. W poprzedzającym świt mroku nie sposób jednak było dostrzec barw ani herbów.

Szara armia — pomyślała. *Szarzy ludzie na szarych koniach pod szarymi sztandarami.* Widmowi rycerze Renly'ego siedzieli cierpliwie na rumakach, unosząc w górę kopie. Miała wrażenie, że jedzie przez las nagich, wysokich drzew, odartych z liści i życia. Tam, gdzie wznosił się Koniec Burzy, widać było jedynie głębszą ciemność, ścianę czerni, przez którą nie mogło się przebić światło gwiazd, dostrzegała jednak pochodnie, które poruszały się w obozowisku lorda Stannisa.

W namiocie Renly'ego zapalono świece i wydawało się, że jego jedwabne ściany świecą migotliwym blaskiem. Wielki namiot zamienił się w magiczny zamek, jarzący się szmaragdową łuną. Przed wejściem do królewskiej kwatery straż pełniło dwóch rycerzy Tęczowej Gwardii. Śliwkowa opończa ser Parmena lśniła dziwnie w zielonej poświacie, która nadawała też niezdrowy odcień słonecznikom pokrywającym każdy cal pociągniętego żółtą emalią napierśnika ser Emmona. U ich hełmów powiewały długie jedwabne kity, a na plecach mieli tęczowe płaszcze.

W środku Catelyn zastała Brienne, która zakładała królowi zbroję przed bitwą, oraz lorda Tarly'ego i Rowana, omawiających taktykę i rozmieszczenie wojsk. Panowało tu przyjemne ciepło, gdyż w tuzinie małych piecyków żarzyły się jasno węgielki.

— Muszę z tobą pomówić, Wasza Miłość — rzekła. Choć raz zwróciła się do niego jak do króla. Zrobiłaby wszystko, żeby tylko jej wysłuchał.

— Za chwilę, lady Catelyn — odparł Renly. Brienne właśnie dopasowywała naplecznik do napierśnika, nakładając go na pikowaną bluzę. Królewska zbroja miała ciemnozieloną barwę liści letniego lasu, tak ciemną, że zdawała się wypijać blask świec. Gdy Renly się ruszał, w spoinach i elementach inkrustacji migotały złote błyski przypominające ogniska rozpalone w głębi boru. — Mów proszę, lordzie Mathisie.

— Wasza Miłość — kontynuował Mathis Rowan, spoglądając z ukosa na Catelyn. — Jak już wspominałem, nasze szyki są gotowe. Po co czekać na świt? Każ dać sygnał do natarcia.

— Chcesz, żeby mówiono, że zwyciężyłem dzięki zdradzie? Dzięki atakowi niegodnemu rycerza? Ustaliliśmy, że zaczniemy o świcie.

— To Stannis podał ten termin — zauważył Randyll Tarly. — Chciał, żebyśmy szarżowali pod wschodzące słońce. Będziemy na wpół oślepieni.

— Tylko do pierwszego starcia — rzucił pewnym głosem Renly. — Ser Loras złamie ich szyki, a potem zapanuje chaos. — Brienne zacisnęła zielone, skórzane paski i zapięła złote sprzączki. — Kiedy mój brat już padnie, dopilnujcie, by nie zbezczeszczono jego zwłok. W naszych żyłach płynie ta sama krew i nie życzę sobie, by jego głowę obnoszono na pice.

— A jeśli się podda? — zapytał lord Tarly.

— Podda? — Lord Rowan parsknął śmiechem. — Gdy Mace Tyrell oblegał Koniec Burzy, Stannis wolał jeść szczury niż otworzyć bramy.

— Dobrze to pamiętam. — Renly uniósł brodę, by Brienne mogła umocować naszyjnik zbroi. — Niedługo przed końcem ser Gawen Wylde i trzej jego rycerze chcieli się wykraść przez tylną bramę, żeby zdać się na łaskę wrogów. Stannis złapał ich i kazał wystrzelić za mury z katapult. Do dziś pamiętam minę, jaką miał Gawen, kiedy go przywiązywali. Był dowódcą zbrojnych.

Lord Rowan był wyraźnie zdziwiony.

— Nikogo nie zrzucono z murów. Z pewnością zapamiętałbym coś takiego.

— Maester Cressen przekonał Stannisa, że możemy jeszcze być zmuszeni do zjadania trupów i lepiej nie wyrzucać dobrego mięsa. — Renly odgarnął włosy i Brienne przewiązała je aksamitną wstążką, a potem włożyła mu na głowę czepiec z wyściółką, który amortyzował ciężar hełmu. — Dzięki cebulowemu rycerzowi nie byliśmy zmuszeni żywić się zwłokami, ale uratowano nas przed tym w ostatniej chwili. Za późno dla ser Gawena, który zmarł w celi.

— Wasza Miłość. — Catelyn czekała cierpliwie, ale czasu było już niewiele. — Obiecałeś, że zamienisz ze mną słówko.

Renly skinął głową.

— Zajmijcie się swoimi szykami, panowie… aha, jeszcze jedno. Jeśli Barristan Selmy walczy u boku mego brata, chcę, żeby go oszczędzono.

— Odkąd Joffrey go wygnał, nikt nic nie słyszał o ser Barristanie — sprzeciwił się lord Rowan.

— Znam dobrze starego. Potrzebny mu król, którego mógłby strzec. Kim będzie bez niego? Nie zjawił się u mnie, a lady Catelyn mówi, że nie ma go z Robbem Starkiem w Riverrun. Kto mu został, jeśli nie Stannis?

— Jak sobie życzysz, Wasza Miłość. Włos nie spadnie mu z głowy.

Lordowie pokłonili się nisko i wyszli z namiotu.

— Mów, co masz do powiedzenia, lady Stark — rzekł Renly. Brienne zarzuciła mu płaszcz na szerokie ramiona. Był ciężki, utkany ze złotogłowiu i ozdobiony złożonym z naszytych płatków gagatu jeleniem w koronie, herbem Baratheonów.

— Lannisterowie próbowali zabić mojego syna Brana. Po tysiąckroć pytałam siebie dlaczego. Twój brat mi odpowiedział. W dzień upadku chłopca urządzono łowy. Robert i Ned ruszyli w pogoń za dzikiem wraz z większością pozostałych mężczyzn, ale Jaime Lannister został w Winterfell, tak samo jak królowa.

Renly szybko pojął implikacje jej słów.

— Sądzisz, że chłopak przyłapał ich na cudzołóstwie...

— Błagam cię, panie, pozwól, bym pojechała do twego brata Stannisa i zaznajomiła go ze swymi podejrzeniami.

— A po co?

— Robb zrezygnuje z korony, jeśli ty i twój brat uczynicie to samo — zapewniła, mając nadzieję, że to prawda. Jeśli będzie musiała, uczyni to prawdą. Robb jej wysłucha, nawet jeśli jego lordowie nie zechcą tego uczynić. — A potem zwołacie we trzech wielką radę, jakiej królestwo nie widziało od stulecia. Poślemy do Winterfell po Brana, żeby mógł opowiedzieć, co widział i wszyscy się przekonają, że Lannisterowie naprawdę są uzurpatorami. Niech zgromadzeni lordowie Siedmiu Królestw sami wybiorą, kto ma nimi władać.

Renly ryknął śmiechem.

— Powiedz mi, pani, czy wilkory głosują nad tym, kto powinien być przewodnikiem stada? — Brienne przyniosła królowi rękawice i hełm ze złotym porożem, które dodawało mu półtorej stopy wzrostu. — Czas na rozmowy już minął. Teraz przekonamy się, kto jest silniejszy. — Założył na lewą rękę zielono-złotą pancerną rękawicę, a Brienne uklękła przed nim, by zapiąć mu obciążony mieczem i sztyletem pas.

— Błagam cię w imię Matki... — zaczęła Catelyn, lecz nagle wejście do namiotu otworzył gwałtowny powiew. Zdawało jej się, że dostrzega jakiś ruch, ale gdy odwróciła głowę zobaczyła jedynie cień króla przemieszczający się na jedwabnych ścianach. Usłyszała, że Renly chce odpowiedzieć jej jakimś żartem, potem jego cień się poruszył, uniósł broń, czarną na zielonym tle, świece zamigotały, a później zobaczyła, że królewski oręż nadal tkwi w pochwie, ale miecz cienia...

— Zimno — odezwał się Renly cichym, zdziwionym głosem, na uderzenie serca przed tym, nim stal naszyjnika hełmu rozstąpiła się niczym gaza pod ciosem cienia miecza, którego nie było. Zdążył jeszcze westchnąć cicho, nim z gardła chlusnęła mu krew.

— Wasza Mi... nie! — krzyknęła Brienne Błękitna na widok upiornego krwotoku, przerażona jak mała dziewczynka. Król osunął się w jej ramiona. Po jego zbroi spłynęła struga krwi, ciemnoczerwona fala, która zatopiła zieleń i złoto. Zgasły kolejne świece. Renly próbował coś powiedzieć, lecz dławił się własną krwią. Nogi ugięły się pod nim i podtrzymywała go jedynie siła Brienne. Dziewczyna odrzuciła głowę, wydając z siebie głośny, nieartykułowany krzyk rozpaczy.

Cień. Catelyn wiedziała, że wydarzyło się tu coś złego i mrocznego, coś, czego nie potrafiła pojąć. To nie był cień Renly'ego. *Śmierć weszła do namiotu i zdmuchnęła jego życie równie niezawodnie, jak wiatr zdmuchnął świece.*

Nim do namiotu wpadli Robar Royce i Emmon Cuy, minęło tylko kilka chwil, choć wydawało się, że upłynęło pół nocy. Za nimi podążało dwóch zbrojnych z pochodniami. Widząc Renly'ego w ramionach zbroczonej krwią króla Brienne, ser Robar wydał z siebie krzyk grozy.

— Niegodziwa kobieto! — zawołał ser Emmon, który nosił na zbroi słoneczniki. — Zostaw go, ty ohydne stworzenie!

— Bogowie bądźcie łaskawi, Brienne, dlaczego? — zapytał ser Robar.

Dziewczyna podniosła wzrok znad ciała króla. Zwisający z jej ramion tęczowy płaszcz zrobił się czerwony od krwi, która przesiąknęła tkaninę.

— To... to...

— Zginiesz za to. — Ser Emmon podniósł ze stosu leżącej przy wejściu broni topór o długim drzewcu. — Zapłacisz życiem za życie króla!

— NIE! — zawołała Catelyn Stark, która wreszcie odzyskała głos, było już jednak za późno. Ogarnął ich morderczy szał i runęli naprzód, a ich krzyki zagłuszyły jej cichsze słowa.

Brienne poruszyła się tak szybko, że Catelyn nie wierzyła własnym oczom. Nie miała pod ręką miecza, wyszarpnęła więc z pochwy oręż Renly'ego i uniosła go akurat na czas, by powstrzymać cios Emmona. Stal uderzyła o stal z przeraźliwym zgrzytem. Trysnęły niebiesko-białe skry. Brienne zerwała się na nogi, odrzucając brutalnie na bok ciało martwego króla. Ser Emmon przeszedł nad nim, próbując się zbliżyć, lecz ostrze miecza przecięło drewniane toporzysko, a żeleźce pofrunęło w powietrze. Drugi z mężczyzn dźgnął ją w plecy pochodnią, lecz nasiąknięty krwią tęczowy płaszcz nie chciał się zająć ogniem. Brienne odwróciła się błyskawicznie i odcięła trzymającą żagiew dłoń. Dywan ogarnęły płomienie. Okaleczony człowiek zaczął krzyczeć. Ser Emmon wypuścił z ręki szczątki topora, sięgając po miecz. Drugi ze zbrojnych skoczył naprzód. Brienne sparowała cios. Dwa miecze zaczęły tańczyć z brzękiem. Emmon Cuy również ruszył do ataku i Brienne została zepchnięta do obrony, lecz w jakiś sposób udawało się jej powstrzymywać obu mężczyzn. Głowa Renly'ego przetoczyła się obrzydliwie na bok, odsłaniając drugie usta, które rozwarły się szeroko. Krew wypływała z nich powolnym pulsem.

Ser Robar trzymał się dotąd z tyłu, nie wiedząc, co o tym myśleć, lecz teraz on również sięgnął po miecz.

— Robarze, nie, wysłuchaj mnie. — Catelyn złapała go za ramię. — Niesłusznie ją podejrzewacie. To nie ona. Pomóż jej! Wysłuchaj mnie, to był Stannis. — To imię pojawiło się na jej ustach, nim zdążyła rozważyć, skąd się tam wzięło, gdy jednak je wypowiedziała, zorientowała się, że to prawda. — Znasz mnie, przysięgam, że to Stannis go zabił.

Młody tęczowy rycerz skierował na oszalałą kobietę jasne, pełne strachu oczy.

— Stannis? Jak to możliwe?

— Nie wiem. Czary, jakaś czarna magia, to był cień, cień. — Nawet dla własnych uszu brzmiała jak obłąkana, lecz słowa wypływały z niej niepowstrzymanym strumieniem, a za jej plecami wciąż słychać było szczęk oręża. — Cień z mieczem, przysięgam, widziałam to. Czy jesteś ślepy, ta dziewczyna go kochała, pomóż jej! — Obejrzała się i zobaczyła, że drugi ze strażników padł, wypuszczając broń z bezwładnych palców. Na zewnątrz słychać było krzyki. Wiedziała, że za chwilę do namiotu wpadną kolejni gniewni mężczyźni. — Ona jest niewinna, Robarze. Przysięgam na grób mojego męża i honor rodu Starków!

To go przekonało.

— Powstrzymam ich — powiedział. — Ty ją stąd wyprowadź.

Odwrócił się i wyszedł.

Ogień dotarł już do ściany namiotu i zaczął się wspinać w górę. Ser Emmon mocno naciskał na Brienne. On był zakuty w pokrytą żółtą emalią stal, a ona miała na sobie tylko wełniany strój. O Catelyn zapomniał, aż do chwili, gdy żelazny piecyk uderzył go w tył głowy. Miał hełm, cios nie wyrządził mu więc poważniejszej krzywdy, obalił go jednak na kolana.

— Brienne, za mną — rozkazała starsza kobieta. Dziewczyna szybko dostrzegła szansę. Jednym cięciem rozpruła zielony jedwab i obie wyszły w ciemny, chłodny świt. Po drugiej stronie namiotu słychać było donośne głosy. — Tędy — poleciła Catelyn. — Tylko powoli. Nie możemy biec, bo zainteresują się dlaczego. Idź swobodnie, jakby nie działo się nic złego.

Brienne przytroczyła miecz do pasa i podążyła za nią. Nocne powietrze pachniało deszczem. Za ich plecami królewski namiot ogarnęły już płomienie, które biły wysoko pod ciemne niebo. Nikt nie próbował zatrzymywać uciekinierek. Mężczyźni przebiegali obok nich, krzycząc o ogniu, morderstwie i czarach. Inni skupiali się w małe grupki, rozmawiając cicho. Kilku się modliło, a jeden młody giermek padł na kolana, łkając otwarcie.

Szyki Renly'ego rozpraszały się już, w miarę, jak wieści szerzyły się z ust do ust. Nocne ogniska dogasały, a gdy niebo na wschodzie pojaśniało, uwidocznił się potężny masyw Końca Burzy, przypominający kamienny sen. Po polu przemykały kosmyki jasnej mgły, które pierzchały przed słońcem na skrzydłach wiatru. Catelyn przypomniała sobie, że Stara Niania zwała je porannymi duchami, twierdząc, iż to dusze zmarłych wracające do grobów. Renly stał się teraz jednym z nich, tak jak jego brat Robert i jej ukochany Ned.

— Pierwszy raz w życiu objęłam go w chwili śmierci — rzekła cicho Brienne, gdy szły przez narastający chaos. Jej głos sugerował, że dziewczyna w każdej chwili może się załamać. — W jednej chwili się śmiał, a potem wszystko pokryła krew... pani, nie rozumiem tego. Czy widziałaś, czy...

— Widziałam cień. W pierwszej chwili myślałam, że rzuca go Renly, ale to był cień jego brata.

— Lorda Stannisa?

— Czułam go. Wiem, że to nie ma sensu...

Dla Brienne miało.

— Zabiję go — zapowiedziała wysoka, nieładna dziewczyna. — Mieczem mojego pana. Przysięgam. Przysięgam. Przysięgam.

Hal Mollen czekał na nią przy koniach wraz z resztą eskorty. Ser Wendel Manderly gorączkowo pragnął się dowiedzieć, co się stało.

— Pani, wszyscy w obozie oszaleli — zawołał, gdy tylko je zobaczył. — Czy lord Renly...

Umilkł nagle, wbijając wzrok w zbroczoną krwią Brienne.

— Zginął, ale nie z naszych rąk.

— Bitwa... — zaczął Hal Mollen.

— Nie będzie bitwy. — Catelyn dosiadła konia i eskorta natychmiast ją otoczyła. Ser Wendel zajął miejsce u jej lewego boku, a ser Perwyn Frey u prawego. — Brienne, mamy dwa razy więcej wierzchowców niż ludzi. Wybierz sobie jednego i jedź z nami.

— Mam własnego konia, pani. I zbroję...

— Zostaw wszystko. Nim przyjdzie im do głowy, żeby nas szukać, musimy być już daleko. Obie byłyśmy przy zamordowaniu króla. Nie zapomną o tym. — Brienne odwróciła się bez słowa i wykonała polecenie. — Jedziemy — rozkazała Catelyn, gdy wszyscy dosiedli już rumaków. — Jeśli ktoś spróbuje nas powstrzymać, załatwcie się z nim.

Pól dotknęły już długie palce jutrzenki i na świat wracały barwy. Tam, gdzie przed chwilą szarzy ludzie siedzieli na szarych koniach, dzierżąc w rękach szare włócznie, groty dziesięciu tysięcy kopii lśniły teraz zimnym, srebrzystym blaskiem, a na krociach powiewających na wietrze proporców Catelyn dostrzegała czerwień, róż i oranż, bogate błękity i brązy, płonące złoto i żółć. Cała moc Końca Burzy i Wysogrodu, moc, która przed godziną należała do Renly'ego.

To teraz ludzie Stannisa — pomyślała. *Nawet jeśli jeszcze o tym nie wiedzą. Do kogo mieliby pójść, jeśli nie do ostatniego z Baratheonów? Zdobył ich wszystkich jednym zdradzieckim uderzeniem.*

„Jestem prawowitym królem, a twój syn jest takim samym zdrajcą jak mój brat. Jego dzień również nadejdzie" — zapowiedział jej, zaciskając szczęki.

Przeszył ją dreszcz.

Jon

Wzgórze sterczało nad gęsty las, samotne i niespodziewane. Jego chłostany wiatrem szczyt widać było z odległości wielu mil. Zwiadowcy mówili, że dzicy zwą je Pięścią Pierwszych Ludzi. Jon Snow pomyślał, że rzeczywiście wygląda jak pięść, która przebiła się w górę przez ziemię i las, a z jej nagich brązowych zboczy sterczą kamienne knykcie.

Wjechał na szczyt z lordem Mormontem i oficerami, zostawiając Ducha na dole, poniżej linii drzew. Gdy wspinali się w górę, wilkor uciekał im trzy razy. Dwukrotnie wrócił niechętnie na gwizd Jona, lecz za trzecim razem lord dowódca stracił cierpliwość.

— Zostaw go, chłopcze — warknął. — Chcę dotrzeć na szczyt przed zmierzchem. Znajdziesz go później.

Droga była stroma i kamienista, a na szczycie wznosił się sięgający piersi mur ze zwalonych głazów. Musieli przejechać kawałek na zachód, nim znaleźli lukę wystarczająco szeroką, żeby dało się przez nią przejechać konno.

— To dobre miejsce, Thorenie — oznajmił Stary Niedźwiedź, gdy wreszcie dotarli na szczyt. — Trudno byłoby znaleźć lepsze. Rozbijemy tu obóz i zaczekamy na Półrękiego.

Lord dowódca zsunął się z siodła, zrzucając kruka z ramienia. Ptak zerwał się do lotu z głośnym protestem.

Ze szczytu rozciągał się wspaniały widok, lecz spojrzenie Jona przyciągnął pierścieniowy mur, zwietrzałe, szare kamienie pokryte białymi plamami porostów i zielonymi brodami mchu. Opowiadano, że w Erze Świtu Pięść była pierścieniowym fortem Pierwszych Ludzi.

— To stare, dobrze bronione wzgórze — stwierdził Thoren Smallwood.

— Stare — zaskrzeczał kruk Mormonta, który krążył wokół nich z głośnym łopotem skrzydeł. — Stare, stare, stare.

— Cisza — warknął na ptaka Mormont. Stary Niedźwiedź był

zbyt dumny, żeby przyznać się do słabości, lecz Jon nie dał się nabrać. Dotrzymywanie kroku młodszym kosztowało go wiele sił.

— Tego wzgórza łatwo będzie w razie potrzeby bronić — wskazał Thoren, jadąc stępa wzdłuż kamiennego muru. Jego obszyty sobolami płaszcz łopotał na wietrze.

— Tak, to miejsce będzie w sam raz.

Stary Niedźwiedź uniósł rękę i kruk natychmiast wylądował na jego przedramieniu, skrobiąc pazurami o czarną kolczugę.

— A co z wodą, panie? — zaniepokoił się Jon.

— U stóp wzgórza mijaliśmy strumień.

— To daleko — wskazał Jon. — I poza kamiennym kręgiem.

— Nie chce ci się nawet wdrapać na wzgórze, chłopcze? — zapytał Thoren.

— Nie znajdziemy drugiego miejsca tak dobrego do obrony — stwierdził lord Mormont. — Przyniesiemy wodę na górę i dopilnujemy, żeby nie zabrakło nam zapasów.

Jon wiedział, że nie ma sensu się sprzeciwiać. Wydano rozkaz i bracia z Nocnej Straży rozbili obóz w kamiennym kręgu Pierwszych Ludzi. Czarne namioty wyrosły jak grzyby po deszczu, a nagą ziemię pokryły koce i posłania. Zarządcy przywiązali konie do długich lin, a potem nakarmili je i napoili. Drwale wzięli siekiery i w dogasającym blasku popołudnia narąbali drew na noc. Dwudziestu budowniczych przystąpiło do oczyszczania terenu z chaszczy i kopania latryn. Rozpakowywali też wiązki utwardzonych w ogniu palików.

— Macie przed zmrokiem każde przejście w murze zabezpieczyć rowem z palikami — rozkazał Stary Niedźwiedź.

Gdy Jon Snow rozbił już namiot lorda dowódcy i zadbał o konie, zszedł na dół w poszukiwaniu Ducha. Wilkor zjawił się natychmiast, zupełnie bezgłośnie. W jednej chwili Jon szedł pod drzewami, gwiżdżąc i krzycząc, sam pośród zieleni, szyszek i spadłych na ziemię liści, a w następnej wielka biała bestia sunęła już obok niego niczym poranna mgła.

Gdy jednak dotarli do pierścieniowego fortu, Duch znowu się spłoszył. Podszedł ostrożnie do luki w murze, obwąchał ją i cofnął się, jakby nie przypadł mu do gustu zapach. Jon spróbował złapać go za kark i wciągnąć do środka siłą, co nie było łatwym zadaniem, jako że wilk ważył tyle samo co on i był od niego znacznie silniejszy.

— Duch, co się z tobą dzieje? — Nigdy nie był taki niespokojny.

W końcu Jon musiał dać za wygraną. — Jak sobie życzysz — oznajmił zwierzęciu. — Idź polować.

Wilkor zszedł na dół po omszałych kamieniach, nie spuszczając z Jona czerwonych ślepiów.

Nic nie powinno im tu grozić. Ze wzgórza rozciągał się widok na wszystkie strony, a jego zbocza były od północy i zachodu urwiste, od wschodu zaś tylko odrobinę mniej strome. Gdy jednak zapadał zmierzch i między drzewami robiło się coraz ciemniej, Jona ogarniał narastający niepokój. *To jest nawiedzany las* — pomyślał. *Mogą tu być duchy, duchy Pierwszych Ludzi. To oni zbudowali ten fort.*

— Nie bądź dzieckiem — powiedział sobie. Wdrapał się na stertę głazów i spojrzał ku zachodzącemu słońcu. Widział jego blask, który migotał w powierzchni płynącej na południe Mlecznej Wody niczym kute złoto. Im dalej w górę rzeki, tym okolica robiła się bardziej górzysta, a gęsty las ustępował miejsca szeregowi nagich, skalistych wzgórz, które na północy i zachodzie stawały się coraz wyższe i dziksze. Na horyzoncie piętrzyły się przypominające olbrzymi cień góry. Ich łańcuchy niknęły w sinoszarej dali, a wyszczerbione szczyty pokrywały wieczne śniegi. Nawet z daleka wydawały się zimne i niegościnne.

Bliżej przewagę miały jednak drzewa. Na południu i wschodzie las ciągnął się tak daleko, jak okiem sięgnąć. Gęsta plątanina korzeni i listowia mieniła się tysiącem odcieni zieleni. Tu i ówdzie urozmaicała ją czerwona plama wyrastającego nad sosny i drzewa strażnicze czardrzewa albo żółte liście, znamionujące nadchodzącą jesień. Gdy wiał wiatr, Jon słyszał pojękiwanie i skrzypienie gałęzi, które były starsze od niego. Rozlegał się szelest tysiąca liści i przez chwilę puszcza wydawała się ciemnozielonym, targanym sztormem morzem, wiecznym i niepoznawalnym.

Pomyślał, że Duch z pewnością nie jest na dole sam. W głębi owego morza mogło się kryć wszystko. Wszystko mogło się skradać ku fortowi, zamaskowane przez cień drzew. Wszystko. Jak zdołają się zorientować? Stał tam przez długi czas, aż wreszcie słońce zniknęło za ostrymi niby zęby piły górami i las spowiła ciemność.

— Jon? — zawołał Samwell Tarly. — Tak też myślałem, że to ty. Dobrze się czujesz?

— Nie najgorzej. — Jon zeskoczył na dół. — A tobie jak dzisiaj poszło?

— Dobrze. Naprawdę dobrze.

Jon nie miał ochoty dzielić się z przyjacielem dręczącym go niepokojem, zwłaszcza że Samwell Tarly zaczął wreszcie odkrywać w sobie odwagę.

— Stary Niedźwiedź chce tu zaczekać na Qhorina Półrękiego i ludzi z Wieży Cieni.

— To dobrze obwarowane miejsce — stwierdził Sam. — Pierścieniowy fort Pierwszych Ludzi. Myślisz, że toczono tu jakieś bitwy?

— Z pewnością. Lepiej przygotuj ptaka. Mormont będzie chciał wysłać wiadomość.

— Szkoda, że nie mogę wypuścić wszystkich. Nie znoszą siedzieć w klatce.

— Ty też byś nie znosił, gdybyś umiał latać.

— Gdybym umiał latać, siedziałbym już w Czarnym Zamku, jedząc wieprzowy pasztet — odparł Sam.

Jon klepnął go w ramię poparzoną dłonią i wrócili razem do obozu. Wszędzie wokół rozniecano już ogniska, a na niebie pojawiły się pierwsze gwiazdy. Długi, czerwony warkocz Pochodni Mormonta gorzał tak samo jasno, jak księżyc. Jon usłyszał kruki, nim zdążył je zobaczyć. Niektóre wykrzykiwały jego imię. Ptaki nie wstydziły się robić hałasu.

One też to czują.

— Lepiej pójdę do Starego Niedźwiedzia — oznajmił. — On również wrzeszczy, jeśli go nie nakarmić.

Mormont rozmawiał z Thorenem Smallwoodem i połową tuzina innych oficerów.

— Tu jesteś — burknął stary. — Przynieś nam proszę trochę grzanego wina. Noc jest zimna.

— Tak jest, panie.

Jon rozpalił ognisko, wydobył skrzyneczkę ulubionego trunku Mormonta — mocnego i czerwonego — i wlał wszystko do kociołka, który następnie zawiesił nad ogniem, by zgromadzić potrzebne ingrediencje. Stary Niedźwiedź miał bardzo sprecyzowane wymagania, jeśli chodzi o grzane wino. Dokładnie tyle cynamonu, tyle gałki muszkatołowej i tyle miodu. Ani kropelki więcej. Rodzynki, orzechy i suszone jagody, ale ani plasterka cytryny. To była najobrzydliwsza południowa herezja. Wydawało się to dziwne, gdyż poranne piwo zawsze wypijał z cytryną. Lord dowódca utrzymywał, że wino musi być gorące, by należycie rozgrzać człowieka, lecz w żadnym wypadku nie może się zagotować. Jon uważnie obserwował kociołek.

Podczas pracy słyszał dobiegające z namiotu głosy.

— Najłatwiejsza droga w głąb Mroźnych Kłów prowadzi wzdłuż Mlecznej Wody aż do jej źródeł — mówił Jarman Buckwell. — Ale jeśli wybierzemy tę trasę, Mance Rayder dowie się, że się zbliżamy, tak pewnie, jak słońce wschodzi co rano.

— Moglibyśmy pojechać Schodami Olbrzyma — zauważył ser Mallador Locke. — Albo Wąwozem Pisków jeśli jest przejezdny.

Z wina buchała już para. Jon zdjął kociołek z ognia, napełnił osiem kubków i zaniósł je do namiotu. Stary Niedźwiedź spoglądał na prostą mapę, którą narysował dla niego Sam w Twierdzy Crastera. Wziął kubek z tacy Jona, przełknął łyk wina i skinął krótko głową na znak aprobaty. Kruk zeskoczył mu z ramienia.

— Ziarno — zakrakał. — Ziarno. Ziarno.

Ser Ottyn Wythers odsunął dłonią kubek.

— Wolałbym w ogóle nie zapuszczać się w góry — oznajmił słabym, zmęczonym głosem. — Mroźne Kły kąsają okrutnie nawet latem, a teraz... jeśli zaskoczy nas śnieżyca...

— Nie zamierzam wyruszać w góry, jeśli nie będę musiał — uspokoił go Mormont. — Tak jak i my, dzicy nie mogą się żywić śniegiem i kamieniami. Wkrótce zejdą na dół, a dla znaczniejszych sił jedyna dostępna droga wiedzie wzdłuż Mlecznej Wody. Zajęliśmy tu bardzo dogodną pozycję. Nie przemkną się obok nas niepostrzeżenie.

— Mogą wcale tego nie próbować. Ich są tysiące, a nas będzie trzystu, gdy dołączy do nas Półręki.

Ser Mallador przyjął kubek z rąk Jona.

— Gdyby miało dojść do bitwy, nie znajdziemy dogodniejszej pozycji niż ta — stwierdził Mormont. — Wzmocnimy obronę. Wykopiemy rowy i zabezpieczymy je palikami, na zboczach rozsypiemy krucze stopy, naprawimy wszystkie wyłomy w murze. Jarmanie, wybierz ludzi, którzy mają najbystrzejszy wzrok, i rozmieść ich wokół obozu, a także wzdłuż rzeki. Nikt nie zbliży się niepostrzeżenie. Niech się ukryją na drzewach. Lepiej też zacznijmy wnosić na górę wodę, więcej niż będziemy jej potrzebować. Wykopiemy zbiorniki. Ludzie będą mieli zajęcie, a później woda może nam się przydać.

— Moi zwiadowcy... — zaczął Thoren Smallwood.

— Twoi zwiadowcy nie przejdą na drugą stronę rzeki, przynajmniej dopóki nie dotrze do nas Półręki. Potem zobaczymy. Nie chcę już tracić więcej ludzi.

— Może się okazać, że Mance Rayder gromadzi swe wojska dzień drogi stąd, a my się o tym nie dowiemy — poskarżył się Smallwood.

— Wiemy, gdzie zbierają się dzicy — skontrował Mormont. — Craster nam powiedział. Nie lubię go, ale nie sądzę, by nas okłamał.

— Jak uważasz.

Naburmuszony Smallwood opuścił namiot. Pozostali dopili wino i również wyszli, tyle że uprzejmiej.

— Mam przynieść kolację, panie? — zapytał Jon.

— Ziarno — zakrakał kruk. Mormont przez jakiś czas milczał.
— Czy twój wilk coś dzisiaj upolował? — zapytał wreszcie.

— Jeszcze nie wrócił.

— Przydałoby się nam świeże mięso. — Mormont wyciągnął z worka garść kukurydzy i dał ją ptakowi. — Uważasz, że popełniam błąd, nie pozwalając zwiadowcom się oddalać?

— Nie mnie o tym decydować, panie.

— Ciebie pytam.

— Jeśli zwiadowcy będą się trzymać w zasięgu wzroku od Pięści, to nie wiem, jak mogą znaleźć mojego stryja — stwierdził Jon.

— Nie mogą. — Kruk wydziobywał kukurydzę z dłoni Starego Niedźwiedzia. — Nie zrobi tego ani dwustu ludzi, ani dziesięć tysięcy. Ten kraj jest na to za wielki.

Ziarno zniknęło i Mormont opuścił rękę.

— Chyba nie zrezygnujesz z poszukiwań?

— Maester Aemon mówi, że jesteś bystry.

Mormont posadził sobie kruka na ramieniu. Ptaszysko przechyliło głowę z błyskiem w oczach. Odpowiedź nasuwała się sama.

— No więc… wydaje mi się, że łatwiej będzie jednemu człowiekowi znaleźć dwustu niż dwustu znaleźć jednego.

Kruk wydał z siebie przypominające szyderczy chichot skrzeczenie, lecz Stary Niedźwiedź uśmiechnął się pod siwą brodą.

— Tak wielu ludzi i koni zostawia ślad, który zauważyłby nawet Aemon. Ogniska płonące na tym wzgórzu powinny być widoczne aż z podgórza Mroźnych Kłów. Nie wątpię, że jeśli Ben Stark żyje i jest wolny, trafi do nas.

— Tak — zgodził się Jon. — Ale jeśli…

— …zginął? — zapytał Mormont łagodnym głosem.

Młodzieniec skinął z niechęcią głową.

— Zginął — odezwał się kruk. — Zginął. Zginął.

— W takim przypadku też może do nas przyjść — przyznał Stary Niedźwiedź. — Tak jak Othor i Jafer Flowers. Boję się tego tak samo jak ty, Jon, ale musimy się liczyć z podobną możliwością.

— Zginął — zakrakało znowu ptaszysko, strosząc pióra. — Zginął — powtórzyło, głośniej i bardziej przenikliwie.

Mormont pogłaskał je po czarnych piórach, a drugą dłonią zasłonił usta, by stłumić nagłe ziewnięcie.

— Chyba sobie daruję kolację. Bardziej potrzebny mi odpoczynek. Obudź mnie z pierwszym brzaskiem.

— Dobrej nocy, panie.

Jon zebrał puste kubki i wyszedł z namiotu. W oddali słyszał śmiech i płaczliwy ton piszczałki. Pośrodku obozu płonęło wielkie ognisko. Czuł woń gotowanego gulaszu. Stary Niedźwiedź mógł nie być głodny, on jednak był. Ruszył w stronę ognia.

Dywen perorował, trzymając w ręku łyżkę.

— Nikt nie zna tego lasu lepiej ode mnie i zapewniam was, że nie chciałbym się do niego zapuszczać w pojedynkę po zmierzchu. Nie czujecie tego zapachu?

Grenn wybałuszył oczy z wrażenia, ale Edd Cierpiętnik okazał niedowierzanie.

— Czuję tylko gówno dwustu koni. I ten gulasz. Jak wwąchać się dokładniej, aromat jest podobny.

— Ja ci dam podobny aromat.

Hake dotknął wymownym gestem sztyletu, po czym — utyskując głośno — napełnił miskę Jonowi. Gulasz był gęsty od kaszy, marchwi i cebuli. Pływały w nim też nieliczne kawałki solonej wołowiny, która zmiękła podczas gotowania.

— Co właściwie czujesz, Dywen? — zapytał Grenn.

Drwal ssał przez chwilę łyżkę. Wyjął sobie zęby. Twarz miał ogorzałą i pomarszczoną, a dłonie sękate jak stare korzenie.

— To pachnie… tak jakby… zimnem.

— Masz drewniane zęby i drewniany łeb — zadrwił Hake. — Zimno nie ma zapachu.

Ma — pomyślał Jon, przypominając sobie noc w komnatach lorda dowódcy. *Pachnie śmiercią.* Nagle odechciało mu się jeść. Oddał gulasz Grennowi, który sprawiał wrażenie, że przydałaby mu się dodatkowa porcja, żeby ogrzać go przed nocą.

Kiedy opuścił teren obozu, dął silny wiatr. Rankiem ziemię pokryje szron, a sznury namiotowe będą sztywne i zamarznięte. Na dnie kociołka chlupało jeszcze trochę wina, na głębokość kilku palców. Jon dołożył drew do ogniska, żeby podgrzać trunek. Czekając, zginał i rozprostowywał palce, aż poczuł w dłoni mrowienie. Pierwsza zmiana wartowników zajęła miejsca wokół obozu. Na całym pierścieniowym murze migotały pochodnie. Noc była bezksiężycowa, lecz na niebie lśniło tysiąc gwiazd. W ciemności rozległ się dźwięk, słaby i odległy, lecz łatwy do rozpoznania: wycie wilków. Ich głos to się podnosił, to opadał w mrożącej krew w żyłach samotnej pieśni. Włoski na karku stanęły mu dęba. Z mroku po drugiej stronie ogniska spoglądała na niego para czerwonych ślepiów, które gorzały w blasku płomieni.

— Duch — wydyszał zaskoczony Jon. — A więc jednak wszedłeś do środka, co? — Biały wilk często polował całą noc i młodzieniec nie spodziewał się ujrzeć go przed świtem. — Czy aż tak trudno tu o zwierzynę? — zapytał. — Tutaj. Chodź do mnie, Duch.

Wilkor krążył wokół ogniska, obwąchiwał Jona, wąchał wiatr, nie uspokajał się ani na chwilę. Nie sprawiał wrażenia, by przed chwilą jadł. *Gdy zmarli wstali, Duch to czuł. Obudził mnie, ostrzegł.* Zaniepokojony Jon podniósł się z ziemi.

— Czy coś tam jest? Duch, czy poczułeś jakiś zapach?

Dywen mówił, że czuje zimno.

Wilkor zerwał się, przystanął, obejrzał za siebie. *Chce, żebym poszedł za nim.*

Jon podniósł kaptur i oddalił się od namiotów i ciepła ogniska, mijając szeregi kudłatych koników. Jeden z nich zarżał nerwowo, gdy Duch przechodził obok. Jon szepnął do podenerwowanego zwierzęcia uspokajające słówko, zatrzymując się na chwilę, żeby pogłaskać je po pysku. Gdy zbliżali się do muru, słyszał wiatr świszczący w szczelinach między kamieniami. Czyjś głos zapytał, kto idzie. Jon wszedł w blask pochodni.

— Lord dowódca kazał mi przynieść wody.

— No to idź — powiedział strażnik. — Ale śpiesz się.

Skulony pod czarnym płaszczem mężczyzna podniósł kaptur, by osłonić się przed wiatrem, i nawet nie spojrzał, czy Jon ma wiadro.

Chłopak prześliznął się między dwoma zaostrzonymi palikami, podczas gdy Duch przeczołgał się w innym miejscu. W szczelinę wetknięto pochodnię, której płomienie stawały się w podmuchach wiatru jasnopomarańczowymi proporcami. Jon przecisnął się przez szczelinę między kamieniami i zabrał ze sobą żagiew. Duch pomknął w dół zbocza, a młodzieniec podążył powoli za nim, trzymając pochodnię przed sobą. Obozowe odgłosy cichły z tyłu. Noc była ciemna, a stok stromy, kamienisty i nierówny. Chwila nieuwagi wystarczyłaby, żeby złamać sobie nogę w kostce… albo kark.

Co ja wyprawiam? — zapytał sam siebie, schodząc w dół.

Stały tam drzewa, milczące szeregi zakutych w korę i liście wojowników, oczekujących na rozkaz szturmu na wzgórze. Wydawały się zupełnie czarne… dopiero gdy padło na nie światło pochodni, Jon dostrzegł blask zieleni. Słyszał odległe szemranie spływającej po skałach wody. Duch zniknął w chaszczach. Jon wlókł się za nim, wsłuchany w szum strumienia. Nad jego głową zamknęły się grube konary, które przesłoniły gwiazdy.

Wilkor pił wodę z potoku.

— Duch, do mnie — zawołał. — I to już.

Gdy zwierzę podniosło łeb, jego ślepia gorzały złowróżbnym blaskiem, a woda skapywała ze szczęk niczym plwocina. Przez chwilę w jego wyglądzie było coś dzikiego i przerażającego. Potem poderwał się do biegu, przemknął obok Jona i wpadł między drzewa.

— Duch, nie, zostań — krzyknął chłopak, lecz wilk nie zwrócił na niego uwagi. Jego smukłą, białą postać pochłonął mrok. Jon mógł jedynie wrócić samotnie na wzgórze albo pójść za zwierzęciem.

Ruszył za nim rozgniewany, trzymając nisko pochodnię, żeby widzieć kamienie, o które na każdym kroku mógł się potknąć, grube korzenie, które zdawały się łapać go za łydki, oraz dziury, w których łatwo było skręcić sobie nogę. Co kilka kroków wołał Ducha, lecz między drzewami harcował nocny wicher, który zagłuszał jego słowa.

To obłęd — pomyślał Jon, zapuszczając się głębiej w puszczę. Miał już zawrócić, gdy dostrzegł przed sobą po prawej błysk bieli, który zawracał w stronę wzgórza. Pobiegł za nim, przeklinając pod nosem.

Ścigając wilka, pokonał jedną czwartą drogi wokół Pięści, aż wreszcie ponownie stracił go z oczu. Zatrzymał się pośród zarośli, ciernistych krzewów i zwalonych głazów u podstawy wzgórza, chcąc zaczerpnąć tchu. Za kręgiem światła pochodni czaiła się ciemność.

Odwrócił się, słysząc ciche grzebanie. Ruszył w stronę dźwięku, omijając ostrożnie głazy i cierniste krzewy. Za pniem zwalonego drzewa znalazł Ducha. Wilkor kopał wściekle, rozrzucając glebę.

— Co znalazłeś?

Jon opuścił pochodnię, odsłaniając okrągławy wzgórek usypany z ziemi. *Grób* — pomyślał. *Ale czyj?*

Ukląkł i wbił pochodnię w grunt obok. Gleba była sypka i piaszczysta. Jon wykopywał ją garściami. Nie było w niej kamieni ani korzeni. Tego, kto tu spoczywał, pochowano niedawno. Dwie stopy pod ziemią jego palce natrafiły na tkaninę. Spodziewał się znaleźć trupa, bał się tego, to jednak było coś innego. Dotknął materiału i wymacał pod nim jakieś małe, twarde przedmioty. Nie widział robaków ani nie czuł smrodu grobu. Duch cofnął się i usiadł, czekając.

Jon strzepnął z tkaniny luźną glebę i odsłonił okrągławy tobołek o średnicy około dwóch stóp. Wbił palce w ziemię i zaczął go powoli wygrzebywać. Gdy już wydobył tłumoczek, to, co było wewnątrz, poruszyło się ze stukotem. *Skarb* — pomyślał, lecz ukryte przedmioty nie przypominały kształtem monet, a dźwięk nie był metaliczny.

Tobołek obwiązano długim kawałkiem wystrzępionego sznura. Jon wyciągnął sztylet, przeciął postronek, wymacał brzegi tkaniny i pociągnął. Zawiniątko obróciło się, a jego zawartość wysypała się na ziemię. Niektóre przedmioty błyszczały, a inne były ciemne. Chłopak ujrzał z tuzin sztyletów, groty włóczni o kształcie liści i wiele grotów strzał. Wziął w rękę jeden z noży, pozbawiony gardy, czarny, połyskliwy i lekki jak piórko. Blask pochodni spływał po jego klindze, tworząc cienką, pomarańczową linię, co świadczyło, że jest ostry jak brzytwa.

Smocze szkło. Maesterzy zwą je obsydianem. Czyżby Duch natrafił na starożytną kryjówkę dzieci lasu, której nikt nie odkrył od tysiącleci? Pięść Pierwszych Ludzi była starym fortem, ale…

Pod sztyletem znalazł stary róg wojenny z okuciami z brązu, wykonany z żubrzego rogu. Gdy wysypał z niego ziemię, razem z nią wypadł grad grotów strzał. Następnie Jon wziął między palce tkaninę, w którą zawinięto broń, i potarł ją między palcami. *Dobra wełna, gruba, z podwójnym wątkiem, mokra, ale nie zbutwiała.* Nie mogła leżeć w ziemi długo. Była też ciemna. Uniósł materiał i zbliżył go do pochodni. Nie ciemna. Czarna.

Nim jeszcze zdążył wstać i otrzepać tkaninę, wiedział już, co znalazł: czarny płaszcz zaprzysiężonego brata Nocnej Straży.

Bran

Alebelly znalazł go w kuźni, gdzie pomagał Mikkenowi, poruszając miechami.

— Maester wzywa cię do wieżyczki, mości książę. Przyleciał ptak od króla.

— Od Robba?

Podekscytowany Bran nie czekał na Hodora, lecz pozwolił, by na górę zaniósł go Alebelly. Był on rosłym mężczyzną, lecz nie tak wielkim jak Hodor i znacznie od niego słabszym. Gdy dotarli do wieżyczki maestera, sapał już i poczerwieniał na twarzy. Rickon dotarł na miejsce przed nimi, podobnie jak obu Walderów Freyów.

Maester Luwin odesłał Alebelly'ego i zamknął drzwi.

— Panowie — rzekł z powagą w głosie — otrzymaliśmy list od Jego Miłości. Wieści są i dobre, i złe. Jego Miłość odniósł na zachodzie wielkie zwycięstwo, rozbił armię Lannisterów w miejscu zwanym Oxcross i zdobył też kilka zamków. Pisze do nas z Ashemarku, który do niedawna był twierdzą rodu Marbrandów.

Rickon pociągnął za szatę maestera.

— Czy Robb wraca do domu?

— Obawiam się, że nie w tej chwili. Czeka go jeszcze wiele bitew.

— Czy pokonał lorda Tywina? — zapytał Bran.

— Nie — odparł maester. — Nieprzyjacielskimi wojskami dowodził ser Stafford Lannister, który poległ w bitwie.

Bran nigdy nie słyszał o ser Staffordzie Lannisterze. Musiał przyznać rację Dużemu Walderowi, który powiedział:

— Liczy się tylko lord Tywin.

— Powiedz Robbowi, że chcę, żeby wracał — powiedział Rickon. — Niech przywiezie ze sobą swojego wilka, matkę i ojca.

Mały wiedział, iż lord Eddard nie żyje, lecz czasami o tym zapominał... Bran podejrzewał, że celowo. Jego młodszy brat był tak uparty, jak potrafi być tylko czteroletni chłopiec.

Bran ucieszył się ze zwycięstwa Robba, lecz był również zaniepokojony. Pamiętał, co mówiła Osha, gdy jego brat wyprowadzał armię z Winterfell. *Wybiera się w złą stronę* — upierała się dzika.

— Niestety, za zwycięstwo zawsze trzeba płacić. — Maester Luwin zwrócił się w stronę Walderów. — Panowie, wśród tych, którzy polegli pod Oxcross, był wasz stryj ser Stevron Frey. Robb pisze, że raniono go w bitwie i choć rana nie wyglądała groźnie, trzy dni później zmarł w swym namiocie podczas snu.

Duży Walder wzruszył ramionami.

— Był już bardzo stary. Miał chyba sześćdziesiąt pięć lat. Za stary, żeby walczyć. Zawsze powtarzał, że jest zmęczony.

Mały Walder krzyknął radośnie.

— Pewnie zmęczył się czekaniem na śmierć dziadka. Czy to znaczy, że dziedzicem jest teraz ser Emmon?

— Nie bądź głupi — skrytykował go kuzyn. — Synowie pierwszego syna mają pierwszeństwo przed drugim synem. Następny w linii sukcesji jest ser Ryman, potem Edwyn, Czarny Walder i Petyr Pryszcz. A za nim Aegon i wszyscy jego synowie.

— Ryman też jest stary — zauważył Mały Walder. — Założę się, że skończył już czterdziestkę. I ma chory brzuch. Myślisz, że będzie lordem?

— Ja będę lordem. Nie dbam o niego.

— Wstydźcie się, panowie — wtrącił ostrym tonem maester Luwin. — A gdzie żałoba? Zginął wasz stryj.

— Tak — zgodził się Mały Walder. — Bardzo nam smutno.

Nie było to jednak prawdą. Brana dopadły nagłe mdłości. *Kolacja smakowała im bardziej niż mnie.* Zapytał maestera Luwina, czy może już odejść.

— Proszę bardzo.

Maester pociągnął za sznurek dzwonka, by wezwać pomoc. Hodor musiał być zajęty w stajniach, gdyż zjawiła się Osha. Była jednak silniejsza niż Alebelly. Bez trudu wzięła chłopca w ramiona i zniosła go po schodach.

— Osho — odezwał się Bran, gdy szli przez dziedziniec. — Znasz drogę na północ? Na Mur... i dalej?

— Łatwo tam trafić. Wystarczyć znaleźć Lodowego Smoka i kierować się na błękitną gwiazdę w oku jeźdźca.

Przeszła tyłem przez drzwi i ruszyła w górę po krętych schodach.

— A czy są tam jeszcze olbrzymy i... reszta... Inni i dzieci lasu?

— Olbrzymy widziałam, o dzieciach lasu słyszałam, a białe zjawy... dlaczego o to pytasz?

— Czy widziałaś kiedyś trójoką wronę?

— Nie. — Roześmiała się. — I nie chciałabym jej zobaczyć.

Otworzyła kopniakiem drzwi jego sypialni i posadziła go na ławeczce w oknie wykuszowym, skąd mógł wyglądać na podwórko.

Wydawało się, że minęło tylko kilka uderzeń serca od jej wyjścia, gdy drzwi uchyliły się znowu i do pokoju bez pytania wszedł Jojen Reed. Za nim podążała jego siostra Meera.

— Słyszeliście o ptaku? — zapytał Bran. Drugi chłopak skinął głową. — To nie była kolacja, tak jak mówiłeś. To był list od Robba, i nie jedliśmy go, a...

— Zielone sny przybierają niekiedy dziwną postać — przyznał Jojen. — Nie zawsze łatwo jest zrozumieć ukrytą w nich prawdę.

— Opowiedz mi o tej strasznej rzeczy, która ci się śniła — poprosił Bran. — O tej, która zbliża się do Winterfell.

— Czy książę teraz mi wierzy? Czy zaufa moim słowom, bez względu na to, jak dziwne mu się wydadzą?

Bran skinął głową.

— Zbliża się morze.

— Morze?

— Śniło mi się, że Winterfell otoczyło morze. Widziałem czarne fale tłukące o bramy i wieże, a potem słona woda przelała się przez mury i wypełniła zamek. Na dziedzińcu pływali topielcy. Kiedy po raz pierwszy miałem ten sen, w Szarej Wodzie, nie znałem jeszcze ich twarzy. Teraz je znam. Jeden z nich to Alebelly, ten strażnik, który wywoływał na uczcie nasze imiona. Drugi to twój septon. Trzeci to kowal.

— Mikken? — Bran był przerażony i zbity z tropu. — Ale morze jest setki mil stąd, a mury Winterfell są tak wysokie, że nie mogłoby się przez nie przelać, nawet gdyby tu dotarło.

— W ciemną noc przez te mury przeleje się morze — powtórzył Jojen. — Widziałem trupy, rozdętych topielców.

— Musimy ich ostrzec — rzekł Bran. — Alebelly'ego, Mikkena i septona Chayle'a. Żeby nie utonęli.

— Nic im nie pomoże — skontrował obleczony w zieleń chłopiec. Meera podeszła do ławeczki i położyła dłoń na ramieniu kaleki. — Nie uwierzą w to, Bran. Ty też nie wierzyłeś.

Jojen przysiadł na łożu Brana.

— A teraz powiedz mi, co śni się tobie.

Bał się, nawet wtedy, lecz przysiągł, że im zaufa, a Starkowie z Winterfell zawsze dotrzymywali słowa.

— Śnią mi się różne rzeczy — zaczął powoli. — Są wilcze sny. Te nie są takie najgorsze. Biegam, poluję i zabijam wiewiórki. Są też sny, w których zjawia się wrona i każe mi latać. Czasami jest w nich również drzewo, które woła mnie po imieniu. Boję się tego. Ale najgorsze są sny, w których spadam. — Spojrzał przygnębiony na dziedziniec. — Przedtem nigdy z niczego nie zleciałem. A wspinałem się wszędzie, na dachy i mury. Karmiłem wrony w Spalonej Wieży. Matka bała się, że runę w dół, ale ja wiedziałem, że nic mi się nie stanie. Tyle, że się stało i teraz we śnie zawsze spadam.

Meera ścisnęła jego ramię.

— To już wszystko?

— Chyba tak.

— Warg — wysyczał Jojen Reed.

Bran spojrzał na niego szeroko otwartymi oczyma.

— Co takiego?

— Warg. Demon. Zmiennokształtny. Zwierzolud. Tak będą na ciebie mówić, jeśli dowiedzą się o wilczych snach.

Te nazwy znowu przywołały strach.

— Kto będzie tak mówił?

— Twoi rodacy. Ze strachu. Kiedy się dowiedzą, kim jesteś, niektórzy z nich cię znienawidzą. Niektórzy będą nawet próbowali cię zabić.

Stara Niania opowiadała niekiedy przerażające historie o zwierzoludach i zmiennokształtnych. W jej baśniach zawsze były to złe istoty.

— Nie jestem taki — sprzeciwił się Bran. — Nie jestem. To tylko sny.

— Wilcze sny nie są właściwie snami. Na jawie cały czas masz oko zamknięte, ale kiedy zasypiasz, powieka się uchyla i twoja dusza szuka swej drugiej połowy. Masz w sobie silną moc.

— Nie prosiłem o nią. Chcę być rycerzem.

— Chcesz być rycerzem, ale jesteś wargiem. Nie możesz tego zmienić, Bran. Nie uciekniesz przed tym, ani temu nie zaprzeczysz. Jesteś skrzydlatym wilkiem, ale nigdy nie nauczysz się latać. — Jojen wstał i podszedł do okna. — Chyba że otworzysz oko.

Złączył dwa palce i uderzył mocno chłopaka w czoło.

Gdy Bran uniósł dłoń, poczuł tylko gładką, nieuszkodzoną skórę. Nie było tam oka, nawet zamkniętego.

— Jak mogę je otworzyć, jeśli go nie ma?

— Tego oka nie znajdziesz palcami, Bran. Trzeba go szukać sercem. — Jojen przyjrzał się jego twarzy swymi niezwykłymi zielonymi oczyma. — A może się boisz?

— Maester Luwin mówi, że w snach nie ma nic, czego trzeba by się bać.

— Jest — sprzeciwił się Jojen.

— A co?

— Przeszłość. Przyszłość. Prawda.

Po ich wyjściu czuł się jeszcze bardziej zdezorientowany niż przedtem. Kiedy został sam, próbował otworzyć trzecie oko, nie wiedział jednak, jak się do tego zabrać. Choć marszczył wściekle czoło i obmacywał je palcami, nie wyczuł żadnej różnicy.

W następnych dniach próbował ostrzegać ludzi przed wizjami Jojena, ale nic to nie dało. Mikken uznał, że to śmieszne.

— Mówisz, morze? Tak się składa, że zawsze chciałem je zobaczyć, ale jakoś nigdy nie udało mi się tam wybrać. A teraz morze ma przyjść do mnie? Bogowie są łaskawi, jeśli zadają sobie tyle trudu dla biednego kowala.

— Bogowie zabiorą mnie wtedy, kiedy zechcą — rzekł mu spokojnie septon Chayle. — Choć nie wydaje mi się, bym miał utonąć, Bran. Wychowałem się na brzegach Białego Noża i pływam bardzo dobrze.

Jedynie Alebelly przejął się jego ostrzeżeniem. Poszedł osobiście porozmawiać z Jojenem, a potem w ogóle przestał się kąpać i nie chciał się nawet zbliżać do studni. W końcu zaczął śmierdzieć tak paskudnie, że sześciu innych strażników wrzuciło go do balii z gorącą wodą i wyszorowało przemocą, choć darł się wniebogłosy, że go utopią, tak jak przepowiedział żabi chłopak. Gdy później widział gdzieś w zamku Brana albo Jojena, spoglądał na nich spode łba i mamrotał coś pod nosem.

Kilka dni po wykąpaniu Alebelly'ego do Winterfell wrócił ser Rodrik. Stary rycerz przywiózł więźnia — tęgiego młodzieńca o mięsistych, wilgotnych wargach, który śmierdział jak wychodek, jeszcze gorzej niż Alebelly przed myciem.

— Mówią na niego Fetor — oznajmił Hayhead, gdy Bran zapytał, kto to jest. — Nie mam pojęcia, jak ma naprawdę na imię. Służył bękartowi Boltona i podobno pomógł mu zamordować lady Hornwood.

Przy kolacji Bran dowiedział się, że sam bękart nie żyje. Ludzie ser Rodrika przyłapali go na ziemiach Hornwoodów na jakimś okropnym uczynku (Bran nie był pewien jakim, ale wydawało się, że było to coś, co robi się bez ubrania) i naszpikowali go strzałami, gdy próbował uciekać. Dla biednej lady Hornwood było już jednak za późno. Po ślubie bękart zamknął ją w wieży i nie dawał jej nic do jedzenia. Bran słyszał, jak ludzie mówili, że gdy ser Rodrik rozwalił drzwi i znalazł ją martwą, miała krew na ustach i odgryzione palce.

— Ten potwór wpakował nas w niezłą kabałę — powiedział stary rycerz maesterowi Luwinowi. — Czy nam się to podoba, czy nie, lady Hornwood była jego żoną. Zmusił ją do wypowiedzenia słów przysięgi i przed septonem, i przed drzewem sercem, a potem, tej samej nocy, wziął ją przy świadkach do łoża. Spisała testament czyniący go jej dziedzicem i przystawiła do niego swą pieczęć.

— Przysięgi złożone pod groźbą miecza są nieważne — sprzeciwił się maester.

— Roose Bolton może być odmiennego zdania, zwłaszcza że w grę wchodzi ziemia. — Ser Rodrik miał bardzo niezadowoloną minę. — Szkoda, że nie mogę załatwić się też z tym jego sługą. Jest nie lepszy od swego pana. Obawiam się jednak, że muszę go zachować przy życiu, dopóki Robb nie wróci z wojny. Jest jedynym świadkiem najgorszych zbrodni bękarta. Gdy lord Bolton wysłucha tej opowieści, być może zrzeknie się swych pretensji, ale na razie rycerze Manderlych i ludzie z Dreadfort zabijają się nawzajem w lesie Hornwoodów, a mnie brakuje sił, by ich powstrzymać. — Stary rycerz obrócił się na krześle i obrzucił Brana surowym spojrzeniem. — A co ty robiłeś pod moją nieobecność, mości książę? Zabraniałeś swym strażnikom się myć? Czy chcesz, żeby śmierdzieli tak, jak ten Fetor?

— Morze tu przyjdzie — odparł Bran. — Jojen widział to w zielonym śnie. Alebelly utonie.

Maester Luwin pociągnął za swój łańcuch.

— Chłopak Reedów wierzy, że sny ukazują mu przyszłość, ser Rodriku. Tłumaczyłem Branowi, że takie przepowiednie nigdy nie są pewne, ale, szczerze mówiąc, na Kamiennym Brzegu naprawdę są kłopoty. Łupieżcy w drakkarach plądrują rybackie wioski. Gwałcą i palą. Leobald Tallhart wysłał swego bratanka Benfreda, żeby się z nimi policzył, ale spodziewam się, że gdy tylko zobaczą uzbrojonych ludzi, wsiądą na statki i uciekną.

— Ehe, i uderzą w jakimś innym miejscu. Niech Inni porwą wszystkich takich tchórzy. Nie odważyliby się na coś takiego, podobnie jak bękart Boltona, gdyby nie to, że nasze główne siły są na południu, tysiące mil stąd. — Ser Rodrik spojrzał na Brana. — Co jeszcze powiedział ci ten chłopak?

— Mówił, że woda zaleje nasze mury. Śniło mu się, że Alebelly utonie, a razem z nim Mikken i septon Chayle.

Ser Rodrik zmarszczył brwi.

— No cóż, w takim razie, gdybym musiał wyruszyć przeciw tym łupieżcom, nie wezmę ze sobą Alebelly'ego. Nie mówił, że ja też utonę, co? Nie? To dobrze.

Te słowa pocieszyły Brana. *Może jednak nie utoną* — pomyślał. *Jeśli będą się trzymali z dala od morza.*

Meera też tak sądziła, gdy przyszli potem z Jojenem do Brana, żeby zagrać we troje w płytki, lecz jej brat potrząsnął tylko głową.

— Tego, co widzę w zielonym śnie, nie można zmienić.

Rozgniewało to jego siostrę.

— Po co bogowie mieliby wysyłać ostrzeżenie, jeśli i tak nie możemy zmienić tego, co ma się stać?

— Nie wiem — przyznał ze smutkiem Jojen.

— Gdybyś był na miejscu Alebelly'ego, pewnie od razu byś skoczył do studni, żeby mieć to z głowy! On powinien walczyć, i Bran też.

— Ja? — zapytał Bran, ogarnięty nagłym strachem. — Dlaczego miałbym walczyć? Czy ja też utonę?

Meera spojrzała na niego z poczuciem winy w oczach.

— Niepotrzebnie to powiedziałam…

Nie ulegało wątpliwości, że coś ukrywa.

— Widziałeś mnie w zielonym śnie? — zapytał nerwowo Jojena. — Czy ja też utonąłem?

— Nie utonąłeś. — Młody Reed mówił tak, jakby każde słowo sprawiało mu ból. — Śnił mi się człowiek, którego przywieźli dzisiaj, ten, na którego mówią Fetor. Ty i twój brat leżeliście martwi u jego stóp, a on zdzierał wam skórę z twarzy długim, czerwonym nożem.

Meera wstała.

— Gdybym poszła teraz do lochu, mogłabym wbić mu trójząb prosto w serce. Jak mógłby zamordować Brana, gdyby był martwy?

— Strażnicy by cię powstrzymali — wyjaśnił Jojen. — A gdybyś wytłumaczyła im, dlaczego chcesz go zabić, na pewno by ci nie uwierzyli.

— Ja też mam strażników — przypomniał im Bran. — Alebelly'ego, Francowatego Tyma, Hayheada i całą resztę.

Przypominające barwą mech oczy Jojena przepełniała litość.

— Nie zdołają go powstrzymać, Bran. Nie widziałem, dlaczego tak się stanie, ale ujrzałem koniec. Obaj z Rickonem leżeliście w kryptach razem ze zmarłymi królami i ich kamiennymi wilkami.

Nie — pomyślał Bran. *Nie.*

— A gdybym uciekł... do Szarej Wody albo do wrony, gdzieś daleko, gdzie nie mogliby mnie znaleźć.

— Nic ci nie pomoże. To był zielony sen, Bran, a zielone sny nie kłamią.

Tyrion

Varys przystanął obok piecyka, grzejąc delikatne dłonie.

— Wygląda na to, że Renly'ego okrutnie zamordowano w samym środku jego własnej armii. Gardło poderżnięto mu od ucha do ucha ostrzem, które przeszło przez stal i kość jak przez miękki ser.

— Ale kto to uczynił? — zapytała Cersei.

— Czy przyszło ci kiedyś do głowy, pani, że mieć zbyt wiele odpowiedzi znaczy tyle samo, co nie mieć żadnej? Moi informatorzy nie zawsze zajmują tak wysoką pozycję, jak byśmy chcieli. Gdy ginie król, plotki mnożą się jak grzyby w ciemności. Stajenny mówi, że Renly'ego zabił rycerz jego własnej Tęczowej Gwardii. Praczka utrzymuje, że Stannis zakradł się do serca obozu brata z magicznym mieczem w ręku. Kilku zbrojnych twierdzi, że tego czynu dokonała kobieta, ale nie potrafią się zgodzić która. Jeden z nich zapewnia, że zrobiła to dziewczyna, którą Renly wzgardził. Drugi, że markietanka, która miała mu uprzyjemnić noc przed bitwą. Trzeci wysuwa nawet przypuszczenie, że mogła to być lady Catelyn Stark.

Królowa nie była zadowolona.

— Czy musimy marnować czas na każdą plotkę, którą powtarzają głupcy?

— Płacisz mi za zbieranie tych plotek, łaskawa królowo.

— Płacimy ci za prawdę, lordzie Varysie. Nie zapominaj o tym, gdyż w przeciwnym razie ta mała rada może się stać jeszcze mniejsza.

Varys zachichotał nerwowo.

— Jeśli tak dalej pójdzie, ty i twój szlachetny brat niedługo w ogóle pozbawicie Jego Miłość rady.

— Śmiem twierdzić, że królestwu nie zaszkodziłoby ograniczenie liczby jej członków — stwierdził z uśmiechem Littlefinger.

— Mój drogi Petyrze — wtrącił Varys — czy nie niepokoi cię myśl, że następne nazwisko na krótkiej liście namiestnika może należeć do ciebie?

— Miałbym cię wyprzedzić, Varysie? Nawet mi się to nie śni.

— Może więc razem zostaniemy braćmi na Murze.

Varys znowu zachichotał.

— Stanie się to prędzej niż ci się zdaje, jeśli zaraz nie usłyszę z twych ust czegoś użytecznego, eunuchu.

Sądząc z wyrazu jej oczu, Cersei była gotowa wykastrować Varysa po raz wtóry.

— Czy to może być jakiś podstęp? — zapytał Littlefinger.

— Jeśli tak, to niewiarygodnie sprytny — odparł Varys. — Ja z pewnością dałem się nabrać.

Tyrion usłyszał już wystarczająco wiele.

— Joff będzie bardzo rozczarowany — zaczął. — Przygotował na głowę Renly'ego taki piękny pal. Ktokolwiek jednak dokonał tego czynu, musimy przyjąć założenie, że stał za tym Stannis, jako że z pewnością on na tym skorzystał. — Nie był zadowolony z tej wiadomości. Liczył na to, że bracia Baratheonowie zdziesiątkują wzajemnie swe siły w krwawej bitwie. Czuł pulsujący ból w łokciu, w miejscu, gdzie złamało go kiedyś uderzenie morgensztерna. Zdarzało mu się to czasem, gdy było wilgotno. — A co z armią Renly'ego? — zapytał, rozcierając bezradnie łokieć.

— Większa część piechoty nadal stoi pod Gorzkim Mostem. — Varys porzucił piecyk, by zająć miejsce przy stole. — Większość lordów, którzy ruszyli z lordem Renlym do Końca Burzy, przeszła na stronę Stannisa z całym swym rycerskim honorem.

— Idę o zakład, że pierwsi byli Florentowie — wtrącił Littlefinger.

Varys uśmiechnął się głupawo.

— Wygrałbyś, panie. W rzeczy samej, pierwszym, który ugiął

kolano, okazał się lord Alester. Za jego przykładem podążyło wielu innych.

— Wielu, ale nie wszyscy? — zainteresował się Tyrion.

— Nie wszyscy — potwierdził eunuch. — Nie Loras Tyrell, nie Randyll Tarly i nie Mathis Rowan. Nie poddał się też Koniec Burzy. Ser Cortnay Penrose broni zamku w imię Renly'ego i nie chce uwierzyć, że jego suweren nie żyje. Nim otworzy bramę, pragnie zobaczyć jego doczesne szczątki, ale wygląda na to, że zwłoki w niewyjaśniony sposób zniknęły. Zapewne ktoś je wykradł. Jedna piąta rycerzy Renly'ego odjechała z ser Lorasem, nie chcąc ugiąć kolana przed Stannisem. Podobno Rycerz Kwiatów wpadł w szał, gdy ujrzał ciało swego króla i w gniewie zabił trzech jego strażników, w tym Emmona Cuya i Robara Royce'a.

Szkoda, że poprzestał tylko na trzech — pomyślał Tyrion.

— Ser Loras zapewne zmierza do Gorzkiego Mostu — ciągnął Varys. — Przebywa tam jego siostra, która była królową Renly'ego, a także mnóstwo żołnierzy, którym nagle zabrakło monarchy. Po czyjej stronie się opowiedzą? To drażliwe pytanie. Wielu z nich służy lordom, którzy zostali pod Końcem Burzy, a ci lordowie należą teraz do Stannisa.

Tyrion pochylił się.

— Mam wrażenie, że otwiera się przed nami szansa. Jeśli pozyskamy sobie ser Lorasa, mogą się do nas przyłączyć również lord Tyrell i jego chorążowie. Być może w tej chwili przysięgli wierność Stannisowi, lecz z pewnością go nie miłują, gdyż w przeciwnym razie od początku opowiedzieliby się po jego stronie.

— Ale czy nas miłują bardziej? — zapytała Cersei.

— Nie przypuszczam — przyznał Tyrion. — Nie ulega wątpliwości, że kochali Renly'ego, on jednak padł ofiarą morderstwa. Być może damy im wystarczające powody, by przedłożyć Joffreya nad Stannisa... jeśli będziemy działali szybko.

— A jakie to mają być powody?

— Złote powody — zasugerował natychmiast Littlefinger.

Varys cmoknął z niesmakiem.

— Słodki Petyrze, z pewnością nie chcesz zasugerować, że tych potężnych lordów i szlachetnych rycerzy można kupić jak kury na targu?

— Odwiedzałeś ostatnio nasze targi, lordzie Varysie? — zapytał

Littlefinger. — Śmiem twierdzić, że łatwiej teraz kupić lorda niż kurę. Rzecz jasna, lordowie gdaczą głośniej niż te ptaki i oburzają się, jeśli oferuje się im gotówkę jak kupcom, rzadko jednak mają coś przeciwko przyjmowaniu darów… tytułów, ziem, zamków…

— Przekupstwem możemy zdobyć niektórych pomniejszych lordów — zauważył Tyrion — ale nie Wysogród.

— To prawda — zgodził się Littlefinger. — W tym przypadku kluczem jest Rycerz Kwiatów. Mace Tyrell ma dwóch starszych synów, lecz jego ulubieńcem zawsze był Loras. Jeśli go pozyskamy, Wysogród będzie nasz.

Ma rację — pomyślał Tyrion.

— Wydaje mi się, że powinniśmy wziąć przykład ze zmarłego lorda Renly'ego. Możemy zawrzeć sojusz z Tyrellami w taki sam sposób jak on. Drogą małżeństwa.

Najszybciej zrozumiał go Varys.

— Chcesz ożenić króla Joffreya z Margaery Tyrell.

— Tak.

Przypomniał sobie, że młoda królowa Renly'ego ma piętnaście, najwyżej szesnaście lat… więcej niż Joffrey, ale kilka lat to drobiazg. Rozwiązanie było znakomite, tak słodkie, że czuł jego smak.

— Joffrey jest zaręczony z Sansą Stark — sprzeciwiła się Cersei.

— Umowę małżeńską można zerwać. Jaki pożytek przyniesie królowi związek z córką nieżyjącego zdrajcy?

— Można wskazać Jego Miłości, że Tyrellowie są znacznie bogatsi od Starków — wtrącił Littlefinger — a Margaery Tyrell jest podobno bardzo piękna… i już dojrzała.

— Tak — zgodził się Tyrion. — Joffowi powinno się to spodobać.

— Mój syn jest za młody, by obchodziły go takie sprawy.

— Tak ci się zdaje? — zapytał Tyrion. — Ma trzynaście lat, Cersei. Ja w tym wieku się ożeniłem.

— Ten żałosny epizod przyniósł wstyd nam wszystkim. Joffrey jest zrobiony ze szlachetniejszego kruszca.

— Tak szlachetnego, że kazał ser Borosowi zedrzeć z Sansy suknię.

— Był na nią zły.

— A wczoraj był zły na tego kuchcika, który rozlał zupę, ale jego nie kazał rozebrać.

— Tu nie chodziło o rozlaną zupę…

Nie, tu chodziło o ładne cycki. Po incydencie na dziedzińcu Tyrion rozmawiał z Varysem o tym, jak mogliby zorganizować wizytę Joffreya w przybytku Chatayi. Miał nadzieję, że gdy chłopiec skosztuje miodu, jego charakter stanie się słodszy. Może nawet będzie mu wdzięczny, bogowie brońcie, a Tyrionowi przydałaby się odrobina wdzięczności suwerena. Rzecz jasna, trzeba to będzie załatwić potajemnie. Najtrudniej będzie pozbyć się Ogara.

— Pies nigdy nie jest daleko od swego pana — tłumaczył Varysowi — ale wszyscy ludzie kiedyś sypiają. A niektórzy oddają się też hazardowi, chodzą na dziwki i odwiedzają szynki.

— Ogar robi wszystkie te rzeczy, jeśli o to mnie pytasz.

— Nie pytam czy, tylko kiedy.

Varys dotknął palcem policzka, uśmiechając się enigmatycznie.

— Panie, ktoś podejrzliwy mógłby pomyśleć, że chcesz się dowiedzieć, kiedy Sandor Clegane nie pilnuje króla Joffreya, po to, by wyrządzić chłopakowi jakąś krzywdę.

— Przecież mnie znasz, lordzie Varysie — zaprotestował Tyrion. — Pragnę jedynie tego, by mój siostrzeniec mnie kochał.

Eunuch obiecał, że rozważy tę sprawę. Wojna była jednak ważniejsza i Joffrey będzie musiał jeszcze zaczekać na wprowadzenie w tajniki męskości.

— Z pewnością znasz swego syna lepiej niż ja — odezwał się z niechęcią do Cersei — ale, tak czy inaczej, małżeństwo z córką Tyrellów ma wiele zalet. Możliwe, że tylko ono pozwoli Joffreyowi dożyć do nocy poślubnej.

— Dziewczyna Starków nie może dać Joffreyowi nic poza ciałem, choćby nawet i słodkim — poparł go Littlefinger. — Margaery Tyrell wniesie mu w wianie pięćdziesiąt tysięcy mieczy i całą potęgę Wysogrodu.

— To prawda. — Varys położył miękką dłoń na rękawie królowej. — Masz serce matki i wiem też, że Jego Miłość kocha swe słodkie maleństwo. Niemniej królowie muszą się nauczyć przedkładać potrzeby królestwa nad własne pragnienia. Uważam, że musimy zgłosić tę propozycję.

Królowa wyszarpnęła rękę eunuchowi.

— Nie opowiadalibyście takich rzeczy, gdybyście byli kobietami. Mówcie, co chcecie, panowie, ale Joffrey jest zbyt dumny, żeby zadowolić się resztkami po Renlym. Nigdy się na to nie zgodzi.

Tyrion wzruszył ramionami.

— Gdy król za trzy lata osiągnie pełnoletność, będzie się mógł zgadzać albo nie, wedle swej woli. Na razie jednak ty jesteś jego regentką, a ja namiestnikiem, i ożeni się z kobietą, którą mu wskażemy, nawet jeśli uważa ją za resztki.

W kołczanie Cersei zabrakło już strzał.

— No to składajcie tę propozycję, ale niech bogowie mają was w swej opiece, jeśli Joffowi dziewczyna się nie spodoba.

— Bardzo się cieszę, że możemy się ze sobą zgodzić — rzekł Tyrion. — Ale kto z nas pojedzie do Gorzkiego Mostu? Musimy dotrzeć do ser Lorasa z naszą propozycją, nim jego krew zdąży ostygnąć.

— Chcesz wysłać jednego z członków rady?

— Chyba nie liczysz na to, że Rycerz Kwiatów zechce pertraktować z Bronnem albo Shaggą? Tyrellowie są dumni.

Jego siostra natychmiast znalazła sposób, by obrócić sytuację na swoją korzyść.

— Ser Jacelyn Bywater jest szlachetnie urodzony. Wyślij jego.

Tyrion potrząsnął głową.

— Potrzebujemy kogoś, kto będzie mógł zrobić coś więcej, niż tylko przekazać nasze słowa i dostarczyć odpowiedź. Nasz poseł musi przemawiać w imieniu króla i rady, żeby załatwić sprawę szybko.

— Namiestnik przemawia głosem króla. — Światło świec odbijało się w oczach Cersei blaskiem zielonym jak dziki ogień. — Jeśli wyślemy ciebie, Tyrionie, to będzie tak, jakby Joffrey wyjechał z poselstwem osobiście. Któż mógłby być lepszy? Władasz słowem tak samo biegle, jak Jaime mieczem.

Czy aż tak bardzo pragniesz się mnie stąd pozbyć, Cersei?

— Jesteś nadzwyczaj uprzejma, siostro, ale wydaje mi się, że matka znacznie lepiej niż wuj nadaje się do zaaranżowania małżeństwa dla chłopaka. Ponadto masz dar zjednywania sobie przyjaciół, któremu nigdy w życiu nie dorównam.

Przymrużyła oczy.

— Joff potrzebuje mnie u swego boku.

— Wasza Miłość, lordzie namiestniku, król potrzebuje was obojga — wtrącił Littlefinger. — Pozwólcie, bym ja tam pojechał.

— Ty?

Jaką korzyść w tym widzi? — zastanowił się Tyrion.

— Jestem członkiem królewskiej rady, lecz w moich żyłach nie płynie królewska krew i dlatego byłbym kiepskim zakładnikiem. Nieźle poznałem ser Lorasa podczas jego pobytu na dworze i w żaden sposób nie wzbudziłem jego niechęci. O ile mi wiadomo, Mace Tyrell również nie jest mi wrogiem, a pochlebiam sobie, że jestem biegły w sztuce negocjacji.

Tu nas ma.

Tyrion nie ufał Petyrowi Baelishowi i nie chciał spuszczać go z oczu, jaki jednak miał wybór? Posłem musiał zostać Littlefinger albo on, a wiedział doskonale, że jeśli opuści Królewską Przystań choć na krótki czas, wszystko, co udało mu się dotąd osiągnąć, pójdzie na marne.

— Po drodze do Gorzkiego Mostu toczą się walki — zaczął ostrożnie. — Możemy też mieć pewność, że lord Stannis wyśle po zbłąkane owieczki swego brata własnych pastuszków.

— Nigdy nie bałem się pastuszków. Martwią mnie raczej te owieczki. Niemniej jednak, przypuszczam, że będzie mi potrzebna eskorta.

— Mogę ci dać sto złotych płaszczy — zaproponował Tyrion.

— Pięćset.

— Trzysta.

— I jeszcze czterdziestu ludzi. Dwudziestu rycerzy z giermkami. Jeśli przybędę bez rycerskiej obstawy, Tyrellowie uznają, że jestem mało ważny.

Miał rację.

— Zgoda.

— Wezmę też ze sobą Horrora i Bobera i odeślę ich potem ich panu ojcu w geście dobrej woli. Potrzebujemy Paxtera Redwyne'a. To najstarszy przyjaciel Mace'a Tyrella, a sam też dysponuje wielką potęgą.

— Jest również zdrajcą — obruszyła się królowa. — Arbor opowiedziałoby się po stronie Renly'ego razem z całą resztą, gdyby Redwyne nie wiedział, że jego bachory ucierpiałyby z tego powodu.

— Renly nie żyje, Wasza Miłość — zauważył Littlefinger — a ani Stannis, ani lord Paxter z pewnością nie zapomnieli, że to galery Redwyne'ów blokowały drogę morską podczas oblężenia Końca Burzy. Jeśli oddamy mu bliźniaków, być może uda się nam zdobyć jego miłość.

Cersei nie dała się przekonać.

— Niech Inni wezmą jego miłość. Ja wolę jego miecze i żagle, a najlepszy sposób, żeby je zdobyć, to nie wypuszczać z garści tych bliźniaków.

Tyrion potrafił na to odpowiedzieć.

— W takim razie odeślijmy ser Hobbera do Arbor i zatrzymajmy ser Horasa tutaj. Lord Paxter powinien być wystarczająco bystry, żeby się zorientować, co to oznacza.

Ta propozycja nie wzbudziła zastrzeżeń, lecz Littlefinger jeszcze nie skończył.

— Będą nam potrzebne konie. Szybkie i silne. Podczas wojny trudno o zapasowe wierzchowce. Musimy również zabrać spory zapas złota na te podarunki, o których mówiliśmy wcześniej.

— Weź, ile tylko zechcesz. Jeśli miasto upadnie, Stannis i tak wszystko ukradnie.

— Chcę też otrzymać upoważnienie na piśmie. Dokument, który nie pozwoli Mace'owi Tyrellowi wątpić, że jestem upoważniony do rozmów na temat małżeństwa, a także o innych sprawach, które mogą wypłynąć, oraz składać wiążące obietnice w imieniu króla. Powinny być na nim podpisy oraz pieczęcie Joffreya i wszystkich członków rady.

Tyrion przesunął się na niewygodnym krześle.

— Zgoda. Czy to już wszystko? Przypominam ci, że droga do Gorzkiego Mostu jest daleka.

— Wyruszę już przed świtem. — Littlefinger wstał z miejsca. — Mam nadzieję, że po mym powrocie król zechce mnie hojnie nagrodzić za wysiłki, jakie poczyniłem dla jego sprawy.

Varys zachichotał.

— Joffrey jest bardzo wdzięcznym suwerenem. Jestem pewien, że nie będziesz miał powodów się uskarżać, mój szlachetny, dzielny panie.

Królowa była bardziej bezpośrednia.

— Czego żądasz, Petyrze?

Littlefinger spojrzał na Tyriona z chytrym uśmieszkiem.

— Będę musiał jeszcze rozważyć tę kwestię. Z pewnością coś wymyślę.

Pokłonił się niedbale i wyszedł swobodnym krokiem, zupełnie jakby udawał się do któregoś ze swych burdeli.

Tyrion wyjrzał przez okno. Mgła była tak gęsta, że nie widział nawet muru kurtynowego po drugiej stronie dziedzińca. W szarości jarzyło się kilka niewyraźnych świateł. *Paskudny dzień na podróż* — pomyślał. Nie zazdrościł Petyrowi Baelishowi.

— Lepiej spiszmy te dokumenty. Lordzie Varysie, poślij po pergamin i gęsie pióro. I niech ktoś obudzi Joffreya.

Gdy spotkanie dobiegło wreszcie końca, było jeszcze szaro i ciemno. Varys oddalił się sam, szurając miękkimi łapciami po podłodze. Oboje Lannisterowie zatrzymali się na chwilę w drzwiach.

— Jak tam twój łańcuch, bracie? — zapytała królowa, gdy ser Preston zakładał jej na ramiona obszyty popielicami płaszcz ze srebrnogłowiu.

— Rośnie, ogniwo za ogniwem. Powinniśmy dziękować bogom, że ser Cortnay Penrose jest taki uparty. Stannis z pewnością nie pomaszeruje na północ, zostawiając na swych tyłach nie zdobyty Koniec Burzy.

— Tyrionie, wiem, że często nie zgadzamy się ze sobą w kwestiach politycznych, ale wydaje mi się, że myliłam się co do ciebie. Nie jesteś tak wielkim głupcem, za jakiego cię uważałam. Szczerze mówiąc, zdaję sobie teraz sprawę, że bardzo mi pomogłeś. Dziękuję ci za to. Musisz mi wybaczyć ostre słowa, które kierowałam do ciebie w przeszłości.

— Muszę? — Wzruszył z uśmiechem ramionami. — Słodka siostro, nie powiedziałaś nic, co wymagałoby wybaczenia.

— Chyba zapomniałeś dodać „dzisiaj"?

Oboje wybuchnęli śmiechem… a Cersei pochyliła się i złożyła na jego czole szybki, delikatny pocałunek.

Zbyt zdumiony, by cokolwiek powiedzieć, Tyrion był w stanie jedynie śledzić ją wzrokiem, gdy odchodziła z ser Prestonem u boku.

— Czy straciłem zmysły, czy moja siostra przed chwilą mnie pocałowała? — zapytał Bronna, gdy wyszła.

— Czy to było aż takie słodkie?

— Było… niespodziewane. — Cersei ostatnio zachowywała się dziwnie i Tyriona bardzo to niepokoiło. — Próbowałem sobie przypomnieć, kiedy zrobiła to ostatnio. Miałem wtedy najwyżej sześć albo siedem lat. Jaime ją podpuścił.

— Wreszcie doceniła twój urok.

— Nie — sprzeciwił się Tyrion. — Nie. Coś knuje. Lepiej dowiedz się co, Bronn. Wiesz, że nienawidzę niespodzianek.

Theon

Theon grzbietem dłoni otarł ślinę z policzka.

— Robb wypruje ci za to flaki, Greyjoy — krzyknął Benfred Tallhart. — Rzuci twoje zdradzieckie serce swemu wilkowi, ty kupo owczego gówna.

— Teraz musisz go zabić.

Głos Aerona Mokrej Czupryny przebił się przez obelgi jak miecz przez gomółkę sera.

— Najpierw chcę mu zadać kilka pytań — sprzeciwił się Theon.

— Pierdolę twoje pytania. — Benfred wisiał między Styggiem a Werlagiem, krwawiący i bezsilny. — Prędzej się nimi udławisz, nim ci odpowiem. Tchórzu. Sprzedawczyku.

Stryj Aeron był nieubłagany.

— Plując na ciebie, pluje na nas wszystkich. Pluje na Utopionego Boga. Musi umrzeć.

— Ojciec mnie powierzył dowództwo, stryju.

— I wysłał z tobą mnie, bym ci doradzał.

I miał mnie na oku. Theon nie odważył się naciskać na stryja zbyt mocno. Co prawda, był tu dowódcą, lecz jego ludzie wierzyli w Utopionego Boga, a nie wierzyli w niego, natomiast Aerona Mokrej Czupryny bali się panicznie. *Nie mogę mieć o to do nich pretensji.*

— Stracisz za to głowę, Greyjoy. Wrony wyżrą ci oczy. — Benfred spróbował splunąć raz jeszcze, lecz z ust popłynęło mu tylko trochę krwi. — Niech Inni wypierdolą waszego mokrego boga.

Tallhart, właśnie wyplułeś własne życie — pomyślał Theon.

— Stygg, ucisz go — rozkazał.

Obalili Benfreda na kolana. Werlag zerwał z jego hełmu króliczą skórę i wcisnął mu ją między zęby, żeby go uciszyć. Stygg złapał za topór.

— Nie — sprzeciwił się Aeron Mokra Czupryna. — Trzeba go oddać bogu. Zgodnie ze starymi zwyczajami.

Co to ma za znaczenie? Trup to trup.

— To weź go sobie.

— Ty też pójdziesz z nami. Jesteś tu dowódcą i ty musisz złożyć ofiarę.

Tego już Theon nie mógł przełknąć.

— Ty jesteś kapłanem, stryju. Boga zostawiam tobie. Odwdzięcz się mi tym samym i nie przeszkadzaj mi w dowodzeniu.

Skinął dłonią i Werlag ze Styggiem powlekli jeńca w stronę brzegu. Aeron Mokra Czupryna obrzucił bratanka pełnym wyrzutu spojrzeniem, po czym ruszył za nimi. Szli na żwirową plażę, by utopić Benfreda Tallharta w słonej wodzie. Zgodnie ze starymi zwyczajami.

To zapewne akt łaski — tłumaczył sobie Theon, oddalając się w przeciwną stronę. Stygg nie był zbyt wprawnym katem, a Benfred miał kark gruby jak u dzika, nabity mięśniami i tłuszczem. *Żartowałem sobie z niego z tego powodu, żeby się przekonać, czy potrafię go rozzłościć* — przypomniał sobie. Kiedy to było, trzy lata temu? Gdy Ned Stark wybrał się do Torrhen's Square spotkać się z ser Helmanem. Theon pojechał z nim i spędził dwa tygodnie w towarzystwie Benfreda.

Słyszał grubiańskie wrzaski zwycięzców, dobiegające zza zakrętu traktu, gdzie stoczono bitwę... o ile można nazwać to bitwą. *Szczerze mówiąc, wyglądało to raczej na rzeź owiec. Co prawda, zakutych w stal, niemniej jednak owiec.*

Theon wspiął się na kamienne rumowisko i spojrzał w dół, na martwych ludzi i dogorywające konie. Wierzchowce zasługiwały na lepszy los. Tymor i jego bracia odprowadzili te, które nie ucierpiały podczas walki, natomiast Urzen i Czarny Lorren uciszali te, które były zbyt ciężko ranne, by można je było uratować. Reszta jego ludzi zajęła się ograbianiem trupów. Gevin Harlaw ukląkł na piersi jednego z zabitych i odrzynał mu palec, na którym lśnił pierścień.

Płaci żelazem. Panu ojcu by się to spodobało. Zastanowił się, czy odszukać ciała dwóch ludzi, których zabił, żeby sprawdzić, czy mają jakąś wartą zabrania biżuterię, lecz pomysł ten wypełnił mu usta goryczą. Potrafił sobie wyobrazić, co powiedziałby na ten temat Eddard Stark. Rozgniewała go ta myśl. *Eddard Stark gnije w grobie i nic dla mnie nie znaczy* — powtórzył sobie.

Stary Botley, zwany Rybim Wąsem, siedział ze srogą miną przy stercie łupów, którą wciąż powiększali jego trzej synowie. Jeden z nich wdał się w przepychankę z grubasem imieniem Todric, który zataczał się między zabitymi z rogiem *ale* w jednej dłoni, a toporem w drugiej. Miał na sobie białe futro z lisów, lekko tylko splamione krwią poprzedniego właściciela.

Jest pijany — uznał Theon, słuchając jego ryków. Powiadano, że w dawnych czasach żelaźni ludzie upajali się krwią podczas bitwy do tego stopnia, że ogarniał ich szał i nie czuli bólu ani nie bali się żadnych wrogów, on jednak po prostu upił się *ale*.

— Wex, daj mi łuk i strzały.

Chłopak wykonał polecenie i Theon naciągnął cięciwę. Wtem Todric obalił młodego Botleya na ziemię i chlusnął mu w oczy *ale*. Rybi Wąs zerwał się, przeklinając głośno, Theon był jednak szybszy. Mierzył w rękę trzymającą róg, w nadziei, że odda strzał, o którym długo będą opowiadać, lecz Todric zepsuł mu cel, zataczając się niespodziewanie. Strzała trafiła go w brzuch.

Rabusie wytrzeszczyli oczy. Theon opuścił łuk.

— Mówiłem, że nie pozwalam na pijaństwo ani kłótnie o łupy. — Todric konał głośno, obalony na kolana. — Botley, ucisz go.

Rybi Wąs i jego synowie szybko wykonali polecenie. Poderżnęli wierzgającemu słabo Todricowi gardło, po czym zabrali mu futro, pierścienie i broń, nim jeszcze zdążył umrzeć.

Teraz wiedzą, że lepiej mnie słuchać. Lord Balon mógł przyznać mu dowództwo, Theon jednak wiedział, że niektórzy z jego ludzi widzą w nim tylko słabego młodzika z zielonych krain.

— Ktoś jeszcze jest spragniony? — Nikt nie odpowiedział. — Świetnie.

Kopnął leżącą na ziemi chorągiew Benfreda, którą wciąż ściskał w dłoni martwy giermek. Poniżej proporca przywiązano króliczą skórę. Chciał zapytać, co to miało oznaczać, lecz gdy na niego pluto, zapominał o pytaniach. Cisnął łuk Wexowi i oddalił się zamaszystym krokiem. Pamiętał uniesienie, które czuł po bitwie w Szepczącym Lesie, i zastanawiał się, dlaczego to zwycięstwo nie smakuje tak słodko. *Tallhart, ty cholerny, zarozumiały durniu, nawet nie wysłałeś zwiadowcy.*

Żartowali ze sobą po drodze, a nawet śpiewali. Nad nimi powiewały trzy drzewa Tallhartów, a na kopiach wisiały te głupie królicze skóry. Łucznicy ukryci za kępami janowca popsuli im pieśń gradem strzał, a potem Theon osobiście poprowadził atak, by dokończyć rzezi sztyletami, toporami i młotami. Dowódcę kazał oszczędzić celem przesłuchania.

Ale nie spodziewał się, że to będzie Benfred Tallhart.

Gdy Theon wrócił na „Morską Dziwkę", bezwładne ciało utopionego wyciągano właśnie z wody. Wzdłuż kamienistej plaży widać było rysujące się na tle nieba maszty drakkarów. Z rybackiej wioski nie zostało nic poza ostygłymi popiołami, które śmierdziały podczas deszczu. Wszystkich mężczyzn zabito, poza garstką tych, którym Theon pozwolił uciec, by zanieśli wiadomość do Torrhen's Square. Z ich żon i córek uczyniono morskie żony, pod warunkiem, że były młode i ładne. Stare i brzydkie po zgwałceniu zabito, oszczędzając tylko te, które posiadały jakieś pożyteczne umiejętności i sprawiały wrażenie niekłopotliwych, dzięki czemu nadawały się na niewolnice.

Ten atak również zaplanował Theon. Podpłynął do brzegu zimną nocą i zeskoczył z dziobu na plażę z toporem w dłoni, by powieść swych ludzi do śpiącej wioski. Nie przypadło mu to bynajmniej do gustu, jaki jednak miał wybór? Jego po trzykroć przeklęta siostra płynęła teraz na północ „Czarnym Wichrem" i z pewnością zdobędzie dla siebie zamek. Lord Balon nie dopuścił, by ktokolwiek się zorientował, że u brzegów Żelaznych Wysp gromadzą się okręty, krwawą robotę, którą wykonywał Theon na Kamiennym Brzegu złoży się więc na karb piratów. Mieszkańcy północy nie zdadzą sobie sprawy z rozmiarów grożącego im niebezpieczeństwa, dopóki na Deepwood Motte i Fosę Cailin nie spadną ciosy młotów.

A gdy już zwyciężymy, o tej suce Ashy ułożą pieśni i nikt nawet nie będzie wiedział, że przy tym byłem. Nie zamierzał do tego dopuścić.

Dagmer Rozcięta Gęba stał przy wysokim, rzeźbionym dziobie swego drakkara o nazwie „Pijący Pianę". Theon kazał mu pilnować statków, gdyż w przeciwnym razie ludzie mogliby utrzymywać, że to Dagmer odniósł zwycięstwo nie on. Ktoś bardziej drażliwy mógłby to uznać za zniewagę, lecz Rozcięta Gęba roześmiał się tylko.

— Zwyciężyliśmy, a ty się nie uśmiechasz, chłopcze — zawołał do Theona. — Żywi powinni się uśmiechać, bo martwi już nie mogą. — Rozciągnął usta w uśmiechu, by zademonstrować, jak to się robi. Widok był odrażający. Pod białym jak śnieg zarostem Dagmer Rozcięta Gęba miał najobrzydliwszą bliznę, jaką Theon w życiu widział, pozostałość po ciosie toporem, który w dzieciństwie omal nie kosztował go życia. Ostrze przecięło mu szczękę i wybiło przednie zęby, a zamiast dwóch warg miał teraz cztery. Jego policzki i szyję pokrywała kosmata broda, lecz na bliźnie zarost nie chciał wyrosnąć i obszar błyszczącej, pofałdowanej skóry dzielił jego twarz na dwoje niczym bruzda biegnąca przez śnieżne pole.

— Słyszeliśmy ich śpiew — oznajmił stary wojownik. — To była dobra pieśń i śpiewali ją dzielnie.

— Lepiej śpiewali niż walczyli. Harfy pomogłyby im tyle samo, co kopie.

— Ilu ludzi straciliśmy?

— My? — Theon wzruszył ramionami. — Todrica. Zabiłem go za to, że się upił i wdał w bójkę o łupy.

— Niektórzy rodzą się po to, by zginąć.

Mężczyzna wart mniej mógłby się bać demonstrować równie przerażający uśmiech, Dagmer jednak szczerzył zęby znacznie częściej i szerzej niż lord Balon. Choć uśmiech ten był brzydki, przywoływał setki wspomnień. Theon często widywał go w dzieciństwie, gdy przeskoczył konno omszały mur albo rzucił toporem i trafił prosto w cel. Widział go, kiedy zablokował cios miecza Dagmera, trafił z łuku mewę w locie albo wziął w rękę rumpel i przeprowadził bezpiecznie drakkar między spienionymi skałami.

Uśmiechał się do mnie częściej niż ojciec i Eddard Stark razem wzięci. Nawet Robb... powinien był nagrodzić go uśmiechem, gdy uratował Brana przed tym dzikim, ale zbeształ go tylko, jakby Theon był kucharzem, który przypalił gulasz.

— Musimy pogadać, stryju — oznajmił Theon. Dagmer nie był jego prawdziwym stryjem, a tylko zaprzysiężonym człowiekiem. W jego żyłach płynęła odrobina krwi Greyjoyów, lecz pochodziła ona sprzed czterech albo pięciu pokoleń, a w dodatku z nieprawego łoża. Mimo to Theon zawsze tak go nazywał.

— No to właź na mój pokład.

Dagmer nie zamierzał nikogo tytułować, gdy stał na własnym pokładzie. Na Żelaznych Wyspach każdy kapitan był królem swego statku.

Theon czterema długimi krokami wszedł na „Pijącego Pianę". Dagmer wprowadził go do ciasnej kajuty na rufie, gdzie stary nalał sobie róg kwaśnego *ale*. Chciał poczęstować nim też Theona, ten jednak odmówił.

— Zdobyliśmy za mało koni. Trochę ich mamy, ale... no cóż, będzie mi musiało wystarczyć tyle. Mniejsze siły to więcej chwały do podziału.

— A po co nam konie? — Jak większość żelaznych ludzi, Dagmer wolał walczyć na piechotę albo z pokładu statku. — Tylko obsrywają pokład i ciągle włażą w drogę.

— Gdybyśmy mieli pożeglować, to tak — przyznał Theon. — Mam jednak inny plan.

Przyglądał się uważnie starszemu mężczyźnie, by sprawdzić, jak to przyjmie. Bez poparcia Rozciętej Gęby nie miał nadziei na sukces. Choć był dowódcą, ludzie nigdy za nim nie pójdą, jeśli sprzeciwią mu się i Aeron, i Dagmer, a nie mógł liczyć na to, że przekona skwaszonego kapłana.

— Twój pan ojciec kazał nam tylko nękać wybrzeże, nic więcej.

Spod białych, krzaczastych brwi na Theona spoglądały oczy jasne jak morska piana. Czy widział w nich dezaprobatę, czy błysk zainteresowania? Myślał... miał nadzieję... że to drugie.

— Jesteś człowiekiem mego ojca.

— Najlepszym z jego ludzi. Zawsze tak było.

Duma — pomyślał Theon. *Jest dumny. Muszę to wykorzystać. Jego duma okaże się kluczem do sukcesu.*

— Na całych Żelaznych Wyspach nie ma nikogo, kto lepiej od ciebie władałby włócznią lub mieczem.

— Zbyt długo cię nie było, chłopcze. Kiedy odjeżdżałeś, rzeczywiście tak było, lecz zestarzałem się już w służbie lorda Greyjoya. Bardowie mówią, że najlepszy jest teraz Andrik. Zwą go Andrikiem Nieuśmiechniętym. To prawdziwy olbrzym. Służy lordowi Drummowi ze Starej Wyk. A Czarny Lorren i Qarl Panienka są prawie tak samo straszni.

— Ten Andrik może być wielkim wojownikiem, ale czy ludzie boją się go tak jak ciebie?

— Masz rację — przyznał Dagmer. Na zaciśniętych wokół rogu palcach miał mnóstwo pierścieni ze złota, srebra i brązu, ozdobionych szafirami, granatami i smoczym szkłem. Theon wiedział, że za każdy z nich stary zapłacił żelazem.

— Gdyby służył mi człowiek taki, jak ty, nie marnowałbym go na tę dziecinną zabawę w nękanie i palenie. To nie jest zadanie dla najlepszego człowieka lorda Balona...

Dagmer rozciągnął w uśmiechu rozszczepione wargi, ukazując brązowe pieńki zębów.

— Ani nie dla jego prawowitego syna? — Ryknął śmiechem. — Zbyt dobrze cię znam, Theonie. Widziałem, jak stawiałeś pierwsze kroki, pomagałem ci naciągać pierwszy łuk. To nie ja czuję się skrzywdzony.

— Ja powinienem poprowadzić ludzi Ashy — przyznał ze skrępowaniem, wiedząc, że brzmi to bardzo małostkowo.

— Nie traktuj tego tak poważnie, chłopcze. Rzecz w tym, że pan ojciec cię nie zna. Twoi bracia zginęli, a ciebie oddano wilkom i jedyną pociechą była dla niego twa siostra. Nauczył się na niej polegać, a ona nigdy go nie zawiodła.

— Ja też nie. Starkowie wiedzieli, ile jestem wart. Byłem jednym z dobranych zwiadowców Bryndena Blackfisha, a w Szepczącym Lesie byłem w pierwszej fali atakujących. Tyle tylko zabrakło, bym skrzyżował miecze z samym Królobójcą. — Theon rozsunął dłonie na odległość dwóch stóp. — Daryn Hornwood wszedł między nas i zapłacił za to życiem.

— Dlaczego mi o tym opowiadasz? — zapytał Dagmer. — To ja włożyłem ci w dłoń pierwszy miecz. Wiem, że nie jesteś tchórzem.

— Ale czy mój ojciec o tym wie?

Stary, posiwiały wojownik miał minę taką, jakby ugryzł coś niesmacznego.

— To tylko… Theonie, Wilczy Chłopak to twój przyjaciel, a ci Starkowie mieli cię przez dziesięć lat.

— Nie jestem Starkiem. — *Zadbał o to lord Eddard.* — Jestem Greyjoyem i zamierzam zostać dziedzicem ojca. Jak mam osiągnąć ten cel, jeśli nie wykażę się jakimś wielkim czynem?

— Jesteś młody. Będą jeszcze inne wojny i dokonasz swych wielkich czynów. Na razie rozkazano ci nękać Kamienny Brzeg.

— Niech się tym zajmie mój stryj Aeron. Dam mu sześć statków, wszystkie oprócz „Morskiej Dziwki" i „Pijącego Pianę". Będzie mógł sobie palić i topić, ile tylko jego bóg zapragnie.

— Dowództwo powierzono tobie, nie Mokrej Czuprynie.

— Co to ma za znaczenie, jeśli wykonamy polecenie ojca? Żaden kapłan nie mógłby dokonać tego, co ja chcę zrobić, ani tego, o co proszę ciebie. Mam dla ciebie zadanie, które może wykonać tylko Dagmer Rozcięta Gęba.

Stary pociągnął długi łyk *ale*.

— Mów.

Skusiłem go — pomyślał Theon. *Tak jak i mnie, nie podoba mu się ta zabawa w rozbójników.*

— Jeśli moja siostra może zdobyć zamek, ja również potrafię tego dokonać.

— Asha ma cztery albo pięć razy więcej ludzi od nas.

Theon pozwolił sobie na chytry uśmiech.

— Ale my mamy cztery razy więcej rozumu i pięć razy więcej odwagi.

— Ojciec...

— ...podziękuje mi, gdy zdobędę dla niego królestwo. Zamierzam dokonać czynu, który harfiarze będą opiewać jeszcze za tysiąc lat.

Wiedział, że to przemówi do Dagmera. Pewien bard ułożył pieśń o toporze, który rozszczepił staremu szczękę, i Rozcięta Gęba uwielbiał jej słuchać. Gdy tylko był podchmielony, domagał się łupieżczej pieśni, czegoś głośnego i dzikiego, co opowiadałoby o poległych bohaterach i szaleńczo odważnych czynach.

Włosy ma białe, a zęby przegniłe, ale nadal łaknie chwały.

— A jaką rolę miałbym odegrać w tym twoim planie, chłopcze? — zapytał Dagmer Rozcięta Gęba po długiej chwili milczenia. Theon wiedział już, że wygrał.

— Masz porazić serce wroga grozą. Może to osiągnąć tylko ktoś o tak sławnym imieniu. Weźmiesz większą część naszych sił i pomaszerujesz na Torrhen's Square. Helman Tallhart zabrał swych najlepszych ludzi na południe, a ich synowie zginęli tu z Benfredem. Został tylko jego stryj Leobald z jakimś nielicznym garnizonem. — *Gdyby udało mi się przesłuchać Benfreda wiedziałbym, jak nielicznym.* — Nie kryjcie, że się zbliżacie. Śpiewajcie tyle odważnych pieśni, ile tylko zechcecie. Chcę, żeby zamknęli bramę.

— Czy Torrhen's Square to silna twierdza?

— Dość silna. Kamienne mury mają trzydzieści stóp wysokości, w każdym rogu stoją kwadratowe wieże, a w środku jest donżon, również kwadratowy.

— Kamiennych murów nie można podpalić. Jak je sforsujemy? Mamy za mało ludzi, by wziąć szturmem nawet mały zameczek.

— Rozbijecie obóz pod murami i zaczniecie budować katapulty oraz machiny oblężnicze.

— To sprzeczne ze starymi zwyczajami. Zapomniałeś o tym? Żelaźni ludzie walczą mieczami i toporami, a nie rzucają kamieniami. Pokonanie wroga głodem nie przynosi chwały.

— Ale Leobald o tym nie wie. Widok wież oblężniczych zetnie mu w żyłach starobabską krew i głośnym bekiem wezwie pomocy. Powstrzymaj swych łuczników, stryju. Pozwól krukowi odlecieć. Kasztelan Winterfell to dzielny mężczyzna, ale rozum zesztywniał mu już ze starości, tak samo jak członki. Kiedy się dowie, że jednego z chorążych jego króla zaatakował straszliwy Dagmer Rozcięta Gęba, zbierze wszystkie siły i popędzi na pomoc Tallhartowi. To jego obowiązek, a ser Rodrik jest obowiązkowym człowiekiem.

— Siły, które zbierze, na pewno będą większe od moich — zauważył Dagmer — a tacy starzy rycerze są sprytniejsi niż ci się zdaje. W przeciwnym razie nie doczekaliby siwych włosów. Chcesz nas wysłać na bitwę, której nie możemy wygrać, Theonie. Torrhen's Square z pewnością nie padnie.

Theon uśmiechnął się.

— To nie Torrhen's Square chcę zdobyć.

Arya

W zamku panował harmider i zamieszanie. Mężczyźni stali przy wozach, ładując na nie beczułki wina, worki mąki oraz wiązki nowych strzał. Kowale prostowali miecze, wyklepywali napierśniki oraz podkuwali rycerskie wierzchowce i juczne muły. Kolcze koszule wrzucano do beczek z piaskiem, które przetaczano po nierównej powierzchni Dziedzińca Stopionego Kamienia, by wyczyścić blachę. Kobiety Weese'a musiały zacerować dwadzieścia płaszczy, a wyprać sto więcej. Szlachetnie urodzeni i prostaczkowie tłoczyli się wspólnie w sepcie, by się pomodlić. Za murami zwijano namioty. Giermkowie zalewali ogniska wiadrami wody, a żołnierze wyciągali osełki, by po raz ostatni naostrzyć broń. Hałas przybierał powoli na sile: konie parskały i rżały, lordowie wykrzykiwali rozkazy, zbrojni przerzucali się obelgami, a markietanki handryczyły się ze sobą.

Lord Tywin Lannister ruszał wreszcie do boju.

Jako pierwszy z jego kapitanów, dzień przed pozostałymi, wymaszerował ser Addam Marbrand. Urządził wspaniały spektakl. Jechał na pięknym rdzawokasztanowatym rumaku, którego grzywa miała odcień miedzi, taki sam jak długie, opadające na plecy włosy jego właściciela. Koński czaprak również ufarbowano na tę samą barwę, by harmonizował z płaszczem ser Addama, i wyszyto na nim płonące drzewo. Gdy rycerz odjeżdżał, niektóre z zamkowych kobiet płakały. Weese utrzymywał, że to znakomity jeździec i szermierz, najodważniejszy z dowódców lorda Tywina.

Mam nadzieję, że zginie — pomyślała Arya, spoglądając, jak wyjeżdża przez bramę, a jego ludzie zmierzają za nim podwójnym szeregiem. *Mam nadzieję, że wszyscy oni zginą.*

Wiedziała, że będą walczyli z Robbem. Biegając na posyłki, przysłuchiwała się uważnie rozmowom, i dowiedziała się, że jej brat odniósł na zachodzie jakieś wielkie zwycięstwo. Niektórzy twierdzili, że spalił Lannisport albo ma zamiar go spalić. Zdobył Casterly Rock i wyrżnął wszystkich mieszkańców bądź też oblegał Złoty Ząb... nie ulegało wątpliwości, że coś się wydarzyło.

Weese od świtu aż po zmrok kazał jej roznosić wiadomości. Czasem musiała nawet wychodzić poza obręb murów, do pełnego błota i szaleństwa obozu.

Mogłabym uciec — pomyślała, gdy obok niej przetoczył się z łoskotem wóz. *Wskoczyć na ten wóz i ukryć się na nim albo wmieszać się między markietanki. Nikt by mnie nie powstrzymał.* Mogłaby to zrobić, gdyby nie Weese. Kilkakrotnie powtarzał im, co czeka każdego, kto spróbuje ucieczki.

— Nie będzie żadnego bicia, co to, to nie. Zostawię was dla Qohorika, tak jest, dla Obcinacza. Nazywa się Vargo Hoat, a kiedy wróci, poucina wam stopy.

Może gdyby Weese przestał żyć — myślała... ale nie wtedy, gdy była przy nim. Zawsze powtarzał, że gdy tylko na kogoś spojrzy, potrafi wywęszyć, co myśli.

Weese'owi nawet nie przyszło do głowy, że Arya opanowała sztukę czytania, nigdy więc nie pieczętował listów, które jej dawał. Zaglądała do wszystkich, lecz nie było w nich nic ciekawego, tylko same głupoty: wysłać ten wóz do spichrza, a tamten do zbrojowni. Jeden był żądaniem spłaty hazardowego długu, ale rycerz, któremu go oddała, nie umiał czytać. Kiedy powiedziała mu, co w nim jest, spróbował ją uderzyć, lecz uchyliła się przed jego ciosem, złapała za róg do picia ze srebrnymi okuciami, który miał u siodła, a potem uciekła. Rycerz ścigał ją z rykiem, lecz prześliznęła się między dwoma wozami, przebiegła przez tłum łuczników i przeskoczyła latrynowy rów, a on nie mógł dotrzymać jej kroku w kolczudze. Kiedy oddała róg Weese'owi, powiedział jej, że taka mała, sprytna Łasica zasługuje na nagrodę.

— Mam na oku tłustego, kruchego kapłona. Podzielę się nim z tobą przy kolacji. To ci się spodoba.

Wszędzie, dokąd się udała, Arya szukała Jaqena H'ghara, chcąc szepnąć mu następne imię, nim wszyscy, których nienawidziła, znajdą się poza jej zasięgiem. Niestety, lorathijski najemnik zniknął gdzieś w panującym w zamku chaosie i zamieszaniu. Był jej winien jeszcze dwie śmierci i obawiała się, że nie dostanie ich, jeśli Jaqen odjechał na wojnę razem z innymi. Wreszcie zdobyła się na odwagę i zapytała stojącego przy bramie strażnika.

— To jeden z ludzi Lorcha, prawda? — odrzekł mężczyzna. — W takim razie nigdzie nie jedzie. Jego lordowska mość mianował ser Amory'ego kasztelanem Harrenhal. Cała ta banda zostanie tutaj, żeby bronić zamku, tak samo jak Krwawi Komedianci, którzy mają robić za furażerów. Ten kozioł Vargo Hoat chyba się zapluje. Zawsze się nienawidzili z Lorchem.

Góra jednak odjeżdżał z lordem Tywinem. Miał dowodzić w bitwie pierwszą falą atakujących, co oznaczało, że Dunsen, Polliver i Raff wymkną się jej z rąk, jeśli nie znajdzie Jaqena i nie każe mu zabić jednego z nich przed wyjazdem.

— Łasico — rzekł do niej po południu Weese. — Idź do zbrojowni i powiedz Lucanowi, że ser Lyonel wyszczerbił sobie miecz podczas ćwiczeń i potrzebny mu nowy. Tu masz jego pieczęć. — Wręczył jej skrawek papieru. — Tylko szybko. Ma odjechać z ser Kevanem Lannisterem.

Wzięła kartkę i uciekła. Zbrojownia leżała obok zamkowych kuźni, długiego, wysokiego tunelu, w którego ściany wbudowano dwadzieścia pieców kowalskich oraz długie, kamienne rynny, w których hartowano stal. Gdy Arya weszła do środka, w połowie pieców palił się ogień. Salę wypełniał łoskot młotów, a krzepcy mężczyźni w skórzanych fartuchach pocili się w czerwonym upale, pochyleni nad miechami i kowadłami. Gdy wypatrzyła Gendry'ego, nagą pierś miał śliską od potu, lecz niebieskie oczy, na które opadały gęste, czarne włosy, zachowały dobrze jej znany wyraz uporu. Nie była pewna, czy w ogóle ma ochotę z nim rozmawiać. To przez niego ich złapali.

— Który to Lucan? — podsunęła mu papier. — Przyszłam po nowy miecz dla ser Lyonela.

— Mniejsza o ser Lyonela. — Odciągnął ją na bok. — Ostatniej nocy Gorąca Bułka pytał mnie, czy słyszałem, jak krzyczałaś „Winterfell", kiedy walczyliśmy na murze warowni.

— Nie krzyczałam!

— Krzyczałaś. Ja też to słyszałem.

— Każdy się pruł — broniła się Arya. — Gorąca Bułka wrzeszczał „gorąca bułka". Słyszałam to chyba ze sto razy.

— Ważne jest to, co się krzyczy. Powiedziałem Gorącej Bułce, że powinien sobie przetkać uszy, bo krzyczałaś tylko „prosto w cel". Jeśli cię o to zapyta, lepiej powiedz mu to samo.

— Tak zrobię — obiecała, choć sądziła, że „prosto w cel" to strasznie głupi okrzyk. Nie odważyła się jednak wyznać Gorącej Bułce, kim naprawdę jest.

Może powinnam powiedzieć Jaqenowi jego imię.

— Pójdę po Lucana — rzucił Gendry.

Kowal mruknął, spoglądając na list (choć Arya nie sądziła, by umiał czytać), po czym wydobył ciężki miecz.

— To za dobra broń dla takiego przygłupa. Powtórz mu, że tak powiedziałem.

— Zrobię to — skłamała Arya. Gdyby odważyła się uczynić coś takiego, Weese zbiłby ją na kwaśne jabłko. Lucan sam mógł powtarzać własne obelgi. Miecz był znacznie cięższy niż Igła, lecz jego dotyk spodobał się Aryi. Trzymając w dłoniach stalowy oręż, poczuła się silniejsza.

Może nie jestem jeszcze wodnym tancerzem, ale nie jestem też myszką. Myszka nie potrafi władać mieczem, a ja potrafię.

Brama była otwarta. Żołnierze przechodzili przez nią w tę i we w tę, konne platformy wjeżdżały do środka puste i wyjeżdżały na zewnątrz, skrzypiąc i uginając się pod ciężkim ładunkiem. Przyszło jej do głowy, że mogłaby pójść do stajni i powiedzieć, że ser Lyonel potrzebuje nowego konia. Miała w ręku papier, a chłopcy stajenni z pewnością nie umieli czytać, tak samo jak Lucan.

Mogłabym zabrać konia i miecz, i po prostu sobie odjechać. Gdyby strażnicy próbowali mnie zatrzymać, pokazałabym im papier i powiedziała, że mam to wszystko oddać ser Lyonelowi.

Nie miała jednak pojęcia, jak wygląda ser Lyonel i gdzie można go znaleźć. Gdyby zaczęli ją wypytywać, domyśliliby się wszystkiego, a wtedy Weese... Weese...

Gdy przygryzała wargę, starając się nie myśleć o tym, jak to jest, kiedy człowiekowi obcinają stopy, obok przeszła grupa łuczników w skórzanych kurtkach, żelaznych hełmach i z łukami na plecach. Arya podsłuchała urywki ich rozmów.

— …mówię ci, olbrzymy, prowadzi ze sobą olbrzymy wysokie na dwadzieścia stóp. Przyszły zza Muru i chodzą za nim jak psy…

— …to nienaturalne, że dopadł ich tak szybko, a do tego w nocy i tak dalej. Ci Starkowie mają w sobie więcej z wilków niż z ludzi…

— …sram na twoje wilki i olbrzymów. Chłopak zleje się w portki, kiedy tylko usłyszy, że się zbliżamy. Zabrakło mu odwagi, żeby pomaszerować na Harrenhal, nie? Wolał czmychnąć w drugą stronę. Gdyby miał choć trochę rozumu w głowie, zwiałby na północ.

— Może i tak. A może chłopak wie coś, o czym my nie wiemy. Może to my powinniśmy uciekać…

Tak — pomyślała Arya. *Tak. To wy powinniście uciekać. Wy, lord Tywin, Góra, ser Addam, ser Amory i ten głupi ser Lyonel, kimkolwiek on jest. Lepiej uciekajcie, bo mój brat pozabija was wszystkich. Jest Starkiem i ma w sobie więcej z wilka niż z człowieka, tak samo jak ja.*

— Łasico. — Głos Weese'a zabrzmiał ostro jak uderzenie bicza. Nie zauważyła, jak się zbliżał, lecz nagle stanął tuż przed nią. Wyrwał jej miecz z dłoni i uderzył na odlew w policzek. — Następnym razem się pośpiesz.

Przez chwilę znowu była wilkiem, lecz Weese jednym ciosem wszystko jej odebrał, pozostawiając jedynie smak krwi w ustach. Przygryzła przez niego język, co zwiększyło jeszcze jej nienawiść.

— Chcesz oberwać drugi raz? — zapytał Weese. — To zaraz dostaniesz. Nie będziesz się na mnie tak bezczelnie gapić. Zapychaj do piwiarni i powiedz Tuffleberry'emu, że mam dla niego dwa tuziny beczek, ale lepiej niech przyśle po nie swoich chłopaków albo znajdę kogoś, kto potrzebuje ich bardziej. — Arya ruszyła w drogę, lecz zbyt wolno dla Weese'a. — Ale biegiem, jeśli chcesz dziś dostać kolację — krzyknął. Zapomniał już, że obiecał jej tłustego kapłona. — I nie zgiń znowu, bo daję słowo, że stłukę cię na kwaśne jabłko.

Już nie — pomyślała. *Nigdy więcej.*

Zerwała się jednak do biegu. Jej krokami z pewnością kierowali starzy bogowie północy.

W połowie drogi do piwiarni, gdy przebiegała pod kamiennym mostem, który łączył Wieżę Wdowy z Królewskim Stosem, usłyszała ochrypły, warkliwy śmiech. Zza rogu wyszedł Rorge w towarzystwie trzech innych ludzi. Na sercach mieli wyszytą mantykorę — herb ser Amory'ego. Rorge zatrzymał się i uśmiechnął na jej widok, odsłaniając pełen zestaw krzywych brązowych zębów, widoczny poniżej skórzanej klapki, którą czasem zasłaniał sobie dziurę w twarzy.

— Mała cipa Yorena — zawołał do niej. — Chyba wiemy, po co ten czarny skurwysyn chciał cię zabrać na Mur, co? — Znowu się roześmiał, a pozostali mu wtórowali. — Gdzie masz swój kijaszek? — zapytał nagle. Uśmiech zniknął z jego twarzy równie szybko, jak się pojawił. — Chyba obiecałem cię nim wyruchać. — Postąpił krok ku niej. Arya cofnęła się. — Jak już nie mam łańcuchów, nie jesteś taka odważna, co?

— Uratowałam ci życie.

Utrzymywała odległość około jarda od niego, gotowa uciec, szybka jak wąż, gdyby tylko spróbował ją złapać.

— To chyba będę cię za to musiał wyruchać jeszcze raz. Czy Yoren walił cię w cipę, czy wolał twoją małą dupkę?

— Szukam Jaqena — powiedziała. — Mam dla niego wiadomość.

Rorge zatrzymał się. Coś w jego oczach… czy to możliwe, by bał się Jaqena H'ghara?

— Jest w łaźni. Zejdź mi z drogi.

Arya odwróciła się błyskawicznie i uciekła, szybka jak jeleń. Nogi zaniosły ją aż do łaźni. Jaqen moczył się w balii, a gdy służąca polewała mu głowę gorącą wodą, wokół niego buchała para. Jego długie włosy, z jednej strony rude, a z drugiej białe, opadały mu na barki, mokre i ciężkie.

Podkradła się do niego, cicha jak cień, ale i tak otworzył oczy.

— Skrada się cicho na mysich łapkach, ale mężczyzna słyszy.

Jak mógł mnie usłyszeć? — zastanowiła się. *Wyglądało na to, że tę myśl również podsłuchał.*

— Jeśli mężczyzna ma uszy otwarte, szmer skóry trącej o kamień jest dla niego głośniejszy niż rogi bojowe. Bystre dziewczynki chodzą boso.

— Mam dla ciebie wiadomość. — Arya przyjrzała się niepewnie służącej. Gdy okazało się, że ta nie zamierza nigdzie odejść, dziewczynka nachyliła się, dotykając niemal ustami jego ucha. — Weese — wyszeptała.

Jaqen H'ghar zamknął oczy i pogrążył się sennie w wodzie.

— Powiedz jego lordowskiej mości, że mężczyzna przyjdzie do niego, gdy będzie miał czas.

Poruszył nagle dłonią, rozpryskując gorącą wodę, i Arya musiała odskoczyć, żeby jej nie oblał.

Gdy powtórzyła Tuffleberry'emu słowa Weese'a, piwowar zaklął głośno.

— Powiedz Weese'owi, że moje chłopaki mają co innego do roboty. Możesz mu też powiedzieć, że jest francowatym skurwysynem i prędzej zamarznie siedem piekieł niż dostanie ode mnie jeszcze róg *ale*. Chcę tu zobaczyć beczki za godzinę, bo inaczej usłyszy o tym lord Tywin. Daję słowo.

Weese również zaklął, gdy przekazała mu tę wiadomość, mimo że opuściła fragment o francowatym skurwysynie. Wściekał się i rzucał groźby, w końcu jednak zebrał sześciu mężczyzn i z głośnym narzekaniem kazał im odnieść beczki do piwiarni.

Na kolację była cienka zupka z kaszą jęczmienną, cebulami oraz marchewką i kromka czerstwego, razowego chleba. Jedna z kobiet zaczęła odwiedzać łoże Weese'a i dostała za to kawał dojrzałego pleśniowego sera oraz skrzydło kapłona, o którym Weese wspominał rano. Resztę zeżarł sam. Tłuszcz spływał mu lśniącą linią po czyrakach w kąciku ust. Gdy ptak już prawie zniknął, podniósł wzrok znad wydrążonego chleba i zobaczył, że Arya gapi się na niego.

— Łasico, chodź tu.

Na jednym z udek zostało jeszcze kilka kawałków ciemnego mięsa.

Nie pamiętał, ale teraz sobie przypomniał — pomyślała Arya. Poczuła wyrzuty sumienia z powodu tego, że kazała Jaqenowi go zabić. Wstała z ławy i ruszyła w jego stronę.

— Widziałem, jak się na mnie gapisz. — Wytarł palce o jej giezło. — Co ci mówiłem? — Walnął ją na odlew w twarz. — Trzymaj te ślepia z daleka ode mnie, bo następnym razem wydłubię ci jedno łyżeczką i dam mojej suce. — Uderzył ją jeszcze raz, tak mocno, że upadła na podłogę. Zawadziła obrąbkiem szaty o gwóźdź wystający ze spękanej drewnianej ławy. Materiał się rozpruł.

— Zaszyjesz to przed snem — oznajmił Weese, pożerając ostatni kawałek mięsa. Skończywszy jeść, oblizał głośno palce i rzucił kości brzydkiej, cętkowanej suce.

— Weese — szeptała nocą Arya, pochylona nad rozdartym giezłem. — Dunsen, Polliver, Raff Słodyczek — powtarzała kolejne imię za każdym razem, gdy przeciągała kościaną igłę przez niebarwioną wełnę. — Łaskotek i Ogar. Ser Gregor, ser Amory, ser Ilyn, ser Meryn, król Joffrey, królowa Cersei.

Zastanawiała się, jak długo jeszcze będzie musiała wymieniać w swej litanii imię Weese'a. Kiedy zasnęła, śniło się jej, że rano nie będzie już żył.

Obudził ją jednak jak zwykle ostry czubek jego buta. Gdy jedli na śniadanie naleśniki z mąki owsianej, Weese powiedział im, że główne siły lorda Tywina opuszczają dziś zamek.

— Niech wam się nie wydaje, że teraz, gdy jego lordowska mość Lannister wyjedzie, życie stanie się łatwiejsze — ostrzegł. — Zamek nie zrobił się mniejszy, a rąk do sprzątania będzie mniej. Słuchajcie, bando śpiochów, teraz dopiero was nauczę, co to znaczy robota.

Już nie nauczysz — pomyślała Arya, skubiąc apatycznie naleśnik. Weese łypał na nią spode łba, jakby zwęszył jej tajemnicę. Spuściła szybko wzrok i nie odważyła się więcej na niego patrzeć.

Gdy lord Tywin Lannister opuszczał Harrenhal, na dziedzińcu było już jasno. Arya przyglądała się temu z łukowatego okna w połowie wysokości Jęczącej Wieży. Rumak lorda Tywina miał czaprak z pokrytych karmazynową emalią łusek oraz pozłacany nagłowek i przedpiersień, natomiast jeździec zarzucił grube gronostajowe futro. Jego brat ser Kevan wyglądał prawie tak samo wspaniale. Przed nimi jechało czterech ludzi z olbrzymimi czerwonymi chorągwiami ozdobionymi złotym lwem. Za Lannisterami podążali ich wielcy lordowie i kapitanowie. Na wietrze łopotały ich różnobarwne proporce: czerwony wół i złota góra, fioletowy jednorożec i kogut, moręgowaty dzik i borsuk, srebrna fretka i żongler w błazeńskim stroju, gwiazdy i promieniste słońca, paw i pantera, szewron i sztylet, czarny kaptur, niebieski żuk i zielona strzała.

Kolumnę zamykał ser Gregor Clegane w szarej płytowej zbroi, dosiadający ogiera równie wrednego jak jego jeździec. Obok niego jechał Polliver, który trzymał w ręku sztandar z czarnymi psami, a na głowie miał rogaty hełm Gendry'ego. Był wysokim mężczyzną, lecz gdy znalazł się w cieniu swego pana, wyglądał na niedorostka.

Gdy Arya przyglądała się, jak wyjeżdżają pod masywną żelazną kratą Harrenhal, po jej plecach przebiegł dreszcz. Nagle pojęła, że popełniła straszliwy błąd.

Jestem taka głupia — pomyślała. Weese nie miał znaczenia, tak samo jak Chiswyck. Oto byli ludzie, którzy się liczyli. To ich powinna była kazać zabić. Ostatniej nocy mogła wyszeptać imię każdego z nich, gdyby nie była taka wściekła na Weese'a za to, że ją uderzył.

Lord Tywin, dlaczego nie powiedziałam lord Tywin? Być może nie było za późno, by zmienić zdanie. Weese jeszcze nie zginął. Gdyby zdołała znaleźć Jaqena i powiedzieć mu…

Zbiegła po krętych schodach, zapominając o pracy. Usłyszała grzechot łańcuchów towarzyszący powolnemu opuszczaniu kraty, trzask jej wbijających się głęboko w ziemię kolców… a potem inny dźwięk, krzyk bólu i strachu.

Tuzin ludzi dotarł na miejsce przed nią, lecz nikt nie chciał podchodzić za blisko. Przecisnęła się między nimi. Weese leżał na bruku, jego gardło zamieniło się w czerwoną ranę, a martwe oczy wpatrywały się w szare chmury. Na piersi zabitego stała jego brzydka, cętkowana suka, która chłeptała tryskającą z szyi krew, od czasu do czasu wyszarpując też kawałek mięsa z twarzy.

Ktoś wreszcie przyniósł kuszę i zastrzelił zwierzę, które targało właśnie ucho Weese'a.

— Niech to cholera — usłyszała czyjś głos. — Miał tę sukę od szczeniaka.

— Ten zamek jest przeklęty — stwierdził człowiek z kuszą.

— Mówię wam, że to duch Harrena — dodała gospodyni Amabel. — Przysięgam, że nie będę tu już nigdy spała.

Arya oderwała wzrok od martwego człowieka i jego psa. Jaqen H'ghar stał oparty o mur Jęczącej Wieży. Gdy zobaczył, że się mu przygląda, uniósł dłoń do twarzy i od niechcenia dotknął policzka dwoma palcami.

Catelyn

Dwa dni drogi od Riverrun, gdy poili konie w błotnistym strumieniu, zauważył ich zwiadowca. Catelyn nigdy w życiu nie ucieszyła się tak bardzo z widoku bliźniaczych wież, herbu Freyów.

Gdy poprosiła, by zaprowadził ich do jej stryja, odpowiedział:

— Blackfish wyruszył na zachód z królem, pani. Zwiadowcami dowodzi teraz Martyn Rivers.

— Rozumiem. — Spotkała Riversa pod Bliźniakami. Był nisko urodzonym synem ser Waldera Freya, przyrodnim bratem ser Perwyna. Nie zaskoczyło jej, że Robb uderzył w samo serce potęgi Lannisterów. Najwyraźniej myślał o tym już w chwili, gdy wysyłał ją na pertraktacje z Renlym. — A gdzie on jest teraz?

— Obozuje dwie godziny drogi stąd, pani.

— Zabierz nas do niego — rozkazała. Brienne pomogła jej wdrapać się na siodło i natychmiast ruszyli w drogę.

— Przybywasz z Gorzkiego Mostu, pani? — zapytał zwiadowca.

— Nie. — Nie odważyła się tam pojechać. Renly nie żył i nie była pewna, jak przyjmie ją młoda wdowa i jej opiekunowie. Przemknęła przez samo serce wojny, żyzne dorzecze obrócone przez furię Lannisterów w poczerniałą pustynię. Co noc zwiadowcy wracali z opowieściami, od których zbierało się jej na mdłości. — Lord Renly nie żyje — dodała.

— Mieliśmy nadzieję, że to jakieś lannisterskie kłamstwo albo…

— Gdybyż tylko tak było. Czy mój brat dowodzi w Riverrun?

— Tak, pani. Jego Miłość polecił ser Edmure'owi bronić zamku i strzec jego tyłów.

Niech bogowie dadzą mu siłę, by zdołał tego dokonać — pomyślała. *I mądrość też.*

— Czy nadeszły jakieś wiadomości od Robba?

— Nic nie słyszałaś? — Mężczyzna był wyraźnie zdziwiony. — Jego Miłość odniósł wielkie zwycięstwo pod Oxcross. Ser Stafford Lannister nie żyje, a jego armia się rozpierzchła.

Ser Wendel Manderly krzyknął głośno z radości, lecz Catelyn skinęła tylko głową. Jutrzejsze próby interesowały ją bardziej niż wczorajsze triumfy.

Martyn Rivers rozbił obóz w ruinach zburzonej warowni obok pozbawionej dachu stajni i stu świeżych grobów. Gdy Catelyn zsunęła się z siodła, opadł na jedno kolano.

— Cieszę się, że cię widzę, pani. Twój brat rozkazał nam wypatrywać twego powrotu i gdybyśmy cię spotkali, odprowadzić cię jak najprędzej do Riverrun.

Catelyn nie spodobały się te słowa.

— Czy chodzi o mego ojca?

— Nie, pani. Lord Hoster czuje się nie gorzej niż przedtem. — Rivers był rumianym mężczyzną, niepodobnym do swych przyrodnich braci. — Po prostu baliśmy się, że możesz się natknąć na lannisterskich zwiadowców. Lord Tywin opuścił Harrenhal i z całą potęgą zmierza na zachód.

— Wstań — nakazała Riversowi, marszcząc brwi. *Stannis Baratheon również wkrótce wymaszeruje, niech bogowie pomogą nam wszystkim.* — Ile mamy czasu, nim na nas uderzy?

— Trzy dni, może cztery, trudno to określić. Rozstawiliśmy czujki przy wszystkich drogach, ale lepiej nie zwlekajmy.

Nie zwlekali. Rivers szybko zwinął obóz, dosiadł konia i ruszył obok niej. Było ich teraz blisko pięćdziesięciu i jechali pod sztandarami z wilkorem, skaczącym pstrągiem oraz bliźniaczymi wieżami.

Jej ludzie chcieli dowiedzieć się więcej o zwycięstwie Robba pod Oxcross i Rivers spełnił ich życzenie.

— Do Riverrun przybył bard, który zwie się Rymundem Rymopisem. Ułożył pieśń o tej bitwie. Z pewnością usłyszysz ją dziś wieczór, pani. Nadał jej tytuł *Wilk w nocy*. — Zaczął opowiadać, jak resztki sił ser Stafforda wycofały się do Lannisportu. Bez machin oblężniczych nie mogło być mowy o szturmowaniu Casterly Rock, Młody Wilk odpłacał się więc Lannisterom pięknym za nadobne, mścił się za zniszczenia, jakie spowodowali w dorzeczu. Lordowie Karstark i Glover łupili wybrzeże, lady Mormont zrabowała tysiące sztuk bydła i gnała je w stronę Riverrun, a Greatjon zagarnął kopalnie złota w Castamere, Głębi Nunna i na Wzgórzach Pendrica.

Ser Wendel ryknął śmiechem.

— Nic nie przeraża Lannisterów bardziej niż zagrożenie dla ich złota.

— Jak król zdołał zdobyć Złoty Ząb? — zapytał ser Perwyn Frey swego bękarciego brata. — To mocna twierdza i strzeże przejścia przez wzgórza.

— Nie zdobył go. Przemknął nocą obok niego. Podobno drogę wskazał mu wilkor, ten jego Szary Wicher. Bestia wywęszyła kozią ścieżkę, która wiodła przecinającym łańcuch górski wąwozem. Była kręta i kamienista, lecz wystarczająco szeroka, by przejechać ją gęsiego. Lannisterowie w swych wieżach strażniczych nawet nie zauważyli naszych ludzi. — Rivers ściszył głos. — Niektórzy utrzymują, że po bitwie król wyciął z piersi Stafforda Lannistera serce i rzucił je swemu wilkowi.

— Nie wierzę w takie bajania — odezwała się ostrym tonem Catelyn. — Mój syn nie jest dzikusem.

— Skoro tak mówisz, pani. Niemniej, zwierzę na to zasłużyło. To nie jest zwyczajny wilk. Greatjon utrzymuje, że te wilkory zesłali twym dzieciom bogowie północy.

Catelyn przypomniała sobie dzień, gdy jej chłopcy znaleźli szczenięta w późnoletnim śniegu. Było ich pięć, trzy samce i dwie samice dla pięciorga prawowitych potomków domu Starków... i szóste, o białym futrze i czerwonych ślepiach, dla bękarta Neda, Jona Snow. *Tak* — pomyślała. *To nie są zwyczajne wilki.* Gdy rozbili obóz na noc, do jej namiotu przyszła Brienne.

— Pani, jesteś już bezpiecznie wśród swoich, dzień drogi od zamku swego brata. Proszę, pozwól mi odjechać.

Catelyn nie powinna czuć się zaskoczona. Młoda, niełądna kobieta przez całą drogę trzymała się na uboczu. Większość czasu spędzała z końmi, szczotkując je i usuwając im kamienie z kopyt. Pomagała też Shaddowi gotować i patroszyć zwierzynę, a wkrótce okazało się, że jest również biegłym myśliwym. Każde zadanie, jakie zleciła jej Catelyn, Brienne wykonywała sprawnie i bez słowa skargi, a gdy ją o coś pytano, odpowiadała uprzejmie, lecz nigdy nie wdawała się w rozmówki, nie płakała ani się nie śmiała. Za dnia podróżowała w ich towarzystwie, a nocą spała u ich boku, ale nie stała się jedną z nich.

Gdy służyła Renly'emu, nie było inaczej — pomyślała Catelyn. *Na uczcie, podczas walki wręcz, nawet w namiocie Renly'ego, z jej braćmi z Tęczowej Gwardii. Otaczają ją mury wyższe niż mury Winterfell.*

— A dokąd chciałabyś się udać? — zapytała.

— Z powrotem — padła odpowiedź. — Do Końca Burzy.

— Sama.

To nie było pytanie.

Szeroka twarz przypominała spokojną sadzawkę, nie zdradzającą nic z tego, co działo się w głębi.

— Tak.

— Zamierzasz zabić Stannisa.

Brienne zacisnęła grube, pokryte stwardnieniami palce na rękojeści miecza, który ongiś należał do Renly'ego.

— Złożyłam przysięgę. Trzy razy. Słyszałaś mnie.

— Słyszałam — przyznała Catelyn. Wiedziała, że choć dziewczyna wyrzuciła resztę zbroczonego krwią ubrania, zatrzymała tęczowy płaszcz. Własny dobytek porzuciła podczas ucieczki i była teraz zmuszona odziewać się w zapasowe łachy ser Wendela, gdyż ubrania pozostałych członków drużyny były na nią za małe. — Zgadzam się, że przysiąg należy dotrzymywać, ale Stannis ma wielką armię i licznych strażników, którzy poprzysięgli dbać o jego bezpieczeństwo.

— Nie boję się jego strażników. Żaden z nich nie jest lepszy ode mnie. Nie powinnam była uciekać.

— Martwisz się, że jakiś głupiec oskarży cię o tchórzostwo? — Westchnęła. — W śmierci Renly'ego nie było twojej winy. Służyłaś mu dzielnie, ale nikomu nie pomożesz, jeśli podążysz za nim do grobu. — Wyciągnęła rękę, chcąc pocieszyć dziewczynę dotykiem. — Wiem, jakie to trudne...

Brienne odtrąciła jej dłoń.

— Nikt tego nie wie.

— Mylisz się — odparła ostrym tonem Catelyn. — Co rano, kiedy się budzę, przypominam sobie, że Neda już nie ma. Nie umiem władać mieczem, ale to nie znaczy, że nie marzę o tym, by wtargnąć do Królewskiej Przystani, zamknąć dłonie na białej szyi Cersei Lannister i zaciskać je, aż jej twarz całkiem sczernieje.

Ślicznotka skierowała na Catelyn oczy, jedyne, co było w niej rzeczywiście śliczne.

— Jeśli o tym marzysz, to dlaczego chcesz mnie powstrzymać? Ze względu na to, co Stannis powiedział podczas rokowań?

Czy rzeczywiście? Catelyn zerknęła na drugą stronę obozu. Chodzili tam dwaj strażnicy z włóczniami w dłoniach.

— Uczono mnie, że dobrzy ludzie muszą na tym świecie walczyć ze złem, a śmierć Renly'ego była złem z całą pewnością. Uczono mnie też jednak, że to bogowie czynią ludzi królami, a nie żołnierze uzbrojeni w miecze. Jeśli Stannis jest naszym prawowitym suwerenem...

— Nie jest. Robert też nie miał praw do tronu. Nawet Renly tak mówił. Prawowitego króla zamordował Jaime Lannister, po tym, jak Robert zabił nad Tridentem jego prawowitego dziedzica. Gdzie wtedy byli bogowie? Oni nie dbają o ludzi, tak samo, jak królowie o wieśniaków.

— Dobry król dba o wszystkich.

— Lord Renly... Jego Miłość... on byłby najlepszym z królów, pani, był taki dobry, że...

— On nie żyje, Brienne — powiedziała tonem tak łagodnym, jak tylko mogła. — Zostali jedynie Stannis i Joffrey... i mój syn.

— Ale on nie... nie zawrzecie pokoju ze Stannisem, prawda? Nie ugniecie kolan? Nie...

— Powiem ci szczerze, Brienne. Nie wiem. Mój syn może być królem, ale ja nie jestem królową... a jedynie matką, która ze wszystkich sił stara się zapewnić swym dzieciom bezpieczeństwo.

— Ja nie jestem stworzona na matkę. Umiem tylko walczyć.

— To walcz... ale za żywych, nie za umarłych. Wrogowie Renly'ego są również wrogami Robba.

Brienne wpatrzyła się w ziemię, szurając nogami.

— Nie znam twego syna, pani. — Podniosła wzrok. — Ale mogłabym służyć tobie. Jeśli mnie przyjmiesz.

Catelyn była zdumiona.

— Dlaczego mnie?

To pytanie wyraźnie zakłopotało Brienne.

— Pomogłaś mi... w namiocie... kiedy myśleli, że ja... że ja...

— Byłaś niewinna.

— Ale przecież nie musiałaś tego robić. Mogłaś im pozwolić mnie zabić. Nic dla ciebie nie znaczyłam.

Być może nie chciałam być jedyną osobą znającą mroczną prawdę o tym, co się tam wydarzyło — pomyślała Catelyn.

— Brienne, przez wszystkie te lata przyjęłam na służbę wiele wysoko urodzonych dam, ale żadna z nich nie była podobna do ciebie. Nie jestem dowódcą wojskowym.

— Nie, ale nie brak ci odwagi. Może nie wojennej, ale... sama nie wiem... takiej kobiecej odwagi. I myślę, że gdy nadejdzie czas, nie będziesz próbowała mnie powstrzymać. Obiecaj mi to. Że nie będziesz osłaniać Stannisa.

Catelyn wciąż dźwięczał w uszach głos ostatniego z braci Baratheonów, który zapowiedział, że dzień Robba również nadejdzie. Był on niczym zimne tchnienie na jej karku.

— Gdy nadejdzie czas, nie będę cię powstrzymywała.

Wysoka dziewczyna przyklęknęła niezgrabnie, wyciągnęła miecz Renly'ego i położyła go u swych stóp.

— W takim razie należę do ciebie, pani. Jestem twą lenniczką, czy... czymkolwiek zapragniesz. Będę strzegła twych pleców, dochowam twych tajemnic i jeśli zajdzie taka potrzeba, oddam za ciebie życie. Przysięgam na bogów starych i nowych.

— A ja przyrzekam, że zawsze będziesz miała miejsce u mego ognia oraz miód i mięso za moim stołem, a także obiecuję, że nie zażądam od ciebie niczego, co mogłoby okryć cię hańbą. Przysięgam na bogów starych i nowych.

Ściskając między swymi dłonie młodszej kobiety, Catelyn nie zdołała powstrzymać uśmiechu. *Ileż to razy widziałam, jak Ned przyj-*

mował na służbę jakiegoś mężczyznę? Zastanawiała się, co by pomyślał, gdyby zobaczył ją teraz.

Po południu następnego dnia przeszli Czerwone Widły, powyżej Riverrun. Rzeka zataczała tu szeroką pętlę, a jej wody były płytkie i błotniste. Brodu strzegły mieszane siły łuczników i pikinierów noszących na tarczach orła Mallisterów. Gdy zobaczyli sztandary Catelyn, wynurzyli się zza palisady i wysłali z drugiego brzegu człowieka, który ich przeprowadził.

— Tylko powoli i ostrożnie, pani — ostrzegł, chwytając uzdę jej konia. — Rozsypaliśmy pod wodą żelazne gwoździe, a między kamieniami leżą też krucze stopy. Twój brat rozkazał zabezpieczyć w ten sposób wszystkie brody.

Edmure spodziewa się, że będzie walczył tutaj. Na tę myśl ogarnęły ją nagłe mdłości, trzymała jednak język za zębami.

Między Czerwonymi Widłami a Kamiennym Nurtem dołączyli do kolumny prostaczków, którzy uciekali do Riverrun. Niektórzy pędzili przed sobą zwierzęta gospodarskie, inni ciągnęli wozy, wszyscy jednak schodzili z drogi Catelyn, pozdrawiając ją okrzykami „Tully!" albo „Stark!" W odległości pół mili od zamku minęła wielki obóz. Nad namiotem lorda powiewał szkarłatny sztandar Blackwoodów. Lucas opuścił ją tam, by odszukać swego ojca, lorda Tytosa. Reszta pojechała dalej.

Drugi obóz wypatrzyła na północnym brzegu Kamiennego Nurtu. Powiewały nad nim znajome chorągwie: tańcząca dziewica Marqa Pipera, oracz Darrych oraz dwa splecione ze sobą węże, czerwony i biały, herb Paege'ów. Wszystko to byli chorążowie jej ojca, lordowie Tridentu. Większość opuściła Riverrun wcześniej niż ona, by bronić swych ziem. Jeśli tu wrócili, znaczyło to, że przywołał ich Edmure. *Bogowie zmiłujcie się, naprawdę zamierza wydać bitwę lordowi Tywinowi.* Już z daleka widziała, że na murach Riverrun wisi coś ciemnego. Gdy podjechała bliżej, okazało się, że to wisielcy, dyndający na długich konopnych sznurach. Twarze mieli czarne i obrzmiałe. Dobrały się już do nich wrony, lecz karmazynowe płaszcze nadal lśniły jaskrawo na tle piaskowca murów.

— Powiesili kilku Lannisterów — zauważył Hal Mollen.

— To piękny widok — stwierdził radosnym tonem ser Wendel Manderly.

— Nasi przyjaciele zaczęli bez nas — zażartował Perwyn Frey. Wszyscy wybuchnęli śmiechem, poza Brienne, która wpatrywała się w szereg ciał bez mrugnięcia okiem, nic nie powiedziała ani się nie uśmiechnęła.

Jeśli zabili Królobójcę, to moje córki również nie ujdą zgubie — pomyślała Catelyn. Spięła konia i ruszyła naprzód galopem. Hal Mollen i Robin Flint popędzili przed nią, krzykiem domagając się otworzenia bramy. Strażnicy na murach z pewnością zauważyli już jej chorągwie, gdyż krata uniosła się w górę.

Edmure wyjechał jej na spotkanie w towarzystwie trzech zaprzysiężonych ludzi ojca: dowódcy zbrojnych, brzuchatego ser Desmonda Grella, zarządcy Utherydesa Wayna oraz rosłego, łysego kapitana straży Riverrun, ser Robina Rygera. Wszyscy trzej byli w wieku lorda Hostera i strawili życie na służbie dla niego.

Są starzy — zdała sobie sprawę.

Edmure miał na sobie niebiesko-czerwony płaszcz, narzucony na bluzę, na której wyhaftowano srebrną rybę. Sądząc z wyglądu, odkąd wyjechała na południe, nie golił się ani razu. Jego broda była płomienna i krzaczasta.

— Cat, cieszę się, że wróciłaś bezpiecznie. Kiedy usłyszeliśmy o śmierci Renly'ego, baliśmy się o twe życie. Ponadto wymaszerował lord Tywin.

— Słyszałam o tym. Jak ojciec?

— Jednego dnia wydaje się silniejszy, a następnego... — Potrząsnął głową. — Pytał o ciebie. Nie wiedziałem, co mu powiedzieć.

— Zaraz do niego pójdę — obiecała. — Czy po śmierci Renly'ego nadeszły jakieś wieści z Końca Burzy? Albo z Gorzkiego Mostu?

Do wędrowców na trakcie nie przylatywały kruki i Catelyn bardzo chciała się dowiedzieć, co się wydarzyło podczas jej nieobecności.

— Z Gorzkiego Mostu nic. Z Końca Burzy przyleciały trzy ptaki od kasztelana, ser Cortnaya Penrose'a. Wszystkie przyniosły tę samą prośbę. Stannis otoczył go od lądu i morza. Jest gotowy złożyć przysięgę wierności temu królowi, który uwolni go od oblężenia. Twierdzi, że boi się o chłopca. Wiesz, co to może być za chłopiec?

— Edric Storm — odezwała się Brienne. — Bękart Roberta.

Edmure spojrzał na nią zaciekawiony.

— Stannis przysiągł, że garnizon będzie mógł wyjść bez szkody, pod warunkiem, że nim miną dwa tygodnie zamek się podda, a chłopiec zostanie mu wydany. Ser Cortnay nie chce się na to zgodzić.

Ryzykuje wszystko dla nisko urodzonego chłopaka, który nawet nie jest jego krewnym — pomyślała Catelyn.

— Wysłałeś mu odpowiedź?

Jej brat potrząsnął głową.

— Po co, jeśli nie możemy mu zaoferować pomocy ani nadziei? Zresztą Stannis nie jest nam wrogiem.

— Pani, czy możesz nam opowiedzieć, jak zginął lord Renly? — wtrącił ser Robin Ryger. — Słyszeliśmy najdziwniejsze rzeczy.

— Cat — wtrącił Edmure — niektórzy twierdzą, że to ty zabiłaś Renly'ego. Inni mówią, że to była jakaś kobieta z południa.

Zatrzymał spojrzenie na Brienne.

— Mojego króla zamordowano — rzekła cicho dziewczyna. — I nie zrobiła tego lady Catelyn. Przysięgam na mój miecz, na bogów starych i nowych.

— To jest Brienne z Tarthu, córka lorda Selwyna Gwiazdy Wieczornej, która służyła w Tęczowej Gwardii lorda Renly'ego — wyjaśniła Catelyn. — Brienne, mam zaszczyt przedstawić ci mojego brata ser Edmure'a Tully'ego, dziedzica Riverrun. Jego zarządcę Utherydesa Wayna. Ser Robina Rygera i ser Desmonda Grella.

— Czuję się zaszczycony — powiedział ser Desmond. Inni powtórzyli te same słowa. Dziewczyna zaczerwieniła się, zawstydzona nawet tą zwykłą grzecznością. Jeśli Edmure uważał ją za dziwną damę, był na tyle uprzejmy, że nie powiedział tego głośno.

— Obie z Brienne byłyśmy z Renlym w chwili jego śmierci, ale nie przyłożyłyśmy do tego ręki — ciągnęła Catelyn. Nie chciała mówić o cieniu, nie tu, gdzie wokół kręciło się mnóstwo ludzi, wskazała więc na ciała. — Co to za ludzi powiesiliście?

Zakłopotany Edmure podniósł wzrok.

— Przybyli z ser Cleosem, gdy ten przywiózł odpowiedź królowej na naszą propozycję pokoju.

— Zamordowałeś posłów? — zapytała wstrząśnięta Catelyn.

— Fałszywych posłów — oznajmił Edmure. — Złożyli przede mną przysięgę pokoju i oddali broń, przyznałem im więc wolność w obrębie zamku. Przez trzy dni jedli moje mięso i pili mój miód, podczas gdy ja rozmawiałem z ser Cleosem. Czwartej nocy próbowali uwolnić Królobójcę. — Uniósł rękę. — Ten duży bydlak zabił dwóch strażników wielkimi jak szynki łapskami. Złapał ich po prostu za gardła i walnął głowami o siebie. A tymczasem ten chudy chłopak, który wisi obok niego, otworzył celę Lannistera kawałkiem drutu, niech go bogowie przeklną. Ten na końcu był jakimś cholernym komediantem. Przemawiając moim głosem, rozkazał otworzyć Rzeczną Bramę. Wartownicy przysięgają, że tak było. Enger, Delp i Długi Lew, wszyscy trzej. Jeśli mnie o to pytasz, jego głos w ogóle nie przypominał mojego. Mimo to ci durnie podnosili już kratę.

Catelyn podejrzewała, że to robota Krasnala. Cała sprawa śmierdziała taką samą chytrością, jaką wykazał się w Orlim Gnieździe. Kiedyś powiedziałaby, że Tyrion jest najmniej niebezpiecznym z Lannisterów. Teraz nie była już tego taka pewna.

— Jak ci się udało ich złapać?

— Hmm, tak się złożyło, że nie było mnie w zamku. Wybrałem się za Kamienny Nurt, żeby, hmm...

— Pojechałeś na dziwki albo na dziewczyny. Mów dalej.

Policzki Edmure'a zrobiły się tak samo czerwone, jak jego broda.

— Była godzina przed świtaniem i właśnie wracałem. Kiedy Długi Lew zobaczył moją łódkę i poznał mnie, przyszło mu wreszcie do głowy, żeby się zastanowić, kto stoi na dole i wykrzykuje rozkazy. Podniósł alarm.

— Powiedz mi, że udało się schwytać Królobójcę.

— Tak, choć nie było to łatwe. Jaime znalazł miecz, zabił Poula Pemforda i giermka ser Desmonda Mylesa, a Delpa ranił tak poważnie, że maester Vyman obawia się, iż on również wkrótce umrze. Doszło do krwawej jatki. Gdy rozległ się brzęk stali, niektóre z czerwonych płaszczy rzuciły się mu na pomoc, chociaż nie miały broni. Kazałem ich powiesić razem z tymi czterema, którzy uwolnili Królobójcę. Resztę zamknąłem w lochach. Jaime'a też. Więcej już nie popróbuje ucieczki. Siedzi w ciemnicy, przykuty do ściany.

— A Cleos Frey?

— Przysięga, że nic nie wiedział o tym spisku. Kto go wie? To w połowie Lannister, w połowie Frey, a w całości kłamca. Wsadziłem go do wieży, do dawnej celi Jaime'a.

— Mówiłeś, że przywiózł warunki?

— Jeśli można tak to nazwać. Zapewniam, że spodobają ci się nie bardziej niż mnie.

— Czy nie możemy liczyć na żadną pomoc z południa, lady Stark?

— zapytał Utherydes Wain, zarządca jej ojca. — To oskarżenie o kazirodztwo… lord Tywin nie puści takiej obelgi płazem. Będzie chciał oczyścić imię córki krwią tego, kto ją oskarżył. Lord Stannis musi to zrozumieć. Nie ma innego wyboru, jak zawrzeć z nami sojusz.

Stannis zawarł sojusz z większą i mroczniejszą mocą.

— Pomówimy o tym później. — Catelyn przejechała kłusem zwodzony most, zostawiając za sobą makabryczny szereg martwych Lannisterów. Brat dotrzymywał jej kroku. Gdy wjechali na ruchliwy dziedziniec Riverrun, pod kopyta wybiegł im nagi berbeć. Catelyn pociągnęła z całej siły wodze i rozejrzała się zatrwożona. Do zamku wpuszczono setki prostaczków, którzy wznieśli sobie pod murami prymitywne schronienia. Wszędzie wałęsały się ich dzieci. Na dziedzińcu roiło się też od krów, owiec i kur.

— Co to za tłum?

— To moi ludzie — wyjaśnił Edmure. — Bali się.

Tylko mój słodki brat mógł ściągnąć tak wiele bezużytecznych gąb do zamku, który wkrótce może zostać oblężony. Wiedziała, że Edmure ma miękkie serce, niekiedy jednak była skłonna sądzić, że jeszcze słabszym jego punktem jest głowa. Kochała go za to, ale…

— Czy kruk może dotrzeć do Robba?

— Twój syn wyruszył w pole, pani — odparł ser Desmond. — Ptak nie zdołał go odnaleźć.

Utherydes Wayn kaszlnął.

— Przed wyjazdem młody król polecił nam, byśmy natychmiast po twym powrocie odesłali cię do Bliźniaków, lady Stark. Prosił, byś dowiedziała się więcej o córkach lorda Waldera, żeby pomóc mu w wyborze żony, gdy już nadejdzie czas.

— Damy ci świeże konie i zapasy — obiecał jej brat. — Powinnaś też wypocząć, nim…

— Chcę zostać — oznajmiła Catelyn, zsiadając z konia. Nie miała zamiaru porzucać Riverrun i umierającego ojca po to, by wybierać żonę dla Robba. *Próbuje zapewnić mi bezpieczeństwo. Nie mogę go o to winić, ale ten pretekst nie wytrzymuje krytyki.*

— Chłopcze — zawołała. Ze stajni wybiegł jakiś łobuziak, który przejął wodze jej konia.

Edmure zeskoczył z siodła. Choć był o głowę wyższy od niej, zawsze pozostanie jej małym braciszkiem.

— Cat — rzekł z niezadowoleniem w głosie. — Nadciąga lord Tywin…

— Zmierza na zachód, by bronić własnych ziem. Jeśli zamkniemy bramy i schowamy się za murami, będziemy mogli przyglądać się bezpiecznie jego przemarszowi.

— To jest ziemia Tullych — oznajmił Edmure. — Jeśli Tywin Lannister sądzi, że przejdzie przez nią bez żadnych strat, otrzyma bolesną nauczkę.

Taką samą, jak ta, której udzieliłeś jego synowi?

Gdy w grę wchodziła urażona duma, jej brat potrafił być uparty niczym rzeczna skała, żadne z nich jednak nie zapomniało, że gdy ostatnim razem Edmure stanął do bitwy, ser Jaime rozbił jego wojska w puch.

— Wydając bitwę lordowi Tywinowi, nie mamy nic do zyskania, a wszystko do stracenia — wskazała taktownie.

— Dziedziniec to nie miejsce na omawianie planów wojennych.

— Jak sobie życzysz. Dokąd pójdziemy?

Twarz jej brata pociemniała. Przez chwilę obawiała się, że Edmure straci panowanie nad sobą.

— Do bożego gaju — warknął jednak po chwili. — Jeśli nalegasz.

Ruszyła za nim galerią ku bramie bożego gaju. Gdy jej brat się gniewał, zawsze robił się ponury i nadąsany. Przykro jej było, że zraniła jego dumę, lecz sprawa była zbyt ważna, by przejmować się takimi drobiazgami. Gdy weszli razem między drzewa, Edmure zwrócił się w jej stronę.

— Masz za mało żołnierzy, by wydać Lannisterom otwartą bitwę — oznajmiła bez ogródek.

— Jeśli zbiorę wszystkie siły, powinienem mieć osiem tysięcy piechoty i trzy tysiące jazdy — oznajmił.

— To znaczy, że lord Tywin będzie miał prawie dwa razy więcej ludzi od ciebie.

— Robb wygrywał już bitwy mimo większej przewagi przeciwnika — sprzeciwił się Edmure. — Mam plan. Zapomniałaś o Roosie Boltonie. Lord Tywin pokonał go nad Zielonymi Widłami, ale go nie ścigał, lecz ruszył na Harrenhal, a Bolton zajął rubinowy bród i rozstaje dróg. Ma dziesięć tysięcy ludzi. Napisałem do Helmana Tallharta, żeby przyłączył się do niego z garnizonem, który Robb zostawił w Bliźniakach…

— Edmure, Robb zostawił tam tych ludzi po to, żeby bronili Bliźniaków i dopilnowali, by lord Walder dochował nam wiary.

— Dochował jej — upierał się Edmure. — Freyowie dzielnie walczyli w Szepczącym Lesie. Słyszałem też, że stary ser Stevron zginął pod Oxcross. Ser Ryman, Czarny Walder i cała reszta są z Robbem na zachodzie, Martyn odznaczył się jako zwiadowca, a ser Perwyn pomógł ci bezpiecznie dotrzeć do Renly'ego. Dobrzy bogowie, czegóż więcej możemy od nich żądać? Robb jest zaręczony z jedną z córek lorda Waldera, a Roose Bolton podobno ożenił się z drugą. Zresztą, czy nie przyjęłaś dwóch jego wnuków pod opiekę do Winterfell?

— Podopieczny łatwo może zmienić się w zakładnika, jeśli zajdzie taka potrzeba. — Nie słyszała o śmierci ser Stevrona ani o małżeństwie Boltona.

— Jeśli mamy dwóch zakładników, lord Walder tym bardziej nie odważy się nas oszukać. Bolton potrzebuje ludzi Freya, a także ser Helmana. Rozkazałem mu odzyskać Harrenhal.

— To będzie wymagało krwawej walki.

— Tak, ale gdy zamek padnie, lord Tywin nie będzie miał bezpiecznej drogi odwrotu. Moje pospolite ruszenie obroni przed nim brody na Czerwonych Widłach, a jeśli spróbuje ataku przez rzekę, zginie tak samo, jak Rhaegar, gdy forsował Trident. Jeśli zaś się zatrzyma, będzie uwięziony między Riverrun a Harrenhal i kiedy Robb wróci z zachodu, wykończymy go.

Głos jej brata pobrzmiewał szorstką pewnością siebie, Catelyn jednak żałowała, że Robb zabrał ze sobą na zachód stryja Bryndena. Blackfish brał udział w pół setce bitew, a Edmure tylko w jednej, którą w dodatku przegrał.

— To dobry plan — zakończył. — Tak mówią lord Tytos i lord Jonos, a kiedyż to Blackwoodowie i Brackenowie zgodzili się ze sobą co do czegoś, co nie było pewne?

— Jak sobie życzysz. — Nagle poczuła się znużona. Być może nie miała racji, sprzeciwiając się mu. Może plan rzeczywiście był wspaniały, a jej wątpliwości to jedynie kobiece lęki. Gdyby tylko był z nią Ned, stryj Brynden albo… — Mówiłeś o tym z ojcem?

— Ojciec nie jest w stanie rozprawiać o strategii. Przed dwoma dniami planował wydać cię za Brandona Starka! Idź się z nim zobacz, jeśli mi nie wierzysz. Ten plan jest dobry, Cat, zobaczysz.

— Mam taką nadzieję, Edmure. Naprawdę.

Pocałowała brata w policzek, by go przekonać o szczerości swych słów, po czym poszła zobaczyć ojca.

Lord Hoster Tully wyglądał tak samo jak wtedy, gdy go widziała poprzednio. Leżał wychudzony w łożu, a skórę miał bladą, zimną i wilgotną. Komnatę wypełniał zapach choroby, dławiący odór, na który w równej mierze składała się woń zastarzałego potu i lekarstw. Gdy odsunęła kotary, ojciec jęknął cicho i rozchylił powieki. Wpatrzył się w nią, jakby nie potrafił pojąć, kto go odwiedził i czego od niego chce.

— Ojcze. — Pocałowała go. — Wróciłam.

Wydawało się, że wtedy ją poznał.

— Wróciłaś — wyszeptał słabo, ledwie poruszając ustami.

— Tak — odpowiedziała. — Robb wysłał mnie na południe, ale przyjechałam tak szybko, jak tylko mogłam.

— Na południe... gdzie... czy Orle Gniazdo leży na południu, słodziutka? Nie pamiętam... och, kochanie, bałem się... czy mi wybaczyłaś, dziecko?

Po jego policzkach spływały łzy.

— Nie uczyniłeś nic, co wymagałoby wybaczenia, ojcze.

Pogłaskała go po zlepionych, białych włosach i czole, rozpalonym gorączką, która wciąż trawiła go od środka, bez względu na eliksiry maestera.

— Tak było najlepiej — wyszeptał. — Jon to dobry człowiek, dobry... silny, uczciwy... zaopiekuje się tobą... na pewno... i szlachetnie urodzony, wysłuchaj mnie, musisz mnie wysłuchać, jestem twym ojcem... twym ojcem... weźmiesz ślub razem z Cat, tak jest...

Bierze mnie za Lysę — zrozumiała Catelyn. *Dobrzy bogowie, mówi tak, jakbyśmy jeszcze nie wyszły za mąż.* Zacisnął na jej rękach dłonie, które trzepotały niczym dwa przerażone, białe ptaki.

— Ten niedorostek... niegodziwy chłopak... nie wymieniaj przy mnie jego imienia, to twój obowiązek... matka by... — Lord Hoster krzyknął, gdy przeszył go spazm bólu. — Och, bogowie, wybaczcie mi, wybaczcie, wybaczcie. Moje lekarstwo...

Maester Vyman podbiegł szybko do niego, unosząc kubek do jego ust. Lord Hoster przełykał gęsty, biały płyn łapczywie jak dziecko u piersi. Catelyn widziała, że odzyskuje spokój.

— Teraz zaśnie, pani — zapowiedział maester, gdy kubek był już pusty. Makowe mleko pokryło usta jej ojca gęstą białą błoną. Vyman wytarł ją rękawem.

Nie mogła już dłużej na to patrzeć. Hoster Tully był ongiś silnym i dumnym mężczyzną. Bolało ją, że widzi go w takim stanie. Wyszła na taras. Na dziedzińcu kłębił się tłum uchodźców. Wypełniały go ich mieszające się ze sobą głosy, za murami jednak toczyły swe wody rzeki, czyste, nieskalane i bezkresne. *To są jego rzeki i niedługo wróci do nich, by odbyć ostatnią podróż.*

Maester Vyman wyszedł za nią z komnaty.

— Pani — rzekł cicho. — Nie zdołam powstrzymywać końca już długo. Powinniśmy wysłać jeźdźca do jego brata. Ser Brynden zechciałby tu przybyć.

— Tak — zgodziła się Catelyn głosem ochrypłym od żalu.

— I może do lady Lysy też?

— Lysa nie przyjedzie.

— Jeśli ty do niej napiszesz, to może…

— Skreślę kilka słów, jeśli sobie życzysz.

Zastanawiała się, kim był „niegodziwy chłopak" Lysy. Najpewniej jakimś młodym giermkiem albo wędrownym rycerzem… choć sądząc po tym, jak gwałtownie sprzeciwiał się temu związkowi lord Hoster, mógł to nawet być syn kupca, nisko urodzony czeladnik albo zgoła bard. Lysa zawsze przesadnie lubiła bardów. *Nie powinnam mieć do niej pretensji. Jon Arryn był szlachetny, ale miał dwadzieścia lat więcej od ojca.*

Brat oddał jej tę samą wieżę, w której mieszkały z Lysą w dzieciństwie. Dobrze było znowu spać na puchowym piernacie przy ciepłym kominku. Kiedy wypocznie, świat wyda się jej mniej ponury.

Pod jej drzwiami czekał jednak Utherydes Wayn w towarzystwie dwóch kobiet obleczonych w szare stroje z kapturami, które odsłaniały jedynie oczy. Catelyn natychmiast się domyśliła, co ich tu sprowadza.

— Ned?

Siostry spuściły wzrok.

— Ser Cleos przywiózł go z Królewskiej Przystani — rzekł Utherydes.

— Zaprowadźcie mnie do niego — rozkazała.

Położyli go na ustawionym na kozłach stole i nakryli chorągwią, białą chorągwią rodu Starków ozdobioną szarym wilkorem.

— Chcę go zobaczyć — zażądała Catelyn.

— Zostały tylko kości, pani.

— Chcę go zobaczyć — powtórzyła.

Jedna z milczących sióstr odsunęła chorągiew.

Kości — pomyślała Catelyn. *To nie jest Ned. Nie mężczyzna, którego kochałam, ojciec moich dzieci.* Ręce miał złożone na piersi, a szkieletowe palce zaciśnięte na rękojeści jakiegoś miecza. To jednak nie były dłonie Neda. Te były silne i pełne życia. Założyli na szkielet opończę zmarłego, piękną, białą, aksamitną szatę z wilkorem wyszytym na piersi, lecz nic nie zostało z ciepłego ciała, na którym przez tak wiele nocy składała głowę, z ramion, które ją obejmowały. Głowę dołączono do reszty cienkim srebrnym drutem, ale jedna czaszka niczym się nie różniła od drugiej, a w pustych oczodołach nie znalazła żadnego śladu ciemnoszarych oczu swego męża, których spojrzenie potrafiło być miękkie jak mgła albo twarde jak kamień. *Oddali jego oczy wronom* — przypomniała sobie.

Odwróciła się.

— To nie jest jego miecz.

— Lodu nam nie oddano, pani — wyjaśnił Utherydes. — Tylko kości lorda Eddarda.

— Przypuszczam, że muszę podziękować królowej nawet za to.

— Podziękuj Krasnalowi, pani. To była jego decyzja.

Pewnego dnia podziękuję im wszystkim.

— Jestem wam wdzięczna za wasze usługi, siostry — powiedziała. — Muszę wam jednak zlecić jeszcze jedno zadanie. Lord Eddard był Starkiem i jego kości muszą spocząć w kryptach pod Winterfell. — Zrobią jego posąg, kamienną podobiznę, która będzie siedziała w ciemności z wilkorem u stóp i mieczem na kolanach. — Dopilnuj, by siostry otrzymały świeże konie i wszystko, co potrzebne do podróży — rozkazała Utherydesowi Waynowi. — Do Winterfell odprowadzi je Hal Mollen. To jego obowiązek jako kapitana straży. — Spojrzała na kości, które były wszystkim, co zostało z jej ukochanego męża. — Teraz zostawcie mnie. Dzisiejszej nocy będę z Nedem sama.

Kobiety w szarych szatach pochyliły głowy.

Milczące siostry nie mówią z żywymi — pomyślała otępiała Catelyn. *Niektórzy jednak twierdzą, że potrafią one rozmawiać z umarłymi.* Jakże im tego zazdrościła…

Daenerys

Zasłony chroniły ją przed pyłem i upałem, które wypełniały ulice, nie mogły jednak nic poradzić na rozczarowanie. Znużona Dany wgramoliła się do środka, zadowolona z tego, że wreszcie znajdzie schronienie przed morzem qartheńskich oczu.

— Z drogi — krzyczał siedzący na koniu Jhogo, strzelając z bicza. — Z drogi, z drogi, jedzie Matka Smoków.

Spoczywający na chłodnych atłasowych poduszkach Xaro Xhoan Daxos napełnił rubinowym winem dwa identyczne puchary z nefrytu i złota. Ręce mu nie drżały, mimo że palankin ciągle się kołysał.

— Widzę głęboki smutek wypisany na twej twarzy, światło mojej miłości. — Wręczył jej kielich. — Czy to znaczy, że rozstałaś się z marzeniem?

— Jego spełnienie tylko się odwlekło. — Ciasny, srebrzysty kołnierz ocierał jej szyję. Odpięła go i odrzuciła na bok. Wprawiono w niego zaczarowany ametyst. Xaro przysięgał, że ochroni ją przed wszelkimi truciznami. Ludzie czystej krwi słynęli z tego, że zwykli częstować zatrutym winem tych, których uważali za niebezpiecznych, lecz Dany nie podali nawet kubka wody.

Wcale nie widzieli we mnie królowej — pomyślała z goryczą. *Byłam dla nich jedynie przelotną rozrywką, koczowniczą dziewczyną z dziwacznym zwierzątkiem na ramieniu.*

Gdy wyciągnęła rękę po wino, Rhaegal zasyczał i wbił ostre, czarne pazurki w jej odkryte ramię. Skrzywiła się i przełożyła go na drugą stronę, gdzie mógł drapać suknię zamiast skóry. Była ubrana po qartheńsku. Xaro ostrzegł ją, że Siedzący na Tronach nigdy nie zechcą wysłuchać Dothraczki, odziała się więc w fałdzisty zielony brokat odsłaniający jedną pierś, na stopy włożyła posrebrzane sandały, a talię otoczyła pasem z czarnych i białych pereł. *I co mi to dało? Równie dobrze mogłabym tam iść naga. Może tak właśnie trzeba było zrobić.*

Pociągnęła długi łyk wina. Miało smak owoców i upalnych letnich dni.

Potomkowie starożytnych królów i królowych Qarthu, ludzie czystej krwi, dowodzili Gwardią Obywatelską oraz flotą zdobnych galer, które panowały nad łączącymi morza cieśninami. Daenerys

Targaryen pragnęła otrzymać tę flotę albo choć jej część, a także trochę ich żołnierzy. Złożyła tradycyjną ofiarę w Świątyni Pamięci, wręczyła tradycyjną łapówkę Opiekunowi Długiej Listy, wysłała tradycyjną śliwę daktylową Otwierającemu Drzwi i wreszcie otrzymała tradycyjne niebieskie, jedwabne pantofelki, wzywające ją do Komnaty Tysiąca Tronów.

Ludzie czystej krwi wysłuchali jej błagań z wielkich drewnianych tronów swych przodków. Rzędy wspaniałych krzeseł wznosiły się od marmurowej podłogi aż po wysoki, kopulasty sufit, na którym wymalowano obrazy przedstawiające minioną świetność Qarthu. Siedzenia były ogromne, fantastycznie rzeźbione, lśniące od złota i wysadzane bursztynem, onyksem, lazurytem oraz nefrytem. Każde z nich wyglądało inaczej i każde starano się uczynić najstrojniejszym ze wszystkich. Mimo to zasiadający na nich mężczyźni wydawali się tak apatyczni i znużeni życiem, że równie dobrze mogliby spać.

Słuchali mnie, ale nie słyszeli moich słów i nic ich one nie obchodziły — myślała. *Rzeczywiście są Mleczarzami. Nigdy nie zamierzali mi pomóc. Przyszli tam tylko z ciekawości. Dlatego, że byli znudzeni. Smok na moim ramieniu interesował ich bardziej ode mnie.*

— Powtórz mi słowa ludzi czystej krwi — poprosił Xaro Xhoan Daxos. — Powiedz, czym tak zasmucili królową mojego serca.

— Powiedzieli „nie". — Wino miało smak granatów i upalnych letnich dni. — Muszę przyznać, że byli bardzo uprzejmi, lecz pod wszystkimi ich pięknymi słówkami kryła się odmowa.

— Czy im schlebiałaś?

— Bezwstydnie.

— A czy płakałaś?

— Krew smoka nigdy nie płacze — odparła poirytowana.

Xaro westchnął.

— Trzeba było płakać. — Qartheńczycy ronili łzy łatwo i pod byle pretekstem. Uważano to za cechę cywilizowanego człowieka.
— A co powiedzieli ludzie, których kupiliśmy?

— Mathos nie mówił nic. Wendello wysławiał moją wymowę. Wyśmienity odmówił mi tak samo, jak inni, ale potem się rozpłakał.

— Jakie to smutne, że Qartheńczycy okazali się tak niewierni. — Xaro nie należał do ludzi czystej krwi, powiedział jej jednak, kogo można przekupić i ile należy oferować. — Płaczmy, płaczmy nad ludzką zdradliwością.

Dany wolałaby płakać nad swoim złotem. Za sumę, którą dała Mathosowi Mallarawanowi, Wendellowi Qar Deethowi i Egonowi Emerosowi Wyśmienitemu można by kupić statek albo wynająć dwudziestu najemników.

— A gdybym wysłała ser Joraha, żeby zażądał zwrotu moich darów? — zapytała.

— A gdyby do mojego pałacu zakradł się nocą Zasmucony, żeby zabić cię podczas snu? — odparł Xaro. Zasmuceni byli starożytną świętą gildią skrytobójców. Nadano im tę nazwę dlatego, że przed zabójstwem zawsze szeptali swym ofiarom: „Tak mi smutno". Qartheńczycy słynęli z uprzejmości. — Mądre przysłowie powiada, że łatwiej jest wydoić Kamienną Krowę z Faros niż wydusić złoto z ludzi czystej krwi.

Dany nie wiedziała, gdzie leży Faros, odnosiła jednak wrażenie, że w Qarthu pełno jest kamiennych krów. Magnaci handlowi, którzy zbili niewiarygodne majątki na przewozie towarów między morzami, byli podzieleni na trzy zażarcie ze sobą konkurujące odłamy: Starożytną Gildię Kupców Korzennych, Turmalinowe Bractwo oraz Trzynastu. Xaro należał do tych ostatnich. Każda z tych grup starała się zdobyć przewagę nad pozostałymi, a wszystkie trzy toczyły niekończącą się rywalizację z ludźmi czystej krwi. A nad wszystkim unosił się cień sinowargich czarnoksiężników, którzy władali straszliwymi mocami. Choć rzadko ich oglądano, budzili powszechny strach.

Bez Xara nie wiedziałaby, co uczynić. Złoto, które otworzyło przed nią wrota Komnaty Tysiąca Tronów, zebrała głównie dzięki szczodrości i bystrości kupca. Gdy po całym wschodzie rozeszły się wieści o żywych smokach, przybywało tu coraz więcej poszukiwaczy, którzy chcieli się przekonać, czy to prawda, a Xaro Xhoan Daxos pilnował, by wszyscy — tak wielcy, jak i mali — oferowali matce Smoków jakiś dar.

Strumyczek szybko przerodził się w potężną rzekę. Kapitanowie kupieckich statków przywozili koronki z Myr, skrzynie szafranu z Yi Ti, bursztyn i smocze szkło z Asshai. Handlarze oferowali worki monet, a srebrnicy pierścienie i łańcuchy. Fleciści grali dla niej na fletach, akrobaci fikali koziołki, żonglerzy żonglowali, a farbiarze obdarowali ją strojami w kolorach, o których istnieniu nawet nie wiedziała. Para Jogos Nhai sprezentowała jej jednego z pręgowanych zorsów, czarno-białego i gwałtownego. Pewna wdowa przyniosła zmumifikowane ciało swego męża, pokryte warstwą posrebrzanych liści. Powszechnie wierzono, że takie szczątki posiadają wielką moc, zwłaszcza jeśli zmarły był za życia czarodziejem, tak jak w tym przypadku. Natomiast Turmalinowe Bractwo sprezentowało jej koronę w kształcie trójgłowego smoka. Jego tułów wykonano z żółtego złota, skrzydła ze srebra, a głowy z nefrytu, kości słoniowej i onyksu.

Był to jedyny podarunek, który sobie zatrzymała. Resztę sprzedała, by zdobyć bogactwo, które następnie zmarnowała na ludzi czystej krwi. Xaro chciał spieniężyć również koronę — przysięgał, że Trzynastu zdobędzie dla niej znacznie piękniejszą — Dany mu jednak zabroniła.

— Viserys sprzedał koronę matki i ludzie nazwali go żebrakiem. Ja tę zachowam, żeby zwano mnie królową.

Tak też zrobiła, choć szyja bolała ją od jej ciężaru.

Nawet w koronie nadal jestem żebraczką — pomyślała. *Stałam się najwspanialej ubraną żebraczką na świecie, to wszystko.* Nienawidziła swej sytuacji. Jej brat musiał się czuć podobnie. *Wszystkie te lata ucieczki z miasta do miasta, o krok przed nożami uzurpatora, błagania o pomoc archontów, książąt i magistrów, płacenia za żywność pochlebstwami. Z pewnością wiedział, że z niego drwią. Nic dziwnego, że był taki gniewny i zgorzkniały. Na koniec przywiodło go to do szaleństwa. Ze mną stanie się tak samo, jeśli na to pozwolę.* Jakąś częścią jaźni pragnęła tylko zaprowadzić swych ludzi z powrotem do Vaes Tolorro i sprawić, by wymarłe miasto znowu zakwitło. *Nie, to byłaby porażka. Mam coś, czego Viserys nie miał. Mam smoki. To wszystko zmienia.*

Pogłaskała Rhaegala. Zielony smok zacisnął ząbki na jej dłoni i uszczypnął ją mocno. Na zewnątrz słychać było szepty, bębnienie i szum wielkiego miasta, wszystkie nie policzone głosy łączące się w jeden niski dźwięk, przypominający łoskot morskich fal.

— Z drogi, Mleczarze, jedzie Matka Smoków — krzyczał Jhogo i Qartheńczycy usuwali się na boki, choć być może woły miały z tym więcej wspólnego niż jego głos. Przez szpary między kołyszącymi się draperiami Dany dostrzegała od czasu do czasu dosiadającego siwego ogiera Dothraka, uderzającego co chwila jednego z wołów biczem o srebrnej rączce, który dostał od niej w prezencie. Z drugiej strony strzegł jej Aggo, a Rakharo jechał za orszakiem, przyglądając się twarzom w tłumie w poszukiwaniu oznak zagrożenia. Ser Joraha zostawiła dziś w domu, by strzegł pozostałych smoków. Wygnany rycerz od początku sprzeciwiał się tej szaleńczej eskapadzie. *Nie ufa nikomu* — pomyślała. *I może nie bez powodu.* Gdy uniosła puchar do ust, Rhaegal powąchał trunek i cofnął z sykiem głowę.

— Twój smok ma dobry nos. — Xaro otarł wargi. — Wino jest nieszczególne. Powiadają, że za Morzem Nefrytowym produkują złocisty trunek, tak znakomity, że po jednym jego łyku wszystkie inne wina smakują jak ocet. Moglibyśmy we dwoje wsiąść na pokład mojego statku wycieczkowego i wybrać się na jego poszukiwanie.

— Najlepsze wino na świecie pochodzi z Arbor — oznajmiła Dany. Pamiętała, że lord Redwyne walczył z uzurpatorem w imieniu jej ojca i jako jeden z nielicznych dochował wierności do końca. Czy będzie walczył również za mnie? Po tylu latach nie można było mieć pewności. — Popłyń tam ze mną, Xaro, a dostaniesz najlepsze trunki, jakich w życiu kosztowałeś. Ale potrzebny będzie okręt wojenny, nie statek wycieczkowy.

— Nie mam okrętów wojennych. Wojna szkodzi interesom. Po wielekroć ci powtarzałem, że Xaro Xhoan Daxos jest człowiekiem pokoju.

Xaro Xhoan Daxos jest człowiekiem złota — pomyślała. *A za złoto mogę kupić tyle okrętów i mieczy, ile tylko będę potrzebowała.*

— Nie prosiłam cię, byś wziął w rękę miecz, a tylko pożyczył mi swe statki.

Uśmiechnął się skromnie.

— To prawda, że mam trochę statków handlowych, któż jednak wie ile? Niewykluczone, że któryś z nich właśnie w tej chwili tonie w jakimś burzliwym zakątku Morza Letniego. Rankiem drugi wpadnie w ręce korsarzy, a następnego dnia któryś z moich kapitanów może spojrzeć na bogactwa, które ma w ładowni, i pomyśleć: wszystko to powinno należeć do mnie. Takie jest ryzyko kupiectwa. Im dłużej ze sobą rozmawiamy, tym mniej zapewne mam statków. Z każdą chwilą staję się biedniejszy.

— Daj mi statki, a znowu uczynię cię bogatym.

— Wyjdź za mnie, jasne światło, i pożegluj statkiem mojego serca. Od myśli o twej urodzie po nocach nie mogę spać.

Dany uśmiechnęła się. Bawiły ją kwieciste wyznania namiętności, jakie składał Xaro, lecz jego zachowanie nie harmonizowało ze słowami. Gdy ser Jorah pomagał jej wsiąść do palankinu, ledwie potrafił oderwać wzrok od jej nagiej piersi, natomiast Xaro ledwie raczył ją zauważać, nawet z tak bliska. Widziała też pięknych chłopców, którzy otaczali magnata handlowego i przemykali przez jego komnaty, odziani jedynie w skrawki jedwabiu.

— Twoje słowa brzmią słodko, Xaro, ale wyczuwam pod nimi kolejną odmowę.

— Ten żelazny tron, o którym opowiadasz, wydaje się straszliwie zimny i twardy. Nie mogę znieść myśli o tym, że twą słodką skórę skaleczą ostre kolce. — Klejnoty w nosie Xara nadawały mu wygląd dziwacznego, połyskliwego ptaka. Jego długie, piękne palce poruszyły się, odrzucając tę perspektywę. — Niech to będzie twe królestwo, najwspanialsza z królowych. Pozwól, bym stał się twoim królem. Jeśli chcesz, dam ci tron ze złota. Gdy Qarth już cię znuży, możemy wyruszyć w podróż wokół Yi Ti, żeby poszukać miasta snów, które opiewają poeci, i pić wino mądrości z czaszki zmarłego.

— Chcę pożeglować do Westeros i pić wino zemsty z czaszki uzurpatora.

Podrapała Rhaegala pod okiem i jego nefrytowozielone skrzydła rozpostarły się na chwilę, mącąc nieruchome powietrze wewnątrz palankinu.

Po policzku Xaro Xhoan Daxosa spłynęła jedna, nieskazitelna łza.

— Czy nic nie wybije ci z głowy tego szaleństwa?

— Nic — odparła, pragnąc czuć tyle pewności, ile wyrażał jej głos. — Gdyby każdy z Trzynastu pożyczył mi dziesięć statków…

— Miałabyś sto trzydzieści statków bez załogi. Słuszność twej sprawy nic nie znaczy dla zwykłych ludzi z Qarthu. Dlaczego moich marynarzy miałoby interesować, kto zasiada na tronie jakiegoś królestwa na krańcu świata?

— Zapłacę im za to.

— Jaką monetą, słodka gwiazdo moich niebios?

— Złotem, które przynoszą poszukiwacze.

— To możliwe — przyznał Xaro — ale tak głębokie zainteresowanie będzie drogo kosztowało. Musiałabyś im zapłacić znacznie więcej ode mnie, a cały Qarth śmieje się z mojej lekkomyślnej rozrzutności.

— Jeśli Trzynastu nie zechce mi pomóc, może powinnam się zwrócić do Gildii Kupców Korzennych albo Turmalinowego Bractwa?

Xaro wzruszył leniwie ramionami.

— Od nich nie dostaniesz nic oprócz pochlebstw i kłamstw. Kupcy Korzenni to obłudnicy i samochwały, a w Bractwie pełno jest piratów.

— W takim razie muszę posłuchać rady Pyata Pree i odwiedzić czarnoksiężników.

Magnat handlowy wyprostował się nagle.

— Pyat Pree ma sine usta, a prawdę mówią ci, którzy powiadają, że z sinych ust wydobywają się jedynie kłamstwa. Wysłuchaj mądrości tego, kto cię kocha. Czarnoksiężnicy to zgorzkniałe istoty, które jedzą pył i piją cienie. Nic ci nie dadzą. Nie mają nic do dania.

— Nie musiałabym szukać czarodziejskiej pomocy, gdyby mój przyjaciel Xaro Xhoan Daxos zechciał dać mi to, o co proszę.

— Dałem ci mój dom i serce. Czy to nic dla ciebie nie znaczy? Dałem ci perfumy i granaty, harcujące małpki i plujące żmije, zwoje z zaginionej Valyrii, głowę bożka i nogę węża. Dałem ci ten palankin z hebanu i złota oraz parę wołów, które go ciągną. Jeden jest biały jak kość słoniowa, a drugi czarny jak gagat, rogi zaś mają inkrustowane klejnotami.

— Tak — zgodziła się Dany. — Ale prosiłam o żołnierzy i okręty.

— Czyż nie dałem ci też armii, najsłodsza z kobiet? Tysiąc rycerzy, wszyscy w lśniących zbrojach.

Zbroje były zrobione ze srebra i złota, a rycerze z nefrytu, berylu, onyksu, turmalinu, bursztynu, opalu i ametystu. Byli wielkości jej małego palca.

— Tysiąc pięknych rycerzy — przyznała. — Ale moi wrogowie nie muszą się ich bać. A woły nie przeniosą mnie przez wodę... dlaczego stajemy?

Woły wyraźnie zwolniły.

— *Khaleesi* — dobiegł zza zasłony głos Agga. Palankin zatrzymał się z nagłym wstrząsem. Dany oparła się na łokciu, by wyjrzeć na zewnątrz. Znajdowali się na skraju bazaru. Drogę zagradzała im lita ściana ludzi.

— Na co oni patrzą?

Jhogo podjechał bliżej.

— Na ogniowego maga, *khaleesi.*

— Chcę go zobaczyć.

— W takim razie zobaczysz.

Dothrak wyciągnął do niej rękę. Gdy Dany ją ujęła, wciągnął ją na konia i posadził przed sobą, dzięki czemu widziała wszystko nad głowami tłumu. Ogniowy mag wyczarował w powietrzu drabinę, pomarańczową, skwierczącą drabinę z żywych płomieni, która wznosiła się bez żadnej podpory z podłogi bazaru aż pod wysoki dach wsparty na dźwigarach kratowych.

Zauważyła, że większość gapiów pochodzi spoza miasta. Widziała marynarzy ze statków handlowych, kupców, których przywiozły tu karawany, pokrytych pyłem ludzi z czerwonego pustkowia, wędrownych żołnierzy, rzemieślników i handlarzy niewolnikami. Jhogo otoczył jedną rękę jej talię i pochylił się blisko.

— Mleczarze unikają go. *Khaleesi*, widzisz tę dziewczynę w filcowym kapeluszu? Tam, za tym tłustym kapłanem. To…

— …złodziejka — dokończyła Dany. Nie była rozpieszczoną damą, ślepą na podobne sprawy. Często widywała rzezimieszków na ulicach Wolnych Miast, gdy uciekała z bratem przed płatnymi zabójcami uzurpatora.

Mag gestykulował żywo, szerokimi zamachami ramion nakazując płomieniom wznosić się coraz wyżej. Gdy widzowie wyciągali szyje, grupa rzezimieszków wmieszała się w tłum, ukrywając w dłoniach małe nożyki. Jedną rękę wyciągali nad głowę, a drugą uwalniali bogaczy od gotówki.

Gdy płonąca drabina osiągnęła wysokość czterdziestu stóp, mag skoczył na nią i zaczął się wspinać w górę, szybko jak małpa. Każdy szczebel, którego dotknął, rozpływał się pod nim, pozostawiając po sobie tylko wstęgę srebrnego dymu. Gdy mag dotarł na górę, drabina zniknęła, a on razem z nią.

— Niezła sztuczka — rzucił z podziwem Jhogo.

— To nie sztuczka — rozległ się głos kobiety przemawiającej w języku powszechnym.

Dany nie zauważyła Quaithe w tłumie, a jednak władczyni cieni stała obok niej. Jej wilgotne oczy lśniły pod czerwoną maską o nieubłaganym wyrazie.

— Co chcesz przez to powiedzieć, pani?

— Pół roku temu ten człowiek ledwie potrafił przywołać ogień ze smoczego szkła. Znał kilka sztuczek z proszkami i dzikim ogniem, co wystarczało, by przyciągnąć uwagę tłumu, podczas gdy jego rzezimieszki wykonywały swą robotę. Potrafił chodzić po płonących węglach i sprawiać, że w powietrzu rozkwitały płonące róże, ale nie mógł nawet marzyć o wspinaniu się po płonącej drabinie, tak samo jak zwykły rybak nie złapie w sieci krakena.

Dany spojrzała niespokojnie w miejsce, gdzie przed chwilą wznosiła się drabina z ognia. Zniknął już nawet dym, a ciżba rozchodziła się powoli, każdy w swoją stronę. Za chwilę niektórzy z nich przekonają się, że ich sakiewki są puste.

— A teraz?

— Teraz jego moce rosną, *khaleesi*, i to ty jesteś tego przyczyną.

— Ja? — Roześmiała się. — Jak to możliwe?

Kobieta podeszła bliżej i dotknęła dwoma palcami nadgarstka Dany.

— Jesteś przecież Matką Smoków, nieprawdaż?

— Jest i żaden pomiot cienia nie będzie jej dotykał. — Jhogo strącił palce Quaithe rękojeścią bicza.

Kobieta cofnęła się o krok.

— Musisz szybko uciekać z tego miasta, Daenerys Targaryen, gdyż w przeciwnym razie nigdy już go nie opuścisz.

Dany wciąż czuła mrowienie w miejscu, gdzie dotknęła jej Quaithe.

— Dokąd powinnam się udać? — zapytała.

— Żeby dotrzeć na północ, trzeba zmierzać na południe. Żeby znaleźć się na zachodzie, powinno się podążać na wschód. Żeby iść naprzód, należy się cofać, a żeby dotknąć światła, musi się przejść przez cień.

Asshai — pomyślała Dany. *Chce, bym wyruszyła do Asshai.*

— Czy Asshai'i dadzą mi armię? — zapytała. — Czy znajdę tam okręty? Co takiego jest w Asshai, czego nie znajdę w Qarthu?

— Prawda — odparła zamaskowana kobieta, po czym pokłoniła się i zniknęła w tłumie.

Rakharo prychnął pogardliwie pod czarnymi, obwisłymi wąsiskami.

— *Khaleesi*, lepiej jest połknąć skorpiona niż zaufać pomiotowi cienia, który nie waży się wystawiać twarzy na słońce. Wszyscy to wiedzą.

— Wszyscy to wiedzą — zgodził się Aggo.

Xaro Xhoan Daxos przypatrywał się całej tej rozmowie ze swych poduszek.

— Twoje dzikusy są mądrzejsze, niżby się zdawało — powiedział, gdy zasiadła obok niego w palankinie. — Prawdy, które znają Asshai'i, nie przywołają na twe usta uśmiechu.

Wcisnął jej w rękę kolejny kielich wina i przez całą drogę do rezydencji mówił o miłości, żądzy i innych podobnych błahostkach.

W cichej komnacie Dany zrzuciła z siebie piękne szaty i przywdziała luźną tunikę z fioletowego jedwabiu. Smoki były głodne, porąbała więc na kawałki węża i przypiekła go nad piecykiem.

Są coraz większe — zdała sobie sprawę, obserwując, jak walczą o kąski przypalonego mięsa. *Na pewno ważą już dwukrotnie więcej niż w Vaes Tolorro. Niemniej jednak miną lata, nim staną się wystarczająco wielkie, by wziąć udział w wojnie. Trzeba je też wyszkolić, żeby nie spustoszyły mojego królestwa.* Choć w jej żyłach płynęła krew Targaryenów, Dany nie miała pojęcia, jak się szkoli smoki.

Gdy słońce skłaniało się ku zachodowi, przyszedł do niej ser Jorah Mormont.

— Ludzie czystej krwi ci odmówili?

— Tak jak przewidywałeś. Usiądź i poradź mi, co robić dalej.

Pociągnęła go na poduszki obok siebie. Jhiqui przyniosła im czarę fioletowych oliwek oraz cebulek maczanych w winie.

— W tym mieście nie znajdziesz pomocy, *khaleesi*. — Ser Jorah ujął cebulkę między kciuk a palec wskazujący. — Z każdym dniem utwierdzam się w tym przekonaniu. Wzrok ludzi czystej krwi nie sięga dalej niż mury Qarthu, a Xaro…

— Znowu mnie prosił, żebym za niego wyszła.

— Tak, i wiem dlaczego.

Gdy rycerz się zasępiał, jego gęste, czarne brwi łączyły się nad głęboko osadzonymi oczyma.

— Marzy o mnie we dnie i w nocy — stwierdziła ze śmiechem.

— Wybacz mi, moja królowo, ale to o twoich smokach marzy.

— Zapewnił mnie, że w Qarthu mężczyzna i kobieta zachowują po ślubie prawa do swego majątku. Smoki należą do mnie.

Uśmiechnęła się, gdy Drogon ruszył ku niej po marmurowej podłodze, podskakując i łopocząc skrzydłami, a potem wpełzł na poduszkę i położył się obok niej.

— W zasadzie powiedział prawdę, zapomniał jednak wspomnieć o pewnym drobiazgu. Qartheńczycy mają szczególny zwyczaj weselny, moja królowo. W dzień zawarcia związku żona może zażądać od męża jednego daru na znak miłości i musi dostać to, czego sobie zażyczyła. On również ma prawo wybrać sobie coś, co posiada ona. Można prosić tylko o jedną rzecz, ale tej prośbie nie można odmówić.

— Jedną rzecz — powtórzyła. — I nie można odmówić?

— Mając jednego smoka, Xaro Xhoan Daxos władałby tym miastem, a jeden statek pomoże nam bardzo niewiele.

Dany pogryzała cebulkę, snując smętne rozważania o męskiej zdradliwości.

— Wracając z Komnaty Tysiąca Tronów, przejeżdżaliśmy przez bazar — zaczęła. — Spotkałam tam Quaithe.

Opowiedziała ser Jorahowi o ogniowym magu i płonącej drabinie, a potem powtórzyła mu słowa kobiety w czerwonej masce.

— Szczerze mówiąc, chętnie wyjechałbym z tego miasta — przyznał rycerz, gdy skończyła. — Ale nie do Asshai.

— A dokąd?

— Na wschód — odparł.

— I tak już od mego królestwa dzieli mnie połowa świata. Jeśli wyruszę jeszcze dalej na wschód, mogę nigdy nie znaleźć drogi do Westeros.

— Jeśli pojedziesz na zachód, ryzykujesz życiem.

— Ród Targaryenów ma przyjaciół w Wolnych Miastach — przypomniała mu. — Przyjaciół lepszych niż Xaro albo ludzie czystej krwi.

— Jeśli chodzi ci o Illyria Mopatisa, to nie jestem tego taki pewien. Za odpowiednią ilość złota Illyrio sprzedałby cię jak niewolnicę.

— Ja i mój brat gościliśmy w jego rezydencji przez pół roku. Gdyby chciał nas sprzedać, mógł to zrobić wtedy.

— Sprzedał cię — przypomniał Ser Jorah. — Khalowi Drogowi.

Zaczerwieniła się. Miał rację, lecz nie spodobało się jej ostre sformułowanie, jakiego użył.

— Illyrio chronił nas przed mordercami uzurpatora i wierzył w sprawę mojego brata.

— Illyrio nie wierzy w żadną sprawę oprócz własnej. Żarłoki są z zasady chciwcami, a magistrzy są podstępni. Illyrio Mopatis jest i jednym, i drugim. Co wiesz o nim naprawdę?

— Wiem, że dał mi smocze jaja.

Mormont żachnął się.

— Gdyby choć przez chwilę pomyślał, że mogą się z nich wykluć smoki, wysiadywałby je sam.

Uśmiechnęła się mimo woli.

— Och, nie wątpię w to, ser. Poznałam Illyria lepiej niż ci się zdaje. Gdy opuściłam jego rezydencję w Pentos, by poślubić moje Słońce i Gwiazdy, byłam jeszcze dzieckiem, nie byłam jednak głucha ani ślepa. A teraz nie jestem już dzieckiem.

— Nawet jeśli Illyrio jest ci przyjacielem, za jakiego go uważasz — upierał się rycerz — i tak nie jest wystarczająco potężny, by osadzić cię na tronie, tak jak nie mógł tego uczynić dla twego brata.

— Jest bogaty — skontrowała. — Może nie aż tak bogaty, jak Xaro, ale starczy mu złota, by wynająć dla mnie okręty i ludzi.

— Najemnicy bywają użyteczni — przyznał ser Jorah — ale męty z Wolnych Miast nie wywalczą dla ciebie tronu ojca. Nic nie jednoczy rozbitego królestwa skuteczniej niż armia najeźdźców wkraczająca na jego ziemie.

— Jestem ich prawowitą królową — zaprotestowała Dany.

— Jesteś nieznajomą pragnącą wylądować na ich brzegu z armią najemników, którzy nawet nie mówią w języku powszechnym. Lordowie Westeros nie znają cię i mają wszelkie powody, żeby się ciebie bać i ci nie ufać. Zanim tam pożeglujesz, musisz ich sobie pozyskać. Przynajmniej niektórych.

— A jak mam tego dokonać, jeśli udam się na wschód, tak jak mi radzisz?

Zjadł oliwkę i wypluł pestkę w dłoń.

— Nie wiem, Wasza Miłość — przyznał. — Wiem jednak, że im dłużej pozostajesz w jednym miejscu, tym łatwiej twoim wrogom cię wytropić. Nazwisko Targaryen nadal budzi w nich strach, tak wielki, że gdy usłyszeli, iż spodziewasz się dziecka, wysłali mordercę. Co uczynią, kiedy dowiedzą się o smokach?

Drogon leżał zwinięty pod jej ramieniem, gorący jak kamień, który cały dzień nagrzewały promienie słońca. Rhaegal i Viserion walczyły o kawałek mięsa, okładając się skrzydłami. Z ich nozdrzy buchał z sykiem dym.

Moje zawzięte dzieci — pomyślała. *Nie może im się stać nic złego.*

— Kometa nie bez powodu zaprowadziła mnie do Qarthu. Miałam nadzieję, że znajdę tu armię, wygląda jednak na to, że tak się nie stanie. Cóż mi więc pozostaje?

Boję się, ale muszę być odważna — pomyślała.

— Jutro pójdziesz do Pyata Pree — dorzuciła.

Tyrion

Nie płakała nawet przez chwilę. Mimo młodego wieku Myrcella Baratheon była urodzoną księżniczką.

A mimo noszonego nazwiska jest z Lannisterów — pomyślał Tyrion. *To dziecko nie tylko Cersei, lecz również Jaime'a.*

Szczerze mówiąc, gdy bracia zostawili ją na pokładzie „Morskiego Jerzyka", jej uśmiech wyglądał nieco trwożliwie, wiedziała jednak, jakie słowa należy wypowiedzieć, i uczyniła to z odwagą oraz godnością. Kiedy nadszedł czas rozstania, to książę Tommen się rozpłakał, a Myrcella go pocieszała.

Tyrion przyglądał się pożegnaniu z wysokiego pokładu „Młota Króla Roberta", potężnej, czterystuwiosłowej galery. „Młot Roba", jak zwali okręt wioślarze, stanowił główną siłę eskorty Myrcelli. Miały z nią pożeglować również „Lwia Gwiazda", „Śmiały Wicher" i „Lady Lyanna".

Tyrion czuł pewien niepokój, odsyłając tak znaczną część ich i tak już za małej floty, przerzedzonej przez utratę statków, które pożeglowały z lordem Stannisem na Smoczą Skałę i więcej nie wróciły, Cersei nie chciała jednak słyszeć o mniejszej eskorcie. Być może było to rozsądne. Gdyby dziewczyna dostała się do niewoli przed dopłynięciem do Słonecznej Włóczni, dornijski sojusz spaliłby na panewce. Jak dotąd Doran Martell ograniczył się do rozlokowania swych wojsk na wysoko położonych przełęczach. Ta groźba mogła skłonić niektórych lordów z Pogranicza do zmiany zdania i zahamować marsz Stannisa na północ, była to jednak tylko zmyłka. Martellowie nie zamierzali brać udziału w walkach, chyba żeby zaatakowano samo Dorne, a Stannis nie był aż taki głupi. *Ale niektórzy z jego chorążych mogą być* — pomyślał Tyrion. *Powinienem rozważyć tę kwestię.*

Odchrząknął.

— Znasz rozkazy, kapitanie.

— Znam, panie. Mamy płynąć wzdłuż brzegu, ani na moment nie tracąc z oczu lądu, aż dotrzemy do Pękniętego Szponu. Stamtąd ruszymy prosto przez wąskie morze do Braavos. Pod żadnym pozorem nie możemy znaleźć się w zasięgu wzroku od Smoczej Skały.

— A gdyby wrogowie i tak was odnaleźli?

— Jeśli będzie to jeden okręt, mamy go przegnać albo zatopić. Jeśli będzie ich więcej, „Śmiały Wicher" będzie się trzymał „Morskiego Jerzyka", żeby go osłaniać, podczas gdy reszta floty stanie do walki.

Tyrion skinął głową. Jeśli dojdzie do najgorszego, mały „Morski Jerzyk" powinien zdołać umknąć pościgowi. Był to niewielki stateczek z ogromnymi żaglami i jego kapitan utrzymywał, że potrafi prześcignąć wszystkie okręty wojenne. Gdy Myrcella dotrze do Braavos, powinna być bezpieczna. Na jej zaprzysiężonego obrońcę wyznaczył ser Arysa Oakhearta i opłacił Braavosów, by odwieźli ją do Słonecznej Włóczni. Nawet lord Stannis z pewnością nie chciałby wzbudzić gniewu największego i najpotężniejszego z Wolnych Miast. Płynęli z Królewskiej Przystani do Dorne przez Braavos, co nie było może najkrótszą z możliwych tras, ale za to najbezpieczniejszą... taką przynajmniej żywił nadzieję.

Gdyby lord Stannis wiedział o tej misji, nie mógłby znaleźć dogodniejszego momentu, by wysłać przeciw nam swą flotę.

Spojrzał na miejsce, gdzie Czarny Nurt wpadał do Czarnej Zatoki i z ulgą przekonał się, że na szerokim, zielonym horyzoncie nie widać żadnych żagli. Zgodnie z ostatnimi meldunkami flota Baratheonów nadal stała na kotwicy pod Końcem Burzy, gdzie ser Cortnay Penrose opierał się oblegającym w imię nieżyjącego Renly'ego. Tymczasem żurawie Tyriona były już w trzech czwartych gotowe. Nawet w tej chwili ludzie umieszczali na miejscu ciężkie, kamienne bloki, z pewnością przeklinając go za to, że kazał im pracować w święto. Niech sobie przeklinają. *Jeszcze dwa tygodnie, Stannisie. Nie potrzebuję więcej. Dwa tygodnie i wszystko będzie gotowe.*

Przyglądał się, jak jego siostrzenica klęka przed wielkim septonem, by otrzymać błogosławieństwo przed podróżą. Jego kryształowa korona lśniła w blasku słońca, rzucając tęcze na zwróconą ku górze twarz Myrcelli. Dobiegający z brzegu hałas nie pozwalał mu usłyszeć modlitw. Miał nadzieję, że bogowie mają lepszy słuch. Wielki septon był gruby jak stodoła, a do tego jeszcze bardziej nadęty i gadatliwy niż Pycelle. *Kończ już, staruchu* — pomyślał poirytowany Tyrion. *Bogowie mają ważniejsze sprawy niż słuchanie twojego ględzenia. I ja też.*

Gdy mamrotanie wreszcie ucichło, Tyrion pożegnał się z kapitanem „Młota Roba".

— Odwieź bezpiecznie moją siostrzenicę do Braavos, a po powrocie będzie na ciebie czekał tytuł rycerza — obiecał.

Schodząc po stromym trapie na molo, czuł skierowane na siebie nieżyczliwe spojrzenia. Galera kołysała się lekko, wskutek czego jego kaczkowaty chód był jeszcze bardziej chwiejny niż zazwyczaj.

Idę o zakład, że chętnie by się ze mnie pośmiali. Nikt nie odważył się roześmiać w głos, Tyrion słyszał jednak mamrotania mieszające się ze skrzypieniem drewna i lin oraz szumem opływającej pale rzeki. *Nie darzą mnie miłością* — pomyślał. *Nic dziwnego. Jestem brzydki i dobrze odżywiony, a oni głodują.*

Bronn przeprowadził go przez tłum do siostry i jej synów. Cersei ignorowała go, woląc uśmiechać się do kuzyna. Tyrion obserwował, jak czaruje Lancela oczyma równie zielonymi, jak sznur szmaragdów, który otaczał jej smukłą, białą szyję. Uśmiechnął się chytrze do siebie.

Znam twój sekret, Cersei — pomyślał. Jego siostra często ostatnio odwiedzała wielkiego septona, by otrzymać błogosławieństwo bogów przed nadchodzącą walką z lordem Stannisem... a przynajmniej to chciała wmówić Tyrionowi. W rzeczywistości po krótkiej wizycie w Wielkim Sepcie Baelora przywdziewała prosty, brązowy płaszcz podróżny i wymykała się na spotkanie z wędrownym rycerzem o nieprawdopodobnym nazwisku ser Osmund Kettleblack i z jego równie podejrzanymi braćmi Osneyem i Osfrydem. Lancel wszystko mu o nich opowiedział. Cersei zamierzała za pośrednictwem Kettleblacków kupić własny oddział najemników.

No cóż, niech sobie spiskuje do woli. Była znacznie słodsza, gdy wydawało się jej, że zdołała go przechytrzyć. Kettleblackowie będą ją czarować, brać od niej pieniądze i obiecywać jej wszystko, czego tylko zapragnie. *Dlaczegóż by nie, skoro Bronn za każdy jej grosik dawał im następny?* Wszyscy trzej bracia byli sympatycznymi łotrzykami i w rzeczywistości znacznie lepiej radzili sobie z oszustwem niż z puszczaniem krwi. *Cersei kupiła sobie trzy puste bębny.* Będą głośno dudniły, by się jej przypodobać, ale nie będzie z nich żadnego pożytku. Tyrion śmiał się w duchu jak szalony.

Zabrzmiały fanfary i „Lwia Gwiazda" oraz „Lady Lyanna" odbiły od brzegu, płynąc w dół rzeki, by nie wchodzić w drogę „Morskiemu Jerzykowi". W zgromadzonej na brzegu ciżbie rozległo się kilka okrzyków, równie bladych jak mknące po niebie chmury. Myrcella uśmiechała się i machała ręką z pokładu. Za jej plecami stał Arys Oakheart. Jego biały płaszcz łopotał na wietrze. Kapitan rozkazał odcumować i wioślarze wprowadzili „Morskiego Jerzyka" w bystry strumień Czarnego Nurtu. Na wietrze rozkwitły żagle — zgodnie z rozkazem Tyriona zwykłe, białe płachty, nie płótna w barwie lannisterskiego karmazynu. Książę Tommen wybuchnął płaczem.

— Beczysz jak osesek — wysyczał jego brat. — Książęta nie powinni płakać.

— Książę Aemon Smoczy Rycerz płakał, gdy księżniczka Naerys poślubiła jego brata Aegona — powiedziała Sansa Stark — a bliźniaki ser Arryk i ser Erryk umarli z łzami na policzkach, zadawszy sobie nawzajem śmiertelne rany.

— Bądź cicho albo każę ser Merynowi zadać tobie śmiertelną ranę — oznajmił Joffrey swej narzeczonej. Tyrion zerknął na siostrę, ta jednak była pochłonięta czymś, co mówił do niej ser Balon Swann.

Czy naprawdę może być aż tak ślepa na to, kim on jest? — zastanowił się.

Na rzece „Śmiały Wicher" wysunął wiosła i pomknął w dół rzeki śladem torowym „Morskiego Jerzyka". Na końcu płynął „Młot Króla Roberta", najpotężniejszy okręt królewskiej floty... a przynajmniej tej jej części, która nie uciekła w zeszłym roku na Smoczą Skałę ze Stannisem. Tyrion starannie wybrał okręty, unikając kapitanów, których lojalność zdaniem Varysa budziła wątpliwości... lecz ponieważ lojalność eunucha bynajmniej nie była pewna, nadal dręczyły go obawy.

Zanadto polegam na Varysie — pomyślał. *Muszę mieć własnych szpiegów. Im zresztą też nie będę ufał.* Za zaufanie często płaciło się śmiercią.

Po raz kolejny zastanowił się nad Littlefingerem. Odkąd Petyr Baelish wyjechał do Gorzkiego Mostu, nie otrzymali od niego żadnej wiadomości. Mogło to oznaczać wszystko albo nic. Nawet Varys nic nie wiedział. Eunuch sugerował, że być może Littlefingera spotkały po drodze jakieś trudności. Niewykluczone nawet, że go zabito. Tyrion zareagował na to pogardliwym prychnięciem.

— Jeśli Littlefinger nie żyje, to ja jestem olbrzymem.

Bardziej prawdopodobne było, że Tyrellowie nie chcą się zgodzić na proponowane małżeństwo. Nie mógł mieć o to do nich pretensji. *Na miejscu Mace'a Tyrella wolałbym zobaczyć głowę Joffreya na palu niż jego kutasa w swej córce.*

Gdy mała flotylla wypłynęła już daleko na zatokę Cersei dała znak, że pora wracać. Bronn przyprowadził konia i pomógł Tyrionowi go dosiąść. W zasadzie zadanie to należało do Podricka Payne'a, ale chłopaka zostawili w Czerwonej Twierdzy. Przy wychudłym najemniku Tyrion czuł się znacznie bezpieczniej.

Na wąskich uliczkach pełno było ludzi ze Straży Miejskiej, którzy powstrzymywali tłum drzewcami włóczni. Na czele kolumny jechał ser Jacelyn Bywater, prowadzący grupę konnych lansjerów w czarnych kolczugach i złotych płaszczach. Za nim zdążali ser Aron Santagar i ser Balon Swann, niosący królewskie chorągwie z lwem Lannisterów i jeleniem w koronie Baratheonów.

Potem jechał król Joffrey na rosłym siwku. Na jego blond lokach spoczywała złota korona. U jego boku podążała Sansa Stark na kasztanowatej klaczy. Nie spoglądała ani w prawo, ani w lewo. Gęste, brązowe włosy przykryte ozdobioną kamieniami księżycowymi siateczką opadały jej na ramiona. Po obu stronach tej pary jechało dwóch ludzi ze Straży Królewskiej, na prawo od króla Ogar, a na lewo od dziewczyny ser Mandon Moore.

Za nimi podążał pociągający nosem Tommen z ser Prestonem Greenfieldem w białej zbroi i płaszczu, a potem Cersei w towarzystwie ser Lancela. Królową osłaniali Meryn Trant i Boros Blount. Tyrion zajął pozycję za siostrą. Z tyłu ciągnął wielki septon w lektyce oraz długi szereg dworaków — ser Horas Redwyne, lady Tanda z córką, Jalabhar Xho, lord Gyles Rosby i reszta. Orszak zamykała podwójna kolumna zbrojnych.

Za linią włóczni zgromadzili się nieogoleni i niemyci gapie, którzy patrzyli na jeźdźców z tępą niechęcią.

To mi się nie podoba — pomyślał Tyrion. Bronn miał w tłumie dwudziestu najemników, którym rozkazano zdusić wszelkie kłopoty w zarodku. Być może Cersei wydała identyczne polecenie swym Kettleblackom. Nie sądził jednak, by miało to wiele pomóc. Jeśli ogień jest zbyt gorący, nie uchroni się puddingu przed przypaleniem, wrzucając do garnka garść rodzynków.

Minęli Rybny Targ i ruszyli Błotnistym Traktem, po czym skręcili w wąski, kręty Haczyk i rozpoczęli wspinaczkę na Wielkie Wzgórze Aegona. Na widok młodego króla, garstka ludzi krzyczała: „Joffrey! Wiwat, wiwat!". Na każdego, kto wzniósł okrzyk, przypadała jednak setka milczących. Lannisterowie posuwali się przez morze obdartych mężczyzn i głodnych kobiet, unosili się na fali posępnych spojrzeń. Jadąca tuż przed Tyrionem Cersei śmiała się z czegoś, co powiedział Lancel, podejrzewał jednak, że jego siostra tylko udaje wesołość. Nie mogła nie dostrzec otaczającego ich wzburzenia. Po prostu zawsze uważała, że w każdej sytuacji należy okazywać odwagę.

W połowie drogi, między dwoma strażnikami przepchnęła się płacząca kobieta, która wybiegła na ulicę przed króla i jego towarzyszy, unosząc nad głową martwe niemowlę. Było sine i groteskowo obrzmiałe, lecz prawdziwą grozę budziło spojrzenie matki. Joffrey sprawiał przez chwilę wrażenie, że chce ją stratować, lecz Sansa Stark pochyliła się w jego stronę i coś do niego szepnęła. Król sięgnął do sakiewki i rzucił kobiecie srebrnego jelenia. Moneta odbiła się od ciała, potoczyła po bruku, przemknęła między nogami złotych płaszczy i wpadła w tłum, gdzie tuzin ludzi natychmiast zaczęło się o nią bić. Matka nawet nie mrugnęła. Jej chuda ramiona drżały pod ciężarem martwego syna.

— Zostaw ją, Wasza Miłość — krzyknęła Cersei do syna. — Biedactwu nie można już pomóc.

Matka ją usłyszała. Głos królowej w jakiś sposób przebił się do zmąconego umysłu kobiety. Jej pusta twarz wykrzywiła się w grymasie odrazy.

— Kurwa! — wrzasnęła. — Kurwa Królobójcy! Dupa własnego brata! — Martwe dziecko wypadło jej z rąk niczym worek mąki. Wskazała na Cersei. — Dupa brata dupa brata dupa brata.

Tyrion nie zauważył, kto cisnął łajnem. Usłyszał tylko westchnienie Sansy i głośne przekleństwo Joffreya. Gdy odwrócił głowę, zobaczył, że król ociera sobie z policzka brązowe plugastwo. Pokrywało ono również jego złote włosy oraz nogi Sansy.

— Kto to rzucił? — darł się Joffrey. Wsadził sobie palce we włosy, wykrzywił twarz w wyrazie wściekłości i wygarnął kolejną garść łajna. — Chcę dostać winnego! — krzyczał. — Sto złotych smoków dla tego, kto go przyprowadzi.

— Był na górze! — krzyknął ktoś w tłumie. Król obrócił konia wkoło, przyglądając się dachom i otwartym balkonom. Ludzie w tłumie wyciągali ręce, przepychali się, przeklinali siebie nawzajem i Joffreya.

— Proszę, Wasza Miłość, daruj mu — błagała Sansa.

Król nie zwracał na nią uwagi.

— Przyprowadźcie tu człowieka, który rzucił to plugastwo! — rozkazał. — Zliże je ze mnie albo każę go ściąć. Psie, dawaj go!

Sandor Clegane zeskoczył posłusznie z siodła, lecz nie mógł w żaden sposób przepchnąć się przez mur żywych ciał, nie mówiąc już o wdrapaniu się na dach. Ci, którzy byli najbliżej, próbowali zejść mu z drogi, lecz inni pchali się ku niemu, żeby lepiej widzieć. Tyrion poczuł zapach katastrofy.

— Clegane, daj spokój, on już dawno uciekł.

— Chcę go dostać! — Joffrey wskazał na dach. — Był tam! Psie, przedrzyj się przez nich i przyprowadź...

Jego ostatnie słowa zagłuszył nagły tumult, narastający grzmot gniewu, strachu i nienawiści, który otoczył ich ze wszystkich stron.

— Bękart! — wrzasnął ktoś. — Bękart i potwór.

— Kurwa. Dupa brata — odezwały się inne głosy oskarżające królową.

— Odmieniec. Półmężczyzna — posypały się obelgi na Tyriona.

W lawinie przekleństw słychać też było kilka innych głosów. Krzyczano: „Sprawiedliwości!", „Robb, król Robb, Młody Wilk!", „Stannis!", a nawet „Renly!". Po obu stronach ulicy tłum naparł nagle na włócznie złotych płaszczy, które usiłowały go powstrzymać. Nad nimi pofrunęły kamienie, łajno i jeszcze obrzydliwsze rzeczy.

— Chcemy jeść! — rozdarła się jakaś kobieta.

— Chleba! — zagrzmiał stojący za jej plecami mężczyzna. — Chcemy chleba, bękarcie!

W jedno uderzenie serca okrzyk podchwyciło tysiąc głosów. Zapomniano o królu Joffreyu, królu Robbie i królu Stannisie. Panował wyłącznie król Chleb.

— Chleba — krzyczeli. — Chleba, chleba.

Tyrion spiął wierzchowca i przemknął obok siostry, krzycząc:

— Do zamku. Natychmiast.

Cersei skinęła krótko głową, a ser Lancel wydobył miecz. Na przedzie kolumny, Jacelyn Bywater wykrzykiwał rozkazy. Jego jeźdźcy opuścili kopie i pomknęli naprzód, tworząc klin. Przerażony król kręcił się w kółko, podczas gdy ręce tłuszczy wyciągały się ku niemu nad głowami złotych płaszczy. Komuś udało się złapać go za nogę, tylko jednak na chwilę. Błysnął miecz ser Mandona, który odciął dłoń od nadgarstka.

— Uciekaj! — krzyknął do siostrzeńca Tyrion, uderzając mocno jego konia w zad. Zwierzę stanęło dęba z głośnym rżeniem i pognało naprzód, roztrącając przed sobą tłum.

Tyrion mknął tuż za królem, a Bronn dotrzymywał mu kroku z mieczem w dłoni. Tuż nad jego głową przeleciał spory kamień, a na tarczy ser Mandona rozbiła się zgniła główka kapusty. Po ich lewej stronie trójka złotych płaszczy padła na ziemię. Tłuszcza przedzierała się naprzód, tratując ich ciała. Ogar gdzieś zniknął, choć jego koń galopował obok nich. Tyrion widział, jak ściągają z siodła ser Arona Santagara, wydzierając mu z dłoni chorągiew z czarnym jeleniem na złotym polu, herbem Baratheonów. Ser Balon Swann wypuścił z dłoni lwa Lannisterów, żeby wydobyć miecz. Ciął nim na prawo i lewo, gdy upadłą chorągiew rozszarpywano na tysiąc strzępów, które rozsypywały się na wszystkie strony niczym niesione burzą karmazynowe liście. Po chwili zniknęły. Ktoś wpadł pod konia Joffreya i krzyknął głośno, gdy król go stratował. Tyrion nie widział, czy był to mężczyzna, kobieta, czy dziecko. Joffrey cwałował u jego boku z twarzą bladą jak serwatka. Ser Mandon Moore mknął po jego lewej stronie niczym biały cień.

Nagle zostawili obłęd za sobą i wpadli ze stukotem kopyt na brukowany plac przed zamkowym barbakanem. Bram strzegł szereg włóczników. Ser Jacelyn kazał swym lansjerom zawrócić i ruszyć do kolejnej szarży. Włócznicy rozstąpili się, by pozwolić królowi i jego towarzyszom przejechać pod kratą. Powyżej majaczyły jasnoczerwone mury, uspokajająco wysokie i pełne kuszników.

Tyrion nie przypominał sobie, kiedy zsiadł z konia. Ser Mandon pomógł zsunąć się z siodła wstrząśniętemu królowi. Przez bramę przemknęli Cersei, Tommen i Lancel, a tuż za nimi podążali ser Meryn i ser Boros. Miecz Borosa był okrwawiony, natomiast Merynowi zerwano z pleców biały płaszcz. Ser Balon Swann przyjechał bez hełmu, a jego wierzchowiec toczył pianę i krew z pyska. Horas Redwyne przywiózł lady Tandę, na wpół oszalałą ze strachu o swą córkę Lollys, która — strącona z siodła — została z tyłu. Lord Gyles, bardziej poszarzały na twarzy niż kiedykolwiek, wyjąkał, że widział, jak wielki septon wypadł z lektyki, wykrzykując modlitwy, gdy zalał go tłum. Jalabhar Xho oznajmił, że wydaje mu się, iż widział, kiedy w stronę przewróconej lektyki zawracał ser Preston Greenfield, nie był jednak tego pewien.

Tyrion zdawał sobie niejasno sprawę, że maester pyta go, czy jest ranny. Przepchnął się ku siostrzeńcowi, który stał po drugiej stronie dziedzińca z przekrzywioną, oblepioną łajnem koroną na głowie.

— Zdrajcy — bełkotał podniecony Joffrey. — Każę wszystkich ściąć. Każę…

Karzeł zdzielił go w zarumienioną twarz tak mocno, że korona spadła z głowy, po czym popchnął go obiema rękami i obalił na ziemię.

— Ty cholerny, ślepy durniu.

— To byli zdrajcy — pisnął leżący na ziemi Joffrey. — Przezywali mnie i rzucili się na mnie!

— Poszczułeś ich swoim psem! Co twoim zdaniem mieli zrobić, paść potulnie na kolana i pozwolić Ogarowi obciąć kilka rąk? Ty bezmyślny, rozpieszczony smarkaczu, zabiłeś Clegane'a i bogowie wiedzą, ilu ludzi jeszcze, a tobie nic się nie stało. Niech cię szlag! — Kopnął go. Było to tak przyjemne, że mógłby to zrobić jeszcze parę razy, lecz ser Mandon Moore odciągnął go od wyjącego Joffreya, a potem w pobliżu znalazł się Bronn, który ujął go za rękę. Cersei uklękła obok syna, a ser Balon Swann powstrzymał ser Lancela. Tyrion wyrwał się Bronnowi.

— Ilu jeszcze zostało na zewnątrz? — krzyknął do wszystkich albo do nikogo.

— Moja córka — rozpaczała lady Tanda. — Błagam, niech ktoś pojedzie po Lollys…

— Ser Preston nie wrócił — zameldował ser Boros Blount. — I Aron Santagar.

— I Mamka — dorzucił ser Horas Redwyne. To żartobliwe przezwisko pozostali giermkowie nadali młodemu Tyrekowi Lannisterowi.

Tyrion rozejrzał się po dziedzińcu.

— Gdzie dziewczyna Starków?

Przez chwilę nikt mu nie odpowiadał.

— Jechała koło mnie. Nie wiem, gdzie się podziała — odezwał się wreszcie Joffrey.

Tyrion przycisnął tępo zakończone palce do dręczonych bólem skroni. Jeśli Sansie Stark coś się stało, Jaime był praktycznie trupem.

— Ser Mandonie, ty byłeś jej tarczą.

Ser Mandon Moore nie przejął się zbytnio tym zarzutem.

— Kiedy rzucili się na Ogara, myślałem przede wszystkim o królu.

— I słusznie — wtrąciła Cersei. — Boros, Meryn, wracajcie po dziewczynę.

— I po moją córkę — łkała lady Tanda. — Proszę, panowie...

Ser Boros był wyraźnie niezadowolony z perspektywy opuszczenia bezpiecznego zamku.

— Wasza Miłość — zwrócił się do królowej — widok naszych białych płaszczy może rozwścieczyć tłuszczę.

Tyrion nie mógł już przełknąć nic więcej.

— Niech Inni porwą wasze pierdolone płaszcze! Jeśli boicie się je nosić, to je zdejmijcie, ty cholerny durniu... ale znajdźcie mi Sansę Stark, bo przysięgam, że każę Shagdze rozłupać ten twój brzydki łeb na pół, żeby zobaczyć, czy masz w środku coś oprócz czarnego puddingu.

Ser Boros zrobił się fioletowy z wściekłości.

— Ty śmiesz nazywać mnie brzydkim, ty?

Zaczął unosić okrwawiony miecz, który wciąż trzymał w zakutej w rękawicę pięści. Bronn bezceremonialnie odepchnął Tyriona za siebie.

— Przestańcie! — warknęła Cersei. — Borosie, zrobisz, co ci kazano, albo oddamy ten płaszcz komuś innemu. Przysięgałeś...

— Tam jest! — krzyknął Joffrey, wyciągając rękę.

Sandor Clegane przemknął przez bramę szybkim galopem na kasztanowatym rumaku Sansy. Dziewczyna siedziała za Ogarem, mocno obejmując obiema rękami jego pierś.

— Jesteś ranna, lady Sanso? — zawołał do niej Tyrion.

Po czole dziewczyny spływała krew z rany na głowie.

— Rzucali... rzucali różnymi rzeczami... kamieniami, plugastwem, jajami... próbowałam im powiedzieć, że nie mogę im dać chleba, bo go nie mam. Jakiś człowiek chciał ściągnąć mnie z siodła. Ogar chyba go zabił... jego ręka... — Wybałuszyła nagle oczy i zatkała usta dłonią. — Uciął mu rękę.

Clegane postawił ją na ziemi. Jego biały płaszcz był podarty i poplamiony, a z nierównego rozdarcia w lewym rękawie sączyła się krew.

— Ptaszyna krwawi. Niech ktoś zaniesie ją do klatki i opatrzy tę ranę. — Maester Frenken podbiegł do Sansy, by wykonać polecenie. — Wykończyli Santagara — ciągnął Ogar. — Złapali go czterej ludzie. Przydusili do ziemi i po kolei uderzali w głowę brukowcem. Jednemu wyprułem flaki, ale ser Aronowi nic to już nie pomogło.

Podeszła do niego lady Tanda.

— Moja córka…

— Nie widziałem jej.

Ogar rozejrzał się po dziedzińcu, krzywiąc wściekle twarz.

— Gdzie mój koń? Jeśli coś mu się stało, ktoś za to zapłaci.

— Przez pewien czas biegł razem z nami — powiedział Tyrion. — Nie wiem, co się z nim stało potem.

— Ogień! — krzyknął ktoś ze szczytu barbakanu. — Panowie, nad miastem widać dym. Zapchlony Tyłek płonie.

Tyrion czuł się niewiarygodnie zmęczony, nie miał jednak czasu rozpaczać.

— Bronn, weź tylu ludzi, ilu tylko będziesz potrzebował, i zadbaj o bezpieczeństwo wozów z wodą. — Dobrzy bogowie, dziki ogień, gdyby dosięgnął go płomień… — Jeśli nie będzie innego wyjścia, możemy stracić cały Zapchlony Tyłek, ale pod żadnym pozorem ogień nie może dotrzeć do domu cechowego alchemików. Czy to jasne? Clegane, pójdziesz z nim.

Przez pół uderzenia serca Tyrion miał wrażenie, że dostrzega w ciemnych oczach Ogara strach. *Ogień* — zrozumiał. *Boi się ognia. Niech mnie Inni porwą, to oczywiste. Zbyt dobrze poznał jego smak.* Wyraz lęku zniknął w mgnieniu oka, zastąpiony typowym dla Clegane'a grymasem.

— Pójdę — rzucił Ogar — ale nie na twój rozkaz. Muszę znaleźć tego konia.

Tyrion zwrócił się w stronę trzech pozostałych rycerzy Gwardii Królewskiej.

— Każdy z was będzie eskortował herolda. Rozkażcie ludziom wracać do domów. Każdy człowiek znaleziony na ulicach po ostatnim wieczornym dzwonie zostanie zabity.

— Nasze miejsce jest u boku króla — odparł pełnym samozadowolenia tonem ser Meryn.

Cersei wyprostowała się nagle niczym żmija.

— Wasze miejsce jest tam, gdzie wysyła was mój brat — warknęła. — Namiestnik przemawia głosem króla i nieposłuszeństwo jest zdradą.

Boros i Meryn wymienili spojrzenia.

— Czy mamy włożyć płaszcze, Wasza Miłość? — zapytał ser Boros.

— Możecie nawet pojechać nago. Może to przypomni tłuszczy, że jesteście mężczyznami. Na pewno wszyscy o tym zapomnieli zważywszy na to, jak zachowaliście się na ulicach.

Tyrion pozwolił siostrze się wściekać. Głowę rozsadzał mu pulsujący ból. Miał wrażenie, że czuje zapach dymu, choć mogły to być tylko nerwy. Drzwi Wieży Namiestnika strzegły dwie Kamienne Wrony.

— Znajdźcie mi Timetta, syna Timetta.

— Kamienne Wrony nie biegają za Spalonymi — poinformował go wyniosłym tonem jeden z dzikich.

Tyrion zapomniał na chwilę, z kim rozmawia.

— To znajdźcie mi Shaggę.

— Shagga śpi.

Trudno mu było powstrzymać się przed krzykiem.

— Obudźcie. Go.

— Niełatwo jest obudzić Shaggę, syna Dolfa — poskarżył się mężczyzna. — Jego gniew jest straszliwy.

Oddalił się, mrucząc coś pod nosem.

Klanowy wojownik zjawił się po chwili, drapiąc się i ziewając.

— Połowę miasta ogarnęły zamieszki, druga połowa płonie, a Shagga sobie chrapie — oskarżył go Tyrion.

— Shagga nie lubi tutejszej mętnej wody. Dlatego musi pić wasze słabe *ale* i kwaśne wińsko, a potem boli go głowa.

— Shae zatrzymała się w rezydencji nieopodal Starej Bramy. Chcę, żebyś tam poszedł i bronił jej przed wszelkimi niebezpieczeństwami.

Olbrzymi mężczyzna uśmiechnął się. Jego zęby były żółtą rozpadliną w gęstej, dzikiej brodzie.

— Shagga przyprowadzi ją tutaj.

— Dopilnuj tylko, żeby nic się jej nie stało. Powiedz jej, że przyjdę, kiedy tylko będę mógł. Może jeszcze dziś w nocy, a z pewnością jutro.

O zmierzchu w mieście nadal jednak panowało zamieszanie, choć Bronn zameldował, że pożary ugaszono, a większość tłumów się rozproszyła. Aczkolwiek Tyrion gorąco pragnął znaleźć pocieszenie w ramionach Shae, zdał sobie sprawę, że nigdzie dziś nie pójdzie.

Gdy siedział w ciemnej samotni, spożywając kolację złożoną z zimnego kapłona i razowego chleba, ser Jacelyn Bywater dostarczył mu bilans strat. Zmierzch przeszedł już w noc, lecz kiedy zjawili się służący, chcąc zapalić świece i ogień na kominku, Tyrion ryknął na nich, każąc im zmykać. Jego nastrój był tak samo mroczny, jak komnata, w której siedział, a słowa Bywatera bynajmniej go nie poprawiły.

Na czele listy zabitych figurował wielki septon, którego tłuszcza rozerwała na strzępy, choć głośnym piskiem błagał swych bogów o zmiłowanie. *Głodujący ludzie na ogół nie przepadają za kapłanami zbyt opasłymi, żeby chodzić o własnych siłach* — pomyślał Tyrion.

Zwłoki ser Prestona w pierwszej chwili przeoczono. Złote płaszcze szukały rycerza w białej zbroi, a jego zmasakrowano tak okrutnie, że od stóp do głów był czerwonobrązowy.

Ser Arona Santagara znaleziono w rynsztoku. Jego głowa zamieniła się w krwawą miazgę, a obok leżał rozbity hełm.

Córka lady Tandy oddała dziewictwo pięćdziesięciu wrzeszczącym mężczyznom za warsztatem garbarza. Złote Płaszcze znalazły ją, gdy łaziła nago po Alei Świńskiego Brzucha.

Nadal nie odnaleziono Tyreka, podobnie jak kryształowej korony wielkiego septona. Dziewięć złotych płaszczy zginęło, a czterdzieści odniosło rany. Nikt nie zadał sobie trudu, by policzyć zabitych mieszkańców.

— Chcę, żeby znaleziono Tyreka, żywego albo umarłego — polecił Tyrion, kiedy Bywater już skończył. — To jeszcze chłopiec. Syn mojego zmarłego stryja Tygetta. Jego ojciec zawsze był dla mnie miły.

— Znajdziemy go. I koronę septona też.

— Niech Inni w dupę sobie wsadzą koronę septona. Nic mnie ona nie obchodzi.

— Kiedy mianowałeś mnie dowódcą straży, stwierdziłeś, że zawsze chcesz słyszeć z mych ust prawdę.

— Mam wrażenie, że nie spodoba mi się to, co za chwilę powiesz — stwierdził posępnym głosem Tyrion.

— Utrzymaliśmy dziś miasto, panie, ale nie mogę nic obiecać, jeśli chodzi o jutro. Garnek jest bliski wrzenia. Po ulicach wałęsa się tylu złodziei i morderców, że niczyj dom nie jest bezpieczny, w ruderach nad Szczynową Wodą szerzy się dyzenteria i ani za miedź, ani za srebro nie można dostać nic do jedzenia. Poprzednio słyszało się jedynie pomruki z rynsztoka, a teraz w domach cechowych i na targowiskach otwarcie mówi się o zdradzie.

— Czy potrzebujesz więcej ludzi?

— Nie ufam połowie tych, których mam teraz. Slynt trzykrotnie zwiększył liczebność straży, ale potrzeba czegoś więcej niż złoty płaszcz, by zrobić z człowieka strażnika. Wśród nowych rekrutów są też dobrzy i lojalni ludzie, ale lepiej nie mówić, jaka ich część to bydlęta, pijacy, tchórze i zdrajcy. Są słabo wyszkoleni, niezdyscyplinowani i wierni jedynie własnej skórze. Jeśli dojdzie do bitwy, obawiam się, że się nie utrzymają.

— Nigdy na to nie liczyłem — stwierdził Tyrion. — Od początku wiedziałem, że jeśli wróg zrobi wyłom w murach, będzie po nas.

— Rekrutujemy głównie prostaczków. Moi ludzie chodzą po tych samych ulicach, piją w tych samych winnych szynkach i żrą swoją michę gulachu w tych samych garkuchniach, co mieszkańcy miasta. Twój eunuch z pewnością ci mówił, że w Królewskiej Przystani nie darzy się miłością Lannisterów. Wielu nie zapomniało, że twój pan ojciec splądrował gród, gdy król Aerys otworzył przed nim bramy. Ludzie szepczą, że bogowie karzą nas za grzechy twego rodu: zamordowanie króla Aerysa przez twego brata, rzeź dzieci Rhaegara, egzekucję Eddarda Starka i okrutną sprawiedliwość Joffreya. Niektórzy otwarcie mówią, że za króla Roberta było znacznie lepiej i dają do zrozumienia, że gdy na tronie zasiądzie Stannis, znowu się poprawi. Słyszy się to w garkuchniach, winnych szynkach i burdelach, a obawiam się, że również w koszarach i na posterunkach straży.

— Chcesz mi powiedzieć, że ludzie nienawidzą mojej rodziny?

— Tak… i jeśli nadarzy się okazja, zwrócą się przeciw niej.

— Mnie również?

— Zapytaj swojego eunucha.

— Pytam ciebie.

Głęboko osadzone oczy Bywatera spojrzały w różnobarwne oczy karła. Dowódca straży nawet nie mrugnął.

— Ciebie najbardziej, panie.

— Najbardziej? — Było to tak niesprawiedliwe, że omal się nie zadławił. — To Joffrey kazał im jeść trupy i poszczuł na nich własnego psa. Jak mogą oskarżać mnie?

— Jego Miłość to jeszcze chłopiec. Na ulicach szepczą, że ma złych doradców. Królowa nigdy nie uchodziła za przyjaciółkę ludu, a lorda Varysa też nie zwą Pająkiem z miłości… ale przede wszystkim obwiniają ciebie. Twoja siostra i eunuch byli tu za króla Roberta, gdy czasy były lepsze. Ty nie. Powiadają, że wypełniłeś miasto pyszałkowatymi najemnikami i niemytymi dzikusami, zwierzętami, które biorą sobie wszystko, czego zapragną, i nie uznają żadnych praw poza własnymi. Utrzymują, że wygnałeś Janosa Slynta, ponieważ był według ciebie zbyt szczery i prostolinijny. Twierdzą, że wtrąciłeś mądrego i dobrego Pycelle'a do lochu, gdy ośmielił się wystąpić przeciw tobie. Niektórzy sądzą nawet, że zamierzasz zagarnąć Żelazny Tron dla siebie.

— Oczywiście. Nie można też zapominać, że jestem potworem, ohydnym i pokracznym. — Zacisnął dłoń w pięść. — Usłyszałem już wystarczająco wiele. Obaj mamy mnóstwo roboty. Możesz odejść.

Jeśli stać mnie tylko na tyle, to może pan ojciec miał rację, że gardził mną przez wszystkie te lata — pomyślał Tyrion, gdy został sam. Spojrzał na resztki kolacji. W brzuchu mu zaburczało na widok zimnego, tłustego kapłona. Odsunął go na bok z niesmakiem i zawołał Poda, każąc mu wezwać Varysa i Bronna. *Moi najbardziej zaufani doradcy to eunuch i najemnik, a moja ukochana to kurwa. I jak to o mnie świadczy?*

Gdy przyszedł Bronn, natychmiast poskarżył się na ciemność i zażądał rozpalenia w kominku. Kiedy zjawił się Varys, ogień gorzał już jasno.

— Gdzie się podziewałeś? — warknął Tyrion.

— Wykonywałem polecenia króla, słodki panie.

— Ach, króla — wymamrotał karzeł. — Mój siostrzeniec nie nadaje się do tego, żeby siedzieć w wychodku, a co dopiero na Żelaznym Tronie.

Varys wzruszył ramionami.

— Uczeń potrzebuje czasu, by opanować swe rzemiosło.

— Połowa uczniów cechowych ze Śmierdzącej potrafiłaby rządzić lepiej niż ten wasz król — wtrącił Bronn, który usadowił się za stołem i urwał kapłonowi skrzydło.

Tyrion często ignorował bezczelność najemnika, dziś jednak poczuł się poirytowany.

— Nie przypominam sobie, bym pozwolił ci dokończyć moją kolację.

— Ty nie miałeś ochoty jej jeść — odparł Bronn z pełnymi ustami. — W mieście panuje głód i to zbrodnia marnować żywność. Masz jakieś wino?

Następnym razem zażąda, żebym mu go nalał — pomyślał posępnie Tyrion.

— Posuwasz się za daleko — ostrzegł go.

— A ty nigdy nie chcesz posunąć się wystarczająco daleko. — Bronn cisnął kość na sitowie. — Pomyślałeś kiedyś, jakie łatwe byłoby życie, gdyby to ten drugi urodził się wcześniej? — Wetknął palce w pierś kapłona i urwał sobie kawał mięsa. — Ten płaczliwy Tommen. On by pewnie robił wszystko, co mu kazać, tak jak powinien się zachowywać grzeczny król.

Gdy Tyrion pojął, co chce mu dać do zrozumienia najemnik, po plecach przebiegł mu zimny dreszcz. Gdyby Tommen był królem...

Istniał tylko jeden sposób na to, by nim został. Nie, nie mógł nawet o tym myśleć. Joffrey był jego krewnym, synem nie tylko Cersei, lecz również Jaime'a.

— Mógłbym kazać cię ściąć za te słowa — zagroził Bronnowi. Najemnik tylko się roześmiał.

— Przyjaciele — odezwał się Varys. — Kłótnie w niczym nam nie pomogą. Błagam was, to jak nóż wbity w serce.

— Czyje? — zapytał kwaśno Tyrion. Przychodziło mu do głowy kilka kuszących kandydatur.

Davos

Ser Cortnay Penrose nie miał na sobie zbroi. Siedział na gniadym ogierze, a człowiek, który trzymał jego chorągiew, na jabłkowitym siwku. Powiewał nad nimi herb Baratheonów, jeleń w koronie, oraz herb Penrose'ów, skrzyżowane gęsie pióra, białe na rdzawym polu. Łopatowata broda ser Cortnaya również była rdzawa, choć głowę miał już zupełnie łysą. Jeśli nawet liczebność i splendor królewskiego orszaku wywarły na nim wrażenie, z jego ogorzałej twarzy nie sposób było tego wyczytać.

Jechali kłusem pod górę z brzękiem kolczug i stukotem pancerzy. Nawet Davos założył zbroję, choć nie miał pojęcia po co. Barki i krzyż bolały go od ciężaru, do dźwigania którego nie był przyzwyczajony. Czuł się niezgrabny i głupi. Po raz kolejny zadał sobie pytanie, w jakim celu tu przybył. *Nie mam prawa kwestionować królewskich rozkazów, ale...*

Każdy z członków orszaku był lepiej urodzony i ważniejszy od

Davosa Seawortha. Zbroje wielkich lordów lśniły w promieniach porannego słońca. Blasku dodawały im posrebrzana stal i złote inkrustacje, a ich hełmy zdobiły różnobarwne jedwabne wstążki, pióra oraz pięknie rzeźbione heraldyczne zwierzęta z klejnotami zamiast oczu. Stannis odstawał od tego lśniącego królewskim bogactwem towarzystwa. Podobnie jak Davos, był odziany w prosty strój z wełny i utwardzanej skóry, choć diadem z czerwonego złota, który miał na skroniach, dodawał mu nieco wspaniałości. Gdy poruszał głową, w ukształtowanych na podobieństwo płomieni kolcach korony migotały promienie słońca.

W ciągu ośmiu dni, które minęły od chwili, gdy „Czarna Betha" dołączyła do reszty floty pod Końcem Burzy, Davos nigdy jeszcze nie był tak blisko Jego Miłości. Poprosił o audiencję już godzinę po przybyciu, powiedziano mu jednak, że król jest zajęty. Od swego syna Devana, jednego z królewskich giermków, dowiedział się, że Stannis Baratheon bywa teraz zajęty bardzo często. Odkąd osiągnął pełnię władzy, paniątka krążyły wokół niego niczym muchy wokół trupa. *Wygląda też prawie jak trup. Od chwili, gdy odpłynąłem ze Smoczej Skały, postarzał się o wiele lat.*

Devan mówił, że król ostatnio prawie nie sypia.

— Od śmierci lorda Renly'ego dręczą go straszliwe koszmary — wyznał chłopak ojcu. — Eliksiry maestera nic nie pomagają. Potrafi go ukoić tylko lady Melisandre.

Czy dlatego dzieli z nim teraz namiot? — zastanawiał się Davos. *Żeby się z nim modlić? A może koi go w inny sposób?* To było niegodne pytanie i nie odważył się zadać go głośno, nawet własnemu synowi. Devan był dobrym chłopakiem, lecz na namsie z dumą nosił gorejące serce i ojciec widział go o zmierzchu przy ogniskach, jak błagał Pana Światła o nadejście świtu. *Jest giermkiem króla* — tłumaczył sobie Davos. *Nic dziwnego, że wierzy też w jego boga.*

Prawie już zapomniał, jak wysokie i grube są mury Końca Burzy. Król Stannis zatrzymał się pod nimi, w odległości kilku stóp od ser Cortnaya i jego towarzysza.

— Ser — powiedział ze sztywną uprzejmością, nie zsiadając z konia.

— Panie.

To było mniej uprzejme, lecz spodziewane.

— Zwyczaj każe zwracać się do króla „Wasza Miłość" — oznajmił lord Florent. Na jego tarczy widniał rudozłoty lis, wysuwający lśniący pyszczek przez obręcz lazurytowych kwiatów. Lord Jasnej Wody był bardzo wysoki, wyjątkowo uprzejmy i nieprawdopodobnie bogaty. Jako pierwszy z chorążych Renly'ego przeszedł na stronę Stannisa i jako pierwszy wyrzekł się dawnych bogów i przyjął Pana Światła. Stannis zostawił swą królową na Smoczej Skale, razem z jej stryjem Axellem, lecz jej ludzie byli obecnie liczniejsi i bardziej wpływowi niż kiedykolwiek, a najważniejszym z nich był Alester Florent.

Ser Cortnay Penrose zignorował go, zwracając się do Stannisa.

— To wspaniała kompania. Wielcy lordowie Estermont, Errol i Varner. Ser Jon z Fossowayów pieczętujących się zielonym jabłkiem i ser Bryan z tych, którzy w herbie mają czerwone. Lord Caron i ser Guyard z Tęczowej Gwardii króla Renly'ego... no i oczywiście potężny lord Alester Florent z Jasnej Wody. Czy ten z tyłu to twój cebulowy rycerz? Cieszę się, że cię widzę, ser Davosie. Obawiam się, że pani nie znam.

— Zwę się Melisandre, ser. — Tylko ona nie miała na sobie zbroi, lecz fałdziste czerwone szaty. Wielki rubin na jej szyi zdawał się spijać światło dnia. — Służę twemu królowi i Panu Światła.

— Życzę ci powodzenia na tej służbie, pani — odparł ser Cortnay. — Ja jednak kłaniam się innym bogom i innemu królowi.

— Jest tylko jeden prawdziwy król i jeden prawdziwy bóg — oznajmił lord Florent.

— Czy przyszliśmy tu rozprawiać o teologii, panie? Gdybym wiedział, przyprowadziłbym ze sobą septona.

— Doskonale wiesz, po co tu przyszliśmy — odezwał się Stannis. — Miałeś dwa tygodnie na rozważenie mojej oferty. Wysłałeś kruki. Pomoc nie nadeszła. I nie nadejdzie. Koniec Burzy został sam, a mnie brak już cierpliwości. Po raz ostatni, ser, proszę cię, byś otworzył bramy i oddał mi to, co prawnie mi się należy.

— A warunki? — zapytał ser Cortnay.

— Pozostają bez zmian — odparł Stannis. — Ułaskawię cię za twą zdradę, tak samo jak lordów, których widzisz za mną. Ludzie z twego garnizonu mogą wstąpić na mą służbę lub wrócić bezpiecznie do domu. Możecie zabrać ze sobą broń i tyle dobytku, ile zdołacie unieść. Skonfiskuję wam jednak wierzchowce i zwierzęta juczne.

— A co z Edrikiem Stormem?

— Bękart mojego brata musi zostać wydany mnie.

— W takim razie moja odpowiedź nadal brzmi „nie".

Król zacisnął zęby. Nic nie mówił. Odezwała się za niego Melisandre.

— Niech Pan Światła osłania cię w twej ciemności, ser Cortnayu.

— Niech Inni wydupczą twojego Pana Światła — warknął Penrose. — I wytrą mu tyłek tą twoją czerwoną szmatą.

Lord Alester Florent odchrząknął.

— Ser Cortnayu, licz się ze słowami. Jego Miłość nie zamierza skrzywdzić chłopaka. To jego krewny, tak samo jak i mój. Wszyscy wiedzą, że jego matką była moja siostrzenica Delena. Jeśli nie ufasz królowi, zaufaj mnie. Wiesz, że jestem człowiekiem honoru...

— Wiem, że jesteś ambitny — przerwał mu ser Cortnay. — I zmieniasz królów i bogów tak, jak ja zmieniam buty. Podobnie jak reszta tych sprzedawczyków, których tu widzę.

Królewscy ludzie wydali z siebie gniewny pomruk.

Jest bliski prawdy — pomyślał Davos. Jeszcze niedawno Fossowayowie, Guyard Morrigen oraz lordowie Caron, Varner, Errol i Estermont służyli Renly'emu. Siedzieli w jego namiocie i pomagali mu układać plany mające doprowadzić do zguby Stannisa. A lord Florent był tam razem z nimi. Choć lord Jasnej Wody był stryjem królowej Selyse, nie powstrzymało go do przed zgięciem kolana przed Renlym, gdy jego gwiazda świeciła wysoko.

Bryce Caron przejechał stępa kilka kroków. Jego długi płaszcz w tęczowe pasy powiewał na dmącej od zatoki bryzie.

— Nikt tu nie jest sprzedawczykiem, ser. Jestem winien wierność Końcowi Burzy, a król Stannis jest jego prawowitym lordem... i naszym suwerenem. To ostatni z rodu Baratheonów, dziedzic Roberta i Renly'ego.

— W takim razie dlaczego nie ma z wami Rycerza Kwiatów? A gdzie jest Mathis Rowan? Randyll Tarly? Lady Oakheart? Dlaczego ci, którzy najbardziej miłowali Renly'ego, nie przybyli tu z wami? Pytam was, gdzie jest Brienne z Tarthu?

— Ta dziewka? — Ser Guyard Morrigen wybuchnął ochrypłym śmiechem. — Uciekła. I nic w tym dziwnego. Jej to ręka zabiła króla.

— Łżesz — warknął ser Cortnay. — Znałem ją, gdy była jeszcze dziewczynką igrającą u stóp swego ojca w Wieczornym Pałacu, a gdy Wieczorna Gwiazda przysłał ją tu, do Końca Burzy, poznałem ją jeszcze lepiej. Pokochała Renly'ego Baratheona, odkąd go tylko ujrzała. Nawet ślepiec potrafiłby to dostrzec.

— To prawda — rzucił beztrosko lord Florent. — I nie byłaby pierwszą dziewczyną, która ogarnięta miłosnym szałem zamordowała mężczyznę, który nią wzgardził. Osobiście jednak sądzę, że króla zgładziła lady Stark. Przyjechała aż z Riverrun prosić o zawarcie sojuszu, a Renly jej odmówił. Z pewnością uznała, że stanowi zagrożenie dla jej syna i postanowiła go usunąć.

— To była Brienne — upierał się lord Caron. — Ser Emmon Cuy przysiągł przed śmiercią, że tak było. Masz na to moje słowo, ser Cortnayu.

— A ile ono jest warte? — zapytał Penrose ochrypłym ze wzgardy głosem. — Widzę, że masz na sobie swój wielobarwny płaszcz. Ten sam, który dał ci Renly, gdy złożyłeś przysięgę, że będziesz go bronił. Jeśli on zginął, to dlaczego ty nadal żyjesz? — Skierował swą pogardę na Guyarda Morrigena. — O to samo mógłbym zapytać ciebie, ser. Guyard Zielony, zgadza się? Z Tęczowej Gwardii? Poprzysiągłeś oddać życie za króla? Gdybym miał taki płaszcz, wstydziłbym się go nosić.

— Ciesz się, że to pertraktacje, Penrose, bo inaczej uciąłbym ci język za te słowa — warknął oburzony Morrigen.

— I wrzuciłbyś go do tego samego ognia, w którym zostawiłeś swoją męskość?

— Dość tego! — krzyknął Stannis. — Pan Światła ukarał mego brata za zdradę. Wszystko jedno, kto dokonał tego czynu.

— Może tobie tak — odparł ser Cortnay. — Wysłuchałem twej propozycji, lordzie Stannisie. A oto moja odpowiedź. — Zdjął rękawicę i cisnął ją królowi prosto w twarz. — Pojedynek. Na miecze, kopie czy jakąkolwiek broń, którą wybierzesz. A jeśli boisz się narażać swój magiczny miecz i królewską skórę w walce ze starym człowiekiem, wyznacz reprezentanta, a ja uczynię to samo. — Obrzucił Guyarda Morrigena i Bryce'a Carona zjadliwym spojrzeniem. — Któryś z tych szczeniaków byłby w sam raz.

Twarz ser Guyarda Morrigena pociemniała z furii.

— Jeśli król pozwoli, zgadzam się podjąć rękawicę.

— Ja również.

Bryce Caron spojrzał na Stannisa. Król zazgrzytał zębami.

— Nie.

Ser Cortnay nie wyglądał na zaskoczonego.

— Wątpisz w słuszność swej sprawy, panie, czy w siłę swego ramienia? Boisz się, że naszczam na twój płonący miecz i ugaszę jego ogień?

— Uważasz mnie za zupełnego głupca, ser? — zapytał Stannis. — Mam dwadzieścia tysięcy ludzi. Oblegamy cię od lądu i od morza. Po co miałbym stawać do pojedynku, gdy moje zwycięstwo jest pewne? — Król wskazał na niego palcem. — Jeśli zmusisz mnie, bym zdobył zamek szturmem, nie licz na zmiłowanie. Każę was wszystkich powiesić za zdradę.

— Będzie tak, jak zrządzą bogowie. Uderz w nas swą burzą, panie, ale pomnij, jeśli łaska, nazwę tego zamku.

Ser Cortnay pociągnął za wodze i odjechał ku bramie.

Stannis nie odezwał się ani słowem. Zawrócił konia i ruszył w stronę obozu. Pozostali podążyli za nim.

— Jeśli będziemy szturmować te mury, zginą tysiące ludzi — martwił się stary lord Estermont, dziadek króla ze strony matki. — Z pewnością lepiej byłoby zaryzykować życie jednego? Nasza sprawa jest słuszna i bogowie na pewno pobłogosławią oręż naszego reprezentanta zwycięstwem.

Bóg, starcze — pomyślał Davos. *Zapominasz, że mamy teraz tylko jednego. Pana Światła Melisandre.*

— Z przyjemnością sam podjąłbym to wyzwanie, choć nie jestem nawet w połowie tak dobrym szermierzem, jak lord Caron albo ser Guyard — oznajmił ser Jon Fossoway. — Renly nie zostawił w Końcu Burzy żadnych wybitnych rycerzy. Garnizonowa służba jest dobra dla starców i niedoświadczonych chłopaków.

— To z pewnością byłoby łatwe zwycięstwo — zgodził się lord Caron. — I jakże chwalebne! Zdobyć Koniec Burzy jednym uderzeniem miecza!

Stannis zmierzył wszystkich wzrokiem.

— Drzecie się jak sroki, a w waszym gadaniu jest jeszcze mniej sensu. Uciszcie się. — Zatrzymał spojrzenie na Davosie. — Ser. Pojedź ze mną.

Spiął konia i oddalił się od swych stronników. Tylko Melisandre dotrzymywała mu kroku, dzierżąc wielki sztandar z gorejącym sercem, które w swym wnętrzu miało jelenia w koronie. *Jakby połknęło go w całości.*

Davos zauważył spojrzenia, które wymieniły paniątka, gdy przemknął obok nich i podążył za królem. To nie byli cebulowi rycerze, lecz dumni mężczyźni z rodów, których nazwiska dawno już okryły się honorem. Wiedział skądś, że Renly nigdy nie beształ ich w taki sposób. Najmłodszy z Baratheonów urodził się z darem swobodnej uprzejmości, której rozpaczliwie brakowało jego bratu.

Doścignąwszy króla, Davos zwolnił do powolnego truchtu.

— Wasza Miłość.

Widziany z bliska, Stannis wyglądał znacznie gorzej niż z daleka. Twarz miał wynędzniałą, a pod oczyma ciemne kręgi.

— Przemytnik musi się znać na ludziach — zaczął monarcha. — Co sądzisz o tym Cortnayu Penrosie?

— To uparty człowiek — rzekł ostrożnie Davos.

— Powiedziałbym raczej, że żądny śmierci. Ciska mi w twarz moje ułaskawienie. Niepotrzebnie poświęca życie własne i wszystkich ludzi w twierdzy. Pojedynek? — Król prychnął pogardliwie. — Chyba pomylił mnie z Robertem.

— Raczej jest zdesperowany. Jaka nadzieja mu pozostała?

— Żadna. Zamek musi paść. Jak jednak zdobyć go szybko? — Stannis zastanawiał się nad tym przez chwilę. Davos słyszał przebijający się przez stukot kopyt słaby odgłos zgrzytania zębów. — Lord Alester namawiał mnie, bym sprowadził tu starego lorda Penrose'a. Ojca ser Cortnaya. Mam wrażenie, że go znasz?

— Kiedy przybyłem do niego z twym poselstwem, lord Penrose przyjął mnie uprzejmiej niż większość pozostałych — odparł Davos. — To stary człowiek, panie. Chorowity i słabnący.

— Florent chciałby, żebyśmy osłabili go jeszcze bardziej. Na oczach jego syna, z pętlą na szyi.

Sprzeciwiać się ludziom królowej było niebezpiecznie, Davos przysięgał jednak, że zawsze będzie mówił królowi prawdę.

— Sądzę, że nie byłby to dobry pomysł, Wasza Miłość. Ser Cortnay prędzej pozwoliłby ojcu umrzeć, niż złamałby wiarę. Nic byśmy nie osiągnęli, a do tego okrylibyśmy naszą sprawę hańbą.

— Jaką hańbą? — obruszył się Stannis. — Chcesz, żebym darował życie zdrajcom?

— Oszczędziłeś tych, którzy jadą za nami.

— Czynisz mi wymówki, przemytniku?

— Nie mam do tego prawa.

Davos obawiał się, że powiedział za dużo. Król był nieustępliwy.

— Darzysz tego Penrose'a większym szacunkiem niż moich lordów chorążych. Dlaczego?

— Dochowuje wiary.

— Źle ulokowanej wiary martwemu uzurpatorowi.

— Tak — przyznał Davos. — Niemniej jednak dochowuje wiary.

— A ci za nami nie?

Przemytnik posunął się już zbyt daleko, by teraz uchylać się od odpowiedzi.

— W zeszłym roku byli ludźmi Roberta. Przed miesiącem służyli Renly'emu. Teraz popierają ciebie. Za kim pójdą jutro?

Stannis ryknął śmiechem, nagłym, ochrypłym i przepojonym pogardą.

— Mówiłem ci, Melisandre, że mój cebulowy rycerz nigdy nie kryje przede mną prawdy — rzekł do kobiety w czerwieni.

— Widzę, że dobrze go znasz, Wasza Miłość — odparła.

— Davosie, rozpaczliwie mi cię brakowało — mówił król. — To prawda, wlecze się za mną ogon wiarołomców. Twój nos cię nie oszukuje. Moi chorążowie są niestali nawet w swych odstępstwach. Potrzebuję ich, wiedz jednak, że robi mi się niedobrze na myśl, iż okazuję łaskę takim jak oni, podczas gdy ludzi lepszych od nich karałem za mniejsze zbrodnie. Masz wszelkie prawo czynić mi wyrzuty, ser Davosie.

— Sam siebie oskarżasz najsurowiej, Wasza Miłość. Potrzebujesz tych wielkich lordów, by zdobyć tron…

— Z palcami i całą resztą — mruknął ponurym głosem Stannis. Davos odruchowo uniósł okaleczoną dłoń do woreczka, który miał na szyi. Poczuł ukryte w nim kostki. Na szczęście.

Król zauważył ten ruch.

— Ciągle je nosisz, cebulowy rycerzu? Nie zgubiłeś ich?

— Nie.

— Dlaczego je zachowałeś? Często się nad tym zastanawiałem.

— Przypominają mi, kim kiedyś byłem. Skąd przychodzę. O twej sprawiedliwości, mój suwerenie.

— To była sprawiedliwość — upierał się Stannis. — Dobry uczynek nie unieważnia złych, ani zły dobrych. Za każdy należy się oddzielna odpłata. Byłeś i bohaterem, i przemytnikiem. — Spojrzał na lorda Florenta i pozostałych, tęczowych rycerzy i odstępców, którzy jechali w pewnej odległości za nimi. — Ci ułaskawieni lordowie powinni się nad tym zastanowić. Dobrzy i wierni ludzie mogą walczyć za Joffreya, błędnie uważając go za prawowitego króla. Człowiek z północy mógłby nawet powiedzieć to samo o Robbie Starku. Ale ci lordowie, którzy zgromadzili się pod sztandarami mojego brata, wiedzieli, że był uzurpatorem. Odwrócili się plecami od prawowitego króla dlatego tylko, że marzyli o władzy i chwale. Zapamiętałem sobie, kim są. Ułaskawiłem ich. Wybaczyłem im. Ale nie zapomniałem. — Umilkł na chwilę, pogrążony w ponurych rozważaniach o sprawiedliwości. — Co mówią prostaczkowie o śmierci Renly'ego? — zapytał nagle.

— Są pogrążeni w żałobie. Twego brata powszechnie kochano.

— Głupcy kochali głupca — poskarżył się Stannis. — Mnie jednak również go żal. Chłopca, którym ongiś był, nie mężczyzny, na jakiego wyrósł. — Milczał przez pewien czas. — A jak zwykli ludzie przyjęli wiadomość o kazirodztwie Cersei?

— Kiedy przebywaliśmy między nimi, wykrzykiwali imię króla Stannisa. Nie wiem, co mówią teraz.

— Sądzisz więc, że w to nie uwierzyli?

— Kiedy byłem przemytnikiem, przekonałem się, że jedni ludzie wierzą we wszystko, a inni nie dają wiary niczemu. Spotykaliśmy i takich, i takich. Rozpowszechnia się też inną opowieść...

— Tak. — Stannis wypluł to słowo. — Selyse przyprawiła mi rogi i przywiązała do nich błazeńskie dzwoneczki. Moja Shireen córką przygłupiego trefnisia! To równie wstrętne, co absurdalne. Renly rzucił mi tę potwarz prosto w oczy podczas rokowań. Tylko ktoś równie obłąkany jak Plama, mógłby w to uwierzyć.

— Być może, mój suwerenie... ale bez względu na to, czy ludzie wierzą w tę historię, powtarzają ją z upodobaniem.

Do wielu miejsc dotarła przed nimi, zatruwając przyjęcie ich prawdziwej opowieści.

— Robert mógłby naszczać do kielicha i ludzie mówiliby, że to wino, a kiedy ja daję im czystą, zimną wodę, mrużą podejrzliwie oczy i mamroczą do siebie, że ma dziwny smak. — Stannis zazgrzytał zębami. — Gdyby ktoś opowiedział, że czarami przekształciłem się w dzika, żeby zabić Roberta, w to również zapewne by uwierzyli.

— Nie możesz zabronić im gadać, mój suwerenie — odparł Davos. — Ale gdy wywrzesz zemstę na prawdziwych zabójcach swego brata, całe królestwo dowie się, że podobne opowieści są kłamstwem.

Stannis ledwie go słyszał.

— Nie wątpię, że Cersei przyłożyła rękę do śmierci Roberta. Wymierzę sprawiedliwość za jego zamordowanie. A także za zgładzenie Neda Starka i Jona Arryna.

— A za Renly'ego?

Te słowa wyrwały się z ust Davosa, nim zdążył się nad nimi zastanowić.

Król nie odzywał się przez długą chwilę.

— Śni mi się to czasami — rzekł wreszcie bardzo cicho. — Śmierć Renly'ego. Zielony namiot, świece, krzyk kobiety. I krew. — Spojrzał na własne dłonie. — Kiedy zginął, leżałem jeszcze w łożu. Twój Devan może ci to potwierdzić. Próbował mnie obudzić. Nadchodził świt i moi lordowie czekali zaniepokojeni. Powinienem przywdziać już zbroję i dosiąść rumaka. Wiedziałem, że Renly zaatakuje, gdy tylko wstanie dzień. Devan mówi, że miotałem się po łożu i krzyczałem głośno, ale co to ma za znaczenie? To był tylko sen. W chwili śmierci Renly'ego przebywałem we własnym namiocie, a kiedy się obudziłem, ręce miałem czyste.

Ser Davos Seaworth poczuł swędzenie w fantomach koniuszków swych palców. *Coś tu nie gra* — pomyślał były przemytnik. Skinął jednak tylko głową i powiedział:

— Rozumiem.

— Renly zaoferował mi brzoskwinię. Podczas rokowań. Drwił ze mnie, sprzeciwiał się mej woli, groził mi i zaoferował mi brzoskwinię. Myślałem, że chce wyciągnąć nóż i sam chwyciłem za broń. O co mu chodziło? O to, żebym okazał strach? A może to był jeden z jego bezsensownych żartów? Kiedy mi mówił, jaki słodki jest ten owoc, czy jego słowa miały jakieś ukryte znaczenie? — Król potrząsnął głową niczym pies tarmoszący królika, by skręcić mu kark. — Tylko Renly potrafił wzburzyć mnie tak mocno zwykłym owocem. Sam ściągnął na siebie zgubę, dopuszczając się zdrady, ale kochałem go, Davosie. Teraz o tym wiem. Przysięgam, że pójdę do grobu, myśląc o brzoskwini mego brata.

Dotarli już do obozu i mijali wyrównane szeregi namiotów, łopoczące na wietrze chorągwie oraz stosy tarcz i włóczni. Powietrze wypełniał silny odór końskiego łajna, mieszający się z dymem ognisk i wonią pieczonego mięsa. Stannis ściągnął wodze, by obcesowo odprawić lorda Florenta i pozostałych, rozkazując im za godzinę stawić się na naradę w jego namiocie. Szlachetnie urodzeni panowie pochylili głowy i rozproszyli się, podczas gdy Davos i Melisandre ruszyli do królewskiego namiotu, który musiał być wielki, jako że tam właśnie obradowali chorążowie Stannisa, lecz mimo to nie było w nim nic olśniewającego. Był to żołnierski namiot z grubego płótna zabarwionego na ciemnożółty kolor, który niekiedy błędnie uważano za złoty. Tylko powiewający na środkowej tyczce królewski proporzec świadczył, że mieszka tu monarcha. Proporzec i stojący u wejścia wartownicy, ludzie królowej wsparci na wysokich włóczniach. Na piersi mieli wyszyte gorejące serca.

Stajenni pomogli im zsiąść z siodeł. Jeden ze strażników wziął z rąk Melisandre nieporęczną chorągiew i wbił drzewce głęboko w miękką ziemię. Po jednej stronie wejścia stał Devan, gotowy uchylić poły przed królem, po drugiej zaś jakiś starszy giermek. Stannis zdjął koronę i wręczył ją Devanowi.

— Dwa kubki zimnej wody. Davosie, chodź ze mną. Pani, wezwę cię, gdy będziesz mi potrzebna.

— Jak rozkażesz.

Melisandre pokłoniła się.

W kontraście z blaskiem poranka, wnętrze namiotu wydawało się chłodne i mroczne. Stannis usiadł na prostym drewnianym zydlu i wskazał Davosowi drugi.

— Możliwe, że pewnego dnia uczynię cię lordem, przemytniku, choćby po to, by rozdrażnić Celtigara i Florenta. Ale nie wzbudzi to twej wdzięczności, bo będziesz potem musiał wysiadywać na tych spotkaniach i udawać zainteresowanego porykiwaniem mułów.

— Dlaczego organizujesz takie narady, jeśli nie ma z nich żadnego pożytku?

— Dlatego, że muły uwielbiają brzmienie swego ryku, a ja potrzebuję ich, aby ciągnęły mój wóz. No cóż, muszę przyznać, że raz na jakiś czas któryś z nich rzuca jakiś użyteczny pomysł. Dzisiaj jednak na to nie liczę. Ach… oto i twój syn z wodą.

Devan postawił tacę na stole i napełnił dwa gliniane kubki. Król dosypał do swego szczyptę soli, Davos natomiast pił wodę bez żadnych dodatków, żałując, że to nie wino.

— Mówiłeś o swojej radzie?

— Powiem ci, co na niej usłyszę. Lord Velaryon zażąda, żebym z pierwszym brzaskiem ruszył do szturmu na zamkowe mury, rzucając haki i drabiny przeciw strzałom i wrzącemu olejowi. Młode muły uznają to za wspaniały pomysł. Estermont będzie chciał wziąć obrońców głodem, tak jak Tyrell i Redwyne próbowali kiedyś uczynić ze mną. To może potrwać rok, ale starym mułom nie brak cierpliwości. A lord Caron i inne muły, które lubią się kopać, będą chciały podjąć rękawicę ser Cortnaya i zaryzykować wszystko w pojedynku. Każdy z nich wyobraża sobie, że to on zostanie moim reprezentantem i zdobędzie nieśmiertelną sławę. — Król dopił wodę. — A jakie jest twoje zdanie, przemytniku?

— Natychmiast pomaszeruj na Królewską Przystań — odparł Davos po chwili zastanowienia.

Stannis żachnął się.

— Mam zostawić za sobą nie zdobyty Koniec Burzy?

— Ser Cortnay nie jest w stanie ci zaszkodzić. Lannisterowie są. Oblężenie trwałoby zbyt długo, pojedynek jest zanadto ryzykowny, a szturm kosztowałby życie tysięcy ludzi i również nie gwarantuje sukcesu. Nie ma zresztą takiej potrzeby. Kiedy już obalisz Joffreya, zamek i tak wpadnie ci w ręce razem z całą resztą. W obozie powiadają, że lord Tywin Lannister pośpieszył na zachód, by ratować Lannisport przed zemstą ludzi z północy…

— Masz całkiem bystrego ojca, Devanie — powiedział król do stojącego u jego boku chłopaka. — Nieźle by było, gdyby służyło mi więcej przemytników. A mniej lordów. W jednym jednak się mylisz, Davosie. Jest taka potrzeba. Jeśli zostawię na swych tyłach nie zdobyty Koniec Burzy, ludzie będą mówili, że poniosłem tu porażkę. A do tego dopuścić nie mogę. Nie kochają mnie tak, jak kochali moich braci. Służą mi dlatego, że się mnie boją… a przegrana jest mordercą strachu. Zamek musi upaść. — Poruszył gwałtownie szczęką z głośnym zgrzytaniem zębów. — I to szybko. Doran Martell zwołał swe chorągwie i fortyfikuje górskie przełęcze. Jego Dornijczycy w każdej chwili są gotowi uderzyć na Pogranicze. A Wysogród bynajmniej nie stracił wszystkich sił. Mój brat zostawił większą część swych wojsk pod Gorzkim Mostem. Prawie sześćdziesiąt tysięcy piechoty. Wysłałem brata mojej żony ser Errola z ser Parmenem Crane'em, żeby przejęli nad nimi dowództwo, ale słuch o nich zaginął. Obawiam się, że ser Loras Tyrell dotarł do Gorzkiego Mostu przed moimi wysłannikami i ta armia należy teraz do niego.

— To kolejny powód, by jak najszybciej zdobyć Królewską Przystań. Salladhor Saan mówił mi…

— Salladhor Saan myśli wyłącznie o złocie! — wybuchnął Stannis. — Głowę ma pełną marzeń o skarbie, który rzekomo leży ukryty gdzieś pod Czerwoną Twierdzą. Nie chcę już więcej słyszeć o Salladhorze Saanie. Dzień, w którym będę potrzebował strategicznych rad lyseńskiego bandyty, będzie dniem, w którym zdejmę koronę i przywdzieję czerń. — Zacisnął pięść. — Jesteś tu po to, by mi służyć przemytniku, czy po to, by mi się sprzeciwiać?

— Jestem na twe usługi — zapewnił Davos.

— W takim razie wysłuchaj mnie. Zastępcą ser Cortnaya jest kuzyn Fossowayów, lord Meadows. To niedoświadczony, dwudziestoletni chłopak. Gdyby Penrose'owi stało się coś złego, dowództwo w Końcu Burzy przejdzie w ręce tego niedorostka. Jego kuzyni są przekonani, że on zaakceptowałby moje warunki.

— Pamiętam innego niedorostka, któremu powierzono dowództwo w Końcu Burzy. Nie mógł mieć wiele więcej niż dwadzieścia lat.

— Lord Meadows nie jest takim tępym uparciuchem jak ja.

— Uparciuch czy tchórz, co to ma za znaczenie? Ser Cortnay Penrose wydawał mi się całkiem zdrowy.

— Podobnie jak mój brat na dzień przed śmiercią. Noc jest ciemna i pełna strachów, Davosie.

Davos Seaworth poczuł, że jeżą mu się włoski na karku.

— Nie rozumiem cię, panie.

— Nie musisz mnie rozumieć. Wystarczy, żebyś mi służył. Nim minie dzień, ser Cortnay zginie. Melisandre widziała to w płomieniach przyszłości. Jego śmierć i to, w jaki sposób do niej dojdzie. Nie muszę dodawać, że nie polegnie w rycerskiej walce. — Stannis uniósł kubek i Devan ponownie nalał mu wody z dzbanka. — Te płomienie nie kłamią. Ujrzała w nich zgubę Renly'ego, jeszcze na Smoczej Skale. Powiedziała o tym Selyse. Lord Velaryon i twój przyjaciel Salladhor Saan chcieli, bym zaatakował Joffreya, ale Melisandre powiedziała mi, że jeśli pożegluję do Końca Burzy, zdobędę większą część sił brata. Miała rację.

— A… ale — wyjąkał Davos — lord Renly przybył tu tylko dlatego, że obległeś jego zamek. Maszerował na Królewską Przystań, na Lannisterów, i gdyby…

Stannis przesunął się na stołku, marszcząc brwi.

— Co to znaczy „gdyby"? Uczynił to, co uczynił. Przybył ze swymi chorągwiami i brzoskwiniami tutaj, gdzie czekała go zguba... i całe szczęście dla mnie. Melisandre zobaczyła w swych płomieniach również inny dzień. Dzień, w którym Renly nadciągnął z południa w zielonej zbroi i rozbił moje zastępy pod murami Królewskiej Przystani. Gdybym tam spotkał się z bratem, mógłbym zginąć zamiast niego.

— Albo moglibyście połączyć swe siły, by zniszczyć Lannisterów — sprzeciwił się Davos. — Dlaczego by nie? Jeśli widziała dwie przyszłości... obie nie mogą być prawdziwe.

Król Stannis wskazał na niego palcem.

— W tym właśnie się mylisz, cebulowy rycerzu. Niektóre światła rzucają więcej niż jeden cień. Stań nocą przed ogniskiem, a sam się o tym przekonasz. Płomienie tańczą i migoczą, nie nieruchomiejąc ani na chwilę. Cienie stają się to wysokie, to niskie, a każdy człowiek rzuca ich tuzin. Niektóre są słabsze od innych, to wszystko. Ludzie rzucają cienie również na przyszłość. Jeden cień albo wiele. Melisandre widzi wszystkie. Nie darzysz tej kobiety miłością. Wiem o tym, Davosie. Nie jestem ślepy. Moi lordowie również jej nie lubią. Estermont uważa, że gorejące serce to zły herb i błaga mnie, byśmy wrócili do dawnego jelenia w koronie. Ser Guyard upiera się, że mojej chorągwi nie powinna nosić kobieta. Inni szepczą, że bezprawnie zasiada w mojej radzie wojennej, że winienem ją odesłać do Asshai, że to grzech, iż spędza noce w mym namiocie. Oni szepczą... a ona świadczy mi usługi.

— Jakie? — zapytał Davos, lękając się odpowiedzi.

— Takie, jakich potrzebuję. — Król spojrzał na niego. — A ty?

— Ja... — Davos oblizał wargi. — Jestem na twoje rozkazy. Czego ode mnie żądasz?

— Niczego, czego nie czyniłbyś już przedtem. Podpłyń niepostrzeżenie pod zamek, i przybij do brzegu pod osłoną nocy. Potrafisz tego dokonać?

— Tak. Dzisiaj?

Król skinął krótko głową.

— Będzie ci potrzebna mała łódź. Nie „Czarna Betha". Nikt nie może się o tym dowiedzieć.

Davos chciał się sprzeciwić. Przestał już być przemytnikiem i został rycerzem, a skrytobójcą nie był nigdy. Gdy jednak otworzył usta, nie potrafił z nich wykrztusić ani słowa. To był Stannis, jego sprawiedliwy władca, któremu zawdzięczał wszystko, co miał. Musiał też myśleć o synach. *Bogowie bądźcie łaskawi, co ona z nim zrobiła?*

— Milczysz — zauważył Stannis.

I lepiej, żebym milczał dalej — pomyślał Davos. Nie usłuchał jednak własnego ostrzeżenia.

— Mój suwerenie, wytłumaczyłeś mi, dlaczego musisz zdobyć zamek, ale z pewnością istnieją inne, czystsze sposoby. Pozwól ser Cortnayowi zachować bękarta, a być może się podda.

— Muszę mieć tego chłopaka, Davosie. To również Melisandre ujrzała w płomieniach.

Davos szukał jakiegoś innego rozwiązania.

— W Końcu Burzy nie ma rycerza, który mógłby się mierzyć z ser Guyardem, lordem Caronem albo setką innych, którzy poprzysięgli ci służbę. Pojedynek... czy to możliwe, że ser Cortnay szuka jakiegoś wyjścia, które pozwoliłoby mu się poddać z honorem? Nawet jeśli miałoby go to kosztować życie?

Przez twarz króla przemknął cień niepewności.

— Już prędzej knuje jakąś zdradę. Nie będzie żadnego pojedynku reprezentantów. Ser Cortnay był już trupem, nim jeszcze rzucił mi rękawicę. Płomienie nie kłamią, Davosie.

Ale beze mnie ich przepowiednia się nie spełni — pomyślał Davos Seaworth. Dawno już nie czuł się taki smutny.

I tak oto po raz kolejny ruszył ciemną nocą przez Zatokę Rozbitków w maleńkiej łódeczce z czarnym żaglem. Niebo i morze wyglądały tak samo. Powietrze wypełniała ta sama woń soli, a szum uderzających o kadłub fal również się nie zmienił. Wokół zamku płonęło tysiąc ognisk, które migotały niczym spadłe na ziemię gwiazdy, tak samo jak ogniska Tyrellów i Redwyne'ów szesnaście lat temu. Cała reszta wyglądała jednak inaczej. *Poprzednim razem wiozłem do Końca Burzy życie pod postacią cebuli. Teraz wiozę śmierć pod postacią Melisandre z Asshai.*

Szesnaście lat temu żagle strzelały przy każdym podmuchu wiatru, aż wreszcie zwinął je i popłynął dalej, poruszając owiniętymi tkaniną wiosłami. Mimo to serce podchodziło mu do gardła. Czujność marynarzy z galer Redwyne'ów osłabła jednak po tak długim oblężeniu i przemknęli się przez kordon gładko jak po czarnym atłasie. Tym razem wszystkie okręty w pobliżu należały do Stannisa, a zagrożenie stanowili jedynie wartownicy na murach, lecz pomimo tego Davos był napięty jak cięciwa łuku.

Melisandre przycupnęła na ławce, skryta w fałdach ciemnoczerwonego płaszcza, który spowijał ją od stóp do głów. Jej twarz była jasną plamą widoczną pod kapturem. Davos kochał wodę. Najlepiej spał wtedy, gdy czuł pod sobą kołyszący się pokład, a szmer wiatru w olinowaniu był dla jego uszu słodszy niż muzyka bardów i harfiarzy. Dziś jednak nawet morze nie dawało mu pocieszenia.

— Czuję odór twego lęku, szlachetny rycerzu — rzekła cicho kobieta w czerwieni.

— Ktoś mi kiedyś mówił, że noc jest ciemna i pełna strachów. A dzisiaj nie jestem rycerzem. Znowu zostałem przemytnikiem Davosem. Szkoda tylko, że nie jesteś cebulą.

Roześmiała się.

— Boisz się mnie, czy tego, co mamy zrobić?

— Co ty masz zrobić. Ja nie chcę mieć z tym nic wspólnego.

— Ty postawiłeś żagiel. Ty trzymasz rumpel.

Davos umilkł, pilnując kursu łodzi. Brzeg był jednym wielkim rumowiskiem skalnym i dlatego na razie płynął w głąb zatoki. Nim zawróci, zaczeka na przypływ. Koniec Burzy malał już za ich plecami, lecz kobieta w czerwieni nie zwracała na to uwagi.

— Czy jesteś dobrym człowiekiem, Davosie Seaworth? — zapytała.

A czy dobry człowiek robiłby coś takiego?

— Jestem człowiekiem — odparł. — Dobrze traktuję żonę, ale znałem też inne kobiety. Starałem się być ojcem dla swych synów, pomóc im znaleźć miejsce w świecie. To prawda, że łamałem prawo, lecz do dziś nigdy nie czułem się zły. Powiedziałbym, że jest we mnie trochę dobra i trochę zła, pani.

— Szary mężczyzna — zauważyła. — Nie biały albo czarny, lecz trochę taki i trochę taki. Czy taki właśnie jesteś, ser Davosie?

— A jeśli nawet, to co? Wydaje mi się, że większość ludzi jest szara.

— Jeśli połowa cebuli zgnije i sczernieje, to cebula jest zgniła. Tak samo mężczyzna jest albo dobry, albo zły.

Gwiazdy za ich plecami połączyły się w niewyraźną łunę widoczną na tle czarnego nieba. Ląd niemal już zniknął im z oczu. Pora była zawracać.

— Uważaj na głowę, pani.

Pchnął rumpel i łódeczka wykonała zwrot, wzbijając w górę bryzgi czarnej wody. Melisandre uchyliła się przed reją. Jedną rękę wsparła o nadburcie, spokojna jak zawsze. Drewno zaskrzypiało, żagle strzeliły, a woda plusnęła tak głośno, że można by przysiąc, iż na zamku z pewnością to usłyszą. Davos wiedział lepiej. Jedynym dźwiękiem, który przebijał się przez masywne mury Końca Burzy był nieustanny łoskot rozbijających się o skały fal, a i jego słychać było słabo.

Pomknęli w stronę brzegu, zostawiając za sobą pokryty zmarszczkami ślad torowy.

— Mówisz o mężczyznach i cebulach — zwrócił się Davos do Melisandre. — A co z kobietami? Czy z nimi sprawy nie mają się tak samo? Jesteś dobra czy zła, pani?

Zachichotała.

— Och, dobra. Ja również jestem swego rodzaju rycerzem, słodki panie. Obrońcą światła i życia.

— A jednak zamierzasz zabić dziś człowieka — zauważył. — Tak, jak zabiłaś maestera Cressena.

— Twój maester sam się otruł. Chciał zabić mnie, ale chroniła mnie wyższa moc, a on nie miał takiej osłony.

— A Renly Baratheon? Kto zabił jego?

Odwróciła głowę. Pod kapturem jej oczy lśniły niczym bladoczerwone świece.

— Nie ja.

— Kłamiesz.

Davos miał już pewność. Znowu się roześmiała.

— Błąkasz się w ciemności, ser Davosie.

— I całe szczęście. — Wskazał na odległe światła, które migotały na murach Końca Burzy. — Czujesz, jaki zimny jest wiatr? Wartownicy będą się trzymać blisko tych pochodni. Odrobina ciepła i światła to wielkie pocieszenie w taką noc, jak ta. Ale to światło ich oślepi i nie zauważą, że przepływamy obok. — *Mam taką nadzieję.* — Osłania nas bóg ciemności, pani. Nawet ciebie.

Płomienie jej oczu rozgorzały nieco jaśniej na te słowa.

— Nie wymieniaj jego imienia, ser, by nie skierował na nas swego czarnego oka. Zapewniam cię, że on nikogo nie osłania. Jest wrogiem wszystkiego, co żyje. Sam powiedziałeś, że chronią nas pochodnie. Ogień. Jasny dar Pana Światła.

— Jeśli tak wolisz.

— Raczej jeśli on woli.

Wiatr zmieniał kierunek. Davos wyczuwał to w falowaniu czarnego żagla. Złapał za linki.

— Pomóż mi zwinąć żagiel. Od tego miejsca będę wiosłował.

Uporali się wspólnie z tym zadaniem, choć łódź kołysała się pod ich stopami.

— A kto zawiózł cię do Renly'ego? — zapytał Davos, zanurzając wiosła w czarnej, wzburzonej wodzie.

— Nie było takiej potrzeby — wyjaśniła. — Nie miał osłony. Ale tutaj... ten Koniec Burzy jest bardzo stary. W jego mury wpleciono zaklęcia. Mroczne bariery, przez które nie prześliźnie się żaden cień. Starożytne i zapomniane, lecz nadal potężne.

— Cień? — Davos poczuł ukłucie przechodzących ciarek. — Cień to twór ciemności.

— Jesteś bardziej nieświadomy niż dziecko, szlachetny rycerzu. W ciemności nie ma cieni. One są sługami światła, dziećmi ognia. Najjaśniejszy płomień rzuca najgłębsze cienie.

Davos zmarszczył brwi i uciszył kobietę. Znowu zbliżali się do brzegu, a po wodzie głos niósł się daleko. Słaby plusk wioseł niknął w rytmie fal. Od strony morza Koniec Burzy wznosił się na białym, kredowym urwisku, półtora raza wyższym niż potężny mur kurtynowy. Ziała w nim szczelina, ku której kierował się Davos, tak jak szesnaście lat temu. Tunel prowadził do ukrytej pod zamkiem groty, w której dawni lordowie burzy zbudowali swą przystań.

Można było tędy przepłynąć tylko podczas przypływu i zawsze wiązało się to z niebezpieczeństwem, Davos nie utracił jednak umiejętności przemytnika. Prowadził zręcznie łódź między wyszczerbionymi skałami, aż wreszcie zamajaczyło przed nimi wejście do jaskini. Pozwolił wtedy, by fale zaniosły ich do środka. Rozbijały się wokół nich, miotając łódką na wszystkie strony. Oboje przemokli do suchej nitki. Nagle z ciemności wyłonił się ledwie widoczny skalny palec, otoczony białą pianą wodną. Davos złapał za wiosło i z najwyższym trudem ocalił ich od katastrofy.

Wreszcie minęli wejście i znaleźli się w ciemności. Tafla wody była tu gładka. Łódeczka zwolniła i zaczęła powoli wirować. Brzmienie ich oddechów wypełniało grotę swymi echami. Wydawało się, że otacza ich ze wszystkich stron. Davos nie spodziewał się, że będzie tu tak ciemno. Poprzednio w tunelu płonęły pochodnie, a przez otwory strzelnicze w suficie spoglądały na niego oczy głodujących ludzi.

Wiedział, że krata jest gdzieś z przodu. Złapał za wiosła i spowolnił ruch łódeczki. Dotknęli przeszkody niemal delikatnie.

— Dalej już nie popłyniemy, chyba że masz w środku kogoś, kto otworzy przed nami bramę.

Jego szepty niosły się po pluskającej wodzie niczym stadko myszy mknących na miękkich, różowych łapkach.

— Czy przepłynęliśmy za mury?

— Tak. Pod nimi. Ale to już koniec drogi. Krata sięga aż do dna, a pręty są tak blisko siebie, że nawet dziecko się nie przeciśnie.

Nie odpowiedziało mu nic poza cichym szelestem. Potem w mroku rozbłysło światło.

Davos uniósł dłoń, by osłonić oczy. Oddech zamarł mu w piersi. Melisandre zrzuciła kaptur i skrywającą całe ciało szatę. Pod spodem była naga. Okazało się, że jest w zaawansowanej ciąży. Piersi miała ciężkie i obwisłe, a olbrzymi brzuch wyglądał tak, jakby w każdej chwili mógł pęknąć.

— Bogowie miejcie nas w swej opiece — wyszeptał. Odpowiedziała mu śmiechem, niskim i gardłowym. Jej oczy stały się gorejącymi węgielkami, a pot zraszający skórę zdawał się lśnić własnym blaskiem. Melisandre świeciła.

Przykucnęła, dysząc ciężko, i rozłożyła nogi. Po jej udach spłynęła krew, czarna jak inkaust. Krzyknęła z bólu albo z ekstazy, czy może z obu naraz. Davos ujrzał wypychającą się z jej ciała główkę dziecka. Potem wysunęło się dwoje ramion. Czarne wijące się palce zacisnęły się na napiętych udach Melisandre i pociągnęły, aż wreszcie cały cień wychynął na świat i zaczął rosnąć. Przerósł Davosa i sięgnął do sklepienia tunelu, górując nad łódeczką. Przemytnik miał tylko chwilę, by mu się przyjrzeć, nim widmo zniknęło, przeciskając się przez kratę i sunąc po czarnej tafli wody. To jednak wystarczyło.

Wiedział, czyj to cień. Znał człowieka, który go rzucił.

Jon

Dźwięk rozległ się w najciemniejszych godzinach nocy. Jon wsparł się na łokciu, z przyzwyczajenia sięgając ręką po Długi Pazur. W obozie zaczął się ruch. *Róg, który budzi śpiących* — pomyślał.

Przeciągły, niski ton był ledwie słyszalny. Wartownicy na murze pierścieniowym stali nieruchomo. Ich oddechy zamarzały w powietrzu, a głowy zwrócili na zachód. Gdy dźwięk rogu ucichł, nawet wiatr przestał wiać. Mężczyźni stoczyli się z koców, sięgając po włócznie i pasy do mieczy. Poruszali się cicho, nasłuchując uważnie. Jeden z koni zarżał, lecz zaraz go uciszono. Przez uderzenie serca wydawało się, że cały las wstrzymał oddech. Bracia z Nocnej Straży czekali na drugi dźwięk. Modlili się o to, by go nie usłyszeć, lecz bali się, że tak się stanie.

Gdy cisza trwała już nieznośnie długo i ludzie upewnili się, że róg nie zabrzmi po raz drugi, uśmiechnęli się do siebie z zażenowaniem, jakby chcieli zaprzeczyć temu, że przed chwilą ulegli strachowi. Jon Snow cisnął w ogień kilka patyków, założył pas, wciągnął buty, strzepnął z płaszcza ziemię i rosę, po czym zarzucił go sobie na ramiona. Obok niego rozgorzały płomienie i ubierając się, napawał się ich ciepłem. Słyszał poruszającego się wewnątrz namiotu lorda dowódcę. Po chwili Mormont uniósł połę.

— Jeden ton?

Kruk na jego ramieniu milczał, strosząc pióra. Wyglądał bardzo mizernie.

— Jeden, panie — potwierdził lord Snow. — Bracia wracają.

Mormont podszedł do ognia.

— Półręki. Najwyższy czas. — Z każdym dniem oczekiwania stawał się coraz bardziej niespokojny. Gdyby potrwało jeszcze dłużej, wyszedłby chyba z siebie i stanął obok. — Dopilnuj, żeby ludzie otrzymali gorący posiłek, a konie paszę. Chcę się natychmiast zobaczyć z Qhorinem.

— Przyprowadzę go, panie. — Ludzie z Wieży Cieni mieli tu przybyć już przed wieloma dniami. Gdy się nie zjawiali, bracia zaczęli się niepokoić. Jon słyszał, jak ludzie przy ognisku szeptali ponuro i to nie tylko Edd Cierpiętnik. Ser Ottyn Wythers uważał, że powinni jak najszybciej wycofać się do Czarnego Zamku. Ser Mallador Locke chciał ruszyć do Wieży Cieni, licząc na to, że znajdą ślad Qhorina i dowiedzą się, co go spotkało. Natomiast Thoren Smallwood pragnął iść w góry.

— Mance Rayder wie, że będzie musiał stoczyć bój ze Strażą — utrzymywał — ale nie spodziewa się zobaczyć nas tak daleko na północy. Jeśli pociągniemy w górę Mlecznej Wody, może uda się nam go zaskoczyć i rozbić jego oddziały w puch, nim zdąży się zorientować, co się dzieje.

— Będzie miał znaczną przewagę liczebną — sprzeciwił się ser Ottyn. — Craster twierdził, że Rayder zbiera wielką armię. Tysiące ludzi. Bez Qhorina jest nas tylko dwustu.

— Wyślij dwieście wilków przeciw dziesięciu tysiącom owiec, ser, i zobaczysz, co się stanie — rzucił z pewnością w głosie Smallwood.

— Między tymi owcami są też kozły, Thorenie. — ostrzegł go Jarmyn Buckwell. — A może nawet kilka lwów. Grzechocząca Koszula. Harma Psi Łeb, Alfyn Wronobójca...

— Znam ich równie dobrze jak ty, Buckwell — warknął Thoren Smallwood. — I zamierzam dostać ich głowy. Wszystkie. To dzicy, nie żołnierze. Jest tam kilkuset bohaterów, głównie pijanych, pośród wielkiej hordy kobiet, dzieci i niewolników. Zgnieciemy ich i uciekną z wrzaskiem do swych nor.

Spierali się tak wiele godzin i nie doszli do porozumienia. Stary Niedźwiedź był zbyt uparty, by przystać na odwrót, nie zamierzał też jednak gnać w górę Mlecznej Wody, szukając bitwy. W końcu ustalili tylko tyle, że zaczekają jeszcze kilka dni na ludzi z Wieży Cieni, a jeśli ci się nie zjawią, porozmawiają znowu.

A teraz się zjawili, co znaczyło, że nie można już zwlekać z podjęciem decyzji. Jon cieszył się przynajmniej z tego. Jeśli i tak będą musieli walczyć z Mance'em Rayderem, lepiej niech stanie się to szybko.

Znalazł Edda Cierpiętnika, który siedział przy ognisku, uskarżając się, że bardzo trudno jest mu spać, gdy ktoś w lesie uparcie dmie nocą w róg. Jon dał mu nowy powód do narzekania. Wspólnie obudzili Hake'a, który zareagował na rozkazy lorda dowódcy strumieniem przekleństw, podniósł się jednak z posłania i wkrótce zagonił dwunastu braci do krojenia warzyw na zupę.

Gdy Jon szedł przez obóz, dogonił go zdyszany Sam. Ukryta pod czarnym kapturem twarz grubasa była blada i okrągła jak księżyc.

— Słyszałem róg. Czy wrócił twój stryj?

— To tylko ludzie z Wieży Cieni. — Z każdym dniem coraz trudniej było mu zachować nadzieję na bezpieczny powrót Benjena Starka. Nawet Stary Niedźwiedź przyznawał, że płaszcz, który znalazł pod Pięścią, mógł należeć do stryja Jona albo któregoś z jego ludzi, choć nikt nie potrafił wytłumaczyć, dlaczego zakopano go tam razem z zestawem przedmiotów ze smoczego szkła. — Sam, muszę iść.

Na murze pierścieniowym znalazł wartowników, którzy wyrywali paliki z na wpół zamarzniętej ziemi, żeby zrobić przejście. Po krótkiej chwili pierwszy z braci z Wieży Cieni ruszył w górę zbocza. Wszyscy byli odziani w skóry i futra, a tu i ówdzie błyskały też kawałki stali i brązu. Twarde, wychudzone twarze porastały gęste brody, wskutek czego wydawali się równie kudłaci, jak ich koniki. Jon ze zdziwieniem zauważył, że niektórych wierzchowców dosiada po dwóch ludzi. Gdy przyjrzał się uważniej, dostrzegł, że jest wśród nich wielu rannych.

Mieli po drodze kłopoty.

Poznał Qhorina Półrękiego na pierwszy rzut oka, choć nigdy w życiu go nie widział. Potężnego zwiadowcę otaczała w Straży legenda. Był powolny w słowach i szybki w czynach, wysoki i prosty jak włócznia, długonogi, długoręki i poważny. W przeciwieństwie do większości swych ludzi, twarz miał gładko ogoloną. Spod hełmu opadały mu związane w ciężki warkocz, osypane już szronem włosy, a czarny strój, który miał na sobie, był tak wyblakły, że mógłby uchodzić za szary. Na dłoni, która trzymała wodze, pozostał mu jedynie kciuk i palec wskazujący. Resztę palców stracił, osłaniając się przed ciosem topora dzikiego, który w przeciwnym razie rozpłatałby mu czaszkę. Opowiadano, że zacisnął okaleczoną pięść na twarzy przeciwnika, tak że krew zalała mu oczy, i zabił go, gdy był oślepiony. Od tego dnia dzicy za Murem nie mieli bardziej nieubłaganego wroga.

Jon pozdrowił go.

— Lord dowódca Mormont chce z tobą natychmiast pomówić. Zaprowadzę cię do jego namiotu.

Qhorin zeskoczył z siodła.

— Moi ludzie są głodni. Trzeba też zająć się końmi.

— Zadbamy o to.

Zwiadowca zostawił wierzchowca pod opieką jednemu ze swych ludzi i podążył za młodzieńcem.

— Jesteś Jon Snow. Przypominasz swego ojca.

— Znałeś go, panie?

— Nie jestem żadnym paniątkiem. Tylko bratem z Nocnej Straży. Tak, znałem lorda Eddarda. A wcześniej jego ojca.

Jon musiał wytężać nogi, by nadążyć za długimi krokami Qhorina.

— Lord Rickard zmarł przed moim urodzeniem.

— Był przyjacielem Straży. — Qhorin zerknął za siebie. — Słyszałem, że towarzyszy ci wilkor.

— Duch powinien wrócić o świcie. Nocą poluje.

Edd Cierpiętnik smażył plasterek boczku i gotował tuzin jaj w kociołku nad ogniskiem Starego Niedźwiedzia. Mormont siedział na swym obozowym krześle z drewna i skóry.

— Zaczynałem się już o was bać. Natrafiliście na kłopoty?

— Natrafiliśmy na Alfyna Wronobójcę. Mance wysłał go na zwiady wzdłuż Muru i spotkaliśmy go, gdy wracał. — Qhorin zdjął hełm. — Alfyn nie będzie już nękał królestwa, lecz niektórzy z jego towarzyszy zdołali uciec. Dopadliśmy tylu, ilu tylko zdołaliśmy, ale możliwe, że kilku uda się dotrzeć do gór.

— Jakim kosztem?

— Czterech braci zginęło. Dwunastu odniosło rany. Trzy razy mniej niż wrogów. Wzięliśmy też jeńców. Jeden szybko skonał od ran, ale drugi pożył wystarczająco długo, by dało się go przesłuchać.

— Lepiej pomówmy o tym w namiocie. Jon przyniesie ci róg *ale*. A może wolisz grzane wino?

— Wystarczy mi przegotowana woda. I jajko z kawałkiem boczku.

— Jak sobie życzysz.

Mormont uniósł połę namiotu. Qhorin Półręki pochylił się i wszedł do środka.

Edd stał nad kotłem, obracając jajka łyżką.

— Zazdroszczę tym jajkom — stwierdził. — Sam bym się chętnie pogotował. Gdyby ten kociołek był większy, pewnie bym do niego wskoczył. Chociaż wolałbym, żeby to było wino, nie woda. Zginąłbym rozgrzany i pijany. Są gorsze rodzaje śmierci. Znałem kiedyś jednego brata, który utopił się w winie. To był kiepski rocznik i trup wcale nie poprawił jego smaku.

— Wypiliście to wino?

— Znaleźć zwłoki brata to straszne przeżycie. Sam byś się wtedy chciał napić, lordzie Snow. — Edd pomieszał łyżką w garnku i dodał jeszcze szczyptę gałki muszkatołowej.

Niespokojny Jon przykucnął przy ognisku, wtykając w nie patyk. Słyszał dobiegający z namiotu głos Starego Niedźwiedzia, a od czasu do czasu również wrzaski kruka i cichsze wypowiedzi Qhorina Półrękiego, nie potrafił jednak rozróżnić słów.

Alfyn Wronobójca nie żyje. To dobrze. Był jednym z najokrutniejszych dzikich wojowników. Swe imię zawdzięczał czarnym braciom, których zabił. *Dlaczego Qhorin jest taki poważny po podobnym zwycięstwie?*

Jon miał nadzieję, że przybycie posiłków z Wieży Cieni podniesie wszystkich na duchu. Gdy wczorajszej nocy poszedł się odlać do lasu, wracając usłyszał, jak pięciu czy sześciu ludzi rozmawia ściszonymi głosami przy dogasającym ognisku. Gdy jego uszu dobiegło mamrotanie Chetta, który uskarżał się, że już najwyższy czas wracać, zatrzymał się, by ich podsłuchać.

— Stary oszalał z tą wyprawą — usłyszał. — Nie znajdziemy w górach nic oprócz własnych grobów.

— W Mroźnych Kłach są olbrzymy, wargi i jeszcze gorsze potwory — zapewnił Lark Siostrzanin.

— Daję ci słowo, że ja tam nie pójdę.

— Stary Niedźwiedź nie da ci wyboru.

— Albo my nie damy jemu — odparł Chett.

I wtedy jeden z psów podniósł łeb i warknął. Jon musiał szybko się oddalić, żeby go nie zauważono. *Nie miałem tego usłyszeć* — pomyślał. Zastanawiał się, czy nie powtórzyć wszystkiego Mormontowi, ale nie potrafił się zmusić do donoszenia na braci, nawet takich jak Chett i Siostrzanin. *Tylko gadali po próżnicy* — tłumaczył sobie. *Dokucza im zimno i strach, tak jak nam wszystkim.* Trudno było tak czekać na skalnym wzniesieniu górującym nad puszczą, nie wiedząc, co może przynieść jutro. Wróg, którego nie widać, zawsze wydaje się najbardziej przerażający.

Wyjął z pochwy nowy sztylet i zaczął przyglądać się odbiciom płomieni, które tańczyły w lśniącym, czarnym szkle. Dorobił drewnianą rękojeść i owinął ją konopnym sznurkiem, żeby mieć na czym zatrzymać rękę. Wyglądało to brzydko, ale było praktyczne. Edd Cierpiętnik podzielił się z nim opinią, że ze szklanego noża jest mniej więcej taki pożytek, jak z sutek na napierśniku, Jon nie był jednak tego pewien. Broń ze smoczego szkła była ostrzejsza niż stalowa, choć znacznie bardziej krucha.

Nie pochowano tu tego wszystkiego bez powodu.

Zrobił też sztylety dla Grenna i dla lorda dowódcy. Róg wojenny dał Samowi. Po bliższych oględzinach okazało się, że instrument jest pęknięty, i nawet po wysypaniu ze środka całej ziemi Jon nie zdołał wydobyć z niego żadnego dźwięku. Brzeg również był ukruszony, lecz Sam zawsze kochał starocie, nawet bezużyteczne.

— Zrób z niego róg do picia — poradził mu Jon. — Za każdym razem, gdy będziesz z niego popijał, przypomnisz sobie, że wyruszyłeś za Mur i dotarłeś aż do Pięści Pierwszych Ludzi.

Podarował Samowi również grot włóczni i tuzin grotów strzał. Resztę rozdał pozostałym przyjaciołom, na szczęście.

Stary Niedźwiedź wydawał się zadowolony ze sztyletu, Jon zauważył jednak, że za pasem woli nosić stalowy. Mormont nie potrafił mu powiedzieć, kto i w jakim celu zakopał płaszcz.

Być może Qhorin będzie to wiedział. Półręki zapuścił się w głuszę dalej niż ktokolwiek z żyjących.

— Zaniesiesz im, czy ja mam to zrobić?

Jon schował sztylet.

— Zaniosę.

Chciał usłyszeć, o czym mówią.

Edd ukroił trzy grube kromki z czerstwego bochna owsianego chleba, położył je na drewnianym talerzu, nakrył boczkiem i skrawkami tłuszczu, a miskę wypełnił jajami na twardo. Jon wziął naczynia w obie ręce i ruszył do namiotu lorda dowódcy.

Qhorin siedział ze skrzyżowanymi nogami na podłodze, prosty jak włócznia. Jego twarde, gładkie policzki lśniły w blasku świec.

— ...Grzechocząca Koszula, Płaczka i wszyscy inni wodzowie, wielcy i mali — mówił. — Mają też wargów i mamuty. Są silniejsi niż nam się śniło. Tak przynajmniej twierdził. Nie przysiągłbym, że to prawda. Ebben jest przekonany, że jeniec opowiadał nam bajki, żeby choć na chwilę przedłużyć sobie życie.

— Prawda czy nie, trzeba ostrzec Mur — stwierdził Stary Niedźwiedź, gdy Jon stawiał między nimi talerz. — I króla.

— Którego?

— Wszystkich. Prawdziwych i fałszywych. Jeśli chcą władać królestwem, to niech go bronią.

Półręki stłukł skorupkę jaja o brzeg miski.

— Ci królowie uczynią to, co uznają za stosowne — mówił, ściągając skorupkę. — Zapewne będzie to niewiele. Naszą największą nadzieją jest Winterfell. Starkowie muszą zwołać siły północy.

— Tak. To prawda. — Stary Niedźwiedź rozwinął mapę, zasępił się, odrzucił ją na bok i złapał za następną. Jon zrozumiał, że lord dowódca zastanawia się, gdzie uderzy młot. Straż obsadzała ongiś siedemnaście zamków na trzystumilowym odcinku Muru, lecz w miarę jak jej liczebność spadała, opuszczano je po kolei. Obecnie garnizony stacjonowały tylko w trzech i Mance Rayder wiedział o tym równie dobrze, jak oni. — Miejmy nadzieję, że ser Alliser Thorne przywiezie nowych ludzi z Królewskiej Przystani. Jeśli obsadzimy Szarą Strażnicę ludźmi z Wieży Cieni, a Długi Kurhan tymi ze Wschodniej Strażnicy...

— Szara Strażnica już się prawie zawaliła. Lepsze będą Kamienne Drzwi, jeśli znajdziemy ludzi. Być może także Lodowa Granica albo Głębokie Jezioro. Trzeba też codziennie wysyłać patrole wzdłuż Muru.

— Tak jest, patrole. Dwa razy dziennie, jeśli się da. Mur sam w sobie stanowi potężną przeszkodę. Niebroniony, nie zdoła ich powstrzymać, lecz z pewnością opóźni ich marsz. Im liczniejszą mają armię, tym więcej czasu będą potrzebowali. Zostawiają za sobą tylko pustkowie, muszą więc zabrać kobiety, a także bachory i zwierzęta... widziałeś kiedyś, żeby koza wchodziła po drabinie? Albo po sznurze? Będą musieli zbudować schody albo wielką rampę... to zajmie im cały księżyc, a może dłużej. Mance wie, że najlepiej byłoby przejść pod Murem. Przez bramę albo...

— Wyłom.

Mormont uniósł gwałtownie głowę.

— Co takiego?

— Nie zamierzają wspinać się na Mur ani robić pod nim podkopu, panie. Chcą go rozwalić.

— Mur ma siedemset stóp wysokości, a u podstawy jest tak gruby, że stu ludzi potrzebowałoby roku, żeby przebić się przezeń kilofami i toporami.

— Nie szkodzi.

Mormont szarpnął się za brodę, marszcząc brwi.

— Jak chcą to zrobić?

— A jak sądzisz? Czarami. — Qhorin odgryzł pół jajka. — Dlaczego Mance zgromadził swe siły akurat w Mroźnych Kłach? To posępna i niegościnna okolica, a marsz stamtąd na Mur będzie długi i nużący.

— Miałem nadzieję, że chciał się ukryć w górach przed oczyma moich zwiadowców.

— Być może — przyznał Qhorin, kończąc jajko — myślę jednak, że kryje się w tym coś więcej. Szuka czegoś, co można znaleźć w wysoko położonych, zimnych okolicach. Czegoś, czego potrzebuje.

— Czegoś?

Kruk Mormonta uniósł głowę i krzyknął. W ciasnym namiocie jego głos zabrzmiał ostro jak cięcie noża.

— Jakiejś mocy. Jeniec nie potrafił nam wyjaśnić jakiej. Być może przesłuchiwaliśmy go ze zbyt wielkim zapałem i wyzionął ducha, nim zdążył nam powiedzieć więcej. Wątpię jednak, by to wiedział.

Jon słyszał zawodzący na zewnątrz wicher, który przedostawał się z wysokim, przeraźliwym świstem między kamieniami muru pierścieniowego i szarpał linki namiotów. Mormont potarł usta w zamyśleniu.

— Jakiejś mocy — powtórzył. — Muszę się dowiedzieć jakiej.

— W takim razie wyślij w góry zwiadowców.

— Nie chcę narażać więcej ludzi.

— Możemy najwyżej zginąć. Po cóż przywdziewamy te czarne płaszcze, jeśli nie po to, by polec w obronie królestwa? Na twoim miejscu wysłałbym piętnastu ludzi, w trzech grupach po pięciu. Jedną w górę Mlecznej Wody, jedną do Wąwozu Pisków i jedną na Schody Olbrzyma. Dowodzić nimi powinni Jarman Buckwell, Thoren Smallwood i ja. Musimy się dowiedzieć, co czeka w tych górach.

— Czeka — wrzasnął kruk. — Czeka.

Lord dowódca Mormont westchnął ciężko.

— Nie widzę innego wyjścia — przyznał — ale jeśli nie wrócicie…

— Ktoś wynurzy się z Mroźnych Kłów, panie — odparł zwiadowca. — Jeśli okaże się, że to my, to bardzo dobrze. Jeśli nie, będzie to Mance Rayder, a wy stoicie mu akurat na drodze. Nie może pomaszerować na południe, zostawiając was za sobą, bo nękalibyście jego tyły. Musi zaatakować. To jest dobrze obwarowane miejsce.

— Nie aż tak dobrze — sprzeciwił się Mormont.

— W takim razie najpewniej wszyscy zginiemy. Ale w ten sposób damy czas naszym braciom na Murze. Będą mogli obsadzić puste zamki, zamknąć i zamrozić bramy, wezwać na pomoc lordów oraz królów, naostrzyć topory i naprawić katapulty. Nasza śmierć nie pójdzie na marne.

— Zginiemy — mamrotał łażący po ramionach Mormonta kruk.

— Zginiemy, zginiemy, zginiemy, zginiemy. — Stary Niedźwiedź oklapł w milczeniu, jakby brzemię mowy nagle stało się dla niego zbyt ciężkie. — Niech bogowie mi wybaczą — rzekł wreszcie. — Wybierz ludzi.

Qhorin Półręki odwrócił głowę. Spojrzał Jonowi prosto w oczy i nie spuszczał z nich wzroku przez dłuższą chwilę.

— Proszę bardzo. Wybieram Jona Snow.

Mormont zamrugał.

— To jeszcze prawie chłopiec. I do tego mój zarządca. Nie jest nawet zwiadowcą.

— Zajmie się tobą Tollett, panie. — Qhorin uniósł okaleczoną dłoń o dwóch palcach. — Za Murem dawni bogowie nadal mają wielką moc. Bogowie Pierwszych Ludzi… i Starków.

Mormont spojrzał na Jona.

— A czego ty chcesz?

— Pojechać — odpowiedział natychmiast.

Stary uśmiechnął się smutno.

— Tak też sądziłem.

Gdy Jon wyszedł z namiotu razem z Qhorinem Półrękim, wstawał już świt. Wiatr szalał wokół, szarpiąc ich czarne płaszcze i unosząc czerwone węgielki z ogniska.

— Wyruszamy w południe — oznajmił zwiadowca. — Lepiej znajdź tego swojego wilka.

Tyrion

— Królowa zamierza odesłać księcia Tommena. — Klęczeli obok siebie w cichym, ciemnym sepcie, otoczeni cieniami i migoczącymi świecami. Mimo to Lancel mówił szeptem. — Lord Gyles zabierze go do Rosby i ukryje tam w przebraniu pazia. Chcą ufarbować mu włosy na ciemno i powiedzieć wszystkim, że jest synem wędrownego rycerza.

— Boi się tłuszczy czy mnie?

— I tłuszczy, i ciebie — odparł Lancel.

— Ach. — Tyrion nic nie wiedział o tym planie. Czyżby ptaszki Varysa tym razem go zawiodły? Nawet pająki muszą czasami drzemać… a może eunuch był bardziej podstępny i dwulicowy, niż mu się dotąd zdawało? — Dziękuję ci, ser.

— Czy przyznasz mi łaskę, o którą prosiłem?

— Być może.

Lancel pragnął w następnej bitwie dowodzić oddziałem. Był to wspaniały sposób na to, by zginął, nim wyrosną mu prawdziwe wąsy, ale młodzi rycerze zawsze uważają się za niezwyciężonych.

Gdy jego kuzyn sobie poszedł, Tyrion został jeszcze na chwilę w sepcie. Przy ołtarzu Wojownika zapalił jedną świecę od drugiej. *Czuwaj nad moim bratem, ty krwawy sukinsynu. To jeden z twoich.* Drugą świecę, dla siebie, zapalił przed Nieznajomym.

Tej nocy, gdy w Czerwonej Twierdzy zapadł już mrok, przyszedł do niego Bronn. Tyrion pieczętował właśnie list.

— Oddaj go ser Jacelynowi Bywaterowi — polecił, skapując na pergamin gorący, złoty wosk.

— A co jest w nim napisane?

Najemnik nie umiał czytać, lubił za to zadawać bezczelne pytania.

— Że ma wziąć pięćdziesięciu swych najlepszych ludzi i ruszyć na zwiady różanym traktem.

Tyrion odcisnął w miękkim wosku swą pieczęć.

— Stannis pomaszeruje raczej królewskim.

— Och, wiem. Powiedz Bywaterowi, że ma zlekceważyć to, co napisałem w liście i poprowadzić ludzi na północ. Niech urządzi zasadzkę przy drodze do Rosby. Za dzień albo dwa zamek opuści lord Gyles. Będzie mu towarzyszył tuzin zbrojnych, trochę służby i mój siostrzeniec. Książę Tommen może być przebrany za pazia.

— Mają sprowadzić chłopca z powrotem?

— Nie. Mają go odwieźć do zamku. — Tyrion doszedł do wniosku, że wywiezienie Tommena z miasta było jednym z lepszych pomysłów jego siostry. W Rosby chłopiec będzie bezpieczny przed tłuszczą, a poza tym, jeśli rozdzielą go z bratem, utrudnią zadanie Stannisowi. Nawet gdyby ostatni z braci Baratheonów zdobył Królewską Przystań i stracił Joffreya, zostanie jeszcze jeden lannisterski pretendent do tronu. — Lord Gyles jest zbyt chorowity, żeby uciec, a zanadto tchórzliwy, by walczyć. Rozkaże swemu kasztelanowi otworzyć bramy. Gdy już Bywater znajdzie się w środku, ma przegnać garnizon i zadbać o bezpieczeństwo Tommena. Zapytaj go, jak podoba mu się brzmienie słów lord Bywater.

— Lord Bronn brzmiałoby lepiej. Ja też mógłbym porwać dla ciebie chłopaka. Jeśli w grę wchodzi tytuł lordowski, jestem nawet gotów huśtać go na kolanie i śpiewać mu kołysanki.

— Jesteś mi potrzebny tutaj — odparł Tyrion. *A poza tym nie ufam ci aż tak bardzo.* Gdyby Joffreyowi stało się coś złego, pretensje Lannisterów do Żelaznego Tronu spoczęłyby wyłącznie na młodych barkach Tommena. Złote płaszcze ser Jacelyna będą broniły chłopca, a najemnicy Bronna prędzej sprzedaliby go jego wrogom.

— A co ma nowy lord zrobić ze starym?

— Co tylko zapragnie, pod warunkiem, że nie zapomni go karmić. Nie chcę, żeby umarł. — Tyrion odsunął się od stołu. — Moja siostra wyśle z księciem kogoś z Gwardii Królewskiej.

Bronn nie przejął się tym zbytnio.

— Ogar jest psem Joffreya i na pewno go nie opuści. Z pozostałymi złote płaszcze Żelaznej Ręki powinny dać sobie radę.

— Jeśli trzeba będzie kogoś zabić, powiedz ser Jacelynowi, żeby nie robił tego przy Tommenie. — Tyrion wciągnął gruby płaszcz z ciemnobrązowej wełny. — Mój siostrzeniec ma miękkie serce.

— Jesteś pewien, że to Lannister?

— Nie jestem pewien niczego poza tym, że czeka nas zima i bitwa — odparł. — Chodź, potowarzyszę ci przez pewien czas.

— Jedziesz do Chatayi?

— Za dobrze mnie znasz.

Wyjechali przez tylną bramę w północnym murze. Tyrion wbił pięty w koński bok i pomknął Aleją Czarnego Cienia. Kilka postaci czmychnęło w zaułki, słysząc stukot uderzających o bruk kopyt, nikt jednak nie ważył się ich zaczepiać. Rada przedłużyła zarządzoną przez niego godzinę policyjną i złapanych na ulicach po wieczornym dzwonie karano śmiercią. W ten sposób udało się choć częściowo przywrócić spokój w Królewskiej Przystani. Liczba trupów znajdowanych rankiem w zaułkach spadła czterokrotnie. Mimo to Varys twierdził, że ludzie przeklinają go z tego powodu. *Powinni się cieszyć, że jeszcze oddychają* — pomyślał. Dwa złote płaszcze zatrzymały ich w Miedzianym Zaułku, lecz gdy żołnierze zorientowali się, z kim mają do czynienia, przeprosili namiestnika i pozwolili mu przejechać. Bronn zawrócił w stronę Błotnistej Bramy

Tyrion skierował się do przybytku Chatayi, nagle jednak opuściła go cierpliwość. Odwrócił się w siodle, spoglądając na ulicę za sobą.

Nikt za nimi nie podążał. Wszystkie okna były ciemne lub szczelnie zamknięte. Nie słyszał nic oprócz zawodzącego w zaułkach wichru. *Jeśli Cersei kazała mnie dzisiaj komuś śledzić, to musi być przebrany za szczura.*

— W dupę z tym — mruknął. Miał już dość ostrożności. Zawrócił konia i spiął go ostrogami. *Jeśli ktoś mnie dziś obserwuje, przekonamy się, jak potrafi jeździć.* Mknął po skąpanych w blasku księżyca ulicach, ze stukotem uderzających o bruk kopyt przemykał wąskimi zaułkami i krętymi alejkami. Jechał do ukochanej.

Gdy załomotał w bramę, usłyszał dobiegającą zza zwieńczonego metalowymi kolcami muru cichą muzykę. Do środka wprowadził go jeden z Ibbeńczyków. Tyrion zostawił konia pod jego opieką.

— Kto tu jest? — zapytał.

Romboidalne szybki okien długiego korytarza lśniły żółto w blasku ognia. Słychać było męski śpiew. Ibbeńczyk wzruszył ramionami.

— Jakiś spasiony bard.

Gdy szedł ze stajni do domu, śpiew przybierał na głośności. Tyrion nigdy nie lubił bardów, a tego darzył jeszcze mniejszą sympatią niż innych, choć nigdy w życiu go nie widział. Kiedy otworzył drzwi, mężczyzna ucichł nagle.

— Lordzie namiestniku. — Uklęknął, łysiejący i brzuchaty. — To zaszczyt, to zaszczyt — wyszeptał.

— Panie.

Shae uśmiechnęła się na jego widok. Podobał mu się ten uśmiech, który pojawiał się na jej ładnej twarzy szybko i bez chwili zastanowienia. Dziewczyna miała na sobie fioletową jedwabną suknię, przepasaną szarfą ze srebrnogłowiu. Kolory te pasowały do jej ciemnych włosów i gładkiej, kremowej skóry.

— Słodziutka — przywitał ją. — Kto to jest?

Bard uniósł wzrok.

— Zwą mnie Symonem Srebrnym Językiem, panie. Jestem muzykiem, bardem, bajarzem…

— I wielkim głupcem — dokończył Tyrion. — Jak mnie nazwałeś, kiedy wszedłem?

— Nazwałem? Ja tylko… — Srebro w języku Symona obróciło się nagle w ołów. — Lordzie namiestniku, powiedziałem, że to zaszczyt…

— Gdybyś był mądrzejszy, udawałbyś, że mnie nie poznałeś. Co prawda, i tak nie dałbym się nabrać, ale trzeba było spróbować. Co mam teraz z tobą zrobić? Znasz moją słodką Shae, dowiedziałeś się, gdzie mieszka i wiesz, że odwiedzam ją sam w nocy.

— Przysięgam, że nikomu nie powiem...

— W tej sprawie jesteśmy zgodni. Dobranoc.

Tyrion zaprowadził Shae na górę.

— Mój bard może już nigdy nie zaśpiewać — drażniła się z nim. — Straci głos ze strachu przed tobą.

— Jak się trochę poboi, łatwiej mu będzie wyciągnąć wysokie tony.

Zamknęła za nimi drzwi sypialni.

— Nie zrobisz mu krzywdy, prawda? — Zapaliła wonną świecę i uklękła, by ściągnąć Tyrionowi buty. — Jego pieśni poprawiają mi nastrój w te noce, gdy do mnie nie przychodzisz.

— Gdybym tylko mógł być z tobą codziennie — powiedział, gdy masowała mu stopy. — A jak on śpiewa?

— Są gorsi. Ale są i lepsi.

Tyrion rozchylił szatę Shae i wtulił twarz między jej piersi. Zawsze pachniała czystością, nawet w śmierdzącym chlewie, którym było to miasto.

— Zatrzymaj go, jeśli chcesz, ale nie pozwól mu się nigdzie oddalać. Nie chcę, żeby wałęsał się po mieście i rozpowiadał o tobie w garkuchniach.

— Nie będzie... — zaczęła.

Tyrion zakrył jej usta własnymi. Miał już dosyć gadania, potrzebował prostej, słodkiej przyjemności, jaką znajdował między jej udami. Tu przynajmniej był mile witanym gościem.

Potem wyjął rękę spod jej głowy, wciągnął bluzę i wyszedł do ogrodu. Srebrzysty blask księżyca w kwadrze padał na liście drzew owocowych i lśnił w wodzie wypełniającej kamienny basen. Tyrion usiadł obok niego. Gdzieś po prawej stronie cykał świerszcz. Ten dźwięk brzmiał zaskakująco swojsko. *Bardzo tu spokojnie* — pomyślał. *Ale jak długo to potrwa?*

Odwrócił głowę, gdy do jego nozdrzy dotarł jakiś ohydny zaduch. Shae zatrzymała się w drzwiach za jego plecami, odziana w srebrzystą szatę, którą dostała od niego. „Kochałem dziewczę białe jak zima, co miało księżyc we włosach". Za nią stał jeden z braci żebrzących, tęgi mężczyzna w zabrudzonym, połatanym ubraniu. Jego bose stopy pokrywała gruba warstwa brudu, a na szyi — tam, gdzie septon miałby kryształ — nosił zawieszoną na rzemieniu miskę. Od jego smrodu nawet szczurowi zrobiłoby się niedobrze.

— Lord Varys chce się z tobą spotkać — oznajmiła Shae.

Żebrzący brat zamrugał zdumiony powiekami. Tyrion wybuchnął śmiechem.

— Rzeczywiście. Jak to możliwe, że ty go poznałaś, a ja nie?

Wzruszyła ramionami.

— To nadal on, tylko inaczej się ubrał.

— Inaczej wygląda, inaczej pachnie i inaczej chodzi — dodał Tyrion. — Większość mężczyzn dałaby się nabrać.

— I większość kobiet pewnie też. Ale nie dziwki. Dziwka musi się nauczyć widzieć człowieka, nie jego strój, bo inaczej skończy martwa w zaułku.

Varys miał twarz przepełnioną bólem i to nie z powodu fałszywych strupów na stopach. Tyrion zachichotał.

— Shae, przyniesiesz nam trochę wina?

Chyba będzie musiał się napić. Cokolwiek sprowadziło tu eunucha w środku nocy, nie mogła to być dobra wiadomość.

— Prawie się boję powiedzieć ci, dlaczego tu przyszedłem, panie — rzekł Varys, gdy Shae ich opuściła. — Przynoszę straszliwe wieści.

— Powinieneś się stroić w czarne pióra, Varysie. Jest z ciebie prawdziwy złowróżbny kruk. — Tyrion podźwignął się niezgrabnie, obawiając się zadać następne pytanie. — Czy to Jaime?

Jeśli go skrzywdzili, nic ich nie uratuje.

— Nie, panie. Chodzi o coś innego. Ser Cortnay Penrose nie żyje. Koniec Burzy otworzył bramy przed Stannisem Baratheonem.

Trwoga wygnała wszelkie inne myśli z głowy Tyriona. Gdy wróciła Shae z winem, pociągnął długi łyk i odrzucił kielich, który rozbił się z trzaskiem o ścianę. Dziewczyna uniosła dłoń, by osłonić się przed odłamkami. Po kamieniach spłynęły długie strumyczki wina, czarne w świetle księżyca.

— Niech go licho porwie! — warknął Tyrion.

Varys uśmiechnął się, odsłaniając pełen zestaw zepsutych zębów.

— Kogo, panie? Ser Cortnaya czy lorda Stannisa?

— Obu. — Koniec Burzy był silną twierdzą i powinien wytrzymać pół roku albo i dłużej… wystarczająco długo, by jego ojciec zdążył się załatwić z Robbem Starkiem. — Jak do tego doszło?

Varys zerknął na Shae.

— Panie, czy nie sprowadzimy na twą słodką damę złych snów, poruszając przy niej tak ponure i krwawe tematy?

— Dama mogłaby się przestraszyć — odparła Shae. — Ale ja się nie boję.

— A powinnaś — skarcił ją Tyrion. — Po upadku Końca Burzy Stannis zwróci swą uwagę na Królewską Przystań. — Żałował teraz, że wylał wino. — Lordzie Varysie, zaczekaj na mnie chwilkę. Wrócę z tobą do zamku.

— Będę w stajni. — Pokłonił się i odszedł.

Tyrion przyciągnął Shae do siebie.

— Nie jesteś tu bezpieczna.

— Mam mury i strażników, których mi dałeś.

— To najemnicy — stwierdził Tyrion. — Podoba im się moje złoto, ale czy są gotowi za nie zginąć? A co do tych murów, wystarczy, że jeden człowiek wejdzie drugiemu na plecy i w jedno uderzenie serca znajdzie się po drugiej stronie. Podczas ostatnich zamieszek spalono podobną rezydencję. Zabili złotnika, który był jej właścicielem, za zbrodnię posiadania pełnej spiżarni, tak samo jak rozerwali na strzępy wielkiego septona, pięćdziesiąt razy zgwałcili Lollys i rozwalili czaszkę ser Aronowi. Jak sądzisz, co zrobią, kiedy wpadnie im w ręce ukochana namiestnika?

— Chciałeś powiedzieć dziwka namiestnika? — Skierowała na niego spojrzenie swych wielkich, śmiałych oczu. — Chociaż chciałabym zostać twoją ukochaną, panie. Ubierałabym się we wszystkie piękne stroje, które mi dajesz, aksamity, brokaty i złotogłowie, trzymałabym cię za rękę i siedziała u twego boku na ucztach. Wiem, że bym potrafiła... przysięgam, że nigdy nie okryłabym cię wstydem.

Wystarczy, iż wstydzę się mej miłości do ciebie.

— To słodkie marzenie, Shae. Ale, błagam cię, zapomnij o nim. To nie może się ziścić.

— Z powodu królowej? Jej też się nie boję.

— Ja się boję.

— To zabij ją i tyle. Przecież i tak nie ma między wami miłości.

Tyrion westchnął.

— To moja siostra. Człowiek, który zabija swych krewnych, jest na wieki przeklęty przez bogów i ludzi. Ponadto, bez względu na to, co oboje o niej sądzimy, Cersei jest droga memu ojcu i bratu. W knuciu spisków mogę się mierzyć z każdym w Siedmiu Królestwach, ale bogowie nie dali mi sił, bym mógł stawić czoło Jaime'owi z mieczem w dłoni.

— Młody Wilk i lord Stannis też mają miecze, a ich się nie boisz.

Jak mało wiesz, słodziutka.

— Przed nimi broni mnie cała potęga rodu Lannisterów. Jaime'owi i ojcu mogę przeciwstawić tylko swój garb i parę krótkich nóg.

— Masz jeszcze mnie.

Pocałowała go, zarzucając mu ręce na szyję i przyciskając do niego ciało.

Jej pocałunek podniecił go jak zawsze, tym razem jednak Tyrion uwolnił się delikatnie z jej objęć:

— Nie teraz, słodziutka. Mam pewien... hmm, nazwijmy to zaczątkiem planu. Może uda mi się sprowadzić cię do zamkowych kuchni.

Jej twarz znieruchomiała nagle.

— Do kuchni?

— Tak. Jeśli sprawę załatwi Varys, nikt się nie zorientuje.

Zachichotała.

— Panie, otrułabym cię. Wszyscy mężczyźni, którzy skosztują moich potraw, zaraz mi mówią, jaka ze mnie wspaniała dziwka.

— Czerwona Twierdza ma pod dostatkiem kucharzy. Rzeźników i piekarzy też. Musiałabyś udawać pomywaczkę.

— Popychadło w brązowej szmacie z gryzącej wełny — poskarżyła się. — Czy taką chce mnie widzieć mój pan?

— Chcę cię widzieć żywą — odparł Tyrion. — Trudno, żebyś szorowała gary w jedwabiach i aksamitach.

— Czy mój pan już się mną znudził? — Wsunęła mu rękę pod bluzę i wymacała jego kutasa. Po dwóch szybkich ruchach zrobił się sztywny. — On nadal mnie pragnie. — Roześmiała się. — Chciałbyś się pieprzyć z kuchtą, panie? Możesz mnie całą posypać mąką i zlizywać mi sos z cycuszków, jeśli tylko...

— Przestań. — Zachowywała się zupełnie jak Dancy, gdy ze wszystkich sił starała się wygrać zakład. Odepchnął jej dłoń, by nie pozwolić na dalsze igraszki. — To nie czas na zabawę w łożu, Shae. Może chodzić o twoje życie.

Uśmiech zniknął z jej twarzy.

— Nie chciałam cię niczym urazić, panie, tylko... czy nie mógłbyś po prostu dać mi więcej strażników?

Tyrion westchnął głęboko. *Nie zapominaj, że jest bardzo młoda* — powiedział sobie. Ujął jej dłoń.

— Mogę ci kupić nowe klejnoty i kazać uszyć suknie dwa razy piękniejsze od starych. To ty jesteś dla mnie największym skarbem ukrytym za tymi murami. W Czerwonej Twierdzy też nie jest bezpiecznie, ale znacznie bezpieczniej niż tutaj. Chcę, żebyś tam zamieszkała.

— W kuchni — rzekła bezbarwnym głosem. — Jako pomywaczka.

— Na krótki czas.

— Ojciec zrobił ze mnie swą kuchtę — oznajmiła, krzywiąc usta. — Dlatego uciekłam z domu.

— Mówiłaś mi, że dlatego, iż zrobił z ciebie swą dziwkę — przypomniał jej.

— To też. Nie lubiłam zmywania garów tak samo, jak tego, że wsadzał we mnie kutasa. — Podrzuciła głowę. — Dlaczego nie możesz mnie trzymać w swej wieży? Połowa lordów na dworze ma nałożnice.

— Ojciec zabronił mi zabierać ciebie na dwór.

— Jest głupi. — Shae wydęła wargi. — Jesteś już dorosły i możesz utrzymywać tyle dziwek, ile tylko chcesz. Czy ma cię za gołowąsa? Co może ci zrobić? Dać klapsa?

Spoliczkował ją. Nie bardzo mocno, lecz dotkliwie.

— Niech cię szlag — warknął. — Niech cię szlag. Nie waż się ze mnie drwić. Nie ty.

Przez chwilę nie odzywała się ani słowem. Słychać było jedynie nieustanne cykanie świerszcza.

— Wybacz, panie — powiedziała wreszcie głuchym, bezbarwnym głosem. — Nie chciałam być bezczelna.

A ja nie chciałem cię uderzyć. Bogowie bądźcie łaskawi, czyżbym upodabniał się do Cersei?

— Źle się zachowaliśmy — stwierdził. — Oboje. Shae, nie rozumiesz tego. — Słowa, których nigdy nie zamierzał wypowiadać, wypadły mu z ust niczym wędrowni komedianci z drewnianego konia. — Kiedy miałem trzynaście lat, ożeniłem się z córką zagrodnika. Tak mi się przynajmniej przedstawiła. Zaślepiła mnie miłość do niej i sądziłem, że ona czuje to samo, ale ojciec ukazał mi prawdę. Moja żona była kurwą, którą opłacił Jaime, by zrobić ze mnie mężczyznę. — *A ja jak głupi wierzyłem we wszystko.* — Żebym sobie dobrze przyswoił tę lekcję, ojciec oddał ją wszystkim żołnierzom w koszarach, a mnie rozkazał się przyglądać. — *I wziąć ją jako ostatni, gdy cała reszta już skończyła. Na pożegnanie, bez śladu miłości i czułości. Rzekł mi: „Masz ją zapamiętać taką, jaka była naprawdę". Powinienem mu się sprzeciwić, ale kutas mnie zdradził i zrobiłem to, co mi kazano.* — Kiedy już z nią skończył, unieważnił nasze małżeństwo. Septonowie powiedzieli, że to tak, jakbyśmy nigdy nie byli mężem i żoną. — Uścisnął jej dłoń. — Proszę cię, nie mówmy już więcej o Wieży Namiestnika. Nie spędzisz w kuchniach wiele czasu. Gdy już uporamy się ze Stannisem, dostaniesz nową posiadłość i jedwabie miękkie jak twoje dłonie.

Oczy Shae znowu zrobiły się wielkie, lecz nie potrafił wyczytać, co się w nich kryje.

— Moje dłonie przestaną być miękkie, jeśli cały dzień będę czyściła piece i zmywała talerze. Czy będziesz jeszcze chciał, żebym cię dotykała, jeśli zrobią się czerwone i popękane od gorącej wody i ługu?

— Bardziej niż kiedykolwiek — zapewnił. — Gdy tylko na nie spojrzę, przypomnę sobie, jaka byłaś odważna.

Nie wiedział, czy mu uwierzyła. Spuściła wzrok.

— Jestem na twe rozkazy, panie.

Widział, że dzisiejszej nocy nie uzyska od Shae nic więcej. Pocałował ją w policzek, w to samo miejsce, w które przed chwilą ją uderzył, chcąc choć trochę zatrzeć pamięć o ciosie.

— Wyślę po ciebie.

Varys czekał w stajni, tak jak obiecał. Jego wierzchowiec okulał i wyglądał na półżywego. Tyrion dosiadł konia i jeden z najemników otworzył przed nimi bramę. Bez słowa wyjechali na ulicę. *Bogowie, miejcie litość, dlaczego opowiedziałem jej o Tyshy?* — zapytał sam siebie, ogarnięty nagłym lękiem. Pewnych tajemnic nie powinno się zdradzać nikomu, niektóre hańby należało zabrać ze sobą do grobu. Czego od niej pragnął, przebaczenia? Co znaczyło to jej spojrzenie? Czy to myśli o zmywaniu garów tak się brzydziła, czy raczej jego wyznania? *Jak mogę sądzić, że nadal będzie mnie kochała, jeśli jej o tym opowiedziałem?* — pytała jakaś część jego jaźni. Inna odpowiadała jej drwiną. *Ty durny karle, kurwy kochają tylko złoto i klejnoty.*

W uszkodzonym łokciu dręczył go pulsujący ból, który nasilał się przy każdym kroku konia. Niekiedy odnosił wrażenie, że słyszy zgrzyt przesuwających się wewnątrz kości. Powinien poprosić maestera o jakiś eliksir przeciw bólowi, lecz odkąd Pycelle odsłonił swe prawdziwe oblicze, Tyrion Lannister stracił zaufanie do maesterów. Jedni bogowie wiedzieli, z kim spiskowali i co dosypywali do swych specyfików.

— Varysie — odezwał się. — Muszę sprowadzić Shae do zamku, tak żeby Cersei o niczym się nie dowiedziała.

Streścił pobieżnie plan umieszczenia dziewczyny w kuchniach. Kiedy skończył, eunuch cmoknął cicho.

— Zrobię rzecz jasna to, co mi rozkażesz, muszę cię jednak ostrzec, że w kuchniach pełno jest oczu i uszu. Nawet jeśli dziewczyna nie wzbudzi szczególnych podejrzeń, będą jej zadawać tysiące pytań. Gdzie się urodziła? Kim byli jej rodzice? W jaki sposób trafiła do Królewskiej Przystani? Nie może przecież powiedzieć prawdy, będzie więc musiała kłamać... i kłamać, i kłamać. — Zerknął na Tyriona. — Do tego taka młoda i ładna kuchta wzbudzi nie tylko ciekawość, lecz również pożądanie. Będą ją macać, szczypać, poklepywać i pieścić. Pomywacze będą nocą zakradać się do jej posłania. Jakiś samotny kucharz może zapragnąć się z nią ożenić. Piekarze będą ugniatali jej piersi białymi od mąki łapskami.

— Wolę, żeby ją macano niż pchnięto nożem — odparł Tyrion.

— Może znajdzie się inne wyjście — powiedział Varys, przejechawszy kilka kroków. — Tak się składa, że służąca córki lady Tandy kradnie jej klejnoty. Gdybym poinformował o tym lady Tandę, byłaby zmuszona natychmiast ją zwolnić i jej córka potrzebowałaby nowej dziewczyny.

— Rozumiem.

Tyrion natychmiast dostrzegł, że to znacznie lepsze rozwiązanie. Przyboczna damy ubierała się ładniej niż pomywaczka. Czasem mogła nawet posiadać parę klejnotów. Ponadto Cersei uważała lady Tandę za nudną histeryczkę, a Lollys za głupią krowę. Nie było prawdopodobne, by składała im towarzyskie wizyty.

— Lollys jest nieśmiała i ufna — ciągnął Varys. — Uwierzy we wszystko, co jej opowiedzieć. Od czasu, gdy tłuszcza pozbawiła ją dziewictwa, boi się opuszczać swe pokoje. W ten sposób Shae pozostanie niezauważona... ale będzie blisko ciebie, gdybyś zapragnął pocieszenia.

— Wiesz równie dobrze, jak ja, że Wieża Namiestnika jest obserwowana. Jeśli przyboczna Lollys zacznie mi składać wizyty, Cersei z pewnością to zainteresuje.

— Potrafię przyprowadzić ją do twojej sypialni niepostrzeżenie. Nie tylko w sypialni Chatayi są ukryte drzwi.

— Tajne przejście? W moich komnatach? — Tyrion czuł się raczej poirytowany niż zaskoczony. Po co Maegor Okrutny miałby skazać na śmierć wszystkich, którzy pracowali przy budowie jego zamku, jeśli nie po to, by strzec podobnych tajemnic? — Tak jest, powinienem był się tego spodziewać. Ale gdzie znajdę drzwi? W mojej samotni? W sypialni?

— Drogi przyjacielu, nie chcesz mnie chyba zmusić, bym zdradził wszystkie swe małe sekrety?

— Od tej pory uważaj je za nasze małe sekrety, Varysie. — Tyrion zerknął na eunucha i jego śmierdzące przebranie. — Zakładając, że jesteś po mojej stronie…

— Jak możesz w to wątpić?

— Ależ ufam ci bez zastrzeżeń. — Jego gorzki śmiech odbił się echem od zamkniętych okiennic. — Szczerze mówiąc, tak samo, jak najbliższym krewnym. Powiedz mi, jak zginął Cortnay Penrose.

— Podobno rzucił się z wieży.

— Rzucił się? Nie, w to nie uwierzę!

— Wartownicy nie widzieli, by do jego komnat ktoś wchodził. Nie znaleźli też w nich nikogo.

— W takim razie zabójca wszedł wcześniej i ukrył się pod łożem — zasugerował Tyrion — albo spuścił się z dachu po linie. Albo może wartownicy kłamią. Skąd wiadomo, czy nie zrobili tego sami?

— Z pewnością masz rację, panie.

Jego pełen samozadowolenia ton sugerował co innego.

— Ale ty tak nie sądzisz? Jak więc to zrobiono?

Przez dłuższą chwilę Varys nie mówił nic. Słychać było jedynie miarowy stukot uderzających o bruk kopyt. Wreszcie eunuch odchrząknął.

— Wierzysz w dawne moce, panie?

— Chodzi ci o magię? — zapytał zniecierpliwiony Tyrion. — Czary krwi, klątwy, zmiennokształtność i takie tam rzeczy? — Żachnął się. — Chcesz mi wmówić, że ser Cortnaya uśmiercono czarami?

— Rankiem w dzień swej śmierci ser Cortnay wyzwał lorda

Stannisa na pojedynek. Pytam cię, czy tak postępuje człowiek pogrążony w desperacji? Jest jeszcze sprawa tajemniczego i nadzwyczaj fortunnego zgonu lorda Renly'ego, którego zamordowano w tej samej chwili, gdy ustawiał szyki, gotowy rozgromić wojska swego brata. — Eunuch umilkł na chwilę. — Panie, pytałeś kiedyś, w jakich okolicznościach mnie wykastrowano.

— Pamiętam — potwierdził Tyrion. — Ale nie chciałeś o tym mówić.

— I nadal nie chcę, lecz... — Tym razem przerwa trwała dłużej. Gdy Varys odezwał się znowu, jego głos miał inną barwę. — Byłem sierotą, terminowałem w wędrownej trupie komediantów. Nasz mistrz miał małą, pękatą kogę, którą pływaliśmy po wąskim morzu, dając występy we wszystkich Wolnych Miastach, a od czasu do czasu również w Starym Mieście i Królewskiej Przystani. Pewnego dnia, w Myr, naszą trupę odwiedził jakiś mężczyzna. Po występie zaoferował za mnie cenę, która dla naszego mistrza okazała się zbyt kusząca. Byłem przerażony. Bałem się, że chce mnie wykorzystać tak, jak niektórzy mężczyźni wykorzystują małych chłopców, w rzeczywistości jednak chodziło mu jedynie o moją męskość. Podał mi eliksir, po którym nie mogłem się ruszać ani mówić, choć moje zmysły pozostały nieprzytępione, a potem długim, krzywym nożem uciął mi wszystko, cały czas śpiewając inkantacje. Widziałem, jak spalił moje męskie części w piecyku. Płomienie zrobiły się niebieskie i usłyszałem głos, który odpowiedział na jego wołanie, choć nie zrozumiałem z rozmowy ani słowa. Kiedy ze mną skończył, trupa już odpłynęła. Dostał już ode mnie to, czego chciał, i przestałem go obchodzić. Wygnał mnie na ulicę. Kiedy go zapytałem, co mam teraz zrobić, odpowiedział, że pewnie umrzeć. Na złość mu postanowiłem żyć. Żebrałem, kradłem i sprzedawałem te części ciała, które jeszcze mi pozostały. Wkrótce stałem się jednym z najlepszych złodziei w Myr, a kiedy byłem trochę starszy, zrozumiałem, że treść skradzionych listów często bywa warta więcej od zawartości sakiewek. Do dziś jednak śni mi się ta noc, panie. Nie czarnoksiężnik czy jego nóż, a nawet nie moja kurcząca się w płomieniach męskość. Śni mi się głos. Głos z płomieni. Czy był to bóg, demon, czy tylko jakaś sztuczka? Nie potrafię ci na to odpowiedzieć, aczkolwiek znam wszystkie sztuczki. Wiem jednak na pewno, że wezwał coś, co mu odpowiedziało, i od tego dnia nienawidzę magii i wszystkich, którzy ją praktykują. Jeśli lord Stannis jest jednym z nich, postaram się, by zapłacił za to życiem.

Kiedy skończył, przez dłuższy czas jechali w milczeniu.

— To przerażająca opowieść. Przykro mi — rzekł wreszcie Tyrion.

— Przykro ci, ale nie chcesz mi uwierzyć — stwierdził z westchnieniem eunuch. — Nie, panie, nie musisz przepraszać. Byłem oszołomiony narkotykiem i cierpiałem ból, a do tego było to bardzo dawno temu i daleko za morzem. Z pewnością ten głos tylko mi się przyśnił. Sam powtarzałem to sobie tysiące razy.

— Wierzę w stalowe miecze, złote monety i ludzki spryt — powiedział Tyrion. — I w to, że kiedyś istniały smoki. Ostatecznie widziałem ich czaszki.

— Miejmy nadzieję, że to najgorsze, co w życiu zobaczysz, panie.

— Tu się z tobą zgadzam. — Tyrion uśmiechnął się. — A jeśli chodzi o śmierć ser Cortnaya, no cóż, wiemy, że Stannis ma na służbie kapitanów-najemników z Wolnych Miast. Być może kupił sobie także biegłego skrytobójcę.

— Musiałby być bardzo biegły.

— Są i tacy. Kiedyś marzyłem, że któregoś dnia stanę się wystarczająco bogaty, by wysłać po moją słodką siostrę Człowieka Bez Twarzy.

— Bez względu na to, jak do tego doszło, ser Cortnay zginął, a zamek upadł — stwierdził Varys. — Stannis może teraz swobodnie pomaszerować na północ.

— Czy mamy szanse przekonać Dornijczyków, żeby zaatakowali Pogranicze? — zapytał Tyrion.

— Najmniejszych.

— Szkoda. No cóż, może przynajmniej to zagrożenie nie pozwoli lordom Pogranicza oddalać się od swych zamków. Jakie są wieści o moim ojcu?

— Jeśli nawet lord Tywin przeszedł już Czerwone Widły, nic mi na razie o tym nie wiadomo. Jeśli się nie pośpieszy, wrogowie mogą wziąć go w kleszcze. Na północ od Manderu widziano liść Oakheartów i drzewo Rowanów.

— Nadal ani słowa od Littlefingera?

— Niewykluczone, że w ogóle nie dotarł do Gorzkiego Mostu.

Albo tam zginął. Lord Tarly przechwycił tabory Renly'ego i wyrżnął bardzo wielu ludzi, głównie Florentów. Lord Caswell zamknął się w swym zamku.

Tyrion odrzucił głowę do tyłu i ryknął śmiechem.

Zakłopotany Varys ściągnął wodze.

— Panie?

— Nie widzisz, jakie to śmieszne, lordzie Varysie? — Tyrion zatoczył ręką krąg, wskazując na zamknięte okiennice i całe śpiące miasto. — Koniec Burzy upadł i Stannis maszeruje tu z ogniem, stalą i jedni bogowie wiedzą, jakimi ciemnymi siłami, a ci dobrzy ludzie nie mają do obrony Jaime'a ani Roberta, Renly'ego, Rhaegara, czy tego ich wspaniałego Rycerza Kwiatów. Zostałem im tylko ja, którego nienawidzą. — Znowu się roześmiał. — Karzeł, zły doradca, mały, pokraczny demon podobny do małpy. Tylko ja stoję między nimi a chaosem.

Catelyn

— Powiedz ojcu, że będzie ze mnie dumny.

Jej brat skoczył na siodło. W lśniącej zbroi i fałdzistym płaszczu barwy mulistej wody w każdym calu wyglądał na rycerza. Na hełmie miał srebrnego pstrąga, takiego samego jak ten, który zdobił jego tarczę.

— Zawsze był z ciebie dumny, Edmure. I strasznie cię kocha. Uwierz mi.

— Chciałbym mu dać jakiś lepszy powód niż sam fakt, że się urodziłem.

Zawrócił rumaka i uniósł rękę. Zabrzmiały trąby, uderzono w bęben, most zwodzony opuścił się zrywami i ser Edmure Tully wyprowadził swych ludzi z Riverrun z uniesionymi kopiami i łopoczącymi chorągwiami.

Mam armię większą niż twoja, bracie — myślała Catelyn, śledząc ich wzrokiem. *Armię wątpliwości i obaw.*

Przygnębienie stojącej obok niej Brienne było niemal namacalne. Catelyn rozkazała uszyć jej na miarę piękne suknie, odpowiednie do jej urodzenia i płci, ona jednak wolała ubierać się we fragmenty starej zbroi i utwardzaną skórę, a wokół talii miała zaciśnięty pas do miecza. Z pewnością czułaby się szczęśliwsza, gdyby pojechała na wojnę z Edmure'em, lecz nawet mury tak grube jak te, które mieli w Riverrun, potrzebowały żołnierzy, by ich bronili. Jej brat zabrał wszystkich silnych i zdrowych mężczyzn na brody, zostawiając ser Desmondowi Grellowi garnizon złożony z rannych, starych i chorych, garstki giermków oraz niewyszkolonych chłopskich synów, którzy nie osiągnęli jeszcze wieku męskiego. Tylko takie siły miały bronić zamku pełnego kobiet i dzieci.

— I co zrobimy teraz, pani? — zapytała Brienne, gdy już ostatni piechur Edmure'a przeszedł pod kratą.

— Spełnimy swój obowiązek.

Catelyn ruszyła przez dziedziniec. Twarz miała wynędzniałą. *Nigdy nie zapominałam o obowiązku* — pomyślała. Być może właśnie dlatego pan ojciec zawsze kochał ją najbardziej ze wszystkich swych dzieci. Obaj jej starsi bracia zmarli w wieku niemowlęcym i nim narodził się Edmure była dla lorda Hostera córką i synem zarazem. Potem umarła matka i ojciec powiedział jej, że musi teraz zostać panią Riverrun. Sprostała i temu zadaniu. A gdy lord Hoster obiecał ją Brandonowi Starkowi, podziękowała mu za to, że znalazł dla niej tak wspaniałą partię.

Dałam Brandonowi wstążkę, a gdy Petyr został ranny, ani razu go nie odwiedziłam i nawet się z nim nie pożegnałam, kiedy ojciec go odesłał. A potem Brandona zamordowano i ojciec powiedział, że muszę wyjść za jego brata. Uczyniłam to chętnie, chociaż do dnia ślubu nie widziałam go na oczy. Oddałam dziewictwo nieznajomemu o poważnym obliczu, a potem wysłałam go na wojnę, do jego króla i kobiety, która powiła mu bękarta. Dlatego, że nigdy nie uchylałam się od obowiązku.

Nogi zaprowadziły ją do septu, siedmiobocznej świątyni z piaskowca zbudowanej w ogrodach jej matki i wypełnionej tęczowym światłem. Gdy weszły do środka, ujrzały tam pełno ludzi. Catelyn nie była odosobniona w swej potrzebie modlitwy. Uklękła przed malowanym marmurowym posągiem Wojownika i zapaliła dwie wonne świece: dla Edmure'a i dla Robba, który był gdzieś za wzgórzami. *Uchroń ich i poprowadź do zwycięstwa* — modliła się. *Obdarz pokojem dusze poległych i pociesz tych, których zostawili.*

Gdy trwała pogrążona w modlitwie, pojawił się septon z kadzielnicą i kryształem, Catelyn została więc na nabożeństwo. Nie znała tego septona. Był młodym, poważnym mężczyzną mniej więcej w wieku Edmure'a. Dobrze radził sobie ze swym zadaniem, wyśpiewując hymny pochwalne do Siedmiu dźwięcznym, miłym głosem, Catelyn złapała się jednak na tym, że brak jej słabego, drżącego głosiku dawno nieżyjącego septona Osmynda. On wysłuchałby cierpliwie opowieści o tym, co widziała i czuła w namiocie Renly'ego, a może nawet wiedziałby, co to znaczyło i co powinna uczynić, by zapewnić spoczynek cieniom, które dręczyły ją w snach.

Osmynd, ojciec, stryj Brynden, stary maester Kym. Zawsze wydawało mi się, że wiedzą wszystko. A teraz zostałam sama i mam wrażenie, że nie wiem nic. Nie wiem nawet, na czym polega mój obowiązek. Jak w takim razie mogę go spełnić?

Kiedy się podniosła, kolana jej zesztywniały, lecz wcale nie czuła się mądrzejsza. Być może nocą pójdzie do bożego gaju, by pomodlić się również do bogów Neda. Oni byli starsi od Siedmiu.

Na zewnątrz usłyszała pieśń zupełnie innego rodzaju. Rymund Rymopis siedział pod ścianą warzelni piwa, otoczony pierścieniem słuchaczy, i śpiewał niskim, dźwięcznym głosem balladę o lordzie Deremondzie na Krwawej Łące.

I stanął z mieczem w dłoni tam,
ostatni Darry'ego woj…

Brienne zatrzymała się, by chwilę go posłuchać. Zgarbiła szerokie plecy, a masywne ramiona skrzyżowała na piersiach. Obok przebiegła banda obdartych chłopaków, którzy z głośnym wrzaskiem bili się na patyki. *Dlaczego chłopcy zawsze muszą się bawić w wojnę?* Zastanowiła się, czy odpowiedzi na to pytanie nie stanowi Rymund. Gdy bard zbliżał się do końca pieśni, jego głos stawał się coraz głośniejszy.

Czerwoną trawę miał u stóp,
nad głową czerwień flag,
czerwone słońce, bo był zmierzch,
skąpał go jego blask.
— Chodźcie tu — krzyknął wielki lord.
— Mój miecz wciąż czuje głód.

I z krzykiem dzikiej furii
przebiegli strumyk w bród...

— Walka jest lepsza od takiego czekania — rzuciła Brienne. — Podczas bitwy człowiek nie czuje się taki bezsilny. Ma miecz i konia, czasem topór. Kiedy przywdzieje zbroję, trudno jest mu zrobić krzywdę.

— Ale rycerze giną w bitwach — przypomniała jej Catelyn.

Brienne skierowała na nią spojrzenie pięknych, niebieskich oczu.

— A damy umierają w połogu. I nikt nie śpiewa o nich pieśni.

— Dzieci to inny rodzaj bitwy. — Catelyn ruszyła przed siebie. — Nie ma w niej chorągwi ani surm, lecz wcale nie jest mniej gwałtowna. Urodzić dziecko, wydać je na świat... matka na pewno opowiadała ci o bólu...

— Nie znałam matki — odparła Brienne. — Ojciec miał różne damy... co roku inną, ale...

— To nie były damy — sprostowała Catelyn. — Chociaż poród jest trudny, Brienne, to co przychodzi później, jest jeszcze trudniejsze. Czasami czuję się rozdarta na kawałki. Chciałabym podzielić się na pięć matek, po jednej dla każdego dziecka, żebym mogła wszystkim zapewnić bezpieczeństwo.

— A kto zapewni bezpieczeństwo tobie, pani?

Rozciągnęła usta w bladym, znużonym uśmiechu.

— Ależ mężczyźni z mego rodu. Tak przynajmniej uczyła mnie pani matka. Pan ojciec, brat, stryj, mąż, oni mnie obronią... ale ponieważ tu ich nie ma, będziesz chyba musiała zająć ich miejsce, Brienne.

Dziewczyna pochyliła głowę.

— Spróbuję, pani.

Później tego samego dnia maester Vyman przyniósł jej list. Wzięła go natychmiast, w nadziei, że to pismo od Robba albo od ser Rodrika z Winterfell, okazało się jednak, że przysłał je niejaki lord Meadows, który mienił się teraz kasztelanem Końca Burzy. Było adresowane do jej ojca, brata, syna „albo kogokolwiek, kto sprawuje teraz władzę w Riverrun". Napisano w nim, że ser Cortnay Penrose nie żyje, a Koniec Burzy otworzył bramy przed Stannisem Baratheonem, prawowitym dziedzicem tronu. Garnizon zamku w komplecie przysiągł mu wierność i nikomu nie stała się żadna krzywda.

— Poza Cortnayem Penrose'em — wyszeptała Catelyn. Choć nigdy w życiu go nie widziała, wiadomość o jego śmierci wypełniła ją żalem. — Robb powinien natychmiast się o tym dowiedzieć — powiedziała. — Czy wiemy, gdzie on przebywa?

— Według ostatnich wieści maszerował na Turnię, siedzibę rodu Westerlingów — odparł maester Vyman. — Jeśli wyślę kruka do Ashemarku, może pchną za nim jeźdźca.

— Zrób to.

Po wyjściu maestera Catelyn raz jeszcze przeczytała list.

— Lord Meadows nic nie pisze o bękarcie Roberta — mówiła do Brienne. — Podejrzewam, że wydał chłopca, choć przyznaję, że nie mam pojęcia, dlaczego Stannisowi tak bardzo na nim zależało.

— Może obawia się jego pretensji.

— Pretensji bękarta? Nie, chodzi o coś innego… jak ten dzieciak wygląda?

— Ma siedem albo osiem lat. Jest ładny, ma czarne włosy i ciemnoniebieskie oczy. Goście często brali go za syna lorda Renly'ego.

— A Renly był podobny do Roberta. — Catelyn nagle wszystko zrozumiała. — Stannis chce pokazać bękarta swego brata całemu królestwu, żeby ludzie ujrzeli w jego twarzy odbicie oblicza Roberta i zadali sobie pytanie, dlaczego w przypadku Joffreya nie widać takiego podobieństwa.

— Czy to by znaczyło tak wiele?

— Ci, którzy popierają Stannisa, nazwaliby to dowodem. Ci, którzy wolą Joffreya, uznaliby, że to o niczym nie świadczy.

Jej własne dzieci miały w sobie więcej z Tullych niż Starków. Tylko Arya przypominała z twarzy Neda. *I Jon Snow, ale on nie jest mój*. Znowu pomyślała o matce Jona, tajemniczej, nieznanej kochance, o której jej mąż nigdy nie chciał mówić. *Czy ona czuje taką samą żałobę, jak ja? A może znienawidziła Neda za to, że porzucił dla mnie jej łoże? Czy modli się za swego syna, tak jak ja za Robba?*

To były nieprzyjemne, czcze myśli. Jeśli, jak szeptali niektórzy, Jon był synem Ashary Dayne ze Starfall, jego matka dawno już nie żyła, a jeśli zrodziła go jakaś inna kobieta, Catelyn nie miała pojęcia, gdzie jej szukać. Zresztą nie miało to znaczenia. Ned nie żył, a jego miłości i tajemnice zginęły razem z nim.

Po raz kolejny uderzyła ją jednak myśl, jak dziwnie mężczyźni odnoszą się do swych bękartów. Ned zawsze bardzo dbał o Jona, a ser

Cortnay Penrose oddał życie za tego Edrica Storma, a z drugiej strony bękart Roose'a Boltona znaczył dla niego mniej niż jeden z jego psów. Tak przynajmniej wynikało z tonu dziwacznego, chłodnego listu, który przed niespełna trzema dniami otrzymał od niego Edmure. Bolton przekroczył Trident i zgodnie z wydanymi mu rozkazami maszerował na Harrenhal. Pisał: „To potężny, silnie obsadzony zamek, ale Jego Miłość go dostanie, nawet gdybym musiał w tym celu zabić wszystkich mieszkańców". Miał nadzieję, że oczyści się w ten sposób z winy za zbrodnie swego bękarta, którego ser Rodrik Cassel kazał stracić. Bolton pisał: „Z pewnością zasłużył sobie na ten los. Nieczysta krew zawsze jest zdradziecka, a Ramsay był z natury podstępny, chciwy i okrutny. Cieszę się, że się od niego uwolniłem. Dopóki by żył, prawowici synowie, których obiecała mi młoda żona, nie mogliby czuć się bezpiecznie".

Dźwięk szybkich kroków przegnał z jej głowy ponure myśli. Do komnaty wpadł giermek ser Desmonda, który ukląkł przed nią.

— Pani… Lannisterowie… za rzeką…

— Odetchnij, chłopcze, i powiedz mi to powoli.

Wykonał jej polecenie.

— Kolumna zakutych w zbroje ludzi — zameldował. — Na drugim brzegu Czerwonych Wideł. Oprócz lwa Lannisterów niosą chorągiew z fioletowym jednorożcem.

Jakiś syn lorda Braxa. Gdy była jeszcze dzieckiem, Brax przybył kiedyś do Riverrun z propozycją zawarcia małżeństwa między jednym z jego synów a nią albo Lysą. Zastanawiała się, czy to ten sam syn dowodzi teraz atakiem.

Gdy weszła na mury, ser Desmond poinformował ją, że Lannisterowie nadciągnęli z południowego wschodu, pod rozwiniętymi sztandarami.

— To tylko niewielki podjazd — uspokajał ją. — Główna część armii lorda Tywina jest daleko na południu. Tutaj nic nam nie grozi.

Na południe od Czerwonych Wideł ciągnęła się otwarta, płaska kraina. Widok z wieży strażniczej rozpościerał się na wiele mil. Mimo to widać było tylko najbliższy bród. Edmure powierzył jego obronę lordowi Jasonowi Mallisterowi, razem z trzema następnymi przejściami położonymi w górę rzeki. Lannisterscy jeźdźcy kręcili się niepewnie przy brzegu, a karmazynowe i srebrzyste chorągwie łopotały na wietrze.

— Nie więcej niż pięćdziesięciu, pani — ocenił ser Desmond.

Jeźdźcy rozciągnęli się w długą linię. Ludzie lorda Jasona czekali na nich ukryci za skałami, w trawie i na szczytach wzgórz. Na dźwięk trąbki konni ruszyli stępa przez bród, rozbryzgując wodę. Przez chwilę prezentowali się wspaniale. Ich wypolerowane zbroje, sztandary i kopie lśniły w promieniach słońca.

— Teraz — mruknęła nagle Brienne.

Trudno było dostrzec, co się dzieje, lecz kwiki koni wydawały się głośne nawet z tak daleka. Catelyn słyszała również cichszy brzęk stali uderzającej o stal. Jedna z chorągwi zniknęła nagle, gdy powalono trzymającego nią człowieka. Wkrótce prąd przyniósł pod ich mury pierwszego trupa. Lannisterowie wycofali się. Ich szyki ogarnął chaos. Potem przegrupowali się, odbyli krótką naradę i pogalopowali w tę samą stronę, z której przybyli. Ludzie na murach obrzucali ich obelgami, choć byli już za daleko, by mogli cokolwiek usłyszeć.

Ser Desmond poklepał się po brzuchu.

— Szkoda, że lord Hoster tego nie widział. Zatańczyłby z radości.

— Obawiam się, że ojciec nigdy już nie zatańczy — odparła Catelyn. — Zresztą walka dopiero się zaczęła. Lannisterowie wrócą. Lord Tywin ma dwa razy więcej ludzi od mego brata.

— Nawet gdyby miał dziesięć razy więcej, nic by mu to nie pomogło — zapewnił ser Desmond. — Zachodni brzeg Czerwonych Wideł jest wyższy od wschodniego, pani, i gęsto zalesiony. Nasi łucznicy będą mieli dobrą osłonę i czyste pole przed sobą… a gdyby wrogom udało się przebić, Edmure ma w odwodzie najlepszych rycerzy, gotowych ruszyć tam, gdzie są najpilniej potrzebni. Rzeka powstrzyma Lannisterów.

— Modlę się, byś miał rację — odrzekła z powagą.

Nocą wrócili. Rozkazała, by obudzono ją, gdy nieprzyjaciel pojawi się znowu, i dobrze po północy służąca dotknęła delikatnie jej ramienia. Catelyn natychmiast usiadła na łożu.

— Co się stało?

— Znowu bród, pani.

Owinięta w szlafrok Catelyn wdrapała się na szczyt donżonu. Widziała stamtąd płynącą za murami, skąpaną w księżycowym blasku rzekę oraz szalejącą nad nią bitwę. Obrońcy rozpalili na brzegu ogniska i być może Lannisterowie uznali, że noc ich oślepiła albo pozbawiła ostrożności. Jeśli tak, było to szaleństwo. Ciemność nawet w najlepszym przypadku była niepewnym sojusznikiem. Podczas forsowania rzeki żołnierze wpadali z pluskiem w ukryte zagłębienia, potykali się o kamienie i kaleczyli sobie nogi na ukrytych kruczych stopach. Łucznicy Mallistera zasypali ich deszczem płonących strzał, które przelatywały z sykiem nad rzeką. Z oddali wyglądały dziwnie pięknie. Jakiś przeszyty tuzinem strzał żołnierz tańczył i wirował w sięgającej mu kolan wodzie, a jego szaty płonęły. Wreszcie przewrócił się i uniósł go prąd. Gdy przepływał obok Riverrun, zgasły już i ognie, i jego życie.

To niewielkie zwycięstwo — pomyślała Catelyn, gdy walka się skończyła i ocalali wrogowie zniknęli w ciemnościach nocy. *Ale zawsze zwycięstwo.* Gdy schodziły w dół po krętych schodach, zapytała o opinię Brienne.

— To był tylko koniuszek palca lorda Tywina, pani — odparła dziewczyna. — Próbuje wymacać słaby punkt, niebroniony bród. Jeśli go nie znajdzie, złączy wszystkie palce w pięść i spróbuje utorować sobie drogę. — Brienne przygarbiła się. — Tak właśnie bym uczyniła na jego miejscu.

Sięgnęła do rękojeści miecza i pogłaskała ją lekko, jakby chciała się upewnić, że nigdzie nie zginął.

A wtedy niech bogowie nam pomogą — pomyślała Catelyn. Nie mogła nic w tej sprawie zrobić. Bitwa nad rzeką należała do Edmure'a. Ona miała swoją tutaj, w zamku.

Po śniadaniu wysłała po wiekowego zarządcę ojca, Utherydesa Waina.

— Każ zanieść ser Cleosowi Freyowi dzban wina. Zamierzam go niedługo wypytać i chcę rozwiązać mu język.

— Wedle rozkazu, pani.

Po niedługiej chwili do zamku przybył jeździec z wyszytym na piersi orłem Mallisterów. Przyniósł wiadomość od lorda Jasona, mówiącą o kolejnej potyczce i kolejnym zwycięstwie. Ser Flement Brax spróbował sforsować inny bród, leżący osiemnaście mil na południe. Tym razem Lannisterowie skrócili kopie i weszli do wody na piechotę, lecz łucznicy Mallistera strzelali wysoko w górę i tarcze nie mogły zatrzymać opadających strzał, a skorpiony, które rozmieścił na brzegu Edmure, zniszczyły ich formację, miotając ciężkimi głazami.

— Zostawili w wodzie dwunastu zabitych. Tylko dwóch ludzi

zdołało dotrzeć na płycizny, gdzie szybko się z nimi załatwiliśmy — opowiadał jeździec. Wspomniał też o walkach toczonych dalej w górę rzeki, gdzie brodów bronił lord Karyl Vance. — Te szturmy również odparto, z dużymi stratami naszych nieprzyjaciół.

Być może Edmure jest mądrzejszy niż mi się zdawało — pomyślała Catelyn. *Wszyscy jego lordowie dostrzegli, że ten plan ma sens. Dlaczego ja byłam taka ślepa? Mój brat nie jest już chłopcem, którego zapamiętałam, tak samo jak Robb.*

Z wizytą u ser Cleosa Freya zaczekała do wieczoru, sądząc, że im więcej da mu czasu, tym bardziej będzie pijany. Kiedy weszła do jego umieszczonej w wieży celi, ser Cleos padł na kolana.

— Pani, nic nie wiedziałem o żadnej ucieczce. Krasnal powiedział, że Lannister musi mieć lannisterską eskortę. Masz moje rycerskie słowo…

— Wstań, ser. — Catelyn usiadła. — Wiem, że żaden z wnuków Waldera Freya z pewnością nie złamałby przysięgi. — *Chyba żeby mu się to opłaciło.* — Mój brat mówił, że przywiozłeś warunki zawarcia pokoju.

— Przywiozłem.

Ser Cleos podźwignął się z klęczek. Z zadowoleniem zauważyła, że bardzo się chwieje.

— Zaznajom mnie z nimi — rozkazała.

Kiedy skończył, zmarszczyła brwi w zamyśleniu. Edmure miał rację, warunki były nie do przyjęcia, oprócz…

— Lannister chce wymienić Aryę i Sansę na swego brata?

— Tak. Przysiągł to, siedząc na Żelaznym Tronie.

— Przy świadkach?

— Przy całym dworze, pani. Wziął też na świadków bogów. Mówiłem o tym ser Edmure'owi, ale powiedział mi, że to niemożliwe, bo Jego Miłość Robb nigdy się na to nie zgodzi.

— Miał rację.

Nie mogła nawet twierdzić, że Robb popełnia błąd. Arya i Sansa były dziećmi, a Królobójca, żywy i przebywający na wolności, był jednym z najniebezpieczniejszych ludzi w królestwie. Ta droga donikąd nie prowadziła.

— Widziałeś moje dziewczynki? Czy dobrze je traktują?

Ser Cleos zawahał się.

— Hmm… tak, wydawało mi się…

Szuka jakiegoś kłamstwa — zdała sobie sprawę Catelyn. *Ale wino zmąciło mu rozum.*

— Ser Cleosie — rzekła zimnym głosem — twoi ludzie nas oszukali i nie chroni cię już sztandar pokoju. Jeśli mnie okłamiesz, zawiśniesz na murach obok nich. Lepiej w to uwierz. Pytam po raz ostatni. Czy widziałeś moje córki?

Czoło miał mokre od potu.

— Widziałem na dworze Sansę, tego dnia gdy Tyrion przekazał mi swe warunki. Wyglądała bardzo pięknie, pani. No, może była trochę zabiedzona.

Sansę, ale nie Aryę. Mogło to znaczyć cokolwiek. Aryę zawsze trudniej było poskromić. Być może Cersei nie chciała pokazywać jej całemu dworowi w obawie przed tym, co mogłaby powiedzieć lub zrobić. Może zamknęli ją gdzieś w odosobnieniu. Albo zabili. Odepchnęła od siebie tę myśl.

— Powiedziałeś, że to jego warunki... a przecież to Cersei jest królową regentką.

— Tyrion przemawiał w imieniu obojga. Królowa nie była obecna. Powiedziano mi, że tego dnia była niedysponowana.

— To ciekawe.

Catelyn cofnęła się myślą do straszliwej podróży przez Góry Księżycowe, gdy karzeł zdołał w jakiś sposób przekabacić tego najemnika. *Jest stanowczo za sprytny.* Nie potrafiła sobie wyobrazić, w jaki sposób ocalał na szlaku, gdy Lysa odesłała go z Doliny, nie czuła się tym jednak zaskoczona. *Przynajmniej nie miał nic wspólnego z zamordowaniem Neda. I przyszedł mi z pomocą, kiedy zaatakowali nas wojownicy z klanów. Gdybym mogła zaufać jego słowu...*

Otworzyła dłonie, by spojrzeć na blizny na palcach. *To ślady jego sztyletu* — pomyślała. Jego sztyletu w rękach mordercy, któremu zapłacił za poderżnięcie Branowi gardła.

Co prawda karzeł zarzekał się, że nie ma z tym nic wspólnego. Nawet gdy Lysa zamknęła go w jednej ze swych podniebnych cel i zagroziła mu Księżycowymi Drzwiami, nadal twierdził, że jest niewinny.

— Kłamał — powiedziała, zrywając się nagle. — Wszyscy Lannisterowie to kłamcy, a karzeł jest z nich najgorszy. Zabójca miał jego nóż.

Ser Cleos wytrzeszczył oczy.

— Nic nie wiem o żadnym…

— Nic nie wiesz — zgodziła się, wychodząc z celi. Brienne ruszyła za nią bez słowa.

Jej jest łatwiej — pomyślała Catelyn z ukłuciem zazdrości. Pod tym względem jej strażniczka przypominała mężczyznę. Dla mężczyzn odpowiedź zawsze była taka sama i nigdy nie leżała dalej niż najbliższy miecz. Dla kobiety, matki, droga była trudniejsza do znalezienia i bardziej kamienista.

Zjadła późną kolację w wielkiej komnacie wraz z żołnierzami, chcąc w ten sposób dodać im odwagi. Przy posiłku towarzyszył im śpiew Rymunda Rymopisa, dzięki czemu nie musiała z nikim rozmawiać. Bard zakończył napisaną przez siebie pieśnią o zwycięstwie Robba pod Oxcross. „Gwiazdy na niebie były ślepiami jego wilków, a wiatr był ich pieśnią." Między zwrotkami Rymund odrzucał głowę do tyłu i wył. Pod koniec połowa sali wyła razem z nim, nawet Desmond Grell, który był już zdrowo podchmielony. Ich głosy odbijały się echem od krokwi.

Niech sobie mają swe pieśni, jeśli dodaje im to odwagi — pomyślała Catelyn, bawiąc się srebrnym pucharem.

— W Dworze Zachodzącego Słońca zawsze mieliśmy bardów — odezwała się cicho Brienne. — Nauczyłam się wszystkich pieśni na pamięć.

— Sansa też, choć tylko niewielu bardom chciało się podróżować aż do Winterfell. *Ale powiedziałam jej, że na królewskim dworze będą bardowie. Mówiłam, że będzie mogła słuchać najróżniejszej muzyki, a ojciec znajdzie jej nauczyciela gry na harfie. O bogowie, wybaczcie mi…*

— Pamiętam jedną kobietę… — zaczęła Brienne. — Pochodziła z jakiejś krainy za wąskim morzem. Nie wiedziałam nawet, w jakim języku śpiewa, ale jej głos był tak samo śliczny, jak i ona. Miała oczy koloru śliwek, a talię tak szczupłą, że ojciec mógł ją objąć dłońmi. Ma łapska prawie tak wielkie, jak moje.

Zacisnęła długie, grube palce, jakby chciała je ukryć.

— A czy sama śpiewałaś dla ojca?

Brienne potrząsnęła głową, wpatrując się w wydrążony bochen chleba, jakby chciała znaleźć odpowiedź w sosie.

— A dla lorda Renly'ego?

Dziewczyna zarumieniła się.

— Nie, bo… jego błazen czasem robił sobie okrutne żarty i nie…

— Musisz kiedyś zaśpiewać dla mnie.

— Ale... proszę, nie mam do tego daru. — Brienne wstała nagle. — Wybacz mi, pani. Czy mogę odejść?

Catelyn skinęła głową. Wysoka, niezgrabna dziewczyna oddaliła się zamaszystym krokiem. Pośród ogólnej wesołości niemal nikt nie zwrócił na nią uwagi. *Niech bogowie jej strzegą* — pomyślała Catelyn, po czym wróciła apatycznie do kolacji.

Młot, który przepowiadała Brienne, uderzył za trzy dni, lecz dowiedzieli się o tym dopiero po pięciu. Gdy przybył wysłannik Edmure'a, Catelyn siedziała ze swym ojcem. Zbroja rycerza była powgniatana, buty brudne, a w opończy miał wyrwaną dziurę, lecz gdy klęknął przed nią, jego mina świadczyła niedwuznacznie, że wieści są pomyślne.

— Zwycięstwo, pani. — Wręczył jej list od Edmure'a. Drżącą dłonią złamała pieczęć.

Jej brat pisał, że lord Tywin próbował sforsować tuzin różnych brodów, lecz każde z uderzeń odparto. Lord Lefford utonął, rycerz z rodu Crakehallów zwany Silnym Dzikiem dostał się do niewoli, a ser Addama Marbranda trzykrotnie zmuszono do odwrotu... lecz najbardziej zażarte walki toczono pod Kamiennym Młynem, gdzie szturmem dowodził ser Gregor Clegane. Zginęło tak wielu jego ludzi, że ich martwe konie omal nie zagrodziły nurtu. Na koniec Górze i garstce jego najlepszych żołnierzy udało się przedrzeć na zachodni brzeg, ale Edmure rzucił na nich odwody, które rozbiły ich i zmusiły do odwrotu. Ser Gregor stracił konia i chwiejnym krokiem wrócił na drugi brzeg Czerwonych Wideł, krwawiąc z tuzina ran, a z góry sypał się na niego deszcz strzał i kamieni.

„Nie przejdą, Cat" — nabazgrał Edmure. „Lord Tywin maszeruje na południowy wschód. Może chce nas zmylić, a może to pełen odwrót. Nieważne. Nie przejdą".

Ser Desmond Grell był pijany ze szczęścia.

— Och, gdybym tylko mógł być u jego boku — mamrotał stary rycerz, gdy przeczytała mu list. — Gdzie jest ten błazen Rymund? Na bogów, to materiał na pieśń, i to taką, której nawet Edmure chciałby posłuchać. Młyn, który zmielił Górę. Gdybym tylko miał dar barda, mógłbym nawet sam ułożyć słowa.

— Nie chcę żadnych pieśni, dopóki walki się nie skończą — sprzeciwiła się Catelyn, być może zbyt ostro. Pozwoliła jednak ser

Desmondowi opowiedzieć o wszystkim ludziom i zgodziła się, gdy zaproponował, by na cześć Kamiennego Młyna odszpuntować kilka beczułek. Nastrój w Riverrun był poważny i pełen napięcia. *Wszystkim przyda się odrobina trunku i nadziei.* Nocą zamek wypełniły okrzyki radości.

— Riverrun! — krzyczeli prostaczkowie. — Tully! Tully!

Przybyli tu przerażeni i bezsilni, a jej brat ich przyjął, choć większość lordów zamknęłaby przed nimi bramy. Ich głosy wpadały do środka przez wysoko umieszczone okna i przesączały się przez grube sekwojowe drzwi. Rymund grał na harfie, a towarzyszyło mu dwóch bębniarzy oraz młodzieniec z trzcinowymi piszczałkami. Catelyn słuchała dziewczęcego śmiechu oraz podekscytowanego gadania niedoświadczonych chłopców, których zostawił tu jej brat. Były to radosne dźwięki… jej jednak nie wzruszały. Nie potrafiła się cieszyć razem z resztą ludzi.

W samotni ojca znalazła ciężki, oprawny w skórę atlas i otworzyła go na mapie dorzecza. Odszukała wzrokiem Czerwone Widły i prześledziła ich bieg w migotliwym blasku świec.

Maszerują na południowy wschód — pomyślała. Zapewne dotarli już do górnych dopływów Czarnego Nurtu.

Zamknęła księgę, jeszcze bardziej niespokojna niż przedtem. Bogowie przyznawali im jedno zwycięstwo za drugim. Pod Kamiennym Młynem, pod Oxcross, w Bitwie Obozów, w Szepczącym Lesie…

Jeśli wygrywamy, to dlaczego tak się boję?

Bran

Usłyszał cichutki brzęk, odgłos stali skrobiącej o kamień. Uniósł głowę z łap, wsłuchał się w noc, powęszył.

Wieczorny deszcz obudził sto śpiących zapachów, które znowu stały się silne i ostre. Trawa i ciernie, leżące na ziemi jeżyny, błoto, robaki, butwiejące liście, szczur przemykający przez krzaki. Czuł kosmatą, czarną woń sierści brata oraz ostry, metaliczny odór krwi wiewiórki, którą zabił. Na gałęziach skakały jej siostry, pachnące mokrym futrem i strachem. Ich maleńkie pazurki drapały korę. Tamten dźwięk brzmiał podobnie.

Usłyszał go ponownie, brzęk i skrobanie. Zerwał się na cztery łapy. Postawił uszy i uniósł ogon. Wydał z siebie przeciągłe, drżące wycie, które miało obudzić śpiących, lecz ludzka skała była ciemna i martwa. Bezwietrzna, mokra noc zapędziła ludzi do ich nor. Choć przestało już padać, nadal kryli się przed wilgocią, skuleni przy ogniu w swych jaskiniach z ułożonych na stos kamieni.

Jego brat wysunął się spomiędzy drzew. Poruszał się prawie tak samo cicho, jak inny brat, którego pamiętał niejasno z dawnych czasów, biały brat z krwawymi oczyma. Ślepia tego brata były kałużami mroku, lecz sierść na jego karku sterczała zjeżona. On również usłyszał dźwięk i zrozumiał, że to zapowiedź niebezpieczeństwa.

Tym razem po brzęku i skrobaniu nastąpił odgłos ślizgania i cichy, szybki tupot skórzanych stóp uderzających o kamień. Wiatr przyniósł słabą woń człowieka, którego nie znał.

Obcy. Niebezpieczeństwo. Śmierć.

Popędził w stronę dźwięku. Brat biegł u jego boku. Przed nimi wznosiły się kamienne legowiska o mokrych i śliskich ścianach. Obnażył zęby, lecz ludzka skała nie zwracała na niego uwagi. Zamajaczyła przed nim brama. Wokół krat i słupka ciasno owijał się czarny wąż. Gdy walnął z całej siły w przeszkodę, zatrzęsła się. Wąż zadźwięczał i przesunął się, ale wytrzymał. Widział przez kraty wnętrze długiej, kamiennej nory, która biegła między murami, prowadząc na leżące za nimi kamienne pole, nie potrafił się tam jednak dostać. Mógł wcisnąć między kraty jedynie pysk i nic więcej. Jego brat wielokrotnie próbował skruszyć zębami czarne kości bramy, lecz nie zdołał tego dokonać. Usiłowali też przekopać się dołem, ale leżały tam wielkie, płaskie kamienie, na wpół przykryte ziemią i opadłymi liśćmi.

Chodził przez chwilę pod bramą, warcząc głośno, po czym rzucił się na nią jeszcze raz. Poruszyła się lekko i odrzuciła go do tyłu.

Zamknięta — szepnęło coś w jego głowie. Na łańcuch.

Głos, którego nie słyszał, zapach bez woni. Inne wejścia również były zamknięte. Tam, gdzie w ścianach ludzkiej skały otwierały się drzwi, przegradzało je grube, mocne drewno. Nie było drogi wyjścia.

Jest — nadszedł znowu szept. Wydawało mu się, że widzi cień pochyłego iglastego drzewa, wyrastającego z czarnej ziemi na wysokość dziesięciu ludzi. Gdy jednak rozejrzał się wokół, nigdzie go nie zobaczył. Po drugiej stronie bożego gaju, drzewo strażnicze, śpiesz się, śpiesz...

W ciemnościach nocy rozległ się stłumiony krzyk, który nagle się urwał.

Szybko, bardzo szybko, odwrócił się i popędził między drzewa. Mokre liście szeleściły pod jego łapami, a gałęzie siekły go z siłą biczów. Słyszał biegnącego tuż za nim brata. Wpadli obaj pod drzewo serce, okrążyli zimną sadzawkę, przedarli się przez krzaki jeżyn, przecisnęli pod gąszczem dębów, jesionów i głogu, aż wreszcie dotarli na drugi koniec lasu… i zamajaczył przed nim cień, który przedtem ujrzał nie widząc, drzewo pochylające się w stronę dachów. Drzewo strażnicze — nadeszła myśl.

Nagle przypomniał sobie, jak się na nie wspinał. Wszędzie pełno było wówczas szpilek, które drapały jego nieosłoniętą twarz i spadały mu na kark. Na rękach miał lepką żywicę. Czuł jej zapach. Chłopcu łatwo się było wdrapać na takie pochyłe drzewo o gałęziach wyrastających z pnia tak blisko siebie, że niemal tworzyły prowadzącą na dach drabinę.

Warknął, obwąchał podstawę drzewa, uniósł nogę i zaznaczył je strumieniem moczu. Nisko wisząca gałąź otarła się o jego pysk. Złapał ją zębami, szarpiąc i ciągnąc, aż wreszcie drewno pękło i gałąź się urwała. Pysk miał pełen szpilek i gorzkiego smaku żywicy. Potrząsnął łbem i znowu warknął.

Brat usiadł obok niego i wydał z siebie głośne wycie. Jego pieśń przepajała rozpaczliwa żałoba. To nie była żadna droga. Nie byli wiewiórkami ani ludzkimi szczeniętami i nie potrafili się wspinać na pnie drzew, czepiając się ich miękkimi różowymi łapami i niezdarnymi stopami. Byli biegaczami, łowcami, drapieżcami.

Gdzieś pośród nocy, poza ich kamiennym więzieniem, psy obudziły się i zaczęły ujadać. Najpierw jeden, potem drugi, aż wreszcie wszystkie podniosły straszliwy jazgot. One również poczuły woń wrogów i strachu.

Wypełniła go rozpaczliwa furia, gorąca jak głód. Odskoczył od muru i popędził między drzewami. Na jego szarą sierść padały cienie gałęzi i liści. Wtem zawrócił i pobiegł z powrotem. Jego łapy unosiły się w powietrzu, odrzucając mokre liście i sosnowe szpilki. Na krótką chwilę stał się łowcą ścigającym rogacza. Widział go przed sobą, czuł jego zapach i mknął za nim jak szalony. Od woni strachu serce mu waliło, a z pyska skapywała ślina. Gdy dobiegł do pochyłego drzewa, skoczył na pień, drapiąc pazurami korę w poszukiwaniu uchwytu. Gnał w górę, prawie nie zwalniając — jeden sus, a potem drugi i trzeci. Gdy jednak dotarł do niżej położonych konarów, jego łapy zaplątały się w gałęzie, które do tego smagały go po oczach, a kiedy przedzierał się w górę, kłapiąc zębami, wszędzie wokół sypały się szarozielone igły. Musiał zwolnić. Coś złapało go za łapę, lecz wyrwał ją z głośnym warknięciem. Pień stawał się coraz węższy i bardziej stromy. Był już niemal pionowy, a do tego mokry. Gdy próbował uczepić się pazurami kory, zrywała się niczym skóra. Pokonał już jedną trzecią drogi, połowę, więcej, dach był niemal w jego zasięgu... i nagle łapa mu się omsknęła, ześliznęła się z wilgotnego drzewa. Zaczął zjeżdżać w dół. Zaskomlił ze strachu i wściekłości, a potem zaczął spadać, spadać, a ziemia pomknęła mu na spotkanie...

I nagle Bran znowu znalazł się w łożu w pustej sypialni w wieży, zaplątany w koce. Dyszał ciężko.

— Lato — krzyknął głośno. — Lato.

Bark go bolał, jakby na niego upadł, wiedział jednak, że to jedynie cień tego, co czuje wilk. *Jojen miał rację. Jestem zwierzoludem.* Zza murów dobiegało słabe szczekanie psów. *Morze przyszło. Przelewa się nad murami, tak jak przewidział.* Bran złapał za wbity w ścianę pręt i podciągnął się, krzycząc o pomoc. Nikt jednak nie przyszedł i po chwili chłopiec uzmysłowił sobie, że nikt nie przyjdzie. Zabrali strażnika spod jego drzwi. Ser Rodrik potrzebował wszystkich zdolnych do walki mężczyzn, których mógł znaleźć i w Winterfell pozostał jedynie symboliczny garnizon.

Reszta odjechała przed ośmioma dniami. Sześciuset ludzi z Winterfell i pobliskich grodów. Cley Cerwyn miał przyprowadzić jeszcze trzystu i przyłączyć się do nich po drodze. Maester Luwin wysłał też kruki, by zwołać pospolite ruszenie z Białego Portu, krainy kurhanów, a nawet osad ukrytych głęboko w wilczym lesie. Torrhen's Square zaatakował jakiś monstrualny wojownik zwany Dagmerem Rozciętą Gębą. Stara Niania opowiadała, że nie można go zabić, że pewnego razu wróg rozrąbał mu toporem głowę na pół, lecz Dagmer był tak zawzięty, że po prostu przycisnął obie połowy do siebie i nie puszczał, dopóki się nie zrosły. Czy to możliwe, by Dagmer zwyciężył? Torrhen's Square leżało wiele dni drogi od Winterfell, ale...

Podniósł się z łoża, przechodząc od jednej sztaby do drugiej, aż wreszcie dotarł do okna. Gdy otwierał okiennice, palce drżały mu lekko. Dziedziniec był pusty, a wszystkie okna, które widział, ciemne. Winterfell spało.

— Hodor! — krzyknął, tak głośno, jak tylko potrafił. Hodor na pewno spał w stajniach, ale jeśli będzie wrzeszczał wystarczająco głośno, może go usłyszy. On albo ktoś inny.

— Hodor, chodź szybko! Osha! Meera, Jojen, ktokolwiek! — Bran otoczył usta dłonią. — HOOOOODOOOOOR!

Gdy jednak drzwi otworzyły się z trzaskiem za jego plecami, do środka wszedł ktoś, kogo Bran nie znał. Miał na sobie skórzaną kurtkę, na którą naszyto nachodzące na siebie żelazne dyski. W jednej ręce trzymał sztylet, a na plecach miał topór.

— Czego tu chcesz? — zapytał przerażony chłopiec. — To moja sypialnia. Idź sobie.

Za nieznajomym pojawił się Theon Greyjoy.

— Nie chcemy cię skrzywdzić, Bran.

— Theon? — Chłopcu zakręciło się w głowie z ulgi. — Przysłał cię tu Robb? Czy on też przyjechał?

— Robb jest daleko, chłopcze. Nie pomoże ci teraz.

— Nie pomoże mi? — Bran był zdezorientowany. — Nie strasz mnie, Theon.

— Jestem teraz księciem Theonem. Obaj jesteśmy książętami. Kto by pomyślał? Ale to ja zdobyłem twój zamek, książę.

— Winterfell? — Bran potrząsnął głową. — Nie, nie mogłeś.

— Zostaw nas, Werlag. — Mężczyzna ze sztyletem wyszedł, a Theon usiadł na łożu. — Czterech ludzi z hakami przeszło przez mury i otworzyło przed nami tylną bramę. Moi żołnierze właśnie kończą z twoimi. Zapewniam cię, że Winterfell należy do mnie.

Bran nic nie rozumiał.

— Przecież jesteś podopiecznym ojca.

— A teraz ty i Rickon jesteście moimi podopiecznymi. Gdy będzie już po walce, moi ludzie przyprowadzą resztę twoich do wielkiej komnaty i obaj do nich przemówimy. Powiesz im, że poddałeś mi Winterfell i rozkażesz, by służyli swemu nowemu lordowi i słuchali go tak samo, jak starego.

— Nie zrobię tego — sprzeciwił się Bran. — Będziemy walczyć i przepędzimy was. Nie poddałem się i nie powiem, że to zrobiłem.

— To nie jest zabawa, Bran. Nie bądź małym chłopcem. Nie pozwolę ci na to. Zamek jest mój, ale ci ludzie wciąż należą do ciebie.

Jeśli książę dba o ich bezpieczeństwo, lepiej niech robi, co mu każą. — Wstał i ruszył ku drzwiom. — Ktoś przyjdzie ubrać cię i zanieść do Wielkiej Komnaty. Zastanów się dobrze nad tym, co powiesz.

Oczekiwanie zwiększało tylko poczucie bezsilności. Bran siedział na ławeczce w oknie wykuszowym, gapiąc się na mroczne wieże i czarne jak cień mury. W pewnej chwili zdawało mu się, że słyszy pod Komnatą Strażników krzyk i coś, co mogło być szczękiem mieczy. Nie miał jednak takich uszu czy nosa, jak Lato. *Na jawie jestem kaleką, ale kiedy śpię, gdy jestem Latą, mogę biegać i walczyć, mam jego słuch i węch.*

Spodziewał się, że przyjdzie po niego Hodor albo może któraś ze służących, gdy jednak drzwi się otworzyły, stanął w nich maester Luwin. W ręku trzymał świecę.

— Bran — rzekł — czy... wiesz, co się stało? Powiedzieli ci?

Skórę nad lewym okiem miał rozciętą i po policzku spływała mu krew.

— Był tu Theon. Mówił, że Winterfell należy teraz do niego.

Maester odstawił świecę i otarł krew z twarzy.

— Przepłynęli fosę i wdrapali się na mury, zarzucając na nie haki na linach. A potem wyciągnęli miecze i runęli na naszych, ociekając wodą. Straż przy bramie pełnił Alebelly. Zaskoczyli go w wieżyczce i zabili. Hayhead jest ranny. Nim wpadli do mojego pokoju, zdążyłem wysłać dwa kruki. Ptak lecący do Białego Portu zdążył umknąć, lecz drugiego strącili z łuku. — Maester wbił wzrok w sitowie. — Ser Rodrik zabrał stąd zbyt wielu ludzi, ale ja jestem tak samo winny, jak on. Nie przewidziałem tego niebezpieczeństwa, nie...

Jojen to widział — pomyślał Bran.

— Lepiej pomóż mi się ubrać.

— Masz rację. — W ciężkim kufrze z żelaznymi okuciami, który stał u podnóża łoża Brana maester znalazł bieliznę, spodnie i bluzę. — Jesteś Starkiem z Winterfell i dziedzicem Robba. Musisz wyglądać jak książę.

Przy pomocy maestera Bran ubrał się po lordowsku.

— Theon chce, żebym poddał mu zamek — oznajmił Bran, gdy maester spinał mu płaszcz jego ulubioną zapinką o kształcie wilczej głowy, wykonaną ze srebra i gagatu.

— Nie ma w tym żadnego wstydu. Lord musi dbać o bezpieczeństwo swych prostaczków. Kiedy rozmawiasz z żelaznymi ludźmi,

Bran, nie możesz zapominać, że okrutne krainy mają bezlitosnych mieszkańców. Twój pan ojciec zrobił, co mógł, by utemperować Theona, ale obawiam się, że było tego za mało i za późno.

Żelazny człowiek, który po nich przyszedł, był przysadzistym, potężnie umięśnionym mężczyzną o czarnej brodzie sięgającej połowy piersi. Z łatwością wziął chłopca na ręce, choć nie wyglądał na uszczęśliwionego tym zadaniem.

Sypialnia Rickona znajdowała się w połowie drogi na dół. Czteroletni chłopczyk był w kapryśnym nastroju, zły, że go obudzono.

— Chcę do mamy — wołał. — Do mamy. I do Kudłacza.

— Twoja matka jest daleko, mości książę. — Maester Luwin włożył dziecku przez głowę koszulę nocną. — Ale ja i Bran jesteśmy tutaj.

Wziął Rickona za rączkę i wyprowadził go z sypialni.

Na parterze natknęli się na Meerę i Jojena, których wyprowadzał z pokoju łysy mężczyzna trzymający w ręce włócznię trzy stopy wyższą od niego. Gdy Jojen spojrzał na Brana, jego oczy były zielonymi kałużami pełnymi smutku. Inni żelaźni ludzie przyprowadzili Freyów.

— Twój brat stracił królestwo — oznajmił Branowi Mały Walder. — Nie jesteś już księciem, a tylko zakładnikiem.

— Ty też — przypomniał mu Jojen. — I ja, i my wszyscy.

— Nie mówiłem do ciebie, żabolu.

Jeden z żelaznych ludzi szedł przed nimi z pochodnią, lecz znowu zaczęło padać i deszcz szybko ją zgasił. Gdy mijali dziedziniec, słyszeli dobiegające z bożego gaju wycie wilkorów. *Mam nadzieję, że Lato nic sobie nie zrobił, spadając z drzewa.*

Theon Greyjoy zasiadał na tronie Starków. Zdjął płaszcz. Na piękną kolczą koszulę miał narzuconą czarną opończę z wyszytym złotym krakenem, herbem swego rodu. Dłonie wsparł na wilczych głowach wyrzeźbionych na końcach szerokich kamiennych poręczy.

— Theon siedzi na miejscu Robba — odezwał się Rickon.

— Psst, Rickon.

Bran wyczuwał otaczającą ich atmosferę groźby, ale jego brat był na to za mały. Zapalono kilka pochodni oraz ogień w wielkim palenisku, lecz większa część sali tonęła w ciemności. Ławy złożono na stosy pod ścianami i nie było gdzie usiąść, mieszkańcy zamku stali więc w małych grupkach, nie ważąc się odezwać. Zobaczył Starą

Nianię. Jej bezzębne usta otwierały się i zamykały. Hayheada przywlekło dwóch strażników. Nagą pierś owijał mu okrwawiony bandaż. Francowaty Tym łkał rozpaczliwie, a Beth Cassel płakała ze strachu.

— Kogo tu mamy? — zapytał Theon na widok Freyów i Reedów.

— To podopieczni lady Catelyn. Obaj nazywają się Walder Frey — wyjaśnił maester Luwin. — A to są Jojen Reed i jego siostra Meera, dzieci Howlanda Reeda ze Strażnicy nad Szarą Wodą, którzy przybyli tu, by odnowić przysięgę wierności wobec Winterfell.

— Niektórzy mogliby twierdzić, że wybrali nieodpowiedni moment — zaczął Theon. — Ja jednak jestem innego zdania. — Wstał z tronu. — Dawaj tu księcia, Lorren.

Czarnobrody mężczyzna rzucił Brana na kamienne siedzenie jak worek owsa.

Do Wielkiej Komnaty wciąż spędzano ludzi, poganiając ich krzykami i uderzeniami tępych końców włóczni. Z kuchni przybyli Gage i Osha, biali od mąki na poranny chleb. Przywleczono też przeklinającego Mikkena. Farlen kulał, podtrzymując Pallę. Jej suknię rozdarto. Ściskała ją w zaciśniętej pięści i szła tak, jakby każdy krok przysparzał jej cierpień. Septon Chayle chciał jej pośpieszyć z pomocą, lecz jeden z żelaznych ludzi obalił go na podłogę.

Ostatnim, kogo wprowadzono, był więzień Fetor. Poprzedzał go gęsty, obrzydliwy smród. Brana złapały nagłe mdłości.

— Znaleźliśmy go w celi w wieży — oznajmił prowadzący go wojownik, gładko wygolony młodzieniec o ryżych włosach, odziany w mokry strój. Z pewnością był jednym z tych, którzy przepłynęli fosę. — Twierdzi, że mówią na niego Fetor.

— Nie mam pojęcia dlaczego — rzucił z uśmiechem Theon. — Czy zawsze tak śmierdzisz, czy właśnie przed chwilą wyruchałeś świnię?

— Nie ruchałem się z nikim, odkąd mnie złapali, panie. Naprawdę na imię mam Heke. Służyłem bękartowi z Dreadfort, ale Starkowie dali mu strzałę w plecy na prezent ślubny.

Theona to rozbawiło.

— A z kim się ożenił?

— Z wdową Hornwood, panie.

— Tą starą babą? Oślepł czy co? Ma cycki jak puste bukłaki, suche i skurczone.

— Nie ożenił się z nią dla cycków, panie.

Żelaźni ludzie zatrzasnęli wysokie drzwi u wejścia do sali. Siedzący na tronie Bran naliczył ich około dwudziestu. *Zapewne zostawili kilku strażników przy bramie i w zbrojowni, w sumie jednak nie może ich być więcej niż trzydziestu.*

Theon uniósł ręce, nakazując ciszę.

— Wszyscy mnie znacie…

— Tak, wiemy, że jesteś kupą śmierdzącego gówna! — krzyknął Mikken, nim łysy wojownik uderzył go tępym końcem włóczni w brzuch, a potem zdzielił drzewcem w twarz. Kowal padł na kolana i wypluł ząb.

— Mikken, bądź cicho.

Bran chciał przemówić stanowczym, lordowskim tonem, tak jak Robb, gdy wydawał rozkazy, lecz głos go zdradził i z ust wydobył mu się tylko przenikliwy pisk.

— Słuchaj małego lorda, Mikken — rzucił Theon. — Ma więcej rozsądku od ciebie.

Dobry lord osłania swych ludzi — powtórzył do siebie chłopiec.

— Poddałem Winterfell Theonowi.

— Głośniej, Bran. I nazywaj mnie księciem.

Podniósł głos.

— Poddałem Winterfell księciu Theonowi. Wszyscy macie wykonywać jego rozkazy.

— Nie ma mowy! — ryknął Mikken.

Theon zignorował jego wybuch.

— Mój ojciec nałożył na głowę starożytną koronę morza i skał, i ogłosił się królem Żelaznych Wysp. Północ również należy do niego prawem podboju. Wszyscy jesteście jego poddanymi.

— W dupę z nim. — Mikken otarł krew z ust. — Służę Starkom, nie jakiejś zdradzieckiej ośmiornicy…

Uderzenie tępym końcem włóczni obaliło go twarzą w dół na podłogę.

— Kowale mają krzepkie ręce, lecz słaby rozum — zauważył Theon. — Jeśli jednak reszta z was będzie służyła mi tak samo wiernie, jak Nedowi Starkowi, przekonacie się, że jestem łaskawym panem.

Leżący na rękach i kolanach Mikken wypluł krew. *Proszę cię, nie rób tego* — pomyślał Bran, kowal go jednak nie usłuchał.

— Jeśli ci się zdaje, że zdołasz utrzymać północ z tą nędzną bandą... — krzyknął.

Łysy mężczyzna wbił mu włócznię w kark. Stalowy grot przebił ciało i wyłonił się po drugiej stronie, wraz ze strumieniem krwi. Jedna z kobiet krzyknęła. Meera otoczyła Rickona ramionami.

To we krwi utonął — pomyślał otępiały Bran. *We własnej krwi.*

— Czy ktoś jeszcze ma coś do powiedzenia? — zapytał Theon Greyjoy.

— Hodor hodor hodor hodor — zawołał Hodor, wybałuszając szeroko oczy.

— Niech ktoś każe temu przygłupowi się zamknąć.

Dwaj żelaźni ludzie zaczęli okładać chłopca stajennego tępymi końcami włóczni. Nieszczęśnik padł na podłogę, próbując się osłonić dłońmi.

— Będę dla was tak samo dobrym lordem, jak Eddard Stark. — Theon podniósł głos, by przekrzyczeć trzask uderzającego o ciało drewna. — Ale jeśli mnie zdradzicie, to pożałujecie. Nie myślcie też, że ludzie, których tu widzicie, to całe moje siły. Torrhen's Square i Deepwood Motte wkrótce również będą należały do nas, a mój stryj płynie w górę Słonej Włóczni, by zdobyć Fosę Cailin. Jeśli Robb Stark zdoła powstrzymać Lannisterów, będzie mógł panować jako król Tridentu, ale północ należy do rodu Greyjoyów.

— Lordowie Starków będą stawiać opór — krzyknął Fetor. — Na przykład ta spasiona świnia z Białego Portu. Umberowie i Karstarkowie też. Będziesz potrzebował ludzi. Jeśli mnie uwolnisz, będę twój.

Theon zastanawiał się przez chwilę.

— Jesteś bystrzejszy, niżby się zdawało, ale nie mógłbym ścierpieć tego smrodu.

— Jakbym był wolny, to mógłbym się trochę umyć — obiecał Fetor.

— Wyjątkowo rozsądny człowiek — zauważył z uśmiechem Theon. — Uklęknij.

Jeden z żelaznych ludzi wręczył Fetorowi miecz, a ten położył go u stóp Theona i poprzysiągł posłuszeństwo rodowi Greyjoyów i królowi Balonowi. Bran nie mógł na to patrzeć. Zielony sen zaczynał się sprawdzać.

— Lordzie Greyjoy! — Osha przestąpiła nad ciałem Mikkena. — Mnie również sprowadzono tu siłą. Byłeś przy tym, jak mnie pojmano.

Miałem cię za przyjaciółkę — pomyślał Bran, głęboko zraniony.

— Potrzebuję wojowników, nie kucht — oznajmił Theon.

— To Robb Stark kazał mi pracować w kuchni. Przez prawie rok musiałam szorować gary, zmywać podłogi i grzać siennik temu tutaj. — Rzuciła spojrzenie na Gage'a. — Mam już tego po dziurki w nosie. Daj mi w ręce włócznię.

— Tutaj mam włócznię dla ciebie — zawołał łysy mężczyzna, który zabił Mikkena, łapiąc się z uśmiechem za krocze.

Osha rąbnęła go między nogi kościstym kolanem.

— Schowaj sobie tego miękkiego, różowego robaczka. — Wyrwała mu włócznię i zdzieliła go jej tępym końcem, aż zwalił się na podłogę. — Wolę drewno i żelazo.

Jej ofiara wiła się z bólu, a pozostali napastnicy ryczeli ze śmiechu.

Theon śmiał się razem z resztą.

— Nadasz się — stwierdził. — Zatrzymaj sobie tę włócznię. Stygg znajdzie sobie nową. Uklęknij i złóż przysięgę.

Gdy nie znalazł się już nikt inny, kto chciałby przysiąc mu wierność, Theon odesłał wszystkich, ostrzegając ich, by wrócili do swych zajęć i nie wywoływali kłopotów. Hodorowi polecono zanieść Brana do łóżka. Chłopiec stajenny miał na twarzy paskudne ślady razów. Nos mu spuchł, a jedno oko miał podbite.

— Hodor — łkał, rozchylając spękane, krwawiące wargi. Objął Brana silnymi ramionami, uniósł go umazanymi krwią dłońmi i zabrał w deszcz.

Arya

— Tu są duchy. Wiem, że są. — Gorąca Bułka ugniatał ciasto i ręce miał po łokcie w mące. — Pia widziała coś nocą w spiżarni.

Arya prychnęła pogardliwie. Pia ciągle coś widywała w spiżarni. Najczęściej mężczyzn.

— Mogę dostać ciastko? — zapytała. — Upiekłeś całą tacę.

— Potrzebna mi cała taca. Ser Amory je lubi.

Nienawidziła ser Amory'ego.

— Naplujmy na nie.

Gorąca Bułka rozejrzał się nerwowo. W kuchniach pełno było cieni i ech, lecz pozostali kucharze i pomywacze spali w przestronnych stryszkach nad piecami.

— Połapie się.

— Nie połapie — uspokajała go Arya. — Ślina nie ma smaku.

— Jeśli się połapie, to ja dostanę baty. — Gorąca Bułka przerwał pracę. — Nie powinno cię nawet tu być. Jest ciemna noc.

Rzeczywiście było późno, lecz Aryi to nie przeszkadzało. Nawet ciemną nocą w kuchni zawsze panował ruch. Ktoś ugniatał ciasto na poranny chleb, mieszał w garnku długą, drewnianą łyżką albo zarzynał świnię, żeby ser Amory miał boczek na śniadanie. Dzisiejszej nocy przyszła kolej na Gorącą Bułkę.

— Jeśli Różowe Oko się obudzi i zauważy, że cię nie ma... — zaczął piekarczyk.

— On się nigdy nie budzi. — Naprawdę nazywał się Mebble, ale wszyscy mówili na niego Różowe Oko, gdyż oczy wciąż mu łzawiły. — Jak już raz padnie, to śpi jak zabity.

Co ranek zaczynał dzień od *ale* i każdego wieczoru zapadał w pijacki sen, a po podbródku spływała mu ślina przypominająca barwą wino. Arya czekała, aż usłyszy jego chrapanie, a potem wykradała się na bosaka po schodach dla służby, robiąc nie więcej hałasu niż myszka, którą do niedawna była. Nie miała świecy. Syrio mówił kiedyś, że ciemność może być przyjacielem. Miał rację. Wystarczało jej światło księżyca i gwiazd.

— Założę się, że moglibyśmy uciec i Różowe Oko nawet by nie zauważył, że mnie nie ma — powiedziała Gorącej Bułce.

— Nie chcę uciekać. Tu jest lepiej niż w lesie. Nie mam zamiaru żreć robaków. Wysyp na deskę trochę mąki.

Arya uniosła głowę.

— Co to jest?

— Co? Nic nie...

— Słuchaj uszami, nie gębą. To był róg bojowy. Zabrzmiał dwa razy, nie słyszałeś? A to były łańcuchy kraty. Ktoś przyjechał albo odjechał. Chcesz zobaczyć?

Bram Harrenhal nie otwierano od dnia, gdy lord Tywin wymaszerował ze swą armią.

— Robię chleb na rano — poskarżył się Gorąca Bułka. — Zresztą mówiłem ci już, że nie lubię ciemności.

— Ja pójdę. Później ci wszystko opowiem. Mogę dostać ciastko?

— Nie.

I tak jedno ukradła i zjadła po drodze. Było nadziane siekanymi orzechami, owocami oraz serem, a chrupiąca skorupka jeszcze nie ostygła. Jedząc ciastko ser Amory'ego, Arya poczuła się odważna. Bosonoga, szybkonoga, lekkonoga — śpiewała pod nosem. *Jestem duchem Harrenhal.*

Dźwięk rogu wyrwał zamek ze snu. Ludzie wychodzili na dziedziniec, żeby zobaczyć, co się dzieje. Wmieszała się w tłum. Przez bramę wjeżdżał z łoskotem szereg zaprzężonych w woły wozów. *Łupy* — zrozumiała natychmiast. Eskortujący wozy jeźdźcy mówili w najróżniejszych niezrozumiałych językach. Ich zbroje lśniły blado w świetle księżyca. Ujrzała też parę czarno-białych zorsów. Krwawi Komedianci. Cofnęła się nieco głębiej w cień. Obok niej przetoczył się ogromny, czarny niedźwiedź, zamknięty w klatce z tyłu wozu. Inne pojazdy były wyładowane srebrną zastawą, bronią i tarczami, workami mąki, kwiczącymi świniami, chudymi psami i kurami. Gdy zastanawiała się, ile czasu minęło, odkąd ostatnio jadła pieczeń wieprzową, zobaczyła pierwszego jeńca.

Sądząc po tym, jak dumnie trzymał głowę, z pewnością był lordem. Pod podartą czerwoną opończą widać było błyszczącą kolczugę. Z początku wzięła go za Lannistera, lecz gdy przechodził obok pochodni, zobaczyła, że jego herbem nie jest lew, lecz srebrna pięść. Ręce miał mocno związane, a sznur u nogi łączył go z następnym człowiekiem, a potem z następnym i tak dalej, wskutek czego cała kolumna musiała się wlec w jednym rytmie. Wielu jeńców było rannych. Jeśli któryś się zatrzymywał, jeden z jeźdźców zbliżał się do niego i smagał go biczem. Próbowała policzyć więźniów, lecz straciła rachubę, nim doszła do pięćdziesięciu. Było ich przynajmniej dwa razy więcej. Ubrania mieli splamione błotem i krwią, a w blasku pochodni trudno było dostrzec ich godła i herby, Arya jednak rozpoznawała niektóre z nich. Bliźniacze wieże. Słońce. Okrwawiony człowiek. Topór. *Topór to herb Cerwynów, a białe słońce na czarnym tle Karstarków. To ludzie z północy. Ludzie ojca i Robba.* Nie chciała myśleć, co to może znaczyć.

Krwawi Komedianci zsiedli z koni. Rozespani chłopcy stajenni zwlekli się z sienników, żeby zająć się toczącymi pianę wierzchowcami. Jeden z jeźdźców domagał się krzykiem *ale*. Hałas wywabił ser

Amory'ego Lorcha na zadaszoną galerię nad dziedzińcem. Towarzyszyło mu dwóch służących z pochodniami. Vargo Hoat, który miał na głowie swój hełm w kształcie głowy kozła, osadził przed nim konia.

— Lordzie kastelanie — odezwał się najemnik. Miał niewyraźny, ociekający śliną głos, jakby język nie chciał mu się zmieścić w ustach.

— Co się dzieje, Hoat? — zapytał ser Amory, marszcząc brwi.

— Psyprofadziliśmy jeńców. Roose Bolton próbofał psejść psez zekę, ale moi Dzielni Kompanioni zmasakrofali mu straz psednią. Zabili kupę ludzi i Bolton uciekł. To jest ich lord dofódca, Glofer, a ten z tyłu to ser Aenys Frey.

Ser Amory Lorch skierował na spętanych jeńców małe, świńskie oczka. Arya nie sądziła, by był zadowolony. Wszyscy w zamku wiedzieli, że nienawidzą się z Vargo Hoatem.

— Bardzo dobrze — rzekł. — Ser Cadwynie, zaprowadź tych ludzi do lochów.

Lord z zakutą w żelazną rękawicę pięścią na opończy podniósł wzrok.

— Obiecano nam honorowe traktowanie... — zaczął.

— Cisa! — wrzasnął na niego Vargo Hoat, tryskając śliną.

— Nic mnie nie obchodzi, co mówił wam Hoat — oznajmił jeńcom ser Amory. — To mnie lord Tywin mianował kasztelanem Harrenhal i zrobię z wami, co mi się spodoba. — Skinął na swych strażników. — Wielka cela pod Wieżą Wdowy powinna pomieścić wszystkich. Ci, którzy nie zechcą tam iść, mogą sobie zginąć na miejscu.

Gdy jego ludzie odprowadzili jeńców, opuszczając włócznie, Arya zobaczyła, że na dziedziniec wylazł Różowe Oko, który mrugał powiekami, oślepiony blaskiem pochodni. Jeśli odkryje, że nie ma jej na miejscu, będzie wrzeszczał i groził, że zbije ją na kwaśne jabłko. Nie bała się jednak. Nie był Weese'em. Wiecznie groził, że zbije kogoś na kwaśne jabłko, lecz nigdy nie widziała, by naprawdę kogoś uderzył. Lepiej jednak, żeby jej nie zobaczył. Rozejrzała się wokół. Woły wyprzęgano, wozy rozładowywano, Dzielni Kompanioni głośno domagali się trunków, a ciekawscy zgromadzili się wokół klatki z niedźwiedziem. W całym tym zamieszaniu łatwo było wymknąć się niepostrzeżenie. Wróciła tą samą drogą, którą przyszła, chcąc się ulotnić, nim ktokolwiek ją zauważy i skieruje do pracy.

Z daleka od bram i stajni potężne zamczysko było niemal całkowicie opustoszałe. Hałasy ucichły za jej plecami. Gwałtowne podmuchy wiatru wydobywały ze szczelin Jęczącej Wieży wysokie, przeszywające dźwięki. W bożym gaju liście zaczynały już opadać z drzew. Słyszała, jak szeleszczą na opustoszałych dziedzińcach i w pustych budynkach, niesione wiatrem po kamieniach. Teraz, gdy w Harrenhal znowu zostało bardzo niewielu ludzi, dźwięki zachowywały się tu bardzo dziwnie. Niekiedy wydawało się, że kamienie je pochłaniają, nakrywając dziedzińce kocem ciszy. W innych momentach echa żyły własnym życiem i każdy krok stawał się tupotem stóp armii duchów, a każdy odległy głos ich ucztą. Dziwaczne dźwięki były jedną z rzeczy, które niepokoiły Gorącą Bułkę, ale nie Aryę.

Cicha jak cień, przemknęła przez środkowy dziedziniec, ominęła Wieżę Strachu i przeszła przez puste stajnie, w których podobno duchy martwych sokołów mąciły powietrze widmowymi skrzydłami. Mogła chodzić, dokąd chciała. Garnizon liczył sobie nie więcej niż stu ludzi, tak niewielu, że ginęli w ogromnym Harrenhal. Komnatę Stu Palenisk zamknięto, podobnie jak wiele mniejszych budynków, a nawet Jęczącą Wieżę. Ser Amory Lorch rezydował w kasztelańskich komnatach w Królewskim Stosie, tak samo przestronnych jak lordowskie, a Arya wraz z resztą służących przeniosła się do piwnic pod tą wieżą, gdzie byli pod ręką. Gdy rezydował tu lord Tywin, zawsze można było spotkać zbrojnych, którzy pytali człowieka, dokąd idzie, teraz jednak stu ludzi musiało pilnować tysiąca drzwi, nikt nie wiedział, gdzie kto powinien przebywać, i nikogo to nie obchodziło.

Mijając zbrojownię, usłyszała walenie młota. W wysoko umieszczonych oknach odbijała się ciemnopomarańczowa łuna. Arya wdrapała się na dach i zajrzała do środka. Gendry wykuwał napierśnik. Kiedy pracował, nie istniało dla niego nic oprócz metalu, miechów i ognia. Młot stawał się przedłużeniem jego ramienia. Arya obserwowała grę mięśni jego piersi, wsłuchiwała się w muzykę stali. *Jest silny* — pomyślała. Gdy ujął napierśnik w szczypce o długiej rękojeści i zanurzył go w wodzie, wśliznęła się do środka przez okno i zeskoczyła na podłogę obok niego.

Nie zaskoczył go jej widok.

— Powinnaś być w łóżku, dziewczynko. — Zanurzony w zimnej wodzie napierśnik zasyczał niczym kot. — Co to był za hałas?

— Vargo Hoat przyprowadził jeńców. Widziałam ich herby. Jest wśród nich Glover z Deepwood Motte. To człowiek mojego ojca. Większość z pozostałych też. — Arya nagle zrozumiała, dlaczego nogi przyniosły ją tutaj. — Musisz mi pomóc ich uwolnić.

Gendry wybuchnął śmiechem.

— Jak niby mamy to zrobić?

— Ser Amory zamknął ich w lochu. Tym pod Wieżą Wdowy. Tam jest tylko jedna duża cela. Mógłbyś rozwalić drzwi młotem...

— A strażnicy będą się przyglądać i zakładać o to, ilu uderzeń będę potrzebował?

Przygryzła wargę.

— Musielibyśmy ich zabić.

— A w jaki sposób?

— Może nie będzie ich dużo.

— Na takich jak my, wystarczy dwóch. Niczego nie nauczyłaś się w tej wiosce, prawda? Jeśli spróbujesz zrobić coś takiego, Vargo Hoat utnie ci dłonie i stopy. To właśnie robi z tymi, którzy mu podpadli.

Znowu złapał za szczypce.

— Boisz się.

— Daj mi spokój, dziewczynko.

— Gendry, tam jest stu jeńców. Może nawet więcej, nie dałam rady policzyć wszystkich. Tyle samo, ilu ludzi ma ser Amory. No, nie licząc Krwawych Komediantów. Jeśli uda się nam ich wydostać, będziemy mogli opanować zamek i uciec.

— Ale ich nie wydostaniesz, tak samo, jak nie mogłaś uratować Lommy'ego. — Gendry odwrócił szczypcami napierśnik, by przyjrzeć mu się uważnie. — Zresztą dokąd mielibyśmy pójść?

— Do Winterfell — odpowiedziała bez namysłu. — Powiem matce, że mi pomogłeś i pozwoli ci zostać...

— Jeśli łaska, pani? Czy mógłbym podkuwać ci konie i robić miecze dla twych lordowskich braci?

Czasami naprawdę ją wściekał.

— Przestań!

— Dlaczego miałbym ryzykować utratę stóp po to, by móc się pocić w Winterfell zamiast w Harrenhal? Znasz starego Bena Czarnego Kciuka? Przybył tu jako chłopiec. Pracował dla lady Whent, a przedtem dla jej ojca i dla jego ojca, a nawet dla lorda Lothstona, który był panem Harrenhal przed Whentami. A teraz pracuje dla lorda Tywina i wiesz, co mówi? „Miecz to miecz, hełm to hełm, a jeśli wsadzisz łapę do ognia, oparzysz się bez względu na to, dla kogo pracujesz". Lucan to porządny mistrz. Zostanę tutaj.

— I królowa cię złapie. Po Bena Czarnego Kciuka nie wysłała złotych płaszczy!

— Na pewno nie chodziło im o mnie.

— Wiesz, że chodziło. Jesteś kimś.

— Jestem uczniem kowalskim, a pewnego dnia może zostanę mistrzem płatnerskim... jeśli nie ucieknę i nie stracę stóp albo nie dam się zabić.

Odwrócił się do niej plecami, wziął w rękę młot i zaczął kuć. Arya zacisnęła bezradnie dłonie w pięści.

— Jak zrobisz sobie następny hełm, to umieść na nim ośle uszy zamiast byczych rogów!

Musiała uciec, bo inaczej zaraz zaczęłaby go okładać pięściami. *Pewnie nawet by tego nie poczuł. Kiedy dowiedzą się, kim jest i utną mu ten głupi ośli łeb, pożałuje, że nie chciał mi pomóc*. Zresztą łatwiej jej będzie bez Gendry'ego. To przez niego złapali ją w wiosce.

Gdy jednak pomyślała o wiosce, przypomniała sobie marsz, magazyn i Łaskotka. Pomyślała o chłopcu, który oberwał w twarz buzdyganem, o głupim Całym Sercem Za Joffreyem, o Lommym Zielonej Łapce.

Byłam owcą, a potem myszką. Mogłam się tylko ukrywać. Przygryzła wargę, próbując sobie przypomnieć, w której chwili odzyskała odwagę. *To Jaqen mi ją przywrócił. Zmienił mnie z myszki w ducha.*

Od dnia śmierci Weese'a unikała Lorathijczyka. Z Chiswyckiem było łatwo, każdy potrafiłby zepchnąć człowieka z murów, ale Weese miał tę brzydką cętkowaną sukę od szczeniaka i tylko jakaś mroczna magia mogła zwrócić zwierzę przeciw niemu.

Yoren znalazł go w ciemnicy, tak samo jak Rorge'a i Kąsacza — przypomniała sobie. *Jaqen zrobił coś okropnego i Yoren o tym wiedział. Dlatego kazał go zakuć w łańcuchy.*

Jeśli Lorathijczyk był czarodziejem, Rorge i Kąsacz mogli w ogóle nie być ludźmi, lecz demonami, których przywołał z jakiegoś piekła.

Jaqen ciągle był jej winien jedną śmierć. W opowiadanych przez Starą Nianię historiach o ludziach, którym grumkin przyznał trzy życzenia, przy trzecim trzeba było szczególnie uważać, ponieważ było ostatnie. Chiswyck i Weese nie byli szczególnie ważni. *Ostatnia śmierć musi coś dać* — powtarzała sobie co noc Arya, wyszeptując swą listę imion. Teraz jednak zadała sobie pytanie, czy nie waha się dlatego, że dopóki mogła zabić każdego jednym szeptem, nie musiała się nikogo bać... a gdy zużyje ostatnią śmierć, znowu stanie się myszką.

Różowe Oko nie spał, bała się więc wrócić do łóżka. Nie wiedząc, gdzie się ukryć, ruszyła do bożego gaju. Lubiła ostrą woń sosen i drzew strażniczych, dotyk trawy i ziemi pod stopami oraz szum wiatru pośród liści. Leniwy strumyczek wił się między drzewami, a w jednym miejscu wgryzł się w ziemię, tworząc zagłębienie ukryte pod leśną ściółką.

Tam, pod butwiejącym drewnem i kawałkami połamanych gałęzi, znalazła ukryty miecz.

Gendry był zbyt uparty, by zrobić dla niej broń, wykonała ją więc sama z kija od miotły. Miecz był za lekki i nie miał porządnej rękojeści, lubiła jednak jego ostry, łupliwy koniec. Gdy tylko miała wolną godzinę, wymykała się tu, by wykonywać ćwiczenia, których nauczył jej Syrio. Poruszała się boso po spadłych liściach, cięła gałęzie i strącała z nich listowie. Czasem wspinała się nawet na drzewa i tańczyła na wysoko wiszących konarach. Ściskała je palcami stóp, poruszając się w przód i w tył. Każdego dnia chwiała się coraz mniej. Odzyskiwała poczucie równowagi. Najlepiej było nocą, wtedy bowiem nikt jej nie niepokoił. Wspinając się na drzewo, zatknęła sobie złamany kij od miotły za pas. Na górze, w królestwie liści, wyciągnęła go i na chwilę zapomniała o wszystkich: ser Amorym, Krwawych Komediantach i ludziach jej ojca, zatracając się w dotyku szorstkiej kory pod stopami i świście przecinającego powietrze miecza. Złamana gałąź stała się Joffreyem. Arya uderzała w nią tak długo, aż konar wreszcie spadł. Królowa, ser Ilyn, ser Meryn i Ogar byli jedynie liśćmi, lecz ich wszystkich również zabiła, pocięła ich na mokre, zielone plasterki. Gdy zmęczyła się jej ręka, usiadła okrakiem na konarze, by zaczerpnąć tchu w chłodnym, nocnym powietrzu, wsłuchana w piski polujących nietoperzy. Za zasłoną liści widziała białe jak kość gałęzie drzewa serca. *Wygląda stąd tak samo, jak to w Winterfell.* Gdyby tylko tak było... Zeszłaby wtedy na dół i znowu znalazłaby się w domu, a być może pod czardrzewem siedziałby ojciec, tak jak zwykle.

Wsadziła miecz za pas i zaczęła zsuwać się z gałęzi na gałąź, aż wreszcie znalazła się na dole. Księżycowy blask nadawał gałęziom czardrzewa srebrnobiałą barwę, lecz czerwone liście w kształcie pięcioramiennej gwiazdy robiły się nocą czarne. Ruszyła w tamtą stronę i wpatrzyła się w wyrzeźbioną w pniu twarz. Była przerażająca. Usta miała wykrzywione, a oczy gorejące i pełne nienawiści. Czy tak właśnie wygląda bóg? Czy bogów można zranić, tak samo jak ludzi? *Powinnam się pomodlić* — pomyślała nagle.

Opadła na kolana. Nie była pewna, jak zacząć. Splotła dłonie.

Pomóżcie mi, dawni bogowie — modliła się bezgłośnie. *Pomóżcie mi wydostać tych ludzi z lochu, żebyśmy mogli zabić ser Amory'ego, i zaprowadźcie mnie do domu, do Winterfell. Uczyńcie mnie wodnym tancerzem i wilkiem, żebym nigdy już nie musiała się bać.*

Czy to wystarczy? Może powinna modlić się na głos, żeby dawni bogowie ją usłyszeli. A może należało modlić się dłużej. Przypomniała sobie, że ojciec niekiedy poświęcał na modlitwę bardzo wiele czasu. Mimo to dawni bogowie nigdy mu nie pomogli. Rozgniewało ją to wspomnienie.

— Powinniście go uratować — skarciła drzewo. — Ciągle się do was modlił. Nie obchodzi mnie, czy mi pomożecie. Pewnie byście nie potrafili, nawet gdybyście chcieli.

— Z bogów nie wolno drwić, dziewczynko.

Zaskoczył ją ten głos. Zerwała się na nogi i wyciągnęła drewniany miecz. Jaqen H'ghar stał tak nieruchomo, że w ciemności wydawał się jednym z drzew.

— Mężczyzna przyszedł usłyszeć imię. Jedno, drugie, a potem trzecie. Mężczyzna chce z tym skończyć.

Arya opuściła rozszczepiony czubek miecza.

— Skąd wiedziałeś, że tu jestem?

— Mężczyzna widzi. Mężczyzna słyszy. Mężczyzna wie.

Przyjrzała mu się podejrzliwie. Czy przysłali go bogowie?

— W jaki sposób kazałeś tej suce zabić Weese'a? Czy przywołałeś Rorge'a i Kąsacza z piekła? Czy Jaqen H'ghar to twoje prawdziwe imię?

— Niektórzy mają wiele imion. Łasica. Arry. Arya.

Odsunęła się od niego, wciskając się w pień drzewa serca.

— Gendry ci powiedział?

— Mężczyzna wie — powtórzył. — Lady Stark.

Może bogowie rzeczywiście przysłali go w odpowiedzi na jej modlitwy.

— Chcę, żebyś mi pomógł wydostać tych ludzi z lochów. Glovera i pozostałych. Wszystkich. Musimy zabić strażników i w jakiś sposób otworzyć celę...

— Dziewczynka zapomina — powiedział cicho. — Dostała dwóch, a należy jej się trzech. Jeśli strażnik musi umrzeć, wystarczy wypowiedzieć jego imię.

— Ale jeden strażnik nie wystarczy. Żeby otworzyć celę, musimy zabić wszystkich. — Przygryzła mocno wargę, żeby się nie rozpłakać. — Chcę, żebyś uratował tych więźniów, tak jak ja uratowałam ciebie.

Przeszył ją bezlitosnym spojrzeniem.

— Bogu skradziono trzy życia i trzy życia trzeba mu zwrócić. Z bogów nie wolno drwić.

Jego głos brzmiał jak owinięta w jedwab stal.

— Nigdy z nich nie drwiłam. — Zastanawiała się przez moment. — To imię... czy mogę wymienić kogokolwiek? I zabijesz go?

Jaqen H'ghar pochylił głowę.

— Mężczyzna rzekł.

— Każdego? — powtórzyła. — Mężczyznę, kobietę, małe dziecko albo lorda Tywina, wielkiego septona czy twojego ojca?

— Ojciec mężczyzny dawno już nie żyje, ale gdyby żył i gdybyś znała jego imię, zginąłby na twój rozkaz.

— Przysięgnij — poleciła Arya. — Przysięgnij na bogów.

— Przysięgam na wszystkich bogów morza i powietrza, a nawet tego od ognia. — Włożył dłoń w usta czardrzewa. — Na siedmiu nowych bogów i niezliczonych starych.

Przysiągł.

— Nawet gdybym wymieniła króla...

— Wymień imię, a śmierć nadejdzie. Jutro, z odmianą księżyca, za rok. Mężczyzna nie umie latać jak ptak, ale przesuwa jedną nogę, a potem drugą, aż pewnego dnia dotrze na miejsce i król zginie. — Uklęknął przy niej, by spojrzeć jej prosto w twarz. — Dziewczynka może szeptać, jeśli boi się mówić głośno. Słucham. Czy to Joffrey?

Przysunęła usta do jego ucha.

— To Jaqen H'ghar.

Nawet w płonącej stajni, gdy ze wszystkich stron otaczały go ściany płomieni, a do tego był zakuty w łańcuchy, nie wydawał się tak przerażony, jak w tej chwili.

— Dziewczynka… żartuje.

— Przysiągłeś. Bogowie słyszeli, jak przysięgałeś.

— Bogowie słyszeli. — W jego dłoni znalazł się nagle nóż o ostrzu cienkim jak jej mały palec. Arya nie wiedziała, czy jest przeznaczony dla niej, czy dla niego. — Dziewczynka będzie płakała. Straci jedynego przyjaciela.

— Nie jesteś moim przyjacielem. Przyjaciel by mi pomógł. — Odsunęła się od niego, wspinając się na palce na wypadek, gdyby rzucił nożem. — Przyjaciela nigdy bym nie zabiła.

Na twarzy Jaqena pojawił się uśmiech, który natychmiast zniknął.

— A gdyby przyjaciel pomógł, dziewczynka mogłaby… wymienić inne imię?

— Dziewczynka mogłaby — odparła. — Gdyby przyjaciel pomógł.

Nóż zniknął.

— Chodź.

— Teraz?

Nigdy by się nie spodziewała, że przystąpi do działania tak szybko.

— Mężczyzna słyszy szelest piasku w klepsydrze. Mężczyzna nie zaśnie, dopóki dziewczynka nie odwoła pewnego imienia. Teraz, niegodziwe dziecko.

Nie jestem niegodziwym dzieckiem — pomyślała. *Jestem wilkorem i duchem Harrenhal.*

Wsadziła kij od miotły z powrotem na miejsce i wyszła z bożego gaju w ślad za Jaqenem H'gharem.

Choć była noc, Harrenhal tętnił nerwowym życiem. Przybycie Vargo Hoata wprowadziło zamęt w codziennym toku zajęć. Wszystkie wozy, ciągnące je woły oraz konie zniknęły już z dziedzińca, lecz klatka z niedźwiedziem na nim pozostała. Wisiała kilka stóp nad ziemią, zawieszona na ciężkich łańcuchach na łuku mostu dzielącego zewnętrzny podwórzec od środkowego. Otaczał ją krąg pochodni. Grupa chłopców stajennych rzucała w bestię kamieniami, by słyszeć jej ryki i mruczenie. Po drugiej stronie dziedzińca, przez otwarte drzwi Komnaty Koszarowej wydostawało się światło, któremu towarzyszył brzęk kufli oraz krzyki domagających się więcej wina mężczyzn. Tuzin głosów podjął pieśń w jakimś gardłowym języku, który brzmiał dziwnie dla uszu Aryi.

Piją i jedzą przed snem — zrozumiała. *Różowe Oko na pewno kazał mnie obudzić, żebym pomogła usługiwać przy stole. Dowie się, że nie ma mnie w sypialni.*

Zapewne jednak był zajęty obsługiwaniem Dzielnych Kompanionów i tych spośród żołnierzy ser Amory'ego, którzy do nich dołączyli. Czyniony przez nich hałas z pewnością odwróci uwagę od jej poczynań.

— Jeśli mężczyzna to uczyni, głodni bogowie nasycą się dziś krwią — ostrzegł ją Jaqen. — Słodka dziewczynko, dobra i łagodna, odwołaj jedno imię i zapomnij o tym szalonym marzeniu.

— Nie.

— Trudno. — Sprawiał wrażenie zrezygnowanego. — Uczynimy to, ale dziewczynka musi być posłuszna. Mężczyzna nie ma czasu na wyjaśnienia.

— Dziewczynka będzie posłuszna — zapewniła Arya. — Co mam zrobić?

— Stu mężczyzn jest głodnych i trzeba ich nakarmić. Lord żąda gorącego rosołu. Dziewczynka musi pobiec do kuchni zawiadomić o tym swego chłopca od bułek.

— Rosół — powtórzyła. — A gdzie ty będziesz?

— Dziewczynka pomoże przygotować rosół i zaczeka w kuchni, aż mężczyzna przyjdzie do niej. Biegnij.

Gdy wpadła do kuchni, Gorąca Bułka wyciągał właśnie bochny z pieca. Nie był już jednak sam. Obudzono kucharzy, by nakarmić Vargo Hoata i jego Krwawych Komediantów. Posługacze wynosili kosze pełne chleba i ciastek Gorącej Bułki, naczelny kucharz odkrawał plasterki zimnej szynki, chłopcy kuchenni obracali króliki na rożnach, dziewczyny smarowały je miodem, a kobiety kroiły cebule i marchew.

— Czego chcesz, Łasico? — zapytał naczelny kucharz na jej widok.

— Rosołu — oznajmiła. — Lord domaga się rosołu.

Wskazał rzeźnickim nożem na czarne, żelazne kociołki zawieszone nad płomieniami.

— A jak ci się zdaje, co to jest? Chociaż wolałbym do niego naszczać niż podać go temu kozłowi. Nie pozwala nawet człowiekowi porządnie się wyspać. — Splunął. — No trudno, biegnij mu powiedzieć, że gotowania się nie przyśpieszy.

— Mam tu zaczekać, aż będzie gotowy.

— To nie wchodź nam pod nogi. Albo, jeszcze lepiej, pomóż nam. Pobiegnij do spiżarni, bo jego kozłowa mość na pewno zażąda masła i sera. Obudź Pię i powiedz jej, że jeśli nie chce stracić stopy, to niech choć raz w życiu się pośpieszy.

Biegła tak szybko, jak tylko potrafiła. Pia nie spała, lecz jęczała na stryszku pod jednym z Krwawych Komediantów, lecz gdy usłyszała krzyk Aryi, szybko wciągnęła ubranie. Następnie wypełniła sześć koszyków glinianymi garnuszkami masła i wielkimi trójkątami wonnego sera owiniętymi w płótno.

— Masz, pomóż mi to nieść — powiedziała Aryi.

— Nie mogę. Lepiej biegnij do Vargo Hoata, bo odrąbie ci stopę.

Umknęła, nim Pia zdążyła ją złapać. Po drodze zastanawiała się, dlaczego nikomu z jeńców nie odrąbano ani jednej kończyny. Może Vargo Hoat bał się rozgniewać Robba. Nie wyglądał jednak na człowieka, który bałby się kogokolwiek.

Gdy wróciła do kuchni, Gorąca Bułka mieszał w garnku długą, drewnianą chochlą. Złapała drugą taką samą i zaczęła mu pomagać. Przez chwilę pomyślała, że powinna mu o wszystkim powiedzieć, potem jednak przypomniała sobie wioskę i zmieniła zdanie. *Znowu by się poddał.*

Wtem usłyszała brzydki głos Rorge'a.

— Kucharzu — krzyczał. — Przyszliśmy po twój krwawy rosół.

Zatrwożona Arya wypuściła łyżkę. *Nie mówiłam mu, żeby ich przyprowadził.* Rorge miał na głowie żelazny hełm z na wpół zakrywającym brakujący nos nosalem. Jaqen i Kąsacz weszli za nim do kuchni.

— Krwawy rosół nie jest jeszcze gotowy — oznajmił kucharz. — Musi się zagotować. Trzeba jeszcze dodać cebuli i...

— Zamknij jadaczkę, bo wsadzę ci rożen w dupę i przypieczemy cię trochę nad ogniem. Powiedziałem, że chcemy rosołu.

Kąsacz syknął głośno, oderwał sobie kawał przypalonego, piekącego się na rożnie królika i wgryzł się w niego spiłowanymi zębiskami. Między palcami spływał mu miód.

Kucharz był pokonany.

— No to bierzcie ten cholerny rosół, ale jeśli kozioł zapyta, dlaczego jest taki cienki, wy mu odpowiedzcie.

Kąsacz zlizał tłuszcz i miód z palców, a Jaqen H'ghar założył parę grubych, wyściełanych rękawic. Drugą parę wręczył Aryi.

— Łasica nam pomoże.

Rosół był bliski wrzenia, a kociołki ciężkie. Arya i Jaqen dźwignęli wspólnie jeden z nich. Rorge złapał drugi, a Kąsacz sam niósł dwa, sycząc z bólu, gdy uchwyty parzyły mu dłonie. Mimo to nie wypuścił ciężaru z rąk. Wynieśli kociołki z kuchni i ruszyli z nimi przez dziedziniec. U wrót Wieży Wdowy stali dwaj strażnicy.

— Co to jest? — zapytał Rorge'a jeden z nich.

— Garnek z gorącymi szczynami. Chcesz spróbować?

Jaqen uśmiechnął się ujmująco.

— Więźniowie też muszą jeść.

— Nikt nic nie mówił...

— Niesiemy to dla nich, nie dla was — przerwała mu Arya.

Drugi wartownik przepuścił ich skinieniem dłoni.

— No to nieście.

Za drzwiami były kręte schody, które prowadziły do lochów. Przodem szedł Rorge, a kolumnę zamykali Jaqen z Aryą.

— Dziewczynka nie będzie wchodziła w drogę — polecił.

Schody wiodły do wilgotnej, kamiennej krypty, długiej, mrocznej i pozbawionej okien. Przy wejściu paliło się kilka osadzonych w uchwytach pochodni. Za porysowanym drewnianym stołem siedziała tam grupa strażników ser Amory'ego, zajętych rozmową i grą w płytki. Grube, żelazne kraty oddzielały ich od tłoczących się w ciemności więźniów. Zapach rosołu przywabił wielu z nich do kraty.

Arya naliczyła ośmiu wartowników. Oni również poczuli woń zupy.

— Jesteś najbrzydszą dziewką służebną, jaką w życiu widziałem — oznajmił ich kapitan Rorge'owi. — Co jest w kociołku?

— Twój kutas z jajami. Chcesz jeść czy nie?

Jeden ze strażników chodził po korytarzu, drugi stał przy kracie, a trzeci siedział na podłodze, zwrócony plecami do ściany, perspektywa jedzenia przywabiła jednak wszystkich do stołu.

— Najwyższy czas, żeby przynieśli nam żarcie.

— Czy czuję cebulę?

— A gdzie jest chleb?

— Kurwa, potrzebujemy misek, kubków, łyżek...

— Nie potrzebujecie.

Rorge przewrócił garnek, rozlewając gorący rosół na stół, prosto w twarze żołnierzy. Jaqen H'ghar zrobił to samo. Kąsacz również rzucił kociołkami, okręcając je przedtem wokół siebie, tak że cały loch zalał deszcz gorącej zupy. Jeden z garnków trafił w skroń próbującego wstać kapitana, który runął na posadzkę niczym worek piasku i znieruchomiał. Reszta strażników krzyczała z bólu, modliła się albo próbowała się odczołgać.

Gdy Rorge zaczął podrzynać im gardła, Arya wcisnęła się w ścianę. Kąsacz wolał łapać ofiary jedną ręką za kark, a drugą pod brodą i skręcać im karki płynnym ruchem wielkich, bladych dłoni. Tylko jeden z żołnierzy zdążył wydobyć miecz. Jaqen uchylił się tanecznym krokiem przed jego ciosem, wyciągnął własny oręż, zapędził przeciwnika w róg serią błyskawicznych ataków i zabił go pchnięciem w serce. Lorathijczyk podszedł do Aryi z czerwonym jeszcze od krwi mieczem i wytarł go do czysta o jej giezło.

— Dziewczynka też powinna się pobrudzić. To jej dzieło.

Klucz do celi wisiał na haku wbitym w ścianę nad stołem. Rorge zdjął go i otworzył zamek. Pierwszym, który wyszedł na zewnątrz, był lord z wyszytą na opończy zaciśniętą pięścią.

— Świetna robota — pochwalił ich. — Jestem Robett Glover.

— Panie. — Jaqen pokłonił mu się nisko.

Uwolnieni jeńcy zabrali broń martwym wartownikom i z mieczami w dłoniach pognali w górę. Ich nieuzbrojeni towarzysze tłoczyli się za nimi. Poruszali się szybko i niemal bez słowa. Żaden z nich nie wyglądał na zbyt ciężko rannego, choć gdy Vargo Hoat wprowadzał ich do Harrenhal, sprawiali wrażenie mocno poturbowanych.

— Z tą zupą to był świetny pomysł — mówił Glover. — Tego się nie spodziewałem. Czy to lord Hoat na to wpadł?

Rorge ryknął śmiechem. Śmiał się tak serdecznie, że z dziury po nosie poleciały mu smarki. Kąsacz usiadł na jednym z trupów, złapał za jego bezwładną rękę i zaczął ogryzać palce. Kości trzaskały mu między zębami.

— Kim jesteście? — Między brwiami Robetta Glovera pojawiła się pionowa bruzda. — Nie byliście z Hoatem, gdy przyszedł do obozowiska lorda Boltona. Czy jesteście Dzielnymi Kompanionami?

Rorge wytarł smarki z podbródka grzbietem dłoni.

— Teraz już jesteśmy.

— Ten mężczyzna ma zaszczyt zwać się Jaqenem H'gharem i ongiś był obywatelem Wolnego Miasta Lorath. Jego nieuprzejmi towarzysze nazywają się Rorge i Kąsacz. Wasza lordowska mość z pewnością się domyśla, który to Kąsacz. — Wskazał dłonią na Aryę. — A to jest…

— Łasica — palnęła, nim zdążył zdradzić jej prawdziwe imię. Nie chciała, by padło tutaj, gdzie mogli je usłyszeć Rorge i Kąsacz, a także wszyscy ci inni ludzie, których nie znała.

Glover natychmiast o niej zapomniał.

— No dobrze — rzekł. — Skończmy z tą krwawą robotą.

Gdy wspięli się na kręte schody, przy wyjściu znaleźli leżących w kałużach krwi strażników. Ludzie z północy wybiegli na dziedziniec. Arya słyszała krzyki. Drzwi Komnaty Koszarowej otworzyły się nagle i wypadł z nich z krzykiem ranny mężczyzna. Pognali za nim trzej inni, którzy uciszyli go ciosami włóczni i mieczy. Walczono również przy bramie. Rorge i Kąsacz pognali tam z Gloverem, ale Jaqen H'ghar uklęknął u boku Aryi.

— Dziewczynka nic nie rozumie?

— Rozumiem — odparła, choć nie było to prawdą.

Lorathijczyk musiał wyczytać to z jej twarzy.

— Kozioł nie wie, co to lojalność. Wkrótce chyba zatkną tu chorągiew z wilkiem. Ale najpierw mężczyzna musi usłyszeć, jak dziewczynka odwołuje pewne imię.

— Odwołuję je. — Przygryzła wargę. — Czy nadal należy mi się trzecia śmierć?

— Dziewczynka jest chciwa. — Jaqen dotknął jednego ze strażników i pokazał jej zakrwawione palce. — Tu leży trzech, tam czterech, a na dole jeszcze ośmiu. Dług został spłacony.

— Dług został spłacony — zgodziła się z niechęcią. Ogarnął ją lekki smutek. Znowu stała się myszką.

— Bóg otrzymał swą należność. A teraz mężczyzna musi umrzeć.

Na ustach Jaqena H'ghara pojawił się dziwny uśmieszek.

— Umrzeć? — zapytała zbita z tropu. *Co to ma znaczyć?* — Przecież odwołałam imię. Nie musisz już umierać.

— Muszę. Mój czas dobiegł końca.

Jaqen przesunął dłoń przed twarzą, od czoła aż po podbródek. Ten ruch zmienił jego wygląd. Policzki stały się pełniejsze, oczy bliżej osadzone, nos haczykowaty, na prawym policzku pojawiła się zaś blizna, której przedtem tam nie było. A gdy potrząsnął głową, jego długie, proste włosy, z jednej strony rude, a z drugiej białe, zniknęły, ukazując krótko przystrzyżoną czupryne, czarną i kędzierzawą.

Arya rozdziawiła usta z wrażenia.

— Kim jesteś? — wyszeptała, zbyt zdumiona, żeby się bać. — Jak to zrobiłeś? Czy to trudne?

Uśmiechnął się, odsłaniając lśniący, złoty ząb.

— Nie trudniejsze niż zmiana imienia, jeśli zna się sposób.

— Pokaż mi — zażądała. — Ja też chcę się tego nauczyć.

— Musiałabyś pojechać ze mną.

Zawahała się.

— Dokąd?

— Daleko stąd, za wąskie morze.

— Nie mogę. Muszę wracać do domu. Do Winterfell.

— W takim razie pora się rozstać — stwierdził. — Ja także mam obowiązki. — Uniósł jej dłoń i wcisnął w nią mały pieniążek. — Masz.

— Co to jest?

— Moneta o wielkiej wartości.

Ugryzła pieniążek. Był tak twardy, że z pewnością wykonano go z żelaza.

— Czy można za nią kupić konia?

— Nie służy do kupowania koni.

— To jaki z niej pożytek?

— Równie dobrze mogłabyś zapytać, jaki jest pożytek z życia albo ze śmierci. Jeśli nadejdzie dzień, że zapragniesz znowu mnie ujrzeć, musisz tylko dać tę monetę jakiemuś człowiekowi z Braavos i powiedzieć mu te słowa: *valar morghulis*.

— *Valar morghulis* — powtórzyła Arya. Nie było to trudne. Zacisnęła palce na monecie. Słyszała, jak na dziedzińcu giną ludzie. — Proszę cię, nie odchodź, Jaqen.

— Jaqen nie żyje, tak samo jak Arry — odrzekł ze smutkiem. — Muszę dotrzymać pewnych obietnic. *Valar morghulis*, Aryo Stark. Powtórz to.

— *Valar morghulis* — powiedziała raz jeszcze. Nieznajomy odziany w strój Jaqena pokłonił się i ruszył w mrok, zamiatając płaszczem. Została sama z trupami.

Zasłużyli na śmierć — przekonywała sama siebie, wspominając ludzi, których Amory Lorch zabił w warowni nad jeziorem.

Gdy wróciła na swój siennik, piwnice pod Królewskim Stosem były puste. Wyszeptała w poduszkę swą litanię imion, a gdy skończyła, dodała cichutkim głosem *valar morghulis*, zastanawiając się, co to może znaczyć.

O świcie przyszedł Różowe Oko z pozostałymi, oprócz jednego chłopca, którego zabito podczas walk, nikt nie wiedział dlaczego. Różowe Oko ruszył sam na górę, chcąc się przekonać, jak mają się sprawy w świetle dnia. Cały czas uskarżał się, że jego stare kości nie mogą już wytrzymać łażenia po schodach. Kiedy wrócił, oznajmił im, że Harrenhal zdobyto.

— Krwawi Komedianci zabili część ludzi ser Amory'ego w łóżkach, a innych przy stołach, jak już się spili. Nowy lord przybędzie tu nim zajdzie słońce, razem ze swoją armią. Pochodzi z dzikiej północy, tam, gdzie stoi Mur, i podobno jest bardzo surowy. Ale ten lord, czy tamten lord, robota pozostaje robotą. Jak spróbujecie jakichś wygłupów, zbiję was na kwaśne jabłko.

Mówiąc to, spoglądał na Aryę, lecz nie wspomniał ani słowem o tym, co robiła nocą.

Przez cały ranek przyglądała się jak Krwawi Komedianci ograbiają trupy z kosztowności, po czym ściągają zwłoki na Dziedziniec Stopionego Kamienia, gdzie zbudowano dla nich stos. Shagwell Błazen odrąbał głowy dwóch poległych rycerzy i chodził po zamku, trzymając je za włosy i każąc im mówić.

— Co was zabiło? — pytała jedna z nich.

— Gorąca zupa łasicowa — odpowiadała druga.

Aryi kazano zmywać zaschłą krew. Nikt nie powiedział do niej nic niezwykłego, często jednak zauważała, że ludzie przyglądają się jej dziwnie. Robett Glover i pozostali uwolnieni jeńcy z pewnością opowiadali o tym, co wydarzyło się w lochach, a potem Shagwell wziął te głupie mówiące głowy i zaczął opowiadać o łasicowej zupie. Chętnie kazałaby mu się zamknąć, ale bała się to zrobić. Błazen był na wpół obłąkany. Słyszała, że kiedyś zabił człowieka tylko za to, że ten nie śmiał się z jego żartu. *Lepiej niech się zamknie, bo inaczej wciągnę go na swoją listę* — pomyślała, wycierając rdzawobrązową plamę.

Gdy przybył nowy pan Harrenhal, zapadał już prawie zmierzch. Miał zwyczajną, gładko ogoloną twarz, w której uwagę przyciągały tylko niezwykle jasne oczy. Nie był szczególnie gruby, chudy ani muskularny. Miał na sobie czarną kolczugę i różowy płaszcz w kropki. Herb na jego chorągwi wyglądał jak człowiek zanurzony we krwi.

— Na kolana przed lordem Dreadfort! — krzyknął jego giermek, chłopiec nie starszy od Aryi. Wszyscy w zamku uklękli.

Vargo Hoat podszedł do niego.

— Panie, Harrenhal jest twój.

Lord coś mu odpowiedział, lecz tak cicho, że Arya nic nie usłyszała. Zbliżyli się do nich Robett Glover i ser Aenys Frey, świeżo wykąpani i odziani w nowe, czyste wamsy oraz płaszcze. Po krótkiej rozmowie ser Aenys poprowadził ich do Rorge'a i Kąsacza. Arya zdziwiła się, że obaj nadal tu są. Z jakiegoś powodu spodziewała się, że znikną razem z Jaqenem. Usłyszała ochrypły głos Rorge'a, lecz nie potrafiła rozróżnić słów. Wtem Shagwell doskoczył do niej i powlókł ją w tamtą stronę.

— Panie, panie — śpiewał, ciągnąc ją za nadgarstek — to jest łasica, która zrobiła zupę!

— Puszczaj — zawołała Arya, wyszarpując się mu.

Lord przyjrzał się jej. Poruszały się tylko jego oczy, które były bardzo jasne, koloru lodu.

— Ile masz lat, dziecko?

Musiała się chwilę zastanowić, żeby sobie przypomnieć.

— Dziesięć.

— Dziesięć, mój panie — poprawił ją. — Lubisz zwierzęta?

— Niektóre. Mój panie.

Rozciągnął usta w bladym uśmieszku.

— Ale chyba nie lwy. Ani nie mantykory.

Nie wiedziała, co na to odpowiedzieć, nie rzekła więc nic.

— Powiedzieli mi, że mówią na ciebie Łasica. Tak nie może być. Jakie imię nadała ci matka?

Przygryzła wargę, próbując wymyślić jakieś imię. Lommy mówił na nią Kostropaty Łeb, Sansa używała przezwiska Końska Gęba, a ludzie ojca zwali ją kiedyś Arya Wszędobylska, nie sądziła jednak, by lorda usatysfakcjonowało któreś z tych określeń.

— Nymeria — odpowiedziała. — Ale w skrócie mówiła na mnie Nan.

— Mów do mnie „mój panie", Nan — rzekł łagodnym tonem. — Jesteś chyba za młoda, żeby zostać Krwawym Komediantem, i do tego masz nieodpowiednią płeć. Boisz się pijawek, dziecko?

— To tylko pijawki. Mój panie.

— Mam wrażenie, że mój giermek mógłby się czegoś od ciebie nauczyć. Częste przystawianie pijawek to sekret długiego życia. Człowiek musi się oczyszczać ze złej krwi. Chyba się nadasz. Dopóki pozostanę w Harrenhal, będziesz moim podczaszym, Nan. Będziesz mi usługiwała przy stole i w moich komnatach.

Tym razem już wiedziała, że lepiej nie mówić, iż wolałaby pracować w stajniach.

— Tak jest, twój panie. To znaczy, mój panie.

Lord machnął dłonią.

— Dajcie jej porządne ubranie — rzucił, nie zwracając się do nikogo w szczególności. — I nauczcie ją nalewać wino bez rozlewania. — Odwrócił się i uniósł rękę. — Lordzie Hoat, zajmij się tymi chorągwiami na wieży bramnej.

Czterech Dzielnych Kompanionów wspięło się na mury i ściągnęło z nich lwa Lannisterów oraz czarną mantykorę ser Amory'ego, zastępując je obdartym ze skóry człowiekiem z Dreadfort oraz wilkorem Starków. Wieczorem dziewczynka imieniem Nan nalewała wina Roose'owi Boltonowi i Vargo Hoatowi, którzy stali na galerii, przyglądając się, jak Dzielni Kompanioni gnają przez środkowy dziedziniec nagiego ser Amory'ego Lorcha, który błagał o zmiłowanie, łkał i łapał swych prześladowców za nogi. Wreszcie Rorge go puścił, a Shagwell wepchnął kopniakiem do dołu, w którym trzymano niedźwiedzia.

Niedźwiedź jest czarny — pomyślała Arya. *Tak samo, jak Yoren.* Napełniła puchar Roose'owi Boltonowi i nie uroniła ani kropli.

Daenerys

Dany spodziewała się, że w tym pełnym splendoru mieście Dom Nieśmiertelnych będzie najwspanialszy ze wszystkich, gdy jednak wyszła z palankinu ujrzała przed sobą starożytne, szare ruiny.

Były długie i niskie, nie było w nich wież ani okien. Owijały się niczym kamienny wąż wokół gaju drzew o czarnej korze. Z ich granatowych jak inkaust liści produkowano czarodziejski napój, który Qartheńczycy zwali cieniem wieczoru. W pobliżu nie było żadnych innych budynków. Dach pałacu pokrywały czarne dachówki.

Wiele z nich pękło lub odpadło, a zaprawa między kamieniami była sucha i osypywała się. Dany wreszcie zrozumiała, dlaczego Xaro Xhoan Daxos nazywał ten budynek Pałacem Pyłu. Nawet Drogona zaniepokoił jego widok. Czarny smok zasyczał, a spomiędzy jego ostrych ząbków buchnął dym.

— Krwi mojej krwi — odezwał się po dothracku Jhogo — to złe miejsce, mieszkanie duchów i maegi. Widzisz, jak wypija blask porannego słońca? Chodźmy stąd, by nie wypiło i nas.

Ser Jorah Mormont stanął za nimi.

— Jak mogą mieć moc, jeśli mieszkają w czymś takim?

— Wysłuchaj mądrości tych, którzy najbardziej cię miłują — poradził Xaro Xhoan Daxos, który wylegiwał się wewnątrz palankinu. — Czarnoksiężnicy to zgorzkniałe istoty, które jedzą pył i piją cienie. Nic od nich nie dostaniesz. Nie mają nic do ofiarowania.

Aggo dotknął dłonią swego *arakhu.*

— *Khaleesi*, powiadają, że wielu wchodzi do Pałacu Pyłu, lecz tylko nieliczni go opuszczają.

— Tak powiadają — zgodził się Jhogo.

— Jesteśmy krwią twojej krwi — ciągnął Aggo — i poprzysięgliśmy żyć i umrzeć razem z tobą. Pozwól nam wejść ze sobą do tego mrocznego domu, byśmy chronili cię przed niebezpieczeństwem.

— W niektórych miejscach nawet *khal* musi być sam — odparła Dany.

— W takim razie weź mnie — zaproponował ser Jorah. — Ryzyko…

— Królowa Daenerys musi wejść sama albo w ogóle jej tam nie wpuszczą. — Czarnoksiężnik Pyat Pree wyszedł spomiędzy drzew. *Czy był tam przez cały czas?* — zastanowiła się Dany.

— A jeśli teraz się cofnie, drzwi mądrości zamkną się przed nią na zawsze.

— Mój statek wycieczkowy nadal na nas czeka — zawołał do niej Xaro Xhoan Daxos. — Zapomnij o tym szaleństwie, najbardziej uparta z królowych. Mam flecistów, którzy uspokoją twą udręczoną duszę słodką muzyką i małą dziewczynkę, której głos przywoła na twe wargi westchnienia rozkoszy.

Ser Jorah Mormont obrzucił magnata handlowego kwaśnym spojrzeniem.

— Wasza Miłość, pamiętaj o Mirri Maz Duur.

— Pamiętam — odparła Dany, która nagle podjęła decyzję. — Pamiętam, że miała wiedzę. A była tylko *maegi*.

Pyat Pree uśmiechnął się półgębkiem.

— Dziecko przemawia mądrze niczym starucha. Ujmij me ramię i pozwól, bym cię poprowadził.

— Nie jestem dzieckiem. — Ramię jednak ujęła.

Pod czarnymi drzewami było ciemniej niż się spodziewała, a droga była dłuższa. Choć ścieżka zdawała się prowadzić prosto pod drzwi pałacu, Pyat Pree wkrótce skręcił. Kiedy zapytała dlaczego, odpowiedział: — Frontowe drzwi wiodą do środka, ale nie ma przez nie wyjścia. Wysłuchaj uważnie mych słów, królowo. Domu Nieśmiertelnych nie zbudowano dla śmiertelników. Jeśli cenisz swą duszę, uważaj i zrób dokładnie to, co ci powiem.

— Zrobię to, co mi powiesz — obiecała.

— Po wejściu do środka znajdziesz się w pokoju, w którym będzie czworo drzwi: te, przez które weszłaś i troje innych. Wybierz drzwi po prawej. Zawsze wybieraj drzwi po prawej. Mogą otworzyć się przed tobą inne, w których ujrzysz wiele niepokojących rzeczy. Wizje piękne i przerażające, cuda i okropności. Obrazy i dźwięki z dni dawno minionych, dni, które dopiero nadejdą i dni, których nigdy nie było. Mogą do ciebie przemawiać mieszkańcy i ich słudzy. Możesz im odpowiadać albo ich ignorować, jak zechcesz, ale nie wchodź do żadnego pokoju, dopóki nie dotrzesz do komnaty audiencyjnej.

— Rozumiem.

— Gdy już się znajdziesz w komnacie nieśmiertelnych, bądź cierpliwa. Nasze krótkie życie znaczy dla nich nie więcej niż uderzenie skrzydeł motyla. Słuchaj uważnie i wyryj sobie wszystkie słowa w sercu.

Kiedy dotarli do drzwi — wysokich, owalnych ust wprawionych w ścianę ukształtowaną na podobieństwo ludzkiej twarzy — na progu czekał na nich najmniejszy karzeł, jakiego Dany w życiu widziała. Sięgał jej zaledwie do kolan, twarz miał ściągniętą i spiczastą, przypominającą zwierzęcy pysk, lecz odziany był we wspaniałą fioletowo-niebieską liberię, a w maleńkich różowych rączkach trzymał srebrną tacę, na której stała smukła kryształowa szklanka wypełniona gęstym, niebieskim płynem: cieniem wieczoru, winem czarnoksiężników.

— Wypij to — polecił Pyat Pree.

— Czy wargi zrobią mi się sine?

— Jeden łyk otworzy ci tylko uszy i rozproszy zasłonę spowijającą oczy, byś mogła usłyszeć i ujrzeć prawdy, które zostaną ci ukazane.

Uniosła naczynie do ust. Pierwszy łyk smakował jak inkaust i zepsute mięso. Choć napój był obrzydliwy, kiedy go przełknęła, miała wrażenie, że ożył w jej brzuchu. Jego witki rozrastały się w jej piersi niczym palce ognia owijające się wokół serca. Na języku czuła smak przypominający miód, anyżek i śmietankę, mleko matki i nasienie Droga, czerwone mięso, gorącą krew i płynne złoto. Był jak wszystkie smaki, które kiedykolwiek znała, i jak żaden z nich… a potem szklanka była już pusta.

— Teraz możesz wejść — oznajmił czarnoksiężnik. Dany postawiła naczynie na tacy sługi i wkroczyła do środka.

Znalazła się w kamiennej sieni, gdzie było czworo drzwi, po jednych na każdej ze ścian. Bez chwili wahania ruszyła ku tym po prawej stronie. Kiedy je otworzyła, znalazła się w kolejnym małym przedpokoju o czterech drzwiach. *Jestem w obecności czarów.*

Czwarty pokój był owalny, nie kwadratowy, a ścian nie wzniesiono z kamienia, lecz z toczonego przez robactwo drewna. Liczba drzwi wzrosła do sześciu. Dany wybrała położone najbardziej na prawo i weszła do długiego, ciemnego korytarza o wysokim suficie. W jego prawą ścianę zatknięto szereg kopcących, lśniących pomarańczowym światłem pochodni. Drzwi jednak były tylko po lewej stronie. Drogon rozpostarł długie, czarne skrzydła, mącąc nimi nieruchome powietrze. Wzbił się do lotu i przefrunął dwadzieścia stóp, nim runął na ziemię z haniebnym łoskotem. Dany ruszyła za nim.

Zniszczony przez pleśń dywan pod jej stopami miał ongiś wspaniałe kolory. W tkaninie dało się dostrzec złote spirale, lśniące jeszcze wśród wyblakłej szarości i cętkowanej zieleni. To, co pozostało, tłumiło jej kroki, co nie było w pełni korzystne. Słyszała w ścianach jakieś dźwięki, ciche skrobanie i chrobot, które nasunęły jej myśl o szczurach. Drogon również to usłyszał. Śledził dźwięki ruchami głowy, a gdy ucichły, wydał z siebie gniewny krzyk. Za niektórymi drzwiami słychać było inne odgłosy, jeszcze bardziej niepokojące. Jedne z nich drżały z łoskotem, jakby ktoś próbował je wyważyć. Zza drugich dobiegały nieharmonijne piski, od których smok zamachał jak szalony ogonem z boku na bok. Dany przyśpieszyła kroku.

Nie wszystkie drzwi były zamknięte. *Nie będę patrzeć* — powtarzała sobie, pokusa okazała się jednak zbyt silna.

W jednym pokoju piękna kobieta leżała naga na podłodze i obłaziło ją czterech maleńkich ludzików. Mieli spiczaste, szczurze twarzyczki oraz maleńkie, różowe rączki, tak jak sługa, który podał jej szklankę cienia wieczoru. Jeden z nich poruszał biodrami, wciśnięty między jej uda. Drugi rozszarpywał piersi, tarmosząc sutkę wilgotnymi czerwonymi ustami, gryząc ją i żując.

Dalej natrafiła na ucztę trupów. Okrutnie pomordowani ucztujący leżeli na poprzewracanych krzesłach i porąbanych na kawałki stołach w kałużach krzepnącej krwi. Niektórzy z nich stracili kończyny, a nawet głowy. Odrąbane dłonie ściskały zakrwawione puchary, drewniane łyżki, pieczony drób i piętki chleba. Na tronie nad nimi siedział trup z głową wilka. Na głowie miał żelazną koronę, a w jednej ręce dzierżył baranią nogę, tak jak król mógłby trzymać berło. Jego oczy śledziły Dany z wyrazem niemego błagania.

Uciekła od niego, lecz tylko do następnych otwartych drzwi. *Znam ten pokój* — pomyślała. Pamiętała te potężne, drewniane belki i zdobiące je rzeźbione zwierzęce oblicza. A za oknem rosło cytrynowe drzewo! Na ten widok serce zabolało ją z tęsknoty. *To dom z czerwonymi drzwiami, dom w Braavos.* Gdy tylko przemknęła jej przez głowę ta myśl, do pokoju wszedł stary ser Willem, wsparty ciężko na lasce.

— Tu jesteś, mała księżniczko — rzekł grubym, serdecznym głosem. — Chodź — mówił — chodź, pani, jesteś już w domu, jesteś bezpieczna.

Wyciągnął do niej wielką, pomarszczoną dłoń, miękką jak stara skóra. Dany pragnęła ją ująć i ucałować, pragnęła tego mocniej niż czegokolwiek w życiu. Jej stopa poruszyła się naprzód. Nagle jednak Dany pomyślała: *On nie żyje, nie żyje, słodki, stary niedźwiedź, umarł już dawno temu.* Odwróciła się i umknęła.

Długi korytarz ciągnął się, ciągnął i ciągnął. Po lewej stronie miała niekończące się szeregi drzwi, a po prawej jedynie pochodnie. Mijała tyle drzwi, że nie potrafiła ich zliczyć: zamkniętych i otwartych, drewnianych i żelaznych, rzeźbionych i gładkich, drzwi ze sznurkami, z zamkami i z kołatkami. Drogon smagał jej plecy ogonem, zmuszając ją do biegu, aż wreszcie Dany zabrakło sił w nogach.

W końcu po jej lewej stronie ukazały się ogromne drzwi z brązu, większe od pozostałych. Gdy podeszła blisko, otworzyły się i musiała się zatrzymać, by zajrzeć do środka. Kryła się za nimi ogromna komnata o kamiennych murach, największa, jaką w życiu widziała. Z jej ścian spoglądały na nią czaszki martwych smoków. Na wysokim tronie pełnym żelaznych ostrzy siedział bogato odziany starzec o ciemnych oczach i długich, srebrnosiwych włosach.

— Niech zostanie królem zwęglonych kości i pieczonego mięsa — rzekł do stojącego poniżej mężczyzny. — Niech zostanie królem popiołów.

Drogon wrzasnął głośno, a jego pazurki przebiły jedwab i skórę, lecz król na tronie nic nie usłyszał i Dany ruszyła dalej.

Viserys — pomyślała, gdy przystanęła po raz kolejny, lecz kiedy przyjrzała się uważniej, przekonała się, że była w błędzie. Nieznajomy miał włosy jej brata, był jednak wyższy, a jego oczy nie były liliowe, lecz miały barwę ciemnego indygo.

— Aegon — powiedział do kobiety, która leżała w wielkim, drewnianym łożu, karmiąc piersią noworodka. — Jakie imię mogłoby być lepsze dla króla?

— Czy ułożysz dla niego pieśń? — zapytała.

— On już ma pieśń — odparł mężczyzna. — Jest księciem, którego obiecano, a jego pieśń to pieśń lodu i ognia. — Gdy to powiedział, uniósł wzrok i spojrzał w oczy Dany. Wydawało się, że ją zobaczył, chociaż stała za drzwiami. — Potrzebne jest jeszcze jedno — rzekł, nie wiedziała do niej, czy do kobiety leżącej na łożu. — Smok ma trzy głowy.

Podszedł do ławeczki w oknie wykuszowym, wziął w rękę harfę i przebiegł lekko palcami po srebrzystych strunach. Pokój wypełnił słodki smutek. Mężczyzna, jego żona i dziecko rozwiali się niczym poranna mgła i tylko muzyka trwała w powietrzu jeszcze chwilę, towarzysząc Dany w dalszej drodze.

Wydawało się jej, że szła jeszcze całą godzinę, nim długi korytarz zakończył się nagle stromymi, kamiennymi schodami, które zbiegały w ciemność. Wszystkie drzwi, które mijała — otwarte i zamknięte — były po lewej stronie. Dany obejrzała się za siebie i z nagłym drżeniem strachu zdała sobie sprawę, że pochodnie gasną. Paliło się ich jeszcze może ze dwadzieścia. Najwyżej trzydzieści. Na jej oczach zgasła następna i ciemność posunęła się kawałek w głąb korytarza, zbliżając się do niej. Gdy się wsłuchała, wydało się jej, że zbliża się też coś innego, co wlecze się powoli, szurając po wyblakłym dywanie. Ogarnęła ją groza. Nie mogła zawrócić i bała się tu zostać, jak jednak mogła iść dalej? Po jej prawej stronie nie było drzwi, a schody wiodły w dół, nie w górę.

Gdy tak stała, pogrążona w zamyśleniu, zgasła kolejna pochodnia, a dźwięki stały się nieco głośniejsze. Drogon wysunął długą szyję i otworzył paszczę, wydając z siebie przenikliwy wrzask. Spomiędzy jego zębów buchnęła para. *On również to słyszy.* Dany znowu zwróciła się ku gładkiej ścianie, nic tam jednak nie zobaczyła.

Czy to możliwe, że są tu gdzieś ukryte drzwi, których nie widzę? Zgasła kolejna pochodnia. *Mówił, że mam wybierać pierwsze drzwi po prawej. Zawsze pierwsze po prawej. Pierwsze drzwi po prawej… To ostatnie drzwi po lewej!* — zrozumiała nagle.

Wbiegła w nie. Za nimi znajdował się kolejny mały pokoik z czworgiem drzwi. Weszła w prawe i w prawe, i w prawe, i w prawe, i w prawe, i w prawe, i w prawe, aż wreszcie zakręciło się jej w głowie i straciła dech w piersiach.

Kiedy się zatrzymała, była w kolejnej wilgotnej kamiennej komorze… lecz tym razem drzwi naprzeciw niej były okrągłe, uformowane na kształt otwartych ust. Za nimi ujrzała Pyata Pree, który stał na trawie pod drzewami.

— Czy to możliwe, że nieśmiertelni skończyli z tobą tak szybko? — zapytał z niedowierzaniem na jej widok.

— Tak szybko? — powtórzyła zdezorientowana. — Szłam całe godziny i wciąż ich nie znalazłam.

— Wybrałaś niewłaściwe drzwi. Chodź, zaprowadzę cię.

Pyat Pree wyciągnął rękę. Dany zawahała się. Po jej prawej stronie były drzwi, ciągle zamknięte.

— Nie tędy droga — oznajmił stanowczo Pyat Pree. Jego sine usta wykrzywiły się w wyrazie dezaprobaty. — Nieśmiertelni nie będą czekali wiecznie.

— Nasze krótkie życie znaczy dla nich nie więcej niż uderzenie skrzydeł motyla — przypomniała sobie Dany.

— Uparte dziecko. Zabłądzisz i nikt nigdy cię nie odnajdzie.

Odwróciła się od niego, ruszając ku drzwiom po prawej.

— Nie — wrzasnął Pyat. — Nie, do mnie, chodź do mnie, do mnieeeeeee. — Jego twarz zapadła się, zmieniając się w coś bladego, przypominającego robaka.

Dany zostawiła go za sobą i weszła na schody. Ruszyła w górę i wkrótce rozbolały ją nogi. Przypomniała sobie, że w Domu Nieśmiertelnych nie widziała żadnych wież.

Wreszcie schody się skończyły. Po jej prawej stronie otworzyły się potężne drewniane drzwi. Wykonano je z hebanu i czardrewna. Czarne i białe plamy tworzyły dziwne, przeplatające się spirale. Były bardzo piękne, lecz z jakiegoś powodu również przerażające. *Krew smoka nie może się bać* — pomyślała. Odmówiła krótką modlitwę, prosząc Wojownika o odwagę, a dothrackiego boga koni o siłę. Ruszyła przed siebie.

Za drzwiami znajdowała się wielka sala, pełna wspaniałych czarodziejów. Niektórzy mieli na sobie wystawne szaty z gronostajowego futra, rubinowego aksamitu i złotogłowiu. Inni woleli zdobne zbroje wysadzane klejnotami albo wysokie, spiczaste kapelusze upstrzone gwiazdami. Były wśród nich również kobiety, przystrojone w nadzwyczaj piękne suknie. Przez okna z barwionego szkła do środka wpadały snopy słonecznego blasku, a powietrze wypełniała najpiękniejsza muzyka, jaką w życiu słyszała.

Mężczyzna o królewskim wyglądzie, odziany w bogate szaty, podniósł się z uśmiechem na jej widok.

— Daenerys z rodu Targaryenów, witaj. Chodź spożyć z nami jadło wieczności. Jesteśmy nieśmiertelnymi z Qarthu.

— Czekaliśmy na ciebie długo — odezwała się siedząca obok niego kobieta, obleczona w różowe i srebrne szaty. Pierś, odsłonięta na qartheńską modłę, była tak nieskazitelna, jak to tylko możliwe.

— Wiedzieliśmy, że do nas przyjdziesz — oznajmił król-czarodziej. — Wiedzieliśmy o tym już przed tysiącem lat i cały ten czas czekaliśmy na ciebie. Wysłaliśmy kometę, by wskazała ci drogę.

— Mamy wiedzę, którą się z tobą podzielimy — oznajmił wojownik w lśniącej szmaragdowej zbroi. — I magiczną broń, którą ci damy. Przeszłaś wszelkie próby. Usiądź teraz z nami, a odpowiemy na wszystkie twe pytania.

Postąpiła krok naprzód, lecz nagle Drogon zerwał się z jej ramienia, wylądował na szczycie drzwi z hebanu i czardrewna, przycupnął tam i zaczął gryźć rzeźbioną framugę.

— Samowolna bestia — roześmiał się młody, przystojny mężczyzna. — Czy mamy cię nauczyć sekretnej mowy smoczego rodzaju? Chodź, chodź.

Ogarnęły ją wątpliwości. Wielkie wrota były tak ciężkie, że musiała pchać je z całej siły, by się przesunęły. Wreszcie jednak ustąpiły. Za nimi kryły się inne drzwi. Wykonano je ze starego, szarego drewna, łupiącego się i pozbawionego ozdób... znajdowały się jednak na prawo od tych, przez które weszła. Czarodzieje przywoływali ją głosami słodszymi niż pieśń. Uciekła od nich, a Drogon sfrunął do niej. Weszła przez wąskie drzwi do pogrążonej w półmroku komnaty.

Prawie całe pomieszczenie wypełniał długi, kamienny stół. Nad nim unosiło się ludzkie serce, rozdęte i sine od zgnilizny, lecz nadal żywe. Jego bicie było niskim, majestatycznym dudnieniem, a każdemu uderzeniu towarzyszył rozbłysk światła barwy indygo. Siedzące za stołem postacie były nie więcej niż błękitnymi cieniami. Gdy Dany podeszła do pustego krzesła ustawionego na honorowym miejscu, nie poruszyły się, nie odezwały, ani nie zwróciły w jej stronę. Nie było słychać żadnego dźwięku oprócz powolnego, niskiego dudnienia gnijącego serca.

...matko smoków... rozległ się głos, częściowo szept, a częściowo jęk. *...smoków... smoków... smoków...* powtórzyły echem inne głosy. Niektóre były męskie, a inne żeńskie. Jeden brzmiał jak głos dziecka. Blask unoszącego się nad stołem serca oscylował między półmrokiem a ciemnością. Trudno było zdobyć się na to, by przemówić, przypomnieć sobie słowa, których tak pilnie się uczyła.

— Jestem Daenerys Zrodzona w Burzy z rodu Targaryenów, królowa Siedmiu Królestw Westeros. — *Czy mnie słyszą? Dlaczego nic nie mówią?* Usiadła, składając ręce na kolanach. — Posłużcie mi radą i wesprzyjcie mnie mądrością tych, którzy zwyciężyli śmierć.

W mroku koloru indygo dostrzegała zasuszoną twarz nieśmiertelnego, który zasiadał po jej prawej stronie, niewiarygodnie starego mężczyzny, pomarszczonego i pozbawionego włosów. Jego ciało miało intensywnie fioletowoniebieską barwę, a wargi i paznokcie były jeszcze bardziej niebieskie, tak ciemne, że niemal czarne. Nawet białka oczu miał granatowe. Wpatrywał się niewidzącym wzrokiem w zgrzybiałą kobietę, która siedziała po przeciwnej stronie stołu. Jej jasna, jedwabna suknia zgniła na ciele. Jedną wyschniętą pierś odsłoniła sobie na qartheńską modłę, a spiczasta niebieska sutka, była twarda niczym wygarbowana skóra.

Ona nie oddycha. Dany wsłuchała się w ciszę. *Żaden z nich nie oddycha. Nie ruszają się, a te ich oczy nic nie widzą. Czy to możliwe, że nieśmiertelni są martwi?*

Odpowiedzią był szept delikatny jak tupot mysich łapek... *żyjemy... żyjemy... żyjemy...* zabrzmiał. Dołączyły do niego inne, niezliczone szepty... *i wiemy... wiemy... wiemy... wiemy...*

— Przyszłam tu po dar prawdy — oznajmiła Dany. — To, co widziałam w długim korytarzu... czy to były prawdziwe wizje, czy kłamstwa? Przeszłość czy przyszłość? I co to wszystko znaczy?

...kształt cieni... dni, które jeszcze nie nadeszły... wypij z pucharu lodu... wypij z pucharu ognia... matko smoków... dziecię trojga...

— Trojga? — zapytała zdziwiona.

...trzy głowy ma smok... zaklekotał widmowy chór pod jej czaszką, choć nikt nie poruszył ustami, a nieruchomego, błękitnego powietrza nie zmącił żaden oddech. *...matko smoków... dziecię burzy...* Szepty przerodziły się w szaloną pieśń. *...trzy ognie musisz zapalić... jeden dla życia i jeden dla śmierci i jeden dla miłości...* jej serce biło w jednym rytmie z tym, które unosiło się przed nią, sine i zgniłe... *na trzech wierzchowcach musisz pojechać... na jednym do łoża i na jednym do strachu i na jednym do miłości...* Zdała sobie sprawę, że głosy przybierają na sile. Wydawało się, że jej serce, a nawet oddech zwalniają... *Trzy zdrady cię spotkają... jedna za krew i jedna za złoto i jedna z miłości...*

— Nie... — Jej głos był nie więcej niż szeptem, prawie tak samo słabym jak ich głosy. — Nie rozumiem — powtórzyła głośniej. *Dlaczego tak trudno było tu mówić?* — Pomóżcie mi. Pokażcie.

...pomóżmy jej... zadrwiły szepty... *pokażmy...*

W mroku zawirowały widma, obrazy barwy indygo. Viserys krzyczał, gdy płynne złoto spływało mu po policzkach i wypełniało usta. Wysoki lord o miedzianej skórze i srebrnozłotych włosach stał pod sztandarem z płonącym ogierem, a za plecami miał ogarnięte pożarem miasto. Rubiny tryskały niczym kropelki krwi z piersi umierającego księcia, który padł na kolana w wodzie i w ostatnim tchnieniu wypowiedział imię kobiety... *matko smoków... córko śmierci...* Czerwony miecz jarzył się blaskiem zachodzącego słońca w dłoni niebieskookiego króla, który nie rzucał cienia. Smok z płótna chwiał się na tyczkach pośród wiwatującego tłumu. Z dymiącej wieży wzbiła się do lotu wielka kamienna bestia ziejąca widmowym ogniem... *matko smoków, zabójczyni kłamstw...* Jej srebrzysta truchtała po trawie w stronę mrocznego strumienia pod niebem jak morze gwiazd. Na dziobie statku stał trup. Oczy w martwej twarzy gorzały, a szare usta rozciągały się w smutnym uśmiechu. Ze szczeliny w lodowej ścianie wyrastał niebieski kwiat, który wypełniał powietrze słodyczą... *matko smoków, oblubienico ognia...*

Wizje nadchodziły coraz szybciej, jedna po drugiej, aż wreszcie odniosła wrażenie, że samo powietrze ożyło. W namiocie wirowały i tańczyły cienie, bezkostne i straszliwe. Mała dziewczynka biegła boso w stronę wielkiego domu o czerwonych drzwiach. Mirri Maz Duur wrzeszczała w płomieniach, a z jej czoła wypadał smok. Srebrzysty koń ciągnął za sobą nagie, zakrwawione zwłoki mężczyzny. Przez trawę wyższą od wojownika biegł biały lew. Pod Matką Gór, z wielkiego jeziora wychodził szereg nagich staruch, które klękały przed nią, dygocząc z zimna, i pochylały siwe głowy. Dziesięć tysięcy niewolników unosiło okrwawione dłonie, gdy przemykała obok nich na srebrzystej z szybkością wichru. — Matko! — krzyczeli. — Matko, matko!

Wyciągali do niej ręce, dotykali jej, szarpali ją za płaszcz, za obrąbek sukni, stopę, nogę, pierś. Pragnęli jej, potrzebowali jej ognia, jej życia. Dany westchnęła i otworzyła ramiona, by się im oddać...

Wtem wokół jej głowy załopotały czarne skrzydła, a powietrze barwy indygo przeszył wrzask furii. Wizje zniknęły nagle, brutalnie przerwane, i westchnienie Dany przeszło w krzyk grozy. Zewsząd otaczali ją nieśmiertelni, sini i zimni, szeptali i wyciągali ku niej ręce, ciągnęli, głaskali i szarpali jej ubranie, dotykali jej suchymi, zimnymi dłońmi, oplatali palce jej włosami. Siła odpłynęła z jej kończyn. Nie mogła się poruszyć. Nawet jej serce przestało bić. Poczuła na nagiej piersi dłoń, która skubała jej sutkę. Zęby odnalazły miękką skórę jej gardła. Jednego z oczu dotknęły usta, które lizały, ssały, gryzły...

I nagle indygo przeszło w oranż, a szepty stały się krzykami. Serce waliło jej jak opętane, dłonie i usta zniknęły, jej skórę zalała fala ciepła i Dany zamrugała, oślepiona niespodziewanym żarem. Smok przycupnął nad nią, rozpościerając czarne skrzydła i rozszarpywał straszliwe ciemne serce, rozrzucając wokół strzępki gnijącego mięsa. Potem uderzył głową naprzód, a z jego otwartej paszczy trysnął ogień, jasny i gorący. Usłyszała wrzaski płonących nieśmiertelnych, ich wysokie, słabe głosy krzyczące w od dawna martwych językach. Ich ciało było jak kruszący się pergamin, a kości przypominały suche drewno nasączone łojem. Gdy trawiły ich płomienie, tańczyli, chwiali się na nogach, wili, wirowali i wysoko unosili płonące dłonie o palcach jasnych jak pochodnie.

Dany podniosła się i przepchnęła między nimi. Byli tylko martwymi skorupami, lekkimi jak piórko, i padali od jej dotyku. Gdy dotarła do drzwi, płonął już cały pokój.

— Drogon! — zawołała i pofrunął do niej przez ogień.

Wyszła na zewnątrz i znalazła się w długim, krętym korytarzu, oświetlonym padającym zza jej pleców pomarańczowym blaskiem. Pobiegła przed siebie, szukając drzwi, po prawej stronie albo po lewej, jakichkolwiek drzwi. Nie znalazła jednak nic poza krętymi, kamiennymi ścianami oraz podłogą, która zdawała się wić powoli pod jej stopami, jakby chciała ją zbić z nóg. Nie pozwoliła na to. Przyśpieszyła jeszcze kroku, aż wreszcie ujrzała przed sobą wyjście, które przypominało otwarte usta.

Gdy wypadła w słońce, potknęła się, oślepiona jaskrawym blaskiem. Pyat Pree mamrotał coś w jakimś nieznanym języku, przeskakując z nogi na nogę. Gdy spojrzała za siebie, zobaczyła cienkie smużki dymu wydostające się ze szczelin w starożytnych kamiennych murach Pałacu Pyłu oraz z luk między czarnymi dachówkami.

Wykrzykując przekleństwa, Pyat Pree wyciągnął nóż i ruszył ku niej tanecznym krokiem. Drogon runął wprost na jego twarz. Nagle usłyszała głośny trzask bicza Jhoga. Żaden dźwięk nigdy nie brzmiał dla niej równie słodko. Nóż pomknął w powietrze i w chwilę później Rakharo obalił Pyata na ziemię. Ser Jorah Mormont ukląkł obok Dany w chłodnej, zielonej trawie i objął ją ramieniem.

Tyrion

— Jeśli głupio zginiesz, nakarmię twym ciałem kozice — zagroził Tyrion, gdy pierwsza grupa Kamiennych Wron odbiła od nabrzeża.

Shagga wybuchnął śmiechem.

— Półmężczyzna nie ma ani jednej kozicy.

— Znajdę kilka specjalnie dla ciebie.

Wstawał świt i na powierzchni rzeki migotały blade zmarszczki światła, rozbijające się o pale i formujące się na nowo, gdy prom już przepłynął. Timett przed dwoma dniami zabrał swych Spalonych do królewskiego lasu. Wczoraj w drogę ruszyli Księżycowi Bracia i Czarne Uszy, a dzisiaj Kamienne Wrony.

— Cokolwiek zrobicie, nie próbujcie wdawać się w bitwę — ostrzegł ich Tyrion. — Atakujcie obozy i tabory, urządzajcie zasadzki na zwiadowców i wieszajcie ich na drzewach przed maszerującą armią, a potem zachodźcie ją od tyłu, żeby wyrzynać maruderów. Chcę, żebyście atakowali nocą, tak często i niespodziewanie, aż będą się bali spać...

Shagga położył dłoń na czubku jego głowy.

— Wszystkiego tego nauczyłem się od Dolfa, syna Holgera, nim jeszcze wyrosła mi broda. Tak właśnie toczy się wojny w Górach Księżycowych.

— Królewski las to nie Góry Księżycowe, a wy nie będziecie walczyć z Mlecznymi Wężami i Malowanymi Psami. Słuchajcie przewodników, których wam dam. Znają ten las tak samo, jak wy swoje góry. Korzystajcie z ich rad, a dobrze na tym wyjdziecie.

— Shagga będzie słuchał pieszczoszków Półmężczyzny — obiecał z powagą klanowy wojownik. Potem nadszedł czas, by wprowadził swą szkapinę na prom. Tyrion przyglądał się, jak odbijają od brzegu i, posiłkując się tyczką, wypływają na środek Czarnego Nurtu. Gdy Shagga zniknął w porannej mgle, Tyrion poczuł dziwny ucisk w żołądku. Bez swoich dzikusów czuł się nagi.

Nadal jednak miał najemników Bronna. Było ich już blisko ośmiuset, lecz najemnicy słynęli z niestałości. Zrobił, co tylko mógł, by kupić sobie ich lojalność, obiecał nawet Bronnowi i dwunastu jego najlepszym ludziom, że po zwycięstwie dostaną ziemie i tytuły rycerskie. Pili jego wino, śmiali się z jego żartów i mówili na siebie „ser", aż zaczęli się chwiać na nogach... wszyscy poza samym Bronnem, który rozciągnął tylko usta w swym posępnym, bezczelnym uśmiechu i powiedział: — Są gotowi zabić za tytuł rycerski, ale niech ci się nie zdaje, że za niego zginą.

Tyrion nie miał podobnych złudzeń.

Złote płaszcze były niemal tak samo niepewne. Straż Miejska dzięki Cersei liczyła sobie sześć tysięcy ludzi, lecz najwyżej na jednej czwartej z nich można było polegać.

— Prawdziwych zdrajców mamy niewielu, ale trochę ich jest. Nawet twój Pająk nie zdołał wyłowić wszystkich — ostrzegł go Bywater. — Przyjęliśmy jednak setki ludzi bardziej zielonych niż wiosenna trawa, którzy zaciągnęli się dla chleba i *ale*, a także bezpieczeństwa. Nikt nie chce uchodzić za tchórza w oczach swych towarzyszy, dlatego na początku, gdy zabrzmią rogi i załopoczą chorągwie, będą walczyli w miarę dzielnie. Ale jeśli zacznie się wydawać, że przegrywamy, załamią się i to w pokazowy sposób. Za pierwszym, kto rzuci włócznię i ucieknie, zaraz podąży tysiąc następnych.

W Straży Miejskiej byli też doświadczeni ludzie, dwa tysiące tych, których przyjął jeszcze Robert, nie Cersei. Niemniej nawet ci... lord Tywin Lannister lubił mawiać, że miejski strażnik nie jest prawdziwym żołnierzem. Rycerzy, giermków i zbrojnych Tyrion miał nie więcej niż trzystu. Wkrótce będzie musiał sprawdzić prawdziwość innego z powiedzeń ojca, tego, że jeden człowiek na murze jest wart dziesięciu na dole.

Bronn z eskortą czekał na niego u wejścia na molo, pośród tłumu żebraków, przechadzających się leniwie dziwek i krzyczących głośno handlarek ryb. Te ostatnie zarabiały więcej niż wszyscy pozostali razem wzięci. Wokół beczek i straganów tłoczyli się klienci targujący się o pobrzeżki, małże i rzeczne szczupaki. Do miasta nie napływała żadna inna żywność, ceny ryb były więc dziesięciokrotnie wyższe niż przed wojną i nadal rosły. Ci, którzy mieli pieniądze, co rano i co wieczór przychodzili nad rzekę w nadziei, że przyniosą do domu węgorza albo garnek czerwonych krabów. Ci, którzy nie mieli pieniędzy, przemykali się między straganami, próbując coś ukraść, albo stali pod murami, chudzi i zrozpaczeni.

Złote płaszcze utorowały mu drogę przez ciżbę, odpychając ludzi na boki drzewcami włóczni. Tyrion starał się ignorować mamrotane przekleństwa. Nad tłumem pofrunęła ryba, zgniła i oślizła. Wylądowała u jego stóp i rozprysła się na kawałki. Przeszedł nad nią ostrożnie i wspiął się na siodło. Dzieci z wydętymi brzuszkami wdały się już w walkę o cuchnące ochłapy.

Usadowił się w siodle i spojrzał z góry na brzeg rzeki. W porannym powietrzu niósł się dźwięk młotów pracujących na Błotnistej Bramie cieśli, którzy ustawiali na murach drewniane belki. Praca szła im sprawnie. Znacznie mniej zadowolony był z widoku prowizorycznych konstrukcji, którym pozwolono wyrosnąć za nabrzeżem. Budki z żywnością, garkuchnie, magazyny, stragany, piwiarnie i burdele, w których rozkładały nogi najtańsze kurwy — wszystko to przyczepiło się do murów miejskich niczym pąkle do kadłuba statku.

To będzie musiało zniknąć. Każdy budyneczek. W obecnej sytuacji Stannis nie potrzebowałby właściwie drabin, by wspiąć się na mury.

Przywołał Bronna.

— Zbierz stu ludzi i spalcie wszystko, co stoi między brzegiem a miejskimi murami. — Pomachał krótkimi palcami, wskazując na całą nadrzeczną nędzę. — Nie chcę tego wszystkiego tu widzieć, jasne?

Czarnowłosy najemnik odwrócił głowę, zastanawiając się nad zleconym zadaniem.

— Właścicielom to się nie spodoba.

— Nie liczyłem na to. Niech będzie i tak. Będą mieli jeszcze jeden powód, by przeklinać złego, podobnego do małpy demona.

— Niektórzy mogą walczyć.

— Dopilnuj, żeby przegrali.

— A co mam zrobić z tymi, którzy tu mieszkają?

— Daj im czas na usunięcie dobytku, a potem każ się wynosić. Postaraj się nikogo nie zabić. Nie są naszymi wrogami. I skończ z tym gwałceniem! Weź swych ludzi w karby, do cholery!

— Są najemnikami, nie septonami — sprzeciwił się Bronn. — Następnym razem powiesz mi, że chcesz, by byli trzeźwi.

— To też by nie zaszkodziło.

Tyrion żałował, że nie może z równą łatwością dwukrotnie podwyższyć i trzykrotnie pogrubić miejskich murów. Mogło to zresztą nie mieć znaczenia. Grube mury i wysokie wieże nie uratowały Końca Burzy, Harrenhal ani nawet Winterfell.

Przypomniał sobie Winterfell takie, jakim ostatnio je widział. Nie było tak groteskowo wielkie jak Harrenhal ani nie wydawało się tak potężne i niezdobyte jak Koniec Burzy, w jego murach kryła się jednak wielka moc i człowiek miał poczucie, że może się za nimi czuć bezpiecznie. Wiadomość o upadku zamku była dla niego straszliwym szokiem.

— Bogowie jedną ręką dają, a drugą odbierają — mruknął pod nosem, gdy dowiedział się o tym od Varysa. *Dali Starkom Harrenhal, ale zabrali Winterfell. Koszmarna zamiana.*

Z pewnością powinien się radować. Robb Stark będzie teraz musiał zawrócić na północ. Jeśli nie potrafił nawet obronić własnego domu, nie mógł zwać się królem. Oznaczało to ratunek dla zachodu, dla rodu Lannisterów, ale mimo to…

Tyrion tylko niejasno pamiętał Theona Greyjoya, którego poznał, gdy przebywał ze Starkami. *Zarozumiały smarkacz, wiecznie uśmiechnięty i biegle władający łukiem.* Trudno go było sobie wyobrazić jako lorda Winterfell. Lordem Winterfell zawsze będzie Stark.

Przypomniał sobie tamtejszy boży gaj: wysokie drzewa strażnicze zakute w zbroję szarozielonych szpilek, potężne dęby, głogi, jesiony i sosny, a pośrodku drzewo serce — jasny olbrzym przybyły tu z głębi czasu. Czuł niemal zapach tego miejsca, posępną woń ziemi i stuleci. Przypomniał sobie, jak ciemno było w owym lesie, nawet za dnia. *Ten gaj był Winterfell. Był północą. Nigdzie nie czułem się tak obcy, tak niepożądany, jak tam.*

Zastanawiał się, czy Greyjoyowie również to poczują. Zamek mógł do nich należeć, ale nigdy ten boży gaj. Ani za rok, ani za dziesięć lat, ani za pięćdziesiąt.

Tyrion Lannister ruszył stępa w stronę Błotnistej Bramy. *Winterfell nic dla ciebie nie znaczy* — powtarzał sobie. *Ciesz się, że upadło i pilnuj własnych murów.* Brama była otwarta. Za nią stały trzy wielkie trebusze, ustawione obok siebie na placu targowym. Wyciągały szyje nad murami niczym trzy gigantyczne ptaki. Ich ramiona wykonano z pni starych dębów, wzmocnionych żelaznymi okuciami, by się nie rozszczepiały. Złote płaszcze przezwały machiny Trzema Kurwami, gdyż miały zgotować lordowi Stannisowi namiętne powitanie.

Na to przynajmniej liczymy.

Wbił pięty w koński bok i ruszył kłusem przez Błotnistą Bramę, niesiony ludzką falą. Gdy już zostawił za sobą Kurwy, ciżba przerzedziła się i wokół niego pojawiła się wolna przestrzeń.

Powrót do Czerwonej Twierdzy obył się bez komplikacji, lecz w Wieży Namiestnika Tyrion zastał tuzin rozsierdzonych kapitanów statków kupieckich, którzy czekali w komnacie audiencyjnej, by zaprotestować przeciw konfiskacie swych jednostek. Przeprosił ich szczerze i obiecał po wojnie wypłacić rekompensatę. Zbytnio ich to nie pocieszyło.

— A co mamy zrobić, jeśli przegracie, panie? — zapytał żeglarz z Braavos.

— Zwróćcie się o rekompensatę do króla Stannisa.

Gdy wreszcie się ich pozbył, biły już dzwony i wiedział, że spóźni się na uroczystość mianowania. Pokonał dziedziniec niemal biegiem i wcisnął się do zatłoczonego zamkowego septu w tej samej chwili, gdy Joffrey zakładał białe jedwabne płaszcze dwóm nowym członkom Gwardii Królewskiej. Rytuał wymagał, by wszyscy stali, Tyrion nie widział więc nic poza murem dworskich tyłków. Z drugiej strony, gdy nowy wielki septon każe już złożyć obu rycerzom uroczyste przysięgi i namaści ich w imię Siedmiu, będzie mógł wyjść jako pierwszy.

Cieszył się, że jego siostra na miejsce zabitego Prestona Greenfielda wybrała ser Balona Swanna. Swannowie byli lordami z Pogranicza, dumnymi, potężnymi i ostrożnymi. Lord Gulian Swann pozostał w swym zamku, tłumacząc się chorobą i nie brał udziału w wojnie, lecz jego starszy syn walczył u boku Renly'ego, a teraz Stannisa, natomiast młodszy, Balon, służył w Królewskiej Przystani. Tyrion podejrzewał, że gdyby lord Gulian miał trzeciego syna, wysłałby go do Robba Starka. Nie było to może zbyt honorowe zachowanie, świadczyło jednak o zdrowym rozsądku. Bez względu na to, kto zasiądzie na Żelaznym Tronie, Swannowie zamierzali przetrwać. Młody ser Balon nie tylko był wysoko urodzony, lecz również nie brakowało mu odwagi, znał dworskie maniery i biegle władał bronią. Dobrze sobie radził z kopią, jeszcze lepiej z morgenszternem, a znakomicie z łukiem. Będzie pełnił służbę dzielnie i z honorem.

Niestety, Tyrion nie mógł tego samego powiedzieć o drugim kandydacie wybranym przez Cersei. Ser Osmund Kettleblack wyglądał groźnie. Miał sześć stóp i sześć cali wzrostu i składał się niemal wyłącznie z mięśni i ścięgien, a haczykowaty nos, krzaczaste brwi i łopatowata, brązowa broda nadawały jego obliczu dziki wygląd, pod warunkiem, że się nie uśmiechał. Był człowiekiem nisko urodzonym, nie więcej niż wędrownym rycerzem, i jako taki był całkowicie zależny od Cersei. Z pewnością dlatego właśnie go wybrała.

— Ser Osmund jest tak samo wierny, jak i odważny — zapewniła Joffreya, zgłaszając tę kandydaturę. Było to, niestety, prawdą. Dobry ser Osmund sprzedawał tajemnice Cersei Bronnowi już od dnia, gdy wstąpił na jej służbę. Tego jednak Tyrion nie mógł jej powiedzieć.

Doszedł do wniosku, że nie powinien się uskarżać. Mianowanie ser Osmunda dało mu dodatkowe ucho w pobliżu króla i to takie, o którym jego siostra nic nie wiedziała. Zresztą nawet gdyby ser Osmund okazał się całkowitym tchórzem, nie mógłby być gorszy od ser Borosa Blounta, który obecnie rezydował w lochu w Rosby. Ser

Boros eskortował Tommena i lorda Gylesa i gdy zaskoczył go ser Jacelyn Bywater ze swymi złotymi płaszczami, wydał im swych podopiecznych ze skwapliwością, która rozwścieczyłaby starego ser Barristana Selmy'ego tak samo, jak rozwścieczyła Cersei. Rycerz z Gwardii Królewskiej powinien oddać życie w obronie suwerena i jego rodziny. Siostra Tyriona zażądała od Joffreya, by pozbawił Blounta białego płaszcza za tchórzostwo i zdradę. *A teraz zastąpiła go równie mało wartym człowiekiem.*

Modlitwy, przysięgi i namaszczanie zajęły większą część ranka. Tyriona wkrótce rozbolały nogi. Przestępował niespokojnie z jednej na drugą. Zobaczył, że lady Tanda stoi kilka szeregów przed nim, lecz córka jej nie towarzyszy. Miał trochę nadziei, że ujrzy przelotnie Shae. Varys zapewniał go, że wszystko z nią w porządku, wolałby jednak przekonać się o tym sam.

— Lepiej być przyboczną niż kuchtą — stwierdziła dziewczyna, gdy Tyrion zaznajomił ją z planem eunucha. — Czy mogę zabrać ze sobą pas ze srebrnych kwiatów i złoty kołnierz z czarnymi diamentami, tymi, o których mówiłeś, że wyglądają jak moje oczy? Nie będę ich nosiła, jeśli powiesz, że nie powinnam.

Mimo że Tyrion bardzo nie chciał jej rozczarować, musiał zauważyć, że choć lady Tanda nie jest bynajmniej bystrą kobietą, nawet ona mogłaby się zainteresować, dlaczego przyboczna jej córki ma więcej biżuterii niż jej córka.

— Wybierz sobie dwie albo trzy suknie, nie więcej — rozkazał. — Z dobrej wełny. Żadnych jedwabi, brokatów czy futer. Reszta będzie na ciebie czekała w moich komnatach, kiedy mnie odwiedzisz.

Shae nie była zadowolona z takiej odpowiedzi, przynajmniej jednak nic jej nie groziło.

Gdy inwestytura dobiegła wreszcie końca, Joffrey opuścił sept, idąc między ser Balonem a ser Osmundem, którzy mieli na sobie nowe białe płaszcze. Tyrion został jeszcze chwilę, by pomówić z nowym wielkim septonem (który był jego kandydatem i miał wystarczająco wiele rozsądku, by wiedzieć, kto smaruje jego chleb miodem).

— Chcę, by bogowie byli po naszej stronie — oznajmił bez ogródek. — Powiedz ludziom, że Stannis poprzysiągł spalić Wielki Sept Baelora.

— A czy to prawda, panie? — zapytał wielki septon, mały, sprytny człowieczek z rzadką, białą bródką i zasuszoną twarzą.

Tyrion wzruszył ramionami.

— Całkiem możliwe. Spalił boży gaj w Końcu Burzy jako ofiarę dla Pana Światła. Jeśli obraził starych bogów, czemu miałby oszczędzić nowych? Powiedz to ludziom. Poucz ich też, że każdy, kto wspiera uzurpatora, zdradza nie tylko prawowitego króla, lecz również bogów.

— Uczynię to, panie. Polecę im również, by modlili się za zdrowie króla i jego namiestnika.

Gdy Tyrion wrócił do swej samotni, czekał na niego piromanta Hallyne, a także maester Frenken, który przyniósł listy. Pozwolił, by alchemik zaczekał jeszcze chwilę i przeczytał pisma dostarczone przez kruki. Otrzymał stary list od Dorana Martella, który ostrzegał go, że Koniec Burzy upadł, oraz drugi, znacznie bardziej intrygujący, od Balona Greyjoya z Pyke, który tytułował się obecnie królem wysp i północy, i prosił króla Joffreya, by wysłał posła na Żelazne Wyspy celem przedyskutowania przebiegu granicy między ich królestwami oraz omówienia ewentualnego sojuszu.

Tyrion przeczytał list trzykrotnie i odłożył go na bok. Drakkary lorda Balona byłyby bardzo użyteczne w walce z flotą płynącą z Końca Burzy, znajdowały się jednak tysiące mil stąd, po niewłaściwej stronie Westeros, a do tego Tyrion nie był bynajmniej pewien, czy ma ochotę oddawać połowę królestwa.

Być może powinienem podrzucić ten liścik Cersei albo przynieść go na posiedzenie rady.

Dopiero teraz wpuścił Hallyne'a, który przyniósł mu najnowsze sprawozdanie cechu alchemików.

— To nie może być prawda — stwierdził Tyrion, pochylając się nad księgą. — Prawie trzynaście tysięcy dzbanów? Masz mnie za durnia? Ostrzegam cię, że nie zamierzam płacić królewskim złotem za puste skorupy i garnki z nieczystościami zapieczętowane lakiem.

— Nie, nie — pisnął Hallyne. — Przysięgam, że sumy są prawidłowe. Mieliśmy, hmmm, wielkie szczęście, lordzie namiestniku. Znaleźliśmy jeszcze jeden ukryty składzik lorda Rossarta. Ponad trzysta dzbanów. Pod Smoczą Jamą! Grupka dziwek prowadziła w ruinach swój interes i jeden z ich klientów, wpadł przez przegniłą podłogę do piwnicy. Kiedy wymacał dzbany, pomyślał, że to wino. Był tak pijany, że złamał pieczęć i wypił trochę.

— Był kiedyś pewien książę, który też tego próbował — zauważył z przekąsem Tyrion. — Nie widziałem nad miastem żadnego smoka, sądzę więc, że tym razem również się nie udało. — Smocza Jama na szczycie wzgórza Rhaenys była opuszczona już od półtora stulecia. Tyrion pomyślał, że to całkiem niezłe miejsce na magazyn dzikiego ognia, dobrze by jednak było, gdyby zmarły lord Rossart komuś o tym powiedział. — Mówisz, trzysta dzbanów? To nie tłumaczy tej sumy. Mamy kilka tysięcy dzbanów więcej niż w waszych najbardziej optymistycznych prognozach.

— Tak, tak, to prawda. — Hallyne otarł blade czoło rękawem czarno-szkarłatnej szaty. — Trudziliśmy się bardzo ciężko, lordzie namiestniku, hmmm.

— To z pewnością tłumaczy, dlaczego produkujecie znacznie więcej substancji niż poprzednio. — Tyrion uśmiechnął się i przeszył piromantę spojrzeniem różnobarwnych oczu. — Pojawia się jednak pytanie, dlaczego przedtem trudziliście się mniej.

Hallyne był blady jak grzyb, trudno więc było sobie wyobrazić, by mógł zblednąć jeszcze bardziej, jakoś jednak udało mu się tego dokonać.

— To nieprawda, lordzie namiestniku. Zapewniam cię, że ja i moi bracia od samego początku pracowaliśmy dzień i noc. Rzecz w tym, hmmm, wyprodukowaliśmy tak wiele substancji, że, hmmm, wprawiliśmy się w tym, a ponadto... — Alchemik przesunął się nerwowo. — ...pewne zaklęcia, hmmm, starożytne tajemnice naszego zakonu, bardzo delikatne i kłopotliwe, ale konieczne, jeśli substancja ma być, hmmm, taka, jak powinna...

Cierpliwość Tyriona zaczynała się wyczerpywać. Zapewne przyszedł już ser Jacelyn Bywater, a Żelazna Ręka nie lubił czekać.

— Tak, macie tajemne zaklęcia, to wspaniałe, no i co z tego?

— Wydaje się, hmmm, że są skuteczniejsze niż przedtem. — Hallyne uśmiechnął się blado. — Nie słyszałeś nic o tym, by gdzieś pojawiły się smoki?

— Nie, chyba że znaleźliście jakiegoś pod Smoczą Jamą. Dlaczego pytasz?

— Och, wybacz. Przypomniałem sobie coś, co powiedział mi stary mądrość Pollitor, gdy jeszcze byłem akolitą. Zapytałem go, dlaczego nasze zaklęcia tak często wydają się, hmmm, mniej skuteczne niż chcą nas przekonać zwoje, a on mi odpowiedział, że to dlatego, iż po śmierci ostatniego smoka magia zaczęła znikać ze świata.

— Muszę cię z przykrością rozczarować. Nie widziałem żadnych smoków. Zauważyłem jednak królewskiego kata, który kręcił się po okolicy. Gdyby się okazało, że w którymś z tych owoców, które mi sprzedajesz, jest coś innego niż dziki ogień, ty również będziesz miał okazję się z nim spotkać.

Hallyne umknął tak szybko, że omal nie wpadł na ser Jacelyna. *Nie, na lorda Jacelyna.* Nie mógł o tym zapominać. Żelazna Ręka był na szczęście równie bezpośredni, jak zawsze. Wrócił z Rosby, by odprowadzić nowy oddział włóczników zwerbowanych w majątku lorda Gylesa i ponownie objąć dowództwo nad Strażą Miejską.

— Jak się miewa mój siostrzeniec? — zapytał Tyrion, gdy zakończyli rozmowę o miejskich fortyfikacjach.

— Książę Tommen jest zdrowy i szczęśliwy, panie. Przygarnął fauna, którego moi ludzie przynieśli z polowania. Miał już kiedyś jednego, samicę, ale Joffrey zdarł z niej skórę na kurtkę. Czasem pyta o matkę i często zaczyna listy do księżniczki Myrcelli, ale chyba żadnego jeszcze nie skończył. Za bratem jednak nie tęskni w ogóle.

— Czy zadbałeś o jego los na wypadek, gdybyśmy przegrali bitwę?

— Moi ludzie otrzymali odpowiednie instrukcje.

— A jak one brzmią?

— Rozkazałeś mi nikomu nic nie mówić, panie.

Tyrion uśmiechnął się.

— Cieszę się, że o tym pamiętasz.

Jeśli Królewska Przystań padnie, może dostać się do niewoli i lepiej, żeby nie wiedział, gdzie można znaleźć dziedzica Joffreya.

Wkrótce po wyjściu lorda Jacelyna przyszedł Varys.

— Ludzie to okropnie niewierne istoty — oznajmił mu na przywitanie.

— Kto dzisiaj okazał się zdrajcą? — zapytał z westchnieniem Tyrion.

Eunuch wręczył mu zwój.

— Tak wiele łotrostwa to straszliwe świadectwo dla naszej epoki. Czy honor umarł razem z naszymi ojcami?

— Mój ojciec jeszcze żyje. — Tyrion przesunął wzrokiem po liście. — Znam niektórych z nich. To bogaci ludzie. Kupcy i rzemieślnicy. Dlaczego mieliby spiskować przeciw nam?

— Chyba uważają, że zwycięstwo Stannisa jest nieuniknione i chcą mieć w nim swój udział. Nazwali się Rogatymi, na cześć jelenia w koronie.

— Ktoś powinien im powiedzieć, że Stannis zmienił godło. Powinni się zwać Gorącymi Sercami. — Sprawa nie była jednak żartem. Owi Rogaci najwyraźniej uzbroili kilkuset swych zwolenników, którzy po rozpoczęciu bitwy mieli opanować Starą Bramę i wpuścić wroga do miasta. Jednym z wymienionych na liście ludzi był mistrz płatnerski Salloreon. — Wygląda na to, że jednak nie dostanę tego straszliwego hełmu z rogami demona — poskarżył się Tyrion, podpisując nakaz jego aresztowania.

Theon

W jednej chwili spał, a w następnej był w pełni rozbudzony.

Kyra przytuliła się do niego, zarzuciła lekko jedną rękę na jego ramię, a piersiami głaskała mu plecy. Słyszał jej oddech, cichy i miarowy. Owijała ich skopana kołdra. Była ciemna noc, a w sypialni panował mrok i cisza.

Co to jest? Czy coś słyszałem? Albo kogoś?

Wiatr szumiał cicho za okiennicami. Z oddali dobiegło miauczenie grzejących się kotów. Nic więcej. *Śpij, Greyjoy* — powiedział sobie. *W zamku jest spokojnie, a ty wystawiłeś strażników.* Pod drzwiami, przy bramie, w zbrojowni.

Mógłby uznać, że to tylko zły sen, nie pamiętał jednak, by cokolwiek mu się śniło. Kyra go zmęczyła. Do chwili, gdy wysłał po nią Theon, całe swe osiemnastoletnie życie spędziła w zimowym mieście i ani razu nie postawiła nogi w zamku. Przyszła do niego wilgotna, chętna i gibka jak łasica. Podniecała go świadomość, że pieprzy się ze zwykłą dziewką karczemną w łożu lorda Eddarda Starka.

Gdy Theon wysunął się spod jej ramienia i wstał z posłania, wyszeptała coś przez sen. Na kominku tliło się jeszcze kilka węgielków. Wex spał na podłodze u podnóża łoża. Zwinął się pod płaszczem i zapomniał o całym świecie. Nic się nie ruszało. Theon otworzył okiennice. Dotknęły go zimne palce nocy, powodując gęsią skórkę. Wsparł się na kamiennym parapecie i wyjrzał na zewnątrz, spoglądając na spowite mrokiem wieże, puste dziedzińce, czarne niebo i morze gwiazd, tak licznych, że nie zdołałby wszystkich policzyć, nawet gdyby żył sto lat. Wysoko nad Wieżą Dzwonną unosił się księżyc w kwadrze, który odbijał się w dachu szklarni. Theon nie słyszał żadnych alarmów, niczyich głosów ani nawet kroków.

Wszystko w porządku, Greyjoy. Wsłuchaj się w ciszę. Powinieneś być pijany z radości. Zdobyłeś Winterfell z niespełna trzydziestoma ludźmi. To wyczyn godny pieśni. Ruszył z powrotem w stronę łoża. Przetoczy Kyrę na plecy i przerżnie ją jeszcze raz. To powinno odegnać wszystkie widma. Jej westchnienia i chichoty będą radosną odmianą po tej całej ciszy.

Stanął jak wryty. Tak bardzo przyzwyczaił się do wycia wilkorów, że już właściwie go nie słyszał... lecz jakaś część jego jaźni, jakiś myśliwski instynkt, zarejestrował jego umilknięcie.

Pod drzwiami stał Urzen, żylasty mężczyzna z okrągłą tarczą zarzuconą na plecy.

— Wilki ucichły — oznajmił mu Theon. — Idź sprawdzić, co porabiają, i wracaj natychmiast.

Na myśl, że wilkory mogły się wyrwać na swobodę, ogarnęły go mdłości. Przypomniał sobie, jak w wilczym lesie dzicy zaatakowali Brana, a Lato i Szary Wicher rozerwały ich na strzępy.

Trącił Wexa czubkiem stopy. Chłopak usiadł i potarł oczy.

— Sprawdź, czy Bran Stark i jego brat są w łóżkach. Tylko szybko.

— Panie? — rozległ się senny głos Kyry.

— Śpij, to nie twoja sprawa.

Nalał sobie kielich wina i przełknął je jednym haustem. Cały czas wytężał słuch w nadziei, że usłyszy wycie.

Mam za mało ludzi — pomyślał skwaszony. *Za mało. Jeśli Asha nie przybędzie...*

Wex wrócił najszybciej, kiwając przecząco głową. Z przekleństwem na ustach, Theon złapał za bluzę i spodnie, które rzucił wcześniej na podłogę, chcąc jak najszybciej dobrać się do Kyry. Na bluzę założył kaftan z nabijanej żelaznymi ćwiekami skóry, a do pasa przytroczył sobie miecz i sztylet. Jego włosy były rozczochrane, dzikie jak las, miał jednak teraz pilniejsze sprawy niż czesanie.

Wrócił Urzen.

— Nie ma wilków.

Theon powiedział sobie, że musi być chłodny i roztropny, jak lord Eddard.

— Obudźcie wszystkich — rozkazał. — Zgońcie ich na dziedziniec, żeby zobaczyć, kogo brakuje. Niech Lorren sprawdzi wszystkie bramy. Wex, chodź ze mną.

Zastanawiał się, czy Stygg dotarł już do Deepwood Motte. Nie był takim wprawnym jeźdźcem, za jakiego się podawał — nikt z żelaznych ludzi nie był wiele wart w siodle — miał jednak wystarczająco wiele czasu. Asha mogła już ruszyć w drogę. *Jeśli się dowie, że straciłem Starków...* Nie chciał nawet o tym myśleć.

Sypialnia Brana była pusta, podobnie jak znajdujący się pół piętra niżej pokój Rickona. Theon przeklinał sam siebie. Trzeba było wystawić tam strażnika. Uznał jednak, że pilnowanie murów i bram jest ważniejsze od niańczenia pary dzieci, z których jedno było kaleką.

Na dworze słychać było łkanie mieszkańców zamku, których zerwano z łóżek i wygnano na dziedziniec.

Już ja im dam powód do płaczu. Traktowałem ich łagodnie i oto jak mi się odpłacili. Kazał nawet wychłostać dwóch własnych ludzi, którzy zgwałcili dziewczynę z psiarni. Chciał w ten sposób zademonstrować, że zamierza być sprawiedliwy. *Ale i tak obwiniają mnie o ten gwałt. I o całą resztę.* Uważał, że to niesprawiedliwe. Mikken sam się zabił swym gadaniem, tak samo, jak Benfred, jeśli zaś chodzi o Chayle'a, po prostu musiał złożyć kogoś w ofierze Utopionemu Bogu. Jego ludzie tego oczekiwali.

— Nie mam nic przeciwko tobie — oznajmił septonowi, nim wrzucili go do studni. — Ale dla ciebie i twoich bogów nie ma już tu miejsca.

Można by pomyśleć, że pozostali będą mu wdzięczni za to, że nie wybrał któregoś z nich, ale nic z tego. Zastanawiał się, ilu z nich było zamieszanych w ten spisek przeciw niemu.

Wrócił Urzen z Czarnym Lorrenem.

— Brama Myśliwego — oznajmił Lorren. — Lepiej sam to zobacz.

Brama Myśliwego była położona dogodnie blisko psiarni i kuchni. Wychodziła bezpośrednio na pola i lasy, pozwalając jeźdźcom dotrzeć do zamku z ominięciem zimowego miasta. Tędy właśnie wyjeżdżali ludzie wybierający się na łowy.

— Kto stał tam na straży? — zapytał Theon.

— Drennan i Zezol.

Drennan był jednym z ludzi, którzy zgwałcili Pallę.

— Jeśli pozwolili dzieciakom uciec, przysięgam, że tym razem zedrę im z pleców więcej skóry.

— To nie będzie potrzebne — rzucił krótko Czarny Lorren.

Rzeczywiście nie było. Zezol pływał w fosie twarzą w dół, a wnętrzności ciągnęły się za nim niczym gniazdo bladych węży. Drennan leżał na wpół rozebrany w stróżówce, w przytulnym pokoiku, z którego kierowano mostem zwodzonym. Gardło miał poderżnięte od ucha do ucha. Nie do końca zagojone blizny na plecach zakrywała wystrzępiona bluza, lecz buty walały się pośród sitowia, a spodnie były opuszczone do kostek. Na stojącym przy drzwiach stoliku leżał ser, obok którego stał pusty dzban. I dwa kubki.

Theon wziął w rękę jeden z nich i powąchał resztki wina na dnie.

— Zezol patrolował mur, zgadza się?

— Tak — potwierdził Lorren.

Theon cisnął kubek w palenisko.

— Drennan pewnie spuszczał właśnie portki, żeby przerżnąć jakąś babę, kiedy ona przerżnęła mu gardło. I to chyba jego własnym nożem do sera. Niech ktoś przyniesie pikę i wyłowi z fosy tego drugiego durnia.

Drugi dureń wyglądał znacznie gorzej od Drennana. Kiedy Czarny Lorren wydobył go z wody, zobaczyli, że jedną rękę urwano mu w łokciu, brakuje mu połowy szyi, a tam, gdzie miał pępek i krocze, ziała poszarpana dziura. Podczas wyciągania na brzeg pika przebiła mu jelita. Smród był okropny.

— Wilkory — stwierdził Theon. — I to chyba oba.

Odwrócił się z niesmakiem i ruszył ku mostowi zwodzonemu. Winterfell otaczały dwa potężne granitowe mury, które dzieliła od siebie szeroka fosa. Zewnętrzny mur miał osiemdziesiąt stóp wysokości, a wewnętrzny ponad sto. Theon miał za mało ludzi i w związku z tym był zmuszony porzucić zewnętrzny mur i wystawić strażników jedynie na wewnętrznym. Nie mógł ryzykować, że znajdą się po niewłaściwej stronie fosy w chwili, gdy w zamku wybuchnie bunt.

Musiało ich być dwoje albo więcej — uznał. *Kobieta zabawiała Drennana, a pozostali uwolnili wilkory.*

Zażądał, by podano mu pochodnię i zaprowadził ludzi na mur. Opuścił żagiew i zatoczył nią łuk, szukając… tam, po wewnętrznej stronie umocnień, w szerokiej strzelnicy między dwoma blankami.

— Krew — oznajmił. — Pobieżnie wytarta. Zapewne kobieta zabiła Drennana i opuściła most zwodzony. Zezol usłyszał brzęk łańcuchów i pobiegł zobaczyć, co się dzieje, ale dotarł tylko tutaj. Trupa zepchnęli przez strzelnicę do fosy, żeby nie znalazł go inny wartownik.

Urzen przesunął wzrokiem po murach.

— Pozostałe wieżyczki nie są daleko. Widzę płonące pochodnie…

— Pochodnie, ale nie strażników — przerwał mu poirytowany Theon. — W Winterfell jest więcej wieżyczek niż ja mam ludzi.

— Czterech wartowników stało przy głównej bramie, a pięciu łaziło po murach razem z Zezolem — przypomniał Czarny Lorren.

— Gdyby zadął w róg… — zaczął Urzen.

Służą mi głupcy.

— Wyobraź sobie, że jesteś na jego miejscu, Urzen. Jest ciemno i zimno. Łazisz po murach już od wielu godzin i z wytęsknieniem czekasz końca służby. Nagle słyszysz jakiś hałas, ruszasz ku bramie i na szczycie schodów widzisz ślepia, które jarzą się w świetle pochodni zielonozłotym blaskiem. Dwa cienie rzucają się na ciebie, tak szybko, że nie wierzysz własnym oczom. Widzisz błysk zębów, opuszczasz włócznię i wtedy wpadają na ciebie i rozpruwają ci brzuch, a ich zęby przebijają skórzany kaftan tak łatwo, jakby był z gazy. — Pchnął mocno Urzena. — A potem leżysz na plecach, flaki wypływają ci z brzucha, a jeden z napastników wbija ci zęby w gardło. — Złapał żołnierza za chudą szyję, zacisnął palce i uśmiechnął się. — Powiedz mi, kurwa, kiedy miałeś czas zadąć w róg?

Odepchnął z całej siły Urzena, który oparł się o mur, pocierając gardło. *Trzeba było ukatrupić te bestie, gdy tylko zdobyliśmy zamek* — pomyślał rozwścieczony Theon. *Widziałem, jak zabijają. Wiedziałem, jakie są groźne.*

— Musimy ruszać w pościg — odezwał się Czarny Lorren.

— Nie po ciemku. — Theonowi w najmniejszym stopniu nie podobała się myśl o ściganiu wilkorów przez pogrążony w mroku las. Łowcy z łatwością mogliby się przerodzić w zwierzynę. — Zaczekamy do rana. Na razie pomówię z moimi wiernymi poddanymi.

Pod otaczającymi dziedziniec murami ustawiono tłum zaniepokojonych mężczyzn, kobiet i dzieci. Wielu z nich nie miało czasu się ubrać. Owinęli się w wełniane koce albo kulili się nadzy pod płaszczami bądź szlafrokami. Pilnowało ich dwunastu żelaznych ludzi, którzy w jednej ręce trzymali pochodnie, a w drugiej broń. Wiatr dął potężnie, a migotliwe, pomarańczowe światło odbijało się matowym blaskiem w stalowych hełmach, gęstych brodach i pozbawionych wesołości oczach.

Theon przeszedł w obie strony przed szeregiem więźniów. Przyglądał się ich twarzom, próbując wyczytać w nich dowody winy. Wszyscy wydawali się mu winni.

— Ilu brakuje?

— Sześciorga. — Fetor podszedł blisko. Pachniał mydłem, a jego długie włosy powiewały na wietrze. — Obu Starków, chłopaka z bagien i jego siostry, przygłupa ze stajni i tej twojej dzikiej.

Osha. Podejrzewał ją od chwili, gdy zobaczył drugi kubek. *Nie powinienem był jej ufać. Jest tak samo nienaturalna, jak Asha. Nawet ich imiona brzmią podobnie.*

— Czy ktoś zaglądał do stajni?

— Aggar mówi, że nie brakuje żadnego konia.

— Tancerka stoi w boksie?

— Tancerka? — Fetor zmarszczył brwi. — Aggar mówi, że wszystkie konie są na miejscu. Tylko przygłup zniknął.

A więc uciekają na piechotę. To była najlepsza wiadomość, jaką usłyszał, odkąd się obudził. Bran z pewnością siedział w koszu na plecach Hodora, a Rickona musiała dźwigać Osha, gdyż na swych krótkich nóżkach nie zaszedłby daleko. Theon był pewien, że wkrótce ich dopadnie.

— Bran i Rickon uciekli — oznajmił mieszkańcom zamku, spoglądając im w oczy. — Kto wie, dokąd poszli? — Nikt nic nie mówił. — Nie mogli zbiec bez pomocy — ciągnął Theon. — Bez jedzenia, ubrania, broni. — Kazał zamknąć pod kluczem wszystkie miecze i topory w Winterfell, z pewnością jednak niektóre przed nim ukryto. — Chcę usłyszeć imiona wszystkich, którzy im dopomogli. I tych, którzy przymknęli na to oczy. — Nie usłyszał niczego oprócz wiatru. — O świcie zamierzam sprowadzić ich z powrotem. — Zatknął kciuki za pas do miecza. — Potrzebni mi myśliwi. Kto chce dostać piękną wilczą skórę, która pomoże mu przetrwać zimę? Gage? — Kucharz zawsze witał go radośnie, gdy Theon wracał z polowania, pytając, czy przywiózł jakieś smakołyki na zamkowy stół. Teraz jednak nie miał nic do powiedzenia. Theon cofnął się tą samą drogą, którą przyszedł, przypatrując się ich twarzom w poszukiwaniu dowodów winy. — Głusza to nie miejsce dla kaleki. A jak długo przeżyje tam mały Rickon? Nianiu, pomyśl, jak musi się bać. — Staruszka dziesięć lat zanudzała go swymi nie mającymi końca opowieściami, a teraz gapiła się tylko na niego, jakby go nie znała. — Mógłbym kazać zabić wszystkich mężczyzn w Winterfell, a kobiety oddać moim żołnierzom, a zamiast tego otoczyłem was opieką. Czy tak mi się odwdzięczacie?

Joseth, który opiekował się jego końmi, Farlen, od którego nauczył się wszystkiego, co wiedział o psach, Barth, żona piwowara, która była jego pierwszą — nikt z nich nie chciał mu spojrzeć w oczy. *Nienawidzą mnie* — zdał sobie sprawę.

Podszedł do niego Fetor.

— Każ ich obedrzeć ze skóry — poradził, poruszając mięsistymi wargami. — Lord Bolton mawiał, że nagi człowiek ukrywa niewiele tajemnic, ale człowiek obdarty ze skóry nie ukrywa już żadnej.

Theon wiedział, że obdarty ze skóry człowiek jest herbem rodu Boltonów. W minionych wiekach niektórzy z ich lordów posuwali się nawet do tego, że odziewali się w skóry zabitych wrogów. Niejeden Stark skończył w ten sposób. Wszystko to podobno skończyło się przed tysiącem lat, gdy Boltonowie zgięli kolano przed Winterfell. *Tak przynajmniej twierdzą. Sam się jednak przekonałem, że stare zwyczaje nie giną tak łatwo.*

— Dopóki ja władam Winterfell, nikt na północy nie będzie nikogo obdzierał ze skóry — oznajmił głośno Theon. Miał ochotę krzyknąć: „Jestem dla was jedyną osłoną przed takimi jak on". Nie mógł powiedzieć tego wprost, być może jednak niektórzy z nich będą wystarczająco bystrzy, by to zrozumieć.

Niebo nad zamkowymi murami szarzało już. Zbliżał się świt.

— Joseth, osiodłaj Śmieszka i konia dla siebie. Murch, Gariss i Francowaty Tym jadą z nami. — Murch i Gariss byli najlepszymi myśliwymi w zamku, a Tym dobrze strzelał z łuku. — Aggar, Czerwony Nos, Gelmar, Fetor, Wex. — Musiał wziąć również własnych ludzi, by strzegli jego pleców. — Farlen, potrzebuję też ciebie i twoich psów.

Posiwiały psiarczyk skrzyżował ramiona.

— A dlaczego miałbym pomagać w polowaniu na moich prawowitych lordów, którzy do tego są dziećmi?

Theon podszedł bliżej.

— Ja jestem teraz twoim prawowitym lordem, a także człowiekiem, który broni Palli.

W oczach Farlena zgasł płomień buntu.

— Tak jest, panie.

Theon cofnął się i rozejrzał wokół, by zobaczyć, kogo jeszcze mógłby zabrać.

— Maesterze Luwinie — rzucił.

— Nic nie wiem o polowaniu.

Ale boję się zostawić cię w zamku pod swoją nieobecność.

— To najwyższy czas, żebyś się czegoś nauczył.

— Zabierzcie mnie. Chcę dostać tę wilczą skórę. — Z grupy wystąpił chłopiec w wieku Brana. Minęła chwila, nim Theon go sobie przypomniał. — Jeździłem na polowania już mnóstwo razy — ciągnął Walder Frey. — Na czerwone jelenie, łosie, a nawet dziki.

Jego kuzyn parsknął śmiechem.

— Ojciec zabierał go na polowanie na dziki, ale nie pozwalali mu się nawet zbliżyć do zwierza.

Theon przyjrzał się chłopcu z powątpiewaniem.

— Jak chcesz, to jedź, ale niech ci się nie zdaje, że będę cię ciągnął za sobą, jeśli nie potrafisz dotrzymać nam kroku. — Zwrócił się w stronę Czarnego Lorrena. — Pod moją nieobecność Winterfell należy do ciebie. Jeśli nie wrócimy, możesz z nim zrobić, co zechcesz.

No, teraz to naprawdę powinni się modlić o mój powrót.

Gdy zebrali się przy Bramie Myśliwego, pierwsze blade promienie słońca muskały już szczyt Wieży Dzwonnej. Oddechy zamarzały w zimnym powietrzu poranka. Gelmarr uzbroił się w topór o długim drzewcu, którego zasięg pozwoli mu zadać cios wilkom, nim zdążą go dopaść. Ostrze było wystarczająco ciężkie, by zabić za jednym uderzeniem. Aggar miał stalowe nagolenniki. Fetor przyniósł włócznię na dziki oraz wypchany worek pełen bóg wie czego. Theon miał tylko łuk. Nie potrzebował niczego więcej. Kiedyś jedną strzałą uratował Branowi życie. Żywił nadzieję, że teraz nie będzie musiał drugą mu go odebrać, jeśli jednak nie będzie miał innego wyjścia, uczyni to.

Zamek opuściło jedenastu mężczyzn, dwóch chłopców i tuzin psów. Za zewnętrznym murem wyraźnie było widać odciśnięte w miękkiej ziemi ślady wilczych łap i głębokie odciski stóp Hodora, a także płytsze, zostawione przez Reedów. Gdy weszli między drzewa, kamienisty grunt i spadłe liście utrudniały ich dostrzeżenie, lecz do tego czasu ruda suka Farlena zdążyła już złapać trop. Pozostałe psy biegły tuż za nią, węsząc i ujadając. Grupę zamykała para ogromnych mastifów. Ich siła i zawziętość mogły odegrać decydującą rolę w starciu z osaczonym wilkorem.

Theon sądził, że Osha popędzi na południe, do ser Rodrika, trop jednak wiódł w kierunku północ północny zachód, w samo serce wilczego lasu. Nie podobało mu się to w najmniejszym stopniu. Byłoby gorzką ironią, gdyby Starkowie uciekli do Deepwood Motte i wpadli w ręce Ashy. *Wolałbym, żeby zginęli* — pomyślał z goryczą. *Lepiej uchodzić za okrutnika niż za głupca.*

Między pniami przemykały kosmyki jasnej mgły. Drzewa strażnicze i żołnierskie sosny rosły tu bardzo gęsto, a nie ma nic równie mrocznego i ponurego jak wiecznie zielony las. Grunt był nierówny, a zaściełające go szpilki maskowały miękką darń, utrudniając poruszanie się koniom. Musieli jechać powoli. *Ale nie tak powoli, jak mężczyzna dźwigający kalekę albo koścista wiedźma niosąca na plecach czterolatka* — pomyślał, nakazując sobie cierpliwość. Odnajdzie ich, nim dzień dobiegnie końca.

Gdy jechali wydeptaną przez zwierzynę ścieżką prowadzącą wzdłuż brzegu parowu, maester Luwin zbliżył się truchtem do niego.

— Jak dotąd polowanie niczym się nie różni od jazdy przez las, panie.

— Istnieją między nimi podobieństwa — przyznał z uśmiechem Theon. — Ale polowanie kończy się przelewem krwi.

— Czy musi tak się stać? Ta ucieczka była wielkim szaleństwem, ale czy nie możesz okazać łaski? To twoi przybrani bracia.

— Żaden Stark poza Robbem nigdy nie traktował mnie jak brata, ale Bran i Rickon są dla mnie cenniejsi żywi niż martwi.

— To samo dotyczy Reedów. Fosa Cailin leży na granicy moczarów. Lord Howland może, jeśli tylko zechce, zamienić życie wojsk okupacyjnych twego stryja w piekło, dopóki jednak przetrzymujesz jego dziedziców, będzie musiał się powstrzymać.

Theonowi nie wpadło to do głowy. Szczerze mówiąc, prawie wcale nie myślał o parze błotniaków. Raz tylko czy dwa, spoglądając na Meerę, zadał sobie pytanie, czy nadal jest dziewicą.

— Może i masz rację. Oszczędzimy ich, jeśli tylko zdołamy.

— I Hodora też, mam nadzieję. Przecież wiesz, że chłopak jest słaby na umyśle i robi to, co mu kazać. Ileż to razy oporządzał ci konia, mył siodło, szorował kolczugę?

Hodor nic dla niego nie znaczył.

— Jeśli nie będzie stawiał oporu, pozwolimy mu żyć. — Theon wyciągnął palec. — Ale jeśli choć wspomnisz o oszczędzeniu dzikiej, możesz zginąć razem z nią. Przysięgła mi wierność i naszczała na swą przysięgę.

Maester pochylił głowę.

— Nie szukam usprawiedliwień dla wiarołomców. Zrobisz, co będziesz musiał. Dziękuję ci za okazanie łaski.

Łaska — pomyślał Theon, gdy Luwin został z tyłu. *To cholerna pułapka. Jeśli człowiek okazuje ją zbyt szczodrze, nazwą go słabym, a jeśli za rzadko, uznają go za potwora.* Wiedział jednak, że maester udzielił mu dobrej rady. Jego ojciec myślał jedynie o podboju, jaki jednak sens miało zdobywać królestwo, jeśli nie można było go utrzymać? Szkoda, że Ned Stark zabrał swe córki na południe. W przeciwnym razie Theon mógłby wzmocnić swe panowanie nad Winterfell, żeniąc się z jedną z nich. Z tej Sansy była niezła, mała sztuka, a teraz zapewne nadawała się już do łoża. Przebywała jednak tysiące mil od niego, w niewoli u Lannisterów. Wielka szkoda.

Las stawał się coraz dzikszy. Sosny i drzewa strażnicze ustąpiły miejsca potężnym, ciemnym dębom. W głogowych gąszczach kryły się zdradzieckie parowy i rozpadliny. Pełno też było kamienistych wzgórz. Minęli chatę zagrodnika, opuszczoną i zarośniętą zielskiem, a potem zalane kamieniołomy, w których taflę stojącej wody pokrywała szara jak stal warstewka liści i igieł. Gdy psy zaczęły ujadać, Theon pomyślał, że uciekinierzy są już blisko. Spiął Śmieszka i ruszył kłusem naprzód, znalazł jednak tylko ścierwo młodego łosia... czy raczej jego resztki.

Zsunął się z siodła, by przyjrzeć się bliżej. Padlina była jeszcze świeża. Nie ulegało wątpliwości, że zwierzę zabiły wilki. Psy obwąchały je ochoczo, a jeden z mastifów zatopił kły w udźcu. Farlen jednak go odwołał. *Nie wycięto ani kawałka mięsa* — zdał sobie sprawę Theon. *Wilki się najadły, ale ludzie nie.* Nawet jeśli Osha nie chciała ryzykować rozpalenia ognia, powinna była wyciąć parę kotletów. Nie miało sensu marnować tak wiele dobrego mięsa.

— Farlen, czy to na pewno właściwy trop? — zapytał. — Czy to możliwe, że ścigamy nie te wilki?

— Moja suka zna zapach Laty i Kudłacza.

— Obyś się nie mylił. Bo pożałujesz.

Niespełna godzinę później trop zszedł ze stoku, zbliżając się do błotnistego potoku, który wezbrał po niedawnych deszczach. Tam właśnie psy zgubiły trop. Farlen i Wex przeszli z nimi strumień w bród, a potem wrócili, potrząsając głowami, podczas gdy zwierzęta węsząc, biegały po drugim brzegu.

— Weszli tutaj, panie, ale nie wiem, gdzie wyszli — stwierdził psiarczyk.

Theon zeskoczył z konia, przyklęknął na brzegu i zanurzył rękę w wodzie. Była zimna.

— Nie mogli długo wytrzymać w tej wodzie — stwierdził. — Weź połowę psów w dół strumienia. Ja pójdę w górę…

Wex klasnął głośno w dłonie.

— Co jest? — zapytał Theon.

Niemy chłopak wyciągnął rękę.

Grunt obok strumienia był wilgotny i błotnisty. Tropy wilków łatwo było dostrzec.

— Ślady łap. No i co z tego?

Giermek wbił nogę w ziemię i obrócił się na niej w obie strony, zostawiając wyraźny ślad.

Joseth zrozumiał.

— Mężczyzna o wadze Hodora powinien zostawić w błocie głębokie odciski — rzekł. — Zwłaszcza że dźwigał na plecach chłopca. A tu widać tylko ślady naszych butów. Sam zobacz.

Theon z przerażeniem przekonał się, że to prawda. Wilki weszły do brązowego, wezbranego potoku same.

— Osha musiała w którymś miejscu zawrócić. Zapewne przed łosiem. Wysłała wilki naprzód w nadziei, że pognamy za nimi. — Naskoczył na myśliwych. — Jeśli wy dwaj celowo mnie oszukaliście…

— Był tylko jeden ślad, panie. Przysięgam — bronił się Gariss. — A wilkory za nic nie rozstałyby się z chłopcami. Nie na długi czas.

To prawda — pomyślał Theon. Lato i Kudłacz mogły wyruszyć na łowy, lecz prędzej czy później wrócą do Brana i Rickona.

— Gariss, Murch, zabierzcie cztery psy, zawróćcie i znajdźcie miejsce, w którym ich zgubiliśmy. Aggar, miej ich na oku. Nie życzę sobie żadnych sztuczek. Farlen i ja ruszymy za wilkorami. Zadmijcie raz w róg, jeśli znajdziecie trop. Dwa razy, jeśli zobaczycie te bestie. Kiedy dowiemy się, dokąd poszły, same nas zaprowadzą do swoich panów.

Wziął ze sobą Wexa, młodego Freya i Gynira Czerwonego Nosa, po czym ruszył w górę strumienia. On i Wex jechali jednym brzegiem, a Czerwony Nos i Walder Frey drugim. Każdy prowadził po parze psów. Nie wiadomo, po której stronie wilki wylazły z wody. Theon wypatrywał tropów, połamanych gałęzi czy jakichkolwiek znaków, które świadczyłyby, że tu właśnie wilkory wyszły na brzeg. Bez trudu zauważył ślady jeleni, łosi oraz borsuków. Wex zaskoczył pijącą ze strumienia lisicę, a Walder wypłoszył z chaszczy trzy króliki i zdążył przeszyć jednego z nich strzałą. Znaleźli ślady pazurów niedźwiedzia, który zdarł korę z wysokiej brzozy. Wilkory jednak zniknęły bez śladu.

Jeszcze kawałek — powtarzał sobie Theon. *Za tym dębem, za tym wzniesieniem, za następnym zakrętem strumienia na pewno coś znajdziemy.* Nie przestawał jechać naprzód jeszcze długo po tym, gdy zrozumiał, że pora już zawrócić. W brzuchu czuł narastający niepokój. Gdy zawrócił z niesmakiem głowę Śmieszka i dał za wygraną, było południe.

Osha i ci przeklęci chłopcy w jakiś sposób nadal mu się wymykali. To nie powinno być możliwe, nie na piechotę, z kaleką i dzieckiem na plecach. Z każdą godziną rosło prawdopodobieństwo, że uda im się uciec. Jeśli dotrą do wioski... Ludzie z północy nigdy nie odmówią pomocy synom Neda Starka, braciom Robba. Dostaną wierzchowce, które pozwolą im podróżować szybciej, a także żywność. Mężczyźni będą się bili o zaszczyt ich chronienia. Zgromadzi się wokół nich cała cholerna północ.

Wilkory poszły w dół strumienia, to wszystko. Uczepił się tej myśli. *Ta ruda suka wywęszy miejsce, w którym wylazły z wody, i znowu ruszymy w pościg.* Gdy jednak spotkali się z grupą Farlena, jedno spojrzenie na twarz psiarczyka wystarczyło, by zdruzgotać jego nadzieje.

— Te psy nadają się tylko do szczucia niedźwiedzia — rzucił gniewnie. — Szkoda, że nie mam tu żadnego.

— Psy nie są niczemu winne. — Farlen przyklęknął między mastifem a swą sławetną rudą suką, kładąc dłonie na grzbietach obu zwierząt. — W bieżącej wodzie zapach się nie utrzymuje, panie.

— Wilki musiały gdzieś wyleźć z tego strumienia.

— Z pewnością wylazły. W górze albo w dole. Jeśli pójdziemy dalej, znajdziemy trop. Ale w którą stronę ruszyć?

— Nigdy nie słyszałem, żeby wilk całymi milami biegł korytem strumienia — wtrącił Fetor. — Człowiek mógłby. Gdyby wiedział, że go ścigają, mógłby. Ale wilk?

Theon nie był tego taki pewien. Te bestie nie przypominały innych wilków.

Trzeba było obedrzeć cholerne bydlaki ze skóry.

Gdy spotkali Garissa, Murcha i i Aggara, usłyszeli od nich tę samą opowieść. Myśliwi wrócili po śladach połowę drogi do Winterfell, nie znajdując miejsca, w którym Starkowie rozstali się z wilkorami. Psy Farlena były tak samo zawiedzione, jak ich panowie. Obwąchiwały ze smutkiem drzewa i kamienie oraz podgryzały się poirytowane.

Theon nie śmiał się przyznać do porażki.

— Wrócimy do strumienia i wznowimy poszukiwania. Tym razem zajdziemy tak daleko, jak będzie trzeba.

— Nie znajdziemy ich — odezwał się nagle młody Frey. — Przynajmniej dopóki będą z nimi żabole. Błotniacy są podstępni. Nie chcą walczyć jak porządni ludzie. Ukrywają się i używają zatrutych strzał. Ty ich nie widzisz, ale oni ciebie tak. Ci, którzy zapuszczają się za nimi na moczary, nigdy nie wracają. Ich domy wędrują. Nawet zamki, jak Strażnica nad Szarą Wodą. — Spojrzał nerwowo na otaczającą ich ze wszystkich stron zieleń. — Możliwe, że cały czas się tu czają, słuchając wszystkiego, co mówimy.

Farlen skwitował ten pomysł śmiechem.

— Moje pieski wywęszą wszystko, co siedzi w tych krzakach. Rzuciłyby się na nich, nim zdążyłbyś pierdnąć, chłopcze.

— Żabole nie pachną jak ludzie — upierał się Frey. — Śmierdzą moczarami, jak żaby, drzewa i brudna woda. Pod pachami zamiast włosów mają mech, potrafią żywić się tylko błotem i mogą oddychać bagienną wodą.

Theon miał zamiar mu powiedzieć, gdzie może sobie wsadzić takie bajeczki, nagle jednak odezwał się maester Luwin.

— Historycy podają, że w czasach, gdy zielone oczy próbowały zalać Przesmyk, wyspiarze zbliżyli się do dzieci lasu. Niewykluczone, że dysponują jakąś tajemną wiedzą.

Nagle puszcza wydała się mu znacznie mroczniejsza niż przed chwilą, jakby chmura przesłoniła słońce. Głupi chłopak mógł gadać od rzeczy, ale maesterzy słynęli z mądrości.

— Jedyne dzieci, jakie mnie obchodzą, to Bran i Rickon — stwierdził. — Wracamy do strumienia. Natychmiast.

Przez chwilę sądził, że go nie posłuchają, zakorzeniony nawyk okazał się jednak silniejszy. Miny mieli naburmuszone, lecz podążyli za nim. Mały Frey był tak samo wystraszony, jak króliki, które niedawno spłoszył. Theon podzielił ludzi na dwie grupy i ruszyli w dół strumienia po obu jego brzegach. Jechali całymi milami, powoli i ostrożnie, zsiadając z koni, by przeprowadzić je po zdradzieckim gruncie i pozwalając nadającym się ponoć tylko do szczucia niedźwiedzia psom obwąchiwać każdy krzak. W miejscu, gdzie zwalone drzewo zablokowało nurt strumienia, łowcy byli zmuszeni okrążyć głęboką, zieloną sadzawkę, jeśli jednak wilkory uczyniły to samo, nie zostawiły żadnego śladu. Wyglądało na to, że bestie postanowiły przeprawić się wpław. *Kiedy je złapię, popływają sobie do woli. Oddam oba Utopionemu Bogu.*

Gdy w lesie zaczęło się robić coraz ciemniej, Theon Greyjoy zrozumiał, że przegrał. Albo wyspiarze rzeczywiście znali magię dzieci lasu, albo Osha oszukała ścigających za pomocą jakiejś sztuczki dzikich. Kazał ludziom jechać aż do zmierzchu, lecz gdy znikły resztki światła, Joseth zdobył się w końcu na odwagę.

— To bezowocne, panie — rzekł. — Któryś z koni może okuleć albo złamać nogę.

— Joseth ma rację — poparł go maester Luwin. — Krążenie po lesie przy świetle pochodni nic nam nie da.

Theon czuł w gardle smak żółci, a jego żołądek zmienił się w kłębowisko walczących ze sobą węży. Jeśli wróci do Winterfell z pustymi rękami, równie dobrze będzie mógł przywdziać strój trefnisia i włożyć na głowę spiczasty kapelusz. Cała północ uzna go za błazna. *A kiedy ojciec i Asha o tym usłyszą...*

— Mości książę. — Fetor podjechał do jego boku. — Może ci Starkowie wcale tędy nie szli. Na ich miejscu zwiewałbym raczej na północny wschód. Do Umberów. To wierni słudzy Starków, ale ich ziemie leżą daleko. Chłopcy ukryją się gdzieś bliżej. Może być, że wiem gdzie.

Theon przyjrzał mu się podejrzliwie.

— Słucham.

— Znasz ten stary młyn nad Żołędziową Wodą? Zatrzymaliśmy się tam, gdy wleczono mnie do Winterfell jako jeńca. Żona młynarza sprzedała nam siano dla koni, a ten stary rycerz zachwycał się jej bachorami. Może być, że Starkowie ukryli się tam.

Theon znał ten młyn, a nawet przerżnął raz czy dwa żonę młynarza. Ani w niej, ani w młynie nie było nic szczególnego.

— Dlaczego akurat tam? W tej odległości od zamku można znaleźć z tuzin wiosek i warowni.

W niezwykle jasnych oczach błysnęła wesołość.

— Dlaczego? Tego już się nie dowiemy. Mam jednak przeczucie, że tam są.

Theon miał już po dziurki w nosie wykrętnych odpowiedzi tego człowieka. *Jego wargi wyglądają jak pierdolące się robaki* — pomyślał.

— Co to ma znaczyć? Jeśli coś przede mną ukrywasz...

— Mości książę. — Fetor zsiadł z konia i skinął na Theona, prosząc go, by uczynił to samo. Gdy obaj byli już na ziemi, otworzył worek, który targał aż z Winterfell. — Przyjrzyj się temu.

Coraz trudniej było cokolwiek zobaczyć. Theon wsadził niecierpliwie rękę do worka, macając miękkie futro i szorstką wełnę. Wtem poczuł ukłucie. Zacisnął palce na czymś zimnym i twardym, po czym wyciągnął z worka wykonaną ze srebra i gagatu broszę w kształcie głowy wilka. Nagle zrozumiał. Zacisnął dłoń w pięść.

— Gelmarr — rzucił, zastanawiając się, komu może zaufać. *Żadnemu z nich.* — Aggar. Czerwony Nos. Wy pojedziecie z nami. Reszta może wracać do Winterfell. Zabierzcie psy. Już ich nie potrzebuję. Wiem, gdzie się ukrywają Bran i Rickon.

— Książę Theonie — odezwał się maester Luwin — pamiętasz o swej obietnicy? Mówiłeś, że okażesz łaskę.

— To było rano — odparł Theon. *Lepiej wzbudzać strach niż śmiech.* — Zanim mnie rozgniewali.

Jon

Widzieli w nocy ognisko, które lśniło na stoku góry niczym spadła na ziemię gwiazda. Jego blask był czerwieńszy od światła innych gwiazd i nie mrugał, choć czasami rozjarzał się jasno, a czasami przygasał do słabej, ledwie widocznej iskry.

Pół mili przed nami i dwa tysiące stóp w górę — ocenił Jon. *Doskonałe miejsce do śledzenia wydarzeń na przełęczy poniżej.*

— Obserwatorzy w Wąwozie Pisków — zadziwił się najstarszy

z nich. W latach wiosny swego życia był giermkiem króla i czarni bracia po dziś dzień zwali go giermkiem Dalbridge'em. — Ciekawe, czego się boi Mance Rayder?

— Gdyby wiedział, że rozpalili ognisko, kazałby obedrzeć biednych sukinsynów ze skóry — stwierdził Ebben, przysadzisty, łysy mężczyzna umięśniony jak worek kamieni.

— Tu, w górach, ogień znaczy życie, ale może też oznaczać śmierć — zauważył Qhorin Półręki. Na jego rozkaz, odkąd zapuścili się w góry, nie palili otwartego ognia. Żywili się zimną, soloną wołowiną, twardym chlebem i jeszcze twardszym serem, a spali w ubraniach, pod stertą płaszczy i futer, grzejąc się ciepłem ciał towarzyszy. Jonowi przypominało to zimne noce w Winterfell, gdy dzielił łoże z braćmi. Ci ludzie również byli jego braćmi, choć łoże, które z nimi dzielił, składało się z kamienia i ziemi.

— Na pewno mają róg — ostrzegł Kamienny Wąż.

— Róg, w który nie mogą zadąć — odparł Półręki.

— Nocą wspinaczka będzie długa i ciężka — poskarżył się Ebben, przyglądając się odległemu światełku przez szczelinę w osłaniających ich skałach. Niebo było bezchmurne. Na czarnym tle ostro rysowały się wyszczerbione turnie, które były jeszcze czarniejsze, pomijając same szczyty, gdzie zimne korony ze śniegu i lodu lśniły jasno w blasku księżyca.

— A upadek jeszcze dłuższy — dodał Qhorin Półręki. — To chyba będzie dwóch ludzi, pełniących straż na zmianę.

— Ja.

Zwiadowca zwany Kamiennym Wężem udowodnił już, że jest z nich najlepszym wspinaczem. To musiał być on.

— I ja — odezwał się Jon Snow.

Qhorin Półręki przyjrzał mu się uważnie. Jon słyszał zawodzenie wichru na przełęczy na górze. Jeden z koni zarżał, rozgrzebując kopytem cienką warstewkę kamienistej gleby kotliny, w której się schronili.

— Wilk zostanie z nami — rozkazał Qhorin. — Białą sierść łatwo dostrzec w świetle księżyca. — Zwrócił się w stronę Kamiennego Węża. — Kiedy będzie po wszystkim, rzuć na dół płonącą żagiew. Gdy tylko ją zobaczymy, wdrapiemy się do was.

— Najlepiej zacząć od razu — rzekł Kamienny Wąż.

Obaj wzięli po długim zwoju liny. Kamienny Wąż dźwigał też

torbę z żelaznymi hakami oraz mały młotek z główką owiniętą w gruby filc. Konie zostawili, podobnie jak hełmy, kolczugi oraz Ducha. Jon przyklęknął i pozwolił, by wilkor szturchnął go pyskiem, po czym ruszył w drogę.

— Zostań — rozkazał. — Wrócę po ciebie.

Kamienny Wąż poszedł przodem. Był niskim, żylastym mężczyzną, zbliżającym się już do pięćdziesiątki. Brodę miał posiwiałą, był jednak silniejszy niż się zdawało, a do tego Jon nigdy nie spotkał nikogo, kto widziałby tak dobrze po ciemku. Dzisiaj to mu się przyda. Za dnia góry były niebieskoszare i oszronione, lecz gdy tylko słońce niknęło za wyszczerbionymi szczytami, robiły się czarne. A teraz padał na nie srebrnobiały blask księżyca.

Czarni bracia ruszyli przez czarne cienie pośród czarnych skał. Posuwali się w górę wąską, krętą ścieżyną, a ich oddechy zamarzały w czarnym powietrzu. Jon bez kolczugi czuł się niemal nagi, nie tęsknił jednak za jej ciężarem. Wędrówka była trudna i powolna. Gdyby się śpieszyli, ryzykowaliby złamaniem nogi w kostce lub jeszcze poważniejszymi obrażeniami. Kamienny Wąż zdawał się instynktownie wiedzieć, gdzie stawiać nogi, Jon jednak musiał być bardziej ostrożny na nierównym, kamienistym gruncie.

Wąwóz Pisków był w rzeczywistości całą serią wąwozów, długim, krętym szlakiem, który prowadził w górę między lodowatymi, rzeźbionymi wiatrem turniami, a potem schodził w dół przez ukryte doliny, które rzadko oglądały słońce. Odkąd opuścili las i weszli w góry, Jon nie widział żywej duszy poza swymi towarzyszami. Bogowie nie stworzyli krainy, która byłaby bardziej okrutna i wroga ludziom niż Mroźne Kły. Wiatr ciął tu jak nóż, a nocami zawodził niczym opłakująca zabite dzieci matka. Widzieli tylko garstkę drzew, skarłowaciałych i groteskowych, wyrastających na boki ze skalnych szczelin. Szlak często wiódł pod skalnymi półkami, z których zwisały sople, wyglądające z oddali jak długie, białe zęby.

Mimo to Jon Snow nie żałował, że się tu znalazł. W górach również nie brakowało cudów. Widział blask słońca lśniący w cienkiej warstewce zamarzniętych wodospadów na pionowych skalnych ścianach, górskie łąki pełne jesiennych kwiatów, niebieskie pomroźce, jaskrawoszkarłatne mroźne ogniki oraz kępy rdzawozłotej trawy kobziarza. Zaglądał w głąb wąwozów, tak mrocznych i głębokich, że wydawało się pewne, iż prowadzą do jakiegoś piekła, i przejeżdżał na swym koniku po zniszczonym przez wiatr naturalnym, skalnym moście, mając po obu stronach jedynie niebo. Na szczytach gnieździły się orły, które polowały w dolinach, szybując swobodnie na potężnych, niebieskoszarych skrzydłach, wydających się niemal częścią nieba. Pewnego razu ujrzał też cieniokota, który podkradał się do muflona. Zwierzę spływało w dół stoku niczym ciekły dym, aż do chwili, gdy było gotowe do ataku.

Teraz my będziemy musieli zaatakować. Żałował, że nie potrafi poruszać się tak pewnie i cicho jak cieniokot ani zabijać równie szybko. Na plecach miał skryty w pochwie Długi Pazur, może jednak zabraknąć mu miejsca, by go wydobyć. Do walki z bliska miał dwa sztylety, krótki i długi. *Oni też będą mieli broń, a ja nie mam zbroi.* Zastanawiał się, kto o świcie okaże się cieniokotem, a kto muflonem.

Przez długi czas trzymali się krętej ścieżki, która wiła się po stoku, cały czas biegnąc pod górę. Niekiedy skalne wyniosłości przesłaniały ogień, lecz prędzej czy później pojawiał się przed nimi znowu. Dróżka, którą wybrał Kamienny Wąż, nie nadawała się dla koni. W niektórych miejscach Jon musiał przyciskać się plecami do zimnej skały i posuwać naprzód bokiem jak krab, cal po calu. Szlak był zdradziecki nawet w tych miejscach, gdzie się poszerzał. Były tam rozpadliny mogące pochłonąć ludzką nogę, luźne kamienie, o które można się było potknąć, zagłębienia, w których za dnia zbierała się woda, by nocą zamarznąć. *Krok za krokiem* — powtarzał sobie. *Krok za krokiem, a na pewno nie spadnę.*

Odkąd opuścili Pięść Pierwszych Ludzi, nie golił się ani razu. Po chwili zarost na górnej wardze zesztywniał mu od szronu. Po dwóch godzinach wspinaczki rozszalał się wicher tak wściekły, że Jon mógł jedynie przykucnąć, uczepić się skały i modlić się, by nie zdmuchnęło go z góry. *Krok za krokiem* — zaczął od nowa, gdy wichura osłabła. *Krok za krokiem, a na pewno nie spadnę.*

Wkrótce znaleźli się tak wysoko, że lepiej było nie patrzeć w dół. Pod nimi nie było nic poza czarną otchłanią, a na górze jedynie księżyc i gwiazdy.

— Góra jest twoją matką — powiedział mu Kamienny Wąż podczas wspinaczki przed kilkoma dniami. — Uczep się jej, wciśnij gębę w jej cycki, a wtedy cię nie zrzuci.

Jon obrócił to w żart, mówiąc, że zawsze się zastanawiał, kim była jego matka, ale nie spodziewał się, że odnajdzie ją w Mroźnych

Kłach. W tej chwili nie wydawało się to mu już tak zabawne. *Krok za krokiem* — myślał, trzymając się mocno.

Wąska ścieżyna kończyła się nagle, zamknięta czarną, granitową wyniosłością oddzielającą się od masywu góry. Po jasnym blasku księżyca w jej cieniu było tak mroczno, że Jon miał wrażenie, iż wszedł do jaskini.

— A teraz prosto w górę — rzekł cicho zwiadowca. — Musimy znaleźć się wyżej od nich. — Ściągnął rękawice i zatknął je sobie za pas. Jeden koniec liny obwiązał sobie wokół pasa, a drugi wokół tułowia Jona. — Kiedy lina się napnie, idź za mną.

Zwiadowca nie czekał na odpowiedź, lecz ruszył natychmiast w górę, czepiając się skały palcami i stopami. Poruszał się tak szybko, że Jon nie wierzył własnym oczom. Długa lina rozwijała się powoli. Młodzieniec przyglądał się mu uważnie, starając się zapamiętać, którędy idzie i gdzie znajduje kolejne uchwyty. Gdy rozwinęła się ostatnia pętla konopnego sznura, zdjął rękawice i podążył za towarzyszem, znacznie wolniej od niego.

Kamienny Wąż owiązał linę wokół gładkiego, kamiennego szpica, za którym czekał, lecz gdy tylko Jon do niego dotarł, uwolnił sznur i ponownie ruszył naprzód. Tym razem na końcu nie znalazł ułatwiającej wspinaczkę rozpadliny, wyjął więc owinięty w filc młotek i wbił głęboko hak w skalną szczelinę całą serią lekkich uderzeń. Choć stuk był cichy, niósł się echem tak donośnym, że Jon krzywił się przy każdym uderzeniu, pewien, że dzicy również go słyszą. Gdy hak tkwił już pewnie, Kamienny Wąż przywiązał do niego linę. Chłopak podążył za nim. *Ssij cycek góry* — powtarzał sobie. *Nie patrz w dół. Nie opieraj się całym ciężarem na stopach. Nie patrz w dół. Patrz na skałę przed sobą. Tak, tu jest dobry uchwyt. Nie patrz w dół. Na tamtej półce będę mógł odetchnąć. Muszę tylko tam dotrzeć. Nigdy nie patrz w dół.*

Noga omsknęła się pod nim, gdy wsparł na niej swój ciężar. Serce zamarło mu w piersi, lecz bogowie byli łaskawi i nie spadł. Czuł zimno sączące się ze skały do jego palców, nie odważył się jednak założyć rękawic. Rękawice się ślizgają, nawet najlepiej dopasowane, tkanina i futro przesuwają się między skórą a kamieniem. To mogłoby kosztować go życie. Poparzona ręka sztywniała już. Niedługo zacznie go boleć. Później zerwał sobie paznokieć z kciuka i od tej chwili na wszystkim, czego dotknął, zostawiał plamy krwi. Miał nadzieję, że zdoła ukończyć wspinaczkę, nie tracąc żadnego palca.

Szli wciąż w górę niczym czarne cienie wspinające się po skąpanej w blasku księżyca skalnej ścianie. Z dołu można ich było dostrzec bez trudu, lecz góra osłaniała ich przed oczyma grzejących się przy ognisku dzikich. Jon wyczuwał jednak, że są już blisko. Mimo to nie myślał o niespodziewających się jego przybycia wrogach, lecz o bracie, którego zostawił w Winterfell. *Bran uwielbiał się wspinać. Gdybym tylko miał choć jedną dziesiątą jego odwagi.*

W dwóch trzecich wysokości ściany biegła zakrzywiona, skuta lodem szczelina. Kamienny Wąż wyciągnął ku niemu dłoń, by pomóc mu się wspiąć. Założył rękawice, Jon podążył więc za jego przykładem. Zwiadowca wskazał głową w lewo i obaj poczołgali się półką w tamtą stronę. Pokonali co najmniej trzysta jardów, nim dostrzegli za krawędzią bladopomarańczową łunę.

Dzicy rozpalili ognisko w płytkim zagłębieniu położonym nad najwęższym odcinkiem wąwozu. Na dole mieli pionowe urwisko, a za sobą skałę, która osłaniała ich przed wiatrem. Ta sama skała pozwoliła jednak czarnym braciom podczołgać się do nich na odległość kilku stóp. Posuwali się naprzód na brzuchach, aż wreszcie spojrzeli z góry na ludzi, których musieli zabić.

Jeden z nich spał, zwinięty pod wielką stertą skór. Jon nie widział nic poza włosami, które w blasku ogniska były jaskraworude. Drugi siedział tuż przy ogniu i wrzucał do niego chrust, uskarżając się gderliwym głosem na wiatr. Trzeci obserwował przełęcz, choć na dole nie było widać nic poza wielką misą ciemności otoczoną ośnieżonymi stokami gór. To on trzymał róg.

Trzech. Jona na moment ogarnęła niepewność. Miało być tylko dwóch. Niemniej jeden spał, a zresztą i tak musieli zrobić to, po co tu przyszli, bez względu na to, czy wrogów było dwóch, trzech, czy dwudziestu. Kamienny Wąż dotknął jego ramienia i wskazał na dzikiego z rogiem. Jon skinął głową w kierunku tego, który siedział przy ogniu. Czuł się dziwnie, wybierając człowieka, którego miał zabić. Połowę życia spędził z mieczem i tarczą, przygotowując się do tej chwili. *Czy Robb też tak się czuł przed pierwszą bitwą?* — zadał sobie pytanie. Nie miał jednak czasu zastanawiać się nad tą kwestią. Kamienny Wąż rzucił się do ataku z szybkością zwierzęcia, któremu zawdzięczał swe imię. Skoczył z góry na dzikich, rozsypując deszcz kamyków. Jon wyciągnął Długi Pazur i podążył za nim.

Wydawało się, że trwało to tylko uderzenie serca. Jon mógł

później podziwiać odwagę dzikiego, który najpierw sięgnął po róg, a nie po broń. Uniósł go do ust, lecz nim zdążył weń zadąć, Kamienny Wąż krótkim mieczem wytrącił mu z rąk instrument. Przeciwnik Jona zerwał się na nogi, mierząc mu w twarz płonącą żagwią. Chłopak odskoczył, czując żar płomieni. Kącikiem oka zauważył, że śpiący się poruszył. Zrozumiał, że musi skończyć szybko. Gdy pochodnia uderzyła po raz drugi, runął na nią, wymachując trzymanym w obu rękach mieczem. Valyriańska stal przebiła utwardzaną skórę, futro, wełnę i ciało, lecz gdy dziki upadł na ziemię, wyrwał Jonowi miecz z rąk. Śpiący usiadł już pod stertą futer. Jon wyszarpnął sztylet, złapał przeciwnika za włosy i dotknął gardła sztychem noża, sięgając jednocześnie po jego… nie, jej…

Ręka mu zamarła.

— To dziewczyna.

— Obserwatorka — rzucił Kamienny Wąż. — Dzika. Wykończ ją.

Jon widział strach i ogień w jej oczach. Krew spływała po białym gardle z miejsca, gdzie skaleczył ją sztylet. *Jedno pchnięcie i po wszystkim* — tłumaczył sobie. Była tak blisko, że czuł, iż jej oddech pachnie cebulą. *Nie jest starsza ode mnie.* Coś w niej przywiodło mu na myśl Aryę, choć wcale nie była do niej podobna.

— Poddajesz się? — zapytał, wykonując półobrót sztyletem. A jeśli się nie podda?

— Poddaję.

Jej słowom towarzyszyła buchająca z ust para.

— W takim razie jesteś naszym jeńcem.

Cofnął sztylet od miękkiej skóry jej gardła.

— Qhorin nie mówił, że mamy brać jeńców — zauważył Kamienny Wąż.

— Ani nie mówił, że mamy ich nie brać.

Jon puścił włosy dziewczyny, która odsunęła się od nich tyłem.

— To włóczniczka. — Zwiadowca wskazał na topór o długim drzewcu, który leżał przy jej posłaniu. — Kiedy ją złapałeś, sięgała po to. Jeśli dasz jej cień szansy, wbije ci topór między oczy.

— Nie dam jej cienia szansy.

Jon odkopnął broń, odsuwając ją poza zasięg dziewczyny.

— Jak masz na imię?

— Ygritte.

Potarła gardło dłonią i cofnęła ją, wpatrując się z przerażeniem w wilgotną plamę.

Jon schował sztylet do pochwy i wyszarpnął miecz z ciała człowieka, którego zabił.

— Jesteś moim jeńcem, Ygritte.

— Przedstawiłam ci się.

— Nazywam się Jon Snow.

Wzdrygnęła się.

— To złe nazwisko.

— Bękarcie nazwisko. Moim ojcem był lord Eddard Stark z Winterfell.

Dziewczyna zerknęła na niego nieufnie. Kamienny Wąż zachichotał złośliwie.

— To jeńcy mają odpowiadać na pytania, pamiętasz? — Zwiadowca wetknął w ogień długą gałąź. — Ale ona nic nie powie. Widziałem już, jak dzicy odgryzali sobie język, żeby tylko nic nie zdradzić.

Gdy koniec gałęzi zapłonął żywo, postąpił dwa kroki naprzód i cisnął żagiew w przepaść. Runęła wirując przez noc i zniknęła im z oczu.

— Powinniście spalić tych, co ich zabiliście — odezwała się Ygritte.

— Potrzeba by do tego większego ogniska, a wielkie ogniska płoną jasno. — Kamienny Wąż odwrócił się, wpatrując się w czarną dal w poszukiwaniu błysku światła. — Czyżby w pobliżu było więcej dzikich?

— Spalcie ich — upierała się dziewczyna. — Bo znowu możecie potrzebować tych swoich mieczy.

Jon przypomniał sobie martwego Othora i jego zimne, czarne dłonie.

— Może faktycznie powinniśmy to zrobić.

— Są inne sposoby.

Kamienny Wąż przyklęknął obok człowieka, którego zabił, zdjął mu płaszcz, buty, pas i kamizelkę, a potem przerzucił sobie ciało przez chude ramię, zaniósł je do krawędzi przepaści i z głośnym stęknięciem cisnął w dół. Po chwili rozległ się głuchy, mlaszczący łoskot. Zwiadowca zdążył już rozebrać do naga drugiego trupa i ciągnął go za ramiona. Jon złapał zwłoki za nogi i wspólnie rzucili je w ciemną noc.

Ygritte przyglądała się temu bez słowa. Jon zdał sobie sprawę, że jest starsza niż mu się z początku zdawało. Mogła mieć nawet dwadzieścia lat, lecz była niska jak na swój wiek, miała krzywe nogi, okrągłą twarz, małe dłonie i zadarty nos. Jej rude, potargane włosy sterczały we wszystkich kierunkach. Przykucnięta, sprawiała wrażenie pulchnej, większość z tego stanowiły jednak warstwy futra, wełny i skóry. Pod nimi mogła być równie chuda, jak Arya.

— Mieliście wypatrywać naszego przyjścia? — zapytał.

— Waszego albo innych.

Kamienny Wąż ogrzewał sobie dłonie nad ogniem.

— Co jest za wąwozem?

— Wolni ludzie.

— Ilu?

— Setki i tysiące. Więcej niż w życiu widziałeś, wrono.

Uśmiechnęła się. Zęby miała krzywe, ale bardzo białe.

Nie wie ilu.

— Po co tu przyszliście?

Umilkła.

— Czy w Mroźnych Kłach jest coś, czego wasz król mógłby pragnąć? Nie możecie zostać tu dłużej. Tu nie ma nic do jedzenia.

Odwróciła od niego twarz.

— Chcecie pomaszerować na Mur? Kiedy?

Wpatrywała się w płomienie, jakby go nie słyszała.

— Czy wiesz coś o moim stryju Benjenie Starku?

Ignorowała go. Kamienny Wąż wybuchnął śmiechem.

— Jeśli zaraz wypluje język, nie mów, że cię nie ostrzegałem.

Od skał odbił się echem niski warkot. *Cieniokot* — zrozumiał natychmiast Jon. Gdy wstał, usłyszał drugi głos, bliżej. Wyciągnął miecz i odwrócił się, nasłuchując.

— Nic nam nie zrobią — uspokoiła go Ygritte. — Przyszły po trupy. Potrafią wywęszyć krew z odległości sześciu mil. Nie oddalą się od zabitych, dopóki nie zeżrą ostatniego kawałka żylastego mięsa i nie rozłupią kości, żeby dobrać się do szpiku.

Jon słyszał odbijające się echem od skał odgłosy żerowania kotów. Ogarnął go niepokój. Przy cieple bijącym od ogniska zdał sobie sprawę, że jest do cna wyczerpany, nie śmiał jednak zasnąć. Wziął jeńca i musiał go teraz pilnować.

— Czy to byli twoi krewni? — zapytał. — Ci, których zabiliśmy?

— Nie bardziej niż ty.

— Ja? — Zmarszczył brwi. — Co chcesz przez to powiedzieć?

— Mówiłeś, że jesteś bękartem z Winterfell.

— To prawda.

— Kim była twoja matka?

— Jakąś kobietą. Większość z nich to kobiety. — Ktoś mu to kiedyś powiedział, ale nie pamiętał kto.

Znowu się uśmiechnęła, odsłaniając białe zęby.

— I nigdy nie śpiewała ci pieśni o zimowej róży?

— Nie znałem matki. I nie znam tej pieśni.

— Ułożył ją Bael Bard — mówiła Ygritte. — On był królem za Murem, dawno temu. Wszyscy wolni ludzie znają jego pieśni, ale może na południu ich nie śpiewacie.

— Winterfell nie leży na południu — sprzeciwił się Jon.

— Leży. Dla nas wszystko, co jest po tamtej stronie Muru, to południe.

Nigdy nie myślał o tym w ten sposób.

— To pewnie zależy od punktu widzenia.

— Ehe — zgodziła się Ygritte. — Zawsze tak jest.

— Opowiedz mi ją — poprosił Jon. Nim przyjdzie tu Qhorin, miną całe godziny. Jeśli będzie jej słuchał, to nie zaśnie. — Chciałbym poznać tę waszą historię.

— Może ci się nie spodobać.

— Ale i tak chcę ją usłyszeć.

— Dzielna, czarna wrona — zadrwiła. — No więc, na długo przed tym, nim został królem wolnych ludzi, Bael był sławnym zbójnikiem.

Kamienny Wąż prychnął pogardliwie.

— To znaczy mordercą, złodziejem i gwałcicielem.

— To również zależy od punktu widzenia — odparła Ygritte. — Stark z Winterfell pragnął głowy Baela, ale nie potrafił go pojmać, a smak niepowodzenia był dla niego gorzki. Pewnego dnia w swym rozgoryczeniu nazwał Baela tchórzem, który atakuje tylko słabych. Gdy wieść o tym dotarła do barda, postanowił dać lordowi nauczkę. Wspiął się na Mur, ruszył królewskim traktem i pewnej zimowej nocy zawitał w Winterfell z harfą w dłoni, przedstawiając się jako Sygerrik ze Skagos. „Sygerrik” znaczy „oszust” w starym języku, którym niegdyś mówili Pierwsi Ludzie, a po dziś dzień mówią olbrzymy. Na północy czy na południu, wszyscy zawsze chętnie witają pieśniarzy, Bael jadł więc za stołem lorda Starka i grał dla niego, gdy zasiadał na tronie na podwyższeniu. W ten sposób minęło pół nocy. Wykonywał pieśni stare i nowe, które sam ułożył. Grał i śpiewał tak dobrze, że kiedy skończył, lord zaproponował, by sam powiedział, jakiej nagrody pragnie. Bael rzekł mu: „Proszę tylko o kwiat. Najpiękniejszy kwiat z ogrodów Winterfell". Tak się złożyło, że właśnie zakwitły zimowe róże, a to najrzadsze i najcenniejsze z kwiatów. Stark wysłał człowieka do szklarni, rozkazując mu, by zerwał najpiękniejszą z zimowych róż i przyniósł ją pieśniarzowi. Tak też się stało. Rankiem jednak okazało się, że śpiewak zniknął... razem z dziewiczą córką lorda Brandona. W jej łożu znaleziono tylko jasnoniebieską różę, którą Bael zostawił na poduszce, tam gdzie dziewczyna składała głowę.

Jon nigdy nie słyszał tej opowieści.

— A który to miał być Brandon? Brandon Budowniczy żył w Erze Herosów, tysiące lat przed czasami Baela. Był jeszcze Brandon Podpalacz i jego ojciec Brandon Żeglarz, ale...

— To był Brandon Bez Córki — przerwała mu ostrym tonem Ygritte. — Chcesz wysłuchać tej opowieści, czy nie?

Skrzywił się.

— Mów.

— Lord Brandon nie miał innych dzieci. Na jego prośbę czarne wrony opuściły setkami swe zamki, nigdzie jednak nie znalazły żadnego śladu Baela ani dziewczyny. Szukały prawie rok, aż wreszcie lord stracił nadzieję i legł złożony chorobą. Wydawało się, że ród Starków wygaśnie. Ale pewnej nocy, gdy leżał w łożu, czekając na śmierć, usłyszał płacz dziecka. Podążył za tym dźwiękiem i znalazł córkę w jej sypialni, śpiącą z niemowlęciem u piersi.

— Bael przywiózł ją z powrotem?

— Nie. Cały czas byli w Winterfell. Ukrywali się pod zamkiem razem ze zmarłymi. Pieśń mówi, że dziewczyna kochała Baela tak bardzo, iż powiła mu syna... choć, szczerze mówiąc, w pieśniach wszystkie dziewczyny go kochają, bo to on je pisał. Tak czy inaczej, Bael zostawił dziecko jako zapłatę za różę, którą zerwał bez pozwolenia i chłopak wyrósł na następnego lorda Starka. Dlatego w twoich żyłach płynie krew Baela, tak samo jak w moich.

— To wszystko nieprawda — sprzeciwił się Jon.

Wzruszyła ramionami.

— Może prawda, a może nie. Ale to dobra pieśń. Matka mi ją śpiewała. Była kobietą, Jonie Snow, tak samo jak twoja. — Potarła gardło w miejscu, gdzie skaleczył ją sztylet. — Pieśń kończy się w chwili znalezienia dziecka, ale opowieść ma inne, mroczniejsze zakończenie. Po trzydziestu latach, gdy Bael był królem za Murem, to młody lord Stark spotkał go przy Zamarzniętym Brodzie... i zabił go, bo gdy skrzyżowali miecze, Bael nie potrafił skrzywdzić własnego syna.

— I dlatego syn zabił ojca — zauważył Jon.

— Tak — ciągnęła. — Ale bogowie nienawidzą ojcobójców, nawet jeśli dokonali tego czynu nieświadomie. Kiedy lord Stark wracał z bitwy i matka ujrzała na jego pice głowę Baela, z żalu rzuciła się z wieży. Syn nie przeżył jej długo. Jeden z jego lordów zdarł z niego skórę i zrobił sobie z niej płaszcz.

— Wasz Bael był kłamcą — oznajmił Jon. Teraz był już tego pewien.

— Nie — sprzeciwiła się Ygritte. — Prawda barda jest inna niż twoja czy moja. Tak czy inaczej, prosiłeś o opowieść i otrzymałeś ją.

Odwróciła się i zamknęła oczy. Wydawało się, że zasnęła.

Qhorin Półręki zjawił się jednocześnie ze świtem. Gdy Kamienny Wąż wypatrzył na dole zmierzających ku nim zwiadowców, czarne kamienie zmieniły już barwę na szarą, a niebo na wschodzie nabrało odcienia indygo. Jon obudził Ygritte i złapał ją za ramię, po czym wyszli im na spotkanie. Szczęśliwie na północnym zachodzie z góry schodził inny szlak, znacznie łatwiejszy niż ten, którym tu przyszli. Zaczekali w wąskim wąwozie na swych braci, którzy przyprowadzili konie. Gdy tylko Duch ich zwęszył, popędził naprzód. Jon przykucnął i pozwolił, by wilkor uścisnął zębami jego nadgarstek, szarpiąc nim zawzięcie. Często się tak bawili. Gdy jednak podniósł wzrok, zobaczył, że Ygritte przygląda się temu oczyma wielkimi i białymi jak jaja na twardo.

Qhorin Półręki w żaden sposób nie skomentował obecności dziewczyny.

— Było ich troje — poinformował go Kamienny Wąż i na tym był koniec.

— Widzieliśmy dwóch — zauważył Ebben. — Czy raczej to, co zostawiły z nich koty. — Obrzucił dziewczynę kwaśnym spojrzeniem. Na jego twarzy wyraźnie malowała się podejrzliwość.

— Poddała się — poczuł się zmuszony powiedzieć Jon.

Twarz Qhorina nic nie wyrażała.

— Wiesz kim jestem?

— Jesteś Qhorin Półręki.

Choć wyglądała przy nim niemal jak dziecko, śmiało patrzyła mu w twarz.

— Powiedz mi prawdę. Gdybym poddał się twoim ludziom, co by mi to dało?

— Tylko wolniejszą śmierć.

Rosły zwiadowca spojrzał na Jona.

— Nie mamy dla niej jedzenia ani ludzi, którzy mogliby jej pilnować.

— Droga przed nami jest niebezpieczna, chłopcze — wtrącił giermek Dalbridge. — Wystarczy jeden krzyk, gdy będziemy potrzebowali ciszy, a wszyscy zginiemy.

Ebben wydobył sztylet.

— Stalowy pocałunek ją uciszy.

Jon czuł ból w gardle. Spoglądał bezradnie na towarzyszy.

— Poddała mi się.

— W takim razie ty musisz uczynić to, co konieczne — rzekł Qhorin Półręki. — Jesteś człowiekiem z Nocnej Straży, a w twoich żyłach płynie krew Winterfell. — Popatrzył na pozostałych. — Chodźcie, bracia. Zostawmy to jemu. Będzie mu łatwiej, jeśli nie będziecie patrzeć.

Poprowadził ich krętą ścieżką po stromym stoku, ku jasnoróżowemu blaskowi słońca, przesączającemu się przez skalną rozpadlinę. Po krótkiej chwili Jon i Duch zostali sami z dziką dziewczyną.

Spodziewał się, że Ygritte spróbuje ucieczki, czekała jednak spokojnie, spoglądając na niego.

— Nigdy jeszcze nie zabiłeś kobiety, prawda? — Potrząsnął głową. — Giniemy tak samo, jak mężczyźni — dodała. — Nie musisz jednak tego robić. Mance by cię przyjął. Wiem, że to prawda. Są tu ukryte ścieżki. Te wrony nigdy nas nie złapią.

— Jestem taką samą wroną, jak oni — odparł Jon.

Skinęła głową, zrezygnowana.

— Spalisz mnie potem?

— Nie mogę. Ktoś mógłby zobaczyć dym.

— To prawda. — Wzruszyła ramionami. — No cóż, można skończyć w gorszych miejscach niż w brzuchu cieniokota.

Wyciągnął Długi Pazur z pochwy na plecach.

— Nie boisz się?

— Nocą się bałam — przyznała. — Ale teraz wstało słońce. — Odsunęła włosy, by odsłonić szyję i uklękła przed nim. — Uderz mocno i celnie, wrono, bo inaczej będę cię straszyć.

Długi Pazur nie był tak wielki i ciężki jak Lód jego ojca, był jednak mieczem z valyriańskiej stali. Dotknął ostrzem szyi, by zaznaczyć miejsce, w które musi uderzyć. Ygritte zadrżała.

— Jest zimny — powiedziała. — Pośpiesz się.

Uniósł Długi Pazur nad głowę, zaciskając na rękojeści obie dłonie. *Jedno cięcie, wsparte całym ciężarem ciała.* Mógł dać jej przynajmniej szybką, czystą śmierć. Był synem swego ojca. Prawda? Prawda?

— No, już — popędziła go po chwili. — Zrób to, bękarcie. Nie mogę być odważna wiecznie.

Gdy cios nie padał, odwróciła głowę i spojrzała na Jona, który opuścił miecz.

— Uciekaj — mruknął.

Wytrzeszczyła oczy.

— Szybciej — warknął. — Zanim wróci mi rozsądek. Uciekaj.

Uciekła.

Sansa

Niebo na południu było czarne od dymu, który buchał z setek odległych, ogarniętych pożarem punktów, sięgając gwiazd palcami o barwie sadzy. Na drugim brzegu Czarnego Nurtu co noc widać było linię pożarów ciągnącą się od horyzontu po horyzont, a na tym brzegu Krasnal kazał podpalić wszystko, co znajdowało się na zewnątrz murów: budynki portowe i magazyny, domy mieszkalne i burdele.

Nawet w Czerwonej Twierdzy powietrze miało smak popiołu. Gdy Sansa spotkała się z ser Dontosem w cichym bożym gaju, zapytał ją, czy płakała.

— To tylko od dymu — skłamała. — Płonie chyba z połowa królewskiego lasu.

— Lord Stannis chce dymem wykurzyć stamtąd dzikusów Krasnala. — Dontos zachwiał się na nogach, wspierając się jedną dłonią o kasztanowiec. Na czerwono-żółtej błazeńskiej bluzie miał plamę od wina. — Zabijają jego zwiadowców i atakują tabory. Sami też wzniecają pożary. Krasnal powiedział królowej, że Stannis będzie musiał nauczyć swe konie jeść popiół, bo nigdzie nie znajdzie ani źdźbła trawy. Sam to słyszałem. Jako błazen słyszę mnóstwo różnych rzeczy, których nie słyszałem, gdy byłem rycerzem. Zachowują się tak, jakby mnie nie było, a… — Pochylił się nad Sansą, dmuchając jej prosto w twarz cuchnącym winem oddechem. — …Pająk płaci złotem za każdy drobiazg. Podejrzewam, że Księżycowy Chłopiec służy mu od lat.

Znowu się upił. Mówi, że jest moim biednym Florianem i to prawda. Nie mam jednak nikogo innego.

— Czy to prawda, że lord Stannis spalił boży gaj w Końcu Burzy?

Dontos skinął głową.

— Zrobił z drzew wielki stos i ofiarował je swemu nowemu bogu na rozkaz czerwonej kapłanki. Powiadają, że należy do niej ciałem i duszą. Poprzysiągł, że jeśli zdobędzie miasto, spali też wielki sept Baelora.

— Niech go sobie pali. — Gdy po raz pierwszy ujrzała wielki sept z jego marmurowymi murami i siedmioma kryształowymi wieżami, wydał się jej najpiękniejszym budynkiem na świecie, to jednak było przed tym, nim Joffrey kazał ściąć jej ojca na jego schodach. — Chcę, żeby spłonął.

— Cicho, dziecko, bogowie cię usłyszą.

— Niby dlaczego? Moich modlitw nigdy nie usłyszeli.

— Usłyszeli. Przecież przysłali ci mnie.

Sansa skubnęła korę drzewa. Kręciło się jej w głowie, prawie jakby miała gorączkę.

— Przysłali cię, ale co z ciebie za pożytek? Obiecałeś, że zabierzesz mnie do domu, a ciągle jestem tutaj.

Poklepał ją po ramieniu.

— Mówiłem z jednym człowiekiem, to mój dobry przyjaciel… i twój też, pani. Gdy nadejdzie odpowiednia chwila, wynajmie szybki statek, który zawiezie nas w bezpieczne miejsce.

— Teraz jest odpowiednia chwila — nalegała Sansa. — Nim zaczną się walki. Zapomnieli o mnie. Wiem, że gdybyśmy tylko spróbowali, mogłabym się wymknąć niepostrzeżenie.

— Dziecko, dziecko. — Dontos potrząsnął głową. — Ucieczka z zamku jest możliwa, ale bramy miejskie są strzeżone lepiej niż kiedykolwiek. Krasnal zamknął nawet rzekę.

Była to prawda. Czarny Nurt był zupełnie pusty. Sansa nigdy jeszcze czegoś takiego nie widziała. Wszystkie promy wycofano na północny brzeg, a galery handlowe uciekły lub zostały skonfiskowane przez Krasnala, który przerobił je na okręty wojenne. Pod miastem pływały jedynie królewskie galery, które bez końca przemieszczały się to w górę, to w dół rzeki, trzymając się głębokiej wody po jej środku i wymieniając serie strzał ze stacjonującymi na południowym brzegu łucznikami Stannisa.

Sam lord Stannis jeszcze nie nadciągnął, lecz przed dwiema nocami, kiedy księżyc był w nowiu, zjawiła się jego straż przednia. Gdy mieszkańcy Królewskiej Przystani obudzili się rano, ujrzeli nieprzyjacielskie namioty i chorągwie. Sansa słyszała, że żołnierzy jest pięć tysięcy, prawie tyle samo, ile złotych płaszczy w mieście. Widać było sztandary z czerwonym bądź zielonym jabłkiem rodu Fossowayów, żółwia Estermontów oraz lisa wśród kwiatów Florentów. Dowódcą był ser Guyard Morrigen, sławny rycerz z południa, którego zwano teraz Guyardem Zielonym. Na jego chorągwi widniała wrona w locie. Jej czarne skrzydła rozpościerały się szeroko na tle nieba barwy burzowej zieleni. Ludzi z miasta najbardziej niepokoiły jednak jasnożółte sztandary. Ciągnęły się za nimi długie, postrzępione ogony przypominające migotliwe płomienie, a zamiast herbu lorda widniał na nich symbol boga: gorejące serce Pana Światła.

— Wszyscy mówią, że gdy nadejdzie Stannis, będzie miał dziesięć razy więcej ludzi niż Joffrey.

Dontos uścisnął jej ramię.

— Wielkość armii nie ma znaczenia, słodziutka, jeśli wszyscy ci żołnierze są po niewłaściwej stronie rzeki. Stannis nie zdoła jej sforsować bez okrętów.

— Ma okręty. Więcej niż Joffrey.

— Droga z Końca Burzy jest daleka. Flota będzie musiała opłynąć Hak Masseya, przepłynąć Gardziel i ruszyć w górę Czarnego Nurtu. Być może dobrzy bogowie ześlą sztorm, który zmiecie ją z morza. — Uśmiechnął się z nadzieją. — Wiem, że nie jest ci łatwo. Musisz być cierpliwa, dziecko. Kiedy mój przyjaciel wróci do miasta, dostaniemy statek. Wierz w swego Floriana i postaraj się nie bać.

Wbiła paznokcie w skórę dłoni. Czuła narastający w brzuchu szarpiący strach, z dnia na dzień coraz gorszy. Nocą dręczyły ją koszmary o dniu, w którym odpłynęła księżniczka Myrcella. Budziła się w ciemnościach, usiłując zaczerpnąć tchu. Słyszała krzyczących na nią ludzi, krzyczących bez słów niczym zwierzęta. Otoczyli ją, rzucali w nią plugastwem i próbowali ściągnąć ją z konia. Uczyniliby jeszcze gorsze rzeczy, gdyby Ogar nie przebił się do niej z mieczem. Wielkiego septona rozerwali na strzępy, a ser Aronowi rozbili głowę kamieniem. A on jej mówi: „Postaraj się nie bać!"

Całe miasto się bało. Widziała to z zamkowych murów. Prostaczkowie kryli się za zamkniętymi okiennicami i zaryglowanymi drzwiami, jakby mogło to zapewnić im bezpieczeństwo. Gdy ostatnio zdobyto Królewską Przystań, Lannisterowie grabili i gwałcili do woli, a do tego zamordowali setki ludzi, mimo że miasto samo otworzyło bramy. Tym razem Krasnal zamierzał walczyć, a gród, który stawiał opór, nie mógł liczyć na zmiłowanie.

Dontos nie przestawał gadać.

— Gdybym był jeszcze rycerzem, musiałbym założyć zbroję i służyć na murach razem z pozostałymi. Powinienem ucałować stopy króla Joffreya i słodko mu podziękować.

— Jeśli podziękujesz mu za to, że zrobił cię błaznem, znowu uczyni cię rycerzem — rzuciła ostrym tonem Sansa.

Dontos zachichotał.

— Moja Jonquil to bystra dziewczyna, prawda?

— Joffrey i jego matka mówią, że jestem głupia.

— Niech sobie gadają. Tak jest bezpieczniej, słodziutka. Królowa Cersei, Krasnal, Varys i im podobni obserwują się nawzajem uważnie jak jastrzębie. Opłacają to tych, to tamtych, żeby szpiegowali innych wielmożów, ale nikt nie zwraca uwagi na córkę lady Tandy, prawda? — Dontos zasłonił usta dłonią, by stłumić beknięcie. — Niech bogowie mają cię w opiece, moja maleńka Jonquil. — Zrobił się płaczliwy. Wino zawsze tak na niego działało. — Daj swojemu Florianowi buziaka. Buziaka na szczęście.

Zatoczył się ku niej.

Sansa uchyliła się przed wilgotnymi ustami, pocałowała go lekko w nieogolony policzek i powiedziała „dobranoc". Musiała zebrać całą siłę woli, by się nie rozpłakać. Ostatnio płakała bardzo często. Wiedziała, że to nie uchodzi, ale nie potrafiła się powstrzymać. Łzy płynęły same, czasem z zupełnie błahego powodu, i nie mogła nic na to poradzić.

Na moście zwodzonym prowadzącym do Warowni Maegora nie było strażników. Krasnal przeniósł większość złotych płaszczy na mury miejskie, a biali rycerze Gwardii Królewskiej mieli ważniejsze obowiązki niż śledzenie Sansy. Mogła chodzić, dokąd zechce, pod warunkiem, że nie spróbuje opuścić zamku. Nie miała jednak dokąd pójść.

Przeszła nad suchą fosą z jej okrutnymi żelaznymi kolcami i wkroczyła na wąskie spiralne schody, gdy jednak dotarła do drzwi sypialni, nie była w stanie wejść do środka. Ściany pokoju wydawały się jej pułapką, a nawet gdy okna były szeroko otwarte, odnosiła wrażenie, że nie ma tam czym oddychać.

Wróciła na schody i ruszyła w górę. Dym przesłaniał gwiazdy i wąski sierp księżyca, na dachu było więc ciemno i gęsto od cieni. Mimo to widziała stąd wszystko: wysokie wieże i potężne narożne forty Czerwonej Twierdzy, labirynt miejskich ulic na dole, czarną rzekę na południu i zachodzie, zatokę na wschodzie, słupy dymu i iskier, a także ogień, wszędzie ogień. Żołnierze obłazili miejskie mury niczym mrówki z pochodniami i tłoczyli się na odchodzących od murów parkanach. W dole, przy rysującej się na tle dymu Błotnistej Bramie, dostrzegała niewyraźne zarysy trzech potężnych katapult, największych, jakie kiedykolwiek widziano. Wystawały nad mury na dobre dwadzieścia stóp. Ten widok nie ukoił jednak jej strachu. Przeszył ją on ukłuciem tak gwałtownym, że załkała i złapała się za brzuch. Mogłaby spaść, lecz nagle pojawił się cień i za ramię złapały ją silne palce, które ją podtrzymały.

Chwyciła się muru, drapiąc palcami po szorstkim kamieniu.

— Puść mnie — krzyczała. — Puść.

— Ptaszynie wydaje się, że ma skrzydełka? A może chcesz skończyć jako kaleka, tak jak ten twój brat?

Sansa obróciła się w jego uścisku.

— Nie spadłabym. Po prostu… zaskoczyłeś mnie. To wszystko.

— Chcesz powiedzieć, że cię przestraszyłem. I nadal się boisz.

Zaczerpnęła głęboko tchu, starając się uspokoić.

— Myślałam, że jestem sama i…

Odwróciła wzrok.

— Ptaszyna wciąż nie może na mnie patrzeć, prawda? — Ogar

puścił dziewczynę. — Ale ucieszyłaś się z widoku mojej twarzy, gdy dopadł cię tłum. Pamiętasz?

Pamiętała aż za dobrze. Nie zapomniała ich wycia, krwi spływającej po jej policzku z miejsca, gdzie uderzył kamień, oraz śmierdzącego czosnkiem oddechu człowieka, który próbował ściągnąć ją z siodła. Ciągle jeszcze czuła okrutne palce zaciskające się na jej nadgarstku, gdy straciła równowagę i zaczęła spadać.

Myślała wtedy, że zginie, lecz nagle wszystkie pięć palców rozluźniło jednocześnie uchwyt i mężczyzna wrzasnął z bólu, głośno jak koń. Gdy jego dłoń odpadła od ciała, inna ręka, silniejsza, wsadziła ją na siodło. Cuchnący czosnkiem napastnik padł na ziemię, a z kikuta jego kończyny chlusnęła krew. Otaczali ich jednak inni i niektórzy z nich mieli maczugi. Ogar skoczył na nich. Jego miecz przerodził się w wirującą plamę stali, za którą ciągnęły się czerwone smugi. Gdy napastnicy rzucili się do ucieczki, ryknął śmiechem i jego okropna, poparzona twarz zmieniła się na chwilę.

Zmusiła się do tego, by się jej przyjrzeć, naprawdę przyjrzeć. Tego wymagała uprzejmość, a dama zawsze musiała być uprzejma. *Blizny nie są takie straszne, ani te drgające usta. Najgorsze są oczy.*

Nigdy nie widziała oczu tak pełnych gniewu.

— Po... powinnam potem do ciebie przyjść — wyjąkała. — Żeby ci podziękować za... za to, że mnie uratowałeś... byłeś bardzo odważny.

— Odważny? — Jego śmiech przypominał warkot. — Pies nie potrzebuje odwagi, żeby przegonić szczury. Było ich trzydziestu, ale żaden nie śmiał stawić mi czoła.

Nienawidziła słów, które od niego słyszała, zawsze pełnych gniewu i brutalności.

— Czy lubisz straszyć ludzi?

— Nie. Lubię ich zabijać. — Usta mu zadrgały. — Możesz sobie marszczyć twarzyczkę do woli, ale daruj mi tę fałszywą pobożność. Byłaś bachorem wielkiego lorda. Nie wmawiaj mi, że lord Eddard Stark z Winterfell nigdy nie zabił człowieka.

— To był jego obowiązek. Nie lubił tego robić.

— Tak ci mówił? — Clegane znowu się roześmiał. — Twój ojciec kłamał. Zabijanie to najsłodsza rzecz na świecie. — Wyciągnął miecz. — Oto jest prawda. Twój wspaniały ojciec przekonał się o tym na schodach Baelora. Lord Winterfell, królewski namiestnik,

namiestnik północy, potężny Eddard Stark z rodu liczącego sobie osiem tysięcy lat… ale miecz Ilyna Payne'a i tak przeciął jego szyję, prawda? Pamiętasz jaki taniec odstawił, kiedy głowa spadła mu z karku?

Sansa oplotła się ramionami, porażona nagłym chłodem.

— Dlaczego zawsze jesteś taki okropny? Chciałam ci podziękować…

— Zupełnie jakbym był jednym z tych prawdziwych rycerzy, których tak kochasz. Jak ci się zdaje, czym się zajmują rycerze, dziewczynko? Myślisz, że tylko przyjmują wstążki od dam i paradują w złotych zbrojach? Rycerze zabijają. — Dotknął ostrzem miecza jej szyi, tuż poniżej ucha. Sansa poczuła ostrą stal. — Pierwszy raz zabiłem człowieka, gdy miałem dwanaście lat. Nie potrafię policzyć, ilu uśmierciłem od tego czasu. Wielkich lordów o starych nazwiskach, tłustych bogaczy w aksamitach, rycerzy nadętych jak balon od zaszczytów, i kobiety i dzieci, tak jest. Wszystko to zwierzęta rzeźne, a ja jestem rzeźnikiem. Niech sobie zatrzymają swoje ziemie, bogów, złoto i swoje tytuły. — Sandor Clegane splunął Sansie pod nogi, by jej pokazać, co o tym sądzi. — Dopóki mam to — powiedział, cofając miecz od jej gardła — nie muszę się bać nikogo na świecie.

Oprócz swego brata — pomyślała Sansa, miała jednak na tyle rozsądku, by nie powiedzieć tego głośno. *Jest psem, tak jak mówi. Na wpół dzikim, złośliwym psem, który gryzie próbującą go głaskać rękę, a mimo to rozszarpie każdego, kto chciałby skrzywdzić jego panów.*

— Nawet ludzi za rzeką?

Clegane spojrzał na odległe pożary.

— Tyle płomieni. — Schował miecz do pochwy. — Tylko tchórze walczą ogniem.

— Lord Stannis nie jest tchórzem.

— Ale nie jest też takim wojownikiem, jak jego brat. Robert nigdy by nie pozwolił, żeby zatrzymał go taki drobiazg, jak rzeka.

— Co zrobisz, gdy przejdzie na drugi brzeg?

— Będę walczył i zabijał. Być może zginę.

— Nie boisz się? Za całe zło, jakie uczyniłeś, bogowie mogą cię skazać na jakieś straszne piekło.

— Jakie zło? — Roześmiał się. — Jacy bogowie?

— Ci, którzy stworzyli nas wszystkich.

— Wszystkich? — zadrwił. — Powiedz mi, ptaszyno, który to

bóg stworzył potwora takiego jak Krasnal albo przygłupią córkę lady Tandy? Jeśli bogowie istnieją, to stworzyli owce po to, by wilki mogły jeść baraninę, a słabych po to, żeby silni mieli zabawki.

— Prawdziwi rycerze bronią słabych.

Prychnął pogardliwie.

— Nie ma prawdziwych rycerzy, tak samo jak nie ma bogów. Ten, kto nie potrafi obronić się sam, powinien zginąć, żeby zrobić miejsce dla tych, którzy to potrafią. Światem władają ostra stal i silne ręce. Nie wierz tym, którzy ci wmawiają, że jest inaczej.

Odsunęła się od niego.

— Jesteś straszny.

— Jestem szczery. To świat jest straszny. Uciekaj, ptaszyno, mam już dosyć twoich spojrzeń.

Umknęła bez słowa. Bała się Sandora Clegane'a… lecz mimo to jakąś częścią jaźni żałowała, że ser Dontos nie ma choć odrobiny jego gwałtowności. *Bogowie istnieją* — przekonywała sama siebie. *I prawdziwi rycerze też. Niemożliwe, by wszystkie opowieści kłamały.*

Nocą znowu śniły się jej zamieszki. Zewsząd otaczała ją wrzeszcząca tłuszcza, przypominająca oszalałą bestię o tysiącu twarzy. W którąkolwiek stronę się zwróciła, widziała oblicza zamienione w monstrualne, nieludzkie maski. Powtarzała z płaczem napastnikom, że nie zrobiła im nic złego, lecz i tak ściągnęli ją z konia.

— Nie — krzyczała — proszę, nie, nie róbcie tego.

Nikt nie zwracał uwagi na jej słowa. Wołała ser Dontosa, braci, nieżyjącego ojca i nieżyjącą wilczycę, a także dzielnego ser Lorasa, który podarował jej kiedyś czerwoną różę. Nikt z nich jednak się nie zjawił. Potem zaczęła wzywać bohaterów z pieśni, Floriana, ser Ryama Redwyne'a i Aemona Smoczego Rycerza, ale nikt jej nie usłyszał. Kobiety opadły ją niczym łasice, szczypiąc ją w nogi i kopiąc w brzuch. Ktoś uderzył ją w twarz tak mocno, że aż poczuła wypadające zęby. Potem ujrzała jasny błysk stali. Nóż wbił się w jej brzuch i zaczął pruć, aż wreszcie zostały z niej tylko lśniące, wilgotne strzępy.

Kiedy się obudziła, przez okno wpadał blady blask poranka, czuła się jednak zmęczona i obolała, jakby w ogóle nie spała. Uda pokrywało jej coś lepkiego. Gdy zrzuciła koc i zobaczyła krew, pomyślała, że sen w jakiś sposób się ziścił. Przypomniała sobie wbijające się w nią noże, które rozszarpywały jej wnętrzności. Szarpnęła się przerażona, rozkopując pościel, i spadła na podłogę. Dyszała ciężko, naga, zakrwawiona i przerażona.

Gdy jednak podniosła się na ręce i kolana, wszystko zrozumiała.

— Nie — jęknęła. — Tylko nie to.

Nie chciała, żeby ją to spotkało, nie teraz, nie tutaj, nie teraz, nie teraz, nie teraz, nie teraz.

Ogarnęło ją szaleństwo. Złapała za słupek łoża, dźwignęła się z podłogi, podeszła do miednicy i wymyła się między nogami, zdrapując całą lepkość. Kiedy skończyła, woda była różowa od krwi. Jeśli jej służki to zobaczą, natychmiast się zorientują. Potem przypomniała sobie o pościeli. Podbiegła do łoża i porażona grozą spojrzała na ciemnoczerwoną plamę, która wszystko zdradzała. Mogła myśleć tylko o tym, że musi się jakoś tego pozbyć, bo jeśli to zobaczą, zaraz wydadzą ją za Joffreya i każą jej z nim spać.

Złapała za nóż i wycięła z prześcieradła zakrwawiony fragment. *Co im powiem, jeśli zapytają, skąd się wzięła ta dziura?* Łzy spływały jej po policzkach. Ściągnęła dziurawe prześcieradło z łoża, razem z również poplamionym kocem. *Będę musiała to spalić.* Zwinęła dowód rzeczowy w kulę, wepchnęła go do kominka, oblała oliwą z lampy i podpaliła. Potem zdała sobie sprawę, że krew przesiąknęła prześcieradło, brudząc materac. Jego również zwinęła, był jednak wielki i ciężki, trudno więc było jej go przenieść. Zdołała wepchnąć do ognia jedynie połowę. Gdy padła na kolana, usiłując wsunąć do kominka resztę, pokój wypełniły gęste kłęby szarego dymu. Drzwi otworzyły się nagle i Sansa usłyszała głośne westchnienie służki.

Żeby ją wyciągnąć z pokoju, potrzeba było trzech dziewcząt. A wszystko to i tak na nic się nie zdało. Pościel spłonęła, ale gdy wyprowadzono Sansę z sypialni, uda znowu miała zakrwawione. Własne ciało zdradziło ją wobec Joffreya, rozwijając przed całym światem karmazynowy sztandar Lannisterów.

Ugasiwszy pożar, służące wyniosły przypalony materac, wywietrzyły pokój z dymu i przyniosły balię. Kobiety kręciły się wokół niej, mamrocząc coś pod nosem i spoglądając na nią dziwnie. Napełniły balię gorącą wodą, wykąpały Sansę, umyły jej włosy i dały szmatkę, którą miała nosić między nogami. Dziewczyna uspokoiła się już i wstyd jej było ataku histerii, któremu uległa. Prawie wszystkie jej stroje zniszczył dym. Jedna z kobiet przyniosła zieloną, wełnianą koszulę, która prawie na nią pasowała.

— Nie jest taka ładna, jak twoje ubrania, ale się nada — oznajmiła, wkładając Sansie ubiór przez głowę. — Buty się nie przypaliły, więc przynajmniej nie pójdziesz do królowej boso.

Kiedy Sansę wprowadzono do jej samotni, Cersei Lannister jadła właśnie śniadanie.

— Możesz usiąść — oznajmiła uprzejmie. — Jesteś głodna?

Wskazała na stół. Stała na nim owsianka, miód, mleko, gotowane jajka i chrupiąca smażona ryba.

Na widok jedzenia Sansie zrobiło się niedobrze.

— Nie. Dziękuję, Wasza Miłość.

— Nie mam do ciebie pretensji. Przez Tyriona i lorda Stannisa wszystko co jem, ma smak popiołu. A teraz ty również zostałaś podpalaczką. Co chciałaś przez to osiągnąć?

Dziewczyna spuściła głowę.

— Przestraszyłam się krwi.

— Krew to pieczęć twej kobiecości. Lady Catelyn powinna było cię na to przygotować. Po prostu zakwitłaś, nic więcej.

Nigdy w życiu nie czuła się mniej podobna do kwiatu.

— Pani matka mi mówiła, ale… myślałam, że to będzie inaczej.

— To znaczy jak?

— Nie wiem. Że będzie mniej… mniej brudu, a więcej magii.

Królowa Cersei parsknęła śmiechem.

— Zaczekaj, aż urodzisz dziecko, Sanso. Wkrótce się przekonasz, że życie kobiety składa się z dziewięciu części brudu i jednej części magii… i to właśnie te elementy, które wydają się magiczne, często okazują się najbrudniejsze. — Wypiła łyk mleka. — A więc zostałaś kobietą. Czy masz jakiekolwiek pojęcie, co to znaczy?

— To znaczy, że mogę wyjść za mąż, dzielić z mężem łoże i urodzić królowi dzieci — odrzekła Sansa.

Królowa uśmiechnęła się z przekąsem.

— Widzę, że ta perspektywa nie podnieca cię już tak, jak kiedyś. Nie mam do ciebie pretensji. Joffrey zawsze był trudny. Nawet kiedy go rodziłam… męczyłam się półtora dnia, żeby go wydać na świat. Nie potrafisz sobie wyobrazić takiego bólu, Sanso. Krzyczałam tak głośno, że wydawało mi się, iż Robert usłyszy mnie w królewskim lesie.

— Jego Miłość nie był przy tobie?

— Robert? Robert polował. Taki był jego zwyczaj. Gdy tylko

zbliżał się mój czas, mój królewski małżonek uciekał do lasu ze swymi łowczymi i psami. Po powrocie dawał mi w prezencie trochę skór i jeleni łeb, a ja odwdzięczałam się mu dzieckiem. Co prawda, wcale nie chciałam, żeby był ze mną. Miałam wielkiego maestera Pycelle'a i całą armię położnych, i miałam też brata. Kiedy Jaime'owi mówiono, że nie wolno mu wejść do komnaty, w której rodziłam, uśmiechał się tylko i pytał, kto spróbuje go powstrzymać. Obawiam się, że Joffrey nie okaże ci podobnego przywiązania. Mogłabyś podziękować za to swej siostrze, gdyby jeszcze żyła. Nigdy nie zdołał zapomnieć o tym dniu na Tridencie, kiedy upokorzyła go na twoich oczach. Dlatego teraz odgrywa się na tobie. Ale ty jesteś silniejsza, niżby się zdawało. Przeżyjesz odrobinę poniżenia. Ja przeżyłam. Być może nigdy nie pokochasz króla, ale będziesz kochała jego dzieci.

— Kocham Jego Miłość z całego serca — zapewniła Sansa.

Królowa westchnęła.

— Lepiej naucz się jakichś nowych kłamstw, i to szybko. Możesz być pewna, że to, które przed chwilą usłyszałam, nie przypadnie do gustu lordowi Stannisowi.

— Nowy wielki septon mówi, że bogowie nie pozwolą, by lord Stannis zwyciężył, gdyż to Joffrey jest prawowitym królem.

Przez twarz Cersei przemknął blady uśmieszek.

— Synem i dziedzicem Roberta. Mimo że Joff zawsze płakał, kiedy Robert brał go na ręce. Jego Miłości to się nie podobało. Jego bękarty gruchały radośnie na jego widok i ssały palec, który wkładał w ich gminne usteczka. Robert zawsze był złakniony uśmiechów i okrzyków na swoją cześć. Dlatego chodził tam, gdzie mógł je dostać. Do swych przyjaciół i dziwek. Chciał być kochany. Mój brat Tyrion cierpi na tę samą chorobę. A czy ty chcesz być kochana, Sanso?

— Każdy tego chce.

— Widzę, że od zakwitnięcia wcale nie zmądrzałaś — westchnęła Cersei. — Sanso, pozwól, że w tym szczególnym dniu podzielę się z tobą odrobiną kobiecej mądrości. Miłość to trucizna. Jej smak jest słodki, ale zabije cię niezawodnie.

Jon

W Wąwozie Pisków panował mrok. Potężne masywy gór przesłaniały słońce przez większą część dnia. Dlatego jechali w cieniu, a ludzkie i końskie oddechy zmieniały się w parę w zimnym powietrzu. Lodowate strumyczki spływały ze śnieżnej czapy nad nimi i tworzyły małe kałuże pokryte warstewką lodu, który pękał z trzaskiem pod kopytami koni. Niekiedy dostrzegali jakieś rośliny wyrastające ze skalnych szczelin albo blade plamy porostów, nie było tu jednak trawy, a wyjechali już ponad granicę drzew.

Szlak był stromy i wąski. Wił się ciągle pod górę. W miejscach, gdzie wąwóz był tak ciasny, że zwiadowcy musieli jechać gęsiego, grupę prowadził giermek Dalbridge, który obserwował bacznie pobliskie góry, zawsze mając pod ręką łuk. Opowiadano, że ma najbystrzejszy wzrok w całej Nocnej Straży.

Duch biegł niestrudzenie u boku Jona. Od czasu do czasu zatrzymywał się i odwracał, stawiając uszy, jakby usłyszał coś za nimi. Jon nie sądził, by cieniokoty zaatakowały żywych ludzi, chyba żeby konały z głodu. Mimo to poluzował Długi Pazur w pochwie.

W najwyższym punkcie przełęczy znajdował się wyrzeźbiony przez wiatr łuk z szarego kamienia. Od tego punktu szlak stawał się szerszy i zaczynał schodzić w dół, ku dolinie Mlecznej Wody. Qhorin powiedział, że odpoczną tu do chwili, gdy cienie znowu zaczną się wydłużać.

— Cienie to przyjaciele ludzi w czerni — stwierdził.

Jon dostrzegał w tym sens. Przyjemnie by było przez pewien czas jechać w świetle, by jasne górskie słońce mogło ogrzać ich płaszcze i wygnać chłód z kości, nie mogli się jednak na to odważyć. Tam, gdzie było trzech obserwatorów, mogło ich być też więcej, gotowych podnieść alarm.

Kamienny Wąż zwinął się pod wystrzępionym futrem i niemal natychmiast zasnął, Jon podzielił się z Duchem soloną wołowiną, a Ebben i giermek Dalbridge nakarmili konie. Qhorin Półręki siedział oparty plecami o skałę, ostrząc miecz powolnymi, długimi ruchami. Jon patrzył przez chwilę na góry, po czym zdobył się na odwagę i podszedł do dowódcy.

— Panie, nie zapytałeś mnie, jak mi poszło z dziewczyną — zauważył.

— Nie musisz mnie tytułować, Jonie Snow.

Qhorin przesuwał płynnie osełkę po ostrzu, trzymając ją w dłoni o dwóch palcach.

— Powiedziała mi, że Mance mnie przyjmie, jeśli z nią ucieknę.

— Mówiła prawdę.

— Twierdziła nawet, że jesteśmy spokrewnieni. Opowiedziała mi historię...

— ...o Baelu Bardzie i róży z Winterfell. Kamienny Wąż mi mówił. Tak się składa, że ją znam. Mance często śpiewał tę pieśń, kiedy wrócił z wyprawy. Kochał muzykę dzikich. I ich kobiety też.

— Znałeś go?

— Wszyscy go znaliśmy.

W jego głosie słychać było smutek. *Byli nie tylko braćmi, lecz również przyjaciółmi* — zrozumiał Jon. A teraz są zaprzysiężonymi wrogami.

— Dlaczego zdezerterował?

— Niektórzy mówią, że dla dziewki, a inni twierdzą, że dla korony. — Qhorin dotknął ostrza miecza brzuścem kciuka. — To prawda, że Mance przepadał za kobietami, a do tego nie lubił przed nikim zginać kolan. Było w tym jednak coś więcej. Wolał głuszę od Muru. Miał to we krwi. Był dzikim z pochodzenia. Wzięliśmy go jako dziecko, gdy wycięliśmy w pień bandę zbójników. Kiedy opuścił Wieżę Cieni, wrócił po prostu do domu.

— Czy był dobrym zwiadowcą?

— Najlepszym z nas — odrzekł Półręki. — A zarazem najgorszym. Tylko głupcy, tacy jak Thoren Smallwood, gardzą dzikimi. Oni są tak samo odważni, jak my. Tak samo silni, szybcy i bystrzy. Brak im tylko dyscypliny. Zwą się wolnymi ludźmi i każdy z nich uważa, że jest tak samo dobry jak król i mądrzejszy od maestera. Mance był taki sam. Nigdy się nie nauczył słuchać rozkazów.

— Tak samo jak ja — rzekł cicho Jon.

Bystre, szare oczy Qhorina zdawały się przenikać go na wskroś.

— A więc ją wypuściłeś?

Wcale nie wydawał się zaskoczony.

— Wiedziałeś o tym?

— Teraz już wiem. Powiedz mi, dlaczego postanowiłeś ją oszczędzić.

Trudno było ująć to w słowa.

— Ojciec nigdy nie miał kata. Mówił, że jest winien ludziom, których zabija, to, by spojrzeć im w oczy i wysłuchać ich ostatnich słów. A kiedy spojrzałem w oczy Ygritte… — Jon popatrzył bezradnie na własne dłonie. — Wiedziałem, że jest naszym wrogiem, ale nie było w niej zła.

— W tamtych dwóch też nie.

— Wtedy chodziło o nasze życie — odparł Jon. — Gdyby nas zobaczyli i zadęli w ten róg…

— Dzicy by nas wytropili i zabili. To prawda.

— Ale teraz róg ma Kamienny Wąż. Zabraliśmy też Ygritte nóż i topór. Została za nami, bez konia i broni…

— I nie jest dla nas groźna — zgodził się Qhorin. — Gdybym uważał, że musi zginąć, zostawiłbym ją Ebbenowi albo zrobiłbym to sam.

— To dlaczego wydałeś rozkaz mnie?

— Nie wydałem ci rozkazu. Powiedziałem ci tylko, co trzeba uczynić, i pozwoliłem, byś sam podjął decyzję. — Qhorin wstał i wsunął miecz do pochwy. — Kiedy chcę, by ktoś wspiął się na górę, wybieram Kamiennego Węża. Gdybym pragnął, by jakiś wróg zarobił strzałę w oko na wietrznym polu bitwy, wezwałbym giermka Dalbridge'a. Ebben potrafi z każdego wycisnąć wszelkie tajemnice. Żeby dowodzić ludźmi trzeba ich poznać, Jonie Snow. Wiem teraz o tobie więcej niż rano.

— A gdybym ją zabił? — zapytał Jon.

— Zginęłaby, a ja dowiedziałbym się o tobie czegoś nowego. Dość już gadania. Powinieneś się przespać. Czekają nas długie mile drogi. Będziesz potrzebował siły.

Jon nie sądził, by łatwo mu było zasnąć, wiedział jednak, że Półręki ma rację. Znalazł osłonięte miejsce pod skalnym nawisem i zdjął płaszcz, żeby się nim przykryć jak kocem.

— Duch — zawołał. — Tutaj. Do mnie. — Zawsze spał lepiej, gdy wielki, biały wilk leżał obok niego. Jego woń dodawała mu otuchy, a kudłate futro ogrzewało. Tym razem jednak Duch spojrzał tylko na niego, odwrócił się, okrążył kosmate koniki i zniknął. *Wybiera się na polowanie* — pomyślał Jon. Być może w tych górach były kozice. Cieniokoty musiały czymś się żywić. — Tylko nie próbuj polować na kota — mruknął. To mogłoby być niebezpieczne nawet dla wilkora. Zarzucił na siebie płaszcz i ułożył się do snu.

Kiedy zamknął oczy, śniły mu się wilkory.

Było ich pięć, chociaż powinno być sześć. Rozproszyły się po świecie, daleko od siebie. Czuł w sobie głęboką, bolesną pustkę, poczucie niepełności. Puszcza była ogromna i zimna, a oni maleńcy i zagubieni. Jego bracia gdzieś tam byli, podobnie jak siostra, ale zgubił ich trop. Usiadł i uniósł łeb ku ciemniejącemu niebu. Jego głos poniósł się echem po lesie — przeciągły, pełen żalu zew samotności. Kiedy wycie wybrzmiało, postawił uszy, nasłuchując odpowiedzi, lecz usłyszał jedynie odgłos padającego śniegu.

Jon?

Głos rozległ się gdzieś za nim, cichy jak szept, lecz jednocześnie silny. Czy krzyk może być bezgłośny? Odwrócił głowę, wypatrując brata, szukając jego chudej, szarej postaci pod drzewami, nie zobaczył jednak nic oprócz...

Czardrzewa.

Wydawało się, że wyrasta z litej skały. Jego jasne korzenie wysuwały się z niezliczonych rozpadlin i wąskich jak włos szczelin. W porównaniu z innymi czardrzewami, które dotąd widział, było smukłe i młode, rosło jednak na jego oczach, a jego konary grubiały, sięgając ku niebu. Okrążał czujnie gładki, biały pień, aż wreszcie dotarł do twarzy. Spojrzały na niego czerwone oczy. Były gwałtowne, lecz uradowały się na jego widok. Czardrzewo miało twarz jego brata. Ale czy on zawsze miał troje oczu?

Nie zawsze — usłyszał bezgłośny krzyk. *Nie przed spotkaniem z wroną.*

Obwąchał korę, czując zapach wilka, drzewa i chłopca, pod nimi ukrywały się jednak inne wonie: głęboki, brązowy aromat ciepłej ziemi, twardy, szary zapach kamienia i coś innego, coś przerażającego. To śmierć, zrozumiał. Zwęszył śmierć. Cofnął się skulony, jeżąc sierść i szczerząc kły.

Nie bój się. Lubię ciemność. Nikt cię w niej nie zobaczy, a ty będziesz widział wszystkich. Najpierw jednak musisz otworzyć oko. Widzisz? O, tak.

Drzewo wyciągnęło gałąź i dotknęło go.

Nagle znowu znalazł się w górach. Jego łapy grzęzły głęboko w śniegu. Stał na krawędzi głębokiej przepaści. Przed nim otwierała się otchłań Wąwozu Pisków, a za nią niczym kołdra ciągnęła się rozwidlona dolina, skąpana we wszystkich barwach jesiennego popołudnia.

Jeden z końców doliny zamykała potężna, błyszcząca niebiesko-biała ściana, która wciskała się między góry, jakby odpychała je na boki. Przez chwilę wydawało mu się, że wrócił we śnie do Czarnego Zamku. Potem zrozumiał, że ma przed sobą lodową rzekę, wysoką na kilka tysięcy stóp. Pod tym zimnym, połyskliwym urwiskiem znajdowało się wielkie jezioro. W jego ciemnokobaltowych wodach odbijały się ośnieżone szczyty otaczających je gór. Zorientował się, że w dolinie są ludzie, wielu ludzi, tysiące, potężny zastęp. Niektórzy z nich ryli wielkie dziury w na wpół zamarzniętej ziemi, podczas gdy inni ćwiczyli się w walce. Widział zwartą grupę jeźdźców szarżujących na ścianę tarcz. Dosiadali koni nie większych niż mrówki. Odgłosy pozorowanej bitwy przypominały szelest stalowych liści unoszących się lekko na wietrze. Ich obozowisko było zupełnie chaotyczne. Nie widział okopów, zaostrzonych pali, równych szeregów lin do przywiązywania koni. Wszędzie wznosiły się prymitywne ziemianki i namioty ze skór, rozrzucone bezładnie niczym dzioby po ospie na obliczu ziemi. Zauważył też niechlujne sterty siana oraz poczuł woń niezliczonych kóz, owiec, koni, świń i psów. Z tysięcy ognisk ku niebu wznosiły się smugi dymu.

To nie jest armia ani miasto. To cały lud zgromadzony w jednym miejscu.

Na drugim brzegu długiego jeziora jeden z kopców poruszył się nagle. Przyjrzał mu się uważniej i zauważył, że wcale nie jest to ziemny nasyp, lecz wielki, żywy, kudłaty zwierz z wężem zamiast nosa i kłami dłuższymi niż kły największego dzika, jaki kiedykolwiek żył. Jeździec również był olbrzymi, a do tego miał dziwny kształt. Jego uda były za grube, a biodra zbyt szerokie, by mógł być człowiekiem.

Wtem sierść zmierzwił mu zimny powiew, a w powietrzu rozległ się łopot skrzydeł. Gdy podniósł wzrok ku skutym białym lodem górom, z nieba spadł jakiś cień. Powietrze przeszył przenikliwy krzyk. Ujrzał przelotnie niebieskoszare lotki, które przesłoniły słońce…

— Duch! — krzyknął Jon, siadając nagle. Czuł jeszcze dotknięcie szponów, czuł ból. — Duch, do mnie!

Nagle pojawił się Ebben, który złapał młodzieńca i potrząsnął nim.

— Cisza! Chcesz sprowadzić tu dzikich? Co ci się stało, chłopcze?

— To był sen — odparł Jon słabym głosem. — Byłem Duchem. Stałem na krawędzi przepaści i spoglądałem na zamarzniętą rzekę, a potem coś mnie zaatakowało. Ptak... chyba orzeł...

Giermek Dalbridge uśmiechnął się.

— Mnie zawsze śnią się ładne kobiety. Szkoda, że tak rzadko.

Podszedł do niego Qhorin.

— Mówiłeś coś o zamarzniętej rzece?

— Mleczna Woda wypływa z wielkiego jeziora leżącego u stóp lodowca — wtrącił Kamienny Wąż.

— Było tam drzewo z twarzą mojego brata. Dzicy... tysiące dzikich, nie miałem pojęcia, że jest ich tak wielu. I olbrzymy dosiadające mamutów.

Sądząc po słońcu, spał cztery albo pięć godzin. Bolała go głowa oraz kark w miejscu, gdzie wbiły się weń szpony. *Przecież to był sen.*

— Opowiedz mi dokładnie wszystko, co pamiętasz — zażądał Qhorin Półręki.

Jon był zbity z tropu.

— To był tylko sen.

— Wilczy sen — odparł Półręki. — Craster mówił lordowi dowódcy, że dzicy zbierają się u źródeł Mlecznej Wody. Może sen wziął się stąd, a może rzeczywiście widziałeś to, co czeka nas kilka godzin drogi stąd. Opisz mi wszystko.

Czuł się głupio, opowiadając Qhorinowi i innym zwiadowcom o takich rzeczach, wykonał jednak rozkaz. Żaden z czarnych braci nie śmiał się z niego. Kiedy skończył mówić, nawet z twarzy giermka Dalbridge'a zniknął uśmiech.

— Zmiennoskóry? — zapytał Ebben ponurym głosem, spoglądając na Półrękiego. *Czy chodzi mu o orła?* — zastanawiał się Jon. *Czy o mnie?* Zmiennoskórzy i wargowie należeli do opowieści Starej Niani, a nie do świata, w którym spędził całe życie. Tu jednak, w tej niezwykłej, pełnej skał i lodu głuszy, nietrudno było w to uwierzyć.

— Nadchodzą zimne wichry. Tego właśnie bał się Mormont. Benjen Stark również to czuł. Martwi wstają, a drzewa znowu mają oczy. Czemu nie mielibyśmy uwierzyć w wargów i olbrzymów?

— Czy to znaczy, że moje sny też są prawdą? — zapytał giermek Dalbridge. — Lord Snow może sobie zabrać mamuty. Ja chcę dostać kobiety.

— Już od chłopięcego wieku służyłem w Straży i żaden zwiadowca nie zapuścił się dalej ode mnie — stwierdził Ebben. — Widziałem kości olbrzymów i słyszałem mnóstwo dziwacznych opowieści, ale nic więcej. Chcę je zobaczyć na własne oczy.

— Uważaj, żeby one nie zobaczyły ciebie, Ebben — ostrzegł go Kamienny Wąż.

Ruszyli w dalszą drogę, lecz Duch nadal się nie pojawiał. Dno wąwozu pokrywały już cienie, a słońce kryło się szybko za bliźniaczymi, wyszczerbionymi szczytami góry, którą zwiadowcy zwali Widłami. *Jeśli sen był prawdą...* Bał się nawet o tym myśleć. Czy to możliwe, by ten orzeł zranił Ducha albo strącił go w przepaść? A co z czardrzewem o twarzy jego brata, które pachniało śmiercią i ciemnością?

Ostatnie promienie słońca zniknęły za szczytami Wideł i Wąwóz Pisków wypełnił półmrok. Oziębiło się niemal natychmiast. Nie wspinali się już w górę. Droga zaczęła nawet opadać, choć jak dotąd niezbyt ostro. Pełno na niej było szczelin, popękanych głazów i skalnych rumowisk. *Wkrótce zrobi się ciemno, a Ducha nadal nie widać.* Jonowi serce pękało z niepokoju, nie odważył się jednak wezwać wilkora na głos. Mógłby go usłyszeć ktoś inny.

— Qhorin — zawołał cicho giermek Dalbridge. — Tam. Spójrz.

Na skalnej wyniosłości nad nimi siedział orzeł, rysujący się na tle ciemniejącego nieba. *Widzieliśmy też inne orły* — pomyślał Jon. *To wcale nie musi być ten, który mi się przyśnił.*

Ebben chciał wypuścić w ptaka strzałę, lecz giermek go powstrzymał.

— Jest za daleko.

— Nie podoba mi się, że na nas patrzy.

Giermek wzruszył ramionami.

— Mnie też nie, ale nic na to nie poradzisz. Zmarnujesz tylko dobrą strzałę.

Qhorin przez długi czas przyglądał się orłu z siodła, nie odzywając się ani słowem.

— Jedziemy dalej — zdecydował wreszcie. Zwiadowcy ruszyli w dół.

Duch, gdzie się podziewasz? — miał ochotę krzyknąć Jon.

Gdy miał już podążyć za Qhorinem i pozostałymi, ujrzał między dwoma głazami błysk bieli. *To tylko plama starego śniegu* — pomyślał, zobaczył jednak, że się poruszyła. Natychmiast zsunął się z konia. Gdy opadł na kolana przed wilkorem, Duch uniósł łeb. Jego kark połyskiwał wilgotno, lecz kiedy Jon zdjął rękawicę i dotknął rany, zwierzę nie protestowało. Szpony rozszarpały futro i ciało, ale ptak nie zdołał skręcić mu karku.

— Bardzo z nim źle? — zapytał stojący nad chłopakiem Qhorin Półręki.

Jakby w odpowiedzi, Duch podźwignął się z wysiłkiem.

— Wilk jest silny — stwierdził zwiadowca. — Ebben, dawaj wodę. Kamienny Wężu, przynieś bukłak wina. Przytrzymaj go, Jon.

Wspólnymi siłami zmyli zakrzepłą krew z futra wilkora. Duch szarpnął się i wyszczerzył kły, gdy Qhorin polał winem okrutne, czerwone szramy pozostawione przez orła, Jon objął go jednak ramionami i szeptał kojące słowa. Wilk wkrótce się uspokoił. Gdy urwali pas tkaniny z płaszcza Jona, żeby zrobić bandaż, zapadła już ciemność. Tylko gwiazdy pozwalały odróżnić czarne niebo od skał tej samej barwy.

— Idziemy dalej? — zapytał Kamienny Wąż.

— Nie, wracamy — odparł Qhorin, podchodząc do konia.

— Wracamy? — zdziwił się Jon.

— Orły mają bystrzejszy wzrok niż ludzie. Zauważono nas. Musimy uciekać.

Półręki owinął sobie twarz długim, czarnym szalikiem, po czym skoczył na siodło.

Pozostali zwiadowcy wymienili spojrzenia, nikt się jednak nie sprzeciwiał. Dosiedli kolejno koni i zawrócili je na południe.

— Duch, idziemy — zawołał Jon. Wilkor ruszył za nimi niczym jasny cień przemierzający mrok.

Jechali całą noc, z wysiłkiem odnajdując drogę w krętym wąwozie i na skalnych usypiskach. Wiało coraz silniej. Czasami robiło się tak ciemno, że zsiadali z koni i szli na piechotę, prowadząc wierzchowce za sobą. W pewnej chwili Ebben zasugerował, że przydałoby się zapalić parę pochodni.

— Żadnego ognia — rzucił jednak Qhorin i to zakończyło dyskusję. Dotarli do kamiennego mostu w najwyższym punkcie szlaku, a potem ruszyli w dół. W ciemności rozległ się wrzask rozwścieczonego cieniokota. Głos odbijał się echem od skał, tak że mogło się wydawać, iż tuzin innych bestii odezwało się w odpowiedzi. W pewnej chwili Jonowi wydało się, że widzi na skalnej półce nad nimi parę ślepiów, wielkich jak księżyc w pełni.

Ciemną porą przed świtem urządzili postój, by pozwolić koniom się napić i dać im po garstce owsa oraz po naręczu siana.

— Nie jesteśmy już daleko od miejsca, w którym zginęli dzicy — zauważył Qhorin. — Jeden człowiek mógłby tam powstrzymać stu. Odpowiedni człowiek.

Spojrzał na giermka Dalbridge'a.

Ten pochylił głowę.

— Zostawcie mi tyle strzał, ile tylko możecie, bracia. — Pogłaskał łuk. — A jak wrócicie do domu, pamiętajcie dać mojemu konikowi jabłko. Biedny zwierzaczek na to zasłużył.

Zostaje tu po to, by zginąć — zrozumiał Jon.

Qhorin klepnął giermka w przedramię skrytą w rękawicy dłonią.

— Jeśli orzeł zniży lot, żeby ci się przyjrzeć…

— …wyrośnie mu kilka nowych piórek.

Gdy Jon widział go po raz ostatni, giermek Dalbridge odwrócił się do nich plecami i ruszył w górę wąską ścieżyną.

Wreszcie wstał świt. Młodzieniec podniósł wzrok ku bezchmurnemu niebu i ujrzał na tle błękitu mknący szybko pyłek. Ebben również go dostrzegł i zaklął głośno, lecz Qhorin go uciszył.

— Słuchaj.

Jon wstrzymał oddech i usłyszał. Daleko za nimi pośród gór zabrzmiał myśliwski róg.

— Nadchodzą — rzekł Qhorin.

Tyrion

Pod ubrał go na tę ciężką próbę we wspaniałą aksamitną bluzę w karmazynowym kolorze Lannisterów. Przyniósł mu też łańcuch, symbol urzędu, lecz Tyrion zostawił go na stole przy łożu. Siostra nie lubiła, gdy jej przypominał, że jest królewskim namiestnikiem, a on nie chciał jeszcze bardziej zaogniać ich wzajemnych stosunków.

Gdy szedł przez dziedziniec, dogonił go Varys.

— Panie — rzekł lekko zdyszany. — Lepiej przeczytaj to natychmiast. — Wyciągnął miękką, białą dłoń, w której trzymał pergamin. — Wieści z północy.

— Dobre czy złe? — zapytał Tyrion.

— Nie mnie to osądzać.

Rozwinął list. Musiał mrużyć powieki, by cokolwiek przeczytać na oświetlonym pochodniami placu.

— Dobrzy bogowie — rzekł cicho. — Obaj?

— Obawiam się, że tak, panie. To bardzo smutne. Koszmarnie smutne. Byli tacy młodzi i niewinni.

Tyrion przypomniał sobie, jak wyły wilki, gdy młody Stark spadł z murów. *Ciekawe, czy wyją teraz?*

— Mówiłeś już komuś? — zapytał.

— Jeszcze nie, ale oczywiście będę musiał.

Zwinął list.

— Ja powiem siostrze.

Chciał się przekonać, jak Cersei przyjmie te wieści. Bardzo chciał.

Królowa wyglądała dziś wyjątkowo pięknie. Założyła suknię z głębokim dekoltem, uszytą z ciemnozielonego aksamitu, który podkreślał kolor jej oczu. Złote włosy opadały w nieładzie na odkryte ramiona, a talię otaczał tkany pas wysadzany szmaragdami. Tyrion usiadł i zaczekał, aż naleją mu kielich wina. Dopiero później wręczył jej list. Nie odzywał się ani słowem. Cersei zamrugała niewinnie i przyjęła pergamin z jego rąk.

— Mam nadzieję, że jesteś zadowolona — rzekł, gdy czytała. — Przecież chciałaś śmierci tego chłopaka.

Wykrzywiła twarz w kwaśnym grymasie.

— To Jaime wyrzucił go z tego okna, nie ja. Powiedział, że robi to z miłości, jakby myślał, że sprawi mi tym przyjemność. To było głupie i do tego niebezpieczne, ale kiedy to nasz słodki brat zastanawiał się nad swoimi uczynkami?

— Chłopak was widział — wskazał Tyrion.

— Był dzieckiem. Mogłam go zastraszyć, zmusić do milczenia. — Przyjrzała się z uwagą listowi. — Dlaczego spotykam się z oskarżeniami za każdym razem, gdy któryś ze Starków uderzy się w nóżkę? To była robota Greyjoya. Nie miałam z tym nic wspólnego.

— Miejmy nadzieję, że lady Catelyn w to uwierzy.

Wytrzeszczyła oczy.

— Chyba nie...

— ...zabije Jaime'a? A dlaczego? Co ty byś zrobiła, gdyby zamordowano Joffreya i Tommena?

— Mam jeszcze Sansę! — oznajmiła królowa.

— My ją mamy — poprawił ją. — I lepiej dobrze się nią opiekujmy. No to gdzie jest ta kolacja, którą mi obiecałaś, słodka siostro?

Nie sposób było zaprzeczyć, że Cersei serwuje smakowite potrawy. Zaczęli od kasztanowej zupy ze śmietaną, chrupiącego, gorącego chleba oraz warzyw przybranych jabłkami i piniowymi orzeszkami. Potem podano pasztet z minoga, szynkę w miodzie, marchewki w maśle, białą fasolę z boczkiem oraz pieczonego łabędzia nadziewanego grzybami i ostrygami. Tyrion był wyjątkowo uprzejmy. Oferował siostrze najlepsze kąski każdego dania i pamiętał, by jeść tylko to, co ona. Nie sądził, by naprawdę zamierzała go otruć, ale ostrożność nigdy nie zawadzi.

Wyraźnie widział, że wieści o Starkach zepsuły jej humor.

— Nie ma listu z Gorzkiego Mostu? — zapytała niespokojnie, nadziewając na czubek sztyletu kawałek jabłka, który następnie zjadła drobnymi, delikatnymi kąskami.

— Nadal cisza.

— Nigdy nie ufałam Littlefingerowi. Za odpowiednią ilość gotówki w jedno uderzenie serca przejdzie na stronę Stannisa.

— Stannis Baratheon jest zbyt uczciwy, by kupować ludzi. Nie byłby też dogodnym władcą dla kogoś takiego, jak Petyr. Zgadzam się, że ta wojna przyniosła dziwne sojusze, ale tych dwóch? Nie.

— Za świnię musimy podziękować lady Tandzie — wyjaśniła mu, gdy odkrawał sobie kawałek szynki.

— To dowód jej miłości?

— Łapówka. Prosi o pozwolenie na powrót do swego zamku. Ciebie tak samo, jak i mnie. Podejrzewam, że boi się, iż aresztujesz ją po drodze, tak jak lorda Gylesa.

— Czyżby zamierzała zbiec z dziedzicem tronu? — Tyrion podał siostrze plasterek szynki, a drugi wziął dla siebie. — Wolałbym, żeby została w mieście. Jeśli chce się czuć bezpieczna, powiedz, żeby sprowadziła tu swój garnizon ze Stokeworth. Tylu zbrojnych, ilu tylko ma.

— Jeśli tak bardzo potrzebujemy ludzi, to czemu odesłałeś swoich dzikusów?

W głosie Cersei dała się słyszeć pewna zgryźliwość.

— Tam mogę ich lepiej wykorzystać — odparł zgodnie z prawdą. — Są dzielnymi wojownikami, ale żadni z nich żołnierze.

W regularnej bitwie dyscyplina jest ważniejsza od odwagi. W królewskim lesie będzie z nich znacznie więcej pożytku niż na murach miejskich.

Gdy podano łabędzia, królowa zapytała go o spisek Rogatych. Sprawiała wrażenie raczej poirytowanej niż wystraszonej.

— Dlaczego nęka nas tak wiele zdrad? Jaką krzywdę zrobił tym nędznikom ród Lannisterów?

— Żadnej — odparł Tyrion. — Chcieli znaleźć się po stronie zwycięzców... co dowodzi, że są nie tylko zdrajcami, lecz również głupcami.

— Jesteś pewien, że złapałeś wszystkich?

— Varys tak twierdzi.

Łabędź był zbyt tłusty, jak na jego smak.

Na białym czole Cersei, między parą pięknych oczu, pojawiła się bruzda.

— Zanadto ufasz temu eunuchowi.

— Dobrze mi służy.

— Chce, żebyś tak sądził. Myślisz, że tylko tobie zdradza szeptem tajemnice? Każdemu z nas mówi tyle, by nas przekonać, że bez niego bylibyśmy bezradni. Gdy wyszłam za Roberta, ze mną prowadził tę samą grę. Przez lata byłam przekonana, że nie mam na dworze lepszego przyjaciela, ale teraz... — Wpatrywała się przez chwilę w twarz Tyriona. — Mówi, że chcesz zabrać Ogara Joffreyowi.

Niech szlag trafi Varysa.

— Clegane jest mi potrzebny do ważniejszych zadań.

— Nie ma nic ważniejszego niż życie króla.

— Życiu króla nic nie zagraża. Joffa będą strzegli dzielny ser Osmund i Meryn Trant. — *Do niczego innego się nie nadają.* — Balon Swann i Ogar będą musieli prowadzić wycieczki, by się upewnić, że Stannis nie zdobędzie przyczółka na naszym brzegu Czarnego Nurtu.

— Jaime prowadziłby wycieczki osobiście.

— Z Riverrun? To niezły kawałek drogi.

— Joff jest jeszcze chłopcem.

— Chłopcem, który chce wziąć udział w bitwie. Choć raz okazał odrobinę rozsądku. Nie chcę, żeby znalazł się w ogniu walk, ale ludzie muszą go widzieć. Żołnierze chętniej walczą za króla, który wspólnie z nimi naraża się na niebezpieczeństwo, niż za takiego, który chowa się za matczynymi spódnicami.

— On ma tylko trzynaście lat, Tyrionie.

— Pamiętasz, jaki był Jaime w jego wieku? Jeśli chcesz, by był synem swego ojca, pozwól mu grać tę rolę. Nosi najlepszą zbroję, jaką można kupić, i cały czas będzie go otaczało dwanaście złotych płaszczy. Nawet na najdrobniejszy znak świadczący, że miastu grozi upadek, natychmiast każę go odprowadzić do Czerwonej Twierdzy.

Sądził, że to uspokoi jego siostrę, nie widział jednak w jej zielonych oczach nawet śladu zadowolenia.

— Czy miasto upadnie?

— Nie. *A jeśli tak się stanie, módl się, byśmy zdołali utrzymać Czerwoną Twierdzę do chwili, gdy pan ojciec przyjdzie nam z odsieczą.*

— Już nieraz mnie okłamywałeś, Tyrionie.

— Ale zawsze miałem powody, słodka siostro. Pragnę, by panowała między nami przyjaźń, równie mocno jak ty. Postanowiłem zwolnić lorda Gylesa. — Zatrzymał go właśnie z myślą o takim geście. — Możesz też dostać ser Borosa Blounta.

Królowa zacisnęła usta.

— Ser Boros może zgnić w Rosby — warknęła. — Ale Tommen…

— …zostanie tam, gdzie jest. Lord Jacelyn zapewni mu znacznie pewniejszą opiekę niż lord Gyles.

Słudzy zabrali niemal nietkniętego łabędzia. Cersei kazała gestem przynieść słodycze.

— Mam nadzieję, że lubisz babkę z jeżynami.

— Lubię wszystkie babki.

— Och, o tym wiem już od dawna. Wiesz, dlaczego Varys jest taki niebezpieczny?

— Czy bawimy się teraz w zagadki? Nie wiem.

— Dlatego, że nie ma kutasa.

— Ty też nie. *I czyż to cię nie wścieka, Cersei?*

— Może ja również jestem niebezpieczna. Za to ty jesteś takim samym durniem, jak każdy mężczyzna. Połowę rozumu trzymasz w tym robaku między nogami.

Tyrion zlizał okruszki z palców. Nie podobał mu się uśmiech siostry.

— To prawda. W tej chwili mój robak mówi mi, że pora iść.

— Źle się czujesz, bracie? — Pochyliła się, odsłaniając przed nim piersi. — Nagle zrobiłeś się jakiś wzburzony.

— Wzburzony? — Tyrion spojrzał na drzwi. Wydawało mu się, że słyszy coś na zewnątrz. Żałował teraz, że przyszedł tu sam. — Nigdy dotąd nie interesowałaś się moim kutasem.

— Nie chodzi o twojego kutasa, ale o to, gdzie go wsadzasz. Ja nie polegam tylko na eunuchu, tak jak ty. Mam własne sposoby zbierania informacji... zwłaszcza tych, które ktoś próbuje przede mną ukryć.

— Co chcesz mi powiedzieć?

— Tylko to: mam twoją małą kurwę.

Sięgnął po puchar z winem, chcąc zyskać chwilę na uporządkowanie myśli.

— Myślałem, że wolisz mężczyzn.

— Jesteś bardzo dowcipnym karzełkiem. Powiedz mi, czy już się z nią ożeniłeś? — Gdy nie odpowiadał, parsknęła śmiechem. — Ojcu bardzo ulży — rzuciła.

Czuł się tak, jakby miał w brzuchu pełno węgorzy. Jak udało się jej znaleźć Shae? Czyżby Varys go zdradził? A może wszystkie przedsięwzięte przez niego środki ostrożności poszły na marne owej nocy, gdy pognał prosto do rezydencji?

— Co cię obchodzi, z kim dzielę łoże?

— Lannister zawsze płaci swe długi — wyjaśniła. — Spiskowałeś przeciwko mnie od dnia przybycia do Królewskiej Przystani. Sprzedałeś Myrcellę, ukradłeś Tommena, a teraz planujesz zamordować Joffreya. Chcesz go usunąć, by sprawować rządy za pośrednictwem Tommena.

No cóż, muszę przyznać, że to kusząca myśl.

— To szaleństwo, Cersei. Za kilka dni będzie tu Stannis. Jestem ci potrzebny...

— A po co? Dla twej wielkiej sprawności w walce?

— Najemnicy Bronna nie zgodzą się walczyć beze mnie — skłamał.

— Och, myślę, że się zgodzą. Kochają twe złoto, a nie twój karli dowcip. Nie obawiaj się jednak, nie utracą cię. Nie twierdzę, że nie miałam od czasu do czasu chętki poderżnąć ci gardła, ale Jaime nigdy by mi tego nie wybaczył.

— A co z kurwą? — Nie nazwie jej po imieniu. *Jeśli uda mi się ją przekonać, że Shae nic dla mnie nie znaczy, to może...*

— Będzie dobrze traktowana, pod warunkiem, że moim synom

nic się nie stanie. Jeśli jednak Joff zginie albo Tommen wpadnie w ręce wrogów, twoja mała cipa zginie śmiercią tak okrutną, że nawet sobie tego nie wyobrażasz.

Ona naprawdę myśli, że zamierzam zgładzić własnego siostrzeńca.

— Chłopcom nic nie grozi — uspokoił ją ze znużeniem w głosie. — Dobrzy bogowie, Cersei, w naszych żyłach płynie ta sama krew! Za kogo ty mnie uważasz?

— Za pokręconego karła.

Tyrion wpatrzył się w osad na dnie pucharu. *Co by zrobił Jaime na moim miejscu?* Pewnie by zabił tę sukę i potem martwił się o konsekwencje. Tyrion nie miał jednak złotego miecza ani umiejętności potrzebnych, by nim władać. Kochał lekkomyślny gniew brata, lecz tym razem musiał naśladować pana ojca. *Kamień, muszę być kamieniem. Muszę być Casterly Rock, twardą i niewzruszoną. Jeśli nie sprostam tej próbie, równie dobrze mogę poszukać najbliższego gabinetu osobliwości.*

— Skąd mam wiedzieć, że już jej nie zabiłaś? — zapytał.

— Chcesz ją zobaczyć? Tak też myślałam. — Cersei podeszła do ciężkich dębowych drzwi i otworzyła je. — Przyprowadźcie kurwę mojego brata.

Bracia ser Osmunda, Osney i Osfryd, byli do siebie podobni jak dwie krople wody — wysocy mężczyźni o haczykowatych nosach, ciemnych włosach i okrutnych uśmiechach. Zwisała między nimi bezwładnie, wybałuszając oczy. Białka oczu kontrastowały ostro z ciemną twarzą. Z rozciętej wargi spływała strużka krwi. Widział też siniaki pod rozdartą szatą. Ręce miała związane sznurem. Zakneblowali ją, żeby nie mogła mówić.

— Mówiliście, że nic się jej nie stanie.

— Broniła się. — W przeciwieństwie do braci, Osney Kettleblack był gładko wygolony i na jego policzkach wyraźnie było widać zadrapania. — Ma pazurki jak cieniokot.

— Siniaki się goją — rzuciła Cersei znudzonym tonem. — Kurwa będzie żyła. Tak samo długo jak Joff.

Tyrion miał ochotę roześmiać się jej w twarz. To byłoby słodkie, bardzo słodkie, ale w ten sposób wszystko by zdradził. *Przegrałaś, Cersei, a Kettleblackowie są jeszcze większymi głupcami, niż twierdził Bronn.* Musiał tylko wypowiedzieć te słowa.

Spojrzał jednak w twarz dziewczyny i rzekł:

— Przysięgasz, że uwolnisz ją po bitwie?

— Jeśli ty uwolnisz Tommena.

Podniósł się zza stołu.

— Zatrzymaj ją więc, ale strzeż jej dobrze. Jeśli tym bydlakom wydaje się, że mogą ją wykorzystać… no cóż, słodka siostro, pozwól, że ci przypomnę, iż kij ma dwa końce. — Przemawiał bezbarwnym, obojętnym tonem. Szukał głosu ojca i znalazł go. — Wszystko, co stanie się jej, czeka również Tommena, w tym także bicie i gwałty. *Jeśli uważa mnie za potwora, zagram dla niej tę rolę.*

Tego się nie spodziewała.

— Nie ośmielisz się.

Tyrion rozciągnął powoli usta w zimnym uśmiechu. Jego oczy śmiały się do niej, jedno zielone, a drugie czarne.

— Nie ośmielę się? Zrobię to osobiście.

Zamachnęła się, chcąc uderzyć go w twarz, lecz złapał ją za nadgarstek i wykręcił rękę, aż krzyknęła z bólu. Osfryd skoczył jej na ratunek.

— Jeszcze krok, a złamię jej rękę — ostrzegł go karzeł. Mężczyzna zatrzymał się. — Pamiętasz, jak mówiłem, że nigdy już mnie nie uderzysz, Cersei? — Obalił siostrę na podłogę i zwrócił się w stronę Kettleblacków. — Rozwiążcie ją i wyjmijcie knebel.

Sznur zaciśnięto tak mocno, że zahamował dopływ krwi do dłoni. Gdy krążenie powróciło, dziewczyna krzyknęła z bólu. Tyrion masował delikatnie jej palce, aż odzyskała w nich czucie.

— Słodziutka — mówił — musisz być dzielna. Przykro mi, że cię skrzywdzili.

— Wiem, że mnie uwolnisz, panie.

— Uwolnię — obiecał. Alayaya pochyliła się i pocałowała go w czoło. Jej krwawiące wargi zostawiły plamę na jego skórze.

Nie zasługuję nawet na krwawy pocałunek — pomyślał Tyrion. *Gdyby nie ja, nic by jej nie groziło*. Naznaczony tym piętnem, spojrzał na królową.

— Nigdy cię nie lubiłem, Cersei, ale byłaś moją siostrą i dlatego nie starałem się ci zaszkodzić. Położyłaś temu kres. Odpłacę ci za to. Nie wiem jeszcze, w jaki sposób, ale daj mi czas. Nadejdzie dzień, gdy będziesz się czuła bezpieczna i szczęśliwa, lecz nagle radość obróci się w twych ustach w popiół i będziesz wiedziała, że spłaciłem dług.

Ojciec mówił mu kiedyś, że bitwa kończy się w momencie, gdy jedna z armii idzie w rozsypkę i ucieka. Choć jest tak samo liczna jak przed chwilą, ma broń i zbroje, gdy raz się załamie, nie podejmie już walki. Tak samo było z Cersei.

— Wynoś się! — zdołała tylko krzyknąć. — Zejdź mi z oczu!

Pokłonił się.

— Życzę dobrej nocy. I przyjemnych snów.

Gdy wracał do Wieży Namiestnika, pod czaszką tupało mu tysiąc zakutych w zbroję stóp. *Powinienem był to przewidzieć już wtedy, gdy po raz pierwszy wymknąłem się przez szafę Chatayi.* Być może celowo zamykał oczy. Kiedy wszedł na górę, nogi bolały go paskudnie. Wysłał Poda po dzban wina i poszedł do sypialni.

Na łożu z baldachimem siedziała ze skrzyżowanymi nogami Shae. Miała na sobie tylko ciężki, złoty łańcuch opadający na nagie piersi, łańcuch złożony ze złotych dłoni, z których każda ściskała następną.

Nie spodziewał się jej odwiedzin.

— Skąd się tu wzięłaś?

Pogłaskała ze śmiechem łańcuch.

— Chciałam poczuć dłonie na cycuszkach... ale te złote są za zimne.

Na moment zapomniał języka w gębie. Jak mógł jej powiedzieć, że inną kobietę pobito zamiast niej i że mogą nawet ją zgładzić, gdyby Joffreya powalił w bitwie jakiś przypadkowy cios? Wnętrzem dłoni starł z czoła krew Alayayi.

— Lady Lollys...

— Śpi. Ta krowa teraz tylko by spała. Śpi i żre. Czasem zasypia nawet w trakcie jedzenia. Żarcie wpada pod koc, a ona się w nim tarza i później muszę ją wycierać. — Skrzywiła się z niesmakiem. — A przecież tylko ją wyruchali.

— Jej matka mówi, że jest chora.

— Ma dziecko w brzuchu, to wszystko.

Tyrion rozejrzał się po pokoju. Wszystko wyglądało tak samo, jak wtedy, gdy wychodził.

— Jak się tu dostałaś? Pokaż mi ukryte drzwi.

Wzruszyła ramionami.

— Lord Varys kazał mi założyć kaptur. Nic nie widziałam, poza... w jednym miejscu zerknęłam na podłogę spod kaptura. Było tam pełno kafelków, no wiesz, takich, które składają się w obraz?

— Mozaika?

Skinęła głową.

— Były czerwone i czarne. Chyba przedstawiały smoka. Poza tym wszędzie było ciemno. Zeszliśmy po drabinie i potem szliśmy dość długo, aż kierunki mi się pokręciły. Raz się zatrzymaliśmy, żeby mógł otworzyć żelazną bramę. Otarłam się o nią po drodze. Smok był za bramą. Potem weszliśmy po następnej drabinie i na górze był tunel. Musiałam się pochylać, a lord Varys to chyba się czołgał.

Tyrion dokonał obchodu sypialni. Jeden z lichtarzy wyglądał na poluzowany. Wspiął się na palce i zaczął go powoli obracać, skrobiąc metalem o ścianę. Gdy okręcił lichtarz podstawą do góry, wypadł z niego ogarek. Sitowie pokrywające zimną kamienną posadzkę wyglądało na nie naruszone.

— Nie chcesz iść ze mną do łóżka, panie? — zapytała Shae.

— Za chwilę.

Otworzył szafę, odsunął na bok szaty i popchnął mocno tylną płytę. To, co poskutkowało w burdelu, może się okazać skuteczne również w zamku... ale nie, drewno było twarde i nie ustąpiło. Jego wzrok przyciągnął kamień pod ławeczką w oknie wykuszowym, lecz choć naciskał go i obmacywał, nic to nie dało. Wrócił do łoża zawiedziony i poirytowany.

Shae rozwiązała mu sznurówki i zarzuciła ramiona na szyję.

— Barki masz twarde jak skała — wyszeptała. — Szybko, chcę cię poczuć w sobie.

Gdy jednak oplotła go nogami w pasie, męskość odmówiła mu posłuszeństwa. Shae poczuła, że zmiękł, wśliznęła się pod kołdrę i wzięła mu w usta, lecz nawet to nic nie dało.

Po kilku chwilach kazał jej przestać.

— Co się stało? — zapytała. Na jej młodej twarzy wypisana była cała niewinność świata.

Niewinność? Ty durniu, ona jest kurwą. Cersei ma rację, masz rozum w kutasie. Dureń, dureń.

— Śpij, słodziutka — rzekł, głaszcząc jej włosy. Jeszcze długo po tym, gdy Shae skorzystała z jego rady, Tyrion leżał bezsenny, zaciskając palce wokół małej piersi i słuchał oddechu dziewczyny.

Catelyn

Wielka Komnata Riverrun była ogromna i gdy kolację jadły w niej tylko dwie osoby, musiały czuć się samotne. Ściany spowijały głębokie cienie. Jedna z pochodni zgasła i płonęły tylko trzy. Catelyn siedziała wpatrzona w puchar wina, które wydawało się jej cienkie i kwaśne. Po przeciwnej stronie stołu przysiadła Brienne. Między nimi stał fotel na podwyższeniu należący do jej ojca, pusty tak samo jak reszta sali. Nawet słudzy sobie poszli. Dała im wolne, by mogli się przyłączyć do zabawy.

Choć mury donżonu były grube, obie kobiety słyszały głosy rozradowanych ludzi. Ser Desmond kazał wynieść z piwnic dwadzieścia beczułek i prostaczkowie czcili bliski powrót Edmure'a oraz zdobycie Turni przez Robba, wychylając rogi pełne brązowego *ale*.

Nie mogę mieć do nich pretensji — pomyślała. *Nic nie wiedzą. A nawet gdyby wiedzieli, czemu miałoby ich to obchodzić? Nie znali moich synów. Nie patrzyli z podchodzącym do gardła sercem, jak Bran wspina się na mury, i duma nie mieszała się w nich z przerażeniem, tak że wydawały się jednym uczuciem, nie uśmiechali się, widząc, jak bardzo Rickon stara się naśladować starszych braci.*

Gapiła się na stojącą przed nią kolację: pstrąga owiniętego w boczek, sałatkę z zielonej rzepy, czerwonego kopru i słodkiej trawy, groch, cebulę i ciepły chleb. Brienne jadła metodycznie, jakby posiłek był kolejnym zadaniem, które jej zlecono. *Robię się zgorzkniała* — pomyślała Catelyn. *Nie cieszy mnie mięso ani miód, a śpiew i śmiech stały się dla mnie podejrzanymi nieznajomymi. Dla mnie zostały jedynie żal, pył i gorzka tęsknota. Tam, gdzie kiedyś miałam serce, zieje pustka.*

Nie mogła już dłużej znieść odgłosów wydawanych przez jedzącą dziewczynę.

— Brienne, nie nadaję się dziś do towarzystwa. Idź się zabawić, jeśli chcesz. Wypij sobie róg *ale* i zatańcz przy harfie Rymunda.

— Nie jestem stworzona do zabaw, pani. — Wielkimi dłońmi rozerwała piętkę razowego chleba, wpatrując się w okruchy, jakby zapomniała, co to takiego. — Ale jeśli rozkażesz, to…

Catelyn wyczuła jej skrępowanie.

— Myślałam tylko, że chciałabyś pobyć z kimś weselszym ode mnie.

— Wolę zostać z tobą.

Dziewczyna wytarła chlebem tłuszcz z boczku, w którym usmażono pstrąga.

— Rano przyleciał kolejny ptak. — Catelyn nie wiedziała, dlaczego o tym mówi. — Maester natychmiast mnie obudził. Okazał się sumienny, ale nie dobry. Nie, na pewno nie dobry.

Nie zamierzała nic mówić Brienne. Nie wiedział o tym nikt poza nią oraz maesterem Vymanem i chciała utrzymać to w tajemnicy, aż do chwili... do chwili...

Do jakiej chwili? Głupia kobieto, czy jeśli ukryjesz sekret przed światem, przestanie z tego powodu być prawdą? Czy jeśli nic nikomu nie powiesz, nie będziesz o tym rozmawiać, stanie się tylko snem, czymś mniej niż sen, na wpół zapomnianym koszmarem? Och, czemuż bogowie nie chcą być tak łaskawi.

— Czy to wieści z Królewskiej Przystani? — zapytała Brienne.

— Gdybyż tylko tak było. Ptak przyleciał z zamku Cerwynów, od ser Rodrika, mojego kasztelana. — *Czarne skrzydła, czarne słowa.* — Zebrał wszystkie wojska, jakie zdołał zgromadzić, i maszeruje na Winterfell, by odzyskać zamek. — Jak mało ważne stało się to wszystko. — Ale mówi... napisał... powiadomił mnie, że...

— Pani, co się stało? Czy to wieści o twoich synach?

Jakże proste było to pytanie. Gdyby tylko odpowiedź mogła być równie nieskomplikowana. Gdy Catelyn spróbowała się odezwać, słowa uwięzły jej w gardle.

— Nie mam już żadnych synów poza Robbem.

Cieszyła się choć z tego, że zdołała bez łkania zdradzić tę straszliwą prawdę.

Brienne spojrzała na nią przerażona.

— Pani?

— Bran i Rickon próbowali uciec, ale złapano ich w młynie nad Żołędziową Wodą. Theon Greyjoy zatknął ich głowy na murach Winterfell. Theon Greyjoy, który jadł za mym stołem od dziesiątego roku życia. *Powiedziałam to, niech bogowie mi wybaczą. Powiedziałam to i uczyniłam to prawdą.*

Twarz Brienne przerodziła się w zamazaną przez łzy plamę. Dziewczyna wyciągnęła rękę nad stołem, lecz zatrzymała palce tuż przed Catelyn, jakby dotyk mógł być niepożądany.

— Na… na to nie ma słów, pani. Moja dobra pani. Twoi synowie… są teraz u bogów.

— Czyżby? — zapytała ostrym tonem Catelyn. — Jakiż to bóg dopuściłby do czegoś takiego? Rickon był jeszcze maleńki. Jak mógł zasłużyć na podobną śmierć? A Bran… kiedy opuszczałam północ, nie otworzył jeszcze oczu po swym upadku. Musiałam go zostawić, zanim się obudził. A teraz nigdy już do niego nie wrócę i nie usłyszę jego śmiechu. — Pokazała Brienne dłonie i palce. — Te blizny… wysłali skrytobójcę, żeby poderżnął Branowi gardło, kiedy leżał pogrążony we śnie. Zginąłby wtedy i ja razem z nim, ale wilk Brana przegryzł gardło napastnikowi. — Przerwała na chwilę. — Theon pewnie zabił i wilki. Na pewno, bo w przeciwnym razie… byłam pewna, że chłopcom nic nie grozi, dopóki wilkory są z nimi. Tak jak Robb i jego Szary Wicher. Ale moje córki nie mają już wilków.

Nagła zmiana tematu zbiła Brienne z tropu.

— Twoje córki…

— Sansa była damą już w wieku trzech lat. Zawsze okazywała wielką uprzejmość i pragnęła się wszystkim przypodobać. Najbardziej na świecie kochała opowieści o rycerskich czynach. Ludzie mówili, że jest podobna do mnie, ale wyraźnie było widać, że wyrośnie na kobietę znacznie piękniejszą niż ja. Często odsyłałam służącą i sama czesałam jej włosy. Były kasztanowate, jaśniejsze od moich, bardzo gęste i miękkie… w świetle pochodni lśniły czerwonym blaskiem jak miedź. Za to Arya, no cóż… jeśli goście Neda wjeżdżali na dziedziniec bez zapowiedzenia, często brali ją za chłopca stajennego. Muszę przyznać, że była utrapieniem. W połowie chłopak, a w połowie wilcze szczenię. Jeśli jej czegoś zakazano, natychmiast zaczynała pożądać tego z całego serca. Miała pociągłą twarz Neda i brązowe włosy, które zawsze wyglądały jak ptasie gniazdo. Straciłam już nadzieję, że zdołam zrobić z niej damę. Kolekcjonowała strupy tak jak inne dziewczynki lalki i co tylko miała w głowie, zaraz zjawiało się na języku. Ona na pewno też już nie żyje. — Mówiąc to, Catelyn czuła się tak, jakby jej pierś ściskała olbrzymia dłoń. — Chcę, żeby wszyscy zginęli, Brienne. Najpierw Theon Greyjoy, a potem Jaime Lannister, Cersei i Krasnal. Wszyscy. Ale moje dziewczynki… moje dziewczynki…

— Królowa… też ma córeczkę — wtrąciła ze skrępowaniem Brienne. — I synów w tym samym wieku, co twoi. Kiedy o tym usłyszy, może… może się ulituje i…

— Odeśle mi córki całe i zdrowe? — Catelyn uśmiechnęła się ze smutkiem. — Masz w sobie słodką niewinność, dziecko. Chciałabym… ale nie. Robb pomści braci. Lód zabija tak samo pewnie, jak ogień. Lód to był dwuręczny miecz Neda, wykuty z valyriańskiej stali, pokryty zmarszczkami tysiąca warstw i taki ostry, że bałam się go dotknąć. W porównaniu z nim miecz Robba jest tępy jak pałka. Obawiam się, że trudno nim będzie ściąć Theonowi głowę. Starkowie nie zatrudniają katów. Ned zawsze mawiał, że ten, kto wydał wyrok, musi też ująć w rękę miecz, choć ten obowiązek nigdy nie sprawiał mu przyjemności. Ale mnie by sprawił. Och, tak.

Spojrzała na pokryte bliznami dłonie, otworzyła je i zacisnęła, a potem podniosła powoli wzrok.

— Wysłałam mu wino.

— Wino? — zapytała zdziwiona Brienne. — Robbowi? Czy… Theonowi Greyjoyowi?

— Królobójcy. — Z Cleosem Freyem się udało. *Mam nadzieję, że jesteś spragniony, Jaime. Że gardło masz suche i ściśnięte.* — Chciałabym, żebyś poszła ze mną.

— Jestem na twe rozkazy, pani.

— Świetnie. — Catelyn zerwała się gwałtownie. — Zostań, skończ spokojnie kolację. Wyślę po ciebie później. O północy.

— Tak późno, pani?

— W lochach nie ma okien. Jedna godzina niczym się tam nie różni od drugiej, a dla mnie wszystkie godziny są teraz północą.

Gdy wychodziła z komnaty, jej kroki brzmiały głucho. Wspinając się do samotni lorda Hostera, słyszała dobiegające z zewnątrz krzyki: „Tully!" oraz: „Kielich! Kielich za młodego, dzielnego lorda!"

Mój ojciec jeszcze nie umarł — pragnęła do nich zawołać. *Moi synowie zginęli, ale mój ojciec żyje i to on jest waszym lordem, niech was szlag.*

Lord Hoster zapadł w głęboki sen.

— Wypił przed chwilą kielich sennego wina, pani — poinformował ją maester Vyman. — Na ból. Nie będzie wiedział, że przyszłaś.

— To nieważne — odparła. *Jest bardziej martwy niż żywy, ale i tak bardziej żywy od moich biednych synów.*

— Pani, czy jest coś, co mogę dla ciebie zrobić? Może napój nasenny?

— Dziękuję, maesterze, ale nie. Nie będę przesypiała żałoby.

Branowi i Rickonowi należy się ode mnie coś więcej. Idź się zabawić. Ja posiedzę chwilę przy ojcu.

— Jak sobie życzysz, pani.

Vyman pokłonił się i wyszedł.

Lord Hoster leżał na plecach z rozchylonymi ustami. Oddech miał słaby i świszczący. Jedna ręka zwisała z materaca, blada, krucha i koścista, lecz ciepła w dotyku. Splotła palce z jego palcami i zacisnęła je. *Choćbym trzymała go najmocniej, i tak go tu nie zatrzymam* — pomyślała ze smutkiem. *Pora go puścić.* Nie potrafiła jednak zwolnić uścisku.

— Nie mam z kim porozmawiać, ojcze — powiedziała mu. — Modlę się, ale bogowie nie odpowiadają. — Ucałowała lekko jego dłoń. Skóra była ciepła, a niebieskie żyłki widoczne pod bladą, półprzezroczystą skórą przypominały rozwidlające się rzeki. Za murami płynęły inne, większe: Czerwone Widły i Kamienny Nurt. Będą płynęły wiecznie w przeciwieństwie do rzek w dłoni jej ojca, które już wkrótce wyschną. — Ostatniej nocy śniło mi się, jak obie z Lysą zabłądziłyśmy po drodze z Seagardu. Pamiętasz to? Pojawiła się dziwna mgła i zostałyśmy z tyłu. Wszystko zrobiło się szare i nie widziałam nic przed końskimi chrapami. Zgubiłyśmy drogę. Gałęzie drzew wyglądały jak długie, chude ręce, które próbowały nas złapać. Lysa się rozpłakała, a ja krzyczałam, lecz mgła pochłaniała mój głos. Na szczęście Petyr wiedział, gdzie byłyśmy, i zawrócił po nas... Ale teraz nikt już mnie nie znajdzie, prawda? Tym razem sama muszę odnaleźć drogę, a to jest trudne, bardzo trudne. Ciągle myślę o dewizie Starków. Zima nadeszła, ojcze. Dla mnie. Dla mnie. Robb musi teraz walczyć nie tylko z Lannisterami, lecz również z Greyjoyami. I o co? O złoty kapelusz i żelazny fotel? Z pewnością przelano już wystarczająco wiele krwi. Chcę odzyskać dziewczynki. Chcę, żeby Robb odłożył miecz i wybrał sobie którąś z niełądnych córek Waldera Freya, która go uszczęśliwi i da mu synów. Chcę odzyskać Brana i Rickona. Chcę... — Catelyn zwiesiła głowę. — Chcę — powtórzyła raz jeszcze, a potem umilkła.

Po chwili świeca dopaliła się i zgasła. Między listwami okiennicy do środka wpadał księżycowy blask. Jego jasnosrebrzyste snopy padały na twarz ojca Catelyn. Słyszała jego słaby, wysilony oddech, nigdy nie milknący szum wód, dobiegające z dziedzińca ciche tony jakiejś pieśni miłosnej, bardzo smutne i słodkie.

— Kochałem dziewczę rude jak jesień — śpiewał Raymund. — Co miało zachód słońca we włosach.

Nawet nie zauważyła, gdy śpiewy umilkły. Mijały godziny, lecz jej wydawało się, że to tylko jedno uderzenie serca. Wreszcie u drzwi pojawiła się Brienne.

— Pani — odezwała się cicho. — Nadeszła północ.

Nadeszła północ, ojcze — pomyślała. *Muszę spełnić swój obowiązek.* Puściła jego dłoń.

Strażnikiem był niski, skryty człowieczek z popękanymi żyłkami na nosie. Zastały go nachylonego nad kuflem *ale* i resztkami pasztetu z gołębia. Był już nieźle podpity i przyglądał się im podejrzliwie.

— Wybacz, pani, ale lord Edmure powiedział, że nikt nie może się widzieć z Królobójcą, chyba że przedstawi pismo z jego osobistą pieczęcią.

— Lord Edmure? Czyżby mój ojciec umarł i nikt mi o tym nie powiedział?

Strażnik oblizał wargi.

— Nie, pani, nic mi o tym nie wiadomo.

— Otwieraj celę albo chodź ze mną do samotni lorda Hostera i wytłumacz mu, dlaczego nie wykonujesz moich poleceń.

Spuścił wzrok.

— Jak sobie życzysz, pani.

Klucze wisiały u jego nabijanego ćwiekami pasa. Przebierał w nich, mamrocząc coś pod nosem, aż wreszcie znalazł ten, który otwierał drzwi do celi Królobójcy.

— Zostaw nas. Wracaj do swego *ale* — rozkazała. Z niskiego sufitu zwisała na haku lampka oliwna. Catelyn zdjęła ją i zwiększyła płomień.

— Brienne, dopilnuj, żeby nikt mi nie przeszkadzał.

Dziewczyna skinęła głową i stanęła przed celą, wspierając dłoń na gałce miecza.

— Zawołaj mnie, gdybym była ci potrzebna, pani.

Catelyn pchnęła barkiem ciężkie drewniane drzwi o żelaznych okuciach i zagłębiła się w cuchnącą ciemność. Znalazła się w trzewiach Riverrun i pachniało tu odpowiednio dla tego miejsca. Pod jej stopami trzeszczała stara słoma. Ściany pokrywały plamy saletry, a zza murów dobiegał ledwie słyszalny szum Kamiennego Nurtu. Światło lampy ukazało jej w jednym rogu wiadro pełne kału, a w drugim skuloną postać. Dzban z winem stał nietknięty przy drzwiach. *Mój plan spalił na panewce. Pewnie powinnam się cieszyć, że ten strażnik sam nie wyżłopał wina.*

Jaime uniósł dłonie, by osłonić twarz. Skuwające mu ręce łańcuchy zaszczękały głośno.

— Lady Stark — rzekł głosem ochrypłym od długiego nieużywania. — Obawiam się, że mój stan nie pozwala mi cię godnie przyjąć.

— Patrz na mnie, ser.

— Światło razi mi oczy. Chwileczkę, jeśli łaska. — Odkąd Jaime Lannister dostał się do niewoli w Szepczącym Lesie, nie dawano mu brzytwy i jego twarz, tak ongiś podobną do lica królowej, porastała teraz kosmata broda. Połyskujący złoto w świetle lampy zarost nadawał mu wygląd wielkiej, żółtej bestii, wspaniałej nawet w łańcuchach. Niemyte włosy opadały w strąkach na ramiona, szaty butwiały na ciele, a twarz była blada i wynędzniała... a mimo to łatwo było dostrzec jego siłę i urodę.

— Widzę, że nie miałeś ochoty na wino, które ci przysłałam.

— Tak nagła szczodrość wydała mi się nieco podejrzana.

— Mogę w każdej chwili kazać cię ściąć. Po co miałabym cię truć?

— Śmierć od trucizny może się wydawać naturalna. Trudniej byłoby utrzymywać, że głowa po prostu zleciała mi z karku. — Podniósł wzrok. Jego zielone jak u kota oczy przyzwyczajały się powoli do światła. — Poprosiłbym cię, byś usiadła, lecz twój brat zapomniał dać mi krzesło.

— Mogę chwilę postać.

— Na pewno? Muszę stwierdzić, że wyglądasz okropnie. Ale może to przez to światło. — Był skuty w nadgarstkach i łokciach, a każdy z łańcuchów połączono z pozostałymi, tak że nie mógł ani wygodnie stać, ani leżeć. Łańcuchy u nóg przytwierdzono do ściany. — Uważasz, że moje bransolety są wystarczająco ciężkie, czy przyszłaś dołożyć mi jeszcze kilka? Jeśli chcesz, mogę nimi ładnie zagrzechotać.

— Sam ściągnąłeś na siebie ten los — przypomniała. — Daliśmy ci celę w wieży, odpowiednią do twej pozycji i urodzenia, a ty odpłaciłeś nam próbą ucieczki.

— Cela to cela. Mamy w Casterly Rock takie, przy których ta

wygląda jak słoneczny ogród. Może pewnego dnia będę miał okazję ci je pokazać.

Jeśli jest zastraszony, świetnie to ukrywa — pomyślała Catelyn.

— Człowiek zakuty w łańcuchy powinien przemawiać uprzejmiej, ser. Nie przyszłam tu wysłuchiwać gróźb.

— Nie? W takim razie z pewnością chcesz mnie wykorzystać? Podobno wdowom szybko nudzi się puste łoże. My, rycerze Królewskiej Gwardii, przysięgamy nigdy się nie żenić, ale pewnie mógłbym ci usłużyć, jeśli tego właśnie pragniesz. Nalej nam trochę tego wina i zdejmij suknię, a zobaczymy, czy sobie poradzę.

Spojrzała na niego z obrzydzeniem. *Czy kiedykolwiek żył mężczyzna równie piękny i odrażający, jak ten?*

— Gdyby mój syn to usłyszał, zabiłby cię.

— Pod warunkiem, że miałbym na sobie te ozdoby. — Jaime Lannister zagrzechotał łańcuchami. — Oboje wiemy, że chłopak boi się zmierzyć ze mną w pojedynku.

— Mój syn może być młody, ale jeśli masz go za głupca, to popełniasz straszliwy błąd... odnoszę też wrażenie, że gdy miałeś za sobą armię, nie byłeś taki skory do rzucania wyzwań.

— Czy dawni królowie zimy też kryli się za spódnicami matek?

— Mam już tego dosyć, ser. Muszę się dowiedzieć paru rzeczy.

— A dlaczego miałbym ci cokolwiek mówić?

— Żeby uratować życie.

— Myślisz, że boję się śmierci? — Ta myśl wyraźnie go rozbawiła.

— Powinieneś się bać. Jeśli bogowie są sprawiedliwi, trafisz za swe zbrodnie do najgłębszego z siedmiu piekieł.

— Jacy znowu bogowie, lady Catelyn? Drzewa, do których modlił się twój mąż? Na co mu się zdały, kiedy moja siostra ścięła mu głowę? — Jaime zachichotał. — Jeśli bogowie istnieją, to dlaczego na świecie jest tak wiele bólu i niesprawiedliwości?

— Przez ludzi podobnych do ciebie.

— Nie ma ludzi podobnych do mnie. Jestem jedyny w swoim rodzaju.

Nie ma w nim nic poza arogancją, pychą i pustą odwagą szaleńca. Strzępię tylko język po próżnicy. Jeśli nawet kiedyś miał w sobie iskrę honoru, dawno już zgasła.

— Jeśli nie chcesz ze mną rozmawiać, to trudno, ser. Możesz sobie wypić to wino albo do niego nasikać. Wszystko mi jedno.

— Lady Stark — powiedział, gdy dotknęła dłonią klamki. Odwróciła się i zamarła w bezruchu. — W tej wilgoci wszystko się psuje — ciągnął. — Nawet moja ogłada zawodzi. Odpowiem na twe pytania… ale nie za darmo.

W ogóle nie ma wstydu.

— Więźniowie nie mogą się targować.

— Och, przekonasz się, że nie zażądam zbyt wiele. Twój strażnik powtarza mi tylko ohydne kłamstwa, które nawet nie trzymają się kupy. Jednego dnia wmawia mi, że obdarto ze skóry Cersei, a drugiego, że ten los spotkał mojego ojca. Odpowiedz na moje pytania, a ja odwdzięczę ci się tym samym.

— I powiesz prawdę?

— Pragniesz prawdy? Ostrożnie, pani. Tyrion mawia, że ludzie często domagają się prawdy, ale rzadko lubią jej smak.

— Jestem wystarczająco silna, by wysłuchać wszystkiego, co mógłbyś mi rzec.

— Jak sobie życzysz. Ale najpierw, jeśli łaska… podaj mi to wino. Zaschło mi w gardle.

Zawiesiła lampę na drzwiach, by podsunąć mu kielich i dzban. Przepłukał sobie usta winem, a potem je przełknął.

— Kwaśne i paskudne — stwierdził. — Ale może być. — Odwrócił się plecami do ściany, podciągnął kolana pod brodę i spojrzał na Catelyn. — Twe pierwsze pytanie, pani?

Nie wiedziała, jak długo może potrwać ta zabawa, nie traciła więc czasu.

— Czy jesteś ojcem Joffreya?

— Nie pytałabyś o to, gdybyś nie znała już odpowiedzi.

— Chcę ją usłyszeć z twoich ust.

Wzruszył ramionami.

— Joffrey jest mój. Reszta bachorów Cersei pewnie też.

— Przyznajesz, że byłeś kochankiem siostry?

— Zawsze kochałem swą siostrę. Jesteś mi winna dwie odpowiedzi. Czy wszyscy moi krewni żyją?

— Słyszałam, że ser Stafforda Lannistera zabito pod Oxcross.

Jaime'a to nie poruszyło.

— Moja siostra zwała go wujem Głąbem. Obchodzi mnie tylko Cersei i Tyrion. I jeszcze pan ojciec.

— Żyją, wszyscy troje.

Ale jeśli bogowie będą łaskawi, nie pożyją długo.

Jaime pociągnął kolejny łyk wina.

— Pytaj dalej.

Zastanawiała się, czy odważy się zgodnie z prawdą odpowiedzieć na jej następne pytanie.

— Dlaczego mój syn Bran spadł z wieży?

— Rzuciłem go z okna.

Powiedział to tak nonszalancko, że na chwilę odebrało jej głos. *Gdybym miała nóż, zabiłabym go natychmiast* — pomyślała, przypomniała sobie jednak dziewczynki.

— Jesteś rycerzem. Przysięgałeś bronić słabych i niewinnych.

— Był słaby, ale może nie taki niewinny. Podglądał nas.

— Bran nikogo by nie podglądał.

— W takim razie to wina tych twoich bogów. To oni zaprowadzili chłopaka do okna i pozwolili mu zobaczyć coś, czego nie powinien ujrzeć.

— Wina bogów? — powtórzyła z niedowierzaniem. — To ty go zrzuciłeś. Chciałeś, żeby zginął.

Łańcuchy brzęknęły cicho.

— Rzadko zrzucam dzieci z wież po to, by im poprawić zdrowie. Tak, chciałem, żeby zginął.

— A kiedy przeżył, zrozumiałeś, że grozi wam jeszcze większe niebezpieczeństwo i dlatego dałeś swemu pachołkowi mieszek srebra, by się upewnić, że Bran już się nie obudzi.

— Tak sądzisz? — Jaime uniósł kielich i pociągnął długi łyk. — Nie przeczę, że o tym rozmawialiśmy, ale byłaś z chłopakiem dzień i noc, wasz maester i lord Eddard często go odwiedzali, a byli też strażnicy i te przeklęte wilkory… musiałbym przebić się po drodze przez połowę Winterfell. Po co zresztą miałbym się trudzić, skoro wyglądało na to, że chłopak i tak umrze?

— Jeśli mnie okłamiesz, to koniec rozmowy. — Uniosła dłonie, by pokazać mu blizny. — Te ślady zostawił człowiek, który przyszedł poderżnąć Branowi gardło. Przysięgasz, że nie ty go wysłałeś?

— Na honor Lannistera.

— Twój honor jest wart mniej niż to.

Przewróciła kopniakiem wiadro. Cuchnąca, brązowa maź rozlała się po podłodze celi, wsiąkając w słomę. Jaime Lannister odsunął się od plugastwa tak daleko, jak tylko pozwalały mu na to łańcuchy.

— Nie przeczę, że być może faktycznie mam gówno zamiast honoru, ale nigdy nie wynająłbym człowieka, by dokonał za mnie zabójstwa. Możesz mi wierzyć lub nie, lady Stark, ale gdyby zależało mi na śmierci twojego Brana, sam pozbawiłbym go życia.

Bogowie bądźcie łaskawi, on mówi prawdę.

— Jeśli ty go nie przysłałeś, to z pewnością twoja siostra.

— Wiedziałbym o tym. Cersei nie ma przede mną tajemnic.

— W takim razie Krasnal.

— Tyrion jest tak samo niewinny, jak twój Bran. On nie podglądał nikogo przez okno.

— To dlaczego skrytobójca miał jego sztylet?

— A jak ten sztylet wyglądał?

— Był takiej długości — zaczęła, rozkładając dłonie — bez ozdób, ale pięknie wykonany. Ostrze miał z valyriańskiej stali, a rękojeść ze smoczej kości. Twój brat wygrał go od lorda Baelisha na turnieju w dzień imienia księcia Joffreya.

Lannister nalał sobie wina, wypił je, znowu nalał i spojrzał w głąb kielicha.

— Ten trunek w miarę picia robi się coraz lepszy. Kto by pomyślał? Chyba sobie przypominam taki sztylet. Mówisz, że go wygrał? A w jaki sposób?

— Postawił na ciebie, kiedy stanąłeś w szranki z Rycerzem Kwiatów. — Gdy usłyszała własne słowa, zrozumiała, że coś się jej pokręciło. — Nie... chyba na odwrót?

— Tyrion zawsze stawiał na mnie w turniejach — odparł Jaime — lecz tego dnia ser Loras wysadził mnie z siodła. Przypadkowo. Nie doceniłem chłopaka. Ale mniejsza o to. Cokolwiek mój brat wówczas postawił, przegrał to... przypominam sobie jednak, że ten sztylet zmienił wówczas właściciela. Robert pokazał mi go nocą podczas uczty. Jego Miłość lubił sypać sól na moje rany, zwłaszcza gdy był pijany. A kiedy to bywał trzeźwy?

Przypomniała sobie, że podczas podróży przez Góry Księżycowe Tyrion Lannister mówił to samo. Nie chciała mu wówczas wierzyć, gdyż Petyr przysięgał, że było inaczej. Petyr, który był dla niej jak brat, Petyr, który kochał ją tak bardzo, że pojedynkował się o jej rękę... jeśli jednak wersje Jaime'a i Tyriona zgadzały się ze sobą, co mogło to oznaczać? Odkąd bracia przed z górą rokiem opuścili Winterfell, nie widzieli się ani razu.

— Próbujesz mnie oszukać?

Gdzieś tu kryła się pułapka.

— Przecież przyznałem, że rzuciłem twojego wspaniałego bachora z okna. Czemu nie miałbym powiedzieć prawdy i o nożu? — Wychylił kolejny kielich wina. — Możesz wierzyć, w co chcesz. Nie dbam już o to, co mówią o mnie ludzie. Teraz moja kolej. Czy bracia Roberta ruszyli na wojnę?

— Ruszyli.

— To ci dopiero skąpa odpowiedź. Daj mi coś więcej albo w następnej kolejce odwdzięczę ci się tym samym.

— Stannis maszeruje na Królewską Przystań — dodała z niechęcią. — Renly nie żyje. Zamordował go brat, za pomocą jakiejś magicznej sztuczki, której nie rozumiem.

— Szkoda — zmartwił się Jaime. — Lubiłem Renly'ego, ale jego brat to całkiem inna historia. Kogo poparli Tyrellowie?

— Z początku Renly'ego. Nie wiem, co zrobią teraz.

— Twój chłopak musi się czuć osamotniony.

— Robb przed kilkoma dniami skończył szesnaście lat... jest już dorosłym mężczyzną i królem. Wygrał wszystkie bitwy, które stoczył. Ostatnio otrzymaliśmy wiadomość, że zdobył Turnię, twierdzę rodu Westerlingów.

— Ale nie zmierzył się jeszcze z mym ojcem, prawda?

— Pokona go, tak samo jak ciebie.

— Zaskoczył mnie. To była sztuka godna tchórza.

— Ty śmiesz mówić o sztuczkach? Twój brat Tyrion przysłał tu morderców przebranych za posłów, pod sztandarem pokoju.

— A gdyby w tej celi siedział jeden z twoich synów, to czy jego bracia nie uczyniliby dla niego tego samego?

Mój syn nie ma braci — pomyślała. Nie zamierzała jednak dzielić się swym bólem z taką kreaturą, jak Jaime Lannister.

Więzień wypił jeszcze trochę wina.

— Cóż znaczy życie brata, gdy chodzi o honor, co? — Kolejny łyk. — Tyrion jest wystarczająco bystry, żeby się zorientować, że twój syn nigdy się nie zgodzi zwolnić mnie za okupem.

Catelyn nie mogła temu zaprzeczyć.

— Chorążowie Robba woleliby pozbawić cię życia. Zwłaszcza Rickard Karstark. W Szepczącym Lesie zabiłeś dwóch jego synów.

— To byli ci z białym słońcem? — Wzruszył ramionami. —

Prawdę mówiąc, to twego syna chciałem dopaść. Po prostu weszli mi w drogę. Powaliłem ich w uczciwej walce, w ogniu bitwy. Każdy rycerz uczyniłby to samo.

— Jak możesz nadal uważać się za rycerza, jeśli złamałeś wszystkie przysięgi, jakie w życiu złożyłeś?

Sięgnął po dzban, by ponownie napełnić kielich.

— Tak wiele przysiąg... ciągle każą człowiekowi coś przysięgać. Broń króla. Bądź mu posłuszny. Dochowuj jego tajemnic. Wykonuj jego polecenia. Oddaj za niego życie. Ale słuchaj ojca. Kochaj siostrę. Broń niewinnych. Opiekuj się słabymi. Szanuj bogów. Przestrzegaj praw. Jest tego zbyt wiele. Bez względu na to, co człowiek uczyni, musi złamać jakiś ślub. — Pociągnął zdrowy łyk wina i przymknął na chwilę oczy, wspierając głowę o plamę saletry na ścianie. — Byłem najmłodszym mężczyzną, jaki kiedykolwiek nosił biały płaszcz.

— I najmłodszym, który zdradził wszystko, co on oznacza, Królobójco.

— Królobójco — powtórzył starannie. — Ach, cóż to był za król! — Uniósł kielich. — Za Aerysa Targaryena, Drugiego Tego Imienia, władcę Siedmiu Królestw i protektora królestwa. I za miecz, który przeciął mu gardło. Złoty miecz, gdybyś o tym nie wiedziała. Dopóki po ostrzu nie spłynęła czerwona krew. To barwy Lannisterów, czerwona i złota.

Roześmiał się. Zrozumiała, że wino wykonało zadanie. Jaime wypił większą część dzbana i był pijany.

— Tylko ktoś podobny do ciebie mógłby się cieszyć z takiego uczynku.

— Mówiłem ci już, że nie ma ludzi podobnych do mnie. Powiedz mi, lady Stark, czy mąż kiedyś ci mówił, jak zginął jego ojciec? Albo brat?

— Brandona udusili na oczach ojca, a potem zabili też lorda Rickarda.

To była okropna historia i dotyczyła wydarzeń sprzed szesnastu lat. Dlaczego pytał o to teraz?

— Zabili, ale jak?

— Pewnie sznurem albo toporem.

Jaime przełknął łyk trunku i otarł usta.

— Ned z pewnością chciał ci tego oszczędzić. Byłaś jego słodką, świeżo poślubioną żoną, choć niezupełnie dziewicą. No cóż, chciałaś poznać prawdę. Zapytaj mnie. Zawarliśmy umowę. Nie mogę ci niczego odmówić. Pytaj.

— Martwym nic już nie przywróci życia. *Nie chcę tego wiedzieć.*

— Brandon nie był podobny do brata, prawda? Miał w żyłach krew, nie zimną wodę. Tak samo jak ja.

— W niczym cię nie przypominał.

— Skoro tak mówisz. Mieliście się pobrać.

— Był w drodze do Riverrun, gdy... — dziwne, że gdy o tym mówiła, wciąż ściskało ją w gardle, nawet po tylu latach — ...gdy usłyszał o Lyannie i natychmiast ruszył do Królewskiej Przystani. To było lekkomyślne.

Przypomniała sobie, jak wściekał się ojciec, gdy usłyszano o tym w Riverrun. Nazwał Brandona odważnym głupcem.

Jaime nalał sobie ostatnie pół kielicha wina.

— Wjechał do Czerwonej Twierdzy z garstką towarzyszy, krzycząc do księcia Rhaegara, by stanął do walki i zginął. Ale Rhaegara nie było. Aerys wysłał gwardzistów, żeby aresztowali wszystkich za spisek na życie jego syna. Mam wrażenie, że pozostali też byli synami lordów.

— Ethan Glover był giermkiem Brandona — wyjaśniła Catelyn. — On jeden uszedł z życiem. Pozostali to byli Jeffory Mallister, Kyle Royce i Elbert Arryn, bratanek i dziedzic Jona Arryna. — To dziwne, że po tylu latach wciąż pamiętała ich imiona. — Aerys oskarżył ich o zdradę i zatrzymał jako zakładników, nakazując ich ojcom stawić się na dworze i odpowiedzieć na ten zarzut. Kiedy przybyli, kazał ich zamordować bez sądu. Ojców i synów.

— Był sąd. Swego rodzaju. Lord Rickard zażądał próby walki i król spełnił jego życzenie. Stark przywdział zbroję, sądząc, że zmierzy się z którymś z królewskich gwardzistów. Być może ze mną. Zabrali go jednak do komnaty tronowej i zawiesili na krokwiach, a dwóch piromantów Aerysa rozpaliło pod nim ognisko. Król oznajmił mu, że szermierzem rodu Targaryenów jest ogień. By dowieść, że nie jest winny zdrady, lord Rickard musiał tylko... no cóż, nie spłonąć. Gdy ogień już rozgorzał, przyprowadzono Brandona. Dłonie miał skute łańcuchami na plecach, a na szyi mokry rzemień przytwierdzony do urządzenia, które król nabył w Tyrosh. Nóg jednak mu nie skrępowano, a miecz leżał tuż poza jego zasięgiem. Piromanci piekli powoli lorda Rickarda, dbając, by ogień palił się równym, ładnym płomieniem. Najpierw zajął się jego płaszcz, a potem opończa. Wkrótce miał na sobie tylko metal i popioły. Aerys powiedział, że więzień zaraz zacznie się smażyć… chyba że syn zdoła go uwolnić. Brandon próbował, lecz im bardziej się szarpał, tym mocniej rzemień zaciskał mu się na gardle. Wreszcie sam się udusił. Jeśli chodzi o lorda Rickarda, jego napierśnik przybrał na koniec wiśniową barwę, a złote ostrogi się stopiły i skapnęły do ognia. Stałem u stóp Żelaznego Tronu w białym płaszczu i białej zbroi, z głową pełną myśli o Cersei. Gdy było już po wszystkim, sam Gerold Hightower odprowadził mnie na bok i rzekł mi: „Przysiągłeś bronić króla, a nie go osądzać". To był Biały Byk, wierny do końca. Wszyscy się zgadzają, że był lepszym człowiekiem ode mnie.

— Aerys… — Catelyn czuła w gardle smak żółci. Opowieść była tak makabryczna, że podejrzewała, iż to wszystko prawda. — Całe królestwo wiedziało, że był obłąkany, ale jeśli chcesz mnie przekonać, że zabiłeś go po to, by pomścić Brandona Starka…

— Tego nie powiedziałem. Starkowie nic dla mnie nie znaczyli. Muszę jednak przyznać, że dziwi mnie, iż jedna osoba kocha mnie za coś, czego w rzeczywistości nie zrobiłem, a wielu gardzi mną za mój najszlachetniejszy uczynek. Podczas koronacji Roberta kazano mi uklęknąć u królewskich stóp wraz z wielkim maesterem Pycelle'em i eunuchem Varysem, żeby mógł nam wybaczyć nasze zbrodnie, nim przyjmie nas na służbę. Jeśli zaś chodzi o twego Neda, powinien ucałować dłoń, która zabiła Aerysa, ale on wolał gardzić dupą, którą ujrzał na tronie Roberta. Myślę, że Ned Stark miłował Roberta bardziej niż brata i ojca… a nawet ciebie, pani. Jego nigdy nie zdradził, prawda? — Parsknął pijackim śmiechem. — Nie sądzisz, że to bardzo śmieszne, lady Stark?

— Nie widzę w tobie nic śmiesznego, Królobójco.

— Znowu to przezwisko. Chyba cię jednak nie wyrucham. Littlefinger miał cię pierwszy, prawda? Nigdy nie kończę czyichś dań. Poza tym, nie jesteś nawet w połowie tak ładna jak moja siostra. — Jego uśmiech ranił. — Nigdy nie spałem z inną kobietą niż Cersei. Na swój sposób jestem wierniejszy od twojego Neda. Biedny, stary, martwy Ned. I kto ma teraz gówno zamiast honoru? Jak się nazywał ten bękart, którego spłodził?

Cofnęła się o krok.

— Brienne.

— Nie, nie tak. — Jaime Lannister obrócił dzban do góry dnem. Na twarz ściekła mu strużka koloru krwi. — Aha, Snow. Takie białe nazwisko... zupełnie jak płaszcze, które dawali nam w Królewskiej Gwardii, gdy składaliśmy tę piękną przysięgę.

Brienne otworzyła drzwi i weszła do celi.

— Wołałaś mnie, pani?

— Daj mi swój miecz.

Catelyn wyciągnęła rękę.

Theon

Niebo było posępne i zachmurzone, a las martwy i skuty lodem. Korzenie chwytały biegnącego Theona za nogi, a nagie gałęzie smagały go po twarzy, zostawiając na policzkach cienkie, krwawiące pręgi. Gnał zdyszany przed siebie, nie zważając na nic. Sople przed nim roztrzaskiwały się na kawałki. *Litości* — łkał. Za sobą usłyszał przerażające wycie, które zmroziło mu krew w żyłach. *Litości, litości.* Gdy zerknął za siebie, ujrzał ścigające go wielkie jak konie wilki z głowami małych dzieci. Och, litości, litości. Z ich ust skapywała czarna jak smoła krew, która wypalała dziury w śniegu. Z każdym krokiem były coraz bliżej. Spróbował przyśpieszyć kroku, lecz nogi odmówiły mu posłuszeństwa. Wszystkie drzewa miały twarze i śmiały się z niego. Znowu rozległo się wycie. Czuł woń gorących oddechów ścigających go bestii, smród siarki i zepsucia. *Oni nie żyją, nie żyją, widziałem, jak zginęli* — chciał krzyknąć. *Widziałem ich głowy zanurzone w smole.* Gdy jednak otworzył usta, wydobył się z nich tylko jęk, a potem coś go dotknęło i odwrócił się z krzykiem...

...spróbował złapać za sztylet, który leżał przy łożu, lecz zdołał jedynie strącić go na podłogę. Wex oddalił się od niego tanecznym krokiem. Za niemową stał Fetor. Twarz podświetlała mu świeca, którą trzymał w ręku.

— Co jest? — krzyknął Theon. *Litości.* — Czego chcecie? Co robicie w mojej sypialni? O co chodzi?

— Mości książę — odezwał się Fetor. — Do Winterfell przybyła twoja siostra. Prosiłeś, by zawiadomić cię, gdy tylko się zjawi.

— Najwyższy czas — mruknął Theon, przesuwając palcami po włosach. Zaczynał się już bać, że Asha zamierza zostawić go własnemu losowi. Litości. Wyjrzał przez okno. Wieże Winterfell muskał właśnie pierwszy blask jutrzenki. — Gdzie jest teraz?

— Lorren zabrał ją i jej ludzi do Wielkiej Komnaty, żeby zjedli śniadanie. Chcesz się z nią spotkać już teraz?

— Tak. — Theon wygramolił się spod koców. Na kominku żarzyły się już tylko węgielki. — Wex, dawaj gorącą wodę. — Nie mógł pozwolić, by Asha zobaczyła go rozczochranego i zlanego potem. *Wilki z twarzami dzieci...* Zadrżał. — Zamknij okiennice.

W sypialni było tak samo zimno, jak w lesie z jego snu.

Ostatnio zawsze śnił mu się chłód, a każdy sen był okropniejszy od poprzedniego. Zeszłej nocy przyśniło mu się, że znowu znalazł się w młynie i klęcząc ubierał zabitych. Ich kończyny sztywniały już, opierali się mu więc bezwładnie, gdy na wpół odmrożonymi dłońmi wciągał im spodnie i wiązał sznurówki, nakładał buty z futrzaną podszewką na twarde, niezginające się stopy, zapinał wysadzany ćwiekami skórzany pas na talii, którą mógłby objąć dłońmi.

— Nie chciałem tego — mówił przy pracy. — Nie dali mi wyboru.

Trupy mu nie odpowiedziały. Zrobiły się tylko zimniejsze i cięższe.

Dwie noce temu była to żona młynarza. Theon zapomniał, jak miała na imię, pamiętał jednak jej ciało, miękkie jak poduszki piersi, rozstępy na brzuchu i to, jak drapała mu plecy, kiedy ją rżnął. We śnie znowu był z nią w łożu, lecz tym razem miała zęby i na górze, i na dole. Rozszarpała mu gardło i w tej samej chwili odgryzła męskość. To był obłęd. Jej śmierć również widział. Gelmarr powalił ją jednym ciosem topora, choć krzykiem błagała Theona o litość. *Zostaw mnie, kobieto. To on cię zabił, nie ja. I on też nie żyje.* Dobrze chociaż, że Gelmarr nie straszył go we śnie.

Gdy Wex wrócił z wodą, wspomnienie koszmaru już się rozwiało. Theon zmył z ciała pot i resztki snu, po czym ubrał się nieśpiesznie. Asha kazała mu czekać długo. Odpłaci jej tym samym. Wybrał atłasową bluzę w czarno-złote pasy oraz piękną skórzaną kurtkę ze srebrnymi cekinami... i dopiero wtedy przypomniał sobie, że jego przeklęta siostra wyżej ceni oręż niż piękno. Z przekleństwem na ustach zerwał z siebie szaty i ubrał się na nowo, w czarny filc oraz stal. Do pasa przytroczył miecz i sztylet, przypominając sobie, jak upokorzyła go za stołem ojca. *Jej słodkie dzieciątko, dobre sobie. Ja też mam nóż i potrafię się nim posługiwać.*

Na koniec założył koronę, cienką jak palec obręcz z zimnego żelaza, wysadzaną ciężkimi okruchami czarnego diamentu i złotymi samorodkami. Była brzydka i niekształtna, lecz nie mógł nic na to poradzić. Mikken spoczywał na cmentarzu, a nowy kowal nadawał się tylko do wyrobu gwoździ i podkuwania koni. Theon pocieszał się myślą, że to tylko książęca korona. Gdy będą go koronowali na króla, każe sobie zrobić coś znacznie piękniejszego.

Pod drzwiami czekał Fetor z Urzenem i Krommem. Theon ruszył razem z nimi. Ostatnio nigdy nie rozstawał się ze strażnikami, nawet idąc do wychodka. Winterfell pragnęło jego śmierci. Tej samej nocy, gdy wrócili znad Żołędziowej Wody, Gelmarr Ponury spadł ze schodów i skręcił sobie kark. Następnego dnia ktoś poderżnął Aggarowi gardło od ucha do ucha. Gynir Czerwony Nos zrobił się tak ostrożny, że nie pił wina, spał w kolczudze, kolczym czepcu i hełmie, a do tego przygarnął najhałaśliwszego psa z psiarni, by ostrzegał go przed każdym, kto spróbowałby podkraść się do niego niepostrzeżenie podczas snu. Mimo to pewnego ranka wszystkich w zamku obudził jazgot szczeniaka. Zwierzę biegało jak szalone wokół studni, w której pływał utopiony Gynir.

Theon nie mógł pozwolić, by zabójstwa uszły bezkarnie. Farlen był równie dobrym podejrzanym, jak każdy inny, uznał go więc za winnego i skazał na śmierć. Nawet to jednak nie wyszło mu tak, jak chciał. Klękając przed pniakiem, psiarczyk oznajmił: — Lord Eddard zawsze sam zabijał skazańców.

Theon musiał wziąć topór w ręce, żeby nie wyjść na mięczaka. Dłonie mu się pociły i toporzysko obróciło się w jego dłoniach, wskutek czego za pierwszym razem trafił Farlena między łopatki. Potrzebował jeszcze trzech uderzeń, by przebić się przez kości oraz mięśnie i odrąbać głowę od tułowia. Potem dopadły go mdłości. Przypomniał sobie, ile razy siedzieli nad pucharem miodu, rozmawiając o psach i o polowaniu. *Nie miałem wyboru* — chciał krzyknąć do trupa. *Żelaźni ludzie nie potrafią dochować tajemnicy. Musieli zginąć, a kogoś trzeba było obciążyć winą.*

Żałował tylko, że śmierć psiarczyka nie była czystsza. Ned Stark nigdy nie potrzebował więcej niż jednego ciosu, by ściąć człowiekowi głowę.

Po śmierci Farlena morderstwa ustały, lecz jego ludzie nadal byli ponurzy i niespokojni.

— W otwartej walce nie boją się żadnego wroga — mówił mu Czarny Lorren. — Ale to coś całkiem innego mieszkać wśród wrogów, nie wiedząc, czy praczka chce cię pocałować, czy zabić, albo czy posługacz naleje ci do kubka *ale*, czy trucizny. Powinniśmy stąd wyjechać.

— Jestem księciem Winterfell! — krzyknął Theon. — To jest moja siedziba i żaden mężczyzna mnie stąd nie przegna. Ani żadna kobieta!

Asha. To wszystko przez nią. Moja słodka siostra, niech Inni wydupczą ją mieczem. Chciała jego śmierci, by skraść mu pozycję dziedzica ojca. Dlatego pozwoliła, by tu gnił, ignorując pilne rozkazy, które jej wysyłał.

Zastał ją siedzącą na tronie Starków. Rozrywała dłońmi kapłona. W sali niosły się echem głosy jej ludzi, którzy pili z żołnierzami Theona i wymieniali z nimi opowieści. Zachowywali się tak głośno, że nikt niemal nie zauważył jego wejścia.

— Gdzie reszta? — zapytał Fetora. Za ustawionymi na kozłach stołami zasiadało nie więcej niż pięćdziesięciu zbrojnych, z których większość należała do niego. W Wielkiej Komnacie Winterfell mogło się pomieścić dziesięciokrotnie więcej ludzi.

— To już wszyscy, mości książę.

— Wszyscy? Ilu ludzi przyprowadziła?

— Naliczyłem dwudziestu.

Theon Greyjoy podszedł zamaszystym krokiem do rozwalonej na tronie siostry. Asha śmiała się z czegoś, co przed chwilą powiedział któryś z jej ludzi, umilkła jednak na jego widok.

— Ach, to książę Winterfell. — Rzuciła kość jednemu z węszących po komnacie psów. Usta pod orlim nosem rozciągnęły się w szyderczym uśmiechu. — A może książę głupców?

— Zazdrość nie przystoi dziewczętom.

Zlizała tłuszcz z palców. Na oczy opadał jej kosmyk czarnych włosów. Jej ludzie krzykiem domagali się chleba i boczku. Choć było ich niewielu, robili mnóstwo hałasu.

— Zazdrość, Theonie?

— A jak inaczej to nazwać? Mając trzydziestu ludzi, w jedną noc zdobyłem Winterfell. Ty potrzebowałaś tysiąca wojowników i całego księżyca, żeby zdobyć Deepwood Motte.

— Nie jestem taką wielką wojowniczką, jak ty, bracie. — Wychyliła pół rogu *ale* i otarła usta grzbietem dłoni. — Widziałam głowy nad twoją bramą. Powiedz szczerze, z którym musiałeś stoczyć zacieklejszą walkę, z kaleką czy z dzieciakiem?

Theon poczuł napływającą mu do twarzy krew. Zatknięcie głów nad bramą nie sprawiło mu radości, podobnie jak bezgłowe ciała dzieci, które wystawił przed zamkiem. Stara Niania bezgłośnie otwierała i zamykała bezzębne usta, a Farlen rzucił się na Theona, warcząc jak jeden z jego psów. Urzen i Cadwyl musieli stłuc go do nieprzytomności tępymi końcami włóczni. *Jak mogłem upaść tak nisko?* — pomyślał wtedy, stojąc nad oblezionymi przez muchy ciałami.

Tylko maester Luwin odważył się podejść bliżej. Niski, posiwiały człowieczek z kamienną twarzą poprosił o pozwolenie na przyszycie głów chłopców do ciał, by można ich było pochować w kryptach razem z innymi Starkami.

— Nie — odpowiedział Theon. — Nie w kryptach.

— Dlaczego, panie? Z pewnością nie mogą ci już zaszkodzić. Tam jest ich miejsce. Wszystkie kości Starków...

— Powiedziałem nie.

Głowy były mu potrzebne na murach, bezgłowe ciała kazał jednak spalić tego samego dnia, razem z pięknymi strojami. Potem ukląkł pośród kości i popiołów, by odzyskać kawałek stopionego srebra i popękanego gagatu, wszystko, co zostało po broszy w kształcie głowy wilka, która kiedyś należała do Brana. Zachował go do dziś.

— Potraktowałem Brana i Rickona wielkodusznie — oznajmił siostrze. — Sami ściągnęli na siebie ten los.

— Tak jak my wszyscy, braciszku.

Jego cierpliwość się wyczerpała.

— Jak mam utrzymać Winterfell, jeśli przyprowadziłaś mi tylko dwudziestu ludzi?

— Dziesięciu — sprostowała Asha. — Pozostali wracają ze mną. Nie chcesz chyba, żeby twoja słodka siostra podróżowała przez pełną niebezpieczeństw puszczę bez eskorty? W mroku czają się wilkory. — Wstała z wielkiego kamiennego tronu. — Chodźmy gdzieś, gdzie będziemy mogli porozmawiać na osobności.

Wiedział, że Asha ma rację, choć bolało go, że to ona podjęła decyzję. *Nie trzeba było przychodzić do komnaty* — zdał sobie sprawę z opóźnieniem. *Powinienem był wezwać ją do siebie.*

Było już jednak za późno. Nie miał wyboru. Musiał pójść z Ashą do samotni Neda Starka.

— Dagmer przegrał bitwę pod Torrhen's Square… — odezwał się przy popiołach wygasłego kominka.

— Stary kasztelan rozbił jego ścianę tarcz — potwierdziła ze spokojem Asha. — A czego się spodziewałeś? Ten ser Rodrik świetnie znał okolicę, a Rozcięta Gęba nie. Do tego wrogowie mieli dużo jazdy, a żelaznym ludziom brak dyscypliny potrzebnej, by wytrzymać szarżę ciężkiej konnicy. Ciesz się chociaż z tego, że Dagmer żyje. Prowadzi niedobitki w stronę Kamiennego Brzegu.

Wie więcej ode mnie — zrozumiał Theon. Rozgniewało go to jeszcze bardziej.

— Zwycięstwo dodało Leobaldowi Tallhartowi odwagi. Wyszedł zza osłony murów i połączył swe siły z ser Rodrikiem. Dotarły też do nas meldunki, że lord Manderly wysłał w górę rzeki dwanaście barek z rycerzami, rumakami i machinami oblężniczymi. A za Ostatnią Rzeką gromadzą siły Umberowie. Nim minie księżyc, będę miał pod murami całą armię, a ty przyprowadzasz mi dziesięciu ludzi?

— Mogłam nie przyprowadzić nikogo.

— Rozkazałem ci…

— Ojciec rozkazał mi zdobyć Deepwood Motte — warknęła. — Nic nie wspominał o tym, że będę musiała ratować młodszego braciszka.

— W dupę z Deepwood Motte — odparł. — To tylko drewniana buda na wzgórzu. Sercem krainy jest Winterfell, jak jednak mam je utrzymać bez garnizonu?

— Trzeba było o tym pomyśleć, kiedy je zdobywałeś. Och, przyznaję, że to było sprytnie zrobione. Gdybyś miał choć odrobinę rozsądku, puściłbyś zamek z dymem i zabrałbyś oba książątka na Pyke jako zakładników. Mogłeś jednym uderzeniem wygrać wojnę.

— To by ci było na rękę, prawda? Chciałabyś, żeby z mojej zdobyczy zostały tylko ruiny i zgliszcza.

— Ta zdobycz przywiedzie cię do zguby. Krakeny wychodzą z morza, Theonie. Czyżbyś o tym zapomniał podczas wszystkich tych lat, które spędziłeś z wilkami? Moja drewniana buda znajduje się niedaleko brzegu i gdy tylko będzie to potrzebne, posiłki i zaopatrzenie dotrą do mnie bez trudu. Winterfell leży setki mil w głąb lądu i otaczają je lasy, wzgórza, wrogie warownie i zamki. Do tego możesz być pewien, że każdy człowiek w promieniu tysiąca mil jest teraz twoim wrogiem. Sam to na siebie ściągnąłeś, zatykając te głowy na wieży bramnej. — Potrząsnęła głową. — Jak mogłeś być takim cholernym głupcem? Dzieci…

— Sprzeciwili mi się! — wrzasnął jej w twarz. — Poza tym zapłaciłem krwią za krew. Dwóch synów Eddarda Starka w zamian za Rodrika i Marona. — Wypowiedział te słowa bez zastanowienia, lecz natychmiast zrozumiał, że ojcu by się spodobały. — Duchy moich braci mogą teraz odpocząć.

— Naszych braci — przypomniała mu Asha z drwiącym uśmiechem sugerującym, że nie traktuje tych słów o zemście zbyt poważnie. — Czyżbyś przywiózł je ze sobą z Pyke, bracie? A ja myślałam, że straszą tylko ojca.

— Odkąd to dziewczyny potrafią zrozumieć męską potrzebę zemsty?

Jeśli nawet ojciec nie ucieszy się z Winterfell, z pewnością będzie zadowolony, że Theon pomścił braci!

Asha parsknęła śmiechem.

— A nie przyszło ci do głowy, że ten ser Rodrik też może poczuć taką męską potrzebę? W naszych żyłach płynie ta sama krew, Theonie, bez względu na to, kim jesteś. Przez wzgląd na matkę, która zrodziła nas oboje, proszę cię, wróć ze mną do Deepwood Motte. Puść Winterfell z dymem i wycofaj się, dopóki jeszcze możesz.

— Nie. — Theon poprawił koronę. — Zdobyłem ten zamek i zamierzam go utrzymać.

Siostra przyglądała się mu przez dłuższą chwilę.

— W takim razie utrzymasz go — rzekła wreszcie. — Aż do końca życia. — Westchnęła. — Mam wrażenie, że to szaleństwo, ale co skromna dziewczyna może wiedzieć o takich sprawach? — Przy drzwiach obdarzyła go ostatnim, drwiącym uśmiechem. — Muszę ci powiedzieć, że to najbrzydsza korona, jaką w życiu widziałam. Czy zrobiłeś ją sam?

Nie zważając na jego gniew, opuściła Winterfell, zatrzymując się tylko na chwilę, by nakarmić i napoić konie. Spełniła groźbę i zabrała ze sobą połowę ludzi. Wyjechała przez Bramę Myśliwego, tę samą, przez którą uciekli Bran i Rickon.

Theon patrzył na nią z muru. Gdy jego siostra zniknęła we mgle wilczego lasu, zadał sobie pytanie, dlaczego jej nie posłuchał.

— Pojechała, co?

U jego boku stał Fetor.

Theon nie usłyszał jego kroków ani nie poczuł zapachu. Nie przychodził mu do głowy nikt, kogo mniej by pragnął w tej chwili ujrzeć. Niepokoiła go myśl, że człowiek, który tak wiele wie, pozostał przy życiu. *Powinienem był go zabić, gdy tylko wykończył pozostałych* — pomyślał. Obawiał się jednak to zrobić. Choć wydawało się to nieprawdopodobne, Fetor umiał czytać i pisać, a do tego nie brakowało mu nikczemnej chytrości, mógł więc ukryć gdzieś relację z tego, co wspólnie uczynili.

— Mości książę, wybacz, że to mówię, ale postąpiła niegodziwie, opuszczając cię. Do tego dziesięciu ludzi z pewnością nie wystarczy.

— Wiem o tym — rzekł Theon. *Asha też wiedziała.*

— Może mógłbym ci pomóc — ciągnął Fetor. — Daj mi konia i mieszek monet, a znajdę ci trochę dobrych wojowników.

— Ilu? — zapytał Theon, mrużąc oczy.

— Może stu. Może dwustu. A może więcej. — Uśmiechnął się z błyskiem w jasnych oczach. — Urodziłem się na północy. Znam tu wielu ludzi i wielu ludzi zna Fetora.

Dwustu zbrojnych to jeszcze nie armia, lecz by utrzymać zamek tak potężny jak Winterfell, nie potrzeba tysięcy żołnierzy. Jeżeli zdoła ich nauczyć, którym końcem włóczni zabija się wroga, mogą o wszystkim rozstrzygnąć.

— Zrób to, a przekonasz się, że wiem, co to wdzięczność. Możesz sam wybrać sobie nagrodę.

— No więc, panie, nie miałem kobiety, odkąd zginął lord Ramsay — odparł Fetor. — Wpadła mi w oko ta Palla. Słyszałem, że już ją miano, więc...

Theon posunął się za daleko, by mógł się teraz cofnąć.

— Jeśli przyprowadzisz dwustu ludzi, będzie twoja. Ale choć jeden mniej i możesz wracać do ruchania świń.

Fetor odjechał przed zachodem słońca z sakwą pełną srebra Starków. Zabierał ze sobą ostatnie nadzieje Theona. *Najpewniej nigdy już nie zobaczę tego nędznika* — pomyślał z goryczą Greyjoy. Musiał jednak zaryzykować.

Nocą śniła mu się uczta, którą wyprawił Ned Stark po przybyciu do Winterfell króla Roberta. Komnatę wypełniały śmiechy i dźwięki muzyki, choć na zewnątrz zaczynały dąć zimne wichry. Z początku Theona interesowało tylko wino i pieczyste. Żartował głośno, przyglądał się usługującym dziewkom i bawił się świetnie... nagle jednak zauważył, że w sali zrobiło się ciemniej. Muzyka nie wydawała się już tak wesoła. Słyszał w niej fałszywe nuty i dziwne okresy ciszy. Niektóre tony przeciągały się niczym cieknąca z rany krew. Wino raptownie nabrało gorzkiego smaku. Gdy podniósł wzrok, zobaczył, że ucztuje z umarłymi.

Trzewia króla Roberta wylały się na stół z wielkiej rany w brzuchu, a lord Eddard siedział bez głowy u jego boku. Na ławach poniżej spoczywały trupy. Gdy unosiły kielichy, od ich kości odpadało szarobrązowe mięso, a z dziur, które były ich oczami, wypełzały robaki. Znał ich wszystkich. Jory Cassel i Gruby Tom, Porther, Cayn, koniuszy Hullen i wszyscy, którzy wyjechali do Królewskiej Przystani, by nigdy już nie wrócić. Mikken i Chayle siedzieli obok siebie. Z jednego ciekła krew, a z drugiego woda. Większa część jednego ze stołów należała do Benfreda Tallharta i jego Dzikich Zajęcy. Była tam też żona młynarza, Farlen i nawet dziki, którego Theon zabił w wilczym lesie, gdy ocalił życie Branowi.

Ujrzał też jednak innych ludzi, których nie znał za ich życia. Ich twarze widział tylko wykute w kamieniu. Szczupła, smutna dziewczyna w koronie z jasnoniebieskich róż, której białą suknię zbroczyły plamy krwi, mogła być jedynie Lyanną. Obok niej stał jej brat Brandon, a tuż za nimi ich ojciec lord Rickard. W mroku pod ścianą poruszały się ledwie dostrzegalne postacie, jasne cienie o długich, ponurych twarzach. Na ich widok strach przeszył Theona ukłuciem ostrym jak nóż. A potem wysokie wrota otworzyły się z trzaskiem, do sali wpadł lodowaty podmuch i z nocy do środka wszedł Robb. Szary Wicher sunął obok niego, a ślepia jarzyły mu się ogniem. I człowiek, i wilk krwawili z setki straszliwych ran.

Obudził się z krzykiem. Wex przestraszył się tak bardzo, że wybiegł nago z sypialni. Gdy strażnicy wpadli z mieczami do środka, rozkazał im przyprowadzić maestera. Nim zjawił się zaspany, rozczochrany Luwin, Theon zdążył już wychylić kielich wina, by uspokoić drżenie dłoni. Wstydził się teraz, że uległ panice.

— To był tylko sen — wymamrotał. — Nic nie znaczył.

— Nic — zgodził się z powagą Luwin. Zostawił napój nasenny, lecz natychmiast po jego wyjściu Theon wylał płyn do wychodka.

Luwin był nie tylko maesterem, lecz również człowiekiem i ten człowiek nie darzył go miłością. *Chce, żebym zasnął, tak jest... zasnął i nigdy się już nie obudził. To by mu się spodobało, tak samo jak Ashy.*

Wysłał po Kyrę, zamknął kopniakiem drzwi, wlazł na dziewkę i rżnął ją z wściekłością, jakiej nigdy by się po sobie nie spodziewał. Kiedy skończył, łkała, a jej szyję i piersi pokrywały sińce i ślady po ukąszeniach. Wypchnął ją z łoża, rzucając jej koc.

— Idź sobie.

Wciąż jednak nie mógł zasnąć.

Po świcie ubrał się i wyszedł, by pospacerować po murach. Wiał rześki jesienny wietrzyk. Policzki mu od niego poczerwieniały, a oczy zaszły łzami. Gdy na milczące drzewa padło światło słońca, las na jego oczach zmienił kolor z szarego na zielony. Po lewej, nad wewnętrzny mur wystawały szczyty wież. Wschodzące słońce pokryło ich dachy pozłotą. Czerwone liście czardrzewa jarzyły się niczym ogień pośród zieleni. *To drzewo Neda Starka* — pomyślał. *Jego las, jego zamek, jego miecz i jego bogowie. To kraina Starków i nie ma tu dla mnie miejsca. Jestem Greyjoyem z Pyke, zrodzonym po to, by namalować sobie krakena na tarczy i żeglować po wielkim, słonym morzu. Powinienem był odejść z Ashą.*

Zatknięte na żelazne szpikulce głowy czekały cierpliwie.

Theon spoglądał na nie w milczeniu. Wiatr szarpał poły jego płaszcza drobnymi, niewidzialnymi dłońmi. Synowie młynarza byli w tym samym wieku, co Bran i Rickon. Przypominali ich też wzrostem i kolorem włosów. Gdy Fetor zdarł im skórę z twarzy i zanurzył głowy w smole, łatwo było dopatrzeć się w niekształtnych bryłach gnijącego mięsa znajomych rysów. Ludzie byli straszliwie głupi.

Gdybym im powiedział, że to baranie łby, zobaczyliby rogi.

Sansa

Cały ranek, od chwili, gdy do zamku dotarły meldunki, że zauważono nieprzyjacielskie żagle, w sepcie słychać było śpiewy, które mieszały się z rżeniem koni, szczękiem stali oraz skrzypieniem zawiasów wielkich drzwi z brązu, tworząc dziwną, przerażającą muzykę.

W sepcie błagają Matkę o zmiłowanie, ale na murach modlą się do Wojownika i to bezgłośnie. Sansa przypomniała sobie, że septa Mordane mówiła im, iż Matka i Wojownik to dwa różne oblicza tego samego wielkiego boga. *Ale jeśli jest tylko jeden bóg, to czyich modlitw wysłucha?*

Ser Meryn Trant przyprowadził krwawogniadego rumaka i pomógł Joffreyowi go dosiąść. Chłopak i koń byli zakuci w pozłacaną kolczugę i płytową zbroję pociągniętą karmazynową emalią. Na głowach mieli identyczne złote lwy. Przy każdym ruchu Joffa zbroja lśniła w bladych promieniach słońca złotym i czerwonym blaskiem. *Jasny, błyszczący i pusty* — pomyślała Sansa.

Krasnal dosiadał rdzawokasztanowatego ogiera. Miał na sobie prostą, wojenną zbroję, w której wyglądał jak dziecko przebrane w szaty ojca. W toporze, który zwisał pod jego tarczą, nie było jednak nic dziecinnego. U jego boku jechał ser Mandon Moore, zakuty w białą zbroję, która lśniła jasno jak lód. Gdy Tyrion ją zobaczył, skierował rumaka w jej stronę.

— Lady Sanso — zawołał z siodła. — Z pewnością moja siostra prosiła, byś dołączyła do innych wysoko urodzonych dam u Maegora?

— To prawda, panie, ale król Joffrey posłał po mnie. Chciał, żebym go pożegnała. Pragnę też pójść do septu, żeby się pomodlić.

— Nie będę pytał, za kogo. — Wykrzywił dziwnie usta. Jeśli był to uśmiech, Sansa nigdy nie widziała osobliwszego. — Ten dzień może zmienić wszystko. Tak dla ciebie, jak i dla rodu Lannisterów. Powinienem był odesłać cię razem z Tommenem. Szkoda, że nie wpadłem na to wcześniej. No, ale u Maegora powinnaś być bezpieczna, o ile...

— Sansa! — Dziedziniec wypełnił chłopięcy krzyk. Joffrey ją zauważył. — Sansa, chodź tu!

Woła mnie jak psa — pomyślała.

— Wzywa cię Jego Miłość — zauważył Tyrion Lannister. — Porozmawiamy po bitwie, jeśli bogowie pozwolą.

Sansa ruszyła wzdłuż szeregu odzianych w złote płaszcze włóczników. Joffrey skinął na nią, każąc jej podejść bliżej.

— Wszyscy mówią, że zaraz zacznie się bitwa.

— Niech bogowie zmiłują się nad nami.

— To mój stryj będzie potrzebował zmiłowania, ale ode mnie się go nie doczeka. — Joffrey wyciągnął miecz. Jego gałkę tworzył rubin wyrżnięty na kształt serca, osadzony między lwimi szczękami.

Wzdłuż klingi biegły trzy głębokie wyżłobienia. — Mój nowy oręż, Pożeracz Serc.

Sansa przypomniała sobie, że Joffrey miał kiedyś miecz o nazwie Lwia Łapa, ale Arya zabrała mu go i wyrzuciła do rzeki. *Mam nadzieję, że Stannis z tym mieczem zrobi to samo.*

— Jest pięknie wykonany, Wasza Miłość.

— Pobłogosław moją stal pocałunkiem. — Podsunął jej miecz. — No jazda, pocałuj go.

Nigdy dotąd tak bardzo nie przypominał jej głupiutkiego chłopczyka. Sansa dotknęła metalu zimnymi wargami, myśląc, że wolałaby pocałować każdy miecz niż Joffreya. Ten gest jednak wyraźnie go zadowolił. Schował broń zamaszystym gestem.

— Kiedy wrócę, ucałujesz go znowu i poczujesz smak krwi mego stryja.

Pod warunkiem, że ktoś z Gwardii Królewskiej zabije go za ciebie. Joffreyowi i jego wujowi miała towarzyszyć trójka białych mieczy: ser Meryn, ser Mandon i ser Osmund Kettleblack.

— Czy poprowadzisz rycerzy do bitwy? — zapytała z nadzieją.

— Chętnie bym to uczynił, ale wuj Krasnal mówi, że stryj Stannis nie przekroczy rzeki. Będę dowodził Trzema Kurwami i osobiście wymierzę zdrajcom sprawiedliwość.

Joff uśmiechnął się na tę myśl. Jego pulchne różowe usta zawsze wyglądały na wydęte. Sansie kiedyś się to podobało, teraz jednak na ten widok zbierało się jej na wymioty.

— Powiadają, że mój brat Robb zawsze rzuca się w sam wir walki — rzuciła lekkomyślnie. — Ale on jest starszy niż Wasza Miłość. To już dorosły mężczyzna.

Joffrey zmarszczył brwi.

— Twoim bratem zajmę się, gdy już policzę się z mym zdradzieckim stryjem. Nadzieję go na Pożeracza Serc, zobaczysz.

Zawrócił konia, spiął go i pomknął ku bramie. U obu jego boków jechali ser Meryn i ser Osmund. Złote płaszcze zmierzały czwórkami za nimi. Kolumnę zamykali Krasnal i ser Mandon Moore. Strażnicy pożegnali ich głośnymi okrzykami. Gdy jeźdźcy zniknęli, nad dziedzińcem zapadła nagła cisza, jak przed burzą.

I wtedy Sansa usłyszała śpiew. Ruszyła w stronę septu. Podążyło za nią dwóch chłopców stajennych i jeden strażnik, którego służba dobiegła właśnie końca. Za nimi ruszyli inni.

Nigdy jeszcze nie widziała, by sept był tak zatłoczony czy tak jasno oświetlony. Przez kryształowe szyby wysokich okien do środka wpadały snopy różnobarwnego światła. Wszędzie paliły się świece, których małe płomyki migotały niczym gwiazdy. Ołtarze Matki i Wojownika były skąpane w blasku, lecz Kowal, Starucha, Dziewica i Ojciec również znaleźli wyznawców. Kilka świec paliło się nawet przed półludzkim obliczem Nieznajomego... kim bowiem był Stannis Baratheon, jeśli nie Nieznajomym, który przybył ich osądzić? Sansa odwiedziła po kolei wszystkich Siedmiu, zapalając świeczkę przed każdym z ołtarzy, po czym znalazła sobie miejsce na ławach między starą, zasuszoną praczką a nie większym niż Rickon chłopcem, który miał na sobie piękną lnianą bluzę świadczącą, że jest synem rycerza. Staruszka miała dłonie kościste i stwardniałe, a chłopiec małe i miękkie, Sansa cieszyła się jednak, że może je uścisnąć. Powietrze było gorące, przesycone wonią kadzidła i potu, barwami kryształowych szybek i świec. Sansie kręciło się od tego w głowie.

Znała hymn, który śpiewano. Nauczyła ją go matka, dawno temu w Winterfell. Dołączyła do chóru.

Dobra Matko, źródło łaski,
ocal naszych synów z wojny,
uchroń ich od strzał i mieczy,
niechaj ujrzą dzień spokojny.
Dobra Matko, siło kobiet,
pomóż córkom przetrwać trwogę,
ugaś gniew i ucisz furię,
wskaż nam wszystkim lepszą drogę.

Na drugim końcu miasta tysiące ludzi tłoczyło się w Wielkim Sepcie Baelora na wzgórzu Visenyi. Oni z pewnością również śpiewali, a ich głosy niosły się nad miastem, docierały na drugi brzeg rzeki i ulatywały ku niebu. *Bogowie muszą nas słyszeć* — pomyślała Sansa.

Większość hymnów znała, a podczas pozostałych dołączała się do chóru tak, jak potrafiła. Śpiewała razem z posiwiałymi sługami i młodymi, niespokojnymi żonami, dziewkami służebnymi i żołnierzami, kucharzami i sokolnikami, rycerzami i pachołkami, giermkami, kuchcikami i karmiącymi matkami. Razem z tymi, którzy znajdowali się w obrębie murów zamku, i tymi, którzy byli na zewnątrz. Z całym miastem. Błagała o zmiłowanie dla żywych i dla umarłych, dla Brana, Rickona i Robba, dla swej siostry Aryi i bękarciego brata Jona Snow, który był gdzieś daleko na Murze. Śpiewała dla matki i dla ojca, dla dziadka lorda Hostera i dla wujka Edmure'a Tully'ego, dla przyjaciółki Jeyne Poole, dla starego zapijaczonego króla Roberta, dla septy Mordane, ser Dontosa, Jory'ego Cassela i maestera Luwina, dla wszystkich dzielnych rycerzy i żołnierzy, którzy mieli dziś zginąć, dla dzieci i żon, które będą ich opłakiwały, a na koniec nawet dla Tyriona Krasnala i dla Ogara. *Nie jest prawdziwym rycerzem, ale mnie uratował* — powiedziała Matce. *Ocal go, jeśli możesz, i ugaś płonący w nim gniew.*

Gdy jednak septon wszedł na podwyższenie i poprosił bogów, by opiekowali się prawdziwym, szlachetnym królem, podniosła się z ławy. W przejściach stało mnóstwo ludzi i musiała się przepychać przez tłum, podczas gdy septon błagał Kowala, by wzmocnił miecz i tarczę Joffreya, Wojownika, by dodał mu odwagi, a Ojca, by bronił go w potrzebie. *Niech jego miecz się złamie, a tarcza pęknie* — pomyślała zimno Sansa, wychodząc na zewnątrz. *Niech odwaga go opuści i wszyscy się od niego odwrócą.*

Po wieży bramnej przechadzało się kilku wartowników, lecz poza tym zamek wydawał się całkowicie opustoszały. Sansa zatrzymała się, by nasłuchiwać. Z oddali dobiegały odgłosy bitwy. Śpiew niemal je zagłuszał, lecz każdy, kto miał uszy, mógł je usłyszeć: niski jęk rogów, skrzyp i łoskot miotających kamienie katapult, pluski i trzaski, skwierczenie płonącej smoły oraz brzęk skorpionów miotających długimi na jard włóczniami o żelaznych grotach… a za tym wszystkim krzyki konających.

To była inna, straszliwa pieśń. Sansa nałożyła na uszy kaptur płaszcza i pomknęła w stronę Warowni Maegora, zamku w zamku, w którym — jak zapewniała królowa — wszyscy będą bezpieczni. Przy wejściu na most zwodzony spotkała lady Tandę i jej dwie córki. Falyse przybyła wczoraj z zamku Stokeworth, eskortowana przez niewielki oddziałek żołnierzy. Próbowała namówić siostrę do przejścia przez most, lecz Lollys uczepiła się z łkaniem przybocznej.

— Nie chcę, nie chcę, nie chcę.

— Zaczęła się bitwa — tłumaczyła słabym głosem lady Tanda.

— Nie chcę, nie chcę.

Sansa nie mogła ich w żaden sposób wyminąć, przywitała je więc uprzejmie.

— Czy mogę w czymś pomóc?

Lady Tanda zaczerwieniła się ze wstydu.

— W niczym, pani, ale dziękujemy ci bardzo. Musisz wybaczyć mojej córce. Ostatnio nie czuje się dobrze.

— Nie chcę. — Lollys wciąż trzymała się przybocznej, szczupłej, ładnej dziewczyny o krótko obciętych, czarnych włosach, która sprawiała wrażenie, że ma wielką ochotę zepchnąć swą panią do suchej fosy, wprost na żelazne kolce. — Proszę, proszę, nie chcę, nie chcę.

— Wewnątrz jest trzy razy bezpieczniej — powiedziała jej Sansa łagodnym głosem. — Będzie jedzenie, picie i śpiew.

Lollys gapiła się na nią z szeroko otwartymi ustami. Miała pozbawione blasku, brązowe oczy, które zawsze wydawały się mokre od łez.

— Nie chcę.

— Musisz — ucięła ostro jej siostra Falyse. — I koniec gadania. Shae, pomóż mi.

Złapały Lollys za łokcie i pół poniosły, pół powlokły ją przez most. Sansa ruszyła za nimi, razem z lady Tandą.

— Zachorowała — oznajmiła kobieta.

Jeśli ciążę można nazwać chorobą — pomyślała Sansa. Wszyscy już plotkowali, że Lollys spodziewa się dziecka.

Dwaj wartownicy przy wejściu mieli lwie hełmy i karmazynowe płaszcze rodu Lannisterów, wiedziała jednak, że to tylko przebrani najemnicy. Następny usiadł sobie na schodach. Prawdziwy strażnik stałby, zamiast siedzieć z halabardą na kolanach. Podniósł się jednak na ich widok i otworzył przed nimi drzwi.

Sala Balowa Królowej była ponad dziesięć razy mniejsza od Wielkiej Komnaty, tylko o połowę większa od Małej Komnaty w Wieży Namiestnika. Mimo to mogło się w niej zmieścić sto krzeseł, a brak miejsca nadrabiała wdziękiem. Za każdym uchwytem na ścianie umieszczono zwierciadło z kutego srebra, dzięki czemu pochodnie dawały dwukrotnie więcej światła. Ściany pokrywała tu bogato rzeźbiona boazeria, a na podłodze rozsypano sitowie o słodkim zapachu. Z galerii na górze dobiegały wesołe dźwięki piszczałek i skrzypiec. Wzdłuż południowej ściany biegła linia łukowatych okien, zasłaniały je jednak ciężkie kotary. Gruby aksamit nie wpuszczał do środka światła, a zarazem tłumił odgłosy walki i modlitwy.

To nic nie zmienia — pomyślała Sansa. *Wojna jest z nami.*

Za długimi, ustawionymi na kozłach stołami siedziały niemal wszystkie wysoko urodzone kobiety w mieście w towarzystwie garstki starców i małych chłopców. Były żonami, córkami, matkami i siostrami. Ich mężczyźni poszli walczyć z lordem Stannisem. Wielu nie wróci. Ta świadomość przesycała powietrze. Jako narzeczona Joffreya, Sansa zajmowała honorowe miejsce po prawym boku królowej. Wchodząc na podwyższenie, zauważyła stojącego w cieniu pod tylną ścianą mężczyznę. Odziany był w długą, czarną, naoliwioną kolczugę. Trzymał przed sobą miecz: dwuręczny miecz jej ojca, Lód, dorównujący niemal długością jego wzrostowi. Sztych oręża opierał się o podłogę, a na gardzie po obu stronach rękojeści zaciskały się twarde, kościste palce. Oddech zamarł Sansie w piersi. Wydawało się, że ser Ilyn Payne wyczuł jej spojrzenie. Zwrócił ku niej wychudłą, pokrytą śladami po francy twarz.

— Co on tu robi? — zapytała ser Osfryda Kettleblacka, który był kapitanem nowych czerwonych płaszczy królowej.

Osfryd wyszczerzył zęby w uśmiechu.

— Jej Miłość spodziewa się, że przed świtem może okazać się potrzebny.

Ser Ilyn był królewskim katem. Świadczył tylko jeden rodzaj usług. Kogo miał ściąć?

— Wszyscy wstają przed Jej Miłością, Cersei z rodu Lannisterów, królową regentką i protektorką królestwa — krzyknął królewski zarządca. Cersei miała na sobie suknię ze śnieżnobiałego płótna, takiego samego koloru, jak płaszcze Gwardii Królewskiej. Długie, rozcięte rękawy ukazywały podszewkę ze złotego atłasu. Bujne jasnoblond włosy opadały w gęstych lokach na nagie ramiona. Na smukłej szyi skrzył się naszyjnik z diamentów i szmaragdów. Biel nadawała jej dziwnie niewinny, niemal dziewiczy wygląd, na policzkach miała jednak czerwone plamy.

— Siadajcie — poleciła królowa, zajmując miejsce na podwyższeniu. — Witam was. — Osfryd Kettleblack odsunął jej krzesło, a paź uczynił to samo dla Sansy. — Jesteś czemuś blada, Sanso — zauważyła królowa. — Czy twój czerwony kwiat jeszcze kwitnie?

— Tak.

— To bardzo poetyczne. Mężczyźni będą krwawili na polu bitwy, a ty tutaj.

Nakazała gestem podać pierwsze danie.

— Po co przyszedł tu ser Ilyn? — nie wytrzymała Sansa.

Królowa zerknęła na niemego kata.

— Żeby ukarać zdrajców i bronić nas w razie potrzeby. Nim jeszcze został katem, był już rycerzem. — Wskazała łyżką w głąb sali, ku wysokim drewnianym drzwiom, które zamknięto i zaryglowano. — Kiedy topory rozwalą te drzwi, ucieszysz się z jego obecności.

Wolałabym, żeby to był Ogar — pomyślała Sansa. Choć Sandor Clegane był brutalny, nie wierzyła, by pozwolił ją skrzywdzić.

— A czy twoi strażnicy nas nie obronią?

— A kto obroni nas przed strażnikami? — Królowa spojrzała na Osfryda z ukosa. — Wierni najemnicy to taka sama rzadkość, jak kurwy dziewice. Jeśli przegramy bitwę, moi strażnicy zrzucą te karmazynowe płaszcze tak szybko, że aż się powywracają. Potem ukradną, co tylko się da, i uciekną, razem ze służącymi, praczkami i chłopcami stajennymi. Wszyscy będą myśleli tylko o ocaleniu swej bezwartościowej skóry. Masz pojęcie, co się dzieje podczas plądrowania miasta, Sanso? Na pewno nie masz. Wszystkiego, co wiesz o życiu, nauczyłaś się od bardów, a dobrych ballad o plądrowaniu jest bardzo mało.

— Prawdziwi rycerze nigdy by nie skrzywdzili kobiet i dzieci.

Te słowa zabrzmiały blado nawet w jej własnych uszach.

— Prawdziwi rycerze. — Królową setnie to ubawiło. — Na pewno masz rację. Jedz sobie rosół jak grzeczna dziewczynka i czekaj, aż przyjdą cię uratować Symeon Gwiezdnooki albo książę Aemon Smoczy Rycerz. Na pewno wkrótce się zjawią, słodziutka.

Davos

Morze było wzburzone i Czarną Zatokę pokrywały bałwany o białych grzbietach. „Czarna Betha” płynęła z przypływem, a jej żagiel strzelał głośno przy każdej zmianie kierunku wiatru. „Widmo” i „Lady Marya” żeglowały obok niej. Kadłuby okrętów dzieliło od siebie najwyżej dwadzieścia jardów. Jego synowie umieli sterować i Davos był z nich dumny.

W oddali zabrzmiały morskie rogi. Ich niskie, gardłowe tony, przekazywane z okrętu na okręt, brzmiały jak zew monstrualnych węży.

— Zwinąć żagiel — rozkazał Davos. — Opuścić maszt. Wioślarze do wioseł.

Jego syn Matthos przekazał rozkazy ludziom. Pokład „Czarnej Bethy" ogarnęło nagłe poruszenie. Marynarze biegli do swych zadań, przepychając się między żołnierzami, którzy zawsze wchodzili im w drogę, bez względu na to, gdzie by się nie zatrzymali. Ser Imry rozkazał wpłynąć na rzekę na samych wiosłach, żeby nie narażać żagli na ostrzał skorpionów i ogniomiotów ustawionych na murach Królewskiej Przystani.

Davos dostrzegał na południowym wschodzie „Furię", której zwijane właśnie żagle ozdobione jeleniem w koronie lśniły złoto w blasku słońca. To z jej pokładu Stannis Baratheon dowodził przed szesnastu laty szturmem na Smoczą Skałę. Tym razem jednak postanowił wyruszyć z armią lądową, powierzając „Furię" i dowództwo nad flotą bratu żony, ser Imry'emu, który przeszedł na jego stronę pod Końcem Burzy, razem z lordem Alesterem i całą resztą Florentów.

Davos znał „Furię" równie dobrze, jak własne okręty. Miała trzysta wioseł i jeden pokład przeznaczony wyłącznie dla skorpionów, a na jej dziobie i rufie umieszczono katapulty tak wielkie, że mogły ciskać beczkami płonącej smoły. To był potężny okręt i do tego bardzo szybki, choć ser Imry gęsto zapakował go zakutymi w stal rycerzami oraz zbrojnymi, co nieco zmniejszyło jego prędkość.

Znowu zabrzmiały rogi, przekazując rozkazy z „Furii". Davos poczuł mrowienie w odciętych palcach.

— Wiosła — krzyknął. — Tworzyć linię.

Sto piór zanurzyło się jednocześnie w wodzie, gdy zabrzmiał bęben wiosłomistrza. Dźwięk przypominał bicie wielkiego, powolnego serca. Stu ludzi poruszało wiosłami w jego rytm jak jeden mąż.

„Widmu" i „Lady Maryi" również wyrosły drewniane skrzydła. Trzy galery płynęły równym tempem, tnąc wodę wiosłami.

— Wolny rytm — zawołał Davos. Po lewej burcie „Widma" widać było srebrny kadłub „Dumy Driftmarku" lorda Velaryona. „Śmiały Śmiech" podążał tuż za nim, ale „Jędza" dopiero zanurzała wiosła w wodzie, a na „Koniu Morskim" nie zdjęto jeszcze masztu. Davos zerknął w stronę rufy. Tak jest, ten okręt na południu to z pewnością „Miecznik". Jak zwykle został z tyłu. Miał dwieście wioseł i najcięższy taran w całej flocie, lecz Davos mocno powątpiewał w umiejętności jego kapitana.

Słyszał, jak żołnierze pokrzykują do siebie ponad wodą, chcąc dodać sobie odwagi. Odkąd odpłynęli z Końca Burzy byli niewiele więcej niż balastem i teraz gorąco pragnęli dobrać się wreszcie do wroga. Byli pewni zwycięstwa. Pod tym względem nie różnili się od swego admirała, lorda wielkiego kapitana ser Imry'ego Florenta.

Przed trzema dniami, gdy flota stała na kotwicy u ujścia Wendwater, wezwał on wszystkich kapitanów na radę wojenną, by przekazać im swe rozkazy. Davosowi i jego synom wyznaczono miejsce w drugiej linii ataku, na niebezpiecznym prawym skrzydle.

— To honorowa pozycja — oznajmił Allard, zadowolony, że ma szansę dowieść swej odwagi.

— Niebezpieczna pozycja — wskazał jego ojciec. Synowie obrzucili go pełnymi politowania spojrzeniami, nawet młody Maric. *Cebulowy rycerz zamienił się w starą babę* — słyszał ich myśli. *W głębi serca nadal jest przemytnikiem.*

No cóż, to ostatnie było prawdą i nie zamierzał nikogo za to przepraszać. Nazwisko „Seaworth" brzmiało po lordowsku, lecz tak naprawdę nadal czuł się Davosem z Zapchlonego Tyłka, który po długiej nieobecności wracał do miasta na trzech wzgórzach. Nikt w Siedmiu Królestwach nie wiedział więcej od niego o okrętach, żaglach i wybrzeżach, nieraz też toczył rozpaczliwe walki na miecze na mokrym pokładzie, gdy jednak chodziło o ten rodzaj bitwy był dziewicą — nerwową i pełną obaw. Przemytnicy nie dęli w rogi i nie rozwijali chorągwi. Gdy zwęszyli niebezpieczeństwo, podnosili żagle i uciekali.

Gdyby to on był admirałem, zrobiłby wszystko zupełnie inaczej. Zamiast płynąć na oślep, wysłałby najpierw kilka najszybszych okrętów na zwiad w górę rzeki, żeby sprawdzić, co ich tam czeka. Gdy zasugerował to ser Imry'emu, lord wielki kapitan podziękował mu uprzejmie, lecz wyraz jego oczu zadawał kłam słowom. *Kim jest ten nisko urodzony tchórz?* — pytały te oczy. *Czy to ten, który kupił sobie tytuł rycerski za cebulę?*

Ser Imry miał cztery razy więcej okrętów niż młodociany król i nie widział powodów do ostrożności czy prób zmylenia przeciwnika. Ustawił flotę w dziesięć szeregów, po dwadzieścia okrętów w każdym. Pierwsze dwa miały popłynąć w górę rzeki, by zniszczyć małą flotyllę Joffreya, „zabawki chłopczyka", jak pogardliwie określił ją ser Imry, wzbudzając wesołość swych szlachetnie urodzonych kapitanów. Następne grupy miały wysadzić pod miastem kompanie łuczników i włóczników, a dopiero później włączyć się do bitwy na rzece. Mniejsze i wolniejsze jednostki płynące z tyłu przewiozą główną część armii Stannisa z południowego brzegu, osłaniane przez Salladhora Saana i jego Lyseńczyków, którzy mieli czekać w zatoce na wypadek, gdyby Lannisterowie ukryli gdzieś wzdłuż wybrzeża inne okręty, gotowe uderzyć na ich tyły.

Trzeba przyznać, że ser Imry miał powody do pośpiechu. Po drodze z Końca Burzy wiatry im nie sprzyjały. Już pierwszego dnia rejsu stracili dwie kogi na skałach w Zatoce Rozbitków; początek był więc naprawdę fatalny. Jedna z myrijskich galer zatonęła w Cieśninach Tarthu, a gdy wpływali do Gardzieli, zaskoczył ich sztorm, który rozproszył flotę na połowie wąskiego morza. Wszystkie okręty, oprócz dwunastu, zgromadziły się z powrotem pod osłoną wyniosłego Haka Masseya, na spokojniejszych wodach Czarnej Zatoki, stracili jednak sporo czasu.

Stannis z pewnością dawno już dotarł do Czarnego Nurtu. Królewski trakt biegł z Końca Burzy prosto do Królewskiej Przystani. Droga lądowa była znacznie krótsza od morskiej, a do tego większość jego armii stanowiła konnica. Miał prawie dwadzieścia tysięcy rycerzy, lekkiej jazdy i wolnych. Wszystko to mimo woli zostawił mu w spadku Renly. Taka armia posuwała się naprzód szybko, lecz zakute w zbroje rumaki i dwunastostopowe kopie nie zdadzą się na wiele przeciw głębokim wodom Czarnego Nurtu albo wysokim kamiennym murom miasta. Stannis i jego lordowie z pewnością rozbili obóz na południowym brzegu rzeki i skręcali się z niecierpliwości, zastanawiając się, gdzie się podziewa ser Imry z flotą.

Przed dwoma dniami, pod Skałą Merlingów, ujrzeli pół tuzina łódek rybackich. Wszystkie uciekły przed nimi, lecz doścignęli je i dokonali abordażu.

— Mała łyżka zwycięstwa uspokaja żołądek przed bitwą — stwierdził z radością ser Imry. — Daje ludziom apetyt na więcej.

Davosa jednak bardziej interesowało, co jeńcy mają do powiedzenia o fortyfikacjach Królewskiej Przystani. Wyglądało na to, że karzeł buduje coś w rodzaju bariery, by zamknąć ujście rzeki, lecz rybacy nie potrafili się zgodzić co do tego, czy skończył już robotę. Davos wolałby, żeby skończył. Gdyby rzeka okazała się przed nimi zamknięta, ser Imry musiałby się zatrzymać i zastanowić, co robić dalej.

Nad wodą unosiło się mnóstwo dźwięków: krzyki i rozkazy, brzmienie rogów, bębnów i piszczałek, plusk tysięcy mącących toń wioseł.

— Trzymać się w linii — krzyknął Davos. Nagły powiew wiatru targnął jego starym, zielonym płaszczem. Jego zbroja składała się tylko z kaftana z utwardzanej skóry oraz półhełmu, który położył na pokładzie. Był przekonany, że na morzu ciężka stal równie łatwo może zgubić człowieka, jak uratować mu życie. Ser Imry i pozostali szlachetnie urodzeni kapitanowie nie podzielali jednak jego opinii i paradowali po pokładach w błyszczących pancerzach.

„Jędza" i „Koń Morski" zajęły już wyznaczone miejsca w szyku. Tuż za nimi płynęły „Czerwone Szczypce" lorda Celtigara. Po prawej burcie „Lady Maryi" Allarda widać było trzy galery, które Stannis zagarnął pechowemu lordowi Sunglassowi: „Pobożność", „Modlitwę" i „Nabożeństwo". Na ich pokładach roiło się od łuczników. Nawet ociężały „Miecznik" zbliżał się już do nich, kołysząc się na coraz silniejszych falach. Płynął pod żaglami i wiosłami. *Okręt, który ma tyle wioseł, powinien być znacznie szybszy* — pomyślał z dezaprobatą Davos. *To przez ten taran. Jest za wielki i statek nie może zachować równowagi.*

Wiatr dął z południa, lecz płynęli pod wiosłami i nie miało to znaczenia. Sprzyjał im przypływ, ale Lannisterowie mieli po swej stronie rzekę. Czarny Nurt był silny i bystry. Pierwsze uderzenie z pewnością będzie korzystne dla nieprzyjaciela. *To głupota wdawać się w bitwę na Czarnym Nurcie* — pomyślał Davos. Podczas starcia na otwartym morzu szyki ich okrętów oskrzydliłyby wroga, gnając go ku zgubie. Na rzece liczebność i masa jednostek ser Imry'ego nie będą już tak ważne. Mogli ustawić w szyku najwyżej dwadzieścia statków. Gdyby było ich więcej, zderzałyby się ze sobą i zahaczały o siebie wiosłami.

Za linią okrętów Davos widział Czerwoną Twierdzę wznoszącą się na Wielkim Wzgórzu Aegona. Jej ciemna sylwetka kontrastowała z cytrynowym niebem. Poniżej rozwierało się ujście Czarnego Nurtu. Na południowym brzegu było aż czarno od ludzi i koni, którzy na widok zbliżającej się floty zaczęli się kłębić niczym rozsierdzone mrówki. Stannis z pewnością zagonił wszystkich do budowania tratw i produkcji strzał, lecz mimo to oczekiwanie nie mogło być łatwe. Rozległ się słaby, blaszany dźwięk trąb, który wkrótce zagłuszyły tysiące krzyków. Davos zacisnął okaleczoną dłoń na mieszku, w którym nosił kości palców, i odmówił bezgłośną modlitwę, prosząc o szczęście.

Centrum pierwszej linii ataku miała stanowić „Furia". Po obu jej burtach płynęły dwa dwustuwiosłowe okręty: „Lord Steffon" i „Morski Jeleń". Oba skrzydła tworzyły stuwiosłowce: „Lady Harra", „Jasna Ryba", „Roześmiany Lord", „Morski Demon", „Rogaty Honor", „Obdarta Jenna", „Trzecie Widły," „Szybki Miecz", „Księżniczka Rhaenys", „Psi Nos," „Berło", „Wierny", „Czerwony Kruk", „Królowa Alysanne", „Kot", „Zuch" i „Smokobójca". Na każdej rufie powiewało gorejące serce Pana Światła, czerwone, żółte i pomarańczowe. Za Davosem i jego synami mknęła druga linia stuwiosłowców dowodzonych przez rycerzy i szlachetnie urodzonych kapitanów, a za nimi kontyngent myrijski, złożony z mniejszych i wolniejszych okrętów, z których żaden nie miał więcej niż osiemdziesiąt wioseł. W następnych szeregach płynęły żaglowce, karaki i wielkie, ociężałe kogi, a na samym końcu Salladhor Saan na swym dumnym „Valyrianinie", potężnym trzystuwiosłowym okręcie, a wraz z nim reszta jego galer o charakterystycznych, pasiastych kadłubach. Lubiącemu się popisywać lyseńskiemu książątku nie spodobało się, że wyznaczono mu miejsce w ariergardzie, nie ulegało jednak wątpliwości, że ser Imry mu nie ufa, tak samo, jak Stannis. *Za często się uskarża i zbyt wiele mówi o złocie, które ma otrzymać* — pomyślał Davos. Mimo to żałował, że nie ma go z nimi. Salladhor Saan był pomysłowym, starym piratem, a załogi jego okrętów składały się z urodzonych marynarzy, nieustraszonych w walce. Zostawienie ich z tyłu było marnotrawstwem.

Ahuuuuuuuuuuuuuuuuuuuuuuuu. Niosący się nad bałwanami i mącącymi wodę wiosłami zew dobiegał z pokładu dziobowego „Furii". Ser Imry wydał rozkaz ataku. *Ahuuuuuuuuuuuuuuuuuuuuuuuu, ahuuuuuuuuuuuuuuuuuuuuuuuu.*

„Miecznik" dołączył wreszcie do linii, choć nadal nie zwinął żagla.

— Szybki rytm — warknął Davos. Uderzenia w bęben nabrały tempa, a wraz z nimi ruch tnących wodę wioseł: *plask-pszuu, plask-*

-pszuu, plask-pszuu. Stojący na pokładzie żołnierze walili mieczami o tarcze, a łucznicy napinali cicho cięciwy i wyjmowali strzały z kołczanów. Galery z pierwszej linii przesłaniały widok, Davos spacerował więc po pokładzie, szukając odpowiedniego punktu obserwacyjnego. Nigdzie nie widział żadnej bariery. Ujście rzeki było otwarte, jakby chciało ich połknąć. Tyle że...

Kiedy jeszcze był przemytnikiem, często żartował, że zna brzegi Królewskiej Przystani lepiej niż grzbiet własnej dłoni, ponieważ nie poświęcił znacznej części życia na skryte myszkowanie po tej ostatniej. Przysadziste wieże ze świeżego, nieobrobionego kamienia, które wznosiły się z obu stron ujścia, dla ser Imry'ego Florenta mogły nic nie znaczyć, Davos jednak poczuł się tak, jakby nagle wyrosły mu dwa dodatkowe palce.

Osłonił oczy przed promieniami chylącego się ku zachodowi słońca, chcąc uważniej przyjrzeć się owym wieżom. Były zbyt małe, by pomieścił się w nich poważny garnizon. Tę na północnym brzegu zbudowano pod urwiskiem, na którym wznosiła się Czerwona Twierdza, natomiast podstawę południowej pokrywała woda. *Zrobili wykop w brzegu* — zrozumiał natychmiast. To bardzo utrudniało szturm. Atakujący musieliby brodzić w wodzie albo zbudować mostek nad niewielkim kanałem. Stannis ustawił na dole łuczników, którzy szyli z łuków do obrońców, gdy tylko któryś z nich ośmielił się wysunąć głowę, poza tym jednak ignorował tajemniczą budowlę.

W ciemnej wodzie u jej podstawy coś błyszczało. Stal lśniła w promieniach słońca. Davosowi Seaworthowi to wystarczyło. *Bariera z łańcucha... a mimo to nie zamknęli przed nami rzeki. Dlaczego?*

Potrafiłby się tego domyślić, nie miał jednak teraz czasu rozważać tej kwestii. Na płynących na przedzie okrętach rozległ się krzyk. Znowu zagrały rogi. Dostrzeżono nieprzyjaciela.

Między migającymi wiosłami „Berła" i „Wiernego" Davos wypatrzył cienką linię galer biegnącą w poprzek rzeki. Słońce lśniło złotym blaskiem w pokrywającej ich kadłuby farbie. Znał te okręty równie dobrze, jak własny. Kiedy był przemytnikiem, zawsze czuł się bezpieczniej, jeśli wiedział, czy żagiel na horyzoncie należy do szybkiego, czy do wolnego statku, i czy kapitan jest młody i żądny chwały, czy też to stary człowiek, który nie może się doczekać przejścia w stan spoczynku.

Ahuuuuuuuuuuuuuuuuuuuuuuuuuu — zabrzmiał róg.

— Prędkość bojowa — krzyknął Davos. Po obu burtach usłyszał głosy Dale'a i Allarda, którzy wydali ten sam rozkaz. Bębny waliły jak szalone, wiosła wznosiły się i opadały, a „Czarna Betha" mknęła naprzód. Gdy zerknął na „Widmo", Dale pozdrowił go salutem. „Miecznik" znowu zostawał z tyłu, kołysząc się w śladzie torowym mniejszych jednostek, lecz poza tym linia okrętów była prosta jak ściana tarcz.

Rzeka, która z oddali wydawała się tak wąska, stała się teraz szeroka jak morze. Miasto również nabrało gigantycznych rozmiarów. Dostępu do niego broniła Czerwona Twierdza, która spoglądała na nich groźnie ze szczytu Wielkiego Wzgórza Aegona. Zwieńczone żelazem blanki, potężne wieże i grube, czerwone mury nadawały jej wygląd krwiożerczej bestii, która przycupnęła nad rzeką i ulicami. Urwiska, na których się piętrzyła, były strome i skaliste, pełne plam porostów oraz ciernistych, sękatych drzewek. By dotrzeć do portu i leżącego za nim miasta, flota będzie musiała przepłynąć pod zamkiem.

Pierwsza linia wpłynęła już na rzekę, lecz nieprzyjacielskie galery zaczęły się wycofywać. Chcą nas wciągnąć na zamkniętą przestrzeń, gdzie nie zdołamy ich oskrzydlić... a za nami będzie ta bariera. Spacerował po pokładzie, wyciągając szyję, by lepiej widzieć flotę Joffreya. W skład zabawek chłopczyka wchodziła ociężała „Boża Łaska", stary, powolny „Książę Aemon", „Jedwabna Dama" i jej siostra „Hańba Damy", „Dziki Wicher", „Przystannik", „Biała Łania", „Kopia" i „Morski Kwiat". Gdzie jednak podziała się „Lwia Gwiazda"? Gdzie była wspaniała „Lady Lyanna", nazwana tak przez Roberta na cześć pięknej dziewczyny, którą kochał i utracił? I gdzie był „Młot Króla Roberta"? To była największa galera w królewskiej flocie. Miała czterysta wioseł i młodociany król nie dysponował żadnym innym okrętem zdolnym zwyciężyć „Furię". To on powinien stanowić serce obrony.

Davos wyczuwał, że to pułapka, nie widział jednak atakujących od tyłu wrogów, a jedynie wyrównane szyki wielkiej floty Stannisa Baratheona, ciągnące się aż po morski horyzont. *Czy podniosą łańcuch, by podzielić nas na dwie grupy?* Nie widział w tym sensu. Okręty, które zostałyby w zatoce, mogłyby wysadzić ludzi na północ od miasta, skąd dotarliby do celu wolniej, lecz za to bezpieczniej.

Z zamku zerwało się do lotu stadko migoczących pomarańczowym blaskiem ptaków. Było ich dwadzieścia albo trzydzieści —

dzbany z płonącą smołą, które zatoczyły łuk nad rzeką, ciągnąc za sobą smugi płomieni. Większość pochłonęła woda, kilka jednak trafiło w pokłady galer pierwszego szeregu, rozbryzgując przy upadku płomienie. Na pokład „Królowej Alysanne" wybiegli zbrojni. Widział też dym bijący z trzech różnych punktów kadłuba „Smokobójcy", który płynął najbliżej brzegu. W powietrzu mknęła już druga seria pocisków. Wypuszczono też strzały, które wypadały ze świstem ze stanowisk łuczniczych na wieżach nad nimi. Jakiś żołnierz wypadł za nadburcie „Kota", rozbił się o wiosła i utonął. *Pierwszy, który dziś zginął* — pomyślał Davos. *Nie będzie ostatni.*

Na murach Czerwonej Twierdzy powiewały chorągwie młodocianego króla z baratheońskim jeleniem w koronie na złotym polu, a lannisterskim lwem na karmazynowym. Pofrunęły kolejne dzbany smoły. Davos usłyszał krzyki marynarzy „Zucha", który stanął w płomieniach. Wioślarze galery byli bezpieczni, gdyż półpokład osłaniał ich przed pociskami, tłoczący się na górze zbrojni mieli jednak mniej szczęścia. Zgodnie z obawami Davosa pociski padały tylko na prawe skrzydło. Wkrótce przyjdzie kolej na nas — pomyślał zaniepokojony. „Czarna Betha", jako szósty statek od północnego brzegu, znalazła się już w zasięgu płonących pocisków. Po prawej miała jedynie „Lady Maryę" Allarda, ociężałego „Miecznika" — który został tak daleko z tyłu, że był teraz bliżej trzeciej linii niż drugiej — oraz „Pobożność", „Modlitwę" i „Nabożeństwo", których pozycja była tak odsłonięta, że z pewnością będzie im niezbędna boska pomoc.

Gdy druga linia okrętów przemknęła obok bliźniaczych wież, Davos przyjrzał się im bliżej. Ujrzał trzy ogniwa potężnego łańcucha, wystające z otworu rozmiarów ludzkiej głowy i znikające pod wodą. I w jednej, i w drugiej wieży były tylko jedne drzwi, umieszczone dobre dwadzieścia stóp nad ziemią. Łucznicy na dachu północnej wieży strzelali do „Pobożności" i „Nabożeństwa". Żołnierze z tego ostatniego okrętu odpowiedzieli im tym samym i Davos usłyszał krzyk trafionego człowieka.

— Panie kapitanie. — Podszedł do niego jego syn Matthos. — Twój hełm.

Davos wziął go w obie dłonie i włożył na głowę. Nie było w nim zasłony. Nie znosił, by coś przesłaniało mu oczy.

Otaczał ich gęsty deszcz garnków ze smołą. Jeden z nich roztrzaskał się na pokładzie „Lady Maryi", lecz ludzie Allarda szybko ugasili płomień. Po lewej burcie słychać było dźwięk rogów, w które dęto na „Dumie Driftmarku". Wiosła przy każdym poruszeniu wzbijały w górę bryzgi wody. Niespełna dwie stopy od Matthosa w drewniany pokład wbiła się długa na jard strzała skorpiona, która wibrowała z głośnym brzękiem. Pierwsza linia okrętów znalazła się już w zasięgu nieprzyjacielskich łuków. Między nimi przelatywały całe roje strzał, sycząc niczym węże.

Na południowym brzegu Czarnego Nurtu ciągnięto ku wodzie prymitywne tratwy, a pod tysiącem łopoczących na wietrze chorągwi ustawiały się rzędy i kolumny ludzi. Wszędzie widać było gorejące serce, lecz uwięziony w płomieniach czarny jeleń był zbyt mały, by można go było zauważyć. *Powinniśmy walczyć pod flagą z jeleniem w koronie* — pomyślał. *To był herb króla Roberta i ludzie w mieście ujrzeliby go z radością. Takie cudzoziemskie godło tylko przysparza nam wrogów.*

Za każdym razem, gdy widział gorejące serce, myślał o cieniu, który urodziła Melisandre w mroku pod Końcem Burzy. *Tę bitwę przynajmniej toczymy w świetle dnia, z uczciwą bronią w ręku* — powtarzał sobie. Kobieta w czerwieni i jej mroczne dzieci nie wezmą w niej udziału. Stannis kazał ją odwieźć na Smoczą Skałę, razem ze swym bratankiem z nieprawego łoża, Edrikiem Stormem. Jego kapitanowie i chorążowie upierali się, że pole bitwy to nie miejsce dla kobiety. Tylko ludzie królowej byli odmiennego zdania, a i oni nie wyrażali go głośno. Mimo to król omal nie kazał jej zostać. Przekonał go dopiero lord Bryce Caron.

— Wasza Miłość — rzekł. — Jeśli czarodziejka będzie nam towarzyszyć, ludzie potem powiedzą, że to było jej zwycięstwo, nie twoje. Będą mówili, że zawdzięczasz koronę jej zaklęciom.

Ten argument rozstrzygnął sprawę. Podczas sporu Davos trzymał język za zębami, lecz szczerze mówiąc, rozstanie z Melisandre wcale go nie zmartwiło. Nie chciał mieć nic wspólnego ani z nią, ani z jej bogiem.

Po prawej burcie, „Nabożeństwo" podpłynęło już do brzegu. Opuszczono trap. Łucznicy weszli do wody, unosząc łuki wysoko nad głowami, by nie zamoczyć cięciw. Wypadli na drugi brzeg na wąskiej plaży pod urwiskami. Z zamku posypały się na nich kamienie, a także strzały i włócznie, lecz ściana była zbyt stroma i pociski nie wyrządziły większych szkód.

„Modlitwa" przybiła do brzegu dwa tuziny jardów wyżej, a „Pobożność" skręcała dopiero w jego stronę, gdy nagle pojawili się obrońcy. Kopyta szarżujących przez płyciznę rumaków wzbijały w górę bryzgi wody. Rycerze wdarli się między łuczników niczym wilki atakujące kury. Pognali ich ku statkom i zepchnęli do rzeki, nim większość z nich zdążyła nałożyć choć jedną strzałę. Na pomoc rzucili się im zbrojni z włóczniami i toporami. W ciągu trzech uderzeń serca scena zmieniła się w krwawy chaos. Davos rozpoznał ukształtowany na podobieństwo psiego łba hełm Ogara. Na jego ramionach powiewał biały płaszcz. Wjechał konno po trapie na pokład „Modlitwy", powalając każdego, kto podszedł mu pod rękę.

Na wzgórzach za zamkiem wznosiła się otoczona murami Królewska Przystań. Nabrzeże obróciło się w poczerniałe pustkowie. Lannisterowie wszystko spalili, a następnie wycofali się za Błotnistą Bramę. Na płyciznach leżały poczerniałe kadłuby zatopionych statków, które broniły dostępu do długich kamiennych mol. *Tu nie wylądujemy.* Za Błotnistą Bramą Davos dostrzegał czubki trzech ogromnych trebuszy. Wysoko na wzgórzu Visenyi lśniły w blasku słońca kryształowe wieże Wielkiego Septu Baelora.

Nie widział, w której chwili zaczęła się bitwa, usłyszał jednak, jak dwie potężne galery zderzają się z trzaskiem. Nie wiedział które. Po chwili rozległ się kolejny łoskot, a potem jeszcze jeden. Przez dźwięk pękającego drewna przebijał się niski huk dziobowej katapulty „Furii". „Morski Jeleń" rozciął jedną z galer Joffreya na pół, lecz „Psi Nos" stanął w płomieniach, a „Królowa Alysanne" została uwięziona między „Jedwabną Damą" a „Hańbą Damy". Jej załoga broniła się przed abordażem z obu burt.

Na wprost przed dziobem „Czarnej Bethy" nieprzyjacielski okręt „Przystannik" wdarł się między „Wiernego" a „Berło". Pierwsza z galer zdążyła wciągnąć prawe wiosła, nim doszło do zderzenia, lecz lewe wiosła „Berła" połamały się niczym zapałki, gdy wrogi okręt przemknął wzdłuż jego burty.

— Strzelać — rozkazał Davos i jego łucznicy wypuścili nad wodą morderczy rój strzał. Zobaczył, że kapitan „Przystannika" padł. Daremnie próbował sobie przypomnieć, jak brzmiało imię zabitego.

Na brzegu ramiona potężnych trebuszy uniosły się kolejno i po żółtym niebie pomknęło sto kamieni. Każdy z nich był wielkości ludzkiej głowy. Wpadając do wody, wzbijały wielkie fontanny, z łatwością przebijały dębowe deski, a żywych ludzi zmieniały w miazgę z kości, mięsa i chrząstki. Cała pierwsza linia okrętów wdała się w walkę. Rzucano haki abordażowe, żelazne tarany rozbijały drewniane kadłuby, żołnierze wpadali hurmem na pokłady nieprzyjacielskich okrętów, chmury strzał przechodziły przez siebie niby dym, a ludzie ginęli… on jednak nie stracił na razie nikogo.

„Czarna Betha" mknęła w górę rzeki. Łoskot bębna wiosłomistrza niósł się echem w głowie jej kapitana, który wypatrywał odpowiedniej ofiary dla swego tarana. „Królowa Alysanne" znalazła się w pułapce między dwoma nieprzyjacielskimi okrętami. Liny i łańcuchy mocno sczepiły ze sobą trzy galery.

— Prędkość taranowa! — krzyknął Davos.

Uderzenia bębna przeszły w ciągły, gorączkowy warkot i „Czarna Betha" pomknęła naprzód. Pruta jej dziobem woda robiła się biała jak mleko. Allard również dostrzegł tę okazję i „Lady Marya" sunęła tuż obok nich. Pierwsza linia przerodziła się w chaos odrębnych potyczek. Trzy złączone ze sobą okręty majaczyły przed nimi. Na ich pokładach trwała krwawa rzeź. Ludzie rąbali się zaciekle mieczami i toporami. *Jeszcze trochę* — błagał Wojownika Davos Seaworth. *Obróć ją jeszcze trochę. Pokaż mi jej burtę.*

Wojownik z pewnością go słuchał, gdyż „Czarna Betha" i „Lady Marya" uderzyły w burtę „Hańby Damy" niemal równocześnie. Tarany wbiły się w dziób i rufę z taką siłą, że ludzie pospadali z pokładu „Jedwabnej Damy", dwa okręty dalej. Zęby Davosa uderzyły o siebie tak gwałtownie, że omal nie odgryzł sobie języka. *Następnym razem trzymaj gębę zamkniętą, ty durniu* — pomyślał, wypluwając krew. Spędził na morzu czterdzieści lat, lecz nigdy jeszcze nie taranował okrętu. Jego łucznicy szyli z łuków jak opętani.

— Cała wstecz — rozkazał. Gdy „Czarna Betha" powiosłowała do tyłu, pełną odłamków drewna dziurę, którą po sobie zostawiła, wypełniła woda. „Hańba Damy" na jego oczach rozpadła się na kawałki. Tuziny ludzi powpadały do rzeki. Niektórzy z żywych płynęli, a niektórzy z martwych unosili się na powierzchni, lecz ci, którzy mieli na sobie ciężką zbroję, natychmiast poszli na dno, tak żywi, jak i umarli. Uszy wypełniły mu krzyki tonących.

Nagle z przodu, po lewej burcie, ujrzał błysk zieleni. Na burcie „Królowej Alysanne" rozbłysło gniazdo płonących, szmaragdowych węży, które wiły się z głośnym sykiem. Po chwili rozległ się budzący grozę krzyk:

— Dziki ogień!

Wykrzywił twarz w grymasie. Płonąca smoła to było jedno, a dziki ogień to coś całkiem innego. Był straszny i niemal nie dawało się go ugasić. Jeśli nakryło się go płaszczem, płaszcz stawał w płomieniach, a gdy ktoś uderzał w iskierkę dłonią, ten sam los spotykał jego rękę.

— Naszczaj na dziki ogień, a spalisz sobie kutasa — mawiali starzy żeglarze. Ser Imry ostrzegał ich jednak, że mogą się spotkać z odrażającą „substancją" alchemików.

— Na szczęście zostało już niewielu prawdziwych piromantów. Szybko skończą się im zapasy — zapewnił na koniec.

Davos wykrzykiwał pośpiesznie rozkazy. Wiosła z jednej burty schowano, a z drugiej wiosłowano zawzięcie do tyłu. Galera zawróciła. „Lady Maryi" również udało się uwolnić, i całe szczęście, gdyż pożar ogarnął „Królową Alysanne" i jej przeciwników z niewiarygodną szybkością. Ogarnięci zielonym płomieniem mężczyźni skakali do wody z nieludzkim wrzaskiem. Ustawione na murach Królewskiej Przystani ogniomioty rzygały śmiercią, a potężne trebusze skryte za Błotnistą Bramą ciskały głazami. Jeden z nich, wielkości wołu, wpadł do wody między „Czarną Bethą" a „Widmem", aż oba okręty się zakołysały, a bryzgi zmoczyły wszystkich na pokładach. Inny pocisk, niewiele mniejszy, trafił w „Śmiały Śmiech". Galera Velaryona rozpadła się na kawałki niczym dziecinna zabawka zrzucona z wieży, sypiąc wkoło drzazgami długimi jak ramię mężczyzny.

Za ścianą czarnego dymu i zielonego ognia Davos wypatrzył rój niewielkich statków płynących w dół rzeki: promów, barek, małych łódek i kryp, których kadłuby sprawiały wrażenie zbyt zbutwiałych, żeby utrzymać się na wodzie. Pachniało to desperacją. Podobne pływające drewno nie mogło przeważyć szali bitwy, a co najwyżej przeszkadzać walczącym. Linie okrętów splątały się beznadziejnie ze sobą. Po lewej burcie „Lord Steffon", „Obdarta Jenna" i „Szybki Miecz" przedarły się przez szyki nieprzyjaciela i mknęły w górę rzeki. Na prawym skrzydle trwały jednak ciężkie walki, a środek rozprysnął się pod pociskami trebuszy. Niektórzy kapitanowie zawrócili w dół rzeki, a inni skręcili w lewo — wszystko, by tylko uniknąć morderczego deszczu. „Furia" zaczęła ostrzeliwać miasto z rufowej katapulty, lecz miała za mały zasięg i beczki smoły roztrzaskiwały się pod murami. „Berło" straciło większość wioseł, a „Wierny" oberwał taranem i zaczął się przechylać. Davos wprowadził „Czarną Bethę" między dwa uszkodzone okręty, ocierając się po drodze o zdobnie rzeźbioną, pozłacaną barkę wycieczkową królowej Cersei, która tym razem zamiast słodyczy przewoziła żołnierzy. Dwunastu z nich wpadło do rzeki na skutek wstrząsu i łucznicy „Czarnej Bethy" wystrzelali ich spokojnie, gdy usiłowali się utrzymać na powierzchni.

Krzyk Matthosa ostrzegł go przed niebezpieczeństwem nadciągającym z lewej strony. Jedna z lannisterskich galer odwracała się, chcąc ich staranować.

— Cała na sterburt — zawołał Davos. Jego ludzie odepchnęli się wiosłami od barki, a jednocześnie inni obrócili okręt dziobem do zbliżającej się „Białej Łani". Przez chwilę bał się, że byli zbyt wolni i zatoną, lecz prąd im sprzyjał i nieprzyjacielska galera otarła się tylko o nich, krusząc wiosła obu jednostek. Obok jego głowy przeleciał ostry jak włócznia kawał drewna. Davos wzdrygnął się.

— Do abordażu! — wrzasnął. Liny z hakami pofrunęły w górę. Wyciągnął miecz i sam poprowadził ludzi do ataku.

Załoga „Białej Łani" spotkała ich przy relingu, lecz zbrojni z „Czarnej Bethy" zalali wroga niczym wrzeszcząca fala stali. Davos przebił się przez ciżbę, szukając wrogiego kapitana, lecz tamtego zabito, nim zdążył do niego dotrzeć. Gdy stał nad jego ciałem, ktoś uderzył go z tyłu toporem. Na szczęście hełm wytrzymał cios i zamiast roztrzaskania czaszki skończyło się tylko na bólu głowy. Oszołomiony, mógł jedynie paść na pokład. Przeciwnik rzucił się na niego z wrzaskiem, lecz Davos uniósł miecz w obu dłoniach i wbił mu go w brzuch.

Jeden z jego ludzi pomógł mu wstać.

— Panie kapitanie, „Łania" należy do nas.

Była to prawda. Większość wrogów była martwa, umierająca lub się poddała. Zdjął hełm, otarł krew z twarzy i wrócił na własny okręt, stąpając ostrożnie po pokładzie śliskim od ludzkich wnętrzności. Matthos podał rękę ojcu, by pomóc mu przejść przez reling.

Na kilka chwil „Czarna Betha" i „Biała Łania" stały się okiem pośrodku cyklonu. „Królowa Alysanne" i „Jedwabna Dama", nadal ze sobą połączone, przerodziły się w oszalałe zielone piekło i spływały bezwładnie w dół rzeki, wlokąc za sobą szczątki „Hańby Damy". Uderzyła w nie jedna z myrijskich galer, która również stanęła w płomieniach. „Kot” zabierał na pokład ludzi z tonącego szybko „Zucha”. Kapitan „Smokobójcy” wprowadził okręt między dwa mola, rozpruwając mu dno. Załoga wysypała się na brzeg razem z łucznikami oraz zbrojnymi i dołączyła do szturmu na mury. Staranowany „Czerwony Kruk” przechylał się powoli. „Morski Jeleń” musiał walczyć z pożarami i wrogami, którzy wtargnęli na jego pokład, lecz nad „Wiernym Sługą” Joffreya powiewało gorejące serce. „Furia”, której dumny dziób został zmiażdżony przez pocisk trebusza, wdała się w walkę z „Bożą Łaską”. „Duma Driftmarku” lorda Velaryona wdarła się między dwa rzeczne statki wroga, przewracając jeden do góry dnem, a drugi podpalając płonącymi strzałami. Na południowym brzegu rycerze wprowadzali wierzchowce na kogi, a niektóre z mniejszych galer przepływały już rzekę, obciążone zbrojnymi. Musiały posuwać się naprzód ostrożnie, by wymijać tonące okręty i płonące plamy unoszącego się na wodzie dzikiego ognia. Na rzekę wpłynęła już cała flota króla Stannisa poza Lyseńczykami Salladhora Saana. Wkrótce zdobędą panowanie nad Czarnym Nurtem.

Ser Imry będzie miał swoje zwycięstwo — pomyślał Davos. *A* Stannis przeprowadzi armię na drugi brzeg, ale, dobrzy bogowie, cena…

— Panie kapitanie!

Matthos dotknął jego ramienia.

Dwa rzędy wioseł „Miecznika” unosiły się i opadały miarowo. Masztu do tej pory nie przewrócono i w olinowaniu ugrzęzła płonąca smoła. Pożar rozszerzał się na oczach Davosa. Ogień ogarnął liny i żagle. Za galerą ciągnął się proporzec żółtego płomienia. Niezgrabny żelazny taran, ukształtowany na podobieństwo ryby, od której wywodziła się nazwa okrętu, pruł rzeczne fale. Z przodu widać było jedną z głęboko zanurzonych lannisterskich kryp, która dryfowała ku „Miecznikowi”, obracając się ku niemu burtą, by zaprezentować mu wielki, kuszący cel. Spomiędzy desek kadłuba sączyła się powoli zielona krew.

Gdy Davos Seaworth to ujrzał, serce przestało mu na chwilę bić.

— Nie — zawołał. — Nie, NIEEEEEE!

Łoskot i ryk bitwy zagłuszył jego głos i nie usłyszał go nikt oprócz Matthosa, a już z pewnością nie kapitan „Miecznika”, który ucieszył się, że wreszcie będzie mógł coś nadziać na swój ciężki, nieporęczny miecz. Okręt przyśpieszył do prędkości taranowej. Davos uniósł okaleczoną dłoń, by złapać za skórzany mieszek, w którym trzymał kości palców.

Z gwałtownym, straszliwym, ogłuszającym trzaskiem, „Miecznik" roztrzaskał zbutwiały kadłub, który eksplodował niczym przejrzały owoc. Żaden jednak owoc nigdy nie rozpadł się z tak głośnym hukiem pękającego drewna. Z wnętrza krypy popłynęła zieleń wylewająca się z tysiąca rozbitych dzbanów, trucizna, która tryskała z flaków zdychającej bestii, pokrywając wodę lśniącą warstewką...

— Cała wstecz — ryknął. — Zwiewajmy stąd. Przeciąć liny, cała wstecz, cała wstecz!

Przecięto liny abordażowe. Gdy „Czarna Betha" odpłynęła od „Białej Łani" pokład zakołysał się pod stopami Davosa. Zanurzono wiosła.

Wtem usłyszał ostre, krótkie „uuf", jakby coś pękło mu w uchu. Pół uderzenia serca później rozległ się ryk. Pokład zniknął spod jego stóp, a w twarz uderzyła go czarna woda, która wypełniła mu nos i usta. Dławił się, tonął. Szarpał się w wodzie, oślepiony paniką, nie wiedząc, gdzie jest góra, a gdzie dół. Nagle znalazł się nad powierzchnią. Wypluł wodę i złapał się najbliższego kawałka drewna.

„Miecznik" i krypa zniknęły. Rzeką obok niego spływały poczerniałe ciała oraz dławiący się ludzie, uczepieni fragmentów dymiącego drewna. Na rzece tańczył demon z zielonych płomieni, wysoki na pięćdziesiąt stóp. Miał tuzin rąk i w każdej z nich trzymał bicz, a wszystko, czego dotknął, stawało w płomieniach. Płonęła już „Czarna Betha" oraz „Biała Łania" i „Wierny Sługa" po obu jej stronach. Pobożność, Kot, Zuch, Berło, Czerwony „Kruk", „Jędza", „Wierny" i „Furia" — wszystkie padły ofiarą ognia, podobnie jak „Przystannik" i „Boża Łaska". Demon pochłaniał również swoich. Lśniąca „Duma Driftmarku" lorda Velaryona próbowała zawrócić, lecz demon dotknął jej srebrzystych wioseł leniwym ruchem zielonego palca i wszystkie zapłonęły niczym świece. Przez chwilę wydawało się, że okręt dotyka rzeki dwoma rzędami jarzących się jasno pochodni.

Davosa uniósł prąd, który kręcił nim wciąż w kółko. Zaczął uderzać gwałtownie nogami, by ominąć plamę płonącego dzikiego ognia. *Moi synowie* — pomyślał, nie miał jednak szans odnaleźć ich pośród ryczącego chaosu. Gdzieś z tyłu eksplodowała kolejna ciężka od dzikiego ognia krypa. Wydawało się, że woda w Czarnym Nurcie zawrzała. W powietrze pofrunęły płonące drzewca, ogarnięci ogniem ludzie oraz fragmenty roztrzaskanych statków.

Znosi mnie w stronę zatoki. Tam sytuacja z pewnością wyglądała lepiej. Był dobrym pływakiem i powinno mu się udać dotrzeć do brzegu. W zatoce czekały też galery Salladhora Saana. Zostawił je tam ser Imry…

Wtem prąd obrócił go po raz kolejny i Davos zobaczył, co czeka na niego w dole rzeki.

Łańcuch. Bogowie, zmiłujcie się, podnieśli łańcuch.

W miejscu, gdzie rzeka rozszerzała się, przechodząc w Czarną Zatokę, dwie, trzy stopy nad wodą przebiegał napięty łańcuch. Uderzyło już weń z tuzin galer, a prąd znosił ku nim następne. Prawie wszystkie płonęły. Wkrótce ogień ogarnie też pozostałe. Davos widział pasiaste kadłuby statków Salladhora Saana, zdawał sobie jednak sprawę, że nie ma szans do nich dotrzeć. Rozciągała się przed nim ściana rozżarzonej do czerwoności stali, płonącego drewna i buzującego, zielonego płomienia. Ujście Czarnego Nurtu stało się bramą piekieł.

Tyrion

Tyrion Lannister przyklęknął na murze na jednym kolanie, nieruchomy jak chimera. Za Błotnistą Bramą i pustkowiem, które ongiś było rybnym targiem oraz nabrzeżami, sama rzeka zdawała się płonąć. Połowę floty Stannisa ogarnął pożar, razem z większością okrętów Joffreya. Pocałunek dzikiego ognia zmienił dumne statki w stosy pogrzebowe, a ludzi obrócił w żywe pochodnie. Powietrze wypełniał dym, strzały i krzyki.

Na dole zarówno ludzie z gminu, jak i szlachetnie urodzeni kapitanowie przyglądali się, jak gorąca, zielona śmierć zbliża się ku ich tratwom, karakom i promom, niesiona prądem Czarnego Nurtu. Długie, białe wiosła myrijskich galer poruszały się niczym nogi przerażonych wijów, nic to jednak nie dało. Wije nie miały dokąd uciekać.

Pod miejskimi murami, w miejscach gdzie eksplodowały beczki płonącej smoły, szalał tuzin wielkich pożarów, w porównaniu z dzikim ogniem były one jednak zaledwie świecami w ogarniętym ogniem domu. Ich pomarańczowe i szkarłatne proporce łopotały słabo na tle nefrytowej pożogi. Kolor płonącej rzeki odbijał się w nisko wiszących chmurach, tworząc niesamowicie piękny dach barwy migotliwej zieleni. *Straszliwe piękno. Jak smocze płomienie* — pomyślał Tyrion. Zastanawiał się, czy Aegon Zdobywca też tak się czuł, przelatując nad swym Polem Ognia.

Gorący jak bijący z pieca żar wicher unosił jego karmazynowy płaszcz i smagał nagą twarz, lecz Tyrion nie był w stanie się odwrócić. Niejasno zdawał sobie sprawę z bliskości krzyczących radośnie złotych płaszczy, lecz głos odmówił mu posłuszeństwa i nie mógł się do nich przyłączyć. Była to tylko połowa zwycięstwa. *To nie wystarczy.*

Patrzył, jak kolejną z kryp, które wypełnił kapryśnymi owocami króla Aerysa, ogarniają głodne płomienie. Z rzeki trysnęła fontanna płonącego nefrytu. Lśniła tak jasno, że musiał osłonić oczy. Na wodzie z sykiem i skwierczeniem tańczyły słupy ognia wysokie na trzydzieści albo czterdzieści stóp. Ich odgłos na kilka chwil zagłuszył krzyki. W wodzie były setki ludzi, którzy tonęli, palili się albo robili obie te rzeczy naraz.

Słyszysz ich krzyki, Stannisie? Widzisz, jak płoną? To twoja robota tak samo, jak i moja. Tyrion wiedział, że ukryty gdzieś w kłębiącej się masie ludzi na południe od Czarnego Nurtu Stannis również się temu przygląda. Drugi z braci Baratheonów nigdy nie kochał walki, tak jak Robert. Będzie dowodził z tyłu, z odwodów, tak jak zwykł to czynić lord Tywin Lannister. Zapewne siedział w tej chwili na rumaku, zakuty w lśniącą zbroję, a na głowie miał koronę. Varys mówił, że wykonano ją z czerwonego złota, a kolce ukształtowano na podobieństwo płomieni.

— Moje okręty — zawodził załamującym się głosem stojący na murach Joffrey, który razem ze swymi strażnikami kulił się bezpiecznie za blankami. Jego hełm ozdobiony był złotym monarszym diademem. — Pali się mój „Przystannik", „Królowa Cersei" i „Wierny Sługa". Patrzcie, to „Morski Kwiat".

Wyciągnął nowy miecz, wskazując na miejsce, gdzie zielone płomienie lizały złoty kadłub „Morskiego Kwiatu", wbiegając po jego wiosłach. Kapitan zawrócił w górę rzeki, lecz nie zdążył umknąć przed dzikim ogniem.

Tyrion wiedział, że okręt nie ujdzie zagładzie. Nie było innego wyjścia. *Gdybyśmy nie wypłynęli im na spotkanie, Stannis domyśliłby się, że to pułapka.* Można wycelować strzałę albo włócznię, a nawet kamień z katapulty, lecz dziki ogień posiada niezależną wolę. Kiedy już zwolniono go z uwięzi, zwykli ludzie nie byli w stanie nad nim zapanować.

— Nie można było temu zaradzić — oznajmił siostrzeńcowi. — Nasza flota i tak była skazana.

Choć Tyrion siedział na blankach — był za niski, żeby zza nich wyglądać, kazał więc się podsadzić — płomienie, dym i bitewny chaos nie pozwalały mu zobaczyć, co się dzieje przy ujściu rzeki. Widział już to jednak tysiąc razy oczyma wyobraźni. Bronn popędził woły w tej samej chwili, gdy okręt flagowy Stannisa minął Czerwoną Twierdzę. Łańcuch był straszliwie ciężki, a wielkie kołowroty obracały się powoli, skrzypiąc i dudniąc. Nim pod wodą pojawi się pierwszy błysk metalu, cała flota uzurpatora wpłynie już na rzekę. Ociekające wodą, niekiedy lśniące od błota ogniwa wyłonią się z fal jedno za drugim. Po chwili cały łańcuch będzie napięty. Flota króla Stannisa wpłynęła na Czarny Nurt, lecz już z niego nie wypłynie.

Niektórym udawało się jednak uciec. Prąd rzeki był kapryśny, a dziki ogień nie rozprzestrzeniał się tak równomiernie, jak na to liczył. Całe główne koryto ogarnęły płomienie, lecz wielu Myrijczyków umknęło bez szkody na południowy brzeg, a przynajmniej osiem okrętów wylądowało pod miejskimi murami. *Wylądowało albo się rozbiło, ale to na jedno wychodzi. Wysadzili ludzi na naszym brzegu.* Co gorsza, gdy krypy eksplodowały, znaczna część południowego skrzydła pierwszych dwóch linii nieprzyjacielskich okrętów była już poza zasięgiem płomieni. Stannisowi zostanie jakieś trzydzieści albo czterdzieści galer. *Wystarczy, by przewieźć wszystkich jego żołnierzy na drugi brzeg, gdy już odzyskają odwagę.*

To mogło jednak chwilę potrwać. Nawet najdzielniejszy z ludzi ulegnie trwodze, widząc jak około tysiąca jego towarzyszy pochłaniają płomienie. Hallyne mówił, iż substancja niekiedy pali się tak gorąco, że ciało topi się niczym łój. Mimo to...

Tyrion nie miał złudzeń, co do własnych ludzi. „Jeśli zacznie się wydawać, że przegrywamy, załamią się i to w pokazowy sposób" — ostrzegł go Jacelyn Bywater. Żeby zwyciężyć, musieli mieć przewagę od początku do końca.

Widział ciemne postacie poruszające się pośród spopielonych ruin nabrzeża. Pora na kolejną wycieczkę — pomyślał. Żołnierze, którzy przed chwilą zeszli z okrętów, byli szczególnie podatni na atak. Nie może dać wrogowi czasu na sformowanie szyków na północnym brzegu.

Zlazł z blanków.

— Powiedz lordowi Jacelynowi, że na nabrzeżu jest nieprzyjaciel — rozkazał jednemu z gońców, których dał mu Bywater. — Przekaż moje gratulacje ser Arneldowi i każ mu obrócić Kurwy trzydzieści stopni na zachód — rzekł drugiemu. Pod tym kątem trebusze będą miotać pociski na większą odległość, choć nie tak daleko nad wodę.

— Matka obiecała, że dostanę Kurwy — odezwał się Joffrey. Tyrion poczuł się poirytowany, widząc, że król znowu uniósł zasłonę hełmu. Chłopcu z pewnością było gorącą pod tą ciężką stalą... ale ostatnie, czego potrzebował Tyrion to zabłąkana strzała wbita w oko jego siostrzeńca.

Zatrzasnął zasłonę.

— Nie odsłaniaj się, Wasza Miłość. Twa słodka osoba jest droga dla nas wszystkich. — *I nie chciałbyś też oszpecić sobie tej ładnej twarzyczki.* — Kurwy należą do ciebie.

Ten moment był równie dobry, jak każdy inny. Rzucanie kolejnych płonących pocisków na trawione pożarem statki nie miało sensu. Joff kazał zgromadzić nagich i związanych Rogatych na placu na dole. Do głów poprzybijano im gwoździami poroża. Gdy przyprowadzono ich przed Żelazny Tron, by ich osądził, obiecał, że odeśle ich Stannisowi. Człowiek nie był tak ciężki, jak głaz czy beczka płonącej smoły, można więc było cisnąć nim znacznie dalej. Niektóre ze złotych płaszczy zakładały się, czy zdrajcy dolecą na drugi brzeg Czarnego Nurtu.

— Tylko się pośpiesz, Wasza Miłość — dodał Tyrion. — Trebusze muszą jak najszybciej znowu zacząć ciskać kamieniami. Nawet dziki ogień nie płonie wiecznie.

Joffrey pognał uszczęśliwiony ku trebuszom, eskortowany przez ser Meryna, nim jednak ser Osmund zdążył ruszyć za nimi, Tyrion złapał go za nadgarstek.

— Cokolwiek się stanie, strzeż go i nie pozwól mu nigdzie odejść. Czy to jasne?

— Wedle rozkazu. — Ser Osmund uśmiechnął się ujmująco.

Tyrion ostrzegł Tranta i Kettleblacka, co ich czeka, gdyby królowi stało się coś złego. Joffrey miał też tuzin doświadczonych złotych płaszczy, które czekały u podstawy schodów.

Pilnuję twego przeklętego bękarta najdokładniej, jak tylko mogę,

Cersei — pomyślał z goryczą. *Pamiętaj, byś uczyniła to samo dla Alayayi.*

Gdy tylko Joff się oddalił, na górę wbiegł zdyszany goniec.

— Panie, szybko! — Opadł na jedno kolano. — Wysadzili ludzi na polu turniejowym, całe setki! Zmierzają z taranem pod Królewską Bramę.

Tyrion zaklął i pognał ku schodom, kołysząc się niczym kaczka. Na dole czekał Podrick Payne z końmi. Pogalopowali Nadrzeczną Aleją. Pod i ser Mandon Moore pędzili tuż za nim. W pogrążonych w zielonym cieniu domach zamknięto okiennice, a po ulicach nie łaził nikt, kto by im przeszkadzał. Tyrion zakazał ludziom wychodzić z domów, by obrońcy mogli się szybko przemieszczać między bramami. Gdy jednak dotarli do Królewskiej Bramy, usłyszał głuchy łoskot drewna uderzającego o drewno. Taran wprawiono już w ruch. Pisk potężnych zawiasów brzmiał jak jęki umierającego olbrzyma. Plac pod wieżą bramną był pełen rannych, widział też jednak konie. Niektórym z nich nic się nie stało. Najemników i złotych płaszczy było wystarczająco wiele, by stworzyć silny oddział.

— Formować kolumnę — krzyknął, zeskakując na ziemię. Brama zadrżała pod kolejnym ciosem. — Kto tu dowodzi? Wychodzicie na zewnątrz.

— Nie.

Od cienia muru odłączył się inny cień, który przerodził się w wysokiego mężczyznę w ciemnoszarej zbroi. Sandor Clegane ściągnął hełm obiema dłońmi i rzucił go na ziemię. Stal była przypalona i powgniatana, a lewe ucho szczerzącego zęby psa odpadło. Ze szramy nad okiem ciekła struga krwi, która spływała na stare blizny po oparzeniu, zalewając pół twarzy.

— Tak. — Tyrion spojrzał mu w twarz.

Clegane dyszał ciężko.

— W dupę z tym. I z tobą też.

Jeden z najemników stanął obok niego.

— Byliśmy na zewnątrz. Trzy razy. Połowa naszych ludzi zginęła lub jest ranna. Wszędzie wokół bucha dziki ogień, konie drą się jak ludzie, a ludzie kwiczą jak konie.

— Myślałeś, że wynajęliśmy was po to, żebyście walczyli w turnieju? Czy mam ci podać mrożone mleko i miseczkę malin? Nie? No to wsiadaj, kurwa, na konia. Ty też, psie.

Krew na twarzy Clegane'a połyskiwała czerwono, lecz jego oczy były zupełnie białe. Wyciągnął miecz. — *On się boi* — zrozumiał wstrząśnięty Tyrion. *Ogar się boi.* Spróbował wytłumaczyć mu sytuację.

— Mają taran. Słyszysz, jak walą w bramę. Musimy ich rozproszyć…

— Każ otworzyć bramę. Kiedy wpadną do środka, otoczymy ich i zabijemy. — Ogar wbił sztych miecza w ziemię i wsparł się chwiejnie na gałce. — Straciłem połowę ludzi. Koni też. Nie poprowadzę już nikogo w ten ogień.

Ser Mandon Moore podszedł do Tyriona. Jego płytową zbroję pokrywała nieskazitelnie biała emalia.

— Królewski namiestnik wydał ci rozkaz.

— W dupę z królewskim namiestnikiem. — Tam, gdzie twarzy Ogara nie pokrywała krzepnąca krew, była ona biała jak mleko. — Niech ktoś da mi coś do picia.

Oficer złotych płaszczy podał mu kubek. Clegane pociągnął łyk, wypluł płyn i odrzucił naczynie.

— Woda? Pierdolę wodę. Dawaj wina.

Kona ze zmęczenia. Teraz Tyrion to widział. *Rana, ogień... nie ma już sił. Muszę znaleźć kogoś innego, ale kogo? Ser Mandona?* Spojrzał na ludzi i zrozumiał, że to nie jest dobry pomysł. Wstrząsnął nimi strach Clegane'a. Jeśli nie będą mieli dowódcy, oni również odmówią wykonania rozkazu, a ser Mandon… Jaime mówił, że jest niebezpieczny, nie był jednak człowiekiem, który wzbudza posłuch.

W oddali rozległ się kolejny głośny huk. Ciemniejące niebo nad murami pokryły plamy zielonego i pomarańczowego światła. Jak długo wytrzyma brama?

To obłęd — pomyślał. *Ale lepszy obłęd niż porażka. Porażka to śmierć i hańba.*

— Dobra. Ja poprowadzę wycieczkę.

Jeśli sądził, że wstyd przywróci Ogarowi odwagę, był w błędzie. Clegane roześmiał się tylko.

— Ty?

Tyrion widział niedowierzanie na twarzach wszystkich.

— Ja. Ser Mandonie, ty poniesiesz królewską chorągiew. Pod, dawaj hełm.

Chłopak pobiegł wykonać rozkaz. Ogar wsparł się na wyszczerbionym, splamionym krwią mieczu, wpatrując się w niego wybałuszonymi, białymi oczyma. Ser Mandon pomógł Tyrionowi dosiąść konia.

— Sformować kolumnę! — krzyknął karzeł.

Jego wielki rdzawokasztanowaty ogier miał nagłowek i przedpiersień, a na pokrywającą zad kolczugę opadał karmazynowy jedwab. Wysokie siodło było pozłacane. Podrick Payne podał mu hełm i ciężką dębową tarczę, na której widniała złota ręka na czerwonym tle, otoczona małymi, złotymi lwami. Zatoczył stępa mały krąg, spoglądając na grupkę żołnierzy. Na jego rozkaz zareagowali tylko nieliczni, nie więcej niż dwudziestu. Siedzieli na koniach, a oczy mieli tak samo białe, jak Ogar. Zerknął pogardliwie na pozostałych, rycerzy i najemników, którymi dowodził Clegane.

— Powiadają, że jestem tylko półmężczyzną — zawołał. — Kim wy w takim razie jesteście?

To ich zawstydziło. Jeden z rycerzy, nie mający hełmu na głowie, dosiadł rumaka i dołączył do grupy. Dwóch najemników podążyło za jego przykładem. Potem następni. Królewska Brama zadrżała po raz kolejny. W parę chwil liczebność oddziałku Tyriona wzrosła dwukrotnie. Nie dał im wyjścia. *Jeśli ja będę walczył, oni muszą uczynić to samo. W przeciwnym razie okażą się gorsi od karłów.*

— Nie usłyszycie z moich ust imienia Joffreya — zapewnił. — Nie będę też krzyczał „Casterly Rock". To wasze miasto Stannis zamierza splądrować i waszą bramę chce rozwalić. Chodźmy razem zabić tego skurwysyna!

Wydobył topór, zawrócił ogiera i pokłusował ku bramie wypadowej. Miał nadzieję, że jadą za nim, nie odważył się jednak obejrzeć.

Sansa

Pochodnie migotały jasnym blaskiem na tle kutego metalu uchwytów, wypełniając Salę Balową Królowej srebrzystym światłem. I tak jednak panował w niej mroczny nastrój. Sansa dostrzegała to w jasnych oczach ser Ilyna Payne'a, który stał przy tylnych drzwiach, nieruchomy jak kamień, nic nie jedząc ani nie pijąc wina. Słyszała to w dręczącym lorda Gylesa kaszlu i w szepcie Osneya

Kettleblacka, który wśliznął się do pomieszczenia, by przekazać wieści królowej Cersei.

Gdy zjawił się po raz pierwszy, Sansa kończyła właśnie rosół. Wszedł tylnymi drzwiami. Zauważyła mimochodem, że rozmawia ze swym bratem Osfrydem. Potem wszedł na podwyższenie i klęknął przed królową. Śmierdział koniem, cztery długie, cienkie szramy na jego policzkach pokrywała zakrzepła krew, a włosy opadały mu na oczy i za kołnierz. Choć mówił szeptem, Sansa słyszała go wyraźnie.

— Floty starły się ze sobą. Garstce łuczników udało się dostać na brzeg, ale Ogar poszatkował ich na plasterki, Wasza Miłość. Twój brat podnosi swój łańcuch. Słyszałem sygnał. W Zapchlonym Tyłku garstka pijaków rozwala drzwi i włazi do domów przez okna. Lord Bywater wysłał złote płaszcze, żeby się z nimi rozprawiły. Sept Baelora jest wypchany po brzegi. Wszyscy się modlą.

— A mój syn?

— Król udał się do Baelora, by otrzymać błogosławieństwo wielkiego septona. Teraz chodzi po murach z namiestnikiem, mówi swym ludziom, by byli odważni i podnosi ich na duchu.

Cersei skinęła na pazia, domagając się kolejnego kielicha złotego wina z Arbor o bogatym, owocowym smaku. Królowa piła dziś dużo, lecz trunek dodawał jej tylko urody. Policzki miała zaczerwienione, a oczy jarzyły się jasnym, gorączkowym blaskiem. *Oczy z dzikiego ognia* — pomyślała Sansa.

Muzycy grali. Żonglerzy żonglowali. Księżycowy Chłopiec łaził po sali na szczudłach, drwiąc ze wszystkich, a ser Dontos ścigał służące na swej miotle. Goście się śmiali, lecz był to śmiech pozbawiony radości, który w pół uderzenia serca mógłby się zmienić w łkanie. *Ich ciała są tutaj, ale myślą i sercem przebywają na miejskich murach.*

Po rosole podano sałatkę z jabłek, orzechów i rodzynków.

W innych okolicznościach uznano by to za pyszne danie, dziś jednak wszystkie potrawy miały smak strachu. Nie tylko Sansie apetyt nie dopisywał. Lord Gyles więcej kasłał, niż jadł, Lollys Stokeworth siedziała przygarbiona i drżąca, a młoda żona jednego z rycerzy ser Lancela rozpłakała się niepowstrzymanie. Królowa rozkazała maesterowi Frenkenowi, by dał jej kielich sennego wina i zaprowadził do łóżka.

— Łzy — rzuciła z pogardą do Sansy, gdy kobietę wyprowadzano z sali. — Pani matka powtarzała mi, że to kobieca broń. A męska broń to miecz. To mówi nam wszystko, prawda?

— Ale mężczyźni muszą być odważni — zauważyła Sansa. — Żeby walczyć z uzbrojonymi w miecze i topory wrogami, którzy próbują ich zabić...

— Jaime wyznał mi kiedyś, że naprawdę żywy czuje się tylko na polu bitwy i w łożu. — Uniosła kielich i pociągnęła długi łyk. Jej sałatka była nietknięta. — Wolałabym stawić czoło dowolnej liczbie mieczy niż siedzieć tu bezradnie w towarzystwie bandy przerażonych kur.

— Sama je zaprosiłaś, Wasza Miłość.

— Od królowej oczekuje się pewnych gestów. Od ciebie również będą ich oczekiwać, jeśli rzeczywiście wyjdziesz za Joffreya. Lepiej się ucz. — Królowa przyjrzała się siedzącym na ławach żonom, córkom i matkom. — Te kury same z siebie nie mają znaczenia, lecz ich koguty są z różnych powodów ważne, a niektóre z nich mogą przeżyć bitwę. Dlatego powinnam otoczyć ich kobiety opieką. Jeśli ten nikczemny karzeł, mój brat, zdoła w jakiś sposób zwyciężyć, opowiedzą swym mężom i ojcom, że byłam bardzo dzielna, moja odwaga była dla nich inspiracją i podnosiła je na duchu, a do tego ani na moment nie zwątpiłam w zwycięstwo.

— A jeśli zamek padnie?

— Chciałabyś tego, co? — Cersei nie czekała na zaprzeczenie. — Jeśli nie zdradzą mnie właśni strażnicy, może uda mi się tu bronić przez pewien czas. Potem będę mogła wyjść na mury i zaproponować, że oddam się w ręce lorda Stannisa. To powinno oszczędzić nam najgorszego. Jeśli jednak Warownia Maegora padnie nim zjawi się Stannis, wszystkie zaproszone tu kobiety poznają smak gwałtu. W czasach takich, jak obecne, nie można wykluczyć też okaleczenia, tortur i morderstw.

Sansa była przerażona.

— To są kobiety, bezbronne i szlachetnie urodzone.

— Pochodzenie daje pewną ochronę — przyznała Cersei — choć nie tak skuteczną, jak sądzisz. Każda z nich jest warta pokaźny okup, lecz ogarnięci szałem bitewnym żołnierze często wolą ciało od monet. No, ale złota tarcza jest lepsza od żadnej. Na ulicach kobiety czeka znacznie gorszy los. Tak samo nasze służące. Ślicznotkę taką, jak ta nowa dziewka lady Tandy, może czekać gorąca noc, ale niech ci się nie zdaje, że żołnierze oszczędzą stare, chore i brzydkie. Gdy się odpowiednio upiją, ślepe praczki i śmierdzące świniarki wydadzą im się równie pociągające jak ty, słodziutka.

— Ja?

— Nie bądź taką myszką, Sanso. Jesteś już kobietą, pamiętasz? Narzeczoną mojego pierworodnego. — Królowa pociągnęła kolejny łyk wina. — Gdyby pod naszymi murami stał ktoś inny, mogłabym spróbować zawrócić mu w głowie. Ale to jest Stannis Baratheon. Prędzej udałoby mi się uwieść jego konia. — Parsknęła śmiechem na widok miny Sansy. — Jesteś zgorszona, pani? — Nachyliła się bliżej. — Ty mała idiotko. Łzy nie są jedyną bronią kobiety. Masz między nogami inną i lepiej naucz się jej używać. Przekonasz się, że mężczyźni bez skrępowania robią użytek ze swych mieczy. Obu rodzajów.

Sansa szczęśliwie nie musiała nic odpowiadać, gdyż do sali weszło dwóch Kettleblacków. Ser Osmunda i jego braci powszechnie na zamku lubiano. Zawsze byli uśmiechnięci i skorzy do żartów, a do tego rozmawiali z łowczymi i stajennymi równie swobodnie, jak z rycerzami i giermkami. Powiadano jednak, że najlepiej radzą sobie z dziewkami służebnymi. Ser Osmund zajął teraz u boku Joffreya miejsce Sandora Clegane'a. Sansa słyszała, jak praczki u studni mówiły, że jest tak samo silny jak Ogar, ale młodszy i szybszy. Jeśli rzeczywiście tak było, to zastanawiała się, dlaczego nigdy nie słyszała o tych Kettleblackach, nim ser Osmunda mianowano członkiem Gwardii Królewskiej.

Uśmiechnięty od ucha do ucha Osney klęknął przed królową.

— Krypy wykonały swe zadanie, Wasza Miłość. Cały Czarny Nurt ogarnął dziki ogień. Płonie co najmniej sto okrętów.

— A mój syn?

— Jest przy Błotnistej Bramie, z namiestnikiem i Gwardią Królewską, Wasza Miłość. Przedtem rozmawiał z łucznikami na murach i udzielił im kilku wskazówek na temat strzelania z kuszy. Wszyscy się zgadzają, że to bardzo odważny chłopak.

— Lepiej, żeby pozostał żywym chłopakiem. — Zwróciła się w stronę brata Osneya, Osfryda, który był wyższy, poważniejszy i miał czarne, obwisłe wąsy. — Słucham?

Osfryd założył na długie, czarne włosy stalowy półhełm. Jego twarz miała złowrogi wyraz.

— Wasza Miłość — rzekł cicho. — Chłopaki złapali stajennego

i dwie służące, którzy próbowali się wymknąć tylną bramą z trzema królewskimi końmi.

— To pierwsi dziś zdrajcy, ale obawiam się, że nie ostatni — odparła. — Niech zajmie się nimi ser Ilyn. Zatknijcie ich głowy na palach pod stajniami, jako ostrzeżenie. — Gdy Kettleblackowie wyszli, zwróciła się w stronę Sansy. — To kolejna lekcja, którą powinnaś sobie przyswoić, o ile chcesz kiedyś zasiąść u boku mego syna. Jeśli w taką noc, jak dzisiaj, okażesz wyrozumiałość, zdrady wyrosną wokół ciebie, jak grzyby po ulewie. Jeśli chcesz, by twoi ludzie byli ci wierni, muszą bać się ciebie bardziej niż wroga.

— Zapamiętam to, Wasza Miłość — obiecała Sansa, choć zawsze dotąd słyszała, że łatwiej jest zdobyć ludzką wierność miłością niż strachem.

Jeśli zostanę kiedyś królową, postaram się, by mnie kochali.

Po sałatce przyniesiono paszteciki z krabami, a potem pieczoną baraninę z porami i marchewką, podaną w wydrążonych bochenkach chleba. Lollys jadła zbyt łapczywie, zrobiło się jej niedobrze i zwymiotowała na siebie i na siostrę. Lord Gyles kasłał i pił, kasłał i pił, aż wreszcie zasnął z twarzą w baraninie i dłonią w kałuży wina. Królowa popatrzyła na niego z niesmakiem.

— Bogowie musieli być szaleni, jeśli dali męskość takiemu jak on. A ja byłam równie szalona, żądając jego uwolnienia.

Osfryd Kettleblack wpadł do sali, zamiatając karmazynowym płaszczem.

— Wasza Miłość, na placu zbierają się ludzie domagający się wpuszczenia do zamku. To nie motłoch. Bogaci kupcy i tak dalej.

— Każ im wracać do domów — odparła królowa. — Jeśli nie pójdą, niech nasi kusznicy kilku zabiją. Tylko żadnych wycieczek. Cokolwiek by się działo, nie pozwolę otworzyć bram.

— Wedle rozkazu. — Kettleblack pokłonił się i odszedł.

Królowa miała gniewną, zaciętą twarz.

— Gdybym tylko mogła sama ich ściąć. — Zaczynała bełkotać. — W dzieciństwie, byliśmy z Jaime'em tacy podobni do siebie, że nawet pan ojciec nie potrafił nas rozróżnić. Czasem dla żartu zamienialiśmy się ubraniami na cały dzień. A mimo to, kiedy Jaime dostał swój pierwszy miecz, mnie nie dano nic. Pamiętam, że zapytałam: „A co macie dla mnie?" Byliśmy bardzo podobni do siebie i nigdy nie potrafiłam zrozumieć, dlaczego traktują nas zupełnie inaczej. Jaime uczył się walczyć na miecze, kopie i buzdygany, a mnie uczono uśmiechów, śpiewu i uprzejmości. On był dziedzicem Casterly Rock, a mnie miano sprzedać jakiemuś nieznajomemu jak konia. Wiedziałam, że nowy właściciel będzie mógł mnie ujeżdżać i bić, kiedy tylko zapragnie, a z czasem zamieni mnie na młodszą źrebicę. Jaime'a czekała władza i chwała, a mnie porody i miesięczna krew.

— Ale byłaś królową całych Siedmiu Królestw — sprzeciwiła się Sansa.

— Gdy w grę wchodzą miecze, królowa jest tylko kobietą. — Kielich Cersei był pusty. Paź chciał napełnić go na nowo, odwróciła jednak puchar do góry dnem i potrząsnęła głową. — Starczy. Muszę mieć jasno w głowie.

Ostatnim daniem był kozi ser z pieczonymi jabłkami. Salę wypełniła woń cynamonu. Do środka wszedł Osney Kettleblack, który po raz kolejny klęknął między Cersei a Sansą.

— Wasza Miłość — wyszeptał. — Stannis wysadził ludzi na polu turniejowym, a przez rzekę wciąż przeprawiają się nowi. Przynieśli taran pod Królewską Bramę. Krasnal poprowadził wycieczkę, by przepędzić wrogów.

— To z pewnością porazi ich strachem — zauważyła z przekąsem królowa. — Mam nadzieję, że nie zabrał ze sobą Joffa.

— Nie, Wasza Miłość. Król jest z moim bratem przy Kurwach. Rzuca Rogatych do rzeki.

— Kiedy nieprzyjaciel atakuje Błotnistą Bramę? To obłęd. Powiedz ser Osmundowi, że mają natychmiast zejść z murów. Tam jest zbyt niebezpiecznie. Przyprowadź go do zamku.

— Krasnal powiedział...

— Macie słuchać mnie. — Cersei przymrużyła oczy. — Twój brat wykona mój rozkaz albo dopilnuję, żeby osobiście poprowadził następną wycieczkę. A ty pójdziesz z nim!

Po posiłku wielu gości poprosiło o pozwolenie na udanie się do septu. Cersei łaskawie wyraziła zgodę. Wśród tych, którzy uciekli, była lady Tanda i jej córki. Dla pozostałych sprowadzono barda, który wypełnił salę słodkimi dźwiękami harfy. Śpiewał o Jonquil i Florianie, o księciu Aemonie Smoczym Rycerzu i jego miłości do królowej, żony brata, o dziesięciu tysiącach okrętów Nymerii. Pieśni były piękne, lecz straszliwie smutne. Kilka kobiet się rozpłakało. Sansa poczuła, że jej oczy również wilgotnieją.

— Znakomicie, moja droga. — Królowa nachyliła się nad nią. — Musisz poćwiczyć płakanie. Łzy przydadzą ci się dla króla Stannisa.

Sansa poruszyła się nerwowo.

— Wasza Miłość?

— Och, skończ już z tymi czczymi uprzejmościami. Sytuacja na pewno jest rozpaczliwa, jeśli karzeł musi prowadzić ludzi do boju. Równie dobrze możesz zrzucić tę maskę. Wiem wszystko o twoich małych zdradach w bożym gaju.

— W bożym gaju?

Nie patrz na ser Dontosa, nie patrz, nie patrz — powtarzała sobie Sansa. *Ona o niczym nie wie. Nikt nie wie. Dontos mi to obiecał. Mój Florian nigdy by mnie nie zawiódł.*

— Nikogo nie zdradziłam. Chodzę tam się pomodlić.

— Za Stannisa. Albo za swego brata, to na jedno wychodzi. Po cóż innego miałabyś się zwracać do bogów ojca? Modlisz się o naszą klęskę. Jak to nazwać, jeśli nie zdradą?

— Modlę się za Joffreya — zapewniła nerwowo.

— A niby dlaczego? Czy traktuje cię aż tak słodko? — Królowa zdjęła z niesionej przez przechodzącą obok służącą tacy dzban słodkiego, śliwkowego wina i napełniła Sansie kielich. — Może to da ci odwagę, by choć raz stawić czoło prawdzie.

Dziewczyna uniosła puchar do ust i przełknęła odrobinę napoju. Wino było słodkie i mdłe, lecz bardzo mocne.

— Stać cię na więcej — nie ustępowała Cersei. — Wypij do dna, Sanso. Królowa ci rozkazuje.

Sansa opróżniła kielich, choć omal nie zwymiotowała. Przełykała gęsty, słodki trunek, aż zakręciło się jej w głowie.

— Jeszcze? — zapytała Cersei.

— Nie. Proszę.

Królowa wyglądała na niezadowoloną.

— Kiedy mnie pytałaś o ser Ilyna, skłamałam. Chciałabyś usłyszeć prawdę, Sanso? Masz ochotę się dowiedzieć, po co naprawdę tu przyszedł?

Nie odważyła się odpowiedzieć, nie miało to jednak znaczenia. Królowa skinęła dłonią, nie czekając na jej słowa. Sansa nawet nie zauważyła, że ser Ilyn wrócił do sali, nagle jednak wynurzył się z cienia za podwyższeniem, cicho jak kot. U pasa miał nagi Lód. Przypomniała sobie, że ojciec zawsze czyścił miecz, gdy ściął człowieka w bożym gaju, ser Ilyn nie był jednak tak skrupulatny. Na falistej stali widać było krzepnącą krew. Jej czerwona barwa przechodziła już w brąz.

— Powiedz lady Sansie, po co tu przyszedłeś — rozkazała Cersei.

Ser Ilyn otworzył usta i wydał z siebie zdławiony charkot. Jego pokryta śladami po francy twarz była całkowicie pozbawiona wyrazu.

— Mówi, że przyszedł tu dla nas — wyjaśniła królowa. — Stannis może zdobyć miasto i tron, ale nie pozwolę, żeby mnie sądził. Nie weźmie nas żywcem.

— Nas?

— Dobrze słyszałaś. Lepiej zacznij się modlić od nowa, Sanso, tym razem o inny wynik. Zapewniam cię, że upadek Lannisterów nie przyniesie Starkom radości.

Wyciągnęła rękę i odgarnęła delikatnie włosy Sansy, odsłaniając jej szyję.

Tyrion

Wizura hełmu pozwalała Tyrionowi zobaczyć tylko to, co było na wprost przed nim, gdy jednak odwrócił głowę, ujrzał że na polu turniejowym wylądowały trzy galery, a czwarta, większa od pozostałych, stoi nieopodal brzegu, miotając z katapulty beczki płonącej smoły.

— Klin — rozkazał Tyrion, gdy ludzie ustawiali się za nim przy bramie wypadowej. Utworzyli formację o kształcie grota włóczni, z nim na czele. Po jego prawej stronie zajął miejsce ser Mandon Moore. Jego biała, emaliowana zbroja lśniła w płomieniach, a martwe oczy pod hełmem gorzały beznamiętnym blaskiem. Dosiadał czarnego jak węgiel rumaka z białym rzędem, a na ramieniu miał białą tarczę Gwardii Królewskiej. Po lewej Tyrion ze zdziwieniem ujrzał Podricka Payne'a, który ściskał w dłoni miecz.

— Jesteś za młody — rzucił natychmiast. — Zmiataj stąd.

— Jestem twoim giermkiem, panie.

Tyrion nie miał czasu na kłótnie.

— No to zostań. Ale trzymaj się blisko mnie.

Popędził konia kopniakiem.

Jechali obok siebie, wzdłuż posępnych murów. Ser Mandon niósł drzewce z proporcem Joffreya, na którym jeleń i lew tańczyły kopyto w łapę na karmazynowo-złotym tle. Przeszli ze stępa w kłus, omijając szerokim łukiem podstawę wieży. Z miejskich murów sypały się strzały, a miotane przez katapulty kamienie spadały na ziemię i wodę, na stal i ludzi. Przed nimi majaczyła Królewska Brama i tłum żołnierzy dźwigających potężny taran, drzewce z czarnej dębiny zakończone żelazną głowicą. Otaczali ich łucznicy z okrętów, którzy szyli z łuków do obrońców, gdy tylko ci pokazali się na murach wieży bramnej.

— Kopie — rozkazał Tyrion, przechodząc w galop. Grunt był mokry i śliski, błoto zmieszane z krwią. Jego ogier potknął się o trupa, ślizgając się kopytami po ziemi. Przez chwilę Tyrion obawiał się, że szarża zakończy się dla niego wypadnięciem z siodła, nim zdąży dotrzeć do wroga, lecz koń i jeździec zdołali w jakiś sposób zachować równowagę. Ludzie pod bramą odwracali się, przygotowując się pośpiesznie do przyjęcia ataku. Uniósł topór.

— Królewska Przystań! — zawołał. Inne głosy podjęły jego okrzyk. Długi grot ze stali i jedwabiu mknął naprzód. Kopyta rumaków uderzały o ziemię, a ostre miecze lśniły w blasku ognia.

Ser Mandon opuścił kopię w ostatniej chwili i przebił proporcem Joffreya pierś mężczyzny w wysadzanej ćwiekami kurtce. Nim drzewce się złamało, uniósł zabitego z ziemi. Tyrion ujrzał przed sobą rycerza, na którego opończy widniał lis wyglądający z pierścienia kwiatów. Jego pierwsza myśl brzmiała „Florent", lecz niemal natychmiast po niej nadeszła druga: „nie ma hełmu". Cios był wsparty całym ciężarem topora i ramienia oraz impetem rozpędzonego konia. Połowa głowy odpadła. Ręka zdrętwiała mu od siły uderzenia. *Shagga by się ze mnie uśmiał* — pomyślał, mknąc dalej.

Od jego tarczy odbiła się z łoskotem włócznia. Pod cwałował obok niego, tnąc mieczem każdego mijanego wroga. Jego uszu dobiegały niewyraźnie radosne krzyki stojących na murach ludzi. Taran zwalił się w błoto. Dźwigający go żołnierze zapomnieli o nim, zajęci walką lub ucieczką. Tyrion stratował łucznika, odrąbał rękę włócznikowi i uderzył toporem w ozdobiony podobizną ryby hełm. Jego rdzawokasztanowaty ogier stanął dęba przed taranem, lecz kary wierzchowiec ser Mandona gładko przeskoczył przeszkodę, niosąc dalej swego jeźdźca — śmierć obleczoną w śnieżnobiały jedwab. Miecz rycerza Gwardii Królewskiej odrąbywał kończyny, rozwalał głowy i rozszczepiał tarcze, choć tylko nielicznym wrogom udało się donieść tarcze na drugi brzeg rzeki.

Tyrion zmusił wierzchowca do skoku przez taran. Nieprzyjaciel rzucił się już do ucieczki. Rozejrzał się na boki, lecz nigdzie nie zobaczył Podricka Payne'a. Od policzka jego hełmu odbiła się z grzechotem strzała, o cal mijając wizurę. Omal nie spadł z konia ze strachu. *Jeśli mam tu tkwić jak pniak, powinienem zawczasu wymalować sobie tarczę na napierśniku.*

Spiął ogiera ostrogami i ruszył kłusem po usianym trupami polu. Poniżej, Czarny Nurt zatarasowały wraki płonących galer. Na wodzie wciąż unosiły się plamy dzikiego ognia, które strzelały gorejącymi, zielonymi fontannami, wysokimi na dwadzieścia stóp. Udało im się rozproszyć dźwigających taran ludzi, lecz na brzegu nadal trwały walki. Ludzie ser Balona Swanna, czy może Lancela, usiłowali zepchnąć z powrotem do wody wysiadających z płonących galer napastników.

— Ruszamy do Błotnistej Bramy — rozkazał.

— Do Błotnistej Bramy! — krzyknął ser Mandon. Znowu pognali naprzód.

— Królewska Przystań! — wrzeszczeli jego ludzie ochrypłymi głosami. — Półmężczyzna! Półmężczyzna!

Zastanawiał się, kto ich tego nauczył. Stal i wyściółka jego hełmu nie tłumiły krzyków bólu, głodnego buzowania płomieni, zewu rogów oraz blaszanych tonów trąb. Pożary były wszędzie. *Dobrzy bogowie, nic dziwnego, że Ogar się przeraził. Boi się ognia...*

Nad Czarnym Nurtem podniósł się ogłuszający trzask. Głaz wielkości konia trafił prosto w śródokręcie jednej z galer. *Naszej czy ich?* Kłęby dymu nie pozwalały mu tego dostrzec. Jego klin rozproszył się. Każdy toczył teraz własną bitwę. *Trzeba było zawrócić* — myślał, mknąc wciąż naprzód.

Topór ciążył mu w dłoni. Garstka ludzi ciągle podążała za nim. Pozostali zginęli albo uciekli. Musiał szarpać się z ogierem, by znowu zwrócić jego głowę na wschód. Wielki rumak nie lubił ognia tak samo, jak Sandor Clegane. Konia jednak łatwiej było sterroryzować.

Z rzeki wypełzali ludzie, płonący i krwawiący, chwiejący się na nogach i wykasłujący wodę, na ogół konający. Poprowadził swych żołnierzy między nimi, zadając tym, którzy mogli utrzymać się na nogach, szybszą i czystszą śmierć. Wojna skurczyła się dla niego do rozmiarów wizury. Rycerze dwukrotnie wyżsi od niego uciekali przed nim bądź stawali mu na drodze i ginęli. Wydawali mu się porażonymi strachem karzełkami.

— Lannister! — darł się, zabijając. Jego czerwona aż po łokieć ręka lśniła w padającym od rzeki blasku. Gdy rumak znowu stanął dęba, Tyrion pogroził toporem gwiazdom, słysząc krzyki: „Półmężczyzna! Półmężczyzna!" Czuł się jak pijany.

Gorączka bitewna. Nigdy sobie nie wyobrażał, że sam jej doświadczy, choć Jaime często mu o niej opowiadał. Mówił mu, że czas przeradza się wówczas w zamazaną plamę, zwalnia lub wręcz staje, przeszłość oraz przyszłość znikają, nie pozostawiając nic poza chwilą, i zapomina się o strachu, myśli, a nawet własnym ciele.

— Nie czuje się wtedy ran, bólu pleców od ciężkiej zbroi ani potu zalewającego oczy. Człowiek przestaje czuć, przestaje myśleć, przestaje być sobą. Jest tylko walka, wróg, jeden, a potem drugi, trzeci i czwarty. Wiesz, że oni się boją i są zmęczeni, ale ty nie. Żyjesz, a śmierć jest wszędzie wokół ciebie, lecz ich miecze poruszają się tak powoli, że możesz tańczyć wokół nich ze śmiechem.

Gorączka bitewna. Jestem półmężczyzną pijanym krwią. Niech mnie zabiją, jeśli zdołają!

Próbowali. Rzucił się na niego kolejny włócznik. Tyrion odrąbał grot jego broni, potem dłoń, a potem ramię, zataczając kłusem kręgi wokół niego. Łucznik, który stracił gdzieś łuk, skoczył na niego, trzymając strzałę niczym nóż. Rumak kopnął napastnika w udo, obalając go na ziemię. Tyrion parsknął śmiechem. Przemknął obok wbitej w ziemię chorągwi, jednego z gorejących serc Stannisa i przeciął drzewce wpół uderzeniem topora. Znikąd pojawił się jakiś rycerz, który raz za razem tłukł w jego tarczę oburęcznym mieczem. Wreszcie ktoś wbił mu sztylet pod pachę. Tyrion nie wiedział, kto to był. Być może jeden z jego ludzi.

— Poddaję się, ser — zawołał inny rycerz, dalej w dół rzeki. — Poddaję się. panie rycerzu, poddaję się. Masz moją przysięgę.

Leżał w kałuży czarnej wody, unosząc zakutą w stal rękę na znak kapitulacji. Tyrion musiał się pochylić w siodle, by ująć jego rękawicę. Wtem w górze eksplodował garnek z dzikim ogniem, tryskając zielonym płomieniem. W jego blasku karzeł ujrzał, że kałuża nie jest czarna, lecz czerwona, a w rękawicy tkwi odrąbana dłoń rycerza. Odrzucił ją.

— Poddaję się — łkał bezsilnie pozbawiony nadziei mężczyzna. Tyrion oddalił się od niego, chwiejąc się w siodle.

Jakiś zbrojny chwycił jego konia za uzdę i ciął sztyletem w kierunku jego twarzy. Tyrion odbił cios i wbił topór w kark przeciwnika. Gdy wyszarpywał ostrze, na granicy jego pola widzenia pojawiła się plama bieli. Odwrócił się, sądząc, że znów ujrzy obok siebie ser Mandona Moore'a, był to jednak inny biały rycerz. Ser Balon Swann miał taką samą zbroję, lecz rząd jego konia zdobiły walczące ze sobą łabędzie, czarny i biały, herb jego rodu. *Jest raczej cętkowanym, nie białym rycerzem* — pomyślał trochę od rzeczy Tyrion. Ser Balona od stóp do głów pokrywały plamy krwi i ślady dymu. Rycerz uniósł buzdygan i wskazał nim w dół rzeki. Broń oblepiały kawałki mózgu i kości.

— Patrz, panie.

Tyrion obrócił konia, by zobaczyć, co się dzieje na Czarnym Nurcie. Pod spodem rzeka toczyła czarne jak zawsze wody, lecz jej powierzchnia przerodziła się w kłębowisko krwi i płomieni. Niebo było czerwone, pomarańczowe i jaskrawozielone.

— O co chodzi? — zapytał. Nagle jednak zobaczył.

Z rozbitej galery, która uderzyła o molo, wysypywali się zakuci w stal zbrojni.

Skąd bierze się ich aż tak wielu?

Tyrion przymrużył oczy, wpatrując się w ogień i dym spowijające rzekę, by dojrzeć skąd przychodzą. Zderzyło się tam chyba ze dwadzieścia galer. Może nawet więcej, trudno było je policzyć. Ich wiosła się krzyżowały, a kadłuby były połączone linami abordażowymi. Okręty poprzebijały się nawzajem taranami i zaplątały w zwalone olinowanie. Między dwiema mniejszymi galerami unosiła się większa, odwrócona do góry dnem. Wraki były tak blisko siebie, że można było przejść Czarny Nurt, przeskakując z pokładu na pokład.

I to właśnie robiły setki najodważniejszych żołnierzy Stannisa Baratheona. Jakiś rosły, głupi rycerz próbował przedostać się na drugi brzeg konno, zmuszając przerażonego wierzchowca do przechodzenia przez wiosła i nadburcia, po pokładach śliskich od krwi i palących się zielonym płomieniem. *Zrobiliśmy im cholerny most* — pomyślał przerażony Tyrion. Jedne fragmenty owego mostu pogrążały się w wodzie, inne płonęły, a całość chwiała się, gotowa w każdej chwili rozlecieć się na kawałki, to jednak nie powstrzymywało nieprzyjaciół.

— To odważni ludzie — rzekł ser Balonowi głosem pełnym podziwu. — Chodźmy ich zabić.

Ruszył przez migoczące płomienie, sadzę i popioły nabrzeża, a potem wpadł na długie kamienne molo, prowadząc ludzi własnych i ser Balona. Dołączył do nich ser Mandon, z którego tarczy zostały jedynie resztki. W powietrzu unosił się dym i popiół. Wróg pierzchł przed ich szarżą. Ludzie skakali z powrotem do wody i wdrapywali się na wrak, przewracając swych towarzyszy. Początek mostu stanowiła na wpół zatopiona nieprzyjacielska galera o wymalowanej na dziobie nazwie „Smokobójca". Jej dno rozpruło się o jeden z zatopionych przez Tyriona między molami wraków. Włócznik z czerwonym krabem — herbem rodu Celtigarów — na piersi wbił broń w tułów rumaka Balona Swanna, nim ten zdążył zsiąść. Rycerz spadł z siodła. Tyrion ciął nieprzyjacielskiego żołnierza w głowę, a potem było już za późno, by ściągnąć wodze. Jego ogier skoczył z końca mola, przeleciał nad roztrzaskanym nadburciem i wylądował z głośnym pluskiem i kwikiem w głębokiej po kostki wodzie. Topór pofrunął w górę, a po chwili również jego właściciel. Tyrion uderzył o pokład z wilgotnym plaśnięciem.

Nastała chwila obłędnego chaosu. Koń złamał sobie nogę i kwiczał przeraźliwie. Tyrion zdołał jakoś wydobyć sztylet i poderżnąć nieszczęsnemu zwierzęciu gardło. Krew trysnęła szkarłatną fontanną, zalewając mu ramiona i pierś. Karzeł podniósł się i powlókł w stronę relingu. Po chwili znowu musiał walczyć, chwiejąc się na nogach i rozpryskując wodę na pochyłych pokładach. Rzucali się na niego wrogowie. Niektórych zabijał, innych ranił, a jeszcze inni uciekali, zawsze jednak zjawiali się następni. Stracił nóż, lecz zdobył w zamian złamaną włócznię. Nie wiedział, jak do tego doszło. Ściskał drzewce w obu rękach i dźgał przeciwników, wykrzykując przekleństwa. Nieprzyjaciele uciekli przed nim, lecz rzucił się w pościg, przełażąc przez reling na drugi okręt, a potem na trzeci. Dwa białe cienie nie odstępowały go ani na moment. Balon Swann i Mandon Moore w swych białych płytowych zbrojach prezentowali się naprawdę wspaniale. Gdy otoczyli ich kręgiem włócznicy Velaryona, wsparli się o siebie plecami, tocząc bój z gracją tancerzy.

Tyrion zabijał niezgrabnie. Jednego wroga dźgnął w nerkę, gdy ten odwrócił się do niego plecami, a drugiego złapał za nogę i wrzucił do rzeki. Strzały świstały obok jego głowy i odbijały się z brzękiem od zbroi. Jedna wbiła się między ramię i napierśnik, nic jednak nie poczuł. Z nieba spadł nagi mężczyzna, który wylądował na pokładzie. Jego ciało rozprysnęło się jak melon zrzucony z wieży. Tryskająca krew przedostała się przez wizurę, zalewając Tyrionowi oczy. Z góry posypały się kamienie, które robiły dziury w pokładach i rozbijały ludzi na miazgę. Wreszcie cały most zadrżał i zakołysał się gwałtownie pod jego nogami, odrzucając go na bok.

Nagle hełm wypełniła mu woda. Zerwał go z głowy i poczołgał się w górę po pochyłym pokładzie, aż wreszcie dotarł do miejsca, gdzie fale sięgały mu tylko do szyi. Powietrze wypełniał głośny jęk, przypominający śmiertelny krzyk jakiejś olbrzymiej bestii.

Statek — zdążył pomyśleć. *Statek zaraz się zerwie z uwięzi.*

Wraki oddzielały się od siebie. Most się rozpadał. Ledwie zdążył zdać sobie z tego sprawę, gdy usłyszał głośny jak uderzenie gromu trzask, deski przechyliły się pod nim nagle i Tyrion znowu zsunął się do wody.

Pokład był teraz tak stromy, że musiał się na niego wdrapywać cal za calem, korzystając z pękniętej liny. Kącikiem oka dostrzegł, że wrak, z którym byli dotąd połączeni, spływa w dal z prądem, wirując powoli. Ludzie skakali do wody z jego pokładów. Jedni nosili gorejące serce Stannisa, drudzy jelenia i lwa Joffreya, a trzeci inne herby, w tej chwili nie miało to jednak znaczenia. W górze i w dole rzeki płonęły pożary. Po jednej jego stronie szalała bitwa. Nad morzem walczących kłębił się chaos jaskrawych sztandarów. Ściany tarcz formowały się i pękały, a konni rycerze przebijali się przez tłum, kurz, błoto, krew i dym. Po drugiej stronie wysoko na wzgórzu majaczyła plująca ogniem Czerwona Twierdza. Nie były to jednak właściwe strony. Przez chwilę Tyrion miał wrażenie, że ogarnął go obłęd, że Stannis i zamek zamienili się miejscami. Jak mógł przedostać się na północny brzeg? Po chwili zdał sobie sprawę, że to pokład się obrócił i dlatego widzi zamek i bitwę po przeciwnych stronach niż dotąd. Bitwę? Co za bitwę? Jeśli Stannis nie sforsował rzeki, to z kim walczy? Tyrion był zbyt zmęczony, by to zrozumieć. Bark bolał go potwornie. Gdy wyciągnął rękę, by go sobie pomasować, zobaczył sterczącą z niego strzałę i wszystko sobie przypomniał. *Muszę zejść z tego statku.* W dole rzeki czekała na niego tylko ściana ognia. Jeśli wrak zerwie się z uwięzi, prąd zniesie go wprost na nią.

Przez szczęk bitwy przebijał się czyjś słaby głos, wołający go po imieniu.

— Tutaj! Tutaj, jestem tutaj, na pomoc! — spróbował odkrzyknąć, jego głos był jednak tak cichy, że sam go prawie nie słyszał. Podciągnął się w górę na pochyłym pokładzie i złapał za reling. Wrak uderzył o sąsiednią galerę i zatrząsł się tak gwałtownie, że Tyrion omal nie wpadł do wody. Gdzie się podziała jego siła? Mógł tylko trzymać się rozpaczliwie.

— PANIE! ZŁAP MNIE ZA RĘKĘ! LORDZIE TYRIONIE!

Na pokładzie następnego statku, za coraz szerszą połacią czarnej wody, stał ser Mandon Moore. Wyciągał rękę. W jego białej zbroi odbijały się żółte i zielone płomienie, a pancerna rękawica była lepka od krwi. Mimo to Tyrion wyciągnął ku niej ręce, żałując, że nie są dłuższe. Dopiero w ostatniej chwili, gdy ich palce otarły się o siebie, do jego świadomości dotarło coś niepokojącego… ser Mandon wyciągał lewą rękę… dlaczego…

Czy to dlatego zatoczył się rozpaczliwie do tyłu, czy też w ostatniej chwili zauważył miecz? Nigdy się tego nie dowie. Sztych błysnął tuż poniżej jego oczu. Poczuł zimny, twardy dotyk stali, a potem gwałtowny ból. Jego głowa obróciła się natychmiast, jakby go spoliczkowano. Nagłe dotknięcie zimnej wody było drugim szokiem, straszniejszym od pierwszego. Zamachał rękami jak szalony, szukając czegoś, czego mógłby się złapać. Wiedział, że gdy spadnie na dół, nie będzie miał większych szans powrotu na górę. Jego dłoń zdołała odszukać rozszczepiony koniec złamanego wiosła. Uścisnął je mocno niczym zdesperowany kochanek i wspiął się powoli na górę. Oczy zalewała mu woda, usta miał pełne krwi, a głowa bolała go straszliwie. *Bogowie dajcie mi siły, bym zdołał się tam wdrapać...* Nie istniało dla niego nic poza wiosłem, wodą i pokładem.

Wreszcie przelazł przez burtę i zwalił się na plecy, zdyszany i wycieńczony. Zielone i pomarańczowe kule płomienia przelatywały nad nim z trzaskiem, zostawiając za sobą smugi między gwiazdami. Miał chwilę na to, by pomyśleć, jakie to piękne, nim widok zasłonił mu ser Mandon. Rycerz był zakutym w białą stal cieniem, a jego skryte pod hełmem oczy lśniły mrocznym blaskiem. Tyrion był słaby jak szmaciana lalka. Ser Mandon dotknął sztychem miecza jego gardła i zacisnął obie dłonie na rękojeści.

I nagle zatoczył się w lewo, uderzając w reling. Drewno rozszczepiło się i ser Mandon Moore zniknął z krzykiem i pluskiem. Chwilę później kadłuby znowu walnęły o siebie, tak mocno, że pokład podskoczył w górę. Ktoś nad nim klęczał.

— Jaime? — wychrypiał, bliski uduszenia wypełniającą mu usta krwią. Któż inny mógłby go uratować, jeśli nie brat?

— Nie ruszaj się, panie, jesteś ciężko ranny.

Jakiś chłopięcy głos — pomyślał Tyrion. To nie miało sensu. Wydawało mu się niemal, że to Pod.

Sansa

Gdy ser Lancel Lannister oznajmił królowej, że bitwa jest przegrana, Cersei obróciła w dłoniach pusty kielich.

— Powiedz to memu bratu, ser — rzekła. Jej głos brzmiał odlegle, jakby nie obeszło jej to zbytnio.

— Twój brat zapewne poległ. — Opończę ser Lancela splamiła krew płynąca z rany pod pachą. Gdy wszedł do sali, niektóre z kobiet krzyknęły na jego widok. — Sądzimy, że był na moście z wraków, kiedy ten się rozpadł. Ser Mandon chyba też zginął, a Ogara nigdzie nie można znaleźć. Niech szlag trafi bogów, Cersei, dlaczego kazałaś sprowadzić Joffreya do zamku? Setki złotych płaszczy rzucają włócznie i uciekają. Kiedy zobaczyli, że król opuszcza mury, stracili odwagę. Cały Czarny Nurt wypełniają wraki, ogień i trupy, ale moglibyśmy się utrzymać, gdyby…

Osney Kettleblack odepchnął go na bok.

— Walki trwają teraz na obu brzegach, Wasza Miłość. Może niektórzy z lordów Stannisa zwrócili się przeciw sobie. Nikt nic nie wie, wszędzie panuje zamieszanie. Ogar zniknął, nie wiadomo gdzie, a ser Balon wycofał się do miasta. Brzeg rzeki należy do nich. Znowu przynieśli taran pod Królewską Bramę. Ser Lancel ma rację. Twoi ludzie dezerterują z murów i zabijają oficerów. Pod Żelazną Bramą i Bramą Bogów zebrały się tłumy, które usiłują wydostać się z miasta, a w Zapchlonym Tyłku szaleje pijany motłoch.

Dobrzy bogowie, to prawda — pomyślała Sansa. *Joffrey straci głowę i ja też.* Poszukała spojrzeniem ser Ilyna, lecz królewskiego kata nie było w sali. *Wyczuwam jego obecność. Jest blisko. Nie ucieknę przed nim. Zetnie mi głowę.*

Królowa z dziwnym spokojem zwróciła się w stronę brata Osneya, Osfryda.

— Unieście most zwodzony i zaryglujcie wrota. Nikt nie może wejść ani wyjść od Maegora bez mojego pozwolenia.

— A co z kobietami, które poszły się modlić?

— Zrezygnowały z mojej opieki. Niech się modlą. Być może bogowie je uratują. Gdzie jest mój syn?

— W wieży bramnej zamku. Chciał dowodzić kusznikami. Na zewnątrz zebrał się wyjący tłum. Połowa tych ludzi to złote płaszcze, które przyszły za nim, gdy opuszczaliśmy Błotnistą Bramę.

— Przyprowadźcie go natychmiast do Maegora.

— Nie! — Lancel był tak rozgniewany, że zapomniał ściszyć głos. Słysząc krzyk, wszyscy zwrócili głowy w jego stronę. — Odzyskamy Błotnistą Bramę. Musi tam zostać, jest królem…

— Jest moim synem. — Cersei Lannister wstała z miejsca. — Twierdzisz, że jesteś Lannisterem, kuzynie. Dowiedź tego. Osfrydzie, dlaczego jeszcze tu stoisz? Natychmiast to znaczy jeszcze dzisiaj.

Osfryd Kettleblack wybiegł z sali w towarzystwie brata. Wielu gości podążyło za ich przykładem. Niektóre kobiety płakały, inne się modliły. Jeszcze inne zostały przy stołach, domagając się więcej wina.

— Cersei — błagał ją ser Lancel — jeśli stracimy zamek, Joffrey i tak zginie. Przecież o tym wiesz. Pozwól mu zostać. Przysięgam, że będę przy nim…

— Z drogi.

Wepchnęła otwartą dłoń w jego ranę. Ser Lancel krzyknął z bólu i omal nie zemdlał. Królowa wyszła z sali, nawet nie spoglądając na Sansę. *Zapomniała o mnie. Ser Ilyn mnie zabije, a ona nawet o tym nie pomyśli.*

— O bogowie — zawodziła jakaś staruszka. — Przegraliśmy, bitwa jest przegrana, królowa ucieka.

Niektóre dzieci płakały. *Czują woń strachu* — pomyślała Sansa, która została sama na podwyższeniu. Czy powinna tu siedzieć, czy pobiec za Cersei, żeby błagać ją o darowanie życia?

Nie wiedziała, w której chwili wstała z krzesła, uczyniła to jednak.

— Nie bójcie się — oznajmiła głośno. — Królowa kazała podnieść most zwodzony. To najbezpieczniejsze miejsce w mieście. Chronią nas grube mury, fosa, zaostrzone pale…

— Co się dzieje? — zapytała kobieta, którą znała z widzenia, żona jakiegoś pomniejszego paniątka. — Co powiedział jej Osney? Czy król jest ranny, czy miasto padło?

— Odpowiedz nam — krzyknął ktoś inny. Któraś z kobiet zapytała o swego ojca, inna o syna.

Sansa uniosła ręce, nakazując ciszę.

— Joffrey wrócił do zamku. Nic mu się nie stało. Wiem tylko tyle, że walki nadal trwają i nasi ludzie bronią się dzielnie. Królowa wkrótce wróci. — To ostatnie było kłamstwem, musiała jednak jakoś ich uspokoić. Zauważyła stojących pod galerią błaznów. — Księżycowy Chłopcze, rozśmiesz nas.

Błazen wykonał efektowny młynek, wskoczył na stół, złapał cztery kielichy i zaczął nimi żonglować. Co chwila któryś z nich trafiał go w głowę. Rozległo się kilka nerwowych śmiechów. Sansa podeszła do ser Lancela i uklękła przy nim. Gdy królowa go uderzyła, rana zaczęła krwawić na nowo.

— To obłęd — wydyszał. — Bogowie, Krasnal miał rację, miał rację…

— Pomóżcie mu — rozkazała Sansa dwóm służącym. Jeden z nich spojrzał tylko na nią i uciekł, nie wypuszczając z rąk dzbana z winem. Inni słudzy również opuszczali salę, na to jednak nie mogła nic poradzić. Razem z drugim służącym pomogła wstać rannemu rycerzowi.

— Zabierz go do maestera Frenkena.

Lancel był jednym z nich, lecz z jakiegoś powodu nie potrafiła życzyć mu śmierci. *Jestem miękka, słaba i głupia, tak jak mówi Joffrey. Powinnam go zabić, a nie mu pomagać.*

Pochodnie już się dopalały, a jedna czy dwie nawet zgasły, nikomu nie chciało się jednak zastąpić ich nowymi. Cersei nie wróciła. Ser Dontos wszedł na podwyższenie, korzystając z tego, że wszyscy spoglądają na drugiego błazna.

— Wracaj do sypialni, słodka Jonquil — wyszeptał. — Zamknij się w niej. Tak będzie bezpieczniej. Przyjdę do ciebie po bitwie.

Ktoś do mnie przyjdzie — pomyślała. *Ale czy to będziesz ty, czy ser Ilyn?* Przez krótką, szaloną chwilę miała ochotę błagać ser Dontosa, by jej bronił. On również był kiedyś rycerzem i uczono go posługiwać się mieczem i tarczą, by mógł stawać w obronie słabych. *Nie. Brak mu odwagi i umiejętności. W ten sposób zabiłabym i jego.*

Potrzebowała całej swej siły, by wyjść spokojnie z Sali Balowej Królowej, choć z całej duszy pragnęła biec. Gdy jednak dotarła do spiralnych schodów, zerwała się do biegu. Gnała w górę, aż zakręciło się jej w głowie i straciła dech w piersiach. Wtem wpadł na nią jeden ze strażników. Spod jego karmazynowego płaszcza wysypały się dwa srebrne lichtarze i wysadzany klejnotami puchar, które potoczyły się z łoskotem w dół. Popędził za nimi. Na Sansę nie zwracał uwagi. Najwyraźniej uznał, że nie będzie próbowała pozbawić go łupu.

W jej sypialni było ciemno jak w bezksiężycową noc. Zaryglowała drzwi i ruszyła na oślep ku oknu. Gdy rozsunęła zasłony, oddech zamarł jej w piersi. Po brzuchach chmur przebiegały złowróżbne, zielone fale, a na niebie lśniły kałuże pomarańczowego blasku. Czerwień i żółć zwykłych pożarów toczyła bój ze szmaragdowym i nefrytowym blaskiem dzikiego ognia. Barwy rozjarzały się, a potem gasły, wydając na świat armie krótko żyjących cieni, które po chwili ginęły. Zielone świty w pół uderzenia serca ustępowały miejsca pomarańczowym zmierzchom. Samo powietrze cuchnęło spalenizną niczym kociołek, który zbyt długo stał na ogniu, aż cała zupa się wygotowała. W nocnym powietrzu unosiły się przypominające roje świetlików węgielki.

Odeszła od okna, kierując się ku bezpiecznemu łożu. *Pójdę spać* — powiedziała sobie. *A kiedy się obudzę, wstanie już nowy dzień, a niebo znowu będzie błękitne. Bitwa się skończy i ktoś mi powie, czy będę żyła, czy umrę.*

— Damo — szepnęła płaczliwie, zastanawiając się, czy po śmierci spotka swą wilczycę.

Wtem coś poruszyło się za jej plecami, a z ciemności wynurzyła się dłoń, która złapała ją za nadgarstek.

Rozchyliła wargi, by krzyknąć, lecz druga dłoń zakryła jej usta. Palce były szorstkie, pokryte zgrubieniami i lepkie od krwi.

— Ptaszyno, wiedziałem, że tu przyjdziesz.

Głos był ochrypły i bełkotliwy od alkoholu.

Za oknem, ku gwiazdom pomknęła wirująca lanca nefrytowego blasku, która wypełniła pokój zieloną łuną. Sansa ujrzała go na chwilę, całego w czerni i zieleni. Krew pokrywająca mu twarz miała barwę smoły, a oczy jarzyły się niczym psie ślepia. Potem światło zgasło i znowu stał się masywnym mrocznym kształtem w białym płaszczu.

— Jeśli krzykniesz, zabiję cię. Lepiej mi uwierz. — Cofnął dłoń od jej ust. Oddychała nierówno. Ogar postawił na stole przy jej łożu dzban wina. Pociągnął długi łyk. — Nie chcesz zapytać, kto wygrywa, ptaszyno?

— Kto? — zapytała, zbyt wystraszona, żeby się mu sprzeciwić.

Ryknął śmiechem.

— Wiem tylko, kto przegrał. Ja.

Nigdy jeszcze nie widziałam, żeby był taki pijany. Spał w moim łożu. Po co tu przyszedł?

— Co właściwie straciłeś?

— Wszystko. — Poparzona połowa jego twarzy była maską z zakrzepłej krwi. — Cholerny karzeł. Trzeba było go zabić. Wiele lat temu.

— Mówią, że zginął.

— Zginął? Nie. W dupę z tym. Nie chcę, żeby zginął. — Odrzucił na bok pusty dzban. — Chcę, żeby spłonął. Jeśli bogowie są łaskawi, pochłonie go ogień, ale ja już tego nie zobaczę. Odchodzę.

— Odchodzisz?

Próbowała się wyrwać, lecz jego uścisk był twardy jak żelazo.

— Ptaszyna powtarza wszystko, co usłyszy. Tak, odchodzę.

— Dokąd pójdziesz?

— Przed siebie. Daleko od ognia. Pewnie wyjdę przez Żelazną Bramę i wybiorę się gdzieś na północ.

— Nie wydostaniesz się — zaprotestowała Sansa. — Królowa kazała zamknąć Maegora. Bramy miejskie też są zawarte.

— Nie dla mnie. Mam biały płaszcz. I mam to. — Poklepał gałkę miecza. — Każdy, kto spróbuje mnie powstrzymać, zginie. Chyba żeby płonął.

Roześmiał się z goryczą.

— Po co tu przyszedłeś?

— Obiecałaś, że dla mnie zaśpiewasz, ptaszyno. Zapomniałaś?

Nie rozumiała, o co mu chodzi. Jak mogła dla niego śpiewać, gdy niebo ogarnął ogień, a ludzie ginęli setkami i tysiącami?

— Nie potrafię — powiedziała. — Puść mnie, boję się ciebie.

— Boisz się wszystkiego. Spójrz na mnie. Spójrz.

Najgorsze ślady po oparzeniach maskowała krew, oczy miał jednak białe, szeroko rozwarte i przerażające, a kącik jego ust drgał raz za razem. Czuła jego woń, odór potu, kwaśnego wina i wymiocin, a poza tym wszystkim fetor krwi, krwi, krwi.

— Mógłbym ci zapewnić bezpieczeństwo — wychrypiał. — Wszyscy się mnie boją. Nikt by już cię nie skrzywdził. Baliby się, że ich zabiję. — Przyciągnął ją bliżej. Przez chwilę sądziła, że chce ją pocałować. Był zbyt silny, by mogła mu się opierać. Zamknęła oczy, czekając, aż będzie po wszystkim, nic się jednak nie wydarzyło. — Nadal nie możesz na mnie patrzeć, prawda? — usłyszała jego słowa. Wykręcił mocno ramię dziewczyny, odwrócił ją i pchnął na łoże. — Chcę usłyszeć tę pieśń. O Florianie i Jonquil, tak jak obiecałaś. — Wyciągnął sztylet i przystawił go do jej gardła. — Śpiewaj, ptaszyno. Śpiewaj albo zginiesz.

Gardło miała wyschnięte i zaciśnięte ze strachu. Wszystkie pieśni, jakie w życiu znała, umknęły z jej pamięci. Pragnęła krzyknąć: „Proszę, nie zabijaj mnie. Proszę". Poczuła, jak obraca sztychem noża, wciskając go w jej gardło. Omal znowu nie zamknęła oczu, gdy nagle coś sobie przypomniała. Nie była to pieśń o Florianie i Jonquil, zawsze jednak pieśń. Jej głos jej samej wydawał się cichy, słaby i drżący.

Dobra Matko, źródło łaski,
ocal naszych synów z wojny,
uchroń ich od strzał i mieczy,
niechaj ujrzą dzień spokojny.
Dobra Matko, siło kobiet,
pomóż córkom przetrwać trwogę,
ugaś gniew i ucisz furię,
wskaż nam wszystkim lepszą drogę.

Dalszego ciągu zapomniała. Gdy jej głos ucichł, bała się, że zaraz ją zabije, lecz po chwili Ogar cofnął bez słowa nóż.

Jakiś instynkt kazał jej unieść dłoń i dotknąć palcami jego policzka. W pokoju było zbyt ciemno, by mogła go zobaczyć, czuła jednak lepkość krwi i wilgoć, która nie była krwią.

— Ptaszyno — powiedział raz jeszcze, głosem twardym i ochrypłym jak zgrzyt stali po kamieniu. Potem wstał z łoża. Usłyszała trzask rozdzieranej tkaniny, a następnie cichszy odgłos oddalających się kroków.

Gdy, po dłuższej chwili, podniosła się z łoża, była sama. Znalazła na podłodze jego zwinięty płaszcz. Białą wełnę splamiły ślady krwi i ognia. Niebo pociemniało już i na tle gwiazd tańczyło tylko kilka bladozielonych duchów. Dął zimny wiatr, który łomotał okiennicami. Sansa zmarzła. Rozłożyła rozdarty płaszcz i drżąc skuliła się pod nim na podłodze.

Nie miała pojęcia, jak długo tak leżała, po pewnym czasie usłyszała jednak daleko nad miastem bicie w dzwon. Spiżowy dźwięk był niski i gardłowy, a uderzenia następowały coraz szybciej jedno po drugim. Zastanawiała się, co to może znaczyć. Nagle rozbrzmiał drugi dzwon, a po nim trzeci. Ich tony niosły się nad wzgórzami i zagłębieniami terenu, nad zaułkami i wieżami, docierając do każdego zakątka Królewskiej Przystani. Zrzuciła z siebie płaszcz i podeszła do okna.

Na wschodzie jaśniał już pierwszy, blady blask jutrzenki. Dzwony Czerwonej Twierdzy również się odezwały, dołączając do coraz potężniejszej rzeki dźwięku płynącej z siedmiu kryształowych wież Wielkiego Septu Baelora. Przypomniała sobie, że po śmierci króla Roberta również bito w dzwony, to jednak nie był powolny, boleściwy kurant śmierci, lecz radosny hejnał. Słyszała też wiwatujących na ulicach ludzi.

Wieści przyniósł jej ser Dontos. Wszedł chwiejnym krokiem przez otwarte drzwi, objął ją sflaczałymi ramionami i zatoczył nią szerokie kręgi po pokoju, wrzeszcząc coś bez sensu. Nie rozumiała ani słowa. Był tak samo pijany, jak Ogar, on jednak upił się na wesoło. Gdy ją postawił na podłodze, była zdyszana i miała zawroty głowy.

— Co się stało? — Złapała za słupek łoża. — O co chodzi? Powiedz mi!

— Po wszystkim! Po wszystkim! Po wszystkim! Miasto uratowane. Lord Stannis zginął, lord Stannis uciekł, nikt nie wie i nikogo to nie obchodzi. Jego armia jest rozbita. Niebezpieczeństwo minęło. Wyrżnięto ich, uciekli albo przeszli na naszą stronę. Och, te barwne chorągwie! Chorągwie, Jonquil, chorągwie! Masz jakieś wino? Powinniśmy za to wypić, tak jest. To znaczy, że nic ci nie grozi, nie rozumiesz?

— Powiedz mi, co się stało!

Potrząsnęła nim.

Ser Dontos parsknął śmiechem, przeskakując z nogi na nogę. Omal się nie przewrócił.

— Przeszli do nas po popiołach, kiedy rzeka płonęła. Rzeka,

Stannis wlazł po szyję do rzeki, a oni uderzyli w niego od tyłu. Och, znowu zostać rycerzem i móc w tym uczestniczyć! Powiadają, że jego właśni ludzie prawie nie stawiali oporu. Część uciekła, ale większość zgięła kolana i przeszła do nas, krzycząc „lord Renly"! Co też pomyślał Stannis, gdy o tym usłyszał? Dowiedziałem się o tym od Osneya Kettleblacka, który usłyszał to od ser Osmunda, ale ser Balon już wrócił i jego ludzie mówią to samo. Złote płaszcze też. Jesteśmy uratowani, słodziutka! Nadciągnęli różanym traktem i brzegiem rzeki, szli po spalonych przez Stannisa polach, więc ich buty i zbroje zrobiły się szare od popiołu, ale, och, chorągwie na pewno były barwne, złota róża i złoty lew i cała reszta, drzewa Marbrandów i Rowanów, myśliwy Tarly'ego, winogrona Redwyne'a i liść lady Oakheart. Wszyscy ludzie z zachodu, cała potęga Wysogrodu i Casterly Rock! Lord Tywin osobiście dowodził prawym skrzydłem na północnym brzegu rzeki, środek prowadził Randyll Tarly, a lewe skrzydło Mace Tyrell, ale o wszystkim rozstrzygnęła straż przednia. Przebili się przez wojska Stannisa jak kopia przez dynię, a każdy z nich wył niczym zakuty w stal demon. Czy wiesz, kto prowadził straż przednią? Czy wiesz? Czy wiesz? Czy wiesz?

— Robb?

To by było zbyt piękne, by mogło być prawdziwe, ale…

— To był lord Renly! Lord Renly w zielonej zbroi ze złotym porożem lśniącym w blasku ognia! Lord Renly ze swą długą włócznią w ręku! Powiadają, że własnoręcznie zabił ser Guyarda Morrigena i tuzin innych wielkich rycerzy. To był Renly, to był Renly, to był Renly! Och, chorągwie, kochana Sanso! Och, znowu być rycerzem!

Daenerys

Gdy jadła na śniadanie zimną zupę z krewetek i śliw daktylowych, Irri przyniosła jej qartheńską suknię, przewiewny strój z brokatu barwy kości słoniowej, wyszywany drobnymi perłami.

— Zabierz to — rozkazała służce. — Port to nie miejsce na wykwintne stroje.

Jeśli Mleczarze uważali ją za dzikuskę, ubierze się jak dzikuska. Idąc do stajni, miała na sobie wyblakłe spodnie z piaskowego jedwabiu i utkane z trawy sandały. Drobne piersi poruszały się swobodnie pod malowaną dothracką kamizelką, a z medalionowego pasa zwisał zakrzywiony sztylet. Jhiqui splotła jej włosy w dothracki warkocz i przywiązała do jego końca srebrny dzwoneczek.

— Nie odniosłam żadnych zwycięstw — tłumaczyła służce, gdy zadźwięczał cicho.

Jhiqui była innego zdania.

— Spaliłaś *maegi* w domu pyłu i wysłałaś ich dusze do piekła.

To było zwycięstwo Drogona, nie moje — chciała powiedzieć Dany, zachowała jednak milczenie. Kilka dzwoneczków we włosach zapewni jej większy szacunek Dothraków. Z brzękiem dosiadła srebrzystej i z brzękiem opuściła stajnię, lecz ani ser Jorah, ani jej bracia krwi nie skomentowali tego ani słowem. Swych ludzi i smoki zostawiła pod opieką Rakhara. Jhogo i Aggo mieli z nią jechać do portu.

Zostawili za sobą marmurowe pałace i wonne ogrody, wjeżdżając do biedniejszej dzielnicy, gdzie skromne domy z cegły zwracały się do ulicy ślepymi ścianami. Widziało się tu mniej koni i wielbłądów, a bardzo mało palankinów, lecz za to pełno było dzieci, żebraków i chudych psów barwy piasku. Jasnoskórzy mężczyźni w pokrytych pyłem lnianych szarawarach stali w łukowatych drzwiach, spoglądając na nich. *Wiedzą, kim jestem, i nie darzą mnie miłością* — wyczytała Dany w ich spojrzeniach.

Ser Jorah wolałby posadzić ją w palankinie, schować bezpiecznie za jedwabnymi zasłonami, nie zgodziła się jednak na to. Zbyt długo już wylegiwała się na atłasowych poduszkach, pozwalając, by wszędzie woziły ją woły. Jadąc konno, czuła przynajmniej, że dokądś zmierza.

Nie udawała się do portu z własnej woli. Znowu musiała uciekać. Wyglądało na to, że całe jej życie jest jedną wielką ucieczką. Zaczęła uciekać jeszcze w macicy matki i nie zatrzymała się ani na chwilę. Jakże często wymykali się z Viserysem ciemną nocą, zaledwie o krok przed najemnymi zbirami uzurpatora? Musiała jednak uciekać lub zginąć. Xaro dowiedział się, że Pyat Pree zbiera ocalałych czarnoksiężników, by jej zaszkodzić.

Gdy jej o tym powiedział, roześmiała się tylko.

— Czyż sam nie mówiłeś, że czarnoksiężnicy to tylko starzy żołnierze, po próżnicy przechwalający się zapomnianymi czynami i utraconą biegłością?

Xaro miał zakłopotaną minę.

— I wtedy rzeczywiście tak było. Ale teraz? Nie jestem już tego taki pewien. Powiadają, że w domu Urrathona Nocnego Wędrowca palą się szklane świece, które nie płonęły od stu lat. W Ogrodzie Gehane rośnie widmowa trawa, widziano żółwie-zjawy przenoszące wiadomości między pozbawionymi okien domami przy Drodze Czarnoksiężnika, a wszystkie szczury w mieście odgryzają sobie ogony. Żona Mathosa Mallarawana, która kiedyś stroiła sobie żarty z lichej, nadgryzionej przez mole szaty czarnoksiężnika, popadła w obłęd i nie chce założyć żadnego ubrania. Nawet gdy wdzieje świeżo uprany jedwab, czuje się tak, jakby po skórze łaziło jej tysiąc insektów. A Ślepy Sybassion Okożerca odzyskał wzrok. Jego niewolnicy przysięgają, że to prawda. Trudno się temu nie dziwić. — Westchnął. — W Qarthu nastały dziwne czasy. A dziwne czasy szkodzą interesom. Mówię to z żalem, ale chyba lepiej by było, gdybyś opuściła miasto. I to jak najszybciej. — Pogłaskał uspokajająco jej palce. — Nie musisz jednak wyjeżdżać sama. Ujrzałaś w Pałacu Pyłu mroczne wizje, ale Xaro wyśnił radośniejszy sen. Widzę cię, jak leżysz szczęśliwa w łożu z naszym dzieckiem u piersi. Pożegluj ze mną wokół Morza Nefrytowego, a ten sen może się jeszcze ziścić! Nie jest za późno. Daj mi syna, moja słodka pieśni radości!

Chcesz powiedzieć, daj mi smoka.

— Nie wyjdę za ciebie, Xaro.

Z jego twarzy zniknęło wszelkie ciepło.

— W takim razie wyjedź.

— Ale dokąd?

— Daleko stąd.

Być może faktycznie nadszedł już czas, by to uczynić. Ludzie z jej khalasaru z radością odetchnęli po wędrówce przez czerwone pustkowie, teraz jednak, gdy byli już tłuści i wypoczęci, stawali się niezdyscyplinowani. Dothrakowie nie byli przyzwyczajeni zatrzymywać się w jednym miejscu zbyt długo. Byli ludem wojowników i nie stworzono ich do miejskiego życia. Być może spędziła w Qarthu zbyt wiele czasu, zwabiona jego pięknem i wygodami. Miała wrażenie, że to miasto każdemu obiecuje więcej niż może mu dać, a odkąd Dom Nieśmiertelnych runął pośród dymu i płomieni przestała być tu mile widzianym gościem. Qartheńczycy w jedną noc przypomnieli sobie, że smoki są niebezpieczne. Nie zasypywali jej już na wyścigi darami. Turmalinowe Bractwo otwarcie zażądało jej wygnania, a Starożytna Gildia Kupców Korzennych — śmierci. Tylko dzięki staraniom Xara Trzynastu dotąd się do nich nie przyłączyło.

Dokąd jednak mam się udać? Ser Jorah chciał wyruszyć na wschód, daleko od jej wrogów z Siedmiu Królestw. Jej bracia krwi z radością wróciliby na swe wielkie morze traw, nawet gdyby miało to oznaczać ponowną podróż przez czerwone pustkowie. Dany rozważała możliwość osiedlenia się w Vaes Tolorro, nim jej smoki dorosną i nabiorą sił. Jej serce przepełniały jednak wątpliwości. Każda z tych możliwości wydawała się z jakiegoś powodu niewłaściwa... a nawet gdyby wreszcie zdecydowała, dokąd chce się udać, pozostawała jeszcze kwestia, jak ma się tam dostać.

Wiedziała już, że Xaro Xhoan Daxos w niczym jej nie pomoże. Bez względu na wszystkie miłosne wyznania, kierował się tylko własnym interesem, tak samo jak Pyat Pree. Tej nocy, gdy powiedział jej, by opuściła Qarth, poprosiła go o jeszcze jedną przysługę.

— Co to ma być tym razem? — zapytał. — Armia? Garniec złota? A może galera?

Dany zaczerwieniła się. Nie znosiła żebrać.

— Tak, statek.

Oczy Xara zalśniły jasno jak klejnoty w jego nosie.

— Jestem kupcem, *khaleesi*. Może nie mówmy już więcej o darach, ale o handlu. Za jednego ze swych smoków możesz dostać dziesięć najpiękniejszych statków z mojej floty. Musisz tylko rzec jedno słodkie słowo.

— Nie — odparła.

— Niestety — załkał Xaro. — Nie o takie słowo mi chodziło.

— Czy zażądałbyś od matki, by sprzedała jedno ze swych dzieci?

— Dlaczegóż by nie? Zawsze mogą zrobić sobie więcej. Matki sprzedają dzieci każdego dnia.

— Nie Matka Smoków.

— Nawet za dwadzieścia statków?

— Nawet za sto.

Kąciki ust mu opadły.

— Nie mam stu statków. Ale ty masz trzy smoki. Daj mi jednego, w zamian za mą dobroć. Zostaną ci jeszcze dwa smoki, a do tego otrzymasz trzydzieści statków.

Trzydzieści statków wystarczyłoby, żeby wysadzić na brzegach Westeros małą armię. Ale ja nie mam małej armii.

— Ile masz statków, Xaro?

— Osiemdziesiąt trzy, jeśli liczyć barkę wycieczkową.

— A twoi towarzysze z Trzynastu?

— Razem może z tysiąc.

— A Kupcy Korzenni i Turmalinowe Bractwo?

— Ich nędzne floty nie liczą się wcale.

— Powiedz mi jednak, ile mają statków.

— Kupcy Korzenni tysiąc dwieście albo tysiąc trzysta, Bractwo nie więcej niż osiemset.

— A Asshai'i, Braavosowie, ludzie z Wysp Letnich, Ibbeńczycy i wszystkie inne nacje, które żeglują po wielkim słonym morzu? Ile mają razem statków?

— Niezliczone mnóstwo — odparł poirytowany. — Co to ma za znaczenie?

— Próbuję ustalić cenę za jednego z trzech żyjących na świecie smoków. — Dany uśmiechnęła się do niego słodko. — Wydaje mi się, że jedna trzecia pływających po morzach świata statków to uczciwa propozycja.

Łzy Xara spłynęły po policzkach z obu stron oblepionego klejnotami nosa.

— Czyż nie ostrzegałem cię, byś nie wchodziła do Pałacu Pyłu? Tego właśnie się obawiałem. Szepty czarnoksiężników wpędziły cię w obłęd, jak żonę Mallarawana. Jedna trzecia wszystkich statków na świecie? Phi, powiadam. Phi, phi.

Od tej pory Dany już go nie zobaczyła. Wiadomości przynosił jego seneszal, a każda z nich była chłodniejsza od poprzedniej. Musi opuścić jego dom. Nie będzie dłużej karmić jej i jej ludzi. Zażądał zwrotu darów, które przyjęła od niego w złej wierze. Jedynym pocieszeniem była dla niej myśli, że przynajmniej miała tyle zdrowego rozsądku, iż za niego nie wyszła.

Czarnoksiężnicy szeptali o trzech zdradach... jedna za krew, jedna za złoto i jedna z miłości. Pierwszą zdrajczynią z pewnością była Mirri Maz Duur, która zamordowała khala Drogo i ich nie narodzonego syna, by pomścić swój lud. Czy drugim i trzecim mogli być Pyat Pree i Xaro Xhoan Daxos? Raczej nie. Pyatowi nie chodziło o złoto, a Xaro nigdy naprawdę jej nie kochał.

Gdy mijali dzielnicę posępnych, kamiennych magazynów, ruch na ulicach zrobił się mniejszy. Aggo jechał przed nią, Jhogo z tyłu, a ser Jorah Mormont u jej boku. Dzwoneczek pobrzękiwał cicho i Dany raz jeszcze wróciła myślami do Pałacu Pyłu, tak jak język wraca do luki po brakującym zębie. Nazwali ją dziecięciem trojga, córką śmierci, zabójczynią kłamstw, oblubienicą ognia. Tak wiele trójek. Trzy ognie, trzy wierzchowce, trzy zdrady.

— Trzy głowy ma smok — westchnęła. — Wiesz, co to może znaczyć, Jorahu?

— Wasza Miłość? Herbem rodu Targaryenów jest trójgłowy smok, czerwony na czarnym tle.

— Wiem o tym. Ale trójgłowych smoków nie ma.

— Trzema głowami byli Aegon i jego siostry.

— Visenya i Rhaenys — zgodziła się. — Pochodzę od Aegona i Rhaenys poprzez ich syna Aenysa i ich wnuka Jaehaerysa.

— Czyż Xaro nie mówił ci, że z sinych ust usłyszysz tylko kłamstwa? Czemu martwisz się tym, co szeptali czarnoksiężnicy? Przecież wiesz, że chodziło im tylko o to, by wyssać z ciebie życie.

— Być może — przyznała z niechęcią. — Ale to, co widziałam…

— Trup stojący na dziobie statku, niebieska róża, krwawa uczta… co to wszystko znaczy, *khaleesi*? Mówiłaś o smoku komediantów. Co to właściwie jest?

— Smok z płótna osadzony na tyczkach — wyjaśniła Dany. — Komedianci używają takich podczas występów, żeby bohaterowie mieli z czym walczyć.

Ser Jorah zmarszczył brwi. Dany nie chciała dać za wygraną.

— Mój brat powiedział: „jego pieśń to pieśń lodu i ognia". Jestem pewna, że to był mój brat. Nie Viserys. Rhaegar. Miał harfę o srebrnych strunach.

Ser Jorah zasępił się jeszcze bardziej, aż brwi mu się złączyły.

— Książę Rhaegar grał na takiej harfie — przyznał. — Widziałaś go?

Skinęła głową.

— W łożu leżała kobieta z dzieckiem u piersi. Mój brat powiedział, że to niemowlę jest księciem, którego obiecano i kazał jej nadać mu imię Aegon.

— Książę Aegon był dziedzicem Rhaegara, synem Elii z Dorne — rzekł ser Jorah. — Jeśli jednak był księciem, którego obiecano, to ta obietnica została złamana, gdy Lannisterowie roztrzaskali jego czaszkę o ścianę.

— Pamiętam — odparła ze smutkiem Dany. — Zamordowali też córkę Rhaegara, małą księżniczkę. Miała na imię Rhaenys, tak jak siostra Aegona. Visenyi nie było, ale Rhaegar mówił, że smok ma trzy głowy. A co to jest pieśń lodu i ognia?

— Nigdy o takiej nie słyszałem.

— Udałam się do czarnoksiężników po odpowiedzi, a otrzymałam tylko setkę nowych pytań.

Ulice znowu wypełniły się ludźmi.

— Z drogi — krzyczał Aggo, a Jhogo węszył podejrzliwie.

— Czuję ją, *khaleesi* — oznajmił. — Trującą wodę.

Dothrakowie nieufnie podchodzili do morza i wszystkiego, co po nim żeglowało. Nie chcieli mieć nic do czynienia z wodą, której nie mógł pić koń. *Nauczą się* — postanowiła Dany. *Ja wyruszyłam na ich morze z khalem Drogo. Teraz oni wypłyną na moje.*

Qarth był jednym z największych portów świata. Jego wielka osłonięta przystań była kłębowiskiem barw, dźwięków i niezwykłych zapachów. Przy ulicach stały winne szynki, magazyny i jaskinie gry, wespół z tanimi burdelami i świątyniami osobliwych bogów. Wszędzie kręcili się złodzieje, mordercy, sprzedawcy zaklęć i właściciele kantorów wymiany. Nabrzeże było jednym wielkim targowiskiem, na którym dzień i noc toczył się handel, a towary można było nabyć za ułamek ceny żądanej na bazarach, pod warunkiem, że kupujący nie dopytywał się o ich pochodzenie. Przygarbione, zasuszone staruszki sprzedawały smakową wodę i kozie mleko, które nosiły na plecach w pociągniętych glazurą dzbankach. Między straganami wałęsali się marynarze z pięćdziesięciu różnych krajów, którzy popijali doprawione korzeniami trunki i opowiadali sobie kawały w językach o dziwnym brzmieniu. Pachniało tu solą, smażoną rybą, gorącą smołą, miodem, kadzidłem, oliwą i spermą.

Aggo dał jakiemuś ulicznikowi miedziaka za szpikulec pieczonych w miodzie myszy, które pogryzał po drodze. Jhogo kupił sobie garść wielkich, białych wiśni. Widzieli wystawione na sprzedaż piękne sztylety z brązu, suszone mątwy i rzeźbiony onyks, potężny magiczny eliksir sporządzany z mleka dziewicy i cienia wieczoru, a nawet smocze jaja, które podejrzanie przypominały malowane kamienie.

Gdy mijali długie kamienne mola zarezerwowane dla statków Trzynastu, ujrzała skrzynie pełne szafranu, kadzidła i pieprzu, które wyładowywano ze zdobnego statku „Cynobrowy Pocałunek", stanowiącego własność Xara. Obok czekały beczki wina, bele kwaśnego liścia oraz stosy pasiastych skór. Wszystko to wnoszono po trapie na pokład „Panny Młodej w Lazurze", która miała opuścić port z wieczornym odpływem. Nieco dalej zobaczyli tłum zgromadzony wokół należącej do Kupców Korzennych galery „Blask Słońca". Sprzedawano tam niewolników. Powszechnie wiedziano, że najtaniej można ich nabyć w chwili, gdy schodzą ze statku, a powiewające na masztach flagi oznajmiały, że „Blask Słońca" przypłynął tu prosto z Astaporu w Zatoce Niewolniczej.

Nie miała co liczyć na pomoc Trzynastu, Turmalinowego Bractwa czy Starożytnej Gildii Kupców Korzennych. Przejechała na srebrzystej kilka mil wzdłuż ich mol, nabrzeży i magazynów, aż wreszcie dotarła na koniec przypominającego kształtem podkowę portu, gdzie pozwalano cumować statkom z Wysp Letnich, Westeros i Dziewięciu Wolnych Miast.

Zsiadła z konia przed areną, na której bazyliszek rozszarpywał na strzępy rudego psa przy akompaniamencie wrzasków ustawionych w krąg marynarzy.

— Aggo, Jhogo, wy popilnujecie koni, a ser Jorah i ja pójdziemy pomówić z kapitanami.

— Jak sobie życzysz, *khaleesi*. Będziemy cię mieli na oku.

Gdy zbliżali się do pierwszego ze statków, Dany pomyślała, że dobrze jest znowu usłyszeć ludzi mówiących po valyriańsku, a nawet w języku powszechnym. Marynarze, robotnicy portowi i kupcy schodzili jej z drogi, nie wiedząc, co sądzić o szczupłej dziewczynie o srebrnozłotych włosach, która ubierała się po dothracku i miała u boku rycerza. Choć dzień był upalny, ser Jorah zarzucił na kolczugę zieloną, wełnianą opończę z wyszytym na piersi niedźwiedziem Mormontów.

Na ludzi, których statków potrzebowali, nie wpłynęła jednak ani jej uroda, ani jego wzrost i siła.

— Chcesz żebym zabrał stu Dothraków z końmi, ciebie, tego rycerza i trzy smoki? — zapytał kapitan wielkiej kogi „Gorliwy Przyjaciel", po czym oddalił się ze śmiechem. Gdy oznajmiła Lyseńczykowi z „Trębacza", że jest Daenerys Zrodzoną w Burzy, królową Siedmiu Królestw, spojrzał na nią ze śmiertelną powagą i odpowiedział:

— No pewnie. A ja jestem lordem Tywinem Lannisterem i co noc sram złotem.

Kwatermistrz myrijskiej galery „Jedwabny Duch" wyraził opinię, że smoki są zbyt wielkim zagrożeniem na morzu, gdzie od każdego zbłąkanego płomienia może się zapalić olinowanie. Właściciel „Brzucha Lorda Faro" był skłonny zaryzykować smoki, ale nie Dothraków.

— Nie wpuszczę tych bezbożnych dzikusów na pokład mojego „Brzucha". Za nic w świecie.

Dwaj bracia, którzy byli kapitanami bliźniaczych statków „Żywe Srebro" i „Chart" wydawali się sympatyczni i nawet zaprosili ich do swej kajuty na szklaneczkę czerwonego arborskiego wina. Byli tak uprzejmi, że Dany przez pewien czas czuła nadzieję, lecz cena, jakiej w końcu zażądali, dalece przekraczała jej możliwości, a niewykluczone, że nawet możliwości Xara. „Podszczypujący Petto" i „Dziewczyna o Tarninowych Oczach" były za małe na jej potrzeby, „Zbir" płynął na Morze Nefrytowe, a „Magister Manolo" sprawiał wrażenie, że ledwie się nadaje do żeglugi.

Gdy szli w stronę następnego nabrzeża, ser Jorah położył dłoń na jej krzyżu.

— Wasza Miłość. Śledzą cię. Nie, nie odwracaj się. — Skierował ją delikatnie w stronę straganu kupca mosiężnego. — To wspaniała robota, moja królowo — oznajmił głośno, unosząc wielki talerz, by jej go pokazać. — Widzisz, jak błyszczy w słońcu?

Mosiądz był pięknie wypolerowany. Dany widziała w nim odbicie swej twarzy... a kiedy ser Jorah przesunął talerz w prawo, zobaczyła, co dzieje się za jej plecami.

— Widzę śniadego grubasa i staruszka z laską. Który z nich?

— Obaj — odparł ser Jorah. — Idą za nami, odkąd zeszliśmy z pokładu „Żywego Srebra".

Odbicia obu mężczyzn w mosiężnej powierzchni były dziwnie zniekształcone. Jeden z nich wydawał się wysoki i chudy, a drugi przysadzisty i straszliwie gruby.

— To znakomity mosiądz, wielka pani — wołał kupiec. — Jasny jak słońce! Dla Matki Smoków tylko trzydzieści honorów.

Talerz był wart najwyżej trzy.

— Gdzie moi strażnicy? — zapytała Dany. — Ten człowiek chce mnie obrabować! — Ściszyła głos, zwracając się do Joraha w języku powszechnym. — Może nie życzą mi źle. Mężczyźni gapili się na kobiety od początku czasu. Może nie ma w tym nic więcej.

Kupiec nie zważał na ich szepty.

— Trzydzieści? Czy powiedziałem trzydzieści? Jakiż ze mnie głupiec. Dwadzieścia honorów.

— Cały mosiądz w tej budzie nie jest tyle wart — zauważyła Dany, przyglądając się odbiciom. Staruszek wyglądał na człowieka z Westeros, a ten śniady ważył co najmniej dwadzieścia kamieni. *Uzurpator zaoferował tytuł lordowski temu, kto mnie zabije, a ci dwaj są daleko od domu. A może to słudzy czarnoksiężników, którzy chcą mnie tu zaskoczyć?*

— Dziesięć, *khaleesi*, dlatego, że jesteś taka piękna. Będzie ci służył za zwierciadło. Tylko tak wspaniały mosiądz zdoła uchwycić twą urodę.

— Mógłby się nadać do wynoszenia łajna. Gdybyś go wyrzucił, może bym go sobie wzięła, pod warunkiem, że nie musiałabym się schylać. Ale płacić za coś takiego? — Wsunęła mu talerz w ręce. — Chyba robaki wlazły ci do nosa i wyżarły cały rozum.

— Osiem honorów — krzyknął. — Żony mnie zbiją i nazwą głupcem, ale jestem w twych rękach bezradnym dzieckiem. Proszę, osiem, to mniej niż jest wart.

— Po co mi zwykły mosiądz, jeśli Xaro Xhoan Daxos karmi mnie ze złotych talerzy?

Gdy odwracała się, by odejść, przesunęła spojrzeniem po nieznajomych. Śniady mężczyzna był prawie tak samo gruby, jak jego odbicie. Miał lśniącą łysinę i gładkie policzki eunucha. Za przepoconą, żółtą szarfę opasającą mu brzuch zatknął sobie długi, zakrzywiony *arakh*. Powyżej szarfy był nagi, pomijając niedorzecznie małą, nabijaną żelaznymi ćwiekami kamizelkę. Potężne jak drzewa ramiona, szeroką pierś i wielki brzuch pokrywała siatka starych blizn, jaśniejszych od ciemnobrązowej skóry.

Drugi mężczyzna miał na sobie podróżny płaszcz z niebarwionej wełny. Nie uniósł kaptura. Długie, białe włosy opadały na ramiona, a dolną połowę twarzy zasłaniała jedwabista broda tego samego koloru. Wspierał się całym ciężarem na lasce z twardego drewna, która dorównywała mu wysokością.

Tylko głupcy gapiliby się na mnie tak otwarcie, gdyby chcieli mi zrobić coś złego.

Niemniej jednak, rozsądniej byłoby wrócić do Jhoga i Agga.

— Ten stary nie ma miecza — powiedziała do Joraha w języku powszechnym, odciągając go za sobą.

Kupiec mosiężny ruszył, podskakując, za nimi.

— Pięć honorów, za pięć honorów będzie twój, zrobiono go z myślą o tobie.

— Taką laską można roztrzaskać czaszkę równie łatwo, jak buzdyganem — zauważył ser Jorah.

— Cztery! Wiem, że chcesz go kupić!

Kupiec tańczył przed nimi, idąc tyłem. Nagle podsunął im talerz pod twarze.

— Idą za nami? — zapytała.

— Unieś to trochę wyżej — rozkazał rycerz kupcowi. — Tak. Stary udaje, że zatrzymał się przed straganem garncarza, ale śniady patrzy tylko na ciebie.

— Dwa honory! Dwa! Dwa!

Kupiec dyszał już ciężko. Chodzenie do tyłu było męczące.

— Zapłać mu, nim się zabije — powiedziała ser Jorahowi Dany, zastanawiając się, co zrobi z wielkim mosiężnym talerzem. Gdy rycerz sięgnął po monety, odwróciła się, zdecydowana położyć kres tej komediančkiej farsie. Krew smoka nie pozwoli, by ganiali ją po bazarze starzec i gruby eunuch.

Wtem drogę zastąpił jej jakiś Qartheńczyk.

— Matko Smoków, to dla ciebie.

Uklęknął i podsunął jej pod twarz wysadzaną klejnotami szkatułkę.

Wzięła ją niemal odruchowo. Puzderko wykonano z rzeźbionego drewna, a wieczko z macicy perłowej było inkrustowane jaspisem i chalcedonem.

— Jesteś zbyt szczodry.

Otworzyła je. W środku był lśniący zielony skarabeusz wyrzeźbiony z onyksu i szmaragdu. *Jaki piękny* — pomyślała. *Pomoże nam opłacić koszty podróży.*

Wsadziła dłoń do środka.

— Tak mi smutno — rzekł mężczyzna, lecz niemal go nie słyszała.

Skarabeusz rozwinął się z sykiem.

Dany ujrzała czarną, pełną złości twarz, prawie ludzką, i krzywy ogon ociekający jadem... a potem szkatułka wypadła jej z rąk i rozleciała się na kawałki, koziołkując w powietrzu. Jej palce przeszył nagły ból. Krzyknęła, ściskając dłoń. Kupiec mosiężny wydał z siebie głośny wrzask, jakaś kobieta również się rozdarła i nagle wszyscy Qartheńczycy zaczęli krzyczeć i przepychać się jak szaleni. Ser Jorah rzucił się w jej stronę. Dany opadła na jedno kolano. Znowu usłyszała syk. Staruszek uderzył w ziemię laską, Aggo staranował konno stragan z nabiałem i zeskoczył z siodła, Jhogo trzasnął z bicza nad głowami tłumu, ser Jorah zdzielił eunucha w głowę mosiężnym talerzem, marynarze, kurwy i kupcy uciekali, wrzeszczeli albo uciekali z wrzaskiem...

— Wasza Miłość, po tysiąckroć przepraszam. — Stary ukląkł. — Nie żyje. Czy złamałem ci palce?

Zacisnęła pięść, krzywiąc się z bólu.

— Chyba nie.

— Musiałem ci ją wytrącić — zaczął, nim jednak zdążył skończyć, rzucili się na niego jej bracia krwi. Aggo wybił mu z rąk laskę, a Jhogo złapał go za ramiona, obalił na kolana i przycisnął mu sztylet do gardła.

— *Khaleesi*, widzieliśmy, że cię uderzył. Czy chcesz ujrzeć kolor jego krwi?

— Puśćcie go. — Dany podniosła się z ziemi. — Spójrzcie na podstawę jego laski, krwi mojej krwi. — Eunuch obalił ser Joraha na ziemię. Wbiegła między nich w tej samej chwili, gdy błysnęły wydobyte z pochew miecz i *arakh*. — Przestańcie! Schowajcie broń!

— Wasza Miłość? — Mormont opuścił miecz tylko o cal. — Ci ludzie na ciebie napadli.

— Bronili mnie. — Potrząsnęła odrętwiałą dłonią. — To był ten Qartheńczyk. — Rozejrzała się wokół, lecz zdążył już zniknąć. — Był Zasmuconym. W szkatułce była mantykora. Ten człowiek wytrącił mi ją z rąk. — Kupiec mosiężny nadal tarzał się po ziemi. Podeszła do niego i pomogła mu wstać. — Czy cię użądliła?

— Nie, dobra pani — odparł z drżeniem — bo w przeciwnym razie już bym nie żył. Ale dotknęła mnie, *aiiii*, kiedy wypadła ze szkatułki, wylądowała mi na ramieniu.

Zobaczyła, że narobił w portki. Nic dziwnego.

Dała mu srebrnika w zamian za kłopot i kazała odejść, po czym zwróciła się do staruszka z białą brodą.

— Komu mam podziękować za ocalenie życia?

— Nie musisz mi dziękować, Wasza Miłość. Na imię mi Arstan, aczkolwiek Belwas podczas rejsu przezwał mnie Białobrodym.

Choć Jhogo go puścił, mężczyzna nadal klęczał na jednym kolanie. Aggo złapał jego laskę, obrócił ją, zaklął cicho po dothracku, zdrapał o kamień resztki mantykory i zwrócił kostur właścicielowi.

— A kto to jest Belwas? — zapytała.

Potężny, śniady eunuch podszedł bliżej, chowając *arakh* do pochwy.

— To ja. Na arenach Meereen zwano mnie Silnym Belwasem. Nigdy nie przegrałem walki. — Poklepał się po pokrytym bliznami brzuchu. — Pozwalam każdemu przeciwnikowi skaleczyć się jeden raz, nim zadam mu śmiertelny cios. Policz blizny, a dowiesz się, ilu ludzi zabił Silny Belwas.

Dany nie musiała ich liczyć. Już na pierwszy rzut oka widziała, że jest ich wiele.

— A po co tu przybyłeś, Silny Belwasie?

— Z Meereen sprzedano mnie do Qohoru, a potem do Pentos, gdzie kupił mnie grubas o włosach pachnących słodkimi wonnościami. On to wysłał Silnego Belwasa za morze i dał mu starego Białobrodego, żeby mu służył.

Grubas o włosach pachnących słodkimi wonnościami...

— Illyrio? — zapytała. — Przysłał was magister Illyrio?

— Tak, Wasza Miłość — odparł Białobrody. — Magister błaga cię o wybaczenie, że nie przybył osobiście, ale nie potrafi już dosiąść konia, jak w latach młodości, a podróż morska szkodzi mu na trawienie. — Przedtem mówił w valyriańskim języku Wolnych Miast, teraz jednak przeszedł na język powszechny. — Przepraszam, że wzbudziliśmy twój niepokój. Szczerze mówiąc, nie byliśmy pewni. Spodziewaliśmy się kogoś, kto wyglądałby bardziej... bardziej...

— Po królewsku? — Dany parsknęła śmiechem. Nie miała ze sobą smoków, a jej ubiór nie był bynajmniej godny królowej. — Dobrze mówisz w języku powszechnym, Arstanie. Czy pochodzisz z Westeros?

— Tak. Urodziłem się na Dornijskim Pograniczu, Wasza Miłość. W dzieciństwie byłem giermkiem rycerza służącego lordowi Swannowi. — Uniósł długą laskę niczym pozbawioną proporca kopię. — A teraz zostałem giermkiem Belwasa.

— A nie jesteś trochę za stary na giermka? — zapytał ser Jorah, który przepchnął się do Dany, trzymając niezgrabnie pod pachą mosiężny talerz, który wygiął się na twardej głowie Belwasa.

— Nie jestem za stary, by służyć swej królowej, lordzie Mormont.

— Mnie również znasz?

— Raz czy dwa widziałem, jak walczyłeś. W Lannisporcie, gdzie o mało nie wysadziłeś z siodła Królobójcy. I na Pyke też. Nie pamiętasz mnie, lordzie Mormont?

Ser Jorah zmarszczył brwi.

— Twoja twarz wydaje mi się znajoma, ale w Lannisporcie były setki ludzi, a na Pyke tysiące. I nie jestem już lordem. Odebrano mi Niedźwiedzią Wyspę. Jestem tylko zwykłym rycerzem.

— Rycerzem mojej Gwardii Królowej. — Dany ujęła go pod ramię. — Mym wiernym przyjacielem i zaufanym doradcą. — Przyjrzała się twarzy Arstana. Miał w sobie wielką godność, spokojną siłę, która przypadła jej do gustu. — Wstań, Arstanie Białobrody. Witaj, Silny Belwasie. Ser Joraha znacie. Ko Aggo i ko Jhogo są krwią mojej krwi. Przeszli razem ze mną czerwone pustkowie i byli świadkami narodzin mych smoków.

— Końskie chłopaki. — Eunuch uśmiechnął się, ukazując nieliczne zęby. — Belwas zabił na arenie dużo końskich chłopaków. Kiedy umierają, dzwonią.

Aggo wyciągnął *arakh.*

— A ja nigdy nie zabiłem śniadego grubasa. Belwas będzie pierwszy.

— Schowaj oręż, krwi mojej krwi — rozkazała Dany. — Ten człowiek przybył tu po to, by mi służyć. Belwasie, będziesz się odnosił do mych ludzi z szacunkiem albo opuścisz moją służbę szybciej, niż byś tego chciał, a na pamiątkę otrzymasz trochę nowych blizn.

Szczerbaty uśmiech zniknął ze śniadej twarzy grubasa, ustępując miejsca zasępionej minie. Wyglądało na to, że rzadko spotykał się z groźbami, a już zwłaszcza ze strony dziewcząt ważących trzykrotnie mniej od niego.

Dany uśmiechnęła się, by złagodzić wymowę swych słów.

— Powiedzcie mi, czego chce ode mnie magister Illyrio, że przysłał was tu aż z Pentos?

— Przysłał nas po smoki — burknął Belwas — i po dziewczynę, która daje im życie. Przysłał nas po ciebie.

— Belwas mówi prawdę, Wasza Miłość — dodał Arstan. — Mamy cię odnaleźć i sprowadzić do Pentos. Siedem Królestw cię potrzebuje. Uzurpator Robert nie żyje, a królestwo krwawi. Gdy wyruszaliśmy w rejs, w kraju było czterech królów i nigdzie nie można było znaleźć sprawiedliwości.

W sercu Dany rozkwitła radość, lecz jej twarz zachowała obojętny wyraz.

— Mam trzy smoki i ponad stu ludzi z khalasaru, razem z ich dobytkiem i końmi — oznajmiła.

— Nic nie szkodzi — zagrzmiał Belwas. — Zabierzemy wszystkich. Grubas wynajął dla swej małej, srebrnowłosej królowej trzy statki.

— To prawda, Wasza Miłość — potwierdził Arstan Białobrody. — Wielka koga „Saduleon" stoi u końca tego mola, a galery„Słońce Lata" i „Żart Josa" kotwiczą za falochronem.

Trzy głowy ma smok — pomyślała zdumiona Dany.

— Powiem mym ludziom, że odpływamy natychmiast. Ale statki, które zawiozą mnie do domu, muszą nosić inne imiona.

— Jak sobie życzysz — zgodził się Arstan. — A jak się mają nazywać?

— „Vhagar" — wyjaśniła Dany. — „Meraxes". I „Balerion". Każ namalować te nazwy na kadłubach złotymi literami wysokimi na trzy stopy, Arstanie. Chcę, żeby wszyscy, którzy je zobaczą, wiedzieli, że smoki wróciły.

Arya

Głowy zanurzono w smole, żeby spowolnić gnicie. Co rano, gdy Arya szła do studni po świeżą wodę, którą wypełniała miednicę Roose'a Boltona, musiała przechodzić pod nimi. Ich twarze były zwrócone na zewnątrz, nigdy więc ich nie widziała, lubiła sobie jednak wyobrażać, że jedna z nich należy do Joffreya. Próbowała sobie uzmysłowić, jak wyglądałoby jego piękne liczko unurzane w smole. *Gdybym była wroną, poleciałabym tam rozdziobać jego głupie, pulchne, wydęte wargi.*

Wokół głów zawsze panował ruch. Przy wieży bramnej krążyło stadko kraczących ochryple siwych wron, które kłóciły się na murach o każde oko, skrzecząc i kracząc, a gdy tylko zjawił się strażnik, wzbijały się w powietrze. Niekiedy do uczty przyłączały się też kruki maestera, które sfruwały z ptaszarni na wieży na swych wielkich, czarnych skrzydłach. Wrony pierzchały na ich widok, lecz wracały, gdy tylko większe ptaszyska się oddaliły.

Czy kruki pamiętają maestera Tothmure'a? — zastanawiała się Arya. *Czy jest im smutno, że go utraciły? Czy dziwią się, dlaczego im nie odpowiada, gdy do niego kraczą?* Być może umarli potrafili rozmawiać z krukami w jakimś tajemnym języku, którego żywi nie słyszeli.

Tothmure'a ścięto toporem za to, że w noc upadku Harrenhal wysłał ptaki do Casterly Rock i Królewskiej Przystani, płatnerza Lucana za to, że produkował broń dla Lannisterów, gospodynię Harrę za to, że kazała służbie lady Whent dla nich pracować, a zarządcę za to, że oddał lordowi Tywinowi klucze do skarbca. Kucharza oszczędzono (niektórzy mówili, że dlatego, iż to on zrobił zupę łasicową), lecz dla ładnej Pii i innych kobiet, które darzyły swymi wdziękami lannisterskich żołnierzy, zmontowano dyby. Rozebrane do naga i ogolone na łyso, zostawiono na środkowym dziedzińcu, obok dołu z niedźwiedziem, by każdy, kto tego chciał, mógł się z nimi zabawić.

Gdy Arya szła rano do studni, robiło to trzech zbrojnych w służbie Freyów. Próbowała na to nie patrzeć, słyszała jednak ich śmiechy. Pełne wiadro było bardzo ciężkie. Zawracała właśnie, by odnieść je do Królewskiego Stosu, gdy za rękę złapała ją gospodyni Amabel. Woda wylała się jej na nogi.

— Zrobiłaś to specjalnie — pisnęła kobieta.

— Czego chcesz?

Arya szarpała się w jej uścisku. Odkąd ścięto Harrę, Amabel była na wpół obłąkana.

— Widzisz? — Kobieta wskazała na zakutą w dyby Pię. — Kiedy ten lord z północy upadnie, znajdziesz się tam, gdzie ona.

— Puszczaj.

Spróbowała się wyrwać, lecz Amabel wzmocniła tylko uścisk.

— A upadnie na pewno. Harrenhal prędzej czy później niszczy wszystkich. Lord Tywin zwyciężył i pomaszeruje tu z całą swą mocą, a gdy już przybędzie, on również ukarze zdrajców. Niech ci się nie zdaje, że nie dowie się, co zrobiłaś! — Parsknęła śmiechem. — Może sama się do ciebie dobiorę. Harra miała starą miotłę. Zachowam ją dla ciebie. Trzonek jest cały popękany i sterczą z niego drzazgi...

Arya zamachnęła się wiadrem, które obróciło się w jej dłoniach pod wpływem ciężaru wody i nie trafiło Amabel w głowę, tak jak tego chciała. Starucha i tak jednak ją puściła, gdyż płyn wylał się z wiadra i przemoczył ją od stóp do głów.

— Nie waż się mnie dotykać — krzyknęła Arya — bo cię zabiję. Zmiataj stąd.

Ociekająca wodą gospodyni Amabel wskazała chudym palcem na obdartego ze skóry człowieka wyszytego na bluzie Aryi.

— Wydaje ci się, że z tym krwawym człowieczkiem na cycku jesteś bezpieczna, ale nic z tego! Lannisterowie wracają! Zobaczysz, co się stanie, gdy już tu będą.

Trzy czwarte wody wylało się na ziemię, Arya musiała więc wrócić do studni. *Gdybym powtórzyła słowa Amabel lordowi Boltonowi, jej głowa jeszcze przed zmierzchem znalazłaby się obok głowy Harry* — pomyślała, napełniając ponownie wiadro. Nie zamierzała jednak tego robić.

Przed kilkoma dniami, gdy głów było o połowę mniej, Gendry przyłapał ją na tym, jak na nie patrzyła.

— Podziwiasz swoje dzieło? — zapytał.

Wiedziała, że jest wściekły, bo lubił Lucana, oskarżył ją jednak niesprawiedliwie.

— To dzieło Nagolennika Waltona — broniła się. — I Komediantów, i lorda Boltona.

— A kto nas im wydał? Ty i twoja zupa łasicowa.

Zdzieliła go w ramię.

— To był tylko gorący rosół. Ty też nienawidziłeś ser Amory'ego.

— Ale tych nienawidzę bardziej. Ser Amory walczył za swego lorda, a Komedianci to najemnicy i wiarołomcy. Połowa z nich nie mówi nawet w języku powszechnym. Septon Utt lubi małych chłopców, Qyburn para się czarną magią, a twój przyjaciel Kąsacz je ludzkie mięso.

Najgorsze było to, iż nie mogła nawet twierdzić, że to nieprawda. Zaopatrzeniem Harrenhal zajmowali się głównie Dzielni Kompanioni i Roose Bolton im właśnie zlecił zadanie oczyszczenia okolicy z Lannisterów. Vargo Hoat podzielił swych ludzi na cztery grupy, by mogli odwiedzić jak najwięcej wiosek. Najliczniejszy oddział poprowadził osobiście, a pozostałe powierzył swym zaufanym kapitanom. Słyszała, jak Rorge śmiał się ze sposobu, w jaki lord Vargo wykrywał zdrajców. Wracał po prostu do miejsc, które poprzednio odwiedził pod sztandarem lorda Tywina i wyłapywał tych, którzy mu wówczas pomogli. Ludzi, którzy dali się skusić lannisterskiemu srebru, było wielu, Komedianci wracali więc z workami pełnymi monet, a koszami wypełnionymi głowami.

— Zagadka! — krzyczał radośnie Shagwell. — Jeśli kozioł lorda Boltona pożera ludzi, którzy karmili kozła lorda Lannistera, to ile jest kozłów?

— Jeden — odparła Arya, gdy ją o to zapytał.

— A to ci dopiero łasica bystra jak kozioł! — zawołał z chichotem błazen.

Rorge i Kąsacz nie byli lepsi od pozostałych. Arya widywała ich w grupie najemników, gdy lord Bolton posilał się w towarzystwie swych żołnierzy. Kąsacz śmierdział zepsutym serem, Dzielni Kompanioni kazali mu więc siadać przy samym końcu stołu, gdzie mógł do woli stękać, syczeć do siebie oraz rozdzierać mięsiwo zębami i palcami. Gdy Arya przechodziła obok niego, zawsze węszył z uwagą, najbardziej jednak bała się Rorge'a. Siedział obok Wiernego Ursywcka, lecz gdy usługiwała przy stole, czuła na sobie jego spojrzenie.

Czasami żałowała, że nie popłynęła za wąskie morze z Jaqenem H'gharem. Miała jeszcze tę głupią monetę, którą jej dał, nie większy niż grosik kawałek żelaza o pordzewiałym brzegu. Na jednej jej stronie wypisano jakieś dziwaczne słowa, których Arya nie potrafiła przeczytać, na drugiej zaś przedstawiono głowę mężczyzny, tak wytartą, że nie sposób było rozpoznać jego rysów. *Powiedział, że ta moneta ma wielką wartość, ale to pewnie też było kłamstwem, podobnie jak jego imię, a nawet twarz.*

Tak ją rozgniewała ta myśl, że wyrzuciła pieniążek, lecz po godzinie poczuła się z tego powodu źle i wróciła go odnaleźć, mimo że nie był nic wart.

Właśnie o monecie myślała, gdy szła przez Dziedziniec Stopionego Kamienia, dźwigając ciężkie wiadro.

— Nan — usłyszała czyjś głos. — Odstaw to wiadro i chodź mi pomóc.

Elmar Frey nie był starszy od niej, a do tego mały jak na swój wiek. Toczył po nierównym bruku beczkę wypełnioną piaskiem i twarz mu poczerwieniała z wysiłku. Pośpieszyła mu z pomocą. Wspólnie przetoczyli beczkę pod mur i z powrotem, a potem ustawili ją pionowo. Słyszała odgłos przesypującego się w środku piasku. Elmar podważył pokrywę i wyciągnął z beczki kolczugę.

— Myślisz, że jest już czysta?

Był giermkiem Roose'a Boltona i do jego obowiązków należało dbanie, by lordowska zbroja była wypolerowana na wysoki połysk.

— Musisz strząsnąć z niej piasek. Są jeszcze plamki rdzy. Widzisz? — Pokazała mu palcem. — Lepiej zrób to jeszcze raz.

— Ty to zrobisz.

Elmar potrafił być miły, kiedy potrzebował pomocy, później jednak zawsze sobie przypominał, że on jest giermkiem, a ona tylko służącą. Lubił się przechwalać, że jest synem lorda Przeprawy, nie bękartem, bratankiem ani wnukiem, lecz synem z prawego łoża i w związku z tym ożeni się z księżniczką.

Aryi nic nie obchodziła jego wspaniała księżniczka. Nie lubiła, żeby jej rozkazywał.

— Muszę zanieść wodę jego lordowskiej mości. Leży w sypialni i przystawiają mu pijawki. Nie te zwykłe, czarne, ale te wielkie i jasne.

Oczy Elmara zrobiły się ogromne jak jaja na twardo. Bał się pijawek, zwłaszcza tych wielkich i jasnych, które opite krwią wyglądały jak galareta.

— Zapomniałem, że jesteś za chuda, żeby pchać taką ciężką beczkę.

— A ja zapomniałam, że jesteś głupi. — Podniosła wiadro. — Może tobie też powinni przystawić pijawki. Na Przesmyku żyją takie, które są wielkie jak świnie.

Zostawiła go sam na sam z beczką.

Gdy weszła do lordowskiej sypialni, panował w niej tłok. Był tu Qyburn, ponury Walton w kolczudze i nagolennikach oraz tuzin Freyów, z których wszyscy byli dla siebie braćmi, braćmi przyrodnimi albo kuzynami. Roose Bolton leżał nagi w łożu. Do wewnętrznych stron rąk i nóg oraz do bladej piersi przystawiono mu mnóstwo pijawek, długich, półprzezroczystych szkaradzieństw, które po posiłku nabierały lśniąco różowej barwy. Poświęcał im nie więcej uwagi niż Aryi.

— Nie możemy pozwolić, by lord Tywin zamknął nas w Harrenhal — mówił ser Aenys Frey, gdy dziewczynka napełniała wodą miednicę. Był posiwiałym, przygarbionym olbrzymem o łzawiących, zaczerwienionych oczach i wielkich, powykrzywianych dłoniach. Przyprowadził ze sobą do Harrenhal tysiąc pięćset ludzi, lecz niekiedy wydawało się, że nie słuchają go nawet właśni bracia. — Zamek jest tak wielki, że by go bronić, potrzeba całej armii, a jeśli nas w nim otoczą, armii nie wykarmimy. Nie możemy też liczyć na to, że zdobędziemy zapasy. Całą okolicę obrócono w perzynę, wioski oddano wilkom, a plony puszczono z dymem bądź zrabowano. Zaczyna się jesień, a magazyny są puste i nikt nie myśli o siewach. Żyjemy tym, co zdołamy złupić, a jeśli Lannisterowie nas tego pozbawią, za księżyc zostaną nam tylko szczury i własne buty.

— Nie zamierzam pozwolić, by nas tu oblegli.

Roose Bolton mówił tak cicho, że ludzie musieli wytężać słuch, by go usłyszeć. Dlatego w jego komnatach zawsze panowała niezwykła cisza.

— W takim razie, co uczynimy? — zapytał ser Jared Frey, który był chudy, łysiał i miał na twarzy dzioby po ospie. — Czy Edmure Tully tak się upił swym zwycięstwem, że zamierza wydać lordowi Tywinowi otwartą bitwę?

Jeśli to zrobi, pobije go — pomyślała Arya. *Tak samo, jak nad Czerwonymi Widłami. Zobaczycie.*

Podeszła niezauważona do Qyburna.

— Lord Tywin jest wiele mil stąd — zauważył spokojnie Bolton. — Musi jeszcze załatwić wiele spraw w Królewskiej Przystani. Nie pomaszeruje na Harrenhal tak szybko.

Ser Aenys potrząsnął uparcie głową.

— Nie znasz Lannisterów tak dobrze, jak my, panie. Król Stannis także sądził, że lord Tywin jest tysiąc mil od niego i to przywiodło go do zguby.

Blady mężczyzna leżący na łożu uśmiechnął się półgębkiem do opijających się jego krwią pijawek.

— Ja nie dam się przywieźć do zguby, ser.

— Nawet jeśli Riverrun zgromadzi wszystkie swe siły, a Młody Wilk zdoła wrócić z zachodu, i tak nie dorównamy armii, którą może wysłać przeciw nam lord Tywin. Jego zastęp będzie znacznie liczniejszy od wojsk, które miał nad Zielonymi Widłami. Przypominam ci, że Wysogród popiera teraz sprawę Joffreya!

— Nie zapomniałem o tym.

— Byłem już raz jeńcem lorda Tywina — odezwał się ser Hosteen, krzepki mężczyzna o kwadratowej twarzy, którego uważano za najsilniejszego z Freyów. — I nie mam ochoty znowu zaznać lannisterskiej gościnności.

Ser Harys Haigh, który był Freyem po matce, pokiwał energicznie głową.

— Jeśli lord Tywin pokonał doświadczonego wojownika, takiego jak Stannis Baratheon, jakie szanse może mieć w walce z nim nasz młodociany król?

Popatrzył na swych braci i kuzynów w poszukiwaniu wsparcia. Kilku z nich zamruczało coś cicho na znak zgody.

— Ktoś musi mieć odwagę mu to powiedzieć — rzekł ser Hosteen. — Wojna jest przegrana. Trzeba to wytłumaczyć królowi Robbowi.

Roose Bolton wbił w niego spojrzenie swych jasnych oczu.

— Jego Miłość pokonał Lannisterów we wszystkich bitwach, jakie z nimi stoczył.

— Stracił północ — nie ustępował Hosteen Frey. — Stracił Winterfell! Jego bracia nie żyją…

Arya zapomniała na chwilę o oddychaniu. *Nie żyją? Bran i Rickon nie żyją? Co to miało znaczyć? A co z Winterfell? Joffrey nie mógł go zdobyć, Robb nigdy by mu na to nie pozwolił, nigdy.* Nagle przypomniała sobie, że Robba nie było w Winterfell. Wyruszył z wojskiem na zachód, Bran był kaleką, a Rickon miał tylko cztery lata. Potrzebowała wszystkich sił, by zachować całkowity spokój, tak jak uczył ją Syrio Forel, stać nieruchomo, jakby była elementem umeblowania. Czuła, że w oczach wzbierają jej łzy, lecz powstrzymała je siłą woli. *To nieprawda. Z pewnością nieprawda. To na pewno kolejne kłamstwo Lannisterów.*

— Gdyby Stannis zwyciężył, wszystko mogłoby wyglądać inaczej — zauważył z żalem w głosie Ronel Rivers, jeden z bękartów lorda Waldera.

— Ale Stannis przegrał — rzekł bez ogródek ser Hosteen. — I nasze życzenia nic w tej sprawie nie zmienią. Król Robb musi zawrzeć pokój z Lannisterami. Musi zdjąć koronę i ugiąć kolano, nawet jeśli mu się to nie spodoba.

— A kto mu to powie? — zapytał z uśmiechem Roose Bolton. — Dobrze jest mieć w ciężkich czasach tak wielu walecznych braci. Rozważę wasze słowa.

Jego uśmiech był sygnałem do odejścia. Freyowie pokłonili się i wyszli, zostawiając w komnacie tylko Qyburna, Waltona Nagolennika i Aryę. Lord Bolton przywołał ją do siebie skinieniem dłoni.

— Straciłem już dosyć krwi. Nan, możesz zdjąć pijawki.

— Natychmiast, mój panie.

Lord Bolton nie lubił, gdy kazano mu czekać. Miała ochotę zapytać go o Winterfell, lecz nie odważyła się tego uczynić. *Spytam Elmara* — pomyślała. On mi powie. Zrywała ostrożnie pijawki, które wiły się ospale między jej palcami, a ich jasne ciała były wilgotne w dotyku i rozdęte od krwi. To tylko pijawki — powtarzała sobie. *Jeśli zacisnę dłoń, rozmaślą mi się między palcami.*

— Mam list od twej pani żony.

Qyburn wydobył z rękawa zwój pergaminu. Choć miał na sobie szaty maestera, nie nosił łańcucha. Szeptano, że odebrano mu go za paranie się nekromancją.

— Możesz go przeczytać — oznajmił Bolton.

Lady Walda pisała z Bliźniaków prawie codziennie, a wszystkie jej listy były identyczne.

— Modlę się za ciebie rankiem, w południe i w nocy, mój słodki panie — pisała. — I liczę dni do chwili, gdy znów będziesz ze mną dzielił łoże. Wróć do mnie szybko, a dam ci prawowitych synów, którzy zastąpią twego drogiego Domerica i odziedziczą po tobie Dreadfort.

Arya wyobraziła sobie pulchne, różowe niemowlę, które leżało w kołysce, pokryte pulchnymi, różowymi pijawkami. Przyniosła wilgotną szmatkę, by wytrzeć miękkie, bezwłose ciało lorda Boltona.

— Ja również wyślę list — oznajmił byłemu maesterowi.

— Do lady Waldy?

— Do ser Helmana Tallharta.

Konny posłaniec od ser Helmana przybył przed dwoma dniami. Ludzie Tallhartów zdobyli zamek Darrych. Lannisterski garnizon poddał się po krótkim oblężeniu.

— Przekaż mu, żeby wyrżnął jeńców i podpalił zamek, na rozkaz króla. Potem ma połączyć siły z Robettem Gloverem i pomaszerować na wschód, w stronę Duskendale. To bogate ziemie i prawie jeszcze nie odczuły wojny. Pora, by jej posmakowały. Glover stracił zamek, a Tallhart syna. Niech się zemszczą na Duskendale.

— Przygotuję list i przyniosę go ci, byś przystawił na nim swą pieczęć, mój panie.

Arya ucieszyła się, słysząc, że zamek Darrych spłonie. Tam właśnie zaprowadzili ją, gdy ją złapali po walce z Joffreyem, i tam królowa zmusiła ojca do zabicia wilczycy Sansy. *Niech się spali.* Wolałaby jednak, by Robett Glover i ser Helman Tallhart wrócili do Harrenhal. Wymaszerowali za szybko, nim zdążyła zdecydować, czy zdradzić któremuś z nich swą tajemnicę.

— Wybiorę się dziś na łowy — oznajmił Roose Bolton, gdy Qyburn pomagał mu zakładać pikowaną kurtkę.

— Czy to bezpieczne, panie? — zaniepokoił się były maester. — Nie dalej, jak trzy dni temu ludzi septona Utta zaatakowały wilki. Weszły prosto do obozu, pięć jardów od ogniska, i zabiły dwa konie.

— Na nie właśnie chcę zapolować. Przez ich wycie nie mogę spać po nocach. — Bolton zapiął pas, poprawiając wiszące u niego miecz i sztylet. — Powiadają, że na północy grasowały ongiś stada wilkorów liczące sobie po sto sztuk i więcej, które nie bały się ani ludzi, ani mamutów. To jednak było dawno temu i daleko stąd. To dziwne, że zwykłe wilki z południa zrobiły się takie śmiałe.

— W strasznych czasach dzieją się straszne rzeczy, mój panie.

Bolton odsłonił zęby w czymś, co mogło być uśmiechem.

— A czy obecne czasy są takie straszne, maesterze?

— Lato się skończyło, a w kraju jest czterech królów,

— Jeden król może być straszny, ale czterech? — Wzruszył ramionami. — Nan, futro. — Podała mu je. — Kiedy wrócę, moje komnaty mają być czyste i wysprzątane — oznajmił jej, gdy je zapinała. — Pozbądź się też listu lady Waldy.

— Wedle rozkazu, mój panie.

Lord i maester opuścili razem pokój, nawet na nią nie spoglądając. Kiedy już wyszli, Arya zaniosła list do kominka i poruszyła kłody pogrzebaczem, by ogień zapłonął jaśniej. Pergamin skurczył się, poczerniał i zapłonął.

Jeśli Lannisterowie skrzywdzili Brana i Rickona, Robb zabije ich wszystkich. Nigdy nie ugnie kolana, nigdy, nigdy, nigdy. Nie boi się żadnego z nich. Przez komin uleciały drobiny popiołu. Arya przykucnęła przed paleniskiem, przyglądając się mu przez zasłonę gorących łez. *Jeśli Winterfell naprawdę padło, to czy to jest teraz mój dom? Czy nadal jestem Aryą, czy też na zawsze już zostanę służącą Nan?*

Następne kilka godzin poświęciła na sprzątanie lordowskich komnat. Zmiotła stare sitowie i rozsypała nowe, o słodkim zapachu, ponownie rozpaliła ogień na kominku, zmieniła pościel i wytrzepała piernat, opróżniła nocniki do szybu wychodka i wyszorowała je, zaniosła praczkom naręcze brudnych ubrań i przyniosła z kuchni paterę chrupkich, jesiennych gruszek. Gdy już uporała się z sypialnią, zeszła pół piętra w dół, żeby zrobić to samo w wielkiej samotni, wietrznym pomieszczeniu dorównującym rozmiarami komnatom mniejszych zamków. Ze świec zostały już tylko ogarki, wymieniła je więc na nowe. Pod oknami stał wielki, dębowy stół, na którym lord pisał listy. Ułożyła księgi w stos, wymieniła świece i położyła na miejsce gęsie pióra, inkaust oraz lak do pieczęci.

Na papiery rzucono wielką, wystrzępioną baranią skórę. Arya zaczęła ją zwijać, gdy nagle jej wzrok przyciągnęły jaskrawe kolory: błękit jezior i rzek, czerwone kropki symbolizujące miasta i zamki oraz zieleń lasów. Rozwinęła skórę. Ozdobny napis pod mapą brzmiał: ZIEMIE TRIDENTU. Ukazano na niej wszystko, od Przesmyku aż po Czarny Nurt. *Tu, u szczytu wielkiego jeziora, leży Harrenhal* — zrozumiała. *Ale gdzie jest Riverrun?* Nagle je zobaczyła. *To niedaleko...*

Kiedy skończyła pracę, były dopiero wczesne godziny popołudnia, wybrała się więc do bożego gaju. Jako podczaszy lorda Boltona miała mniej pracy niż za czasów Weese'a czy nawet Różowego Oka, musiała jednak ubierać się jak paź i myć się częściej niż miała na to ochotę. Myśliwi wrócą dopiero za kilka godzin, mogła więc na razie złapać za igłę.

Cięła wściekle brzozowe liście, aż najeżony drzazgami koniec złamanego kija od miotły zrobił się lepki i zielony.

— Ser Gregor — dyszała. — Dunsen, Polliver, Raff Słodyczek. — Odwracała się gwałtownie, skakała w górę i balansowała na palcach. Biegała to tu, to tam, strącając szyszki z sosen. — Łaskotek — krzyczała — Ogar. Ser Ilyn, ser Meryn, królowa Cersei.

Nagle zamajaczył przed nią pień dębu. Rzuciła się naprzód, by przeszyć go na wylot.

— Joffrey, Joffrey, Joffrey — wysapała. Na jej skąpane w blasku słońca kończyny padał plamisty cień liści. Kiedy skończyła, całą ją pokrywała warstewka potu. Z prawej pięty ciekła krew. Zdarła sobie z niej skórę. Dlatego, gdy zatrzymała się przed drzewem sercem, by unieść swój miecz w salucie, stała na jednej nodze.

— *Valar morghulis* — powiedziała starym bogom północy. Lubiła brzmienie tych słów.

Gdy zmierzała dziedzińcem w stronę łaźni, zauważyła kruka, który opadał właśnie ku ptaszarni. Zastanawiała się, skąd przyleciał i jaką wiadomość przyniósł.

Może przysłał go Robb, żeby nas zawiadomić, że z Branem i Rickonem to było kłamstwo. Przygryzła wargę, pełna nadziei. *Gdybym miała skrzydła, mogłabym polecieć do Winterfell, przekonać się sa-*

ma. A gdyby się okazało, że to jednak prawda, to po prostu bym sobie odleciała, hen za księżyc i lśniące gwiazdy, żeby zobaczyć wszystko, o czym opowiadała Stara Niania, smoki, morskie potwory i Tytana z Braavos. Może już nigdy bym nie wróciła, chyba żebym tego chciała.

Myśliwi zjawili się o zmierzchu, wioząc dziewięć martwych wilków. Siedem z nich to były dorosłe sztuki, wielkie szarobrązowe bestie, groźne i potężne. Ich zastygłe w śmiertelnym grymasie wargi odsłaniały długie, pożółkłe zębiska. Pozostałe dwa były jednak małymi wilczkami. Lord Bolton rozkazał uszyć z ich skór narzutę na łoże.

— Szczeniaki mają mięciutkie futerko, mój panie — wskazał jeden z jego ludzi. — Świetnie się nadadzą na rękawiczki.

Bolton zerknął na powiewające nad wieżą bramną chorągwie.

— Jak często przypominają nam Starkowie, nadchodzi zima. Uszyjcie mi te rękawiczki. — Nagle zobaczył przyglądającą się mu Aryę. — Nan, przynieś mi dzban grzanego wina z korzeniami — rozkazał. — Przemarzłem w lesie. Pamiętaj, żeby nie ostygło. Zjem kolację sam. Jęczmienny chleb, masło i pieczeń z dzika.

— Natychmiast, mój panie.

To zawsze była najlepsza odpowiedź.

Gdy zajrzała do kuchni, Gorąca Bułka robił właśnie naleśniki z mąki owsianej. Trzej inni kucharze usuwali ości z ryby, a kuchcik obracał dzika na ruszcie.

— Jego lordowska mość życzy sobie dostać kolację i grzane wino — oznajmiła. — W żadnym wypadku nie może być zimne.

Jeden z kucharzy umył ręce, wydobył kociołek i napełnił go ciężkim, słodkim czerwonym winem. Gorącej Bułce kazano ucierać korzenie. Podeszła do niego, chcąc mu pomóc.

— Dam sobie radę — burknął ponurym głosem. — Nie musisz mnie uczyć, jak się robi grzane wino.

On też mnie nienawidzi albo się mnie boi. Odsunęła się od niego, bardziej zasmucona niż rozgniewana. Gdy kolacja była gotowa, kucharze nakryli ją srebrną pokrywą, a wino owinęli w gruby ręcznik, żeby nie wystygło. Zapadał już zmierzch. Wrony na murach gromadziły się wokół głów niczym otaczający króla dworzanie. Jeden z wartowników otworzył przed nią drzwi Królewskiego Stosu.

— Mam nadzieję, że to nie zupa łasicowa — zażartował.

Gdy weszła do środka, Roose Bolton siedział przy kominku, czytając grubą, oprawną w skórę księgę.

— Zapal kilka świec — rozkazał, odwracając stronicę. — Robi się już ciemno.

Postawiła kolację obok niego i wykonała polecenie. Pomieszczenie wypełniło migotliwe światło i woń goździków. Bolton przerzucił palcem jeszcze kilka kart, po czym zamknął księgę i włożył ją ostrożnie do ognia. Gdy patrzył, jak pochłaniają ją płomienie, w jego jasnych oczach odbijał się ich blask. Stara, wyschnięta skóra zajęła się z głośnym sykiem, a żółte stronice poruszyły się w ogniu, jakby czytał je jakiś duch.

— Nie będziesz mi już dziś potrzebna — oznajmił, nawet na nią nie spoglądając.

Powinna była odejść, cicha jak myszka, coś jednak ją powstrzymało.

— Mój panie, czy zabierzesz mnie ze sobą, kiedy opuścisz Harrenhal? — zapytała.

Odwrócił się i skierował na nią wzrok. Jego oczy miały taki wyraz, jakby przed chwilą przemówiła do niego kolacja.

— Czy pozwoliłem ci zadawać mi pytania, Nan?

— Nie, mój panie.

Spuściła wzrok.

— W takim razie nie powinnaś się odzywać. Prawda?

— Prawda, mój panie.

Przez jego twarz przemknął wyraz rozbawienia.

— Odpowiem ci jednak, ten jeden raz. Kiedy odejdę na północ, oddam Harrenhal lordowi Vargo Hoatowi. Zostaniesz tu z nim.

— Ale przecież… — zaczęła.

Przerwał jej natychmiast.

— Nie zwykłem odpowiadać na pytania służby, Nan. Czy mam kazać uciąć ci język?

Wiedziała, że zrobiłby to równie łatwo, jak inny człowiek mógłby uderzyć psa.

— Nie, mój panie.

— Czy w takim razie to był ostatni raz?

— Tak, mój panie.

— Możesz odejść. Zapomnę o twej bezczelności.

Opuściła komnatę, nie poszła jednak spać. Kiedy wyszła na ciemny dziedziniec, wartownik przy drzwiach pozdrowił ją skinieniem głowy.

— Idzie na burzę — zauważył. — Czujesz ten zapach?

Wiatr dął coraz silniej. Pochodnie zatknięte na murach obok szeregu głów migotały gwałtownie. Po drodze do bożego gaju Arya minęła Jęczącą Wieżę, gdzie kiedyś żyła w strachu przed Weese'em. Po zdobyciu Harrenhal zajęli ją Freyowie. Słyszała dobiegające z okna gniewne głosy. Wielu mężczyzn mówiło jednocześnie, kłócąc się ze sobą. Elmar siedział sam na schodach pod wieżą.

— Co się stało? — zapytała, widząc łzy ściekające po jego policzkach.

— Moja księżniczka — łkał. — Aenys mówi, że okryliśmy się hańbą. Przyleciał ptak z Bliźniaków. Pan ojciec pisze, że będę się musiał ożenić z kimś innym albo zostać septonem.

Jakaś głupia księżniczka — pomyślała. *Też mi powód do płaczu.*

— Możliwe, że moi bracia nie żyją — wyznała.

Obrzucił ją wzgardliwym spojrzeniem.

— Kogo obchodzą bracia służącej?

Z trudem powstrzymała się przed uderzeniem go.

— Mam nadzieję, że twoja księżniczka umrze — odparła i uciekła, nim zdążył ją złapać.

W bożym gaju znalazła kij od miotły, którego używała jako miecza. Leżał tam, gdzie go zostawiła. Zaniosła go do drzewa serca. Uklękła przed nim. Czerwone liście szeleściły, a w jej jaźń zaglądały czerwone oczy. Oczy bogów.

— Powiedzcie mi, co mam uczynić, bogowie — modliła się.

Przez długą chwilę nie było słychać nic poza szumem wiatru i wody, liści i gałęzi. Potem gdzieś daleko, za bożym gajem i nawiedzanymi wieżami, za potężnymi kamiennymi murami Harrenhal, gdzieś na szerokim świecie, rozległo się przeciągłe wycie samotnego wilka. Ramiona Aryi pokryła gęsia skórka. Na moment zakręciło się jej w głowie. Potem usłyszała słaby głos ojca:

— Kiedy spada śnieg i wieje biały wiatr, samotny wilk umiera, ale stado przeżyje — mówił.

— Ale nie ma już stada — wyszeptała do czardrzewa. Bran i Rickon nie żyli, Sansa była w rękach Lannisterów, a Jon odszedł na Mur. — Nie jestem nawet sobą. Jestem Nan.

— Jesteś Aryą z Winterfell, córką północy. Powiedziałaś mi, że potrafisz być silna. Masz w żyłach wilczą krew.

— Wilczą krew. — Przypomniała to sobie teraz. — Obiecałam, że będę tak silna, jak Robb.

Zaczerpnęła głęboko tchu, ujęła kij w obie ręce i złamała go na kolanie. Pękł z głośnym trzaskiem. Kawałki wyrzuciła w krzaki. *Jestem wilkorem i nie potrzebuję drewnianych zębów.*

Nocą leżała w wąskim łóżku na drapiącym sienniku, wsłuchując się w głosy żywych i umarłych, którzy spierali się ze sobą szeptem. Czekała na wschód księżyca. Tylko tym głosom jeszcze ufała. Słyszała brzmienie własnego oddechu, a także wilki. Wataha była bardzo liczna. *Są bliżej niż te, które słyszałam w bożym gaju* — pomyślała. *Wołają mnie.*

W końcu wysunęła się spod koca, wciągnęła bluzę i zeszła boso na dół. Roose Bolton był ostrożnym człowiekiem i wejścia do Królewskiego Stosu strzeżono dniem i nocą, musiała więc wymknąć się przez wąskie okno w piwnicy. Na dziedzińcu panował spokój. Wielkie zamczysko zapadło w nawiedzany przez duchy sen. Z Jęczącej Wieży dobiegało zawodzenie wiatru.

Ogień w kuźni wygaszono, a drzwi zamknięto i zaryglowano. Wsunęła się do środka przez okno, tak jak już to kiedyś zrobiła. Gendry dzielił materac z dwoma innymi uczniami kowalskimi. Przycupnęła na dłuższą chwilę na stryszku, aż wreszcie oczy przyzwyczaiły się jej do ciemności i była pewna, że to ten, który leży na końcu. Zasłoniła mu usta dłonią i uszczypnęła go. Uchylił powieki. Na pewno nie spał zbyt głęboko

— Proszę — wyszeptała. Zdjęła dłoń z jego ust i wyciągnęła palec.

Przez chwilę wydawało się, że jej nie zrozumiał, potem jednak wysunął się nagi spod koców i narzucił na siebie luźną bluzę z surowej wełny, po czym wszedł za nią na stryszek. Nikt ze śpiących nawet się nie poruszył.

— Czego znowu chcesz? — burknął gniewnym głosem.

— Miecza.

— Czarny Kciuk trzyma wszystkie pod kluczem. Mówiłem ci sto razy. Czy to dla lorda Pijawki?

— Dla mnie. Rozwal zamek młotem.

— Rozwalą mi za to łeb — poskarżył się. — Albo gorzej.

— Nie rozwalą, jeśli uciekniesz ze mną.

— Jeśli uciekniesz, złapią cię i zabiją.

— A tobie zrobią coś jeszcze gorszego. Lord Bolton oddaje Harrenhal Krwawym Komediantom. Tak mi powiedział.

Gendry odgarnął z czoła czarne włosy.

— No i co z tego?

Spojrzała mu prosto w oczy, bez cienia strachu.

— To, że kiedy Vargo Hoat zostanie lordem, każe wszystkim służącym odciąć stopę, żeby nie pouciekali. Kowalom też.

— To tylko gadanie — rzucił z pogardą.

— Nie, to prawda. Słyszałam, jak lord Vargo tak mówił — skłamała. — Utnie wszystkim stopy. Lewe. Idź do kuchni obudzić Gorącą Bułkę. On zrobi to, co mu każesz. Będziemy potrzebowali chleba, naleśników albo czegoś w tym rodzaju. Ty weź miecze, a ja zajmę się końmi. Spotkamy się pod tylną bramą we wschodnim murze, za Wieżą Duchów. Tamtędy nikt nie chodzi.

— Znam tę bramę. Jest strzeżona, tak samo jak wszystkie.

— No i co z tego? Nie zapomnisz o mieczach?

— Nie powiedziałem, że przyjdę.

— Nie powiedziałeś. Ale jeśli przyjdziesz, to nie zapomnisz o mieczach?

Zmarszczył brwi.

— Nie — zgodził się wreszcie. — Chyba nie zapomnę.

Arya wróciła do Królewskiego Stosu tą samą drogą, którą go opuściła, po czym ruszyła w górę spiralnymi schodami, czujnie nasłuchując odgłosu kroków. Gdy znalazła się w swej celi, rozebrała się do naga i z rozwagą ubrała ponownie. Założyła dwie warstwy bielizny, ciepłe pończochy i swoją najczystszą bluzę — liberię lorda Boltona. Na piersi miała wyszyty jego herb, obdartego ze skóry człowieka z Dreadfort. Zawiązała buty, narzuciła na chude ramiona wełniany płaszcz i zapętliła sznurówki pod szyją. Cicha jak cień, ruszyła z powrotem na dół. U drzwi lordowskiej samotni zatrzymała się i nasłuchiwała chwilę, a nie usłyszawszy nic oprócz ciszy, uchyliła je powoli.

Mapa z baraniej skóry leżała na stole, obok resztek kolacji lorda Boltona. Zwinęła ją ciasno i wetknęła sobie za pas. Zostawił na stole również sztylet. Jego też zabrała, na wypadek, gdyby Gendry'emu zabrakło odwagi.

Gdy zakradła się do ciemnych stajni, któryś z koni zarżał cicho. Stajenni spali głęboko. Szturchnęła jednego z nich palcem nogi. Usiadł ciężko.

— Hę? Co jest?

— Lord Bolton kazał osiodłać trzy konie.

Chłopak podniósł się, wyciągając sobie słomę z włosów.

— Co, o tej porze? Mówisz, konie? — Przyjrzał się herbowi na jej bluzie. — A po co mu konie po ciemku?

— Lord Bolton nie ma zwyczaju odpowiadać na pytania służby.

Skrzyżowała ramiona.

Chłopiec stajenny nadal spoglądał na obdartego ze skóry człowieka. Wiedział, co on oznacza.

— Powiedziałaś, trzy?

— Raz, dwa, trzy. Konie do polowania. Szybkie i pewnie stąpające.

Pomogła mu założyć uprząż i siodła, by nie musiał budzić pozostałych. Miała nadzieję, że go za to nie ukarzą, wiedziała jednak, że zapewne tak się stanie.

Najtrudniej było przeprowadzić wierzchowce przez zamek. Gdy tylko mogła, trzymała się cienia muru kurtynowego, dzięki czemu chodzący na górze wartownicy musieliby patrzeć prosto w dół, żeby ją zobaczyć. *A jeśli nawet mnie zauważą, to co z tego? Jestem podczaszym jego lordowskiej mości.*

Jesienna noc była zimna i wilgotna. Z zachodu napływały chmury, które przesłaniały gwiazdy, a Jęcząca Wieża przy każdym podmuchu wiatru wydawała z siebie żałobne dźwięki. *Pachnie deszczem* — pomyślała Arya. Nie wiedziała, czy to dobry, czy zły znak dla ich ucieczki.

Nikt jej nie widział, ani ona nie widziała nikogo poza szaro-białym kotem, który lazł szczytem muru otaczającego boży gaj. Zwierzę zatrzymało się i syknęło na nią, budząc wspomnienia Czerwonej Twierdzy, ojca i Syrio Forela.

— Mogłabym cię złapać, gdybym chciała — zawołała do niego cicho. — Ale teraz muszę iść, kocie.

Zasyczał ponownie i rzucił się do ucieczki.

Ze wszystkich pięciu wielkich wież Harrenhal Wieża Duchów była w najgorszym stanie. Wznosiła się, ciemna i opuszczona, za ruinami septu, w którym od prawie trzystu lat modliły się wyłącznie szczury. Tam właśnie zaczekała, by się przekonać, czy Gendry i Gorąca Bułka przyjdą. Miała wrażenie, że trwa to bardzo długo. Konie szczypały wyrastające spomiędzy popękanych brukowców chwasty, a chmury zasłoniły już ostatnie gwiazdy. Wyjęła sztylet i zaczęła go ostrzyć, żeby zająć czymś ręce. Długimi, płynnymi ruchami, tak jak uczył ją Syrio. Uspokajał ją ten dźwięk.

Usłyszała ich na długo przed tym, nim się pojawili. Gorąca Bułka dyszał ciężko, a raz potknął się w ciemności, zdarł sobie skórę z łydki i zaklął tak głośno, że mógłby obudzić połowę Harrenhal. Gendry poruszał się ciszej, lecz miecze, które niósł, obijały się o siebie z brzękiem.

— Tu jestem. — Wstała. — Ciszej, bo was usłyszą.

Chłopcy ruszyli ku niej po zniszczonym bruku. Gendry miał pod płaszczem naoliwioną kolczugę, a na plecy zarzucił sobie młot kowalski. Rumiana, pyzata twarz Gorącej Bułki wystawała spod kaptura. W prawej ręce trzymał worek z chlebem, a pod lewą pachą niósł wielki krąg sera.

— Przy bramie jest strażnik — ostrzegł ją Gendry. — Mówiłem ci, że tak będzie.

— Zostańcie z końmi — poleciła Arya. — Pozbędę się go. Kiedy zawołam, przyjdźcie szybko.

Gendry skinął głową.

— Zahucz jak sowa — zaproponował Gorąca Bułka.

— Nie jestem sową — sprzeciwiła się Arya. — Jestem wilczycą. Zawyję.

Sama zagłębiła się w cień Wieży Duchów. Szła szybko, by wyprzedzić swój strach. Czuła się tak, jakby u jej boku zmierzali Syrio Forel, Yoren, Jaqen H'ghar i Jon Snow. Nie wzięła ze sobą miecza, który przyniósł jej Gendry. Do tego zadania lepiej nada się sztylet. Był dobry i ostry. Brama była najmniejsza ze wszystkich w Harrenhal — wąskie drzwi z mocnej dębiny nabijane żelaznymi gwoździami, osadzone w załomie muru pod wieżą. Strzegł ich tylko jeden żołnierz, wiedziała jednak, że na wieży również stoją wartownicy, a inni z kolei chodzą po murach. Cokolwiek się stanie, musi być cicha jak cień. *Nie mogę pozwolić, by krzyknął* — pomyślała. Zaczęły padać pierwsze krople deszczu. Poczuła, jak jedna z nich wylądowała na jej czole i spłynęła powoli po nosie.

Nie próbowała się ukrywać. Podeszła otwarcie do wartownika, jakby przysłał ją tu sam lord Bolton. Żołnierz przyglądał się jej, zaciekawiony, co sprowadziło tu pazia o tak późnej porze. Kiedy podeszła bliżej, zobaczyła, że to człowiek z północy, bardzo wysoki i chudy, opatulony w obdarte futro. Niedobrze. Mogłoby się jej udać oszukać Freya albo któregoś z Dzielnych Kompanionów, ale ludzie z Dreadfort służyli Roose'owi Boltonowi całe życie i znali go lepiej niż ona.

Gdybym mu powiedziała, że jestem Aryą Stark i rozkazała, by mnie przepuścił... Nie, nie mogła się na to odważyć. Pochodził z północy, ale nie służył Winterfell, lecz Roose'owi Boltonowi.

Kiedy podeszła blisko, rozchyliła płaszcz, by mógł zobaczyć obdartego ze skóry człowieka na jej piersi.

— Przysłał mnie lord Bolton.

— O tej porze? A po co?

Dostrzegła pod futrem błysk stali. Nie wiedziała, czy starczy jej sił, by przebić sztyletem kolczugę. *Gardło, to musi być gardło, ale jest za wysoki. Nie dam rady go dosięgnąć.*

Przez chwilę nie wiedziała, co powiedzieć. Przez chwilę znowu była małą, przerażoną dziewczynką, a ściekający jej po twarzy deszcz przypominał łzy.

— Rozkazał mi dać wartownikom po srebrniku za ich dobrą służbę.

Wydawało się, że te słowa wzięły się znikąd.

— Mówisz, po srebrniku? — Nie uwierzył jej, chciał jednak uwierzyć. Srebro to w końcu srebro. — No to dawaj go.

Wsadziła palce za pazuchę i zacisnęła je na monecie, którą dał jej Jaqen. Po ciemku żelazo można było wziąć za zmatowiałe srebro. Wyciągnęła rękę... i pozwoliła, by pieniążek wypadł jej z palców.

Mężczyzna zaklął cicho i opadł na jedno kolano, by podnieść monetę z ziemi. Jego szyja znalazła się naprzeciw Aryi, która wyciągnęła sztylet i poderżnęła mu gardło ruchem gładkim jak letni jedwab. Trysnęła gorąca krew, która splamiła jej ręce. Spróbował krzyknąć, lecz usta również miał pełne krwi.

— *Valar morghulis* — wyszeptała, gdy umierał.

Kiedy przestał się ruszać, podniosła monetę. Za murami Harrenhal zawył wilk, głośno i przeciągle. Uniosła zamykającą drzwi sztabę, odstawiła ją na bok i otworzyła ciężkie dębowe wrota. Gdy Gorąca Bułka i Gendry przyprowadzili konie, rozpadało się już na dobre.

— Zabiłaś go! — wydyszał piekarczyk.

— A co niby miałam zrobić?

Palce miała lepkie od krwi, od jej woni płoszyła się klacz.

Nie szkodzi — pomyślała, wskakując na siodło. *Deszcz wszystko zmyje.*

Sansa

Sala tronowa była morzem klejnotów, futer i jaskrawych tkanin. Lordowie i damy wypełniali tylną część komnaty i stali pod wysokimi oknami, przepychając się jak handlarki ryb na nabrzeżu.

Dworacy Joffreya prześcigali się dziś wspaniałością stroju. Jalabhar Xho cały spowity był w pióra, tak jaskrawe i ekstrawaganckie, że wydało się, iż zaraz poderwie się do lotu. Kryształowa korona wielkiego septona wypełniała powietrze tęczami za każdym razem, gdy poruszył głową. Siedząca za stołem rady królowa Cersei miała na sobie lśniącą suknię ze złotogłowiu, pod której rozcięciami widać było burgundowy aksamit, a zasiadający obok niej, uśmiechnięty głupkowato Varys pysznił się liliowym brokatem. Księżycowy Chłopiec i ser Dontos dostali nowe błazeńskie stroje, czyste jak wiosenny poranek. Nawet lady Tanda i jej córki wyglądały ładnie w sukniach z turkusowego jedwabiu obszytych futrem popielic, a lord Gyles kasłał w szkarłatną, jedwabną chusteczkę ozdobioną złotą koronką. Król Joffrey siedział nad nimi wszystkimi, pośród ostrz i zadziorów Żelaznego Tronu. Miał na sobie szatę z karmazynowego brokatu, czarny płaszcz wyszywany rubinami, a na głowie ciężką, złotą koronę.

Sansa przepychała się przez tłum rycerzy, giermków i bogatych mieszczan, aż wreszcie dotarła na sam przód galerii. W tej samej chwili trąby obwieściły nadejście lorda Tywina Lannistera.

Wjechał do sali na rumaku i zsiadł z niego przed Żelaznym Tronem. Sansa nigdy nie widziała takiej zbroi. Cała zrobiona była z polerowanej czerwonej stali, pełna złotych inkrustacji i ozdób. Jego tarczki wyglądały jak słońca, ryczący lew, który zdobił hełm, miał ślepia z rubinów, a lwice na ramionach przypinały do zbroi płaszcz ze złotogłowiu tak długi i ciężki, że pokrywał zad ogiera. Nawet końska zbroja była pozłacana, a rząd wykonano z lśniącego karmazynowego jedwabiu, ozdobionego lwem Lannisterów.

Lord Casterly Rock wyglądał tak majestatycznie, że wszyscy przeżyli szok, gdy jego koń narobił prosto pod tron. Gdy Joffrey zszedł na dół, by uściskać dziadka i ogłosić go zbawcą miasta, musiał z wielką ostrożnością omijać łajno. Sansa zasłoniła usta, by ukryć nerwowy uśmieszek.

Joff publicznie poprosił lorda Tywina o przejęcie rządów nad królestwem, a ten z powagą wziął na siebie ową odpowiedzialność „dopóki Wasza Miłość nie osiągnie pełnoletności". Następnie giermkowie zdjęli mu zbroję i Joff założył na jego szyję łańcuch namiestnika. Lord Casterly Rock zasiadł za stołem rady, naprzeciwko królowej. Gdy już wyprowadzono rumaka i uprzątnięto jego hołd, Cersei skinieniem głowy nakazała wznowić ceremonię.

Każdego z wchodzących przez wielkie dębowe drzwi bohaterów witała fanfara mosiężnych trąb. Heroldzi wykrzykiwali jego imię i wyliczali czyny, jakich dokonał, a szlachetni rycerze i wysoko urodzone damy darli się tak głośno, jak zbiry obserwujące walkę kogutów. Najzaszczytniejsze miejsce przypadło Mace'owi Tyrellowi, lordowi Wysogrodu. Ongiś był on potężnym mężczyzną, utył jednak bardzo, choć nadal pozostawał przystojny. Za nim weszli jego synowie, ser Loras i jego starszy brat ser Garlan Dzielny. Wszyscy trzej wystrojeni byli w zielony aksamit obszyty sobolami.

Król po raz drugi zszedł z tronu, by ich przywitać, co było wielkim zaszczytem. Każdemu z nich zapiął na szyi wykuty z miękkiego złota łańcuch róż, z którego zwisał złoty dysk z lannisterskim lwem z rubinów.

— Róże są oparciem dla lwa, tak jak potęga Wysogrodu jest oparciem dla królestwa — oznajmił Joffrey. — Jeśli pragniecie ode mnie jakiejś łaski, musicie tylko o nią poprosić.

Teraz — pomyślała Sansa.

— Wasza Miłość — zaczął ser Loras. — Upraszam cię o zaszczyt służby w twej Gwardii Królewskiej. Chciałbym bronić cię przed wrogami.

Joffrey pomógł Rycerzowi Kwiatów wstać z klęczek i pocałował go w policzek.

— Zgoda, bracie.

Lord Tyrell pokłonił głowę.

— Nic nie napawa mnie większą radością niż służba Królewskiej Miłości. Jeśli uznasz, że jestem godzien członkostwa w twej królewskiej radzie, przekonasz się, że nikt nie mógłby być wierniejszy ode mnie.

Joff położył dłoń na ramieniu lorda Tyrella, a gdy ten wstał, pocałował go.

— Spełnię i twoje życzenie.

Ser Garlan Tyrell, pięć lat starszy od ser Lorasa, był wyższą, brodatą wersją swego sławniejszego brata. Miał też potężniejszą klatkę piersiową i bary, a choć jego twarz była przystojna, brakowało mu zdumiewającej urody Rycerza Kwiatów.

— Wasza Miłość — oznajmił Garlan, gdy król podszedł do niego — mam dziewiczą siostrę imieniem Margaery, która wzbudza zachwyt całego naszego rodu. Jak ci wiadomo, poślubiła Renly'ego Baratheona, ale lord Renly wyruszył na wojnę, nim zdążył skonsumować małżeństwo, pozostaje więc niewinna. Margaery słyszała liczne opowieści o twej mądrości, odwadze i szlachetności, dzięki czemu zapałała do ciebie miłością z daleka. Błagam cię, byś wysłał po nią i zgodził się ją poślubić, by w ten sposób połączyć nasze rody na wieki.

Król Joffrey udał zaskoczonego.

— Ser Garlanie, twa siostra słynie z urody w całych Siedmiu Królestwach, ale jestem zaręczony z inną. Król musi być wierny swemu słowu.

Królowa Cersei zerwała się z krzesła z szelestem spódnic.

— Wasza Miłość, w opinii twej małej rady byłoby niegodne i nierozsądne, gdybyś poślubił córkę człowieka ściętego za zdradę, dziewczynę, której brat otwarcie zbuntował się przeciw tronowi. Panie, twoi doradcy błagają cię, byś dla dobra królestwa wyrzekł się Sansy Stark. Lady Margaery będzie dla ciebie znacznie odpowiedniejszą królową.

Zgromadzeni w sali lordowie i damy zaczęli głośno krzyczeć z radości niczym sfora tresowanych psów.

— Margaery! — wołali. — Daj nam Margaery!

— Nie chcemy zdrajczyni! Tyrell! Tyrell!

Joffrey uniósł rękę.

— Chciałbym spełnić życzenie swych poddanych, matko, ale złożyłem świętą przysięgę.

Podszedł do niego wielki septon.

— Wasza Miłość, bogowie poważnie traktują zaręczyny, ale twój ojciec, błogosławionej pamięci król Robert, zawarł tę umowę, nim Starkowie z Winterfell okazali się zdrajcami. Zbrodnie, jakich dopuścili się przeciw królestwu, zwalniają cię z wszelkich obietnic. Dla Wiary kontrakt małżeński między tobą a Sansą Stark jest nieważny.

Salę tronową wypełnił radosny tumult.

— Margaery! Margaery! — krzyczano wszędzie wokół Sansy.

Dziewczyna pochyliła się, zaciskając kurczowo dłonie na drewnianej poręczy galerii. Wiedziała, co ma się teraz stać, wciąż jednak bała się, że Joffrey może nie zechcieć zwrócić jej słowa, nawet jeśli miałoby go to kosztować tron. Miała wrażenie, że znowu znalazła się na marmurowych schodach pod Wielkim Septem Baelora i czeka, aż jej książę okaże łaskę jej ojcu, a potem słyszy, jak rozkazuje Ilynowi Payne'owi ściąć mu głowę. *Proszę* — modliła się gorączkowo. *Niech to powie, niech to powie.*

Lord Tywin wbił wzrok we wnuka. Joff spojrzał na niego spode łba, przestąpił z nogi na nogę i pomógł ser Garlanowi Tyrellowi wstać.

— Bogowie są łaskawi. Mogę podążyć na głosem serca. Z radością poślubię twą słodką siostrę, ser.

Ucałował ser Garlana w brodaty policzek przy akompaniamencie głośnych wiwatów tłumu.

Sansę ogarnęły dziwne zawroty głowy. *Jestem wolna.* Czuła spoczywające na niej spojrzenia. *Nie mogę się uśmiechać* — powtarzała sobie. Królowa ostrzegała ją, że bez względu na to, co czuje, przed światem musi okazać smutek.

— Nie pozwolę, by mojego syna upokorzono — oznajmiła. — Czy to jasne?

— Tak. Ale jeśli nie będę królową, to co się ze mną stanie?

— O tym zadecydujemy później. Na razie zostaniesz na dworze jako nasza podopieczna.

— Chcę wrócić do domu.

Królową poirytowały te słowa.

— Powinnaś już się nauczyć, że nikt z nas nie dostaje tego, czego chce.

Ale ja dostałam — pomyślała Sansa. *Uwolniłam się od Joffreya. Nie będę musiała go całować, oddać mu dziewictwa ani rodzić dzieci. Niech Margaery Tyrell robi to wszystko. Biedactwo.*

Gdy rwetes przycichł, lord Wysogrodu zasiadał już za stołem rady, a jego synowie dołączyli do innych rycerzy i paniątek pod oknami. Gdy wywoływano następnych bohaterów bitwy nad Czarnym Nurtem, by ich z kolei nagrodzić, Sansa starała się mieć smutną i przygnębioną minę.

Paxter Redwyne, lord Arbor, przeszedł przez komnatę ze swymi bliźniaczymi synami Horrorem i Boberem u boków. Ten pierwszy utykał wskutek odniesionej w bitwie rany. Za nimi zjawili się: lord Mathis Rowan w śnieżnobiałym wamsie z wielkim drzewem wyszytym na piersi złotą nicią; lord Randyll Tarly, chudy i łysiejący, dźwigający na plecach oburęczny miecz w wysadzanej klejnotami pochwie; ser Kevan Lannister, ciężko zbudowany, również łysiejący mężczyzna z krótko przystrzyżoną brodą; ser Addam Marbrand, któremu miedziane włosy opadały na ramiona; wielcy zachodni lordowie, Lydden, Crakehall i Brax.

Potem przyszła kolej na czterech niżej urodzonych mężczyzn, którzy wyróżnili się w walce. Jednooki rycerz ser Philip Foote zabił w bitwie lorda Bryce'a Carona; wolny Lothor Brune utorował sobie drogę między pięćdziesięcioma zbrojnymi Fossowayów, by wziąć do niewoli ser Jona od zielonego jabłka, a zabić ser Bryana i ser Edwyda od czerwonego, czym zasłużył sobie na miano Lothora Jabłkożercy; Willit, posiwiały zbrojny w służbie ser Harysa Swyfta wyciągnął swego pana spod konającego rumaka i obronił go przed dwunastoma wrogami; a zwany Josmynem Peckledonem giermek o pokrytych puszkiem policzkach zabił dwóch rycerzy, ranił trzeciego i wziął do niewoli dwóch kolejnych, mimo że miał najwyżej czternaście lat. Willit odniósł tak ciężkie rany, że przyniesiono go na noszach.

Ser Kevan zajął miejsce obok brata, wstał jednak, gdy heroldowie skończyli wyliczać czyny każdego z bohaterów.

— Jest życzeniem Jego Miłości, by ci dobrzy ludzie otrzymali nagrodę za swe męstwo. Zgodnie z jego dekretem ser Philip będzie od tej pory lordem Philipem z rodu Foote'ów i jemu zostaną przyznane wszystkie ziemie, prawa i dochody rodu Caronów. Lothor Brune ma otrzymać tytuł rycerski, a po wojnie także ziemię i zamek w dorzeczu. Jasmyn Peckledon dostanie miecz oraz zbroję i będzie mógł sobie wybrać rumaka z królewskich stajni. On również zostanie pasowany na rycerza, gdy tylko osiągnie pełnoletność. Natomiast Willit otrzyma w nagrodę włócznię ze srebrnymi okuciami, nową kolczugę oraz pełen hełm z zasłoną. Ponadto jego synowie wstąpią na służbę u Lannisterów w Casterly Rock, starszy jako giermek, a młodszy jako paź, i jeśli będą służyli dobrze i wiernie, oni również będą mieli szansę zostać rycerzami. Na wszystko to zgodę wyraził królewski namiestnik i mała rada.

Następnie uhonorowano kapitanów królewskich okrętów „Dziki Wiatr", „Książę Aemon" i „Rzeczna Strzała", a także podoficerów z „Bożej Łaski", „Kopii", „Jedwabnej Damy" i „Tarana". O ile Sansa się nie myliła, wyróżnili się oni głównie tym, że uszli z życiem z bitwy na rzece, czym mogło się pochwalić tylko niewielu. Królewskie podziękowania otrzymał również piromanta Hallyne i mistrzowie Cechu Alchemików. Hallyne'owi przyznano też tytuł lordowski, Sansa zauważyła jednak, że nominacji tej nie towarzyszyły ziemie ani zamek, co znaczyło, że alchemik nie jest prawdziwym lordem, podobnie jak Varys. Znacznie większe znaczenie miał tytuł, który przypadł ser Lancelowi Lannisterowi. Joffrey przyznał mu ziemie, zamek i prawa rodu Darrych, którego ostatni potomek zginął podczas walk w dorzeczu. „nie pozostawiając prawowitych dziedziców krwi Darrych, a tylko kuzyna z nieprawego łoża".

Ser Lancel nie pojawił się jednak, by przyjąć ów zaszczyt. Mówiono, że rana może go kosztować rękę albo nawet życie. Krasnal podobno również był umierający. Otrzymał straszliwe cięcie w głowę.

Gdy herold zawołał: „Lord Petyr Baelish", pojawił się Littlefinger odziany w różowo-śliwkowy strój wyszywany w przedrzeźniacze. Widziała, że uśmiechnął się, klękając przed Żelaznym Tronem.

Jest okropnie zadowolony z siebie.

Nie słyszała, by dokonał podczas bitwy czegoś szczególnie bohaterskiego, wyglądało jednak na to, że nagroda i tak go nie minie.

Ser Kevan znowu wstał.

— Jest życzeniem Królewskiej Miłości, by jego wierny doradca Petyr Baelish otrzymał nagrodę za swą służbę koronie i królestwu. Niech wszyscy się dowiedzą, że lord Baelish otrzymuje zamek Harrenhal ze wszystkimi ziemiami i dochodami. Będzie on odtąd jego siedzibą jako Najwyższego Lorda Tridentu. Petyr Baelish, jego synowie i wnuki będą się cieszyć tym zaszczytem aż po kres czasów i wszyscy lordowie Tridentu złożą mu hołd jako swemu seniorowi. Królewski namiestnik i mała rada wyrażają zgodę.

Klęczący Littlefinger podniósł wzrok na króla Joffreya.

— Dziękuję pokornie, Wasza Miłość. Przypuszczam, że znaczy to, iż będę się musiał teraz postarać o synów i wnuków.

Joffrey parsknął śmiechem, a dwór mu zawtórował. *Najwyższy lord Tridentu* — pomyślała Sansa. *A do tego lord Harrenhal.* Nie rozumiała, z czego tak się ucieszył. Te zaszczyty były równie pozbawione znaczenia, jak te, które przyznano piromancie Hallyne'owi. Wszyscy wiedzieli, że Harrenhal jest przeklęty, a w dodatku wcale nie znajdował się obecnie w rękach Lannisterów. Poza tym, lordowie Tridentu poprzysięgli wierność Riverrun i rodowi Tullych oraz królowi północy. Nigdy nie uznają Littlefingera za swego seniora.

Chyba, że zostaną do tego zmuszeni. Chyba że mój brat, wuj i dziadek poniosą klęskę i zginą. Ta myśl zaniepokoiła Sansę, powiedziała sobie jednak, że jest głupia. *Robb wygrał z nimi wszystkie bitwy. Jeśli będzie musiał, pokona też lorda Baelisha.*

Rycerzami uczyniono tego dnia ponad sześciuset ludzi. Wszyscy całą noc czuwali w Wielkim Sepcie Baelora, a rankiem przeszli całe miasto na bosaka, by dowieść, że są pokornego serca. Przyszli tu teraz odziani w szaty z niebarwionej wełny, by pasowali ich członkowie Gwardii Królewskiej. Trwało to długo, ponieważ obecnych było tylko trzech Braci Białego Miecza. Mandon Moore zginął w bitwie, Ogar przepadł bez śladu, Aerys Oakheart przebywał w Dorne z księżniczką Myrcellą, a Jaime Lannister był jeńcem Robba. Zostali tylko Balon Swann, Meryn Trant i Osmund Kettleblack. Gdy dotknięto go mieczem, każdy z mężczyzn wstawał, zapinał pas i przechodził pod okna. Niektórzy po marszu przez miasto mieli zakrwawione stopy, Sansie jednak wszyscy wydawali się wysocy i dumni.

Kiedy wszyscy nowi rycerze otrzymali już tytuł sera, w komnacie zapanowało zniecierpliwienie. Joffrey również wyraźnie miał tego dość. Niektórzy z ludzi stojących na galerii wymykali się ukradkiem, lecz notable na dole znaleźli się w pułapce i nie mogli wyjść bez pozwolenia króla. Sądząc po tym, jak wiercił się na Żelaznym Tronie, Joff z radością by im go udzielił, lecz program dnia nie był jeszcze bynajmniej wyczerpany. Nastrój uległ zmianie, gdy wprowadzono jeńców.

Wśród nich również byli wielcy lordowie i szlachetni rycerze: stary, skwaszony lord Celtigar Czerwony Krab; ser Bonifer Dobry; lord Estermont, starszy nawet od Celtigara; lord Varner, który utykał na złamanej w kolanie nodze, lecz nie chciał przyjąć niczyjej pomocy; ser Mark Mullendore o poszarzałej twarzy, z lewą ręką uciętą w łokciu; dziki Rudy Ronnet z Gniazda Gryfów; ser Dermot z Deszczowego Lasu; lord Willum i jego synowie Josua oraz Elyas; ser Jon Fossoway; ser Timon Skrobimiecz; Aurane, bękart z Driftmarku; lord Staedmon zwany Groszolubem i setki innych.

Ci, którzy przeszli na drugą stronę podczas bitwy, musieli tylko poprzysiąc wierność Joffreyowi, ale tym, którzy walczyli za Stannisa aż do gorzkiego końca, rozkazano przemówić. Ich los zależał od ich słów. Jeśli błagali o przebaczenie za zdradę i obiecywali, że będą odtąd wiernie służyć Joffreyowi, przyjmował ich z powrotem w obręb królewskiego pokoju i oddawał im wszystkie ziemie oraz prawa. Garstka z nich nie chciała się jednak poddać.

— Niech ci się nie zdaje, że to koniec, chłopcze — ostrzegł bękart jednego z Florentów. — Król Stannis jest pod opieką Pana Światła, teraz i zawsze. Wszystkie twe miecze i knowania nie ocalą cię, gdy wybije godzina.

— Twoja godzina wybiła teraz. — Joffrey skinął na ser Ilyna Payne'a, nakazując mu ściąć Florenta. Gdy tylko jednak go wywleczono, odezwał się jakiś rycerz o poważnym licu, który na opończy miał wyszyte gorejące serce.

— Stannis jest prawdziwym królem! — krzyknął. — Na Żelaznym Tronie siedzi potwór, ohydny owoc kazirodztwa!

— Zamilcz! — ryknął ser Kevan Lannister.

Rycerz podniósł tylko głos.

— Joffrey jest czarnym robakiem, który zżera serce królestwa! Jego ojcem jest ciemność, a matką śmierć! Zabijcie go, nim zepsuje was wszystkich! Zabijcie ich wszystkich, królową kurwę i króla robaka, przebrzydłego karła i plotkarskiego pająka, fałszywe kwiaty. Ratujcie się! — Jeden ze złotych płaszczy zwalił go z nóg, lecz mężczyzna nie przestawał krzyczeć. — Nadejdzie ogień, który oczyszcza! Król Stannis powróci!

Joffrey dźwignął się chwiejnie na nogi.

— Ja jestem królem! Zabijcie go! Natychmiast! Rozkazuję go zabić. — Walnął z wściekłości ręką w poręcz i wrzasnął z bólu, gdy otarł ramieniem o jeden z otaczających go ostrych metalowych kłów. Jaskrawy, karmazynowy brokat rękawa splamiła krew, nadając mu barwę ciemniejszej czerwieni. — Mamo — zawył.

Wszyscy skierowali wzrok na króla, dzięki czemu leżącemu na podłodze mężczyźnie udało się w jakiś sposób wyrwać włócznię jednemu ze złotych płaszczy. Wspierając się na niej, zdołał wstać.

— Tron go odrzuca! — krzyknął. — Nie jest królem!

Cersei podbiegła do tronu, lecz lord Tywin pozostał nieruchomy jak kamień. Wystarczyło, by skinął palcem, a Meryn Trant ruszył w stronę rycerza z wyciągniętym mieczem. Koniec był szybki i brutalny. Złote płaszcze złapały mężczyznę za ramiona.

— Nie jest królem! — zawołał jeszcze raz, nim ser Meryn przebił mu pierś mieczem.

Joff padł matce w ramiona. Trzech maesterów podbiegło do niego i wyprowadziło go przez królewskie drzwi. Potem wszyscy zaczęli mówić jednocześnie. Gdy złote płaszcze wywlekły zwłoki, na posadzce został jasny, krwawy ślad. Lord Baclish pogłaskał brodę, gdy Varys szepnął mu coś do ucha. *Czy pozwolą nam teraz odejść?* — zastanowiła się Sansa. Zostało jeszcze około dwudziestu jeńców, nikt jednak nie wiedział, czy zaprzysięgną wierność, czy będą wykrzykiwać przekleństwa.

Lord Tywin wstał z miejsca.

— Kontynuujemy — oznajmił silnym, wyraźnym głosem, który uciszył szepty. — Ci, którzy chcą prosić o wybaczenie za zdradę, mogą to uczynić. Nie pozwolimy już na dalsze szaleństwa.

Podszedł do Żelaznego Tronu i usiadł na stopniu, tylko trzy stopy nad podłogą.

Gdy spotkanie dobiegło końca, za oknami zapadał już zmrok. Schodząc z galerii, Sansa czuła się słaba z wyczerpania. Zastanawiała się, jak poważnie skaleczył się Joffrey. *Podobno Żelazny Tron jest niebezpieczny i okrutny dla tych, którzy nie mają prawa na nim siadać.*

Gdy dotarła bezpiecznie do swej komnaty, przycisnęła sobie poduszkę do twarzy, by stłumić pisk radości. *Och, dobrzy bogowie, uczynił to. Wyrzekł się mnie na oczach wszystkich.* Gdy służąca przyniosła jej kolację, omal jej nie pocałowała. Dostała gorący chleb i świeżo ubite masło, gęsty wołowy rosół, kapłona z marchewką oraz brzoskwinie w miodzie. *Nawet jedzenie wydaje się teraz słodsze* — pomyślała.

Kiedy zrobiło się ciemno, założyła płaszcz i poszła do bożego gaju. Na zwodzonym moście straż pełnił ser Osmund Kettleblack, zakuty w białą zbroję. Gdy go pozdrawiała, starała się, by w jej głosie brzmiało przygnębienie. Wyszczerzył zęby w dwuznacznym uśmiechu, podejrzewała więc, że nie udało jej się go nabrać.

Pod skąpanymi w blasku księżyca liśćmi czekał na nią Dontos.

— Czemu jesteś taki smutny? — zapytała go radośnie. — Byłeś tam, słyszałeś wszystko. Joff zerwał zaręczyny, skończył ze mną i...

Ujął jej dłoń.

— Och, Jonquil, moja biedna Jonquil, nic nie rozumiesz? Skończył z tobą? Jeszcze nawet nie zaczął.

— Co chcesz przez to powiedzieć? — zapytała zrozpaczona.

— Królowa nigdy cię nie wypuści, nigdy. Jesteś zbyt cennym zakładnikiem. A Joffrey… słodziutka, on nadal jest królem. Jeśli zechce cię wziąć do łoża, zrobi to, tyle że teraz będziesz nosiła jego bękartów, a nie prawowitych synów.

— Nie — sprzeciwiła się wstrząśnięta Sansa. — Wyrzekł się mnie, powiedział…

Ser Dontos dał jej w ucho zaślinionego całusa.

— Bądź odważna. Poprzysiągłem, że odwiozę cię do domu i teraz mogę dotrzymać przysięgi. Wybrałem już dzień.

— Kiedy? — zapytała. — Kiedy uciekniemy?

— W noc ślubu Joffreya. Po uczcie. Wszystko już załatwione. W Czerwonej Twierdzy będzie mnóstwo obcych. Połowa dworzan się upije, a druga połowa będzie pomagała Joffreyowi zaprowadzić żonę do łoża. Zapomną o tobie na moment, a zamieszanie będzie naszym sojusznikiem.

— Ale ślub odbędzie się za księżyc. Margaery Tyrell przebywa w Wysogrodzie. Dopiero po nią wysłali.

— Czekałaś tak długo. Bądź cierpliwa jeszcze przez chwilę. Proszę, mam coś dla ciebie.

Ser Dontos pogrzebał w sakwie i wydobył z niej srebrzystą pajęczynę, która zwisła między jego grubymi palcami.

Była to siatka na włosy wykonana ze srebrnych nici, tak cienkich i delikatnych, że gdy Sansa ujęła ją w palce, wydawało się jej, iż ozdoba waży nie więcej niż tchnienie. Tam, gdzie pasemka krzyżowały się ze sobą, wprawiono w nie małe klejnoty, tak ciemne, że zdawały się spijać blask księżyca.

— Co to za kamienie?

— Czarne ametysty z Asshai. Najrzadszy rodzaj. Za dnia mają barwę najgłębszego fioletu.

— Jest bardzo piękna — powiedziała Sansa, myśląc: *Potrzebny mi statek, nie siatka na włosy.*

— Piękniejsza niż ci się zdaje, słodkie dziecko. Rozumiesz, jest w niej magia. Trzymasz w dłoni sprawiedliwość. Zemstę za ojca. — Dontos pochylił się nad nią i znowu ją pocałował. — Powrót do domu.

Theon

Gdy pod murami dostrzeżono pierwszych zwiadowców, przyszedł do niego maester Luwin.

— Mości książę, musisz się poddać.

Theon wbił wzrok w talerz, na którym miał naleśniki z owsianej mąki, miód i krwawą kiszkę. Kolejna bezsenna noc zszargała mu nerwy. Na sam widok jedzenia zbierało mu się na mdłości.

— Nie było odpowiedzi od mojego stryja?

— Nie — odparł maester. — Ani od twego ojca z Pyke.

— Wyślij nowe ptaki.

— To nic nie da. Nim dolecą…

— Wyślij je! — Zrzucił gwałtownym ruchem talerz na ziemię, zerwał z siebie koce i wstał nagi z łoża Neda Starka. — A może pragniesz mojej śmierci? O to chodzi, Luwinie? Mów prawdę.

Niski, posiwiały mężczyzna nie okazywał strachu.

— Mój zakon służy.

— Tak, ale komu?

— Królestwu — odparł maester Luwin. — I Winterfell. Theonie, kiedyś uczyłem cię rachunków i czytania, historii i sztuki wojennej. Mogłem cię też nauczyć więcej, gdybyś tylko wykazał ochotę. Nie twierdzę, że darzę cię wielką miłością, ale nie potrafię cię też nienawidzić. Zresztą nawet gdyby tak było, dopóki pozostajesz panem Winterfell, przysięga każe mi służyć ci radą. A teraz radzę ci, byś się poddał.

Theon pochylił się, by podnieść płaszcz z podłogi. Strząsnął z niego sitowie i zarzucił go sobie na ramiona. *Ogień, potrzebny mi ogień i czyste ubranie. Gdzie jest Wex? Nie chcę iść do grobu w brudnym stroju.*

— Nie masz żadnych szans utrzymania twierdzy — ciągnął maester. — Gdyby pan ojciec zamierzał wysłać ci pomoc, już by to uczynił. Interesuje go tylko Przesmyk. Bitwa o północ zostanie stoczona w ruinach Fosy Cailin.

— Może to i prawda — przyznał Theon. — Ale dopóki trzymam w ręku Winterfell, ser Rodrik i lordowie chorążowie Starków nie mogą pomaszerować na południe, by zaatakować mego stryja od tyłu. — *Ja też wiem co nieco o sztuce wojennej, starcze.* — Mam wystarczająco wiele zapasów, by wytrzymać rok oblężenia.

— Nie będzie żadnego oblężenia. Może poświęcą dzień czy dwa na montowanie drabin i wiązanie haków do lin. Potem przejdą przez mury w stu miejscach jednocześnie. Być może uda ci się bronić przez jakiś czas w wieży, ale zamek padnie w ciągu godziny. Lepiej będzie, jeśli otworzysz bramy i poprosisz o...

— ...łaskę? Wiem, jaką łaskę mogą mi zaoferować.

— Istnieje sposób.

— Pochodzę z żelaznego rodu — przypomniał mu Theon. — My mamy własne sposoby. Jaki wybór mi dali? Nie, nie odpowiadaj, dość już mam twoich rad. Wyślij te ptaki, jak ci rozkazałem, i powiedz Lorrenowi, że chcę się z nim widzieć. I Wexowi też. Życzę sobie też, żeby wyczyszczono moją kolczugę, a żołnierze niech się zgromadzą na dziedzińcu.

Przez chwilę mogło się wydawać, że maester mu się sprzeciwi. Wreszcie jednak Luwin pokłonił się sztywno.

— Wedle rozkazu.

Grupa wyglądała żałośnie. Żelaznych ludzi było niewielu, a dziedziniec był duży.

— Zaatakują nas przed zmierzchem — oznajmił. — Ser Rodrik Cassel i wszyscy lordowie, którzy zebrali się na jego rozkaz. Nie będę przed nimi uciekał. Zdobyłem ten zamek i zamierzam go utrzymać, żyć albo umrzeć jako książę Winterfell. Nikomu jednak nie rozkażę ginąć razem ze mną. Jeśli odejdziecie teraz, nim nadejdą główne siły ser Rodrika, będziecie mieli szansę ucieczki. — Wydobył miecz i nakreślił nim linię na piasku. — Niech ci, którzy chcą zostać i walczyć, wystąpią naprzód.

Nikt się nie odzywał. Odziani w kolczugi, futra i utwardzane skóry mężczyźni stali nieruchomo jak wykuci z kamienia. Kilku z nich wymieniło spojrzenia, Urzen zaszurał nogami, a Dykk Harlaw odkaszlnął i splunął. Długich, jasnych włosów Endehara dotknął palec wiatru.

Theon miał wrażenie, że tonie. *Dlaczego mnie to dziwi?* — pomyślał przygnębiony. Opuścił go ojciec, stryjowie, siostra, a nawet ten nędznik Fetor. Czemu jego ludzie mieliby być wierniejsi? Nie mógł nic powiedzieć ani zrobić, a jedynie stać z mieczem w dłoni pod potężnymi, szarymi murami i bezlitosnym, białym niebem, i czekać...

Pierwszy linię przekroczył Wex. Trzy szybkie kroki i już stał przygarbiony u boku Theona. Zawstydzony przez chłopca Czarny Lorren podążył za jego przykładem, łypiąc wściekle spode łba.

— Kto jeszcze? — warknął Theon.

Wystąpił Rudy Rolfe. Kromm. Werlag. Tymor i jego bracia. Ulf Chory. Harrag Owcokrad. Czterech Harlawów i dwóch Botleyów. Ostatni był Kenned Wieloryb. W sumie siedemnastu.

Wśród tych, którzy nie ruszyli się z miejsca, byli Urzen, Stygg, a także dziesięciu ludzi, których przyprowadziła Asha z Deepwood Motte.

— Idźcie więc — powiedział im Theon. — Uciekajcie do mojej siostry. Nie wątpię, że ciepło was przywita.

Stygg miał przynajmniej tyle przyzwoitości, by zrobić zawstydzoną minę. Reszta odeszła bez słowa. Theon zwrócił się ku pozostałym siedemnastu.

— Wracajcie na mury. Jeśli bogowie nas oszczędzą, zapamiętam każdego z was.

Rozeszli się, lecz Czarny Lorren został na dziedzińcu.

— Gdy tylko zacznie się walka, mieszkańcy zamku zwrócą się przeciw nam.

— Wiem o tym. Co twoim zdaniem powinienem zrobić?

— Zamknąć wszystkich — odparł Lorren.

Theon potrząsnął głową.

— Czy pętla gotowa?

— Gotowa. Chcesz jej użyć?

— Znasz lepszy sposób?

— Tak. Wezmę topór i stanę na tym zwodzonym moście. Niech spróbują przejść. Po jednym, po dwóch, po trzech, wszystko mi jedno. Dopóki będę oddychał, nikt nie przedostanie się na drugą stronę.

On chce zginąć — pomyślał Theon. *Nie chodzi mu o zwycięstwo, lecz o kres godny pieśni.*

— Użyjemy pętli.

— Jak sobie życzysz — odparł Lorren z pogardą w oczach.

Wex pomógł mu ubrać się przed bitwą. Pod czarną opończą i złotym płaszczem miał dobrze naoliwioną kolczą koszulę, a pod nią warstwę sztywnej, utwardzanej skóry. Następnie Theon wspiął się na wieżę strażniczą usytuowaną w miejscu, gdzie wschodni mur łączył się z południowym, by spojrzeć w twarz swej zgubie. Ludzie z północy otaczali już zamek. Trudno było ocenić ich liczebność. Było ich przynajmniej tysiąc, być może dwa razy więcej. Przeciw siedemnastu. Mieli katapulty i skorpiony. Nie widział nadciągających królewskim traktem wież oblężniczych, lecz w wilczym lesie było pod dostatkiem drewna, będą je więc mogli sobie zbudować na miejscu.

Przyglądał się ich chorągwiom przez myrijską rurę z soczewkami należącą do maestera Luwina. Topór Cerwynów łopotał dzielnie na drzewcu, widać też było drzewa Tallhartów i trytony z Białego Portu. Mniej było herbów Flintów i Karstarków. Tu i ówdzie dostrzegał nawet łosia Hornwoodów. *Ale nie ma Gloverów. Zajęła się nimi Asha. Nie przybyli też Boltonowie z Dreadfort, a Umberowie nie chcą opuszczać cienia Muru.*

Nie byli tu jednak potrzebni. Wkrótce pod bramą pojawił się młody Cley Cerwyn, który niósł na długim drzewcu sztandar pokoju. Chłopak oznajmił, że ser Rodrik Cassel chce pertraktować z Theonem Sprzedawczykiem.

Sprzedawczyk. To miano było gorzkie niczym żółć. Przypomniał sobie, że popłynął na Pyke po to, by poprowadzić ojcowskie drakkary na Lannisport.

— Zaraz przyjdę — odkrzyknął. — Sam.

Czarnemu Lorrenowi to się nie spodobało.

— Krew można zmyć tylko krwią — oznajmił. — Rycerze mogą dotrzymywać rozejmu z innymi rycerzami, lecz gdy mają do czynienia z tymi, których uważają za wyjętych spod prawa, nie dbają o honor aż tak bardzo.

— Jestem księciem Winterfell i dziedzicem Żelaznych Wysp — najeżył się Theon. — Idź po dziewczynkę i zrób to, co ci kazałem.

Czarny Lorren obrzucił go morderczym spojrzeniem.

— Tak jest, książę.

On również zwrócił się przeciwko mnie — zrozumiał Theon. Ostatnio odnosił wrażenie, że nawet kamienie Winterfell stały się jego wrogami. *Jeśli zginę, zginę samotny i porzucony.* Cóż innego mógł w tej sytuacji uczynić, jak nie zachować życie?

Podjechał do wieży bramnej w koronie na głowie. Jedna z kobiet czerpała wodę ze studni, a kucharz Gage stał w drzwiach kuchni. Kryli swą nienawiść za posępnymi spojrzeniami i twarzami pozbawionymi wyrazu, i tak jednak potrafił ją wyczuć.

Gdy opuszczono most zwodzony, nad fosą powiał zimny wiatr. Theon zadrżał od jego dotyku. *To tylko chłód, nic więcej* — powiedział sobie. *Drżę z zimna, nie ze strachu. Odważni ludzie też marzną.*

Ruszył prosto pod wiatr, przejechał pod kratą i minął most. Otworzono przed nim zewnętrzną bramę. Gdy wyjechał z zamku, poczuł na sobie spojrzenia pustych oczodołów zatkniętych na murze głów.

Ser Rodrik czekał pośrodku placu targowego, na swym jabłkowitym wałachu. Na drzewcu trzymanym przez młodego Cleya Cerwyna powiewał wilkor Starków. Byli tu sami, choć Theon widział łuczników na dachach okolicznych domów, włóczników po prawej, a po lewej linię konnych rycerzy, nad którymi powiewał tryton z trójzębem rodu Manderlych. *Każdy z nich chce mojej śmierci.* Niektórzy byli chłopakami, z którymi pił, grał w kości, a nawet chodził na dziewki, to jednak nie uratuje go, jeśli wpadnie w ich ręce.

— Ser Rodriku. — Theon ściągnął wodze. — Żal mi, że musimy się spotykać jako wrogowie.

— Mnie żal tylko tego, że muszę jeszcze chwilę zaczekać, nim będę mógł cię powiesić, Theonie Sprzedawczyku.

Stary rycerz splunął na ziemię.

— Jestem Greyjoyem z Pyke — przypomniał mu Theon. — I herbem mojego ojca jest kraken, nie wilkor.

— Przez dziesięć lat byłeś podopiecznym Starków.

— To znaczy ich więźniem i zakładnikiem.

— W takim razie lord Eddard powinien cię trzymać w lochu, przykutego do ściany. On jednak wychowywał cię razem ze swymi synami, słodkimi chłopcami, których zamordowałeś, a ja, ku memu wiecznemu wstydowi, uczyłem cię walki. Gdybym tylko przeszył cię wówczas mieczem, zamiast dawać ci go do ręki.

— Przyszedłem tu rokować, nie wysłuchiwać twoich obelg. Mów, co masz do powiedzenia, starcze. Czego ode mnie chcesz?

— Tylko dwóch rzeczy — odparł stary rycerz. — Winterfell i twego życia. Rozkaż swym ludziom otworzyć bramy i złożyć broń. Ci, którzy nie zamordowali żadnych dzieci, będą mogli odejść swobodnie, ciebie jednak zatrzymamy, by osądził cię król Robb. Niech bogowie ulitują się nad tobą, gdy wróci.

— Robb nigdy już nie ujrzy Winterfell — zapowiedział Theon. — Połamie sobie zęby na Fosie Cailin, tak jak każda południowa armia od dziesięciu tysięcy lat. Północ należy do nas, ser.

— Należą do was trzy zamki — skwitował ser Rodrik — a ten zamierzam wkrótce odzyskać, sprzedawczyku.

Theon zignorował jego słowa.

— Oto moje warunki. Do wieczora macie się rozproszyć. Ci, którzy poprzysięgną wierność królowi Balonowi Greyjoyowi i mnie jako księciu Winterfell, zachowają swe prawa oraz włości i nie spotka ich żadna krzywda. Ci, którzy się nam sprzeciwią, zostaną zniszczeni.

Młody Cerwyn nie mógł uwierzyć w jego słowa.

— Oszalałeś, Greyjoy?

Ser Rodrik potrząsnął głową.

— Po prostu jest próżny, chłopcze. Obawiam się, że Theon zawsze miał zbyt wygórowane mniemanie o sobie. — Stary wskazał na niego palcem. — Niech ci się nie zdaje, że muszę czekać na powrót Robba zza Przesmyku, by się uporać z takimi, jak ty. Mam ze sobą prawie dwa tysiące ludzi... a jeśli to, co słyszałem, jest prawdą, ty masz najwyżej pięćdziesięciu.

Siedemnastu — pomyślał Theon, rozciągając usta w uśmiechu.

— Mam coś lepszego niż ludzie.

Uniósł pięść nad głowę, dając Czarnemu Lorrenowi umówiony sygnał.

Mury Winterfell były za jego plecami, lecz ser Rodrik patrzył prosto na nie i widział je dokładnie. Theon obserwował jego twarz. Gdy porośnięty sztywnym, białym zarostem podbródek zadrżał, wiedział, co zobaczył stary. *Nie jest zaskoczony* — pomyślał ze smutkiem. *Ale czuje strach.*

— Ty tchórzu — warknął ser Rodrik. — Żeby tak wykorzystać dziecko... to podłe.

— Och, wiem — zgodził się Theon. — Nie zapominaj, że dobrze znam smak tego dania. Miałem dziesięć lat, gdy zabrano mnie z domu ojca, by mieć pewność, że nie podniesie już buntu.

— To nie jest to samo!

Twarz Theona nic nie wyrażała.

— To prawda, że pętla, którą ja miałem na szyi, nie była zrobiona z konopnego sznura, czułem ją jednak. Bolała mnie, ser Rodriku. Bolała straszliwie.

Do tej pory nie zdawał sobie z tego sprawy, lecz gdy te słowa padły z jego ust, zorientował się, że to prawda.

— Nie spotkała cię żadna krzywda.

— Twojej Beth też nie spotka, pod warunkiem...

Ser Rodrik nie pozwolił mu skończyć.

— Ty żmijo — wysyczał rycerz. Jego porośnięta białym zarostem twarz poczerwieniała z wściekłości. — Dałem ci szansę ocalić swych ludzi i umrzeć z odrobiną godności, sprzedawczyku. Powinienem był wiedzieć, że nie można się tego spodziewać po zabójcy dzieci. — Dotknął rękojeści miecza. — Powinienem zabić cię natychmiast, by położyć kres twym kłamstwom i podstępom. Na bogów, powinienem.

Theon nie bał się zniedołężniałego starca, ale z obserwującymi go łucznikami i szeregiem rycerzy sprawy miały się inaczej. Gdyby w ruch poszły miecze, nie miałby prawie żadnych szans wrócić żywy do zamku.

— Jeśli złamiesz przysięgę i mnie zamordujesz, twoja mała Beth natychmiast zadynda.

Knykcie dłoni ser Rodrika zbielały, po chwili jednak zdjął dłoń z rękojeści.

— Doprawdy żyłem zbyt długo.

— Zgadzam się, ser. Czy przyjmujesz moje warunki?

— Mam obowiązki wobec lady Catelyn i rodu Starków.

— A co z twoim rodem? Beth jest ostatnią z twej krwi.

Stary rycerz wyprostował się.

— Oferuję siebie na miejsce mej córki. Uwolnij ją i weź mnie jako zakładnika. Z pewnością kasztelan Winterfell jest wart więcej od dziecka.

— Nie dla mnie. — *To odważny gest, starcze, ale nie jestem aż takim głupcem.* — Idę o zakład, że także nie dla lorda Manderly'ego czy Leobalda Tallharta. — *Twoja nędzna, stara skóra nie znaczy dla nich więcej niż czyjakolwiek inna.* — Nie, zatrzymam dziewczynę... będzie bezpieczna, o ile wykonasz moje rozkazy. Jej życie jest w twoich rękach.

— Dobrzy bogowie, Theonie, jak możesz zrobić coś takiego? Wiesz, że muszę przystąpić do szturmu, złożyłem przysięgę...

— Jeśli o zachodzie słońca ta armia nadal będzie stała pod moimi bramami, Beth zawiśnie — oznajmił Theon. — O świcie podąży za nią do grobu drugi zakładnik, a o zachodzie słońca trzeci. Dopóki nie odejdziecie, każdy wschód i zachód słońca będzie oznaczał czyjąś śmierć. Zakładników mi nie zabraknie.

Nie czekając na odpowiedź, zawrócił Śmieszka i ruszył w stronę zamku. Z początku jechał powoli, lecz myśl o łucznikach za plecami po chwili kazała mu przejść w galop. Główki chłopców przyglądały mu się ze swych pali. Ich pokryte smołą twarze, z których zdarto skórę, z każdym jardem robiły się większe. Między nimi stała zapłakana Beth Cassel z pętlą na szyi. Theon wbił piętę w bok Śmieszka, który ruszył szybkim cwałem. Jego kopyta zadudniły o zwodzony most niczym uderzające w bęben pałki.

Theon zsiadł z konia na dziedzińcu i wręczył wodze Wexowi.

— To może ich powstrzymać — powiedział Czarnemu Lorrenowi. — Dowiemy się o zachodzie słońca. Na razie zaprowadź dziewczynkę w jakieś bezpieczne miejsce. — Pod grubymi warstwami skóry, stali i wełny jego ciało zalewał pot. — Przydałby mi się kielich wina. A jeszcze lepiej kadź.

W sypialni Neda Starka rozpalono ogień. Theon usiadł obok kominka i napełnił sobie kielich gęstym, czerwonym winem z zamkowych podziemi, które było równie kwaśne, jak jego nastrój. *Zaatakują* — myślał ponuro, wpatrując się w płomienie. *Ser Rodrik kocha córkę, ale jest kasztelanem, a przede wszystkim rycerzem.* Gdyby to Theon miał pętlę na szyi, a armią za murami dowodził lord Balon, rogi z pewnością dałyby już sygnał do szturmu. Powinien dziękować bogom, że ser Rodrik nie wywodził się z żelaznego rodu. Mieszkańcy zielonych krain byli zrobieni z miększego materiału, nie był jednak pewien, czy okażą się wystarczająco miękcy.

Jeśli stary mimo wszystko wyda rozkaz szturmu na zamek, Winterfell padnie. Theon nie miał co do tego złudzeń. Jego siedemnastu wojowników może zabić trzy, cztery a nawet pięć razy więcej ludzi, w końcu jednak fala ich zaleje.

Wpatrywał się w płomienie nad brzegiem pucharu, pogrążony w ponurych rozmyślaniach o niesprawiedliwości, która go spotkała.

— Byłem z Robbem Starkiem w Szepczącym Lesie — wymamrotał. Tamtej nocy również się bał, ale nie tak, jak teraz. Co innego wyruszać na bitwę razem z przyjaciółmi, a co innego zginąć samotny i otoczony wzgardą. *Łaski* — pomyślał przygnębiony.

Gdy wino nie przyniosło mu pocieszenia, wysłał Wexa po łuk i wybrał się na stary wewnętrzny dziedziniec. Wypuszczał do tarcz strzałę za strzałą, aż ramiona zaczęły go boleć, a palce splamiły się krwią. Przerywał tylko na chwilę, by wyciągnąć strzały z celu. *Dzięki temu łukowi uratowałem życie Branowi* — przypomniał sobie. *Gdybym tylko mógł ocalić własne.* Kobiety podchodziły do studni, lecz nie zatrzymywały się przy niej na dłużej. To, co widziały w twarzy Theona, kazało im natychmiast pierzchać.

Za jego plecami stała zburzona wieża. Jej górne piętra dawno temu zawaliły się pod wpływem pożaru i ku niebu wznosił się teraz wyszczerbiony szczyt. Cień budowli przemieszczał się wraz z ruchem słońca, wydłużając się stopniowo niczym czarna ręka sięgająca po Theona Greyjoya. Gdy słońce dotknęło muru, znalazł się w jej uścisku.

Jeśli powieszę dziewczynkę, wróg zaatakuje natychmiast — pomyślał, wypuszczając strzałę. *A jeśli jej nie powieszę, zrozumieją, że moje groźby nic nie znaczą.* Nałożył na cięciwę kolejną strzałę. Nie ma żadnego wyjścia, żadnego.

— Gdybyś miał stu łuczników tak dobrych, jak ty, może udałoby ci się utrzymać zamek — odezwał się cichy głos.

Gdy się odwrócił, zobaczył, że za nim stoi maester Luwin.

— Odejdź — rozkazał. — Dość już mam twoich rad.

— A życia? Czy jego również masz dość, mości książę?

Uniósł łuk.

— Jeszcze jedno słowo, a przeszyję ci serce strzałą.

— Nie zrobisz tego.

Theon naciągnął cięciwę, przysuwając sobie szare gęsie pióra do policzka.

— Chcesz się założyć?

— Jestem dla ciebie ostatnią nadzieją, Theonie.

Nie ma już dla mnie nadziei — pomyślał, opuścił jednak łuk o pół cala.

— Nie będę uciekał — rzekł.

— Nie mówię o ucieczce. Przywdziej czerń.

— Nocna Straż?

Poluzował powoli cięciwę, kierując strzałę w ziemię.

— Ser Rodrik całe życie służył rodowi Starków, a Starkowie zawsze byli przyjaciółmi Nocnej Straży. Nie odmówi twej prośbie. Otwórz bramy, odłóż broń i przyjmij jego warunki, a będzie musiał pozwolić ci przywdziać czerń.

Brat z Nocnej Straży. Znaczyło to, że nie będzie miał korony, żony ani synów... ale zachowa życie i honor. Straż wybrał nawet brat Neda Starka, podobnie jak Jon Snow.

Czarnych ubrań mam pod dostatkiem. Muszę tylko zerwać z nich krakeny. Nawet mój koń jest czarny. Mógłbym w Straży zajść wysoko. Zostać pierwszym zwiadowcą, a pewnie nawet lordem dowódcą.

Niech Asha zatrzyma sobie te cholerne wyspy. Są tak samo ponure, jak i ona. Gdybym służył we Wschodniej Strażnicy, mógłbym dowodzić własnym statkiem. Za Murem jest też pełno zwierzyny. A jeśli chodzi o kobiety, to która z dzikich nie chciałaby wziąć do łoża księcia? Rozciągnął powoli usta w uśmiechu. *Człowieka w czarnym płaszczu nikt nie nazwie sprzedawczykiem. Byłbym tak samo dobry, jak każdy…*

— KSIĄŻĘ THEONIE! — Nagły krzyk zdruzgotał jego marzenie. Kromm pędził susami przez dziedziniec. — Ludzie z północy…

Poczuł nagle mdłości ze strachu.

— Czy to atak?

Maester Luwin złapał go za ramię.

— Jest jeszcze czas. Podnieś sztandar pokoju…

— Walczą — mówił rozgorączkowany Kromm. — Zjawili się nowi ludzie, setki ludzi. Z początku wydawało się, że chcą dołączyć do tamtych, ale potem się na nich rzucili!

— Czy to Asha?

Czyżby mimo wszystko przybyła go uratować?

Kromm potrząsnął jednak głową.

— Nie. Mówię ci, że to ludzie z północy. Mają na chorągwiach zakrwawionego człowieka.

Obdarty ze skóry człowiek z Dreadfort. Theon przypomniał sobie, że nim Fetor dostał się do niewoli, był sługą bękarta Boltona. Trudno było uwierzyć, by ktoś tak nikczemny zdołał przeciągnąć Boltonów na jego stronę, żadne inne wyjaśnienie nie miało jednak sensu.

— Muszę sam to zobaczyć — stwierdził.

Maester Luwin ruszył za nim. Gdy weszli na mury, plac targowy za bramą zaścielali martwi ludzie i zdychające konie. Nie widział szyków bitewnych, a jedynie kłębiący się chaos mieczy i chorągwi. Zimne, jesienne powietrze wypełniały głośne wrzaski. Wydawało się, że ser Rodrik ma przewagę liczebną, ale ludzie z Dreadfort byli lepiej dowodzeni, a do tego udało im się zaskoczyć przeciwnika. Theon przyglądał się jak ruszają do szarży, zawracają, a potem znowu szarżują, rozbijając na krwawe strzępy liczniejsze siły wroga, które próbowały się przegrupować między budynkami. Słyszał łoskot żelaznych toporów uderzających o dębowe tarcze oraz przerażone kwiczenie okaleczonego konia. Gospoda płonęła.

Podszedł do niego Czarny Lorren, który przez pewien czas stał bez słowa u jego boku. Słońce opadło już nisko na zachodzie, malując pola i domy płonącą czerwienią. Nad murem poniósł się słaby, załamujący się krzyk bólu, a za płonącymi domami zabrzmiał róg. Theon przyglądał się rannemu, który wlókł się z wysiłkiem ku stojącej pośrodku placu studni, wykrwawiając się po drodze. Skonał, nim dotarł na miejsce. Miał na sobie skórzaną kurtkę oraz stożkowaty półhełm, nie nosił jednak herbu, który zdradziłby, po której stronie walczył.

Gdy zapadł niebieski półmrok, razem z wieczornymi gwiazdami pojawiły się wrony.

— Dothrakowie wierzą, że gwiazdy to duchy walecznych wojowników — odezwał się Theon. Kiedyś, dawno temu, mówił mu to maester Luwin.

— Dothrakowie?

— Władcy koni zza wąskiego morza.

— Ach. Oni. — Czarny Lorren wykrzywił brodatą twarz. — Dzikusy wierzą w różne głupoty.

Noc robiła się coraz ciemniejsza, a dym był coraz gęstszy, trudno więc było dostrzec co się dzieje na dole, szczęk stali ucichł jednak powoli, a krzyki i dźwięki rogów ustąpiły miejsca jękom i rozpaczliwemu zawodzeniu. Wreszcie z kłębów dymu wyłoniła się kolumna jeźdźców. Na jej czele jechał rycerz w ciemnej zbroi. Jego zaokrąglony hełm lśnił posępną czerwienią. Na ramionach miał jasnoróżowy płaszcz. Ściągnął wodze pod główną bramą i jeden z jego ludzi krzyknął głośno, nakazując ją otworzyć.

— Jesteście przyjaciółmi, czy wrogami? — ryknął do nich Czarny Lorren.

— Czy wrogowie przynieśliby tak wspaniałe dary?

Czerwony Hełm machnął ręką i pod bramę zwalono trzy trupy. Któryś z jeźdźców przesunął nad nimi pochodnią, by stojący na murach obrońcy mogli zobaczyć twarze zabitych.

— Stary kasztelan — stwierdził Czarny Lorren.

— I Leobald Tallhart z Cleyem Cerwynem.

Młody lord dostał strzałą w oko, a ser Rodrikowi odrąbano lewą rękę w łokciu. Maester Luwin wydał z siebie nieartykułowany krzyk trwogi, odwrócił się i padł na kolana, ogarnięty atakiem mdłości.

— Ten gruby wieprz Manderly bał się opuścić Biały Port. Inaczej jego też byśmy przynieśli — krzyknął Czerwony Hełm.

Jestem uratowany — pomyślał Theon. Dlaczego w takim razie czuł taką pustkę? To było zwycięstwo, słodkie zwycięstwo, ocalenie, o które się modlił. Zerknął na maestera Luwina. *Pomyśleć tylko, jak niewiele brakowało, żebym się poddał i przywdział czerń...*

— Otwórzcie bramy przed naszymi przyjaciółmi.

Być może dziś w nocy zaśnie, nie obawiając się tego, co przyniosą mu sny.

Ludzie z Dreadfort minęli fosę i wewnętrzną bramę. Theon zszedł z murów w towarzystwie Czarnego Lorrena i maestera Luwina, by przywitać ich na dziedzińcu. Garstka z nich miała kopie ozdobione jasnoczerwonymi proporcami, większość jednak dźwigała topory, miecze i poobtłukiwane tarcze.

— Ilu ludzi straciłeś? — zapytał Theon, gdy Czerwony Hełm zsiadł z konia.

— Dwudziestu albo trzydziestu.

Blask pochodni odbijał się w odpryskującej emalii zasłony. Hełmowi i obojczykowi zbroi nadano kształt ludzkiej głowy i ramion, obdartych ze skóry i krwawiących. Usta były otwarte w bezgłośnym wrzasku bólu.

— Ser Rodrik miał pięciokrotną przewagę liczebną.

— Tak, ale myślał, że jesteśmy przyjaciółmi. To częsty błąd. Kiedy ten stary dureń wyciągnął do mnie rękę, uciąłem mu ją w łokciu. Potem pokazałem mu twarz.

Zdjął hełm obiema rękami i położył go sobie na zgiętym ramieniu.

— Fetor — powiedział zaniepokojony Theon. *Skąd sługa wziął taką piękną zbroję?*

Mężczyzna wybuchnął śmiechem.

— Ten nędznik dawno nie żyje. — Podszedł bliżej. — To przez tę dziewczynę. Gdyby nie uciekła tak daleko, jego koń by nie okulał i mogłoby się nam udać zwiać. Kiedy zobaczyłem ze wzgórza jeźdźców, dałem mu swojego wierzchowca. Zdążyłem już z nią skończyć, a on lubił dobierać się do nich, kiedy były jeszcze ciepłe. Musiałem ściągnąć go z niej siłą i wepchnąć mu w łapska swoje łachy. Buty z cielęcej skóry, aksamitny wams, pas do miecza wybijany srebrnymi ćwiekami, a nawet sobolowe futro. Powiedziałem mu: „Jedź do Dreadfort i sprowadź tylu ludzi, ilu tylko zdołasz. Weź mojego konia, bo jest szybszy i masz też pierścień, który dostałem od ojca, żeby wiedzieli, że przychodzisz ode mnie". Wiedział już, że lepiej nie kwestionować moich rozkazów. Gdy dostał strzałę w plecy, zdążyłem już się wysmarować plugastwem z dziewczyny i włożyć jego łachmany. Mogli i tak mnie powiesić, ale nie widziałem innej szansy. — Potarł usta grzbietem dłoni. — A teraz, mój słodki książę, obiecałeś mi kobietę, jeśli przyprowadzę dwustu ludzi. Mam ich trzy razy więcej i nie są to niedoświadczone chłopaki ani parobki, a garnizon mojego ojca.

Theon dał mu słowo. Nie mógł w tej chwili się cofnąć. *Daj mu obiecany funt mięsa. Policzysz się z nim później.*

— Harrag — zawołał. — Idź po psiarni i przyprowadź Pallę. Oddamy ją…

— Ramsayowi. — Pulchne wargi rozciągnęły się w uśmiechu, lecz w straszliwie jasnych oczach nie było śladu wesołości. — Moja żona mówiła na mnie „Snow", nim zjadła własne paluchy, ale ja mówię Bolton. — Uśmiech zniknął. — A więc chcesz mi dać za moją przysługę dziewczynę z psiarni?

Jego ton nie podobał się Theonowi, podobnie jak bezczelne spojrzenia, jakimi obrzucali go ludzie z Dreadfort.

— Ją ci obiecałem.

— Śmierdzi psim gównem. Tak się składa, że mam już dosyć smrodu. Chyba wezmę sobie tę twoją dziewkę. Jak tam się nazywała? Kyra?

— Oszalałeś? — wrzasnął rozgniewany Theon. — Każę cię…

Bękart uderzył go na odlew. Kość policzkowa złamała się pod ciosem stalowej rękawicy z przyprawiającym o mdłości chrzęstem. Świat zniknął w czerwonym wirze bólu.

Po chwili Theon ocknął się na ziemi. Przetoczył się na brzuch i przełknął wypełniającą mu usta krew. Zamknijcie bramy! — chciał krzyknąć, było już jednak za późno. Ludzie z Dreadfort zabili Rudego Rolfe'a i Kenneda. Do środka wlewała się rzeka zbroi i ostrych mieczy. Uszy wypełniało mu dzwonienie, a wszędzie wokół szalała groza. Czarny Lorren wyciągnął miecz, lecz zaatakowało go już czterech ludzi. Uciekający do Wielkiej Komnaty Ulf runął na ziemię ze sterczącym z pleców bełtem. Maester Luwin ruszył w jego stronę, lecz konny rycerz wbił mu w plecy włócznię, a potem go stratował. Inny mężczyzna zakręcił pochodnią nad głową, a następnie cisnął żagiew na strzechę stajni.

— Zabierzcie Freyów — wrzeszczał bękart, przekrzykując płomienie — a resztę spalcie. Spalcie, spalcie wszystko.

Ostatnim, co zobaczył Theon Greyjoy, był Śmieszek, który wypadł z płonącej stajni. Grzywę ogarnęły mu płomienie i stanął dęba z głośnym kwikiem…

Tyrion

Śnił mu się popękany, kamienny sufit oraz smród krwi, gówna i spalonych ciał. Powietrze pełne było gryzącego dymu. Wszędzie wokół ludzie jęczeli głośno, a od czasu do czasu powietrze przeszywał straszliwy krzyk bólu. Kiedy spróbował się poruszyć, przekonał się, że zapaskudził posłanie. Od dymu łzawiły mu oczy. *Czy płaczę?* Ojciec nie może tego zobaczyć. Był Lannisterem z Casterly Rock. *Lwem. Muszę być lwem. Żyć i zginąć jak lew.* Dręczył go jednak straszliwy ból. Był za słaby, by jęczeć. Zamknął oczy, leżąc we własnych odchodach. Ktoś w pobliżu przeklinał bogów ochrypłym, monotonnym głosem. Tyrion przysłuchiwał się bluźnierstwom, zastanawiając się, czy umiera. Po chwili pokój zniknął.

Był za miastem i szedł przez świat pozbawiony barw. Po szarym niebie szybowały czarnoskrzydłe kruki, a siwe wrony zrywały się od swych uczt w pełnych wściekłości chmurach, gdy tylko się zbliżał. W czarnej zgniliźnie roiły się białe czerwie. Wilki były szare, tak samo jak milczące siostry, które wspólnie z nimi odzierały poległych z ciała. Na całym polu turniejowym walały się trupy. Słońce było gorącym, białym grosikiem, a jego promienie padały na szarą rzekę, omywającą zwęglone kości zatopionych okrętów. Ze stosów, na których palono zwłoki, wzbijały się w górę czarne słupy dymu oraz białe od gorąca popioły. *To moje dzieło* — pomyślał Tyrion Lannister. *Zginęli na mój rozkaz.* Początkowo na świecie nie było słychać żadnych dźwięków, po chwili jednak usłyszał głosy zmarłych, ciche i straszliwe. Płakali i jęczeli, błagali o kres bólu, wzywali krzykiem pomocy i przywoływali matki. Tyrion nigdy nie widział swej matki. Pragnął zobaczyć Shae, ale tu jej nie było. Szedł sam pośród szarych cieni, próbując sobie przypomnieć…

Milczące siostry zdejmowały z zabitych zbroje i ubrania. Z opończ poległych zniknęły jaskrawe barwniki. Mieli na sobie białe i szare stroje, a ich krew była czarna i skrzepła. Tyrion patrzył, jak podnoszone za ręce i nogi nagie ciała lądują na stosie, obok swych towarzyszy. Metal i ubrania rzucano na biały, drewniany wóz, zaprzężony w dwa wielkie, czarne konie.

Tak wielu zabitych. Tak bardzo wielu. Ich ciała były wiotkie, a twarze sflaczałe, sztywne lub rozdęte od gazu, nierozpoznawalne, prawie nieludzkie. Na strojach, które zdjęły z nich siostry, widniały czarne serca, szare lwy, zwiędłe kwiaty i upiorne, blade jelenie. Zbroje mieli powgniatane i poprzebijane, a kolczugi rozerwane, popękane i zniszczone. *Dlaczego ich wszystkich zabiłem?* Wiedział to kiedyś, ale z jakiegoś powodu zapomniał.

Postanowił zapytać o to jedną z milczących sióstr, lecz gdy spróbował przemówić, przekonał się, że nie ma ust. Zęby pokrywała mu gładka, ciągła skóra. Przeraziło go to odkrycie. Jak mógł żyć bez ust? Zerwał się do ucieczki. Miasto nie było daleko. Nie powinien przebywać wśród zmarłych. Nie miał ust, ale wciąż był żywym człowiekiem. Nie, nie człowiekiem. Był lwem. Żywym lwem. Gdy jednak dobiegł do miejskich murów, zamknięto przed nim bramy.

Kiedy się obudził, było ciemno. Z początku nic nie widział, lecz po chwili dostrzegł niewyraźne zarysy łoża, na którym leżał. Zasłony zaciągnięto, widział jednak rzeźbione słupki oraz aksamitny, opadający baldachim. Pod sobą czuł miękki piernat i wypchaną gęsim puchem poduszkę. *To moje łóżko. Leżę we własnym łożu, w swojej sypialni.*

Za zasłonami, pod wielką stertą futer i koców, było mu ciepło. Zalewał go pot. *Gorączka* — pomyślał półprzytomnie. Był bardzo osłabiony, a gdy próbował unieść rękę, za każdym razem przeszywał go ból. Wreszcie dał sobie spokój. Wydawało mu się, że jego głowa jest olbrzymia, wielka jak łoże, zbyt ciężka, by unieść ją z poduszki. Ciała nie czuł prawie w ogóle. Skąd się tu wziąłem? Spróbował to sobie przypomnieć. Pamiętał tylko urywki. Walka nad rzeką, rycerz, który chciał mu dać rękawicę, most z okrętów…

Ser Mandon. Widział jego martwe, puste oczy, wyciągniętą dłoń, zielony blask ognia odbijający się w białej emalii zbroi. Zalała go zimna fala strachu. Poczuł, że opróżnia pęcherz. Krzyknąłby, gdyby miał usta. *Nie, to był sen* — myślał, dręczony straszliwym bólem głowy. *Na pomoc, niech ktoś mi pomoże. Jaime, Shae, matka, ktokolwiek... Tysha...*

Nikt go nie usłyszał. Nikt nie przyszedł. Leżąc sam w ciemności, ponownie zapadł w cuchnącą moczem drzemkę. Śniło mu się, że przy jego łożu stoi siostra, a obok niej pan ojciec, który marszczy brwi. To musiał być sen, gdyż lord Tywin był tysiąc mil stąd, walczył z Robbem Starkiem na zachodzie. Przychodzili i odchodzili też inni. Varys spojrzał na niego z westchnieniem, lecz Littlefinger rzucił jakiś żarcik. *Ty cholerny, zdradliwy sukinsynie* — pomyślał ze złością Tyrion. *Wysłaliśmy cię do Gorzkiego Mostu, a ty nie wróciłeś.*

Niekiedy słyszał czyjeś rozmowy, lecz nie potrafił rozróżnić słów. Ich głosy przypominały brzęczenie os stłumione grubą warstwą filcu.

Chciał zapytać, czy wygrali bitwę. *Na pewno wygraliśmy, bo w przeciwnym razie byłbym głową zatkniętą gdzieś na pikę. Jeśli żyję, to znaczy, że musieliśmy wygrać.* Nie wiedział, co cieszy go bardziej, zwycięstwo, czy fakt, że potrafił się tego domyślić. Odzyskiwał władze umysłowe, choć powoli. To dobrze. Rozum był wszystkim, co miał.

Gdy obudził się znowu, zasłony rozsunięto i stał nad nim Podrick Payne ze świecą w ręku. Kiedy zobaczył, że Tyrion otworzył oczy, uciekł.

Nie, nie odchodź, pomóż mi — próbował zawołać, lecz zdołał wydobyć z siebie tylko stłumiony jęk. Nie mam ust. Uniósł dłoń do twarzy. Każdy ruch przychodził mu z trudnością i sprawiał ból. Tam, gdzie powinna być skóra, wargi i zęby, jego palce znalazły tylko sztywną tkaninę. *Płótno.* Dolną połowę twarzy szczelnie mu zabandażowano, tworząc twardą maskę z otworami do oddychania i karmienia.

Po krótkiej chwili Pod wrócił. Tym razem towarzyszył mu nieznajomy, który miał na sobie szaty i łańcuch maestera.

— Panie, musisz leżeć spokojnie — wyszeptał mężczyzna. — Odniosłeś okropne rany. Możesz sobie zrobić wielką krzywdę. Czy jesteś spragniony?

Zdołał skinąć niezgrabnie głową. Maester wsunął do otworu nad jego ustami zakrzywiony miedziany lejek i zaczął powoli wlewać Tyrionowi płyn do gardła. Ranny przełykał go, niemal nie czując smaku. Zbyt późno zorientował się, że to makowe mleko. Gdy maester wyjął mu lejek z ust, zapadał już w sen.

Tym razem śniło mu się, że jest na uczcie, uczcie zwycięstwa w jakiejś wielkiej komnacie. Siedział za stołem na podwyższeniu, a ludzie wznosili puchary, pozdrawiając go jako bohatera. Był tam Marillion, bard, który towarzyszył mu podczas podróży przez Góry Księżycowe. Grał na swej drewnianej harfie i śpiewał o śmiałych czynach Krasnala. Nawet ojciec uśmiechał się z aprobatą. Gdy pieśń dobiegła końca, Jaime wstał z miejsca, rozkazał bratu uklęknąć i dotknął go złotym mieczem najpierw w jedno ramię, a potem w drugie. Tyrion podniósł się z klęczek jako rycerz. Czekała już na niego gotowa go objąć Shae, która ujęła go za rękę, śmiejąc się i żartując, a potem nazwała go swym lannisterskim olbrzymem.

Obudził się w ciemności, w zimnym, pustym pokoju. Zasłony znów zasunięto. Coś tu było nie tak. Miał wrażenie, że coś jest nie na swoim miejscu, nie potrafił jednak określić co. Znowu został sam. Zrzucił z siebie koce i spróbował usiąść, lecz ból okazał się zbyt wielki i wkrótce dał za wygraną, dysząc spazmatycznie. Twarz to był jeszcze drobiazg. Cały jego prawy bok przerodził się w jedną wielką plamę bólu, a gdy tylko unosił rękę, pierś przeszywało mu gwałtowne ukłucie. *Co się ze mną stało?* Gdy próbował wrócić myślami do bitwy, nawet ona wydawała mu się na poły snem. *Odniosłem poważniejsze rany niż mi się zdawało. Ser Mandon*... To wspomnienie go przerażało, lecz nie pozwolił sobie na ucieczkę przed nim. Zatrzymał je w głowie i przyjrzał mu się uważnie ze wszystkich stron.

Próbował mnie zabić. Nie mylę się. To akurat nie był sen. Przeciąłby mnie wpół, gdyby nie Pod... Pod, gdzie jest Pod?

Zgrzytając zębami, złapał za zasłony i szarpnął mocno, odrywając je od baldachimu. Spadły na dół, połowa na sitowie, a połowa na niego. Nawet ten niewielki wysiłek przyprawił go o zawroty głowy. Pokój zawirował wokół niego. Były tu jedynie nagie ściany, mroczne cienie i pojedyncze, wąskie okno. Zobaczył swój kufer, stertę własnych ubrań oraz poobtłukiwaną zbroję, która również była jego własnością. *To nie jest moja sypialnia* — zrozumiał. *Nawet nie Wieża Namiestnika. Ktoś go przeniósł.* Krzyk gniewu wydostał się z jego ust jako stłumiony jęk. *Przenieśli mnie tu po to, żebym umarł* — pomyślał. W końcu poddał się i znowu zamknął oczy. W pokoju było wilgotno i zimno, a jego trawiła gorączka.

Śniło mu się lepsze miejsce, przytulna, mała chatka nad morzem zachodzącego słońca. Ściany miała pochyłe i spękane, a podłogę stanowiło klepisko z ubitej ziemi, lecz jemu zawsze było tam ciepło, nawet kiedy pozwolili, by ogień w palenisku wygasł. *Często żartowa-*

ła sobie ze mnie z tego powodu — przypomniał sobie. *Nigdy nie pamiętałem, by dołożyć drew do ognia. To było zadanie dla służby.*

— Nie mamy służących — przypominała mu.

— Masz mnie — odpowiadał. — Ja jestem twoim służącym.

— Ale leniwym — wskazywała. — Co robią w Casterly Rock leniwym służącym, panie?

— Całują ich — padała odpowiedź. Zawsze wtedy chichotała.

— Nieprawda. Założę się, że ich biją.

— Nie — upierał się. — Całują ich. O, tak. — Pokazywał jej jak. — Najpierw całują ich palce, każdy osobno, a potem nadgarstki, tak jest, i łokcie po wewnętrznej stronie. Potem całują ich śmieszne uszy. Wszyscy służący mają śmieszne uszy. Przestań się śmiać! Całują ich policzki i nosy z małymi garbkami, o, właśnie tak, i całują ich słodkie czoła, i włosy, i wargi, i… mmmm… usta… tak…

Całowali się godzinami. Przez całe dnie wylegiwali się tylko w pościeli, wsłuchiwali się w szum fal i dotykali się nawzajem. Jej ciało było dla niego cudem i wydawało się, że jego ciało również ją zachwyca. Czasami śpiewała dla niego. „Kochałem dziewczę piękne jak lato, co miało słońce we włosach".

— Kocham cię, Tyrionie — szeptała, nim położyli się spać. — Kocham twoje wargi, twój głos, słowa, które do mnie mówisz, i to, że jesteś dla mnie taki dobry. Kocham twoją twarz.

— Moją twarz?

— Tak. Tak. Kocham twoje ręce i to, jak mnie nimi dotykasz. I kutasa. Kocham twojego kutasa. Kocham czuć go w sobie.

— On też cię kocha, pani.

— Kocham też wypowiadać twe nazwisko. Tyrion Lannister. Pasuje do mojego. Nie Lannister, tylko ta druga część. Tyrion i Tysha. Tysha i Tyrion. Tyrion. Mój pan Tyrion…

Kłamstwa — pomyślał. *Wszystko to były kłamstwa. Robiła to dla złota, była kurwą, kurwą Jaime'a, jego podarunkiem dla mnie, moją panią kłamstw.* Wydawało mu się, że jej twarz znika za zasłoną łez, lecz nawet gdy już przestał ją widzieć, słyszał jeszcze jej słaby, odległy głos, wołający go po imieniu.

— …panie, słyszysz mnie? Panie? Tyrionie? Panie? Panie?

Przez mgłę makowego snu ujrzał pochylającą się nad nim łagodną, różową twarz. Znowu znalazł się w wilgotnym pokoju z rozerwanymi zasłonami i twarz nie należała do niej. Otaczała ją brązowa broda.

— Jesteś spragniony, panie? Mam twoje mleko, dobre mleko. Nie możesz się opierać, nie, nie próbuj się ruszać, musisz odpocząć.

W jednej wilgotnej różowej dłoni trzymał miedziany lejek, a w drugiej flaszkę.

Kiedy się pochylił, Tyrion wsunął palce pod jego złożony z licznych ogniw łańcuch, złapał za niego i pociągnął. Maester wypuścił flaszkę z rąk, wylewając makowe mleko na koc. Tyrion szarpnął mocniej, aż ogniwa wpiły się w tłustą szyję mężczyzny.

— Dość. Tego — wycharczał głosem tak słabym, że sam nie był pewien, czy w ogóle coś powiedział.

Z pewnością jednak tak było, gdyż maester odpowiedział mu zdławionym głosem.

— Puść mnie, proszę, panie... musisz pić mleko... ból... łańcuch, nie, puść mnie, nie...

Różowa twarz maestera nabierała już fioletowego odcienia. Gdy Tyrion w końcu zwolnił uścisk, mężczyzna zatoczył się do tyłu, wciągając powietrze do płuc. Ogniwa zostawiły na jego poczerwieniałym gardle głębokie, białe ślady. Oczy również mu zbielały. Tyrion uniósł dłoń do twarzy i wykonał nad stwardniałą maską ruch naśladujący zdzieranie. A potem znowu. I znowu.

— Chcesz... chcesz, żeby zdjąć ci opatrunek, tak? — zapytał wreszcie maester. — Ale miałem... to byłoby... bardzo nierozsądne, panie. Rany jeszcze się nie zagoiły, królowa z pewnością...

Na wzmiankę o siostrze Tyrion warknął głośno. *Czy jesteś jednym z jej ludzi?* — pomyślał. Wskazał palcem na maestera, a potem zacisnął dłoń w pięść, grożąc głupcowi, że go zmiażdży, jeśli natychmiast nie wykona rozkazu.

Na szczęście, ten go zrozumiał.

— Uczynię... uczynię, co mi każesz, oczywiście, ale... to nierozsądne, panie, twe rany...

— Zrób. To.

Tym razem jego głos zabrzmiał mocniej.

Mężczyzna pokłonił się i wyszedł z pokoju. Po paru chwilach wrócił, niosąc cienki nóż z piłką, miednicę pełną wody, stos miękkich szmatek i kilka flaszek. Tyrion zdołał się cofnąć o kilka cali i na wpół usiąść na poduszce. Maester kazał mu leżeć zupełnie nieruchomo i wsunął czubek noża pod maskę. *Wystarczy, że ręka mu się omsknie, a Cersei uwolni się ode mnie na zawsze* — pomyślał Tyrion.

Czuł ostrze przecinające stwardniałą tkaninę, tylko kilka cali od jego gardła.

Na szczęście ten pulchny, różowy mężczyzna nie był jednym z odważniejszych sług jego siostry. Po chwili Tyrion poczuł na policzkach dotyk chłodnego powietrza. Towarzyszył temu ból, lecz ze wszystkich sił starał się go ignorować. Maester odrzucił sztywne od medykamentu bandaże.

— Nie ruszaj się. Muszę obmyć ci ranę.

Jego dotyk był delikatny, a woda ciepła i kojąca. *Ranę* — pomyślał Tyrion, przypominając sobie nagły błysk jasnego srebra, który przemknął tuż poniżej jego oczu.

— To trochę zapiecze — ostrzegł maester, namaczając szmatkę w winie, które pachniało tłuczonymi w moździerzu ziołami. Na pieczeniu się nie skończyło. Po całej twarzy Tyriona przebiegła fala ognia, a do nosa wbił mu się rozżarzony pogrzebacz. Ranny zacisnął palce na pościeli i wessał gwałtownie powietrze w płuca, zdołał jednak jakoś powstrzymać krzyk. Maester zacmokał zafrasowany.

— Rozsądniej byłoby nie zdejmować maski, dopóki rana się nie zagoi. Ale wygląda na czystą. To dobrze. Kiedy znaleźliśmy cię w tej piwnicy między martwymi i konającymi, rany miałeś zapaskudzone. Jedno żebro jest złamane, na pewno to czujesz. Pewnie od ciosu buzdyganem albo od upadku, trudno powiedzieć. Dostałeś też strzałą w ramię, w miejscu, gdzie łączy się ono z barkiem. Były oznaki martwicy i bałem się, że możesz stracić kończynę, ale zastosowaliśmy wrzące wino i czerwie, i teraz wygląda na to, że goi się czysto…

— Imię — wydyszał Tyrion. — Imię.

Maester zamrugał powiekami.

— Ależ jesteś Tyrion Lannister, panie. Brat królowej. Czy pamiętasz bitwę? Czasami przy ranach w głowę…

— Twoje imię.

Gardło go bolało, a język zapomniał, jak nadawać kształt słowom.

— Jestem maester Ballabar.

— Ballabar — powtórzył Tyrion. — Przynieś mi. Zwierciadło.

— Panie — sprzeciwił się maester. — Nie radziłbym… to może być, hmm, nierozsądne… twoja rana…

— Przynieś je — musiał powtórzyć. Usta miał sztywne i obolałe, jakby cios w twarz rozkwasił mu wargę. — I pić. Wina. Nie makowego mleka.

Maester wstał z poczerwieniałą twarzą i wyszedł pośpiesznie. Wrócił z dzbanem jasnobursztynowego wina i małym posrebrzanym zwierciadełkiem w zdobnej złotej oprawie.

— Więcej — zażądał, gdy kielich był już pusty. Maester Ballabar napełnił go ponownie. Po wychyleniu drugiego pucharu Tyrion Lannister uznał, że ma wystarczająco wiele sił, by spojrzeć na swoją twarz.

Gdy odwrócił zwierciadło, nie wiedział, czy ma się śmiać, czy płakać. Szrama była długa i krzywa. Zaczynała się o włos pod lewym okiem, a kończyła po prawej stronie szczęki. Stracił trzy czwarte nosa i kawałek wargi. Ktoś zszył rozciętą twarz ketgutem. Z czerwonego, na wpół zagojonego ciała ciągle sterczały nieudolnie założone szwy.

— Ładne — wychrypiał, odrzucając zwierciadełko.

Wszystko już sobie przypomniał. Most ze statków, ser Mandon Moore, dłoń i miecz tnący go w twarz. *Gdybym się nie cofnął, przeciąłby mi głowę na pół.* Jaime zawsze powtarzał, że ser Mandon jest najbardziej niebezpiecznym z rycerzy Gwardii Królewskiej, gdyż z jego martwych, pustych oczu nie sposób wyczytać, co zamierza. *Nie powinienem był ufać żadnemu z nich.* Wiedział, że ser Meryn i ser Boros, a potem również ser Osmund, należą do jego siostry, ale wmawiał sobie, że pozostali nie do końca zapomnieli, co znaczy honor. *Cersei na pewno mu zapłaciła, żebym nie wrócił z bitwy. Jak inaczej to wytłumaczyć? Nie przypominam sobie, bym wyrządził ser Mandonowi jakąś krzywdę.* Dotknął twarzy, pociągając dumne ciało grubymi, tępo zakończonymi palcami. *Kolejny podarunek od mojej słodkiej siostry.*

Maester stał obok łóżka niczym gęś gotowa zerwać się do lotu.

— Panie, najpewniej zostanie ci blizna...

— Najpewniej? — Śmiech przerodził się w grymas bólu. Z całą pewnością będzie miał bliznę. Nie było też prawdopodobne, by nos miał mu w najbliższym czasie odrosnąć. Zresztą jego twarz zawsze wyglądała odrażająco. — To mnie... oduczy... zabawy... toporami. — Rozciągnął w uśmiechu zesztywniałe usta. — Gdzie... jesteśmy? Co... co za miejsce?

Mówienie sprawiało mu ból, milczał już jednak zbyt długo.

— Ach, w Warowni Maegora, panie. To komnata nad Salą Balową Królowej. Jej Miłość chciała, żebyś był pod ręką, by mogła mieć cię na oku.

Idę o zakład, że chciała.

— Przenieście mnie — rozkazał Tyrion. — Do mojego łoża. Moich komnat.

Gdzie będę miał wokół siebie swoich ludzi. I własnego maestera, jeśli znajdę jakiegoś, któremu mógłbym zaufać.

— Twoich... panie, to nie będzie możliwe. W twoich dawnych komnatach mieszka królewski namiestnik.

— Ja. Jestem. Królewskim namiestnikiem.

Mówienie wyczerpywało go coraz bardziej, a to, co słyszał, zbijało go z tropu.

Maester Ballabar miał zakłopotaną minę.

— Nie, panie... byłeś ranny, bliski śmierci. Te obowiązki przejął teraz twój pan ojciec. Lord Tywin. On teraz...

— Tutaj?

— Od nocy bitwy. Lord Tywin uratował nas wszystkich. Prostaczkowie opowiadają, że to był duch króla Renly'ego, ale mądrzy ludzie wiedzą lepiej. To był twój ojciec i lord Tyrell, z Rycerzem Kwiatów i lordem Littlefingerem. Przedarli się przez popioły i uderzyli na uzurpatora Stannisa od tyłu. To było wielkie zwycięstwo. Lord Tywin zamieszkał obecnie w Wieży Namiestnika, by pomóc Jego Miłości zaprowadzić w królestwie porządek. Bogom niech będą dzięki.

— Bogom niech będą dzięki — powtórzył Tyrion głuchym głosem. Jego cholerny ojciec, cholerny Littlefinger i duch Renly'ego! — Chcę zobaczyć... — Kogo chciał zobaczyć? Nie mógł rozkazać różowemu Ballabarowi, żeby przyprowadził mu Shae. Po kogo godnego zaufania mógł wysłać? Varysa? Bronna? Ser Jacelyna? — ...mojego giermka — dokończył. — Poda. Payne'a.

To był Pod. Na moście z okrętów uratował mi życie.

— Tego chłopaka? Szurniętego chłopaka?

— Szurniętego chłopaka. Podricka. Payne'a. Idź. Po niego.

— Jak sobie życzysz, panie.

Maester Ballabar pochylił głowę i wyszedł pośpiesznie z pokoju. Tyrion czuł, jak wycieka z niego siła. Zastanawiał się, jak długo spał. *Cersei chciałaby, żebym nie obudził się już nigdy, ale nie sprawię jej tej przyjemności.*

Podrick Payne wszedł do pomieszczenia nieśmiało jak myszka.

— Panie? — Podkradł się do łoża. *Jak chłopiec tak odważny w bitwie może tak się bać w pokoju chorego?* — zadał sobie pytanie Tyrion. — Chciałem przy tobie zostać, ale maester mnie odesłał.

— Ty odeślij jego. Wysłuchaj mnie. Trudno mi mówić. Potrzebuję sennego wina. Sennego wina, nie makowego mleka. Idź do Frenkena. Frenkena, nie Ballabara. Patrz, jak je robi. Przynieś je tutaj. — Pod zerknął na twarz rannego, lecz natychmiast odwrócił wzrok. *Nie mogę mieć do niego pretensji.* — Chcę mieć — ciągnął Tyrion — własną... straż. Bronna. Gdzie jest Bronn?

— Uczynili go rycerzem.

Nawet zmarszczenie brwi sprawiało mu ból.

— Znajdź go. Przyprowadź.

— Jak sobie życzysz, panie. Bronna.

Tyrion złapał chłopaka za nadgarstek.

— Ser Mandon?

Pod wzdrygnął się.

— N... nie chciałem go z... z... z...

— Nie żyje? Jesteś pewien? Nie żyje?

Zaszurał zażenowany nogami.

— Utonął.

— Świetnie. Nic nie mów. O nim. O mnie. O niczym. Nikomu.

Gdy giermek wyszedł, siły opuściły Tyriona całkowicie. Położył się i zamknął oczy. Może znowu przyśni mu się Tysha. *Ciekawe, jak teraz spodobałaby się jej moja twarz* — pomyślał z goryczą.

Jon

Gdy Qhorin Półręki powiedział mu, by znalazł trochę chrustu na ognisko, Jon zrozumiał, że zbliża się koniec.

Dobrze będzie się ogrzać, choćby tylko na chwilę — pomyślał, odrąbując nagie gałęzie zwalonego drzewa. Duch przyglądał mu się siedząc, bezgłośny jak zawsze. *Czy zawyje dla mnie, kiedy zginę, tak jak wilk Brana wył po jego upadku z wieży?* — zastanawiał się Jon. *I czy Kudłacz zawyje w dalekim Winterfell, a także Szary Wicher i Nymeria, gdziekolwiek mogą być?*

Zza jednej góry wyłaniał się księżyc, a za drugą zachodziło słońce. Jon krzesał iskry, uderzając krzemieniem o sztylet, aż wreszcie pokazała się wstążeczka dymu. Gdy kawałki kory i zeschłe igły sosnowe zajęły się płomieniami, podszedł do niego Qhorin.

— Nieśmiały jak dziewica w noc poślubną — zauważył zwiadowca cichym głosem. — I prawie tak samo piękny. Czasami człowiek zapomina, jak wspaniale potrafi wyglądać ogień.

Qhorin nie był człowiekiem, po którym można by się spodziewać podobnego porównania. O ile Jonowi było wiadomo, Półręki całe życie spędził w Straży. *Czy kochał kiedyś jakąś dziewczynę i czy wziął z nią ślub?* Jon nie mógł go o to zapytać. Rozdmuchał ogień, a gdy ten buzował już wesoło, zdjął zesztywniałe rękawice, by ogrzać sobie dłonie, i westchnął, zastanawiając się, czy pocałunek sprawił kiedyś komukolwiek tyle radości. Ciepło rozlało się po jego palcach niczym topniejące masło.

Półręki usiadł ze skrzyżowanymi nogami przy ogniu, którego migotliwy blask rozświetlił twarde płaszczyzny jego twarzy. Z pięciu zwiadowców, którzy przedarli się z Wąwozu Pisków na niebieskoszare pustkowie Mroźnych Kłów zostali tylko oni dwaj.

Z początku Jon miał nadzieję, że giermek Dalbridge zatrzyma dzikich przy wyjściu z wąwozu. Gdy jednak usłyszeli odległy zew rogu, wszyscy zrozumieli, że giermek padł. Później zauważyli orła, który mknął przez półmrok na wielkich, niebieskoszarych skrzydłach. Kamienny Wąż zdjął łuk, lecz ptak oddalił się poza zasięg strzału, nim zwiadowca zdążył naciągnąć cięciwę. Ebben splunął, mamrocząc jakieś złowieszcze słowa o wargach i zmiennoskórych.

Następnego dnia zauważyli orła jeszcze dwa razy. Słyszeli też za sobą odbijający się echem od górskich szczytów dźwięk myśliwskiego rogu. Za każdym razem wydawał się odrobinę głośniejszy i bliższy. Gdy zapadła noc, Półręki rozkazał Ebbenowi zabrać konia, który należał do giermka, dosiąść własnego i jak najszybciej ruszyć na wschód, do Mormonta, tą samą drogą, którą tu dotarli. Pozostali mieli spróbować odciągnąć pościg.

— Wyślij Jona — zasugerował Ebben. — Potrafi jeździć tak samo szybko, jak ja.

— Jona czeka inne zadanie.

— Jest jeszcze prawie chłopcem.

— Nie — sprzeciwił się Qhorin. — Jest mężczyzną z Nocnej Straży.

Kiedy wzeszedł księżyc, Ebben ich opuścił. Kamienny Wąż odprowadził go kawałek na wschód, po czym zawrócił, by utrudnić ścigającym odczytanie ich śladów. Następnie ruszyli w trójkę na południowy zachód. Dni i noce zmieniły się w zamazaną plamę. Spali w siodłach i zatrzymywali się tylko na chwilę potrzebną, by nakarmić i napoić koniki. Potem dosiadali ich znowu. Jechali po nagiej skale, mijając ponure sosnowe lasy i zaspy starego śniegu, skute lodem granie i płytkie rzeki, które nie miały nazwy. Niekiedy Qhorin albo Kamienny Wąż zawracali, by zatrzeć ich ślady, był to jednak tylko pusty gest. Obserwowano ich. Codziennie o świcie i zmierzchu widzieli szybującego między górami orła, który na bezkresnym niebie wydawał się zaledwie pyłkiem.

Gdy wspinali się na niską grań biegnącą między dwoma ośnieżonymi szczytami, w odległości niespełna dziesięciu jardów wyskoczył na nich warczący cieniokot. Zaskoczyli go w legowisku. Bestia była wychudła, półżywa z głodu. Mimo to klacz Kamiennego Węża wpadła w panikę na jej widok. Stanęła dęba i rzuciła się do ucieczki. Nim zwiadowca zdążył nad nią zapanować, zsunęła się ze stromego stoku i złamała nogę.

Duch najadł się tego dnia do syta. Qhorin nalegał, by zwiadowcy domieszali sobie do owsianki końskiej krwi. Miało to dodać im sił. Jon omal się nie udławił od obrzydliwego smaku, zmusił się jednak do przełknięcia zupy. Każdy z nich ukroił sobie tuzin pasków surowego, ciągnącego się mięsa, by żuć je po drodze. Resztę zostawili dla cieniokotów.

Jazda we dwóch na jednym koniu nie wchodziła w grę. Kamienny Wąż zaproponował, że zaczeka na ścigających, by ich zaskoczyć. Być może uda mu się zabrać kilku z nich ze sobą do piekła. Qhorin nie wyraził na to zgody.

— Jeśli w Nocnej Straży służy człowiek, który mógłby samotnie przedostać się na piechotę przez Mroźne Kły, to jesteś nim ty, bracie. Potrafisz się przedrzeć przez góry, które koń musi ominąć. Ruszaj w stronę Pięści. Powtórz Mormontowi, co zobaczył Jon i jak zdołał tego dokonać. Powiedz mu, że dawne moce się budzą, że ma przeciwko sobie olbrzymów, wargów i jeszcze gorsze istoty. Zawiadom go, że drzewa znowu mają oczy.

Nie ma szans — pomyślał Jon, spoglądając na znikającego za ośnieżoną granią Kamiennego Węża, maleńkiego, czarnego robaczka, który pełzł przez faliste, białe pole.

Potem każda kolejna noc wydawała się zimniejsza i bardziej samotna od poprzedniej. Duch nie zawsze im towarzyszył, nigdy jednak nie odbiegał daleko. Nawet gdy ich opuszczał, Jon wyczuwał jego bliskość. Cieszył się z tego, gdyż Półręki nie był zbyt towarzyskim człowiekiem. Długi, siwy warkocz Qhorina kołysał się miarowo w rytm ruchów jego konia. Często całymi godzinami nie wymieniali nawet słowa i słychać było jedynie cichy zgrzyt kopyt uderzających o kamienie oraz zawodzenie wichru, który tak wysoko nie przestawał wiać ani na moment. Gdy Jon zasypiał, nie śniło mu się nic. Ani wilki, ani bracia, ani nic innego. *Nawet sny nie mogą żyć tak wysoko* — tłumaczył sobie.

— Czy twój miecz jest ostry, Jonie Snow? — zapytał Qhorin Półręki, siedząc po drugiej stronie migoczącego ogniska.

— Jest z valyriańskiej stali. Dał mi go Stary Niedźwiedź.

— Pamiętasz słowa swej przysięgi?

— Tak.

Trudno by było je zapomnieć. Ten, kto raz je wypowiedział, nie mógł już ich cofnąć. Na zawsze zmieniały jego życie.

— Powtórz je razem ze mną, Jonie Snow.

— Jak sobie życzysz.

Ich głosy połączyły się w jeden w blasku księżyca. Słuchał ich Duch, a świadkami były same góry.

— Nadchodzi noc i zaczyna się moja warta. Zakończy ją tylko śmierć. Nie wezmę sobie żony, nie będę miał ziemi i nie spłodzę dzieci. Nie założę korony i zapomnę o zaszczytach. Będę żył i umrę na posterunku. Jestem mieczem w ciemności. Jestem strażnikiem na murach. Jestem ogniem, który odpędza zimno, światłem, które przynosi świt, rogiem, który budzi śpiących, tarczą, która osłania krainę człowieka. Moje życie i mój honor należą teraz do Nocnej Straży, na tę noc i na wszystkie pozostałe.

Kiedy skończyli, słychać było jedynie cichy trzask płomieni oraz odległy szum wiatru. Jon rozluźnił i zacisnął poparzone palce, powtarzając w myślach słowa przysięgi i modląc się do bogów ojca, by dali mu siłę odważnie umrzeć, gdy nadejdzie godzina. A miała nadejść wkrótce. Koniki były już u kresu sił. Jon podejrzewał, że wierzchowiec Qhorina nie wytrzyma następnego dnia.

Płomienie już się dopalały, a ciepło umykało w noc.

— Ten ogień niedługo zgaśnie — stwierdził Qhorin — ale jeśli Mur kiedyś upadnie, zgasną wszystkie ognie.

Jon nie mógł na to nic odpowiedzieć. Skinął tylko głową.

— Może im jeszcze uciekniemy — ciągnął zwiadowca. — A może nie.

— Nie boję się śmierci.

Było to tylko w połowie kłamstwem.

— To może nie być takie łatwe, Jon.

Nie zrozumiał go.

— Co chcesz przez to powiedzieć?

— Jeśli nas dogonią, musisz się poddać.

— Poddać? — Zamrugał z niedowierzaniem powiekami. Dzicy nie brali jeńców spośród ludzi, których zwali wronami. Zabijali wszystkich poza... — Oszczędzają tylko tych, którzy złamią przysięgę. Którzy przyłączą się do nich, tak jak Mance Rayder.

— I ty.

— Nie. — Potrząsnął głową. — Nie zrobię tego. Nigdy.

— Zrobisz. Rozkazuję ci to zrobić.

— Rozkazujesz? Ale...

— Nasz honor znaczy nie więcej niż nasze życie. Liczy się tylko bezpieczeństwo królestwa. Czy jesteś człowiekiem z Nocnej Straży?

— Tak, ale...

— Nie ma żadnego ale, Jonie Snow. Albo nim jesteś, albo nie.

Jon wyprostował plecy.

— Jestem.

— W takim razie wysłuchaj mnie. Jeśli nas dościgną, przejdziesz na ich stronę, tak jak namawiała cię ta dziewczyna, którą pojmałeś. Mogą zażądać, żebyś pociął swój płaszcz na strzępy, złożył im przysięgę na grób ojca, przeklął swych braci i lorda dowódcę. Musisz spełnić wszystkie ich polecenia. Rób, co ci każą... ale w sercu pamiętaj, kim jesteś. Bądź ich towarzyszem, jedz i walcz razem z nimi, tak długo, jak będzie to konieczne. I miej oczy otwarte.

— A na co?

— Chciałbym to wiedzieć — odparł Qhorin. — Twój wilk widział ich roboty ziemne nad Mleczną Wodą. Czego szukali w tak odległym i niegościnnym miejscu? I czy to znaleźli? Musisz się tego dowiedzieć, nim wrócisz do lorda Mormonta i swych braci. Wyznaczam ci ten obowiązek, Jonie Snow.

— Zrobię, co mi każesz — zgodził się niechętnie Jon — ale... powiesz im, prawda? Przynajmniej Staremu Niedźwiedziowi? Powiesz im, że nie złamałem przysięgi?

Qhorin Półręki skierował na niego oczy, które w blasku ogniska stały się kałużami cienia.

— Powiem mu to, gdy tylko znowu go zobaczę. Przysięgam. — Wskazał na płomienie. — Więcej drewna. Chcę mieć jasny, gorący ogień.

Jon poszedł narąbać gałęzi. Nim rzucił je w płomienie, każdą łamał na dwoje. Drzewo było martwe już od dawna, lecz w ogniu wydawało się ożywać. W każdym kawałku drewna budziły się gorejące tancerki, które wirowały w swych rozżarzonych sukniach barwy żółci, czerwieni i oranżu.

— Starczy tego — odezwał się nagle Qhorin. — Ruszajmy.

— Ruszajmy? — Poza zasięgiem blasku ogniska panowała ciemność, a noc była zimna. — A dokąd?

— Z powrotem. — Qhorin raz jeszcze dosiadł zmęczonego konika. — Mam nadzieję, że ogień przyciągnie ich tutaj. Chodź, bracie.

Jon znowu wciągnął rękawice i uniósł kaptur. Nawet konie z niechęcią oddalały się od ognia. Słońce dawno już zaszło i drogę po zdradzieckim gruncie oświetlał jedynie zimny, srebrzysty blask księżyca w kwadrze. Jon nie wiedział, co zamierza Qhorin, być może jednak mieli szansę. Miał taką nadzieję. *Nie chcę grać roli wiarołomcy, nawet z ważnego powodu.*

Posuwali się naprzód ostrożnie, tak cicho, jak to tylko możliwe dla ludzi na koniach. Wreszcie dotarli do wylotu wąskiego jaru, gdzie spomiędzy dwóch górskich szczytów wypływał lodowaty potoczek. Przed zachodem słońca poili w nim konie.

— Woda zamarza — zauważył Qhorin, odwracając się. — Gdyby nie to, moglibyśmy pojechać korytem strumienia. Ale jeśli złamiemy lód, na pewno to zauważą. Trzymaj się blisko ścian. Pół mili stąd jest miejsce, w którym możemy się ukryć.

Wjechał do wąwozu. Jon obrzucił jeszcze odległe ognisko ostatnim tęsknym spojrzeniem, po czym ruszył za towarzyszem.

Im głębiej się zapuszczali, tym bliżej siebie były ściany. Podążali za lśniącą w księżycowym blasku wstęgą potoku ku jego źródłu. Kamienne brzegi strumienia pokrywał lód, lecz Jon nadal słyszał szum wody płynącej pod cienką, twardą skorupą.

W pewnej chwili drogę zagrodziło im wielkie rumowisko skalne. Fragment ściany osypał się tam w dół, pewnie kroczące koniki potrafiły jednak znaleźć drogę. Dalej ściany wąwozu zbiegały się ostro i potok zaprowadził ich do stóp wysokich, krętych kaskad. Powietrze wypełniała tu mgła przypominająca tchnienie jakiejś ogromnej, zimnej bestii. Spadająca w dół woda lśniła srebrno w blasku księżyca. Przerażony Jon rozejrzał się wokół. Nie ma drogi wyjścia. On i Qhorin mogliby pewnie wspiąć się na urwiska, ale konie nie zdołają tego dokonać. Nie sądził, by na piechotę zaszli daleko.

— Szybko — rozkazał Półręki. Potężny mężczyzna dosiadający małego konika wjechał prosto w zasłonę wody i zniknął. Kiedy nie wracał, Jon wbił pięty w boki wierzchowca i podążył za nim. Zwierzę opierało mu się ze wszystkich sił. Spadająca woda okładała ich lodowatymi pięściami. Zimno uderzyło w niego tak gwałtownie, że aż przestał oddychać.

Wreszcie się przedostał. Przemókł i dygotał, ale był po drugiej stronie.

Skalna rozpadlina była tak wąska, że człowiek na koniu ledwie mógł się tamtędy przecisnąć, po chwili jednak ściany oddaliły się od siebie, a kamieniste podłoże przeszło w miękki piasek. Jon czuł, że w brodzie zamarzają mu kropelki wody. Duch pokonał wodospad gniewnym sprintem, otrzepał się, powęszył podejrzliwie w ciemności, a potem uniósł nogę pod skalną ścianą. Qhorin zsunął się już z konia. Jon podążył za jego przykładem.

— Wiedziałeś o tej kryjówce.

— Kiedy byłem w twoim wieku, słyszałem, jak jeden brat opowiadał, jak ścigał przez te wodospady cieniokota.

Zdjął z klaczy siodło, wędzidło i uzdę, po czym przebiegł palcami po jej kudłatej grzywie.

— Przez serce tej góry prowadzi droga. Jeśli nas nie znajdą, po świcie ruszymy dalej. Ja pierwszy stanę na straży, bracie.

Qhorin usiadł na piasku, zwrócony plecami do ściany. W panującym w jaskini mroku wydawał się zaledwie niewyraźnym, czarnym cieniem. Jon usłyszał przebijający się przez szum wody cichy dźwięk muskającej skórę stali. Z pewnością znaczyło to, że Półręki wydobył miecz.

Zdjął mokry płaszcz, było jednak zbyt zimno i wilgotno, by mógł ściągnąć coś więcej. Duch położył się obok niego i polizał mu rękawicę, po czym zwinął się w kłębek i zasnął. Jon cieszył się z ciepła jego ciała. Zastanawiał się, czy ognisko, które rozpalili, płonie jeszcze, czy też już zgasło. „Jeśli Mur kiedyś upadnie, zgasną wszystkie ognie". Światło księżyca przedostawało się do środka przez zasłonę spadającej wody, tworząc na piasku bladą, migotliwą smugę, z czasem jednak ona również znikła i zapadła ciemność.

Wreszcie nadszedł sen, a wraz z nim koszmary. Śniły mu się płonące zamki i wstający z grobów zmarli. Kiedy obudził go Qhorin, było jeszcze ciemno. Półręki zasnął, a Jon usiadł zwrócony plecami do ściany jaskini i wsłuchał się w szum wody, czekając na świt.

Gdy zrobiło się widno, zjedli po na wpół zamarzniętym pasku koniny, osiodłali koniki i przywdziali czarne płaszcze. Podczas swej warty Półręki zrobił pół tuzina pochodni, nasączając wiązki suchego mchu olejem, który miał w jukach. Zapalił teraz pierwszą z nich i ruszył w mrok, unosząc przed sobą blady płomień. Jon podążył za nim, prowadząc konie. Kamienna ścieżka wiła się i zakręcała, prowadząc najpierw w dół, potem do góry, a potem znowu w dół, tym razem stromiej. Niekiedy robiła się tak wąska, że trudno im było przekonać konie, iż mogą się tamtędy przecisnąć.

Na pewno uda nam się ich zgubić, nim wyjdziemy na zewnątrz — powtarzał sobie po drodze. *Nawet orzeł nie przebije wzrokiem litej skały. Zgubimy ich, pojedziemy prosto w stronę Pięści i powtórzymy Staremu Niedźwiedziowi wszystko, czego się dowiedzieliśmy.*

Gdy jednak po wielu godzinach wyjechali w światło dnia, orzeł czekał na nich. Siedział na martwym drzewie sto stóp nad urwiskiem. Duch pomknął w jego stronę po skałach, lecz ptak rozpostarł skrzydła i wzbił się w powietrze.

Qhorin zacisnął usta, śledząc wzrokiem jego lot.

— To dobre miejsce do obrony — oznajmił. — Wylot jaskini osłania nas od góry, a żeby zajść nas od tyłu, musieliby przejść pod całą górą. Czy twój miecz jest ostry, Jonie Snow?

— Tak — odparł.

— Nakarmimy konie. Biedne zwierzaki dobrze nam służyły.

Jon dał konikowi resztkę owsa i pogłaskał jego kudłatą grzywę. Duch kręcił się niespokojnie między skałami. Młodzieniec wciągnął mocniej rękawice, zginając poparzone palce. „Jestem tarczą, która osłania krainę człowieka".

Między górami poniósł się echem dźwięk myśliwskiego rogu. Po chwili Jon usłyszał ujadanie psów.

— Zaraz tu będą — zapowiedział Qhorin. — Pilnuj swego wilka.

— Duch, do mnie — zawołał Jon. Wilkor podszedł do niego z niechęcią, trzymając ogon sztywno za sobą.

Dzicy wypadli zza grani w odległości niespełna pół mili. Przed nimi biegły psy, warczące, szarobrązowe bestie ze sporą domieszką wilczej krwi. Duch obnażył zęby i zjeżył sierść.

— Spokój — szepnął Jon. — Zostaw.

W górze usłyszał łopot skrzydeł. Orzeł wylądował z triumfalnym krzykiem na skalnej wyniosłości.

Łowcy zbliżali się ostrożnie, być może bojąc się strzał. Jon naliczył czternastu ludzi i osiem psów. Wielkie okrągłe tarcze były zrobione ze skóry rozciągniętej na szkielecie z wikliny. Namalowano na nich czaszki. Blisko połowa napastników ukrywała twarze za prymitywnymi hełmami z drewna i utwardzanej skóry. Łucznicy, którzy zajmowali pozycje na skrzydłach, nałożyli strzały na cięciwy małych łuków wykonanych z drewna i rogu. Pozostali byli uzbrojeni we włócznie i drewniane młoty. Jeden dzierżył topór z łupanego kamienia. Mieli na sobie tylko fragmenty zbroi, które zdjęli z zabitych zwiadowców albo ukradli podczas łupieżczych wypadów. Dzicy nie budowali kopalń ani hut, a na północ od Muru było tylko niewielu kowali i jeszcze mniej kuźni.

Qhorin wydobył miecz. Opowieść o tym, jak nauczył się walczyć lewą ręką po utracie połowy prawej dłoni, stanowiła część jego legendy. Podobno władał teraz mieczem lepiej niż przedtem. Jon stanął u boku potężnie zbudowanego zwiadowcy i wyciągnął z pochwy Długi Pazur. Mimo chłodu pot zalewał mu oczy.

Łowcy zatrzymali się dziesięć jardów poniżej wylotu jaskini. Ich dowódca podjechał bliżej, wysuwając się przed szereg. Dosiadał zwierzęcia, które wspinało się po stoku tak pewnie, że wydawało się raczej kozicą niż koniem. Gdy mężczyzna i jego wierzchowiec zbliżyli się, Jon usłyszał grzechot. Pokrywały ich zbroje z kości. Krowich, owczych i kozich, kości żubrów i łosi, wielkich kości włochatych mamutów... a także ludzkich.

— Grzechocząca Koszula — zawołał Qhorin z lodowatą uprzejmością

— Dla wron jestem Lordem Kości.

Hełm jeźdźca wykonano z rozbitej czaszki olbrzyma, a do utwardzonej skóry obu rękawów poprzyszywano niedźwiedzie pazury.

Qhorin prychnął pogardliwie.

— Nie widzę tu żadnego lorda. Tylko odzianego w kurze kości psa, który grzechocze podczas jazdy.

Dziki zasyczał z gniewu, a jego wierzchowiec stanął dęba. Rzeczywiście grzechotał. Jon teraz to słyszał. Luźno zszyte kości uderzały o siebie, kiedy się poruszał.

— To twoje kości wkrótce zagrzechoczą, Półręki. Ugotuję je, żeby oczyścić z mięsa, a potem zrobię sobie z twoich żeber kolczugę. W zębach wyrzeźbię runy, żeby posłużyły mi do gry, a z czaszki będę jadł owsiankę.

— Jeśli chcesz moich kości, to spróbuj je sobie wziąć.

Grzechoczącej Koszuli niezbyt się do tego śpieszyło. W ciasnym wejściu do jaskini, w którym stali czarni bracia, przewaga liczebna nie znaczyła wiele. Żeby się tam dostać, dzicy musieliby atakować dwójkami. Po chwili jednak obok Grzechoczącej Koszuli ściągnęła wodze jedna z wojowniczek zwanych włóczniczkami.

— Jest nas czternastu przeciw dwóm, wrony, i osiem psów przeciw waszemu wilkowi — zawołała. — Czy spróbujecie walczyć, czy uciekać, i tak będziecie nasi.

— Pokaż im — rozkazał Grzechocząca Koszula.

Kobieta sięgnęła do okrwawionego worka i wydobyła z niego trofeum. Ebben był łysy jak jajo, trzymała więc głowę za ucho.

— Zginął dzielnie — oznajmiła.

— Ale zginął — dodał Grzechocząca Koszula. — I was też to czeka.

Wydobył topór i zakręcił nim nad głową. Zrobiono go z dobrej stali i oba ostrza lśniły złowieszczym blaskiem. Ebben zawsze dbał o broń. Pozostali dzicy tłoczyli się z tyłu, wykrzykując obelgi. Kilku wybrało sobie na ofiarę drwin Jona.

— Czy to twój wilk, chłopcze? — zawołał chudy młodzieniec, odczepiając od pasa kamienny cep. — Nim zajdzie słońce, zrobię sobie z niego futro.

Po przeciwnej stronie grupy inna włóczniczka rozchyliła wystrzępione futro, pokazując Jonowi ciężką, białą pierś.

— Czy dziecinka chce do mamy? Chodź sobie possać, chłopcze.

Psy również się rozszczekały.

— Chcą nas zawstydzić, skłonić do szaleństwa. — Qhorin popatrzył znacząco na Jona. — Pamiętaj o swych rozkazach.

— Chyba będziemy musieli wykurzyć te wrony — ryknął Grzechocząca Koszula, przekrzykując rwetes. — Niech posmakują strzał!

— NIE! — To słowo wypadło z ust Jona, nim łucznicy zdążyli wystrzelić. Postąpił dwa szybkie kroki naprzód. — Poddajemy się!

— Ostrzegali mnie, że wszystkie bękarty to tchórze — usłyszał za plecami chłodny głos Qhorina Półrękiego. — Widzę, że to prawda. Biegnij do nowych panów, tchórzu.

Jon zszedł ze stoku z poczerwieniałą twarzą i podszedł do siedzącego na koniu Grzechoczącej Koszuli. Dziki popatrzył na niego zza oczodołów hełmu.

— Wolni ludzie nie potrzebują tchórzy — oznajmił.

— On nie jest tchórzem. — Jeden z łuczników zrzucił uszyty z owczych skór hełm, potrząsając rudą czupryną. — To bękart z Winterfell, który mnie oszczędził. Darujmy mu życie.

Jon spojrzał w oczy Ygritte. Zabrakło mu słów.

— Darujmy mu śmierć — upierał się Lord Kości. — Czarna wrona to podstępny ptak. Nie ufam mu.

Siedzący na skale nad nimi orzeł rozpostarł skrzydła i wzbił się w powietrze z krzykiem wściekłości.

— Ptak cię nienawidzi, Jonie Snow — wyjaśniła Ygritte. — I nic dziwnego. Nim go zabiłeś, był człowiekiem.

— Nie wiedziałem o tym — odparł zgodnie z prawdą Jon, próbując przypomnieć sobie twarz mężczyzny, z którym walczył na przełęczy. — Mówiłaś, że Mance mnie przyjmie.

— Przyjmie — potwierdziła Ygritte.

— Mance'a tu nie ma — stwierdził Grzechocząca Koszula. — Ragwyle, wypruj mu flaki.

Wysoka włóczniczka zmrużyła powieki.

— Jeśli wrona chce się przyłączyć do wolnych ludzi, niech dowiedzie swej szczerości i odwagi — zaproponowała.

— Zrobię wszystko, czego zażądacie.

Te słowa przyszły mu z trudnością, wykrztusił je jednak.

Grzechocząca Koszula roześmiał się. Jego kościana zbroja zastukała głośno.

— W takim razie zabij Półrękiego, bękarcie.

— Myślisz, że potrafi? — rzucił Qhorin. — Odwracaj się, Snow, i giń.

Qhorin runął błyskawicznie na niego z orężem i Długi Pazur uniósł się w jakiś sposób, blokując uderzenie. Siła ciosu omal nie wytrąciła Jonowi z ręki bastardowego miecza. Młodzieniec zatoczył się do tyłu.

„Musisz spełnić wszystkie ich polecenia".

Ujął broń w obie ręce, wystarczająco szybko, by spróbować ataku, potężny zwiadowca odbił jednak uderzenie z pogardliwą łatwością. Przesuwali się w przód i w tył z łopotem czarnych płaszczy. Młodzieńcza szybkość mierzyła się ze straszliwą siłą leworęcznych uderzeń Półrękiego. Wydawało się, że jego miecz jest wszędzie. Zasypywał Jona ciosami najpierw z jednej, a potem z drugiej strony, spychając go do defensywy i nie pozwalając odzyskać równowagi. Chłopak czuł już, że ręce mu drętwieją.

Nawet gdy Duch zacisnął straszliwe kły na jego łydce, zwiadowca utrzymał się jakimś cudem na nogach. Szarpnął się jednak gwałtownie, dając Jonowi szansę. Młodzieniec wymierzył cios i obrócił się. Zwiadowca odchylił się i przez chwilę wydawało się, że ostrze go nie tknęło. Potem na jego gardle pojawił się szereg czerwonych łez, jaskrawy niczym rubinowy naszyjnik. Trysnęła krew i Qhorin Półręki padł na ziemię.

Z pyska Ducha skapywała czerwień, lecz krew splamiła tylko sztych miecza, jego ostatnie pół cala. Jon odciągnął wilkora i uklęknął, obejmując go jednym ramieniem. W oczach Qhorina gasło już światło.

— ...ostry — wyszeptał, unosząc okaleczoną dłoń. Potem ręka opadła i Qhorin odszedł.

Wiedział — pomyślał odrętwiały Jon. *Wiedział, czego ode mnie zażądają.* Wspomniał Samwella Tarly'ego, Grenna i Edda Cierpiętnika, a także Pypa i Ropuchę, którzy zostali w Czarnym Zamku. Czy utracił ich wszystkich, tak samo jak wcześniej Brana, Rickona i Robba? Kim się teraz stał?

— Podnieście go. — Ktoś podźwignął go brutalnie. Jon się nie opierał. — Jak się nazywasz?

— Jon Snow — odpowiedziała za niego Ygritte. — Jest synem Eddarda Starka z Winterfell.

Ragwyle ryknęła śmiechem.

— Kto by pomyślał? Pomiot jakiegoś paniątka zabił Qhorina Półrękiego.

— Wypruć mu flaki.

To był Grzechocząca Koszula, który wciąż siedział na koniu. Orzeł podleciał do niego i przysiadł z wrzaskiem na jego hełmie z czaszki.

— Poddał się — przypomniała im Ygritte.

— Tak jest, i zabił swego brata — dodał niski, brzydki mężczyzna w przerdzewiałym, żelaznym półhełmie.

Grzechocząca Koszula podjechał bliżej, stukocząc kośćmi.

— Wilk zrobił to za niego. To nie była uczciwa walka. Życie Półrękiego należało się mnie.

— Wszyscy widzieliśmy, jak ci było śpieszno mu je odebrać — zadrwiła Ragwyle.

— Jest wargiem i wroną — upierał się Lord Kości. — Nie lubię go.

— Może i jest wargiem — zgodziła się Ygritte — ale tego nigdy się nie baliśmy.

Inni krzyknęli głośno na znak potwierdzenia. Grzechocząca Koszula łypał ze złością zza oczodołów pożółkłej czaszki, ustąpił jednak z niechęcią.

To naprawdę są wolni ludzie — pomyślał Jon.

Spalili Qhorina Półrękiego w miejscu, gdzie padł, na stosie z sosnowych igieł, chrustu i ułamanych gałęzi. Niektóre kawałki drewna były jeszcze zielone i paliły się powoli, wysyłając pod jasne, okrutne, błękitne niebo kłęby czarnego dymu. Grzechocząca Koszula wziął sobie potem trochę zwęglonych fragmentów szkieletu, a pozostali zagrali w kości o ekwipunek zwiadowcy. Ygritte wygrała jego płaszcz.

— Czy wrócimy przez Wąwóz Pisków? — zapytał jej Jon. Nie wiedział, czy zniesie kolejną podróż przez wysokie góry, a zwłaszcza czy wytrzyma ją jego konik.

— Nie — odparła. — Za nami nie ma już nic. — Obrzuciła go smutnym spojrzeniem. — Mance jest teraz w dole Mlecznej Wody. Maszeruje na wasz Mur.

Bran

Popioły sypały się na ziemię niczym miękki, szary śnieg.

Pod łapami miał suche igły i brązowe liście. Docierał już do krawędzi lasu, gdzie sosny rosły rzadko. Za otwartymi polami widział wielkie sterty ludzkiej skały, które rysowały się ostro na tle tańczących płomieni. Gorący wiatr niósł ze sobą intensywną woń krwi i przypalonego mięsa, tak silną, że pysk wypełniła mu ślina.

Choć jedna woń ich wabiła, inne kazały im się trzymać z daleka. Powąchał unoszący się w powietrzu dym. *Ludzie, wielu ludzi, dużo koni i ogień, ogień, ogień.* Żaden zapach nie mógłby być bardziej niebezpieczny, nawet zimna woń żelaza, z którego składały się ludzkie pazury i twarda skóra. Dym i popiół przesłoniły mu ślepia i ujrzał na niebie wielkiego, skrzydlatego węża, którego ryk był rzeką płomienia. Obnażył zęby, lecz wąż nagle zniknął. Za klifami, wysoko bijące płomienie przesłaniały gwiazdy.

Ogień szalał całą noc. W pewnej chwili rozległ się potężny ryk i huk, od którego ziemia zatrzęsła mu się pod łapami. Psy zaczęły szczekać i skomleć, a konie kwiczały przerażone. W nocnym powietrzu niosło się wycie, wycie ludzkiego stada, lament strachu i szalone wrzaski, śmiechy i krzyki. Żadne zwierzę nie było bardziej hałaśliwe niż człowiek. Postawił uszy i wsłuchał się, a jego brat powarkiwał przy każdym dźwięku. Kręcili się pod drzewami, a pachnący sosnami wiatr niósł po niebie popioły i węgielki. Z czasem płomienie przygasły, a potem zniknęły. Rankiem słońce wstało za szarą zasłoną dymu.

Dopiero wówczas wyszedł spomiędzy drzew, skradając się powoli po polach. Towarzyszył mu brat, przyciągnięty wonią krwi i śmierci. Przeszli beszelestnie między legowiskami wybudowanymi przez ludzi z drewna, trawy oraz błota. Wiele z nich spłonęło i wiele się zawaliło, lecz inne stały nienaruszone. Nigdzie jednak nie dostrzegli ani nie zwęszyli żywego człowieka. Obsiadające ciała wrony zrywały się z wrzaskiem do lotu, gdy tylko podeszli z bratem bliżej. Dzikie psy cofały się przed nimi trwożnie.

Pod wysokimi, szarymi klifami konał głośno koń, który usiłował stanąć na złamanej nodze i przewracał się z donośnym kwikiem. Jego brat otoczył go łukiem, a potem rozszarpał mu gardło. Zwierzę wierzgnęło słabo i wywaliło ślepia. Gdy podszedł do zdobyczy, brat kłapnął na niego zębami i położył uszy, a on trącił go przednią łapą i ugryzł w nogę. Walczyli na trawie, ziemi i w popiołach, aż wreszcie jego brat przetoczył się na plecy na znak poddania, podkulając ogon. Chapnął go lekko w odsłonięte gardło, a potem zaczął jeść i pozwolił też jeść bratu, zlizując krew z jego czarnego futra.

Wabiło go mroczne miejsce, dom szeptów, w którym wszyscy ludzie byli ślepi. Czuł dotyk jego zimnych palców. Woń kamienia wypełniała mu nos niczym szept. Opierał się temu zewowi. Nie lubił ciemności. Był wilkiem. Ścigającym zwierzynę łowcą i zabójcą. Jego miejsce było razem z braćmi i siostrami w głębokim lesie. Powinien biegać swobodnie pod gwiaździstym niebem. Usiadł, uniósł łeb i zawył. Nie pójdę — krzyczał. Jestem wilkiem. Nie pójdę. Mimo to ciemność stawała się coraz gęstsza. Wreszcie przesłoniła mu oczy, wypełniła nos i zatkała uszy. Nic nie widział, nie słyszał ani nie czuł, i nie mógł biec. Szare klify zniknęły, martwy koń zniknął, jego brat zniknął i wszystko było czarne i nieruchome i czarne i zimne i czarne i martwe i czarne…

— Bran — szeptał cicho czyjś głos. — Bran, wracaj. Wracaj natychmiast. Bran. Bran…

Zamknął trzecie oko i otworzył dwoje pozostałych, starych. W mrocznym miejscu wszyscy ludzie byli ślepi, ktoś jednak go obejmował. Czuł ramiona, ciepło bliskiego ciała. Słyszał Hodora, który nucił cicho do siebie: — Hodor, hodor, hodor.

— Bran? — To był głos Meery. — Miotałeś się, robiłeś okropny hałas. Co widziałeś?

— Winterfell. — Język wydawał się dziwnie niezgrabny w jego ustach. *Pewnego dnia, kiedy wrócę, nie będę już umiał mówić.* — To było Winterfell. Płonęło. Czułem zapach koni, stali i krwi. Pozabijali wszystkich, Meero.

Poczuł dotyk jej dłoni na twarzy, gdy odgarnęła mu włosy.

— Chcesz pić?

— Pić — zgodził się. Uniosła bukłak do jego ust. Bran przełykał wodę tak łapczywie, że wylewała mu się kącikiem ust. Kiedy wracał, zawsze był osłabiony i spragniony. A także głodny. Pamiętał śmierć konia, smak krwi w ustach, woń spalonego mięsa unoszącą się w porannym powietrzu. — Jak długo to trwało?

— Trzy dni — odparł Jojen. Chłopiec podkradł się do nich cicho, a może był z nimi przez cały czas w tym czarnym świecie. Bran tego nie wiedział. — Baliśmy się o ciebie.

— Byłem z Latą — wyjaśnił Bran.

— Za długo. Mogłeś zginąć z głodu. Meera wlała ci do gardła trochę wody i wysmarowaliśmy ci usta miodem, ale to nie wystarczy.

— Jadłem — sprzeciwił się Bran. — Upolowaliśmy łosia i musieliśmy przegnać drzewnego kota, który chciał go nam zabrać.

Kot był brązowy i cętkowany, dwukrotnie mniejszy od wilkorów, ale bardzo agresywny. Pamiętał jego piżmową woń i to, jak warczał na nich z konaru dębu.

— Wilk jadł — poprawił go Jojen. — Nie ty. Uważaj, Bran. Nie zapominaj, kim jesteś.

Aż za dobrze pamiętał, kim jest. Bran chłopiec, Bran połamaniec. *Lepszy już Bran zwierzolud.* Co w tym dziwnego, że wolał wilcze sny, sny o Lacie? Tutaj, w zimnym, wilgotnym i ciemnym grobowcu jego trzecie oko wreszcie się otworzyło. Mógł dotrzeć do Laty, gdy tylko tego zapragnął. Raz nawet dotknął Ducha i rozmawiał z Jonem. Mógł to jednak być tylko sen. Nie potrafił zrozumieć, dlaczego Jojen zawsze próbuje teraz ściągnąć go z powrotem. Pomagając sobie siłą ramion, uniósł się do pozycji siedzącej.

— Powinienem opowiedzieć Oshy, co widziałem. Czy ona tu jest? Gdzie poszła?

Dzika sama mu odpowiedziała.

— Nigdzie, panie. Dość już mam łażenia po ciemku. — Usłyszał zgrzyt obcasa o kamień. Odwrócił głowę w stronę dźwięku, nic jednak nie zobaczył. Miał wrażenie, że czuje jej zapach, lecz nie był tego pewien. Wszyscy cuchnęli teraz podobnie, a nie miał nosa Laty, by rozróżnić ich po zapachu. — Ostatniej nocy nasikałam na królewskie stopy — ciągnęła. — A może to było rano. Kto wie? Spałam, ale teraz się obudziłam. — Wszyscy spali bardzo dużo, nie tylko Bran. Nie mieli nic innego do roboty. Spali, jedli i znowu spali, a czasami trochę rozmawiali... ale nie za dużo i tylko szeptem, dla bezpieczeństwa. Osha wolałaby, żeby cały czas milczeli, ale nie sposób było uspokoić Rickona ani uciszyć Hodora, który bez końca mamrotał do siebie: — Hodor, hodor, hodor.

— Osho — rzekł Bran — widziałem, jak Winterfell płonęło.

Po lewej stronie słychać było cichy oddech Rickona.

— To był sen — odparła.

— Wilczy sen — sprzeciwił się Bran. — Czułem też zapach. Nic nie pachnie tak, jak ogień i krew.

— Czyja krew?

— Ludzi, koni, psów, wszystkich. Musimy pójść to zobaczyć.

— Mam tylko jedną skórę — zaprotestowała Osha. — Jeśli ten mątwowy książę mnie capnie, zedrze ją ze mnie biczem.

Meera odnalazła w ciemności dłoń Brana i uścisnęła jego palce.

— Jeśli się boisz, to ja pójdę.

Bran usłyszał odgłos rozsupłujących rzemienie palców, a potem dźwięk stali uderzającej o krzemień. I znowu. Iskra poleciała w powietrze i padła na hubkę. Osha dmuchnęła lekko. Pojawił się długi, blady płomień, który wyciągał się w górę niczym stająca na palcach dziewczyna. Unosiła się nad nim twarz Oshy. Dzika dotknęła płomienia pochodnią. Kiedy smoła zapłonęła, wypełniając świat pomarańczowym blaskiem, Bran musiał przymrużyć powieki. Światło obudziło Rickona, który usiadł i ziewnął.

Gdy cienie się poruszyły, przez chwilę mogło się wydawać, że zmarli również się budzą. Lyanna i Brandon, ich ojciec lord Rickard Stark, jego ojciec lord Edwyle, jego ojciec lord Willam i jego brat Artos Nieubłagany, lord Donnor, lord Beron i lord Rodwell, jednooki lord Jonnel, lord Barth, lord Brandon i lord Cregan, który walczył ze Smoczym Rycerzem. Siedzieli na kamiennych krzesłach z kamiennymi wilkami u stóp. Tu właśnie przyszli, gdy ciepło opuściło ich ciała. To była mroczna komnata zmarłych, którą bali się odwiedzać żywi.

A u wylotu pustego grobowca, który czekał na lorda Eddarda Starka, pod jego majestatyczną granitową podobizną, sześcioro zbiegów tłoczyło się wokół maleńkiego zapasu chleba, wody i suszonego mięsa.

— Niewiele zostało — mruknęła Osha, spoglądając na ich prowiant. — Niedługo i tak będę musiała pójść coś ukraść, bo inaczej zostanie nam do jedzenia tylko Hodor.

— Hodor — zgodził się chłopiec stajenny, uśmiechając się do niej.

— Czy jest teraz dzień, czy noc? — zastanawiała się Osha. — W ogóle straciłam rachubę czasu.

— Dzień — odpowiedział Bran. — Ale jest ciemno od dymu.

— Jesteś pewien, panie?

Nie ruszając z miejsca kalekiego ciała, sięgnął na zewnątrz i przez chwilę widział podwójnie. Tu była Osha z pochodnią, Meera, Jojen i Hodor oraz podwójny rząd wysokich marmurowych kolumn i dawno zmarłych lordów, który znikał w ciemności… tam jednak było Winterfell, szare od unoszącego się w powietrzu dymu, masywna dębowa brama z żelaznymi okuciami, nadpalona i wyrwana z zawiasów, opuszczony most zwodzony leżący w stosie zerwanych łańcuchów i powyrywanych desek. W fosie pływały trupy, które były wyspami dla wron.

— Pewien — oznajmił. Osha zastanawiała się nad tym chwilę.

— W takim razie zaryzykuję. Chcę, żebyście byli tuż za mną. Meero, weź kosz Brana.

— Czy idziemy do domu? — zapytał podekscytowany Rickon. — Chcę konia. I ciasta z jabłkami, masła z miodem i Kudłaczka. Czy pójdziemy do Kudłacza?

— Tak — obiecał Bran — ale musisz być cicho.

Meera przypięła wiklinowy kosz do pleców Hodora i pomogła wsadzić do niego Brana, wsuwając bezużyteczne nogi chłopca w otwory. Czuł w brzuchu skurcz strachu. Wiedział, co zobaczą na górze, nie zmniejszało to jednak jego obaw. Gdy ruszyli w drogę, odwrócił się, by po raz ostatni spojrzeć na ojca. Wydawało mu się, że dostrzega w oczach lorda Eddarda wyraz smutku, jakby nie chciał on, by go opuszczali. *Musimy* — pomyślał. *Już czas.*

Osha niosła w jednej ręce długą, dębową włócznię, a w drugiej pochodnię. Na plecach dźwigała nagi miecz, jeden z ostatnich, na których widniał znak Mikkena. Wykuł go do grobowca lorda Eddarda, by jego duch mógł spoczywać w spokoju. Mikken jednak zginął, a zbrojowni strzegli żelaźni ludzie, dobra stal stanowiła więc pokusę, której trudno się im było oprzeć, nawet jeśli musieli zostać rabusiami grobów. Meera wzięła sobie miecz lorda Rickarda, choć uskarżała się, że jest za ciężki. Brandon zabrał oręż swego imiennika, zrobiony dla stryja, którego nigdy nie znał. Wiedział, że w walce nie przyda się na wiele, dobrze jednak było poczuć broń w ręku.

Zdawał sobie jednak sprawę, że to tylko zabawa.

Ich kroki niosły się echem w ogromnych kryptach. Cienie za nimi pochłonęły jego ojca, a te przed nimi odsłoniły inne posągi. Nie byli to zwykli lordowie, lecz dawni królowie północy. Na czołach mieli kamienne korony. Torrhen Stark, Król, Który Klęknął; Edwyn Król Wiosny; Theon Stark Głodny Wilk; Brandon Podpalacz i Brandon Żeglarz; Jorah i Jonos; Brandon Zły; Walton Księżycowy Król; Edderion Pan Młody; Eyron; Benjen Słodki i Benjen Gorzki; król Edrick Śnieżnobrody. Ich twarze wyrażały siłę i powagę. Niektórzy z nich dokonali straszliwych czynów, lecz wszyscy byli Starkami i Bran znał ich historie. Nigdy nie bał się krypt. Były częścią jego domu, jego tożsamości i zawsze wiedział, że sam kiedyś w nich spocznie.

Teraz jednak nie był już tego taki pewien. *Jeśli wyjdę na górę, to czy jeszcze kiedyś tu wrócę? Gdzie będę leżał po śmierci?*

— Zaczekajcie — rzuciła Osha, gdy dotarli do krętych, kamiennych schodów, które prowadziły na powierzchnię oraz na dół, gdzie na mrocznych tronach wciąż zasiadali jeszcze bardziej starożytni królowie. Wręczyła Meerze pochodnię.

— Wejdę na górę po ciemku.

Przez chwilę słyszeli odgłos jej kroków, które jednak stawały się coraz cichsze, aż wreszcie umilkły całkowicie.

— Hodor — odezwał się Hodor głosem pełnym niepokoju.

Bran setki razy powtarzał sobie, że nie znosi ukrywania się w ciemności i bardzo pragnie znowu zobaczyć słońce, pojechać na koniu przez wiatr i deszcz. Kiedy jednak owa chwila nadeszła, poczuł strach. W mroku czuł się bezpiecznie. Gdy nie widział nawet własnej dłoni uniesionej przed twarzą, łatwo mu było uwierzyć, że wrogowie nigdy go nie znajdą. Kamienni lordowie dodawali mu też odwagi. Nawet kiedy ich nie widział, wiedział, że są blisko.

Wydawało się, że minął długi czas, nim znowu coś usłyszeli. Bran zaczął się już bać, że Oshy stało się coś złego. Jego brat wiercił się niespokojnie.

— Chcę do domu! — zawołał głośno. Hodor pokiwał głową.

— Hodor — powiedział.

Potem znowu usłyszeli kroki i po kilku chwilach pojawiła się Osha. Twarz miała zasępioną.

— Coś blokuje drzwi. Nie mogę tego przesunąć.

— Hodor przesunie wszystko — zapewnił Bran.

Osha obrzuciła potężnego chłopca stajennego szacującym spojrzeniem.

— Może i masz rację. No to chodźmy.

Schody były wąskie, musieli więc wspinać się na nie gęsiego. Pierwsza szła Osha, a za nią Hodor. Bran skulił się na jego plecach, by nie uderzyć głową o sufit. Za nim podążała Meera z pochodnią w ręku, a kolumnę zamykał Jojen, który trzymał Rickona za rączkę. Posuwali się w górę, zataczając kolejne kręgi. Bran miał wrażenie, że czuje woń dymu, ale może była to tylko pochodnia.

Drzwi do krypt wykonano z żelaznego drzewa. Były stare i ciężkie, umieszczone pod kątem w stosunku do ziemi. Przejście było wąskie i mogła do nich podejść tylko jedna osoba. Osha podjęła ponowną próbę ich otworzenia, Bran widział jednak, że nawet nie drgnęły.

— Daj spróbować Hodorowi.

Musieli najpierw wyjąć Brana z kosza, by chłopiec stajenny nie wgniótł go w sufit. Meera przykucnęła obok niego na schodach, obejmując jedną ręką jego ramiona, a Osha i Hodor zamienili się miejscami.

— Otwórz drzwi, Hodor — polecił Bran.

Potężny chłopiec stajenny oparł płasko obie dłonie na drzwiach i pchnął je, chrząkając z wysiłku.

— Hodor? — Walnął pięścią w drewno, które nawet nie zadrżało. — Hodor.

— Użyj pleców — poradził mu Bran. — I nóg.

Hodor odwrócił się, wsparł plecami o drewno i pchnął. A potem znowu. I znowu.

— Hodor! — Postawił jedną stopę na wyższym stopniu, zginając plecy pod pochyłymi drzwiami, i spróbował się wyprostować. Tym razem drewno jęknęło i zaskrzypiało. — Hodor! — Wsparł na stopniu drugą stopę, rozstawił szeroko nogi, napiął mięśnie i podźwignął się. Twarz mu poczerwieniała. Ścięgna na jego szyi uwydatniły się, gdy walczył z przygniatającym go ciężarem. — Hodor hodor hodor hodor hodor hodor HODOR!

Na górze rozległ się głuchy łoskot, drzwi podskoczyły nagle i na twarz Brana padł snop dziennego światła, który oślepił go na moment. Następnemu pchnięciu towarzyszył odgłos przesuwającego się kamienia i droga stanęła przed nimi otworem. Osha wsunęła w szczelinę włócznię i wyślizgnęła się w ślad za nią. Rickon przemknął się między nogami Meery, by podążyć za nią. Hodor otworzył drzwi na pełną szerokość i wyszedł na powierzchnię. Na ostatnie stopnie Brana musieli wnieść Reedowie.

Niebo miało jasnoszarą barwę i wszędzie było pełno dymu.

Stali w cieniu Pierwszej Wieży, czy raczej tego, co z niej zostało. Zawaliła się cała ściana budynku. Na dziedzińcu leżał gruz i rozbite chimery. *Upadły w tym samym miejscu, co ja* — pomyślał Bran na ich widok. Niektóre z nich rozpadły się na tak drobne kawałki, że zdumiewało go, iż przeżył podobny upadek. Nieopodal stadko wron dziobało ciało zmiażdżone przez sypiące się z góry kamienie, mężczyzna jednak leżał twarzą w dół i Bran nie potrafił go rozpoznać.

Pierwszej Wieży nie używano już od stuleci, teraz jednak została z niej tylko pusta skorupa. Wszystkie podłogi i belki strawiły płomienie. Tam gdzie ściany się zawaliły, widać było wnętrze pokojów, nawet wychodka. Reszta zniszczonej wieży stała jednak i nie była w gorszym stanie niż kiedyś. Jojen Reed rozkasłał się od dymu.

— Weźcie mnie do domu! — zażądał Rickon. — Chcę do domu! Hodor chodził w kółko, tupiąc ciężko.

— Hodor — zawodził cichym głosem. Stali skuleni, a ze wszystkich stron otaczały ich ruiny i śmierć.

— Narobiliśmy tyle hałasu, że obudzilibyśmy nawet smoka — zauważyła Osha — ale nikt nie przyszedł. Zamek jest spalony i martwy, tak jak we śnie Brana, lepiej jednak... — Urwała nagle, słysząc za ich plecami jakiś hałas, i odwróciła się, unosząc włócznię.

Zza zniszczonej wieży wychynęły dwa chude, czarne kształty, które lazły ku nim ostrożnie po gruzie.

— Kudłaczek! — krzyknął uszczęśliwiony Rickon. Czarny wilkor popędził ku niemu. Lato podszedł wolniej, potarł łbem ramię Brana i polizał go po twarzy.

— Powinniśmy stąd zmykać — stwierdził Jojen. — Tak wiele śmierci przywabi tu też inne wilki i to nie tylko te chodzące na czterech nogach.

— Tak, i to niedługo — zgodziła się Osha. — Ale potrzebna nam żywność i możliwe też, że ktoś ocalał. Trzymajmy się razem. Meero, unieś tarczę i strzeż naszych pleców.

Powolny obchód zamku zajął im resztę poranka. Potężne granitowe mury stały nietknięte. Tylko tu i ówdzie osmalił je ogień. Wewnątrz jednak panowały śmierć i zniszczenie. Spalone drzwi Wielkiej Komnaty tliły się jeszcze, a jej krokwie załamały się i cały dach runął na podłogę. Zielone i żółte szyby szklarni potłuczono, a drzewa, owoce i kwiaty zostały zniszczone lub zginęły z zimna. Z drewnianych, krytych strzechą stajni zostały jedynie popioły, węgielki oraz martwe konie. Bran pomyślał o Tancerce i zebrało mu się na płacz. Pod Wieżą Biblioteczną utworzyło się płytkie, dymiące jeziorko. Ze szczeliny w jej murze tryskała gorąca woda. Most łączący Wieżę Dzwonną z ptaszarnią runął na dziedziniec, a wieżyczka maestera Luwina zniknęła. W wąskich oknach piwnic pod Wielką Wieżą zobaczyli matowy, czerwony blask. Ogień płonął też w jednym z magazynów.

Gdy szli przez dym, Osha od czasu do czasu nawoływała cicho, nikt jej jednak nie odpowiadał. Widzieli szarpiącego zwłoki psa, który jednak umknął natychmiast, gdy tylko zwęszył wilkory. Resztę zwierząt zabito w psiarni. Innymi trupami zajęły się kruki maestera albo wrony ze zburzonej wieży. Bran rozpoznał Francowatego Tyma, mimo że jego twarz rozcięło uderzenie topora. Jeden zwęglony trup, pod wypalonym szkieletem septu matki, siedział z uniesionymi ramionami i dłońmi zaciśniętymi w czarne pięści, jakby chciał uderzyć każdego, kto ośmieli się do niego podejść.

— Jeśli bogowie są łaskawi — rzekła Osha cichym, gniewnym głosem — tych, którzy to zrobili, dopadną Inni.

— To zrobił Theon — stwierdził ponurym tonem Bran.

— Nie. Popatrz. — Wskazała włócznią na drugi koniec dziedzińca. — To jeden z jego żelaznych ludzi. I tam też. A to rumak Greyjoya, widzisz? Ten czarny, naszpikowany strzałami. — Szła między zabitymi, marszcząc brwi. — A to Czarny Lorren. — Otrzymał tak wiele ciosów, że jego broda miała teraz czerwonawobrązową barwę. — Zabrał kilku ze sobą. — Odwróciła stopą jednego z leżących obok trupów. — To ich herb. Mały, czerwony człowieczek.

— Obdarty ze skóry człowiek z Dreadfort — wyszeptał Bran.

Lato zawył i pognał przed siebie.

— Boży gaj.

Meera Reed pobiegła za wilkorem, trzymając w dłoniach tarczę i trójząb na żaby. Reszta grupy ruszyła za nią, przedzierając się powoli przez dym i zwalone kamienie. Pod drzewami powietrze miało słodszy zapach. Kilka rosnących na skraju sosen osmaliły płomienie, głębiej jednak wilgoć w glebie i drewnie stawiła im skuteczny opór.

— Żywy las ma w sobie moc — stwierdził Jojen Reed, zupełnie jakby wiedział, o czym myśli Bran. — Tak samo silną jak ogień.

Na brzegu czarnej sadzawki, w cieniu drzewa serca, leżał na brzuchu maester Luwin. Tam, gdzie się czołgał, na ziemi i mokrych liściach został ślad krwi. Lato zatrzymał się nad nim. Bran z początku myślał, że maester nie żyje, lecz gdy Meera dotknęła jego gardła, mężczyzna jęknął.

— Hodor? — odezwał się żałobnym głosem Hodor. — Hodor?

Odwrócili ostrożnie rannego na plecy. Miał szare oczy i szare, posiwiałe włosy. Jego szaty również miały ongiś ten kolor, teraz jednak stały się ciemniejsze. Nasiąkły krwią.

— Bran — rzekł cicho, widząc siedzącego na plecach Hodora chłopca. — I Rickon również. — Uśmiechnął się. — Bogowie są łaskawi. Wiedziałem…

— Wiedziałeś? — zapytał niepewnie Bran.

— Nogi, można było się zorientować… ubrania pasowały, ale

mięśnie nóg… biedny chłopak… — Kaszlnął i z ust popłynęła mu krew. — Zniknęliście… w lesie… ale jak?

— Wcale tam nie poszliśmy — wyjaśnił Bran. — To znaczy tylko kawałek, do skraju. Potem zawróciliśmy po swoich śladach. Wysłałem wilki, żeby zrobiły ślad, a my ukryliśmy się w grobowcu ojca.

— W kryptach. — Luwin zachichotał. Na usta wystąpiła mu krwawa piana. Spróbował się poruszyć i westchnął raptownie z bólu.

Oczy Brana zaszły łzami. Kiedy ktoś był ranny, zabierano go do maestera. co jednak można było zrobić z rannym maesterem?

— Musimy zrobić nosze, żeby go dźwigać — stwierdziła Osha.

— Nie ma sensu — sprzeciwił się Luwin. — Kobieto, ja umieram.

— Nie możesz umrzeć — zawołał gniewnie Rickon. — Nie możesz.

Stojący obok niego Kudłacz obnażył kły i warknął. Maester uśmiechnął się.

— Cicho, dziecko. Jestem znacznie starszy od ciebie. Mogę umrzeć… kiedy tylko zechcę.

— Hodor, na dół — rozkazał Bran. Chłopiec stajenny ukląkł przed maesterem.

— Posłuchaj — mówił Luwin — książęta… dziedzice Robba. Nie… nie razem… słyszysz?

Dzika wsparła się na włóczni.

— Ehe. Osobno będzie bezpieczniej. Ale dokąd ich zabrać? Myślałam, że może do tych Cerwynów…

Maester Luwin potrząsnął głową, choć wyraźnie było widać, że kosztowało go to bardzo wiele wysiłku.

— Chłopak Cerwynów nie żyje. Ser Rodrik, Leobald Tallhart, lady Hornwood… wszyscy zabici. Upadło Deepwood Motte, Fosa Cailin, wkrótce też Torrhen's Square. Na Kamiennym Brzegu są żelaźni ludzie, a na wschodzie bękart Boltona.

— W takim razie gdzie? — zapytała Osha.

— Do Białego Portu… do Umberów… nie wiem… wszędzie wojna… każdy walczy ze swym sąsiadem, a nadchodzi zima… co za obłęd, co za straszny, upiorny obłęd… — Maester Luwin wyciągnął rękę i złapał Brana za przedramię, zaciskając palce z siłą zrodzoną z desperacji. — Musisz być teraz silny. Silny.

— Będę — obiecał Bran, choć nie było to łatwe.

Ser Rodrik zginął i maester Luwin też, wszyscy, wszyscy...

— Dobrze — pochwalił go ranny. — Jesteś dobrym chłopcem. Synem... synem swego ojca, Bran. Idźcie już.

Osha spojrzała na czardrzewo, na czerwoną twarz wyrzeźbioną w jasnym pniu.

— Mamy zostawić cię bogom?

— Proszę... — maester przełknął ślinę — o... o... łyk wody i... jeszcze jedną przysługę. Jeśli zechcesz...

— Zechcę. — Zwróciła się w stronę Meery. — Zabierz chłopców.

Jojen i Meera poprowadzili Rickona między sobą. Hodor podążył za nimi. Nisko wiszące gałęzie smagały Brana po twarzy, a liście ocierały mu z niej łzy. Po kilku chwilach Osha dołączyła do nich na dziedzińcu. Nie wspomniała już ani słowem o maesterze Luwinie.

— Hodor musi zostać z Branem, by służyć mu jako nogi — oznajmiła z werwą. — Ja wezmę Rickona.

— My pójdziemy z Branem — zaproponował Jojen Reed.

— Też tak pomyślałam — zgodziła się Osha. — Chyba wyjdę Wschodnią Bramą i przez jakiś czas będę szła królewskim traktem.

— My wyjdziemy przez Bramę Myśliwego — zdecydowała Meera.

— Hodor — dorzucił Hodor.

Najpierw zatrzymali się w kuchniach. Osha znalazła trochę bochnów nadpalonego chleba, który nadawał się jeszcze do jedzenia, a nawet zimnego pieczonego kurczaka, którego rozerwała na pół. Meera wygrzebała garniec miodu i wielki wór jabłek. Pożegnali się na dziedzińcu. Rickon płakał i czepiał się nogi Hodora, aż wreszcie Osha musiała go trzepnąć tępym końcem włóczni. Potem poszedł za nią już szybko. Kudłacz lazł nieco z tyłu. Ostatnim, co zobaczył z ich grupki Bran, był ogon wilkora znikający za załomem zburzonej wieży.

Żelazna krata zamykająca Bramę Myśliwego wypaczyła się od żaru tak bardzo, że nie mogli jej unieść wyżej niż na stopę. Musieli się kolejno przeciskać pod jej kolcami.

— Czy pójdziemy do waszego pana ojca? — zapytał Bran, gdy mijali most zwodzony między murami. — Do Strażnicy nad Szarą Wodą?

Meera spojrzała na brata w poszukiwaniu odpowiedzi.

— Nasza droga prowadzi na północ — oznajmił Jojen.

Gdy dotarli na skraj wilczego lasu, Bran odwrócił się w koszu, by spojrzeć po raz ostatni na zamek, w którym spędził całe życie. Pod szare niebo wciąż wznosiły się wstęgi dymu, nie było ich jednak więcej niż zwykle biło z kominów Winterfell w zimne jesienne popołudnie. Wokół niektórych strzelnic widniały plamy sadzy, a w murze kurtynowym dostrzegało się gdzieniegdzie szczelinę lub brak któregoś z blanków, lecz z oddali wszystko to wydawało się drobiazgiem. Szczyty wież i donżonów wystawały zza murów, tak jak robiły to od stuleci, i trudno byłoby stąd zauważyć, że zamek splądrowano i spalono. *Kamień jest mocny* — powiedział sobie Bran. *A korzenie drzew sięgają głęboko. Pod ziemią siedzą na swych tronach królowie zimy.* Dopóki trwali oni, trwało też Winterfell. Nie umarło, tylko było okaleczone. *Tak samo, jak ja* — pomyślał. *Ja też nie umarłem.*

DODATEK

KRÓLOWIE I ICH DWORY

KRÓL NA ŻELAZNYM TRONIE

JOFFREY BARATHEON, Pierwszy Tego Imienia, trzynastoletni chłopiec, najstarszy syn króla Roberta I Baratheona i królowej Cersei z rodu Lannisterów

— jego matka, KRÓLOWA CERSEI, królowa regentka i protektorka królestwa
— jego siostra, KSIĘŻNICZKA MYRCELLA, dziewięcioletnia dziewczynka
— jego brat, KSIĄŻĘ TOMMEN, ośmioletni chłopiec, pierwszy w linii sukcesji do Żelaznego Tronu
— jego stryjowie:
  — STANNIS BARATHEON, lord Smoczej Skały, używający tytułu król Stannis Pierwszy
  — RENLY BARATHEON, lord Końca Burzy, używający tytułu król Renly Pierwszy
— jego wujowie:
  — SER JAIME LANNISTER, KRÓLOBÓJCA, lord dowódca Gwardii Królewskiej, jeniec w Riverrun
  — TYRION LANNISTER, pełniący obowiązki królewskiego namiestnika
    — giermek Tyriona, PODRICK PAYNE
    — strażnicy i najemnicy Tyriona:

— BRONN, najemnik o czarnych włosach i czarnym sercu
— SHAGGA, SYN DOLFA z Kamiennych Wron
— TIMETT, SYN TIMETTA ze Spalonych
— CHELLA, CÓRKA CHEYKA z Czarnych Uszu
— CRAWN, SYN CALORA z Księżycowych Braci

— jego mała rada:
— WIELKI MAESTER PYCELLE
— LORD PETYR BAELISH, zwany LITTLEFINGEREM, skarbnik
— LORD JANOS SLYNT, dowódca Straży Miejskiej Królewskiej Przystani (złotych płaszczy)
— VARYS, eunuch, zwany PAJĄKIEM, mistrz szpiegów

— jego Gwardia Królewska:
— SER JAIME LANNISTER, zwany KRÓLOBÓJCĄ, lord dowódca, jeniec w Riverrun
— SANDOR CLEGANE, zwany OGAREM
— SER BOROS BLOUNT
— SER MERYN TRANT
— SER ARYS OAKHEART
— SER PRESTON GREENFIELD
— SER MANDON MOORE

— jego dwór i domownicy:
— SER ILYN PAYNE, królewski kat
— VYLARR, kapitan lannisterskich strażników domowych w Królewskiej Przystani (czerwonych płaszczy)
— SER LANCEL LANNISTER, dawniej giermek króla Roberta, niedawno pasowany na rycerza
— TYREK LANNISTER, dawniej giermek króla Roberta
— SER ARON SANTAGAR, dowódca zbrojnych
— SER BALON SWANN, drugi syn lorda Guliana Swanna ze Stonehelmu
— LADY ERMESANDE HAYFORD, dziecko u piersi
— SER DONTOS HOLLARD zwany CZERWONYM, pijak
— JALABHAR XHO, wygnany książę z Wysp Letnich
— KSIĘŻYCOWY CHŁOPIEC, błazen i trefniś
— LADY TANDA STOKEWORTH

— FALYSE, jej starsza córka
— LOLLYS, jej młodsza córka, trzydziestotrzyletnia dziewica
— LORD GYLES ROSBY
— SER HORAS REDWYNE i jego bliźniaczy brat SER HOBBER REDWYNE, synowie lorda Arbor
— ludzie z Królewskiej Przystani:
— Królewska Straż (złote płaszcze):
— JANOS SLYNT, lord Harrenhal, lord dowódca
— MORROS, jego najstarszy syn i dziedzic
— ALLAR DEEM, główny pomocnik Slynta
— SER JACELYN BYWATER, zwany ŻELAZNĄ RĘKĄ, kapitan na Błotnistej Bramie
— PIROMANTA HALLYNE, mądrość z Cechu Alchemików
— CHATAYA, właścicielka drogiego burdelu
— ALAYAYA, DANCY, MAREI, niektóre z jej dziewcząt
— TOBHO MOTT, mistrz płatnerski
— SALLOREON, mistrz płatnerski
— IRONBELLY, kowal
— LOTHOR BRUNE, wolny
— SER OSMUND KETTLEBLACK, wędrowny rycerz o podejrzanej reputacji
— OSFRYD i OSNEY KETTLEBLACKOWIE, jego bracia
— SYMON SREBRNY JĘZYK, bard

Na chorągwi króla Joffreya widnieje jeleń w koronie, herb Baratheonów, czarny na złotym tle, oraz lew Lannisterów, złoty na karmazynowym tle, zwrócone ku sobie.

KRÓL W WYSOGRODZIE

RENLY BARATHEON, Pierwszy Tego Imienia, młodszy z braci króla Roberta, dawniej lord Końca Burzy, trzeci syn lorda Steffona Baratheona i lady Cassany z rodu Estermontów

— jego nowa żona, LADY MARGAERY z rodu Tyrellów
— jego wujowie i kuzyni:
  — SER ELDON ESTERMONT, wuj
    — syn ser Eldona, SER AEMON ESTERMONT, kuzyn
      — syn ser Aemona, SER ALYN ESTERMONT
— jego lordowie chorążowie:
  — MACE TYRELL, lord Wysogrodu i królewski namiestnik
  — RANDYLL TARLY, lord Horn Hill
  — MATHIS ROWAN, lord Goldengrove
  — BRYCE CARON, lord z Pogranicza
  — SHYRA ERROL, pani Haystack Hall
  — ARWYN OAKHEART, pani Starego Dębu
  — ALESTER FLORENT, lord Jasnej Wody
  — LORD SELWYN z TARTHU, zwany GWIAZDĄ WIECZORNĄ
  — LEYTON HIGHTOWER, głos Starego Miasta, Lord Portu
  — LORD STEFFON VARNER
— jego Tęczowa Gwardia:

— SER LORAS TYRELL, RYCERZ KWIATÓW, lord dowódca
— LORD BRYCE CARON, Pomarańczowy
— SER GUYARD MORRIGEN, Zielony
— SER PARMEN CRANE, Fioletowy
— SER ROBAR ROYCE, Czerwony
— SER EMMYN CUY, Żółty
— BRIENNE Z TARTHU, Błękitna, zwana też BRIENNE ŚLICZNOTKĄ, córka lorda Selwyna Gwiazdy Wieczornej

— jego rycerze i zaprzysiężeni ludzie:
— SER CORTNAY PENROSE, kasztelan Końca Burzy
— podopieczny ser Cortnaya, EDRIC STORM, bękarci syn króla Roberta i lady Deleny z rodu Florentów
— SER DONNEL SWANN, dziedzic Stonehelmu
— SER JON FOSSOWAY z Fossowayów pieczętujących się zielonym jabłkiem
— SER BRYAN FOSSOWAY, SER TANTON FOSSOWAY i SER EDWYD FOSSOWAY z Fossowayów pieczętujących się czerwonym jabłkiem
— SER COLEN Z ZIELONYCH STAWÓW
— SER MARK MULLENDORE
— RUDY RONNET, rycerz z Gniazda Gryfów

— jego domownicy:
— MAESTER JURNE, doradca, uzdrowiciel i nauczyciel

Na chorągwi króla Renly'ego widnieje jeleń w koronie, herb rodu Baratheonów z Końca Burzy, czarny na złotym tle. Takiego samego sztandaru używał jego brat, król Robert.

KRÓL NA WĄSKIM MORZU

STANNIS BARATHEON, Pierwszy Tego Imienia, starszy z braci króla Roberta, dawniej lord Smoczej Skały, drugi syn lorda Steffona Baratheona i lady Cassany z rodu Estermontów

— jego żona, LADY SELYSE z rodu Florentów
— SHIREEN, ich jedyne dziecko, dziesięcioletnia dziewczynka
— jego wuj i kuzyn:
— SER LOMAS ESTERMONT, wuj
— jego syn, SER ANDREW ESTERMONT, kuzyn
— jego dwór i domownicy:
— MAESTER CRESSEN, uzdrowiciel i nauczyciel, starzec
— MAESTER PYLOS, jego młody następca
— SEPTON BARRE
— SER AXELL FLORENT, kasztelan Smoczej Skały, stryj królowej Selyse
— PLAMA, głupkowaty błazen
— LADY MELISANDRE Z ASSHAI, zwana KOBIETĄ W CZERWIENI, kapłanka R'hllora, Serca Ognia
— SER DAVOS SEAWORTH, zwany CEBULOWYM RYCERZEM, a niekiedy KRÓTKORĘKIM, były przemytnik, kapitan „Czarnej Bethy"
— jego żona MARYA, córka cieśli
— ich siedmiu synów:

— DALE, kapitan „Lady Maryi"
— ALLARD, kapitan „Widma"
— MATTHOS, pierwszy oficer „Czarnej Bethy"
— MARIC, wiosłomistrz „Furii"
— DEVAN, giermek króla Stannisa
— STANNIS, dziewięcioletni chłopiec
— STEFFON, sześcioletni chłopiec
— BRYEN FARRING, giermek króla Stannisa
— jego lordowie chorążowie i zaprzysiężeni ludzie:
— ARDRIAN CELTIGAR, lord Szczypcowej Wyspy, starzec
— MONFORD VELARYON, Lord Pływów i władca Driftmarku
— DURAM BAR EMMON, lord Ostrego Przylądka, czternastoletni chłopak
— GUNCER SUNGLASS, lord Zatoki Słodkiego Portu
— SER HUBARD RAMBTON
— SALLADHOR SAAN z Wolnego Miasta Lys, samozwańczy książę wąskiego morza
— MOROSH MYRIJCZYK, admirał najemnik

Król Stannis wybrał sobie na herb gorejące serce Pana Światła — czerwone serce otoczone pomarańczowymi promieniami na jasnożółtym tle. W jego wnętrzu umieszczono czarnego jelenia w koronie, herb rodu Baratheonów.

KRÓL PÓŁNOCY

ROBB STARK, lord Winterfell i król północy, najstarszy syn Eddarda Starka, lorda Winterfell, i lady Catelyn z rodu Tullych, piętnastoletni chłopak

— jego wilkor, SZARY WICHER
— jego matka, LADY CATELYN z rodu Tullych
— jego rodzeństwo:
  — KSIĘŻNICZKA SANSA, dwunastoletnia dziewczyna
    — wilkorzyca Sansy, (DAMA), zabita w zamku Darrych
  — KSIĘŻNICZKA ARYA, dziesięcioletnia dziewczynka
    — wilkorzyca Aryi, NYMERIA, odegnana w zeszłym roku
  — KSIĄŻĘ BRANDON, zwany BRANEM, dziedzic Winterfell i północy, ośmioletni chłopiec
    — wilkor Brana, LATO
  — KSIĄŻĘ RICKON, czteroletni chłopiec
    — wilkor Rickona, KUDŁACZ
  — jego przyrodni brat, JON SNOW, piętnastoletni bękart, człowiek z Nocnej Straży
    — wilkor Jona, DUCH
— jego stryjowie i ciotki:
  — (BRANDON STARK), starszy brat lorda Eddarda, zabity na rozkaz króla Aerysa II Targaryena

— BENJEN STARK, młodszy brat lorda Eddarda, człowiek z Nocnej Straży, zaginiony za Murem
— LYSA ARRYN, młodsza siostra lady Catelyn, wdowa po (lordzie Jonie Arrynie), pani Orlego Gniazda
— SER EDMURE TULLY, młodszy brat lady Catelyn, dziedzic Riverrun
— SER BRYNDEN TULLY, zwany BLACKFISHEM, stryj lady Catelyn

— jego zaprzysiężeni ludzie i towarzysze walki:
— THEON GREYJOY, podopieczny lorda Eddarda, dziedzic Pyke i Żelaznych Wysp
— HALLIS MOLLEN, kapitan straży Winterfell
— JACKS, QUENT, SHADD, strażnicy służący pod jego rozkazami
— SER WENDEL MANDERLY, drugi syn lorda Białego Portu
— PATREK MALLISTER, dziedzic Seagardu
— DACEY MORMONT, najstarsza córka lady Maege i dziedziczka Wyspy Niedźwiedziej
— JON UMBER, zwany SMALLJONEM
— ROBIN FLINT, SER PERWYN FREY, LUCAS BLACKWOOD

— jego giermek, OLYVAR FREY, osiemnastoletni młodzieniec

— jego domownicy w Riverrun:
— MAESTER VYMAN, doradca, uzdrowiciel i nauczyciel
— SER DESMOND GRELL, dowódca zbrojnych
— SER ROBIN RYGER, kapitan straży
— UTHERYDES WAYN, zarządca Riverrun
— RYMUND RYMOPIS, bard

— jego domownicy w Winterfell:
— MAESTER LUWIN, doradca, uzdrowiciel i nauczyciel
— SER RODRIK CASSEL, dowódca zbrojnych
— BETH, jego mała córka
— WALDER FREY, zwany DUŻYM WALDEREM, podopieczny lady Catelyn, ośmioletni chłopiec
— WALDER FREY, zwany MAŁYM WALDEREM, podopieczny lady Catelyn, również ośmioletni
— SEPTON CHAYLE, gospodarz zamkowego septu i biblioteki

— JOSETH, koniuszy
— BANDY i SHYRA, jego bliźniacze córki
— FARLEN, psiarczyk
— PALLA, dziewczyna z psiarni
— STARA NIANIA, bajarka, ongiś mamka, teraz bardzo wiekowa
— HODOR, jej prawnuk, słaby na umyśle chłopiec stajenny
— GAGE, kucharz
— RZEPA, kuchcik i pomywacz
— OSHA, dzika kobieta wzięta do niewoli w wilczym lesie, służąca jako pomoc kuchenna
— MIKKEN, kowal i płatnerz
— HAYHEAD, SKITTRICK, FRANCOWATY TYM, ALEBELLY, strażnicy
— CALON, TOM, dzieci strażników
— jego lordowie chorążowie i dowódcy:
— z Robbem w Riverrun:
— JON UMBER, zwany GREATJONEM
— RICKARD KARSTARK, lord Karholdu
— GALBARD GLOVER z Deepwood Motte
— MAEGE MORMONT, pani Wyspy Niedźwiedziej
— SER STEVRON FREY, najstarszy syn lorda Waldera Freya i dziedzic Bliźniaków
— najstarszy syn ser Stevrona, SER RYMAN FREY
— syn ser Rymana, CZARNY WALDER FREY
— MARTYN RIVERS, bękarci syn lorda Waldera Freya
— z zastępem Roose'a Boltona w Bliźniakach:
— ROOSE BOLTON, lord Dreadfort, dowódca większej części północnej armii
— ROBETT GLOVER z Deepwood Motte
— WALDER FREY, lord Przeprawy
— SER HELMAN TALLHART z Torrhen's Square
— SER AENYS FREY
— więźniowie lorda Tywina Lannistera:
— LORD MEDGER CERWYN
— HARRION KARSTARK, jedyny ocalały syn lorda Rickarda
— SER WYLIS MANDERLY, dziedzic Białego Portu

— SER JARED FREY, SER HOSTEEN FREY, SER DANWELL FREY i ich bękarci brat przyrodni RONEL RIVERS
— na polu walki albo we własnych zamkach:
— LYMAN DARRY, ośmioletni chłopiec
— SHELLA WHENT, pani Harrenhal, pozbawiona zamku przez lorda Tywina Lannistera
— JASON MALLISTER, lord Seagardu
— JONOS BRACKEN, lord Kamiennego Płotu
— TYTOS BLACKWOOD, lord Raventree
— LORD KARYL VANCE
— SER MARQ PIPER
— SER HALMON PAEGE
— jego lordowie chorążowie i kasztelani:
— na północy:
— WYMAN MANDERLY, lord Białego Portu
— HOWLAND REED ze Strażnicy nad Szarą Wodą, wyspiarz
— córka Howlanda, MEERA, piętnastoletnia dziewczyna
— syn Howlanda, JOJEN, trzynastoletni chłopak
— LADY DONELLA HORNWOOD, wdowa i pogrążona w żałobie matka
— CLEY CERWYN, dziedzic lorda Medgera, czternastoletni chłopak
— LEOBALD TALLHART, młodszy brat ser Helmana, kasztelan Torrhen's Square
— żona Leobalda, BERENA z rodu Hornwoodów
— syn Leobalda, BRANDON, czternastoletni chłopak
— syn Leobalda, BEREN, dziesięcioletni chłopiec
— syn ser Helmana, BENFRED, dziedzic Torrhen's Square
— córka ser Helmana, EDDARA, dziewięcioletnia dziewczynka
— LADY SYBELLE, żona Robetta Glovera, pod jego nieobecność zarządzająca Deepwood Motte
— syn Robetta, GAWEN, trzyletni chłopiec, dziedzic Deepwood Motte
— córka Robetta, ERENA, roczne dziecko
— LARENCE SNOW, bękarci syn lorda Hornwooda, dwunastoletni chłopak, podopieczny Galbarta Glovera

— MORS WRONOJAD i HOTHER KURWISTRACH z rodu Umberów, stryjowie Greatjona
— LADY LYESSA FLINT, matka Robina
— ONDREW LOCKE, lord Starego Zamku, starzec

Chorągiew króla północy wygląda tak samo, jak przed tysiącami lat: szary wilkor Starków z Winterfell biegnący po białym lodowym polu.

KRÓLOWA ZA WODĄ

DAENERYS TARGARYEN, zwana DAENERYS ZRODZONĄ W BURZY, NIESPALONĄ i MATKĄ SMOKÓW, *khaleesi* Dothraków, Pierwsza Tego Imienia, jedyne ocalałe dziecko króla Aerysa II Targaryena oraz jego siostry i żony, królowej Rhaelli, czternastoletnia wdowa

— jej niedawno wyklute smoki, DROGON, VISERION, RHAEGAL

— jej bracia:

  — (RHAEGAR), książę Smoczej Skały i dziedzic Żelaznego Tronu, zabity przez króla Roberta nad Tridentem

    — (RHAENYS), córka Rhaegara i Elii z Dorne, zamordowana podczas splądrowania Królewskiej Przystani

    — (AEGON), syn Rhaegara i Elii z Dorne, zamordowany podczas splądrowania Królewskiej Przystani

  — (VISERYS), każący się tytułować królem Viserysem Trzecim Tego Imienia, zwany ŻEBRACZYM KRÓLEM, zabity w Vaes Dothrak przez khala Drogo

— jej mąż (DROGO), khal Dothraków, zmarły z powodu zakażenia ran

  — (RHAEGO), martwo urodzony syn Daenerys i khala Drogo, zabity w macicy matki przez Mirri Maz Duur

— jej Gwardia Królowej:

— SER JORAH MORMONT, wygnany rycerz, ongiś lord Wyspy Niedźwiedziej
— JHOGO, *ko* i brat krwi, bicz
— AGGO, *ko* i brat krwi, łuk
— RAKHARO, *ko* i brat krwi, *arakh*

— jej służące:
— IRRI, Dothraczka
— JHIQUI, Dothraczka
— DOREAH, lyseńska niewolnica, była kurwa

— troje poszukiwaczy:
— XARO XHOAN DAXOS, magnat handlowy z Qarthu
— PYAT PREE, czarnoksiężnik z Qarthu
— QUAITHE, nosząca maskę władczyni cieni z Asshai

— ILLYRIO MOPATIS, magister z Wolnego Miasta Pentos, który zaaranżował ślub Daenerys z khalem Drogo i knuł spiski, mające na celu przywrócenie Viserysowi Żelaznego Tronu

Chorągwią Targaryenów jest sztandar Aegona Zdobywcy, króla, który podbił sześć z Siedmiu Królestw, założył dynastię i zrobił Żelazny Tron z mieczy pokonanych nieprzyjaciół. Widnieje na nim trójgłowy smok, czerwony na czarnym tle.

RÓŻNE RODY, WIELKIE I MAŁE

RÓD BARATHEONÓW

Najmłodszy z Wielkich Rodów, zrodzony podczas Podboju. Jego założyciel, Orys Baratheon, był jakoby bękarcim bratem Aegona Smoka. Orys szybko awansował i stał się jednym z najbardziej wojowniczych dowódców Aegona. Gdy pokonał i zabił Argilaca Aroganckiego, Aegon przyznał mu w nagrodę zamek Argilaca, jego ziemie i córkę. Orys poślubił dziewczynę oraz przyjął chorągiew, tytuły i dewizę jej rodu. Herbem Baratheonów jest jeleń w koronie, czarny na złotym tle. Ich dewiza brzmi *Nasza Jest Furia.*

(KRÓL ROBERT BARATHEON), Pierwszy Tego Imienia
- — jego żona, KRÓLOWA CERSEI z rodu Lannisterów
- — ich dzieci:
  - — KRÓL JOFFREY, dziedzic Żelaznego Tronu, trzynastoletni chłopak
  - — KSIĘŻNICZKA MYRCELLA, dziewięcioletnia dziewczynka
  - — KSIĄŻĘ TOMMEN, ośmioletni chłopiec
- — jego bracia:
  - — STANNIS BARATHEON, lord Smoczej Skały, używający tytułu król Stannis Pierwszy

— jego żona, LADY SELYSE z rodu Florentów
— ich córka, SHIREEN, dziesięcioletnia dziewczynka
— RENLY BARATHEON, lord Końca Burzy, używający tytułu król Renly Pierwszy

Najważniejsze rody, które poprzysięgły wierność Końcowi Burzy, to Selmy'owie, Wylde'owie, Trantowie, Penrose'owie, Errolowie, Estermontowie, Tarthowie, Swannowie, Dondarrionowie i Caronowie.

Najważniejsze rody, które poprzysięgły wierność Smoczej Skale, to Celtigarowie, Velaryonowie, Seaworthowie, Bar Emmonowie i Sunglassowie.

RÓD STARKÓW

Starkowie wywodzą się od Brandona Budowniczego i starożytnych królów zimy. Przez tysiąclecia władali w Winterfell jako królowie północy, aż wreszcie Torrhen Stark, Król, Który Klęknął, postanowił poprzysiąc wierność Aegonowi Smokowi, zamiast stawać z nim do bitwy. Ich herbem jest szary wilkor na białym jak lód polu, a dewiza brzmi *Nadchodzi Zima.*

(EDDARD STARK), lord Winterfell, namiestnik północy
— jego żona, LADY CATELYN, z rodu Tullych
— ich dzieci:
— ROBB, lord Winterfell i król północy, piętnastoletni chłopak
— SANSA, starsza córka, dwunastoletnia dziewczyna
— ARYA, młodsza córka, dziesięcioletnia dziewczynka
— BRANDON, zwany BRANEM, ośmioletni chłopiec
— RICKON, czteroletni chłopiec
— jego bękarci syn, JON SNOW, piętnastoletni chłopak
— jego podopieczny, THEON GREYJOY, dziedzic Żelaznych Wysp
— jego rodzeństwo:
— (BRANDON), jego najstarszy brat, zamordowany na rozkaz Aerysa II Targaryena

— (LYANNA), jego młodsza siostra, która zginęła w górach Dorne
— BENJEN, jego młodszy brat, człowiek z Nocnej Straży

Najważniejsze rody, które poprzysięgły wierność Winterfell, to Karstarkowie, Umberowie, Flintowie, Mormontowie, Hornwoodowie, Cerwynowie, Reedowie, Manderly'owie, Gloverowie, Tallhartowie i Boltonowie.

RÓD LANNISTERÓW

Jasnowłosi, wysocy i przystojni Lannisterowie mają w żyłach krew andalskich poszukiwaczy przygód, którzy zdobyli dla siebie potężne królestwo pośród zachodnich wzgórz i dolin. Po kądzieli wywodzą się od Lanna Sprytnego, legendarnego spryciarza z Ery Herosów. Złoto Casterly Rock i Złotego Zęba uczyniło z nich najbogatszy z wielkich rodów. Pozostają główną siłą popierającą pretensje Joffreya do Żelaznego Tronu. Ich herbem jest złoty lew na karmazynowym polu, a dewiza brzmi *Słuchajcie Mojego Ryku*.

TYWIN LANNISTER, lord Casterly Rock, namiestnik zachodu, Tarcza Lannisportu, namiestnik królewski, dowódca armii Lannisterów stacjonującej w Harrenhal
— jego żona (LADY JOANNA), kuzynka, zmarła w połogu
— ich dzieci:
— SER JAIME, zwany KRÓLOBÓJCĄ, namiestnik wschodu i lord dowódca Gwardii Królewskiej, bliźniaczy brat królowej Cersei
— KRÓLOWA CERSEI, wdowa po królu Robercie, bliźniacza siostra Jaime'a, królowa regentka i protektorka królestwa
— TYRION, zwany KRASNALEM, karzeł, pełniący obowiązki królewskiego namiestnika
— jego rodzeństwo:

— SER KEVAN, jego najstarszy brat
— żona ser Kevana, DORNA z rodu Swyftów
— ojciec lady Dorny, SER HARYS SWYFT
— ich dzieci:
— SER LANCEL, dawniej giermek króla Roberta, po jego śmierci pasowany na rycerza
— WILLEM, bliźniaczy brat Martyna, giermek, wzięty do niewoli w Szepczącym Lesie
— MARTYN, bliźniaczy brat Willema
— JANEI, dwuletnia dziewczynka
— GENNA, jego siostra, żona ser Emmona Freya
— syn Genny, SER CLEOS FREY, wzięty do niewoli w Szepczącym Lesie
— syn Genny, TION FREY, giermek, wzięty do niewoli w Szepczącym Lesie
— (SER TYGETT), jego drugi brat, zmarły na francę
— wdowa po Tygetcie, DARLESSA z rodu Marbrandów
— syn Tygetta, TYREK, giermek króla
— (GERION), jego najmłodszy brat, zaginiony na morzu
— bękarcia córka Geriona, JOY, jedenastoletnia dziewczynka
— jego kuzyn, SER STAFFORD LANNISTER, brat zmarłej lady Joanny
— córki ser Stafforda, CERENNA i MYRIELLE
— syn ser Stafforda, SER DAVEN
— jego lordowie chorążowie, kapitanowie, dowódcy i domownicy:
— SER ADDAM MARBRAND, dziedzic Ashemarku, dowódca zwiadowców lorda Tywina
— SER GREGOR CLEGANE, zwany GÓRĄ, KTÓRA JEŹDZI
— POLLIVER, CHISWYCK, RAFF SŁODYCZEK, DUNSEN i ŁASKOTEK, żołnierze w jego służbie
— LORD LEO LEFFORD
— SER AMORY LORCH, kapitan furażerów
— LEWYS LYDDEN, lord Głębokiej Jaskini
— GAWEN WESTERLING, lord Turni, wzięty do niewoli w Szepczącym Lesie i uwięziony w Seagardzie
— SER ROBERT BRAX i jego brat SER FLEMENT BRAX

— SER FORLEY PRESTER ze Złotego Zęba

— VARGO HOAT z Wolnego Miasta Qohor, kapitan kompanii najemników zwanej Dzielnymi Kompanionami

— MAESTER CREYLEN, jego doradca

Najważniejszymi rodami, które poprzysięgły wierność Casterly Rock, są Payne'owie, Swyftowie, Marbrandowie, Lyddenowie, Banefortowie, Leffordowie, Crakehallowie, Serrettowie, Broomowie, Clegane'owie, Presterowie i Westerlingowie.

RÓD TULLYCH

Tully'owie nigdy nie byli królami, choć przez tysiąc lat władali bogatymi ziemiami i potężnym zamkiem Riverrun. Podczas Podboju dorzecze należało do Harrena Czarnego, króla wysp. Dziadek Harrena, król Harwyn Twardoręki, odebrał Trident Arrecowi Królowi Burzy, którego przodkowie trzysta lat wcześniej podbili wszystkie ziemie aż po Przesmyk, zabijając ostatnich królów rzeki. Harren Czarny był okrutnym i próżnym tyranem, ci, którymi rządził, nie darzyli go więc miłością i wielu lordów dorzecza opuściło go, przechodząc na stronę Aegona. Pierwszym z nich był Edmyn Tully z Riverrun. Gdy Harren i jego potomkowie zginęli w pożarze Harrenhal, Aegon nagrodził ród Tullych, czyniąc Edmyna najwyższym lordem dorzecza i żądając, by pozostali lordowie złożyli mu hołd lenny. Herbem Tullych jest skaczący pstrąg, srebrny na polu pokrytym czerwono-niebieskimi zmarszczkami. Ich dewiza brzmi *Rodzina, Obowiązek, Honor*.

HOSTER TULLY, lord Riverrun

— jego żona, (LADY MINISA z rodu Whentów), zmarła przy porodzie

— ich dzieci:

— CATELYN, najstarsza córka, poślubiła lorda Eddarda Starka

— LYSA, młodsza córka, poślubiła lorda Jona Arryna

— SER EDMURE, dziedzic Riverrun

— jego brat, SER BRYNDEN, zwany BLACKFISHEM
— jego domownicy:
  — MAESTER VYMAN, doradca, uzdrowiciel i nauczyciel
  — SER DESMOND GRELL, dowódca zbrojnych
  — SER ROBIN RYGER, kapitan straży
  — UTHERYDES WAYN, zarządca Riverrun
— jego rycerze i lordowie chorążowie:
  — JASON MALLISTER, lord Seagardu
    — PATREK MALLISTER, jego syn i dziedzic
  — WALDER FREY, lord Przeprawy
    — jego liczni synowie, wnuki i bękarty
  — JONOS BRACKEN, lord Kamiennego Płotu
  — TYTOS BLACKWOOD, lord Raventree
  — SER RAYMUN DARRY
  — SER KARYL VANCE
  — SER MARQ PIPER
  — SHELLA WHENT

Pomniejsze rody, które poprzysięgły wierność Riverrun, to między innymi Darry'owie, Freyowie, Mallisterowie, Brackenowie, Blackwoodowie, Whentowie, Rygerowie, Piperowie i Vance'owie.

RÓD TYRELLÓW

Tyrellowie zdobyli znaczenie jako namiestnicy królów Reach, którzy władali żyznymi równinami położonymi na południowy zachód od Dornijskiego Pogranicza i Czarnego Nurtu, aż po brzegi morza zachodzącego słońca. Po kądzieli pochodzą od Gartha Zielonorękiego, króla ogrodnika Pierwszych Ludzi, który nosił koronę z pnączy i kwiatów i zamienił swą krainę w kwitnący ogród. Gdy król Mern, ostatni ze starej dynastii, zginął na Polu Ognia, jego namiestnik Harlen Tyrell poddał Wysogród Aegonowi Targaryenowi i poprzysiągł mu wierność. Aegon przyznał mu zamek oraz panowanie nad Reach. Lord Tyrell z Wysogrodu poparł króla Renly'ego, który poślubił jego córkę Margaery, i pociągnął za sobą swych najważniejszych chorążych. Herbem Tyrellów jest złota róża na trawiastozielonym polu, a ich dewiza brzmi *Zbieramy Siły*.

MACE TYRELL, lord Wysogrodu, namiestnik południa, Obrońca Pogranicza, Wielki Marszałek Reach i namiestnik królewski
— jego żona, LADY ALERIE z rodu Hightowerów ze Starego Miasta
— ich dzieci:
— WILLAS, ich najstarszy syn, dziedzic Wysogrodu
— SER GARLAN, zwany DZIELNYM, ich drugi syn
— SER LORAS, RYCERZ KWIATÓW, ich najmłodszy syn, lord dowódca Tęczowej Gwardii

— MARGAERY, ich córka, piętnastoletnia dziewczyna, niedawno poślubiona Renly'emu Baratheonowi

— ich owdowiała matka, LADY OLENNA z rodu Redwyne'ów, zwana KRÓLOWĄ CIERNI

— jego siostry:

— MINA, żona Paxtera Redwyne'a, lorda Arbor

— ich dzieci:

— SER HORAS REDWYNE, bliźniaczy brat Hobbera, noszący przezwisko HORROR

— SER HOBBER REDWYNE, bliźniaczy brat Horasa, noszący przezwisko BOBER

— DESMERA REDWYNE, szesnastoletnia dziewczyna

— JANNA, żona ser Jona Fossowaya

— jego stryjowie:

— GARTH, zwany SPROŚNYM, lord seneszal Wysogrodu

— bękarci synowie Gartha, GARSE I GARRETT FLOWERS

— SER MORYN, lord dowódca Straży Miejskiej Starego Miasta

— MAESTER GORMON, uczony z Cytadeli

— jego domownicy:

— maester LOMYS, doradca, uzdrowiciel i nauczyciel

— IGON VYRWEL, kapitan straży

— SER VORTIMER CRANE, dowódca zbrojnych

— BUTTERBUMPS, błazen i trefniś, straszliwie otyły

Najważniejsze rody, które poprzysięgły wierność Wysogrodowi, to Vyrwelowie, Florentowie, Oakheartowie, Hightowerowie, Crane'owie, Tarly'owie, Redwyne'owie, Rowanowie, Fossowayowie i Mullendore'owie.

RÓD MARTELLÓW

Nymeria, królowa wojowniczka Rhoyne, przywiodła dziesięć tysięcy swych okrętów do Dorne, które leży najdalej na południe ze wszystkich Siedmiu Królestw, i wzięła sobie za męża lorda Morsa Martella. Z jej pomocą zwyciężył on wszystkich rywali i został władcą całego Dorne. Rhoynarskie wpływy do dziś pozostają tam silne. Dlatego władca Dorne tytułuje się „księciem", nie „królem", a zgodnie z dornijskim prawem tytuły i ziemie dziedziczy najstarsze dziecko, nie najstarszy syn. Dorne jako jedyne z Siedmiu Królestw nie zostało podbite przez Aegona Smoka. Na stałe przyłączono je do królestwa dopiero dwieście lat później i to nie mieczem, lecz za pomocą małżeństwa i traktatu. Miłujący pokój król Daeron II odniósł zwycięstwo tam, gdzie nie powiodło się wojownikom. Poślubił dornijską księżniczkę Myriah, a swą siostrę oddał za żonę księciu Dorne. Krew, obyczaje i historia różnią Dorne od pozostałych królestw. Gdy wybuchła wojna o sukcesję, książę Dorne zachował milczenie i nie opowiedział się po żadnej ze stron.

Na chorągwi Martellów widnieje czerwone słońce przebite złotą włócznią. Ich dewiza brzmi *Niezachwiani, Nieugięci, Niezłomni.*

DORAN NYMEROS MARTELL, lord Słonecznej Włóczni, książę Dorne
— jego żona, MELLARIO z Wolnego Miasta Norvos
— ich dzieci:

— KSIĘŻNICZKA ARIANNE, ich najstarsza córka, dziedziczka Słonecznej Włóczni
— KSIĄŻĘ QUENTYN, ich starszy syn
— KSIĄŻĘ TRYSTANE, ich młodszy syn
— jego rodzeństwo:
— jego siostra, (KSIĘŻNICZKA ELIA), żona księcia Rhaegara Targaryena, zabita podczas splądrowania Królewskiej Przystani
— córka Elii, (KSIĘŻNICZKA RHAENYS), dziewczynka zamordowana podczas splądrowania Królewskiej Przystani
— syn Elii, (KSIĄŻĘ AEGON), niemowlę zamordowane podczas splądrowania Królewskiej Przystani
— jego brat, KSIĄŻĘ OBERYN, CZERWONA ŻMIJA
— jego domownicy:
— AREO HOTAH, norvoshijski najemnik, kapitan straży
— MAESTER CALEOTTE, doradca, uzdrowiciel i nauczyciel
— jego lordowie chorążowie:
— EDRIC DAYNE, lord Starfall

Najważniejsze rody, które poprzysięgły wierność Słonecznej Włóczni, to Jordayne'owie, Santagarowie, Allyrionowie, Tolandowie, Yronwoodowie, Wylowie, Fowlerowie i Dayne'owie.

RÓD FLORENTÓW

Florentowie z Jasnej Wody są zaprzysiężonymi chorążymi Wysogrodu i w ślad za Tyrellami opowiedzieli się za królem Renlym. Mieli też jednak swych ludzi w drugim obozie, jako że królowa Stannisa pochodzi z rodu Florentów, a jej stryj jest kasztelanem Smoczej Skały. Florentowie w herbie mają lisią głowę otoczoną wieńcem kwiatów.

ALESTER FLORENT, lord Jasnej Wody

- jego żona, LADY MELARA z rodu Crane'ów
- ich dzieci:
    - ALEKYNE, dziedzic Jasnej Wody
    - MELESSA, żona lorda Randylla Tarly'ego
    - RHEA, żona lorda Leytona Hightowera
- jego rodzeństwo:
    - SER AXELL, kasztelan Smoczej Skały
    - (SER RYAM), zginął po upadku z konia
        - córka ser Ryama, KRÓLOWA SELYSE, żona króla Stannisa
        - najstarszy syn i dziedzic ser Ryama, SER IMRY
        - drugi syn ser Ryama, SER ERREN
    - SER COLIN
        - córka Colina, DELENA, żona SER HOSMANA NORCROSSA

— syn Deleny, EDRIC STORM, bękart króla Roberta
— syn Deleny, ALESTER NORCROSS
— syn Deleny, RENLY NORCROSS
— syn Colina, MAESTER OMER, na służbie w Starym Dębie
— syn Colina, MERRELL, giermek w Arbor
— jego siostra, RYLENE, żona ser Rycherda Crane'a

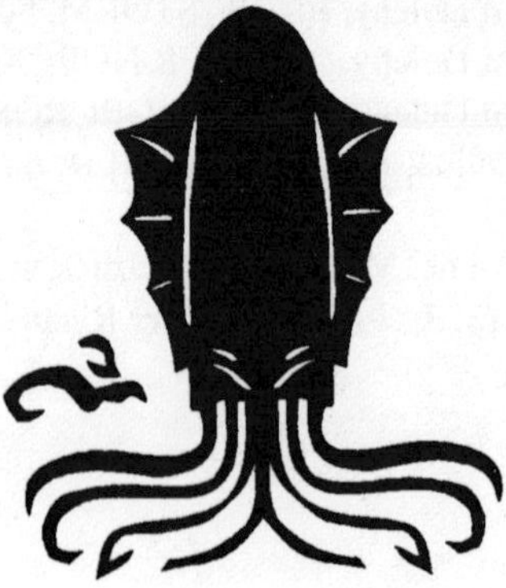

RÓD GREYJOYÓW

Greyjoyowie z Pyke utrzymują, że wywodzą się od Szarego Króla z Ery Herosów. Legendy podają, że Szary Król władał nie tylko zachodnimi wyspami, lecz również samym morzem i wziął sobie za żonę syrenę.

Od tysiącleci łupieżcy z Żelaznych Wysp — zwani przez swe ofiary „żelaznymi ludźmi" — byli postrachem mórz. Ich statki docierały aż do Ibbenu i na Wyspy Letnie. Szczycili się gwałtownością w bitwie i świętymi wolnościami. Każda wyspa miała własnego „morskiego króla" i „skalnego króla", spośród których wybierano najwyższego króla wysp. Dopiero król Urron uczynił tron dziedzicznym, mordując pozostałych królów, gdy zgromadzili się na wybory. Dynastia Urrona wygasła tysiąc lat później, gdy wyspy zalali Andalowie. Greyjoyowie, podobnie jak inni wyspiarscy lordowie, zmieszali swą krew ze zdobywcami.

Władza Żelaznych Królów sięgała daleko poza same wyspy. Ogniem i mieczem zdobywali dla siebie królestwa na kontynencie. Król Qhored mógł się zgodnie z prawdą przechwalać, że jego rządy sięgają wszędzie, gdzie „ludzie czują woń słonej wody albo słyszą łoskot fal". W następnych stuleciach potomkowie Qhoreda stracili Arbor, Stare Miasto, Wyspę Niedźwiedzią oraz większą część zachodniego wybrzeża. Mimo to podczas Podboju król Harren Czarny władał całym obszarem położonym między górami, od Przesmyku aż po Czarny Nurt. Gdy Harren i jego synowie zginęli podczas upadku Harrenhal, Aegon Targaryen przyznał dorzecze rodowi Tullych i pozwolił ocalałym lordom z Żelaznych Wysp wskrzesić pradawny zwyczaj i wybrać pierwszego między nimi. Wybrali lorda Vickona Greyjoya z Pyke.

Balon Greyjoy, lord Żelaznych Wysp, dowodził buntem przeciw Żelaznemu Tronowi, który stłumili król Robert i lord Eddard Stark. Choć jego syn Theon, wychowywany w Winterfell, był jednym ze zwolenników i najbliższych towarzyszy Robba Starka, lord Balon nie przyłączył się do ludzi z północy, gdy ci pomaszerowali na południe, ku dorzeczu.

Herbem Greyjoyów jest złoty kraken na czarnym polu. Ich dewiza brzmi *My Nie Siejemy*.

BALON GREYJOY, lord Żelaznych Wysp, Król Morza i Skały, Syn Morskiego Wichru, Lord Kosiarz Pyke, kapitan „Wielkiego Krakena"
- — jego żona, LADY ALANNYS z rodu Harlawów
- — ich dzieci:
  - — (RODRIK), zabity w Seagardzie podczas buntu Greyjoyów
  - — (MARON), zabity w Pyke podczas buntu Greyjoyów
  - — ASHA, kapitan „Czarnego Wichru"
  - — THEON, podopieczny lorda Eddarda Starka z Winterfell
- — jego bracia:
  - — EURON, zwany WRONIM OKIEM, kapitan „Ciszy", wyjęty spod prawa pirat i rozbójnik
  - — VICTARION, lord kapitan Żelaznej Floty, kapitan „Żelaznego Zwycięstwa"
  - — AERON, zwany MOKRĄ CZUPRYNĄ, kapłan Utopionego Boga
- — jego domownicy w Pyke:
  - — DAGMER, zwany ROZCIĘTĄ GĘBĄ, dowódca „Pijącego Pianę"
  - — MAESTER WENDAMYR, uzdrowiciel i doradca
  - — HELYA, ochmistrzyni zamku
- — ludzie z Lordsportu:
  - — SIGRIN, cieśla okrętowy
- — jego lordowie chorążowie:
  - — LORD BOTLEY z Lordsportu
  - — LORD WYNCH z Iron Holt

— LORD HARLAW z Harlaw
— STONEHOUSE ze Starej Wyk
— DRUMM ze Starej Wyk
— GOODBROTHER ze Starej Wyk
— GOODBROTHER z Wielkiej Wyk
— LORD MERLYN z Wielkiej Wyk
— SPARR z Wielkiej Wyk
— LORD BLACKTYDE z Blacktyde
— LORD SALTCLIFFE z Saltcliffe
— LORD SUNDERLY z Saltcliffe

Wśród pomniejszych rodów, które poprzysięgły wierność Pyke, są Harlawowie, Stonehouse'owie, Merlynowie, Sunderly'owie, Botleyowie, Tawneyowie, Wynchowie i Goodbrotherowie.

RÓD ARRYNÓW

Arrynowie pochodzą od królów Góry i Doliny, jednego z najstarszych i najczystszych rodów andalskiej szlachty. Nie opowiedzieli się po stronie żadnego z pretendentów do tronu, lecz wycofali swe siły, by bronić Orlego Gniazda i Doliny Arrynów. Ich herbem jest księżyc i sokół, biały na jasnobłękitnym tle. Dewiza Arrynów brzmi *Wysoko Jak Honor*.

ROBERT ARRYN, lord Orlego Gniazda, Obrońca Doliny, namiestnik wschodu, chorowity ośmioletni chłopiec

— jego matka, LADY LYSA z rodu Tullych, trzecia żona (lorda Jona Arryna) byłego namiestnika królewskiego i wdowa po nim, siostra Catelyn Stark

— jego domownicy:

— MAESTER COLEMON, doradca, uzdrowiciel i nauczyciel

— SER MARWYN BELMORE, kapitan straży

— LORD NESTOR ROYCE, wielki zarządca Doliny

— syn lorda Nestora, SER ALBAR

— MYA STONE, dziewczyna nieprawego pochodzenia na jego służbie, naturalna córka króla Roberta

— MORD, brutalny strażnik więzienny

— MARILLION, młody bard

— jego lordowie chorążowie i świta oraz zalotnicy jego matki:

— LORD YOHN ROYCE, zwany SPIŻOWYM YOHNEM
  — najstarszy syn lorda Yohna, SER ANDAR
  — drugi syn lorda Yohna, SER ROBAR, na służbie u króla Renly'ego, Robar Czerwony z Tęczowej Gwardii
  — najmłodszy syn lorda Yohna, (SER WAYMAR), człowiek z Nocnej Straży, zaginiony za Murem
— LORD NESTOR ROYCE, brat lorda Yohna, wielki zarządca Doliny
  — syn i dziedzic lorda Nestora, SER ALBAR
  — córka lorda Nestora, MYRANDA
— SER LYN CORBRAY, zalotnik lady Lysy
  — MYCHEL REDFORT, jego giermek
— LADY ANYA WAYNWOOD
  — najstarszy syn i dziedzic lady Anyi, SER MORTON, zalotnik lady Lysy
  — drugi syn lady Anyi, SER DONNEL, Rycerz Bramy
— EON HUNTER, lord Longbow Hall, starzec i zalotnik lady Lysy

Najważniejsze rody, które poprzysięgły wierność Orlemu Gniazdu, to Royce'owie, Baelishowie, Egenowie, Waynwoodowie, Hunterowie, Redfortowie, Corbrayowie, Belmore'owie, Melcolmowie i Hersy'owie.

RÓD FREYÓW

Potężni, bogaci i liczni Freyowie są chorążymi rodu Tullych. Poprzysięgli służbę Riverrun, lecz nie zawsze pilnie wypełniali ten obowiązek. Gdy Robert Baratheon starł się z Rhaegarem Targaryenem nad Tridentem, Freyowie zjawili się dopiero po bitwie i od tej pory lord Hoster Tully zawsze zwał lorda Waldera „lordem Freyem Spóźnialskim". Lord Frey poparł pretensje króla północy tylko pod warunkiem, że Robb Stark zgodzi się po wojnie poślubić którąś z jego córek lub wnuczek. Lord Walder widział już dziewięćdziesiąt jeden dni imienia, lecz mimo to niedawno wziął sobie ósmą żonę, dziewczynę siedemdziesiąt lat młodszą od niego. Powiadają o nim, że jest jedynym lordem w Siedmiu Królestwach, który mógłby wystawić armię z własnych lędźwi.

WALDER FREY, lord Przeprawy
- — jego dziedzice po pierwszej żonie, (LADY PERRZE z rodu Royce'ów):
  - — SER STEVRON, dziedzic Bliźniaków
  - — żona (Corenna Swann, zmarła na wyniszczającą chorobę)
    - — najstarszy syn Stevrona, SER RYMAN
      - — syn Rymana, EDWYN, ożeniony z Janyce Hunter
        - — córka Edwyna, WALDA, ośmioletnia dziewczynka

— syn Rymana, WALDER, zwany CZARNYM WALDEREM

— syn Rymana, PETYR, zwany PETYREM PRYSZCZEM, żona Mylenda Caron

— córka Petyra, PERRA, pięcioletnia dziewczynka

— żona Jeyne Lydden, zmarła po upadku z konia

— syn Stevrona, AEGON, półgłówek zwany DZWONECZKIEM

— córka Stevrona, (MAEGELLE), zmarła w połogu, mąż ser Dafyn Vance

— córka Maegelle, MARIANNE, dziewica

— syn Maegelle, WALDER VANCE, giermek

— syn Maegelle, PATREK VANCE

— żona Marsella Waynwood zmarła w połogu

— syn Stevrona, WALTON, żona Deana Hardyng

— syn Waltona, STEFFON, zwany SŁODKIM

— córka Waltona, WALDA, zwana PIĘKNĄ WALDĄ

— syn Waltona, BRYAN, giermek

— SER EMMON, żona Genna z rodu Lannisterów

— syn Emmona, SER CLEOS, żona Jeyne Darry

— syn Cleosa, TYWIN, jedenastoletni giermek

— syn Cleosa, WILLEM, paź w Ashemarku

— syn Emmona, SER LYONEL, żona Melesa Crakehall

— syn Emmona, TION, giermek, w niewoli w Riverrun

— syn Emmona, WALDER, zwany CZERWONYM WALDEREM, paź w Casterly Rock

— SER AENYS, żona (Tyana Wylde), zmarła w połogu

— syn Aenysa, AEGON ZRODZONY Z KRWI, człowiek wyjęty spod prawa

— syn Aenysa, RHAEGAR, żona Jeyne Beesbury

— syn Rhaegara, ROBERT, trzynastoletni chłopiec

— córka Rhaegara, WALDA, dziesięcioletnia dziewczynka, zwana BIAŁĄ WALDĄ

— syn Rhaegara, JONOS, ośmioletni chłopiec

— PERRIANE, mąż ser Leslyn Haigh

— syn Perriane, SER HARYS HAIGH

— syn Harysa, WALDER HAIGH, czteroletni chłopiec

— syn Perriane, SER DONNEL HAIGH
— syn Perriane, ALYN HAIGH, giermek
— po drugiej żonie (LADY CYRENNIE z rodu Swannów):
— SER JARED, ich najstarszy syn, żona Alys Frey
— syn Jareda, SER TYTOS, żona Zhoe Blanetree
— córka Tytosa, ZIA, czternastoletnia dziewczyna
— syn Tytosa, ZACHERY, dwunastoletni chłopiec, uczy się w sepcie w Starym Mieście
— córka Jareda, KYRA, mąż ser Garse Goodbrook
— syn Kyry, WALDER GOODBROOK, dziewięcioletni chłopiec
— córka Kyry, JEYNE GOODBROOK, sześcioletnia dziewczynka
— SEPTON LUCEON, służący w Wielkim Sepcie Baelora w Królewskiej Przystani
— po trzeciej żonie, (LADY AMAREI z rodu Crakehallów):
— SER HOSTEEN, ich najstarszy syn, żona Bellena Hawick
— syn Hosteena, SER ARWOOD, żona Ryella Royce
— córka Arwooda, RYELLA, pięcioletnia dziewczynka
— bliźniaczy synowie Arwooda, ANDROW i ARYN, trzyletni chłopcy
— LADY LYTHENE, mąż lord Lucias Vypren
— córka Lythene, ELYANA, mąż ser Jon Wylde
— syn Elyany, RICKARD WYLDE, czteroletni chłopiec
— syn Lythene, SER DAMON VYPREN
— SYMOND, żona Betharios z Braavos
— syn Symonda, ALESANDER, bard
— córka Symonda, ALYX, siedemnastoletnia panna
— syn Symonda, BRADAMAR, dziesięcioletni chłopiec, oddany na wychowanie do Braavos Oro Tendyrisowi, tamtejszemu kupcowi
— SER DANWELL, żona Wynafrei Whent
— (wiele poronień i martwo urodzonych dzieci)
— MERRETT, żona Mariya Darry
— córka Merretta, AMEREI, zwana AMI, szesnastoletnia wdowa, mąż ser Pate z Niebieskich Wideł

— córka Merretta, WALDA, zwana GRUBĄ WALDĄ, piętnastoletnia panna

— córka Merretta, MARISSA, trzynastoletnia panna

— syn Merretta, WALDER, zwany MAŁYM WALDEREM, siedmioletni chłopiec, oddany na wychowanie do Winterfell jako podopieczny lady Catelyn Stark

— (SER GEREMY), utonął, żona Carolei Waynwood

— syn Geremy'ego, SANDOR, dwunastoletni chłopiec, giermek ser Donnela Waynwooda

— córka Geremy'ego, CYNTHEA, dziewięcioletnia dziewczynka, podopieczna lady Anyi Waynwood

— SER RAYMUND, żona Beony Beesbury

— syn Raymunda, ROBERT, szesnastoletni chłopiec szkolący się w Cytadeli Starego Miasta

— syn Raymunda, MALWYN, piętnastoletni chłopiec, uczeń alchemika w Lys

— bliźniacze córki Raymunda, SERRA i SARRA, czternastoletnie panny

— córka Raymunda, CERSEI, sześcioletnia dziewczynka zwana PSZCZÓŁKĄ

— po czwartej żonie, (LADY ALYSSIE z rodu Blackwoodów):

— LOTHAR, ich najstarszy syn, zwany KULAWYM LOTHAREM, żona Leonella Lefford

— córka Lothara, TYSANE, siedmioletnia dziewczynka

— córka Lothara, WALDA, czteroletnia dziewczynka

— córka Lothara, EMBERLEI, dwuletnia dziewczynka

— SER JAMMOS, żona Sallei Paege

— syn Jammosa, WALDER, zwany DUŻYM WALDEREM, ośmioletni chłopiec oddany na wychowanie do Winterfell jako podopieczny lady Catelyn Stark

— bliźniaczy synowie Jammosa, DICKON i MATHIS, pięcioletni chłopcy

— SER WHALEN, żona Sylwa Paege

— syn Whalena, HOSTER, dwunastoletni chłopiec, giermek ser Damona Paege'a

— córka Whalena, MERIANNE, zwana MERRY, jedenastoletnia dziewczynka

— LADY MORYA, mąż ser Flement Brax

— syn Moryi, ROBERT BRAX, dziewięcioletni chłopiec, oddany na wychowanie do Casterly Rock jako paź
— syn Moryi, WALDER BRAX, sześcioletni chłopiec
— syn Moryi, JON BRAX, trzyletni chłopiec
— TYTA, zwana TYTĄ DZIEWICĄ, dwudziestodziewięcioletnia panna
— po piątej żonie, (LADY SARYI z rodu Whentów):
— bez potomstwa
— po szóstej żonie, (LADY BETHANY z rodu Rosbych):
— SER PERWYN, ich najstarszy syn
— SER BENFREY, żona Jyanna Frey, kuzynka
— córka Benfreya, DELLA, zwana GŁUCHĄ DELLĄ, trzyletnia dziewczynka
— syn Benfreya, OSMUND, dwuletni chłopiec
— MAESTER WILLAMEN, na służbie w Longbow Hall
— OLYVAR, giermek służący Robbowi Starkowi
— ROSLIN, szesnastoletnia panna
— po siódmej żonie, (LADY ANNARZE z rodu Farringów):
— ARWYN, czternastoletnia panna
— WENDEL, ich najstarszy syn, trzynastoletni chłopiec, oddany na wychowanie do Seagardu jako paź
— COLMAR, obiecany Wierze, jedenastoletni chłopiec
— WALTYR, zwany TYREM, dziesięcioletni chłopiec
— ELMAR, zaręczony z Aryą Stark, dziewięcioletni chłopiec
— SHIREI, sześcioletnia dziewczynka
— jego ósma żona, LADY JOYEUSE z rodu Erenfordów
— jak dotąd bez potomstwa
— naturalne dzieci lorda Waldera z rozmaitymi matkami:
— WALDER RIVERS, zwany WALDEREM BĘKARTEM
— syn Waldera Bękarta, SER AEMON RIVERS
— córka Waldera Bękarta, WALDA RIVERS
— MAESTER MELWYS, na służbie w Rosby
— JEYNE RIVERS, MARTYN RIVERS, RYGER RIVERS, RONEL RIVERS, MELLARA RIVERS i inni

STARA DYNASTIA

RÓD TARGARYENÓW

Targaryenowie są krwią smoka, pochodzą od wielkich lordów starożytnych Włości Valyriańskich. O ich dziedzictwie świadczy uderzająca (niektórzy twierdzą, że nieludzka) uroda: oczy liliowe, fioletowe lub barwy indygo, a włosy srebrnozłote albo platynowobiałe.

Przodkowie Aegona Smoka uciekli przed zagładą Valyrii oraz chaosem i rzezią, które nastąpiły później, by osiedlić się na Smoczej Skale, kamienistej wyspie na wąskim morzu. Stamtąd właśnie Aegon wyruszył ze swymi siostrami Visenyą i Rhaenys na podbój Siedmiu Królestw. Chcąc zachować czystość królewskiej krwi, ród Targaryenów często przestrzegał valyriańskiego zwyczaju zawierania małżeństw między rodzeństwem. Aegon ożenił się z obiema siostrami i z każdą z nich miał synów. Na chorągwi Targaryenów widnieje trójgłowy smok, czerwony na czarnym tle. Trzy głowy symbolizują Aegona i jego siostry. Dewiza Targaryenów brzmi *Ogień i Krew*.

TARGARYEŃSCY KRÓLOWIE

(Lata liczone od lądowania Aegona)

1-37	Aegon I	Aegon Zdobywca, Aegon Smok
37-42	Aenys I	syn Aegona i Rhaenys

42-48	Maegor I	Maegor Okrutny, syn Aegona i Visenyi
48-103	Jaehaerys I	Stary Król, Pojednawca, syn Aenysa
103-129	Viserys I	wnuk Jaehaerysa
129-131	Aegon II	najstarszy syn Viserysa (Jego wstąpieniu na tron sprzeciwiła się starsza o rok siostra Rhaenyra. Oboje zginęli w wojnie między sobą, zwanej przez bardów Tańcem Smoków)
131-157	Aegon III	Zguba Smoków, syn Rhaenyry (Ostatni z targaryeńskich smoków dokonał żywota podczas panowania Aegona III)
157-161	Daeron I	Młody Smok, Król Chłopiec, najstarszy syn Aegona III (Daeron podbił Dorne, lecz nie potrafił go utrzymać i umarł młodo)
161-171	Baelor I	Umiłowany, Błogosławiony, (septon i król, drugi syn Aegona III)
171-172	Viserys II	czwarty syn Aegona III
172-184	Aegon IV	Niegodny, najstarszy syn Viserysa (Jego młodszy brat, książę Aemon Smoczy Rycerz, był rycerzem, a według niektórych również kochankiem królowej Naerys)
184-200	Daeron II	syn królowej Naerys i Aegona bądź Aemona (Daeron wcielił Dorne do królestwa, żeniąc się z dornijską księżniczką Myriah)
200-221	Aerys I	drugi syn Daerona II (nie zostawił potomstwa)
221-233	Maekar I	czwarty syn Daerona II

233-259	Aegon V	Niespodziewany, czwarty syn Maekara
259-262	Jaehaerys II	drugi syn Aegona Niespodziewanego
262-283	Aerys II	Obłąkany Król, jedyny syn Jaehaerysa

OSTATNI TARGARYENOWIE

(KRÓL AERYS TARGARYEN), Drugi Tego Imienia, zabity przez Jaime'a Lannistera podczas splądrowania Królewskiej Przystani:
- jego siostra i żona, (KRÓLOWA RHAELLA) z rodu Targaryenów, zmarła w połogu na Smoczej Skale
- ich dzieci:
  - (KSIĄŻĘ RHAEGAR), dziedzic Żelaznego Tronu, zabity przez Roberta Baratheona nad Tridentem
    - jego żona, (KSIĘŻNICZKA ELIA) z rodu Martellów, zabita podczas splądrowania Królewskiej Przystani
    - ich dzieci:
      - (KSIĘŻNICZKA RHAENYS), mała dziewczynka zabita podczas splądrowania Królewskiej Przystani
      - (KSIĄŻĘ AEGON), niemowlę, zabity podczas splądrowania Królewskiej Przystani
  - (KSIĄŻĘ VISERYS), tytułujący się Viserysem Trzecim Tego Imienia, władcą Siedmiu Królestw, zwany ŻEBRACZYM KRÓLEM
  - KSIĘŻNICZKA DAENERYS, zwana DAENERYS ZRODZONĄ W BURZY, czternastoletnia dziewczyna

LUDZIE Z NOCNEJ STRAŻY

Nocna Straż broni królestwa i poprzysięgła nie opowiadać się po żadnej ze stron w wojnach domowych i walkach o tron. W czasach rebelii tradycyjnie okazuje szacunek wszystkim królom, lecz nie słucha żadnego z nich.

— w Czarnym Zamku:

JEOR MORMONT, lord dowódca Nocnej Straży, zwany STARYM NIEDŹWIEDZIEM

— jego zarządca i giermek, JON SNOW, bękart z Winterfell, zwany LORDEM SNOW

— biały wilkor Jona, DUCH

— MAESTER AEMON (TARGARYEN), doradca i uzdrowiciel

— SAMWELL TARLY i CLYDAS, jego zarządcy

— BENJEN STARK, pierwszy zwiadowca, zaginiony za Murem.

— THOREN SMALLWOOD, starszy rangą zwiadowca

— JARMEN BUCKWELL, starszy rangą zwiadowca

— SER OTTYN WYTHERS, SER ALADALE WYNCH, GRENN, PYPAR, MATTHAR, ELRON, LARK zwany SIOSTRZANINEM, zwiadowcy

— OTHELL YARWYCK, pierwszy budowniczy

— HALDER, ALBETT, budowniczowie

— BOWEN MARSH, lord zarządca
— CHETT, zarządca i opiekun psów
— EDDISON TOLLETT, zwany EDDEM CIERPIĘTNIKIEM, ponury giermek
— SEPTON CELLADAR, zapijaczony duchowny
— SER ENDREW TARTH, dowódca zbrojnych
— bracia z Czarnego Zamku:
— DONAL NOYE, jednoręki płatnerz i kowal
— TRZYPALCY HOBB, kucharz
— JEREN, RAST, CUGEN, niewyszkoleni rekruci
— CONWY, GUEREN, „wędrowne wrony", werbownicy zbierający sieroty i przestępców na Mur
— YOREN, najbardziej doświadczony z „wędrownych wron"
— PRAED, CUTJACK, WOTH, REYSEN, QYLE, rekruci prowadzeni na Mur
— KOSS, GERREN, DOBBER, KURZ, KĄSACZ, RORGE, JAQEN H'GHAR, przestępcy prowadzeni na Mur
— LOMMY ZIELONA ŁAPKA, GENDRY, TARBER, GORĄCA BUŁKA, ARRY, sieroty prowadzone na Mur
— we Wschodniej Strażnicy:
— COTTER PYKE, dowódca we Wschodniej Strażnicy
— SER ALLISER THORNE, dowódca zbrojnych
— bracia ze Wschodniej Strażnicy:
— DAREON, zarządca i bard
— w Wieży Cieni:
— SER DENYS MALLISTER, dowódca w Wieży Cieni
— QHORIN zwany PÓŁRĘKIM, starszy rangą zwiadowca
— DALBRIDGE, postarzały giermek i starszy rangą zwiadowca
— EBBEN, KAMIENNY WĄŻ, zwiadowcy

Północ
LODOWY
BRZEG
Nawiedzany
Las
MUR
Strażnica
Cieni
Czarny
Zamek
Wschodnia
Strażnica
ZATOKA
FOK
LODOWA ZATOKA
Wyspa Niedźwiedzia
Ostatnia Rzeka
Karhold
Wilczy Las
Dreadfort
N
Winterfell
Biały Nóż
Królewski Trakt
Torrhen's Square
KRAINA KURHANÓW
Biały Port
Wdowia Strażnica
Fosa
Cailin
PRZESMYK
ZIMNA WODA
Strażnica nad
Szarą Wodą
Trzy Siostry
Paluchy
Bliźniaki
Żelazne Wyspy
Seagard
Orle Gniazdo
Krwawa
Brama
DOLINA ARRYNÓW
Zielone Widły
Niebieskie Widły
Rysował
James Sinclair
Riverrun
Czerwone Widły

Południe
Trzy Siostry
Paluchy
Królewski Trakt
Żelazne Wyspy
Seagard
Zielone Widły
Niebieskie Widły
Orle Gniazdo
DOLINA ARRYNÓW
Pyke
Trident
Krwawa Brama
Gulltown
Czerwone Widły
Kamienny Nurt
Riverrun
Zatoka Krabów
Harrenhal
Królewski Trakt
Złoty Ząb
Oko Boga
Smocza Wyspa
Casterly Rock
Lannisport
Złoty Trakt
Królewska Przystań
Czarny Nurt
REACH
Królewski Las
Morski Trakt
N
Różany Trakt
Tarth
Mander
Koniec Burzy
ZATOKA ROZBITKÓW
Wysogród
Pogranicze
Deszczowy Las
Przylądek Gniewu
MORZE DORNÓW
Stare Miasto
Starfall
DORNE
Złamane Ramię
Słoneczna Włócznia
Arbor
Rysował James Sinclair

Podziękowania

Więcej szczegółów, więcej diabłów.

Tym razem wśród aniołów, które pomogły mi się z nimi uporać, byli Walter Jon Williams, Sage Walker, Melinda Snodgrass i Carl Keim.

Dziękuję też moim cierpliwym redaktorom i wydawcom: Anne Groell, Nicie Taublib, Joy Chamberlain, Jane Johnson i Malcolmowi Edwardsowi.

Na koniec, hełmy z głów przed Parris, za jej Magiczną Kawę, paliwo, na którym zbudowano Siedem Królestw.